清人詩集叙録

上

袁行雲 著

人民文学出版社

圖書在版編目（CIP）數據

清人詩集叙録/袁行雲著. —北京：人民文學出版社，2009
ISBN 978-7-02-007340-5

Ⅰ.①清… Ⅱ.①袁… Ⅲ.①古典詩歌—文學評論—中國—清代 Ⅳ.①I207.22

中國版本圖書館 CIP 數據核字(2009)第 046774 號

責任編輯　周絢隆
裝幀設計　劉　静
責任印製　蘇文強

出版發行　人民文學出版社
社　　址　北京市朝内大街 166 號
郵政編碼　100705
網　　址　http://www.rw-cn.com

印　　刷　北京智慧源印刷有限公司
經　　銷　全國新華書店等

字　　數　2000 千字
開　　本　880 毫米×1230 毫米　1/32
印　　張　98　插頁 3
印　　數　1—3000
版　　次　2016 年 7 月北京第 1 版
印　　次　2016 年 7 月第 1 次印刷

書　　號　978-7-02-007340-5
定　　價　480.00 圓(全三册)

出版説明

袁行雲（一九二八—一九八八），江蘇武進人。劬學好古，尤嗜版本目録之學，而於經學、史學、文學、金石、書畫等亦有邃養。曾在新聞、出版與教育部門供職多年，一九七九年應國家招聘，考入中國社會科學院歷史研究所任副研究員，所著《書目答問和范希曾補正》發表後，被學界視爲三十年來目録學最佳論文。《馮夢龍三言新證》一文對馮氏筆名的考證，得到中日兩國大部分學者之公認。對冰絲館《還魂記》版本及刻書人之考證也極見巧思。一九八三年齊魯書社出版其《許瀚年譜》，曾得到日本史學界很高評價。又蒐集許瀚全部已刊、未刊稿本，輯成《攀古小廬全集》，有功文史。一九八八年，袁行雲先生又與他人合作出版其舊作《明詩選》，填補了古詩選本一項空白。

袁行雲先生治學縝密細緻，實事求是，既能吸收前輩考據家之長，又能化古求新，運用新觀點統馭材料。所撰論文皆能發前人之所未發，其研究領域亦多前人所罕涉足者，故其研究成果，頗爲學界矚目。

《清人詩集敍録》八十卷，二百餘萬言，著録清代詩人二千五百餘家之詩集。袁行雲先生撰著是書發軔於五十年代中，積三十餘年之功，作者半生精力盡注於是書。而將近殺青，忽染沉疴，自知不起，更奮力蕆事，以極大毅力獨立克成。《敍録》一書網絡經緯清人諸集，注此存彼，融會貫通，辨章學術，考鏡源流，信非苟作。作者爬梳抉剔，掇拾政治、經濟、學術、文化、民俗以及少數民族、中外關係各種史料，或指示線索，或徑附原作，可爲各界學人取資。鈎稽小説、戲曲及講唱文學資料尤多，而泰半未見他書稱引，彌足珍貴。至于糾謬補闕、輯佚鈎玄、考證辨誤、縱論詩風，發微抉隱，時見精思。作爲一部學術謹嚴之工具書或清詩研究之資料書，《清人詩集敍録》一書均當之無愧。

《清人詩集敍録》初刊於上世紀九十年代，書稿付印前，袁行雲先生已一病不起，因之未能對其做最後的整理，加之當時出版倉促，審稿校對都比較粗疏，使該書存在不少問題，如條目有重出，文字多錯訛脱漏，人名、地名偶有誤用，年代時有不準等。爲了彌補以上缺憾，人民文學出版社借本次重新出版之機，特别約請兩位專家對全書進行了認真審訂，糾正了其中的大量錯誤，使其質量有了很大提升。另外，爲了方便讀者翻檢，責任編輯又爲其編製了《清人詩集敍録作者名號索引》附於書後。由於能力所限，其中的不足在所難免。不當之處，尚祈批評。

人民文學出版社

二〇一四年三月

自序

清人詩集約七千種。連同諸總集、選集及郡邑、氏族、懷舊、唱和等輯集，計當三萬家以上。卷帙篇什之富，較明人什佰倍之，無論宋前矣。即以專集而言，包涵内容，至爲廣泛，足供文字比勘、名物訓詁、史地考證、藝術賞析之資。中國詩歌之本身，除具有藝術價值外，尚具有文獻價值。清詩質實，時代去今不遠，文獻價值尤高。惜乎研究者尠，未能盡量發掘，爲世所用。向之徵集遺籍以圖保全者，若清初鄧漢儀《詩觀》，中葉沈德潛《别裁》、王昶《湖海詩傳》，晚清符葆森《正雅》等書，大抵以人傳詩，以詩傳人，謂爲一代詩編，猶不足稱也。近代《晚晴簃詩滙》收清詩六千餘家，然所據不盡專集，且以選詩爲主，標準側重於詩歌之聲情風度，於文獻史料頗有疏畧。五十年代後出版鄧之誠先生《清詩紀事初編》，主張詩文相證，最有識見。收録專集，達五百餘種，搜討弗易。唯採取選詩兼著本事之方式，或有闕憾；且止於康熙朝，未有增續耳。竊以爲清詩研究，今日僅爲開始。清詩集中既不乏歌詠抒情之美，又藴藏大量爲人忽視之文獻。此類文獻，勝乎傳聞異辭，每有史料之最佳者，自當盡先發掘，以俟留心文史者細考焉。竊復以爲，研究清詩，首應有一部專集目録，以資讀者快覽。目録需有較詳之提要，名曰《敍録》，俾使讀者未見其書，已知大概内容。便探索，省精力，減時間，此《敍録》所以爲學人工具之書也。

余嗜版本目録之學垂四十年，時出入於北京各大圖書館，雜覽羣編。而寓目最多者，莫過於清人詩集。昔日藏清集稱著者，如江安傅氏、東莞倫氏、江寧鄧氏、天津徐氏，其書均可按目求索，至五十年代後各館新增，尤多有出於前人耳目之外者。余見詩集中稍涉世事與學術，恆爲之記録，日積月累，稿已盈箱。非於清詩有所偏好，喜其紀實之什，均可證事也。與其取其美，毋寧取其真，博雅君子，或者無譏乎。唯《敍録》之撰例，擬定較晚，中更動亂，不得不間作間輟，屢改屢易。近數年，經友人慫慂，復加緊斯役，已閲清人詩集四千餘種，撰稿二千五百餘篇。以價值較高之文獻附諸篇末，乃依章宗源撰《漢書藝文志考證》先例，非自昉也。尚有近千種專集未及經眼，猶冀訪書江南，再閲千餘種，使全稿篇數增至三千以上，則清人詩集中有事可徵者大具矣。不意今年忽染沉疴，七八百篇，已無力造述。爰將歷年積稿，力疾排比訂正，以饗讀者。以後是否有續編之撰，尚未易言也。

自愧學術荒疏，亦不善品詩。卽此摭拾補遺之書，駁雜錯舛，固所不免。敬希讀者予以指教。

袁行雲

一九八七年十一月二十六日

凡例

一、《敍録》主要據北京圖書館、中國科學院圖書館、北京大學圖書館、首都圖書館所藏清人詩集撰寫。以單刻本包括與文集合刻者爲主，兼取少量傳鈔本、叢書本、選本。除傳鈔本外，均不注藏家。所據本爲四館之外者，注明藏家。

二、採用版本，一般先取初刻本。初刻本未見，取重刻本，兼及他本。昔人撰目録提要，每題只著録一書。今稍變其例，同一作者，合數書著録一題。

三、《敍録》所收清人詩集，以内容多涉清代時事與社會生活者爲標準。凡生於明而卒於清、或生於清而卒於民國以後之詩家，其詩集合乎上述標準，不論政治態度如何，亦併收之。唯乾隆、嘉慶間詩家密集，向少有人問津，故收録最多。道光以後人詩集稍減。至大量婦女、方外詩集，則以無故實可尋，不得不有所舍焉。满、蒙古、回、壯、維吾爾等少數民族作家之詩集，收録標準放寬。

四、各題均繫作者小傳。由普通碑傳書籍中鉤稽者，一般不注出處。由不經見之碑傳志銘中鉤稽者，或由作者本人及他人詩文集中考證得之者，注明資料來源。

五、分卷爲便檢索，别無用意。各卷大致按作者生年先後排次。生年無考者，參以本人仕履、交游約畧而定。唯作者生年，時採自生日詩，又卒年有採自友朋悼亡詩者，此間不無差忽，讀者引用，望注意及之。

六、《敍録》以證明史事、提供資料爲主。凡詩中山川、名蹟、政治、經濟、學術、文化、民俗等史料線索，悉舉其要，尤重於中外關係、少數民族、小説戲曲等資料之掇拾。唯有關農民戰爭、少數民族之詩篇，原作時有誣衊之詞，有關中外戰爭與交涉之詩篇，原作亦有不盡愜當之語，讀者審辨之。

七、《敍録》畧及清詩源流派别及作者評價，評語採輯成説，間下己意，僅供參考。

八、篇末附録文獻價值較高之詩篇，以及較重要之佚詩、佚文。此類詩篇，如已見《晚晴簃詩滙》、《清詩紀事初編》或張應昌《詩鐸》等常見書，卽不再録附，以免叠複。

目録

卷一

卷二

卷三

卷四

卷五

卷六

卷七

卷八

卷九

卷十

卷十一

卷十二

卷十三

卷十四

卷十五

卷十六

卷十七

卷十八

卷十九

卷二十

卷二十一

卷二十二

卷二十三

卷二十四

卷二十五

卷二十六

卷二十九

卷三十

卷三十一

卷三十二

卷三十三

卷三十四

卷三十五

卷三十六

卷三十七

卷三十八

卷三十九

卷四十

卷四十一

卷四十二

卷四十三

卷四十四

卷四十五

卷四十六

卷四十七

卷四十八

卷五十

卷五十一

卷五十二

卷五十三

卷五十四

卷五十五

卷五十六

卷五十七

卷五十八

卷五十九

卷六十

卷六十一

卷六十二

卷六十三

卷六十四

卷六十五

卷六十六

卷六十七

卷六十八

卷六十九

卷七十

卷七十二

卷七十三

卷七十四

卷七十五

卷七十六

卷七十七

卷七十八

卷八十

清人詩集敍録卷一

姚休那先生詩集一卷　光緒十四年休那遺稿本

姚士晉撰。士晉字伯康，更名康，安徽桐城人。明萬曆間諸生。崇禎時爲史可法幕佐，揚州陷，適先期歸，得不與難。順治十年卒，年七十六。歿後百五十年，同里姚鼐爲撰《休那先生墓表》。光緒十四年，裔孫灼編刻《休那遺稿》，内詩一卷，凡五言五十八首，七言一百六十八首。《浮山前後紀游詩》，俱爲集唐。七律《題楊椒山祠》、《弔左少保》、《憶史相國》，意在表彰先烈。晚作《自祭詩百二十韻》，敍述平生，哀苦沉思。潘江《木厓續集》抄本卷二十二《思舊詩》有《姚隱居休那》一首，詩云：「隱居良史才，持論新而穩。臧否耻雷同，取直不取婉。家世本窶貧，賦命復偃蹇。方公自注：克壯翁吾婦翁，少小結繾綣。顧謂孺子能，任重必致遠。自注：少卽器待予，有任重致遠之目。抱膝臥隆中，徵辟來專閫。自注：嘗爲皖撫史公參軍。軍門且長揖，意豈有鄉衮。自注：又從何文端公游。書記慚素餐，拂衣歸已晚。義津有荒田，八十躬猶墾。」足見志節。

林茂之詩選二卷　康熙四十九年刻本

林古度撰。古度字茂之，號那子，福建福清人。流寓金陵。以年輩最高，爲逸民碩魁。兒時一萬曆錢，佩之終身。吴嘉紀、汪楫爲賦《一錢行》，分見《陋軒詩》、《悔齋詩》。晚年貧甚，冬夜眠敗絮中。方文有《林茂之前輩見過》云：「積雪初晴鳥晒毛，閒携幼女出林皋。家人莫怪兒衣薄，八十五翁猶緼袍。」卒於康熙五年，年八十七。纂《高淳縣志》十八卷。殁後無以爲殮，周亮工爲葬之鍾山。古度父章，爲明萬曆間閩中詩人。錢謙益《有學集》有《題林孝廉遺像》，並贈古度詩多首。邢昉、顧炎武、方拱乾亦有贈詩。施閏章有《林茂之自作生壙曰蘜窩索詩紀之》，見《學餘堂集》。其詩刻意六朝，與曹學佺、吴非熊相唱和。後遇鍾惺、譚元春，乃濡染楚派。遺詩數千首，經王士禛删定，歙縣程哲刊版，僅存此二卷，《漁洋詩話》並摘佳句數首。舊作經鍾、譚丹黄者删削殆盡，晚作亦所存無幾，只留風華近六朝者。節概亮潔，其詩亦如之，而無可徵事矣。名士選詩之弊，令人嗟惜。

有學集詩十四卷　康熙三年刻本　投筆集二卷　宣統間排印本

錢謙益撰。謙益字受之，號尚湖，一號牧齋，晚號蒙叟，江蘇常熟人。明萬曆三十八年進士。崇禎間官禮部侍郎。福王立，爲禮部尚書。順治二年，清兵南下，迎降。三年正月，授禮部侍郎，管秘書院事，充修《明史》副總裁。六月以疾歸。後以謝陞案、黄毓祺案，兩入囹圄，均幸免。卒於康熙三年，年八十三。著《初學集》，凡詩二十卷，文八十卷，《太祖實録辨證》五卷，《讀杜小箋》五卷，皆明時之作，崇禎十六年門人瞿式耜刻。《有學集》五十卷，爲入清後作，鄒鎡刻。又撰《列朝詩集》一百卷，存一代詩史。《杜詩箋注》，生前已刻，

《國朝羣雄事畧》，近年始行世。謙益早年爲魏忠賢羅織東林黨而削籍。官禮部，荷枚卜，温體仁抨擊之，下獄。品在清流，才華富美，爲東南壇坫之主。乃依附馬士英、阮大鋮爲南明尚書，已見利禄溺志，後竟靦顔迎降，視馬士英猶未及也。陳子龍《秋日雜感》詩「翩翩入雒羣公在，剩有孤臣淚不乾」，所云「入雒羣公」，即謙益者流。至降清後未得志，又圖復明，詩文中間作憤激詛詈之語，實不足掩其巨過。顧炎武嘗云：「今有顛沛之餘，投身異姓，至擯斥不容，而後發爲忠憤之論，與夫名汙僞籍而自托乃心，比於康樂、右丞之輩，吾見其愈下矣。」《日知録》卷十九《文辭欺人》。其行爲無耻，三百年前，早有定評。唯謙益才大學博，詩文宏肆昌麗，乾隆間雖名列貳臣，著述均被禁燬，而終不能廢，固亦未可置於不論也。此《有學集》卷一至十四爲詩。其中《爲友沂題楊龍友畫册》、《新安王氏收藏目録歌》、《讀梅村宮詹艷詩有感書後四首》、《哭稼軒留守相公詩》、《婁江王奉常西田圖詩八首》、《左寧南畫像歌爲柳敬亭作》、《冬夜假我堂文宴詩》，均爲當代典故。《燒香曲》多隱射之辭，可與吴偉業《清涼山讚佛詩》參觀。《觀棋絶句》、《後觀棋絶句》多首，皆刺譏時局。《西湖雜感》、《病榻消寒雜詠》，亦自憤懣。其詛詈之語，觸目可見。《次韻贈别友沂》云：「髡鉗疑薙削，壞服覓儔侣。」《南樓》云：「南戎江山半壁新，月華應不染胡塵。」《次茂之申字韻》云：「先祖豈知王氏臘，邊人不解漢時春。」《簡侯研德》云：「國殤何意存三户，家祭無忘告兩河。」《嚴祠》云：「林木猶傳唐痛哭，溪雲常護漢衣冠。」《題丁老畫像》云：「不知人世衣冠異，只道科頭岸接籬。」即黄宗羲所云「掎摭當世之疵瑕，欲還先民之矩矱」者是也。見《南雷文定》後集卷一《韋菴魯先生墓志銘》。集中可見交游爲林古度、顧夢游、朱鶴齡、歸莊、金孝章、吴偉業、龔鼎孳、周亮工諸名人，與柳如是寄詩亦多。《投筆集》上下卷，當時未及行世。其間《秋興》詩百首，較《有學集》所言薙髮、满語二事，更爲刻露。如「雜虜横戈倒載斜，依然南斗是中華」，「世難相尋如鬼疰，國恩未報是心魔」，不勝摘録。此集與《初學》、《有學》詩，均有錢曾箋注本。乾隆間諸刻俱禁，《投筆》一集，至清末始爲人知。謙益爲詩，不喜明七子摹唐，故參以宋調，爲明末清初詩風變局。論詩於後世影響益大，唯於明詩，去取失倫。偏門户，輕視逸民，抨擊七子、鍾、譚，體無完膚，無復公論矣。

夏峯集詩二卷　道光二十五年大梁書院重刻本

孫奇逢撰。奇逢字啟泰，號鍾元，直隸容城人。明萬曆二十九年舉人。與左光斗、魏大中、周順昌聲氣相尚。天啟五年，魏忠賢興鉤黨獄，以營救東林六君子，聲震一時。崇禎九年，清兵入畿輔，堅守容城，始終不屈。明亡，年已六十有一，屢徵不起。移家河南輝縣，築堂兼山，講學其中，學者稱夏峯先生。康熙十四年卒，年九十二。著有《理學宗傳》、《四書近指》等書。撰《歲寒集》詩文三十卷，皆易代以前作，今無傳本。晚年編詩文並收《夏峯集》中，而前集觸時諱語多删去。郭程先輯《補遺》上下卷，無詩。是集爲道光二十五年錢儀吉重刻本，凡十六卷，内十三、十四兩卷爲詩。《病起述往示諸兒暨孫曾》、《聞盧九台戰没因憶茅止生》、《憶昔》、《沙河戰士歌》諸詩，多回顧既往。《讀許魯齋集》、《書感》、《劉佐五設榻兼贈寶刀》、《與友人論死》、《絶薪》等篇，高操自守。晚作閒適抒情，《述懷詩》有云「日用優游老遺民」，頽然降格矣。又時以哲理及瑣事入詩，措詞矜慎。清初大儒，固不以詩鳴世也。顧炎武有《贈孫徵君奇逢》詩，見《亭林詩集》。

尊水園集畧詩四卷 順治十七年刻本

盧世㴶撰。世㴶字德水，號紫房，晚號南村病叟，山東德州人。明天啟七年進士，授户部主事。崇禎間官監察御史。入清，起復原官，以疾不赴。酷嗜杜詩。巢尊水園，園内作杜亭，自稱杜亭亭長。著有《讀杜私言》。順治十七年，受業程先貞、趙其星，以已刻五種、未刻二種，輯爲《尊水園集畧》，並爲序。又李源序。據王永吉所撰《墓志銘》，世㴶生於明萬曆十六年十二月初三，卒於順治十年三月二十九，享年六十六。王士禛論詩絶句云：「杜家箋傳太紛拏，虞趙諸賢盡守株。苦爲南華求向郭，前惟山谷後錢盧。」原注：「牧齋有《讀杜小箋》，德水有《讀杜私言》。」是集凡十二卷，一至四卷爲詩，詩後卽《讀杜私言》。《倣杜爲六絶句》，猶用戲筆，遠在王士禛倣元好問《論詩三十首》之先。《光禄行》等篇，褒揚明末賢良隱遁之詩，含蓄而有愴楚之音。爲沈嘉客《西陵集》作序，自謂其詩「惟不能入，遂不能出」。田雯《古歡室雜著》云：「盧德水《尊水園詩集》，余初不甚好之。及看之久，始知人不能及。虞山推重非謬。」清初北方以山左詩風最盛，世㴶行輩最高，故特爲鄉人所尊焉。

倣杜爲六絶句

弇州歷下文章好，别出臨川燈一枝。猶有人焉徐渭在，逼真史漢又工詩。

苦愛虞山錢受之，兩場墨義冠當時。間觀古作尤冲雅，安得執鞭一問奇。

雲杜文宗李本寧，大官厨内五侯鯖。平鋪直敍能條貫，傳記題辭墓誌銘。
乾辣尖酸鍾伯敬，依稀出土鳳凰釵。其人既往書行世，我所躭兮在史懷。
洺水詩人白礪甫，吟成山鬼哭秋墳。一生任性真窮死，此語得之我友云。劉簡齋先生曾向我稱説礪甫如是如是。
遐想高人潘雪松，天然清水出芙蓉。幾回細把遺編讀，雪氣松心夏亦冬。《尊水園集畧詩》卷四

張卿子遺集八卷　近代重刻本

張遂辰撰。遂辰字相期，號西農，浙江錢塘人。明亡，隱於醫。康熙七年，年逾八十而卒。手訂詩四編，曰《湖上編》、《白下編》、《蓬宅編》、《衰晚編》，上起萬曆末，下至順治四年。康熙刻本未見。此一九二六年重刊本，所據爲雍正間厲鶚藏本。鶚重鄉邦文獻，《東湖雜記》亦間記遂辰事。《衰晚編》上卷中闕二頁，吴用威跋云：「意其中有忌諱語，當樊榭時，文網正密，故佚之耳。」詩爲唐音。五律《讀唐風人集》六首，爲李白、杜甫、韋應物、韓愈、賀知章、白居易。交游如萬壽祺、陸圻、藍瑛、方文、潘高，皆高尚士。甲乙之際詩，多涉世事。《屯房行》刺清初當道，鋒鍔尤見。隱居後所作，冲淡和平，自具品格。

南来堂詩集四卷補編四卷　近代排印本

讀徹撰。讀徹字見曉，後更名蒼雪，别號南來，俗姓趙，雲南呈貢人。幼從雞足水月道人爲沙彌。年十

九，入吴門，奉通潤爲師，主支硎山中峯寺。晚明弘光改元，金陵設壇，特賜三昧紫衣，稱國師。入清後多與禪宗遺老往還。卒於順治十三年，年六十九。所撰《南來堂詩集》四卷，爲康熙十七年陸汾輯本。近代王培孫加以校注，復據常熟瞿氏鈔本、參以吴江顧茂倫選刊殘本，增《補編》四卷，共得詩一千四十八首。卷後附録各家詩話、酬詩及陳乃乾《蒼雪大師行年考畧》。集中自詠及《金陵懷古》諸作，可見其志。《乙酉積雪紀事》有云：「人頭盡葫蘆，柳髮剪未禿。」記薙髮事，譏刺頗深。詠江南寺院，與所衲高僧往還唱贈，篇章富有。《寄詢錢虞山絳雲樓火後專意内典》，酬王時敏、方以智、徐波、錢肅潤，與毛晉贈答，所繫掌故亦多。王士禛云：「近日釋子詩以滇南讀徹蒼雪爲第一。」（《漁洋詩話》）。吴偉業稱其詩「蒼深清老，沈著痛快，當爲詩中第一，不徒僧中第一。」（《梅村詩話》）。蓋賞其悲歌感慨也。《梅村集》有《哭蒼雪法師》詩。

石臼詩前集九卷後集七卷　康熙四十三年刻本

邢昉撰。昉字孟貞，江蘇高淳人。明末諸生。入清，居石臼湖上，隱遁不仕。從游甚衆，曹禾、沙張白俱出其門。卒於順治十年，年六十四。是集爲宋犖刻，詩依體分，《前集》一千四百四十三首，作於明。《後集》八百九十八首，作於清初。錢謙益舊序，顧夢游、施閏章、宋犖序。昉酷好李夢陽詩。初以韋、柳爲門庭，冲和肅淡，辭微而旨隱。及身遭變際，刻意學杜，猶存七子習尚。五七古《夜過田家》、《溪行屢經與亡友胡印度别處興哀賦此》、《神鴉歎》、《楚江雁》、《釣艇歌》、《宿武昌城下》、《水次見饑人》、《琵琶亭下作》，聲情淒惻。《井金行》、《捉船行》、《白骨》、《桔槔行》、《讀祖心再變紀漫述五十韻》，深寄易代之悲。長歌《廣陵行》，爲揚州十日記事，可抵詩史。五律《早稼》、《聞戴敬夫由越入閩》、《丙戌五日即事》、《大勝關看落日》、《江行始見蘆花》、《同于息菴山行》、《元旦次韻》、《海上詩》五首，七律《送陳簡菴之嘉興》、《秋日寄吉人》、《逢韓茂貽因贈並追傷戴敬夫》、《訪方正學先生祠》，通首精嚴。《懷于皇》云：「憶在丹徒縣，登樓楊柳春。虚誇横海甲，驚見隔江塵。淚盡聞鼙夜，生遭破國辰。終當共飢渴，飄泊對沾巾。」《江夜次介立上人韻》云：「日下平川迥，舟從壘浪過。岸孤人語絶，風細葦聲多。遠雁天邊陣，荒雞夏口波。楚江蕭瑟後，無復大堤歌。」無懈可擊。絶句如：「江村歸日暮，桑柘半成墟。惟有蒿蓬色，青青滿故廬。」《避兵還舍率題壁間》。「古道蘼蕪色，東風遶白門。自從春去後，不復戀王孫。」《古意》。「向曉颺塵起，青門舊路斜。御溝流水盡，日日過牛車。」《江南詞》。「蜀江船不到三巴，湖南船不到長沙。滿地干戈關塞震，行人那不早還家。」《漢口》。又不羈於學杜。觀其所造，信當時無輩矣。明末遺民雖始終全節，然多與新貴締交。此集唱酬贈答，如林古度、顧夢游、金俊明、蕭雲從、程邃、萬壽祺、方文，均爲高士。《漁洋詩話》載，王士禛官祭酒，恨未及友其人，特屬高淳令訪其後人。至，則老妻稚孫，饘粥恆苦不繼。真高蹈士也。

西溪先生詩集四卷　康熙間刻本

沈嘉客撰。嘉客字無謀，山東清平人。明天啟元年拔貢。入清棄舉業，結廬讀書，以吟哦爲事。從游之士滿户外。與德州盧世㴶交善，互有唱和。詩文集爲其孫付梓，盧世㴶舊序作於天啟十五年。集中有《讀盧德水杜詩胥鈔》四首、《讀盧南村先生快雪篇》、《哭盧南村先生六絶》，可見兩家投分不淺。《壬子元日告客疏》自云「眼見八十三歲卒」，當生於萬曆十八年。而世潅生於十七年十二月初三，相距不數月耳。李乾淑序云：「嘉客嘗以庚辛兩歲詩授梓，名《清訒亭近稿》。布襪青鞋，登山臨水。遭大變後，家益窘，身益單，讀書益專，而詩益老益細。」其詩呻吟涕淚，筆墨淋漓，五言歌行，哀明亡之作，尤爲悽惋。《輓顧寧人句》云：「今從何處訪遺民，止有甘陵部下人。久矣泥塗嗟絳縣，暫將漁釣老河濱。風吹元亮籬邊菊，雨墊林宗郭外巾。好向耆英傳裹覓，飲味獨抱一方春。」殆與顧炎武爲忘年交也。

青縣以北書所見

青城嘆靡盡，赤子慘莫舒。變屬經年後，感深彌似初。當時遭禍亂，今日見丘墟。老稚鮮存活，門庭槩破除。孑遺無日過，所在餐風居。待婦何從饋，盼兒倚孰閭。行來百里内，坐少三家儲。痛定重思及，愁深誰與攄。出湯早蹈火，後篚愈前梳。流血满天地，積戈遍車書。巢林從有燕，穴地已無魚。喪亡今若此，誅斂竟何如。《西溪先生詩集》卷一

蜃園詩前集五卷後集五卷續集一卷　嘉慶十九年補刻本

李確撰。確本名天植，字因仲，號蜃園居士，浙江海鹽人。明崇禎六年舉人。自爲諸生，工詩，居里築蜃

園，作忘機詩社，與時輩嘯詠其間。甲申聞變後，改名確，字潛夫，號乾初，遁跡龍湫山中，號龍湫山人，糧絶不給，有載酒米以問之，非是人雖飢不受。曹溶爲繼粟之舉，峻却之。長吏守帥聞其名，車騎過之，踰垣避，終不見。七十七歲始返故國。康熙十一年卒，年八十二。本書爲徐熊飛主講乍浦書院，據康熙十二年陸樵輯本補刻。有原本自敍、陸樵跋、嘉慶十九年徐熊飛序。附彭孫貽所撰《傳》。《前集》五卷，詩二百五十七首。《後集》五卷，詩二百三十一首。《續集》二卷，詩二百五十一首。各集分體不編年。前集多作于明季。後集如《遠嫁别》、《垂老别》，詠甲申前後世事。《水警篇和東皋先生三十韻》，記順治間水災。《丁酉秋日讀從亡随筆四十二韻》，自注家世及師友事蹟頗詳。《山居絶糧掩關山寺鼎米不繼聊賦四詩興兼慨慰》、《賣書二首》，自云貧不聊生，而志終不改。確於順治四年入山，歷十八寒暑，以訓蒙賣文爲活。老而無子，日與禪林往來，與唱和者，多爲方外。後得交彭士望、魏禧，皆爲布衣有聲者。嘗著《平寇志》十二卷。《四庫全書》著録。詩集已行者爲《忘機詩》、《月令詩》、《送秋詩》陸跋、《九山游草》、《梅花百詠》四庫存目、《龍湫集》五卷，均爲入清隱遁時作。在遺民中年事既長，存詩亦多。綜其行實，近所謂純貞云。道光四年刻本，有曾姪孫李錫楨、盛坰識語，卷首載丁敬等人題詞。近代有《三孝廉集》本。

王煙客詩集六卷　近代排印本

王時敏撰。時敏初名贊虞，字遜之，號煙客，晚號西田主人，江蘇太倉人。以祖蔭尚寶丞，陞正卿，遷太常寺卿。明崇禎十三年歸里。入清，卜居西田，號歸村老農。康熙十九年終，年八十九。時敏爲一代畫苑領袖。王翬、惲格、吴歷，皆親炙其指授。是集爲其子撰輯，凡詩六卷，詩餘、遺訓、尺牘四卷，附長子挺《減菴詩存》、子掞《西田詩集》，又附《畫史詩简》，爲鄒登泰編，下及嘉慶間名人。至民國五年始由蘇州排印。詩曰《偶諧草》一卷、《續草》一卷，明朝歷仕時著也。曰《西廬詩草》二卷、補三卷，頽齡後卜居西村之詩。《村居雜興》、《贈禪師山民放歌》、《題歸元恭僧服小像》，詞清韻逸。然亦有雄闊激楚之作。《亥秋書事》四首，記順治十六年鄭成功、張煌言入長江攻南京事，深沉含蓄。又作《感興詩》以寄志。其詩得少陵神髓，謂工隱逸，不盡是矣。錢謙益、吴偉業、陳瑚、施閏章、宋琬、王士禛、董文驥集有贈詩，吴歷、惲格集有輓詩。

容菴遺文鈔一卷存稿鈔一卷 光緒間刻本

許令瑜撰。令瑜字元忠，晚號遯翁，浙江海寧人。明崇禎十六年進士，官福建仙游知縣。隆武初，薦擢吏科給事中。清兵下閩，南朝官員俱向大帥親投職名，給照回籍，令瑜徑自竄歸，隱翠薄山房。順治七年卒，年五十九一説五十七。初刻《容菴存稿》三卷，久佚。光緒間，羊復禮刻其《遺稿》二卷，首自序，凡文二十一篇，詩四十一，詩餘一闋，其子奮箋並撰《行述》，友人陳瑚爲撰《祭遯菴先生文》。詩皆亂後之作。《丙戌阻横塘聞變而作》，即作於棄官之時。《舟泊延平》作於丁亥順治四年，詩云：「野泊一舟横，低回故國城。馬嘶行殿草，鳥散下江兵。明月三更漏，孤雲萬里情。翠華魂夢裏，何日報收京。」臨終作十四字云：「一寸有天懸日月，九州無地哭山河。」遂投筆不起矣。

一笑堂詩集四卷　康熙十六年刻本

謝三賓撰。三賓字象三，浙江四明人。明天啟五年進士。官陝西道御史。崇禎五年，李九成圍萊州，巡按監軍，以遇朱未孩得成功，進太僕少卿。嘗以錢謙益門下士，爲刻婁唐程李四家詩。後與謙益爭妓柳是，遂成仇。魯王監國，鄞縣陸宇爋等起事抗清，三賓通款於新朝，欲殺宇爋，以爲進取之路，事未成，然所殺同鄉正士甚多。清廷薄其爲人，未用。順治四年下獄，時謙益亦自刑部回，互爲寄和。既釋，歸里十二年，作詩自悼。卒年不詳。生年諸家説法不同。據集中《庚寅初度自述》有「吾年五十八」句，推爲萬曆二十一年生。其人固非良士，亦爲明清之際歷史人物。所撰《一笑堂詩集》，世間僅存一二帙，以人品太穢，向不爲藏書家珍視。是集有康熙十六年高宇泰序。詩歌分體，作於明季者居什七八。奉命監軍東省詩，觸目皆然，無不自禩其功。感懷雜興之作，意不超而逞其詞，惡劣固所不免。間有關係農旱禁沽之題，及明季軼聞，較可補史乘未備云。

金文通詩集六卷　康熙間刻本

金之俊撰。之俊字豈凡，號息齋，江蘇吴江人。明萬曆四十七年進士，官至兵部右侍郎。降清後以原官起用，歷任工、兵、吏部尚書，至秘書院大學士。卒於康熙九年，年七十八，謚文通。詩集初刻曰《弭筆閒吟》，續刻曰《息齋集》，錢謙益序。是集爲歿後刻，名《金文通公集》，凡奏疏六卷、詩六卷、《外集》八卷，首康熙元年毛瑩序，五年宋實穎序。《四庫存目》著録。歌詩分體，意必頌颺，降臣之詩，此集最劣。餘多游山看梅，爲閒適之辭。又削去前明所作，無可稽采。唯與清初達官有連，可考交游。《半塘看菜花小引》附袁于令散曲一套。于令亦無品節，入清官知府，以詞曲著稱。

默菴遺詩稿八卷 康熙間刻本

馮舒撰。舒字已蒼，號默菴，江蘇常熟人。明末諸生。早謝舉子業。家富藏書，皆手自校勘。枕經藉史，尤專於詩。與弟班齊名，點評《才調集》，時號「二馮」。選《懷舊集》，俱明末人詩，後爲知縣瞿四達指爲謗訕，曲殺之，年五十七。檢《懷舊集》，自序作於順治四年，此集詩止於順治六年己丑，鄧之誠先生謂遭禍當在順治五年，小有舛誤。卷首爲錢謙益序，前五卷名《空居》、《北征》、《浮海》集，作於明季。後三卷名《避人》、《幽違》集，爲入清詩。其詩沿自六朝、唐、宋，力斥明前、後七子、公安、竟陵，《放歌》一首，可見宗旨。明崇禎十年，錢謙益、瞿式耜爲張漢儒所誣下獄，連及舒，集中有詩百首紀其事。《乙酉新歲無事遣懷》、《奉和錢牧齋六月初七日過河東君》、《丙戌歲朝》、《雪夜歸村中即事》、《早春述懷四十首》、《老將行》、《吴農嘆》傷離念亂，多可徵事。故錢序謂長於搜討遺佚也。嘉慶間同邑黄瑞爲《馮默菴遺稿》作序，又撰《書殺父奇寃揭後》

署云：「順治六年八月二十九日，知常熟縣瞿四達曲殺儒者馮默菴先生舒於獄。越二十八日，出其屍，禁錮先生子生員孝威、孝慶。既而巡按發其奸，撫院立將先生事列參，棄四達於市。孝威、孝慶兄弟復刻殺父奇寃揭，泣血遍告縉紳。四達加派役派銀，先生爲民請命，攖酷吏鋒，死於黑獄。」事較他書爲詳。而被殺年月，尤爲確切也。

嶧桐詩集十卷　貴池先哲遺書本

劉城撰。城字伯宗，安徽貴池人。明諸生。與同里吳應箕齊名，爲復社眉目。崇禎九年，被薦詣京師，敍爲知州，辭不就。史可法開府安慶，深重器之，每大事諮訪焉。及江南亡，吳應箕起兵死之，城居隱，憤恨不自聊。順治七年卒，年五十三。卓爾堪《遺民詩》、陳允衡《詩慰》均選其詩。近代劉世珩刻印《貴池先哲遺書》，以《嶧桐集》詩文二十卷與《樓山堂詩文》二十七卷，合稱《貴池二妙集》。集中古今樂府多卽事命題，諷刺時事，如《篸篌引》、《蘆人謡》、《後蘆人謡》是也。慨於明室之覆，作《金陵八代懷古詩》。懷念復社、幾社諸子，作《追昔游口號》。哀吳應箕，作《斷頭歌》。悼史可法、黄道周，用《晞髮集》韻，又有《五人之墓歌》、《緩歌行》、《吁嗟行》、《大功坊行》、《斷碑歌》、《長慟詩》、《危城雜作》、《天啟宫詞》十五首、《崇禎宫詞》十八首，狀敍時代變遷，不啻以銅駝荊棘之寄矣。康熙刻本徐翥《煮字齋詩集》，爲劉城選並序，集中有《輓劉宗伯》詩。

逋齋詩四卷二集二卷　御墨樓詩不分卷　順治間刻本

劉正宗撰。正宗字可宗，一字憲石，號逋齋，山東安丘人。明崇禎元年進士，自推官授編修。福王時，授中允。順治二年，以薦起國史院編修。官山東學使。十年，授吏部侍郎，擢弘文館大學士，翌年改文華殿。十七年，以罪革職，籍其家産之半入旗，不許回籍。康熙即位，愍其衰老，貸之，未幾病卒。詩集分體，首薛所藴、胡世安序，爲順治四年至六年詩。《二集》胡世安、張縉彦序，爲順治七年詩。《四庫》未收。《亂後行》、《古窑行》、《觀兵行》、《薪車行》，均爲清初社會寫真。詠故城、諸陽、西嶽、咸陽、寶雞之詩，恆有寄託。與王鐸、薛所藴、法若真、高珩、白胤謙、沈荃時相寄酬。《騎驢行柬丁野鶴》、《賈鳧西侯補至都》，有文人傳記資料可採。正宗官侍郎時，濰縣楊青藜嘗貽書力規之，勸其引退，正宗不能用，遂及於禍。見《石民集》中《上安丘劉少傅書》。今觀續刻《御墨樓詩》，記奉召南海子觀兵，隨内班習射，甚受寵遇。唯與丁耀亢等交好如故。《癸巳生日》云：「全周甲子渾如夢，坐對西風數雁行。」則順治十年年及六旬。此與薛所藴《己丑憲石初度》見《桴亭集》「君更五十逾有六」適合。《御墨樓詩》止於順治十三年，張縉彦序，任濬題。殆與前集皆隨刻隨行，猶爲明季風氣。

遡園詩集一卷　康熙五年刻本

賈開宗撰。開宗字静子，河南商丘人。明諸生。入清，絶意仕進，以硯田爲謀。撰《遡園集》文四卷詩一卷，《詩説》、《秋興八首偶論》各一卷，爲其玄孫洪信刊。首載順治十八年自序，時年六十七。詩未編年，作於明季較多。七古《卓烈婦》詠前指揮卓煥妻錢氏，乙酉四月揚州郡城陷，先一日投水死。《歸村舍》、《過淮浦》、《白下逢三江歌者》，詞意惻然。《鬻文》五首，自憾身世，殆晚年自況也。開宗受知於王鐸，與侯朝宗爲同學友，有贈别詩。朝宗殁，以詩哭之。其詩法陶、韋、孟郊、張籍，於杜致力尤深。唯不學宋，中州詩人無學宋詩者。《秋興八首偶論》非泛泛説，爲研究杜詩者所當資。

柴村詩鈔五卷　康熙間刻本

丘志廣撰。志廣字粟海，號洪區，又號蝶菴，柴村其世居，山東諸城人。明季諸生。順治三年，貢入太學，年已五十三。對策金水橋，擢貢元，授長清教諭。卒於康熙十六年，年八十三。與從子石常，俱以詩名，石常先卒，有《楚村詩文集》行世。自撰《柴村野老譜記》，敍身家頗詳。是集與《文集》十二卷合刻，《四庫存目》著録，爲其孫性善刊，附性善自著《德滋堂歌詩》，首康熙三十八年李澄中序，澄中爲志廣甥，十八年舉鴻博，官至侍讀。又李煥章、馮佩實序。王鉞《世德堂文集》卷一有《柴村集序》，未載卷端，當係刻書時失收。志廣少好神仙，學於道士齊本守。中年嘗游吕新吾之門。其詩深得理學宗旨。交游不多，與丁耀亢善，有《次丁野鶴落葉詩》十首。餘多行役自慨，羌無故實。

朱滄起詩集五卷　康熙間刻本

朱之俊撰。之俊字擢秀，號滄起，山西汾陽人。明天啟二年進士，官國子監司業。入清，授官侍讀。典順天鄉試。未及一年，辭歸。《周易纂》、《春秋纂》二書，見於《四庫存目》，未見有刻本行世。是集分《吴越詩草》一卷，《硯廬詩》二卷，《峪園詩草》一卷，《排青樓》一卷，康熙二年刻竣，時年已七十。之俊在明季師事陳繼儒。有七古《余山高歌寄眉公師》。與黄道周、文震孟、方逢年進士同榜，行輩甚高。此集作序者爲李明睿，亦原官起用，未久告退。題詞胡世安、陳名夏，均之俊門人。集中作于甲乙之際詩，有史料可稽。《贈傅青主》、《郭道人歌》、《輓王覺斯》、《贈湯味道先生》，間載軼聞。順治十八年，作《大行皇帝輓詩》，康熙間詩人每有此題，可供采輯。

石園詩集二十二卷　康熙四十二年香雪堂刻本

李元鼎撰。元鼎字梅公，江西吉水人。明天啟二年進士。崇禎時爲光禄少卿。李自成入京，降。清初授太僕寺卿。郊廟典禮，多所裁定。官至兵部左侍郎。順治十年，坐事論絞，免死，杖徙折贖。歸里十餘年卒。所著詩文三十卷，統名曰《石園集》，其子振裕官户部尚書爲之刊行，首宋犖、熊文舉、陳弘緒、薛正平序，各卷以事名集。詩凡十八卷，又遺詩四卷，振裕編，《唱和集》則與其妻朱中楣合作。依甲午順治十一年所作《閱坡公詩集》時年六十一逆推，當爲明萬曆二十二年生。元鼎家藏灌瓦硯，相傳爲灌嬰廟瓦，集中有詩，詳記其制。題畫酬應詩，間有可取。游太華、赤壁、匡廬、金陵、杭郡之作，以明秀見勝。《晚晴簃詩滙》舉其鼎革後南還金陵，答陳名夏、金之俊詩，以見其初意不欲再出。今觀集中隱居詩，意在彷佛古人，自云「豐草長林，得以終老」，而格調終未老也。《四庫存目》著録《灌研齋集》四卷爲雜著，無詩。

紫峯集十四卷　康熙十三年刻本

杜越撰。越字君異，號紫峯，直隸定興人。明諸生。受業於鹿善繼，師事孫奇逢，砥礪行誼，講明道學，鄉里推爲耆宿。康熙十八年，舉博學鴻詞，力辭不入試。與傅山同賜内閣中書銜，放歸。二十一年卒，年八十七。撰《紫峯集》十四卷，爲門人楊湛等所編。崔蔚林、趙士麟、魏一鼇序。《四庫》列入《存目》。越爲濂洛專家，不事著作，詩文皆非其長。是集一至四卷爲詩。其間畧存明季掌故。與鹿、孫兩家詩，兼代紀事。雜録中有《龍王廟募緣》一篇，乃七言古詩，而編入文中。至集末所附《詩餘》，亦僅三首。《提要》稱編者不諳體例，此在明末已然，清初别集類此冗雜者，正復不少也。

保閒堂詩集十四卷　光緒九年活字本

趙士春撰。士春字景之，號蒼霖，江蘇常熟人。明翰林檢討趙用賢孫。崇禎十年進士，官編修，十一年以抗疏劾楊嗣昌，謫福建布政司檢校。復官後，進中允。明亡不仕。晚就養東萊。卒於康熙十四年，年七十八。事具卷首徐乾學所撰《墓誌銘》。《詩集》十四卷與《文集》十二卷合編，首自序，其子延先初刊。此光緒九年裔孫聚珍版擺印。其中《玉堂草》、《南還草》作於明末。《閩游草》、《洗心草》、《東田草》作於順治間，有

《甲申紀哀十首》，武夷、雁蕩紀游詩，《南中紀事》諸篇。詩學唐，明人之唐也。以詞羼入，亦明季遺風。《東游草》、《勞山游草》，爲順治十四年抵萊州後作。《勞山紀游詩》一卷附《紀游畧》一篇。《天全草》、《入室草》、《蓬客詩草》，皆晚歲習道所爲，如《入室偈十二首》、《道室自警十二首》、《道室述懷十首》是也。又作《仙鑑雜詠》，存二十一首，爲負圖先生李充、白石生、馬明生、梅子真、玄洲真人姚坦、秦三將軍、灌叔平、費長房、薩真人、唐若山、郭上竈、朱真人橘、劉昉、劉跛子、蘇養直、馬丹陽、譚長真、劉長生、郝太古。爲文獻資料，可供撏摭。其子瑞南，以丁酉科場之獄，謫戍遼左，後赦免。延先官陝西山東道員。士春早年立朝，以抗言著稱。中年爲復社成員，關心國是。暮年唯談煉氣神仙。蓋欲遁世而實不可得，然終未屈志焉。續集，北京圖書館有藏本，未見。

天愚先生詩鈔八卷 康熙五十五年重刻本

謝泰宗撰。泰宗字時望，號天愚山人，浙江定海人。崇禎九年進士。官南安府推官。明亡，伏處海濱，寄情詩酒者垂二十年。康熙五年卒，年六十九。事具吴偉業所撰《墓誌銘》。是集有胡世安、李清、萬言、朱彝尊序，凡詩八卷、文八卷，成於康熙三、四年間，泰宗自訂。初刻於康熙十九年，板燬，五十五年，其孫緒欽重刻之，增馮景岐序及附録。光緒六年，八世孫駿德又刻《天愚山人詩文集》，内詩十二卷，視此本猶全。泰宗生際明清易代，而集中詩以甲申後居多。《弔陳卧子門友》、《厓山大忠祠》、《雁字詩三十首》、《菊醉吟三十首》深有寄託。泰宗出黄道周門，爲明季聞人。入清後杜門却聘，不與人接，以詩遣愁，格調遒上。乃《遺民詩録》未見紀載，三百年來多不知其姓名，良可慨矣。

寶綸堂集十卷 康熙四十四年序刊本

陳洪綬撰。洪綬字章侯，號老蓮，甲申後自號悔遲，一號老遲，浙江諸暨人。畫家。順治九年病卒，年五十五。其子陳字爲搜輯生平詩文共十卷，傳本幾如星鳳。光緒間會稽董金鑑補輯遺文佚事，以活字版擺印。《清詩紀事初編》未收。全書有康熙間羅坤、胡其毅序。活字本董金鑑跋。其詩不脱公安之習，而涉及明末清初時事，固自奇崛不凡。題畫詠梅之什亦多拔俗。洪綬受知於劉宗周，入清與周亮工、張岱有交。自命狂士，以酒色自晦。通禪理，嘗入山中。自云「豈能爲僧，借僧活命而已」。生平不爲顯者作畫，毛奇齡《陳老蓮别傳》、周亮工《讀畫録》屢言之，以此多爲人詬詈。清詩集題詠陳老蓮畫最多。商盤《越風》卷二沈允範《陳章侯畫飛白竹歌》小序録洪綬自題及李長蘅題跋，尤可捃采。

官軍行

人惡官軍淫掠人，官軍却有情可伸。帥與士卒同甘苦，輕用人命如糞土。官軍皆持一半冰，官厨乃棄五侯鯖。軍有婦人鼓聲死，帥列明眸與皓齒。官軍無線綴領緣，帥之門子擲金錢。帥餙微功蒙上賞，官軍肝腦塗草莽。誰非乾坤生育兒，帥亦有何六出奇。安得貴賤相懸絶，我非謀拙乃運拙。古來財物無所需，法斬官軍取笠奴。古來婦女無所幸，法斬官軍之淫逞。帥非正身率下官，又恃官軍爲屏翰。明知官軍有刧取，不敢輕意犯衆怒。帥今冒餉欲未充，駕言輸餉縛富翁。帥先士卒抄村落，分明教我亦淫掠。《賓綸堂集》卷七

搜牢行

狗猻相鬥蕭林北，老翁爲吏居散職。有兒識字日讀書，不欲顯名事稼穡。婦女亦善洗鉛華，椎髻短衣工組織。彪形挾弓騎龍媒，熊腰懸刀張虎翼。白梃銀鐺來百人，口稱將軍征兵食。兒便鑿坏遠入山，此翁致辭無挫抑。賊惟淫毒斬掠人，長官所以欲殺賊。長官惟爲殺賊人，所以軍糧供是力。長官亦如賊所爲，人則何賴有此國。微禄只存田百畝，計畝輸糧敢違式。長官如必刧奪人，請君利刃剚吾臆。二兇聞言聲如豺，虬髯掛弓刃相逼。左右緩之氣稍夷，老奴汝何可悖德。越城非我存半年，汝之所有賊盡得。室中所有皆我存，我今欲之汝奚嗇。汝之賨玉與狗馬，外府外廄汝胡識。此翁出金未滿懷，二兇怒其有所匿。仙人獻果鞭箠施，婦女泣拜心不惻。或有穴地覓窖金，或有露刃畧弱息。捆載金珠及雞豚，觀者唧唧復唧唧。上帝譴怒此兵人，不回殺運禍社稷。《賓綸堂集》卷七

徐大拙詩稿三卷　中國科學院圖書館藏抄本

徐振芳撰。振芳字大拙，山東樂安人。明季諸生。天啟七年試策有忤魏忠賢語，遂不售。北都覆，起義旅於淮上。順治十四年卒，年六十。詩無刻本。《四庫存目》著録《雪鴻》、《三素》、《楚萍》三集。《漁洋感舊集》小傳云有《雪鴻》、《楚萍》諸集。此本有《澠溪》而無《雪鴻》，郎鄧之誠先生舊藏抄本。集中詩《哀新城》作於崇禎四年。《夕泊東溝》、《華州》諸篇，亦詠明末時事。作於甲乙之際者，蒼涼悲壯。《甲申五月閱清江浦義旅》云：「南來甲馬盤三輔，東轉江聲壯六朝。」《黄鶴樓》云：「江聲動地通夔府，烽火連天到夜郎。」《中原》云：「書生不解封侯事，亦剪寒燈看劍光。」《美人看劍》云：「乾坤未毁思讐在，畫閣深藏聶隱娘。」皆高唱也。振芳與吴偉業故交。《雪橋詩話》録有佚詩。

讀騷堂集不分卷　光緒十年翰香居刻本

萬泰撰。泰字履安，晚號悔庵，浙江鄞縣人。明崇禎九年舉人。嘗從劉宗周游，以名節自任。作《留都防亂揭》，爲復社中堅。魯王監國，任户部主事，不受職，而任寧波勸分之餉，以給義師。明亡，遁跡山林。後歸鄞，時與遺老高士聚於野店僧寮間。順治十四年卒，年六十。著《寒松齋稿》，未見傳本。是集共三百十首，爲順治三年至七年詩。自敍有「把離騷向水邊林下讀」之語，是以名堂而名集。又李鄴嗣序。原刻燬版，光緒十年，其孫德祖據寫本校刊，凡原本删而寫本存者，均出注。雖非全帙，亦善本也。《刔曲雜詩》十首、《感興詩》二十首、《西臯絶句》十首、《杜鵑行》、《湘江雜興》八首、《有感謝臯羽遺事》、《和李杲堂秋懷詩》三十首、《緱城道中》，多抱無涯之戚，其音悽絶。黄宗羲以「詩史」稱之。《黄鵠吟》，記黄宗炎於庚寅順治七年祝髪入山，亦可與傳記相印證。泰有子八，爲斯年、斯程、斯禎、斯昌、斯選、斯大、斯備、斯同，皆受業黄宗羲。季斯同尤精於史。斯年子言字貞一，斯大子經字授一，學亦有成。清初寧波文學風氣，由泰開之。朱彝尊《曝書亭集》有贈詩。

四照堂詩集四卷 咸豐五年刻本

王猷定撰。猷定字于一，江西南昌人。父時雍爲明太僕卿，列《東林朋黨録》。猷定鄉貢不試，史可法徵爲記室。順治二年，自揚州還南昌，與喻宣仲、丁仲陽號「三隱君」，自號軫石老人，以詩古文名。晚寓浙中西湖僧舍。康熙元年卒，年六十五。《詩集》初刻爲玉蔬軒本，校刻不精，康熙二十三年其子漢章輯本，凡文五卷、分體詩二卷。是集四卷晚出，爲胡思敬校刻，有周亮工原序，王玑、陳僖、饒宇樸序。猷定爲錢謙益門人，與杜濬爲性命交。同萬壽祺、顧炎武、屈大均亦有往還。集中寄贈，如龔鼎孳、周亮工、宋琬，皆故交。五古《游狼山》、《登軍山》、《步石門看沿江一帶峭壁》、《采蕨辭》，七古《南雲篇》、《亂石灘》，多爲流連憑弔之詞。嘗旅食江淮。作詩自抒鬱抑之氣。《秦郵漫興》四首云：「臺矗朱旗閃舊津，雄邊臺下幾黄塵。花門伏弩長連塞，駟鐵沈舟已斷秦。月蝕可憐喧市鼓，雞鳴難喚渡江人。何時雲黯蒼梧野，猶結家鄉夢裏春。」「秦臺不見舊人行，夢草碑前識姓名。納納五湖元祐氣，蒼蒼萬樹海東情。春潭鼉吼芟城立，古血風寒藕劍明。廟祀從誇南渡後，長淮甲馬亦濤聲。」「三十六湖鉦鼓多，湖中人唱打魚歌。春風禾黍神農部，夜月骷髏城子河。異代莊官傳野史，當年丞相幟天戈。青天大路今如髮，哨馬彎頭又幾過。」「春風白晝旅魂驚，垂老傷心見太平。雲草千盤孤雁色，海天一線暮潮生。夔龍事主工謀國，貔虎蒙恩亦罷兵。慚愧腐儒偷炙背，滿垣星斗下空城。」順治間詩家由明七子學唐，亦偶有超邁之作。康熙中葉，舉世宋調，内容無奇不備，而求通篇無疵者，不經見矣。又有《聽柳敬亭談史》、《姑山草堂歌》、《聽楊太常彈琴》，深寄懷抱。丁有煜有《讀四照堂集》詩，見《雙薇閣集》。

著娱齋詩集十卷　順治六年刻本

周再勳撰。再勳字仲賜，山西上黨人。清兵入關，管理密薊餉務。順治五年，出爲浙江婺州知州，遷金華知府。六年，刻《著娱齋詩集》十卷，東蔭商序。自云「萬曆庚戌三十八年垂髫未娶」，則結集時年及五十。前四卷以《螽餘》、《擇愁琢句》、《破囊脱稿》、《雅游》名之，均作於明末。《愁苦之言》爲甲申間詩，《哀王孫》、《悲假王》、《農詈》、《防禦使》，俱醜詆李自成。《紀甲申正月至八月事》可作史詩讀，自云用古韻不敢註，是易代之後頗具戒心。《帝京篇》、《檀漁拈弄》爲仕清後作。《越裝》則出都赴婺之詩，語多詰屈。然寧僻勿俗，亦有師法耳。

丁野鶴集十二卷　順治至康熙間刻本

丁耀亢撰。耀亢字西生，號野鶴，晚號木雞道人，山東諸城人。明御史丁惟寧子。諸生。崇禎十五年，助地方鎮壓起義饑民，解安丘圍。清軍南下，走東海，爲監軍。及敗，謁京師，充八旗教習，選容城教諭，改福建惠安知縣，以母老投劾歸。卒於康熙十年，年七十三。所著《丁野鶴集》，《四庫存目》著録。《逍遥游》二卷、《陸舫詩草》五卷，自刻；《椒丘詩》二卷、《江干草》、《歸山草》、《聽山亭草》各一卷，皆其子慎行所續刻，附《化人游》、《赤松游》、《西湖扇》樂府三種。作序者爲龔鼎孳、沈復曾、丁乾和、趙進美、王鐸、孫廷銓、高珩、孫奇逢、張侗、李澄中，多爲大員。《赤松游》爲查伊璜序，伊璜名繼佐，其《東山遺集》中有《野鶴吟爲丁郡長作》。又同里丘志廣爲李澄中之舅，官長清教諭，所著《柴村詩鈔》有《次丁野鶴落葉詩三十首》。安丘劉正宗爲崇禎元年進士，入清由國史館編修官至文華殿大學士，所著《逋齋詩》亦有《騎驢行柬丁野鶴》。當時大臣無歌頌昇平之習，而耀亢門第甚高，故爭與之交也。今觀此集詩，如《畏人柬賈凫西》、《答楊猶龍太史見懷》、《送丘柴村先生赴長清》、《楊太史齋中贈查伊璜》、《查伊璜聘燕姬南歸戲贈》、《同張尚書過天主堂訪西儒湯道味太常》、《李龍衮給諫抗疏寬東人之禁流徙遼東寄别》、《王尚書招聽崑山部樂》，可見交往無分朝野。又有《自述年譜》代輓歌，《癸巳初度赤松詞曲新成》、《題西湖扇傳奇曲末》，頗載佚聞。耀亢於康熙四年八月以續書被逮，蒙赦得放，爲脱驂者乃傅維雷，見《哭傅掌雷尚書》詩。《偶讀四子各爲一絶》，稱李夢陽「一朝高節振江河，不作吴音與楚歌」，稱何景明「氣度雍容自大家，凌風仙子弄丹霞」，稱王世貞「珊瑚十丈錦成圍，火浣冰綃映月輝」，稱李攀龍「白雪中原紫氣盤，百年萬里幾回看」。是瓣香於前後七子。其詩亦閎肆健雅，錯綜盡變。中更變亂，栖遲羈旅，時多激楚之音。《大俠行》、《駱駝行》、《朐山行》、《田家》、《捕逃行》，尤抒悲憤。《屠牛歎呈張中柱學》云：「都城用牛不計萬，遠近羣驅就束縛。」《雪橋詩話》謂：「亢厲如此，亦香山之遺也。」

畏人柬賈鳧西二首

靜鳥孤雲天自寬，路人常笑竹皮冠。三年何屋烏常好，一飯誰家魚未殘。有句敲門憎賈島，無鄰驚雪問袁安。應憐劍氣沉埋後，不許蒼龍吼夜寒。

小門高枕野情偏，酒肆藏名號樂天。燕市不逢高漸筑，秦人欲贈逷朝鞭。安知獨鶴鳴朝露，自激驚蟬理素絃。善嫁秋娘何用妬，布荆久已謝丹鉛。《陸舫詩草》卷二

顧與治詩八卷　金陵叢書本

顧夢游撰。夢游字與治，江蘇江寧人。崇禎十五年歲貢生。與紀映鍾同以詩名，曹學佺刻《十二代詩選》，嘗録其詩《偶存稿》。入清，當選，棄官去。順治四年以僧函可案株連被逮，旋得釋。十七年卒，年六

十二。施閏章經其喪，爲作傳，得稿屬方文編輯，刻《茂緑軒集》四卷。《四庫》列入《存目》。此集爲光緒間蔣氏慎修書屋據原本校印。首顧炎武、宋嵋、沈希孟、施閏章、孫汧、方文、周亮工、陳方策、程𪊲、錢謙益、紀映鍾序。夢游生於易代之際，詩多蒼涼之音。《焦山紀游》、《將遊閩海留别謝太守》、《秦淮感舊》、《金陵雜詠》、《登狼山》等篇，格高韻古。家居南京，與時流集社唱和。姜垓、冒襄、邢昉、萬壽祺、徐枋、杜濬、龔賢、余懷，皆其摯友。《真州拜文丞相祠》云：「揚州江頭丞相祠，春帆一弔獨看碑。中興百死猶思濟，正氣千年儼在斯。風雨如聞九合語，乾坤又見陸沈時。吞聲野老偷生久，未薦蘋蘩淚已垂。」哀感動人。顧景星《白茅堂集》卷十八《書顧與治遺集》云：「冥通千里豈無因，生死交情見故人。酒到劉伶墳上土，魂來張劭夢中身。江東羽扇愁零落，客邸黄粱暫主賓。撰得遺文都一集，風前展讀每霑巾。」指夢游留施閏章托以身後，詩並佳。

桴菴詩五卷 順治十一年刻本

薛所蘊撰。所蘊字子展，一字行屋，號桴菴，河南孟縣人。明崇禎元年進士，官襄陵知縣，擢國子監司業。降李自成。入清，官至禮部侍郎。卒於康熙六年，年六十八。著有《澹友軒文集》十六卷。詩集單刻，錢謙益、王鐸、胡世安、方拱乾、王泰際序，卽《四庫存目》著録之本。所蘊與同里王鐸以學杜標榜，復與劉正宗唱和，稱「中州三家」。集中詠時事諸篇，《清詩紀事初編》多已采録。尚有《大蒐紀事》，記順治教射，亦屬紀實,《靈濟宫行》,記當日寺院規模宏偉,《薪車行》刺歎都門官吏,是善陳世情者。游京郊西名勝及衛輝、蘇門等地,亦有佳篇。集中與王鐸、張文光、賈漢復唱贈。《己丑憲石初度》云:「我今蕭颯五十秋,君更五十逾有六。」憲石卽劉正宗,其生年並可考矣。《讀丁野鶴化人游傳奇》二首,爲清初戲曲資料。是集有門人彭志古跋,稱其詩「創闢似王建,藴藉似張籍,豪縱似李白,悲壯似杜甫」,揚詡過甚,是《四庫提要》以爲「弟子尊師之詞」也。

東山遺集二卷　近代景印手稿本

查繼佐撰。繼佐字伊璜,號與齋,又號左尹,自號東山釣叟。浙江海寧人。崇禎六年舉人。與同邑范驤、朱一是、葛定遠、朱嘉徵等結社。逢世變,魯王監國,官職方主事。未幾歸里。爲人所誣,幾入獄,經楊思聖、周亮工周旋始解。五十二歲入燕。返歸東山,築茅菴於萬石窩,肆意著述。著《罪惟録》,歷二十年始成。康熙元年,莊廷鑨明史案起,以自首而獲免。復開講敬修堂於鐵冶嶺下,從學者甚衆。卒於康熙十五年,年七十六。學者稱東山先生。著述甚富,多未刊行,唯《罪惟録》稿本今猶及見,又《魯春秋》、《續西廂》、《九宫譜定總論》,近亦出。詩集僅見二種。一曰《敬業堂釣業》,間附古文、詩餘,爲繼佐在明詩手抄。一曰《粤游雜詠》,專係詩歌。原稿今藏北京圖書館,近代古書流通處有景印本。沈起《查東山年譜》引《自著書目》有《變風集》、《釣業》、《先甲集》、《後甲集》,而無《粤游雜詠》,則是集與《年譜》正可互相補充。集中寄酬楊子猶龍云：「與君未一見，何勞夢中思。馳書千萬言，戔戔託深知。自注：余時註誤，猶龍適以書投當事，云讀書種子，定宜呵護。去秋偶行役，始識君光儀。恨我水中桴，無能益高卑。所以答隆情，手上五言詩。登我椒桂堂，飫我琥珀巵。四座紛動酬，猶與平生私。憐我形影卑，爲結燕山縭。燕女幼且騃，婦事無所宜。烹魚失滋味，懶作吴山眉。顧我弗怒詑，念自誰貽之。」詩中自注，可知順治間被禍之由。此詩標題《楊子爲我買十五女歸》，楊思聖、丁耀亢詩集皆詠其事。《巖門詩話》云：「繼佐家僮侍婢解音律者十人，以『些』呼之，時稱『十些』。」毛奇齡《瀨中集》記繼佐家畜女伎數部，有「獨有柔些頻顧影，倩人不欲近闌干」之句，柔些，歌伎之尤者也。明季江南名士好尚聲伎，清初猶然。順康間屢興大獄，此風漸泯矣。

榮木堂詩集十二卷 康熙間潙嶠遺書館刻本

陶汝鼐撰。汝鼐字仲調，一字燮友，號密菴，湖南寧鄉人。明崇禎九年貢生。永曆時授翰林院檢討。順治十年入獄，次年獲釋。晚祝髮入山，號忍頭陀。卒於康熙二十二年，年八十三。所撰《榮木堂全集》，包括詩文、詞曲凡三十六卷，有《潙嶠遺書》館刊本。詩集分體，迄於康熙十九年。作於甲申乙酉間紀事詩，多具史實。順治十年，以叛案繫獄，既釋，有詩紀之。生平游歷西至甘洮，南游粤中。即景攄情，聲多激楚。《西山行》、《繁憂行》、《六盤山》、《游岱》、《荔枝詩》，詠光孝寺、海珠寺、白沙祠、六祖髮塔諸篇，格韻俱工。結交高士徐枋、方以智、杜濬，禪林月函、藥地，均與酬答。庚申作七律《大耋歌三十首》，自抒經歷，浩歎無窮。子之典，拔貢生，明亡與父同隱，有《冠松巖詩文稿》。

澮軒詩選八卷　康熙間刻本

濮淙撰。淙字石年，一字贇夫，號澮軒，浙江嘉興人。貧士。入清寓吴門，不求聞達。事二親至孝，遇火，入煙燄中，翼二親出。晚號海涇老叟。康熙二十年年八十，釋本黄爲立傳，後不知所終。郡志亦載淙順治初年遇火救親事。《桐溪詩鈔》引志小傳云：「淙耽詩。無定居，初至山塘，則有《半間樓詩集》，遷蘧樓，則有《蘧樓集》，遷塔兒菴，則有《月棠集》，遷北濠僻境，則有《莊廡集》。」唯今所見，僅《詩選》一刻。是集載分體詩三百餘首，有康熙六年柯炘序，湯哲、陳鑑序，卞爾翼跋。日本有新鐫本。淙詩格逋峭。樂府《從軍行》、《吴趨行》、《苦農行》，婉而有諷。四方名流高士，多爲契交。與曹溶、顧有孝、黄周星、魏禧、董俞、金俊明、吴綺、蔣泩、周篔，均有贈答。《來鶴歌爲王奉常先生營壽域賦贈》、《歸元恭江村見别却寄》，多載佚事。《鐵橋道人歌》云：「君不見鐵橋道人真絶塵，仙才落筆驚鬼神。性如支遁好神駿，牧多驪黄騄駬霜騏驎。由是畫馬最逸羣，丹書壓倒曹將軍。畫山得山氣踴躍，畫水得水波沄沄。偶然游戲小點染，蒼鷹側腦横秋雲。莫言花鳥未足重，羽毛神色皆生動。前疑無古後無今，虚靈一片精神用。又不見道人羅浮四百峯，峯峯踏遍青芙蓉。積年魂礧未消却，至今白首難遭逢。手提雙簡久淪落，讀破萬卷成飄蓬。有時赤松得爾遇，我亦脱迹相過從。置我絶壑蒼崖中，草衣木食頭鬔鬆。噫嘻噓，道人家藏圯上書，居諸復居諸，躊躇益躊躇，側身天地空蘧廬。我歌我歌意難盡，對面相看不相問。但將筆墨寄千秋，消磨不盡千秋憾。」道人爲粤中畫家張穆。同時人多有寄贈，以此詩與劉獻廷《贈張鐵橋先生詩》最佳。贈方外詩亦多，其著者爲《贈滄溟大師》、《訪澹歸和尚》。澹歸亦有贈序及長歌，見《偏行堂集》。

翠巖偶集五卷　康熙四十二年刻本

李雍熙撰。雍熙字淦秋，晚號陸沉子，先世棗强，移濟南長山，長山卽周村，家焉。父夢龍，明懷遠將軍。從兄化熙，明兵部左侍郎，降清後官刑部尚書。雍熙自甲申卽避迹翠巖，罕接世事。然亦受封，似不得以遺民目之。卒於康熙七年，年六十七。是集刊於康熙四十二年癸未，王士禛選評，孫斯義序。卷一爲《詠古三十首》，卷二雜詠，卷三以下爲文與雜著，附《行畧》與王士禛所撰《家傳》。士禛稱其詩「古澹閒遠，有陶令風」，蓋什九作于山居。長白諸詩最佳。《鶴伴嶼》云：「蒼山入青冥，連峯回翠微。白雲生渺茫，云是仙人衣。我聞古仙人，騎鶴從此歸。靈蹟在千秋，此地稱神奇。清曉望巖竇，微雲正如絲。廻蟠一相結，素練飄寒姿。高風正初日，弄影開林霏。盪摩爲之久，變幻無端倪。有時雲氣黄，萬里連晴暉。岱嶽横天來，秀色何紛披。有時獨蒼黑，颯然山雨飛。陰霾遍六合，盡日無光輝。山川有靈氣，動與天地隨。況茲神仙宅，異蹟應有之。我居翠巖上，雲松閟雙扉。緬懷自夙昔，蓬瀛以爲期。終將揮手去，永與風塵辭。浩然出大荒，躡足凌丹梯。」取境獨高，猶是明人學唐習尚。

清人詩集敍録卷二

曹司馬詩集三卷　康熙三十二年刻本

曹燁撰。燁字爾章，號石帆，河南祥符人，直隸歙縣籍。崇禎四年進士，十七年官副使分守南瑞道，任東明參政，巡撫廣西，官至兵部尚書。時中原鼎沸，而梧江遠在嶺外，與瞿式耜感懷聯詠。李成棟爲清兵取梧州，出降。順治六年流寓廣州佛山鎮，十一年卒，年五十三。明年，妻子持喪返汴，葬於朱仙鎮北。從弟曹度爲之傳。是集與文集合刊，詩分三卷，以《星軺》、《客影》、《北上》、《南征》、《宦粤》、《嶺南》爲名。《哀武昌》、《鄗城行》、《客當陽歌》，俱詠明季時事，入川及三峽詩，爲燁崇禎十二年主試蜀闈作。唯卷三《梧江唱和詩》，作於東明，時已順治三年。燁詩凡二十首。瞿式耜和詩二十首並序，藉其集而傳，真瓌寶也。至流寓佛山，身委異鄉，已無從考見。詩有「壘耻氏」案，氏卽曹度。

梧江唱和詩　　瞿式耜

丙戌夏，余以請告，舟泊梧江，念與鄭大野直指相别數月，因棹小舠，過端州訪之。大野拉遊七星巖，同遊者爲曹大參石帆，時六月望日也。返棹梧江，石帆以督催狼兵，維舟河下，旋以詩箋見投，卽遊星巖作也。余不揣，漫次其韻，厥後彼此唱酬，迄無曠日，旬餘遂得三十餘首。余之俚拙，誠不堪以瓦缶混於黃鐘，而一時相聚之情，與賡詩之致，誠有足紀者，爰付剞劂，以識歲月云。海虞瞿式耜伯略甫識。

遂初裁就芰荷裳，選勝同人拉舉觴。戎馬中原方極亂，林丘何處尚堪藏。閒看定水消煩渴，靜禮空王染戒香。竟坐蘭言千古誼，臨歧握手意偏長。 次石帆同游七星巖原唱

捫梯攀磴數搴裳，茗戰初酣豈暇觴。兜率諸天容易到，維摩丈室儘堪藏。閒心共結筠蘿契，靜坐時聞薝蔔香。出岫白雲遲有意，松風若爲掃愁長。

精藍歷偏解衣裳，且就荷筒緩進觴。空翠絪緼排户入，孤花幽倩傍巖藏。漫循野水尋扁葉，遥指層臺出妙香。月印前溪歸路杳，上方鐘鼓韻何長。

巖高冷翠滴衣裳，着屐登臨慢舉觴。麗搆恍從天外出，奇蹤偏向谷中藏。夕壇風靜添燈炯，曉殿雲開洗鉢香。若果佛容爲弟子，吴山粵水莫論長。 再疊原韻三首

不施巾幘不穿裳，把卷澆愁再把觴。馳想家國牽夢熟，閒繙古畫引身藏。汲泉最喜烹茶滑，跣研還貪啜墨香。羽扇輕摇涼意足，風來遠水致偏長。 疊前韻遣懷一首

新秋薦爽試紈裳，鈎月如銀稱引觴。水氣漸升疑幔幬，山容入睡似龕藏。沿江小艇明漁火，野寺孤僧炷夜香。絡緯不停砧響接，挑燈獨坐漏初長。 夜坐

拂拂輕颸襲我裳，病餘那復問壺觴。安排枕簟尋幽夢，調伏身心喜白藏。蘭茁數叢堪倚玉，松蘿一盞勝焚香。青山漸與蓬窗熟，坐對閒雲滋味長。再和遺懷

怯寒穉子爲添裳，刻燭賡詩可代觴。雨後蟾光雲薄掩，風前螢點樹低藏。隔江遠聽鳴榔響，鄰舫微聞撥甕香。人競貪眠余獨懶，愁心寂寂共更長。再和夜坐

匡王亦擬賦同裳，且向山靈獻一觴。欲展迂籌前又却，未消熱血吐還藏。祈年願降蘇民雨，禮佛先添壽國香。但得清□還大地，桑麻暇日倍舒長。

何時介胄易冠裳，洗甲旋開在泮觴。虎拜從和尊卣錫，麟標寧復嘆弓藏。開屯再造宣光業，紀代嘗留姓字香。莫倚天心終悔禍，師中握算會須長。再疊前韻感事二首

兀坐江干日似年，閒看谷鳥望林遷。烽煙不隔還鄉夢，琴學相將泛宅船。雪藕調冰何處宴，吟風哦月不須錢。臨流倒影窺牛女，遮莫銀河落枕邊。

中原雲擾及三年，遁跡遐荒尚屢遷。除是深山謀結屋，惟餘荒渚繫浮船。窮思那得安心法，逐日空銷問卜錢。乞巧自知難療拙，騰騰任運水雲邊。和石帆舟中七夕原唱二首

萍泊蒼梧已二年，滄桑幻局嘆頻遷。旌心可對三江水，寄跡惟憑一葉船。邊將幾棄酬國劍，朝官爭辦買山錢。孤臣老病無能役，賸有封章到日邊。

行間鼙鼓動經年，廟算雖周議屢遷。進止決機弦上矢，安危托命浪中船。徵兵到處三千甲，饗士

終朝百萬錢。但願遏劉歌耆定，旂常日麗五雲邊。

用七夕韻感事二首

鬢髮蕭疏感逝年，驚心大火又西遷。衰顔懶對菱花鏡，小户聊傾蓮葉船。太乙仙人蓮葉舟。卧影中流窺玉塔，東皐月。沉香滿屋燦金錢。東皐菊。幽懷何限清秋裏，靜寄蓬窗筆研邊。

舟居端不藉長年，傍渚依山到處遷。最羡煙波漁子艇，漫誇書畫米家船。憂來强撥帷床甕，興至閒行有杖錢。旅雁南征歸去好，棲棲何事滯天邊。

用七夕韻遣懷二首

閒愛科頭不著冠，坐高秋水雨初殘。月圓兩度還家夢，詩賡多篇注坂丸。甘剖瓜盤紅雪滿，烟生茶竈白雲寒。盈前山水看無足，更展圖中山水看。石帆以余賡詩又出藏畫鑒賞詩以致謝。

晚凉新沐試彈冠，陣雨初收夕照殘。但入煩勞成火宅，肯尋閒冷勝冰丸。論詩總帶煙霞氣，展軸時披雲霧寒。最愛月高山轉黑，清光摇漾浪中看。

喜着荷衣戴籜冠，自憐雙鬢已凋殘。暗流有恨乾坤淚，閒送無情日月丸。酒後歌天猶耳熱，夢中觸事亦心寒。勤王無計隨鞭弭，嘗把吴鈎仔細看。

次前韻

江燈遮莫照靈均，誰染波心百丈雲。遥識火山飛藻焰，翻疑銀漢織星文。獨明幾點如歧路，互映徘徊似惜羣。爲憫青燐難破暗，漾歸幽渼聽風分。

叠韻河燈

投老江湖廢整冠，客心秋色正叢殘。自慚浪跡沾泥絮，每羡新詩脱手丸。坐對蘭芬能却暑，飛來玉屑便生寒。須知勝友真良藥，莫作尋常旅聚看。

石帆詩篇見貽頻頻不厭臨歧叠韻答謝一首。

壘址曰：瞿臨桂以撫軍之重，防汎下郡，能與僚佐登臨賦詠，可謂輕裘緩帶，有雅歌投壺之風。計是時，江南淪陷，鐵騎以越錢唐，荆楚委命，風煙但隔一湖水。百粵雖僻壤，震不於鄰於躬矣。斯正擊楫渡江，聞雞起舞之候耶。顧效圍棋賭墅，胡牀嘯月之所爲，豈真兒子輩已足辦賊，姑示整暇乎。抑恐危疆風鶴，恇擾易動，聊爾鎮物乎。此其故予不得知，他日臨桂抱忠入地，謝封疆於一死，與别山司馬豪吟呼憤，若巡轍所至，卒與大參叠唱爭長，已早見一斑矣。可思千載之下，屬有同心，過蒼梧而覽涕，不亦忠魂逸概，時時占斷於蠻鄉瘴天中耶。壬申除日書。

止谿詩集鈔一卷　光緒十三年刻本

朱嘉徵撰。嘉徵字岷左，號止谿，浙江海寧人。崇禎十五年舉人。順治間官四川敍州推官，在官六年告歸。卒于康熙二十三年，年八十三。撰《樂府廣序》三十卷，《四庫存目》總集著録。所撰《止谿文集》二十卷、《詩集》三十卷、《道游堂詩》四卷、《川南紀游詩》八卷、《兩硤紀游》，久佚不傳。《兩浙輶軒録》僅録其詩十數首。光緒間羊復禮爲輯詩文鈔各一卷梓行。首載黄宗羲所撰《墓誌銘》。嘉徵未第時與查繼佐、朱一是、范驤、袁株十二子結社。宦蜀值喪亂之際，城中僅十餘户，招撫流亡千數百户，州民稍稍生聚。嘗平吴天民、白應龍起事，於殘榛敗棘中得浣花片石。作《哀三哀》，爲庶常徐道力元粲、大行郭彦深濬、處士談孺木遷。順治十年至十六年間，作《川峽》、《秦河行》、《迎春竹枝詞十首》、《穀日歌》、《花朝雨嘆》等詩，撫古亦有寄托。十八年入燕，存紀游詩數首。嘉徵爲明季海寧社會名家，爲詩簡而有法。清初亦有聲價。嘉慶間刻本《硤川詩鈔》，尚稱詩集不傳。今存此一編，是不當没矣。

青箱堂詩集三十三卷　康熙間家刻本

王崇簡撰。崇簡字敬哉，直隸宛平人。先世任丘。明崇禎十六年進士，選庶吉士。順治二年授秘書院檢討，官至禮部尚書。卒於康熙十七年，年七十七，謚文貞。《詩集》與《文集》十二卷合刊，首宋玫、李雯、宋琬、申涵光、曹爾堪等序。載天啟六年至康熙十七年詩。《四庫存目》著録。生平所詣，盡在於斯。崇簡明季與黄道周、史可法均有寄投。甲申聞變，避地江南，作《寄悲六首》。南都既覆，北上入都。以進士出身，爲清廷重用。與王鐸、曹溶、高珩、龔鼎孳、宋犖、孫承澤、魏象樞、蔣超迭有唱酬。順治十八年歸里。喜交遺民。姜垓、方以智、顧炎武、萬壽祺、沙張白、紀映鍾、錢澄之，均與之過從。《挽申凫盟》詩，情詞甚摯。説詩謂「論格之正變，不如論聲之正變。清和廣大者爲正，志微噍殺者爲變」。其詩卽主清和棲托。《讀曲歌二十二首》、《王正譜俗竹枝詞十首》，詠北京西山諸勝及江南名蹟，多有佳篇。

寒支初集詩二卷二集詩一卷　康熙六十一年檀河精舍刻本

李世熊撰。世熊字元仲，號媿菴，福建寧化人。明諸生。唐王時黄道周舉薦，授中書，不就。順治四年祝髮，釋名寒支。後歸里，唯與遺民往來，山居者四十餘年。耿精忠變，遣使敦聘，不往。以氣節文章，爲海内宗仰。卒於康熙二十五年，年八十四。所著《寒支初集》，爲平陽僧本嶢刻，彭士望、莱顯序。康熙六十一年其子權删選初集，定爲十卷，與二集六卷同刻，王之績序，卽今本也。兩集詩凡三卷，附自撰《李寒支先生歲記》，李權録補。世熊生於泉州，少喜讀李贄書。初集有《熊經略》、《南都二首》、《次漳浦夫子韻六首》，均爲明季時事。集中稱南明仍用隆武年號。《丙戌九月卽事》、《聞説馬上俘婦》、《讀劉佐明拜傅相公空墳詩》、《紫金山》、《閲帝京景物略》、《瑞華歎》有引、《祝髮答賴惟中十首》、《寒夜十悽》有引，奇偉悽麗，多有長太息而流涕者。《續印帖十首》自況身世。《二集》詩作於閩中。禪林而外，與彭士望交摯，多唱和。聲調益沉。集中有表彰明季義士節烈多首，高其風而哀其志，亦足稱矣。

隰西草堂詩集五卷　近代排印本

萬壽祺撰。壽祺字介若，一字内景，號年少，原籍南昌，江蘇銅山人。明御史萬崇德子。崇禎三年舉人。復社成員。甲申後起義失敗，避地吴中，幾遇難。授官不就，卜居清江浦。抗節逃禪，自號沙門慧壽、明志道人。李雯假歸道過淮安，以僧服見之。與顧炎武交好，炎武贈詩有云：「萬子當代才，深情特高爽。時危見縶維，忠義性無枉。翻然一辭去，割髮變容像。卜築清江西，賦詩有遐想。」刻有《内景堂詩》，未見傳本。順治九年卒，年五十，後嗣不顯。壽祺博學，明曆法，工詩書畫，於琴棋刀劍、百工技藝，細而刺繡，粗而革工縫紉，無不通曉。佚文多散落，道光五年，孫連錦始輯《詩集》五卷、《文集》三卷，附《遯渚唱和集》一卷，王敬之校刊。近代羅振玉合李確《蜃園集》、徐枋《居易堂集》，爲明季三孝廉本，張相文合閻爾梅《白耷山人集》，爲徐州二遺民本，均出於道光本。《古學滙刊》有《萬年少遺詩》一卷，於二本復有增補。其詩不多作，非襟懷廓然不能辦。甲乙間詩，均作於京口。歸南村，有《留别諸公詩》，語頗激楚。與閻爾梅石交。與畫師程邃有過從。晚居隰西，息交絶游，以書畫自給。集中題畫詩，可見大凡。

適餘堂詩前集八卷後集八卷　康熙二十八年刻本

陳上善撰。上善字玄水，原籍蘇州，僑南昌東湖，河南潁川人。明末從曹學佺、王思任學詩，結貞社，友朋相共唱酬。順治間避地寓山。以詩書終老。是編《前集》分體詩四百六十六首，作於天啟、崇禎間。《後集》分體詩四百六十六首，起順治三年迄康熙六年。有施閏章、饒宇樸序。上善於甲申入粤。集中於南明事已不可考。《後集》中《征婦怨》、《築城詞》、《挽歌行》、《苦雨謡》、《冰雹行》、《糶穀行》、《夜織詞》諸篇，備述清初民間疾苦。方其居山中，效杜陵《同谷》作《七歌》，傷心飲血，語多悲愴。《山居雜詩二十五首》，用意深而抒詞隱。交往多方外布衣。生年據《哭劉元澤》詩注，爲萬曆三十一年。又以工於寫照，故題畫詩亦饒有韻致。施閏章亟稱之。可見當時聲氣甚高。

東谷詩集二十卷續集二卷　康熙間刻本

白胤謙撰。胤謙字子益，號東谷，山西陽城人。明崇禎十六年進士，改庶吉士。入清，授秘書院檢討。

官至刑部尚書，降通政使。康熙二年年五十九致仕。撰《東谷集》三十四卷，内詩二十卷，爲其子方鴻編刊，李世洽校。作序者成克鞏、王崇簡，皆降清官員。《二集》爲康熙元年至十一年詩。計其卒年，當在七十以外。所著《學言》，《四庫全書》子部著録，《詩集》則收入《存目》。唯避雍正諱，改胤爲允。胤謙受知於王鐸。《贈王覺斯先生》、《重慶歌贈蔣虎臣假歸》、《贈吴駿公先生》、《泰山歌題清澗王侯卷》，可見行實。《湖南紀行五百字》，記湘省經兵燹後窮荒景象到處可見。《役夫謡》、《述亂》、《漁陽估客行》、《俸米歎》、《冰車行》，紀實之什，亦能見民瘼。於時政頌揚多而揭露少，質幹精神，不失自然之態。與萎苶庸俗者自不可同年語矣。

訥生詩集六卷　近代排印本

馮雲驤撰。雲驤字訥生，山西代州人。順治十二年進士。刑部四川司郎中。十八年，舉鴻博未中。歷官福建督糧道，四川提學僉事。閩人祀之朱子祠。詩集分卷，以《雲中集》、《雲中草》、《國雍草》、《白雲稿》、《瞻華稿》爲名，首康熙三十年徐釚序，附詩餘《寒山吟》，近代排印本統名《訥生詩集》。其中以陟歷塞垣，倡酬京洛之作居多。《雲中行贈王廣生》、《恒嶽吟》二十二首、《潼關行》、《雲棧》、《鳳嶺》、《登塔》二十一首，皆其至者。順治十六年，鄭成功、張煌言兵至鎮江。京師以禁旅南救，又發雲中卒戍海上，均有詩以紀。師蔚州魏象樞。有《送環極先生還朝詩》。與李因篤及同年進士梁熙亦多唱酬。又有《萬柳堂詩》、《觀貢獅貢人參詩》，爲康熙十八年舉鴻博在京所作。十九年作《元日詩》云「慚予過五十」，生年亦畧可知。吴偉業集有

《贈馮訥生進士教授雲中》詩。

留耕堂詩集不分卷　畿輔叢書本

殷岳撰。岳字伯巖，一字宗山，直隸雞澤人。明崇禎三年舉人。父官陜西按察副使，崇禎時忤楊嗣昌，坐法死獄中。上書爲父乞骸骨。比歸，而京師爲李自成軍佔領。與弟殷淵舉事，淵死之。殷岳匿申涵光家，得脱。順治初謁選，爲睢寧知縣。方欲之官，申涵光寄書招之，即辭歸，仍騎驢布袍皂帽還里。康熙六年南游，入閩撫幕中，遺民不仕满人，可就幕曹，當日觀念如此。九年，客死福州，年六十八。是集詩分體，有申涵光序及所撰《行狀》。岳嘗游盤山，過燕市，登嵩嶽，至曲陽訪傅青主，詩多五言古風，不喜律詩，以爲徒費對儷，無益性情。《讀史三十首》、《感懷六十首》，皆歌慷慨。是集經申涵光删定，已非全帙。汪師韓《上湖分歲雜詠・廣平三君詠》注云：「申鳧盟築堂名遲山，雖取『遥傳杜陵叟，怪我還山遲』之語，而實以殷號宗山，待其來也。宗山亦顔其堂曰喻鳧，謂惟鳧盟喻其意也。」可見三家交分。

拙菴詩鈔二卷　近代排印本

龔挺撰。挺字無競，江蘇太倉人。明代世家。甲申後棄舉子業，教授四方。相與往還者陸世儀、陳瑚、顧夢麟、毛晉俱爲遁民。《詩鈔》至近代始有刊本。據十七世孫寶琳跋，卒於康熙二十年，年七十九。爲詩深警，多諷世事。順治十八年江南奏銷案，蘇松常鎮官紳士子，被斥革者萬三千五百餘人，有詩以記。《康熙初年州令横征辱士時有謡曰要讀書看作儒噫讀書昔稱最事至今令人動色相誡哀哉因率成口號以誌感》云：「周士貴，秦士賤。天降割，人爭厭。饒口張，酸肉嘶。盆覆日，天難見。」又見凶歲饑饉，復痛官吏催徵之急，作詩以刺之曰：「勤耕力作米粒多，火急官糧粒粒數。昔日文章可療飢，今日文章絶煙火。三百六十生活多，盡捉當官繫韁鎖。千山萬水獲利多，到處關河有狼虎。官府飛符斬伐忙，無枝可棲恐砧俎。」《水没頭歌》云：「水没頭，雨弗休，浸稻田，不用牛。雨年打水牛喫苦，肩爛蹄穿同病虎。今年多雨得安眠，草没木棉非小可。非小可，愁殺我。署州太守不停忙，五日催徵急如火。」清初江南苛政，可考而知焉。

閻古古詩集五卷　近代排印本

閻爾梅撰。爾梅字用卿，號古古，一號白耷山人，江蘇沛縣人。明崇禎三年舉人，以忤閹黨罷公車。居微山，與萬壽祺爲忘形交。弘光元年見史可法，勸西征徇河南不聽，勸之渡河北征徇山東又不聽，投書而去。會揚州失陷，南京瓦解，亡命四方。順治四年祝髮，稱蹈東和尚，而志在恢復。返初服，陳名夏來書相招，以詩絶之。八年，至京師，馬光輝特疏參之，下濟南獄。十一年，得釋。居京師，復往洛陽、關中、楚蜀，考察形勢。康熙三年，又起大獄。再北上，寓刑部尚書龔鼎孶所，數年後返里。卒於康熙十八年，年七十七。詩集十卷，初刻於康熙十四年，有黄雲師序，自識。以中多違礙清廷語，屢爲删削。近代刻徐州二遺民集始有增補。一九一九年，張相文重輯閻古古全集詩五卷雜文一卷附年譜，較爲足帙。詩按古逸樂府、四五七言古、五七絶諸體分卷。古體奇闢生思，近體氣象渾淪。甲申後感念國家身世，多悲壯嘹亮之音。《南遷》、《微山行》、《惜揚州》、《刺金陵》、《哀燕山》，均爲詩中之史。《古逸篇》、《懷古二十二首》、《歌風臺八首》、《汧罝草堂讀史詩》三十首，無不援古刺今，箴戒得失。贈投交往，既見史可法、楊廷樞、倪元璐、張采、張溥、黄道周、陳子龍、吴應箕矣，又與諸遺民寄懷。《贈紀伯紫》、《題萬年少隰西草堂》、《送曾青藜歸寧都》、《鏖鏊歌爲崑山歸玄恭作》、《桃花城秋夜贈方爾止》、《柳麻子小説行》、《訪傅青主於松莊》，大都情意沉摯，聲情激楚。既以嚴詞拒絶陳名夏、趙福星等人之見招矣，又與入仕故舊唱酬。《答龔孝升》五首、《見山堂歌爲楊猶龍作》、《送李武曾之貴陽》等篇，氣格雄厚，寄望猶存。《滿漕撫趙福星遣官招余却之》有云：「殷商全賴西山士，蜀漢孤生北地王。豈有丈夫臣異類，羞於華夏改胡裝。」真大節凛然矣。答陳百史有云：「絶無世上彈冠想，徒有年來却聘書。侍郎休問田園事，先帝宫陵亦廐墟。」再答百史有云：「四野霜高不可塵，孤峯天外有誰鄰。歌來恐復如狂疾，泣下嫌其類婦人。已見滄洲沈義士，何妨洛邑恕頑民。祇今惟獨君知我，莫遣漁郎屢問津。」不亢不卑，猶見氣骨。五律《大明湖》其一云：「大明人尚在，最喜大明湖。水藻共欣賞，山禽時有無。華不苞翠筭，趵突噴靈珠。琴瑟音何用，齊門祇好竽。」亦絶唱也。餘如《題居庸關》、《從鷄鳴山至宣府》、《燕趙雜詠》六首、《題應州木塔》四首、《過蔚州有感》、《游五台山》六首、《洛陽懷古》、《關中雜詠》、《江漢雜詩》、《蜀中雜詠》，雄奇揮麗，而無艱澀之語。其詩規橅漢魏、盛唐，於明尤近李夢陽。七集《東城懷古》一首，足與《空同集·秋望》相頡頏。王士禛譏其重夢陽而不重杜甫，執古病今之見也。

青溪遺稿詩十六卷 康熙間天咫閣刻本

程正揆撰。正揆初名正葵，字端伯，號鞠陵，又號青溪舊史，湖北孝感人。明崇禎四年進士。官尚寶寺卿。入清，改名，授光禄寺丞，累遷工部侍郎。順治十四年歸里，以詩畫自娱。卒於康熙十六年，年七十四。是集與《文集》十二卷爲其子大皋等刻，《四庫存目》著録。首嚴正矩、高騫、吴琠序。早年詩傷心時事，語多譏刺。《己亥江行》五律三十首、《和錢起江行詩五絶一百首》、《六言雜詠》八十首，自一時傑構。《孟冬詞》二十首爲明宫詞，寄以懷舊之思。《兵至》十二首，頗能概括清初用兵。警句如「赤羽膏民血，青原哭鬼燐」、「十年高殺氣，尚有未稱臣」（《己亥江行》）。「閭閻不惜捐皮肉，指望殲魁奏凱歌」、「捷書露布天顔喜，猶有流民可繪圖」（《兵至》）。固應以此爲最矣。正揆善書畫，周亮工、王士禛盛稱之，集中題畫詩多至數百首。與石谿交善。贈石谿和尚畫云：「捲席洞庭去，長風一葉歸。禪心定落水，吟思動殘暉。故國人還老，荒城鬼亦稀。德山托鉢處，今昔是耶非。」與同邑沈宜爲中表兄弟。沈宜《竹雲堂稿》載正揆所撰傳並爲序。

倘湖遺稿不分卷 抄本 倘湖近詩二卷 刻本

來集之撰。集之字元成，號椎道人，浙江蕭山人。崇禎十三年進士。官安慶府推官。清兵南下，與紹興府官于潁率師禦之。事敗，以高隱終。遺稿爲其曾孫手録，包括詩文詞曲，皆未刻。自作雜劇六種，僅《兩紗劇》、《挑燈劇》傳世。兼工多能，不避俚俗，明季縉紳士夫好尚相同，康熙中葉以後，此風泯矣。據抄本《壽式如兄七袠序》集之生當明萬曆三十二年，詩起辛酉天啟元年，云年十八。有《八十自壽》詩，亦老髦矣。集之與畫家蕭雲從、戲曲家黄周星交善。其詩諸體皆備，《弔黄石齋》等作，語及時事，餘多冥懷寄托，隱衷可悲。散曲《錢塘懷古》，斥責權奸，含意甚明。《詩餘譜序》、《王以清填詞序》、《周次修馮驩市義劇序》、《周因仲禪隱四劇序》，俱爲詞曲史料。次修名澍，《市義》一劇有刻本不多見，《禪隱四劇》存亡未可知。康熙間集之自刻《倘湖近詩》，爲月令詩、游仙詩，皆七言絶句，今藏中國科學院圖書館，即鄧之誠先生《清詩紀事初編》所據之本也。

錢塘懷古

【南仙吕入雙調曉行序】故國山圍，問錢塘前事，物遷人異。英雄淚，洒向日晷斜西。間追，十里荷蕁，三浙浩蕩，千門桃李。佳麗，算只有兩高峯，不改昔日容儀。

【前調】休題，鳳舞龍飛，草間碑版，鐫着舊王名字。山横翠，不是螺髻蛾眉。時移寶叔基荒，握髮殿壞，婆留井圮。難記，只好向三生石，夢裏啞謎猜疑。

【黑麻序】有志同悲，伍子胥雙目，炯炯如箕。笑從來賣國，恁多宰嚭。無知，山棲賴種蠡，臺崩更靠誰。晚潮回，共見素車白馬，仍載鴟夷。【前調】還記，有宋□垂。尚衣冠文物，半壁江水。忽飛來白雁，臣主狼狽。虺隤，文山魄未歸，厓山浪又催。化鵑啼，最慘是奸髡、造塔搜及荒泥。【錦衣香】陳少陽，叩黄扉，筆尖費。陳龍川，對丹墀，舌尖鋭。大都蔽日權奸，先殘正氣。高燒銀燭擁妖姬，一朝破碎，身也何依。博個下場頭，木棉菴，月黑烏栖。四野人何罪，干戈匝地，少陵野老，江頭雪涕。【漿水令】採孤山梅花種稀，看西陵松柏影迷。施公祠下劍光飛，糊塗帳一肚皮。大醉未醒，誰喚起，秦家呵夫妻長跪，岳家呵父子追隨。千秋下，千秋下史書一字，小人耳，小人耳怎見便宜。【尾文】西湖灘下蘆花底，淒冷漁翁閒瞌睡。聽他歌一曲，歸去來兮。《倘湖遺稿》

周次修馮驩市義劇序

填詞家相率推高元人，非卑今而佞古也。自兩宋諸名公以詩餘擅美，流轉宫禁，分播鄉閭，粗至于鐵綽板之銅將軍，細至于十七八之女郎，無不嘆咏抑揚，窮奇盡變，美無可加，勢不得不演爲有元之北劇，其法一事分爲四出，每出則一人暢陳其詞旨，若今制業之某人意謂云者，而賓白宛轉附麗之，故得罄所欲言，淋漓曲折。而一二英絶之士，如關、鄭諸公，領袖其間，遂成洋洋一代之風。乃予所心服者，如吴昌齡編《西遊記》矣，八十一難之中，儘多熱鬧，應接不遑。及讀其曲，一出爲諸將軍餞行，一出爲村婆稱述餞行之情狀，一出爲胡婆賣餅，抑何其間冷處反多也。王實甫編《西廂記》矣，使今人爲之，當作飛虎賊兇勇之詞，或白馬將軍激壯之語，而豪邁駿偉，反出自酒肉僧之口中。紅娘傳柬回柬，關目所存，而請宴一事，甚無樞紐。顧復揮洒鉅篇，春容和雅，豈非作者胸中另有結撰，偶借本題，別成奇搆，而不爲本題所縛，此元人之所以高于千古也。予同學周子次修，文壇之飛將軍。海内操觚之士，無不延頸企踵，望風結納，才情勇溢，筆有餘鋒，近所編《馮驩市義》一劇，殆其寄焉。蓋有以見其胸中所吞吐，高之在秦漢以上，而下之亦自元人以至于今兹也。昔儒有言：揚州上當天市垣，故其民計錐刀而逐什一，又下元甲子之人，嗜利忘義，今時正當下元也。予與次修生其時，居其地，目見兼併之家，銖及蠅頭，算窮蚊睫，能不悲憤填膺，安得起彈鋏之士，取其填囊盈篋之券，悉舉而付之祖龍乎。此劇行，寃家債主俱化爲甘露和風矣。顧其思幽而曲，語俊而雄，迴風生瀾，寸鐵見血，使湯若士、盧次楩見之，亦當瀉舌泚顙。然則世之讀雜劇者，正不必卑今而侫古也。英絶領袖不屬之次修，而誰屬哉。《倘湖遺稿》

周因仲禪隱四劇序

予嘗澄神靜息，讀《禪隱四劇》，而知因仲先生之教人于忠孝，蓋循循善誘者也。方袍幅巾，升皋比之座，取夫比干剖心，王祥卧冰之事，且旦焉，諄諄焉，曰爲此則聖賢，不爲此則禽獸，將以縛其猿心，而收其鵠志，然不知其損裂四出，馳奔萬里，不曰腐語不堪入耳，則曰古事不偕今俗也。因仲乃從而歌之舞之，寫鐵骨冰心于花明珠媚之下，排場撮弄，一唱三嘆，曷往觀乎。始而目挑，繼而神往，繼而不知其手舞足蹈，曰若者爲真忠，若者爲真孝，若此者吾願爲之，不若此者恐無以傳之他人而留之後世也。且夫西方之教尊耳，以聲聞爲學，而吾儒之教尊目，以文字爲學，因仲之舉管拍几，推敲宫譜，吮毫飽墨，藻繢雕鏤，使音聲之道與耳謀，文字之道與目謀，而忠孝之道又與心謀，豈僅與方袍幅巾旦旦諄諄者爭教澤之遠近哉。高則誠爲《琵琶記》而曰不關風化，縱好徒然。然則郵亭畫壁，歌不及于蓼莪；李薈傍牆，譜不傳乎靡盬。又何如澄神靜息，而讀吾因仲之《禪隱四劇》也。《倘湖遺稿》

乾初先生詩鈔一卷　光緒十三年刻本

陳確撰。確原名道永，更名箎永，改名確，字非玄，號乾初，浙江海寧人。與同里祝淵俱游劉宗周之門，以志節相砥礪。明亡，淵賦絶命詞自縊而死，事在弘光元年。確抱節空山，與同志講經學。卒於康熙十六年，年七十四，黄宗羲爲撰《墓誌銘》。嘉慶間，六世孫陳鱣訪求遺書，久而未得其全。光緒間羊復禮藏有陳敬璋編《乾初先生文集》十八卷、《别集》十九卷、《詩集》十二卷，並《大學辨》、《葬書》鈔本，唯僅刻《文鈔》二卷、《詩鈔》一卷，入《海昌叢載》。是集即羊刻本，詩僅三十餘首，清真曠逸，自具面目，然編年已不能辨。幸鈔本猶存，今中華書局整理出版《陳確集》，已有全集可資。内詩十二卷，尚多質實可採也。

讀史亭詩集十六卷　康熙間刻本

彭而述撰。而述字子籛，號禹峯，河南鄧州人。明崇禎十三年進士，官陽曲知縣。入清，分巡永州道，至貴州巡撫，移雲南左布政使。卒於康熙四年，年六十一。是集與《文集》二十二卷合刊，首趙進、朱彝尊、王原、毛奇齡、許汝霖序。《四庫》列入《存目》。歌詩分體，甲申前後詩，多寫亂離情景。從軍西南，清初用兵繁劇情景，屢可見之。《蕪湖行》、《悲西延》、《白米詞》、《都狼嶺》、《桂林行》、《黎平行》、《戰城南》、《病狼行》、《貴陽行》、《湘潭紀事》、《新廂驛》、《水西行》、《估客行》、《潼關行》、《陽朔舟行》，長篇之作，足可證史。詩格雄奇峭拔。王士禛舉其「戰壘荒城蒙段外，華風邊日漢唐年」，「白露蠻江彤木葉，黄沙羯鼓下營州」，「千盤路吐檳榔隖，一線天開玳瑁池」等句，以爲皆有「磨盾横槊」之風。朱彝尊序謂「其人所應有盡有，人所應無不盡無」。明末清初，中州文人盛多，而述與王鐸、周亮工，皆降清官員，此外尚有宋犖、侯方域、湯斌、劉體仁，亦以詩文著。康熙中葉以後，無崛起者矣。

青巖詩集六卷　康熙五十年刻本

許楚撰。楚字芳城，號旅亭，安徽新安人。明諸生。順治間坐鄱陽累，執訊皖城，禍幾不測，而吟詠自若。過大楓嶺題詩石壁，有「四海知張儉，千秋憶孔褒」語，巡撫李棲鳳不具獄，自是絶口不言時事。康熙十五年，隱黄山以終，年七十二。事具本書卷首汪洪度撰《傳》。此書又名《南村草堂集》，爲其孫象縉所刻，詩文各六卷，有崇禎間江天一等舊序，高標序，萬雲國《西陵竹枝詞序》，吴雯《渡河詩序》，林雲銘、王泰徵、陳鵬年《新安江賦序》。詩共五百九十五首，《西陵竹枝》、《漁父詞》、《渡河詩》俱未專集，收於各卷中，《新安江賦》等三篇附於卷末。作者少負詩名，以白社與張溥復社相呼應。集中大都爲入清以後詩，與遺民湯燕生、黄周星、林古度、沈壽民唱和。五古《贈龔半千》，極是高調。山水踪跡所至，亦自放悲歌。《讀史三絶句》、《季漢六君子詠》、《越四君詠》均以隱逸爲尚。卓爾堪《明遺民詩》未見其詩，足見作者遁世之深，不欲留名於人世間也。

愚菴小集詩五卷　康熙十年刻本

朱鶴齡撰。鶴齡字長孺，號愚菴，江蘇吴江人。明季諸生。入清不仕。與顧炎武友，以本原之學相勗，始致力於諸經注疏。卒於康熙二十二年，年七十八。所著《尚書埤傳》、《禹貢長箋》、《詩經通義》，箋注《杜詩》、《李義山詩》，及《愚菴小集》，《四庫》皆著録。《小集》十二卷，卷一爲賦，卷二至六爲詩，卷七以下爲序記論辨雜著，附録《傳家質言》。錢謙益、王光承、計東序。《提要》稱「所作韻語頗出入少陵、義山之間」。《湖翻行》、《野田行》、《精衛詞》、《苦寒行》、《刈稻行》，句多沉痛。《寧都魏凝叔惠貽易堂諸子文集》、《吴園次太守貽林蕙堂文集》、《題秋笳集》等篇，俱涉當代藝文。殆學古而不滯於古之迹者。《感遇》諸篇，慨於世變，棖觸平生。交游王時敏、吴偉業、余懷、徐枋、曹溶、姜垓、陳瑚、金孝章、馮班、顧夢麟、毛奇齡、錢肅潤、方文、汪琬、孫默、朱彝尊、徐乾學、沈永禋、王士禄、士禛兄弟，俱海内名輩，而仕清與不仕者，亦各參其半。吴祖修《柳塘詩集》卷一有《贈朱長孺先生》長詩。

姑山遺集詩三卷 北京圖書館藏抄本

沈壽民撰。壽民字眉生，號耕巖，安徽宣城人。明諸生。入復社。崇禎九年，制舉賢良方正，巡撫張國維薦入都，抗疏兵部尚書楊嗣昌，名動當時。福王即位南都，阮大鋮挾宿憾，矯詔逮之。變姓名匿金華山中，隱於緇流，歷十數年得歸里。康熙十五年卒，年六十九。事具黄宗羲撰《沈耕巖先生墓誌銘》。撰《姑山遺集》三十卷，内詩三卷。壽民與黄宗羲石交，《南雷集》有贈壽民詩文多篇。聲望甚高，梅枝鳳、施閏章、吴肅公皆出其門。是集存詩無多。順治十一年作《謁吴樓山墳追數往事擬杜七歌》，康熙三年作《街南賣藥行爲吴雨若賦》，康熙十年作《賣畫行爲蔡玉及賦》，痛定長吟，歌頌貞幹，皆詩中之史。《聞里中諸子放歌》、《訪姜如農先生城北》、《答尚白》，亦有激楚之語。明清之際多奇節之士，惟遭陸沉之禍，著作不顯，當亟傳之。

釋柯集一卷近草一卷釋柯餘集一卷附一卷　康熙間刻本

蕭中素撰。中素一名詩，號芷厓，江蘇華亭人。入清，棄舉業，爲木工，以工役之直自給，人稱蕭木匠。康熙二十五年年八十，長男六十，孫三十六，大曾孫十三，猶率子孫操斤鋸以從事。工詩。集名《釋柯》，謂出自「引繩削墨」之餘。蓋深於隱遁，卓不可及也。是集有同邑吴騏序，騏字日千，明諸生，入清不出，以倚聲名於時。《近草》有康熙二十八年曹偉序。大都述懷自嘲雜興，贈答無達宦巨族。附詞數首，並顧永年等人所作《蕭芷厓先生八十壽詩》。《江蘇詩徵》卷三十七有小傳，言蕭詩本蕭山諸生，明亡後居雲間，始爲木工云。王鴻緒《贈蕭芷厓》云：「小築幽居碧草扃，雲溪淡淡水泠泠。風流雅託梓人傳，丘壑應垂處士星。巖菊有情堪獨把，江籬無怨爲誰醒。高山更入朱絃調，可許巢由洗耳聽。」

胡石莊先生詩集二十七卷　近代排印本

胡承諾撰，承諾字君信，號東柯，晚號石莊，湖北竟陵人。明崇禎九年舉人。入清未仕，所學不自表襮。著有《繹志》、《讀書説》行世。康熙二十年卒，年七十五。詩文著述久已罕聞，道光間監利王柏心爲之鼓吹，始爲世所重。近代沈曾植據僅存孤本排印，標名《胡石莊先生詩集》，由樊增祥、周樹模爲之序。詩分三集，曰《青玉軒集》七卷，崇禎十六年至順治九年詩。曰《菊佳軒詩》六卷二刻五卷，康熙元年至十二年詩，附《檄遊草》爲五年辭選官詩四十首。曰《頤志堂詩》八卷，康熙十三年至二十年詩。其詩奥博，不染鍾、譚之習。《百一詩》、《招隱詩》、《憫役詩》、《役者謳》、《築堤詞》、《射飲行》、《戊戌除夜作》、《育馬行》、《潁川老人歌》、《章錦衣歌》，多與時事有關。《故宫行》、《鄭州道中望周世宗陵》、《浮橋行》、《陵陽山水歌》、《自述七十歌》，多寄感慨，亦自與時流異趣。歷燕、趙、晉中、湘、楚，所爲近體，以沉雄見長。雜體多首，擬陶、謝、阮籍、陳子昂殆遍。《樂府十二首》傚元道州，幾於近之。明季遺民多喜與達官酬接。承諾於康熙六年入都，僅有詩贈王士禛，其人品清峻可知矣。

海右陳人集二卷　康熙間刻本

程先貞撰。先貞字正夫，山東德州人。明工部侍郎程紹孫，通判泰子。入清，以祖蔭官工部員外郎。未幾告歸。家居二十年，以扶風教、崇簡樸相勖勉。康熙十二年卒，年六十七。此集詩四百四十六首，有錢謙益、盧世漼、陳鍾英、田雯、蕭惟豫、馮廷櫆序。集中涉及清初時事甚多，如《冰山歌》、《丁未六月漫記》、《地震》康熙十七年六月十七日、《糶麥行》、《後糶麥行》等篇。《火蓮行》、《端午行》、《石魚行》、《鄒將軍舞雙刀歌》、《聽張八娘彈琴》、《觀竇將軍盔甲器仗歌》、《葛巴剌碗歌》、《豐侯歌》、《觀高絙伎傚東坡古纏頭曲》、《燕姬馬解歌》、《葉子吟》自注：近士大夫亦爲此戲。多爲社會生活史料，時出於紀載之外。先貞父子與錢謙益交好，與高珩、周亮工、王士禄、張弨、李因篤亦有寄贈。顧炎武從大同來，暫過德州，即主其家，《亭林詩集》有《酬程工部先貞》，作於康熙四年。《題宋張擇端清明上河圖》、《過蘇禄國東王墓》、《閱錢牧齋初學集却寄二首》、《觀周櫟園因樹書屋書影却寄》，亦可取資。《傚杜陵爲六絶句》，悼明代先賢而吟，非論詩之什也。七律《還山春事》三十首、《秋興吟》，較爲冲融。《自傷無以先于世而年逾耆艾因號海右陳人詩以述旨》，可見懷抱。其詩學杜兼陶，惟不第聲貌之似耳。

敬亭詩集五卷　康熙間刻本

姜埰撰。埰字如農，號敬亭山人，山東萊陽人。明崇禎四年進士。授密雲知縣未赴任，改儀徵知縣。累遷禮科給事中。十五年，以直言下獄，受廷杖，遣戍宣州衛，自號宣州老兵。清兵破萊陽，其父被害，妻死之。福王立，避馬、阮陷害，走寧波。魯王監國，擢兵部右侍郎，以辭。亡命徽州，入山削髮。返初服，流寓蘇州。同邑宋犖招，固辭之，自號敬亭山人。康熙十二年，以遺老終，年六十七。門人私謚貞毅先生。埰與弟垓，俱以氣節相尚，稱二姜先生。廷杖謫戍，吴偉業作《東萊行》，敍其事頗詳。自訂《敬亭》、《餺飥》二集，其子安節、實節刊行，併合爲一，統名《敬亭集》。詩文各五卷，補遺一卷，黄周星、錢澄之序。其詩沉雄幽憤，而詞意奥衍，《四庫存目》著録。《提要》謂有「粗獷之語錯雜其間」。《泊滸墅關投酒家王繼山》、《憶昔行》、《宣州行》、《過鎮江爲營卒所困》九首、《慕邨四首》、《黄山》七首、《長歌壽歸元恭》、《地震》自注：戊申未月。《謁象山先祠》、《鑾江雜詠》十首，大都感時撫事，沈鬱之致。而述事之詳，尤足可貴。入清後不與貴人接，交往徐枋、沈壽民、余懷、陳濟生、查士標、魏禧、歸莊等人。《易簀》詩云：「東望松楸，不勝心痛。」志亦堅矣。後人弔二姜墓祠詩甚多。

霜紅龕詩集十四卷 宣統三年山陽丁氏刻本

傅山撰。山初名鼎臣，字青主，一字仁仲，又字嗇廬，别署老蘗禪、公之它，山西太原人。諸生。明亡，居土穴養母。順治十三年入獄，未幾釋還。康熙十八年應博學鴻詞，固辭，不獲，至京師，疾甚。魏象樞乃以老疾上聞，特免試，授内閣中書，放歸。二十三年卒，年七十八。山善畫工書，精於醫，隱於道。聲名遠播，明遺民中僅稍後於顧、黄。凡所遺著，已有三、四刻。宣統三年，山陽丁寶銓刊本四十卷附三卷及《年譜》，較爲易得。詩學昌黎。《青羊菴》、《種薤引》、《李賓山松歌》、《詠史感興》三十六首、《讀傳燈》、《讀杜偶書》、《土堂雜詩十首》、《村居雜詩十首》、《口號十二首》、《調饑三首》，以其精神所注，足驗其志節。詠晉祠，游樂平石馬寺，亦較超詣。顧炎武嘗曰：「蕭然物外，自得天機，吾不如傅青主。」兩家有唱和，見本集與《亭林集》贈詩。王士禛《池北偶談》亦數稱之。山不事酬應，與顯貴無一贈答，人品甚峻。唯晚年涉心仙釋，多作頹唐悲愉語，時近迂奇。蓋明季三晉文風未開，又時取徑鍾、譚，流於奥澀，此正學韓所不易到也。後世仰慕其人，於其所施，亦無不奉爲珪璧矣，惠周惕有《贈傅青主先生》長歌，汾陽朱之俊詩集有《贈傅青主》詩多首。

古照堂詩集二卷　咸豐間重刻本

狄雲鼎撰。雲鼎字符甲，號良瞻，江蘇瀨陽人。明諸生。年二十，與里中吴穎、芮巖尹交善，復與上元顧夢游、京江潘木公、高淳邢昉結社。入清，其子漕爲援例出貢，固未之知也。順治十五六年間，催赴部，郡縣敦迫，辭不就。康熙二十年卒，年七十五。王曰曾爲撰《行述》。所撰《古照堂詩集》，分體，初刻於康熙二十九年，有吴穎序，此裔孫重刻本。雲鼎生於兩朝易姓之際，爲詩用意深隱。五七古《新樣粧》、《寒女行》、《吁嗟行》、《荆軻行》、《虎丘中秋歌》、《題度隴圖》，多有寄托。五律《送邢孟貞之廣陵》、《病中雜感》八首、《張興公招同顧與治觀劇》四首、《早秋書懷和杜于皇》八首、《錢茗可畫竹》，抒詞委曲，咸感於心。絶句《畫蟬》云：「諱迹名常變，貂冠未趁榮。柳條雖寂寞，咽露愛秋清。」《野望》云：「世事茫茫人代非，眼看春草緑添肥。清明寒食花飛處，叫殺杜鵑人未歸。」《西湖》云：「亡國丘墟霜葉銷，館娃宫草緑迢迢。夷光畢竟忠於越，歌舞仍留在六橋。」借物起興，此亦風人小雅之遺。《過石頭城》、《揚州望驛路有感》、《贈吴見末》諸篇，多作於改元之後，亦有愴況之音。此集多劖版，蓋原本如是。有此一刻，不終閟矣。

大愚集二十四卷　康熙五年刻本

王鑨撰。鑨字子陶，號大愚，河南孟津人。鐸弟。貢生。歷官山東提學道按察司僉事。此集有吴偉業、陳鑑、丁澎、周亮工、陳盟、傅而師等序。王鐸序稱：「吾今年干支一周，弟亦四十有五。力疾讀弟《大愚集》，且喜且泣。」可知鑨生於明萬曆三十五年，康熙五年結集時年已六十。詩始於崇禎間，詠嵩山、少林、汴中、大同、代州、居庸、宣府、太行之詩甚富。入清，作《南征詩》、《秋征詩》、《塞上曲》。奉命校士齊魯，並有詠歷下、泰安、蓬萊詩。《聞友談房山諸勝》、《與西洋番僧二首》、《五臺僧》、《送真臘入貢僧南回》、《玉門諸番僧求長兄書率爾成句》，涉及佛教事較多，有作於明季者，已不易審辨。《題家藏宋元人畫卷》、《題陳姬像》，間存故實。《康熙二年啟奏便殿偶逢聖駕從太和殿出衣貂花從戎士三十餘人皆衣錦擎角鷹海青各十數偶以野鶖天鵝調鷹帝爲開顔余從旁竊觀因誌之》，此類詩在文人集中殊未多見。其詩沿明習，猶得元四家神髓。王子陶稱其詩五律如《仲春至陽和》云：「草死收駝子，冰枯拾雁翎。」《深井思鄉》云：「時危人帶箭，客老雁無書。」《問友人》云：「木葉留殘夢，山城隔斷橋。」七律如《送陳生歸維揚》云：「紅葉還留前代樹，白雲多近晚秋山。」《悲洛陽》云：「鐵騎常嘶纏澗月，銅鼓不斷黍離風。」皆能切于情景。見《雪橋詩話》三集。是集凡賦一首，騷二首，古樂府十二首，今樂府六首，五古三十四首，五七排三十三首，五律九十三首，七律一百二十九首，五七絶七十八首。附外集。又撰傳奇《司馬衫》、《雙蝶夢》、《大孝子》、《華山緣》四種，未見刊本。《秋虎丘》敍王翠翹、徐海故事，存。

學易菴詩集七卷 康熙間刻本

趙賓撰。賓字珠履，號錦帆，河南陽武人。順治三年進士。官淳化知縣，擢刑部主事。與張文光、嚴沆、丁澎、施閏章、安際昌、史大成、宋琬、陳祚明讌集唱酬，爲「金臺七子」之一。卒於康熙十四年，年六十九。撰《學易菴詩集》，殁後十餘年門下士醵金所梓，張慎爲序。詩自前、後七子學唐，爲王鐸、彭而述所引重。酬應詩調沉詞腴，致力亦深。《哭張譙明先生》四首，自注：「時自淮上反葬彝門。」惜不得年月。《過廢屯》二首云：「溪流三面抱頽垣，冰漲橋崩石獸蹲。日落妖狐啼白晝，天陰鬼火出黄昏。太平耕鑿何時見，前代簪纓幾姓存。聞道深山繁虎豹，孤城及早閉重門。」「籬落西風降曉霜，疎林樹樹葉初黄。幾家茅屋新烟火，百里高原舊戰場。一鬼竹連營催轉餉，繡衣耑勅重開荒。吾生猶及昇平日，社鼓秋深響夕陽。」詩亦沉摯。別有一卷本自刻，非全帙。

袚園詩集四卷　康熙二十四年刻本

梁清遠撰。清遠字邇之，號葵石，直隸正定人。父維樞，明季工部主事。著有《玉劍尊聞》、《性譜日箋》、《内閣小識》等書。兄清寬，順治三年進士。官吏部左侍郎。弟清標，明崇禎十六年早成進士。入清官兵部尚書。清遠與清寬同科進士。由督捕官至吏部侍郎，坐事左遷通政使，後請養歸。卒於康熙二十三年，年七十七。著有《雕丘雜録》十八卷、《袚園集》九卷，《四庫》著録。唯《存目》置梁清標《蕉林詩集》於《袚園集》前。諸家著録沿之。是以科第先後判兄弟，皆未碻也。詩集有杜臻、徐乾學、陳僖三序。徐序稱「先生立朝三十年，兄侍郎公，弟尚書公，先後貳其官」。集中又有《和大司馬弟趙郡風物三十首》，與《蕉林集》可互相參考。詩歌清健，好學宋人，晚年《村居雜詩》尤勝。《雜詠郊寒山子十首》，莩甲新意，尤有妙悟。《提要》云：「頗能蟬蛻於習俗之外」，此類是也。梁氏爲正定望族，故與遺民申涵光多有往還。朝中知好高珩、魏象樞輩，亦北人。

瞎堂詩集二十卷　道光間重刻本

函昰撰。函昰本名曾起莘，字麗中，别字天然，廣東番禺人。明崇禎六年舉人。九年，祝髮爲僧。主廬山棲賢寺。康熙二十四年卒，年七十有八。事見本書卷首南豐湯來賀撰《天然昰和尚塔誌銘》。原刻康熙間，此道光間重刻本，與函可《千山詩集》合刊。二僧俱南海人，同時如左右手焉。本書首有天然道人自述。十九爲明亡後作。《廣州登海光寺樓》、《海珠寺》，調古沉著。《詠史十二首》、《讀老子》、《關尹子》、《莊子》等作，悉有託寄。集中多詠内典詩。《題觀音大士像》、《棲賢舍利塔》、《海幢舍利塔》、《丹霞舍利塔》、《讀大唐西域記後》，頗有佛教資料可據。函昰、函可，雖於甲申前身入沙門，而所爲歌詩，與遺民無異。卓爾堪《明遺民詩》並收之。

榆墩集詩選二卷　榆溪詩鈔二卷逸詩二卷　嘉慶十七年重刻本

徐世溥撰。世溥字巨源，江西新建人。明末諸生。父良彦，明進士，官宣大巡撫，忤崔、魏，削籍戍清浪，崇禎間官工部侍郎。世溥爲諸生，即能詩文。明亡，棄舉業，薦辟不赴。順治八年死于盗，年五十一。著有

《夏小正解》、《韻叢》，《四庫全書》著録。詩文稿身後散佚。康熙初熊人霖爲刻《榆墩集選》文九卷，詩一卷，乃選訂本，即《四庫》收入《存目》之本。康熙三十年，宋犖爲刻《榆溪詩鈔》二卷，有鄒昉序。後又刻《榆溪逸詩》二卷，宋犖序。嘉慶十七年，羅安重刻三本，甚便於讀。世溥身逢兵革亂離，動多感愴。甲乙之際，避地濟源，有《秋懷》諸詩。《負薪行》、《從軍》、《洪石行》、《太平吟》、《洪崖篇》，以耳聞目接，積其憂疾之思而發諸歌吟。游楚，作《楚謡十二首》，雜記土風。世溥與侯朝宗文譽並。又與熊人霖、萬茂先、陳士業稱江右四公子。篤交貴池劉城。城殁，爲撰《劉徵君傳》。文集卷六。《贈李匡山先生詩》、《題羅飯牛畫》，悉可參閲。生平交游未廣，與世不合。方其殁，盜者盡其所著書。乃百數十年後，著述屢經刊刻，可謂有幸矣。

瀨園詩集四卷　順治間刻本

嚴首昇撰。首昇，湖北華容人。明天啟元年年十四即應郡試，崇禎間爲江陵詩社成員，與譚友夏等唱和。入清後不仕，僧服遁跡以終。撰《瀨園集》，包括《詩文募緣疏》凡二十三卷，有劉紘、劉生韻、陳憲冲序。內詩初集三卷，戊寅後詩紀年不分卷。首昇於乙酉順治二年自鄂江下金陵。城陷，憩錫山，泛太湖，走武陵，轉新安，取道南昌歸。沿途所作，多記城郭空虛、田園荒蕪景象。戊子順治五年後斷絶人事，唯與袁于令交往。有《庚寅袁籜菴來守荆州會晤記事》等篇。詩止於順治十三年丙申，格調爲公安、竟陵遺響，所到之處，輒自放感慨悲歌。

沉吟樓詩選不分卷　影印乾隆間抄本

金人瑞撰。人瑞原名采，字若采，又名喟，號聖嘆，江蘇長洲人。明季諸生。入清未仕進。順治十八年七月十三日，以哭廟案被殺，年五十四。沈永啟爲殮葬。子雍以父案遣戍寧古塔。《絶命詞》云：「鼠肝蟲臂久蕭疏，只惜胸前幾本書。雖喜唐詩略分解，莊騷馬杜待何如。」《與兒子雍》云：「與汝爲親妙在疏，如形隨影只於書。今朝疏到無疏地，無着天親果宴如。」《臨别又口號遍謝彌天大人謬知我者》云：「東西南北海天疏，萬里來尋聖歎書。聖歎只留書種在，累君青眼看何如。」原刊沉吟樓借杜詩二十五首，此清人别集叢刊影印乾隆初年抄本，首雍正五年李重華序。凡分體詩三百八十四首，有注明逸詩者。又附已成未成書目，可資參考多矣。人瑞爲文學批評專門。評點《離騷》、《莊子》、《史記》、《杜詩》，而以《西廂》、《水滸》，最爲流行。見解過於李贄。廖燕《二十七松堂集》有《金聖歎先生傳》及《弔金聖歎先生》詩。嵇永仁《葭秋堂詩集》附人瑞手札，見《清詩紀事初編》卷四。懷應聘有詩。朱昆田《笛漁小稿》卷九《題金聖歎詩箋》云：「鍛冷嵇中散，鬚亡謝客兒。一箋遺墨在，腸斷是朱絲。」均可參考。

蓼齋集詩三十卷後集詩四卷　順治十四年刻本

李雯撰。雯字舒章，江蘇華亭人。明工部郎中李逢甲子。崇禎十五年舉人。少負才名，與彭賓、夏允彝、陳子龍、周立勳、徐孚遠唱和，號雲間六子。入清，由龔鼎孳疏薦，睿親王重其才，授弘文院撰文中書，起草詔誥書檄。相傳多爾衮致史可法書，卽出其手。順治三年，爲北直鄉試同考官。四年卒，年四十。所撰《蓼齋集》，詩三十卷、文十六卷、詞二卷，《後集》詩四卷、文一卷乃其子畧、疇編録，參訂者及門張國憲、宋之弼、石維崑、李遵度、張光樞、宋杞，均爲順治三四年新科進士。《前集》詩大都作於明季，才情激越，不可一世。《後集》多眷念平生之作。五古《李子自喪亂以來追往事遡今情述其悲苦之作得十首》、七古《乙酉除夕》、五律《大行皇帝輓詩十首》，於明季板蕩，棖觸極深。《甲申夏日寫懷十首》其一云：「父讐國難兩茫茫，愁對燕山夏日長。乳燕亡巢尋畫棟，明駝呼子入宫牆。南冠無語看霄漢，北闕何心數夕陽。欲望江東垂淚處，新亭草木亦吾鄉。」可見一斑。集中與龔鼎孳、曹溶寄贈較多。《中元日從先君瘞所還過秋岳曹侍御夜坐》、《端午日吴雪航水部招飲孝升齋看演吴越春秋》，俱載故聞。《和孝升懷密之韻》四首其一云：「猶思慷慨露桃春，星下盟書定幾人。自注：甲申春，賊勢將逼，與魏子□、張幼文、吴介子、侯叔岱及雯父子，謀奉一皇子而南。龍種無緣先入手，螭頭有語但沾巾。長安不敢降龔勝，江左何心讐太真。五嶺雲深瘴海日，不知何處泣孤臣。」此詩所云魏子，卽魏學濂。考《蓼齋集》後卷五《記魏子死事本末》云：「自正月以來，魏子念國事將敗，先皇計不南，乃日夜與桐城方以智、京師金鉉、史可程、御兒吴爾壎、華亭李雯、睢陽侯方岳、張錞謀，奉皇子走河南，興靈武之師，旦夕從鞏都尉、劉新樂及一二大璫探刺緑車，事卒卒未就，而城破。」敍此事尤詳，而《明史》魏大中傳附學濂傳及金鉉傳，均未及之。其四云：「誰翻黨籍佐中興，仗策孤征屢擔簦。東上江楓丹羽度，南穿蠻嶺白猿升。不愁鸕鷀鶩黄祖，自注：聞君先依鄭帥，相得甚歡。空爾尊鱸憶季鷹。自注：君先卜居於敝郡，已而復南去。精衛有心滄海上，參差餘始負良朋。」此詩云方以智嘗依鄭成功，亦未見諸史書。又有贈袁于令詩七首。七律《送令昭之任臨清》，作於順治四年春，可知于令出守臨清，當在此時。雯詩文俱有奇才，足與陳子龍並駕。乃大節不完，身後又無碑碣墓志以傳，視子龍奚啻霄壤。《清史稿》、《清史列傳》未爲雯立傳，其詩亦祇稱譽一時而收名未遠也。

浮雲集詩十卷　近代排印本

陳之遴撰。之遴字彦升，號素菴，浙江海寧人。明崇禎十年一甲二名進士。官中允。降清，授翰林侍讀。官至禮部尚書，擢弘文院大學士。時政因革釐定，俱出其手。順治十三年，坐結黨營私，以原官發遼陽居住。尋召還。十五年，以賄賂内監吴良輔，免死流徙。康熙初，歿於戍所盛京，不知年歲。是集爲康熙五年於戍所自編，凡十二卷，卷一爲賦，卷十二爲詞，首自序。《四庫》列爲《存目》。民國間張乃熊據旋吉堂本重排。歌詩分體不編年。《高粱篇》、《姑蘇元夜篇》、《汴梁行》、《白靴校尉行》、《冰車行》、《羊皮半臂行》、《白頭宫女行》，華實相副，酷似吴偉業。《感懷》、《雜詩》、《録别》等組歌，以及《燕京雜詩》、《景皇帝墓》，不時懷念先朝。出山海關，過大凌河、醫巫閭山，詠盛京諸篇，遣戍所作，寄懷吴兆騫詩甚多。《採參行》紀關東采貢人參，爲當時事實。之遴館師爲王鐸，與吴偉業婿姻，宋實穎爲友。其才名早著，人品則不足道也。

二丸居集選八卷　光緒元年黎氏重刻本

黎景義撰。景義一名内美，廣東順德人。諸生。明亡不仕。粤中抗清義士黎遂球、陳邦彦、梁朝鍾、陳子壯、張家玉皆其故友，以目所親見事，各爲之傳。撰《二丸居集選》，凡文六卷，包括論辨考宗書。詩二卷，包括謡諺樂府、古今體詩，附詩餘三首。胡定序，乾隆間羅天尺序。此光緒元年裔族刻。《庚寅生日》句云「四十七年容易過」，據以可知爲萬曆三十二年生。詩詞雄麗。多激壯之語。七律《都粘三忠廟弔古》八首，通篇恣放。古雜體詩凄惋多諷。《讀胡笳十八拍》云：「有手當爲李孃手，有足當爲竇媛足。胡爲奔逐亂離秋，一死不能罷耻辱。胡人慈母漢人妻，傳得胡笳十八曲。吾讀胡笳情最悲，何如衛婦柏舟詩。多才未貴節爲貴，勿羡中郎有女兒。」以文姬嫁匈奴王爲耻，直指當世。

新德軒詩稿一卷　道光六年刻本

張克家撰。克家字子齊，山東海豐人。明季廩生。康熙間貢生。生平着意鄉邑文獻。撰《新德軒文稿》四卷、《詩稿》一卷，藏於家。道光六年，六世孫映蛟爲之鋟板。據《文稿》冢子孝廉狀，康熙十三年克家年七十，是爲萬曆三十七年生。《文稿》有《介休緜山記》，行文茂密。《詩稿》一以寫景爲工。北上燕京，南至蘇杭。《觀海篇》、《揚子渡》、《大明湖》、《龍洞》等篇，均較樸致。詠物詩不免淺俗，而無衒奇之習。鄧之誠《清詩紀事初編》所收清初舊槧最夥，然先生於近代刻本搜集未備，於近三十年發見之舊本亦未及見，闕漏所在多有。以萬曆年生人入清作家而言，自錢謙益迄張克家，凡六十七家，其中沈嘉客、謝三賓、陳洪綬、萬泰、周再勳、查繼佐、濮淙、李雍熙、陳上善、馮雲驤、龔挺、沈壽民、蕭中素、狄雲鼎、王鑨、函昰、徐世溥、黎景義、張克家十九家，《初編》均未收。信書囊之無底也。

紅葉村稿六卷附補遺　又满樓叢書本

梁逸撰。逸字逸民，號春隱，江蘇崑山人。明亡，隱居蘇州寒山寺南紅葉村，終身不仕。詩稿初刻於康熙間，沈德潛《別裁》有選詩。光緒七年，文仲經於醫者脈枕中得傳鈔本六卷，趙詒琛刊入《又满樓叢書》。此集卷首有葉方藹序。又朱謹序，爲原刊所無。殳丹生撰《傳》。傳無生卒年。集中《新歲試筆》云：「入春甲子逢初度，七十六年轉眼過。」是爲萬曆三十七年生。朱謹序稱：「年將八十，貧無子。」則結集時爲康熙二十七年前後。逸爲明戲曲家梁辰魚曾孫。集中《重過西寺舊居》，卽辰魚昔年吟詠之所，清初已三易其主。交游如徐枋、歸莊、朱用純、吴喬，盡江南隱逸。境界未寬，而因時寓興，抒寫性情，無愧高士詩矣。

戇叟詩鈔四卷　長嘯軒舊抄本

紀映鍾撰。映鍾字伯紫，一字檗子，號戇叟，江蘇上元人。明諸生。復社成員。與同里顧夢游齊名。入清不仕，以詩馳名海内者三十餘年。其集初有龔鼎孳刻本，曰《真冷堂詩稿》，今已不可踪跡，乾隆五十一年石椿得其手稿選爲四卷，近代刻入《金陵叢刻》。據《憶金陵舊游詩》，爲明萬曆三十七年生。詩有干支紀載者，始順治六年。迄康熙二十年，年已七十三。是抄爲趙明鑣、汪沐日序，石椿跋。詩多借寫時事，宣洩亡國之痛。《金陵故宫》撫今溯往，感時觸緒。《邊氓行》、《海濱吏》、《運糧難》、《運草苦》、《漁父怨》、《女姬姜》、《海濱伏》、《三婦泣》，大都於江南閩嶠蓄目得之。己亥八月十八日《地震》詩、《鼓樓行》、《渡黄河》，亦以紀事爲主。往來爲杜濬、鄧孝威、冒襄、孫枝蔚，與周亮工、曹溶、宋琬、楊思聖，交情不減。《送丁野鶴辭官歸琅琊》、《富沙晤木菴都諫時以言事謫司獄》、《二哀詩》悼陳祚明、施端教，間存傳記資料。錢謙益《有學集》載贈詩。王士禛獨賞其「惆悵天涯頭盡白，楊花空滿閱江樓」，亦佳句也。是集雖非全豹，亦研究清初詩史所當資。

邊氓行

古人重開邊，今人重折邊。海濱萬餘里，盡徙逼城堙。田廬一抛棄，婦子徒苟延。縣官計日逐，縣吏如虎來。小人懷土心，此去安往哉。一步如割裂，三步首重迴。彳亍三十里，痛哭皇天哀。阽危立霜露，四顧惟蒿萊。欲蓋頭無茅，欲食釜無鍵。富者有親戚，貧者惟兒孫。富者計歲時，貧者惟朝昏。親戚難久依，兒孫亦暫存。歲時不易保，朝昏何能言。一朝去家室，伴我惟驚魂。老妻戴甖釜，稚子負瓦盆。瓦盆與罌釜，何地起甕飧。客自大都來，盛言官家恩。田廬相交換，有司慎勿諼。環海多汙邪，今且不菑畬。邊氓破涕笑，客言亦何愚。安得許多田，安得許多廬。轉轉陳大府，白骨抑以枯。古人重開邊，開邊拓廣輪。今人重折邊，拱手寄他人。古人重開邊，開邊取封侯。今人重折邊，老稚填荒丘。秋風颯颯鳴，秋月古寨頭。遥遥滄海上，鬼哭聲啾啾。《戇叟詩鈔》卷三

清人詩集敍録卷三

佳山堂集十卷二集八卷　康熙間刻本

馮溥撰。溥字孔博，號易齋，山東益都人。明崇禎十二年舉人。順治四年進士，授編修。累官吏部尚書、文華殿大學士。嘗主順治九年、康熙六年、十八年會試，開博學鴻詞科，爲主考，與李蔚、杜立德、葉方藹同閲卷，得人甚衆。二十一年告休，住亦園。三十年卒，年八十三，謚文毅。所撰《北海集》皆奏議論事。《佳山堂集》十卷，初刻於康熙十九年，《四庫存目》著録。《二集》八卷，爲歸田後作。作序者高珩、魏象樞、施閏章、梁清標、李天馥、毛奇齡、方象瑛、徐乾學、王嗣槐、黄與堅、陳維崧、曹禾、王士禛、汪懋麟、陳玉璂，門下居泰半。溥在京城東南夕照寺側築萬柳堂别業，偕名士觴詠其中，極唱和之盛。集中詩多可考交游，而與孫廷銓、高珩最密。贈傅青主、吴志伊、丁野鶴詩，益見其好士無畛域分矣。五古《紀異》爲詠康熙十八年己未秋七月廿八日京師地震作。七古《行路難》、《潞河漕艘行》、《蘆溝橋行》，時亦譏刺當世。《報國寺市八首》，記載京師掌故，頗有舊事可徵。《讀史雜詩》，工穩練達。扈從應制詩，煌煌典製，開頌聖之先聲矣。其詩學唐，不喜宋人。施閏章序有云：「嘗竊論詩文之道與治亂終始。先生則喟然嘆曰，宋詩自有其工，采之可以綜正變焉。近乃欲祖宋元而祧前古，風漸以不競，非盛世清明廣大之音也。願與子共振之。」毛奇齡《西河詩話》則謂「益都師相同館集萬柳堂，大言宋詩之弊」，可見當時提倡宋詩，跬步寸進。後來踵而傚之，亦時代使然也。

屺思堂詩集不分卷 乾隆五十七年刻本

劉子壯撰。子壯字克猷，號稚川，湖北黄岡人。順治六年一甲一名進士，官翰林院修撰。八年，歸里。次年卒，年四十四。撰有《屺思堂文集》八卷、詩一卷，其孫永錫等所刻。《四庫》列入《存目》。子壯名與漢陽熊伯龍相伯仲。乾隆五十七年，易履泰抽刻兩家詩，名《熊劉詩集》，即此本也。子壯九歲失恃，中舉後垂二十年，登大魁。中經易代，力學不輟。其詩學前七子而不墮鍾、譚之習。詠西苑、煤山、晴川閣、黄鶴樓、望小孤等篇，渾灝雄放，排奡有力。七律如《秋懷》云：「大河以北近京畿，昨歲荒涼客解衣。疲騎穿城白晝静，春林巢鳥路人稀。黄沙古道吹風雪，蔓草寒廬閉棘扉。漢帝於今尊卜式，柏梁應笑露臺非。」《天津》云：「控海臨河樹鎮城，東流瀛渤擁神京。魚鹽一道供南北，秔稻千帆餉禁營。雨久灘深歌曉棹，潮來岸溢泣秋耕。撫軍初罷弛防汎，淀口于今尚宿兵。」自是佳作。

梅村家藏稿詩前集八卷詩後集十四卷 宣統間誦芬室刻本

吴偉業撰。偉業字駿公，號梅村，江蘇太倉人。復社首領，受業於張溥。明崇禎四年一甲二名進士，授編修。官國子司業。弘光時召拜少詹事，甫任兩月，與馬士英、阮大鋮不合，謝歸。入清，杜門不與世通者十年。主持文社，聲名藉甚。順治十年，應召入都。阻行者甚衆，終于扶病出山。初授秘書院侍講，尋升國子監祭酒。十四年歸里。十七年，以奏銷事議處，幾至破家。著有《春秋地理志》、《春秋氏族志》、《復社紀聞》、《綏寇紀畧》及樂府雜劇二種。卒於康熙十年十二月二十四日，年六十三。自編《詩文集》四十卷，周肇、王昊、許旭、顧湄校，盧綋、陳瑚序，生前已有刻本。清末董康得吴氏舊鈔《家藏稿》六十卷，内《詩前集》八卷，《詩後集》十四卷，錢謙益序，較舊刻多得七十三首，刊版又將舊刻所多詩文附於後，世以爲後來者居上矣。清朝初立，詩壇門户全仗明季漢族士夫。入仕者，則以錢、吴爲首推。吴詩詞芊麗縣，富有日新，於雲間詩派外，别樹一幟，稱婁東詩派。集中五七古歌行，胎息初唐，尤所擅長。《臨江參軍》、《閬州行》、《遇南廂園叟》、《殿上行》、《永和宫詞》、《松山哀》、《雁門尚書行》、《臨淮老妓行》、《楚兩生行》、《蕭史青門曲》、《雒陽行》、《田家鐵獅歌》、《圓圓曲》、《思陵長公主輓詩》、《讀吴匏菴手鈔宋謝翶西臺慟哭記》諸篇，走筆敍事，長歌當哭，皆志在以詩存史，《贈蒼雪詩》、《避亂六首》、《礬清湖》、《聽女道士卞玉京彈琴歌》、《閬州行》、《捉船行》、《馬草行》、《汲古閣歌》、《後東皋草堂歌》、《木棉行》、《王郎曲》、《蘆洲行》、《海户曲》、《打冰詞》、《畫中九友歌》，多以滄桑親歷，寓之於歌，感歎無窮。近體七言高華精整，唯五言律稍傷率直，世以譏之。方其入都前，仍稱明代爲昭代，寄懷故國，與遺老無異。受官後，既而悔之，以爲誤盡平生，祇可草間偷活，一篇之中，三致志焉。喜詠史，《讀史雜感十首》，皆詠南渡後事。又多詠時事，《清涼山讚佛詩》，謂世祖出家，最爲牽强。後人據詩中曰雙成，曰千里草，傅會爲董妃，益不可索解矣。《讀史偶述三十二首》、《行路難十八首》，實指當道，亦不徒辭章之工也。偉業身仕二朝，人多比之庾信。胡介句云：「歸心更度桑乾水，伏櫪重登郭隗臺。」吴祖修句云：「悲歌自覺高官誤，讀史應知名士難。」王藻句云：「百首淋漓長慶體，一生慙愧義熙民。」沈德潛句云：「蓬萊宫裏舊仙卿，自别青山悔遠行。」無不寄以悔恨之意。乾隆間修《四庫全書》，下旨查燬錢謙益詩文，於偉業特爲優宥。《梅村集》既著録《四庫》，復有御製題詩。未幾靳榮藩作注，成《吴詩集覽》二十卷。嘉慶間，程穆衡撰《梅村編年詩箋》十二卷，吴翌鳳撰《梅村詩集箋注》二十卷，吴詩風行一代矣。嘉、道時，詩人忠君，於錢、吴貳臣指責最多。如柯振嶽《書吴梅村詩集》云：「問他君父倫常外，更有詩書氣韻無。」《蘭雪集》。甚至成媚世之言，亦不足據耳。林昌彝《論詩絶句》云：「三家江左非同調，只在衙官屈宋間。」《衣讔山房詩集》褫錢、吴正統矣。然偉業究竟清初大家，《梅村集》似亦應有彙注本問世。楊鳳苞《秋室集》卷三有《某氏讀梅村黯詩書後箋》，沈丙瑩《春星草堂集》附刻《讀吴詩隨筆》二卷，於梅村詠史詩，多爲索隱，猶不失爲研究吴詩之參考品也。

林屋詩集四卷　康熙二十四年刻本

鄧旭撰。旭字元昭，號林屋，安徽壽州人。順治四年進士，改庶吉士，授翰林檢討。出爲洮泯道副使。罷官後居於江寧。康熙二十二年年七十五卒。是集首門人錢陸燦序並撰《林屋公傳》。集中强半爲記游詩。以黄山、匡廬、嵩嶽、華嶽、衡嶽、西湖爲勝。《辛卯初冬江西典試竣北還舟次南康風阻遊廬岳畧畫名勝遂裁長歌紀事》、《登九華長歌》並序、《嘉魚赤壁箭頭歌》、《錢塘看潮》、《由岳陽諧君山卽事》，沉鬱豪宕，皆爲古風。《西塞山》詩多首，寓目輒記，亦可觀采。詩本唐人，善倣李長吉體，格調在其弟漢儀上。篇什不多，而不甚酬俗，是工於賦景者焉。

愚谷詩稿六卷　康熙十九年刻本

徐開任撰。開任字季重，江蘇崑山人。入清後，棄諸生，絶意仕進。康熙十九年年七十一，刻詩集六卷，首順治間錢謙益、吴偉業、朱鶴齡舊序。詩多眷戀明室，作《哀金陵》、《哀長平公主辭》、《烈皇帝誄》，自以爲填海無力，攀髯靡從。《江都懷古》、《壽春行》、《謁韓蘄王廟》、《弔于忠肅》、《題謝皋羽登西臺慟哭記》，感事懷古，悲來哽咽。又《七哀詩》，詠熊廷弼、孫承宗、盧象昇、孫傳庭、周遇吉、史可法、瞿式耜。觀《述祖德詩》，知其感遇，盡在先世，故哀思沉苦，觸目皆然矣。集中《弔墨妙亭柏》記崑人守吴興，伐柏而爲器。《題高節寒香圖》以贈潘耒之母。《丈田行》、《巨浸紀異》，諷詠世事，刻畫入微。久居西江，多覽灘峽之險。一至泰山，有登嶽詩多首。交游則師事錢、吴，與李清、朱用純、陳維崧亦有酬答，人事物情，約畧可見。

丈田行　己未冬作

吾崑百姓何太苦，十歲五荒昔未覩。況值丈田令更嚴，五日一比銷圩簿。不求簿完田丈清，但求簿費貪壑盈。貪壑未盈簿再造，清否不敢與吏爭。憶昔先朝行此政，剔弊祇欲蘇民病。貧民得免賠償苦，富民難遂侵欺横。圖中無弊不必量，約簡寧致紛紛競。不知何人作俑者，一概通量亂靡定。屈指七八年役中，無家不破百千供。今日某官丈某處，輿從犒勞里正空。明日某吏丈某處，擊肥烹鮮田甲充。不聞便民益，惟見剥民窮。更有奸胥能上下，斗則重輕一手把。强者仍侵弱者償，忍淚吞聲任飛灑。安得海忠介其人，中無寸私惠吾民，墨吏望風爭解綬，區區弊竇何足更。《愚谷詩稿》卷五

南雷詩曆五卷　嘉慶間刻本

黄宗羲撰。宗羲字太冲，號梨洲，浙江餘姚人。父尊素，死於魏閹之難。宗羲年十九，入都訟冤。又與太學諸生作留都防亂公揭，斥阮大鋮。南都破，從孫嘉績起兵。魯王監國，官至左副都御史。及師潰，奉母歸里。畢力著述。康熙間舉鴻博、薦修《明史》，皆辭不就。卒於康熙三十四年，年八十六。撰《明儒學案》、《宋元學案》全祖望續成，集宋明理學之大成。其他著述數十種，未經散佚，賴諸弟子能傳其學。門人萬斯同爲史學名家。鄭梁、范光陽亦黄氏功臣。《詩曆》爲手自汰存，有二老閣刻本，非全帙。此五卷本由全祖望增以晚年詩，鄭大節校刻，共三百餘首，以《三月十九日聞杜鵑》始。《感舊八哀》諸篇，兼爲自述，《山居雜詠》、《雲門紀游》、《達蓬紀游》、《宋六陵》、《尋張司馬墓》、《哭外舅葉六桐先生》、《哭沈崑銅》等作，沉著蒼涼。《偶書》云：「只將苦字啼宛轉，落盡荒村寒食花。」《書年譜上》云：「八尺血光開鬼路，三商日影破琴心。」《喜鄒文江至

得沈眉生消息》云：「君從樵獵埋名姓，吾奪頭顱白劍脣。」《閩人林君言贈詩次韻答之》云：「今日遺民誰汐社，當年司馬盡無傷。」氣骨堅卓。其詩根柢於讀書。自序云：「多讀書，則詩不期工而自工。若學詩以求其工，則必不可得。」故雖學黄庭堅，而無聱牙之態。於明七子、錢謙益均有不滿之詞。與顧炎武、王夫之兩大家，取徑不同，而作詩之旨一也。生平喜爲人作序，散見諸家集中者，如全拙《偶存軒稿》序康熙刻本，猶可輯佚。

耻躬堂詩鈔十六卷　咸豐元年刻本

彭士望撰。士望字達生，一字樹廬，號躬菴，一號晦農，江西南昌人。明諸生。崇禎十二年，傾身營救黄道周，至金陵，連累被逮。旋釋出，入史可法幕。入清不進取，與魏際瑞、魏禧、魏禮、時益、李騰蛟、丘維屏、彭任、曾燦等九人爲「易堂學」，皆躬耕自食，切劘讀書，號「易堂九子」。所學以躬行爲本，撰詩文集四十卷，以耻躬堂名之。康熙二十二年年七十四卒。原本久佚，猶存自序，咸豐元年，其七世孫玉雯輯文十卷、詩十六卷刊行，增梅曾亮、周沐潤序。其詩什九爲改元後作，《謁方正學祠》、《滕王閣火後作》、《五老峯》、《南廬雜詩》、《岳陽樓》、《頭孤山》、《晴川閣》等篇，音調古樸。康熙二年，同方文、顧茂倫游金焦、北固，有《懷舊游兼書觸目》，尤爲蒼健。《冬心詩三十首》，取崔國輔「寂寥抱冬心」語，自述行履志節。《題朱仲韶自怡軒》，關涉西方數學。《聽魏禧歌萬古愁卽席賦呈》、《研鄰演黨人碑觀場感興成二十五韻》，感喟俱深。士望所交多士夫中有高行者。錢謙益、吴偉業降清，卽斷往來。《讀虞山梅村詩集有歎》云：「黨人傾國論難平，吾少猶曾漫識荆。早貴名高嗟晚節，風流江左誤柔情。詩篇老去空垂涕，史策書來未忍聽。珍重役人哀役死，魚熊兒誦要分明。」又有《山居感逝》一千七百餘言，述死難師友二百餘人，俱詳事實，梁以樟稱爲甲乙而後第一篇詩史。

觀宫戲有感　十二首録四

偶可八寸許，能自著衣冠，或騎馬，或扇，或鼓吹，手指屈伸，俯仰有致。上不綴線，下無掇人。最異有吹燭焚香吞酒食烟更衣者。武劇尤渾脱頓挫，運矟飛動，真絶技也。傳弘光時故相馬士英作于禁中，以娱樂天子。國破後流落民間，猶號宫戲。予于樟墅茶肆見之，嘆曰，此奚至哉。因述古十二章。于時同觀爲朱古睦、古農、姚子誠、金令襄、萬雲翼。

多少宣和獻媚臣，豐亨盤樂共朝昏。獨留萬歲峯頭石，猶爲南朝打北人。

角觝魚龍百草生，漁陽一鼓散西京。吞聲野老今猶恨，密口曉曉説太平。

寂寞邯鄲倚趙絃，千秋石礅亦徒然。何如多置雲中守，世世匈奴莫犯邊。

本自沙陀强作優，告功三矢事全休。羣伶樂器焚天下，一后囊金繫馬頭。

石村詩集三卷　康熙二十四年刻本

郭金臺撰。金臺原名陳湜，字子原，避仇依外家從其姓，更名，改字幼隗。湖南湘潭人。明末副貢生。

隆武時屢薦權江西巡撫。明亡不仕，削度爲僧。子式穀字無忝，亦不進取。卒於康熙十五年，年六十七。其孫陳鵬年，康熙朝著名清官也。撰《石村詩文集》各三卷，式穀編刊。曰《代古詩》者，作於甲乙之際。順治間原刻百四篇，今存三十二首。意已芟除違礙，猶有《乙酉元朝口號二絶》，悼南明死難大臣等篇。曰《將母堂詩》者，順康間詩。《丈田謡》云：「君王丈田不丈册，履畝圖形爭寸尺。官長丈册不丈田，街頭走馬贏金錢。先時圖籍浩充棟，紙上經營愁不中。甲朝有令改輸金，萬卷灰飛愁及貢。初詔廉平真可傷，議除兼併鋤豪强。寧知民命盡歲晏，白鏹雪立升公堂。」《墾田謡》云：「湖南害氣相纏守，癸未抵今廿四年。羸除蕪莽事墾藝，仳倆曾不蒙傷憐。側聞朝廷詔屢傳，三年墾税咸議蠲。不知羣策胡爲然，按畝三分急相煎。七郡人民悔無及，流移忽漫遭安集。菑稌未就吏呼急，負蓑荷笠田中泣。」《失額》云：「南征初歲詔除荒，歸鴻刷翮如堵牆。今上新恩除失額，千里井煙慶安宅。忽傳失額科税畝，石出七錢司牧口。釜魚煎急爭死走，血濺街衢人臭醜。噫嘻乎，此策興自高陽徒，職爲階亂拳勇無。狂言秉令來京都，穆穆皇皇遭枉污。噫嘻乎，天王明聖小臣孤，始作俑者無後乎。」感慨時弊，俱有所指。曰《古處堂詩》，止於康熙十四年。記潭州興大獄，計爲康熙八九年事。詩不甚工，取語樸直。作序者蔡道寬、陶汝鼐、唐世徵、劉自煒、張芳、袁景星，多屬遺宿。

寓邵陽特柬長邸楊鄂州

法王殺活事如何，漫道輪刀未伏魔。人正頭然思撲火，鳥當命盡冀恢羅。已聞痛哭長沙久，又聽離憂澤畔多。南國應無東海獄，旱蝗何事屢干和。時潭興大獄。

嶽雲開盡洞庭平，應見湖南萬古清。亡命僅能投李篤，時予寓李郡伯署。藏書終自怯嬴秦。祇聞黃鵠鳴湘繡，不分枯魚泣麓濱。百折寸心無可寄，題詩猶惜重行行。《古處堂詩》

爲可堂初集十六卷 順治十四年刻本

朱一是撰。一是字近修，號欠菴，浙江海寧人。崇禎十五年舉人。明亡，避兵會稽山中，移梅谿，披緇衣以老。從游弟子力强之説經，因主文社。善書畫。著有《史論》十餘篇，未傳。是集由同里王庭、屠爌閱，王庭序，分體不編年。内缺字均當時避諱，非乾隆後剜改，仍列禁燬，亟少見也。據《壬辰元旦》詩，知爲萬曆三十八年生。卒年待考。其間甲乙後所作約十之六七。《憶昔》十首、《聞三月十九日事》、《再過京口觀兵》、《南都》三首、《早春雜感》十首、《移居雜詩》，傷心故國，悲辛憤懣之至。《述懷》云：「誰謂天地寬，俯仰不盈尺。」贈陸圻句云：「無窮鄉國淚，並入海門潮。」《姚江詠懷》云：「檢書懷越絶，彈指泣異鉤。」《覆敗》云：「使星俱化虎，戰士半爲猿。」《送屠隱居爌北歸》云：「指山心有誓，過市哭無聲。」《秋旱》云：「穀升三倍價，天與四民窮。」《感遇》云：「舊枝兵後鵲鶵息，新稻饑分鸜鵒糧。」《己丑元旦》云：「天地卽今皆是鬼，壘荼應媿漫爲神。」則其詩皆有所爲而發矣。《審山女子》記乙酉八月掠女子北行，殆爲紀實。《昭君村》云：「聞説昭君村，生女灸其面。不願嫁單于，民家守貧賤。」彌覺沉痛。他如《老人行》、《風雨惡山居後作》、《丙申夏五登揚州文選樓卽事》亦感時傷事之作。一是嘗受學於吴偉業、張溥，《過婁江謁梅村太史論詩》凡兩作，時偉業尚未仕清。與王翊、屠爌、張綱孫、查繼佐唱酬甚密。交游黄宗羲、萬壽祺、俞騏、王猷定、陸嘉淑、杜濬，均爲遺民。見陸圻，已髡首談禪。謂圻於莊史獄後始遁於道，恐未確矣。《聽柳生遇春平話》極其形容，如聞其聲，較同時贈柳敬亭詩，又勝一籌。詩云：「海陵柳生會稽住，騎鶴復上揚州路。方冠闊帶白須眉，相逢慷慨歷朝暮。柳生滑稽口難量，滔滔今古胸腹藏。淳于不醉荒淫酒，曼倩豈羨侏儒糧。揭來會客登華堂，衆中長揖意氣昂。虎皮高座凝思長，突兀一聲震雲霄。明珠萬斛錯落摇，似斷忽續勢縹渺，纔歌轉泣氣蕭條。簷下猝聽風雨入，眼前又覩鬼神立。蕩蕩波濤瀚海迴，林林兵甲昆陽集。座客驚聞色無主，欲爲贊歎詞莫吐。久之聲歇情未已，明月逾牆過廊廡。此時引酒問柳生，知生姓名著帝京。游俠五陵賤裘馬，笑談三輔凌公卿。金張甲第拂衣去，衛霍高門倒屣迎。崇禎欲末山河變，楚尾吴頭半隱見。江夏曾爲黄祖賓，石頭還作桓温掾。殺人如草刀如霜，恩威頃刻命無常。嬉笑怒罵三寸舌，保全垂死何多方。自從江南再中兵，將軍逃散平章行。貧賤隻身老雲壑，山僧野叟同幽情。潦倒江湖閉雙目，悲來獨對西風哭。惟我知音得爾心，豈是雕龍與炙轂。」《硤川詩鈔》、《梅里詩輯》、《兩浙輶軒續録》，均選有朱一是詩。

話山詩稿十二卷　康熙四十一年刻本

陸洽原撰。洽原字嗣開，號話山，浙江平湖人。明季貢生。阮大鋮居金陵，南國諸生顧杲等一百四十人具揭攻之。洽原名在復社，顧不與焉。順治元年謁選，官四川汶川知縣。康熙十五年歸里。卒於三十四年，年八十六。歿後諸子刊其遺稿詩十二卷、文十七卷、别録七卷。朱彝尊爲序。詩作於崇禎十三四年者，曰《南征草》。《贈夏彝仲令嗣》云：「玄造珍鴻寶，毓華詎德涼。犀兒驚異質，虎子爛奇章。富業經稱庫，宏儲書號倉。不誇無垢誦，寧羨盈川郎。藻寫琅玕腹，文摛錦繡腸。人言能限步，君意更穿牀。行且窺全豹，復期辨餘麞。鄉呼小學士，千里志昂昂。」復社中人詠夏完淳詩，不多見也。康熙四年入蜀，有《蜀道草》。嘗奉委踏勘楠木，督修鐵索橋，以詩紀之。十八年，作《話山七十歌》有云：「匿影荒郊心事違，粗糲不充凍飢死，卧龍耕雪僵不起。是時四野多青燐，避之不得無完身。飛肌濺血當場決，刀鋸在頸旁無親。」追憶甲乙之際時事，多悲愴之音。集中《得張天如夫子凶訊》、《讀澹歸徧行堂集》、《讀李潛夫詩》、《憫荒》、《朝聞》、《憶蜀行》、《陳黄門墓》、《夏考功墓》，亦有可采。是集有劖版，乾隆間未列禁書，諸家選本多未及。

朝　聞　康熙甲辰入京師作

朝聞屠市聲正哀，暮聞華堂歌吹開。朝聞暮聞日未歇，生死哀樂何紛哉。華堂盛賓客，豪貴多赫奕。五侯盤餐競珍怪，一食萬錢猶不惜。易牙調鼎伊尹烹，刲肌割骨霜刀輕。丹椒紫蘭芍藥醬，煎熬腠臛辛酸平。主人爲客薦嘉旨，東方欲白歡未已。絲管嘈嘈鼓田田，喧聞南鄰與北里。不知屠肆鼓刀人，剛向重闌逐羣豕，死聲蹙縮叫欲絶，偏與歌聲同入耳。《話山詩稿》

斗齋詩選一卷　乾隆十四年刻本

張文光撰。文光字譙明，河南祥符人。明崇禎元年進士。官山西知縣。入清，知錢塘。康熙初爲江南池太道副使。詩學杜甫，近體直逼明七子。在都，與丁澎、嚴沆、宋琬、趙賓、施閏章、陳祚明，有「燕臺七子」之目，吴偉業稱之。撰《斗齋詩選》，首順治十四年自序。《聽嘉定陸子曲戲爲長句》、《贈程箕山畫松篇》、《八駿行》，鋪張異彩，奇情勃出。《飲泗州譙樓》云：「民間蒿里同陵寢，世外桃源盡戰場。」《重過識舟亭》云：「偶得故人天上句，如懷明月夜中行。」亦好句也。沈德潛《别裁》選其詩列於卷一。置錢謙益、王鐸後，然行輩無此之高也。此書卷後有乾隆十四年沈青崖跋稱：「桑調元掌教大梁書院，有生員張嘉琰抱其高祖遺集而前，乃爲補録。」是爲乾隆間刻本。有因刻書年代編目，著録爲乾隆人，誤。沈青崖謂格律近宋，亦非確論。文光官知縣，教諭爲通俗作家馮夢龍，唯是集未見兩家交往資料。趙賓《學易菴詩集》卷三有《哭張譙明先生詩四首》。

題藍田叔山水行

滄浪論詩論以禪，顛旭書法書以醉。作者若能會此意，萬水千山入三昧。晉唐山水猶未工，自宋至元變不窮。我愛董苑能脱俗，直將墨妙開洪濛。大家手眼皆自出，筆法逾老蹊徑空。營丘那肯述荆浩，范寬渾不似關仝。後來清遠黄公望，層巖密樹推王蒙。雲林老迂更簡貴，一洗筆墨存古風。虎林高人藍田叔，天爲胸次日爲目。作畫無師師造化，不拘區區尺與幅。尺幅山水亦自奇，真水真山堪並之。洞庭彭澤波浩渺，東岱西嶽峯夭矯。黄海雲生石筍根，赤城霞湧喬松杪。武夷曲水引仙舟，峨眉古雪迷飛鳥。以山貌山山絶倫，以水貌水水有神。老氣奇情自作古，不與前人爲後身。夜半空庭明月走，忽然風雨蛟龍吼。精靈光怪驚人死，仔細摩娑何所有。始知絶技不等閒，傳神唯在阿堵間。祇恐仙筆騰空去，天下山水都無顔。《斗齋詩選》

拾唾詩集四卷 康熙間刻本

段緯世撰。緯世字周繩，號容齋，安徽阜陽人。貢生。康熙初，其子聖爲刻《拾唾詩文全集》，凡詩四卷、文一卷、詩餘一卷。《羣英月旦》一卷。跋云：「稿於崇禎末失於亂離中，随其憶之。」蓋名拾唾之由矣。唯集中編年，早在明天啟間，晚至順治十六年。歌頌清朝，褒揚孝節，所在多有。明萬曆後人材輩出，清初文化繁盛，實肇於此。然迂陋詩文，觸目皆是，濫刻之過也。是集爲首都圖書館藏本，詩文皆不足傳。唯詞曲不爲人知，仍可采擇。同時山西平水王永命，刻《有懷堂筆》八卷，中國科學院圖書館藏本，亦附詞曲，與此集相近，不俱録。

竹雲堂稿十二卷 光緒二十一年刻本

沈宜撰。宜字大悟，號拙直，湖北孝感人。明吏部左侍郎沈惟炳子。諸生。順治元年授宣府推官。時明末崔、魏黨人有爲京貴者，與惟炳有怨，又聞宜好直言，爲將來慮，於是糾御史張鳴駿徇情濫舉。而巡撫承意旨，誤撰劣狀，致奉旨革宜職，逮下法司。宜作《獄中雜詠》十首，爲獄雨、獄暑、獄牆、獄更、獄蚊、獄蠅、獄蚤、獄虱、獄蟬、獄螢。又作《和夏振叔過秦淮贈别十首》其一云：「我昔南冠縶，逢君千里臨。無才甘任運，好友對傷心。落日烘高樹，輕風韻古琴。天憐如毀地，長借半牆陰。」又云：「長歎買歸舟，知君不忍遊。斗牛彌鐵氣，風馬揖桐侯。譜夢成青史，形愁上黑頭。中宵常十起，身世遍清秋。」又云：「天問終何益，誰當理屈平。深文誅吏骨，奇妬到詩名。野雀存廷尉，空厨悔步兵。窮猿林木裏，魂斷北門聲。」自注：「是時縉紳以論劾繫獄者甚衆。」事在科場案、奏銷案之前，足見清初專制之甚。後得釋，補杭州司理。九年，補鎮江推官，復坐不察，罷歸。所撰《竹雲堂稿》文八卷，詩三卷，詞一卷，湮没近二百年，光緒二十一年裔孫重刻之，始復顯于世，吴偉業、李曾馥舊序仍存。宜與侯方域、陳貞慧、冒襄、方以智四公子同時，門資亦畧相等。程正揆撰《拙直先生傳》無生卒年，今據《四十四歲初度歌》，推爲萬曆三十九年生。其詩主中唐，骨勁氣淳，豪宕精工。《浙兵過》、《馬市行》、《鄂州遺事》，均涉世情。《畫柳歌》載柳敬亭説書佚聞。《人市行》揭露京都設人市公開買賣被掠婦女，畧無顧忌。設流行於雍、乾之際，爲禁書矣。

人市行

宣武坊前車歷碌，部勒紅顔塵逐逐。衆拖彩袖趁霜行，新畫蛾眉鬭朝昱。弓鞋閒廢幾春秋，脚泛航兒縱意遊。盤頭辮髮花枝颭，無領滿衣綽且修。金環貫耳人三四，鴉黄鴇黑無邊至。漢姬喉雜滿音來，圓搓蝤頸勾塵膩。中間點者效漢粧，賺得漢人空斷腸。十一步摇九總角，矗矗烏雲粉澤香。胭脂淡點櫻桃口，腰肢嫋娜春眠柳。一剪秋波媚欲流，翠閣遥山愁百斗。骨肉勾停血足華，金蓮軟印九衢沙。玄白衫子紅半背，細摺湘裙顧繡花。無端豔冶爲誰美，奮飛難去又難死。但願珍珠脱苦人，敢惜妖嬈市君喜。天街鵠立肉千屏，半笑風前半淚零。未同心事那堪説，楊花失路總浮萍。王孫閒繫青驄馬，比肩捉隊皆遊者。鬻人爭索埒身金，買人掉臂酒簾下。牙子低昂費品題，佳人含喜又含悽。此身已逐風花起，知墜樓臺知墜泥。亦有居積稱人賈，賤販明珠歸别浦。大開邸第住娉婷，不吝黄金教歌舞。高樓鏡影月娟娟，花貌琴心賣可憐。橐倒揚州十萬貫，魂斷蕭郎半面緣。有緣鬻作豪門妾，無緣名隸平康牒。又攜衾枕過誰家，黑浪長江飄片葉。憶昔兒家未亂時，三日睽違惜别離。緑窗不習親男子，瞥面逢人頳莫支。回頭好夢鶯花散，彩鳳隨鴉處處伴。春閨明變海田桑，街頭豈惜千人看。燮伐如膏解潤沽，八紘災難片時蘇。振鷺尚容鷹眼化，薄命於今獨作俘。彼昏逐鹿謀何忒，妻兒本合填京國。禍延士女折婚來，致累王仁寬不得。市中一過一悲酸，不勝清怨淚闌干。無情人望多情賈，曉日青衫沁骨寒。《竹雲堂稿》卷一

笠翁詩集三卷餘集一卷　康熙間刻本

李漁撰。漁字笠鴻，一字謫凡，號笠翁，浙江蘭溪人。少游四方。明亡，避兵山中，後居南京，遷杭州。

精於譜曲，時人呼之李十郎。生當萬曆三十九年，卒於康熙十九年。著小説《迴文傳》、《無聲戲》、《十二樓》，戲曲有《風箏誤》、《比目魚》等，稱《笠翁十種曲》。詩文詞雜著名《一家言全集》，婿王概刻。内《閒情偶寄》、《窺詞管見》，論詞曲尤諗當世。詩集有康熙十一年自序，余懷、丁澎序，附錢謙益、吴偉業、顧貞觀等人評語。詩主性靈，爲公安餘響。甲乙間所作《婺城亂後詩》、《避兵行》、《行路難》，時作憤語，後廣交達宦，《萬柳堂呈馮易齋相國》、《華山歌壽賈大中丞膠侯》、《一人知己行贈佟碧枚使君》，純屬投贈。《大宗伯龔芝麓先生輓歌》、《軍興三異歌爲督師李鄴園》，亦多腴詞。《前後過十八灘詩》、《儋州行》、《黄河篇》、《鎮江舟中看雪歌》、《中秋看月歌》，則信口成章，化俗爲雅。《酒徒篇爲燕中褚山人作》、《奇窮歌爲姜次生作》、《和劉子岸先生十無詩》，時近俚謔。「十無」，爲居無屋、行無輿、寢無牀、食無米、寒無衣、夜無燈、爐無火、杖無錢、渴無茗、交無友也。漁嘗改《琵琶記》、《南西厢》諸劇，復陳爲新，兼正其失。觀《哭亡姬喬氏黄氏詩》，諸姬皆能歌舞登場。《予携婦女出游有笑其失計者詩以解嘲》云：「盡怪饑驅似飽騰，紛紛兒女共車乘。須知我作浮家客，欲免人呼行脚僧。歲儉移民常就食，力衰呼侶伴擔登。他時絶粒長途上，縱死還須拔宅升。」此詩最見情性。乾隆間沈赤然《五硯齋詩鈔·書李笠翁一家言》詩云：「詞曲當年數笠翁，兩朝冠蓋揖羣公。囊金不惜教歌妓，家具都思奪化工。」又云：「爭傳紙貴寫三都，顧曲周郎老道塗。白下園亭看未足，又移歌舞入西湖。」注云：「笠翁芥子園甲天下，暮年復移家西湖。」唯漁好談閨情，爲後世所譏，詩文都不入選，亦不置目，其《一家言全集》但流行於民間耳。夫文學之士，所趨不同，流派如百川赴海，其間固有不待表彰而自顯者。此集雖未能悉概人心，然沿波討源，仍不失爲畸人之詩也。笠翁晚年，卜築杭州雲居山，構屋名曰層園。卒，葬於方家峪九曜山，錢塘知縣梁允植題其碣。嘉慶間，趙坦復修築，後人吟題不絕。《周伯衡詩鈔》有《漢陽遇李笠翁兼紀諸姬之盛》詩。王鵬《半村居詩鈔》有《題李笠翁煙波垂釣圖小照》云：「五嶽歸來屐齒孤，等身著述付奚奴。何如獨結煙波約，泛宅浮家作釣徒。」鵬，金華人。又朱愼《浮園詩集》北京圖書館藏抄本有《李笠翁招飲湖上》、《懷笠翁先生》等詩，所撰《菊山詞》亦李漁定。陸圻《威鳳堂文集》有《李笠翁新居記》中國科學院圖書館藏刻本。有目無文。

千山詩集二十卷 道光間重刻本

函可撰。函可本名韓宗騋，字祖心，號剩人，廣東博羅人。明禮部尚書韓日纘子。崇禎十二年祝髮，旋值世變，走金陵。順治四年，以藏其所撰《再變記》下刑部獄，發瀋陽。後主千山龍泉寺，與廬山棲賢寺主持函昰，並聞名於時。順治十六年卒，年四十九。事具本書卷首函昰、郝浴所撰《遼陽千山剩人可禪師塔銘》。是集初刻於康熙間。乾隆間列爲禁燬。道光間又有重刻本出，與函昰《瞎堂詩集》合刊。署「博羅剩人可禪師著，書記今羞編」。集中與各地沙彌贈別最多。入瀋後，剩公之名，遠播朝鮮。清初流徙東北官員文士，如李呈祥、魏琯、季開生、李龍衮、郝浴、陳心簡皆從之游，末卷《冰天詩社唱和》及游千山詩，多見詩社諸名士踪跡。清初高僧詩，以粵東爲冠，慷慨任氣，磊落使才，怨而近怒，哀而至傷，可印證世事者亦多，特不收史乘耳。

變雅堂詩集十卷　光緒二十年黄岡沈氏重刻本

杜濬撰。濬原名紹先，字于皇，號茶村，湖北黄岡人。明崇禎時太學生。甲申逢變，至南京，見馬士英、阮大鋮用事，朝政不堪，遂絶意仕進。入清，隱居雞鳴山之石城，窮饑自甘。刻意爲詩，不欲以詩人自名。于並世人獨重沈壽民、徐枋。又往來於江淮間，與錢謙益、周亮工、吴偉業、邢昉、施閏章、龔鼎孳、王士禛等朝野人士，亦有過從。康熙二十六年卒，年七十七。卒後無以爲葬，陳鵬年知江寧府始葬於蔣山北梅花村。所撰《變雅堂集》，康熙間凡三刻，俱非全帙，而卓爾堪《明遺民詩》選一百五十八首，已具規模。《四庫》不收濬詩，而乾隆間彭湘懷、陳師晉有輯本八卷，名《杜茶村詩鈔》，濬詩流傳又廣。光緒間，黄岡沈自申增刻《遺集》，凡文八卷，詩十卷，附録二卷載序跋佚聞贈答詩。後又有《黄岡二處士集》排印本，附汪燊記，益爲完善。《湖北詩徵》卷十五輯諸家詩話數十條，多採自罕見書，足供研究者參稽。唯濬爲明末遺民中傑出詩人，不獨江漢之首推也。五古淵源陶、謝。《感遇十二首》、《鍾山》、《九日臨高臺詩》、《苦雨詩》氣韻遒古。七古沈雄頓挫。《初聞燈船鼓吹歌》，尤名負當時。此詩衡明代之盛，推原張居正之當國，考其衰則歸咎於馬、阮之秉政，能使讀者欷歔太息而不自禁，乃沈德潛詆爲頹唐，不盡然矣。見張清標《楚天樵話》。又《唐港耕人歌》、《快哉行》、《後快哉行》、《觀棋行》、《揚州春》、《揚州客》、《揚州雪》、《揚州草》、《揚州炭》、《柳冠道人歌爲張子虞山作》、《送將歸歌答方密之》、《雨霽邢子孟貞來歌》、《買船行爲施愚山作》、《典裘賦爲佺廬中丞賦》，大都摹寫患難流離，涉世甚深。五律精深力追少陵，閻爾梅許爲詩聖。吴偉業云：「吾五言律，得茶村焦山詩而始進。」《登金山塔》其一云：「極目非無岸，滄波接大荒。人烟沙鳥白，春色嶺雲黄。出世登初地，思家傍戰場。咄哉天咫尺，消息轉茫茫。」自足冠絶。《别興三十首》亦沉厚蒼涼。《今年貧》口號二十四首，多以氣節自勵。《竹枝辭十八首》記明末都門風俗。唯七律一體，稍欠藴藉耳。論詩云：「唐人三變後，吾意止中唐。」於宋詩獨推謝翱。論明詩則云：「吁嗟在有明，作者羅詞場。小輩不足言，大者誰卻藏。崆峒不入室，喧呼隔宫牆。指爪誠不輕，搔處自木僵。文長習雕豔，真宰散茫茫。中郎特好弄，脱手忽如忘。伯敬貴幽思，譬如充酒漿。五味皆不和，冷暖祇自嘗。淡極反成腐，慧淫良已狂。」《贈陳寒山社長四十韻》。其中但舉李、徐、袁、鍾四家，雖有不滿之詞，亦寓褒於貶矣。至「但覺高歌有鬼神，誰知餓死填溝壑」二句，足爲自評。潘耒有長歌《贈杜于皇》。乾隆間黄岡建茶村祠，鄉人每於正月七日祀之，蓋其生日也。

徐東癡詩二卷　康熙間刻本

徐夜撰。夜初名元善，字長公，慕嵇康之爲人，更名夜，字嵇菴，號東癡，山東新城人。明諸生。入清，高尚其志，掘門土室，絶迹城市。李念慧爲新城知縣，最敬禮之，與相唱和。嘗入浙游杭州，登釣臺，渡潯陽而歸。康熙十八年，薦鴻博，力辭。二十二年卒，年七十三。夜爲王象春外孫，王士禛表兄。少讀書外家，湔染風氣。詩稿没於九江。王士禛輯得百餘首，爲《徐東癡詩選》二卷，與張實居《蕭亭詩選》均刻於《帶經堂集》

中。詩學魏晉，宗陶、韋，節概甚高。《山南路》、《留别影公》、《望放鶴亭》、《初夏田園》、《東村》、《雪後西山卽目》，無跡可求，而自有諷意。《和秋柳詩》，丰骨峻上，較王士禛自高一層。顧炎武親至山中訪問，贈以詩。五律《九日得顧寧人書約游黄山》、七律《富春山中弔謝臯羽》二篇，尤爲絶唱，以爲足傳不朽，非過論也。

南山堂自訂詩八卷樂府一卷續訂詩五卷三訂詩四卷　康熙間刻本

吴景旭撰。景旭字又旦，一字旦生，號仁山，浙江歸安人。明諸生。入清未仕。子光，順治十八年探花，嘗出使安南，有《使交集》。景旭居郡城蓮花莊，爲元趙孟頫别業舊址，優游雅集，以詩詞爲娱。著有《歷代詩話》八十卷，近代劉氏嘉業堂爲之刊出。劉承幹又得《南山堂自訂詩》八卷《樂府》一卷《詞》一卷，云卷一至五爲其裔孫所藏，後又别獲六至十卷，乃重刻之。而《續訂詩》、《三訂詩》，猶未及見。此《三訂詩》原刻本，爲鄧之誠先生舊藏，精善完好，世恐無二帙矣。初集曰《東村草》、《長林草》、《雲樓草》、《横塘草》、《蓮莊草》上下二卷、《花甲草》、《開衮草》、《擬古樂府》及詞。年七十以上曰《開八衮》，則七十以前詩盡於此。續訂有康熙二十七年後序，曰《雨來草》、《獻春草》、《硯瑞草》、《良辰草》、《壽櫟草》，爲七十八歲以前詩。三訂曰《齒截草》、《焚香草》、《晚霞草》二卷。耆耋，《漢書》作齒截，殆爲康熙二十九年至三十四年詩，自云年已八十五。自順治初遘亂，至康熙中葉田園生活，靡不畢見。初集《篙泥行》、《燒田蠶行》、《岕茶歌》、《己亥聞警》、續集《窑器詞》、《開河行》，尤涉世情民生。《言詩十絶句》，尚在王士禛《論詩絶句》之先。三集雜憶舊遊詩。記所見湯顯祖《宋史删補》本，徐元歎藏祝枝山《書譜》卷，黄宗羲應許氏之聘講學海昌，稱徐渭署名作「秦田水月」，其意秦拆爲徐字，田水月爲渭字，又敍歸安韓氏藏書，作《黄孝子歌》敍黄端木萬里尋親，凡此俱爲藝林掌故。集中亦時及吴光，有紀恩恭賦之什，唯未見受誥封。自藏松雪齋舊硯，作歌屢賦之。唱和名士，前期爲吴偉業、施閏章、宋實穎、徐乾學，後期爲勞書升、張衡、王晫等人。景旭在有清二百餘年中名遜其子，及著述陸續刊出始顯，近世幾人所共知矣。

楊園先生詩一卷　同治十年江蘇書局刻本

張履祥撰。履祥字考夫，號念芝，浙江桐溪人。明末受學於劉宗周。入清，棄舉業，以課館爲生。爲理學名家。居楊園，學者稱楊園先生。卒於康熙十三年，年六十四。著述甚多。姚璉輯爲《楊園先生全集》，凡五十四卷，《年譜》一卷。其中《農書》尤爲近世所重。此同治十年江蘇書局重刻本。存詩一卷。《觀物偶占》三十九首，發抒其哲理要義。《答友人見規》四首，一以議論爲詩。《感遇》、《酬友人》、《有感偶成》，俱見性情。履祥爲人，好學、力行、知耻。發爲歌詩，味淡而理腴。《和程巽隱先生惜日短詩》四首，尤爲警永。間有諷世、憫農之什，語亦真切。《四庫》子部《存目》著録《楊園全書》三十四卷，爲雷鋐所梓，無詩。

九煙先生遺集詩二卷　嘉慶二十一年刻本　九煙詩鈔前後集　近代排印本

黄周星撰。周星字景虞，號九煙，一號笑倉道人，江蘇上元人。初育於湘潭周氏，從其姓。明崇禎十三年進士，授户部主事。疏請復姓。明亡，改名曰人，字略似，號半非，又號圃庵，布衣素冠，遁跡湖州。康熙十九年十月某日，自沉於水而亡，年七十。吴嘉紀作《嗟老翁》詩哀之。著有《芻狗齋集》、《九煙詩鈔》，未刻，《小半斤謡》，張潮輯入《昭代叢書》。自云嘗欲評選古今人詩，自葩騷而外，釐爲三集，總名《詩貫》。不知是否成書，今所見唯《唐詩快》耳。據董説《豐草菴詩集》載《黄九煙居士重過寶雲》注：「自言將製《北俱盧傳奇》，又有《夢史》，高一尺。」二書並亦不可踪跡矣。是集爲湘潭周氏族孫輯本，幾經補綴，嘉慶二十一年，始由周詒朴校刊行世。凡文二卷、詩二卷、雜著、時藝各一卷，鱗爪而已。其最著者《楚州酒人歌》。餘如《瀟湘八景》、《西湖竹枝》、《和楚女詩十首》、《夕陽詩》，未關宏旨。其詩沿明季餘習，學白居易處，醇樸自然。近代排印《九煙詩鈔》，前集爲順治二年至五年詩，後集爲順治九年以後詩，所據爲別一鈔本，倪劍序。其中與無可、杜濬、施匪莪贈答，並有《集唐》六十首。自嘲云：「畧似人形已半非，道人久與世相違。鬚眉無恙千秋緑，意氣全灰十載饑。猿鶴蟲沙同是化，鯤鵬龍象竟何歸。向平願了終須去，千仞峯頭看振衣。」《近今詩人太多刻太盛余竊憂之因爲二絶》云：「竹青油素總離離，萬卷城高亦自危。梨棗有妖能作欿，將來莫遣祖龍知。」「但關文字卽菁華，爛縵能留幾日花。三十年來多血戰，草池何處不聞蛙。」其不合時宜者如此。周星與吕留良交契。嘗作《思古堂詩》、《奇才吟》，留良有和詩，見《吕耻翁詩稿》。《倀倀集》有《黄進士歌》亦贈周星詩。《潯溪詩徵》卷三十四有選詩六十二首，《讀張蒼水絶命詞次韻》四首，《董廡吟》、《解蜕吟》、《庚子紀年詩》，長篇敍事，多出於是集之外者。所製傳奇《人天樂》，有清初刻本，情節皆作者自演。又《惜花報》雜劇，姚燮《今樂考證》著録，爲王丹麓紀事作，近人或謂佚，或謂收於《夏爲堂别集》。此劇有刻本，在王晫《蘭言集》卷十，無署題，按之標目，即《惜花報》也。

桴亭先生詩集十卷 光緒二十六年刻本

陸世儀撰。世儀字道威，號剛齋，晚號桴亭，江蘇太倉人。明諸生，順治二年，參與太湖兵事，事敗潛還。不應科舉，主東林書院講席。王崇簡、魏裔介見招，不赴。與陳瑚篤交，共講理學，名亦相齊。卒於康熙十一年，年六十二。門人私謚曰尊道先生、文潛先生。著《思辨録輯要》等書。詩文集原刻未見。同治二年，安道書院刻《詩鈔》八卷、《文鈔》六卷。光緒二十六年，唐受祺刻《桴亭先生遺書》二十二種，内詩集爲十卷本。同光間學人刊布清初遺老著述，以爲知耻，一時風氣也。是集有陳瑚、周西臣舊序，附《年譜》與陳瑚所撰《行狀》。其詩古風倣漢魏，有《感遇詩》寄寓亡恨。又多憫民生艱苦。《江寧謡》十首、《水田謡》十首、《錢塘行》、《水没頭歌》、《前旱》、《後旱》、《前雪》、《後雪》諸篇，目覩順、康間飢民慘狀，形之詩歌，抨擊權貴，感慨極深。康熙六年，作《大雪口號》十首，小注繫婁中賦役之苦，皆當詩史。「遥看美酒羊羔客，盡是磨牙吮血人」，句尤奇警。顧炎武特重其爲人。《輓瞿稼軒歸葬四首》、《戲贈歸元恭僧服小像四首》、《輓顧麟士四首》、《壽王煙客八首》、《送嬾雲歸雲南》、《過毛子晉湖莊五首》，以及與杜濬、大滌山人贈答之什，足見行誼。《讀易十絶句》、《懷白鹿洞歌》、《五老峯歌》、《二泉書院述事一百韻》、《琉璃渾天唱和詩二首》、《送吴梅村太史北赴徵車》、《讀石隱六書論正》、《讀黄端木孝子尋親紀程一百韻》，學殖深厚，氣韻佳勝。世儀與陳瑚同爲理學名家，皆明遺民詩之巨擘。

嬾齋别録詩六卷 順治間汲古閣刻本

通門撰。通門俗姓張，字牧雲，號樗叟，一號嬾齋，江蘇常熟人。明季，祝髮於興福寺。入清主秀水古南院、鶴林、天福等寺。與錢謙益、蔣超、周篔過往，尤善交毛晉。是集卽毛氏汲古閣刻本。《四庫存目》著録。凡雜文三卷，書啟三卷，頌贊偈語二卷，詩六卷。爲詩晦澀，意每難通。紀年止於順治十二年。詠雪竇山詩，記山中廟宇甚詳。《項孔彰居士像》二首，爲明末清初畫家項聖謨資料。餘多遺興之作，不堪多録。唯頗與士大夫游，故文士往往稱之。《四庫》列入《存目》，益爲後人所重。

石民集二卷 乾隆十七年刻本

楊青藜撰。青藜字禄客，號石民，山東濰縣人。明萬曆間貢生。入清，未進取。順治間嘗上書劉正宗，勸其引退，劉不能用。晚移家安丘，眈宋儒書。盡焚其詩，肆力講學。年九十四卒。撰《石民集》二卷，康熙二十一年自敍，當時未刊。乾隆十七年，傅爾德刻之並撰《石民先生傳》，有王鳴盛序。清初山左詩風稱盛，而青藜較爲前輩。其詩始於崇禎三年至康熙初，風格高騫。《甲申三月十九日聞變作》、《哭周雪崖》、《哭子延中丞》，記康熙七年六月十七日地震，記大勞高士，俱爲佳篇。游瞿唐、匡廬、天台，登大澤北峯，過北邙山，選聲設色，靡不究心。唯稱詩中年，晚不復有作矣。附録《上安丘劉少傅書》，爲劉正宗傳所未詳。《之萊逢朝鮮金地翠納貢東歸》有序云：「懷宗末，朝鮮使者金地翠，號苕川，入貢京師，禮成東還。館人莫候，蕭條去國，情見乎詞。其駐節蘆溝詩云：『笑別都門頻馬頻，鳥啼花落已殘春。蘆溝河畔垂楊柳，獨自青青送遠人。』《益都路》云：『暝色城邊起，斜陽下驛樓。别時如記得，長是在青州。』《黄山館》云：『緑草源頭歸路賒，王孫作客送年華。誰家有酒邀人醉，處處春風楊桃花。』越兩日夜抵登州路，悵然航海而去。自是朝鮮不獲入貢矣。」詩云：「高秋鼓吹下滄溟，獻納遥臨大國風。萬里樓船孤島外，千家砧杵亂山中。京華路渺旅裝黯，驛使人稀關霧濛。寄語中原航海去，重來何處大明宫。」附《答問風俗》云：「國比中原國，人如上古人。衣冠唐制度，禮樂漢君臣。」《答問食物》云：「銀甕篘新酒，金刀膾細鱗。年年二三月，桃李一般春。」《山左詩鈔》卷二十二無附答詩。詩當作於明季。未幾，社稷覆矣。

蒿菴集詩一卷附補遺　北京圖書館藏抄本

張爾岐撰。爾岐字稷若，號蒿菴居士，山東濟陽人。明季諸生。入清不仕，教授鄉里。交游唯顧炎武、劉友生、李焕章、李中孚數人。康熙十六年卒，年六十六。著有《周易説畧》、《儀禮鄭注句讀》、《蒿菴閒話》、《蒿菴集》三卷行世。集爲乾隆三十八年刻，胡德琳編，盛百二訂，周永年校。李焕章、劉孔懷原序，胡德琳、陸耀序。詩未刻，僅賴抄本以傳。此北京圖書館藏倫明抄本，跋云：「近見山東新刊本附羅有高序，序云文集二卷。亦無詩。」爾岐以經學理學著，不以詩名。詩僅一卷附詞二闋。順治十八年秋作《苦旱》詩，康熙七年六月作《地動謡》，俱詠實事。《題馬六陽文學墨畫》、《壬寅冬壽邢先生八十四》、《讀剩和尚詩》、《劉永錫惠詩扇印章寄謝二首》，多屬遺民遁士。《補遺》有《列仙詩十首》。附自書遺囑，乃近代自濰縣陳介祺家録出。自輓詩云：「六十年來老書生，與人無競物無爭。心期一點終難了，不作天邊處士星。」顧炎武有輓詩。《四庫存目》著録《蒿菴集》三卷，即周永年本。《提要》寥寥數語，且不及詩，體例固如此也。

藏山閣詩存十四卷　光緒三十四年排印本　田間集十卷　康熙元年樂易堂刻本

錢澄之撰。澄之原名秉鐙，更名澄之，字飲光，安徽桐城人。明諸生。以詆閹黨聞名。與陳子龍、夏允彝等聯雲龍社，接武東林。弘光朝，爲馬、阮所讐，興大獄，名在捕中，變姓名至震澤避禍。南都亡，起兵不克，乃入閩。隆武朝，考授漳州府推官。清兵陷福州，入粤。永曆朝，授禮部儀制司主事，翰林院庶吉士，知制誥。金堡下獄，營救之。廣州陷，隨走桂林。至順治八年明永曆五年始間道歸鄉里。晚號田間，窮愁著述。卒於康熙三十二年，年八十二。嘗學《易》於黄道周，覃研諸經。著有《田間易學》、《田間詩學》、《莊屈合詁》等書。所著《藏山閣詩文存》有康熙原刻本，當時所見者已稀，自《四庫》列入違碍書目，尤爲罕覯。此光緒三十四年龍潭室據蕭穆抄本排印，凡詩存十四卷、文存六卷、尺牘六卷。又宣統二年錢氏振風學舍本別附錢撝禄撰《年譜》一卷。詩分《過江集》、《生還集》、《行朝集》、《失路吟》、《行脚詩》，爲明崇禎十一年迄順治九年詩。記甲申國變及南明各朝見聞，足可徵史。其中《傳疑詩》記假親王、假后、假太子，《三吴兵起紀事答友人問》、《聞道奔江右發横坑卽事》、《哀邵武》、《留髮生》，蒿目時艱，悲傷荆棘。凡身經亂離，均寄詩以暴之。《哀江南》自注江南死者多人，各賦一章，以備異日野史採擇。《南京六君詠》自注：「南京陷，死者寥寥，得丐與卒而六焉。」憤懑極深。至悼念抗清義士，尤有佚出史外者。《悲湘潭》、《悲信豐》、《悲南昌》、《桂林雜詩》、《行路難》以永曆時事寄於詩，亦多愁恨之音。而生平厄運，不讀此集無以知之。《田間集》爲分體詩十卷，一名《西頑道人近詩》，樂易堂刻本。有康熙元年姚文燮序畧云：「錢子游十年歸，歸十年始有廬，廬在先人墓傍，廢瓜田盈畝，爲之環廬田也，故名田間。其未有廬前，往來鳩兹、白下、天柱、龍眠間，足跡不出五百里。所至有詩。詩且千數百首。既居田間，則覃心學《易》，故又名其居曰樂易堂。」所收殆晚近十年詩，其中《田園雜詩》、《感懷詩》、《詠史》、《雜詩》、《田間雜詩》等成組詩歌，多見於諸家選本。澄之晚年究於性命之理，而於當世之故，仍托以聲歌。《烏栖曲》、《雉將雛》、《空倉雀》、《孤雁篇》、《燕巢行》、《捉捕行》、《丈洲行》、《催糧行》、《水夫謡》、《穫稻詞》、《乞兒行》、《泣象行》、《癡羊行》、《老狐行》、《青樓女》、《緑林豪》、《縣門行》、《泥鰍行》、《北風行》、《捉船行》、《野鶴篇》、《打旗船行》、《老驢行》、《捕匠行》、《苦寒行》、《秋水歎》、《捕魚歌》，狀寫率獸食人而民衆流離無告之慘狀，情景逼肖。此前後兩集，各寓興意。同時詩家，罕可比埒。生平經歷，杜甫無逾之，以爲專得力於陶朱彝尊《靜志居詩話》，斯言非是。

盋山集十二卷續集四卷再續集五卷　康熙間刻本

方文撰。文字爾止，號盋山，安徽桐城人。明户部郎中方大鉉子。諸生。入清游食四方，兼賣卜行醫爲生。康熙八年卒，年五十八。詩學白居易，款曲如話。清初詩壇，獨樹一幟。《盋山集》爲崇禎九年至順治十三年詩，王澤弘定，李楷、姚康序。康熙二十八年其婿王概刊。甲申所作《宋遺民詠十五首》、《惠泉歌》、《廬山詩三十六首》並注、《負版行》、《窮冬六詠》、《品魚四十首》、《彭城古蹟十二詠》、《題陶靖節小像》，多攬時物變遷，發而爲歌。詠宋末遺臣六事，爲《謝侍郎建陽賣卜》、《家參政河間談經》、《唐玉潛冬青記骨》、《鄭所南鐵函藏書》、《王炎午生祭文相》、《謝皋羽慟哭西臺》。自云欲倣徐文長《四聲猿》，演爲《六聲猿》雜劇，以音律未譜，既作後止。其風節概可見矣。《題寺壁畫蕉》云：「金粉俱零落，如何墨未銷。可憐舒卷意，長日對僧寮。」《京口卽事》有云：「骯髒乾坤剩此身，曾將彩筆撼星辰。於今東海揚塵日，來作江湖賣卜人。」「日出開簾午下簾，路人爭道有奇占。不論杖底錢千百，多少惟應付酒帘。」《穀賤》有云：「頻年苦旱今年穩，百事支分盡在田。豈料秋成農更苦，一擔新穀糶三錢。」此皆短句而不假雕飾者。《續集》一名《四游草》，爲順治十四年至康熙元年詩。四游者，北游、徐杭游、魯游、西江游。以北游詩最要，如《都門懷古》十六詠、《題酒家壁》四首、《都下竹枝詞》二十首，感觸時事頗深。《題酒家壁》其一云：「問我來何數，非關飲興豪。風塵燕市裏，或恐有荆高。」此詩唯陳田《明詩紀事》選録，詞意含蓄而勁節。《都下竹枝詞》有云：「新法逃人律最嚴，如何逃者轉多添。一家容隱九家坐。初次鞭笞二次黥。」又云：「滿粧羣婢概無夫，鍼線傭工立路隅。每日百錢持送主，無錢罰餓使樵蘇。」又云：「蘆中貧士亦何愚，燕市來尋舊酒徒。漫説荆高零落盡，卽令相見酒錢無。」讀之令人扼腕，不啻於異代之悲矣。餘如《金陵感懷十首》、《大明湖歌》、《詠彭澤》諸篇，亦復感歎不勝。諸草有王澤弘、王潢、李楷、李明睿、吴百朋、李長祥、杜濬、林古度、康范生、陳允衡、陳弘緒、施閏章、徐芳、周體觀、周亮工等序。最後刻《再續集》，爲康熙元年至八年詩。其中《紅豆詩》八首及贈詩，爲錢謙益知許。又以己壬子生，倩友作《四壬子圖》，中爲陶淵明，次杜甫，次白居易，皆高坐，而己傴僂於前，呈其詩卷，作詩紀之。《題劍南集》、《攝山紀游》、《旅食歎》、《青溪歎》、《石埭紀游》二十二首，多能以眼前喻其志。《别吴野人》、《贈閻古古文》、《題張大風書》四首、《龔半千畫》、《寄蕭尺木先生》，以及與陳其年、錢曾、袁于令詩，可考交游。文爲方以智叔氏，時見寄贈之篇。《題半山道人畫册》二首云：「白嶽高僧有漸江，丹青妙手世無雙。宛溪復有半山子，畫苑新開兩法幢。」「一著袈裟絶萬緣，猶餘破研習難捐。江山本是無情物，寫到荒殘亦可憐。」半山僧，卽徐在柯，宣城人。孫枝蔚題其集云：「看是尋常最奇崛，成如容易却艱難。」可謂知音。

擊壤紀年箋不分卷　康熙三十年刻本

許之漸撰。之漸字松齡，一字青嶼，號可園，江蘇武進人。順治十二年進士，官侍御。嘗西巡三秦、楚、蜀。康熙初，以作《天學傳概序》，爲天主教士湯若望張目，被斥還，退居不出。三十年，自刻近六年詩，曰《擊壤紀年箋》，時年八十，之漸嘗受學於錢謙益。與汪琬、葉方靄、冒襄、錢陸燦過從較密。順治十七年西巡事，皆由追憶詩中見之。《詳述夢因示兒孫十五首》，稍涉江南奏銷案及天主教案。如謂邑人楊光先：「居燕伺隙，誣陷朝廷官員，戮五人，湯若望等荷從寬免，光先以此授官，位登三品。三載敗露，議處斬，以老年宥之。疽發終。」皆可考實。《吴漁山爲寫小影》、《和胡芋莊丑冬五十自壽雜述十二首》，漁山爲天主教畫家吴歷，芋莊卽同里詩人胡香昊。詩中時用佛乘語録，隱語不免。是集周天游序，錢昌祚跋。又有陳玉璂跋評次其詩，玉璂爲之漸女夫，亦常州文士，有《學文堂詩集》。

樂志齋詩集六卷　道光二十七年黄岡汪氏刻本

汪國濴撰。國濴字漪園，湖北黄岡人。布衣。幼隨父游秦蜀。稍長，還里，移居阜上。順治十年游彭澤，翌年由江入淮，登岱。復游齊東、汝東。《詩集》向無編刊，道光二十七年汪階三刻《黄岡二處士》本，與杜濬並列。近代復收入《四明叢書》。是集卷一、二曰《阜樵雜詠》，卷三曰《甲乙游稿》，卷四曰《丁酉稿》、《戊戌稿》，卷五曰《萊游草》，卷六曰《汝東吟》，凡古今體詩四百九十二首。附録一卷。有原序，道光間程懷璟、陶樑序，汪階三撰《事畧》。其詩率多紀游，可想見山林之舊。涉於明末清初時事者，悼詩挽詞而已。國濴生於明萬曆四十年，康熙十五年結廬里中，猶與友朋酬答。詩自不足與杜濬相頡頏，然醇厚謹嚴，故亦爲邑中推重。

清人詩集敍録卷四

栖雲閣詩集十六卷拾遺三卷　乾隆四十二年刻本

高珩撰。珩字念東，號葱佩，山東淄川人。明崇禎十六年進士。入清，官國史學士，禮部侍郎，改吏部。順治十三年歸，不復出。卒於康熙三十五年，年八十六。是集凡詩十六卷，趙執信編並序。《拾遺》三卷，宋弼編，乾隆間陸燿、盛百二序。又《文集》爲陸燿、盛百二選訂。均由珩曾孫璽緒刊版，周永年校，《四庫》列入《存目》。珩爲清初山左名家，聲望僅次馮溥。詩逾萬首，體近元、白，今所存十不及一。爲官稱直介。《正陽門》、《長安道》、《看象行》、《廉吏行》、《燕京雪中行》、《都門寒食》、《戲作陞官圖四首》、《青藜歌作》多含隱諷刺，又時作倦勤語，與康熙以後貴臣必爲頌揚者不同。《後長恨歌》紀明末南京事，詩史之亞也。《襄陽行》、《青州懷古》、《清江浦》、《明湖行》、《朝岱》、《山居即事》、《游嶗山》，恬淡雅潔，生氣湧出。康熙七年，祭告南嶽，在湖湘間有詩近百篇。與王崇簡、丁耀亢、施閏章、王士禄、士禛兄弟唱和猶存。漁洋《居易録》多摘佳句，稱其詩「咳唾珠璣，用如泥沙」。晚年泊如，築室名書帶館，自號紫霞道人。好騎驢，游村落遇濃陰茂樹，輒繫驢高卧。常出入齊東名園勝蹟間，題詠甚多。道光間王培荀《鄉園憶舊録》載其家世遺聞頗詳，亦有佚詩，多爲此集所未備。子之騤有《强恕堂詩》。

愛日堂詩集二卷外集一卷　乾隆三十五年刻本

孫宗彝撰。宗彝字孝則，號虞橋，别號眉林居士，江蘇高郵人。明崇禎八年拔貢。順治三年舉人，六年，成進士，授中書科中書掌科事，擢吏部考功司郎中，出爲薊州分巡道副使。康熙二十年，以論治河，忤河東總督靳輔，入獄。知府崔華傷之。總督于成龍知其冤，將昭雪。翌年，解揚州，瘐死，年七十二。方被陷，通邑號呼，文廟罷市，聚哭者數千人。扶櫬回，州境居民哭而送者不絶。是集與《文集》八卷，乃其子弓安輯，玄孫仝邵刻，賈田祖等列名校字，可見乾隆間猶爲邑人追念。舊序三篇，李瀅、陳可畏、先著撰，而以錢陸燦所撰《墓誌》，述一生事蹟及得禍之由甚詳。《外集》詩皆禪語，署眉林居士，靈隱僧原志序。宗彝與杜濬、蔣超、高珩、曹溶、程邃、魏象樞、王士禛俱有交往。詠江南道中詩，澹雅可誦。《破甕行》、《題獄舍》二首、《獄中作》，被難之作，不免隱約其辭。以後但爲釋家言，不及世諦一字矣。

七頌堂詩集八卷　康熙四十七年刻本

劉體仁撰。體仁字公㦷，河南潁川人。順治十二年進士。官吏部郎中。告歸後，家居不出。卒於康熙十六年，年六十六。著《七頌堂識小録》，《四庫》著録，《七頌堂詩集》八卷《文集》四卷，《四庫》存目。是集收分體詩三百六十九首，有施閏章、徐乾學序。序稱其詩「清雋遥深」，「丰容華瞻」。究諸全集，以五古《曲阿燈屏》、《松村訪傅青主先生》，七古《載書行爲吴雯作》、《贈歸元恭》，較可取意。題畫詩亦清矯可觀。《贈韓生修齡》自注：「生善小説，與柳敬亭齊名」，可以説書史話目之。王士禛《香祖筆記》稱：「康熙初，士人挾詩文游京師，必謁龔端毅，次卽謁長洲汪苕文、潁川劉公㦷及予。」可見當時在京與王士禛、汪琬共主壇坫，聲勢甚高。然集中與兩家唱酬雖密，未必警摯也。題名七頌堂者，生平歆慕成連、陸賈、司馬徽、桓伊、沈驎士、王績、韋應物之爲人，有《七頌詩》。又《書悔詩二十六首》亦可參看。附詞一卷，存十一闋。

調運齋詩集五卷　和陶詩一卷　再生録一卷　康熙間刻本

錢陸燦撰。陸燦字爾弢，號湘靈，一號圓沙，江蘇常熟人。明崇禎八年拔貢。順治十四年舉北闈，以奏銷案褫革。客游揚州、金陵幾三十年。晚年主講常州，嚴虞淳、王弘撰、莊楷、錢名世皆其弟子。卒於康熙三十七年，年八十七。是集名《調運齋詩文隨刻》。去文取詩，得七卷。詩多以雜詩、古近體若干首爲目，而各首不著標題。首有門人總序。陸燦爲錢謙益族孫，詩宗晚唐，兼學白居易，以輭麗爲尚，在東南頗負文望。嘗批校《杜詩》、《梅村集》。學識不高，乃主持一方文會，學者爭師事之，儼然宿學老儒。雖然，據門弟人跋云，其詩尚有千餘首未刻。又散見諸家集中詩文，如孫宗彝《愛日堂集》所附《墓誌銘》、陳維崧《篋衍集》卷七所選七古《鳳陽與戚价人歎舊》、沈德潛《別裁》卷五所選七古《牡丹花下同袁籜菴》等長句，刻意經營，筆力甚肆，是亦有過人之處矣。許之漸《擊壤紀年箋》載唱和詩。

賴古堂詩鈔十二卷 康熙十四年刻本

周亮工撰。亮工字元亮，一字緘齋，號櫟園，河南祥符人，江西金溪籍。明崇禎十三年進士，官浙江道監察御史。明亡迎降。任鹽法道，招撫兩淮。順治四年，擢福建按察使。時鄭成功及其他抗清部隊在閩樹義幟，亮工以守土有能，復擢布政使。累官左副都御史、户部右侍郎。尋爲閩督所劾，遇赦得釋。康熙元年再起，補山東青州海防道。被劾論絞，復遇赦。十一年卒，年六十一。著書甚多，有《書影》、《閩小紀》、《讀畫録》、《字觸》、《印人傳》等。乾隆間修《四庫全書》以《讀畫録》語有違礙，悉遭查燬。《詩集》十二卷與《文集》十二卷爲其長子在浚刻，魏禧、錢陸燦、毛甡序。乾隆二十一年懷德堂本，道光九年周鑾本，均據此翻印。上海新印《清人别集叢刊本》有錢謙益、吕留良序，爲他本所無。亮工身仕兩朝，詩中多紀兵燹人禍。守漳州，門客相與登陴賦詩。《自光澤登閩舟》、《獨宿邵武城樓》、《清漳城上感懷四首》、《返自杭川覩軍容之盛得詩四首》、《射鳥樓紀事》、《哭魯君寵參戎》有引等篇，足徵史事。《胡三元潤徵裘歌》、《羣鴉寒話圖歌》、《咏燕子巖》、《九龍灘口號》四首、《閩茶曲》十首、《龔半千半畝園》、《陳章侯繪磨兜堅見寄感其意賦此答之》，辭意可采，敍事必覈。七律《仙霞關四首》，膾炙當時，後人過嶺，每喜依韻而和。至迭次被讒，屢蹪屢起，亦有詩及之。亮工與錢謙益、龔鼎孳爲友，而與布衣素士如紀映鍾、龔賢、孫默、羅牧、王翬締交。其中，尤與吴嘉紀知好，《陋軒詩》初刻，即由亮工删定。先後官山左，於齊東海隅，時有謳歌。詩趨時尚，而格調仍去明不遠。龔鼎孳《定山堂詩集》有《大風行爲周櫟園作》，可參稽。

九龍灘口號

渴龍無數截中流，一葉斜從石隙浮。解纜戒人咸莫語，齊編竹箬裹船頭。昧爽劇飯，羣起操舟。長年彼此不通一語。不獨戒舟中人也。過峽時尤嚴。解纜時畏神知吾往，過峽時畏龍知吾渡也。編竹箬箱裹船頭以拒怒浪，實則分寸少失，觸石立碎，箬無能爲也。

雪花翻滚浪聲訷，十八灘前九曲龍。估客到來齊減載，逆風駕起護波篷。舟出水下，借篷力以上，逆風揚帆，期少齟齬，實則灘勢急帆即怒觸不敵也。

刑牲載酒拜龍頭，安濟祠中箬亂求。費盡土梢無限力，過龍便自賣清流。買閩舟者，利得清流，謂其濟險。九龍則無險弗濟也。長年輒以此自多。近殊有冒清流者，過他灘無辨，過九龍敗矣。

都將絆索換新纓，曲曲防他八面風。却笑長年堅似鐵，甘心膜拜土梢公。閩人有紙船鐵梢公之謡。土梢世居龍上，習水性，奕世相傳，咸精其業。舟人入灘，例倩最能者爲之防護。護一舟下，返護第二舟。蓋世其業者只數姓，姓又只數人，誓不傳之以外，故不易遇云。《賴古堂詩集》卷十一

閩茶曲

龍焙泉清氣若蘭，士人新様小龍團。盡誇北苑聲名好，不識源流在建安。建州貢茶，自宋蔡忠惠始。

小龍團亦創于忠惠。當時有士人亦爲此之誚。龍焙泉在城東鳳凰山下，一名御泉，宋時取此水造茶入貢。北苑亦在郡城東。先是建州貢茶，首稱北苑龍團，而武夷石乳之名，猶未著。至元設場于武夷，遂與北苑並稱。今則但知有武夷，不知有北苑矣。吴越間人頗不足閩茶，而甚艷北苑之名，實不知北苑在閩中也。

御茶園裏築高臺，驚蟄鳴金禮數該。那識好風生兩腋，都從著力喊山來。御茶園在武夷第四曲，喊山臺通仙井皆在園畔。前朝著令，每歲驚蟄日有司爲文致祭。祭畢鳴金，擊鼓臺上，揚聲同喊曰：茶發芽。井水既滿，用以製茶，上供凡九百九十斤。製畢，水遂渾濁而縮。

崇安仙令遞常供，鴨母船開朱映紅。急急符催難挂壁，無聊斫盡大王峯。新茶下，崇安令例致諸貴人。黄冠苦于追呼，盡斫所種，武夷真茶久絶矣。漕篷船前狹後廣，延津人呼爲鴨母。

一曲休教松栝長，懸崖側嶺展旗槍。茗柯妙理全爲祟，十二真人坐大荒。茗柯爲松栝蔽，不近朝曦。味多不足，地脈他分，樹亦不茂。黄冠既獲茶利，遂遍種之，一時松栝樵蘇都盡。後百餘年，爲茶所困，復盡刈之。九曲遂濯濯矣。十二真人卽從王子騫學道者。

歙客秦淮盛自誇，羅囊珍重過仙霞。不知薛老全蘇意，造作蘭香誚閔家。歙人閔汶水，居桃葉渡上，予往品茶其家，見其水火皆自任，以小酒盞酌客，頗極烹飲態。正如德山擔青龍鈔，高自矜許而已，不足異也。秣陵好事者常誚閩無茶，謂閩客得閔茶咸製爲羅囊，佩而嗅之，以代旃檀。實則閩不重汶水也。閩客遊秣陵者，宋比玉、洪仲韋輩類依附吴兒强作解事。賤家雞而貴野鶩，宜爲其所誚歟。三山薛老亦秦淮汶水也。薛常言汶水假他味逼在蘭香，究使茶之本色盡失。汶水而在，聞此亦當色沮。薛常住另崱，自爲剪焙，遂欲駕汶水上。予謂茶難以香名，況以蘭盡，但以蘭香定茶，咫見也。頗以薛老論爲善。

雨前雖好但嫌新，火氣難除莫近唇。藏得深紅三倍價，家家賣弄隔年陳。上游山中人類不飲新茶，云火氣足以引疾。新茶下，留陳者急標以示，恐爲新累也。價亦三倍。閩茶新下，不亞吴越。久貯則色深紅，味亦全變，無足貴。

延津廖地勝支提，山下萌芽山上奇。學得新安方錫罐，松蘿小欵恰相宜。前朝不貴閩茶，即貢亦只備宫中浣濯甌盞之需。貢使類以價貨京師所有者納之。即間有採辦，皆劍津廖地産，非武夷也。黄冠每市山下茶，登山貿之。閩人以粗瓷膽瓶貯茶。近鼓山支提新茗出，一時學新安，製爲方圓錫具，遂覺神采奕奕。

太姥聲高緑雪芽，洞山新泛海天槎。茗禪過嶺全平等，義酒應教伴義茶。閩酒數郡如一，茶亦類是。今年得茶甚夥。學坡公義酒事盡合爲一，然與未合無異也。緑雪芽，太姥山茶名。

橋門石録未消磨，碧豎誰教盡荷戈。却羨籛家兄弟貴，新街近日帶松蘿。蔡忠惠茶録石刻，在甌寧邑庠壁間。予五年前搨數紙寄所知，今漫漶不如前矣。延邵人呼製茶人爲碧豎，富沙陷後，碧豎盡在緑林中。崇安殷令招黄山僧以松蘿法製建茶，遂堪並駕。今年予分得數兩，甚珍重之，時有武夷松蘿之目。

漚麻浥竹斬栟櫚，獨有官茶例未除。消渴仙人應愛護，漢家舊日祀乾魚。上游人漚麻爲苧，浥竹爲側理，斬栟櫚爲器具，皆足自給。獨焙茶大爲黄冠累。《賴古堂詩集》卷十一

章丘追懷李中麓前輩

焉文閣裏舊詞魔，自説聞聲泣下多。鵝管檀槽明月夜，百年猶按奉常歌。公以焉文名閣。公常言演

其自作劇，座客無不泣下沾襟。恐損道心，往往逸去。公稱其客有濟南胡春以鵝管作笛，有穿雲裂石聲，長于竹聲者，旁觀嘆羡而已。予過章丘，猶見有爲此技者。公以奉常致仕。

青龍鈔就自矜誇，一律均停譜鏌鋣。樓上燭光空自合，錢塘不許唱琵琶。公常作《寶劍記》，自言音韻匀停，遠出《琵琶》上。《琵琶》惟〔雁魚錦〕、〔梁州序〕、〔四朝元〕及〔甘州歌〕等六七闋爲可，餘皆鬆懈，更用韻差池，何至神其事曰作記時燭光合，遂名其樓曰瑞光耶。

擎杯振藻百千函，賴得荒唐足謝讒。自許臨文非率易，惟將委曲許遵巖。公與樂安李慰欽同有文名，時稱二李，皆以不合于時致政歸。慰欽致力經學，公獨對客調笑，聚童牧歌，以此自遠于世云。公集最夥，每擎杯屬筆，對客飛翰，咄嗟而辦。常推王遵巖行文委曲，每欲傚之。

憑教一笑散窮愁，小令元家字字搜。南客不知宫調好，虞山近始艷章丘。公所著雜劇，如《園林午夢》類，總名曰《一笑散》。公所藏元人曲有百十種。如馬東籬、白仁甫諸曲，皆手自改訂付梓。又最喜張小山、喬夢符小令，嵩刻以行。公名噪于北，江南猶不深知，近虞山刻《列朝詩選》，始爲闡揚，小傳頗悉公生平。《賴古堂詩集》卷十二

鳴鶴堂詩集十一卷　光緒十五年重刻本

任源祥撰。源祥本名元祥，字王谷，號息齋，一號善權子，江蘇宜興人。明末諸生。與陳貞慧、吴應箕、侯方域倡留都防亂揭，以攻阮大鋮。入清不仕。貧不得食，乃入州縣幕理刑名錢穀。順治十年，吴偉業召往虎丘集會。十二年，侯方域卒，往弔之。生於明萬曆四十六年，卒於康熙十一年以後，年五十餘。事具任啟

運所撰《息齋先生傳》。又《詩集》刻於康熙二十六年，爲其妻黄氏積蠶績鍼黹之資梓行，凡詩十一卷，七百十三首。侯方域原序，黄錫朋、儲欣序，門人潘宗洛序。又十餘年刊《文集》十卷，有魏禧序。書板久不存，光緒十五年裔孫道鎔重刻之。其詩由明七子學杜，聲情俱至。五古《澄江詩》、《渡錢塘》、《曹娥江》、《詠史》、《讀易》，七古《燕山行》、《京都篇》、《康山行》、《彭蠡行》、《匡廬行》、《木蘭行》，均稱佳構。《白徒行》記清兵南下暴行，《熟荒嘆》記當日民困，多可見時事變遷人事得失。五律《過陳黄門殉難處》，爲悼陳子龍作。五古《哭陳定生》爲悼陳貞慧作。《梁園行》、《後梁園行》、《哭侯朝宗》，爲弔侯方域之作。《送吴梅村學士北上》詩，謂偉業出山，亦非本志。時陳貞慧之子維崧著聲藝林，源祥規其詩「以倉卒取辦爲才」，持論之嚴如此。以此集較諸康熙中葉名家詩，誠有真與美之别矣。

晉之先生詩鈔三卷　康熙五十六年刻本

龔策撰。策字晉之，號天嶽山人，江蘇武進人。明季諸生。康熙間官鄧州同知，未數月卒，年六十八。是集卷一曰《玉堤近著詩》、《玉堤問西草》，卷二曰《華山紀游集》、《游西山詩》，均作於順、康間。卷三曰《俟菴詠史詩》、《蟬葉菴詠古詩》、《松風小箋》，作於明末。三卷凡三百三十七首。其詩婉而多諷，時寄故國之思。詠史諸什，亦精警。汪琬撰《天岳山人墓表》，謂「山人既官本朝同知，然猶以山人自號，故不復斥言其官，所以成其志」。《墓表》無卒年。是集與其子士薦《復園詩鈔》八卷合刊，均趙侗斆刻，侗斆，士薦弟子，趙中喬之孫。

静惕堂詩集四十四卷　雍正三年刻本

曹溶撰。溶字潔躬，號秋嶽，一號倦圃，浙江嘉興人。明崇禎十年進士。官監察御史。入清，官至户部侍郎，降爲廣東布政使。以陳之遴案，再遷山西陽和道。卒於康熙二十四年，年七十三。富藏書。收宋元人文集百餘種。著有《崇禎五十宰相傳》、《劉豫事蹟》、《明漕運志》、《金石表》、《倦圃蒔植記》，輯《學海類編》。詩集爲外孫朱丕戭裒集，幾近四千首，雍正三年直隸總督李維鈞刻。《四庫存目》收録。其樂府詩有以時事今題者，如《廣應州童謡》諸篇是也。五古《題黄山谷書廉藺傳卷》、《遺胥至曲陽搨北嶽廟碑》、《得寧人書寄漢唐碑刻至》、《答顧寧人》、《金陵燈市》，七古《李氏横山草堂歌》、《漳水上望銅雀臺故址歌》、《對酒行同姜如須作》、《題林鐵崖憲副所藏嗎咖吵國漁牧圖》、《趙武靈王墓》、《贈程穆倩》、《送余澹心還金陵歌》、《騎驢行簡葉星期》、《送陳章侯還諸暨》、《題項東井畫黄葉村莊圖爲吴孟舉贈》，詞旨雄傑，包孕甚富。五七律亦奄有衆長。其間多與遺民往還，又與杜濬、申涵光、龔賢、紀映鍾、傅山、毛先舒、屈大均寄贈，互不相戒也。溶詩名與龔鼎孳相埒，贈詩甚多。而王崇簡、周亮工、陳之遴、吴偉業、王鐸，亦降清官員。論詩獨推李因篤，以爲海内第一。此集分體各卷，時附因篤識語，如稱其「五古如羚羊掛角，無跡可尋，而渾金璞玉中奕奕自露神采」。又云：「意取其厚，詞取其自然，所以復漢京也。詞取其俊逸，格取其整，所以明選體也。」又稱其七古兼有李、何之長。溶官山西時，作有《雁門三首》、《晉祠十二首》、《應州木塔四首》、《登恆山懸空寺六首》，游雲岡、觀石佛，亦各有詩。《觀工人琢硯戲成及再疊韻二十四首》、《題周青士詞卷四首》、《題女冠卞玉京募册》，所趨較新。《雜憶平生詩友十首》，論北京舊侣頗尚宋詩，虞山詩派沿襲不已，雲間稱詩極盛，康熙初詩界可知大凡。截句如：「驟馬沙平吹萬柳，射魚波靜立千春。」《當湖懷古》「淡於春水閒於鶴，詎愛東方醉愛髡。」《送陳章侯還諸暨》「寒濤不見橫江鎖，沙草時摇鎮海軍。」《吴郡秋思》「煙中荇藻千家聚，春在艨艟萬里天。」《俯江亭》俱甚遒爽。通觀全集，殊足名家。

雲岡石佛行

黄河北走吞居延，亂榛虎穴相駢肩。坤靈漸欲闢雄鎮，羣螺削作芙蓉圜。劖空不曉何王始，磨厓舊蹟俱茫然。但聞危樓聳丹碧，朝搥法鼓聲淵淵。巧匠提斤生佛國，白毫頂上鬚眉全。有時窮鏤陷深壁，窅若禪定餘千年。忽逢崚嶒貌高凸，蹉跎不覺來車前。密者龍象簇徑寸，鉅或百仞摩青天。攬衣行脚各殊狀，億萬成列皆聖賢。入山見佛不見山，佛理翻借形模傳。此事瑣細不足論，閒時且學山中眠。自從休卒報豐穰，築堤插柳今如拳。紫砂決溜遶城下，馬駝散夜摇荒煙。老僧柏子月浩浩，梵唱靜囀鳴秋蟬。細數雲中幽僻處，郊西數武遊當偏。豈無至人出象外，招我共載蓮花船。《靜惕堂詩集》卷十三

觀工人琢硯戲成八首　録三

百里端州易往迴，峽中佳氣不曾開。五丁力士如相借，割取深谿紫玉來。

快筆淩霜傲五侯，墨花翻污紫雲裘。酒闌親向沙頭滌，消得珠江萬斛秋。

鳳池新樣絶纖塵，削出空山萬古春。且與昌黎盤硬句，不須持贈換鵝人。《靜惕堂詩集》卷四十一

吳興慎夫人能以髮繡大士及晉唐諸帖細極毫芒宛從筆墨間出蓋内藴是巧而　生非徒古所稱鍼神也紀詩二首　録一

幅幅青垂寶鬘長，鈎簾深映墨花香。笑他多少穿鍼客，空向天孫致酒漿。《靜惕堂詩集》卷四十四

寄菴詩集四卷　康熙間刻本

沈奕琛撰。奕琛字石友，貴州普安廳人，寄籍江蘇高郵。明崇禎九年舉人。順治間任衛源知府，官至副使。此集首謝元汴序，金堡、申涵光、李瀅等評，集中有關金堡文字，皆未挖版。詩大約皆宦游燕臺、出守河南所作。古風學韓，多險韻奥語。《甘竹道中經黄相國故里》、《送陳光棐還湖州》、《漳流》、《海岱歌》、《采石

磯》、《贈陳列士巽言》、《陳青雷半圃歌》，不失佳作。目覩清初北方荒凉之區，喟歎亦深。近體《梁園即景》八首，質而不佻。以《壬子元旦六十》詩推之，爲萬曆四十一年生。交往曹溶等人，爲清初名流。

沚亭自删詩不分卷　康熙間刻本

孫廷銓撰。廷銓本名廷鉉，字道相，一字伯度，號沚亭，山東益都人。明崇禎十三年進士。官撫寧知縣。順治元年迎降，由天津府推官，升户部主事，累至吏部尚書。康熙二年擢秘書院大學士，未幾假歸，作《還山吟》。十三年卒，年六十，謚文定。著《漢史億》、《南征紀畧》、《顔山雜記》等書傳世。清入關時，重用明季由進士出身官員。後黨爭漸熾，獲高位者每遭彈劾。繫獄流遣，不得善終。屢起屢躓，亦有人在。廷銓嘗被劾結黨爭門户，得寬免。是善於周旋者。此編與《沚亭删定文集》二卷合刊，有康熙十一年自識。高珩序作於康熙十七年，距廷銓下世已三年。《四庫存目》收録。集中經删存僅百一十首。《登岱》、《過榆關》、《秦中雜詠》、《秋漲》等篇，格調厚樸。《挽船行》、《後挽船行》，多刺時政弊端。《世祖皇帝哀詩》四首，當日朱之俊、王士禄、秦松齡等人均有此題，語句質直，與康熙後歌頌紀恩，迥不同矣。《留别諸公》六首、《讀史》七首、《還山吟》筆力酣暢，密而有法。《戲爲長歌贈江南處士龔野遺賢》，不啻爲畫人作傳。《與麴生絶交詩》，雖屬戲筆，亦頗凌厲。晚築沚園及山雨樓，繪爲圖，龔鼎孳等人有題詩。廷銓身爲貳臣，事無可稱。然是編自選甚嚴，足見所長也。《四庫存目》著録《沚亭文集》二卷，無詩。

謙齋詩集八卷　咸豐二年刻本

蔡仲光撰。仲光原名士京，字大敬，又字伯子，浙江蕭山人。明邑庠生。善交同里毛甡、徐芳聲。入清，與芳聲均以高士隱逸。康熙二十年，詔徵山林隱逸之士，湯斌、施閏章以芳聲與仲光薦，知縣姚文熊承命賫書幣造門徵之，不赴。二十四年卒。毛奇齡撰《傳》已稱其著述多散佚。道光間族裔震甲搜集遺編，得文十二卷、詩八卷，咸豐三年梓成，雖非全璧，亦足傳矣。諸傳不詳生卒年代，今據《壬子六旬除夜詩》推之，爲萬曆四十一年生，享年七十三。詩中多弔死節明室之臣。如余武貞，即余煌，天啟五年狀元，魯監國時兵部尚書，後自沉於水。《孤兒行爲林霞舉時躍作》，詠華夏事。夏爲鄞人，首倡士義，魯王時布衣從軍，順治五年殉難。此詩稱時躍全華夏之孤，因不愧杵臼、嬰矣。《與大可》詩，題下自注云「時方與隙者搆釁，故投此詩欲其解怨」。《讀宋蕙湘題壁詩感而有作二首》，蕙湘爲秦淮女，兵燹被擄入軍，至河南衛輝府城題壁詩四首，詩見余懷《板橋雜記》。後來和題壁詩甚多，但云金陵女子，至莫詳本事矣。《哭西市三子》，疑爲魏耕，耕以通海罪於康熙元年與同案三人被殺。《讀海外慟哭記》，記爲黄宗羲撰。朱彝尊有贈蔡仲光詩，見《曝書亭集》。

馬草行

露結地上霜，風動江中水。烏號絓冷壁，剪剔弄馬鬃。關塞鐵爲衣，江南人亂啼。昨暮軍書至，寒蓬滿徑飛。軍書奇字飛雲烟，遥遥直下千里傳。百姓竈冷壁不全，蕭條四望涕泣連。木實草根不下咽，猶使腰鐮相周旋。況遭鼎革亂初定，史胥横索賂十千。父老目驚情苦畏，私誦役書有條鞭。長官呼叱不敢對，含淚哽咽心自煎。執符使者弓刀懸，短衣露紒何蹁躚。入縣坐地醉而怒，口齒齗齗如涌泉。瘡病驅來不見憐，推車顧影呼蒼天。荆棘叢生室已罄，何能剜肉獻金錢。《謙齋詩集》卷三

哭西市三子 三首

三子飄零盡散樗，拂衣江縣定情初。何須持缽調狂象，幾見焚香辟蠹魚。組練吴中形易接，袈裟湖上計嘗疎。知君夙昔周旋久，白首同歸淚滿裾。

相攜俯首坐莓苔，磊落囂塵有儁才。爲望東皇循劍珥，可堪西市是泉臺。息賢隱士風流盡，蒿里門人挽唱哀。那得乘舟同二阮，菰城烟塢日銜杯。

遊魂四望欲何之，螭駕乘風兵解時。犬吠雲中飛已盡，劍留塚上掛無枝。徒憐稚子纏徽墨，莫問生妻去薄帷，北海横尸收不得，敢言脂習契心期。《謙齋詩集》卷五

讀海外慟哭記 二首

中原搴旆書成虚，海外猶傳慟哭書。耆舊傷懷雖黯澹，忠賢臨難詎踟蹰。

戈船萬里日悠悠，舉砲蛟門曉霧收。海外何人鏖水戰，滄桑島嶼不勝愁。《謙齋詩集》卷七

柘溪集不分卷　中國科學院圖書館藏抄本

喬邁撰。邁字子卓，江蘇寶應人。父可聘，官侍御史，入清不仕。弟萊，康熙十八年舉博學鴻詞，官侍讀。可聘有池館在柘溪，邁侍父吟詠，不顧俗好，以處士終。詩作於甲乙之際，多污蠛李自成，刺譏馬、阮。餘爲隱居之詩。萬壽祺歿，有詩哭之曰：「才筆千秋在，傷心萬事非。途窮天地窄，世亂死生微。丹旐翻前驛，元鴉送落暉。蕭條徐泗遠，白馬故人稀。」又云：「八月愁將破，秋思入夜微。羣花沾露好，獨鳥向山歸。世路殊今古，柴門無是非。欲尋他徑去，恐與素心違。」道光間姚椿跋云：「侍御年八十七，終於康熙乙卯十四年。處士以先二年卒，年六十一。」是爲明萬曆四十一年生，康熙十二年卒。又云：「既没累世，而其詩集爲怨家所發，子孫幾至獲罪。」是乾隆詔收遺書時，已爲禁燬，故今僅見抄本耳。

黄山詩留十六卷　康熙間又敬堂刻本

法若真撰。若真字漢儒，號黄石，一號黄山，山東膠州人。順治二年以五經特賜中式，授中書舍人。三年成進士，改庶吉士，官侍讀。與洪承疇、陳名夏不協，外調福建興泉道，遷浙江按察使，轉江南布政使。歸

隱東海黄山，不仕者三十餘年。開鴻博至京，不就試，受其名以歸。晚以書畫鳴世。卒於康熙三十五年，年八十四。此集爲張謙宜編，其詩四千一百三首，《四庫》列入《存目》。首魏象樞、唐夢賚、安致遠、丘宗聖序，張謙宜《傳》。其詩於南郡兵荒流民日增、長安豪門奢侈無度，多有揭露。《江南行》、《新豐悲》十四首、《燕京篇》、《偶記十九首》、《讀史》，均爲結撰之作。《登虎丘》、《錢塘江水謡》、《乙亥長夜》、《過東石耳問鄭康成》、《七寶山行》、《登天井山感懷》、《長白山月》、《長干塔歌》、《九華十二首》，或涉時事，或記勝蹟，間可證史。又有《八憐詩》，分詠湘竹、紫玉、連枝、珊瑚、琵琶、紈扇、胡笳、玉玦。《八快詩》分題玉簫、扁舟、當爐、二喬、紅拂、繡襦、紅葉、章臺。作者官閩，與周亮工交善。投贈巡撫張玉如，交往如楊思聖、董樵、唐夢賚，多北地名士。壬申作《八十自壽紀事》一百四首，不啻自傳。其詩始重諷諭，以後趨平淡，晚境跡近山林。《四庫提要》稱其「不屑櫛比字句，依倚門户，惟其意所欲爲，不古不今，自成一格」。庶幾近之。張謙宜撰《傳》云：「蓋徵君本以文章侍先皇，所至輒以書史筆墨自娱。磔鼠頭會，生平嘗耻爲之。改元以後，時局復變，宜其不得志也。」故以壯年詩爲佳，晚年不免泛濫。《傳》又云：「徵君爲法官，雖却黄金反方氏嫡庶案，抑豪民王式，獨私史獄起，以不能救八百家爲恨。」則其爲官意欲扶助善類，亦可稱焉。

李素園詩集五種　康熙間刻本

李贇元撰。贇元原名立，字望石，號匡侯，晚號遯園子，山東大嵩衛人。順治十二年進士，改庶吉士，授御史。出按湖北，復巡淮鹺，擢督捕侍郎。康熙十四年致仕。以故鄉烽火，寓金陵。工詩。十五年刻《出門吟》，十九年刻《悔齋詩》，二十三年刻《遯園草》，二十五年刻新集《遠游吟》。二十七年刻《怡老篇》，自序年七十六矣。諸集随刻随刊，有龔瀚、汪楫序，杜濬、沙張白評。詩多行役漫游之作。唯久寓金陵，結識文士甚多。《爲黄俞邰千頃齋藏書賦》、《贈孫豹人》、《過董榕菴》可見一斑。與遺民杜濬往還契密，《丁卯秋日哭杜于皇》五首，情辭凄婉，非尋常交游所及。鈕琇《觚賸》記贊元按楚治獄事，較他書爲詳。

丁卯秋日哭杜于皇

作手如君少，才名海内知。不堪流俗伍，獨與古人期。四壁只相對，孤芳只自怡。深交二十載，永訣得無悲。

老眼逢人白，中懷尚有予。屢同游覽賦，不盡徵來書。豪氣君何壯，雄心我未除。傷今與弔古，握手但欷歔。

年老筆彌健，名高家益貧。負才多忤俗，傲世豈容身。荆棘炎涼路，蕭條丘壑人。玉樓甘赴召，未肯戀黄塵。

一别揚州去，時時望汝來。雕梁何遽折，玉樹竟長摧。地下徵詞客，人間喪逸才。交情死後見，哭盡有餘哀。

知音不易得，檇李與黄岡。子建前年逝，少陵今日亡。道衰人盡喪，朋去我難忘。零落西州路，欲行空斷腸。《怡老篇》

案：此詩云檇李，云子建，指曹溶。

確庵先生詩鈔八卷　光緒二年安道書院刻本

陳瑚撰。瑚字言夏，號確菴，江蘇太倉人。自明崇禎十年，與同里陸世儀爲遷善改過之會。以天下多故，講求經濟之學。明亡，絶意仕進，隱居崑山。卒於康熙十三年，年六十三。門人私謚安道先生。著作甚富，均收入《確菴先生全書》。《詩文鈔》十四卷，有毛晉汲古閣本。此集爲葉裕仁所刻《陳陸二先生集本》，附瑚自輯《頑潭詩話》二卷、《從游集》二卷。各卷詩以《頑潭》、《隱湖》、《玉山》、《婁江》、《鄧尉》、《淮南》、《楚江》、《蟻橋》、《破山》、《苕溪》、《山樓》、《西郊》、《後蟻橋》、《東野》、《紫陽》、《雙鳳》名集。瑚於順治三年避地任陽，自號無悶道人，作《無悶謡》。六年，講《易》，作《斯友堂詩百韻》。又講經作《魯國圖詩》，仿謝臯羽意。瞿式耜就義，有《挽辭》並序哀之。《自悼》詩云：「粘天濁浪障天塵，不死嫌遲二十春。」又云：「妻孥累重支吾拙，朋友愆多補救難。」亦極沉痛。《讀織簾居詩贈顧麐士》、《寄訊陸麗京賣藥》、《和陸桴亭生日詩》、《觀弈六絶和錢牧齋》，俱爲清初文人故實。莊廷鑨明史獄起，作詩哀潘檉章、吴炎，以「磨兜堅，慎勿言，言之輸國情。挾筆硯，慎勿書，書以殺其身」起句，與《悲洪都》等篇，俱見《清詩紀事初編》。瑚與王時敏交善，時敏子攄、抃、撰均出其門。又與汲古閣主人毛晉相篤，晉死，有《和陶挽辭三首》並序弔之，晉子扆、衮、表，俱從受業。寄贈歸莊、李沂、冒襄、杜濬，亦遺民隱逸。作《五君詠》，爲司空圖、方干、韓偓、羅隱、陸龜蒙。他如《蠶婦怨》、《石頭城歌》、《破山瓔珞樹歌》、《悲洪都》、《過吴門有感》、《黄茆塘歌》、《梅游紀事》、《黄鶴樓歌》、《昭陽雜詠》、《插田歌》、《登覽紀游》，兼及時情，感激悽楚。求諸清初理學家，未可多得也。此本附録繆荃孫輯，頗切實用，正集則往往有目無詩，未能稱善也。

歸玄恭遺著不分卷　一九二三年排印本　歸莊手寫詩稿　一九五九年影印本

歸莊撰。莊字玄恭，更名祚明，一號恆軒，江蘇崑山人。歸有光曾孫。明諸生。清順治二年六月，縣丞閻茂才攝令事，命薙髮，民不從。邑人舉兵殺之，其議實倡於莊。既而亡命，避山中久之乃免。與顧炎武最相善，世人並稱其節。晚居僧舍，以書畫名世。卒於康熙十二年，年六十一。所著詩文集皆失傳。道光間季錫疇始輯其文，詩僅四十八首。近代邑人復輯其遺著，包括文百七十七篇，詩二百二十七首，附《萬古愁》曲，稍可傳述矣。二十世紀五十年代後，又發見手寫詩稿，及《山游詩》，多《歸玄恭遺著》所未收。合此兩集，《傷家難作》、《避難》、《悲崑山》、《斷髮》、《讀鄭所南心史》諸篇，足以見志。與萬壽祺、徐枋、陳瑚、顧炎武往還酬答，已可見交游。證諸錢謙益、閻爾梅等人集中贈題，生平境遇益明。舊日但稱其《落花詩》十二首，究未深知也。

悲崑山

悲崑山，崑山城中五萬户，丁壯不□□□□。顧同老弱婦女之骸骨，飛作灰塵化爲土。悲崑山，崑山有米百萬斛，戰士不得飽其腹，反資賊虜三日穀。悲崑山，崑山有帛數萬匹銀十萬斤，百姓手無精器械，身無完衣裙，乃至傾筐篋，發竇窖，叩頭乞命獻與犬羊羣。嗚呼，崑山之禍何其烈！良繇氣懦而計拙，身居危城愛財力，兵鋒未交命已絶。城陴一旦馳鐵騎，街衢十日流膏血。白晝啾啾聞鬼哭，烏鳶蠅蚋爭人肉。一二遺黎命如絲，又爲僞官迫懾頭半禿。悲崑山，崑山誠可悲，死爲枯骨亦已矣，那堪生而俛首事逆夷。拜皇天，禱祖宗，安得中興真主應時出，救民水火中。殲郅支，斬温禺，重開日月正乾坤，禮樂車書天下同。《歸莊手寫詩稿》

亭林詩集五卷佚詩一卷 潘氏遺書本

顧炎武撰。炎武原名絳，更名繼紳，改名炎武，字寧人，號亭林，自署蔣山傭，江蘇崑山人。明諸生。北都覆，唐王授以兵部職方司員外郎。嘗至海上募兵，策動反正。順治十二年、康熙七年兩次爲人告訐，遭獄事，經營救得脱。後北上出雁門，至大同，訪問遺黎，輒詢山川風俗民生疾苦，謀圖恢復。著有《肇域志》、《天下郡國利病書》、《日知録》、《音學五書》等書。十七年卒，年七十。炎武爲明末清初思想家，中年以後，致力樸學，志在繼承民族傳統文化。身後其弟子潘耒爲刻遺書十餘種，包括《文集》六卷、《詩集》五卷、《餘集》一卷。其詩初自明七子入，進而心摹手追，惟在少陵，感懷時事，氣勢雄渾。即擬古詠史游覽之什，亦必有所爲而發。《大行皇帝哀詩》、《帝京篇》、《恭謁孝陵》、《孝陵圖》、《恭謁天壽山十三陵》諸篇，繫有明一代興亡史蹟，堪稱信史。《感事》七首、《京口即事》二首、《金陵雜詩》五首、《秋山》二首、《海上》四首、《大漢行》、《海上行》、《精衛》等作，均以愛國之忱，寄於慷慨悲歌。歌中時以韻目代字，斥清帝爲虜王，昌言無忌，又不僅剪髮、滿語二事矣。《上吴侍郎暘》、《贈顧推官咸正》、《哭楊主事廷樞》、《哭陳太僕子龍》，皆明季名人。《吴興行贈歸高士祚明》、《贈萬舉人壽祺》、《贈朱監紀四輔》、《贈劉教諭永錫》、《酬徐處士元善》、《贈林處士古度》、《贈傅處士山》、《送申公子涵光》、《酬李子德二十韻》、《贈孫徵君奇逢》、《酬李處士因篤》、《屈山人大均自關中至》、《過張貢士爾岐》、《瞿公子元錥將往桂京不得達而歸贈之以詩》，廣交遺宿，往往積其幽憂疾苦之思而抒發其性情，感激頓挫，清壯沈鬱。《汾州祭吴炎潘檉章》，及與潘耒、程先貞、王錫闡、李顒、錢澄之、楊瑀、王弘撰、錢肅潤、張弨、李符、朱彝尊、徐乾學之贈答，既可考見交游，亦當日最佳傳記參考資料。至過淮陽、齊魯，臨山海關，出古北口，南游禹陵之作，摹狀山川勝境，感觸極深，可見其志。《過蘇禄國王墓》、《謁夷齊廟》、《井陘》、《晉王府》、《書女媧廟》、《驪山行》，屹然名篇。炎武之學，爲清代三百年首推，其詩未見稱著於時。道光間，士夫特尊仰其爲人，京都築祠，年年與祭。張穆撰《顧亭林先生年譜》，徐爲顧歌作箋，人競頌之。林昌彝云：「胸羅列宿貫三千，一首詩歌一字金。當代風騷誰領袖，開山獨讓顧亭林。」《衣讔山房詩集論詩絶句》其詩片言隻字，拳拳故雨，足以激勵民族意識，振奮愛國熱忱，然以爲清朝詩家之開山，則有失遞嬗之序矣。

威鳳堂詩集不分卷 康熙六年刻本

陸圻撰。圻字麗京，號景宣，一號講山，浙江錢塘人。明貢生。少結詩社，爲西泠十子之冠。北都覆，參加抗清軍，既敗，隱於禪。順治七年，在嘉興與吴炎、潘檉章、周燦、歸莊、顧炎武、陳濟生、錢肅潤、計東、宋實穎等結驚隱詩社。莊廷鑨明史獄列名參校，先已自首，被繫後，得釋。康熙六年，年五十五，遁去，不知所終。著《威鳳堂集》，分論部、記部、儷語部、祭文部、詩部。有康熙五年劉魯檢序，曾子愉序，康熙六年施閏章撰《祠堂記》，刻書當爲此時，已莊史獄後五六年矣。詩僅擬古樂府、古樂府、五古、五律四體，華腴雋永，毛先舒爲之評。《百一詩》、《詠史七首》、《十八灘舟行記事》十首，俱可誦覽。記部載《李笠翁新居記》，有目無文，未悉有他本可補否。朱一是《爲可堂初集》有贈圻詩多首。圻子寅，字冠周，康熙二十七年進士，工詩，見沈德潛《别裁》。

石匏菴先生遺集詩一卷 康熙八年刻本

石璜撰。璜字夏宗，江蘇如皋人。明季受業於張溥。入清結茆隱居不出，與老友陳瑚、顔光祚、吴國表唱和，不接達官。康熙八年中酒卒。長子浄爲刻此集，延陳瑚作序，浄字月川，才器恢閎，未幾亦亡，後季子湘復選輯《月川遺集》刻之，附此本後焉。璜詩古樸，不肯率爾下筆。《觀黄石齋先生龍江别友墨跡》，感情沉摯。《猛虎行》、《田父詞》、《漁父詞》、《揚州早雁》，多有寄托。餘則自題畫竹、畫蘭，明其志而已。《遺集》三卷，内詩一卷，當即《四庫存目》所見之本也。

望古齋集十六卷　順治十八年刻本

李繼白撰。繼白字夢沙，河南安陽人。順治十二年進士，官户部主事。十八年，榷北新關，刻其所撰《望古齋集》，凡賦一卷，詩七卷，文八卷。有錢謙益序，楊廷鑑、薛所蘊、戴明説、曹申吉、顧宸、陳鑑、沈灝序。爲詩沉實，多記閻閭疾苦。時文網無禁，故猶能暢抒所懷。與周亮工、梁熙唱酬較密，河北申涵光、山東丁耀亢亦有往還。《送丁野鶴歸里》詩云：「東海異人丁野鶴，千年華表傳宗支。自言親與神仙遊，石巢丹篆紛陸離。蜃樓海錯未爲幻，化爲光芒萬丈之文詞。醉後濯足燕市酒，瞋目狂呼大小兒。長安貴客爭相識，胡琴撾碎傾當時。閩海茫茫六千里，一官潦倒迷舟子。崛强不折令君腰，解綬長歌如敝屣。雁宕峯前武夷曲，扶笻上下折屐齒。湖上畫橋二十四，春花罨映蘇堤水。年來收拾满奚囊，落筆書成傳貴紙。吴江楓冷泛虚舟，我今始拜韓荆州。掉頭落落不肯住，握手空將詩卷留。夜深飲我梅花屋，掀髯大笑風颼颼。劇興能傾一石酒，老眼時登百尺樓。送君緩發思悠悠，何不遲我名山五嶽恣遨遊。」敍事甚詳。

浮筠軒遺詩一卷　康熙五十三年刻本

吴鋑撰。鋑字若金，安徽宣城人。明季諸生。入清未仕，以館穀自給。邑令笞士失律，學校聚議紛紛，當事銜之。錢以名素著，竟被累數年。樸被歸里，益放意於山巔水涘之間。康熙六年卒。工於詩。五十三年，其子參公爲刻《遺詩》一卷，所存特什之一耳。此書有阮爾詢、温叡臨序。爾詢爲康熙間御史。三十六年平定準噶爾，曾上疏請將一切用兵方畧，詳示史臣，遂有纂修《平定朔漠方畧》之命，見《方畧》序文。序作於五十三年，與參公同學。叡臨字鄰翼，烏程人。康熙四十四年舉人，著《南疆逸史》。序論及清初吴中氣節之士，受害最深，信而可傳。考集中詩，兄坰字季野，號夢華子，著有《夢華遺集》。侄肅公字雨若，有《街南文集》二十卷，《續集》七卷，詩僅《和陶》二十五首。交游懷人詩有邢昉、余懷、顧夢游、顧景星，入仕者僅一施閏章。《晚晴簃詩滙》以爲清諸生，有誤。

序

温叡臨

當明之季，三吴多節義文學之士。其平居相尚以氣誼，相與以文章，聯爲社會，延及宣歙。數十百人爲曹，詩酒歌呼，意致甚豪，率常慷慨抵掌天下事，持清議以評隲公卿大夫。公卿大夫往往折節顧交，所至傾座，由是愈益發舒，天子亦聞其名，蓋士氣大振矣。若宣城之沈耕岩先生及吴若金、季野諸公，皆社會名士之最著者也。沈君既以徵聘上書劾武陵相公報罷而名愈高，吴若兄弟浮沉庠序，家庭自相師友，制義雋拔，爲錢吉士先生所推重。既皆不遇，各以詩古文詞鳴於世。余所見《夢華集》出入晉魏，詞峻而旨深，則季野君之集也。而若金公之文不槩見。今年其子參公始出

《浮筠軒詩稿》見屬爲序，篇什不多，又皆流離窮阨憂愁幽思之作，心竊訝之。參公泫然曰，此刼灰之餘也。先君自鼎革後棄去科舉，以館穀自給。會邑令虐士，士譁于庭。當事藉是羅織，以折三吴士氣。先君名素著，遂罹其禍。及事白而家已蕩析。先兄于家初難時，悉取先君詩文出亡，後不復返。參生也晚，不及見先君全集，此數十首則髫齡時所常誦習，竊識於編者也。余因喟然嘆曰，嗟呼，盛衰之際，豈不可慨矣哉。夫當吴士之盛也，其顯者旣皆焯焯著功名於世，其次以氣自奮，滄桑旣易，嚮所指名爲黨魁者，往往以事見法。不則祝髮漆身，潛伏隱隩以自匿。其得禍稍輕而遂湮没以老者，若吴君是也，可不痛哉。其殘編斷簡，所謂珠沉玉碎而光輝不揜者，可不愈爲之愛護而珍重之哉。今少司空阮公以世講之誼，剞劂行世，則兹集與《夢華集》頡頏後先，兩吴君之名俱藉以不朽矣，是可識也。若參公之抱殘守闕，表揚先緒，孜孜不忘，尤見其孝思云。甲午長夏吴興後學温叡臨謹序。

鈍吟老人遺稿詩十一卷　康熙間刻本

馮班撰。班字定遠，號鈍吟居士，江蘇常熟人。明諸生。與兄馮舒齊名，號「二馮」。入清，不仕。卒於康熙二十年，年六十八。所撰《鈍吟全集》二十三卷刻成於康熙十八年。内《文稿》一卷、《樂府》一卷、《雜録》十卷，餘爲詩。詩集曰《馮氏小集》三卷，毛晉汲古閣刻，錢謙益序。康熙七年陸貽典增輯《鈍吟集》三卷，從友人稿中録出《落花詩三十首》爲《别集》一卷，以《游仙詩》五十首復續五十首析爲二卷，爲之序而刊行。又《集外詩》一卷與《鈍吟雜録》，皆後刻，亦當在康熙間。《四庫》均入《存目》。作者論詩受錢謙益影響最深，不喜明代前、後七子摹擬之習。而沉酣六朝，於唐傚杜牧、李商隱。又學西崑，瑕病亦未盡除。其詩涉及甲乙間時事者不多。《和錢牧齋宗伯葺城詩》、《和牧翁紅豆花詩》、《送陳確菴楚游》、《和顧麟士玉觀音重歸詩》、《題汲古閣》、《毛子晉六十生日並序》、《示錢遵王》，有典故可資。唯重於格調鍊字，精詣並不在此。康熙間最爲趙執信服膺，蓋一時無足抗者，宜乎爭此種矣。二馮詩功力俱深，不肯多作。人有才調十分僅露三分者，斯兩家是也。

中州草堂遺集十八卷　康熙間刻本

陳子昇撰。子昇字喬生，廣東南海人。兄子壯，永曆元年爲東閣大學士兼兵部尚書，領兵攻廣州，兵敗被執，不屈死，謚文忠。有《練要堂》集。子昇時任兵科給事中。順治七年，廣州再陷，未及西走。遂隱迹爲民。是集有錢謙益序，梁佩蘭識語，又李模所撰《六十壽序》。生當明萬曆四十二年。卒年不詳。集中明季之作甚多。與粵東名家多有贈答。若黎遂球，與清兵戰死。鄺露，清兵入廣州，赴水死。譚公子名宗，明亡高蹈不仕。今釋即明進士金堡。入清則與屈大均、陳恭尹、梁佩蘭往還，行輩適高三子。作《崇禎皇帝御琴歌》，即得聞於大均。又作《五逝嘆》、《五子詠》、《述哀》等篇，沉鬱頓挫，蒼涼之致。順治十四年，朱彝尊往粵東，猶及見之，同游光孝寺，有詩見《曝書亭集》。至其《詠西洋顯微鏡》、《高麗紙行》，才思奇特，質實之處，爲鄺露所不及。子昇工詞曲，善琴。《崑腔絶句》四首，後來罕有此題，研究戲曲史者，良足徵也。

崑腔絶句

九節琅玕作洞簫，九宮腔板阿儂調。千人石上聽秋月，萬斛愁也□總銷。

蘇州字眼唱崑腔，任是他州總要降。含著幽蘭辭未吐，不知香艷發珠江。

青藤玉茗浪填詞，餘子紛紛俚且卑。我愛吴儂號荀鴨，異香偷出送歌兒。荀鴨，填詞人假名也。

游戲當年拜老郎，水磨清曲厭排場。而今總付東流去，剩取潮音滿懺堂。

丘邦士詩集一卷　康熙五十八年刻本

丘維屏撰。維屏字邦士，江西寧都人。明諸生，督學侯峒曾奇賞之，再試皆第一。甲申後隱居翠微峯。古文爲時所重。晚爲《易》學，兼通曆算。爲魏禧姊壻，與三魏、彭士望、林時益、李騰蛟、彭任、曾燦爲易堂學，稱「易堂九子」。康熙十八年卒，年六十六，魏禧爲之傳。此集易堂刻本，凡十八卷，末卷爲詩。有鄧霽、楊龍泉、孫尚志序。長詩《勞婦篇》、《寡女歎》、《鞭牛》諸作，感慨跌宕，言情婉曲。《贈彭茗柯》、《送劉太乙》、

《應陳潮州六十索歌》，不啻爲人立傳。維屏性高簡，亦神骨清逸，此正不必務多也。

蟋蟀窩詩集十卷 近代重刻本

張度撰。度字齡若，又字仲友，號獅崖，安徽桐城人。明末棄諸生，同里姚文然延課長子。明亡，文然入仕，度仍館其家。康熙十二年，文然官刑部尚書，亦不他就。京都貴人爭欲一見，靳不肯從，自以爲明之遺黎。卒於康熙二十年，年六十八。事具姚文燮所撰《張獅崖先生傳》。殁後門下士刊《詩集》十卷，陳式、范宋爲之序。此近代甲子族孫孝生重刻本，復自《龍眠風雅》增補二十餘首，姚永樸、潘田序。自名所居曰蟋蟀窩，遺址在宜民門内之西。清末時猶在，與法國天主教堂相接。度生平雅好吟詠，吐屬温和，細繹其意，多有寄托。《薪炭謡》、《過金陵》，頗寫牢愁。《述方邵村談寧古臺事》，寧古臺卽寧古塔，在今黑龍江寧安縣，清初縉紳獲罪，恆流放於此。詩雖非自身經歷，而陳之遴《浮雲集》、吴兆騫《秋笳集》、張賁《白雲集》詠寧古塔詩，無如此詳。清代於東北一隅，禁忌最深，此詩之作，意在存史焉。

述方邵村談寧古臺事 五首

宦海風波險備嘗，生還爲我述遐方。阿稽蔽日妖狐走，路有千餘里，無居人。惟大樹垂陰，名曰阿稽。木克懷山海若藏。木克，譯云水也。地主浮家别築室，凡流人到時，官授室與地隨所欲，主人皆讓之。流人敲火路炊粱。各挾火石米釜。一遇水湧，則後人不能繼。卽敲火爲炊以宿。不知絶塞長多少，黑霧離離宿莽荒。地小民稀吏事疎，輿圖聞止六家居。寧古臺先止六家住。方言，六家爲寧，公住爲塔。奇書秘讀鄰難購，人讀《三國演義》，秘甚。不令別傳。方物常供歲不虚。旁有三十六國，自昔歲貢貂皮方物。夜黑王擒徒合從，諸國苦貢物。因合從推夜黑王爲主，後被擒。紅毛番没剩丘墟。順治初，海上有紅毛番百餘人，盤據其地。後官兵平之。由來此地稱豐沛，長白山頭葺敝廬。

烏龍江上漲頻來，潑刺鮮鱗競溯洄。烏龍江有魚名打不害，肉疎皮厚。土人取其肉爲脯，剪其皮爲衣，無冬夏襲之。並剪裁皮蒙雨雪，昆刀斫膾佐尊罍。臨餐味與江南並，應節羣將網罟開。卽此諸申爲樂事，都忘身在寧公臺。

架木爲居不覆椽，蝦棚長爇吐青烟。蝦棚，譯云糠燈，卽穀糠和以米汁附蓬梗上，狀如燭，然之有青光。雪飛八月窗遮毳，地無紙。八月卽雪。先秋擣敗苧成毳。紐之。以蔽窗牖。路轉千盤履易穿。帶佩差非聊作箸，差非，譯云木匙。佩帶之以代箸。柳編呼扭慣量泉。呼扭，譯云楼子。編柳條爲之。用以量水。候時采得花兒水，朱實離離適口鮮。羊花兒水乃草實，淺紅而鮮。

塞上川原迥不同，狂風動地捲飄蓬。人行黑水黄雲外，馬宿沙桯雪磧中。攫兔健兒烏喇履，路多石磧，復沮洳，不可以履。縫革爲之名烏喇。射雕豪士畫皮弓。箱山多畫木，其皮用飾弓刀。殊方俗尚難枚舉，通紀從今附采風。邵村弟與三有詠物小紀。《蟋蟀窩詩集》卷六

安雅堂詩集不分卷 康熙五年刻本 未刻稿五卷入蜀集二卷 乾隆三十一年刻本

宋琬撰。琬字玉叔，號荔裳，山東萊陽人。父應亨，明末官吏部稽勳司，携家徙臨清。清兵入關，應亨拒守，死之。琬於順治四年成進士。歷官户部主事、浙江寧紹台道、四川按察使。吴三桂告變，成都失守，妻子流離，後始相聚。康熙十三年卒於北京，年六十一。琬詩才情雋麗，早爲「燕臺七子」之一。與施閏章齊名，王士禛推爲「南施北宋」。撰《安雅堂詩》，全集已佚。今所見康熙五年吴中刻本，包括詩文集、《二鄉亭詞》、《祭臯陶》樂府。《詩集》無卷數，來集之、蔣超序，僅存五七古四十一首、五七律一百八十首、五七排十三首、絶句五十四首。王士禛點定三十卷本，入蜀後已佚。乾隆間其族宋仁若刊《未刻稿分體詩》五卷及《入蜀集》二卷，於前刻未盡，稍補其闕，而清初諸選集，尚存殘篇，盧見曾《山左詩鈔》引錢謙益、吴偉業、王士禛、趙進美序，亦此集所未登。《四庫存目》著録本附《拾遺》詩皆無卷數，因謂《拾遺》乃掇拾殘剩，「非但珠礫並陳，亦恐真贋莫別」，蓋未見後刻詩。至後刻有無贋作，亦不敢定。集中如《白鳥行》、《釣臺圖歌贈馬蘭臺山人》、《題蕭尺木畫杜子美詩册》、《宿五峯山》、《馮唐墓》、《銅雀臺》、《劉越石聞雞處》、《華獄》諸篇，沉鬱頓挫，氣格沉穩。絶句《馬嵬》、《舟中見獵犬有感》、《刀魚》，皆當日膾炙，後世傳誦。琬於順治間爲人誣告，縲獄三年。《庚寅獄中感懷》、《張舉之再直西省傷余在縶之久賦詩感懷》、《病榆行》、《詠史八首》、《紀愁詩》、《詔獄行》，多淒涼激宕之音。李天馥《容齋集》載《送宋荔裳按察四川》詩有云：「多君客邸偏好客，自譜新詞駭鬼伯。」自

注：「在獄譜劇，膾炙人口。」當指作《祭皋陶》樂府。五古《送宋牧仲之黄州》、《寄懷施愚山》、《贈方爾止》、《棧道平歌爲賈膠侯漢復尚書作》、《題吴漁山倣吴仲圭畫》，七古《送孫無言歸黄山歌》、《羅篁菴先生生日歌》、《贈鄭汝器歌》、《長歌贈陳其年》、《東園歌爲王煙客作》、《放歌行贈吴錦雯》風力遒尚，逸思雕華，自不當以尋常酬題而視之。與姜垓結兒女姻。《長歌寄懷姜如須》敍家國滄桑，兩家遭變故，可與姜垓贈詩相互參觀。又有《掛劍臺》、《竹罌草堂歌》、《古銀槎歌》、《泊舟夷陵作》、《南津關》、《黄茅灘》、《捕魚行》、《新灘行》、《天生橋歌》，其中入蜀之詩，尤令人心摇目眩。清初山左多名家。商盤論詩云：「縱横齊粤各爭雄，分道揚鑣士論公。畢竟新城作盟主，嶺南原不及山東。」可謂篤論。查慎行有七古《中山尼爲宋荔裳女而作》，見《敬業堂詩集》卷三。

膽餘軒集不分卷　康熙三十四年刻本

孫光祀撰。光祀字作庭，號溯玉，山東濟南人。順治十二年進士，改庶吉士。由給事中官至兵部侍郎。有詩集與《文集》六卷合刻，《四庫存目》著録。大都爲酬贈之作，交往如王崇簡、沈荃、李之芳，皆一時顯赫。有順治十八年自序，門人陸棻、韓菼、李應廌、魏希徵、汪灝序。光祀由侍郎罷官在康熙十八年，陸棻序作於三十四年。今見唐夢賚《志壑堂集》卷十二迎駕詩，知康熙二十八年南巡，光祀與前大學士李之芳等在德州跪迎，問及年齒，爲七十六。據此可推其生年，在明萬曆四十二年。結集時年八十二歲。《山左詩鈔》有選詩。

小傳稱光祀爲孝廉時遭鄉里之難。唯是集篇什不多，可徵事者絶少耳。

徧行堂詩集十卷　康熙間刻本

今釋撰。今釋字澹歸，本名金堡，字道隱，號衛公，浙江錢塘人。明崇禎十三年進士。選山東臨清知縣，旋去官。清兵南下杭州，起兵抗之。仕永曆，官禮科給事中。以言得罪，遣戍清浪，移至桂林。順治七年爲僧，法名性因。九年，入粤東雷峯寺受戒，改名今釋。康熙元年，主韶州丹霞寺。十六年自粤北行，至浙中。十九年卒，年六十七。撰《徧行堂集》四十八卷，包括文、序、傳、墓表、語録、尺牘、雜著、詩詞，多清初史料，内十卷爲詩。刻集者爲高綱、陸世楷，助刻者廣東巡撫佟養鉅以下多道府官員。乾隆間開《四庫全書》館，以所著《徧行堂雜劇》有違礙語，悉燬全書，並所著《四書義》、《夢蝶菴詩》，俱列禁目。高綱身後獲罪，是集今猶及見完帙，真人間《廣陵散》也。從來釋家之詩，克反于古，神貌相離，或羼入禪語，下者直同夢囈。而清初數釋家，本爲儒素，藉以逃遁，有意摹古，不失其真。是集多詠名山古刹。游羅浮、丹霞，《黄皮壕歌》，均以抒嘯爲快。交往如李確、方以智、錢謙益、陸圻、顧夢游、程可則、彭而述、陳洪綬、龔鼎孳，酬答之中，悲愉自見。順治七年梧州詔獄，亦有詩。至《再歡喜歌》、《退一步寬一著歌》、《挑脚嘆歌》，多以俚語，攄其憤世疾俗之情。同時人集中時有贈詩，廖燕《二十七松堂集》有《哭澹歸和尚文》，云「庚申十一月二十八日友某持師絶筆示燕」，爲他書未及。沈奕琛刻《寄菴詩集》，由澹歸、申涵光評點，世有傳本。乾隆間羅天尺作《丹霞歌題徧行堂集後》，見《瓔暈山房詩删》卷四。道光時周三燮有《拜澹歸大師塔》四首。見《抱玉堂詩》卷三。蓋粤人始終崇奉，不因書禁而稍減也。

巢青閣集十卷 康熙間刻本

陸進撰。進字藎思，浙江錢塘人，貢生。康熙間永嘉縣學教諭。是集爲門人陳大受等校梓，首蔣平階、陸棻序。凡賦一卷、詩八卷、詩餘一卷。其詩浸淫七子，才贍詞沛，下筆如有宿搆。與名流唱酬投寄贈别甚多，見於集中者，毛先舒、袁于令、陸圻、鄒祇謨、孫默、余懷、王晫，爲湖山詩會之侣。周亮工、馮溥、施閏章、宋犖、王士禎、高士奇爲達官名士，徐釚、吴任臣、王撰、吴山濤、潘耒、卓天寅、毛奇齡、陳維崧、汪懋麟爲詩家學者。《送洪昉思之大梁》云：「游梁仗劍去西泠，送别河橋柳色青。吴越暮雲應極目，江淮春水好揚舲。傷心遮莫歌花蕚，同氣還教感鶺鴒。到日彝門芳草緑，軒車弔古幾回停。」自注：「時有令弟之戚。」可爲考證洪昇，增一故實。又有《飛蝗行》、《踏荒行》、《大龍湫》等詩，亦可觀采。

香山草堂詩集四卷 詩名胥抄一卷 康熙十二年刻本

劉友光撰。友光原名自燁，避康熙諱，以字行。更字魚計，號杜三，湖北攸縣人。崇禎九年舉人。清初官沙河知縣，遷行人。撰《香山草堂集》詩文各一卷。《南園雜述》二卷，爲論歷代史札記，又《詩名胥抄》一卷。詩集朱徽序，康熙十二年自序。友光爲吴偉業弟子，而詩不傚其體。與劉子壯同時，從竟陵風氣之後，而不欲以淒清刻削，滋人口實。《聽祁門張令彈琴即送之游漢上》、《祖德詩應朱邃初給諫之索》、《秦中吉農部枉過感謝》、《寄舊令朱漢臣》，多傷時危語，最爲措意。《丁景吕南游索書與梅村師聞師連舉三子却寄》、《寄方密之》、《過廣平懷申鳬盟》、《贈程周量中翰》、《和龔芝麓先生》等詩，清警而有寄託。游南嶽詩，亦有可采。其詩不墮於窘縮之象，宜爲時流所許可矣。

清人詩集敍録卷五

布水臺詩集六卷　清初徑山藏刻本

道忞撰。道忞江西黄巖人。明州天童寺圓悟法師門弟子。崇禎十五年，圓悟下世，爲住持。博通禪法，亦善文翰。與江陰義士黄毓祺有交往。順治十六年奉召入京，備受禮遇。十七年，還山，不復出。撰《布水臺集》三十二卷，卷一至卷六爲詩，首槃譚序。其詩於明室、清廷均加歌頌，唯詆醜李自成。作《玉樹風》記清師入邗，謝女希韞與母張氏同赴井事。乙酉之役，處士孫開遠舉義嘉禾，戰歿孤城，亦以詩誄之。又有《毅宗烈皇帝哀詞》，讀之與隱於緇流之遺民無異焉。《黄巖山居卽景》十六首、《靈峯卽景》十八首，清遠古澹，不涉於怪。集中具史料價值者，爲順治十六七年所作詩文。順治帝崇信佛教，召道忞入京，命卽萬善殿安善結制，不時出宫就見，忘其位卑，待若賓朋。命遊南苑，窠書敬佛大字。又詢及圓悟法師，每厘生不同時之歎。道忞在京講法，爲南苑德壽寺撰碑文，作《重修城南海會寺記》，又請以圓悟語録諸作及年譜入《大藏》，蒙許之。及奉旨回鄞，順治帝於十五日凌晨單騎至萬善門，敕道忞乘馬，並轡而行，親送百餘步。逾年，聞哀詔，道忞作《世祖章皇帝哀詞》，詳記在京所見所聞，信抵實録，可補史闕。詩中記董鄂妃死後，作十旬佛事，蓋爲目覩。益見清代野史記載順治出家之妄。董妃非董小宛，亦不辨自明矣。

世祖章皇帝哀詞

先帝遇忞，誼同師友，禮越君臣。曾辭闕幾何時，哀詔遽頒。仁王既没，生民與法社俱失所天，寧不歎傷。況忞受知特叨其深者。雖然，世祖無常，先皇早有明鑒，故爾一期殫慮徹證無生。忞尚以區區世相動哀悲，不亦愚乎。然且不已於言，誠恐時流著於世相，未諳先皇承願而來，扶宗翊教撥亂世反之正，一朝能事既畢，泊然歸休之故，所以比類連詞，闡發幽隱，以曉惑夫韓生之説者，非僅爲忞一人感恩地也。

憶奉徵書觀紫旒，齋宮就見意綢繆。幾回諮決傾前席，不禁生平話盡頭。百篋陳餐忘日昃，六龍返駕見星稠。上一日巳牌卽駕至方丈，坐逮夕曛，乃有饑色。忞請回宮用膳。時上譚鋒正鋭。及駕還，夜漏已傳籌矣。鑾音聽隔三冬後，何意驚聞晏玉樓。

武緯文經七歲君，大風歌後復横汾。藝從細論追元晉，學自幽求徹典墳。酒德戒荒師禹遠，上一日同忞對譚，時學士王熙在座。忞問學士，還喫素否。上曰：朕爲渠戒酒，尚不能堅持，況喫素邪。遂問上酒量何如，上曰：可飲燒酒六升。因觀古訓詆訾酒失，從此涓滴不嘗。孝躬盡瘁法周勤。上因太后痘疹未愈，齋素三月，藥必躬親。堯眉還向山眉結，國匱民窮念若焚。上一日語忞，近日在宫，焦愁殊甚。忞問其故，上曰：兵興賦重，民不堪命，而國用匱乏無措，是以爲憂。

洞開四目舜諸瞳，天鑒高垂度亦洪。孝重鰥生翻梵紀，忞進孝子黄尚堅《萬里尋親記》，上極嘉歎。卽命詞臣，譯爲満字，以便御覽。才憐下士念尤侗。上一日出名士尤侗集示忞，因歎其才高不第，位居下僚，復爲上官論斥。李廣數奇，豈不誠然。忞言君相能造命，上既知侗，何難擢用。上曰：久有此心。閒譚思廟長揮涕，因説嘉魚亟歎忠。明臣熊魚山諱開元。惠我生民須哲后，堪嗟莫輓鼎湖龍。

大集前盟矢不寒，仁王今現禦真丹。離宫賨相巍巍奉，别館禪流浩浩安。民瘼未穌傷正切，僧寮時簡病尤看。駕至萬善殿，必詣禪堂，簡閲諸僧，聞有疾，卽至其所，示問以爲常。刼風飄擊須彌折，梵海忍聞一夜乾。嗜道濃于渴飲甘，大圓再世不虚譚。宸衷攸赫崇山臆，鳳閣何沈樂幻菴。山臆御字，幻菴御號，皆忞所議者。難輓歸思縣太白，尚期駐蹕省江南。上以忞決意歸山，因語忞：朕待四海瘡痍稍起，將巡幸江南，必入天童，親看老和尚。山陵一旦先積嶽，幾許林泉色盡黯。

普天同此戴堯陰，光燭偏多照翠岑。不次三衣頒大内，上賜忞服玩之外，凡頒三衣，前後計十一頂。半千一供費南金。上爲忞將遊南苑德壽寺，特命御茶御膳二衙門官于玄霱宫，就上行殿豫治豐齋以待。費金計五百三十兩。方辭鳳輦歸嵒竇，又報山亭接玉音。忞歸山五月，上已二次遣官存問。尚憶詔工摹幻影，傳宣中夜賜觀臨。

人生知己信難忘，況辱紫宸遇倍常。因祖致尊低御首，忞四世祖笑嵒和尚靈塔，距京西郊五里，隧道卽昌平大路。上知忞修葺，因詢其地，且曰：朕得便當一瞻謁。後遊西山，親詣窣堵，圍遶作禮。爲嗣推愛揀名坊。

上因忞還山，特留門人本月、本晳在宫，即日傳旨，擇城南善果、隆安二大刹，出帑金三千兩，俾之開法。文珍德壽標螭碣，字重師蕘牓玉堂。德壽寺記師蕘堂額。忞奉旨撰著，適合上意，嘉歎不已。九事留中仍奉供，傷心最痛去思長。忞辭上，上爲揮涕，隨命中官留忞衣拂杖笠蒲團數珠之類，凡九事，供存大内。臨歧再晤訊何年，朝露曾酬恐溘先。馬齒尚然存皁櫪，龍斿遽爾陟瑶天。孤墳盡少箴常揭，學道休遲墨未湔。上座右大書莫道老來方學道，孤墳盡是少年人之句，以自警惕。弓劍徒忝翰士淚，無生誰信話來圓。

萬幾稍暇即參諮，黄屋身居貴不知。煬廣休言師智者，無憂今見拜沙彌。上因董后仙遊，作十旬佛事，凡道場中一概緇流，悉皆敬禮。山河影謝龍蹐碎，日月光騰雨洗熹。上語詞臣王熙、周漁：朕因馬蹶，知解頓忘，聞雨聲得大自在。顧命從容何足道，天宫歸去預知時。

位寄輪王行向人，先皇智證越前倫。揭開羅縠明真旨，洞徹生緣了有身。本是大悲聊示現，何妨法界徧梁津。慈雲知又他方布，望失來穌痛我民。《布水臺詩集》卷五

花聚菴詩集二卷 康熙間刻本

李可汧撰。可汧字處厚，號元仗，江蘇崑山人。順治十二年進士，榜名開鄴。康熙五年官湖北學政，遷少參，以丁憂還里。撰《花聚菴詩集》家刻，首康熙二十八年徐元文序，二十四年王掞序。掞爲畫家王時敏

仲子，序云：「余少元仗五歲，甲寅爲其六十壽辰。」據此推可汧生於明萬曆四十三年，又推知王揆生於泰昌元年。徐序云：「殁之四年，拜墓，今又十餘年。」卒年亦約畧可知。此集存詩二百餘首，詞十餘闋。紀游懷古等作，神清氣逸，風格泠然。寄贈吴喬、王鑨、杜濬、董文驥，均爲文士。莊史獄定讞，告密成風，有人摭拾怨家扇頭詩爲訕謗，禍將不測，可汧爭之於龔鼎孳，獄遂解。見王揆序。開脱無辜，亦有可稱。《晚晴簃詩滙》、《清詩紀事初編》不收可汧詩，是未見傳本歟？

晴鶴堂集十六卷　康熙間刻本

周體觀撰。體觀字伯衡，直隸遵化人。順治六年進士，改庶吉士。官給事中，外補饒九南道副使，江西參議道，與施閏章同爲監司。待用軍門，客死于燕州。初刻詩集《南州草》六卷，順治十三年自序。殁後，子昉增刻遺詩十卷，合爲《晴鶴堂集》，康熙十八年施閏章序。集中編年止於康熙十四年，已年逾六旬。詠燕北鵰崖、壕黍村、清風臺諸詩，俱較樸茂。《榆關别李座師》自云：「師以建言流徙盛京，追送四百里。既出榆關，不敢越境，得詩十五首。」多悲慨之音。官蕪湖贛南最久，行役之謳，緣事生情，深厚穩健。殆誦法少陵，絶去浮靡之響。餘均爲交游詩。可考者朱鶴齡、申涵光、周亮工、尤侗、郝浴、魏象樞、施閏章、張文光、方文、駱復旦、李念慈、秦松齡、陸圻、程周量、錢澄之、曾燦、鄧漢儀、吴綺、王士禛、楊思聖、毛奇齡，俱爲名士。與陳允衡厚交。允衡字伯璣，有《愛琴館集》，嘗刻《詩慰》。贈程穆倩、黄于野詩，兩家爲畫師。贈袁籜菴、李笠翁、蘇崑生，爲曲家。皆足以擴充聞見。

丹林詩集一卷 康熙間刻本

蕭家芝撰。家芝字紫眉，陝西慶陽人。順治九年進士。官刑部郎中，出使三晉。罷歸後不出。家居近三十年。康熙二十五年卒，年七十二。事具其子瑞延等所撰《行述》及喬騰鳳《刑部郎中蕭公墓誌銘》。刻《丹林集》六卷，内詩一卷，喬騰鳳、耿介序。詩文標格不高，不似出翰苑手。《謁比干廟》、《宿龍岡寺》、《游水峪寺》，及詠衛源名蹟，稍涉風土。《金隄行》，狀述水患涉及民生疾苦，可供郡邑藝志之採耳。

茗齋詩集十八卷 影印手稿刻本

彭孫貽撰。孫貽字仲謀，號羿仁，浙江海鹽人。明太僕寺卿彭期生次子，陳子龍所得士。期生死，二弟皆以死殉，孫貽棄舉業，不仕。以著述終身。康熙十二年卒，年五十九。私謚孝介先生。初有順治三年刻本，爲天啟七年以來詩。康熙六年刻《茗齋詩初集》二卷，亦少作。後又刻《百花詩》一卷，凡三百七十九首。餘稿未刊。近代海鹽張氏以彭氏稿本並抄本包括《嶺上吟》、《吴山寓草》、《燕山小草》、《行橇集》、《南行集》、《詩餘》、《補遺》、《雜著》、《彭氏舊聞録》、《明詩鈔》，與刻本滙印，收入《四部叢刊續編》，於是已有完帙，不至聲銷跡潛，往日所傳《百花詩》，亦不足重矣。是集敍明季清初時事之詩，多可徵史。《金陵紀憤》，斥弘光政權甚力。《萬安婦》寫亂離情狀，如怨如訴。《己亥海上》四首有云：「野老只今憂戰伐，鶯花回首重茫然。」「羈栖燕雀巢難穩，赤羽遥聞過秣陵。」其志甚悲。《聽客談靖南侯遺事》、《望孝陵》諸篇，感懷往事，棖觸頗深。久居西江，出游歷山川風土，爲詩摹狀維肖，格近明初孫蕡。康熙十年前後入都，作《朝鮮公子行》、《托駝行》、《咪囉曲》、《長安惡少行》、《燕京篇》、《帝京篇》、《都城八景》諸篇。出都，作《太行地震謡》、《關吏歎》、《梁山濼謡》間亦諷世，而無悲叱之音矣。孫貽工詞，擅評書畫。所作《道君畫角鷹歌》、《陳章侯畫水滸葉子歌》、《仇英畫文姬出塞圖》、《徐渭畫册》、《王學士草書歌》、《張擇端清明上河圖》，均可以藝術資料摭之。《王秋山剪綃山水人物歌》自注：「秋山吴人，剪五色綃縠襞績之，爲折枝卉物，名曰堆紗。」《秦篆繡裳囊歌》自注：「秦篆者錢氏，武塘人，方旃女，夏完淳妻。完淳死，年十八，削髮爲比丘尼，手製繡囊。」二詩尤具軼聞。孫貽有弟孫遹，後試鴻博第一，此集與王士禛及史館諸臣偶亦唱和，間有頌德之作。然核其行誼，仍不失遺民之列。

定山堂詩集四十二卷　康熙十二年刻本

龔鼎孳撰。鼎孳字孝升，號芝麓，安徽合肥人。明崇禎七年進士，授湖北蘄水知縣，擢兵科給事中。李自成入京，受直使職，巡視北城。降清後，歷任禮科給事中、太常寺卿、刑部侍郎，因與馮銓等人不合，屢起屢躓。康熙八年，官至禮部尚書，十二年卒，年五十九。謚端毅。乾隆時名列《貳臣傳》，書自《四庫全書》剗除。

古文、詩詞俱工。今所見《定山堂文集》六卷，爲近代裔孫重輯。《詩餘》爲孫默原刻，《四庫》收《十五家詞》亦行撤出。《詩集》乃吴興祚刻，分體，未標卷數。有錢謙益舊序，吴偉業、周亮工、尤侗、吴興祚序，王鐸等人題詞。集中什九爲甲申以後作。古詩《歲暮行》、《挽船行》、《姑山草堂歌》、《樟樹行》、《萬安夜泊行》、《刺舟行》、《大風行爲周櫟園作》、《嶺南喜晤曹秋岳作歌》、《爲友沂題龍友畫和虞山韻》、《金閶行爲冒辟疆賦》、《金陵篇》，以意驅使，不特以瑰麗見長。近體引典純熟，五律爲最。惟讌飲酬酢多於登臨凭弔，其勝者端在嶺南三吴山水間耳。絶句如《百嘉村見梅花》云：「天涯疏影伴黄昏，玉笛高樓自掩門。夢轉乍驚身是客，一船寒月到江村。」《上巳將過金陵》云：「倚檻春愁玉樹飄，空江鐵鎖野煙銷。興懷何限蘭亭感，流水青山送六朝。」亦集中上乘。詩與錢、吴合稱「江左三大家」，聲名相近，才學差遜。鼎孳於明崇禎十六年以彈劾權貴下獄。降清後，大節已虧。然廣納文士，結好遺民。閻爾梅陷獄，屢爲開脱，倖免於死。又營救傅山等人。與萬壽祺、杜濬、紀映鍾、姜埰、方以智、鄧漢儀、周容多有往還。性放達。朱野雲贈詩有「田蚡駡座非關酒，江敩移牀那算狂」，不以爲迕。時人每以戀名妓顧湄而譏之，不知鼎孳扶助善類正多也。王撰爲李可汧《花聚菴詩集》作序云：「合肥龔公方以宿望領大司寇，適有投匭者摭拾怨家扇頭詩句爲謗訕。時當窮論僞史後，文網峻密，將上其事，禍且不測。元仗可汧字抱牘而爭曰：『此詩出唐人某甲集中，坐以指斥非是。』獄遂解。合肥素號淹博，心折以爲弗如，自是動必周咨，倚元仗如左右手。」是莊史獄後，尚爲士子保全。開清初文學風氣，士之歸往者遍宇内焉。余懷有《褚河南枯樹賦歌爲孝升作》。

與袁堂詩集十卷　康熙四十六年刻本

陳殿桂撰。殿桂字岱清，浙江海寧人。明崇禎十六年進士。選渾源知州，未赴官。南中擁立，八月謁選，就職樞曹。乙酉，督餉八閩。家居者數年。順治七年，從清師入粤，官高州府推官。十五年，蒙難幽居廣州。後客平南王府。卒於康熙五年，年五十二。所撰《與袁堂詩集》十卷、《文集》四卷，爲其子奕禧刻，有康熙四十六年姪元龍序。殿桂少受知於陳子龍，詩多藻績。有《南行雜詠》等詩，作於崇禎十六年。集中記粤中見聞甚詳。如《南巡歌》十六首、《迎春竹枝詞》十八首、《清明詞》四十首、《續迎春竹枝詞》十二首、《五羊軍城早秋》十四首、《上灘行》、《青蛇行》、《五羊觀行》、《燈曲》二十首，其間或涉南明時事，間有瑣語異聞。《車兒行》、《浮屍行》、《雄州店家歌》，揭露清軍剽殺焚掠，官府相率食人，沉痛警闢，此又不啻物換時移之感矣。《爲張穆之題册》等篇，當爲清初畫史資料。殿桂身仕兩朝，取材不免雜遝。然華不傷質，是亦足自成一家焉。

蘭雪堂詩稿七卷　道光二十七年重刻本

王廣心撰。廣心字伊人，號農山。江蘇華亭人。幾社成員。順治六年進士。授行人，歷主事，擢爲御史。與朱錦、宋徵輿共纂《松江府志》四十卷。是集初刻於康熙間，有康熙三十一年宋犖序。道光二十七年五世孫承淮重刻。生年據《丁未康熙六年元旦》詩推之，爲萬曆四十三年。詩止於康熙十九年。廣心於明季與陳子龍、吴偉業、周茂源爲友。詩格差近之。《金陵行》、《城南行》、《洛陽女兒行》、《送董蒼水游粤西》、《觀劇行》、《題趙文度晴雲千頃圖》、《大粱行送林平子》、《尚書墓道行》，俱甚穠麗。宋犖稱「有初唐四子之豐贍」，此類是也。官御史時，釐剔漕政之弊甚力。舟山捷至，大軍凱旋，高句麗諸詩，均主歌頌。《贈别澹歸和尚》句云：「曾求鐵漢樓邊死，偶向金吾杖底生。」《花朝》云：「此日宫花萬樹開，當年宸藻亦雄哉。可憐廟市團龍紙，曾寫尚書賜本來。」時寄哀思。傚吴梅村作《後拙政園歌》，亦悲涼頓挫。廣心長子頊齡。後官至大學士。仲子九齡，後官左都御史。從子鴻緒，後官户部尚書，俱顯貴。

五公山人詩集五卷　康熙間刻本

王餘佑撰。餘佑原姓宓，先世入贅王氏，因不復改。字申之，一字介祺，直隸新城人。父延善，三子，長餘恪，次即餘佑，季餘巖。餘佑少師鹿繼善，天啟間，繼善忤魏忠賢被逮，至京師營救。明亡，延善率三子起兵雄縣。清兵至，爲仇家陷，被繫入京，父與長子同棄市。餘巖率衆入仇家，殲其老幼男婦無遺。急捕餘佑兄弟。餘佑隱於易州五公山得脱。不入城市者三十年。晚居獻縣，應獻陵書院講學。從游者至數百人。撰《五公山人集》十六卷，内詩五卷。有康熙二十三年序，《四庫存目》著録。時年約七十。殁後，門人李興祖刊版，附魏坤所撰《行狀》。集中大都爲隱居詩。《土室初成漫賦》、《田間卽事》、《土室卽事》、《游趙莊石窟》等詩，格老調清。五律堅卓，不可彷彿。《挽徵君孫夫子》云：「一世清霜徹骨清，兩朝輸幣九州名。少微星暗江河淚，慘淡人寰罷杵聲。」《闕領山衣屢典不售》云：「無錢呼取典山衣，幾次相將未售歸。不是質家嫌百結，先生制度與時違。」蓋餘佑受學於奇逢，行實亦近之也。《見故鄉流户有感》云：「産業凋殘客異鄉，一家老稚漫悽惶。於今故國爲滄海，雁落沙飛自主張。」含蓄警策。乃棲霞飲谷以老，亦勁節之士矣。

東岡集一卷　太倉十家詩選本

周肇撰。肇字子俶，江蘇太倉人。明季入復社，爲張溥弟子。順治十四年舉人。科場事起，同考官論死，肇爲治殮，兼濟其家。康熙十一年，官青浦教諭，舉卓異，升新淦知縣，二十二年卒，年六十九。吴偉業選《婁東十子詩》，以肇爲首。集中與吴偉業、陸元輔、龔鼎孳、施閏章、米漢雯均有贈酬。《懷陵述感》、《金陵憶舊》，猶存故國之思。歷杭州、豫章、汴梁，登臨詠古，蒼涼之致。明清之際，江南人文極盛。婁東十子，詩俱學唐，取徑相近，造詣畧同。肇詩無專集，此鈔多存佳什，亦可見選家寧嚴勿濫之旨。

雪翁詩集十五卷附録二卷　四明叢書本

魏耕撰。耕原名璧，字楚白，更名耕，字野夫，號雪竇居士，浙江慈谿人。幼隨父游學歸安。明亡，奔走江湖，日圖恢復。嘗入海，力説張煌言、鄭成功，順治十六年起師入長江，兵敗。自後往來吴越間。康熙元年由人告密，獄成，與魏纘曾、錢瞻百、潘廷聰同時就義杭州。妻自經，子戍尚陽堡。鄧之誠先生《清詩紀事初編》考證頗詳。生前與錢瞻百共選《今詩粹》，附自撰《息賢堂集》，刻於順治十七年。此近代張壽鏞得魏氏家傳稿梓之，凡詩十五卷，附録二卷爲各家所撰事畧。作者之詩爲六朝根柢，兼學李、杜。《湖州行》、《彈鋏行》、《天馬行》，沉酣奔放。《和王猷定聽楊太常彈琴作》、《醉時歌與朱廿二》、《柳麻子説書歌行》、《琴臺歌别夫山大師》，以及贈錢謙益、吴偉業、錢肅潤、胡介、金俊明、陳三島、陸嘉淑、朱士稚、陸圻、朱彝尊之詩，多可徵當日實事。間有詩寄沈荃、曹溶，酬應而已。

石林遺集四卷　光緒二十二年刻本

蔣之翹撰。之翹字楚墀，浙江秀水人。布衣。壯歲游三湘七澤間。明亡，息影著書，鬻絲自給。晚無子，殁後葬柿林。所刊《楚辭》及《韓柳文集》，爲明季善本書。輯《檇李詩乘》四十卷，以藏書散佚，亦亡。哀自作詩曰《甲申前後集》，嘉慶間，故家出殘本選本，遂傳世。光緒二十一年，吴江諸生李道悠重輯此集，沈景修序稱蔣氏殁已二百十二年，是之翹當卒於康熙二十二年。雖屬明人，行實與遺老無異。此集卷一古近體六十四首，多作於明。卷二五七絶一百九首，佳句絡繹。《閱昭代詩集偶拈絶句》五首，爲論明詩。卷三五七絶一百四十首，内《聞川懷古詩雜詠》七十餘首，乃道光間計默訪得，表彰舊蹟，可補郡志之遺。卷四七絶一百三十六首，即《天啟宫詞》，一名《永和宫詞》，有單行本，已入《學海類編》。朱彝尊《明詩綜》、陳田《明詩紀事》本傳極畧，唯李道悠《求有益齋鈔》有《題蔣石林先生詩後》，紀事較詳。沈景修《蒙廬詩鈔》論《石林詩集》

云：「身世滄桑感陸沉，孤吟終老水雲潯。吾鄉風雅開山祖，數典難忘蔣石林。」

高愉堂詩集一卷二集一卷　順治至康熙間刻本

懷應聘撰。應聘字華皋，浙江嘉興人。諸生。順治間應試北闈，以贈答詩一卷，請龔鼎孳爲序，刻于順治十三年，名《高愉堂集》。應聘于明季與陸慶曾、張汝瑚、朱一是、丁澎同學。一是以遺民終，餘子多就科甲。是集所見交締甚廣。姜埰、萬壽祺、邢昉、余懷，均遺民老宿。董以寧、吴山濤、鄒祇謨、吴歷、葉燮、駱復旦、金人瑞、張惟赤，爲文士畫師。援交錢謙益、吴偉業、侯朝宗、曹溶、施閏章，以重其名。呈詩王崇簡、谷應泰、徐元文、乾學兄弟，則純屬投贈矣。《同萬年少晚集湖上》云：「山色入高樓，寒雲隔樹流。雨來松榻黯，風動薜衣浮。瓦缶傳秋醴，銅壺急夜籌。蛩聲雜鑪響，偏共到牀頭。」《吴門贈金聖嘆》云：「懷刺三年意未傾，相逢沽酒醉旗亭。吴王洲上花如錦，半似江淹筆底生。」類此咸可以考交游。又作《秦良玉春捷還里賦贈》，似應作於順治初，亦少見也。康熙二十九年，刻《二集》，徐乾學序。内《縴夫吟》記北兵跋扈情狀逼真。《四庫存目》著録《冰齋文集》四卷，云刊於康熙癸酉三十二年。無詩集。

秦良玉春捷還里賦贈

鴛水昔年題縞紵，杏林今夕唱驪歌。易水直連河水濶，燕雲遥接隴雲多。《高愉堂詩集》

縴夫吟

閩海連年兵未息，北往南來擾江驛。舳艫千艘插黄旗，搜索丁男去從役。里編三百六十圖，一圖十甲多要夫。豫期點名恐逃脱，延街累繫如囚徒。臨行未及牽誰船，持刀來者先索錢。吞飢盡力不曾食，落後參前總受鞭。禾民視吏猛如虎，北兵視吏眇如鼠。一索牽來責夫少，低聲垂首色如土。堂堂邑宰且若斯，何況民間牽縴兒。《高愉堂詩二集》

最古園集詩十五卷 康熙間刻本

羅人琮撰。人琮字宗玉，號紫蘿，湖南桃源人。順治十八年進士。康熙六年官四明司理。八年，爲陝西朝邑知縣，至監察御史。詩集初刻曰《最古園詩》，續刻曰《紫蘿齋詩》，三刻曰《陟沾亭詩》，四刻曰《九我堂詩》。所收詩作起崇禎十五年，迄康熙十年。後刻《文集》九卷，由其子天經、天緯同編，有闞士琦、楊勳、釋受珂序，自序。《四庫存目》著録《最古園二編》十八卷，《提要》稱「尚有初刻二十四卷，未之見」，即此本也。明末竟陵派盛行海内，至清初聲音銷歇。而湘楚詩家，仍傚其體。人琮於甲乙之際，年甫弱冠，避兵山中。順治九年。有《鍾伯敬五言律家破猶存舌身餘幾剩膚似爲余發也感而成詩》，頗見性情。《舟中作》云：「生理寄飄泊，兒童視雁雛。健婦持舵穩，何處異丈夫。」絶句三首云：「微風促浪遠垠低，幾帆東去幾帆西。浮家總入煙雲幕，何問梟棲與鶴棲。」「一鏡平鋪萬頃間，欲吹鐵笛已茅菅。此中莫怪無三老，叉手船頭惧遠山。」「夜泊黄茅隔遠天，瀰離入望水光圓。誰將曠意吞江九，大畫綃中一葉傳。」遺詞造語，力求生新。《黄陂道中》句云：「日出霜威散，風微野色匀。」「黄茅攢古塜，凍樹表荒鄰。」《即目》句云：「狂飈早送征人苦，吹凍烟雲一片頑。」置諸鍾、譚集中，不能辨矣。長篇《古物吟》，記崇禎十三年邑出土周編鐘，後昇至最古園。《望華嶽》、《滻灞紀渡》，爲行役陝中作，皆可觀覽。

旅堂詩集六卷　康熙間刻本

胡介撰。介初名士登，更名介，字彦遠，浙江錢塘人。明諸生。崇禎間游江淮，遇萬壽祺訂交。入清不仕。卒於康熙三年，年四十九。事見《文獻徵存録》。是集分體六卷，詩三百五十二首，爲陸嘉淑、丘象随選。葛世振、馮景、丘象随爲之序。附文集並詞四十七首。其詩抒寫胸臆，如聞歌泣太息。《三閭廟行》，寄興深遠。交納爲邢昉、紀映鍾、申涵光、孫枝蔚、龔賢、方文。萬壽祺下世，有悼詩。與吴偉業、王崇簡、龔鼎孳、曹溶、魏裔介亦有贈酬，蓋遺民交往多無分朝野也。《吴梅村被徵入都》四首最有名。句云：「海外黄冠舊有期，難教遺老散清時。」「幕府徵書日夜催，宫開碣石待君來。」「暮年詩賦江關重，輸却城南十里梅。」「榛苓過眼眼虚谷，禾黍關心拜故宫。」處處爲吴偉業之出表白。名人集中，亦有《贈胡彦遠南歸》詩。卓爾堪以介入《遺民詩》，選録十二首。

舟車集二十卷 康熙三十三年刻本 後集十卷 雍正間刻本

陶季撰。季本名介，字昭萬，明末棄制舉，改名澂，字季深，後以一字行曰季，江蘇寶應人。《漁洋精華録》卷二上有《送陶季之潞州》詩，惠棟《訓纂》引施閏章《學餘集》云：「季自以生當季世，故字曰季也」。嘗遨游五嶽，北上燕都，東臨閩嶠，詩多成於舟車，因以名集。康熙十八年，薦鴻博，堅辭而免。《前集》詩近千首，爲順治八年至康熙三十一年詩，自訂，子震校，《四庫》列入《存目》。《後集》其孫曾凱刻，詩止於康熙三十八年。鄧之誠先生以集中三十五年丙子詩「今年開八秩」，考其卒年爲七十四。然據喬萊序云「今年辛未康熙三十年，先生年七十六」，則季當爲明萬曆四十四年生，康熙三十五年已八十一。丙子詩應云「開九秩」是矣，卒年當八十四。《四庫提要》稱其詩：「才鋒踔厲，風發泉湧，不爲邊幅所窘。」其間涉及清初社會時事，多含刺譏。順治十八年，於福州作《洪水行》，康熙七年，作《築堤苦》、《牽船苦》，十八年作《淮水溢》，二十五年作《伐木謡》、《擊柝謡》，以及《饑民謡》、《許州種柳詞》、《襄陽謡》，蒿目時艱。又記地震、颶風、火災，作《地軸摇》、《大風折》、《烈火行》、《紀聞》，不勝患苦。季與顧景星交善，同游作詩甚多。《故宫詞》四首、《禹州元夕聽鼓吹》、《自滎陽歷密陽禹州山行》、《武昌元夜擊鼓詩》、《宿鼓山湧泉寺》、《浮湘四首》、《火樹行》、《古郊壇歌》、《薊門雜詩八首》、《登嘉山醉歌》、《泝江竹枝詞》、《登恒山四首》、《燕臺竹枝體四首》、《萬壽寺大鐘歌》，聲情氣味，亦與景星相亞。《讀晉書載記迄于北史卽事得十一首》、《讀首楞嚴經十首》、《觀泗州大聖寺靈瑞塔碑》、《觀漢人墓中二鏡》、《重閲華嚴經竟》、《讀白氏長慶集》、《重讀梅聖俞詩集》，施以論斷，搜討弗淺。王士禛《池北偶談》云：「曾删定其客湖與閩中諸詩，多似岑龍標，今日一作手也。」附其子蔚《爨響》，另著録。

許州種柳詞

吏莫呼，種柳欲密不欲疎。前年五月大隄決，令我剪伐無根株。今年及時柳新緑，膏雨霢霂夜相續。公府下令毋後時，君不見，東鄰努力還遭笞。《舟車集》卷二

牽船苦　吾邑當漕渠之衝無虚月也

前月馳檄來，盡説兵船回。上官號令殷如雷，輿儓驛吏紛相催。城中壯夫應入選，千錢百錢俱得免。蚩蚩只有田間氓，帶索驅來似牽犬。臺前點唱各應聲，分曹逐隊城中行。羈縻不得暫歸去，待食可憐雙目瞠。此時茫茫斷消息，半月一月那有極。鶉衣蓬首面黧黑，耕穫無人思如織。才聞鼓角臨風前，城中叫嘑聲徹天。十人共索聚城下，計取百人牽一船。船中貴官意殊别，不事風帆事牽拽。沙膠水淺船不行，到處鞭笞背流血。迢遥百里見淮陰，明日牽船更有人。吹角插旗城下住，看爾辛勤送前去。《舟車集》卷五

築堤苦

築堤苦，三日築成五丈土。束薪爲楗土爲輔，千人畚鍤百人杵。勉力向前各俛僂，不爾恐遭上官怒。曉來併築臨河洲，紛紛築者當前頭。豈知再決不可收，饑魂弱魄沉中流。沉中流，築堤苦，新堤不成還責汝，我心憂傷淚如雨。《舟車集》卷五

五湖游稿三卷　甲申集七卷　康熙間刻本

余懷撰。懷字無懷，號澹心，一號廣霞，又號鬘持老人。福建莆田人。布衣。甲申後流寓金陵。卒於康熙三十四年，年八十。著有《板橋雜記》、《玉琴齋詞》，工曲，有《鴛鴦湖》傳奇，已佚。其詩爲一時名流所推挹，惜無全集嚮世。此《五湖游稿》止存三卷，爲《鴛湖詩》、《石湖詩》、《泖湖詩》，多作於明季。《東溪草堂歌爲朱子蓉作》、《星帶草堂歌爲吴謚僧作》、《雲間沈爾調寫老樹道人顧曲圖歌》、《雪夜觀藍田叔藍次公畫山水歌》，綿邈清麗，張文先之作不能專美於前矣。《五君詠》爲吴偉業、姜垓、林雲鳳、曹溶、葉襄，《三哀詩》爲姜垓、申紿芳、錢士升。《甲申集》一名《海幢偶編》，刊於康熙八九年間。爲《茂苑詩》、《武塘詩》、《西陵詩》、《山陰詩》、《明月菴稿》、《擬古詩》、《律鬘》，共七卷。詠江南山水名蹟，純任自然。往來者邢昉、杜濬、吴謚生，俱爲黎民。林佳璣稱澹心：「豪情逸韻，能與人往來，而不以衣食累諸公。」自序則謂：「善交名僧妙伎。諸名士

或指以爲狂，歷落可笑也。」《吴江詩粹》有佚詩。

雪夜觀藍田叔藍次公畫山水歌

天下幾人畫山水，虎林藍翁世莫比。筆力真可垂千年，墨瀋應知流萬里。莛時見畫如見翁，今日見翁又已畫。盤空拏雲日月開，懸崖迸瀑江山瀉。每向僧繇壁上看，恐從靈寶厨中化。幅巾杖履古鬚眉，神仙中人此其亞。次公排宕若有神，丹青終日隨其身。酒酣拂拂十指屈，淋漓元氣奔千人。我來秀州意蕭瑟，逢君父子訂膠漆。湖南楓葉萬樹紅，破寺寒碑幾重碧。仲冬一日招我飲，朱樓縹渺聳百尺。張燈置酒吹洞簫，坐間半是流離客。須臾西風打牕户，雪片如山天地白。頽然老翁持酒杯，黄柑紫蟹雙金鯽。次公導我登危梯，豁開屏幢飛虹蜺。怪底江山落煙霧，耳邊却似聞猿啼。荆關董巨入一手，神品逸品無高低。真宰上訴機難秘，天工暗奪誰能致。汗汗漫漫一筆生，眼前不覺琉璃醉。世人畫形不畫神，那能三昧恣游戲。解衣磴磴郢運斤，妙技通靈理無二。古來擅場唯二李，亦有宋家大小米。宗風雖屬一燈傳，聰明定自由天啟。許我大幅喜欲狂，鵝溪素絹九尺長。雪中光戛雲際寺，青鞋白襪浮瀟湘。平生愛畫入骨髓，況復寂歷居他鄉。請君放筆凌倒影，玄圃夜裂天茫茫。醉來不知歸定處，此身疑在星斗傍。《五湖游稿》卷一

偶更堂詩稿二卷 康熙二十九年刻本

徐作肅撰。作肅字恭士，河南商丘人。順治八年舉人。與侯朝宗、賈開宗爲友，互有唱和。康熙二十三年卒，年六十九。其子世際、世徵編《文集》、《詩稿》各分上、下卷梓行，有計東、劉榛序。詩上卷爲古詩，下卷爲近體。五古最勝，堅峭古茂。絶句亦無曼衍之病。集中詩多可考交游，若宋犖、陳維崧、計東、丁澎、賈開宗，俱一時名匠。《哭侯朝宗》，尤爲佳構。《大水》、《苦雨》等篇，亦能湧現世情。清初中州詩人學杜，唯王鐸馬首是瞻，皆在附庸之列。作肅詩有沈鬱肫摯之情，較求之辭調間者，猶勝一籌也。

江園集詩四卷 康熙間刻本

陳常夏撰。常夏字長賓，福建同安人。順治十八年進士。授米脂知縣，以疾歸。隱南澗，築屋鄰山下曰江園，自稱處士。嘗游江南，自謂：「縱觀白門、震澤、具區諸勝，皇皇求友，所遭皆皮相之士。以髡殘贈所畫歸林圖爲知己。」撰《江園集》詩四卷、文十卷、賦一卷，有康熙十九年李光地序，二十五年黄志璵序，又鄭重、盧弓序，自序爲手書上版，字極高古。生卒年不詳。據《乙巳康熙四年冬杪住蒼然山》詩，有「五十衰年始卜居」，當爲萬曆四十四年生。詩止於康熙十年。其詩作於閩中者，多涉世事。如《觸目書所見》、《聞天柱山仍爲賊窟客謂住僧不知如何生活》等篇。時周亮工治閩最久，集中有贈詩。又作《猛虎行》、《瀴水行》、《送窮行》，氣息渾樸。游江南詩，如支硎、天闕、攝山、黄山，可與文集諸游記參閲。其詩不獨美稱山水，而多記山中古刹僧侶物産見聞。《天闕山訪石谿和尚》詩，作於康熙七年，爲畫師髡殘傳記材料。

石谿和尚修真祖堂既三年不會客矣余留山中兩日未嘗通一刺也而石谿故欲見之握手之下遂成至交復爲留兩日而去作贈石谿和尚詩

晴烟長鎖小柴扃，猿猱高眠一短亭。卻怪幽人頭已白，偶逢遊子眼爲青。空山能破三生夢，大海真浮兩葉萍。商畧前途無好處，只須頑寄此焦冥。

爲憫鈍癡迷夙根，應開羣法總持門。常懸直釣看何得，自陟孤峯衆所尊。摩著虚空皆搗碎，紓於棒喝不留痕。牟尼水濶通湖海，山中有井深不可測，共飲而甘之。指點頑仙一口吞。《江園集》詩卷四

兼濟堂詩集八卷　康熙間刻本

魏裔介撰。裔介字貞白，一字崑林，號石生，直隸柏鄉人。明崇禎十五年舉人。順治三年進士，歷官吏部、户部尚書，内秘書院大學士。康熙十年罷歸。二十五年卒，年七十一。補謚文毅。裔介守朱熹之學，爲理學名臣。與魏象樞合稱「二魏」，以奏議見長而人品弗及。著述見於《四庫》著録者，爲《孝經注義》、《四書大全纂要》、《聖學知統録》、《鑑語經世篇》、《致知格物解》、《論性書》、《風憲禁約》、《傳家録》、《勸世恒言》、

《樗村三筆》、《多識集》、《兼濟堂詩文集》、《崑林小品》、《溯洄集》多種。其詩古樂府徒具形似。今樂府《哀流民》、《投河歎》，七古《秧歌行》，述鳳陽婦女遭遇，皆紀實之詩，承襲風旨。喜交文士，與河北遺民申涵光、殷淵等有寄贈。《讀杜子美詩》、《讀李太白詩》、《讀劍南詩稿》，猶可參考。作《五君詠》，爲楊思聖、魏象樞、李光地、申涵光、郝浴。餘多不能佳，亦不足稱述焉。

投河嘆有引

甲午春，流民南走如蟻。有夫婦至滹沱河欲渡，舟子索值無以應，遂並其子女赴河死。余聞而哀之，作《投河嘆》。

流民棄故里，蹩躠度層阿。積雪愁未盡，寒雨漫長坡。豈不念鄉閭，命也如之何。行期計匝月，遥望見滹沱。滹沱何澎湃，春風增白波。對此心怵惕，四顧空延俄。饑夫勤致詞，囁嚅求渡河。離鄉日已遠，無食一身多。况今襤褸婦，黄口一肩駝。但獲渡濟去，冥報豈有他。舟子瞪目視，笑爲船上歌。饑夫語饑婦，我當葬蛟鼉。爾挾懷中雛，丐食行逶迤。饑婦更無語，長號赴奔渦。饑夫投其雛，捐命同飛蛾。是時天地黯，慘色起嵯峨。饑民岸林立，咽泣空跌蹉。哀哉今之人，而不如駕鵝。《兼濟堂詩集》卷一

吾丘詩不分卷 康熙五年刻本

徐籀撰。籀字亦史，江蘇長洲人。明少詹事徐汧從子。明崇禎六年舉人。順治十八年，官湖北黄州知

府。撰《吾丘四集》，三集均爲小品，四集爲詩詞。詩歌分體，甲申以前作居多。首黄梅僧願雲戒顯序，康熙五年王澤弘序。澤弘黄州人，順治十二年進士，官編修，後至禮部尚書，與籀爲年家世好。四集均有陳希稷、王澤弘評點，猶沿明季刻書之習。籀於明季與張溥、陳子龍締交，當亦復社中人。集中有《重訂陳卧子詩》、《哭譚友夏》詩作於崇禎十年，是早年已入鄂，故詠江漢詩特多也。入清交游爲遺民姜垓、顧景星輩，登仕籍者僅宋犖耳。籀爲徐枋从兄，行輩甚高。明亡，枋高蹈不出。籀以衰甲之年，官爲太守，真多此一出。黄州詩均不見佳。《湘引百首》，古意泠然。此集不見著録，傳本絶尠，蓋魏象樞舊藏，近年始出於山西故家者，人間恐無二帙矣。

些山集輯不分卷 近代排印本

杜岕撰。岕字蒼略，號些山，湖北黄岡人。濬弟。明亡，棄諸生，與兄同避亂金陵。喪偶不復娶。貧未移志。康熙三十二年卒，年七十七。事具方苞所撰《墓誌》。初黄岡王氏刻杜濬《變雅堂集》、汪國瀠《樂志齋集》，名《黄岡二處士集》。此王葆心重輯排印本，附《變雅堂集》後，故有《黄岡三處士集》之稱。集中贈冒辟疆詩，《辟疆評點李長吉集歌》、《影梅菴爲辟疆悼小宛少君》詩，當爲藝林軼聞。《游嘉善寺》、《讀文中子有感》、《思賢篇》、《游白燕菴》詩，孤高閒淡，趣旨秀異。《送茘軒還京師》，作於康熙二十四年，茘軒即曹寅。又三年爲《楝亭詩鈔》作序，並見集中。其詩與濬不類，而行身畧同，並以大節著名。

菊隱詩鈔二卷　道光間抄本

陸元輔撰。元輔字翼王，號菊隱，江蘇嘉定人。明諸生。爲黄淳耀入室弟子。明亡未仕。爲夏完淳《續幸存録》作序。廣交遺宿。康熙十八年舉鴻博，不遇。家多藏書。手跋宋元明人經説數十種。盖欲别撰《續經義考》，以洗王圻之陋，而未見朱彝尊之《經義考》也。三十年卒，年七十五。是集爲戴鑑輯，與《文集》四卷合抄，有陳瑚序，乾隆十九年秦倬序。與陳瑚、陸世儀唱和最多。王時敏、錢肅潤、顧湄、毛晉、金孝章、歸莊、張綱孫、王又曾亦有贈酬。《挽瞿稼軒詩》，聲詞激楚。又作《追和楓溪卞子厚先生絶命詩》。子厚爲高攀龍門人，講學東林四十年，順治四年以不肯薙髮，被拘二十六日出獄，死於北關舟次，臨終賦《正氣吟》一首。馮愷《愈榕堂詩鈔》有《贈陸翼王四首》。

鈍齋詩選二十二卷　中國科學院圖書館藏抄本

方孝標撰。孝標本名玄成，避康熙諱，以字行，更字樓岡，號樓江，安徽桐城人。父拱乾字坦菴，明崇禎元年進士，官左諭德，李自成佔領北京，被執。入清官少詹事。孝標於順治六年成進士，由編修官至侍讀學士。十四年，以其弟章鉞南闈之獄，父子兄弟同戍寧古塔，十七年放歸。拱乾年七十一卒，今《桐城方氏詩輯》卷六十尚録其戍寧古塔詩多首。孝標作《東征雜詠》、《歸郡》，自述塞外見聞。康熙二年，孝標年四十六，客居揚州，作《廣陵懷古》三十八首。又有《毘陵懷古》詩。後應吴三桂之邀入滇。三桂反時，或云孝標受僞職翰林承旨，或云佯狂逸去。據唐夢賚《志壑堂集》贈方樓岡學士詩云：「凝碧池頭添故事，却嫌摩詰費吟懷。」似受僞職事有之。晚客金陵。孔尚任集有《乙巳致方樓岡書》，卒年當七十餘。嘗著《滇黔紀聞》，爲戴名世《南山集》所採。康熙五十二年，名世被誅，孝標已死，致有戮屍之禍。親族坐流徙者甚多。子登嶧免死，及孫式濟、世莊，長流於卜魁見《述本堂詩集》。是集爲門人江殷道校，劉砥等序，自序。約訂於康熙十年入滇以前。集中以戍邊詩較爲佳勝。《譯使之高麗》，述清初中朝互市，頗具事實。方拱乾亦有此題，祇七律一首耳。《上靖南王四十八韻》、《贈靖南王世子四十韻》、《上祝平西親王一百韻》，可見與三藩關係世交。《茶市謡》、《陳章侯畫蘇長公像》、《游武夷》、《書柳敬亭卷後》、《論事詩與某友作》、《交水驛遇折臂翁》、《送杜于皇之瓜洲》，以及與冒襄、程邃、吴兆騫、宋實穎等唱酬之作，亦備典故。《詠史詩》則以感歎身世爲主，不足爲讀史之助耳。

譯使之高麗

高麗國卽朝鮮，在寧古塔東南，馬行七八日可至。崇山廣陂，高岸深谷，無人煙，多虎豹，惟譯使歲一往來，爲互市也。先期禮部爲請於朝，上擇偉軀幹、善辨説、能通彼國語者使之，率以冬十月至寧古塔，昂邦章京以下皆騎馬郊迎，至城中，次日籍此地之當往者願往者，書名於册，以檄彼國。彼以聞於其王報可而後，迎我行人焉。互市有期有地，率聽兩國譯使定物質有無相通，先公家後私覿，無或紊，無或欺。其往也，率以冬，蓋路嶮巇而雪積冰堅馬蹄易踐也。其來以春，毋或先後至以其所市物上數於官，老小二榜式爲記於筆帖哈以爲制。譯使復就館，館各以其旗色。又三四日或五六日，昂邦章京以下皆騎馬送之還朝反命，此定制也。其市也，我資於彼者多，尤急者爲鹽，爲鐵，爲牛，爲馬，爲米，爲瓦缶，爲鏄，爲耒；彼資於我者，則毛革之屬。毛之屬曰黄鼠，曰獭，革之屬曰狐，曰貉，曰羊，曰鹿，曰麅，曰虎，曰熊。物不可私挾，皆載於檄，檄有人數，有馬數，有市物數，有米數，豆數，芻數，糗糧數。彼亦有館，亦曰會同，有供帳，有貯備，有接待，有館伴，有額俸。月三宴，宴二几。其奉章京也，日肉五觔，米五升，魚五頭，雞鴨五隻，鹽醯稱是。宿以下封撥什庫，撥什庫披甲及諸從行者則遞減焉。冬往，人騎一馬，牽數馬，裹糧負釜，攜毳幕或布幕，備野宿也。宿各依徒侶燃薪於外，次帳房，次行李，次牛馬，防虎攫也。來則稍暄和，牛馬多負載，騎者亦牽而徒，然行不可疾，他產之物，恐不服水草也。彼地便馬，馬多羸往而腯歸，故諸章京多驅馬以就牧。然亦或有瘠死者。其俗淳，無盜，女貞不淫。法尚寬平等，威莊肅，大約如前史所載，衣冠尚襲明制，仕者烏帽圓領，角帶革屐，補服亦以鳥紀。男子之冠，大約類浮屠氏之雨笠，大徑尺許，或竹或箬或棕爲之。衣廣袖，好繫縧，曰此清太祖之許我者。女亦辮髮椎髻，好粧飾，其事我行人也甚謹，出則清道輒，不得入其人家。但所見馬瘠者貨多弊者。城郭隘陴，闤闠寥落。或云亦彼國之邊隅也。守者節度使一人，擅兵馬，專生殺，甚貴。寮屬實繁，未詳其制。其人見我人輒來環觀，競問我之制度法令風土，則或咨嗟，或嘆，或竊有笑者，而其語則皆不可辨云。

曾從圖史識山川，蓬梗何來地接連。柔遠堯封收屬國，通功漢法惠窮邊。鳳凰城裏無豺虎，龍馬篇中少獺鸇。聞説使來嘗見弱，小夷何敢詎高天。

年號猶存累代封，衣冠仍襲漢家容。別操鞭鐙通王會，豈少梯航括附庸。苜蓿就肥珠勒馬，水晶歸獻玉盤龍。明堂歲歲羅廷實，白雉誰誇遠道供。《鈍齋詩選》卷十三

于清端公詩一卷　康熙間刻本

于成龍撰。成龍字北溟，號于山，山西永寧人。明崇禎十二年副貢。順治十八年，銓授廣西羅城知縣，歷黄州同知、江防道、福建按察使，至兩江總督。卒於康熙二十三年，年六十八，謚清端。陳廷敬、毛際可爲撰傳，述事極詳。同時漢軍于成龍，由通州知州，官至漕運總督，亦有清名，謚襄勤。而清端爲清官第一。所刻《政書》，分《羅城書》、《黄州書》、《合州書》、《武昌書》、《八閩書》、《畿輔書》、《兩江書》、《吟詠書》八卷，較《四庫》著録本多《首編》、《外集》各一册。附其孫準跋，準官至右副都御史，則是集之刻當在康熙末期。詩附詞六首，在《吟詠書》。古體《勸民》、《勸民節儉》詩，均爲政事，以文爲詩。《忍字歌》數十百韻，儼如白話。近體多爲行役間作，亦不假修飾。俱以人存詩可耳。

東村集詩五卷　康熙五十八年刻本

李呈祥撰。呈祥字其旋，一字吉津，號東村，又號木齋，山東霑化人。明崇禎十六年進士，改庶吉士。入清，官至少詹事兼侍讀學士。上疏謂八旗重臣不宜與政，下獄論斬。改徙盛京，於戍所七年，與郝浴先後。

順治十七年釋歸。卒於康熙二十六年，年七十一。唐夢賚爲撰《行狀》。子慎字西音，康熙二十一年進士，選江南石埭知縣，補浙江德清，爲刻父集，有法若真、賀寬序，許汝霖序作於康熙五十八年，又查慎行序。《四庫存目》著録五卷，各以《邸中稿》、《使程自删》、《木齋詩稿》、《游中山草》、《唐城草》、《秋尋草》、《南游詩》、《紀行詩》、《秋游集》、《東村集》爲名，都八百八首。詩以使江南者爲勝。《送剩師至遼陽》爲贈剩山和尚作。《題憨山大師夢游集》，憨山爲海印和尚，亡於明天啟間。流放瀋陽與函可唱和甚多。唱酬如王崇簡、馮溥、白胤謙、高珩、張伯行，雖均仕清，而猶當日布衣交也。

寒松堂集詩三卷　康熙四十七年刻本

魏象樞撰。象樞字環極，一字環溪，號崑林，又號庸齋，晚號寒松老人，山西蔚州人。順治三年進士。由刑科給事中官至刑部尚書。卒於康熙二十六年，年七十一。象樞與魏裔介同時，並以奏議稱著，時稱「二魏」。然象樞敢諫，立朝有直聲，歸田布衣蔬食，每曰「尚書門第，秀才家風」，裔介實不足媲。所撰《寒松堂集》十二卷，熊賜履序，《四庫》列入存目。内五六七三卷，爲崇禎末年至康熙十一年詩。《剥榆歌》，敍榆關老翁日食榆皮。《宿靈石縣》，記環邑地疲土瘠，民僅百餘户。俱清兵入關後北方荒涼情景，蓋記實也。《彈琴峽》、《懸空寺》、《韓信嶺》、《易州懷古》諸篇，氣韻尚樸。象樞與申涵光、張伯行、曹溶、施閏章、孫承澤、張文光等交好。後則周旋於諸大位之間，以扈從紀恩祝嘏之什，充其篇幅。意味寡淡，不足觀矣。

濼函詩四卷　順治十七年刻本

葉承宗撰。承宗字奕繩，號濼湄，先世浙江麗水，山東歷城人。順治三年進士。官江西臨川縣尹。金聲桓、王得仁叛，被執，自縊。生年不詳，死當順治五年。撰《濼函》十卷。前四卷詩，第五卷詞，六七八卷雜著。九十卷爲散曲、雜劇。雜劇名《稷門四嘯》，爲《孔方兄》、《賈閬仙》、《十三娘》、《狗咬吕洞賓》，今均收入《清人雜劇二集》。詩以詠濟南名蹟居多。包括明季之作，無事可徵。作序者傅以漸、高珩，又自序，當係生前刻本。《清詩紀事初編》未録李漁、朱一是、余懷、段緯世、郭金臺、陸洽原、懷應聘、葉承宗等人詩，是否因其内容雜遝或刻本不完，未可知也。

鶴鳴堂詩集十三卷　康熙間刻本

周茂源撰。茂源字宿來，號釜山，江蘇華亭人。明季入幾社，與陳子龍、李雯、夏允彝爲友。允彝子完淳卽出其門。順治二年舉人，六年成進士，授刑部主事轉郎中，與宋徵輿、施閏章過從唱和，爲「燕臺七子」之一。奉使卹刑河南，補浙江處州知府，康熙元年罷歸。卒於十六年，年六十。撰《鶴鳴堂集》詩十三卷、詩餘一卷，文五卷原闕四卷，《四庫》列入存目。是集爲門人校刊，分體不編年，有王鴻緒、顧成天序。《同郡五君詠》，卽憶念幾社舊友。吴偉業、侯方域死，有詩弔之。與周亮工、龔鼎孳、宋犖、杜濬、施閏章、歸莊、季振宜、毛奇齡、沈荃等朝野文士均有往還。與董俞、顧景星交往尤密。《白茅堂詩集》有《惡溪漁父行》，乃謳茂源而作。詩宗漢魏，諸體俱工，與陳子龍、李雯相近，華實相得。《秣陵行》、《望廬山瀑布》、《石門道中》、《東陽道中》、《黄河行》、《細林八詠》、《薊門雜詠》八首、《觀獵》、《日本刀歌》、《遊峨嵋山歌》、《睢陽行》，俱爲上選。《地震》一首，記康熙七年六月時事。《山城放燈行》、《栝州雜詩》二十首，多記土風。守處州嘗招集海上流勇，結納多浙閩文武官員，《偶感》、《永嘉堡》、《閩中雜感》，卽事諸題，多可證史。《聞閩中名士遺稿多爲宦兹土者貨以自文因發大噱》云：「著書珍重在名山，珠去空將舊櫝還。不是文君留禪草，茂陵恐已没人間。」可爲攘他人書者戒。子綸，有《不礙雲山樓稿》行世。

學餘詩集五十卷 康熙四十七年刻本

施閏章撰。閏章字尚白，一字屺雲，號愚山，一號蠖齋，安徽宣城人。少從沈壽民游。善詩文。順治六年進士，授刑部主事。擢山東學政。秩滿，官江西分守湖西道布政司參議。康熙六年，以裁缺歸。十八年，舉博學鴻詞，列二等，授翰林院侍講。纂修《明史》，典試河南，轉侍讀。二十二年卒，年六十六。湯斌爲撰《墓誌》。所著《學餘堂文集》二十八卷、《詩集》五十卷、《别集》四卷、《遺集》六卷，曹寅刻本。《四庫全書》别集類著録。乾隆三十年重刻本附《外集》、《年譜》。詩分體，都三千二百九十一首，汪琬序。閏章古文醇雅，於詩尤邃愛王士禛。讀其五言詩有風人之旨，作《摘句圖》，並與宋琬同時首推，稱「南施北宋」。其詩受宋梅堯臣影響，加以變化。爲清初宋詩派巨擘。方守湖西，值兵戎之後，民多逋賦，相聚起事，閏章作《勸民急公歌》，以告長吏。集中名篇爲《湖西行》、《大坑歎》、《竹源坑》、《宿黄梔舖》、《臨江憫旱》、《野店篇》、《邊吏行》、《新都戍》、《牽船夫行》、《彈子嶺歌》，鋪敘時事，太息民艱，皆以温柔敦厚出之，所謂合乎詩教，後世以爲式模。古樂府《浮萍兔絲篇》、《棗棗曲》、《新安客》，敘事言情，綿邈淒惻。五古《過翠嶺》、《星峯亭作》，七古《梅聖俞祠》、《屴崱峯》、《蓬萊看海市歌》、《趵突泉》、《伏生祠堂行》、《黄山怪松歌》、《百丈行》、《椶毛行》、《岕茶歌》、《夾山漾》、《登太室中峯》、《華山歌贈王山史》，五律《亂後和劉文伯郊行》、《谿漲》、《燕子磯》、《顧寧人關中書至》，七律《見宋荔裳遺詩淒然有作》、《光岳樓》，風調清遠，間有羈恨愁苦之思。清初詩人率多沿明七子學唐，高者遠逾元明，下者膚闊空疏，在所不免。有一二主宋詩者未稱專業。自閏章出，詩風大變，歐、梅、蘇、黄、陸、范，各爭肖之，且無比擬皮毛之習。此清人學宋之勝於明人學唐也。詩至近日，新事層出不窮，體亦不得不變。宋詩長於記事議論，故學宋亦爲時代所趨也。觀是集贈別題圖之作，如《射烏樓行》、《溉堂篇贈孫豹人》、《送邵子湘游東牟》、《寄蔣虎臣》、《林茂之自作生壙詩紀之》、《程穆倩印藪歌》、《北風行懷方爾止》、《送耦長歸宣城》、《憶昔行寄宋荔裳隴西》、《放歌答蘄州顧黄公》、《楚狂歌贈杜于皇》、《千頃堂藏書歌》、《十峯草堂歌贈錢礎日》、《大滌精舍圖》、《汪蛟門舍人三好圖》、《酒間贈吴岱觀》、《王煙客先生作畫見寄報以短歌》、《畫松歌爲梅瞿山作》、《觀宋牧仲比部家藏賜畫歌》、《哭石湖邢孟貞》、《懷丁飛濤塞外》，以及與陶季、陸圻、毛先舒、余懷、董俞、張風、龔賢交往之詩，其中大都爲清初布衣野老，閏章以平生所接士夫，一一譜而傳之，不僅可見交游，且多有得於傳記之外也。

陋軒詩十二卷續二卷　道光間泰州夏氏刻本

吴嘉紀撰。嘉紀字賓賢，號野人，江蘇泰州人。明諸生。入清，屏處泰州之東淘，瀕於海。食貧吟詠。自銘所居曰陋軒。卒於康熙二十三年，年六十七。詩集初刻八卷，周亮工選訂，康熙初，賴古堂刊。汪芾斯重刊本。康熙十八年，方于雲復裒其前後詩刊之。編爲四卷，卽《四庫存目》著録本。二十三年其友而同程岫子雲家，捃遺稿爲六卷，由汪懋麟付梓，乾隆間泰興陳汕校補刊行。嘉道間泰州繆中刻十二卷本。又有王相信芳閣活字本，卽《清初十大家集》本。後夏荃據繆本增補未刻詩一百二十首爲續編，卽此本。首載周亮工、王士禛、孫枝蔚、計東、吴周祚、汪懋麟、陸廷掄序。嘉紀詩學杜，極寫社會荒亂與民生艱苦。四言古詩《臨場歌》、《翁履冰行》，五古《流民船》、《挽船行》、《碾傭歌》、《糧船婦》、《催麥行》、《白塔河》、《逋鹽錢逃至六竈河作十六首》，七古《朝雨下》、《海潮嘆》、《鄰翁行》、《風潮行》、《凄風行》、《江邊行》、《破屋詩》，敍事抒懷，惻惻動人。《東家行》記壬寅六月揚州事，《一錢行贈林茂之》、《秦淮月夜聽蘇崑生度曲》、《看雪行贈揚州少年》、《詠古十二首贈郝羽吉》、《過史公墓》、《嗟老翁弔黄周星》、《讀荆軻傳》、《李家孃》等篇，長歌短製，不可襲致。其間寄以易代之悲，尤見鬱勃。伏居海濱，結衲李沂、鄧孝威、冷士嵋、方文、龔賢，多遁迹之士。與施閏章、錢陸燦、汪楫、孫枝蔚、汪懋麟、吴麐、王士禄、士禛兄弟，亦有酬答。晚年則與戴勝徵往還較密。題圖之作,以《湯燕生大滌精舍圖》、《讀印人傳作歌贈周亮工先生》、《篆隸印章歌贈何龍若》、《題松圓老人畫》,較可觀采。其詩目擊流離,傷於荆棘,固自不可磨滅。而周亮工爲之揚扢,故當日卽成名家。乾隆間沈德潛云:「漁洋詩以學問勝,運用典實,而胸有鑪冶,故多多益善,而不見痕迹。陋軒詩以性情勝,不須典實,而胸無渣滓,故語語真朴,而越見空靈。然終以無名位人,予持此論,而衆人不以爲然。然其詩具在,試平心易氣讀之,近人中有此孤懷高寄者否?」此論既出,卽有應之者。柯振嶽《蘭雪集讀遺民詩》云:「耆艾沈埋不怨窮,老來鳴盛氣如虹。陋軒集抵精華録,此論吾尤仰至公。」然王、吴貴賤不同,豈能比埒耶。後來知音者益衆,淮海詩人尤奉以爲宗。

且亭詩七卷 康熙七年刻本

楊思聖撰。思聖字猶龍,號雪樵,直隸鉅鹿人。順治四年進士。由翰林官山西按察使,獄決精敏。遷河南右布政使,四川左布政使。十八年入覲,卒於途,年四十四。事具申涵光所撰《楊方伯傳》。此集有魏裔介序,門人連佳胤跋。歌詩分體,自成七卷,凡八百餘首。《四庫存目》著録本無卷數。思聖爲人和易,交多布衣寒士。孫奇逢、閻爾梅,均樂與過從。與河北遺民申涵光、殷岳,交情始終專一。畫家陳洪綬死,作詩悲之。查繼佐抵燕不預闈事,賦詩爲送。自注:「余與伊璜有明史之役。」當係《罪惟録》。又有送酬丁耀亢詩多首。黄周星作《野人歌》五首,時人多和之,此集作和王邁人韻,不悉黄王,孰後孰先。思聖臨殁,傅山遠自千里來視疾。殁後，高士周容爲詩悼之。其人品從可知矣。其詩未必過人，而縱情揮斥，一往豪邁。《叫天歌》、《放歌行》、《故宫行》、《秋響三十二首》、《秋日雜詠四十首》、《雪樵子歌》，時寄故國之思與歸隱之志。早期游閩浙，多記山水。游嵩嶽、華嶽，過大雲寺，入棧詩，刻劃灑落。閬中詩，時記蜀俗。魏裔介作《五子詠》，爲楊思聖、魏象樞、曹本榮、申涵光、郝浴，思聖居首。此集有《和魏石生投河歎》，其意亦悲。吴偉業送以詩云：「碧山學士起嚴妝，新把牙旌下太行。玉麈開尊從將吏，銀毫判牒喜文章。三關日落凝笳吹，千騎風流出射堂。憶賜錦袍天上暖，西游早拂鴈門霜。」「一天涼影散鳴珂，落木平沙雁度河。北地詩名三輔少，西風客思五原多。紫貂被酒雲中火，鐵笛迎秋塞上歌。回首禁城從獵處，千山殘雪满滹沱。」二首寄託深遠，猶可想見其爲人。

悲陳章侯

憶歸櫟園子，勸我及君盟。越嶺相思約，吴山大索情。辛卯于役八閩，櫟園書訂章侯待于吴山，勸余大索之。身前留傲骨，老去厭時名。寂寞青藤路，年年春草生。徐文長青藤山房，後爲章侯所得。歎息斯人没，寥寥誰愛才。世情成市虎，吾道竟蒿萊。身老丹青誤，詩狂白眼猜。悲君楓樹冷，江上有猿哀。《且亭詩》卷三

清人詩集敍録卷六

姚端恪公詩集十二卷 康熙間刻本

姚文然撰。文然字若侯，號龍懷，安徽桐城人。父孫棐，明崇禎十三年進士，官蘭谿知縣。十六年，文然亦成進士。明亡，孫棐不仕，文然以薦授國史院庶吉士，官給事中。順治五年主山東鄉試，王士禄爲其所得士。十年，遷兵科都給事中，以終養乞歸。康熙五年，服闋補官。累至刑部尚書。卒於康熙十五年，距萬曆四十八年十二月某日生，得年五十九，謚端恪。事具其子士塈所撰行述及魏象樞所爲神道碑銘。著《虛直軒文集》十卷、《詩集》十二卷、《外集》三卷，初刻於康熙二十四年，門人韓菼、徐秉義、潘江序。匯印本復增刻語録及日記摘鈔等卷，稱《姚端恪公全集》。其詩起於崇禎十四年，迄康熙八年，以紀事較多，不主歌頌。《乞米行》爲自我解嘲。出使山東，作《東諺》十首，爲《石田租》、《土室深》、《鄒平潰》、《月上弦》、《董君良》、《毋張弓》、《估客苦》、《車如水》、《高橋豪》、《雉飛行》。又有《封船謡》、《椷巖口占》、《廣陵謡》等篇，質實而采。雖與王崇簡、宋徵輿、陳名夏等大臣相酬，而無春容醇雅之習，觀早歲作《黄州赤壁歌》、《武昌赤壁歌》，知取徑明七子與鍾、譚，終不改也。詠古不乏佳製。《南中詠懷古蹟》六首、《讀隱逸傳》二十七首，可與史籍相印證。

《任丘見元達魯花赤野僊德政碑》云：「碑碣何時立，相傳大德年。鷹毛飛禁苑，馬影靜秋田。海市三桑換，官亭一石懸。我懷古遺愛，憂世淚空漣。」自注：「元爲黄州地，屬鷹坊狗監射獵之所。」又有《宿白溝河弔古》，詠建文時李景隆喪師地。文然以爲政寬平得名，集亦不甚難求，乃《四庫》未收，沈德潛《别裁》無選詩，信舊本之不可忽也。

懷古堂詩選十二卷 康熙間刻本

楊炤撰。炤字明遠，江蘇常熟人。父補，字無補，工詩畫，明亡隱逸。炤亦不求仕進。事顧夢游，與徐枋等老宿往來。康熙三十一年以高士終，年七十五。是集家刻，爲順治五年至康熙三十一年詩。有顧夢游序，順治九年錢謙益撰《楊明遠詩引》。謙益稱炤「高才盛年，遁迹自引，蔬布不厭，妻子凍餒。長篇短詠，夫詩遂歌，聲滿天地，響振林木。謝皋羽之撰詩，長留天地間者，微斯人其誰與歸。」此序《有學集》未收，而刻本在乾隆間倖免禁燬，亦未經後來删削剜改。生年據戊申詩推之，爲明萬曆四十六年，少補二十。作者終身不忘明室，每藉詩以明志。自謂「有讀余詩者毛髮皆竪」。《讀劍南集有感》，前後十九首，寄寓頗深。《戲詠四鳥以自况》云：「平生多意怠，老更萬事慵。羞爲乞飯鳥，甘作信天翁。得過且過也，何似寒號蟲。」自注：「東海有鳥名意怠，彭蠡湖有乞飯鳥，滇中有鳥名信天翁，華山有鳥名寒號蟲，鳴曰得過且過。」《吴儂謡》、《紀異》、《地震》、《甘澤歌》，紀事之詩，多主揭露。挽錢謙益詩，稱大宗伯，猶用明禮部尚書官銜。哭楊龍友詩，可補志傳之闕。楊文驄以事馬士英爲人詆諆，終未失節也。《三月十九日》云：「身是崇禎士，生從萬曆年。衣冠叨聖代，毛髮長堯天。故國能無怨，今朝倍愴然。忍含皋羽淚，逐客醉花前。」自注：「是日丁莜侯邀賞牡丹，余謝不赴。」詩作於康熙十年，三月十九，明思宗殉國日也。

奉挽錢大宗伯牧齋先生　三首

述作長存宇宙間，大名終古有虞山。詩篇窮力追韓杜，史學研精在馬班。釋典箋成諸佛喜，明書裁就百神慳。祇今文字稱宗匠，嶽降斯人豈等閒。

力排王李正文風，睨視温周作相公。天下英才瞻北斗，人間司命領江東。飛騰莫上凌煙閣，放逐長居磨蝎宫。初學集中經濟在，耄期猶冀遇非熊。

研硃點筆澤猶新，展卷燈前淚满巾。漸近自然蒙鑒賞，先生手評余詩，有妙處漸近自然之語。別裁僞體荷陶甄。癸巳夏侍飲半野堂，因請問作詩之法。先生曰：別裁僞體親風雅，此千古作詩法也。齒牙不惜餘波及，先生嘗向石林禪師屈指近代詞人孰爲有後，而歎先君之有子。苫凷頻虚立雪親。只道謫仙常在世，騎箕一旦上星辰。《懷古堂詩選》卷一

歲丁未六月廿四日夜夢少司馬楊龍友先生入室角巾素袍顔色如平生余跪而奉其手曰不意此生復得見先生也失聲一哭而覺旋睡去夢呈先生令永嘉时畫贈先君子蘭卷曰

將持此作西臺慟哭忽而覺又復夢去歌載馳之卒章曰我行其野芃芃其麥控于大邦誰因誰極歌未竟而又覺聲琅琅猶在耳也家人聞余寐而哭哭而歌屢呼余問故悲不能答起而識之復哭以詩

先生貴陽秀，弱冠登賢書。胄既承華膴，身復挾才諝。當時出其技，海内謝不如。人知擅三絶，是以得士譽。誰知抱英畧，廿載困公車。頭白始監軍，社稷將爲墟。姻婭雖秉國，志業卒未舒。僅能右正人，緩急藉吹噓。又使挾讐怨，善類肆誅鉏。君子免鉤黨，小人恨切膚。三江既失險，八閩奉鑾輿。督師建寧州，戮力效馳驅。拉攞天柱傾，幾見隻手扶。成仁惟一死，庶不負心初。被執義不屈，不愧烈丈夫。桐城瘞其首，建寧葬其軀。孫臨桐城俠，慷慨捐頭顱。挺身認都督，鼎卿遂得逋。兩首並函歸，實藉孫氏奴。化碧垂二紀，血食斬諸孤。魂今千里來，風波越江湖。巾帶宛平生，不改顔色腴。江山文藻留，高價重珊瑚。西臺越江濱，灑淚迷榛蕪。正氣公則有，得士皋羽無。小子荷提挈，憶昔在留都。勸學蒙獎借，文會偕鳳雛。許附元禮舟，考試還姑蘇。率我謁文靖，徒步到吴趨。付託既得所，問訊時雙魚。厚意久銜戢，未嘗忘須臾。夢見最分明，昨夜倍欷歔。桐城與建寧，何時撫墳呼。鼎卿，先生長子也，登武進士，歷官都督。建寧城陷，先生謂其郎官孫臨曰：吾受國厚恩，此而不死，非人矣，子可速去。臨曰：如此好事，讓公一家作耶。先生被執，復索楊都督。臨曰：我楊都督也。亦被害。臨，給事晉之弟，素善

鼎卿，遂代之死。《懷古堂詩選》卷二

有讀余詩者毛髮皆豎曰何莜侯叔姪皆中其蠱而貫時亦不免焉貫時笑以語余聊識以詩

半生以詩鳴，聊復當年譜。不才兼失學，實自愧莽鹵。無心求媚今，何敢云法古。未能擬漢魏，差許讀韓杜。有作秘篋司，甚者藏腹肚。奚自漫流傳，遭人髮指怒。二丁與一徐，可憐皆中蠱。此語妙天下，聞者爲掌拊。《懷古堂詩選》卷七

樂志堂集四卷　康熙間刻本

李明嶅撰。明嶅字山顔，號蓼園，浙江嘉興人。明末復社成員。崇禎十七年，遠游閩中。以鄉貢署古田教諭。受知於巡撫佟國鼐。時閩有流民數千，巡撫疑爲寇，將殺之，明嶅力白其冤，作《上佟大中丞》詩。還里後，年將七十以終。所爲詩舊刻於閩中者爲《渡江草》、《焚餘》、《旅吟》初二編。未刻者爲《南游草》、《閩中草》、《廣陵雜詠》、《勞勞亭畔草》、《北游草》、《萬里詩》，皆解組後游歷所作。既而倦游杜門，又有《歸邨草》。合計可得數千首。晚年手定諸編，都爲一集，曰《樂志堂集》。身後散失。其子琇僅輯得分體詩四卷，共五百六十七首，而以諸草舊序及朱彝尊序冠於首。明嶅年十三能文，爲錢謙益許可。十七從吳偉業游。《奉寄錢牧齋先生》云：「花笑鶯啼故園春，林間澤畔一閒人。相逢短髮淪竿叟，曾是先朝侍從臣。山上有薇元可食，

天邊無路莫相親。自從永樂三千盡，文獻流風亦已淪。」又云：「春明門外柳垂垂，飄拂輕風盡日吹。北闕新思朝露下，西京舊事夕陽遲。三千里外雙行淚，二十年前一字師。滄海桑田容易過，至今雲物最相思。」《寄吳梅村先生》云：「問道婁江二十年，流離閩嶠復幽燕。校書舊識青藜火，飲酒還思白社蓮。未許元臣三事擢，獨留遺老六經傳。慚余不是張童子，枉得昌黎贈大篇。」可稱婉厚。又有《古意新聲》十首、《讀明紀》十六首，《湖上重晤周櫟園先生和龔芝麓先生早春送歸白下韻》四首，亦見才情。惜乎原編散佚，古風所存無幾，尚不足窺其全也。生年據《三十初度》、《四十九初度》注推之，爲明萬曆四十六年。子琇官教諭，陳常成進士，維鈞官直隸總督。孫宗渭，官永昌知府，能詩，有《瓦缶集》。

四憶堂詩集六卷遺稿一卷　同治十三年重刻本

侯方域撰。方域字朝宗，河南商丘人。明户部尚書侯恂子。出倪元璐門，忤閹黨。張溥復社、陳子龍幾社咸重之。與方以智、冒襄、陳貞慧並稱四公子。福王時爲阮大鋮所搆，依高傑得免。順治八年中式副榜，十一年卒，年三十七。著《壯悔堂文集》，與魏禧齊名。詩特其寄興識者。此集爲同里宋犖、徐作肅選，首賈開宗、宋犖、練貞吉、彭賓序。初刻順治十二年，二刻康熙五十一年，乾隆間其玄孫必昌本爲三刻，嘉慶十九年侯資燦本只刻文集。此同治間翻乾隆本，極通行。又有光緒四年紅杏山房重刊本，與此本同。甲申前後詩如《天壽山陵》、《蓬蒿行》、《寄寧南侯左良玉》、《村西草堂歌》、《得姑蘇消息》、《從興平伯高傑北征》、《詠懷二十一首》、《高都督凱歌》、《行路難》、《遇姜如須》等詩，蒿目時艱，大都身世間語，而平生意氣，已畧具於斯。《哀辭九章》多詠抗清義士。餘則丘壑花月之吟。方域之詩由明七子而宗杜，多豪邁語，特能驅使壯麗耳。

西堂詩集二十五卷　康熙間刻全集本

尤侗撰。侗字同人，更字展成，號悔菴，又號艮齋，晚號西堂老人，江蘇長洲人。明諸生。才名藉甚。順治六年拔貢，考取永平府推官。十三年，罷歸。工時文，詞曲亦負名。康熙十八年舉博學鴻詞，列二等，授檢討，與修《明史》。四十二年，康熙南巡迎駕，升爲侍講。次年卒於里，年八十七。刊著《西堂全書》三十五種，內《雜俎》二十四卷，乾隆時列爲禁書，《百末詞》六卷，孫默收入《十六家詞》。雜劇《鈞天樂》、《讀離騷》、《弔琵琶》、《桃花源》、《黑白衛》，膾炙當世，傳本亦廣。詩集《四庫》未收，曰《西堂剩稿》二卷，曰《秋夢録小草》、《論語詩》、《右北平集》、《擬明史樂府》、《外國竹枝詞》、《述祖詩》各一卷，曰《看雲草堂集》八卷，曰《于京集》五卷，曰《亡詩》一卷附《樂府補題》，曰《哀弦集》，爲輓詩輓詞。詩初傚白，後習宋人，不甚藻飾，叉手而成。唯《迴文集句》奕神降乩，濫收其間，不免泥沙俱下。《漕船行》、《打閘行》、《口號》、《散米謠》、《民謠》、《老農》、《出關行》、《長安道》、《河上老翁歎》、《絶賑》、《煮粥行》諸篇，同情閭閻疾苦。《有虎》四章，諷刺貪官暴吏。近體《題韓蘄王廟》、《聞鷓鴣》，亦多新警之思。尚有涉及南北科場獄案及文壇掌故者。《讀太白詩》、《讀杜詩竟題二十韻》，吟評之作，可爲參考。侗修《明史》，於討論之暇，間採遺事，爲擬《明史樂府》一百首。

其中錚錚有聲者，沈德潛選入《别裁》，在楊維楨、李東陽詠史樂府之上。又以纂《明史外國傳》，譜《外國竹枝詞一百首》附土謡十首，題雖新異，而内容采自《一統志》、《西域記》、《象胥録》、《星槎瀛涯勝覽》諸書，無所是正發明。《論語詩》則代應制，初作於順治間，都下一時傳寫焉。張鴻基《論詩絶句》云：「白髮中朝感遇窮，小詩寫意不求工。一編樂府浪浪淚，灑遍江山杜宇紅。」見《傳硯堂詩録》。

得閒人集二卷　康熙間刻本

孫望雅撰。望雅字君儼，號臞仙，直隸容城人。奇逢子。生於萬曆四十五年。入清棄諸生，講學里中。與其弟博雅，俱有文名。子淦舉進士，刻其祖之集並此集，有許啟祥題記。詩自崇禎八年至康熙三十一年，年已七十五。嘗游華嶽、太行，出句樸拙，不事鋪張詞。《百泉詩》，尤爲雅淡。《讀椒山先生集》亦有寄託。視清詞麗句流連風月者，自有上下牀之别。集中詩詞不分，明人習氣如此，不能改也。

柹葉菴詩選不分卷　畿輔叢書本

張蓋撰。蓋字命士，一字覆輿，號箬菴，直隸永年人。明諸生。入清當貢太學，不受，已發狂疾，居東橋築土室自封。唯與殷岳、申鳧盟唱和，有「畿南三子」之稱。後人嘗作《廣平三君詠》，稱贊三子志節。是集爲申涵光訂，所録爲甲申以後諸作。序云「語不雅馴者又削去」，已非全貌。五古《廣羊山訪殷伯巖不遇》、《歸山留謝城中故人》、五排《七里峽》，才情磊落，猶見氣骨。絶句亦有清響。存詩不多，神色兼備，古拙之處，殷中二子猶未能及焉。朱彝尊爲撰《墓誌》，《畿輔通志》本傳謂年六十卒，俱未詳年月。

射山詩鈔不分卷　中國科學院圖書館藏抄本及稿本

陸嘉淑撰。嘉淑字冰修，號射山，一號辛齋，浙江海寧人。明諸生。入清不仕。客京師，與施閏章、梅庚酬唱。每偕過王士禛邸，不冠不襪。縱談至夜分。王武、查慎行均爲其壻，慎行從學詩，頗得指授。卒於康熙二十八年，年七十一。詩集無刻本，所見抄本爲順治五六年間詩。稿本爲康熙十八年至二十三年詩。此間不當無詩。然未得窺其全集。古樂府外，率多寄贈題圖之作。交游王時敏、萬壽祺、查繼佐、毛先舒、沈謙、陸圻、施閏章、毛奇齡、鄭簠、朱彝尊、王士禛、孫默、梅清、陳維崧、李良年、湯右曾、汪懋麟、邵長衡、查容、黄周星、吕留良、宋犖、徐釚、王又旦、梁佩蘭。《題鄭谷口八分》、《過吕晚村》、《題王又旦烏孫紅袖圖》、《爲夏重壻題抱膝圖》、《與洪昉思》等作，尤可徵事。《口號十四首》，爲吟評詩文之作，皆清初名家。

減菴詩存一卷　近代排印本王烟客遺集附

王挺撰。挺字周臣，號減菴，江蘇太倉人。時敏長子。明諸生。崇禎十二年應北闈試，被擯。以廕補中書。清初不仕。受學於陸世儀、陳瑚。康熙十六年，年五十九卒。是集附《王煙客遺集》後，存詩四十四首。

《清詩紀事初編》選七古《觀海篇》，足稱壓卷。注云「此詩爲魯王從亡諸人詠」，可備一説。餘如《秦淮河》、《功臣廟》、《燕子磯》、《泊舟江心》、《過五人墓》、《登北固山》，亦有蒼涼悲叱之音。挺目盲，有《不盲集》、《離憂集》，均未見傳本。

鳧盟集八卷　康熙間刻本

申涵光撰。涵光字孚孟，一字鳧盟，號聰山，直隸永年人。明太僕寺丞申佳胤子。崇禎十六年避李自成至南京，順治二年北歸。貢入太學，不就。先後以孝行隱逸徵，皆力辭。隱於沙河縣廣羊山。康熙十六年卒，年五十九。詩宗杜，亦沿七子餘習。與殷岳、張蓋稱「畿南三子」。著《聰山集》，其弟涵煜、涵盼訂次，《四庫》列爲《存目》。《詩集》八卷，王崇簡序，范士楫題。始甲申，内多流離憂患澤畔之音。如「戰伐何時了，艱危已備經」《己丑早春》、「百年懷古淚，隔代老儒心」《郝元直來》、「江人前朝酒，同人意不忘」《不忘》、「無復千家聚，曾傷萬馬屯」《午橋》、「山河仍故國，民初憶初年」《宿金提驛》、「兵戈此再經，追求民力盡」《安陽曉行》，多涉世事。《自采石避兵》、《暮泊滄港》、《懷路氏避亂江南》、《邯鄲行》、《水漲歌》、《插秧謡》、《操舟謡》、《哀流民和魏都諫》，意主揭露。《春雪歌》有云：「吴楚井乾江底坼，北方翻作蛟龍宅。豪客椎牛晝殺人，彎弓笑入長安陌。長安畫閣壓氍毹，獵罷高懸金僕姑。歌聲入夜華燈暖，不信人間有餓夫。」亦頗警切。七絶亦有不煩彫飾天然如畫者，如《遊黄花谷》、《泛舟明湖》等篇是也。又有《燕京絶句》，爲一時聞見。涵光重氣節，名分甚高。田雯三十五歲猶從其學。詩能得其深處，清初河朔中當爲首推。王士禛《漁洋癸亥稿》有《與趙秋水話中晁盟遺事感賦》詩。

林蕙堂詩集十卷　康熙三十九年刻本

吴綺撰。綺字薗次，號聽翁，江蘇江都人。順治十一年以拔貢授中書。奉詔譜《楊繼盛傳奇》，即以楊繼盛之官官之，時以爲榮。尋陞工部郎中。康熙四年，出任湖州府知府。以與周亮工、黄周星過從唱和，大吏劾之。罷官時，吴偉業贈詩云：「官如殘夢短，客比亂山多。」游食二十餘載，卒於康熙三十三年，年七十六。撰《林蕙堂全集》二十六卷，凡文十二卷、詩十卷，一名《亭皋集》詞三卷、曲一卷，其子壽潛編，釋大汕出二百緡貲刻，作序者汪洪度、尤侗、杜濬、魏禧、靳治、陳維崧、大汕、魯超、陶之典、沈愷。其詩胎息六朝，宗三唐，諸體皆工。詠懷古蹟督亢陂、樓桑村、黄金臺、賈島峪，《報國寺雙松》、《七星巖》，游峴山、道場山、昆山、栖賢山、龍山、小孤山、石鐘山、衡山、惠山，《戴尚書銀印歌》、《韓繡行》、《研山草堂歌》、《端州訪硯歌》，以及《詠史絶句》十首、《讀秋笳集》、《觀邯鄲夢》、《青山下望黄將軍墓道》、《八蜀拜楊椒山先生祠》等詩，神姿艷逸，悉見才力。《輓姜貞毅》、《哭陳其年》、《蕪城歌贈屈翁山》、《送曾青藜》、《壽王煙客》，及與余懷、冒襄、紀映鍾、施閏章、王士禛、宋犖、曹溶、梅庚、汪楫、蔣易、張潮、孫默、朱彝尊、沙張白、田雯、孔尚任更唱酬和，足見交游，其中廣陵詩社諸子，猶可稽考。嘗於吴興搆亭，記念明詩人孫一元，集中有《拜孫太初墓》，稱頌其人。爲詩研精熟練，以研辭爲重。是以詩鳴大江南北者數十年。此集《四庫總目》别集類著録。《提要》稱，清初以四六名者，推綺與陳維崧。綺詩才華富艷，詞亦擅名，至所作院本，如《嘯秋風》、《繡平原》之類，當時多被管弦，可謂一時才士。百年後已鮮有齒及者矣。

愚囊彙稿二卷補遺一卷　四明叢書本

宗誼撰。誼字正菴，原籍歙縣，浙江寧波人。清兵南下，魯王監國，罄家貲十萬金供浙東義兵。明亡，居里中，貧甚，而志不移。撰《愚囊稿》七卷，友人周斯盛選爲《彙稿》二卷。近代張壽鏞收入《四明叢書》，復增《補遺》一卷。是集首載康熙二十七年周斯盛序，稱作者「行年七十而猶强健」。全祖望有《宗徵君墓幢銘》，記其事較備。《憶昔行》一篇，追溯乙丙間往事，感喟頗深。《漁父詞》、《後鸕鷀捕魚歌》、《湖上田家二首》、《北江看捕魚歌》、《蠶婦吟二首》、《無紙》、《賣畫歌》等篇，因時寓興，而抒老懷。誼於世變之際，毁家紓難，人品甚峻。周斯盛銘曰：「於國有益，於家奚惜。其命雖窮，其詩則工。荒江夕照，靈禽所弔。讀我銘文，如見其人。」

薑齋詩十七卷　船山遺書本

王夫之撰。夫之字而農，號薑齋，一號夕堂，湖南衡陽人。崇禎十五年舉人。明亡，起兵衡山，事敗，入粤。瞿式耜疏薦於桂王，授行人司行人。順治七年，築土室於石船山，學者稱爲船山先生。屢徵不出，始終未薙髮。康熙三十一年，年七十四卒。著書七十餘種，《四庫》僅收《稗疏四書》。餘書子孫守遺誡藏弆積百數年，道光間始爲鄉人寫刻，同治間湖南書局校刻《船山遺書》，司其事者爲鄒漢勳，於是海内知其爲大儒，而志節學問思想與顧炎武、黄宗羲齊並。今本《船山遺書》凡三百五十八卷，尚非全帙。内《五十自定詩》一卷，《六十自定詩》一卷，《七十自定詩》一卷，《薑齋詩分體稿》四卷，《薑齋詩編年稿》一卷，《薑齋詩賸稿》一卷，《洞庭秋詩》一卷，《雁字詩》一卷，《倣體詩》一卷，《嶽餘詩》一卷，《憶得》一卷，《船山鼓棹初集》一卷、《二集》一卷，《瀟湘怨》一卷，合爲詩十七卷。其中無應酬之作，卓爾堪輯《遺民詩》，不知其名字，足見當日罕與世接矣。其詩宗漢魏、六朝，重在興觀羣怨，與顧、黄取徑不同，而寓意家國之痛，造意深邃，則不相上下。《落花詩》、《補落花詩》、《遺興詩》、《讀指南集》諸篇，信在必傳。論詩薄宋、元，反對立門庭，尤惡代人悲歡之詩，謂爲「詩傭」。觀所著《詩繹》、《夕堂永日緒論》，所選唐詩、明詩，可知大較。至鄙錢謙益之爲人，與顧、黄不謀而合。可見作詩祇爭氣韻，亦未見耳。作詩不當自我作古，故門徑不可無，而門庭不當有也。康熙以降，湘中幾無詩家。乾隆時張九鉞學李白，自樹一幟。道光間鄧顯鶴始稱夫之，以後學漢魏者日衆，至王闓運竟爲正宗。《湘綺樓説詩》云：「江謝遺音久未聞，王何二李枉紛紛。船山一卷存高韻，長伴沅湘蘭芷芬。」然則夫之詩爲世所重，已在身後二百年矣。

熊學士詩集不分卷　乾隆五十七年刻本

熊伯龍撰。伯龍字次侯，一字鍾陵，湖北漢陽人。順治六年一甲二名進士，授國史院編修。官至内閣學士。康熙九年卒，年五十二。是集爲易履泰合劉子壯《屺思堂詩集》刻於漢陽。有王清原序，稱己酉康熙八年殁於京師，與《清史列傳》歧異。《四庫》列入存目。《提要》云：「其古文較勝劉子壯，詩雖直抒胸臆，而五言古體亦時有浮古之音。」集中如《聞襄陽陷》、《欒城感懷》、《沈繹堂兵備大梁贈别》、《楊鄂州職方往諭安南歌以送之》、《沈清遠座師定膠州之亂以誕日凱旋奉賀二章》、《送施愚山督學山東》、《送宋牧仲下第歸商丘》、《乙巳正月十九日聞曹厚菴卒於揚州》，皆可徵事。詩不脱明季餘習，然寄託時事較多，負氣亦豪。《答宋荔裳餉魚》云：「艱難底事營逃網，慚愧良朋問著書。」又：「傾筐忽見相看色，行部豪于彈鋏魚。」真堪爲佳句。清初楚中詩人，儼然名家矣。

春酒堂存稿不分卷 中國科學院圖書館藏抄本

周容撰。容字茂三，號鄮山，浙江鄞縣人。明亡，棄諸生，放浪山水，以布衣詩人名。爲徐御史心水所識。時海氛四起，多掠資於内地。御史游山莊，爲士兵突至縛去，置平西將軍王朝先營，索餉數萬不得，囚水牢中。親友無敢赴。容故常來往海上，諸營多相識者，挺身往請之。朝先握手道故，遽釋御史歸。而部下大譁，謂是必周生受賕故來請，或力而拘，或趄而免，將軍乃爲秀才欺耶。朝先故武人，忽發怒，下容獄，搒掠之，不屈。既放還，足由是躄，因别號躄翁。康熙十八年，薦博學鴻詞，以死力歸。旋卒，年六十一。事具全祖望《鮚埼亭集外編·周徵君墓幢銘》。此抄本詩止於康熙十八年，分體，附詩餘。詠岳墓、于墓，《過保定謁楊忠愍公祠》等篇，寄懷故國之思。交游中與楊思聖、申涵光善。思聖歿，作詩悼之。其詩氣骨遒勁，與陳洪綬在伯仲間，品節亦相近似。《江陰詩》云：「厲鬼祠中碧血凝，麗譙夜夜閃神鐙。孤城只合南雷力，百戰原餘李郭能。抔土椒漿悲父老，間亭風雨話山僧。清流不入區區尉，萬古何嘗掩秣陵。」詩爲閻應元作。

託素齋詩集四卷　康熙間刻本

黎士弘撰。士弘字媿曾，福建長汀人。少從李世熊游，留心禮樂、兵刑、天官、律曆。順治十一年舉鄉試。由廣信府推官累至寧夏河西河東道、陝西承宣布政使。據本書卷首其子文遠所撰《行畧》，爲萬曆四十六年十二月初八日生。康熙三十七年卒，年八十。《詩集》四卷與《文集》六卷，由其子遠復合刻，爲四十至七十五歲詩，分體。周亮工、黎士毅序，自序。《四庫》列入《存目》。士弘官閩，與周亮工同僚，有詩頌亮工戰功。亮工作《閩茶曲》，士弘有《閩酒曲》和之，杭世駿采入《榕城詩話》。順治五年，江西境内明兵援南昌者皆敗，作《印無數》詩記其事。以後爲詩，大都涉及時事。康熙十一年入秦，平涼提督王輔臣于寧羌響應吴三桂，復入隴。在塞上八年。作《来甘州一載矣尚未紀其風物夙昔交遊問貽雜至特作六百字寫懷用柬知我》、《晚晴簃詩匯》已選。又作《入寧夏以來筆墨都懶就所見聞得截句二十章》，《清詩紀事初編》僅録其一。三藩既平，八閩底定，歸里作詩，因寄所託。以皆閱歷語，故亦有可覘焉。

入寧夏以來筆墨都懶就所見聞得截句二十章采風者或有取而覽觀焉　録七

壯哉鼠雀語空譁，安得汙邪更滿車。欲喚領車檀節使，與他高坐唱量沙。倉廩告缺，以數萬計。

回紇終當報漢恩，今留千帳住花門。將軍舊事尋靈武，挾矢秋邊健馬屯。故提督陳恐兵單檄三丹蒙古駐師横城邊外。

城頭新水嗚咽鳴，城裏丁男結伴行。健婦打鋤空雨泣，莫教春鳥喚催耕。時有添兵之議，按籍計丁，恐來歲耕桑，半爲空堡。

壁壘無驚靜不譁，健兒帳下夢還賒。何人夜賊來監護，可有遺疏付虎牙。乙柳臘月廿三夜，前提督陳公福遇害時三軍環營左右，比曉無有知者。

唐渠乾盡漢渠空，鞭撻疲羊咒雨工。一束紫薪錢四十，垂楊無葉舞西風。寧鎮漢唐兩渠，引黄河之水，溉田萬頃。今歲夏旱，百計築堤引水，而堤柳皆盡。

還記街亭舊戰場，古街亭在秦州。新軍皚甲白如霜。河西三軍多以白甲賀勝。捷書到處飛塵起，半幅黄封付禦塘。自都抵三軍奏設禦塘，計日行六百里。

羽書四出算軍需，轉粟青天見萬夫。且待須臾看洗甲，君王新詔許蠲租。時議蠲減。《託素齋詩集》卷三

芝廛集一卷　太倉十子詩選本

王揆撰。揆字端士，江蘇太倉人。時敏次子。順治十二年進士，以推官用，不出。康熙十七年召試博學鴻詞，力辭。志切民生。如蘆洲税課，蠹弊害民，力請當事釐之。劉河久淤，上書巡撫，爲之浚鑿。卒於康熙三十五年，年七十八。吴偉業選其詩七十九首，刻入《太倉十子詩選》。十子詩首爲周肇《東岡集》，次爲《芝廛集》。以下爲許旭《秋水集》、黄與堅《忍菴集》、王撰《三餘集》、王昊《碩園集》、王抃《健菴集》、王曜升《東皋集》、顧湄《水鄉集》、王攄《步蟾集》。其中《秋水集》有十卷刻本，黄與堅詩單刻名《願學齋集》，王昊詩單刻《碩園詩稿》有三十卷本，王抃詩單刻名《巢松集》，王攄詩單刻名《蘆中集》，餘五家俱賴詩選以傳。《四庫提要》謂十家之作，如出一手，是未寓目所有專集，未免武斷。唯諸見於康熙間人詩文集及郡志佚文，尚可收集。觀此集詩，眺覽山川，跌宕有自然之趣，與顧湄、陳瑚等往還，有詩亦可見交游。

顑頷集七卷　康熙間刻本

吴騏撰。騏字日千，號鎧龍，江蘇華亭人。明末諸生。詩文爲陳子龍所器重。父中芝字泰符，順治二年兵燹遭兵傷，亡何，故，騏親營葬於細林山中，課徒，剪髮自號九蓮遺黎。返初服，屏迹不出。湯斌撫吴，聞其名，將造廬請見，辭之。徐乾學於蘇州洞庭山設局，邀之，不往。卒於康熙三十四年，年七十六。是集分體七卷，首王光承序。又王澐序云：「乙亥臘月吴子殁，余賦六章哭之。」光承、澐皆與騏同社，尚有蔣大鴻、林子威諸子，而以騏推爲壇坫。自序云：「惟君父一念，耿耿不化。遭鼎革，辛身無地，死喪相繼，饑寒困苦，無可告語。時寄情筆墨，以宣其哀怨。」集中《古樂府》大都婉轉而諷。《薤上露》云：「薤上露，何易晞。頭顱已馳三千里，島中猶望田横歸。」《蒿里》云：「傷心蒿里誰家地，魂魄自智骨自愚。亦知一死不可謝，此際何必多踟蹰。」七古《戽水歌》，仿張王樂府意。五古《讀史雜詠》、《謝宋簡臣餉米》，節尚自見。《甲申秋觀吴淞閭水師》云：「横海將軍大勒兵，艨艟氣壓海波平。前驅欲近扶桑島，後壘猶依滬瀆城。五色旌旗圖水怪，四天鼙鼓動潮聲。南夸久已歸王化，講武終當歷北征。」《乙酉除夕》云：「秋來未得驚魂定，鄰里喧傳是歲除。先祖豈知王氏臘，徵君仍著晉人書。梅花香迸離愁動，草木青回戰伐餘。明日山齋書甲子，天王正朔欲何如。」無不悲從中起，愴然于懷。贈酬友爲錢澄之、陸元輔、董俞，降官唯沈荃耳。《書李舒章詩後》云：「胡笳曲就聲多怨，破鏡詩成意自慚。庾信文章真綺麗，可憐江北望江南。」李雯爲雲間六子之一，與陳、夏齊名，入清用爲中書，擬諸庾信，含意諷婉。騏才名甚播，隱遁五十餘年而終，而詩多散存選本間。是集，《晚晴簃詩匯》、《清詩紀事初編》不收。是讀人間未見書矣。

戽水歎

東南風急大麥枯，秧田夜夜鳴蟈蛄。隣農相約共戽水，未及四鼓來喧呼。河港淺隘潮信小，待得天曉水已無。披衣攝屩急趨出，咿啞遠近聞轆轤。明星滿天爭唱歌，脚跟騰踏忘勤劬。東方漸明日欲出，白榆樹上啼慈烏。歸來饑倦汗濡縷，瓦壺麥粥甜如乳。掃場曬麥日欲午，旋割蘆芽餵童牯。木棉衣衫着不得，無錢買葛空歎息。《顣領集七言古詩》

魏伯子詩集二卷　道光二十五年重刻寧都三魏全集本

魏際瑞撰。際瑞原名祥，字善伯，一字伯子，江西寧都人。父兆鳳，字聖期，明亡剪髮爲頭陀。其弟禧、禮皆棄諸生，命際瑞支持門户，嘗入都應試，並詣兵營贖人。居浙閩幕，客范承謨所。勇於任事，康熙十六年，爲哲爾肯説降韓大任，被害，年五十八。魏禧爲撰墓銘。寧都三魏，俱以詩文名世，際瑞文不及禧，詩則沈雄激越，氣韻特異。《猛虎行》、《將軍行》、《恩官行》、《夾馬營》、《冬獵篇》、《同白撫軍出棧道》、《示閩督使者》，以及記亂兵縶人偶爲贖之等篇，多可觀世變人情。《秋風豪士歌》，悲憂深思，復饒蒼莽之氣。《題張穆畫鷹》、《邵子湘畫》，亦有可採。伯子《文集》共十卷，詩在卷七、八，大都隨得隨誌，無分時代後先，而長短錯綜，敷陳曲暢，亦可見其丰格矣。

東江集鈔詩五卷　康熙十五年刻本

沈謙撰。謙字去矜，號東江，一號研雪子，又號東江漁父，浙江仁和人。少穎慧，六歲能辨四聲。長益篤學，尤好詩古文旁及詞曲。明亡，曾起義兵。事敗，隱於臨平東鄉，自托迹方技，絶口不談世務。與毛先舒、張綱孫、陸圻、柴紹炳、孫治、吴百朋、陳廷會、丁澎、虞黄昊，稱「西泠十子」。康熙九年卒，年五十一。應撝謙爲撰《傳》，其子聖昭撰《行狀》。刻《東江集鈔》九卷，卷一至五爲詩，卷六爲序記，卷七爲書，卷八爲論，卷九爲雜説。又刻《别集》五卷爲詞曲。輯《古今詞選》，亦有刻本行世。《集鈔》爲蔣平階、陸圻、毛先舒、祝文襄序。《四庫》入明别集《存目》。其詩初喜温、李，後乃由盛唐以窺漢魏。集中與十子唱和較多。晚與洪昇交密，有《月華寺同洪昉思作》、《寒夜戲贈昉思》等詩。洪昇《稗畦集》亦有《爲沈去矜先生悼亡詩四首》。又多交禪林畫師。《贈項孔彰》云：「愛汝五松圖，今來是老夫。風塵留筆墨，游覽歷江湖。惜别花重笑，論文酒自沽。盛名多坎壈，君已泣窮途。」《聞陳章侯重至湖上》云：「謂爾真名士，依然老畫師。王維原自病，顧愷未全癡。載筆孤城暮，登樓素髮垂。秋風興摇落，剡棹竟何期。」又有以所撰《興福宫劇本授吴伶因寄伯揆商霖》、《題袁令昭先生虹橋新曲兼呈王阮亭使君》，均屬戲劇資料。令昭名于令，吴縣人，明末諸生，清兵南下嘗作降表進呈，敍荆州知府。爲清初戲曲家之首推。是集卷七有《與袁令昭先生論曲譜書》。據應撝謙傳，謙有《南曲譜》未梓。明清之際，士夫多好製曲。謙所作劇本，見於《集鈔》，有《美唐風傳》自序，又卷七《與李東琪書》云：「布於旗亭者有《胭脂婿》、《對玉環》等曲，吴伶不知音律，取其學淺，便入齒牙，多習而演之。」姚燮《今樂考證》著録《賣相思》、《翻西廂》二種，並《興福宫》，已有六本矣。惜皆不傳。楊鍾羲《雪橋詩話》記沈謙避亂舟中手書詩卷，録律詩四十四首，可補此集闕佚。

美唐風傳奇自序

嘗讀詩至《唐風》，未嘗不歎其美也。其詩曰：「無已太康，職思其居。」又曰：「有杕之杜，生于道左。」可謂憂深思遠而以賢賢易色，真堯之風也。至于李氏以封國而襲唐之名，然其風，則壞極。高祖、太宗以來，其間多有不可言者。乃至羣臣士女被其風慆淫恣情，都不簡括。夫闊眉大袖，傚者必過之，草尚之風，能不偃乎。元稹《會真記》一書，僞托張生自述其醜。夫既亂之又彰之，復與楊巨源、李紳、白居易輩互相唱歎，而諸君亦恬不以爲異。後金董解元始因《會真》創彈詞《西廂記》，而元人王實甫又填以北曲，明李日華、陸天池輩翻爲南曲，歌館劇場，時作演作，浪兒佚婦，侈爲美談。雖采蘭、贈藥之風，不始于是，而此書之宣導，蓋亦侈焉。故李唐之風至今未得泯也。頃因多暇，反其事而演之。冀以移風救敝，稍存古意。然《西廂》之入人淪浹肌髓，恐非一舌所可救，且有大笑其迂闊者。然予鑒于往事爲世教憂，以詞陷之，卽以詞振之，果能反世于古，士廉而女貞，使《蟋蟀》、《杕杜》之什，交奏于耳，不亦美乎。因唐《教坊記》有曲名《美唐風》，遂以此名傳奇云。《東江集鈔》卷六

與袁令昭先生論曲譜書

湖樓之聚，得聞鉅論，辟若發幪，但恨日薄崦嵫，匆匆遽别，無能揮戈而再中也。所論宮譜一事，僕退

而細思，先生尚有不發之秘。如商調通黄鐘，大石通中吕之類。夫人而知亦不過隨古人之所配合而填之，然其可通不可通，必有説矣。吴江著譜亦未嘗言之，先生豈終秘之邪？寧庵爲聲教之功臣，蒐訂最詳，未可輕議。如論《瑟琶記》龍字轉叶六音，羅欽順曲白蘋岸側，注側字爲上聲，亦其千慮之一失。僕不自料量，每欲正之而未能。即其各宫後所載尾聲總論或宜于古而不宜于今。僕嘗作《譜曲便稽》一書，備列時人所常用者，似不可不補入也。至先生新譜欲以套數爲主，其不入套者俱爲小令，附見于後。僕意配合則成套數，單行則爲小令，不當别爲兩途。且古人大曲或宫有兼收，勢難數見，即其曲之多寡，亦增減不常，其可執一而廢百乎。芻蕘之言，無當莛叩，非以相難，亦鄙人請益之一端，亮先生必不以爲罪也。僕新翻花犯諸引曲，倶蒙采收，附大著以傳，何幸如之。飄霧不足增溟渤，飛塵何能益泰山，惟先生不棄細微，乃所以成其大也。嗚呼，六合雖曠，知音實難。僕嘗以聲律至微，不遇至人，將終身不能復曉。今詞壇碩果，惟先生在，敢不具陳所疑，以求剖析哉。《東江集鈔》卷七

清止閣集九卷 康熙間刻本

趙進美撰。進美字韞叔，號韞退，一號清止，山東益都人。明崇禎十三年進士。順治間起太常博士。歷官福建按察使。卒於康熙三十一年，年七十三。王士禛爲撰《墓誌》，從孫執信爲撰《行實》。是集分《燕市》、《西征》、《清止閣》、《白鷺》、《楚役》、《江粤》等集，凡詩八卷、詞一卷，首自序。進美少與姜埰、宋琬、方以智、

陳子龍、李雯爲友，避地吴閶、嘉禾間。爲詩清真絶俗，得王、孟之趣。使江西時刻意二謝，其《放吟》一卷，皆樂府詩。官京師，與龔鼎孳、曹溶等人唱和，一變而高華聲調。使楚詩多紀時事，尤爲世所重。《郎事》、《清江浦歌》、《蔡州行》、《武昌雜感》、《芻豆行》、《述征詩》，均甚質茂。《送宋玉叔還萊陽》，雄邁有致。頗見緣情。王士禛稱其詩幾經變格，而生平服膺於李夢陽、何景明、徐禎卿三家。蓋以七子爲旨，少加融貫，故其詩句清而理平也。

豐草菴詩集十一卷　寶雲詩集七卷　吴興叢書本

董説撰。説字若雨，號西菴，浙江烏程人。明禮部尚書董份曾孫。諸生，撰《夕惕篇》以自厲。受業於黄道周。復從張溥學，入復社。明亡，高隱不出。順治十三年削髮爲僧，法名南潛，字月函。浙東起事，嘗謀策響應。晚戒諸子棄舉業，與黄周星、徐枋、金孝章、張穆、濮淙、顧茂倫、巢鳴盛、張履祥等遺民往還。卒於康熙二十五年，年六十七。著述三十餘種，多經史雜著，説部《西游補》尤爲近世研究者重視。詩集原刻本，《四庫》列爲禁書，分《人間可哀編》、《采杉編》、《落葉編》、《西臺編》、《病孔雀編》、《紅蕉編》、《登峯編》、《臨蘭亭編》、《雒陽編》、《洞庭雨編》、《門韻牌編》，皆祝髮以前所爲。近代《吴興叢書》刻《豐草菴全集》，凡四十一卷，内《寶雲詩集》爲順治十四年至二十四年之詩，分《畫石》、《西荒》、《洗藥池》、《積雨》、《夕香》、《掛瓢》、《拂煙》七篇。詩境荒遠幽深，俱有新托。讀詩題畫論禪，亦時超軼尋常。諷世之作，如《築石塘》、《賣兒行》，往往警通。集名取長林豐草之意，出嵇康《與山巨源絶交書》，自喻其志也。

蕊雲集一卷　晚唱一卷　東苑詩鈔一卷　康熙間刻本

毛先舒撰。先舒初名騤，字稚黄，浙江錢塘人。明季諸生。出陳子龍門。入清棄舉業，未仕進。有文名，名列西泠十子。卒於康熙二十七年，年六十九。所撰《潠書》、《小匡文鈔》、《螺峯説録》、《韻學通指》、《韻白》、《文浒》，爲論學著述及雜文尺牘。《鸞情集選》，爲詞。《詩辯坻》，爲詩話。詩集凡三種，與前九種合刻，世稱《毛稚黄十二種》。《蕊雲集》爲樂府詩。《晚唱》詩亦古體。《東苑詩鈔》兼有今體。尚有《思古堂集》，未見。先舒精於理學，復長詞藻。論詩主學古而不摹古，所謂學詩如學書，必先求其似，然後求其不似。集中《李娃歌》、《吹嘲曲》、《游東園》、《題王西樵畫像卷子》、《讀十笏草堂卷子》、《惲正叔渡錢塘南去寄》，以及游西湖諸什，吐屬自然，令人讀之亹亹不倦。毛奇齡序稱其「達於詩而能工，研辨風雅，覃析毫末」是也。惟所存皆中年之作，不欲廢者，是不足耳。先舒爲洪昇師，與顧炎武、魏禧均有往還。《詩鈔》僅見惲格、柴紹炳、沈謙、袁于令，尚不足考交游。

石閭集一卷　宣統二年刻本

蔣易撰。易字前民，江蘇江都人。遺民。明亡，年二十五。與杜濬過從，濬來揚，即住其家。詩集久佚，同學王仲儒選本爲五律三百餘首。宣統間，同邑吴仲得抄本五律百首校刊。大都江南紀游之什。附仲儒跋稱：「前民五律三百餘篇。皆意匠經營獨詣絶境之作，余每誦一首，心折移時。嗟呼，此調不彈久矣。畫家以神逸爲上品，詩亦如。今之風雅方興，早有江河日下之懼。急宜取斯文，洗剔其膏肓痼疾而漸復元氣，使心地清空，還思正味耳。」仲儒字西齋，有集，乾隆間列禁燬。跋又稱：「前民家本富，因江濱腴田數十畝一旦陷没。而仍輸賦數十年，以至窮困若此。」當指順治末江南奏銷案。故詩多哀怨。唯今僅見什一而已。「鳥挾風歸樹，江流月到亭」，「浪危山改色，虹見雨吞聲」，此集中佳句。後人過其揚州故宅，每以詩弔之。易晚年與孔尚任多交往。《湖海集》有贈詩。

溉堂集前集九卷續集六卷　康熙十八年刻本　後集六卷　康熙六十年刻本

孫枝蔚撰。枝蔚字豹人，一字焦穫，號溉堂，陝西三原人。世爲大賈。李自成入關，嘗毁家結客與敵。入清，至揚州經商。既而歸里，扃户讀書，刻意爲詩。從游者甚衆。王又旦官潛江知縣，築説詩臺，迎枝蔚授詩。康熙十八年開博學鴻詞，以布衣薦。時有奔競執政之門者，京師語曰：「萬方玉帛朝東海，一點丹誠向北辰。」枝蔚耻之，求罷不允，促入試，不終幅而出。授司經局正字歸。當時凡年高者悉授中書舍人，枝蔚以未老，不許，故陸嘉淑贈詩有「增年辭試減辭官」之句。枝蔚還山時亦有作，句云：「宴罷拜金鑾，歸來問釣灘。猶憐狂太白，幾日翰林官。」卒於二十六年，年六十八。《溉堂前集》詩分體，爲明末至康熙四年作。首李天馥、陳維崧序。《續集》編年，爲康熙五年迄十七年詩，與《文集》、《詩餘》合刻。《四庫存目》著録。王士禛、吴嘉紀諸家評語。其詩蓋取法漢魏、六朝、杜、蘇諸家。《前集》樂府古詩《烏夜啼》、《行路難》、《蒿里曲》、《佃者歌》，五古《避亂雜述》、《哀繂夫》，七古《水歎》，五律《亂後過瓜洲二首》，七律《初至揚州客有談南京事者感賦》、《歷陽懷古》、《弔張文昌遺宅》，七絶《難婦詞》諸篇，多亂離激壯之音。《續集》中《借鹽篇》，亟言當日鹽政之弊。《賈客婦》、《流民船和吴野人》，詞旨淒惋。枝蔚與王士禛篤交。唱贈友爲施閏章、周亮工。而與遺民姜埰、龔賢、蕭雲從、林茂之、方文、吴嘉紀、杜濬均有寄贈。《後集》爲康熙十八年至二十五年詩。八載中得詩二千餘首，自删存六卷，首王澤弘、方象瑛序。其詩轉爲樸質，益近宋人。記京師見聞，火葬記嚴州所見，水葬記蘇州所見，關係社會風尚，語多俚語。交往多布衣寒素，不欲與達官通接。枝蔚應鴻博而未終試，與傅山、王方穀、鄧漢儀境況畧同，仍不失於遺民之列。《書離騷後》云：「口實應須防異日，雷同切莫傚庸愚。請看微子飄然後，復有屈原懷此都。」《書陶詩後》云：「一語躬行亦有餘，撐腸枉用許多書。詩家盡解陶詩好，誰惜荆軻慕二疏。」《書谷音後》云：「龍虎紛爭非一代，鷹鳩變化奈三春。谷音頗勝中州集，總是悲歌慷慨人。」晚年寄托可見。

李介立詩鈔三卷補遺一卷　中國科學院圖書館藏抄本

李寄撰。寄字介立，即徐介立。江蘇江陰人，母周氏，徐弘祖妾，方孕而嫡嫁之，以育於李氏，故名李寄，又以介兩姓歷兩朝，故自命介立。少應郡試拔第一，既而悔之，棄去。奉母居定山，終身不娶。訪其父《徐霞客游記》稿，輯成之。著有《天香閣隨筆》，又《輿圖集要》、《蘭圃存稿》、《歷代兵鑑》，皆未傳。自號因菴，又號崑崙山樵、三因居士、白眼狂生。卒年七十二，不知何年。鄧之誠先生以弘祖歿於崇禎十四年，是年寄始生推之，當歿於康熙五十二年。然據《江陰縣志》徐恪《題崑崙山樵傳後》，寄試邑弟子，已在明崇禎間。李自成陷京師，嘗徒步走留都，上策，不報。是當生於明天啟間，歿於康熙三十年前後。是鈔分《聽雨》、《孤筇》、《息影》三集，附《補遺》，爲詩文筆記。順治十一年，寄自淮赴江右，依爲幕府。十三年游秦，登華峯。復至浙東。雖未見赴滇黔，而補遺有《論貴省事宜》。時西南用兵孔亟，意亦有所建白。所作《從軍行》，紀時事也。《西施山戲占》、《過坂子璣弔黄將軍得功》，俱晚明遺事。紀年猶用弘光。《乙丑元旦》詩首云：「陶潛甲子紀詩章，元旦先書第一行。正統七年徒紀閏，春秋正月元無王。」其惓惓於明，概可知矣。寄好讀書，喜遠游，性與弘祖相近。及生不歸族，友人沙張白作《勸徐介立復姓書》，情詞懇切。見是書附録。書有云：「内叔周公茂之母徐節婦，霞客之女，而足下親姊也，拳拳語其子，以足下爲其嫡弟，囑公茂執甥舅之禮。」此於研究徐霞客傳記，均不無裨益云。

白茅堂詩集二十六卷　康熙間刻本

顧景星撰。景星字赤方，號黄公，湖北蘄州人。六歲能詩。龔鼎孳令蘄水，見之曰：「江夏黄童，天下無雙。」長更博覽，與黃岡杜濬齊名。明弘光朝，以貢生廷試，授推官。清軍奄至，浮家隱於澱湖。後被迫以原官隨軍，南征浙閩。固請歸養。順治十六年詔徵天下隱逸之士，撫藩强之，不起。康熙十八年舉博學鴻詞，未赴。杜門息影。二十六年卒，年六十七。著有《黃公説字》、《阮嗣宗詠懷詩注》、《李長吉詩注》等書。《白茅堂全集》四十六卷，爲其子昌校輯。首喻成龍序，康熙二十四年自序，子普撰《行畧》。《四庫》列入《存目》。光緒三十年有覆刻本。詩凡二十六卷，卷一爲賦，卷二至四爲樂府雜題，卷五以下爲古今體詩。方清兵取江南，征卒催科甚急，作《訢水篇》，亟言人民疾苦。《六合望黃靖國祠》悼黃得功，《揚州鈔關》悼史可法，《烈皇帝御書松風二大字》感激傷時。會清兵征粵，滇南凱旋，出海征臺，所作詩均爲之頌歌，小注可與史籍相印證。集中最見詞采者，爲《月夜望鄧尉山》、《冬笋一百韻》並注、《内府所藏南唐百馬卷子》、《閲梅村王郎曲雜書十六絶句志感》、《讀梅村女道士下玉京彈琴歌》、《朱韶九山水障子歌》、《大西波爾都加利亞國貢獅子寶刀歌》有序、《錢武肅王鐵券歌》等篇。《憶戊子夏客廣陵遇田九自云故貴妃異母季弟也潸述往事恨流傳失實追賦此篇》，詠田貴妃事，可與吴偉業《鐵獅歌》相互參考。《鳳凰山下岳喆故宅》、《五里橋文家》二詩，述岳飛、文天祥後裔，亦有寄托。又作《花鳥使》、《秣陵謡》等詩，諷刺時事。《喜得陶季深書並篆草堂額》、《哭姜如須垓》、《和龔公》、《憶方密之》、《聞杜于皇幾以文字得罪》、《書顧與治遺集》、《哭談長益》、《酬邵子湘長蘅》、《題歸高士畫竹》、《歸懸弓頭陀像》、《哭合肥公十首》、《寄余澹心並懷杜于皇紀伯紫》、《過梵宮見閻古古遺詩》、《聞客述洪經畧相公往事》，俱作於散亡之餘，感慨叢生。《道上見》一首詩云：「跕屣邯鄲俗，雙趺更可憐。近來小兒女，尤自惜行蹤。席帽遮鉛粉，紅蕖露繡韉。不知孅足好，新樣始何年。」自注：「康熙三年詔，自元年後所生女子，不得紮足。」清順治二年禁纏足。康熙三年，左都御史王熙疏禁女子纏足，首云「爲臣妻先放大脚事」。後不能禁，移爲笑柄。參看錢泳《履園叢話》、倪鴻《桐陰清話》。詩集中詠禁止纏足者，僅見於此。景星之詩，新警豪健，學唐不徒貌似。《新雁》云：「斷續來時雁，偏當靜夜聞。隨風力容易，帶雨陣紛紜。矰繳能無還，鷹鸇自不羣。全生向江海，飲啄意須分。」雖未造極，凡手不及也。與陶季交終始，陶季《舟車集》有《哭顧赤方》詩。

盜入大陽山發李獻吉墓取其棺骨離離荆棘間盧龍韓子新鼎業哭葬之爲祠以祀仍其故碑曰明詩人李空同先生之墓嘉靖中河南巡撫天水胡纘宗所題也談子長益周子宿來方子邵村皆爲予言予曰去詩人可矣書百七十言示來世

李公英雄人，遭逢太平世。高視屈賈流，盱衡班揚輩。草玄仍衆笑，衣白頗羣吠。斯文實大雅，滂溏滌蕪薉。獨步弘正間，長歗宇宙内。彷佛杜甫詩，無慚李膺裔。貴其所用壯，浩然養吾氣。當世存斯人，安肯活草昧。弱冠冠進賢，筮仕曹都官。披忱事孝武，孝武二廟。泣血點朝班。唾駡壽陽侯，逆鱗犯龍顔。瀕死青蒲階，再賜白玉環。講學白鹿洞，歸老具茨山。言存萬古後，身棄草莽間。異物亦何患，達人元大觀。神明若日月，黄土豈盤桓。多謝韓子新，新墳何足歎。《白茅堂集》卷十三

梅湖草堂近詩删一卷　嘉慶十三年刻本

汪之順撰。之順字平子，一字禹行，號梅湖，安徽懷寧人。明末諸生，入清自匿，隱遁以終。梅湖在懷寧西北鄉，與桐城西南境相際，之順居湖側，故號梅湖。爲人多技能而尤長於詩，與錢澄之並。澄之廣交游，之順優處草澤，聲華寂寞。諸家選明詩者，裒録遺老之作甚備，而之順終不與焉。卒於康熙十六年，年五十七。殁後百三十餘年，族子刻其自删詩，姚鼐爲序。其詩深悉民間疾苦，較澄之詩益刻露。交游爲周亮工、杜濬、方文，尤與南昌陳允衡最契，愛琴館《詩慰》選有其詩。嘉、道間爲邑人陳世鎔所重，《皖江三家詩鈔》收之。

流　民

飢民何儽儽，繹絡流向西。百十自爲羣，黑瘦顔色齊。敝絮及破甕，負戴兼提攜。路上白頭卧，擔内黄口啼。糠核充餱糧，垝垣息衰疲。問之哽不語，既語雙淚垂。自言家鄉旱，赤地千里迷。河涸井泉竭，勺水爭汙泥。田禾莽如煙，籽粒誰復窺。升斗救旦夕，鬻賣連狗雞。今兹久乏絶，比鄰無人炊。生死溝壑間，不如遠别離。雖云異鄉苦，空釜安得糜。庶幾可憐人，乞食還見施。苟活急目前，後事非所知。言罷放聲哭，寒雲慘欲低。我聞摧中腸，故鄉倘如斯。

哀時

世亂急軍務，誅求朘民生。有司僅奉職，孰作春陵行。老夫困石田，卒歲恆苦貧。半菽每不飽，況兹無藝徵。五穀未入土，丁糧勒嚴呈。芻茭與力役，什物諸零星。種種派諸胥，一一責編氓。承符如虎狼，悉索盡雞豚。楬然骨髓竭，苟活軀殼存。今晨突無烟，米甕欹欹傾。妻孥色枯槁，欲泣復吞聲。庶幾有緩急，得告鄰里人。比屋亦惆悵，何以致吾情。側聞古人訓，衆志堅成城。涸澤以取魚，反裘而負薪。舉事急目前，事後安敢論。三歎垂白頭，飢烏啼黄昏。《梅湖草堂近詩刪》

桐引樓詩不分卷 康熙間刻本

黄雲撰。雲字僊裳，號舊樵，江蘇泰州人。居姜堰。善談論，慷慨負氣，遇俗稍不如意，輒謾罵，人目爲狂。初受知于太守陳素，素被枉破家，雲不避艱難，與之同遊。晚年益貧苦，屢辭聘召，益肆力於詩。康熙四十一年卒，年八十二。阮元《淮海英靈集》卷二有小傳。著有《悠然堂》、《桐引樓》二稿，此當其一。是集爲王士禛選，皆六言律，其子陽生等刻。雲於康熙十二年初入都門，與達官多有投贈。二十三年，康熙南巡揚州，雲作頌章。集中所見如龔鼎孳、周亮工、施閏章、姜宸英、毛先舒、朱彝尊、汪楫、宋實穎、王士禄、士禛、徐乾學、顧有孝、徐倬、倪燦、陳維崧、魏裔介、季振宜，均爲名宿。陳允衡、蔣易、宋曹、鄧漢儀、方文，爲明遺民。

卷首有康熙二十三年崔不凋華序、吴綺序，二十四年程瑞禴跋，書約刻於此時。詩格甚高。視其交游，可知無率爾之作，故亦不見其清狂也。揚州市圖書館藏本。

木厓續集二十四卷 中國科學院圖書館藏抄本

潘江撰。江字蜀藻，號耐翁，安徽桐城人。明末諸生。避亂居金陵，亂定還里。康熙十八年開博學鴻詞，不赴。以詩古文名海内者數十年。輯鄉邦藝文，成《龍眠風雅》行世。卒於康熙五十年，年八十四。戴名世即其受業弟子。家於木山之崖，因以木厓名號。撰《木厓集》二十七卷、《續集》二十四卷，有康熙刻本，未見。此抄本《木厓續集》爲丙辰以後詩，分《丙丁餘草》、《萊戲草》、《倚廬草》、《卜築吟》、《河墅詩》等集，年月不闕。首何永紹、方中履、戴名世序。與刻本有無異同，未能對照。集中《大兵至》、《兩驛馬》、《解運纜》、《議火耗》等篇，俱可考當日之事。《送御馬》云：「舒城縣，送御馬，官遭鞭撻吏遭打。官吏手中無金錢，但嗔御馬瘦，不管官長賢。纔入小關圉人喜，校聯張飲喧成市。一夜呼盧醉不休，霪雨三日皇天留。可憐馬厩廄中粟，送馬丁男無處宿。御馬御馬不可輕，忘却丁男是御民。」《水草夫》云：「水草夫，壯且悍，挾官長，雄里閈。白晝但高眠，飲博夜至旦。問爾何來博進錢，尅減芻豆動十千。問爾何來酒如泉，縣官餽送抵賓筵。官吏祇以馬爲命，敬愛草夫夫益横。夜登人牀不敢言，日高騎馬唱出門。何物老農護雞豚，公然匍伏來陳冤。咄而老農，不知迴避，我能出入官衙了官事。不見甲乙兩家爭墳園，一言便教墳作田。老農且休報老媪，放馬還要嚙青稻，區區雞豚安足道。」《礮車》云：「礮車礮車二十乘，一乘四牛力堪勝。長令先期括千牛，山陬水澨咸奔命。一耕牛尾一農夫，三春隴畝懸犁鋤。農夫忍餓牛無草，礮車未出長安道。留牛牛苦饑，牽牛逃去誤軍機。願斂民財百千萬，買贏載礮放牛歸。明日礮車還不至，人牛同死遑問歲。」《採船木》云：「採船木，採盡深山與邃谷。須來額式幾十圍，誅求那忍到檞樕。昨日牒下牓鄉村，大索民間斤斧喧。長令委官官委吏，祗知賄賂爲姦利。得錢卽判此鄉此村無，否則樗櫟之材誰肯棄。蔣潭山中樹數株，巀巕絙澗不可圖。保正恃險不申報，萬夫邪許置通衢。舁來大木不中式，匠石弗顧委荆棘。空靡山民十萬錢，仍科重罰坐隱匿。朝廷雖允三不採，民間祗有懷璧罪。遂使父老暗嗟吁，相約有木早伐無後悔。不見吾家趙莊松樹如車輪，一朝銜淚砍作薪。」於時弊多所揭露。又有《桐城竹枝詞》十二首，採摭鄉中見聞。《酬贈思舊之詩，爲姚士晉、錢澄之、方文、李念慈、孫枝蔚、曾傳燦、顧茂倫、施閏章、李來泰。《楝亭行爲曹子清賦》，子清爲織造曹寅。晚作《四時田園雜興》仿范石湖，凡六十首，入情益深，而漸入宋格。

居易堂詩集二卷　康熙二十三年刻本

徐枋撰。枋字昭法，號俟齋，江蘇長洲人。明崇禎十五年舉人。父汧，南明時爲少詹事，蘇州破，投水死。枋年二十四，逢國變，卽與世決絶，卜居於天平山。與楊維斗子旡咎、崑山朱致一用純稱吴中三高士，皆以先人死於難，以名節相砥礪。又與宣城沈壽民、嘉興巢鳴盛，稱海内三遺民。湯斌巡撫江南時，屏車騎携童相訪，仍不與時流接。卒於康熙三十三年，年七十三。門人潘耒爲建祠，在天平山麓。撰《居易堂集》二十卷，潘耒編校，内卷十七、十八爲詩。古體以擬選體爲多，近體學唐爲上。《五君子哀詩》爲陳子龍、葉襄、楊補、姜垓、鄭洪。《題落木菴贈徐元歎》、《七十二潭歌贈同年陳言夏再訂入山》、《懷人詩九首》，可考交游，並見其志。《懷舊篇》長句一千四百字，足抵自傳。枋工書畫，喜交納禪友。《題孤楫泝江圖》、《采芝歌》、《題畫雜詠》、《題王勤中花蝶圖》、《題沈石田墨梅》、《送别支山和尚》，均爲藝術史料。此集有嘉慶二十三年趙筠補刻本，吴錫麒序。近代上虞羅氏刊《明季三孝廉集》，所據卽趙本。又有影印本，附集外詩。楊昌言《梧岡集》卷六《寄祝徐俟齋先生六十四首》，爲讀是集所必資。王式丹《樓村詩集》卷十一《題徐昭法先生澗上草堂畫兼貽西照頭陀》自注：「頭陀姓戴名易，字南枝，越之遺民也。寄跡於僧，賣字葬昭法先生於珍珠塢。」前人記載未及。後來詠其祠墓詩甚多。嘉慶十年，陳鱣、黄丕烈拜昭法祠賦詩紀事，見楊鍾羲《雪橋詩話》。

遺山詩三卷　道光間信芳閣活字本

高詠撰。詠字阮懷，號遺山，安徽宣城人。五十以後始以明經貢入學。康熙十八年召試博學鴻詞，授翰林院檢討。未幾，以老病乞休。旋卒。是集爲道光間王相家集本。詩止於康熙十九年，依體分類。格調學宋，與施閏章相近，號「宣城體」。閏章贈句有云：「疏狂合側時人目，騰達還餘幾輩傳。」亦相事標榜矣。據《寄施愚山詩》「甲子推君長四歲」，當知爲天啟二年生。近體《歸舟作》、《宿清溪》、《游青原山寺》、《過謝皋羽墓》等篇，意簡詞清。《長歌行贈施匪莪先生》，匪莪名端教，泗州善詩文者。與畫家石濤、文士梅庚亦有寄詩。既入詞館，交結驟廣。與座師馮溥、沈荃，同年汪琬、徐釚、方象瑛均有贈酬。《十二硯齋歌爲汪蛟門賦》、《紈扇篇爲成容進士賦》、《健松齋歌爲方渭仁賦》，有詞采，而神骨全非矣。

湄湖吟集十卷　康熙間刻本

杜漺撰。漺字子濂，號湄湖，山東濱州人。明末諸生。順治二年舉於鄉。四年成進士。官禮部給事中。出守温處道、天津道，以漕艘失事，詿誤去官。復起爲寧紹海道、江鎮道、開歸道。康熙二十四年卒，年六十四。是集爲其子誠方刻，有郜煥元、魏憲、毛際可序。詞、文各一卷附刊，卷首爲王士禛所撰《墓誌銘》。漺宦轍所至，每有詩寄情山水，所歷既多，亦有不至泯没者。王士禛稱其詩類徐渭。觀其《讀李長吉集》，可見宗旨。時滇黔頻繁用兵，漺爲道員兼理驛傳鹽法，所作竟亦無多耳。《庚子季秋贈别顧寧人社兄之會稽》、《宜陵道中》、《遊天童寺道經育王嶺觀舍利》等篇，較可徵事。

杲堂詩鈔七卷　四明叢書本

李鄴嗣撰。鄴嗣原名文胤，以字行，一字杲堂，浙江鄞縣人。年十六，補諸生。父逮杭州獄，流離國難。與黄宗羲爲師友。康熙初大吏薦詞科，力辭之。輯有《甬上耆舊詩》。卒於康熙十九年，年五十九。有《文集》三十卷、《詩集》十八卷，未知去向。《四庫存目》著録本《文鈔》六卷、《詩鈔》七卷。此近代《四明叢書》本，《文鈔》四卷，黄宗羲定，《詩鈔》七卷，鄧漢儀、徐鳳垣選。五古《梨洲先生同晦木擇望過宿草堂》、《行路難》、《秋懷》、《出烏石山後失道》，七古《胥潮行》、《弔三絃女子歌》、《杜鵑行》、《田家祠》、《久客歸》、《大滌山行贈余蛟巽》、《登望海絶頂》、《題雲間唐生畫山水歌》，氣雄詞備，峭雋中兼有勁直之氣。絶句《讀寒泉子詩》、《憶南都口號》，寄意遥深。《題桃源圖》，似有刺於當時隱士。《死戎墓歌爲姜貞毅先生作》、《西陵絶句》十四首，出語悲愴。清初四明詩非學王、李，即學鍾、譚。黄宗羲序稱鄴嗣詩「皆胸中流出，無比擬皮毛之習。蓋破除王、李、鍾、譚之窠臼，而毅然自爲者也」。今所見六百篇，雖爲删後之詩，而含蓄沉摯，亦高響矣。徐槱《玉屏山人詩集》有《讀李杲堂先生詩》。

一木堂詩稿十二卷 北京圖書館藏抄本

黄生撰。生字扶孟，號白山，安徽歙縣人。明諸生。入清客揚州多年。晚家居授徒，覃研漢學，著《字詁》、《義府》二書。《四庫》著録。卒於康熙三十五年，年七十五。康熙二十二年序刻《一木堂詩集》十二卷，内詞一卷，乾隆間列爲禁燬，今南方尚有藏本。是集爲舊鈔本，凡詩七百七首、詩餘五十四闋。其詩即事寓言，觸緒情長。《揚州》云：「燈火三更後，樓臺十萬家。可憐新士女，不改舊繁華。畫舫穿城水，紅妝陌上花。昔時游樂者，白骨滿平沙。」《九日登蜀岡二首》、《法海寺書感》，多存易代之悲。嘗一至京師，北上諸詩，間亦諷刺時事。《賣菜傭》、《採木行》，尤憫民艱。集中登岱、游杭州、匡盧，奄有其勝。《黄山三十六峯歌》、《文殊院看鋪海》，氣宕而遒。交納多草野之士。贈屈大均詩最多。《寄懷吴野人》、《尋龔野遺》及與王煒、邵長蘅等往來，亦載故聞。《贈漸江上人》云：「故鄉多難後，曾謁武夷君。去落一冠髮，來携滿袖雲。世氛瓢笠外，野性鷺鷗羣。畫隱高人事，名應異代聞。」生避地山中，志尚甚高。刻苦著述，殊非易易。詩集自板燬後，已在若存若亡間，録斯編冀於不終晦焉。

砥齋集詩不盈卷　康熙間刻本

王弘撰撰。弘撰字山史，號待菴，陝西華陰人。諸生。明亡，逸里中，精書畫，工古文詩，與關中三李齊名。顧炎武至秦，實爲之主。康熙十七年徵博學鴻詞，至都，以老病不預試，放歸。二十年，南游至江寧。四十一年卒，年八十一。著有《周易筮述》、《砥齋文集題跋》。是集凡文十二卷。《西歸日札》、《待菴日札》各一卷，詩僅見於《日札》，中爲李夔龍刻行。又一本爲其子宜輔刻，有文無詩。識語謂「乙卯輯其文十卷、書簡一卷、雜著一卷、詩二卷」，是所刻已有三本矣。據黄文焕、南廷鉉序，弘撰雖以文稱，亦工詩。唯今所見僅於此。嘉慶間關中有重刻本，增文二十餘篇，亦未見有詩軼出，猶冀有全本焉。

古調堂初刻六卷　順治九年刻本

馬之驦撰。之驦字旻徠，直隸雄縣人。官江都主簿。順治九年，撰《古調堂初刻》詩六卷，以生日詩計，行年三十一。邊汝元《漁山詩草》有其乙亥康熙三十四年所作序，已年逾七十，而未見有詩續刻。此集詩起於崇禎十五年。甲乙之際，無撫時之作。順治六年，之灤州，作《灤湄山紀》，詠灤境山川寺塔，頗可採。八年，得孫奇逢信，作詩答之。《西洋推步天地全形符于至理長言述之》，未詳年月，時西方天文知識已爲中土僻壤士子所聞，其詩雖鼓努爲力，乃時人固不易解也。

西洋推步天地全形符于至理長言述之

區寓拘生囿半天，天固全形，南極遠如入地，中國不得見也。方輿舊義那知圓。地方取義，其體實圓。遠西文獻十年到，終古乾坤一日全。南極具圖儕北極，二極以赤道定。赤躔分界間黄躔。老人次舍猶飛鳥，銀漢逢源更有船。飛鳥、南船，皆星之近南極者，中國所不見。是處青霄皆在上，于中黄壤正虚懸。氣完扶拱能無墮，勢敵推磨得勿偏。此地球之説。各戴頂岐千萬國，自垂心就九重泉。天頂地心。風煙異域窮山限，舟楫通人盛水緣。齊發東西先後至，迎日背日之故。互看薄蝕淺深詮。先月後月之故。始明運昊殊方向，乃信迎陽得歲年。大道璿璣聞了當，小儒坐井笑茫然。步推欽若精微合，不似揚雄臆草玄。《古調堂初刻》卷五

晳次齋稿十二卷 康熙間刻本

梁熙撰。熙字曰緝，號晳次。河南鄢陵人。順治三年舉於鄉。北上京師。與劉體仁、汪琬定交。王士

禛譽爲三善士。十二年成進士。官陝西咸寧知縣。擢雲南道監察御史。康熙九年，謝病歸。高珩贈詩有句云：「燕臺襆被親相送，一個嵩丘行脚僧。」歸田後，益耽内典，不涉世事。卒於康熙三十一年。年七十一。事具王士禛撰《侍御梁晳次先生傳》。是集爲其子埥編次。凡詩二卷、文十卷。熙與汪琬、董文驥、王士禄、士禛兄弟時有贈酬。詩學陶。多憶前朝遺事，間有傷時之語。《癸卯寒食》云：「燕雀何多語，雲霞只自新。今朝寒食酒，空對惜花人。于耜連村罷，方田細草匀。最憐煙斷處，非是爲佳晨。」自注：「鄢陵因順治十五年誤加熟地，逃亡將不歸矣。」《書砦居屋壁》、《咸陽》、《潼關》諸篇，亦較沉摯。畫家文點爲熙作《江村讀書圖》。汪琬、王士禛、程可則、葉燮、吴雯、沈荃、季振宜有題句，合高珩等名家贈什一卷，附集後。

清人詩集敍録卷七

蕉林詩集十八卷　康熙十七年刻本

梁清標撰。清標字玉立，一字蕉林，號蒼巖，直隸正定人。父維樞，明季工部主事，著有《玉劍尊聞》、《性譜日箋》、《内閣小識》等書。清標於明崇禎十六年成進士，降李自成。順治初，授編修。三年，其兄清寬、清遠同榜成進士。十年，清標官禮部右侍郎。年甫壯，已與龔鼎孳、成克鞏、劉正宗、高珩、薛所藴、李呈祥同朝。十三年，由吏部左侍郎遷兵部尚書，是年清遠由督捕授吏部右侍郎。十五年，清寛亦授侍郎。康熙八年議撤藩，清標赴廣東移尚可喜家口。十二年，以吴三桂反清，由閩召還。官至保和殿大學士。卒於康熙三十年，年七十。撰《蕉林詩集》，與清遠《祓園集》，《四庫》均入《存目》。清標爲清遠弟，《祓園集》徐乾學、陳僖序，言之甚明，《祓園集》尚存清標跋語一則，乃《存目》置是集於《祓園集》前，是以科第先後判兄弟，諸家著録沿之，皆未碻也。是集詩共二千一百十四首，有白胤謙、魏裔介、孫廷銓、汪懋麟、方象瑛、申涵光、徐釚序。其詩清峭工麗。古體《燕市歌》、《金魚池歌》、《漁陽老將行》、《上灘行》、《銅雀臺歌》、《峽江行》、《題喬侍御栢溪草堂歌》、《雨中聽梨園演黄孝子傳奇》、《惲正叔花渚避魚圖》、《登觀音巖諸篇》，多屬力作。《落日行》、《挽船曲》、《民夫謡》、《秋憶趙郡風物雜詠三十首》，皆歌民風。酬接高珩、法若真，又結納柳敬亭、季振宜，是朝野無畛域矣。《貳臣傳》名輩風雅好士，不主頌揚，當日風氣蓋如此。

至樂堂詩鈔七卷　康熙四年刻本

駱復旦撰。復旦字叔夜，浙江山陰人。順治七年，嘗同姜承烈、徐允定、毛甡，赴十郡大社，連舟數百艘，集於嘉興南湖。吴偉業、宋實穎、尤侗、計東、鄒祗謨、徐乾學、朱彝尊、曹爾堪、陸圻，越三日乃定交去。爲拔貢生，授推官，例改知縣，除陝西三原，復補江西崇仁。卒於康熙二十四年，年六十四。毛奇齡爲撰《墓誌》。是集詩分體七卷，經朱徽、顧開雍删補，各爲序。又鄒祗謨序。詩格瑰麗。《青門紀事》、《清峪口看杏花歌》有序，均得力之作。嘗修《紹興府志》。交往陳允衡、周亮工、楊思聖等亦知名士。《輓方山子云》：「中夜傳呼急，詞臣罪愈彰。一身今莫贖，百口竟何償。理學生無補，文章死未亡。馬頭羣噪後，仍復奠椒漿。」小序云：「方山子以蜚語死。死之日，彼諸蜚語者又羣哀其死。」山子爲方象瑛叔氏，事見《桐城縣志》。

晴江閣詩集八卷　康熙十七年刻本

何絜撰。絜字雍南，江南丹徒人。諸生。有文望。與冷士嵋、宋曹、嚴熊、鄧漢儀、黄雲、王廣心、許纘曾交善。合輯《江南通志》、《鎮江府志》。撰《晴江閣集》凡詩八卷、文二十二卷，爲門人編次。宗元豫序稱「年甫五十」，程世英序稱「長余十餘年」，而無從考其生歲。挈嘗客于成龍幕，歷兵火戎馬。集中《南征曲》、《燕姬曲》、《雨花台歌》多可徵事。《競渡歌》、《月華山歌》、《練塘曲》、《天都吟》，及詠金焦山水詩，詞理俱勝。作《哭董文友》、《送王石谷》、《題粤風四種後》、《魏叔子至邗上》，可考交往。與陳玉琪交善，詩格差近之。作《四憶詩》爲《東園垂柳》、《上元燈火》、《戴公園黄鶯》、《西園歌舞》，記清初江南園林之盛。其一云：「陽彭山上游覽多，陽彭山下風日和。華堂傑閣矗空起，梨園選勝早徵歌。點染雙文王實父，玉茗堂空燦花主。吐納宫商悞後生，檀板低敲因按譜。南調流傳梁伯龍，紛紛相和許誰同。懷寧尚書荆州守，演出新聲李笠翁。種種傳奇翻不足，緑鬟子弟喉如玉。鳳羽裁成翡翠粧，驪珠轉出臙脂曲。二八歌姬勝小蠻，螺黛纖纖柳葉彎。蓮步蹁躚羡長袖，花枝婀娜舞輕鬟。絳唇鶯吐成黄絹，嬌羞閃映桃花扇。」殆爲梨園史料。

江上詩集八卷 近代刻本

笪重光撰。重光又名蟾光，字在辛，號江上外史，一號鬱岡居士，江南丹徒人。順治九年進士，官刑部郎中，轉湖廣道監察御史，巡按江西。以疏劾明珠、余國柱罷官。引疾歸隱句曲山，縱情山水，以書畫自娱。卒於康熙三十一年，年七十。傳聞重光隱居時，懼怨家踪跡之，蓄一老猿以衛。時有擊刺者，爲猿所創，逸去。遂携猿匿三茆峯下之鬱岡，猿日伺左右。刺客凡三至，卒賴猿報警，以免獲。重光殁，猿悲嘯去，不知所終。楊鑄作《峩嵋白猿歌》以志異。見《自春堂詩》卷十一。昭璉《嘯亭雜録》稱重光隱甘肅漢龍山爲道士，年九十餘猶在，未確。重光工畫，書法爲王文治所師。著有《書筏》、《畫筌》二種。《快雨堂題跋》載其有關書畫資料甚多。詩僅散見於《京江耆舊集》。此近人據抄本又輯得集外詩合梓。首張芳原序，增馮煦序，附録各家贈詩題跋。集中贈張風、王翬、程穆倩，皆同時畫師。《山中種梅歌》、《燕市行》、《戲作硯歌》，氣格閒放。詠江南山水詩，任真自得。方其爲巡按使，按部鋤除豪猾，朝野震肅，今於贈詩中猶見髣髴。馮序以重光與冷士嵋、余京爲「江上三詩人」，並謂「惜不得起歸愚而質之」。沈德潛以余京配鮑皋、張曾，年齒殊不相近，然若以配笪冷二家，同置清初之列，恐更非確當矣。

采山堂詩八卷　道光間信芳閣活字本

周篔撰。篔初名筠，字公貞，更字青士，號篔谷，浙江嘉興人。少遭亂，棄去舉業，賣米爲生。喜爲詩，與朱彝尊、李良年、鍾淵映比鄰相善。康熙二十六年卒，年六十五。事具鄭方坤所撰《小傳》。釋元璟《完玉堂詩集》卷三《感舊詩》注謂篔「好客乃至破家。晚游京師，至宿遷墜水死」，乃鄭傳所無。此集爲王相信芳閣本，有王雲淶舊序，陸奎勳序。篔與徐枋、錢澄之、吴騏、屈大均、石濤上人交摯。《寄彭仲謀兼柬羨門》有云：「海内名高汪與王，婁東合肥不可當。清真共挹王方伯，雄健皆推曹侍郎。吁嗟我黨多貧賤，朱李才華世方見。漸川隱者釋東闢，老成得自千錘鍊。杜陵聲譽早著聞，番禺屈子尤不羣。陸姜李顧及三魏，直上皆欲干青雲。」於詩獨推遺民布衣，如汪琬、王士禛祇恃名高耳。集中《贈龔半千》云：「吾愛龔高士，幽潛虎踞西。

身常從白社，火不待青黎。品藻今誰定，風流古與齊。朱門卽蓬户，顔色未曾低。」《懷舊爲亡友王翃作》，又見卓爾堪《遺民詩》。其詩深沉含蓄。《息機菴畫壁歌》、《胥江白蓮寺日本書歌》，隨緣卽興，而能者或未之先。朱彝尊稱其句敲字詠，不輕襲前人片語。曹溶《靜惕堂詩集》卷二十九有《題周青士詞卷》四首。李堪《恕谷詩集》有《哭周青士》四首。

西河詩集五十三卷　康熙間書留草堂刻本

毛奇齡撰。奇齡一名甡，字大可，一字于一，又字齊于，號秋晴、初晴，又以郡望稱西河，浙江蕭山人。明末諸生。康熙十八年舉博學鴻詞，授檢討，充《明史》纂修官。湛深經學，與朱彝尊相埒。著述達四百餘卷，多收入《西河合集》。《四庫總目》著録。而晚爲人作序，尚有《合集》所未收。卒於康熙五十五年，年九十四。詩集初刻曰《瀨中集》，凡十四卷，姜希轍、蔣平階、蔡仲光、徐緘、駱復旦序。共一千七百五十四首。後刻《合集》。其論詩要旨謂：「詩必能盡其才爲妙，能盡其才，則歷情盡理，如登高臨深，難猝竟矣。古來能盡其才者三人，梁簡文、杜甫、白居易而已。李白勿與焉。李雖如神虬獨行，然語不能解。」康熙間詩尚宋體，奇齡則專主盛唐，然尊杜抑李，重在質實，故其詩沈博絶麗，近體又多新語。故亦爲施閏章所賞，至謂盡才方妙。《打虎兒行》、《同王徵士聽楊太常彈琴篇》、《楊將軍美人試馬請歌》、《錢編修所藏司馬相如玉印歌》、《柳花歌寓蕪城作》、《宣德窰青花脂粉箱爲萊陽姜仲子賦》，皆古體中佳製，康熙間老宿咸能之，後輩無能措手也。奇齡博於經史,《讀史詩》諸篇,頗有囊括之功。又善陳時事,《明河篇》記與查繼佐過張吏部曲江園觀百戲,《詔觀西洋國所進獅子因獲遍閲虎圈諸獸》爲和馮溥所作長句,《會川吟》記濟寧會通河,《白雪樓歌》弔李攀龍,《畫竹歌》記陳洪綬遺事,以及《試茶歌》、《綠麥行》,均爲紀實。近體大都游歷酬應之詩,以神景開大爲歸。《贈柳生》、《雲間雜詩六首》、《聽羅牧彈琴》、《贈曹爾堪學士》、《爲屈生悼亡》,均不空疏。奇齡説經詆朱熹,撰《古文尚書冤詞》,與閻若璩《疏證》判若水火,覩此集五律《題眷西堂二首》,知兩家亦知好。清初,風氣甚開,雖彼此立異無害於交也。《題汴梁竹枝詞》小注云:「竹枝爲巴東折竹之音,北人勿宜也。自鐵崖倡西湖竹枝,而後之詠方土者,輒傚之。南人好捉搦,生爲吴聲。每欲傚變吟,作幽並馬客,以爲豪快。風之自南而侵於北也。」敍竹枝體遞嬗,意亦簡明。奇齡喜詞曲,嘗手批《西廂》。《合集》有《徐都講》詩一卷,都講卽女弟子徐昭華,實開教女弟子之先。與查繼佐游,作《觀女伎》詩。自娶曼殊爲妾,曼殊小字阿幾,後夭折。方廷瑚《幼樗吟稿》有詩云:「經史文詞各擅名,筆端奇崛氣縱横。曼殊夭去情懷劣,可惜都成變雅聲。」卽論西河也。

中山詩鈔四卷　康熙二十五年刻本

郝浴撰。浴字冰滌,一字雪海,號復陽,直隸定州人。順治六年進士,授刑部主事。七年,改授湖廣道御史,巡按四川。以密疏力陳吴三桂跋扈,謫鐵嶺者二十三年。康熙十四年,以其言中,復官。歷兩淮鹽使、左副都御史,巡撫廣西。二十二年卒,年六十一。熊賜履爲撰《碑銘》,李呈祥撰《行狀》,法若真撰《行表》,梁清標、魏裔介撰《傳》。是鈔與《文鈔》四卷、《史論》二卷、《奏議》四卷合刊，首汪琬、高士奇、金德嘉、高珩序。詩多作於蜀中及關外。《弔明蜀撫軍葆一張公》等篇，撫時觸物，詞理甚腴。流徙瀋陽，與函可、李呈祥等唱和，有《送剩人入千山詩》，爲研究清初東北流人史料。又有《贈孫退谷》，亦可證事。《詠史》詩數十首，筆直思曲，皆唐代名臣。

海日堂集五卷 道光五年重刻本

程可則撰。可則字周量，號湟溱，一號石臞，廣東南海人。順治九年會試舉首，以文理荒謬，不得與殿試，被黜。科場之議，其端發於是科，而其禍及於十四年丁酉，士大夫被罪者不可勝計。十七年，復應閣試，授撰文中書，遷户部主事、兵部職方郎，出爲桂州知府。康熙十二年三藩亂作，以憂卒於全州，年五十一。此集爲道光五年族孫覆刻康熙本，增補遺數首。凡詩五卷，分體不編年。首曹溶、龔鼎孳、施閏章、王士禛、汪琬、朱彝尊序，緣其會元落榜而深惜之。又同里陳恭尹序，敍其事最詳。可則歷游閩越、金陵、齊魯、燕趙、皖贛、桂林等地，歌詩清異。古樂府及五七言長篇尤工。五古《讀史雜詠》，七古《古銅鼓歌》、《趵突泉歌》、《郭熙山水歌》、《題趙承旨擊鞠圖》、《吴漁山爲余倣營丘早雪圖》、《送邵横菴之秦中》、《送楊鄂州職方使安南》、《廬山篇送米漢雯》，沉雄春雅，蒼莽有致。五律《燕京雜興》，不乏紀事之詞。截句如「往日聊城誰射矢，至今函谷未封泥」《虔州》，「帆向夕陽爭鳥道，天留孤塹峙江門」《度雙牌峽》，「芳草緑齊過漢水，杜鵑紅盡到錦城」《送魏子存》、「高秋賭射盤生馬，靜夜焚香檢篆文」《贈衛醇谷》，神味雋永。觀《與施愚山論詩》，力主宋人，崇尚日新，故亦爲施閏章所激賞。其詩與宋琬、施閏章、王士禄、王士禛、陳廷敬、沈荃、曹爾堪，稱海内八家。又名列「嶺南七子」。沈德潛以爲品在劉體仁、董文驥、汪琬之右，庶幾近之。

稽留山人集二十卷　康熙間刻本

陳祚明撰。祚明字胤倩，浙江仁和人。布衣。博學，工文詞。順治十三年入都，爲龔鼎孳、王崇簡推重，與宋實穎、張文光、計東交游，爲「金臺十子」之一。康熙十三年，賫志以殁，年五十二。紀映鍾有《二哀詩》，悼祚明與施匪莪端教，詩云：「君年三十時，鬑鬑强半白。交君既廿載，情話方疇昔。」見《贛叟詩鈔》。是集一名《敝帚集》，凡二十卷，詩一千五百二十一首，有嚴沆、王崇簡、顧豹文、陸嘉淑序。卷二十一爲詞。《四庫存目》著録本，無詞。據書中《未刻目録》，尚有《擬李長吉詩》、《牀頭集詩文》、《評選戰國策》、《古詩選》、《明詩選》、《元人雜劇選》，俱無力梓行。其詩才情洋溢，意境深闊。古樂府五七言歌行意到筆隨，如有宿搆。前後《擬古詩十九首》、《瘦馬行》、《皇姑行》、《北極閣二鬼歌》、《熒惑不見歌》，均爲傑作。《戲作焦仲卿妻補》，大膽嘗試，並世詩人，恐不能辦此。《隗囂墓中古磁杯歌》、《洗象行》、《趵突泉》、《金線泉》、《謁李卓吾墓》、《題陳章侯淵明采菊圖》、《送談長益之衛源》，放浪以歌，跌宕有致。《和甫草贈繹堂坐上客十二首》，知閻爾梅、紀映鍾、陶季澂等遺民，均爲沈荃賓客。又與周容交厚，有《贈周茂三》詩多首。集中詩起順治十二年，佳作指不勝屈。傳本絶少，沈德潛編《别裁》猶未及見之。至鄧之誠先生撰《清詩紀事初編》始爲之揚詡云。

戲作焦仲卿妻補　有序

古人作詩敍事，實意有所專，辭不無或詳或畧，良得其理矣。藉第令詳其所畧，畧其所詳，庸詎不能成章。余讀《古詩爲焦仲卿妻作》，悟其工故反其意，連類成篇，驗爲文。何常思心所之，蹈虚入冥，言人所不言，亦各有取爾也。

灊霍上干霄，江水流其傍。鬱鬱廬江郡，滔滔介南邦。皇漢建安中，下邑龍舒鄉。何有郡功曹，姓焦名仲卿。十三誦詩書，十五嫺律章。十七辟公府，羔雁列兩廂。盈盈府中步，宛宛行循牆。府吏家何有，有母坐高堂。白髮被兩肩，目如震電光。獨居理中饋，門户有周防。春氣動山阿，草木吹雜香。府吏休沐歸，白馬紫絲韁。青郊大堤道，紅杏閒垂楊。以手挽韁立，蔭樹自徬徨。不知誰家女，提筐行採桑。肌膚潔白皙，窈窕世無雙。鬔髮耀青雲，阿那蛾眉長。含睇却回身，輕軀何洋洋。紫綺爲上衣，素綺爲下裳。嬝嬝行遲遲，動步摇珠璫。府吏見此喜，即復到門看。朱丹塗中門，白堊飾東牆。牆東有老姥，開門踞胡牀。下馬向姥揖，問君來何方。辭讓善温文，有此馬上郎。十指凝脂膏，雙頰琢圭璋。從容前致辭，吹氣如蘭芳。直説西家女，美麗媲姬姜。爲許貴高門，伉儷誰所當。蘭芝劉氏妹，年始十五强。深謹守禮儀，重關日夜藏。詎有令郎君，六禮亦未將。春風扇蛺蝶，渌水浮鴛鴦。乍可宜君子，携手入蘭房。便當遺媒妁，繾綣爲君通。揮鞭返家巷，低頭笑不已。繫馬掛玉鞭，再拜白阿母，何意郭門劉，梧桐雙井里。有女顔如荼，美德工容止。求得作兒婦，阿母亦歡喜。阿母掉頭答，且當相訊問。恐是小家子，大家閨閤深。沉沉養貴嬪，少習列女訓，婉娩無尤訾。舉動依保姆，不得自由專。春秋習禮度，宗室陳豆籩。秩秩復雍雍，孌彼碩女身。佻佻小家女，未可論親姻。外艷裏懷薄，何用知女心。却畧再拜跪，一言兒當陳。皆言此女良，鄰里同聲賢。美麗媲姬姜，爲人幽且閑。夫婦如天地，所欲中心歡。貴姓不足令，且復愛嬋娟。念當失此女，惆悵空房單。阿母貫汝慫，卽復聽可之。譊譊何諠諠，遣媒前致辭。元纁實筐篚，纂組紛陸離。白璧耀日光，黄金十二釵。盛以碧玉箱，載用沙棠車。盤螭織成幄，四角流蘇垂。乘雁鳴雝雝，擔羊後頭隨。車輪班班轉，駐路入女門。交錢二百萬，雜綵五色絲。蜃貝錯珠槃，陳我東西墀。納采旋問名，九十其文儀。開書視吉日，府吏御輪歸。同心有比翼，連理無分枝。一歲眉未舒，二歲情和諧。荏苒三載餘，幸甚無嫌猜。府吏赴郡直，慘慘衷腸摧。三月一休沐，並坐吹參差。奈何阿母嚴，奉養義匪虧。晨朝起問安，鼎鼎趨中閒。紉鍼請補綴，羹湯手自治。織作分所當，永夜亦不辭。顧見但詈駡，瞋目顔不怡。欲退復不敢，欲進行次且。阿母見府吏，欸欸多仁慈。卽復呼小姑，布席同餔麋。但當樂朝夕，不宜見蘭芝。爲菹常苦鹹，和梅常苦酸，烹魚懲羹熱，沸醴嫌漿寒。摻摻出素手，縫爲文錦裾。襞積稱腰身，十幅相駢連。中度但言狹，不堪奉高尊。大家習女訓，婉娩無尤訾。舉動依保姆，不得自由專。婣娖小家女，何當論親姻。外艷裏懷薄，有此不肖心。叱嗟遣之去，小吏勿爲煩。不喜見此女，令可事他人。

府吏泣無言，躑躅送婦去。他日會相迎，今我不得顧。連理枝離分，鴛鴦兩相慕。府吏赴郡直，踽踽公府步。白日照衣裳，荏苒視景度。夜中明月來，廨宇澄空素。銀箭遞金壺，匡牀悲獨寤。攬衣束衿帶，徘徊立中露。兩地隔相思，昭昭共蟾兔。蘭芝母家宿，清淚落如注。歡愛誓無他，可憐丈人怒。女子既有行，受命天所賦。以身事君子，綢繆大義固。不言當還歸，棄捐在中路。雨降不爲雲，葉落亦辭樹。雖有親母兄，此室非我處。日暮心煩冤，默默行復卧。夢中見府吏，執手一相訴。薄劣忤丈人，情知多謬誤。被驅無怨言，君應諒誠素。廓獨抱寒衾，悲君因我故。今當並載還，與子同翺翔。調絲理清瑟，爲樂未渠央。府吏默不言，奄忽去我傍。啼聲一以悲，起視天茫茫。鬱鬱何昏昏，魂魄四飛揚。登車遵往路，入門還上堂。再拜因小姑，俛首謝尊章。丈人顧我笑，此事實尋常。唾井非大瑕，且解知忡惶。小復相敕教，故遣來相迎。開我東閤門，啓我嫁時箱。玲瓏玉搔頭，雙爵金釵黄。吴羅襦中單，華袿結香囊。蘭薰合歡被，迷迭艾都梁。觿礪珠珊瑚，瓊瑀交琳瑯。衆諸試佩帶，左右觸鏗鏘。崔嵬博山爐，百獸刻文章。葡萄穿海燕，明鏡縝青銅。炯炯照我顔，峩峩理紅妝。玉簪忽復折，墜地聲琅琅。本謂平生居，忽覺天一方。悲風吹薄帷，喔喔聞鷄鳴。歷亂想疇昔，顛倒著衣裳。躡履之寢門，下氣膽審詳。出汲辦晨餐，轆轤凍銀牀。溉釜燃以萁，慊慊炊黄粱。三晨而不歸，具膳誰當嘗。辛苦謝小姑，趨走侍中唐。尸饔使母勞，不得相扶將。五内坐煎迫，中情如沸湯。阿兄顧我笑，阿母大歎息。以昔復至明，從朝日中昃。囁嚅當何道，耳語不可識。譊譊何諠諠，百禮充庭實。

微聞太守字，知復横相逼。天令府吏歸，出門逢路側。執手刻密期，長寢萬事畢。烈女無二夫，義不背君德。昏黄羣動静，池水漂碧色。弱軀浮中央，哀怨赴冥墨。府吏得聞之，勿復更凄惻。舉身掛樹枝，四體僵且直。晨朝門洞開，阿母心自疑。呼女不聞聲，陰風颯虚帷。阿兄共覓取，越陌望清池。號哭負女歸，作計何愚癡。便報府吏聞，尋聞遣人來，同心有比翼，連理無分枝。已已復何云，請從心所私。兩家各送殯，送殯霍山畿。輀車畫白鵠，素紼四傍施。金鈴拖赤幢，丹旐從風飛。哀笳夾轂吹，相和薤露詩。俱會大道口，馬爲仰天嘶。阿母哭女來，涕下如綆縻。小姑哭嫂來，嗚咽清且悲。丈人哭婦來，悔不相提攜。直云烈性女，守義諒不回。負汝黄泉下，報以嬌小兒。阿兄伏地哭，面赤汗流灕。兩家互相弔，哀音薄雲霓。爲撫府吏棺，文櫝栢爲題。旌以郡功曹，年是二十餘。壽命何短短，夜臺同所歸。兩家各相謝，同是自生患，雖悔不可追。弔者盈路傍，觀者夾路隅。萬人行嘆息，千人助悲哀。車馬到山岡，松柏鬱離離。税駕下雙棺，並列班東西。芻靈但衡委，百甕醢醢醢。哭汝汝不聞，葬汝汝不知。湛湛江水清，翠巘流陰翳。月出魂歸來，攜手步遲遲。蘭芝自有夫，府吏亦有妻。生存異室怨，死得同穴居。　《稽留山人集》卷九

蓮龕詩集四卷　雍正十三年刻本

李來泰撰。來泰字仲章，號石臺，江西臨川人。順治九年進士。初授工部虞衡司主事。出爲蘇松常鎮

糧儲道。康熙十八年舉博學鴻詞，授翰林院侍講。二十年，典試湖廣，卒於京師。撰《蓮龕文集》十二卷，《詩集》四卷，爲其曾孫天中輯本。首張仕遇序、錢謙益《去思記》。又江西巡撫常安序，稱《全集》四十卷，經兵火散佚，所存僅得其半。卷首載黄石麟所撰《傳》，傳無生卒年代，附沈荃識語稱來泰「年未周甲，遽赴玉樓……康熙壬戌秋七月，嗣孤士徵扶櫬將歸」，則生於明天啟間。文集有《玉山記題辭》，不知原本可踪跡否。詩以行役、紀游爲勝。《詠扁鵲墓》、《天津四首》、《鄭州次壁間韻》，標格清妍。《臨川十詠》爲墨池、羊角石、繙經臺、擬峴臺、荆公故宅、陸象山祠、金梘園、玉茗堂、千金陂、文昌橋。《聽松圖爲王丹麓賦》、《次徐方虎》、《中山貢使入朝紀事》、《送林玉巖使琉球》、《神木頌》，亦可備徵軼聞。唯酬俗之詩，亦往往而在。葉德輝云：「《四庫全書總目》於康熙鴻博諸人集，僅録彭孫遹、毛奇齡、朱彝尊、施閏章、湯斌、汪琬、陳維崧、潘耒，餘或存目，或未收，此亦其一也。然其集不登於天府，而盛傳於藝林。如尤侗之《西堂全集》，李良年之《秋錦山房全集》，喬萊之《白田集》，徐釚之《南洲草堂集》，李因篤之《受祺堂集》，嚴繩孫之《秋水集》，以至今膾炙人口，爲學者所推尊。可見作者之精神足以感動後人，生其景慕。又何必以《四庫》著録不著録爲輕重也哉。」見《郎園讀書記》卷十《跋蓮龕集》。此集與李因篤《受祺堂集》，《四庫存目》均著録，葉德輝所言，有未察之失。

玉山記題辭

唐人多述劍客，若鹿盧蹻、蘭陵老人之屬，電逝星奔，波駭烏没。余讀其言，未嘗不心開膽張，舌撟不得下。已悟曰：天下豈有神仙，諒爲英雄當如是耳。青蓮稱錢少陽投竿而起，可爲帝王之師。宋辛棄疾揭河北以還中原，晚棲芝山，諷其樂府猶有生氣。二子用世幾何，偶見其奇，龍伸蠖屈，惟所置之。子房赤松長源仙骨，與李夫人掩被匿面，同一關捩。向後一著，不使人看破耳。憶少年氍毹塲屋，友人傅平叔輒舉歐陽子芳語以自廣，時子芳已建大將旗鼓，肘金印如斗大。及滄桑遞改，黄冠無恙，偶一出山，鄉里倚以重活，卽脱屣去之。昔人云，神仙者英雄退步，詎不然與。有客持示玉山傳奇，敍次子芳本末甚悉，余不覺掩卷三嘆也。勝國之季，胡粉飾面，搔頭弄姿者，大不乏人。霜降水落，不堪黄旛綽輩一番指點耳。子芳經奇男子，振臂一呼，瘡痍盡起，大淮南北，戰壘猶存。摩娑斯編，亦青海白翎之往因，西京夢華之遺録也，豈僅向三尺氍毹現身説法而已。余寄子芳月光禪師入定時，定水湛然滿室，童子投以瓦礫，輒患心痛，除去之而始復。公今已坐證此道，是記無乃水觀中之瓦礫乎。子芳曰往劫經心，前程如夢耳。後生風鼻端出火，自是道人本色，願閲此者無以腐鼠相嚇而可矣。《蓮龕文集》卷十四

三餘集一卷　太倉十子詩選本

王撰撰。撰字異公，號随菴，江蘇太倉人。時敏第三子。州學生。工畫，稱能品。交吴門畫士張永暉，爲繪《婁東十老圖》。康熙四十八年，年八十七而卒。詩格與其長兄挺、仲兄揆有所不同。《丁酉初夏雨夜偶

成一百四十韻》、《戊戌九日雨阻登高志悵述懷一百韻》，詞旨奥衍，深懷寄托，良工獨苦。《哭外舅鹿城顧大宗伯》結句云：「靈旗夜雨歸何處，指點文山異代祠。」注云：「丙戌死難温州江心寺。」《贈杜于皇》云：「人驚夔府貧來句，世重樊川亂後名。」《聞鴈有感》云：「矰繳每從文字起，書空咄咄却憂君。」俱極警策。

六松堂詩集九卷　康熙間刻本

曾燦撰。燦本名傳燦，字青藜，號止山，江西寧鄉人，原籍陝西。明侍郎曾應遴仲子，與兄畹並工詞章。唐王覆没，披薙行游粤閩等處。大母念燦成疾，乃歸。以大母命，授室，居山中，築六松草堂，與易堂諸子結交，其子尚倪爲魏禧女夫。後居吴門，結交江南布衣。間與中原士夫交往。康熙二十八年客游京師卒，年六十四。是集凡詩九卷、文四卷，爲子尚倪編，錢謙益序，楊賓作傳。近代《豫章叢書》有重刻本，附詩餘。其詩感亂傷世，多《黍離》、《麥秀》之思。《羊城歌》寫清兵於廣州圈地徵科，擄掠婦女，至爲深警。「六身看歲紀，三户起人思」《癸亥元日》，「傷心社稷誰爲戰，束手乾坤未有生」《感亂》，「既入明王夢，空懷故國憂」《五絶》，亦極沉痛。登臨覽古，多鬱塞之音。《過洞庭湖》云：「曉起檣帆出洞庭，君山一點雁邊青。風迴浪急天無色，到此何人鬢不星。」《恭謁金龍王廟》有云：「茫茫千尺黄河水，不見當年起怒濤。」皆深有寄託。

微泉閣詩集十四卷　康熙間刻本

董文驥撰。文驥字玉虬，號雲和，又號易農，江蘇武進人。順治六年進士。十七年，考授御史。康熙七年，出爲甘肅隴右道。《清詩紀事初編》考文驥嘗疏劾谷應泰私撰《明史紀事本末》，又考其卒於康熙二十五年，年六十三。今據此集汪琬序稱「余小於君僅一歲」，則文驥當爲天啟三年生。又《五老會》詩注謂「錢湘靈七十，史庸庵六十八，毛補庵六十四，黄艾庵六十一，董易農五十九」，可資旁證。其詩多歌頌新朝，而機杼甚高。懷古之作尤蒼渾激楚。《過太行》、《晉水》、《百泉》、《題長平驛壁》、《故關》、《北邙山》、《復過井陘口淮陰廟》、《汾陽道中》、《緣無定河行》、《扶蘇墓》俱爲上乘。《古淹城行》在武進南十五里、《官窰鸜鵒螺歌》、《求盗放燈歌》，多有紀實。王士禛《漁洋詩話》稱其「作詩用事，以不露痕迹爲妙」。並舉《題淮陰侯祠》「春雨王孫草，靈風古木叢」，《詠梨花》「待人雪夜寒無粟，騎馬平明淡掃眉」句，以爲風韻絶佳。清初交游爲施閏章、程可則、陳維崧、董俞、梁曰緝、申涵光、王翬。與錢陸燦唱酬最密，風調詞猶在其上。清初常州詩人，亦稱拔萃。

求盗放燈歌

緑林豪客伏江城，探丸掠舟殺官兵。衣裾赭污諸偷縛其黨一人自首，斬關破械逋逃生。三刀太守密蹤跡，交臂歷指嬰笞榜。羣盗盡獲，官因下教民間張燈同樂。求盗樂飲各满堂，通都燈夕羣相慶。火城不夜東方白，燭龍啣耀爭月光。鰲山百金人馬走，海鱗數丈爪鬣張。假人面具刻紙剪，寓馬緑尾騎湘篁。公輸木鳶試技巧，偃師倡者怒君王。聲聲爆竹飛星紫，樹樹銀花膩蠟黄。燈有魚龍人馬諸色。男女肩摩暗相錯，金吾不禁遊人狂。當壚阿母數錢女，不績其麻鬬晚粧。脱帽捋鬚交蛺蝶，殘雲敗雨野鴛鴦。小憐玉體横陳夜，飛燕陰溝窮袴襠。十手三摩破爪妾，兩雌回摦如花娘。月昃拾遺花鈿委，燈前爭嗅繡鞋香。遊女爲强暴所調。障登羅什先生子，寶勝玄機難得郎。時方禁婦人香愿，而比丘尼有爲所私死者。冶游誨淫欲誨盗，朱轓紫馬須賢良。紛紛鼠牙并雀角，亟亟買牛將買犢。吁嗟乎，一出南塘半是君，指麾不遇雲間陸。《微泉閣詩集》卷三

鶴嶺山人詩集十六卷 康熙間刻本

王澤弘撰。澤弘字涓來，號吴廬，江西鄱陽人，原籍黄岡。順治十二年進士，改庶吉士。官至禮部尚書。康熙四十七年卒，年八十三。此集前三卷爲已刻詩，乃魏憲録入《石倉詩選》者。卷四以下爲《未刻稿》，由其子材振裒輯，收康熙十六年至三十九年詩六百五十五首。前有魏憲原序。《四庫》列《存目》，《提要》稱其所作「類皆和平安雅，不失臺閣氣象」，然此集登陟懷古及山林之詩亦多。又喜廣交名士。《寄閻古古游廬山》、《答孫豹人》、《題程穆倩畫》、《秦淮雜詩和阮亭作》、《送姜西溟南歸》、《寄吴天章》，大都氣清韻古。與洪昇交，有《贈洪昉思》、《同昉思游盤山》、《和昉思游張氏園因憶故山作》、《送洪昉思歸武林》等詩多首。沈德潛《别裁》稱澤弘「辭官後移家金陵，既老，矻矻風雅，遠近奉爲總持」。又云：「緣稿本未鐫，漸次散失，故所收止此。」是未見有此刻也。

文喜堂詩集十六卷　道光四年刻本

趙作舟撰。作舟字乘如，號浮山，山東東平人。康熙十八年進士，改庶吉士。官户部員外郎。二十六年，爲貴州副考。至湖南辰沅道副使。《詩集》久已湮没，道光間六世孫銘彝校刊此集，有法若真、馮溥、王士禛、韓菼、馬贊元、方苞原序，劉大觀、牟庭序。分《敝裘》、《原鴒》、《二瞻》、《東原》、《彙征》、《三山》、《濯纓》、《使黔》、《含香》、《湘芷》諸集。劉大觀序云：「漁洋尚書少先生十一歲，而先生中會試在其後二十五年。田山薑侍郎少先生十歲，先生中會試在其後二十二年。而山薑弟鹿開與先生同年庶常。飴山翁少先生三十九歲，亦爲同年庶常。唯荔裳先生長于先生九歲，先生中會試在其後二十二年，荔裳卒七年矣，後二十二年先生卒。易齋相國長于先生十五歲，先先生四年卒。念東侍郎長于先生十八歲，先先生五年卒。要之此皆同時人。而六七家之詩皆及身流傳海内。先生殁已百有餘年，其詩集猶未盛傳。」列舉王士禛、田雯、田需、趙執信、馮溥、高珩，俱山左名家。其詩始於順治十八年。時山東民于七起事。所作《兵事》、《東來警》、《寇變紀述》，均與農民起義有關。後留省質訊，作有《濟南秋日》六首、《登蓬萊閣》等詩。康熙六年，客京師。復游晉豫者數年。有《太行行》、《龍門》四首、《夜游晉祠》等詩。大都蒼鬱沉穩，不加雕琢。成進士後，應酬煩劇，詩多不耐人讀。晚年使黔，歸程沿江至金陵，有紀游詩。又有《地震詩》、《津門旅興》、《曲阜旅興》、《阜城竹枝》。交往爲李贊元、張渭璜、丁耀亢、法若真、董訥、高珩、田雯、堵廷棻、宋琬、扈泓，多山東人士。

秋水集八卷　康熙間刻本

嚴繩孫撰。繩孫字蓀友，晚號藕漁，江蘇無錫人。少年棄諸生，優游江南。康熙十八年與李因篤、朱彝尊，均以布衣舉博學鴻詞，繩孫僅賦《省耕詩》二首，列二等。官翰林院檢討，與修《明史》。充山西鄉試正考官，遷右中允。四十一年卒，年八十。是集與詞二卷合刻，姜宸英、葉方藹序。繩孫早負詩名。與吴偉業、歸莊、顧湄、屈大均、朱彝尊、顧貞觀、陳恭尹均有贈酬。詩古體宗魏晉，五七言近體出入於中晚唐間。王士禛稱其「沖融恬易，鮮矯激之言」。内《宿遷行》、《打凌行》、《度大庾嶺》、《燕臺雜詩》、《百丈行》、《晉陽歸道雜詩》、《萬柳堂竹枝詞十首》，俱較清越。《題徐電發楓江漁父圖》、《移寓成容若進士齋中作》、《送汪悔齋同年奉使琉球》、《送孫編修予立奉使安南》，間有舊聞可徵。《詠史七首》，詠懷古蹟爲泰伯墓、闔閭城、西施莊、專諸塔、春申澗，可備參稽。斷句如「岸知緣海潤，山自渡江稀」《發維揚》，「紫禁月沉瓊樹夕，滄江楓冷石城秋」《秋日雜感》，「天上正是停杼月，人間誰在曝布樓」《北征次江干七夕》，「已空北海盈尊酒，又賣南山種豆田」《生涯》，「北狩以還猶半壁，南音從此雜中州」，醖釀甚深。吴兆寬《愛吾廬詩稿》有《讀秋水集》四首。顧光旭《響泉集》有《觀嚴中允繩孫昇平嘉宴詩紀恭賦》。

石桴詩鈔二卷　乾隆十二年刻本

戴勝徵撰。勝徵字岳子。原籍休寧，江蘇東台人。少孤貧力學，不得志於有司，奉母而隱。僑居泰州之東淘及河阜，因家焉。愛白岳之石，買舟載石以隨，自號石桴。窮居海濱，吟詠自適。唯與吳嘉紀相善。《陋軒集》有贈戴岳子詩多首，又《詩四首爲隆阜戴節婦賦》，卽勝徵之母也。此書有吳嘉紀序，其叔戴夢麟序，又乾隆十二年戴鈺、程士械、易祖栻序。戴序稱「原有詩二十卷，今删爲三百篇」。據《東台縣志》載「順治五年，客揚州，編次所作詩成集」，當卽原本，有無梓行，不可知矣。其中《雜詩八首》、《偶述四首》、《述古四首》，俱較樸茂。機杼風調，亦近陋軒。《河漲詩十首》，記崇禎十二年所居河埠大水，蓋爲紀實。《哭吳野人四首》，聲聲鬱咽。《東台縣志》並收之。《江蘇詩徵》卷一百四十亦有選詩。

哭吳野人　四首

憶昔逢君時，寒河照衰柳。君始返柴荆，余亦歸甕牖。招徠道途魂，乃在淮漲後。村景白蕭蕭，沙痕清瀏瀏。菭蘠粲以華，栝杓香爲酒。每逢憤懣來，賴此掃愁帚。恠余松柏姿，盤錯生培塿。培塿自依然，松柏何堪久。千古但傷心，有文今不朽。

黄鐘没其響，瓦釜爭雷鳴。一唱動千和，侁侁走大名。偉哉延陵子，頗懷拯物情。斯須起榛莽，蕩潏了無停。悠悠三十年，江海正希聲。銀潢澄夕霽，璧月朗秋晴。桂樹叢兩傍，青雲夾道生。我思攬光明，乘虬驂大鯨。奈何厭塵世，倏忽又西冥。

文章與德行，闕一不可爲。商歌攫齊禄，寧無衆所嗤。白石何磊磊，南山何巍巍。徑捷人移去，猿鶴但餘悲。所以陸㢧眉，飽食山中薇。來者既難待，往者亦難追。於中有作者，詎識鳳之衰。良璞須内照，美珠匪脛馳。君今入地下，斯言當告誰。

仲夏顧我廬，生芻手一束。深眷荷南州，豈必人如玉。何別未經旬，鬼伯遽相促。哀哉永訣時，賣書營就木。有贈不及前，具位徒增恧。展爾廢園圖，竹樹翛翛緑。空木澹漣漪，餘霞紛犖确。君坐我或起，我歌君且默。風情儼仍全，曾否聞號哭。《石桴詩鈔》卷二

愛琴館集二卷 乾隆二十九年重刻本

陳允衡撰。允衡字伯璣，江西南城人。明御史本初長子。流寓蕪湖。順治十一年赴秋試，既而悔之，作《歸去來詩》八十五首，並取所作僅存什一者刻之，以愛琴爲名，言「吾寧愛吾琴」之意。有施閏章、徐世溥序，自識。原刻不可見，此乾隆二十九年趙熟典序刻本，今亦爲稀世之珍。允衡以評選《詩慰》，負鑒裁之名。其書於順治十四年刻成，凡三十四家，大多爲明末人。其詩亦積其感憤哀怒而發之。與王舟瑶善交，康熙六年，舟瑶自刻《水雲集》，爲允衡刻《勤補堂願學集》附行，允衡之文二十三篇，賴之以傳。據《願學集》中《先侍御府君壙記》，知本初建昌人，官福建道監察御史，卒於天啟六年丙寅，年六十一。歿之四年，允衡依婦翁移家南昌。又據《李素而畫跋》，自云丁丑崇禎十年年方十四五。則允衡當生於天啟初，幼贅於人。此集附《陳丈伯璣三十雙壽》詩，可參證。最工五言。如：「寒日明孤城，斜風下飛鳥。」「微鐘荒寺在，澹月空牀得。」「籃輿

望歸鳥，日暮空城曲。」王士禛《漁洋詩話》謂：「皆王、韋門庭中語也。」

慎墨堂詩拾不分卷　北京圖書館藏抄本

鄧漢儀撰。漢儀字孝威，江蘇泰州人。與兄旭並負詩名。同吴偉業、龔鼎孳游。主盟風雅者二十餘年。康熙十八年開博學鴻詞，年已老，授内閣中書卽歸。輯《詩觀》四集，於順、康間詩採訪甚廣，乾隆間開《四庫全書》館，以有應禁之人，奉旨抽燬。漢儀之詩，只《過嶺集》一刻。是抄爲道光間周庠輯録，歌詩分體，有錢謙益、王士禛、陳維崧、李鄴嗣序。《過嶺集》之外，輯自《同人集》、《感舊集》、《詩持一集》、《昭代詩存》者一百三十七首，輯自《詩觀》初、二、三集者三百三十二首。道光人喜輯佚，清初諸老詩文，多賴以傳。漢儀舉鴻博而未應試，與傅山、孫枝蔚情形畧似。其詩學唐，後及蘇、陸，爲當時正軌。《過嶺》詩「人馬盤空細，烟嵐返照濃」，王士禛亟稱之。《逃亡行》等篇，涉及時事，亦有揭露。贈答詩最多，蓋欲輯清初諸家詩，薄海多知交矣。《淮海英靈集》有《小傳》，稱漢儀「歸寓董子祠，執業就問，車馬塞市」，晚景可見。

蕭亭詩選六卷　康熙三十四年刻本

張實居撰。實居字賓公，號蕭亭，山東鄒平人。明少保忠定公張延登孫。王士禛内兄。中年遭逢不偶，家以中落，遁跡山村。與董樵、徐夜稱三高士。爲詩二千餘首。此王士禛選本，得五百餘首，爲之批點並序。

附甥王啟涑跋。《四庫》列入《存目》。沈德潛《別裁》選十數首，盧見曾《山左詩鈔》選一百首，有出此本之外者，當爲漁洋刪削。實居詩法自然，不事雕繪。古樂府《老農歌》，宛然張、王樂府。《王煙客先生長白山圖歌》、《長白竹枝詞二十首》、《宋人圍碁賭墅歌》、《齊謳行》、《採樵行》，亦是高唱。酬應不多，唯高珩與士禄、士禛昆弟而已。《山左詩鈔》卷二十六有趙作羹《題三詩人像》。

卽菴詩存四卷附一卷 道光二十六年刻本

曾燦垣撰。燦垣字惟闇，號卽菴，福建閩縣人。崇禎六年舉人。唐王聿鍵開藩七閩，與其弟祖訓同膺上薦。閩亡，不仕。與高兆、林偉等結社，號江湖散民。所存詩稿，道光間始刊行，八卷已佚其半。首許冠瀛序，裔姪孫元澄述，王慶雲、梁章鉅題詞。樂府及雜謠，微詞隱諷。《鉛筑行》、《博浪行》，悲歌慷慨。五古《幽州馬客吟》、《感遇十首》、《閉門五首》、《游湧泉寺》、《登鼓山絕頂》、《插秧》，七古《卜居》、《凡僧無衣籍》、《曬網》等篇，摹畫既細，感慨横生。《詠隱士五章》，爲古漁父、荷蕢、吴市門卒、陳留老父、灌園蘇翁。王士禛《感舊集》有選詩。

菱谿詩集四卷 康熙三十三年刻本

何彝光撰。彝光字叔獻，河南杞縣人。與賈開宗、趙賓、劉榛交好。遺民杜濬、申涵光亦與往還。是集爲嚴沆選，有康熙三十三年吕潛序，自謂崇禎十六年後歷五十二年，復出省其弟於葉縣署中，適與彝光遇。度其年已七十餘。清初中州詩人多學杜，而詩格粗豪。此集《過汴藩廢宫殿遺址》、《陳州行》及詠開封鼓樓、鐵塔、夷門、繁臺諸篇，聲詞並勝，可臻上選。自云順治十六年遭家難，鞫訊累年，絶意棘闈。而集中於時事仍未忘情。於魏象樞、梁清標、宋犖、徐乾學均有投贈。作《秦警書事》，記固原王輔宸之變。清師下兩粤、豫章，盡收湖南，均有詩歌頌。又作《從軍行送南征將士》，亦可謂多事矣。《文集》十五卷合刻。《書一家別集後》，盛稱李漁有史斷，斯言是矣。

芝瑞堂詩稿一卷　康熙間刻本

陸壽名撰。壽名字處實，江蘇吴縣人。諸生。與尤侗同學。所撰古文名《鳳鳴集》，詩集名《芝瑞堂詩稿》，此集有尤侗、倪長玗、陸時登題詞。《詠史七言絶句百首》，始自春秋，迄北宋。人各一首。繫事並施論斷，足爲讀史之助。又有《明妃歎》、《讀史雜感》、《放歌行》，亦差可觀。明末文士思想不甚羈勒，清初禁錮未嚴，至順、康間人才蔚起。此集作者雖不知名，然亦無儒酸氣。康、雍、乾以後，蕪鄙之作多矣。

水田居存詩三卷　同治九年刻全集本

賀貽孫撰。貽孫字子翼，號孚尹，江西永新人。明末諸生。少與萬茂先、陳士業、徐世溥結社豫章。長遘亂，備嘗艱苦。順治七年，貢榜不就。剪髮衣緇，逃入深山。舉博鴻，亦不就。著有《詩觸》。《激書》，《四庫》著録。《易觸》、《騷筏》，《四庫》未存目。《文集》，《四庫》列入《存目》，無《詩集》。道光二十六年，邑人刻其書《詩筏》、《騷筏》與詩文集。咸豐二年，刻《易觸》、《詩觸》，三年，刻《激書》，於是有全集行世。詩集三卷分體，五七古百四十一首，律三百四十首，絶句二百十二首，五七排十首，詩餘四十四闋，永新知事湛瑞雲序。貽孫論詩稱贊竟陵，處處欲抑七子。詩亦主性靈，不尚雕琢。《買婦行》、《松酒歌》、《紅稻行》、《紫電行》、《富乞行》、《十八灘》、《放歌行》，戛然獨造，不與時合。近體力求變化，用意深而抒詞隱，憂鬱憤悒，賴以自釋。與平庸迂膚者，蓋不可同年語矣。

草亭詩集不分卷 康熙間刻本

彭任撰。任字遜士，號中叔，江西南昌人。天啟四年生。諸生。入清隱居三巘山，號草堂先生。兄士望，結廬翠微山，講學易堂。昆季有聲望，與林時益、李騰蛟、丘維屏、魏際瑞、魏禧、魏禮、曾傳燦，號「易堂九子」。卒於康熙四十七年，年八十五。有文集，收入《九子文鈔》。是集爲初刻本，康熙二十四年劉坊序，自书。詩近韋、孟，不脱明習。所接俱貧士僧侣。講理學，奉王守仁。又嘗論朱、陸異同，謂學者之病不在於辨之不明，而在於行之不篤。附《行略》，記平生事蹟甚詳。《四庫存目》著録《文集》一卷，無詩。

清風堂詩集二卷 康熙四十五年刻本

曾王孫撰。王孫字道扶，浙江秀水人。生於明天啟四年。順治十五年成進士。由漢中推官改補江西都昌，轉户部廣東司主事，司榷龍江關。康熙三十三年，由刑部郎中，官四川提學道。按清初制，仍繫以按察司副使僉事。卒於三十八年，年七十六。事具查慎行所撰《墓誌銘》。撰《清風堂集》二十三卷，内多政績資料，如《漢中録》、《都昌録》、《四川録》，記載宦績頗爲周詳。詩僅二卷，百八十一首。古體習六朝，近摹唐人，無寙陋之弊。贈别同年詩最多，其著者爲王士禛。與計東同學，是集有受業計默序，默卽東子。刻書者王孫子安世，時在康熙二十五年。

一硯齋詩集十六卷 近代刻本

沈荃撰。荃字貞蕤，號繹堂，别號充齋，江蘇華亭人。順治九年一甲三名進士。官國史院編修，侍讀學士。十八年旱，詔求直言。時新例當流者，徙烏喇極北。荃謂烏喇距蒙古三四千里，地不毛，極寒，人畜凍輒死。罪不至死，不應驅之死地。乃獨爲一疏上之。詔令畫一，荃堅持前議曰：「此議行，三日不雨，臣願受欺罔罪。」聖祖改容納之。越二日大雨盈尺，例竟罷。據《荻訂録》、《江蘇詩徵》卷一百十七引。擢國子監祭酒，詹事府詹事，禮部右侍郎。二十三年卒，年六十一。乾隆二十六年，其曾孫泰據康熙舊版補輯《詩集》十六卷，有方拱乾、薛所蘊、傅而師、朱巖舊序，吴騏、王崇簡等題詞，當時未梓。此近代初刻本，增光緒二十年閔萃祥书封文權跋，已作於辛亥後。首《釣臺雜鈔》《附鈔》載詞賦。各卷以《署鈔》而名集，共古今體編年詩九百四十九首。其中《南帆》、《三吴》、《越游》、《燕臺》、《釣臺》、《入秦》、《使越》、《出關》諸集，寓目抒懷，可見清初社會片隅。順治十四年，官大梁道，許州董天禄起事，有詩紀事。荃工書，善題畫。詩出入王、孟、高、岑間，蒼涼清健。唱酬爲龔、施諸名輩，而與閻爾梅、魏耕等節概之士，亦有往還。至紀恩賡和，不一而足。清初翰林學士作詩頌聖，始盛於康熙，前無此風氣也。

許田寇警余同直指李公率兵撲勦歸途紀事得二十四韻　按，河南許州志：順治十四年冬，巨寇董天禄、牛光天聚衆數千謀叛，許田尚紹魯等附之。鋒鏑及洧川長葛界，鄰近州邑震動。知州汪灊飛馳報，巡按御史李及秀偕大梁道沈荃各督兵親勦，分遣道標中軍王福圍董家樓，副將鄧汝功圍王家樓，四路攻擊，巨魁殲滅，餘黨平，許人惠之。

繡斧臨戎日，妖寇授首時。三軍承指示，四野望旌旗。決策風雲動，揚威海岳移。先聲失狐兔，後隊肅熊羆。尊俎元操勝，韜鈐迥出奇。聞風齊解甲，一鼓遂還師。琱戟明寒日，金笳雜曉吹。帳前親草檄，馬上坐題詩。武烈桓桓振，仁風奕奕馳。單車過下邑，露冕慰殘黎。共戴乾坤大，誰言雨露私。春田須賣劍，秋獲好蒸藜。耕鑿曾何負，蜩螗祗自危。還憐皆赤子，未忍盡殲夷。訊鞫章繇法，哀矜體舜慈。恩流八郡遠，捷報九重知。麟閣看圖畫，烏臺想鵷鸞。輕裘羊叔子，揮扇庾元規。余本章縫士，叨分岳牧司。無才勤撫輯，有淚邺瘡痍。幸籍埋輪望，毋愁伏莽滋。襜帷聞秘計，鞭弭漫追隨。積雪層峯峻，清霜满路披。願歌方召績，愧乏仲宣辭。《一硯齋詩集》卷七上

魏叔子詩集八卷　寧都三魏全集本

魏禧撰。禧字冰叔，江西寧都人。明季諸生。父兆鳳，入清剪髮爲陀，名所居曰易堂，命長子際瑞支持門户，入軍幕，禧與弟禮，不仕。三人以父爲師，兄弟相爲朋友，學問文章名海内。又與彭士望、林時益、李騰蛟、彭任、曾燦及兆鳳子壻丘維屏，切劘讀書，爲易堂學，合稱「九子」。長年隱於山中，方以智爲緇流嘗至山中，歎曰：「易堂真氣，天下無兩。」禧年四十乃出游，交納較廣，與朱彝尊、顧祖禹、梅文鼎皆友善。康熙十七年，詔舉博學鴻詞，以疾辭。十九年卒，年五十七。爲詩古奥奇峭，不襲前人。是集爲彭士望、歐陽士杰序。自序云：「古人之詩，適己之意。而後人之詩，必求適於人，然後稱適于己。詩詞日工，而意則已遠矣。余嘗論詩，興屬而辭工，作之傳之，不必合古人也。興屬辭不工，有其作之不必傳之，如家人父子讌言適意，未嘗可勒之書也。意至而興會不屬，不必更作。觀山川風雲草木之變，鬱勃於中，久而意盡，猶作詩也。取古今人詩犂然有當于吾心者詠之，歌之不足，而再三歌之，久而意盡，猶作詩也。詩不必不求工，工者自工，拙者自拙。吾之天懷與元聲，固攸然而自得已。」其旨可見。集中《役人歌》、《出郭行》、《入郭行》、《從軍行》、《賣薪行》，多詠民生苦難。四言《讀水滸》四首，明袁宏道後，此題僅見。清人輕視小説，至晚季朱鑑成又有讀

《水滸》詩。《題張曲江像》有序、《過瑞金聖恩寺》、《赤岡二查歌》、《早發華陽鎮》，多出游所作，詞質格高。唯結撰之作不多耳。觀其文集，時與名士縉紳有連，而詩無酬應語。交往彭孫貽輩，亦遺民之屬。三魏人各有成，以詩而論，當以季子爲最。叔子古文大家，其所用力，或在彼不在此矣。

道貴堂類稿十五卷　康熙間刻本

徐倬撰。倬字方虎，號蘋村，浙江德清人。明諸生，受知於倪元璐。因謁劉宗周，以理學爲依歸。明亡，入谷應泰幕，助爲《明史紀事本末》之撰。康熙十二年年五十，成進士，改庶吉士。官翰林院侍讀。三十三年，休致歸里。後奉命撰《全唐詩録》百卷成，進呈，擢禮部侍郎。卒於五十二年，年九十。自刻《蘋村集》，包括《修吉堂文集》、《道貴堂類稿》。《類稿》爲詩，分《應制集》、《寓園小草》、《燕臺小草》、《梧下雜鈔》、《蘋蓼間集》、《甲乙友鈔》、《汗漫集》、《野航集》、《鼓缶集》。又《耄餘殘瀋》，其子元正《清嘯樓草》、《鸞坡存草》，爲元正子志革刻。《四庫存目》稱《蘋村類稿》，卽此本也。《田家雜詩》、《長歌行與吴赤一》、《題長江萬里圖》、《錢江潮歌》、《十八灘》、《大庾嶺》、《韶州至三水道中》、《清遠峽飛來寺》、《采石磯謁太白祠》、《西湖竹枝詞八首》、《洗象行》、《清溪五月放燈詞》，長篇短什，研練頗深。沈德潛評如「彈丸脱手」，非過譽也。與唱酬題詠者，爲李清、錢澄之、王崇簡、顧湄、吕留良、陸圻、吴之振、曹溶、汪懋麟、冒襄、徐乾學、潘耒、高士奇、計東、查慎行、姜宸英、仇兆鰲、何焯、查嗣瑮，自師友及門人甚衆。詩初學唐，晚亦取宋人。答聞斯論詩之作有云：

「詩外言詩無定法，各人門户各家郵。廬山正面誰曾見，活水源頭要細論。」殊無門户之見。

鈍翁詩稿十三卷續詩稿八卷　康熙間刻本

汪琬撰。琬字苕文，又字鈍菴，號堯峯，一號鈍翁，江蘇長洲人。順治十二年進士，累官至户部主事。榷江寧西新關，以疾假歸。結廬堯峯山，閉户撰述，學者稱堯峯先生。康熙十八年舉博學鴻詞，授編修，纂修《明史》。在館六十日，再乞病歸。卒於二十九年，年六十七。以古文名於時，與侯方域、魏禧稱三大家。自輯詩文爲《鈍翁類稿》六十二卷，《續稿》五十六卷，内古今體詩二十一卷，刻於康熙十三年至十五年。晚年簡其尤精者九百餘首，屬門人林佶繕刻，爲《堯峯文鈔》五十卷，内十卷爲詩。有宋犖及門人惠周惕序，刊版時已在身後。今《堯峯文鈔》甚易得，而《鈍翁類稿》轉爲稀求矣。《四庫總目》著録《堯峯文鈔》，以《類稿》入《存目》。琬以受知於龔鼎孳，與王士禛齊名。其詩漸脱唐人窠臼，以宋詩爲宗。論事論理之作，雖取徑較窄，而時露俊警。《自訟五首》、《述事二首》、《雜詩五首》，爲後來趙翼所倣法。《張進士圍棊歌》、《去百病行》、《畫牛圖歌》、《有客言黄魚事紀之》、《讀宋人詩六首》，亦有獨造。贈酬送别之作，如《松陵江歌送計甫草》、《長歌行送宋既庭》、《揚州留别貽上三十八韻》、《憶宋牧仲黄州》、《送楊職方使安南》、《贈孫無言歸黄山》，無不丰骨秀健，以見當時人文之盛。《官軍行》、《田家行》等篇，則諷刺時事，關心民瘼。清初詩人中，可謂别開一派。董文驥《微泉閣詩集》有和詩多首。徐時盛《篴步集》有《奉挽汪鈍翁夫子四首》。清末謝應芝《會稽山房詩集·讀汪堯峯集》尤可參考。琬喜好大言。觀所撰《金孝章墓志》云:「明亡吴中好事者,皆棄巾服,以隱者自命。天下既平,初終一節,實無幾人。」儼然朝貴口吻。又據《香祖筆記》載,康熙初,士人挾詩文遊京師,必謁龔鼎孳,次卽謁汪琬、劉體仁、王士禛。是以頗受怨望。葉燮撰《汪文摘繆》攻之,亦不獨以其爲文無法也。

白雲集詩七卷　乾隆十七年刻本

張賁撰。賁字繡虎,浙江錢塘人。諸生。明末上史可法江防書,未見用。入清與紀映鍾、萬壽祺、杜濬、方文等遺民爲交,同時與錢謙益、周亮工、龔鼎孳等亦有投贈。年三十八,以科場案株連入獄。康熙初戍寧古塔,老死遐荒。撰《白雲集》十七卷。乾隆十七年由其玄孫大坤校刻,陳撰序。首順治十七年錢謙益序。刻成未久,錢書遭禁,今所見本已將錢氏姓名剗除。序有云:「《白雲集》自傳千古,雖忌者欲殺,不得遏其身後之名。僕嘗歷考往古證驗當今,信之至篤也。」賁有獄中與人書,自敍被逮時「手足縶縛,皮骨摧折,昏夜織作,以供粗糲,備窮拷掠,怒目呵罵」,皆爲紀實。清初流放東北俱徙尚陽堡,而江南闈無論逮繫舉子及其父兄妻子俱徙寧古塔。一投絶漠,邈如隔世,非納贖不得還。其《上大司寇龔公書》、《再減徙絶域與親故書》、《陳百史石雲居文集序》、《吴漢槎詩序》、《送鮑司歷還朝序》,均作於戍所,行文甚壯。詩歌亦以塞外之作爲勝。《渡松花江》、《阿磯行》、《寧古塔雜詩二十二首》,以及《賽會》等篇,時以所見山川物產民俗,發而爲詩,不獨悲感悽愴而已。又有《題陳章侯青松圖贈萬年少》、《三桐行爲王吏部西樵題像》、《金陵篇》,多尚鋪張排比之言。《懷剩公詩》，剩公卽千山僧函可。賁詩氣格豪邁，與吴兆騫同時，而年長十數歲。兆騫以得徐乾學、成德之助，贖鍰後聲名藉甚。賁則葬身窮邊，百年後鮮有知者，亦何銷聲絶響如此耶。

渡松花江

朔漠莽無極，山勢似奔亂。雲湧至兀喇，江流忽中斷。巉巖肖猛獸，猙獰踞兩岸。長白迅發源，傾瀉動紫瀾。沙嶼攪洄溜，怒濤益勇悍。噴瀑澌水潮，湍激小江漢。鼇蝦似帶甲，怪魚躍冰泮。小舟刳獨樹，爭渡逮日旰。轉側命斯須，先濟更回喚。牛馬銜急灘，中流起鵰鸛。扣角自悲吟，短衣方蔽骭。《白雲集》卷十二

阿磯行二首

阿磯野人都且粲，鹿皮帷帳魚皮幔。新收部落恩遇殊，肥肉大酒賜無算。弓刀鎧甲出尚方，牛種千羣恣分散。更給俘奴雜滇粵，地北天南各悲嘆。此輩豈知民力艱，調笑成羣樂游翫。少女赤脚騎槖駝，環大如拳雙耳貫。鹿豕野性還未馴，遠逐荒沙尚奔竄。

阿磯野人北蕃語，少小深林捕貂鼠。網魚當飯兼克衣，不識耕鋤與機杼。一朝被命入塞行，酋長作官餘作兵。鋈金錯刀鵰羽箭，織錦縏帶氂牛纓。被服冠裳駭麋鹿，日夜思鄉呑聲哭。北海窮荒信

欒郊，願解緣鈴還聚族。不見中華遷客正思歸，魂斷遼東丁令威。一般懷土同禽鳥，百勞紫燕各分飛。《白雲集》卷十三

鶴江草堂集二十四卷 光緒十四年活字本

潘高撰。高字孟什，江蘇金壇人。布衣。詩集有康熙原刻本，未見。此用活字版擺印。首康熙十九年于梅原序，周而衍序。光緒十四年于文燮序。編年詩起順治十三年迄康熙十六年，共一千一百八十三首。附詞十首。據于梅序，前八卷四十以前作，中八卷四十以外作，後七卷辛亥北征後五十所作。作者之詩孤高夐迥，一時無出其右。見於《漁洋詩話》、《感舊集》及沈德潛《别裁》者，人所共知，不具述。然其憂時憤世之詩，如《刈麥行》、《田家行》、《繅絲行》、《秋日雜感》、《苦雨行》、《估客行》、《簇蠶詞》、《棄婦詞》，往往見遺。《悲歌行》云：「十月陰陰天欲雨，一行百十城東路。借問汝是誰家兒，今獨何謂罹此苦。答言發兵吴淞來，無人送兵官長怒。里胥怕喫官棒痛，夜縛丁男載女去。朔風獵獵斷肌膚，不知即日身死處。寡婦送行淚如注，懷中小兒漫索乳。峩峩高第城南住，一朝籍與官家去。婦姑首伏官吏前，夫婿不知身在處。妻入爲奴子爲徒，攔向官道何由訴。空門反鎖無人聲，那得一人肯相顧。茫茫天地空泣血，骨肉到此等行路。又説縣吏城東去，不知更籍誰家户。」此三首録其二，亦沉痛警闢矣。高受知於錢謙益，有《輓牧齋》詩四首。交游不廣。與龔鼎孳、冒襄、陳維崧偶有唱和。王士禛服膺之。據周而衍《論次甲辰詩後序》有云：「南村于衍長七年，於

是南村四十有一矣。」可知生於明天啟四年。卒年在康熙十七八年間。

愛吾廬詩稿不分卷　康熙間刻本

吴兆寬撰。兆寬字弘人，江蘇吴江人。撰《愛吾廬詩稿》，分體不分卷，由其子焘校梓。兆寬弟兆宫、兆騫、兆宜，俱以文名。兆騫順治十五年以江南科場案戍寧古塔，此集有懷詩，思念不置。兆宜以注《庾開府集》、《徐孝穆集》、《玉臺新詠》得名。集中又有贈朱長孺、方文、汪琬、尤侗、陸圻、王士禛、徐乾學詩，足見交游。《讀嚴蓀友秋水集四首》，可與嚴繩孫集互看。《梅村集》卷七《悲歌贈吴季子》，靳注謂兆騫有兄兆寬、兆宫。兆宫無聞，兆寬亦僅有此一編。

西亭詩六卷　康熙間刻本

吴屯侯撰。屯侯字符奇，一字悔翁，江蘇嘉定人。明季應武闈。入清又應試，順治十六年江南奏銷案被黜，舉生平筆墨悉燒之。晚益貧，簞瓢不繼，復多病。彌留之際，以所著《西亭詩》授其弟莊。康熙二十六年，莊爲之作跋。由内閣學士李振裕出貲刊行。是集首題李醒齋鑒定，醒齋爲振裕號。又許自俊、蔡方炳、徐與喬序，自序。屯侯早受法於程嘉燧。抨擊魏璫，結納復社諸子。其作於明季者，多高尚之辭。甲乙之際，時繫家國之憂。《黄雀謡》、《避兵行》、《江頭哭》諸篇，慨歎頗深。《傷南國》云：「龍蟠虎踞舊山川，不道興亡只

眼前。地上金蓮繞襯月，江頭鐵鎖已銷煙。景陽新淚沉智井，結綺殘吟冷玳箋。草莽何堪言殉國，吞聲重向鼎湖天。」《傷郡城》云：「半壁東南事已傾，川陵何險得虛名。水犀營裏孤幡動，金虎山前萬騎鳴。去國包胥空有舊，浮江伍相久無睛。長號又是偏悲壯，曾向要離墓下行。」入清仕進非其初衷矣。及至奏銷案起，紳民士子被廢者萬八千人，從此意冷，而棖觸之詞，仍時流於楮墨間也。

涑亭詩畧一卷 康熙間刻本

林堯光撰。堯光字覲伯，福建莆田人。輝章子。順治五年拔貢。康熙初，知四川梁山縣，總督李國英稱其有守有才。丁外艱，服闋，官行人司行人。事具《莆田縣人物志》附《林輝章傳》。撰《涑亭詩畧》，《四庫》列入《存目》。葉封、陳僖爲之序。篇什無多。《憶高梁山歌》多記俗異。《萬州江上陪李司馬中丞校水軍歌》云：「萬州江水如玻瓈，浪渦合沓盤風漪。制府昨宵下翠軸，燒臍軍牒蒐舟師。江湑刑馬釁大纛，帳底飛隼屯偏裨。初傳探兵盪游舸，兩軍挑戰揚雲旗。樓船砰隱伐銅皷，弩窗熛忽穿重圍。火獸騰鶱半天赤，艚舟漩轉羣山飛。上流叱咤動巖谷，柘弓鳴鏑紛餓鴟。須臾横吹十八曲，鐃歌節版笙竽箎。凱旋舁酒大饗士，霍刀擁盾爭刺肥。君不見武帝昔時重衛霍，石鯨風動昆明池。」可見清初用兵西南情事。又有詠京師香山、卧佛、戒壇、甕山詩，亦有詞采。

清人詩集敍録卷八

選選樓遺詩五卷　康熙四十三年刻本

岑徵撰。徵字金紀，晚號霍山，廣東南海人。年二十，遭鼎革，遂絶意科名。少喜游俠，談韜鈐占候之法。家藏戚繼光劍，常帶之作長歌感歎。游湘嶽、金陵、江左，登山浮海，過故宫，經戰壘，吟詠以寫其悲憤。耗其家産，乃賣文授徒以自給。晚隱西樵山，所交皆高僧野人。年約六十而卒。是集梁佩蘭、陳恭尹序作於康熙三十七年，李朝鼎、釋古梵序作於康熙四十三年，黄河徵爲《傳》。詩分體，百四十九首。大都乖刺不合。《廣州書所見》云：「粉項輕沾馬汗塵，盤蛇纏額箭衣新。知渠本是南蠻婦，近習遼東學罵人。」可見一斑。吴仰賢云：「南海岑高士霍山嘗以詩貽陳獨漉曰：『獨憐一代夷齊志，錯認侯門是首陽。』何其激切如此。」見《小匏菴詩話》。

燕峯詩鈔不分卷　怡蘭堂叢書本

費密撰。密字此度，號燕峯，四川新繁人。明末避張獻忠之亂，棄家，流寓泰州。後師孫奇逢，學益進。

卒於康熙四十年，年七十七。門人私謚中文先生。傳世有《弘道書》、《荒書》。是鈔存五十七首。《朝天峽》云：「一過朝天峽，巴山斷入秦。大江流漢水，孤艇接殘春。暮色偏悲客，風光易感人。明年在何處，妻子共沾巾。」大江一聯，爲王士禛所激賞，以爲「十字今古」，自是符名。而集中五律《棧中》、《高郵遇故人》，情深旨深，亦不特大江一聯耳。《北征》一篇，通首雄奇，尤爲必傳。密與子錫琮、錫衡，並以詩聞，論者謂清初蜀中第一。近泰州印傳鈔別本，較刊本多詩一百餘首，然佳製仍在此不在彼矣。別本附《天下名家贈此度先生詩》。平生交游，孫奇逢而外，若劉承錫、陳允衡、龔賢、杜濬、屈大均、鄧漢儀、陳維崧、孔尚任，名輩甚衆。王昶《湖海詩傳》卷四十三有蔣徵蔚《題費處士密遺像》四首。

今樂府二卷　古學滙刊排印本

吴炎撰。炎字赤溟，原名錫珩，字顯庚，江蘇吴江人。善詩與史。與同學潘檉章及王錫闡合撰《明史紀》，分撰《世家》、《列傳》。先刻《今樂府》二卷，爲炎撰，檉章評。莊廷鑨史案株連文人最甚。查繼佐首告假免罪，陸圻已繫獄而得釋。炎與檉章被逮，康熙二年，同日遇害，年三十九。翁廣平、范鍇有《詠莊氏史獄詩》，從《潯溪紀事詩》録出，小注繫事甚詳，見《潯溪詩徵》卷二十二。此近代《古學滙刊》據鈔本排印，凡樂府詩一百首，評述有明一代史事。檉章序畧云：「讀《我行自東》、《悲土木》、《赭山》諸草，則《本紀》之權輿乎。《古濠梁》、《舊内曲》、《伯温兄》、《國有君》，又《年表》、《世家》之本也。《伏闕爭》、《躋獻皇》作，而《禮樂郊祀有《梳篦》書》具矣。《龍惜珠》作，而《河渠書》究矣。《大寧怨》、《兩搜套》、《前後搗巢》作，而《邊防書》飭矣。《欽明》有獄，紅鉛有獄，而《刑書》密矣。」又列舉謡，而《律書》陳矣。《採珠》有怨，而《賦役食貨諸書》晰矣。《欽明》有獄，紅鉛有獄，而《刑書》密矣。」又列舉有關殉國、宗室、儒林、直臣、宦官、游俠、列女諸篇，可爲閲讀旨要。潘吴《明史》，今已不傳，覩是書猶可見髣髴，益悲其志矣。顧炎武有《汾州祭吴炎潘檉章二節士》詩。

心遠堂詩集十二卷二集四卷　康熙間刻本

李霨撰。霨字景霱，一字臺書，號坦園，一號據梧居士，直隸高陽人。順治三年進士，改庶吉士。授檢討。以善清書，十五年由學士超拜秘書院大學士，至保和殿大學士，在相位二十八年。康熙二十三年卒，年六十，謚文勤。詩集爲順治二年至康熙六年詩。二集爲康熙十三年至二十三年詩，凡一千零四十九首，門人李天馥、陳廷敬、宫夢仁、曹禾、沈珩、毛際可序，附詞十餘首。《四庫存目》著録無《二集》。爲詩雍容冲和，館閣體。《舟發浦城》、《楓嶺》等篇，清雅可誦。詠西苑宫廷見聞，稍具史實。和魏裔介《投河歎》，哀流民之作也。康熙十八年詔試鴻博，杜越、傅山、李因篤入京未應試，霨有詩以贈。《贈杜徵士》云：「幽居仍甸服，曠覽别山川。自謂羲皇上，寧知魏晉前。松筠堅晚節，桃李謝春妍。愧處鄉閭後，東家識未先。」《贈傅處士》云：「不待蒲輪去，煙霞急主人。巢由寧有拜，黄綺詎稱臣。聖代容高蹈，名山壽遺民。何當親杖履，結襪尚逡巡。」尚有《贈孫徵君》，即孫奇逢。皆清雅可讀。

湖海樓詩集八卷　康熙二十八年刻本

陳維崧撰。維崧字其年，號迦陵，江蘇宜興人。父貞慧，爲明季復社中堅。維崧少清癯，冠而多髯。爲諸生入都，偕朱彝尊合刻詞，流傳禁中。康熙十八年應博學鴻詞，授檢討。二十一年卒，年五十八。維崧才力富健，駢文與詞，均一時冠傑，詩與汪琬、王士禛、朱彝尊各立門户，亦足名家。《四庫全書》别集類著録《陳檢討四六》二十卷。所撰《湖海樓集》爲患立堂初刻本，凡詩八卷、文六卷、儷體文十卷、詞三十卷，附康熙二十六年陳維岳跋。詩起於順治十八年，迄於康熙二十一年，凡七百七十八首，皆由時人選訂：一卷龔鼎孳、吴偉業、葉方恒、計東選，二卷施閏章、王士禄、劉體仁、趙澐選，三卷高士奇、任璣、李因篤、鄧漢儀選，四卷王士禛、徐乾學、陸隴其、謝重輝選，五卷陳廷敬、李天馥、嚴繩孫、王頊齡選，六卷宋實穎、張玉書、彭孫遹、李鎧選，七卷朱彝尊、李振裕、徐秉義、宗元鼎選，八卷王士禛、徐乾學、張衡、毛騤選。五七古《冬日過水繪園作》、《開河》、《鞏雒道中書所見》、《洛陽女兒行》、《雪後從偃師至登封度少室山嶧嶺》、《大水行》、《長安老屋行》、《地震行》、《滁陽山行》、《鳳陽山行》、《昆陽城放歌》、《洗鉢池泛月歌》、《荷蘭國入貢歌》、《屋後望太行山歌》、《拙政園連理山茶歌》、《豐臺看花歌》、《徒步行》、《錢塘浴馬行》、《海鹽女》，狀寫世情，運筆自如。贈别、題圖、哀輓之詩，亦所擅能。《得方爾止書感賦兼懷密之先生》、《方竹杖歌爲萊陽董樵賦》、《哭故友周文夏侍御一百韻》、《述懷寄季滄葦百五十一韻》、《哭侯朝宗先生》、《十峯草堂歌》、《酬許元錫》、《贈李研齋太史》、《一日射五虎歌爲宋牧仲賦》、《劉逸民隱如》、《張晴峯水部索雷琴詩》、《題惠元龍暨尊公先生令弟小像》、《兩髯行贈邵子湘》、《寄黄黎洲先生求爲先人誌墓》、《壽冒巢民七十》、《送梅耦長還宛陵》、《送孫無言由吴閶之海鹽訪彭駿孫》、《左寧南與柳敬亭軍中説劍圖歌》、《贈杜于皇》、《爲阮亭題秦淮春泛圖》、《顧尚書家御香歌》、《賣字翁歌爲方坦菴賦》、《宋荔裳招游虹橋放歌》、《齊景公墓中食器歌》益都出土、《陸放翁硯歌爲畢載積使君賦》、《送大司馬合肥公還朝長歌述懷》、《題梅淵公畫松爲愚山先生賦》、《寄上柏鄉魏貞菴先生》，亦縱橫捭闔，才情流溢。近體諸作，雅近唐人。維崧嘗鈔同時人詩數百首，名《今詩篋衍集》，殁後同里蔣景祁爲之刊行，與是集聚而覩之，則平生交游論詩旨趣，概可知矣。今集中尚有《鈔唐人七言律竟輒題數斷句楮尾十首》，亦可參稽。楊倫評其詩「以氣爲主，雖鏤金錯采，絶無堆垛襞積之痕」。此其所以獨勝於諸家者歟？唯其中亦時有劍拔弩張之勢，恐患在恃才耳。

蒼源剩草十卷　康熙間刻本

馮夢祖撰。夢祖字召系，一字起潛，號蒼源，浙江錢塘人。順治五年生員，棄舉業，授徒自給。撰《蒼源剩草》十卷，以詩文、詞、雜著溷爲一編，蔣爾煌評點，猶爲明末習氣。首毛奇齡序，附李天馥等題詩。據《行略》，生於明天啟五年，康熙八年卒，年四十六。詩格不高，詠湖上風景爲多。《錢塘觀潮》、《陟山嶺》、《游吼山》，亦較蒼健。《流民篇》，爲飢民流離入境，目擊時哀之作。《吴湖淹水》，多愁苦之音。餘如懷古，詠農家四時，不免村夫子之迂。唱酬名士，唯老友毛奇齡而已。

改亭詩集六卷 康熙四十七年刻本

計東撰。東字甫草，號改亭，江蘇吴江人。明崇禎十二年年十五，補諸生。著《籌南論》五篇，上史可法。入清，從汪琬游，又謁湯斌，講程朱之學，與士禛爲忘形交，《分甘餘話》記。順治十四年舉人，後四年以江南奏銷案掛名落籍。游食四方。嘗至禾中金門寺，上書陶朱翁，自稱世通家，索其始祖計然七策，以爲致富之方，而家益貧，母老，甕飧不繼。卒於康熙十五年，年五十二。尤侗爲撰《計孝廉傳》。康熙三十六年，宋犖巡撫蘇州，爲刻《文集》，内《宣城施氏義田記》、《宋既庭五十壽序》、《胡宛委先生傳》、《從弟諫草家傳》，多爲清初人物傳記資料。《詩集》曾爲中州胡觀察某繕寫將付剞劂，以罷官遂寢其事。此集爲其子默編，王廷揚助刻並序，《四庫》列入《存目》。詩分體，均作於明亡後。與遺民閻爾梅、魏禧、王巖、鄧漢儀、申涵光多有贈和。《容城哭孫徵君十四韻》，含音激楚。《婁東王奉常招集某公園亭過蘇崑山有感舊事卽席成二首》云：「二十四年前此日，布帆曾共楚天游。朱門燈下重相見，不道何戡已白頭。當時急難在龍門，楚客秦庭欲斷魂。風義只今摇落盡，新聲美酒又黄昏。」有詠閻古古七絶云：「皓首朱顔望若仙，雙瞳巖電照當筵。那堪醇酒三升後，話盡風波四十年。」又有詠葉燮七絶云：「午夢堂前荒草長，能詩家婢散何方。八龍獨有慈明在，摇落京華淚數行。」皆有風致。又贈汪琬、施閏章、宋犖、周亮工、沈荃、陳維崧詩，哭侯朝宗詩，只合利鈍互陳。其論詩，主張：「從古體入，若先學近體，骨必單薄，氣必寒弱，材必儉陋，調必卑微。故探源風騷，下逮六朝唐宋，肆力而爲。」然亦不脱明七子餘緒。七古《過滄溟先生墓》，奉重李攀龍。客鄴訪謝榛墓，爲樹碣表之，作《鄴城弔謝茂秦山人》詩云：「鄴中懷古正秋風，詞賦深慚謝氏工。生欲移家辭白雪，自注：白雪樓李于鱗居也。于鱗與茂秦中絶，茂秦自臨清移家至鄴中。殁随疑塚對青楓。諸生禮數何嘗絶，七子交期竟不終。自是貴游多薄倖，布衣未必歎飄蓬。」數十年後沈德潛論云：「眇目山人足性靈，詩盟寒後苦飄零。後來誰弔荒墳者，只有吴江計改亭。」吴祖修《柳塘詩集》、姜西溟《葦間詩集》均有《哭計甫草先生詩》。子默字希深，附貢生，有《菉村詩鈔》未見刊本，内《後論文十首絶句》兼論詩，載《江蘇詩徵》一百三十七。

實綸堂詩稿三卷 中國科學院圖書館藏抄本

許纘曾撰。纘曾原名纘宗，字孝修，號鶴沙，江蘇上海人。順治六年進士，改庶吉士，授檢討。官至雲南按察使。康熙三年，以附和天主教湯若望，被斥罷歸。三十五年，以生平著述詩賦序記以迄見聞雜録，滙爲十二卷，由王熙序，未授梓。三十九年卒。《四庫存目》著録五卷本，内容不詳。順、康間，西省用兵尚頻，纘宗奉檄參藩，歷關中、川滇諸地。此集二三四卷詩，間涉時事。而官京師詩，以恭紀頌聖之作較多。纘曾晚與徐乾學過從。甲戌康熙三十三年《上巳雅集》詩附記耆年姓氏：「錢陸燦八十四，盛符升順治十八年進士，官御史八十，尤侗七十七，黄與堅七十五，王日藻户部尚書七十二，何棅順治四年進士七十，孫暘順治十四年北闈舉人六十九，纘曾亦六十九，徐乾學六十四，周金然康熙二十一年進士六十四，徐秉義六十二，秦松齡五十八。」則此集之編訖，纘曾年七十。是爲明天啟七年生。作序者王熙官大學士，爲王崇簡子。序云少纘曾一歲，徵諸史傳亦合。沈德潛《别裁》所選《游峨眉山歌》、《睢陽行》，體格精工。此集蒐羅不逮，非完本也。

菜根堂詩集十五卷　康熙間刻本

毛鳴岐撰。鳴岐字文山，福建侯官人。順治十一年舉人。康熙七年，官營山知縣，十八年始出蜀。晚主鼇峯書院講席。是集有周亮工、龔鼎孳、康范生序。毛奇齡序作於康熙三十年。詩中紀干支晚至康熙三十四年乙亥，自述稱「七十老人」，是當生於明天啟間。詩以贈酬居多。與紀映鍾交密，次則鄧漢儀、毛奇齡、馮雲驤、毛際可。康熙四年游黄山，有三十六峯詩。入蜀，經棧峽，有詩。晚多作於閩中，亦不忘情。是集分體，五律最工。周亮工舉「風霜松竹路，雞犬雨晴聲」，「塔影横江迥，秋煙接樹平」，「一竿閑歲月，孤笠老江風」，「蘆花飛宿雨，客鬢冷輕霜」，「孤帆摇遠水，落日隱蘆花」，「蒹葭思客路，風雨憶離顔」，「古柳垂荒草，寒鴉墜野城」，「關河迷遠柳，笳角帳離鴻」，「風急鳥巢樹，更深月到門」，「鴉聲驚榻冷，落葉過牆乾」，「風平萬户静，日澹一天蒼」，皆興隨境生，誠好句也。

定峯樂府十卷　道光十八年重刻本

沙張白撰。張白原名一卿，字介人，號定峯，江蘇江陰人。崇禎末年年十五補郡學生。張能麟督學延致家塾。讀《思辨録》，謁陸世儀執弟子禮。會奏銷案作，魏裔介爲首揆，張白以布衣三上相國書，裔介手書三答之，一時聞人莫不折節締交。康熙八年秋闈不第，從李贊元客河北。十一年再試，再北，遂閉户讀書，研習經史與理學。著有《讀史大畧》六十卷。三十年卒，年六十六。事具光緒間重思齋叢書本《定峯文選》卷首王家枚撰《定峯沙先生傳》。撰《莽闢園詩鈔》，未見。此《樂府》詩十卷，初刻於康熙間，同學曹禾評，即《四庫存目》之本，此道光重刻本，有鮑桂星跋。其中《讀史》十二首，《古器物詠三十首》，《快戰詩》八首詠以寡勝衆者，大抵依據史書，鋪衍成章。《灎滪歌四首》、《秦淮竹枝詞六首》、《金陵十二月並閏月歌》、《琴川女》、《冶鐵行》、《揚州竹枝詞六首》、《寶應竹枝詞四首》、《燕游紀行十四首》、《燕都竹枝詞四首》，雜記山川異境，風土傳聞。其最可推美者，爲效張王樂府體，揭露社會黑暗之歌詩。《方塘》云：「方塘湛湛通石渠，桔槔千畝滋沾濡。兩年大旱水有餘，塘中畜有官家魚。吁嗟乎，禾枯稻死不敢懟，殺魚重等殺人罪。」《粟易豆》云：「買豆買豆，遠莫致之。易之以粟，令公馬肥。官槽須豆不須粟，豆輸三斗粟輸斛。」《蠶婦歎》云：「四月嚴寒蠶信惡，三筐不敵一筐絡。縣官昨夜追新絲，翁壻一時同受笞。家貧祭薄蠶神嗔，潔觴再拜淚满巾。絲成祇脱翁壻罪，妾衣鶉結已十歲。」《續春陵行》云：「二月賣墳上櫝，三月賣屋上瓦。四月生理盡，號啕向中野。大男死征戍，媳婦喜新寡。賣媳買粟飼官馬。」《大麥行》云：「大麥青青小麥黄，丈夫剷埸女采桑。防營千騎早放牧，躪埸齕麥如飛蝗。男兒釋剷淚如泣，女兒騰身上桑樹。急搴緑葉障紅裙，不然抱爾跨鞍去。」尚有《戰城南》、《大田歎》、《采桑女》、《牧羊兒》、《縛虎行》、《城西女兒行》、《大船歌》、《鑄錢行》，篇多難録。張白蓄目民瘼，感極而悲，傾注全力以寫，一時罕有其匹。此集卷首有《諸公論樂府書》，爲曹禾、徐遵湯、錢陸燦、杜濬、王崇簡、朱嵋、魏裔介、施端教、汪琬、龔鼎孳、高珩、李贊元、洪圖光、吴山濤、詹夔錫、曾燦、洪昇、陳玉璂、曹廷懿，凡十九家，多屬佚文。是集不甚難得，乃《清詩紀事初編》未收，不悉何故也。

論樂府書　　洪昇

古今以樂府擅長者，代不數人。未有多至六百餘篇，無一篇無奥義，無一篇無精思，無一篇無奇句警句者。或堂堂正正，建旗鼓于中原。或鬼斧神工，起雷霆于筆底。二十一史中理亂興亡綱常名教之大，往往借幃房兒女里巷謳謡出之。令讀者欲歌欲舞，或歎或泣，不能自已。偉哉定峯，可謂集樂府之大成矣。聞虞山錢宗伯昔嘗見之，擊節歎賞，許爲作序流通，而先生逃遁不從。具此心胸，方能具此手眼。陸雲士明府稱爲絶代奇才，豈欺我哉。願雲士亟授棗梨，公諸海内，與有識共賞，毋久秘篋中也。《定峯樂府》卷首

大茂山房合稿詩二卷　康熙二年刻本

宋起鳳撰。起鳳字紫庭，號弇山，浙江餘姚人。順治八年副貢。官山西靈丘知縣，調樂陽。撰《大茂山房合稿》詩二卷、文四卷，首黄起有、魏象樞、陸來復、馮雲驤序，自序。其詩言情感物，多有盛衰之感。《燕市

廟》、《荒園行》，爲集中佳製。《揚州估》記鹽商奢侈生活，刻畫入微。五七律《登太行》、《齊雲山》、《靈丘四首》、《游龍巖十二首》、《出塞四首》，兼有勁直峭雋之勢。五古擬陶。律體亦有《田園雜詠十八首》。又有《十八灘歌》、《詠贛吉陰灘》，凡十八首。清人赴粤必取徑於此，讀之可見當日旅途之艱阻耳。

十八灘歌　有引

入粤道必經贛。贛滙章貢二水，縈迴萬山中。注於湖，蓋派分支合者也。賈人篙師，素狎江湖不之苦，獨於贛吉諸灘數難之，以贛水宣洩衆流，勢既奔放，而谷窅峽邃，砂石鍔錯，草木之茸翳，雲霞之杳冥，轉睫變殊，不能方物。故老於是土者，動稱險阻云。余雅好山水，且耽奇奥，兹行從篷窗間，日領佳勝，值心魄交慴者，抑又未嘗不低徊中悔焉。既親炙其地，即與長年證之，因文其鄙而各系以言，不古不謡，取適而已。

惶恐灘

刺灘頭，放灘尾，莫憂萬安城下水。横塘石脚明，澼洸女兒嘗踝行。

標神灘

灘再上，再上山横股。草煙樹煙水氤氲，來利飛檣去利櫓。

綿纏灘

舟行彌望，石俯水仰。春陰溶溶，瀰漫秋深。

大溜灘

杜若交頸，虎倀晝猛。杜若没腰，虎倀夜驕。

小溜灘

休駛帆，莫擊楫，金龍祠前飛楮蝶，胡不捫心徒目怯。

罠口灘

榜人辟易，犬牙錯出。慎爾篙柁，筋張足跛。

匡風灘

波不揚，谿生芒，莫掬飲，頷留囊。

五座灘

芳洲截如排其怒，柔乘剛兮爨溢釜。瞻彼驅舟同握弣。

黄金洲灘

老賈何逐羶，誤指赭石口生涎。奚怪燒丹求神僊。

涼口灘

嵯嵲鼎峙，湍激倒飛。舟豎帆横，鏃之迸機。

錫洲灘

練光曳一尺，速作鷹隼避。石脚拖一丈，蜥蜴徐徐上。

攸鎮灘

縱横顛仆石失理，小激則鳴淺哉水，持衡紆徐羡舟子。

石人灘

川鳴雪，成金鐵。水舂砂飛屑，依然凝作結。

九脚灘

莫道山根淺，令爾牽纜足生繭。莫道山骨碎，令爾回帆珠彈背。

大小島洲灘 俗名茶壺

具此腹，容百川。具此口，直如絃。安得一器稱方圓。

天柱灘

拔地而出，挺圭摇筆，教人用術。

白澗灘

雷從地鳴，伏□於中。不倩神禹倩祖龍。

筆灘

脱穎出囊中，胡爲藏山澤。觀此峻刻深，三嘆文人鍔。《大茂山房合藁·七言絶》

馴鶴軒詩選不分卷　康熙間刻本

趙端撰。端字又吕，浙江錢塘人。舉人。官吴縣，以卓異聞。肆力於詩。康熙十一年，以宦後諸稿交顧茂倫選訂，首康熙九年吴偉業序，十一年計東序。其詩以詠蘇州、南京名蹟較多。督運北上，涉江渡淮入河凡六月，達津門，作《舟行雜詩》。集中可考交游者，爲吴偉業、宋實穎、孫枝蔚、蔣易。其弟吉士，負詩名，官交城知縣，端依署中，故又有畿南晉中之詩。計東序云，有《懷秋詩》、《振古堂集》久行於世。惟今所見，祇此一刻耳。

嘯雪菴集一卷新集一卷　北京圖書館藏抄本

吴綃撰。綃字素公，一字片霞，號冰仙，江蘇長洲人。通判吴水蒼女。適常熟許瑶，瑶爲順治九年進士，官至關内參議道。綃工書畫，兼擅絲竹。受詩於馮班，詞旨婉雅，《鈍吟餘集》有與高陽夫人論古詩樂府源流，及輓詩。是集有陳焯、胡文學、黄中理序。集中《吴中有唱和百聲絶句者命題恨于未雅然已煩翰墨不欲棄之聊存其廿首》，題爲駡裙、拜月、戛釜、展畫、捉麈、鳴鞭、擊劍、弄珠、倚瑟、熏爐、曲句、覓釵、汲綆、剥芡、走雨、詛鶯、詰燕、卜蟢、飼狸、睡鞋、撾鼓、繡衫，所詠爲明末清初吴中閨習。今觀其詩，於金陵名蹟多感歎有明興亡之恨，唱酬則稱吴偉業爲兄，和錢謙益有《紅豆》詩，以及題畫詠菊，無不究於人事物情，自迥異於俗流矣。《邯鄲竹枝詞》八首、《百泉雜詠》、《十二月樂府詞》，兼記風土。清初女詩人中，亦傑出者矣。

鐵堂詩草二卷　乾隆五十五年刻本

許珌撰。珌字天玉，號星齋，一號鐵堂，福建侯官人。康熙初舉人。官安定知縣。客死於隴右。詩以鈔本相傳，未至湮没。乾隆五十五年，吴鎮、楊芳燦選爲上下卷，由蘭山書院刻版行世。首周亮工舊序，自序。吴鎮、張翽識，吴、張皆乾隆間隴西聞人。珌初在閩中與周亮工同事。順治十三年，鄭成功率軍迫福州，紳士以亮工諳閩事，僉請協守城渚，事定，亮工作《射烏樓記事》，珌有和詩。《賴古堂集》卷六有《與許天玉夜集寓園分韻》詩。王士禛謂珌爲天下奇人，其《慈仁寺雙松歌贈許天玉》詩，有「玃髯石骨青銅姿」之句。見《感舊集》。珌有《王貽上枉過寺寫論詩》。此集以閩詩爲最。餘多記游歷所見。與杜濬、施閏章、汪琬、鄒祇謨、孫默、程可則酬答。《濟南李氏家藏十二古琴歌》、《洗象行》、《鐵塔寺七歌》、《北平懷古》、《馮訥生屬序新稿》、《登岱》，俱較質實。七律有「强弓勁弩」之稱。道光十四年鄭開禧刻《鐵堂詩鈔》，即此集覆刻。

水鄉集一卷　太倉十子詩選本

顧湄撰。湄字伊人，本姓程，父新令惠安，與太倉顧夢麟善。夢麟無子，因鞠之，遂姓顧。師事陳瑚。學詩於吴偉業。《吴梅村集》有《壽顧母陳孺人序》。順治間以奏銷案罣誤，絶意進取。康熙十九年，徐乾學延館於家，刻《通志堂經解》，湄董校讐之役。谷應泰撰《明史紀事本末》，湄出力亦多。又校訂《吴梅村集》、《太倉十子詩選》。殆爲江南才士，縉紳士夫交相譽之。詩歌清絶挺拔，養邃心細。《乙未海上作》、《練川感事懷前朝詩老》、《秋夜讀書作》、《己亥六月雜詩十二首》並序，氣韻並勝。贈呈錢謙益、懷顧炎武、贈杜濬等人詩，猶可徵事。揆其生平所爲，不當止於是，今僅存此百首，祇可見其丰格而已。

石函集十卷　乾隆六十年刻本

俞縣撰。縣字日絲，號蝶君，浙江秀水人。諸生。肆力於古文辭，爲朱彝尊所推。計偕至都，不獲遇而返，偃蹇窮老以殁。數十年後，里中多不能舉其姓字。自輯康熙元年至十四年詩，名《石函集》，李含澤序。卒於康熙十五年，年五十餘。稿本藏於家，乾隆初曾孫南士恐其不傳，延萬光泰爲序，又無力鋟版。乾隆六十年，玄孫壽康始爲刊行。《兩浙輶軒録》謂未傳，非是。詩爲六朝根柢，學杜、韓而多奥衍。《太白行》、《鄧州行》、《牧馬曲》、《地震》、《學春陵行》、《禹廟》、《石塔行》、《觀海行》，意在存史，而均不免聲牙之嫌。康熙六年二月，荷蘭自閩入貢，有《觀貢物賦二十二韻紀事》。沈德潛《别裁》選《灰七姑辭》，有關蠶事民生。集中題畫詩百五首，舉朱球、張熙、沈栻、朱瑛、沈峕、錢嘉、王烺、莊逸、黄玉、吴定、朱錦、張信、王章、陳震、王亮、項聖謨、魯得之、沈灝、李荅、周京、蔣鉉、金城、錢青等清初畫家，多畫史所未具。張應昌《詩鐸》録其《馬草行》

一篇。

龍衣船行

高檣百尺長連延，船舷立人如在天。泊來水驛驛在下，驛丞驛夫動遭打。何船乃爾雄且威，織造府中解龍衣。岸風揺撼正白旗，鐃鼓雜奏雲暉暉。貴□親坐江南督，江南蘇杭並開局。下書各郡喚堂長，千人竭作常不足。五絲織出花樣新，辟邪天馬紅麒麟。機聲鑷聲連井陌，一日辛勤成一尺。至尊袍段尤不輕，蚴蟉金螭欲騰擲。黄羅什襲印記明，年年大艑走帝京。國威自能動神物，溯流必使江河絀。尚方春服餘幾何，官塘夜雨添翠波，爾船明日好經過。《石函集》卷二

歡喜佛歌

東門之市何蕭條，當年貨賄今並絀。有詭其形見所希，公然號其人爲佛。兩兩相媾相擁持，爲牡爲牝非髣髴。瞿曇立教無誨淫，今此寧異於突厥。鏄釤矛鍛鑄無金，銅坑千畝勞掊掘。此金曷不鑄矛釤，曷爲作此亂倫物。或云烏思藏出之，黎雅州西路詰詘。番僧提攜入中華，一時中貴爭摩拂。煌煌大内彤雲居，乃使媟嫚近龍黻。厚陵卽阼盡掃除，清宫始得開沈鬱。茫茫百祀猶流傳，豈真有靈可以乞。吾聞元世尊帝師，燕都作寺高仡仡。寺中一殿尤窔窗，羅列裸像以時祓。每作佛事必血人，其説荒忽最軋沕。

乃知異端久相承，苟不殄滅何由訖。惜哉不得昆吾刀，取彼腰領俱一剸。《石函集》卷五

十笏草堂詩選九卷　辛甲集七卷　上浮集四卷　康熙間刻本

王士禄撰。士禄字子底，一字伯受，號西樵，山東新城人。明布政使王象晉孫，贈尚書與敕子。順治九年進士。歷官萊州府學教授、國子助教、吏部考功司員外郎。康熙二年主典河南鄉解試，以磨勘罣，有司劾之，下獄，賴叔弟士祜殫力橐饘，得不死。久之得白，坐免官。季弟士禛官揚州，與之南游。復起原官，又免。卒於康熙十二年，年四十八。施閏章爲撰《墓碑》。士禄與士禛共讀，自相師友。有句云：「一從時世矜高唱，誰識襄陽孟浩然。」生平所得不減二千餘篇。初有《表微堂詩存》二卷，《四庫存目》著録時猶見之。繼刻《十笏草堂詩選》九卷，爲順治十三年至十七年詩，汪琬序。《辛甲集》七卷，包括《辛丑春詩》、《西軺集》、《廛餘集》、《拘幽集》、《上浮甲集》五種，爲順治十八年至康熙三年詩，林嗣環、雷士俊、王巖、陳維崧、毛先舒、王士禛序。又刻康熙四五年詩，曰《上浮集》，杜濬、孫枝蔚、宗元鼎、雷士俊、李長祥、鄧漢儀序，自序。三集所刻，已逾千首。以後詩未見刻。王士禛嘗汰存十之二三，刻爲《考功集選》四卷，道光間王相信芳閣刊《國初十大家詩鈔》有《十笏草堂詩》四卷，大抵無出已刻三集範圍。其詩不爲七子膚潤及鍾、譚纖仄之體，蓋以蕭淡簡遠爲宗。《反乞食》、《遊雲峯山歌》、《憶萊雜詩》、《東烏嶺》、《讀杜集竟憮然有作書卷尾》、《詔罷高麗貢鷹歌》、《觀海》等篇，足與士禛頡頏，而冲澹逾之。《辛甲集》中《平陽普菴堂吴道子水陸畫軸歌》、《宋荔裳四漢

瓷盞歌》、《焦山宋繡觀音卷歌》、《發井陘次故關作》、《朱滄起先生招游西頂》、《上黨使院題王覺斯尚書壁上畫石》、《銅雀臺歌》，詠所見文物及晉中山水，新奇可喜。《上浮集》則以詠廣陵、金焦、吴浙爲多。士禄工詞，有《炊聞歌》，多艷體。遍交名士，見於集中者尚有程周量、吴嘉紀、龔鼎孳、談遷、姜埰、宋犖、顧苓等人。而以與士禛唱寄，稱塤篪相應云。陳廷敬《午亭集》有《輓王西樵宋荔裳》詩，以士禄與宋琬前後官吏部下詔獄，用合傳體，概括生平。

觀復草廬剩稿不分卷　北京圖書館藏抄本

潘檉章撰。檉章字聖木，號力田，江蘇吴江人。明亡，棄舉業，專精史事。與吴炎仿作《明史紀》，分撰《本紀》諸志，炎分撰《世家》、《列傳》。其《年表》屬之王錫闡，《流寇志》屬之戴笠。私家最難得者《實録》，檉章鬻産購得之。錢謙益、顧炎武、陳濟生，助其藏書。歷時十數年未就。先刻《今樂府》，詠有明一代史事，以示其意。又作《國史考異》，駁正錢謙益《太祖實録辨證》。撰《杜詩博議》，朱鶴齡《箋注》多所採取。吴興莊廷鑨私修《明史》，檉章、炎俱未受其聘。廷鑨殁，家刻之，慕兩家名，列爲參閲。爲吴之榮告發，成大獄。康熙二年，死于杭，年三十八。就義後，家屬北徙。妻沈自炳女，仰藥自殺。二子不知所終。弟耒，於康熙十八年舉鴻博。詩集《今樂府》被禁，至近代由抄本輯出，刊入《殷禮在斯堂叢書》。《剩稿》有戴笠序並輓詩，鈕琇題跋。其中《吴農嘆》、《苦寒行》、《罵湖巫》、《關山月》、《和陶乞食贈乞食諸公》、《擬收京》、《登金山望孝陵有感和韻》，大都沉鬱蒼涼，與時無所合。《清詩紀事初編》自鈕琇《觚賸》輯出《虎林軍營漫成四首》，謂爲授命前所作，《晚晴簃詩滙》已全録之，題下注：「同吴愧菴作。」愧菴，卽炎號也。

説安堂詩集四卷　康熙五十四年精刻本

盧震撰。震字亨一，漢軍旗人。大學士范文程女夫。順治九年，以諸生特試，授弘文院編修。康熙初累擢秘書院學士，八年爲湖廣巡撫。吴三桂事起，棄長沙遁，十三年罷官。卒於四十一年，年七十七。事具陳奕禧《春藹堂集》卷十六《盧中丞行狀》。是集爲其子詢刻，附跋。凡《奏疏》二卷、《杜詩説畧》一卷、五律詩一卷、七律詩三卷。首門下士管棆序，王掞、王對灤序。無古體。而出榆關，歷山左，巡撫湖南奉命勘荒，亦有事可徵。康熙三十八年己卯，蒙古諸王來朝，駕幸盧溝，放紅衣大砲，陳兵賜宴。震爲賦二章，其一云：「遐荒萬里息烽塵，邊遠輸誠覲一人。玉食大庖陪御坐，火攻細柳懾藩臣。槍懸文豹摇花尾，甲掛蒼龍耀錦鱗。豈獨兵盛驚異域，便咨民隱寓時巡。」詩爲館閣體，春容有度。

悔齋詩六卷　山聞詩一卷　山聞續集一卷　京華詩一卷　康熙間刻本

觀海集一卷　雍正十一年刻本

汪楫撰。楫字舟次，號悔齋，江蘇江都人，原籍休寧。康熙十八年由贛榆教諭舉博學鴻詞，授翰林檢討。

二十一年，奉使琉球。歸著《使琉球録》五卷，《中山沿革志》二卷，輯《中山詩文》一卷，刊版。未幾，出爲河南知府，累至福建布政使。卒於二十八年。年六十四。初刻《悔齋集》六卷，周亮工、方體乾、王士禛、王巖、李長祚序。續刻《山聞詩》、《山聞續集》各一卷，爲《悔齋二集》，施閏章、孫枝蔚、黎元寬序，張貞生、魏禧、嚴沆題詞。三刻《京華詩》一卷，爲《悔齋三集》，無序跋。皆生前刊版。又《觀海集》一卷，爲奉使琉球作，雍正十一年徐用錫刻並爲序，又陳章序。《四庫》著録《中山沿革志》，無詩集。楫早負詩名，與汪懋麟齊名稱「二汪」。爲王士禛弟子。士禛稱其詩「以古爲宗，以潔爲體，以清泠陗蒨爲致」。多交遺老。推重吴嘉紀，爲刻《陋軒詩》，有《乞水行》、《哀鸜鵒》二篇，均爲吴野人賦。又作《一錢行》，贈林古度。《秦淮燈船鼓吹歌》，和杜濬。爲羅飯牛牧題畫寄魏禧。輓姜如農埰。《贈别蕭尺木》，稱雲從著有《蕭氏韻通》及《杜律細》。《答無可大師》，無可卽方以智，又《荆樹行》，亦爲無可大師作。《答贈澹歸大師》，澹歸卽金堡，所著《徧行堂集》及雜劇，爲乾隆四十三年明令禁燬書。與洪昇亦有交。昇推楫詩爲「天下第一」。餘如《施愚山寓聽蘇崑山度曲》、《送李天生》、《送喬石林典試粤西》、《西山紀游》、《新安道中》，大都長句健筆，歌以慷慨。又如《登康山有感》，慨於前明劉瑾當權。《鐵尚書歌》，敍東昌戰事，讀之凜凜有生氣。《老農歎》，目蓄民生艱苦。《詠洛陽古蹟十七首》、《白鹿洞歌》、《題渤海高氏碑帖》、《竹策歌》，均與文物古蹟有關。舉鴻博後，與馮溥會於萬柳堂，唱和爲一時名流。又多頌聖。觀《京華》一集，與前集以鴻溝判矣。琉球爲中山國，卽今日本冲繩島，明洪武時卽與中國通使。康熙十六年汪葆光以副册奉使琉球。五年後，楫繼之。《觀海集》有《諭祭中山王册對詩》、《海水歌》、《中山七夕》、《馬耕田歌》、《中山竹枝》，頗記山川風物之實。方其瀕行，不受例餽，琉球國人建卻金亭志之，傳爲美談。後來使者，亦多風效。中山王尚貞有《奉送汪先生還朝兼祝誥封檢討公八十壽序》，見《中山詩文》。

答贈澹歸大師 金道隱先生也，原名堡。

有明直臣曰金堡，文章得官名譽早。當秋鵰鶚盛意氣，束縛不得施牙爪。麻衣無許哭江南，芒鞋只合投嶺表。是時嶺表正偏安，拾遺召對殊了了。臣身不願後國亡，忍見盈廷半宵小。封章一月七十上，碧血淫淫沾諫草。七尺無由悟乃公，三字何難殺此獠。中使傳宣衛士呼，撲人須用執金吾。男兒既作强項吏，肯留一寸完肌膚。身遭百折終不死，足躡雙屩何須扶。吁嗟乎，公今遂已爲浮圖，自抱滌器趨中厨。負薪運石與之俱，手闢丹霞開殿閣。排雲踏日胡爲乎。吁嗟乎，公今遂已爲浮圖。《山聞詩》

竹策歌 有序

宗子鶴問游會稽，得竹一片，縱近尺，衡二寸五分有奇。竹面鐫七言古詩一章，爲字百八十有四，同人以其形類瓦，爲作竹瓦歌，屬余和之。余曰，是簡也，瓦云乎哉。按：古無紙，有事書之于簡。《左傳》所載南史氏執簡以往是也。賈公彦曰：「編連爲策，不編爲簡。」《通雅》則云：「削竹爲策，編策爲簡。」二說互異。考之《儀禮》，聘禮百名以上書于策，不及百名書以方。服虔謂古人篆書一束八字。則簡容字少，策容字多。今所鐫詩，殆踰百名，又似策非簡矣。宗子曰，吾於竹策有取焉，請定其名曰竹策，子爲吾更作竹策歌。遂歌曰：

竹策竹策古之遺，探自禹穴産於黟。誰其製者盧憲之，手把鐵筆寫古詩。黄庭書間曹娥碑，嶓家嚣水詩桃枝。竹名。皮滑而黄，見《山海經》。色淨不受湘君悲，琅玕百尺無人窺。疎節空負凌霜姿，深谷忽來般與倕。截以玉斧漚諸池，激湍蕩滌手磨治。光耀詎數黄琉璃，我行拂拭行嗟咨，渾樸厚重真吾師。時手輕薄攻刀錐，工巧徒爲識者嗤。嗚呼此策同鼎彝，竹樓之瓦安足奇。《山聞續集》

中山竹枝　二首

道是佳人亦復佳，一生赤脚守荆釵。宵來忽作商人婦，竟戴銀簪不脱鞋。土妓不得簪銀。道遇官長，必脱草鞁，跣足據地，候馬過，乃起。若中國人主其家，則超然禁令之外矣。

兩耳無環髻不殊，孰爲夫壻孰羅敷。譯人笑説公毋惑，驗取腰間帶有無。國俗：男子二十始薙頂髮爲小髻，服與婦人無别。唯男子必以大帕束腰，女則曳襟而趨，皆無衣帶。《觀海集》

嚴白雲詩集二十七卷　乾隆十九年刻本

嚴熊撰。熊字武伯，江蘇常熟人。諸生。年十九明亡，入清，隱居不仕。撰《白雲詩集》二十七卷，康熙六年以前曰《雪鴻集》，七年以後歲爲一集，至三十年止，年六十有六。同學宋琬序，閻古古序。乾隆十九年，其曾孫有禧爲之刊行，增陳祖范序，表彰先民，猶無顧忌。《四庫》館開，無人刻祖先遺集矣。熊初受學於錢謙益，後爲閻爾梅所賞。據宋琬序稱，爾梅方爲龔鼎孳上客，往往駡其坐人，而獨心喜武伯，故唱和之詩尤多。是集有《上閻古古詩》、《上徐昭法詩》、《壽冒巢民詩》，是以氣節自厲者也。與錢謙益無投贈往來，是惡其晚年自隳。謙益死，嘗發書揭攻錢曾，指曾以爭財逼死柳是。《和歸元恭養疾詩十二首》小序云：「前落句云老病迂呆狂怪頑，七章即詠此七字，後落句云藥酒棋書詩字花，七章亦如之，予和其十有二章。」既而歸莊下世，有輓詞十首弔之。自云「年十七與元恭訂交」，當見所受影響。又作《馮定遠輓詞二十章》，歷敍馮班平生瑣言。康熙十三年有詩云：「鏖鏊畫箑都消粉，自注：歸元恭晚號鏖鏊道人。白眷自注：閻古古詩箋半蝕塵。」亦云悲矣。晚年曾應江南總督于成龍聘修《江南通志》。又有《彝陵督府觀劇雜詠十二首》，自謂爲詩初喜羅隱、許渾，邇年多讀李、杜、韓、孟、元、白，而以長篇爲友朋所推。允稱高手。

郝蘭石集八卷　順治間刻本

郝璧撰。璧字仲趙，號蘭石，甘肅蘭州人。明崇禎間舉人。入清，官刑科給事中。是集首王鐸、李楷序。內《江西試録》一卷，爲熊文舉序，文舉爲崇禎四年進士，順治間官吏部侍郎。集中詩文多涉及易代時事。《赭山吟》，記德安民乘亂焚燬。《聞糧艘被焚》、《見夏鎮焚刼》、《聞蘭中之變》，亦可與史印證。《賊陷定海》，作於順治五年，猶及當日海上民情。自云「受知故主」，一旦國亡，作《肅園八詠》以抒懷。然所撰《奏稿》，主督勦，興鹽筴，爲清廷出策，不遺餘力。詩歌清峻，論詩以酷似杜陵爲李夢陽病。交游師友爲熊文舉、王鐸、李梅公、劉憲石、王崇簡、袁于令、楊思聖等人。是集詩文合刻，又闌入詩餘十餘首，此明人餘習也。

居易軒詩遺鈔一卷　雲南叢書本

趙炳龍撰。炳龍字文成，一字雲屏，雲南劍川人。崇禎十五年舉人，金滄道楊畏知聘司記室。永曆間，至肇慶，桂王以畏知薦，授爲吏部文選司主事，遷户部員外郎。随蹕至貴州安隆。孫可望既殺畏知，又殺大學士吴貞毓等十八人，炳龍慨然投劾。歸隱於向湖村。吴三桂殺桂王，脅命不出。足跡不履城市。康熙三十六年卒，年八十一。事具《劍川州志·人物志》。此集孫聯元跋稱：原本詩四卷，古今體六百餘首，文四卷，咸豐間燬於火。同治副本亦失，今所存不及十一。唯高應雷《澹生詩鈔》，尚存炳龍一序耳。其《淡水行寄澹生義陵》，卽和應雷作。時應雷隱溆浦，縣南有義陵。作《哀義陵詩》。借秦漢故事以弔桂王。兩詩皆寓君國身世之感。

水雲集詩二卷　康熙間刻本

王舟瑶撰。舟瑶字白虹，浙江餘杭人。舉人。官江西興安知縣。與陳允衡交善。刻《水雲集》詩二卷，僅存四古、五古，爲宋琬、施閏章定。首施閏章、黎元寬、曹胤昌、談允謙、嚴津、陳祚明序。又陳允衡序，亦見《勤補堂願學集》，集爲舟瑶所刻，附此集以行。其詩學漢魏，亦效陶，而才調較弱，祇合古法而已。山水詩以杭州爲多，亦及西江。附長短句一卷，作序者徐緘。《清詩紀事初編》選《秋晚避地縣城率成》一篇。涉及世事。

曠觀園詩集十四卷 康熙間刻本

武全文撰。全文字石菴，一字藏夫，山西盂縣人。順治四年進士，官甘肅崇信知縣。康熙初，改涇縣，擢守兗州。時用兵湖廣，保舉軍前。監賑湖北。官至布政司參議。二十一年告歸。撰《曠觀園詩集》，王岱序。其子介宗、介宣、介谷滙校。各卷復以《野吟》、《之秦》、《芮鞠哦》、《白雲笥》、《關涼游》、《里居草》、《哦雪》、《詠梅》、《東兗草》、《歸來詠》、《入賨言》、《馬首還》、《賨璞吟》、《滙吟》名集。盂縣古名仇猶，山在縣北，有仇猶君廟。《野吟》一集。作於明季。專詠當地山川。李自成在太原開科取士，士多就之，作詩志慨。有云：「尚有巢由在，悠悠蘿辟心。誰言天下士，轉眼盡華簪。」詩不足稱，事有可徵。令崇陽時，過西安、咸陽、六盤、崆洞，有詩。爲官敝袴膝穿，寸絲無可易。作《續崇人苦難歌》、《秋風行書提牢公署》等篇，多爲紀實。之涇川，有《壽張懷古》。守東兗之作，觸目荒涼。赴兩湖，遍地烽烟。又作《百忍歌》，自述爲宦之苦。張同鑑《山右詩存》有選詩。

碩園集三十五卷　中國科學院圖書館藏抄本

王昊撰。昊字惟夏，江蘇太倉人。王世懋曾孫。明諸生。詩負才名，交游海内。清初坐奏銷事，爲鄰邑株連，被逮入都，明年，奉順治遺詔得釋，自是灰心進取，益肆力於詩古文辭。康熙十七年舉鴻博，以年老，與鄧漢儀、王嗣槐、孫枝蔚俱加銜内閣中書。命下，已先卒，年五十三。吴偉業《太倉十子詩選》選詩一卷，是鈔詩自崇禎十六年迄康熙十七年，缺康熙十五六兩年，每歲一卷，視選本所益，不知凡幾矣。一至二十三卷爲昊自編，餘爲其子繹高續編，其孫良穀手録，有乾隆十年良穀識語。附詞稿，僅十餘闋。詩多感憤，善陳時事。《大雨行》、前後《打魚歌》、《兵船行》、《秋感》、《棉花行》、《上元行》、《京口》、《鹿城胥》、《金陵雜詩》，鬱勃沉健，有亢直之氣。作《遭難詩》、《秋村四首》，自述坐奏銷事被逮經過。喜讀子史書，偶有所得，輒録之，成《讀史百詠》、讀老莊文中子等篇。交游可考者，前輩爲錢、吴、王時敏，友朋贈答，則尤侗、陸元輔、余懷、杜濬、王鑑、鄧漢儀，吴綺。作《九子篇》，九子卽周肇、王揆、許旭、黄與堅、王撰、王抃、顧湄、王攄、及其弟王曜升。其詩在九子之上，沈德潛《别裁》謂「十子中尤錚錚有聲者」，是矣。是鈔凡舊序題詞七篇，爲計東、姜廷榦、孫金礪、黄虞稷、周雲驤、周雲駿、陳嘉靜，俱昊同學。

見山樓詩集不分卷　康熙二十七年刻本

楊素藴撰。素藴字筠碧，號退菴，陝西宜君人。順治九年進士。官東明知縣，招撫流亡。在縣三年，增至萬餘户。入授御史。吴三桂王爵鎮滇南，中朝不知其有異，素藴力言三桂跋扈不臣，逆挫萌芽。不聽，罷職。三桂反，擢京兆尹，官安徽巡撫，湖北巡撫，至都察院左副都御史。卒於康熙二十八年，年六十三。汪琬爲撰《墓銘》。撰《見山樓集》詩文合刻，《四庫存目》著録。首汪琬、李念慈、趙湛序。自述身世，見《三十初度詩》。詩格高雋，《江泉五詠》、《見山樓紀事》、《峯天丞署雜詠》、《過松山》等詩，多以抒懷爲尚，《南征紀行》、《襄陽臨去留别江山勝蹟》、《雲中秋懷》八首、《登太和山頂》、《過虎丘奠五人墓作》，大都雄邁。《四庫提要》稱其詩頗摹李夢陽，蓋見有《歲暮和空同五首》，實則亦不盡然耳。

丁景吕詩集不分卷 康熙間刻本

丁弘誨撰。弘誨字景吕，江西南昌人。舉人。康熙七年，官撫州府學教授。著有《硯北筆存》。是集趙鑰、熊文舉序，自序。黎元寬序云：「余舉丁卯，景吕生丁卯，亦云小同。」丁卯爲明天啟七年。觀集中《讀董文友詩賦有作》、《徐元定索觀廢莪集》、《寄呈錢牧齋先生》、《呈施愚山先生》，可見行輩。《建昌道中》、《德州遇剽作》、《南康雜詩》、《李長吉集書後》、《泰安道中》等作，均無浮響。贈王士禛詩最多，有句云：「風神欺玉樹，逸興問瓊花。」後果遇於揚州。七古《哀江南二首》，記順治十六年鄭成功、張煌言由海上進兵迫金陵，而措詞中視爲仇寇。餘則平妥之作，亦不足徵事。

己畦詩集十卷殘餘一卷　康熙間二棄草堂刻本

葉燮撰。燮字星期，號己畦，時稱横山先生，江蘇吴江人。康熙九年進士。十四年，選寶應知縣，未二年，被劾去官。晚年講學，王式丹、陶蔚、沈德潛、周用錫、顧藹吉、李果，皆其弟子。卒於康熙四十一年，年七十六。詩尊杜、韓。所著《原詩》四卷，以「理、事、情足以窮盡萬有之變態」，「才、膽、識、力所以窮盡此心之神明」。又謂詩當以「生、新、深」爲主，「凡一切庸熟陳舊浮淺語須掃而空之」。沈德潛《别裁》引。無不與當世學宋者暗合。蓋其力破時人徒襲范、陸皮毛之非，非專辟宋調耳。又不滿汪琬文，亦爲其名高，意氣太盛，著《汪文摘謬》，舉《堯峯文鈔》中不合文法之句，批郤導窾，儼然爲人師矣。是集與《文集》十四卷合刻，《四庫》列入《存目》。首曹溶序，大都晚年之詩。五古《山居雜詩三十首》，唱和者曹溶、吴之振。二十二年，游粤，經贛州、大庾嶺，覽七星巖，又作七律《嶺南雜詩十二首》。集中酬答之作甚多。與宋犖、杜濬、韓菼、徐乾學、吴兆騫、王士禛、顧茂倫、沈季友、林麟焻、梁佩蘭、孫默、徐倬，均有交往。《紀事雜詩十二首》，爲《御馬來》、《河漕隄》、《軍郵速》、《荷鍤夫》、《採柳謡》、《紵金遮》、《涸田勘》、《湖天霜》、《西江水》、《會吏怒》、《衙前鐘》、《贈行碑》，所寫皆實應事，直刺當道。《湖天霜》，揭露縣官孫樹百，殺四十人以全一人官爵，尤令人扼腕。其詩不襲前人，出語獨造。殁後，沈德潛從其言，以格調相標榜。乾隆間「七子」踵繼之，開吴中詩風變局。

玉署集一卷 康熙間刻本

張瑞徵撰。瑞徵字華平，一作豹巖，山東萊陽人。祖夢鯉，明末官大理寺卿。父嗣謨，官知州。順治九年年二十六，以三甲進士考選庶吉士。十四年，典試浙江。撰《玉署集》，約刻於康熙二年，詩文各一卷。瑞徵以擬《御製大清會典序》進呈，欽定第三名。序稿今猶存文集中。詩歌無新特之作。生於易代之際，一作豹巖山東沿海多警，稍涉時事而已。詩集又名《足餘居詩草》，分體，有薛所蘊、張縉彥序。

志壑堂詩集十二卷詩後三卷 康熙間刻本

唐夢賚撰。夢賚字濟武，號豹嵒，山東淄川人。順治六年年二十三成進士，改庶吉士，官翰林檢討。翰林無言責，以抗節言事罷官。顧維禎《心聲上唐豹巖先生》詩云：「先生以諫譯《玉匣記》去任。」楊鍾羲《雪橋詩話》則云以劾言官陰潤罷歸。並引高珩贈詩有「志能自見復何憾，士所當爲尚自多」之句。家居五十年，歸里後鍵户讀書。康熙三十七年卒，年七十二。是集與《文集》十二卷合刊，分體，總七百八十六首。王士禛選並序，姜宸英序。《四庫存目》著録。《青蘿洞行》、《泰山看日出歌》、《遊回路峪》、《窮泰嶽以北諸山》、《登摩訶東峯》、《青雲山》、《登長白山》、《勞山看海市》、《趵突泉》，大都以齊魯名蹟入謳。《濟南上元竹枝詞》，略記土風。《塞海门》一篇，詞旨斐然，可見抱負。贈答七律層出不窮，人服其工。康熙二十八年南巡視河，有《迎駕詩》，作於德州。迎駕文臣爲衍聖公孔毓圻、巡撫錢珏以下官員，武臣總兵、駐防總兵以下皆至。在籍諸臣至者，内閣大學士李之芳、兵部侍郎孫光祀、侍讀學士王士禛、侍讀蕭惟豫、編修田需原、刑部侍郎任克溥，檢討孫勷、唐夢賚。康熙以次問話，賜酒饌者七人。越日恭送德州南郊，亦有詩紀。康熙題碑立撫署，全蠲山東省二十九年錢糧。先歸諸臣送駕濟南南郭，又有詩紀。康熙問李之芳年齒，爲六十八。問孫光祀，爲七十六。問王士禛幾時進京，對以丁艱歸患病，今歲入京。觀此詩，夢賚罷歸後多年，尚預迎駕臣列也。夢賚與高珩、李呈祥交密。生平不蹈虚聲，詩爲清穎自得，適如其人。官杭州時，同年林嗣環副使客死，有子不能娶，夢賚傾囊爲營葬、授室，手録其遺稿以歸。王晫《今世説》評其詩「刻練之工，如山噸水笑」。高駿《強恕堂詩》卷五有《哭唐豹巖先生六首》。

貞娱草堂詩集五卷　康熙三十四年刻本

林子威撰。子威字武宣，江蘇華亭人。明亡，棄舉業。刻《貞娱草堂詩集》，由同學蔣平階、吴騏序。平階字大鴻，輯有《東林始末》。騏字日千，有《顣頷集》。子威生平吟詠頗多，顧饑驅作客，大半散失，晚年始哀此帙。生歲據《丁巳除夕五十一》詩推之，爲明天啟七年。卒年不詳。交游不廣，《贈鄭汝器》、《酬全椒吴抑菴醉後見贈韻》，而以寄日千詩最多。《顣頷集》亦有《酬林武宣》七律一首。《巴陵行》、《過徐偃王廟》，詠史諸什，大都沉實蒼勁。《感事十首》其一云：「孔桑心計非加賦，吴越丞徒號習流。若爲秋夜魚龍靜，可奈空城雀鼠稀。越甲三年怨零雨，吴兵六月賦無衣。廟堂中格籌邊計，海内爭傳痛哭書。」尤爲沈鬱。古體多擬漢魏六朝，蓋受陳子龍、李雯、宋徵輿三家選明詩影響，字皆樸質而句反奇逸，句多健直而篇反委婉。江南詩人此類甚多也。

煙坪詩鈔二卷　雲南叢書本

陸天麟撰。天麟字玉書，雲南寧州人。明季貢生。清初值孫可望之亂，携孥避地，間卧病山寺，乞食荒村。順治十八年初抵昆明，與趙士麟等交善。撰《煙坪詩鈔》，上卷曰《樵隱集》，下卷曰《百噫草》。紀年自永曆庚寅順治七年至康熙庚戌九年，都百九十餘首。光緒十三年始獲見之，收入《雲南叢書》。《憶江上避兵》云：「江上林丘與水隈，夢魂常向此中來。五年不復攀林木，雙淚曾經溼蘚苔。山鬼定依黄葉笑，野雲應掛白雲哀。當年兩度逃兵馬，幸得生還隔夜臺。」《兵馬》云：「薊遼兵馬半滇南，漫道蒼生十只三。白羽軍書安得息，黄金米價那能堪。」清初滇南用兵繁劇可見。《輓擔當和尚》、《經五華廢宫》、《贈吴石峯》、《送郡侯丁公還楚》，多涉及永曆一朝時政。

河濱詩選十卷　嘉慶十六年刻本

李楷撰。楷字叔則，號岸翁，陝西朝邑人。明末舉人。與王子葵、司馬元馭、韓聖秋，稱「關中四子」。入清，官寶應知縣。順治十二年，流寓揚州。歸里後鍵户著書。卒於康熙九年，生歲不詳。著有《霧堂集》、《甂閣集》、《想閣集》、《過楚集》、《朝萊山房稿》、《枕上集》，凡百餘卷，已散佚。嘉慶十六年，合爲選集，先刻《河濱遺書鈔》，續刻《河濱詩選》。有世族李元春跋。詩甚粗獷，然有伉直之氣。《焚舟行》、《市隗叟》、《邗水篇》、《杜陵詩》、《觀海篇》、《羅浮歌》、《望九華山歌》、《賣墨歌》、《長江控制圖歌》、《魚版歎》、《露筋行》，均爲必不可少之詩。迂闊不免，然非鋪設裝點之家矣。《曲阿十八首》，注詳列史書，考其沿革。卷十皆詞曲，爲《閏七夕》、《述懷》、《贈王山史》，凡套數三，山史卽王弘撰。與沈荃、王崇簡等大員亦有贈酬。清代社會等級甚嚴，而以文會友，往往無分貴賤，沿至嘉、道間亦然。此良風也。

寄王山史

〔一枝花〕黄塵暗麥疇，赤旱燒沙渚。逢年思硯海，娱日守詩厨。老景清虚，猶嘆光陰誤。猛然間，雙鯉魚剖開來，顆顆明珠，怪得那龍宫水府。

〔梁州第七〕記當初，尋海角，揚州畫舫到，雲間吴會名區，輕風吹動鴛鴦樹。紫霞仙釀，白雪新歈，紅顔妙妓，黄髪鴻儒。五茸城笑靨芙蕖，三神仙採遍珊瑚。我呵，浮萍影滯在姑蘇，龍鍾態久謝長途，煙花恨付與菖蒲。遥羨操觚，裝成那嘯月名流趣，好風流真堪妬。今歸來，烱自如銀管瓊壺。《河濱詩選》卷十

喬文衣詩四卷 康熙十三年刻本

喬鉢撰。鉢字子野，號文衣，一號苓塞山人，直隸内丘人。明季貢生。少與楊思聖、魏一鰲論詩。明亡，從清兵征大蘭山中，次年渡海。復游都下二年。順治十二年，補官九江。康熙四年，随軍平蜀，官劍州知州。十一年，復役於海，未知所終。刻《喬文衣雜著》六卷，内詩四卷，魏裔介序，分《苦吟》、《匡蠡草》、《劍閣草》、《燕齊詠》。卷五《毛詩樂府》爲散曲，卷六爲喬子野語。詩不足名家。《海警五首》，斥鄭成功、張煌言爲頑孽，蓋鉢曾相戰舟山，餘可知矣。又染明季陋習，邊幅狹窘，任情抒寫。魏象樞序謂「有理有道，有情有景，有謔有哭，有史有畫，有佛有仙」，適見其詩之不類。唯所交縉紳甚多，與降臣王鐸、陳名夏，遺民申涵光俱有寄投。王士禛有《望劍州懷喬文衣》詩，見《帶經堂集》。

紀城詩稿四卷 康熙間刻本

安致遠撰。致遠字静子，一名如磐，號拙石，一號緘菴，山東壽光人。世業農。九歲而孤。順治二年補弟子員。十一年拔貢生。自順治二年至康熙二十三年，凡十五舉而不售。詩古文有名於時，爲周亮工所賞。事具張貞《潛州集·安静子先生墓誌銘》。卒於康熙四十年，年七十四。撰《安静子全集》，《四庫》列入《存目》。包括《玉磑集》、《紀城文稿》、《紀城詩稿》、《吴江旅嘯詞》、《蟄音》。有《拙石先生自撰墓誌》，附其子安箕《綺樹閣稿》一卷。初刻康熙間，同治時有重刻本。《詩稿》復分《倦游草》一卷，龐塏、孫岳頒題詞。《柳村雜詠》二卷，自題。《嶽江草》一卷，李澄中題詞，自題。詩以詠齊魯勝蹟爲佳，《登青州北城樓》、《明湖秋詞六首》、《趵突泉》、《李于鱗白雪樓》、《登岱八首》，調不凡近。《徵兵二首》、《飢民二首》，揭露世情，感喟亦深。《哭周櫟園先生四首》，情詞剴切。康熙十八年，有欲以鴻博薦，謀之某公不應，遂止。賦詩云：「朝天封事復何如，袖裏虛傳薦士書。白首非關明主棄，青雲早覺故人疎。」然終以詩文傳，亦云有遇矣。龐塏《叢碧山房詩集》有贈詩。王沛恂《匡山集》有《壽安靜子先生七十》詩。

江泠閣詩集十二卷續編十二卷　道光二十七年重刻本

冷士嵋撰。士嵋字又嵋，號秋江，江蘇丹徒人。明諸生，入清不應試。日課生徒自給。居傍大江，讀書閣曰江泠，因以名集。大學士張玉書招之，不往。康熙四十九年卒，年八十三。《丹徒縣志》有傳。《四庫存目》著録本，乃士嵋晚年節饔飧之費自梓。道光間裔孫重刻《文集》四卷、《續集》三卷、《詩集》十二卷、《詞》一卷，復增《詩續編》十二卷，詩共九百五十七首。士嵋與同邑笪重光俱以詩名，清初京口詩人，當爲首推。此集有同學宗元豫題，魏禧、笪重光、何絜序，自序，重刻增張崇蘭、趙楫、朱梓序。其詩古體宗漢魏，近體學唐，多感慨時事。集中《賑延綏》、《扼澠池》、《塞車籍》、《搗江南》、《擊房穀》、《錦江哀》等篇，關係張獻忠起事，常有敵視之詞。順治十六年鄭成功、張煌言入長江，克鎮江，至金陵近郊，時江南富家有以策應者。士嵋則以家鄉被禍，仿杜甫《無家别》作《海天别》。士嵋與古文家魏禧厚交，有贈詩多首。《黄海謡》、《十八灘歌》、《登黄鶴樓》、《濟彭蠡湖》、詠匡廬、赤壁諸作，清婉迥特，樸而不雕。過金陵，游金焦、北固，杭郡西湖，題詠尤衆。魏禧序云：「又嵋高懷絶俗，其所爲擬古詩歌多感慨寄託，至爲文則樸而不雕，淡而能遠，是真丘壑中人。」《續編》卷十二《三月十九日歲再逢甲申感而有作》云：「燕子飛來柳絮天，人間芳草尚依然。海棠花落東風裏，此事傷心六十年。」心繫明室，無改初衷。《甲申九月廿日江泠閣鏤版成寄存焦山》一詩，所云集，當即《四庫》所見之本，沈德潛《别裁》未嘗見及。此重刻本晚出，今亦不可多得。文人顯晦，豈有定哉。

新又堂詩不分卷　康熙三十八年刻本

林卧遥集三卷　康熙三十五年刻本

趙吉士撰。吉士字天羽，號恆夫，浙江錢塘人，休寧籍。順治八年舉人。康熙七年，官山西文城知縣。擢户部主事。二十五年爲給事中。越明年，以勘河不稱旨罷。居京宣武門外寄園，有池臺花木之勝，日酬四方文士。著有《萬青閣集》、《寄園寄所寄》、《續表忠記》等書。卒於康熙四十五年，年七十九。詩集名《林卧遥集》者，以康熙三十年林卧西巖章投寄七律四首，依韻答之。嗣後凡有作皆叠其韻，得詩一千三百餘首，析爲上下卷，曰《叠韻千律》。有熊一瀟、徐秉義、趙麟士序。後又成詩五百餘首，曰《千叠餘波》，戴名世爲之序。其事古所未有。而大都爲觸緒懷人即景賦物之作，蔓衍乏味。以有用精神寄於此，亦大可惜矣。詩集曰《新又堂》者，分《寄園雅集》、《乙丙吟》、《丁戊吟》、《怡園燕集》、《上巳寄園修禊》諸集，凡六百餘首，皆五言近體。亦唱酬居多。唯吉士交游雖廣，而贈答往復，僅朱彝尊、姜宸英、何焯、熊一瀟數名士，餘多禪林中人，與公卿相接，百無一二焉。《四庫存目》著録《萬青閣集》、《林卧遥集》。

逸德軒詩集三卷　康熙二十六年刻本

田蘭芳撰。蘭芳字梁紫，一字伍衆，號簣山，河南睢州人。明諸生。入清不仕，究心理學。著有《逸德軒全集》。卒於康熙四十年，年七十四。是集三卷，爲順治十三年至康熙二十六年詩，共四百零三首。作者爲詩，樸茂自然，無雕琢之習。讀史之作，根觸極深。《富兒行》，寫世態炎涼如畫。《讀放翁絶句有感》云：「久憑一死卧松根，身後身前豈更論。心事癡兒渾未解，他時家祭告何言。」《和傅質儒金陵雜感》云：「咽巷高軒參制府，吞聲野老憶降王。」又云：「瓜步浪翻南壘壯，石城潮緩北船來。」心繫明室，哀思不置。作者少與湯斌同學。與陳維崧爲厚交，集中有《聞陳其年凶問哀之》四首。《讀宋詩》、《詠宋墨》、《贈醫士袁國玉》等歌，間亦可掇。詩多惋慨，不可以一繩相格。

天涯詩鈔四卷　康熙三十三年刻本

蔣楛撰。楛字荆名，江蘇吴縣人。明末世家。入清，流寓淮揚三十年。嘗一度赴都，入晉陽幕，既歸，以詩寄情，自號天涯布衣。康熙三十三年刻《天涯詩鈔》四卷，年六十七。詩分《吴詠》、《浮淮稿》二集。《河堤曲》云：「走河堤，風淒淒，黄雲黯黯落日低。沙邊叢樹半枯死，荒村無人鴉亂啼。走河堤，風淒淒，走河曲，風簌簌。堪柴作岸蘆作屋。西風一夜鉅野流，魚頭赤子千家哭。走河曲，風簌簌。」格調清遠，隱而有諷。《秦郵道中有感》云：「城郭蕭條草木疏，桑麻雞犬化爲魚。湖連霄漢千帆落，人借蛟龍一線居。内府金錢傾璧馬，中原膏血付河渠。刊隨未見功成日，水性多應異古初。」記所見水患，通首奇警。

魏季子詩集六卷 寧都三魏全集本

魏禮撰。禮字和公，江西寧都人。明亡，棄諸生，堅於處。與兄際瑞、禧俱以詩文著，稱「三魏」。中年遠游，足迹幾遍天下。晚居翠微峯頂曰吾廬，抗志窮山，徵不起。卒於康熙三十四年，年六十六。子世傚、世儼、世侃，繼以詩文著名。是集首魏禧、彭士望序。禧序稱其詩「爲漢魏學韓，沈鬱之中，發爲孤響，矯顧騰騫，極意彫琢，而樸氣不漓」。集中作於粤中及瓊崖者，《雲零石歌》、《乘月渡海歌》，並聯衲交陳恭尹。而《海南道中三十首》，尤稱傑作，彭士望評云：「三十首中，水陸舟車，人民城郭，花木蟲魚，風俗物色，成敗枯榮，甘苦夷險，雄奇細碎，陰晴寒暑，靡不畢載。令讀者如身置其地，目擊其情。」西至陜，作《秦中歌》，又五律《西行道上一百三首》，亦詩中之史。《上灘謡》、《修官路》、《平西道上》、《再到嶺南詩》、《野燒》、《夾馬營》，揭露官兵欺壓民衆，寃獄纍纍，至爲警策，較魏禧尤有過之。《讀史雜感》，謹嚴有法，感喟亦深。

巢松集六卷　中國科學院圖書館藏抄本

王抃撰。抃字懌民，一字鶴尹，江蘇太倉人。時敏第五子。從陸世儀、陳瑚學。增生。壯師吴偉業。康熙十七年科場案，幾得而復失。二十六年，決意焚棄筆硯，年已六十。卒於三十一年，年六十五。早年詩刻入《太倉十子詩選》，吴偉業序謂「五言多平實之調，七言少盤鬱之奇」。蓋學偉業而乏其才，不免皮相耳。此傳鈔本詩，有干支紀年者，止於康熙三十八年己卯，距生歲崇禎元年（據《哭孝威》詩）當已七十二。而精撰之作，指不能一再屈。卷首爲陸圻、朱彝尊、王攄序。抃善度曲。黄與堅序《巢松樂府》，謂有《舜華莊》諸種曲，今不傳。《贈孝子黄端木》、《哭梅村夫子》、《題王石谷江南春調》、《西湖感舊》及詠秦淮雜詩，較爲清雋。《贈王異公》、《哭孝威》、《哭芝麐兄》、《哭虹友七弟》，可見王揆、鄧漢儀、王昊、王攄行實。與錢謙益、朱鶴齡、王士禛、余懷、許旭交往，亦有事可徵。

槐軒詩集四卷　康熙八年刻本

王曰高撰。曰高字監兹，一字登孺，號北山，山東茌平人。順治十五年進士，改庶吉士，官工科都給事中。康熙二年爲江南副主考。在諫垣十七年。《四庫存目》著録《槐軒集》詩五卷，文五卷，今所見僅《詩集》四卷。此書有康熙七年鄒祗謨、董以寧序，八年周亮工、陳玉瑾序。據《戊申初度》詩，當爲明崇禎元年生。

卒於康熙十七年，見湯斌《墓誌》。曰高自入直視草以及庭闈游覽，無不有詩。與王士禛等名士唱和。詠山東徐淮古蹟，遊金焦、虎丘，較有佳什。《入闈卽事》六首，詠考場聞見，款曲如話。其詩格調凡近，間有清初掌故可資。

小傳我詩十卷 咸豐三年重刻本

傅眉撰。眉字須男，號壽髦，一號糜道人，山西陽曲人。父山，有志節，工詩書畫，善醫，爲清初山右之冠。眉亦躬耕養親，不仕。是集爲重刻本，首王晉榮序。以不摹古人，不襲時賢，膽識超乎衆慮，作法創所未有，故名《我詩》。《山右詩存》卷七小傳。冠以小傳，非其舊標。詩風與老傅相近，村居感興雜詩最多。喜用佛典，間以口語入詩，酣嬉淋漓，而傷於俚質者亦所不免。五古《讀莊》、《泰山》六首，七古《晉祠戲歌夾階兩老柏》，俱見風力。《蠻仔》一詩，歌謳爲人牧牛之傭工。嘗至燕、豫、皖、蘇，流連江漢，訪察風土人情，而於詩又不多載也。康熙十八年召試博學鴻詞，山被迫入都，未應試，授中書舍人歸。眉亦随侍，在京與丘象随、惠周惕交游。卒於康熙二十三年，年五十七。傅山《哭子詩》有云：「俯仰雙詞客，乾坤兩孽禪」，蓋山嘗自號老孽禪，眉亦有小孽禪之號也。是集與白孕彩《測魚詩》、胡庭《畸人詩》合刻，孕彩字居實，榆關人，不講經濟，亦不談時事，與布衣野老日遊醉鄉，爲詩自娱。胡庭號季子，西河人，授經爲業。近人刊《晉四家詩畧》，卽以白胡兩家與傅氏父子相配。山右僻壤，風氣不開，明清之際布衣詩人，不外於是矣。

尺五堂詩删初刻六卷近刻四卷　康熙間刻本

嚴我斯撰。我斯字就思，號存安，浙江歸安人。康熙三年一甲一名進士，授翰林修撰，官至禮部左侍郎，二十六年乞歸。初刻《尺五堂詩删》六卷，爲康熙三年至十五年詩，五百七十九首，魏裔介序，自序。《近刻》四卷，爲康熙十六年至二十六年之詩，四百四十五首。《四庫》存目，祇著録初刻六卷。據《哭仲弟》詩云：「仲也降壬申，少於予三歲。」是爲崇禎元年生。我斯與陸隴其、魏裔介、徐倬、汪懋麟交善，集中多有唱和。其詩沉浸六朝三唐，大都華贍之作。《長安燈市篇》、《白雲觀》、《雨中過龍華詩》、《任城登太白樓歌》、《過韓淮陰釣臺》、《十峯草堂歌爲錢礎日作》、《柴窑酒椀歌爲曹峨眉賦》、《濟南白雪樓歌》、《趵突泉》等篇，俱有壯采。江淮水災查賑，作《淮上行》、《詠淮上觀龍燈戲作》，同時又作《河上居民采野蒿作食感賦》。五古《反田家樂三首》，極言民間供官催租骨肉流離之苦。《近刻》多應制之作。而《平滇詩》、《西洋國貢獅子歌》、《高麗國使朝見侍班恭紀》，尚有史料可資。是善使諷詠長於紀事者。

清人詩集敍録卷九

葦間詩集五卷　湛園詩稿三卷拾遺一卷　光緒十五年刻姜先生全集本

姜宸英撰。宸英字西溟，號湛園，浙江慈谿人。明諸生。入清以古文辭馳譽江南，與朱彝尊、嚴繩孫齊名，稱「三布衣」。康熙十八年薦舉博學鴻詞，不遇。入明史館充纂修，分撰《刑法志》，極言明詔獄、廷杖、立枷、東西廠衛之害。後從徐乾學在洞庭山《一統志》局爲分纂。康熙三十六年年七十始成進士，以第三人及第。三十八年充順天鄉試副考官，爲主考李蟠牽累，以是招讒慝被劾，事未及白，而卒於獄，年七十二。宸英淹通經史，工書能文，才力雄富，負氣自高，方其瘐死，人皆知其無罪，世爭惜之。生平著述見於《四庫》著録者，爲《湛園集》八卷、《湛園未定稿》六卷、《真意堂文稿》二卷、《湛園札記》四卷。詩集曰《葦間詩集》者五卷，有康熙五十二年刊本，道光四年葉元塏活字本。曰《湛園詩稿》三卷，有嘉慶二十三年刊本。光緒間王定祥、馮保清搜羅衆本，採拾遺編，刻《姜先生全集》三十三卷，内《未定稿》爲十卷，復增《西溟文鈔》四卷、《湛園藏稿》四卷、《題跋》一卷、《詩詞拾遺》一卷。以諸本錢澄之、韓菼、王猷定、秦松齡、趙侗學、唐執玉、黄叔琳、趙懷玉、葉元塏原序冠於首。而《葦間詩集》編年紀世，一如其舊，皆不復詳。其中《城東篇》、《和尤西堂詠史古樂府》、《藍山人瑛畫壁》、《求嚴蓀友楷書離騷經》、《西湖竹枝詞十二首》、《題禹鴻臚倣松雷村居圖》、《哀平陽》、《哭魏叔子二首》、《哭計甫草四十韻》、《哭亡友容若侍衛四首》、《輓徐司寇公》、《送惠庶常之任密雲》，多可徵事。詠北京近郊名勝，較有佳什。晚年《湛園詩稿》稍遜前編，而酬接益廣，往還多勝流，庸或有裨於傳記之需。其詩沉著工穩，亦斲輪老手。吴仰賢《小匏菴詩話》卷一引姜西溟語云：「我輩人人有集，然詩傳與否未可知。惟當連綴姓名於集中，幸有傳者，即附載之人亦因以顯。」此是謙退之詞。故《詩話》云：「夫西溟之才之學，自足千古，尚不敢自必，而冀附於附載以傳。甚矣，汲世之名可貴也。」

哀平陽

世間萬事多翻覆，康熙乙亥四月六。撼動坤維礔礰聲，燕秦魯衛聲相逐。平陽四縣慘獨遭，簸掀平地如波濤。十人糜爛一人活，手足斷折肢撑交。須臾火起徧熸熱，活者爬沙少得出。唐風耕鑿三千年，周餘黎民靡有孑。零丁官長亦可哀，無罪身創門户絶。四面腥風破鼻聞，獨背殘陽哭瓦礫。疏聞當寧知其由，當時遺勘無停留。帑金齎恤逾十萬，萬鬼感泣聲啾啾。聖人憂爲百辟先，下詔殷勤思直言。何爲至今少建白，大小塞默同寒蟬。草野焉能知大計，羣公鎮靜會有意。不聞古者老成云，見怪不怪怪自避。此邦陽九數合逢，金木爲災水火沴。勸君莫作杞人憂，杞人憂天不憂地。　《葦間詩集》卷四

種學堂詹詹吟四卷　景印康熙間刻本

章性良撰。性良字聖可，號江蘺，江蘇丹徒人。諸生。考選教習。卒於康熙四十九年，年八十三。著《種學堂詩文集》十卷，刻於康熙間，宋犖爲之序。《文集》今無存，近代柳詒徵據盋山圖書館所藏《詩集》四卷景印問世。首同里詩人冷士嵋序，又康熙四十七年錢斌序，龔克憲、錢大鏞、張鐘諧序，附柳詒徵跋。詩集分體。五古《燕臺六十韻》，以揭露奢豪爲主。《絡緯吟》、《無義行》、《題高別駕游獵圖》、《題吴賓崖閉户著書圖》、《墨牡丹》，亦多深切之論，奇闢之思。蓋專尚宋人，不以恬熟見勝，此康熙時風氣。《弔侯朝宗》、《奉贈織造李公》、《答王秋史》，贈張天門、顧赤方、楊石濱、梅耦長，名家累累可見。

稧亭詩選二卷　光緒十八年重刻本

張衡撰。衡字友石，一字義文，號晴峯，直隸景州人。順治十八年進士。康熙十一年官晉鄉副考，轉户部浙江司主事，擢山西司員外郎。嘗監督寶泉局，鼓鑄精好錢法流通。任工部郎中，興造瀛臺内殿門觀。二十七年，出爲榆林東路道。三十年，主秦闈武試，復主浙省武闈。卒於四十年，年七十四。所撰《稧亭詩選》二卷，爲手自訂，首康熙五十一年周在建序，又其弟鐕序，敍其仕履。初刻本未見，此光緒重刻本，未增序跋。詩以詠晉陝境内山川景物爲勝。《巡查煮賑觸目慘傷漫成口號》，多述無告貧民慘狀。《弔姜祠》三首，蒐集民間孟姜女傳説，祠當在山西同官縣北。衡家藏唐開元二十四年雷霄琴，卽李肇《國史補》所云蜀中雷氏斲琴。同時人恆有贈題，陳維崧、田雯最著。道光間，琴流於市，徐灝嘗見之，作《雷霄琴歌》，見《靈洲詩録》。

過延安

一路窄巖夾束，至此稍潤。

危巖相逼久，頓肯放寬平。寺古松杉色，村稠雞犬聲。寒流思桂槳，亂葦憶鷗盟。不盡幽尋意，吟詩坐短檠。

匹馬延川道，幽清慰容情。何年平戰壘，此地有柴荆。一水鳴秋澗，千峯出化城。邠風何處問，擊筑倚秦聲。《聽雲閣集》

五龍山

山踞延安城東，上戴佛閣，僧寮無算。軒檻凌空，丹碧騰雲，真塞上奇觀也。下臨延水，人家列幌波上，大有畫意。

爲愛龍山勝，蜿蜒靈氣存。僧崖幹嵌穩，佛閣捩磐尊。清梵撞雲際，洪濤撼石根。老鱗飛動處，勒題處名詩灣。直欲犯崑崙。

龍山何妙麗，突兀跨巖城。雲葉飄丹壁，石稜點墨黥。玲瓏皴鬼面，贔屭託神丁。刻劃詩灣在，

敢爭瓦缶鳴。《聽雲閣集》

弔姜祠

弔古嶂山下，奇聞頌楚娃。湘川留寶鏡，姜廢粧拋鏡成石。秦洞祝金釵。洞前虔禱，燭照石隙，有金釵出，見示靈異焉。水聽悲聲咽，沙看素手排。過滄水，狂濤莫渡，姜據地號哭，沙岸掌印，歷崩圻不没。荒祠烟霧渺，登拜苦榛荄。

綱常千古事，姜女蹟非奇。滄水饒鰲偃，姜趨塞經堯都，滄水深不可測。泣禱水伏，既渡，而洶濤如故。金山贔屭移。姜負骸歸，追騎將近，忽山迴迷路得免，卽金鎖關也。今女迴山命名以此。鬼神驚峻節，造化寵孤嫠。耿耿照河嶽，黄陵好並垂。黄陵廟祀舜二妃亦在湘，旁韓文公碑文在焉。

慘烈干神痛，湘娥冥報玄。叢篁標勁節，姜望夫臺畔有竹，嘗針刺葉破，今其地生竹葉，皆細碎如縷，知湘妃血斑非誤也。片石效貞堅，泉涌天揮淚。歸至同官界，濁甚，痛哭，地湧甘泉。今其地名哭泉，有祠亦圮。城隤血滲骿，姜聞夫死，繞城而哭，忽一隅隳，則雲霧慘黯，范郎見焉。姜求其骸，多不可辨，乃嚙指出血，見滲入拭不可没者，知爲夫骸，遂負以歸。謳歌童婦在，青史愧遺編。《聽雲閣集》

澹生詩鈔一卷　雲南叢書本

高應雷撰。應雷字澹生，雲南昆明人。明季諸生。永曆丁酉順治十四年鄉貢，授中書舍人。孫可望入滇，滅沙定洲，遥附桂王，而實持兩端。應雷不就。李定國至滇，應雷從軍黔楚。乙亥順治十六年師潰長州，獨身跳免，隱於溆浦。寓大潭舒氏，授徒自給。垂十餘年，不知所終。事具趙藩所撰《高舍人傳》。詩文皆搜集散佚，僅二卷。趙炳龍序謂：「如擊燕市之筑，鼓雍門之琴，湘纍澤畔之行吟，皋羽西臺之痛哭，狀其詞，哀其志也。」《貧者歎夜》、《江上翁》、《滇人曲》、《彈憤歌》、《哀義陵》，精心結撰，爲詩史之亞。《花朝歌》詠昆明花朝節盛況。自云「不遂曲江錦城」，又謂「恐風景未必長妍」，志亦悲矣。

東莊詩存七卷　中國科學院圖書館藏抄本

吕留良撰。留良字莊生，原名光輪，字用晦，號晚村，浙江崇德人。明儀賓吕熯之孫。順治十年邑諸生。康熙五年以學法除名。輯朱子書，工制舉文，講學望重一時。後游隱海昌，更名可耐，字不昧，號何求老人，鬻字及篆刻自給。卒於康熙二十二年，年五十五。雍正中，曾靜、張熙之獄，謂讀天蓋樓撰文，始知夷夏之防，因論留良戮屍，門生、小門生俱得罪，子孫遣戍，婦女入官，著述皆遭禁燬。所撰《晚村先生文集》八卷、續集一卷，康熙五十九年孫學顔序，由曾孫爲景刻於雍正三年，極少見，有傳鈔本、近代重印本行世。《東莊詩存》未刻，向賴鈔本以傳。近代排印本曰《何求老人殘稿》者，包括《萬感集》、《倀倀集》、《夢覺集》，所據係傳增湘先生舊藏寫本。全帙於《夢覺集》後尚有《真臘凝寒》、《零星》、《東將》、《欬氣》四集，今北京各大圖書館亦多有之。蓋留良身後因禍得名，清季藏書家已懼其詩文湮没，至民初並《家訓》，評八股文等雜著，俱顯於世矣。其詩學楊萬里，多沈苦之言。偶有諷刺感喟，如「雅集圖中衣帽改，黨人碑里姓名非」，「天上幾家忘主客，此身今日繫存亡」，「但存雇保髡鉗意，肯作人天鼓笛思」，「甑要不全行莫顧，簀如當易死何妨」等句，並不多見。集中大都爲閒居雜詠，其風調與吴之振《黄葉山莊詩》頗近。而《亂後過嘉興》、《黄進士歌贈黄九煙》、《題如此江山圖》宋末陳仲美畫、《田家女》、《答黄晦木》、《吴孟舉示詩畫用太冲韻》諸篇，最足徵實。中國科學院圖書館藏《吕耻翁詩稿》有吴晉德注，晉德，武原人。

罨畫樓詩草二卷　中國科學院圖書館藏稿本

安璿撰。璿字蒼涵，號孟公，江蘇無錫人。祖希范，官光禄卿，《明史》卷二百十有傳。父廣居，字無曠，著《率意吟》。璿入清不仕，與嚴繩孫、顧景文等結社。坐罨畫樓，藏書萬卷。康熙四十二年，年七十五卒。是集爲鄧之誠先生所藏原稿本，首吴本泰、司馬補光序，爲甲乙以後至康熙三年詩，二十年辛酉復自改一過。安氏爲無錫望族。璿工書畫，世以畫配華商原書，又以書配鄒黎眉畫。《國朝畫識》、《桐陰論畫》有傳。集中題畫詩不甚多見，而詠定窑等文物尚有可資。《君山望江歌》、《貧中八友歌》高深備見，迥不猶人。結納爲黄周星及方外多人，不與仕宦來往，洵高士也。

讀書堂綵衣詩集二十一卷　光緒十九年浙江書局重刻全集本

趙士麟撰。士麟字麟伯，號玉峯，雲南河陽人。康熙三年進士。由平遠推官補容城知縣。累擢浙江巡撫，内至兵部督捕右侍郎、吏部左侍郎。卒於康熙三十八年，年七十一。所著《讀書堂集》四十六卷，《四庫》列入《存目》，卷二十二至四十二爲詩，有張英、彭定求序。浙江書局重刻之，增劉樹堂序，述士麟官浙嘗代民償旗兵債，深得民心。詩文則刺刺不休，才調較弱。通計早年《雜詩》五十七首，《滇南詩》八十五首，《北征詩》由滇入京二百六十首，《金陵詩》六十六首，《武林詩》六十首，《金閶詩》四十二首，《都門詩》與《紀盛集》三百三十五首，《四序詩》一百五十一首，晚年《雜詩》五十六首，《壽詩》五十四首。其中意主歌頌者過多，作而不當收者亦有之。唯卷二十三至二十六《詠史詩》計西漢二十八首，東漢四十六首，三國二十八首，西晉附宋、齊、梁、陳、隋六十一首，唐附五代四十三首，宋三十七首，元十五首，明四十首，共達三百首，實爲全集魁壘。光緒間孫福清輯《清代五家詠史詩鈔》，爲謝啟昆《樹經堂詠史詩》二卷，《曹振鏞話雲軒詠史詩》一卷，《鮑桂星覺生詠史詩》二卷，《王廷紹澹香齋詠史詩》一卷，《羅惇衍集義軒詠史詩》四卷，不知已有《讀書堂詠史詩》四卷在先也。

錢遵王詩稿不分卷　北京圖書館藏抄本　今吾集不分卷　中國科學院圖書館藏抄本

錢曾撰。曾字遵王，號也是翁，江蘇虞山人。父裔肅，明萬曆舉人，好藏書。曾少學於族祖錢謙益。絳雲樓火，燼餘書籍及詩文稿，悉付藏弆。所居述古堂、也是園，多善本古書。著有《讀書敏求記》、《述古堂書目》，又爲牧齋注《初學》、《有學》集詩傳世。卒於康熙四十年，年七十三。詩稿未刻，《詩稿》爲傅增湘先生舊藏抄本，乃選録，不盡其全。《悲歌》十首、《問月》等作，記述時事。《早春閒居十首》、《論詩八首》、《無題一百韻》、《滕王閣遺址歌》有序，流易有餘，不求警策。曾與季振宜、陸貽典、毛晉、毛扆父子同好。《寄懷季滄葦一百韻》句「開雕東澗注，讐勘少陵箋」，注云：「牧齋暮年自稱東澗老人，杜陵箋注，實藉手滄葦，以垂永久。」及《登汲古閣悽然懷舊》諸篇，俱可增書林故實。又《今吾集》抄本，以康熙刻本爲底本，首壬子錢陸燦序，與《詩稿》有異同。和錢謙益詩四首，作於辛丑。和吴偉業贈蘇生絶句，有江潭流落之悲。《題陳伯璣耦耕圖》，伯璣名允衡，江西詩家。爲金孝章作生輓詩，五言二百字。《題石谷子書卷》，《有論詩者戲以絶句八首答之》，以及觀劇絶句十二首，皆藝文資料。作者固博聞之士，與自鳴風雅者，猶有别也。

葉文敏公詩集五卷　中國科學院圖書館藏抄本

葉方藹撰。方藹字子吉，號訒菴，江蘇崑山人。順治十六年一甲三名進士，授編修。康熙初官經筵講官，侍讀學士。累至刑部右侍郎加尚書銜。二十一年卒，年五十四，謚文敏。詩文以抄本傳世者，凡文八卷、詩四卷。《四庫存目》著録《讀書齋偶存稿》四卷，有詩無文。詩宗元、白、蘇、陸，鈔當日詩家所作名《獨賞集》，各題絶句，多所稱美。論錢謙益云：「短詞數首尤多味，不羨聯珠疊壁懸。」論施閏章云：「近日施家新體好，無人更道謝宣城。」論吴偉業云：「連昌長恨尤難匹，近代何人敢作朋。」論王士禄、士禛云：「機雲昔日皆工賦，軾轍當年並擅文。今見二王詩律峻，始知鼎足是三分。」《咄咄行》、《石城謡》、《關隴平》、《渡江行》、《海氛清》，詠時事以見用世之意。《濟寧太白樓》、《蘇台竹枝詞》，亦較秀出。《七月十三日紀事》云：「時夜雷車傍斗杓，太阿光氣燭層霄。猶傳宮禁新刑馬，旋見君王自射鮫。早識禍萌驂乘日，誰言功在委裘朝。漢昭十四真年少，驚倒朝中大小僚。」此詩係詠康熙親政。《詠漢史》、《詠唐史》，援古刺今，多箴誡得失。方藹以文學受兩朝特知。與徐乾學至親而不相能，集中有贈答。與魏象樞、陳廷敬交密，酬應之作，咸可觀采。王士禛《感舊集》所録泰半爲其少作。

爰始樓詩刪一卷　順治間刻本

陸弘定撰。弘定字紫度，號綸山，浙江海寧人。與兄嘉淑，均以詩名，入清未仕。是集由朱一是、陸圻刪定並爲序，所收皆順治間詩作。據《丁酉初度》詩推之，生於崇禎二年，結集時年止三十餘。詩近明人，自序獨推李攀龍，所作亦雄俊相似。《壬辰春日漫興四首》、《野哭》、《贈毛稚黄》俱稱佳什。《古杭雜感》四首云：「萬里紅塵一望迷，蟠龍窄袖織金衣。夕陽江上飛雲錦，正是侯家放鳥歸。」又云：「短衣銀箭佩來新，馬上投鞭笑暮春。鞋袖小環垂帨甲，從教註籍滿洲人。」才調在嘉淑之上。篇什不足，無足責也。

曝書亭詩集二十二卷　康熙五十三年刻本　曝書亭集外詩五卷　道光二年刻本

朱彝尊撰。彝尊字錫鬯，號竹垞，晚號小長蘆釣魚師，浙江秀水人。明大學士朱國祚曾孫。少逢喪亂，棄制舉，與里中王翃、周篔、繆泳、沈進、李繩遠、李良年、李符爲詩課，又肆力於古學研究。時貧甚，贅於嘉興馮氏，而自以布衣爲尊。順、康間，嘗走東甌粵中。後至京師，訪孫承澤，博識碑版羣籍。康熙十八年，與李因篤、嚴繩孫、潘耒均以布衣薦博學鴻詞，李告歸，三布衣授檢討，與纂《明史》。復授日講起居注官。二十三年，以携僕入内鈔録四方經進書，被劾降級。二十九年復官。三十一年，又以事被褫南歸。四十八年卒，年八十一。輯著《經義考》三百卷、《日下舊聞》四十二卷、《明詩綜》一百卷、《詞綜》三十卷。詩文初刻曰《南車草》、《竹垞文類》，通籍後爲《騰笑集》，晚合前後所作手自删定，總八十卷，更名《曝書亭集》，潘耒、查慎行序，王士禛、魏禧舊序，曹寅助刻，未竣而朱、曹相繼下世，其孫稻孫續成之。《四庫總目》别集類著録。詩凡二十二卷，編年順治四年前後所作，大抵不出鄉里，十三年，至廣州，與陳子昇、張家珍、屈大均等人交往，猶及見萬泰。十五年還家。游金陵淮陽，結交布衣老宿甚廣。康熙元年，走海上，之東甌。康熙三年北上，出居庸關，歷雁北晉中，觀覽山川祠廟。凡所經歷，各以所見爲詠。康熙六年在京師，與達官酬接，以《朱碧山銀槎歌》作於孫承澤席上頗得名。十八年，舉鴻博，稱臣有頌德詩數卷。晚年題圖、論學之什，頗爲質直。是集酬唱贈别之什最夥，康熙間朝野名流事蹟，多可取爲印證。而以《贈鄭簠》、《羅浮屈五過訪》、《酬閻若璩》、《沈季友南還詩》、《送林佳璣還莆田》、《送王掞視浙江學政》、《逢姜給事埰》，龔鼎孳、曹溶、納蘭性德輓詩，及晚年與洪昇、曹寅詩較爲切要。《鴛湖櫂歌一百首》、《論畫和宋中丞十二首》、《齋中讀書十二首》，尤見體製之大，覃研之精。《謁大禹陵》、《遶門山》、《越王臺懷古》、《顯皇帝大閱圖爲吴金吾國輔賦》、《于忠肅公祠》、《金華道上夢游天台歌》、《謁劉文成公祠》、《雁門關》、《大孤山》、《玉帶生歌》、《岳忠武王墓》、《御恭園歌》、《尋山石歌》、《謁泰伯廟》，亦可見體大思精。其詩唐宋兼採，無考據填實之弊，蓋於古無所不學，又能自用，故老愈傳也。論者以彝尊比王士禛，謂爲南北二大宗。田雯、宋犖不能及也。唯是集刊行已經删削，見於《竹垞文類》、《騰笑集》有感事諷刺之篇，往往不可見。嘉慶間馮登府輯《曝書亭集外詩》五卷、詞一卷，足以附行。詩之注本，乾隆間有江浩然《曝書亭詩録箋注》十二卷，嘉慶間有孫銀槎《曝書亭詩集箋注》二十三卷、楊謙《曝書亭集詩注》二十二卷。楊注晚出，較爲詳贍。沈景修論詩絶句云：「早歲才名動國門，直探星宿溯崑崙。風懷苦受多情累，百韻詩拚兩廡豚。」《蒙廬詩存》評論甚精。

高雲堂詩集十六卷　康熙間刻本

曉青撰。曉青字鑒青，號碓庵，姓名未詳。明亡入爲僧。始住松陵，入楚。晚居華山。是集爲門人編校募刻。據《丁巳元旦》詩「行年四十九，自顧早知非」，當爲明崇禎二年生。卒於康熙二十九年，年六十二。詩學孟郊，秀而不腴。五古《宿東山》、《山舫吟》，七古《狼山觀海》、《雨中過星期居士二棄草堂》等篇，俱臻佳境。與王時敏、徐枋、冒襄、李清有寄贈。《輓錢牧齋先生四首》、《題王石谷畫册》，無冗贅之詞。詩中不見有眷念明室之意。康熙南巡，欲游華山未往，作《和御製詩》以進。居楚有詠荆州、竟陵詩。録《經寒河望譚友夏先生故居》云：「寒河一夜衝隄倒，一派鑼聲喧至曉。昨夜田中有白花，今朝岸上無青草。獨立茫茫指白鷗，誰知稔歲忽無秋。官糧私逋不汝赦，老農老圃添新憂。詞壇前輩推譚子，嶽歸堂中富經史。遥望幽居咫尺迷，埜日荒荒愁徙倚。」

綰秀園詩選一卷　康熙間刻本

杜首昌撰。首昌字湘草，江蘇山陽人。入望園詩社，與高士奇、丘象升善交。康熙九年入都，多交達官。歸里後不出。康熙三十七年，年七十，猶與時流唱酬。是集爲其孫刻，有高士奇、尤侗、程崟序。詩有理致。《柳敬亭持箑索書口占贈之》云：「能令千古事長新，一往何從辨假真。天地欲存三寸舌，江湖難老八旬人。」《秦淮曲》云：「十五年前泛小舟，曾看明月照明眸。而今回憶當年事，明月依然上酒樓。」惜亦無多耳。龔鼎孳招宴，有詩賦之，同席閻爾梅、曾燦、錢肅潤、紀映鍾、朱彝尊、徐倬、蔣易、李良年，可見龔家賓客之盛。《觀冒巢民家伶演劇四首》、《海陵觀俞水文女伶同曹秋岳侍郎》、《呈江寧織造曹公》、《題羅飯牛畫册》、《毛大可太史招同洪昉思泛湖》、《長安旗亭放歌》，多爲當日藝苑軼聞。交游尚有方文、龔賢、黄周星、閻若璩、查士標、鄧旭、王蘋、宋曹、黄泰來等人。觀其行誼，不似遺民，然終未入仕。高士奇作序稱：「今諸老不可復見，獨湘草巍然靈光矣。」

窺園詩鈔一卷　康熙間刻本

朱崍撰。崍字草孫，號與西，江蘇長洲人。諸生。擯於鄉試。卒于康熙十七年，年五十。朱彝尊爲之傳。是集有韓菼、宋實穎、金俊明、施臧序，即鄧之誠先生舊藏本。題記云：「手訂二百餘篇，其子岳壽復搜殘稿百篇，授張大受論定百四十二首刻之。」又云：「其詩上摹六朝，下迄温、李，有擬昭明十二月錦帶詩。又有古詩爲翁登塀妻高細宋作，長一千四百九十言，詞旨高古。」集中亦以此二作爲最。又有《秋郊八詠》，一以温麗爲宗。刊版在康熙後期，惜經張大受删削，不得全帙矣。

南齋詩集不分卷　康熙三十五年刻本

丘象升撰。象升字曙戒，江蘇山陽人。順治十二年進士，改庶吉士，授編修。補瓊州通判，改武昌通判。官至大理寺左署丞，引經折獄，多所平反。與弟象随以詩文名，時稱「二丘」。卒於康熙二十八年，年六十一。是集家刻，詩凡四百八十五首，爲晚年手訂。附王士禛所撰《大理左寺副墓誌》。象升先有《桐園雜詠》、《楚游草》、《舫齋集》、《嶺海集》、《三入燕集》、《西清焚餘草》、《七入燕集》諸刻，滙刻已删簡，而馮景、劉沁區、陳台孫、今釋、胡介、靳應昇、陸嘉淑諸序猶存。考其交衲，宋犖、王士禛、汪琬、孫枝蔚、程可則、李澄中、湯斌爲名士夙儒，今釋、龔賢、張養重、方文、蕭雲從皆高士。弟象随齊名。壻喬崇烈亦有聲。詩如《都市口占》、《姑蘇懷古》、《過梅嶺》、《嶺南口占》、《海南漫興》、《海南口占》，均可徵事。惜删汰過多耳。孫一致《擇菴詩稿》有《送侍講丘曙戒先生遷瓊州别駕》詩及出判武昌詩。

海南口占四首

粵有檳榔如建煙，相沿風俗自何年。非關瘴癘非關冷，一日閒消幾十錢。

城外黎岐城内兵，賊來城上自屯營。駐防只有城池重，城外居民聽死生。

葛布單衫箬笠冠，谿來不解雪霜寒。陰晴頃刻爭冬夏，節候惟憑曆日看。

只愛魚鹽與木棉，飛香沉水不論錢。大家身外無餘物，一領紅籐自在眠。《南齋詩集》

正誼堂詩集二十卷 康熙三十九年刻本

董以寧撰。以寧字文友，號宛齋，江蘇武進人。貢生。工詩詞兼通天算、樂律。與陳維崧、鄒祇謨黄永稱「四才子」。康熙八年卒，年四十一。著有《正誼堂文鈔》、《詩集》及《蓉渡詞》，合刻爲《董文友全集》。詩集分體。古樂府爲湯斌、陸圻選，鄒祇謨程邨評，謝良琦序。五古爲杜濬、王士禛選，陳維崧評。七古王士禄、彭師度選。其中《擬鄴中公讌詩》詠建安七子，《遥送吴漢槎戍寧固塔》、《戊申夏日紀事百韻》、《襄陽元宵行》、《永樂八駿圖歌》、《輓惲中書香山先生》、《放生池歌爲冒辟疆賦》，五排《寄贈王太常煙客先生》，才情駿發，足以與同時名家驅駕。五律《襄陽雜感》六首、《奉呈王覺斯先生》、《贈林古度茂子》，七律《杜于皇先生見訪》、《觀荷蘭國貢使》，七絶《爲周櫟園先生題畫册》十首、《吴錦雯席上看登郎重繫三弦子歌》四首，亦盡所長。題楊龍友畫、題項孔彰畫，題龔半千畫稱其：「畫樹以直取妍，畫山以枯見腴，論者賞其骨重神寒，比之魏徵嫵媚。」可以畫史資料目之。以寧有子大儒、大倫，皆能詩，大倫著《梅坪詩鈔》，在「毘陵六逸」中。詩文俱不以腴詞取世，雖《四庫》不著録，其書終當傳之後來也。

東臯集一卷　太倉十子詩選本

王曜升撰。曜升字次谷，江蘇太倉人。詩受業於吴偉業。與兄昊齊名。尤長文史。順治間以逋糧案罣誤。暮年游京師卒。王氏昆季爲明王世懋曾孫，俱受學於吴偉業。昊有《碩園集》，單刻，曜升詩僅存此卷，爲偉業選，刊入《太倉十子詩選》中。《寄吴梅村先生》、《贈余澹心》長歌，足以明志。與杜濬、鄧漢儀亦有寄答。《秋風篇》、《初秋雜感》，古意泠然。游金焦、北固、燕子磯諸篇，清腴簡遠。《垓下行》、《出塞行》，尤爲高響。清初士夫猶爭氣骨，故無趁時趨世之作也。

匪石山房詩鈔一卷　昆陵楊氏詩存本

楊玾撰。玾字逢玉，號砥齋，一號常之，江蘇武進人。明季諸生。弟瑀，字雪臣，亦有學行。甲申舉家避兵。清初東南多志節之士。玾杜門學《易》三十年，瑀主延陵書院，均以遺民終。順治間江南屢興大獄，動輒萬餘人，紳民多受株連。玾奮不顧身，周旋其間，率有緩急，不惜破産鬻金。百方排救，直至力窮財盡。撰《周易觀玩》。文集三卷，詩集三卷俱佚。今此一帙，乃後人搜録。光緒六年與同里楊宗發《白雲樓詩鈔》，文言《南蘭紀事詩鈔》，姪媳《曹蕚真絡繞吟》，同刻入《昆陵楊氏詩存》。詩多作於甲乙之際。《詠懷二十首》，最見孤獨懷抱。

秋水集一卷　太倉十子詩選本

許旭撰。旭字九日，江蘇太倉人。諸生。明亡，益肆力於詩文。康熙間，浙江巡撫范承謨聘入幕，章奏皆出其手。及承謨總督入閩死事，耿精忠執諸在幕者遍鞫之。旭以先歸，不及於難。吴偉業刻諸弟子詩，選爲此卷。旭嘗受業於張溥，集中有《七録齋見落花感弔張西銘先生》詩。多交方外隱逸。明末諸生入清不應試而入軍幕，仍與遺民相等。觀《崇禎宮詞》四首、《觀棋詩》六首、《送嬾雲道人還滇》、《贈雪竇石大師》、《贈杜于皇》諸篇，其志行可知矣。順治十六年，鄭成功、張煌言兵迫京口，清廷大震。以詩詠其事者，多頌官軍。旭作《秋日感興五首》云：「破浪乘風幾萬師，長戈短稍卧多時。京江好酒真堪醉，鐵甕金城竟不支。早見千帆歸絶島，可憐一片竪降旗。山川满目還依舊，惆悵人生是亂離。」「勝勢看先指上游，坐教揮淚説神州。烽連夜月悲牛渚，湖打秋風恨石頭。衰荻满江聲寂寂，寒鴉繞堞影悠悠。只今重愁干戈地，短笛横吹起舊愁。」「北固高峯鐵馬嘶，江流戰鼓正淒淒。崖山變局重聞宋，田氏孤軍尚建齊。日落陣雲生海市，夜深燐火逐沙溪。鵲飛龍鬬渾閒至，何處深山聽鳥啼。」「易水愁聽壯士歌，天心已去可如何。遥從城上占烏鳥，已見江心失鸛鵝。幾處青山聞觱篥，無端白浪泛嵯峨。海門雲樹空垂翅，三月烽煙恨已多。」「形勝金焦險莫當，江流屹峙兩相望。蒜山一鼓成遺恨，瓜步千年見戰場。歌舞煙波迷舊路，樓臺煨燼立斜陽。北來征雁遥空過，錯認江南是異鄉。」此詩於鄭成功軍敗，猶存惋惜，彌爲沉痛。

漣漪堂遺稿詩一卷　康熙間刻本

沈峻曾撰。峻曾字峃菴，浙江仁和人。順治十一年副貢生。卒於康熙二十七年，年五十九。是集凡詩文各一卷，附《理言》一卷，爲林雲銘選定。有陸堦、林雲銘序。《四庫》列爲《存目》。詩只七律，格調高爽，頗有佳句可採。唯每托以自況，多淒苦之音。交游爲毛先舒、應撝謙、吴山濤等人。當時文風極盛，士大夫喜好吟詠，皆不肯輕易下筆，故其詩尚有體有物也。

槲葉集詩二卷附南游草一卷　康熙二十六年刻本

李柏撰。柏初名如泌，更名柏，字雪木，陝西郿縣人。崇禎三年生。入清棄諸生，隱居太白山。與李顒、李因篤，號爲「關中三李」。卒於康熙三十九年，年七十一。撰《槲葉集》，自識云「山中乏紙，採幽巖之肥緑，浥心血之餘瀝，積久盈筐」，遂爲集名。首康熙二十六年許孫荃序，駱文蕭震生及弟子王于京序。宣統三年有重刻本增附録爲《傳狀》。詩止四五兩卷。《卓烈婦》有慨於揚州卓氏一家八口赴水，彌爲沉痛。《白山有喬木》，自喻其志，堅貞不屈。《弔三閭大夫詩》、《南山行》、《磻溪行》、《老牛篇》、《逍遥吟》、《太白山月歌》、《愛松篇》、《菉竹篇》、《伐木》、《閔耕者》、《荒村》、《知止吟》、《山房雜詠》，既富哲理，又深閲世情。非唐非宋，語綏因襲。其人大節無可疵，詩亦高人逸軌。明代遺民，有詩集傳世者，約二百餘家。試舉決傳不朽者，似爲顧炎武、邢昉、閻爾梅、黄宗羲、杜濬、方文、王夫之、錢澄之、吴嘉紀、李柏、屈大均、陳恭尹。此十二家，即所謂「不廢江河萬古流」者也。

現成話一卷 四明叢書本

羅喦撰。喦字友山，一字品山，浙江鄞縣人。父絅以寫真擅名，喦亦工其技。尤善墨竹。康熙中代父戍鐵嶺，及歸，年已五十。世稱孝子。事具本書卷首汪國撰《孝子羅公家傳》。傳云「卒年七十七」，以集中詩紀年核之，當爲康熙三十五年。詩作於遼東者，僅《詠銅蟹》數首。餘都晚作，辭達而已。徐時棟跋云：「《四庫》著録潘孝子《鐵廬詩集》，今鄭重存此稿，亦其意耳。」稿中有外孫汪國入泮詩。國字芠湖，有《空石齋詩文集》。

翁山詩外十八卷 宣統二年排印本

屈大均撰。大均初名紹隆，字翁山，又字介子，廣東番禺人。明末諸生。受業於陳邦彦。清兵圍廣州，祝髮爲僧，釋名今種，字一靈，又字騷餘。旋返初服。嘗讀書祁氏寓山園，復與同里諸子爲西園詩社。又逾嶺北遊，抵京師。東出榆關，西至秦晉，北出雁門，與秦中名士王弘撰、李因篤爲友。代州將軍有甥女，妻之。後又往來荆楚、粤西。晚歸里，於康熙三十五年卒，年六十七。詩集初刻曰《道援堂集》，二刻曰《翁山詩畧》。三刻曰《詩外》，均從二集簡出，自謂聊應同人之求。今以《詩外》與十二卷本相覆，重要篇章，悉已收録。自序云：「吾詩之内者，以《易》以《書》以《春秋》爲之。其外者乃以詩爲之。」是爲命之自。其詩伉慷任氣，歷落使才，極奔馳之狀，前人已有定評。而撫時感事，無不心懷明室。五古《詠懷古意》、《過大梁作》、《出塞作》、《寓山園弔祁忠敏公》、《過涿州作》、《燕市篇》、《綏德城下作》、《經陽江電白邊界感賦》、《登羅浮絶頂》、《鎮海樓》、《蜀岡懷古》、《虎門觀海作》、《華頂放歌》，時抒悲憤。《大同感嘆》、《猛虎行》、《菜人哀》諸篇，意主揭發，略無顧忌。又長詠古，《拜三閭大夫墓》、《題招屈亭》、《讀史》、《魯連臺》、《南海神祠古木棉花歌》、《讀荆軻傳作》五首、《宣府弔古》、《晉祠》、《蝎磯謁靈澤夫人廟》，多有托寄。《天壽山六首》、《梅花嶺弔史相國墓》、《寓山園弔祁忠敏公》、《哭顧寧人》、《贈傅青主》、《寄剩禪師》、《讀吴野人東淘集》、《送沙子雨浮海之日本》，表彰高節，界畫分明。《琵琶行贈蒲衣子》、《過黄俞邰藏書樓作》、《四百三十二峯草堂歌》、《讀吴漢槎秋笳集有作》、《題梅村集》，翩翩雋致。《廣州荔支詞五十二首》、《澳門六首》、《採珠詞六首》，時記風物之異。大均與陳恭尹齊名，與梁佩蘭稱嶺南三家。有清一代，嶺南詩人緜密不絶，三子實開其端。唯大均明亡時年未弱冠，初入沙門，後爲代州將軍作贅。見毛奇齡《湘中集》爲屈生悼亡詩。五十年作汗漫游。既無恢復之圖，作詩痛哭，遂成大夢。復廣交賢達，而散髮行吟，自比屈子，較諸陳恭尹身遭家難，終身完節，亦不過含蓄委曲發於感息，自有任意與不任意之别矣。觀陳、梁二家寄懷詩，及汪森《寄屈翁山》長歌見《小方壺存稿》，於其生平志節，可窺大概。朱彝尊、潘耒、毛奇齡、周在浚、吴苑，同時朝野名家，均有寄贈。遺民交往之廣，無逾於大均者也。大均生前三刻其集，聲名藉甚。直至雍正八年，以張熙案牽涉，書始遭禁。原擬戮屍，得寬免。乾隆三十九年，書列全燬。雍、乾間文人詩集於大均詩稍有顧忌，間有作詩謾罵者。唯《嶺南羣雅二集》有崔弼答屈超元四首，題爲《超元以藏翁山書入獄既而恩免詩以慰之且答其獄中札》，其一云：「道援堂前欲斷魂，難憑青草對黄昏。不將一死酬君父，空著遺書累子孫。鍊石已無天可補，覆巢寧見卵猶存。西陵臺下歌千疊，擊竹傷心不忍論。」罪及藏書。弼字積巨，番禺人，嘉慶六年舉人。超元當爲大均族孫。詩約作於乾隆後期。道光後讀大均詩集者又多頌揚。清末國粹派將《翁山易外》、《廣東新語》、《四朝成仁録》等書陸續印出。是集卽《廣東叢書》本，而原刻亦不甚難得也。

臥象山房詩集七卷 康熙間刻本

李澄中撰。澄中字渭清，號漁村，一號雷田，山東諸城人。拔貢生。康熙十八年舉博學鴻詞，授檢討。二十七年，充雲南鄉試主考。官至侍讀。三十年放歸。三十九年卒，年七十一。撰《白雲村文集》四卷，《四庫》列入《存目》。此《臥象山房詩正集》七卷，爲通籍以後詩。其間詠北京西山諸勝與大覺寺、五塔寺，格調老蒼。五古《齊謳行》四首，總括今古，尤爲時人稱之。典試雲南，所作《辰龍關》、《芙蓉關》、《江西坡紀黔人語》、《清溪洞》、《鐵索橋歌》、《苗民篇》，沉著健峭。嘗見抄本《臥象山房詩》，有《秋日瀛臺紀事》、《張晴峯工部席上聽楊振玉彈滄海龍吟曲》等詩，爲此本所無。《王清遠別墅詩》存二，原作十二，可從王士禛所刻《西山別墅題詠》本補足。澄中生時夢李攀龍入室。其七絶學攀龍，餘則不類。《哭施愚山先生》、《題丁野鶴先生魚龍卷》、《送汪舟次使琉球》、《哭陳其年檢討》、《送嚴蓀友》、《題趙秋谷編修並門集後》，長篇宕逸，精於用事，少與劉子羽稱石交。與周亮工、王士禛、田雯等山左名家均有往還。畢鴻博與陳維崧、徐釚、朱彝尊、毛奇齡、嚴繩孫迭有唱酬。又有贈宋犖、喬萊、萬言、龐塏詩，可見交游。其詩一味典實，便少意藴，然根柢堅實，亦非中郎虎賁之似也。

雙雲堂詩稿六卷　康熙四十六年刻本

范光陽撰。光陽字國雯，一字筆仙，浙江鄞縣人。康熙二十七年進士。官户部主事、兵部郎中，出爲延平知府。撰《雙雲堂詩文稿》各六卷，鄭梁選，鄭性閲，有鄭鳳、趙俞序。《四庫存目》著録。生歲由《己卯七十生朝詩》，知爲崇禎三年。光陽與姜宸英、萬斯同、鄭梁爲同學友，詩文爲黄宗羲所許可。《丁巳同梨洲先生登杭州玉皇山紀所見聞時從者萬子授衣經束萬貞一言》、《陳大年招飲觀劇》、《贈靈隱雪舟和尚》諸詩，多載佚聞。詠史之什，亦有識見。紀游詩江南而外，詠歷下趵突泉歌，可稱佳作。《海寧紀異》詩，爲志乘所未具。其詩不求琢句之工，雅淡同時涉道學語，皆有準繩可尋。

眉三子半農齋集詩一卷　康熙二十年刻本

蔣中和撰。中和字本達，一字藴幾，號位公，晚號眉山子，江蘇靖江人。順治九年進士。官蘭陽知縣。

降補滄州州判。康熙二十年，年五十六，自刻《眉三子半農齋集》六卷，凡詩、文、論策部各一卷，史部二卷，説部二卷，有自序。《四庫》列入《存目》。詩共三百七十二首，多抒鬱結之氣，又喜説理，如《動静篇》、《漁樵問答篇》、《咏懷》、《自訟》、《十友詩》、《十燕詩》，殊覺費辭。五古讀楊鐵崖、劉青田、李西涯樂府，及游雁蕩觀大龍湫瀑布等作，稍開生面。酬答寄贈，俱不苟作。惜知名者僅《客廣陵贈别王西樵吏部》一篇而已。生年據《乙卯除夕》詩求之爲明崇禎三年。中和仕途不得志，詩境冷峭，多趨險怪，盖亦有難言者在也。

了菴詩集二十卷 乾隆十二年刻本

王岱撰。岱字山長，號九青，一號了菴，又號且園，湖南湘潭人。明崇禎十二年舉人。入清，屢試不售，任安鄉隨州學官，順天府教授。康熙十八年應博學鴻詞，不第。二十二年遷澄海知縣，卒於官。詩集初刻曰《溪山草堂集》，有《山書》、《客豓》二種，共詩八百首，皆順治間作。續刻分《了菴》、《且園》、《燕邸》、《浮槎》四集，今不易覯全。曩見《且園近詩》五卷，收康熙元年至十六年詩六百首，即《四庫》著録之本。此刻爲乾隆丁卯曾孫恪重梓，名《了菴全集》，共三十卷，内詩二十卷。有方拱乾、陳梁、龔鼎孳、施閏章、單若魯、林國球六序，自序。而《且園集》原有文德翼、武全文、陳祚明三序，猶未收也。明季清初，楚人作詩，皆效鍾、譚。作者不與時人爭聲價，其詩亦沿竟陵餘響。順治五年，作《湖南紀異詩十七章》，不著議論，憫亂傷時自見。《楚招詩十四章》，爲悼陣亡將士及死於張獻忠者。《猛虎行》、《後猛虎行》、《擊豺行》、《縛鷹行》、《顧曲行》、《華表行》、《幺蟲》詩，亦重時事。又有《游岱詩》多首。岱少負詩名，而與同時名輩施閏章、毛先舒、王士禛、杜濬、高珩均有唱酬。陶汝鼐、尤侗、宋犖、劉友光、姚文燮、李澄中、王又旦、丁煒、曹爾堪、方亨咸、金德嘉、曾燦、嚴沆均有贈詩。又喜交禪宗，有贈無可方以智、石谿、龍隱、南雲諸僧詩。嘗作《十二無詩》，爲無米、薪、鹽、菜、酒、魚、車、席、衣、景、侶、錢，後人亦有此體。岱工書畫，尤擅題詠。《題張學海墨竹》、《放歌行贈張大風》、《鐵筆歌贈竟陵昌壑叟》、《題汪無方人物畫册》，及題畫絶句無慮百數十首，堪爲畫史所資。

酬石溪和尚贈畫

石公筆意真離奇，一石一木匪所思。大者山河撑法界，小者芥粟藏須彌。胸中本具千丘壑，不與粉本爭起落。畫家開口稱宋唐，了菴大笑連噱錯。我觀法界初立時，本有神人自開拓。中有巨山海四隅，四部州分四郛廓。百千萬億風氣殊，世眼少見生驚愕。石公學道住牛首，數十年來閉關久。偶然游戲翰墨場，豈與兒曹論好醜。三昧之趣定慧力，斷絶時蹊出胸臆。徒使見者生嘆嗟，比似烝沙不可食。若將筆墨求石公，面壁那是西來意。《了菴詩集》卷六

龍性堂詩集二卷　康熙二十一年刻本

葉矯然撰。矯然字子肅，號恩菴，福建閩縣人。順治九年進士，授工部主事，改樂亭知縣。與宋犖至孤

竹、灤河、山海諸勝同吟。康熙初，閩中苦兵，多往來於越東間。二十年刊《龍性堂詩集》，年且五十。同學友孫枝蔚、林雲銘爲之序。詩沿明七子餘波，《越東紀游》、七律《山海關》諸篇，克成嗣響。七古《廉吏行》云：「狹斜簾下倚門伎，一見金夫呈百媚。何來人面沐而冠，也道飲水稱廉吏。蜣生不潔翻抱丸，鴟嚇腐鼠性所嗜。羊羶蟻慕蠅營營，患得患失無不至。嗚呼。鄙夫自古惡能廉，況復畜眼胸中無丁字。」諷刺穢罵。毫無顧忌。康熙中期，此等日漸少矣。

西齋集十八卷　康熙三十九年刻本

王仲儒撰。仲儒字景州，號西菴，江蘇興化人。未仕進。撰《西齋集》，編年爲順治十八年迄康熙三十六年詩，戊寅无詩。每一二年爲一卷，每歲必有元日詩，可推其生年爲崇禎四年，甲申年僅十五耳。卒於康熙三十六七年間。作序者毛際可、洪嘉植、李驎、李國宋、王熹儒。李驎《有虬峯集》刻於康熙三十九年，乾隆四十四年查禁燬板。此書據仲儒弟熹儒序云，亦刻於康熙三十九年。又此書乾隆間亦列禁燬書目，惟今北京各大圖書館多有之，所見已不啻三四部，可見文不能禁，禁亦無益也。其詩不過受遺老影響，偶爾睠懷故國，絶無復明之志。《京口行》、《舞燈行》、《揚州竹枝詞十首》、《端午竹枝詞十首》、《焦山老僧行》、《秋雨》、《觀劇行》，率多鄉土之音。寄贈陳夢雷詩其一云：「養拙湖干客，清時日日閒。曾攀梨嶺樹，尚憶劍州山。結侶長途話，悲君老淚潸。沉冤如得雪，隱石待人還。」挽汪懋麟詩有云：「人呼姓字僧堪應，酒作生涯聖可逃。」均不鑿空。交游爲杜濬、陳維崧、喬萊、先著、張潮、卓天寅、孔尚任諸名家。《爲吴聽翁謝轉運崔公贖三朝詩板》，聽翁爲吴綺，嘗刊選唐、宋、元三朝詩。《前民來宿》，前民爲蔣易，撰《石閭集》，仲儒爲之選並跋。《俞錦泉招觀家樂》其一云：「遮莫嚴城戍鼓催，留人深夜肯教迴。狂言欲發還禁住，不是分司御史來。」亦紀實也。先著《之溪老生集》有《輓王西齋詩三首》。

朱秋厓詩集四卷　同治五年刻本

朱克生撰。克生字國楨，一字念蕺，號秋厓，江蘇寶應人。克簡弟。貢生。撰《秋厓詩集》四卷，無刻本，同治間六世孫百度以家藏稿本授梓，有五世姪孫朱士端序。據《行畧》，爲明崇禎四年生，康熙十八年卒。克生所居射陽湖有環溪別墅。與名士施閏章、王士禛、計東通聲氣，遺民陶季、魏禧、孫默亦與往還。《武夷九曲櫂歌》、《晉安雜詩》、《登蒙山絶頂》、《延平竹枝詞四首》、《游泗水泉林》、《環谿雜詠六首》、《南歸雜詩十二首》，不甚藻飾，每有雋句。《客氏篇》，爲明季掌故。詠懷古蹟與讀史，亦較遒雅，題畫詩甚多，《夏太常墨竹歌》一篇，最盡神妙，是以能詩者稱著焉。

秋笳集詩六卷　雍正四年刻本

吴兆騫撰。兆騫字漢槎，江蘇吴江人。晉錫子，兆寬弟。順治十四年舉人。以丁酉科場獄案，遣戍寧古塔，居塞上二十三年。嘗作《長白山賦》，詞極瑰麗。友人顧貞觀寄以《金縷曲》二闋，膾炙當時。後經徐乾學乞於明珠，納鍰贖還。卒于康熙二十三年，年五十四。此集前四卷爲賦、詩，詩曰《秋笳詩》、《西曹雜詩》，徐乾學初刻。雍正四年，其子棖臣重刻爲八卷，增《秋笳前集》、《雜體詩》、《秋笳後集》，附《雜著》。《四庫》列入《存目》。爲詩詞采高麗。身在西曹，以謗議繫都，有詩。又作《白頭宮女行》，記崇禎時舊宮人，以托哀思。順治十五年，遣戍出關，所作《閏三月朔日將赴遼左留别吴中諸故人》、《曉發撫寧題逆旅壁》、《榆關老翁行》、《燕支山辭》、《海郎山靈湫神女歌》、《塔山道中望海》，名篇雋句，沉鬱蒼涼。戍寧古塔，爲將軍巴海子授經，與舊友時作詩文往還。《同陳子長坐氈帳中話吴門舊游愴然作歌》、《早秋陪諸公游密將山》、《松花江》、《封祀長白山二十韻》、《撫順寺》、《浚稽曲》、《秋日雜述》、《憶舊書情寄陳子長一百韻》、《奉酬徐健菴見贈》、《寄顧粱汾舍人三十韻》，俱爲高唱。贈千山名僧函可詩，及送人之朝鮮、蒙古、俄羅斯，亦可見交游尚廣也。寧古塔爲罪犯流徙之所，荒原絶塞，被罪者多不能生還。兆騫爲當時才士。方其出關，吴偉業有《悲歌贈吴季子》贈之。徐乾學、顧貞觀、納蘭成德等集俱有懷詩。比歸，徐乾學有喜吴漢槎入關之作，都下名流王士禛、宋犖等，和者甚衆。其塞上秋笳，得以名垂不朽，殆亦曠代所無矣。

獨漉堂詩集十四卷　近代重刻本

陳恭尹撰。恭尹字元孝，號半峯，晚號獨漉，廣東順德人。父邦彦，於順治四年起兵抗清，死事甚烈，時恭尹年甫十八，桂王授爲世襲錦衣衛指揮僉事。後遍走江南、衡湘、安徽，志於恢復。康熙十七年以嫌疑下獄，事解歸里，隱居不仕，自稱羅浮布衣。卒於三十九年，年七十。所撰《獨漉堂集》合詩文詞三十卷，初刻於康熙五十七年。道光五年重刻增奏疏、雜文各一卷。此民國六年廣州刻本，有吴道鎔、温肅序，附作者《年譜》，並載初刻本自序，彭士望、趙執信、潘鼎珪舊序。卷一名《初游集》、《增江前集》、《中游集》，卷二三名《增江後集》，卷四名《江村集》，卷五至八名《小禺初二三後集》，卷九至十三名《唱和集》，卷十四名《詠物詩》。恭尹少悲覆巢，壯困行役，終罹獄事。其詩銜痛含悲，感時懷古，沉摯動人。《自勵詩》、《感懷十六首》、《廣州客舍夜雪歌》、《南海神祠古木綿花歌》、《放歌行答何皇圖》、《行路難四首》、《羅浮蝴蝶歌》、《祭幽歌》、《王將軍輓歌》、《張穆之畫鷹馬歌》、《乞食翁》、《耕田歌》、《遊七星巖》、《龍船行》、《贈余鴻客》、《七星巖題名歌》、《日本刀歌》，爲古體傑健之作，辭采精麗，得漢魏三昧。近體如《姑蘇懷古》、《獄中雜記》、《雨夜懷屈翁山》、《邊草》、《秋戍》、《隋宫》、《沛中》、《蜀中懷古》、《村居即事五首》、《虎丘題壁》、《崖門謁三忠祠》、《發舟寄湛用喈裴仙湛天石》，沉雄謹嚴，清迴拔俗。而七律《鄴中》、七絶《讀秦紀》，尤爲絶唱，即所謂「代無數人，人無數篇」者也。參看張维屏《聽松廬詩話》。恭尹生平志雖未伸，而詩名千古。時與屈大均、梁佩蘭並稱嶺南三大家。屈擅五律，梁長七古，恭尹則以七律獨步一時。梁入仕途，屈、陳均在遺民之列，朱彝尊選《明詩綜》，尊其志也。王士禛、趙執信至嶺南，均推重之。其後杭世駿作《獨漉先生遺像詩》，傾服尤甚。乾隆間修《四庫全書》，以屈、陳二家集均列禁燬，而頌聲不絶。洪亮吉論嶺南三家有句云：「尚得古賢雄直氣，嶺南猶似勝江南。」汪端於《甌北詩話》獨推查慎行不滿，擬舉恭尹以代。林昌彝論詩絶句云：「風雅能追正始還，詩壇拔戟獨當關。長歌短句皆沈摯，律中黄鐘無射間。」此論殊精允。然終爲名家之詩，非大家詩易於人人效摹也。

松桂堂詩集三十四卷　南泩集三卷　乾隆八年刻本

彭孫遹撰。孫遹字駿孫，號羨門，浙江海鹽人。順治十六年進士。康熙十八年召試博學鴻詞第一。官吏部侍郎，兼翰林院學士。三十九年卒，年七十。所撰《松桂堂集》詩三十四卷、文二卷、表奏一卷附《延露詞》，爲乾隆八年其孫載奕刻，有錢陳羣序。《南泩集》三卷，爲康熙二年至五年游粤之詩，有舊刻，陳恭尹題。《四庫總目》别集類著録清初翰林名家詩，多主清麗而出語自然者。鴻博科開，頌揚驟多。以布衣舉鴻博者，受寵若驚，歌詠昇平。孫遹少時喜爲艷情詩，嘗作《金粟閨詞百首》，才情别集，俱宗温、李，雜於調笑。中年以後逐漸屏除綺語，詩學唐，最近大曆十子。《苦雨歎》、《貧婦歎》、《越溪行》、《老翁歎》，多切世情。《南泩集》中《金陵懷古六首》、《荔支行》、《海颶風》、《陳白沙草書歌》、《西洋琥珀酒船歌》、《端溪硯石歌》、《姑蘇竹枝詞》（十首）、《嶺南竹枝詞》（十首），亦不失佳製。唯通籍後獨以應制詩見勝，爲鴻博大魁，文章聲價，紙貴一時。故《四庫提要》稱其：「才學富贍，詞采清華，館閣諸作，尤瑰瑋絶特。知其獨邀甄拔，領袖羣才，不偶然也。」孫遹工於寫照，集中如《魚梁灘下泊》、《雨中過白芒村寄高山人儼》、《彭蠡夜泛之》、《金陵懷古》，清矯可誦。《秋日登滕王閣》，中聯云：「依然極浦生秋水，終古寒潮送夕陽。」爲王士禛所稱，以爲劉文房無以過也。見《漁洋詩話》。《題晦菴弔琵琶樂府》、《題孫豹人小影》、《張穆水墨翎毛歌》、《送房興公之白下》、《題龔賢山人畫》、《題蕭晨畫》、《贈孫無言山人》、《送張晴峯視學浙中》、《送方渭仁典試蜀中》、《讀史偶成》、《寄杜于皇先生》、《虔州行送曾堯泉昶歸萬安》，軼蕩文墨，有關藝林掌故，多可取資焉。

抱經齋詩集十三卷　康熙間刻本

徐嘉炎撰。嘉炎字勝力，號華隱，浙江秀水人。明兵部尚書徐必達曾孫，副貢生。康熙十八年召試博學鴻詞，授檢討。歷官内閣學士，兼禮部侍郎。三十八年告歸。卒於四十二年，年七十三。是集與《文集》、《詞集》合刻，《四庫》列入《存目》。首王熙、李天馥、吴琠、王士禛、王鴻緒、韓菼、宋犖序，田雯題詞。末附《焚餘草》一卷，乃其父肇森撰，僅存詩二十餘首。自序謂「始學初唐，中年肆力於青蓮、右丞二家，入都後，間涉昌黎、蘇、陸」。故其詩典雅清麗，有聲朝野。五七古《贈别南海屈翁山十首》、《送朱錫鬯之大同》、《游茅山六首》、《滕王閣歌》、《贈太原傅處士山》、《昭化寺古羅漢松歌》、《春日游廬山歌》、《長歌行送洪昉思南歸》，氣格俱高。近體《襄陽懷古》等篇，不失佳作。贈答友爲錢澄之、王翬。舉鴻博後，與馮溥、方象瑛、徐乾學、汪楫、湯右曾、王士禛唱酬。應制詩甚多，其中《蕩平滇黔恭進鐃歌鼓吹曲十四首》、《平蜀雅詩十五首》，可以證史。《恩賜御書恭紀四首》，小序詳記康熙引見垂詢對答，殆實録也。

憺園詩集八卷　光緒九年刻全集本

徐乾學撰。乾學字原一，號健菴，江蘇崑山人。父子念，爲本鄉豪紳。弟元文，先以順治十六年己亥科狀元及第。康熙九年，乾學以一甲三名進士，授編修，十二年，弟秉義殿試探花。乾學初附明珠以進，後與高士奇、王鴻緒結黨與明珠爭權，官至刑部尚書。秉義官禮部侍郎，元文至文華殿大學士，一門極顯貴。二十八年，以縱容子侄占田受賄，爲副都御史許三禮糾劾，放歸。卒於三十三年，年六十四。乾學在朝，標榜文史。嘗奉命修《會典》、《明史》，纂集《古文淵鑒》。在洞庭南山修《一統志》，招攬學者甚衆。所著《讀禮通考》、《續宋元資治通鑑長編》，均未必全出己手。爲納蘭性德成《通志堂經解》，亦經學巨帙。築傳是樓，富藏書，有《傳是樓書目》行世。自著《憺園詩文集》，宋犖序，初刊於康熙三十六年。光緒九年，崑山知縣金吳瀾據改本刻《全集》三十六卷，並爲之序。《詩集》八卷，首卷爲賦，曰《虞浦集》者三卷，曰《詞館集》者二卷，曰《碧山集》者三卷。以其經歷交游，所爲或不止於此，蓋晚年罷官，有所删避也。其中《公子行》、《淇事四首》、《舊都督某言邊事》、《北行口號二十四首》、《懷友人遠戍》、《聞官軍收復成都保寧》，猶可證事。《滁陽覽古》、《滕王閣》、《楚中詠懷古蹟十二首》、《廣州雜興二十首》、《嘉興竹枝詞》、《潮州雜興》，俱有麗采。乾學爲顧炎武甥，於遺民文士時予維護。有贈杜茶村、方爾止、錢飲光詩，《懷吴漢槎詩》。《題張力臣小像》云：「五嶽曾探岣嶁書，年來雙鬢轉蕭疏。從誰辨得識春字，好爲遺經正魯魚。」「奇字揚雲未渺茫，茂先家學在巾箱。對君轉復思元歎，灑淚風前誦渭陽。」自注：力臣方爲舅氏亭林校刻音學五書。至與龔鼎孳、高珩、王士禛、熊賜履、宋犖、程可則、吴綺、孫屺瞻、汪懋麟、納蘭性德、魏象樞、計東、徐倬之作，漫興酬應，見交游而已。任源祥《鳴鶴堂詩集》卷四有《崑山歌贈徐坦翁》，坦翁即徐子念。

許子詩存一卷 康熙間刻本

許濬撰。濬字致遠，江蘇吴縣人。家於莫釐峯之陽，因自號莫釐山人。交往朱用純、魏憲、黄周星、佘懷、顧茂倫，俱爲逸宿。與同里葉松、吴時德、施佩宣最稱莫逆。是集有魏憲序。文存多游記小品，詩存多記江南時事。朱柏廬題並評。據康熙二十年自序稱，「年逾半百」。當爲崇禎間生人，入清未進取。《和黄陶菴野人五首》，目睹民間慘狀，形諸歌詩。黄淳耀原作已佚，讀此可得彷彿。

和黄陶菴野人五首

野人清淚如珠亂，痛哭田禾死過半。官税私逋何日償，徬徨無計思逃竄。豪家酒肉委山丘，野人糠籺充饑喉。欲往鋤田無氣力，仰天長叫誰聽得。野人傷悼差役勞，官驅吏遣如蝟毛。修城造艦工作急，千夫萬匠擊嗷嗷。監司董督利財貨，予奪寬嚴隨賄賂。縣中昨日方封樹，今日來拘縴夫去。野人扼腕兵丁惡，吮得蒼生脂血涸。白晝憑陵都市間，中宵大盗公然作。滿州城自今秋有，婁齊二門遭兵毒手。女哭男號道路邊，占却房廬猶索錢。野人太息操舟入，兵馬賊盗如魚鱗。賊來但刼舟中物，兵過拏船更索銀。大旱今年未下秧，欲去爲農田又荒。渡頭終日無行李，那博些微活妻子。野人悲歎征輸苦，悍吏來鄉如餓虎。質衣拔珥索未休，稍緩横拖到官府。民生無賴方摇摇，折漕練餉過焚燒。哭向公衙望寛恤，公衙簫鼓方邀客。

圈城行

滿兵三千戍吴城，滿城圈向婁齊門。長官承風出封屋，居民驅逐無留存。紛紛忘晝夜，擾擾徹黄昏。飛甍連甲第，雕館畫名園。昨日從容陳讌笑，今朝悽對轉煩冤。低徊再四出門庭，雙頰依依交淚痕。此際猶能携器用，抛擲無非幾粗重。爾後倥偬鞍馬臨，追迫倉皇真可痛。主人充斥神意忙，纓帽弓刀滿堂鬨。潛將珠玉竊隨身，在眼筐篚那容動。或尋親友暫居停，或尋旅邸權棲息。詎辭雨露濘泥深，豈顧陰霾天晦黑。瑣尾流離不忍言，生何不造遭斯極。設兵本欲衛斯民，豈知兵反爲民賊。曾聞往昔有遺軌，兵民體合原爲一。有事荷戈向國門，無事田中操短銍。兵不妨民民卽兵，彼此相忘兩安逸。奈何後世日紛更，兵民轉展相睽隔。民愈貧窮兵愈驕，吮吸脂膏供此物。況云今是滿洲兵，賤擲漢人同瓦礫。憑陵狼籍固當然，恐有隱憂還未測。吁，天意如斯莫怒嗟，理亂茫茫誰可識。把卷長吟聊自娯，予家幸住深山側。《許子詩存》

受祺堂詩三十五卷　康熙三十一年刻本　受祺堂詩集補佚　近代刻本

李因篤撰。因篤字天生，一字子德，陝西富平人。明季庠生。入清，北游雁門，南陟三楚，入軍幕，皆有所爲，而無應者。歸而閉户讀書。學宗朱熹，與李顒、李柏，稱「關中三李」。康熙十八年召試博學鴻詞，出於敦迫，應試，授檢討。未幾，以母老乞歸，講學於邑朝陽書院。著有《詩説》、《春秋説》、《漢詩音注》、《漢詩評》、《古今韻考》等書。《詩集》三十五卷，《四庫》列入《存目》，獨闕第四卷，收詩迄康熙三十一年。據潘耒序稱：「其詩原本風騷，出入古歌謡樂府，而以少陵爲宗。」又：「慨世不乏才人，而爭新鬭巧，日趨於衰颯，故其爲詩，寧拙毋纖，寧樸毋豔，寧厚毋漓。」集中《洪洞謁始祖臯陶公廟》、《碧摩厓》、《大明巖》、《雁門八首》、《程嬰墓》、《良鄉》、《發代州書觸目七十六韻》、《樓桑謁漢昭烈皇帝廟》、《保定謁楊忠愍公祠》、《華巖頂》、《韓侯嶺》、《唐藩鎮歌》、《放歌行》有序、《元宵行》、《五丈原》、《法門寺》、《題王將軍廟歌》，即《四庫提要》引潘序「意氣蒼莽，才力富健」，稱爲「亢厲之氣，一往無前」者也。《答孫隱君》、《題世胄都指揮使崔公汝明象》、《寄懷楊太舅白石先生》、《侍御鶴沖金公死難詩》、《陪曹秋岳先生宿雁門關卽事四十韻》、《高歌行寄程穆倩》，關係明季史事，且見交游。因篤與顧炎武交密。炎武至關中，卽住其家，後在山左被誣，因篤極力營救。有七古《寄懷寧人先生》、《再作六絶寄寧人先生》、《哭顧亭林先生一百韻》。《亭林詩集》亦有長詩贈之。又有贈傅山詩。《存殁口號》一百一首，爲述祖懷人之作。《邑里絶句》五十首，采輯風習。自應博學鴻詞至都下，與達官名流寄贈幾遍。當時以布衣入翰林名者，朱彝尊、嚴繩孫、潘耒，人品均不逮因篤，實不當有此作也。其詩時失於粗豪。喜用經典。有句云「林谷闕音本，乾坤老象才」，王士禛《池北偶談》以爲不足法。曹溶論詩，則推爲一代之首，又不免過譽矣。因篤生卒年無確説。鄧之誠先生以因篤試鴻博年四十九，考爲崇禎四年生，可據。然據王弘撰《待菴日札》刻於康熙三十七年寄李中孚札云「孟常既逝，子德繼隕」，謂因篤當卒於康熙三十七八年間，恐不確。康乃心《莘野集》有《哭李天生》，編年康熙三十二年，推其卒年在康熙三十一二年間，近是矣。《受祺堂詩》卷四既闕，二百年後，張鵬一得佚詩一卷，凡八首，由鴛鴦七誌齋刻版，名曰補佚。于右任序謂：「第四卷之詩，卽此手寫諸篇。以時方鼎革，語多忌諱，故未敢刊行問世。」其中有《同顧徵士恭謁天壽山十三陵長歌》並注，作於康熙七年。《天高五首》，傷明思宗之死。潘耒云「陵詩藏之篋中，絶不示人」，卽此本也。

健松齋詩集八卷 光緒間重刻本 續集十卷 所之草二卷 康熙四十一年刻本

方象瑛撰。象瑛字渭仁，號霞莊，浙江遂安人。明少傅方逢年孫。康熙六年進士。官内閣中書。十八年舉博學鴻詞，授編修，官至侍講。二十二年四川平，補行鄉試，充正考官，二十四年年五十四乞歸，後十餘年卒。所撰《健松齋集》二十四卷，凡文十六卷，以下爲詩。曰《秋琴閣詩》一卷，少作。曰《展臺詩鈔》二卷，官京師作。曰《錦官集》二卷，典試四川作。曰《四游詩》一卷，爲鄰游、燕游、越游、楚游。曰《萍留草》二卷，康熙十三年避閩難遷杭時作。曰《都門懷古詩》、《倦還篇》，合一卷。原刻罕求，此重雕本。首馮溥、毛先舒、李澄中、葉方藹、尤侗序，各家題詞。其詩才調豐沛，無龐雜靡曼之音。《燈市篇》、《天星總圖歌》、《潼關行》、《七盤關》、《游淩雲寺爾雅臺》，寫三峽諸勝，俱稱佳製。有關川閩時事，尤足采掇。唯紀恩頌聖詩較多，酬應亦多達貴，文士唯洪昇、葉燮三數人而已。《續集》十卷，王晫序，受業曹衍琦序。爲告歸後十餘年詩。詠汴中江南名蹟甚多。《于忠肅祠》、《夏忠愍祠》、《哭毛稚黄》等篇，較備掌故。附《所之草》二卷，有康熙四十一年自序云：「陶詩『飢來驅我去，不知竟何之』，杜詩又云『藥餌扶吾任所之』。夫所之，偶然耳。一由飢驅，一由病遣。甚哉！貧病之累人也。」蓋象瑛告歸後，自稱「冷署十年，沉痾三載」，故有是語，亦集名之所由來也。此序署「艮堂叡叟象瑛偶書時年七十有一」，第不知是否卒年耳。《四庫》俱收入《存目》。

拜鵑堂詩集四卷　康熙三十四年刻本

潘問奇撰。問奇字雪帆，浙江錢塘人。年十五以詩名於越中。明亡，不仕，祝髮於天壽山。晚歲旅食淮上，康熙二十九年，客死天寧寺，年六十四。康熙三十四年，揚州知府傅澤洪爲刻此集，並田登《埋照集》，合稱《二家詩》，有序。集中《戊午雜興》、《憫蝗》、《灌畦》、《伐木歌》，頗及時事。餘多異代黍離之悲，如《燕京感舊》、《讀吴梅村蕭史青門引》、《今日傷甲乙南都事》、《蕪城弔史可法》、《謁長陵聽某常侍述啟禎遺事》、《玉容歌爲長平公主作》，論者以爲幾與吴偉業爭席，而《秋柳》二首，在王士禛之上。五七律亦所擅長。名篇如《自滋州趨邯鄲途中卽事》云：「中宵聞觱發，日出走黄沙。風力能飛石，河冰不陷車。郊寒騰俊鶻，樹老立飢鴉。傍午停征轡，炊烟得幾家。」舊日選本多採。《葫蘆峪》云：「一徑如蛇入，蒼藤手自分。石生都是笋，嵐起不成雲。覓路經熊館，抨弓散鹿羣。日晡逢鬼唱，疑是鮑家墳。」《客武昌有感》云：「漢時臺省工刀筆，自壞長城國遂空。四十餘年遺涕淚，江湖多難想英雄。六州鐵盡都歸錯，三字寃成不論功。昔使移山原有力，書生莫便笑愚公。」此詩爲弔熊廷弼作，吴仰賢《小匏菴詩話》録。詩話復摘其佳句。然如「巖扉斜架屋，磵樹倒生根」《觀音巖》，「林深無日氣，地迥納江聲」《夏日憩弘濟寺》，「怪峯羣來岸，飛瀑亂添紅」《蝦蟆峽》，「壁崖奔亂水，削面立奇峯」《白沙驛》，「晚山躑躅開何處，春社櫻桃罷幾年」《天壽山》，「人比蚺蛇猶有膽，公看西市只如家」《上谷謁楊忠愍祠》，「磧餘野火來秋色，橋枕河聲走夕陽」《流離河》，「天上可能容翰墨，人間已不重文章」。所摘未能盡也。朱繆沅有《書拜鵑詩後十六首》，述其生平踪跡最詳。朱冕《卧秋草堂詩鈔》有《掃潘雪帆墓》詩。

雪顛存稿二卷　近代排印本

王武撰。武字勤中，號忘菴，又號雪顛道人，江蘇吴縣人。明大學士王鏊六世孫。以諸生入太學，不屑舉業。工繪事。先世所遺及平時購獲者率多宋、元、明諸大家名迹，往往心摹手追，務得其遺法。花卉多逸品，比諸惲格，爲王時敏所賞。卒於康熙二十九年，年五十九。詩集向無刻本，乾、嘉間吴錫麒假王昶抄本録副，至民國六年始有丁氏排印本。武少游黄宗羲門，妻父爲陸嘉淑，平昔推襟如汪琬、李振裕、田雯、魏象樞、徐倬、唐孫華、姜宸英、惠周惕、查容、朱彝尊、查慎行，皆一時名輩。集中詩多具掌故。《碧雲寺後一山皆内監葬域中有豐碑三統刻魏忠賢里居官爵甚詳僧云忠賢自爲生壙本朝初年忠賢名下葬其衣冠於此恨無有力者接其石也》詩當作於康熙初年，未幾，御史張瑗上疏，請奏平矣。《詠史八首》、《黔靈山》、《武林哭萬充宗》等詩，俱非口占，漫興而已。丁仁序云：「黄唐堂稱其詩冲融淡漠，蕭寥閒遠，不若經意。余覺其意境沈著，風格雋上，清新之辭，勁拔之句，絡繹行間。唐堂所云容猶未足以盡也。不得舉其畫而遺其詩。」

漢　口

巨鎮水陸衝，彈丸壓楚境。南行控巴蜀，西去連鄢郢。人言紛五方，商賈富兼並。紛紛隸名藩，一一旗號整。駢駢驢尾接，得得馬蹄騁。傳傳人摩肩，蹙蹙豚縮頸。羣雞叫伊喔，巨犬力頑獷。魚蝦腥就岸，藥料香過嶺。黄蒲包官鹽，青箬籠苦茗。東西水關固，上下樓閣迥。市聲朝喧喧，煙色晝暝暝。一氣十萬家，焉能辨廬井。兩江合流處，相峙足成鼎。舟車此輻輳，翻覺城郭冷。黄沙撲面來，却扇不可屏。稍喜漢江清，浣紗見人影。《雪顛存稿》上

孫𡌴菴詩稿二卷　康熙間刻本

孫一致撰。一致字惟一，號𡌴菴，江蘇鹽城人。順治五年奉廷試，授官刑部。其贈友詩有「古今一草昧，

天地兩劬勞」句，爲世所道。十五年，一甲二名進士。官至侍讀學士。沈德潛《别裁》云有《世畊堂詩集》，未見。此本詩二卷，首康熙二十八年宋曹、劉心區序，傳本亦稀。《辛未二月十五日初度》云：「竊歎行年六十過」，據以逆推，當爲崇禎五年生。考其交游，丘象升、汪懋麟爲不得意進士。吴默巖名國對，小説《儒林外史》作者吴敬梓之曾祖。尤侗、丁耀亢、吴之振俱當時詩家。而獨拳拳於宋曹、冒襄、程邃、吴山濤諸遺民，其好尚可知矣。集中《觀古畫》、《觀捕鷹》諸篇，俱有奇勃之氣。《題蕭雲從畫山水圖》云：「俯仰真無際，悠然興不違。虚舟栖鶴夢，生事坐漁磯。地僻風塵遠，山深婦子依。江帆天外發，浩蕩將安歸。」《石谿道人畫江山卧游圖》云：「石道人，人不識，自稱殘秃常塞默。破衲清風老畫師，點染片紙來昏黑。千巖萬壑幻無端，飛泉忽驚風雨寒。青溪司馬真相重，爲君題詩墨未乾。」殆爲畫史資料。　　揚州市圖書館藏本

九谷集六卷　康熙間刻本

方殿元撰。殿元字蒙章，號九谷，廣東番禺人。明舉人方國華子。少與陳恭尹、梁佩蘭唱和。康熙三年成進士。官剡城、江寧等縣知縣，能以經術飾吏治。其弟顒愷，康熙十六年祝髮，釋名成鷲。殿元僑寓蘇州，不知所終。著有《環書》行世。是集分體六卷，首自序。《四庫存目》著録。道光《粤十三家詩集》本多補遺一卷。沈德潛《别裁》稱其詩「高華伉爽，依傍一空」，唯擬古樂府詩甚多，貌似而神不足。集中《廬山玉淵》、《秋夜長》、《長生殿曲》、《章貢舟山作歌六首》、《羅浮山》、《小孤山》、《楚中懷古》、《過故里》、《石城門》、《南海神

廟》、《張文獻祠》、《十八灘》、《鄱陽湖中作》、《述游二百韻》、《大江吟》十四首，悉屬妍辭。作《六歌》，爲《褒斜道》、《蜀山高》、《洞庭波》、《五溪洞》、《吴航頭》、《五羊城》，序云：「西南烽火，幾半天下，余遭憂去官，欲歸不得，作歌六首，聊以寫悲云爾。」殆指官兵平定三藩之亂。《行樂曲》分咏京中、金陵、蘇、揚、杭、廣四州，爲當日六大城市，含意諷譏。《逸民吟》云：「躬耕力不足，且復隱朝市。抱關已無關，黽勉宰百里。一室免啼飢，遑恤折腰耻。憂辱不入懷，癡然將没齒。許由得聞之，庶幾不洗耳。」雖儒生之見，能言者或未之先也。

留村詩鈔不分卷　康熙間刻本

吴興祚撰。興祚字伯成，號留村，浙江山陰人，隸漢軍正紅旗。以貢生官江西萍鄉、山西大寧知縣，遷忻州知州。以事鐫級，左補無錫知縣十三年。康熙十五年，擢福建按察使，累至福建巡撫、兩廣總督。二十八年，降爲副都統，鎮守大同右衛。旋謫沙克所坐臺。三十七年卒，年六十七，未隨西師凱旋。是集首秦松齡序，謂與興祚相知三十餘年，遺稿有《聽梧集》、《尺木堂稿》，先刻詩中一二。以《丙辰元日用余澹心韻》首句「潦倒風塵四十年」測之，當生於明崇禎間。興祚好交文士，與杜濬、余懷、董以寧、葉方藹、顧貞觀、梁佩蘭、秦松齡、王翬，均有過從。七古《題柳敬亭像》，五古《弔崑山歸元公處士》，以當日聞見，摹諸於詩，情見乎辭。允爲勁作。平閩後，居粤東二十年。嘗巡視海南島。又至澳門，遍觀砲臺及諸形勢。遊三巴天主教堂，均有詩紀事，山水詩亦多述形勝。出塞之詩，僅存二首而已。

六瑩堂集九卷二集詩八卷 康熙間刻本

梁佩蘭撰。佩蘭字芝五，號藥亭，廣東南海人。順治十四年舉鄉試第一。以詩名播海内。康熙二十七年成進士，改庶吉士，年已六十。未幾，乞歸，仍主風雅。四十四年卒，年七十七。撰《六瑩堂集》，自訂，詩分體，張尚瑗、朱茂曬、屈大均、陳恭尹、王隼序。《二集》爲康熙二十年以後詩，附詞，爲佩蘭殁後翁嵩年學使助刊並爲序，方正玉序。王隼爲同里後進，《嶺南三大家詩選》即隼所編。三家年歲相若，惟屈大均、陳恭尹不仕，佩蘭則不廢科舉。乾隆間查禁屈書，波及恭尹，獨佩蘭詩無違礙。《四庫》列入《存目》。以詩而論，佩蘭亦稍遜屈、陳，而七古歌行，蒼涼伉爽，變化多姿，二家或未及也。集中以《易水行》爲壓卷。《養馬行》，記耿精忠、尚可喜入粤，廣州所有廬舍墳墓，悉令官軍築廄養馬，亟言貴畜賤人，頗盡諷刺之旨。《耕田行》、《採珠歌》、《木瓜上人打鼓歌》、《採茶歌》、《緹騎行》、《端州訪硯歌》，狀寫社會民情，亦有深意寄其間。《日本刀歌》、《羅浮子日亭歌》、《南海神廟銅鼓歌》、《木棉花歌》、《海市歌》、《登李白酒樓》、《容櫟堂鼓琴歌》、《羅浮四百三十二峯歌》、《自英州入韶陽舟中作》，借題寫意，各盡其致。沈德潛稱真可作萬人敵者，是也。《大唐雷氏琴歌》贈張晴峯並序、《送董蒼水歸雲間》、《贈汪苕文》、《寄懷屈翁山客雁門》、《送李武曾入秦》、《送宋山言歸商丘》、《送陳仲瓏歸松湖》、《送石山之安南》、《送查韜荒歸秀州》、《題徐虹亭楓江漁父圖》、《題顧梁汾所藏楞伽山人遺跡寄納蘭侍讀》、《游黄龍洞》、《十八灘》，長篇浩瀚，才肆學富。五律《蒼梧雜詠十二首》，亦有標格。《輓成容若》五律十二首，爲研究納蘭性德傳記資料。七律《沛中》、《蜀中》、《鄴中》、《隋宫》諸題，仿陳恭尹意而相去甚遠。《十秋詩》、《十邊詩》、《十放詩》，又不免湊泊。佩蘭一生無大疵累，其詩自成面目，爲朱彝尊、趙執信所激賞，列爲「嶺南三大家」，無可非議也。

燕山草堂集詩一卷 康熙二十二年刻本

陳僖撰。僖字藹公，號餘菴，一號想園，直隸保定人。拔貢生。受學於同里高鐈。嘗北走大同，南游山左汴梁。結納顧夢游、陳瑚、傅山、王弘撰、顧炎武、李因篤、王士禛等名人。康熙十八年入都，應博學鴻詞不第。二十二年，刻詩文爲《燕山草堂集》五卷，卷五爲詩。首自序，李霨序。自云：「髫年好爲詩，甲申後詩不止存。非不足存，則不可存，歷年焚去什之九。」古樂府《艾如張》、《行路難》、《禽言》、《俗吏歌》，均爲刺譏世事而作。五古《擄婦怨》，揭露清兵暴行。《皇木三首》，紀康熙六年五月徙楚藩邸木植入都事。《同友人夜話》自注：「時談乙未之禍。」似爲身經文字禍而發。繪景寫物，亦較冷儁。《雲岡石佛閣》云：「今識如來面，西來第一山。水湍濤作怒，佛現石開頑。孤磬殘霞外，歸鴻斷壑間。上方真極樂，日静白雲閑。」《懸空寺》云：「峭壁懸空寺，樓臺倚翠微。水流山束帶，雲起地生衣。萬木無人徑，千巖一鳥飛。風停林籟響，知是老僧歸。」康熙十八年傅山被迫入京，不應鴻博試，作《送傅青主還山》有云：「老病最能酬志願，盛名幾被作仇讐。」又與山子眉、閻若璩同遊卧佛寺，詩多感慨。陶澂有贈詩。

清人詩集敍録卷十

墨井集五卷　宣統元年上海排印本

吴歷撰。歷字漁山，號墨井道人，江蘇常熟人。畫家。嘗問詩於錢謙益，學畫於王時敏，均得其心傳。康熙二十一年在澳門入耶穌會，洗名西滿沙勿畧，又取西姓雅古納，後曾任司鐸。嘗擬隨柏應理司鐸赴歐洲，未果。回滬傳教上海、嘉定等處。康熙五十七年歿，年八十七。葬上海南門外耶穌會墓中。能詩。康熙間飛霞閣刻本曰《墨井詩鈔》，道光間顧湘《小石山房叢書》重刻之，分上下卷，共百三十一首。别卷曰《三巴集》者，祇刻《墺中雜詠三十首》。附畫跋曰《外卷》。宣統元年，李杕據顧本以《三巴集》未刻之《聖學詩》補入，末附《口鐸》一卷，由上海土山灣印書館排印，首唐宇昭、余懷、陳瑚、陳玉璂、尤侗等原序，李杕、馬相伯新序，卽今本《墨井集》。作者爲明之遺黎，《讀西臺慟哭記》，寄寓沉痛之思。《兵過後南陽道中》云：「林空惟落日，地僻少殘春。欲問南陽路，前村未有人。」《問鄰漁》云：「里巷茅茨八九虚，那堪征税問鄰漁。只今縱有張吴郡，未必牽舟岸上居。」又有《贈陳確菴夫子》、《輓王煙客夫子》、《游天聖寺詠趙松雪瀟湘畫壁》、《與陸子上游論元季畫》、《題黄子久虞山小築》、《懷上游在日本》、《題畫絶句四十首》，咸可取資。三巴爲耶穌會之堂名，詠墺中詩記當時外國來往會聚，皆爲纪實。《聖學詩八十首》，後人避諱，向被删汰。自述云：「睽隔關山外，心神在卽離。縈情常默禱，頂祝代吟詩。三擊鈴鐺後，七番扣拜時。承行惟主旨，衡必樂棲遲。」此詩與宗教頌禱不同。《感詠聖會真理四首》、《頌先師周鐸》、《讚聖若瑟》、《誦聖會源流十二首》、《聞教宗復辟》等詩，出於中國司鐸之筆，向所未有也。

墺中雜詠

關頭閲盡下平沙，濠境山形可類花。居客不驚非誤入，遠從學道到三巴。山色紫黑，形類花朵。三巴，耶穌會之堂名。

一曲樓臺五里沙，鄉音幾處客爲家。海鳩獨拙催農事，抛卻濠田隔浪斜。地土縱横五六里，隔水濠田甚瘠，居人不諳春耕，海上爲商。

黄沙白屋黑人居，楊柳當門秋不疏。夜半蜑船來泊此，齋廚午飯有鮮魚。黑人俗尚深黑爲美。魚有鮬、鰡兩種，用太西阿里襪油炙之，供四旬齋素。

捧蠟高燒迎聖來，旗幢風滿砲成雷。四街鋪草青如錦，未許遊人踏作埃。沙勿畧聖人出會，滿街鋪花與草爲敬，街名畏威懷德。

海氣陰陰易晚天，漁舟相並起炊煙。雁飛地遠知難到，島月來宵十二圓。蜑人放舟捕魚，以海爲家，九月無霜黃橘柚，三冬有雨熟枇杷。未須寒鳥頻來啄，留待清齋當午茶。枇杷冬熟，瘦且酸軟。

浪遶三山藥草香，如何得誤幾君王。秦時採剩今猶緑，藥自長生人自亡。三山，傳説秦漢採藥之處。

一髮青洲斷海中，四圍蒼翠有涼風。昨過休沐歸來晚，夜渡波濤似火紅。青洲多翠木，爲納涼休沐之所，海濤夜激，絶如散火星流。

臘候山花爛熳開，網羅兜子一肩來。卧看欲問名誰識，開落春風總不催。花卉四時俱盛，遊輿如放長扛箱，兩傍膍，入偃卧，尊富者彫漆巧花，居常者網羅一兜，以油布覆之，兩黑人肩走。

風舶奔流日夜狂，誰能穩卧夢家鄉。計程前度太西去，今日應過赤道旁。計柏先生去程應過赤道。

榕樹濃陰地不寒，鳥鳴春至酒家歡。來人飲各言鄉事，禮數還同只免冠。髮有金絲拳被者，矜重戴黑多絨帽，帽式如笠，見人則免之爲禮敬。

少婦凝妝錦覆披，那知虛髻畫長眉。夫因重利常爲客，每見潮生動別離。宅不樹桑，婦不知蠶事，全身紅紫花錦尖頂覆施，微露眉目半面，有凶服者用皂色。

晚隄收網樹頭腥，蠻蜑羣沽酒满瓶。海上太平無一事，雙扉久閉一空亭。凡海上事，官紳集議亭中，名議事亭。

短毳衣衫革屐輕，砲臺山上踏新晴。偶逢鄉舊談西礦，近覺黃金不易生。俗喜短毳衣衫，兩袖窄小，中間四旁鈕扣重密，著革屐，屐只一齒。

終歲不歸。

十字門前日欲晡，九州霞散晚模糊。人過兩處休回首，目斷塵間淚易枯。十字門與九州相對，李義山詩云「海外徒聞更九州」，卽此也，遠望之或隱或見，如九點青螺。

虹見來朝狂颶起，吞舟魚勢又縱横。不知幾萬風濤去，歸向何人説死生。謂羅先生到大西矣。

第二層樓三面聽，無風海浪似雷霆。去來畢竟輸鷗鳥，長保羣飛入畫屏。樓房概有三層，予眠食第二層上。

小西船到客先聞，就買胡椒鬧夕曛。十日縱横擁沙路，擔夫黑白一羣羣。小西貨物至墺，擔夫爭路縱横。

紅荔枝頭月又西，起看風露眼猶迷。燈前此地非書館，但聽鐘聲不聽鷄。昏曉惟準自鳴鐘聲。

臘夜如年寒漸短，舊衾欲覆衣還暖。前山後嶺一聲鐘，醒卻道人閒夢斷。前山聖母堂小鐘打起。各堂大鐘卽應。

九九不飛宜瑞雪，常如梅候潤衣衫。樓頭日坐聞龍氣，池面時添海雨鹹。寒候樹木不凋，絶無霜雪。

亂山高處獨幽尋，屐底泥腥畏虎深。何事雲遮關下路，來看恐起憶歸心。關口高山，登之可望東墺。

經過庾嶺無梅樹，半載幽懷托筆端。昨寫今將寄隴客，暗牕且復展來看。久矣無梅，獨登空嶺。

每歎秋風别釣磯，兩兒如燕各飛飛。料應此際俱相憶，江浙鱸魚先後肥。是時稚兒在武陵。

性學難逢海外師，遠來從者盡童兒。何當日課分卯酉，静聽摇鈴讀二時。書館有大學小學，課讀只卯酉二時，摇銅鈴上學。

門前鄉語各西東，未解還教筆可通。我寫蠅頭君鳥爪，横看直視更難窮。西字如蠅爪，横行讀之，尖疾者上。

百千燈耀小林崖，錦作雲巒蠟作花。粧點冬山齊慶賀，黑人舞足應琵琶。冬山以木爲石骨，以錦爲山巒，染蠟紅藍爲花樹，狀似鼇山，黑人歌唱舞足，與琵琶聲相應，在耶穌聖誕前後。

老去誰能補壯時，工夫日用恐遲遲。思將舊習先焚硯，且斷塗鴉並廢詩。予學道計久矣。

西征未遂意如何，滯墨冬春兩候過。明日香山重問渡，梅邊嶺去水程多。柏先生約予同去大西，入墨不果。

江路陰晴費較量，歸帆遲緩下南昌。榜人還認冬來客，爲報春流比舊强。予歸途多雨水漲行舟。《墨井集》卷三

矩菴詩質十二卷附一卷 乾隆間刻本

高一麟撰。一麟字玉書，號矩菴，河南登封人。諸生。嘗出游山左、吴越、閩中，設教嵩潁間，門弟子甚衆。撰《矩菴詩質》十二卷，康熙間禮部右侍郎景日昣序，乾隆間姪曾孫莫及爲之刊版。生年據《乙亥元旦偶成》、《乙酉秋興八首》自注，知爲崇禎五年生。《損田行》、《麥秋怨》、《春雨嘆》、《織女詞》、《刈麥行》、《園丁

苦》、《叢竹行》、《運糧》等篇，多抱憂天憫人之旨。《梟獍行》，爲譏世之作。紀游以嵩洛最勝，篇什亦多。一麟爲盧見曾師，見曾父爲偃師令，與之過從甚密，集中有《贈盧喜臣明府》詩數首。又《送門人盧抱孫赴濟南》，時見曾方應童子試也。附録一卷，爲其子搢桓詩。

績學堂詩鈔四卷　乾隆十七年刻本

梅文鼎撰。文鼎字定九，號勿菴，安徽宣城人。曆算家。博大精通，無以逾之。卒於康熙六十年，年八十九。所著天算之書八十餘種，雍正間刊《梅勿菴先生曆算全書》收三十種《四庫全書》著録。乾隆間其孫瑴成刊《梅氏叢書輯要》三十一種，均未刻竟。詩文鈔亦瑴成刻，康熙四十四年南巡，爲書「績學參徵」四字賜之，因以名堂，並以名集也。文鼎雖不欲以詩名世，而生平所爲，已不下二千餘首。是集所收編年詩起康熙八年至六十年，僅三百餘篇，殆經删汰而存。首施閏章、曹溶原序，沈起元序。論學諸什，最爲精通。如《復方位伯》小注云：「方子精西學，愚病西儒排古算數著方程論，謂雖利氏，無以難，故欲質之方子。」《寄方位伯五首》，小注亦多涉掌故。位伯卽方中通，以智次子，算學家，著有《數度衍》。又如《午日爲季弟尊爾製日晷並繫以詩》，爾素卽文鼎之弟文鼏，著《中西經星日異考》。《寄懷桐城方素北》，素北有《古今決疑》，亦算學家。《送章穎叔歸山陰》詩注有云：「檇李陳獻可先生年過八十，著述甚富。余惟見《象林》、《度算》二書，及所製矩度器，皆精核無倫。」獻可爲陳藎謨。他如《金長真觀察偶詢歷法爲作測算之圖古詩四章以當圖說》、《吴綺園招同栗亭方鄴兩公家瞿山耦長施汜郎集寓齋陪郡司馬曹實菴卽席拈韻》（自注：時曹有曆學之詢）、《李安卿孝廉刻余方程論於安溪古詩四章見謝》、《癸未七夕後兩日試算法限二十四韻》，從來疇人詩集無如此論學專深。其詩質樸無華，《與公論詩有作一篇》，得見風旨。七古《午日同諸公泛舟秦淮》、《題黄山觀雲海圖》、《謝眺北樓》諸篇，格老氣清。游黄山雜詩，吟嘯自適。《得吴東巖詩箋依韻答之》、《送彭躬菴先生歸冠石》、《留别蔡璣先》、《贈别黄俞邰》、《寄懷薛儀甫先生》、《武林郁滄波以稗海紀游見示得三十五韻》，其中有關航海、曆算、文學之事，多在詩外，益見其學無不該矣。

寄方位白 五首

屈指相尋過曲巷，驚心别去又三秋。多君著撰棲南畝，愧我飄零但白頭。小阮遊還依幕府，阿戎才已慰箕裘。一尊何日重歡聚，悵望長江天際舟。戊午秋與舍姬耦長晤位白喬梓于府巷，是歲耦長遊燕。南畝，位白隱居名。

中丞廷尉有淵源，羣從于今家學傳。握手秦淮先後至，知名皖上弟兄賢。慇勤兩月書頻及，珍重千秋序一篇。相訊年來將北轍，可能聯轡帝城邊。田伯、素北俱今夏得晤長干，余刻《中西算學通》，位白序之。

唐虞絶學是羲和，昧谷嵎夷測驗過。君繼浮山開午會，曆師尼閣擅歐羅。太陽五緯重輪抱，黄道春分差數多。我亦中西兼考訂，誰期與子共編摩。穆先生尼閣，位白師，其新西法，爲崇禎曆書所未及。

私淑青原虚此心，遺文一讀一沾襟。炮莊罕識通微玅，物理誰能質測深。遠索著書扶後進，坐乖良晤負知音。終當拜展先生墓，仰止高秋楓樹林。文忠公書來索觀小著，余因循未往。天經新語各爲工，今古諸家尠會通。此事能兼推宿學，伊人難老在山東。數資圖譜乘除省，法授新西思議窮。幾欲遺書相討論，憑君爲我一參同。青州薛儀甫先生著《天學會通》，發中西兩家之覆。《續學堂詩鈔》卷二

念祖謂余知曆出示所藏明水先生策對及虞部公日記中語商確又得一首　明水律曆策能駁正從前講家以律生曆之傅會及埋管候氣之非是。其時利氏已入，説未大行，篇中所舉最高卑等語並經生家所不能諳，虞部曾令余郡涇邑，廟食水西書院。

天道久彌著，屢改成精測。中西數十家，折中存一得。嚶鳴懷友生，驅車亦南北。邂逅清溪湄，典刑奉遺直。猗歟家學盛，煌煌經史翼。示我一編書，淹洽徵高識。從知忠孝人，皆由學問力。水西有遺愛，民情徵廟食。儻復扶邛遊，追陪祛我惑。《續學堂詩鈔》四卷

霞舉堂集詩十卷　康熙三十年刻本

王晫撰。晫字丹麓，一字木菴，浙江錢塘人。諸生。喜讀書，舉律曆卜筮醫學，畢有究知。工古文詩詞。

家居北墅。康熙時流至西湖者，必先過松溪，因遍交名士。著《今世説》、《廣聞録》，與張潮同編《檀几叢書》，甚得文名。詩文雜著初刻曰《牆東雜鈔》、《雜著十種》者，均爲零什。是集凡文賦、詩詞、尺牘、雜著三十五卷，可稱足帙。首洪若皐、方象瑛、孫琮序。據吴儀所撰本傳云：「晫於癸卯二十八得喉間疾瀕死，棄舉業。」是爲明崇禎六年生。今以鄭梁《寒村詩集·息尚編·王丹麓以賦得人生七十古來稀爲題索其壽言》一詩證之，卒年在康熙四十四年後矣。是集中《松溪漫興》爲詩，十卷，以體區分，共四百二十二首，附《北墅竹枝詞二十首》，詠其鄉軼事。詩文不免明季標榜之習，然閎覽博物，取於神理。七古《十峯草堂贈錢礎日》、《吴山絶頂看舞雙刀》、《采山堂觀藍田叔畫壁山水》、《雪灘釣叟歌爲顧茂倫賦》、《龍燈行》諸篇，肆意酣歌，秀采外溢。又輯刻《蘭言集》二十四卷、《聽松園題詞》六卷、《牆東志》五卷，爲多年朋舊題贈，包括詩詞、雜文、像贊、尺牘，收集甚富。其中黄宗羲、洪昇、張綱孫詩，杜首昌、丁澎、毛際可、林雲銘填詞，頗可拾遺。又散曲六套。洪昇《秋日南屏懷王丹麓》，近見輯出。而尚有沈謙、趙瑜、李式玉、潘雲赤、柳葵、毛宗亶、蔡國柱七家套數，未見有人問津。尤可注意者，黄周星雜劇《惜花報》，演王晫爲護花使者事，近人以爲佚，亦在《蘭言集》中見之。

登河邊閣有懷王丹麓

洪　昇

高閣河邊暮獨登，故人不見旅愁增。自悲蘇李遊秦地，真羡相如卧茂陵。遠水寒雲雙去雁，夕陽

秋草一飛鷹。停尊極望天無際，君在吴峯第幾層。《蘭言集》卷四

尋壑外言詩四卷　乾隆間刻本

李繩遠撰。繩遠字斯年，號尋壑，一號樵嵐山人，又號補黄村農，浙江秀水人。諸生。入國學，考授州同，未就。幕游雲、貴、湘、楚。康熙十八年歸，居武林。晚年目詞翰爲結習，欲斷絶文字緣，耽心釋典。四十七年卒，年七十六。著有《姓氏譜》、《正字通補正》，編刻澄遠堂三世詩集。詩集初刻曰《秀攬亭集》，二刻曰《屬雲閣稿》，《尋壑外言》乃最後手自删定，凡詩四卷、雜文一卷，首汪琬原序，康熙三十六年自序，時未鋟版，乾隆間始由其曾孫集録刊。《四庫》列入《存目》。繩遠與弟良年、符俱有才名，稱「三李」。其詩雄俊遒峭，工候頗深。初入嶺南，過弋陽、贛州、英德、珠江、蒼梧、端州、庾嶺等地，寫景詠物，神色兼備。中年以後所作《黄鶴樓望漢陽歌》、《黔沅舟中雜詩》、《白水河瀑布》、《水西紀事》、《滇池歌留别陸四左城》、《武夷吟酬别彭爾仁入山》、《重客嶺南》諸篇，尤多奇偉。王士禛、朱彝尊、汪琬、徐倬、梁佩蘭，均與之唱和。又有《簡顧寧人》詩。《明懷宗御書四十韻》，概括明季史事，苦心自知。《篆書歌贈徐士白》、《觀王元穎畫竹》、《孫北海侍郎齋觀法書歌》，可爲書畫史取資。

泉村詩選一卷　近代敬鄉樓叢書本

徐凝撰。凝字丞子，一字幼發，浙江永嘉人。廪生。生平不遇，隱居大羅山讀書。康熙二十四年，以所

爲詩商榷什一而付梓，有李象坤序，其弟日久序。原本幾亡，近代永嘉黄氏收入《敬鄉樓叢書》，始爲人知。詩僅百六十四首。憂時傷亂之言居其大半。《杭城元夕篇》、《西湖春行》、《歲暮行》、《會稽懷古》，語甚腴練。《秋懷》七律十首，尤爲高唱。清初東海不靖，作者數罹亂離，故其詩風骨高奇也。

遯菴集三卷 康熙間刻本

儲方慶撰。方慶字廣期，號遯菴，江蘇宜興人。康熙五年鄉試第一，明年成二甲進士，不得入翰林。十七年，官山西清源知縣，有循聲。十八年，以博學鴻詞徵詣，報罷。二十二年卒，年五十一。事具魏象樞所撰《墓誌銘》。是集爲方慶殁後二十餘年鋟版。凡文九卷、詩三卷，在卷十至卷十二。爲序者從叔儲欣。欣字同人，以制藝、古文，負東南時望，序稱方慶爲人耿介絶俗，唯善交魏環溪、傅青主、姜西溟，「餘皆如鑿枘之不相入」。又邵長蘅序謂己未開鴻博科：「時文士應詔集闕下，百有餘人，往往亟聲譽事干謁，君乃謝客蕭寺，足不及公卿門，公卿亦無汲引君者，竟報罷。君遽棄其縣令，投劾歸。」唯集中仍存應制詩多首，是亦不忘榮利。其詩深厚，多涉世情。《記事》、《大木歌》、《城門篇》、《浮棺行》、《黄河夫》、《大水歌》、《柳枝行》，備言民生艱苦。子在文、雄文、大文，後均成進士。大文潛心學術，尤精輿地。著《存硯齋集》。魏學誠《一齋舊詩》有《寄懷儲廣期夫子二首》。

大木歌

江東昨夜來僮僕，收得家書窗下讀。讀罷長箋復短箋，親戚同詞苦大木。大木由來泛沅湘，五溪盤鬱衡山麓。工師伐木造樓船，大者蒙衝方者舳。一自南方兵禍連，洞庭雲夢龍蛇伏。修幹長條託異方，飛龍文鷁何由速。朝廷採木遍江南，司農乘傳來姑孰。姑孰新商意氣豪，笑指青山在儂腹。歷歷窮搜到畫溪，官書火急尋深谷。谷底蟠根木不行，千夫牽輓驚麋鹿。上山下水穿墳塋，伐木丁丁新鬼哭。傳聞煙寺柏幾株，更閱星霜樹頭禿。山靈擁護不記年，火劫曾遭長在目。監司來信喬木神，木仆身災登鬼録。又有溪頭一木長，蛇王廟前水洄澓。縣尉糾糾運斧斤，斧斤聲罷隨陰戮。兩事驚傳官長殃，木神敢抗君王福。荆南茂宰清且賢，九枝入夢非偶然。幸存一木劉侯在，未必軍前少叩舷。《遯菴集》卷十二

甌香館集十二卷補遺一卷 道光二十六年蔣氏别下齋刻本

惲格撰。格字壽平，後以字行，字正叔，號南田，江蘇武進人。日初子。年十三，從父至閩。時王祈起兵建寧，日初依之。清兵克建寧，格被掠。日初既以緇衣得免，偵遇之，給使出家爲僧，乃得歸。以父忠於明，不應舉。鬻畫養父。擅詩，畫成輒自題詠書之，世號三絶。卒於康熙二十九年，年五十八。有《南田詩鈔》五卷，康熙五十六年《毘陵六逸詩鈔》本。是集爲蔣光煦輯，以《六逸詩鈔》爲主，附益墨蹟、石刻，並蒐羅論畫諸

語。首顧祖禹舊序，道光十九年隆鼎序，從孫鶴生纂《南田先生家傳》。集中《古意》十六首，爲蔣氏所見手書，自注「戊申六月十九夜紀事」，最稱佳作。《遊仙曲》、《山樓曲》格高氣清。贈王翬詩最多，間有贈王暐、毛先舒、梅清、洪昇詩。格學畫於王時敏，《哭王奉常煙客先生十八首》，小注繫時敏事蹟頗詳。《送許傳舟北上》、《送孫無言歸黄山》、《草堂歌贈董舜民》、《贈愚菴三宜和尚》、《醉吟歌贈程穆倩》，亦見情真。所謂六逸詩，均自以南田首推。其畫神出妙入，畫理精微，發爲議論，超逸名雋。《題石谷先生毘陵秋興圖》，附載笪重光、王時敏、王鑑題詩，又有梅清軼詩，裒爲一帙，亦屬可珍。南田於明亡時年止十二，心懷明室，矢志不渝。棄舉業後，雖時寄托於畫頭題詠，而神妙獨到，不盡在於此。同時人毛先舒集有惲格《題穉黄先生晚唱詩》八章，有小序，今卽未收。是集蒐羅未廣，不足稱善本矣。

珂雪詩六卷　乾隆三十五年補刻本

曹貞吉撰。貞吉字迪清，一字升階，又字升六，號實菴，山東安丘人。康熙三年進士。考授内閣中書，出爲徽州府同知。内召禮部郎中，以疾辭湖廣學政，歸里。撰《珂雪詞》行世甚早，而詩無全刻。乾隆三十五年曾孫益厚搜羅單行板刻，裒爲此集。卷一曰《珂雪集》，王士禛評。卷二曰《珂雪二集》，李良年序，弟申吉序。又王士禛、宋犖選宋琬、王又旦、曹貞吉、顔光敏、葉封、田雯、謝重輝、丁煒、曹禾、汪懋麟之詩，爲《十子詩畧》。此本截取貞吉詩，爲卷三。以下《朝天集》一卷，以内閣中書出爲徽州府同知作。袁啟旭序，趙執信評。《鴻爪集》一卷，爲往來陵陽作。《黄山紀游詩》一卷，凡三十七首。其詩長篇短韻，曲折盡致，感而多風。《金山四首》、《日照道中觀海》、《蕪湖觀競渡五絶句》、《邯鄲行》、《吁嗟行》、《觀樂嘆》、《燈市嘆》、《奇石歌》、《清明詩偶成》、《陳章侯潑墨圖》、《柴窑椀歌》、《古錦歌》、《讀唐人詩偶題五首》、《讀陸放翁集偶題三首》、《書黔行集後》、《讀李武曾南行詩》、《送朱錫鬯之揚州》、《和家弟朝鮮館主宴之作》，皆《珂雪集》上選。《朝天集》中《山民嘆六首》，摹寫新安民茹苦含辛之情景，淋漓盡致。《詩署》本中《題龔半千畫册》、《方于魯墨歌》，則可以美術史料目之。《文殊院觀鋪海歌》、《蓮花峯》，詠黄山之勝，亦有奇致，宋犖亟稱賞之。生卒年向未究，僅曹申吉序云「兄長予一歲」。今於張貞《潛州集》見《祭曹實菴先生文》，又有《曹貞吉墓誌》。知爲崇禎七年正月二十二日生，康熙三十七年十一月四日卒。得年六十五。王士禛《漁洋詩話》云：「禮部在京，和余《文姬歸漢圖》等長歌，極有筆力。」所云《歸漢圖》，不在集中。《四庫總目》著録《珂雪詞》，而以此集入存目。《提要》又檢《感舊集》所選諸詩，不見集中，以爲「全稿之散失者多矣」，斯言近之。

埋照集二卷　康熙三十四年刻本

田登撰。登字春帆，號梅岑，江蘇江都人。游食四方。三藩之變，從祖南征湘者數年。《甲子立秋贈白文碧》云：「君亦天涯落拓人，琵琶能使客沾巾。今宵漫撥秋槐怨，我是開元舊酒民。」《丁卯客都門值予初度示姚業二子》云：「百戰乾坤剩此身，今宵重對啟禎人。白頭紅燭千行淚，重向樽前話甲申。」《丙寅九日》又有句云：「頭顱如許羞明鏡，不插黄花四十年。」懷念明室，拳拳不已。五律尤精。阮元《淮海英靈集》稱其詩「多沈雄矯鶩之音」。登與杜濬、冒襄、屈大均交往，有《誌懷詩》八首。與遺民潘問奇尤契交，年齒亦當相若。是集與潘問奇《拜鵑樓詩集》合刻，貲刊者爲揚州知府傅澤洪，有康熙三十四年序。序稱潘詩「以深厚，以沉摯，以蒼涼，以流涕太息，以雄渾而纏綿，以步伐整齊，刁斗嚴急」，田詩「以踈朗，以輕俊，以穎發，以嬉笑怒駡，以隱秀而藴藉，以衫屐不戒清狂自喜」。宜見兩家詩殊不相類。集中又有征藩及贈佟國柱詩，唯仍以遺民自命。蓋遺民不仕清朝，而可參預軍幕，當日風氣固如此也。

大年堂詩鈔二卷 乾隆間刻本

王楫汝撰。楫汝字翰臣，原字葉來，江蘇崑山人。父爲明崇禎十六年進士，入清不仕，學者稱貞憲先生。楫汝於順治八年舉南闈，亦無意仕進，奉親居鄉，慕王無功之爲人，易名東皋。與同里陸元輔、歸莊相善。精于醫。凡所栖止，輒自榜曰「懸壺處」，求治者踵相接。著有《傷寒十劑心箋》、《握靈本草》等書。以子晦康熙五十一年成進士，贈文林郎翰林院庶吉士。乾隆間任大椿撰《王東皋先生傳》。其遏勃尚義並載尤侗《西堂集》中。《詩鈔》二卷爲其曾孫玄孫所刻，王鳴盛序。諸家選本多未及之，惟其孫王輔銘編《國朝練音初集》，載東皋詩，並敍其家世。

賣藥詩 並序

藥求濟世，誤卽損人。讀書貴得乎精微，臨證務探其標本。醫固非鹵莽寡聞者事也。余少時善病，留心仲景。中更蹇厄，肆力軒岐。口吟手録，考脈證方，忘寒暑者十年，訂異同者百氏。乃設出臨證治，一決死生。然古方今病，慮不相當，苟任情而輕疾，必致伐性傷和，中心時惙惙焉。若乃剽賊戔書，遂侈博識，未謀學道，徒事憂貧，余竊愧之矣。因作賣藥詩以見志。

入市韓康世莫嗤，陽陰變理半於斯。能將末技卑時相，倘奏全生證藥師。學道自應通性命，活人聊且任棲遲。但須會得尊生理，療疾休論敗鼓皮。

心憐夭枉故精研，勘到軒岐理卓然。草木皆良惟在使，肺肝無語却能傳。養生願比淳于意，抱朴還師葛稚川。廿載折肱追往哲，胡盧未肯傚今賢。

竟敵稱師貴有名，後先攻補在心兵。益州樓檽真神速，蜀國軍需自老成。不欲見功期寡過，已知難療轉求生。獨憐一事如捫燭，歲氣天和語較精。經云：須先歲氣，毋伐天和。此醫家要指也。

古今檢盡轉多疑，閱歷知難豈我欺。結古老來方盡業，越人難後正紛歧。得聞妙義容前席，肯借傳書不惜瓻。金匱闕編龍藏秘，憑誰海外更搜奇。《大年堂詩鈔》卷二

端峯詩選六卷 康熙間刻本 續選八卷 雍正元年刻本

毛師柱撰。師柱字亦史，號端峯，江蘇太倉人。早受知吴偉業，復從陸世儀學。順治間遭奏銷罣誤，遂棄制舉，游食四方。晚歸里與唐孫華等人唱和。卒於康熙五十年，年七十八。詩篇極富，云有萬首。康熙三十四年，自刻六卷，九百餘首。陸世儀舊序，趙貞、沈受宏、黄與堅、吴暻、唐孫華、王吉武序。依聲韻類分，近體居多。續刻八卷，六百餘首，王吉武選，首載沈受宏《端峯先生傳》。《假列朝詩集披覽所及漫題短句十二首》，評論明代詩家，不出錢謙益所範。《虞山陸次公舊任州守曾爲湯義仍先生修復玉茗堂隨設木主演牡丹亭傳奇祀之妍倡流傳率成賡和》，可爲玉茗堂增一故實。又有《大雨歎》、《西鄉歎》等篇，切近民情。其詩無分唐、宋，自然高遠。唯拘於繩墨，不免一律。玉石之分，有俟來者矣。

陪集詩七卷續陪四卷 康熙間刻本

方中通撰。中通字位白，號陪翁，安徽桐城人。父以智，明崇禎十三年進士，官檢討，桂王時仕至東閣大學士，知明之必亡，走而爲僧，名弘智，字無可，人稱藥地和尚。博學宏能，著有《通雅》、《物理小識》等書。詩集曰《傅依集》、《流寓草》、《流離草》，見《桐城方氏詩輯》卷二十二至二十七，一本曰《方密之詩鈔》，大都爲明季作。此集曰《陪古》三卷，《陪詩》七卷，《陪詞》一卷，康熙二十九年刻，《續陪》四卷，詩文不分，康熙三十六年刻。其中《迎親》、《遠游》、《省親》、《惶恐》四卷詩，有關以智資料甚多。如記以智與陳子龍力倡大雅，有「雲間龍眠」之稱。甲申國變，以智哭梓宫於東華門，爲大順兵所繫。清巡撫迎以智入皖，贈以袍帽，以智斥之。避仇游台宕，改名。黄虞稷就學竹關，以智以《通雅》相託。周亮工出古今字畫百餘種，索以智題跋，一朝爲書完。康熙十年，以智於粤入獄，十月七日舟次萬安而逝，以爪髪塔瘞之。凡此與諸書記載小異者，皆一一見諸詩中。中通兄中德，字田北，撰《古事比》。弟中履，字素北，撰《古今釋疑》，皆通《雅》學，中通則以天文曆算著稱。嘗受學於西洋人穆尼閣，湯若望，又與湯聖弘、丘維屏、薛凡祚、魏禧、陳弘緒、戴本孝、揭暄、梅文鼎、陳恭尹爲友。撰《數度衍》二十四卷，自云成於順治十八年。康熙十年，亦在桐城就逮。未幾獲釋，以智死，奔喪，作《哀述》詩。後再被繫，賴周亮工營救得白。二十六年，家遭回禄，字畫藏書俱盡。自云詩文稿亦失。所編以智《浮山後集》及《禪樂府》恐亦不救。《續陪》詩多作於粤中。曾先慎序，記黎族民俗，有《粤謡十章》。生卒年莫明。據《梅定九書至作此寄祝》有「問君去年已六十，我之六十今始及」句，可知小梅文鼎一歲，刻《續陪》時，年六十四。

粤　産

不數花梨檀與楊，花梨出海南，紫檀出外洋，俱多空心。近心者易裂，近皮者佳□。黄楊甚多。紋多圈點是桄榔。作器有紋，如圈如點。葉成紫背楠無敵，紫背楠乃葉背紫也。此木甚佳，愈於豆瓣楠、香楠。鐵染紅顔樹上裝。鐵樹紅幹、紅葉。鳳眼雞心堪作器，海南鳳眼木紋如鳳眼，雞心木有黑線紋。雲頭雨脚便爲香。東莞女兒香名。難尋生死枝頭結，沉香在活樹結者爲生結，最佳。在死樹結者爲死結，次之。番墨由來有善方。番墨，亦未也，出外洋，假香需此而成。

吐金絲與放光明，金絲蠶生楓樹，吐絲作窩，其絲如銅，芭蕉扇用以絞邊。放光虫喜藏衣内，擦死有光起。雀有懸梁倒挂名。倒挂雀每夜嘴啣籠内，上梁倒挂。猿善定風魚善鬬，定風猿與通臂猿不同，知風，南北海船用之。鬬魚身長寸許，鬬時通身斑起，敗便色淡。雞知潮水鳥知更。潮水鷄潮長便啼，知更鳥夜鳴數次。食銀蟻向財中死，螻蟻能食銀，煎之仍得銀，但數稍減耳。蛀石蟲沿研畔生。端石研有虫蛀者名曰宋朝，蓋言其久也。最是蚺蛇專好色，瓊南婦女握藤行。有藤可制蚺蛇，見之卽伏，聽人拽回。

荔枝罷市荔奴黃，龍眼在荔枝後，故名荔奴。椰子中央畜酒漿。最厚栗堪呼作石，石栗殼厚，如胡桃形。起棱桃便號爲羊。羊桃有六棱。波羅形濁全無蜜，波羅最大而蠢，小者名番波羅，絶無蜜味。蕉菓心清尚有香。香蕉結菓。橙柚檸檬柑橘類，此類種甚多，枳殼卽檸檬。化州橘紅係柚而非橘也。蜆灰蒟葉食檳榔。蜆殼燒灰與石灰相似。蒟本音舉，粤讀爲樓舟切。《續陪》卷三

綿津山人詩集二十四卷 康熙二十七年刻本

宋犖撰。犖字牧仲，號漫堂，一號綿津山人，河南商丘人。父權，由遵化巡撫降清。犖少與侯方域結社。以

蔭仕，入侍禁中，出爲黄州府推官。累擢江寧巡撫。好延文士，爲吴中風雅總持。官至吏部尚書。卒於康熙五十三年，年八十。撰《綿津山人詩集》初刻二十四卷，附《楓香詞》、《漫堂説詩》。二刻增《文集》共六十九卷。晚年自訂《西陂類稿》五十卷，收入各體文，内容又有增益。《四庫總目》别集類著録。是集爲汪琬、劉榛、王鐸、侯方域、張自烈、吴偉業序，存詩八百四十餘首，各卷以事繫名。附周斯盛、張尚瑗等唱和詩。詩學盛唐，又趨效東坡，清麗健舉，有縱橫捭闔之勢。《望龍蟠磯》、《謫仙樓觀蕭尺木畫壁歌》、《小孤山》、《舟泊天門登梁山》、《登廢城》、《東坡畫竹歌》、《玉帶生歌》、《張水部晴峯雷琴歌》、《吴漢槎歸自塞外作歌》、《秦皇島望海歌》，卓犖可傳。沈德潛《别裁》所選，多近王、韋，亦見其不可一繩矣。犖嘗得宋槧《施注蘇詩》殘本，校刻之。乾隆間書歸翁方綱，徵題甚夥。他作如詠居庸、盤山，《海上雜詩》、《西陂雜詠》、《濟南雜詩》、《廬山詩》、《李卓吾墓》，取材廣而可徵事。撫吴最久，表彰風雅，選刻《江左十五子詩》。自稱於世味尠所嗜好，顧篤嗜朋友。徐永宣《雲溪草堂詩序》：一時布衣畫師，如杜濬、魏禧、鄭簠、羅牧，咸從與游，不獨顯貴達官也。或云：「尚書北闕霜侵鬢，開府江南雪滿頭。誰識當時兩年少，王揚州與宋黄州。」詩出，聲價增重，引爲比肩王士禛。唯其詩興會飈舉，而不能格奇創往。蔣士銓論詩比之「蘇季子位尊金多」，未必知人。洪亮吉謂「宋不及王」，《北江詩話》自是公論。

澹餘詩集四卷　乾隆間刻本

曹申吉撰。申吉字錫餘，號逸菴，山東安丘人。崇禎七年生。順治十二年進士。授編修。康熙十年，官至貴州巡撫。後爲吴三桂所執。不知所終。兄貞吉，工詩詞，有《珂雪集》，刊板時申吉爲之序。此集爲裔孫刻，首薛所藴、胡世安序，自序。其詩視申吉較弱。《宛丘春日行》、《北風行》、《冰牀行》、《春蠶怨》、《曉行山中》、《武陵雜詩》、《春盡贈李武曾》、《清明柳枝詞》、《吉州懷古》、《人日貴陽作》，清泠峭蒨，非泛詠也。《金陵雜詩》二十首，尤爲結撰。奉命致祭南嶽，作《伏虎行》、《長沙懷古》、《赤壁歌》等篇。附《南行日記》一卷，高珩題詞。

東江詩鈔十二卷 康熙間刻本

唐孫華撰。孫華字實君，江蘇太倉人。康熙二十七年進士。當選朝邑知縣，以薦試改禮部主事調吏部。應明珠聘教授揆方、揆敍。三十五年，典試浙江，以詿誤解職。中年告歸，優於林下幾三十年。雍正元年，年九十卒。是集爲受業陸師編，首王吉武、沈受宏、揆敍序。爲康熙二十七年後詩。取材廣博，自成爐鞴。孫華受學於朱明鎬，明鎬爲復社名宿。集中有《敬題先師朱昭芑先生遺像》詩。康熙中期，人文蕃盛。此集《題文姬入塞圖》、《諸葛武侯祠》、《文信國祠》、《國學進士題名碑》、《讀梅村先生鹿樵紀聞有感題長句六首》、《夏重談金陵舊事》、《讀顧亭林集二十四韻》、《題王麓臺杜陵詩意畫册》、《宋漫堂馳賜新刻施注蘇詩》、《觀宴高麗使臣》、《讀王抱翼小山詩集》、《寄題甫里先生祠》、《贈趙松一》自注：「趙曾著《讀史質疑》一書。」《常熟陸次公曾爲撫州別駕重葺臨川玉茗堂設湯義仍先生木主演牡丹亭傳奇祀之詩紀其事屬和二首》，詞采熠熠，足備舊聞。《哭姜西溟》詩，極言西溟無罪瘐死，持論平反。《喜吕無黨及第》、《葉忠節公輓詩》、《送惠研谿之官密雲》、《秣陵太守行贈陳鵬年》，所涉一時彦士。尤可稱者，爲《鋤田行》、《水車行》、《厮養兒》、《發粟行》、《鷹坊歌》、《記里中事》、《哀羣盗》、《徙邊婦》、《開河行》、《官倉》、《米貴》等篇，慨於時政民生，撮其見聞，悉發於詩，不啻康熙間社會史畫。自云「詩必有爲作，每與史事相表裏」。故專崇質實，涉世之深，罕有儔匹。湯右曾、姜宸英不能逮也。

漁洋精華録十卷　康熙三十九年刻本

王士禛撰。士禛字子真，一字貽上，號阮亭，晚號漁洋山人，山東新城人。士禄弟。順治十五年進士，選揚州府推官。康熙十七年，由户部主事改翰林院侍講，累至刑部尚書。五十年卒，年七十八。生平著述甚夥，又粹力於詩。不取徑明七子與鍾、譚，而倚當代錢、吴。沉實高華，幾近唐音，明麗博雅，兼取蘇、陸，又推重元吴淵穎、明徐禎卿，是無所不學矣。康熙元年，初刻《阮亭詩鈔》十七卷。後别刻《漁洋集》、《漁洋續集》、《南海集》、《蠶尾集》、《蜀道集》、《雍益集》、《古夫于亭集》、《蠶尾後集》。晚年復就諸集删併爲《帶經堂集》九十二卷。而生平刻意之作，見於《漁洋精華録》者爲多。是集《四庫》著録。錢謙益原序云：「貽上之詩，文繁理富，銜華佩實。感時之作，惻愴於杜陵。緣情之什，纏綿於義山。其談藝四言，曰典，曰遠，曰諧，曰則。沿波討源，平原之遺則也；截取衆流，杼山之微言也。小雅之復作也，微斯人其誰與歸。」推挹之重可見。集中古體詩以《蠡勺亭觀海》、《蠶租行》、《慈仁寺雙松歌》、《洗象行》、《宣和琵琶圖歌》、《海門歌》、《蘇秦楚詞圖畫歌》、《黄子久王叔明合作山水圖》、《傅侯天馬歌》、《井陘關歌》、《聽張晴峯員外彈琴》、《東丹三射鹿圖》、《瞿山畫松歌寄梅淵公》爲著。海南詩詩境益熟，入蜀詩氣勢益放。然較諸清初諸大家，不免昧古。至讀史諸作見解平庸，時事紀聞多作頌揚，《秋柳》詩以填塞掩其疏漏，讀者愈不知盛名何在矣。律體鋪排較盛，亦有淡然無味者。唯長於七絶，如《高郵雨泊》、《再過露筋祠》、《真州絶句》等詩，風流秀絶，真代無數人、人無數首者也。士禛於當代人物極爲注意，每遇風雅志節之士，集中必一見之。《抱琴歌爲酈露作》、《陳生行戲送其年歸陽羡》、《送陶季之潞州》、《過邢子愿先生墓》、《題施愚山賣船詩後》、《晚入退谷却寄孫北海先生》、《送洪昉思由大梁之武康》、《送邵子湘之登州》、《送湯荆峴侍講使浙江》，及與孫默、陳允衡、顧有孝、李良年、方文、汪琬、費密、郝浴、嚴沆、丘石常、宋琬、尤宋曹、冒襄、曹貞吉、董文驥之贈酬，不勝縷指。論詩尤具隻眼，《效元遺山絶句三十首》，實開有清一代論藝絶句之先河。然諸家皆出生於明，孳乳前朝文化，若論其所得，自當由明、順、康兩朝，詩學甚昌，成就之高，可駕唐、宋。如謂清詩開山，遺老固不當領銜，降臣亦不自勝任。士禛詩本深秀又標舉神韻之説，與天下作者馳逐數十年，受其獎掖者多成名家。趙執信抵牾之，杭世駿稱不佳，均未能損其名。乾隆帝以其積學工詩，流派較正，至追謚文簡。是士禛之詩，在當時決無闢造之功、立極之則，而爲壇坫之主，又不當有異辭。袁枚所謂「一代正宗才力薄」，良不誣矣。

南沙詩集二卷　康熙二十七年刻本

洪若皋撰。若皋字叔敍，號虞隣，浙江臨海人。順治五年舉人，十二年成進士。由户部主事，官福寧道按察司僉事。康熙六年，裁缺歸，寓杭越間。撰《南沙文集》八卷，有施閏章、林雲銘序，奏疏吏牘俱切時務。内詩二卷。例云：「庚子順治十七年金陵一刻，多録諸公批評。丁巳康熙十六年武林二刻，概不載。今因之。」是已爲第三刻矣。而詩中紀干支，止於戊辰康熙二十七年，殆迭有增益。順治十三年，寧守副將馬信叛，入海，若皋作《逃難》、《陰雨行》紀其事。十四年，台州變，又作《聞亂》詩。其詩《四庫》列入《存目》。不事鉤棘模擬。屢督通州草廠，多記當時糧税情事。《古琴行》、《觀浴象歌》、《巡城行》，及詠天壽山、太和殿詩，詠都中見聞。過金陵，撰《雜詠》十首。又有《苦雨》、《田家》諸篇，頗重採摭民風，箴戒得失。是不在吟詠性情，亦不喜吁嗟慨歎也。

使交集一卷　近代嘉業堂刻本

吴光撰。光字迪前，號長庚，浙江歸安人。父景旭，有《南山草堂集》、《歷代詩話》之撰。光於順治十八年以一甲三名進士，授秘書院編修。康熙三年分校禮闈。事竣，即奉祭諭安南國王黎維祺之命。是集爲嘉業堂據鈔本刊行，有康熙六年嚴我斯、嚴沆序。事見李仙根撰《傳》。光自出都至廣西梧州沿途有詩。《諒山道中》云：「崇山多瘴厲，迢遥絶人蹤。亂石欹千澗，飛崖矗萬峯。野禽相和夕，林草不知冬。漫訪銅標舊，關門鎖霧重。」《鬼門關》云：「徑入鬼門隘，崎嶇擁漢旌。翠山巒霧合，白屋野煙平。樹蝮平陰見，林鼯日晝行。詞人遷謫地，萬古一含情。」自注：沈佺期流驩州經此。又作《昌江舟中》、《思明州》、《槎江雜詠》十首、《詠物八首》、《登昭州城樓卽事》等篇。此書爲特派使節之詩，亦中越兩國關係史料。附劉承幹跋，考清初於安南凡三遣使，此行爲首次，正使吴光，副使朱志遠，康熙五年，册封黎維禧爲國王，正使程芳朝，副使張易賁。七年，又遣使宣諭，正使李仙根，副使楊兆傑，以正《池北偶談》記載之失。又稱，題鬼門關，今關名易爲畏天，爲康熙二十二年禮部郎中周燦奉使時所改，此在先生之後。今所見清初使交詩，唯此集與周燦《願學堂集》耳。

經義齋詩集一卷　澡修堂集詩四卷　康熙間刻本

熊賜履撰。賜履字青岳，一字敬修，號愚齋，湖北孝感人。順治十五年進士。康熙朝重臣。由翰林累官禮部尚書，東閣大學士。以年老乞歸江寧，四十八年歿於家，年七十五，謚文端。賜履嘗充纂修《平定朔漠方畧》及《明史》總官。治宋五子之學，著有《學統》。此《經義齋集》十八卷，内詩一卷爲丁憂家居時所刻，錢肅潤、劉然序。後刻《澡修堂集》十六卷，卷十三以下爲詩，乃康熙三十年至致仕十三年作，《四庫》均列《存目》。其詩各體兼備。《詠史》、《感興》諸篇，摹古爲主。論學兼涉仙禪。近體《江南雜詠》，冲淡清超，較爲可覩。寄酬唱和詩，沈荃、錢肅潤、徐乾學皆大位，程邃、杜濬等爲布衣。與畫師王翬贈答，《有送石谷還吴門》、《王石谷爲予寫秋林講易圖》等作。賜履好言性理。其《講易圖》同時名流多有題跋，散見諸家集中。

見山亭詩集二卷　康熙間刻本

章昞撰。昞字天節，浙江錢塘人。諸生。與詹夔錫善，稱「西陵二子」。此集爲昞子廷標刻，首沈鉽、陸次雲、陸進、王武功序。康熙三十年，詹夔錫序稱：「余年九歲，天節年六歲。又二年，遭鼎革，兵燹未寧。時有無賴者誣外家以逆，併繫予父。天節赴告父曰，兒聞覆巢之下無完卵，父寧不爲詹氏計耶。明年亂定。予長妹聘天節室。戊申予以酒狂觸忌，累及全家。貪墨骫骳，幾欲置予於法，天節挺身力救，余事亦解。辛未卒，年五十七。」夔錫刻有《陶淵明集》，自著未見。今得此序，兩家生平皆有可考矣。昞受知於施閏章，於曹溶亦有投贈。交往爲毛先舒、姜宸英、孫默、王晫、董俞，多江浙名士。詩則質直敷陳，時有悲慨之音。

苦旱

仲夏苦亢旱，草木萎欲絶。十日九遇晴，何時雲鬱勃。朱炎吐林莽，鑠石勢逾熱。農夫號田間，彼蒼何酷烈。今歲麥不熟，朘削僅皮骨。佇望此秋成，寧忍靡遺孑。川澤涸無魚，舟楫徒虚設。畇畮龜坼形，耘鋤事皆輟。旱魃擅其權，陽石鞭空折。民生實不猶，咨嗟何所説。既念妻子飢，復患筋力

竭。冬寒十月交，縣令徵求切。恐無粒米收，何以辭刑罰。中夜一悲思，淚下如流血。《見山亭詩集》上

欣然堂詩集六卷　乾隆間刻本

陶孚尹撰。孚尹字誕仙，號鑑跛，一號白鹿山人，江蘇山陰人。貢生。康熙二十五年，選桐城教諭。卒於四十八年，年七十五。是集爲其孫士銓刻，詩文共十卷，詩後附詞二十一闋，王士禛、尤侗、曹禾序。《四庫存目》著録。孚尹喜結納勝流，有《拂水山莊謁錢蒙叟》、《贈杜于皇先生》詩。與錢陸燦、馮班、余懷亦有唱酬。《懷人詩》爲王晫、尤侗、徐釚、惲格、汪琬、陳維崧、邵長蘅。又有《華山上沙里訪徐昭法先生隱居》、《詔徵博學鴻詞友人獲雋者七人各賦一詩寄賀》、《輓冒巢民先生二律》，及《曹頌嘉漫園大會賓客即席分賦》涉及洪昇之詩，可弋獲資料尚多。詠山水名勝，以北京、淮揚較勝。《澄江竹枝詞》十二首略采土風。唯腹笥未富，稍欠博雅之致耳。

范忠貞詩集三卷　康熙間刻本

范承謨撰。承謨字覲公，號螺山，又號蒙谷，瀋陽人，隸漢軍旗。大學士范文程仲子。順治九年進士，選庶吉士，散館，授侍讀學士。康熙十二年官浙閩總督，爲耿精忠囚禁三年。十五年，被殺，年四十二。謚忠

貞。此集爲劉可書所編，凡十卷。卷四《吾廬存稿》，爲入囚前詩。卷五《百苦吟》爲和詩。時幕僚嵇永仁亦在繫，作《百苦吟》，作者依詞答和。内寫禁錮生活，均屬紀事。卷六《畫壁遺稿》，有自序。其詩自抒胸憤。守者屏絶筆墨，乃以桴炭，畫字壁上，僅存四十七首。附録傳記挽章，可備檢閲。其畫壁詩，石門吴震方嘗刻之《説鈴》中。《四庫全書》以此集入《别集》類，復以《畫壁遺稿》入《存目》，實爲重出。其《絶命詞》云：「一笑襟開萬怒平，龍興有寺葬真卿。執旗厲鬼爭前導，埽盡穿牆穴壁黜。」嵇永仁從之死，亦有《抱犢山房集》問世。

紺寒亭詩集十卷　康熙間刻本

趙俞撰。俞字文饒，號蒙泉，浙江嘉定人。徐乾學革職，被牽連下獄，後昭雪。康熙三十七年成進士，官定陶知縣。以病告歸。《詩集》與《文集》四卷合刊，《四庫》列入《存目》。載分體歌詩一千一百十九首，止於康熙五十一年，姜宸英、張雲章序。朱彭壽《舊典備徵》稱「趙大令俞卒年七十八」，上推其生年當在明崇禎八年。沈德潛《别裁》選近體詩多首。唯傚張籍樂府《牧牛詞》、《養蠶詞》、《采桑曲》，傚白居易樂府《踏車曲》、《紡車曲》，亦爲集中上乘。《詠史二十首》、《宫詞六首》、《讀史八首》、《論詩》、《濟寧訪少陵南池石刻》、《京師萬壽寺巨鐘歌》、《查德尹繁星硯歌》、《牡丹圖詩十六首》有序，亦可參考。俞嘗至閩嶠，有《仙霞嶺》等紀游詩。與姜宸英交密，又作《呈王阮亭》詩、《輓惠元龍》詩。《三賢詩》，爲陸隴其、湯斌、魏象樞，是不能以理學相砥礪者。

香草堂詩鈔五卷 康熙五十六年刻本

胡香昊撰。香昊字竹紆，號芋莊，江蘇武進人，原籍新安。少棄帖括，以訓蒙爲生。康熙八年至二十年之楚中，爲幕客，游洞庭、彭蠡、匡廬、赤壁。四十六年卒，年七十三。事具本書卷首莊楷所撰《胡芋莊小傳》。是集爲《毘陵六逸詩鈔》本，凡三百八十三首，視生平吟詠不過什之三。香昊受知於錢陸燦，與惲格多往還。《虞山湘靈先生賦詩紀事》、《惲南田緑篠雁來紅爲雲襄賦》，皆爲文學資料。嘗築香草堂，羅牧、惲格爲之圖，亦有詩紀事。詠古格韻調高。康熙三十三年，邑中設浣花會，祀杜甫、李白、李商隱。時惲格、楊宗發已殁，香昊爲主壇坫。清初毘陵詩人，其著者爲董文驥、邵長蘅，六逸詩皆才而屈於下者。

秋錦山房詩集十卷 康熙三十四年刻本

李良年撰。良年初名法遠，更名北潢，字武曾，號秋錦，浙江秀水人。監生。嘗與朱彝尊、王翃、周篔、繆沅、沈進結社里中，與彝尊並稱「朱李」。兄繩遠、弟符均有詩聲，並有「三李」之目。康熙六年，良年離杭湖至北京，抵宣府，歷邊徼。八年，偕汪琬赴金陵，復如京師。十年，從吏部侍郎曹申吉入黔。抵家，近游滁潁，尋入閩。十八年薦博學鴻詞入京。報罷。二十三年，客濠梁。復客閩。三十年，歸築秋錦山房。徐乾學開書局於洞庭山，嘗應聘預修《一統志》。後不復出。卒於三十三年，年六十。《詩集》十卷與《文集》十卷、《詞三卷》、《外集》三卷合刻，《四庫存目》無《文集》與《外集》。詩凡一千二百四十一首，起順治十七八年間，迄康熙三十三年，但以行止出處爲卷次，不編年月。兄繩遠爲之序。以所歷名山巨河奇觀勝蹟，一一矢諸於詠。《將之塞上呈汪苕文農部》、《塞上觀嚴都尉女樂歌》、《八達嶺》、《宣府二首》、《雲州堡觀鎮朔將軍獵》、《官馬行》、《明景泰帝廢陵》、《碧雲寺》、《瓦官寺四首》、《金陵雜詩六首》、《朱家嘴阻風戲爲長句》、《雷琴詩爲張晴峯户部作》、《大明湖》、《荆江歌七首》、《水車行》、《重游飛雲巖歌》、《華巖洞》、《自白龍崖趨瀘溪述所見》、《平越城樓縱目因追往事》、《黔陽雜詠十二首》、《乳虎行》、《黄叢竹枝》、《過滁陽》、《閩灘曲五十首》並序、《閩嶺竹枝》，雄俊閎肆，洵爲作手。《拜方正學先生祠四十韻》、《朱碧山銀鑿落歌》、《題幸蜀圖》、《雪灘釣叟歌爲顧丈茂倫作》、《懷顧寧人處士》、《偶題太白集》、《論文口號九首》，咸可采覽。贈答自龔鼎孳以下，皆朝野名人。詞選入《浙西六家詞》，六家者，朱彝尊、李良年、沈皞日、李符、沈登岸、龔翔麟。王崇簡《青箱堂詩集》有《題李武曾秋錦山人灌園圖》。

問山詩集十卷　咸豐四年重刻本

丁煒撰。煒字澹汝，號雁水，福建晉江人。明尚書丁啟濬孫。順治間諸生。以人才舉授漳平教諭，改河南魯山知縣，擢兵部職方司郎中，出爲贛南道，陞湖廣按察使。因事左遷姚安知府。尋復臬職，赴京道得目疾，寓金陵就醫，康熙二十八年歸，越七年卒。事具本書諸家序跋及卷首《泉州府志·文苑傳》、《贛州府志·

循吏傳》。生年依《壬寅除夕作》有「蹉跎廿九明朝是，莫笑潘生鬢早絲」，計當明崇禎八年，享年五十三。煒官魯山，地僻事簡，肆力於詩歌古文詞。其名在「十子」之列，詩純乎唐音。五古《詠史八首》、《游窊石山詩》有序、《聞魏惟度續石倉詩選有寄》，七古《過仙霞嶺》、《沈石田山水歌》、《謁嵩嶽》、《大孤山》，七律《薊門詠懷》、《長安雜興》八首、《拜李卓吾墓》，以及《秦淮竹枝詞》、《里兒泗竹枝詞》，雄渾淡宕，兼而得之。《從軍行》、《戒驛》、《書甲寅臘月事》，俱述自身經歷。《詩集》與《文集》八卷、《紫雲詞》合刊，王士禛、施閏章選評，有宋琬、汪琬、朱彝尊、錢澄之、魏禧、沈荃、林堯英、余國柱八序，康熙十五年自序。弟焯字韜汝，亦工詩詞，有跋作於十九年。是集原板久佚。咸豐間族孫丁拱辰重刊，增張維屏等序。後版又蟻患八九，光緒八年補版印行。詳本書所附《續補刊問山集校記》，勝於《十子詩畧》本多矣。朱彝尊云：「雁水詩直者不伉，綺者不靡，約言之而可思，長言之而可歌。可謂善學唐人。」孔尚任《湖海集》有贈《丁兼使煒》長詩。

煙舫集四卷　康熙五十四年刻本

張衍懿撰。衍懿字慶餘，號煙舫，江蘇太倉人。棄諸生。友人官燕秦，最後宰蜀南充，無不共事。康熙四十六年歸。是集有王吉武、王鶴、吕履恆、唐孫華序。編年詩止於康熙五十四年，年八十一。衍懿與吕履恆、謙恆兄弟交善。寄贈周亮工、傅山、屈大均有詩。《題荆浩山水圖》、《李唐山水障子》、《讀吕元素詩集》、《讀螺溪詩鈔賦寄彭貞一》，長言短歌，均所擅能。嘗入都，作《蘆溝橋》、《報國寺松》、《天主堂》等篇，以詠聞見。出潼關，作《長安》、《關山行》、《隴州卽事》。在隴外作歌七首。七十後入蜀，詠棧道、成都、重慶、三峽，頗有奇趣。張應昌《詩鐸》選《雹災行》、《巴江觀打魚歌》，切近民間生活，是雅善吟詠者。

容齋千首詩不分卷　康熙間刻本

李天馥撰。天馥字湘北，號容齋，安徽合肥人，籍河南永城。順治十五年進士，改庶吉士，授檢討。累擢内閣學士，充經筵講官。康熙間官至吏部尚書、武英殿大學士，陸隴其、邵嗣堯、彭鵬皆由引薦爲名臣。後以憂免。三十八年卒，年六十五。諡文定。是集爲王士禛、陳廷敬、毛奇齡序，子孚青校。存詩千首，分四言、五七古、五律、五七絶，無卷數。其詩風格峻潔。古體《裂帛湖》、《明景泰帝廢陵》、《洗象歌》、《小孤山》、《卧佛寺》、《送紀伯紫》，蕭疏簡遠，情景兼到。《擬古論漢魏詩三十首》，辭氣尚厚，亦可見風旨所在。《贈古古》、《送洪昉思歸里》、《寄懷郝雪海侍御戍遼左》、《偶憶洪昉思已被斥事卽題其集後》，涉及閻爾梅、洪昇、郝浴軼事。天馥行跡北至蒙古，西行三巴。詩中囊括時事，《喜四川大捷十首》、《秋懷十首》、《帳中紀事》，於三藩邊疆之變，多有史實可資。絶句學唐人颯爽。《渾河》云：「飲馬遐源大漠傾，黄沙千里度秦城。《乘風惡浪奔飛疾，時作鼉鼉出浴聲。」《偶憶巢湖》云：「巢湖久别誤華簪，湖上青山夢裏酣。三月鰣魚九月橘，令人那不憶江南。」此集爲門人毛奇齡選本，惜經删汰，已非完帙。至詠物、觀劇、傷逝、竹枝等詩，則又不必盡有也。

秋　懷　吴逆初叛，拘使犯順

盛世懷柔意，流言惑遠遷。妖氛迷鬼國，殺氣暗蠻天。莊蹻疆空拓，韋皋策未全。碧雞金馬路，迢遞使星懸。

其　二　時遣順承郡王暨諸貝勒大將聲討駐師荆襄等郡

行祖名藩貴，期門突騎優。山移驚赤羽，水戰習黄頭。應運陶公甓，寧輕叔子裘。銅鞮方設險，辛苦衆通侯。

其　三　時吴逆犯湖廣諸郡，將弁多有叛應者，轉輸每以不繼見告

窮寙千堯紀，菁茅黷禹謨。輸誠初送質，亡命尚稽誅。欒正騰封豕，襄陽竄短狐。風塵方澒洞，何限鞠窮呼。

其　四　耿逆重斂窮師，結連鄭逆内犯

闆亂錢無鉛，誅求女顧山。輸將窮蜃市，旅伍雜魚蠻。鮒入鯇方合，鳩居鵲自攀。相圖應不遠，

何待水師環。

其　五　孔四貞同夫孫延齡反於廣西

桂管權遊壻，殊恩視子侯。鵐張輕帶礪，狐媚老兜鍪。忽作蒼梧瘴，平翻赤水流。萑苻亡賴藪，面首列青韝。

其　六　王賊據蜀，我餉數匱，偏裨多有損傷

連雲欲傳天，峻嶺列星懸。烽暗魚鳧火，炊殘雀鼠煙。量沙都養匱，裹革使君堅。歲歲葭萌恨，忠魂泣杜鵑。

其　七　遣安康二王暨趙王諸帥分道並進

推轂軍威盛，金支隔秀華。元戎開制府，列校啟高牙。久練驂驔騎，新成霹靂車。霜天吹角曉，令肅市無譁。

其　八　噶爾噶反，遣端郡王暨圖相國往征，戰滅之

侍子忌婚媾，稱兵鴨渌江。宗英謀勿貳，元老士無雙。倍道晨增竈，懸軍夜受降。要荒猶振落，

嗟爾轂蒲邦。

其　九　莫經略提兵入蜀，王輔臣以無糧激衆，經略見害

逋懸牢禀絶，三陣趣重關。俞騎繁華子，參軍供奉班。驅蛟歸大壑，放虎衛空山。血污遊魂斂，龍涓水欲殷。

其　十　時諸道傳盡節者甚多，而吴逆亦有病危之報

在在多忠烈，天成不朽名。奸心原已死，正氣自如生。有志懷憑軾，無才爲請纓。會看蛾賊靖，長共享昇平。《容齋千首詩》五言律

古歡堂詩集十四卷　康熙三十七年刻本

田雯撰。雯字紫輪，一字子綸，又字綸霞，號山薑，自號山疆子，晚號蒙齋，山東德州人。康熙三年進士。由内閣中書官户部福建司主事、雲南司員外郎、江南按察使，擢鴻臚寺卿。巡撫江蘇貴州，丁憂後起補刑部左侍郎。調户部左侍郎。四十年，告歸。四十三年卒，年七十。事具倪璠序刊《田氏叢書》本田雯自編、田肇麗補編《蒙齋年譜》。《四庫》著録其所撰《古歡堂集》、《黔書》、《長河志籍考》等書。詩集分體，凡十四卷。雯

年三十五從申涵光學詩，又從王士禛、施閏章論詩。詩以奇麗見長。自云：「作詩雖貴古淡，而富麗不可無。」《古歡堂集詩話》。内容亦博採所見山川文物風俗民情。五古《題崔白枯荷落雁圖》、《書沈石田詩集後》、《縱鶻詩》、《景陵》、《趙北口》、《華不注》、《官船行》、《棲霞山》、《蒙惠二泉》，七古《丹陽津亭觀延陵墓碑歌》、《雲梯關觀黄河注海歌》、《采石磯太白樓觀蕭尺木畫壁歌》、《皖城西拜山谷老人墓》、《濠梁古寺歌》、《赭陽酒民歌》、《鄭簠八分書歌》、《碧嶢書院歌弔楊升庵先生》、《牛首山放歌》、《北門泉上聽雨作歌》、《清溪行》自注悲瞿氏也、《題李龍眠畫卷》、《題惲香山輞川圖卷子》、《寒食行》、《南太常園亭歌》、《賣馬行》、《水關行》、《雷琴歌爲張晴峯作》、《趵突泉歌》、《妙喜寺冬夜醉歌》、《題夏圭畫》、《題戴嵩畫》、《晚渡荆江》、《三丰道人壁影歌》、《柳阮行》、《謁武鄉侯廟》、《碧嶢書院歌》、《太行山歌》、《王屋山歌》、《北邙山歌》、《轘轅關放歌》、《桐柏山歌》、《題武則天夜宴詩卷後》、《洪澤湖大風雨歌》、《小忽雷歌》有序、《清涼寺雙檜歌》，大都縱横排奡，盡態極妍，非才力綿薄者可以勝任。古雜體詩《采砂謡》、《淘金謡》、《繅車辭》、《牛宫辭》、《淘井辭》、《槐花驛火災謡》、《滙溪水災謡》、《相見坡蠻謡》、《赭克兒歌》，於湘楚黔中少數民族生活情狀，描繪亦深。又有《蘇禄王畫像歌》，當爲中國、菲律賓關係史料。近體歌詩，包涵甚廣。《皖江道中》、《歷下雜詩》、《辰沅雜詩》、《襄陽絶句》、《龍淙絶句》、《淮上詠古》，登臨覽古，輒得佳句。詠史則讀張良、賈誼、董仲舒、袁紹、李泌傳，《閱焚椒録》，論詩則《題陶二首》、《偶成》、《讀庾開府集題六絶句》、《題樊川集後四首》、《讀東坡集偶題五首》、《論詩絶句十二首》、《同陳學士論詩二首》、《讀元人詩各賦絶句十六首》、《選元明詩四首》。讀曲則《題四夢傳奇》。

《題桃花扇傳奇絶句六首》，後人多傚而有作。《拜李于鱗墓》、《弔申鳧盟先生》、《題龐雪崖像》、《喜吴野人至》，交游中有資料可稽。康熙十五年，雯奉差監督大通橋漕運事務，賦五古《大通橋行》，勒石官廨。同王士禛等人泛通惠河，作《泛舟通濟河圖》七言長歌題之，一時皆有和作。圖在乾隆間爲馮集梧所得，好事者再爲題和，卷同牛腰，而大通《春泛圖》、《秋泛圖》繼起紛紛，遂爲京都添一故實矣。清初山左詩家，王士禛、宋琬爲先。雯詩才力既高，取材復富，孕含唐、宋、元、明諸名家，近取王士禛，鎔鑄既久，自成面目。格高氣古，不及王、宋，而詞意新麗，爲兩家所不及。蓋雯主才識，不以氣韻取勝。《四庫提要》本王士禛説，譏其好奇，然奇而不誕，不爲病也。

蘇禄王畫像歌

狸睛戟髯鴉色袍，烏帽紅帕螭龍交。山桑雕弓鸛翎箭，珊瑚寶玦大食刀。禿襟短褏擊鼉鼓，猙獰怪狀真鬼豪。兩旁丁丁兩海女，西施鄭旦雙妖嬈。一插雀釵露粉面，一調鸚䳇衣冰綃。左者拖裙捧玉斗，右者晞髮吹秦簫。云是蘇禄巴都像，澄心堂紙魂逍遥。畫工須得乃大手，虎頭道子揮毚毫。于闐迤東六萬里，青山一髮中原朝。永樂皇帝受琛貢，何殊南楚來包茅。戕艑破浪送之去，天吴拔地空中逃。滄嶼茫茫掉其尾，魑魅大小羣相招。天津敗荻弔蟋蟀，衛河崩岸鳴鵋鶀。廷臣奏牋謚恭定，賜以玉篆沉烟壕。詔葬鹿角築馬鬣，碑碣堂廡蒼山牢。是時景隆罷酣戰，連城十二圍週遭。荒壘遺鏃夜月冷，頽沙犇馬寒花飄。過者貰酒澆抔土，火珠迸落華表高。玉魚金盌在何處，當年性命輕鴻毛。

余觀此圖生嘆息，村原禾黍風蕭蕭。《古歡堂詩集》七言古三

題桃花扇傳奇絶句

一例降旗出石頭，烏啼楓落秣陵秋。南朝賸有傷心淚，更向胭脂井畔流。

白馬青絲動地哀，教坊初賜柳圈迴。春燈燕子桃花笑，賤奏新詞狎客來。

江潮無賴弄潺湲，一載春風化杜鵑。却怪齊梁癡帝子，莫愁湖上住年年。

商丘公子多情甚，水調詞頭弔六朝。眼底忽成千古恨，酒鈎歌扇總無聊。

零落桃花咽水流，垂楊顛頷暮蟬愁。香娥不比圓圓妓，門閉秦淮古渡頭。

錦瑟銷沉怨夕陽，低回舊院斷人腸。寇家姊妹知何處，更惜風流鄭妥娘。《古歡堂詩集》七言絶三

祇芳園遺詩四卷別集一卷　嘉慶二十四年刻本

顔伯珣撰。伯珣字石珍，號相叔，山東曲阜人。伯璟季弟。恩貢生。康熙間官壽州州同。築祇芳園，與名流唱和。《詩集》生前未授梓。盧見曾《山左詩鈔》僅録十四首。嘉慶間，曾孫懋埉得鈔本，劉傑鳳選刻並爲序。其詩清刻拔俗，五七古《孤琴歎》、《璿璣泉》、《祇芳閣》、《中陂》等篇，俱有所長。宋犖稱之。康熙二十

四五年間，嘗應檄監領轉餉，又奉調監運課銅，來往南北。所詠《節使船》、《游船》、《估船》、《官糧船》、《水戰船》、《流民船》、《報船》、《銅板船》，皆屬目擊。山水題畫詩刻畫蒼秀。詠金陵畫家《樊圻山水障子歌》云：「蒼山一柱支天根，畫闕虛無留長痕。草木無種自大古，屯雲不得窺其源。泰岱龐兀寡奇峯，隆隆始稱五嶽尊。此山神勢無乃似，須信好手融精魂。最下東峯亦千仞，人氣繞通結孤村。中有瀑布來迷處，滉漾遥與銀河奔。老樹半禿葉初赤，雲脚偶斷露柴門。唐世鉤斫擅精巧，山水潑墨世傳少。宋元以來爲放筆，馬吴藍沈工絶倒。此圖仿佛田叔筆，欲往從之心悄悄。誰能卧游江于乾，題詩空嗟雙溪老。」亦丹青大筆。伯珣生當明季。其詩止於康熙四十九年，約七十餘。侄光猷、光敏俱以詩名，各有集。

笠山詩選五卷 康熙二十一年刻本

孫蕙撰。蕙字樹百，號泰巖，又號笠山，山東淄川人。順治十八年進士。由安宜知縣官户科給事中。是集爲王士禛、汪懋麟選評，各爲序。凡詩五卷，共四百二十四首。《四庫存目》著録。《晚晴簃詩滙》録十七首，多登臨游覽之什。關涉世事者，如《南池阻兵》、《漳河有感》、《挽船行》、《打魚歌》、《安宜行》、《濬河行》、《入閩雜感》，均未及之。蕙嘗官寶應縣令，以治河著稱。官給事中有直聲。徐元文作《二給事詩》，以蕙與任辰旦並稱。與蒲松齡有交，唯此集不見往還。其詩由明七子學唐。王士禛舉佳句五言如「禁烟寒食路，霽雨杜陵春」，「楓丹千籟發，山紫萬蟲悲」，「爽籟午峯竹，清流幽澗泉」；七言如「河聲入洛三門合，嶽色來秦萬里明」，「島藏諸國晴時見，風捲洪濤靜夜聞」，「黄菊候中無雁到，綠榕林外有猿聲」，以爲雖古作者，無以加也。

願學堂詩集二卷附使交吟　康熙二十四年刻本

周燦撰。燦字紺林，號星公，陝西臨潼人。順治十六年進士，改主事。康熙二十一年，安南國王黎惟禛遣使朝貢，兼以喪告。遣鄔黑爲正使，前往諭祭。以燦有文望，奉命爲副使。二十二年歸，任江西南康知府。二十五年爲四川提學道。生卒年不詳。所撰《願學堂集》文十八卷，詩二卷，附南交四種，爲《使交紀事》、《使交吟》、《安南世系畧》、《南交好音》。首湯來賀、黄與堅序。《四庫存目》著録。詩集爲葉方藹、趙士麟、孫枝蔚序，王士禛等評。集中行役之詩，如《井陘道中》、《郭有道祠》、《韓侯嶺》、《鹽池》、《烏嶺行》、《蒲州普救寺》，格老氣清，質樸無華。《使交吟》作於康熙二十二年，同行正使爲侍讀學士鄔黑，共得七言絶句四十八首。附《南交好音》，爲安南國人阮廷柱、陳璹、宋儒、武惟匡、阮公望、黎僖、阮廷滚、黄公寘、阮擢用、阮公儒之詩，小注各繫籍貫官爵。

使交吟　四十八首選十一

山足茅亭恰數椽，設州建牧號文淵。居人男女紛成市，蹺足寬衣髮滿肩。文淵州

諒山東去萬峯稠，細雨深林石逕幽。一水随人千百折，中宵勃馬題安州。夜抵安州

回首燕臺不計程，空山坐見月初生。乾坤自是無遺照，行盡天南一樣明。屯糜望月

金鎗畫盾護龍旗，披髪班軍軍士亦披髪，惟薙額前寸許以自異左右馳。大鼻長牙排巨象，前行肅肅整朝儀。曉發屯糜

蓬頭蠻女半垂裳，兩兩三三立道傍。不解語言長拍手，携筐知是賣檳榔。屯糜道中

一枝挺出森青玉，兩葉分披展緑雲。名是千秋兼可噉，長栽籬落護山村。千秋草

四圍山色映暗嵐，此地交人號格甘。竹樹參差冬稻熟，風光觸目似江南。茶山早晴

移來崗嶺千鈞重，横截波流一葉飄。全體沈淪無處覓，獨留昂鼻弄江潮。捄江看象渡江

曨曈日照富良江，在王城北，下流有珥河，又有蘇瀝河環遶城外。青雀黄龍列畫艭。船如蓮花瓣。頗精堅。篙工結束雄偉。進止有節。金甲健兒齊鼓棹，虹牽錦纜渡高矼。行册封禮其二

萬顆珊瑚綴絳絨，剖來滋味美喉嚨。南交萬里遥相見。却憶驪山十月紅。該國王餽宴有紅柹誌感

衣冠文物重南疆，該國人物，理學有程泉、武睿、阮登高、胡士揚，經濟有莫挺之、阮忠彦、阮廌、梁世榮，稱文學者頗衆。何事關名太不祥。題曰畏天思此義，萬年帶礪控炎荒。出鬼門關

滄江岸上有荒祠，栘樹名，長幹尖葉，一名千年樹葉棉樹名，大幹圓葉，其絮可充衣衾枝近水湄。短柱高龕雙錦鶴，國俗：祠廟以木雕雙鶴爲侍。報功異域禮同之。内祀黎英王，該國功臣，城鎮人。《願學堂集》附

白雲樓詩鈔一卷　康熙五十六年刻本

楊宗發撰。宗發字起文，江蘇武進人。從惲日初游。工詩古文辭。與同邑惲格、胡香昊、陳鍊、唐惲辰、董大倫，有「六逸」之目。康熙五十六年，徐永宣等人編刻《毘陵六逸詩鈔》，由王嗣衍評，孫讜選，以《南田詩鈔》爲首，此集居次。附蔣金式所撰《楊起文小傳》。小傳謂年四十二卒，未悉生歲。光緒間刻《毘陵楊氏詩存》，亦收此編，附顧炎武、陳維崧、錢陸燦評語，陳鍊輓詩。其詩胎息古厚，《短歌行》、《獨酌謡》、《將進酒》、《市井行》、《山中詩》、《秋懷》等篇，發爲心聲，均極高古。顧炎武云：「起文行身甚狷，文筆甚狂。其稱詩自《三百五篇》後變爲《離騷》。」惲南田嘗指其《飲酒》諸詩歎曰：「正叔今在下風矣。」陳維崧云：「昔人謂老杜《衡州》詩『悠悠委薄俗，鬱鬱回剛腸』二語甚悲，又謂韓詩『酩酊馬上知爲誰』，用意哀怨，過於痛哭，起文《短歌行》毋乃類是。」可見時人之所許可矣。

中巖詩集四卷　乾隆十七年刻本

宋振麟撰。振麟字子禎，號中巖，陝西淳化人。順治間拔貢生。結納李因篤、李顒、馮雲驤，皆關中名士，與學使許荃孫有酬詩。顧炎武至秦，亦有交往。生卒年未詳。乾隆十六年，其外曾孫王文昭爲刊遺集於莆陽，凡詩四卷、文二卷，有廖必琦、伊清阿、方仁興、潘恩榘序。《四庫存目》著録。其詩分體，自擬樂府至古今體無不備，然無警特之什，蓋得力於漢魏，學於唐，免俗而已。録《喜顧亭林先生僑寓頻陽朱長源里第》云：「望遠苦銜石，長河日瀰瀰。江介起遺風，津梁有根柢。範世得先覺，曠然發羣眯。遂觀五岳尊，復正六書體。琴鐏區雅頌，漁佃列官體。星光動五色，物象同昭洗。涉江探蘭蓀，懷古每流涕。蒹葭入秦風，零露何泥泥。偷光喜共壁，納履厠前邸。願以飢渴懷，時時飯醇醴。」

清人詩集敍録卷十一

學文堂詩集五卷　康熙十二年刻本

陳玉璂撰。玉璂字賡明，號椒峯，江蘇武進人。康熙六年進士，官内閣中書。以順治十七年北闈案黜革。家居拂鬱，益發憤著書。康熙三十九年在世，卒年不明。撰《學文堂文集》十六卷、《詩集》五卷、《耕煙詞》三卷，刊於康熙十二年。首馮溥、吴偉業、王崇簡、周亮工、盧紘、黄與堅、魏際瑞、姜宸英、魏禧、杜濬、林兼山、巢震林、陳維崧序，《四庫存目》著録。《常州先哲遺書》重刊本僅存林、陳二序，而增康熙壬子十一年黄永艾序。據《癸丑元旦述懷》云：「十三應童試，郡縣各優取。忝舉博士員，時年纔十四。是年正科舉，努力秋闈試。雖未中程式，三試頗快意。辛卯迄甲午，兩科又落第，丁酉中副車，明經數特異。」當知玉璂於順治六年，補弟子員，年十四。十四年中副榜。成進士，年三十二。其生歲當爲崇禎九年。玉璂少與魏禧同學，擅古文。詩則做六朝、初唐，兼取北宋，多蒼莽浩蕩之音。五古《登北固山望大江作》、《題江陰雎陽廟》、《題延陵季子祠》、《渡黄河》，七古《湖州天聖寺壁管夫人畫竹歌》、《泰山出雲歌》、《徂徠山歌》、《南武山歌》、《高唐行》、《定陶行》、《渡靖江放歌》、《胥江行》，詞采壯麗。《青州行》記明末遺事，《賣解歌》

寫北京走馬角技。《梁氏園歌觀女伶演劇》、《高淳湖買魚歌》、《琴魚歌》、《荆溪竹枝詞》、《上方山游女詞》、《惠山燒香曲》、《梁溪踏燈詞十五首》、《西湖雜詠六十一首》、《西湖竹枝詞三十首》，多記社會民俗。康熙三年甲辰，出都作《述懷》長歌，於江南奏銷案多有所指。詩云：「昨歲課秋糧，江南遭大厄。籽粒士鞭褫，鼇毫官罷斥。一萬四千人，中豈無冤抑。玉石竟不分，叩閽亦無益。」又云：「今日諸法曹，欲出無寧入。一眚罹大獄，睚眦不可活。輕亦徙上陽，萬里去鄉邑。近日開贖工，一人須萬鎰。富者得生還，貧者仍如昔。卓哉龍蟠地，何忍罪人泣。更苦籍没條，株連累千百。妻子散諸旗，含羞喪名節。勢家與大族，其禍更慘烈。千金令贖妻，百金令贖妾。不爾箠楚加，傭奴成好匹。」直可視爲詩史。王晫《今世説》稱玉琪「少有大志，凡天文、地志、兵刑、禮樂、河渠、賦役，莫不講求爛熟」，又稱「爲詩文，旬日之間，動至盈尺」。則此集亦成於麟角者矣。

蘆中集十卷　康熙間刻本

王攄撰。攄字虹友，號汲園，江蘇太倉人。時敏第七子。穎敏過人。受業於陳確，學詩於吴偉業，以廩生入成均，名噪都下。歷游燕、晉、豫、粤、三江。未授官。卒於康熙三十八年，年六十五。是集爲順治十三年至康熙三十六年詩，共六百九十五首。視《太倉十子詩選》選一百首，數倍過之。首王士禛序。《今社言懷》自云：「生平無所長，所事惟雕蟲。少壯忽已過，衰頽成老翁。往者樹赤幟，實惟祭酒公。蔚邨與之匹，兩師籍磨礱。」集中《教坊老叟行》、《西洲曲》、《上陽白髮人》、《過宋行宮》、《婺州開府行》、《吴將軍歌》、《潞河鐵狻猊歌》，詞采華贍，差近吴偉業。《黄海歌》、《登始信峯望石笋矼諸勝》、《游石門洞》、《十八灘》、《觀音巖》、《滕王閣》，刻畫山水之奇，清宕俊逸，亦不可一轍測。王士禛自謂：「登臨懷古之作，不逮虹友遠甚，余身至而不能言者，虹友未至而能言之。」其推重如此。攄與清初勝流明季遺老多有往復，《贈牧齋夫子》、《弔松園詩老》、《留别杜于皇用太白下途歸石門舊居韻》、《留别屈翁山》、《壽王石谷六十》、《輓龔芝麓先生》、《哭宋荔裳》、《送惠研谿北行》、《吴漢槎謫戍寧古塔》、《雪灘釣叟歌爲顧茂倫賦》、《答陳元孝》，攄事言懷，真情自然。又有《居庸關次顧亭林先生韻二首》、《題梅瞿山黄海浮嵐圖》、《題王石谷倣黄子久富春山圖》，篇幅益闊。時敏諸子，以攄工力最深。吴偉業初選婁東十子詩，攄與兄抃等與焉。攄亦選《婁東後十子詩》，曰《積薪集》。其宏獎風流，幾與偉業相埒。王抃《巢松集》抄本《哭虹友七弟》詩云：「詩學推吾弟，真登大雅堂。驚才曾夢筆，佳句每投囊。評論兼今古，研求合宋唐。一從君去後，疑義向誰商。」

但吟草八卷　康熙五十年刻本

蕭惟豫撰。惟豫字介石，號韓坡，山東德州人。順治十五年進士，改庶吉士，授編修。典試江西，督學畿輔，官至侍讀。康熙五十年，刻《但吟草》四卷，自序年七十六。王士禛評，田雯評並序。又馮廷櫆序，於康熙間詩風多所闡發。序謂《列朝詩集》：「其意主於攻擊滄溟，因以無取乎齊魯之詩。」而清初山左詩人崛起。又謂王士禛、田雯「不襲滄溟，卽兩人亦不相襲」。又謂：「世之習之者，不揣其學問根柢、詩派源流，輒欲祧唐禰宋，務爲鈎新索異之言。」於舉世學宋未饜於心，而山左諸家均不祧唐耳。惟豫之詩，清新流麗，亦出入於王、田間，惟多近體，殊乏雄渾氣象。《百泉漫興》八首、《嶧山湖》、《虎丘》、《泛舟潁河》，寫景概以細緻見勝。唱和爲李振裕、惠元龍、王蘋、馮廷櫆等人。還山後又有《恭紀詩》，紀康熙巡蹕德州、閱視飢民之事，弁於卷首。是亦不忘世情云。

柳塘詩集十二卷　康熙間刻本

吴祖修撰。祖修字慎思，江蘇吴江人。諸生。學詩於汪琬，教授鄉里以終。撰《柳塘詩集》十二卷，爲其姪晉濤刻，有自序，康熙三十八年門人張大受序。門人周龍藻序稱歿於甲戌，卽康熙三十三年。鄧之誠先生考其卒年爲五十七《清詩紀事初編》。集中《贈錢澄之》詩有「先生蒙難日，吾弱甫勝衣」句，則甲乙之際年僅八九歲，入試在清，不當屬遺民之列矣。其詩格調清新，多涉時事。吴三桂起兵，作《甲寅雜感四首》有云：「軍中橐滿牢搜物，麾下人多扳授銜。」「八旗半發京營卒，雙羽新翻國語書。」「雨作濘泥騎馬滑，水衝斷岸搭橋行。便簽亥老充堤長，更税丁錢甃石平。」「急需特給封樁庫，密旨親承長樂宫。」皆據實而作，較一味頌歌，奚啻什伯過之。又語多激憤諷刺。《送沔陽州守朱我嘉遣戍晉陽》有云：「白璧成何罪，才高禍未紓。已登司馬籍，竟落考功書。去國名難潔，還家夢亦虚。何人送臨賀，相對轉欷歔。」《寄馮補之先生》云：「吾徒稱畏友，欲殺奈人何。偶貴衡陽紙，旋興墨海波。盡言傷國武，指口戒髯坡。亦有感時句，從今不放歌。」《雜題六首》云：「令甲初嚴轉粟程，五年閩楚苦論兵。司農仰屋無他策，額外新添郡縣生。」此詩指捐納秀才。「星沙諧價仕途新，冠蓋莪莪儼縉紳。拜袞仲華曾未識，莫將才語向斯人。」此詩指納官。「公車章滿薦宏詞，若箇磨崕解勒碑。三禮賦成君第獻，只堪鼓吹太平時。」此詩指薦博學鴻詞。《漢武宮辭》云：「粉白三千滿掖庭，入宮見妒兩娉婷。延年女弟新承寵，從此無人説尹邢。」此詩刺高士奇。《宣武門二首》云：「賢路妨疑久，賜環似未能。雍琴悲不已，聖酒樂何曾。嫁作商人婦，休如退院僧。台階光黯淡，回想昨延登。」此詩刺余國柱。朱彝尊舉鴻博，祖修作《五世》一首譏之，詩云：「五世家門尚涕零，生兒況復得寧馨。幅巾徵去將頭白，珥筆歸來未汗青。定有詞人傳真隱，不須妙筆檄山靈。斗邊尚許光芒屬，厭看東南處士星。」《蕪湖絶句》云：「關吏猙獰去復還，客囊顛倒在江船。書籤莫怪無人檢，文字何曾值一錢。」《除夕七絶》云：「牢落從他歲序遷，絶無人怨與人憐。平生受盡癡獃益，論價應須十萬錢。」《法雨泉》云：「山巔高下勢潔洄，時爲琮琤聽一回。世上濁波流不盡，此泉莫放出山來。」皆有爲而作者。《冷盧雜識》卷五。又有《書唐才子詩後》云：「草草箋疏便板行，管窺全失古人情。非無數語堪存論，渾似莊周注郭生。」刺金聖歎選唐詩。其生平最服膺者爲陸隴其、計東、朱鶴齡、汪琬、湯斌，與查容、陳寧繼厚交。《書牧齋詩後》、《書梅村詩後》、《哭計甫草先生》、《贈朱長孺先生》、《聞韜荒貢竹訃音》情溢於辭，多備故實。集中詩幾與應俗之作無涉。門人張大受能傳其詩法，有《匠門書屋詩集》。

葉子戲歌

宋時好作葉子戲，今變其制存其名。刻楮爲葉形方幅，蠟糊厥背光晶瑩。其中門户計凡四，各以其族來爭衡。復有渠魁論肩賞，朱别雙隻均峥嶸。其數至多至萬萬，一一皆從半空生。一屋散錢難帖妥，纍纍刀布珠貫繩。陰數無一陽無十，此悉取之爲法程。不惟大得饒乏義，亦且天道多忌盈。中原博徒强解事，立有鬬格殊嚴明。四人分曹技相角，生殺互用如將兵。雖有强弱無衆寡，吾寧鬬智非力爭。餘者亦如過揲策，無用忽作有用呈。譬之支辰相對待，義取衝合爲有情。須臾角罷勝負決，六國削弱秦兼並。傖父濫觴作鬬虎，紙幅縮小形模獰。三代制作厥繁重，叔孫之禮差易行。混江小變意狡獪，篇什重重嫌紛更。遊和再變吁可怪，人取我棄持擇精。手中已自諧七八，合尖功德渾難輕。高才捷足忽先得，辛苦銓次皆無成。此戲近來煽成俗，寢食俱廢交營營。吾聞有明神廟季，葉子盛行諸公卿。坐令水泊衆盜賊，賓筵游戲爲亂萌。呼闖喝獻後皆驗，萬曆兆乃在崇禎。吾皇御宇卅餘載，四海無事歌昇平。胡爲其風轉相效，厥妖非小心怦怦。不然有司厲法禁，毋使失業廢讀耕。況復縉紳癖好此，牧豬奴戲呼諸傖。殷鑒不遠在夏后，狂言亦自聲鏗訇。定須褫奪塞其咎，阜安世世流宗祊。《柳塘詩集》卷十二

漸江詩鈔不分卷　中國科學院圖書館藏抄本

查容撰。容字韜荒，號漸江，浙江海寧人。繼佐從子。諸生。與慎行、聲山、嗣庭均以昆季行。游於南

北，馳有詩名。吴三桂未叛時，延爲上賓，察有異志，佯醉罵座，掉臂而出，卽促裝行。康熙二十四年，游楚卒，年五十二。是抄附《漸江詩餘》，辭采昳麗。《送伯伊璜游粤中》云：「南海蒼茫獨遠征，驪歌悵飲不勝情。江都隱隱孤帆去，野店蕭蕭匹馬鳴。五嶺從教遊興逸，百蠻却會客心驚。越王臺迴秋風急，陸賈祠空夜月明。」「瘴癘連朝侵鳳驛，桄榔萬樹暗羊城。登臨此日應忘倦，離别經年自覺輕。路阻東山歸未得，尊開南道醉難成。關河幾處聞鼙鼓，恐到途窮哭步兵。」辭氣甚厚。《訪陸麗京先生》與《送武曾之宣府》，及贈周篔詩，亦可誦覽。蓋得力於盛唐岑參諸家，頗見作手。朱彝尊《曝書亭集》有《寄表弟查容》詩。

南州草堂詩鈔十六卷附一卷　康熙間刻本

徐釚撰。釚字電發，號虹亭，江蘇吴江人。順治間監生。康熙十八年舉博學鴻詞，授檢討。會當外轉，遽乞歸。後起原官，不就。築南州草堂，王時敏爲題額，以詩名江表者三十年。四十七年卒，年七十三。工填詞。輯有《詞苑叢談》、《本事詩》，刻《菊莊樂府》，朝鮮貢使以兼金購之。《詩集》十六卷與《文集》十二卷合刊，所收爲康熙元年至三十四年詩，共九百七十五首。附《楓江漁父題詞》、《青門贈别詩》，多名人題寄。近年發現洪昇散曲《楓江漁父圖題詞》，所據爲藏件，實卽在此書附録中。釚受學於計東，爲詩沉思博麗，猶勝過之。《擬唐人上皇西巡歌》、《金昌雜詩》八首、《南宋宫詞》四首、《涼州詞》、《長門怨》、《兩過湖口俱未登石鐘山戲作長句》、《落花篇》、《峽山寺》、《滕王閣》、《鼓山》、《芀峎峯》、《武昌懷古》、《望海》等篇，遒媚勁秀，然後而肆。詠曲阜孔林、《西湖竹枝》、《茸城口號》，詞意清雅。鈂少有才子之目，爲龔鼎孳激賞。生平游屐所至，名流必與酬和。《送方爾止還金陵》、《錢礎日十峯草堂歌》、《送田綸霞學使之任江南》、《送李天生還山五百字》、《奉贈韓慕廬閣學》、《喜吴漢槎入關和健菴叔韻》、《送侯大年還江南》、《歸太僕祠堂歌》、《題方邵村畫青藤古塢圖》，下筆如有宿搆。訪閻爾梅云：「笑脱雙丸醉射雕，蹉跎白髮認前朝。」又云：「廿年牢落江湖夢，夜夜雲深豫讓橋。」哭馮溥云：「拊手山河歸赤社，側身天地繫蒼生。」哭喬萊云：「自古有才皆欲殺，從來忤物豈能全。」悼施閏章云：「宛陵詩法從兹少，濁世交情獨爾多。」有句如此，真斲輪老手矣。此集首黎士弘、朱彝尊、尤侗序，自序，又姜宸英、程康莊、錢肅潤、杜紹凱、方膏茂、龍光、朱鶴齡、張綱孫、孫治、周綸、汪懋麟、潘耒舊序，共十六篇。

咸陟堂詩集十七卷二集六卷 道光二十五年重刻本

成鷲撰。成鷲本名方顓愷，字麟趾，改字跡删，又字卽山，號東樵野人，廣東番禺人。舉人方國華次子，殿元弟。順治七年入學爲生員。康熙十六年削髪，爲石洞禪師弟子，鼎湖慶雲寺七代住持。六十一年，圓寂於廣州古通寺，年八十六。撰《咸陟堂詩文初二集》凡五十七卷，有孫繩祖、李來章、羅顥序。此道光二十五年重雕本，黄培芳序，方曦光跋。清兵入關，兩粵偏安。魯王、桂王傾覆，士夫遁跡爲僧者甚多。是集贈顧海、智巖、天然和尚詩，《祝髮呈本師》、《將入山留別同學》、《下山紀游》、《屈翁山歸自金陵予將入瀧水賦贈》諸篇，俱見其不耻於詩，或竟別有所圖。至所作《跳大王歌》、《燒畬歌》、《蜃樓歌》、《題賑荒圖爲馬卧仙賦》、

《羅浮采藥歌》、《仙城寒食歌》、《登大科峯頂》、《南海神廟古棉花歌》、《渡海歌》，採覽既博，每抒發不平之氣。《羅浮山居詠存》、《題龔雪心白描羅漢卷》、《古銅鼓歌》，去其雕飾，出語自然。與屈大均、梁佩蘭亦有唱酬。《二集》爲退居古通寺後詩，有李天章序。時成鷲年已八十。作《鹿湖二十詠》。酬答仍僧多於俗，時人以「詩僧」目之。《問天》云：「我有千古恨，高高將聽卑。亦知曾補後，不似未分時。得氣清何少，流光照或私。可能空闊外，容我管中窺。」《問影》云：「不辨誰賓主，何因有往還。憐君時一顧，笑我未能閒。世態膠難合，前塵跡可删。終當事韜晦，相待掩重關。」二詩足以明志，要非能手莫辨也。

篤素堂詩集二十五卷　康熙四十三年刻本

張英撰。英字敦復，號樂圃，安徽桐城人。康熙六年進士，改庶吉士。累遷禮部尚書、文華殿大學士。編纂《御製文集》、《易經衷論》、《書經衷論》等書。康熙四十七年卒於里，年七十二，謚文端。撰《篤素堂詩集》二十五卷、《應制詩》五卷，爲順治十六年至康熙三十一年詩，凡一千九百八十三首。又《文集》十六卷，合刊。《四庫總目》别集類著録《文端集》四十六卷，當卽此本。其詩早尚陶淵明、白居易，晚學蘇、陸，多好言山林農圃之事。而矢音賡唱，鼓吹昇平，篇什亦多。《集胡氏園林十首》、《越州懷古八首》、《吴門竹枝詞》、《游西山詩》、《舟行雜詩十四首》，清澈淡雅，不以神采自居。《讀漢書十首》、《讀道書二十韻》、《讀陶詩慨然有作》、《讀白樂天詩六首》、《讀白詩漫成三十韻》、《讀子瞻詩二首》、《讀汲古閣毛子所鐫放翁集有感》、《題毛大可曼殊小傳後四首》、《讀堯峯集》，優游文史，不廢當代諸家。《題米襄陽蜀素真蹟五首》、《寄王煙客先生》、《題惲南田畫》、《石谷爲予畫賜金園圖長卷子復作大幅仿香山池上篇意爲賦長歌》，均爲畫史資料。《四庫提要》謂「臺閣、山林二體，古難兼擅，英乃兼而有之」，斯言近之。

抱耒堂集六卷　康熙五十四年刻本

汪耀麟撰。耀麟字叔定，號北皋，江蘇江都人。貢生。與弟懋麟，俱有詩才。王士禛爲揚州推官，以詩爲質，深受士禛獎勗。懋麟早成進士。耀麟省試屢蹶，不得志以終。撰《抱耒堂集》六卷，爲其子荃刻。康熙五十四年李天祚序云：「先生殁，今已十七年，較懋麟之殁晚十年。」卷四《病中雜詠》云「六十三年老病身」，殆爲彌留時語。然則耀麟長于弟三歲矣。其詩淳樸。《題野人遺藤》，可見風旨。《讀放翁詩》、《題初學集詩後》，議論俱有本原。《哭方盦山》云：「水邊樓上句，念此最關心。歌詠猶如昨，睽離忽到今。白雲當户暗，黄葉下庭深。從此逢良會，無由見苦吟。」又云：「伯道兒離得，傷心不忍論。辛聞留弱女，差足慰哀魂。青草道旁塚，白楊原上村。酸風寒食夜，誰爲哭江門。」感情沉摯。交游中杜濬亦遺民，汪琬、方象瑛、梁佩蘭俱時流。佳篇儁句，往往爲懋麟不可及。

徐州婦人歌

徐州婦人身若綿，屈伸跌宕何輕圓。腰繫裲襠青犢鼻，足踏平底雙行纏。偃仰高卧豎雙足，小兒托入青雲邊。掀翻甓甕若環轉，簸弄几案如風旋。須臾踊身作虎跳，便捷與狖同攀援。兩手貼地能倒走，足上反踏虛空天。當場更喚伎兒出，搬運器物疑神仙。流星飛舞閃電掣，揮霍丸劍蛟龍牽。滿堂觀者口叫絶，客言此伎猶未全謂豹人。上馬走索若平地，胸突刀鋸如飛烟。淮陰六月過方士王鶴泉，點石能作寒冰堅。壁上畫符摘梨棗，累累果核登賓筵。解縛不用指與臂，百結一蹴俱脱然。張衡西京賦奇幻，分形易貌幽且玄。吐火竟可作雲霧，畫地不難爲山川。君不見宛陵女兒善走險，直上百尺高竿巔。若不隨仙卽嫁賊，顧況歌咏真堪傳。《抱末堂集》卷一

青門簏稿詩六卷旅稿詩二卷賸稿詩二卷　康熙間刻本

邵長蘅撰。長蘅一名衡，字子湘，號青門山人，江蘇武進人。諸生，奏銷案斥去，鄭方坤稱其入太學試得州同不就，沈德潛《别裁》稱以山人終。嘗在宋犖幕，見宋版《施注蘇詩》，爲作補注，得名。與陳維崧皆多髯，王士禛作《兩髯行》。卒於康熙四十三年，年六十八。撰《青門簏稿》詩六卷、文十卷，初刻於康熙十七年，宋犖、王士禛、彭鵬、王元烜序。《青門旅稿》詩二卷、文四卷，李天馥序。《青門賸稿》又名《井梧集》，詩二卷、文六卷，宋犖、馮景序。康熙三十二年，三集合刻，由其姪璿編次，子士豫、士英校字。《四庫》列入《存目》。三集詩逾千首。以擬古樂府摹仿選體爲學習根柢，亦能自成面目，别樹一幟。集中可稱述者，如新樂府《城根婦》、《詠明史樂府》，五古《經彭蠡湖口望廬山》、《雨後登惠山最高頂》，七古《五人墓行》、《慈仁寺古松歌》、

《袁州謁昌黎祠》、《雪後登滕王閣放歌》、《徐州漢高廟歌》、《解仲長畫十八學士圖歌》，五律《津門雜詩》、《南康雜詩》、《江急》，七律《登歌風臺懷古》、《望鍾山》、《登吴城望湖序》、《登太湖西峯》，衆體俱備。順治十六年鄭成功進兵京口。長蘅作《京口行》、《守城行》。康熙七年，作《地震行》。又有《閱丙辰五月邸鈔書事七首》，均屬紀實。《黄河行》、《日蝕行》、《榆樹行》、《苦旱行》、《津蟹行》、《南食行》、《豫民謡》、《吴門謡》、《城根婦》，多積其幽憂疾苦之思，發爲長歌。又作《五君詠》，爲王績、陸龜蒙、林逋、蘇雲卿、倪瓚，俱高尚士。長蘅古文與魏禧、侯朝宗齊稱。詩亦甚藉聲名。吴偉業、周亮工、施閏章、王士禛、王澤弘、汪琬、惲格、顧景星、陳維崧、朱彝尊、姜宸英、吴之振，或折輩與交。其酬答題圖之什，有頓挫排宕之致。沈德潛《别裁》稱長蘅：「嘗選明何、李、王、李四家之詩，矯錢牧齋持論偏駁。而以程孟陽詩爲纖佻，識者韙之。晚歲入宋商丘中丞幕，乃變蘇、黄、范、陸之派。」可見其詩不事一家，故亦無乎不備。洪亮吉《北江詩話》云：「余不喜邵山人詩，以其作意矜情，描頭畫脚，而又無真性情與氣也。晚年學步邯鄲，益不足觀。」斯論不免以偏概全。殆其詩與泥古而不知通變者不同，康熙詩壇中，仍足據一席也。

未菴初集詩稿二卷　康熙間刻本

曹禾撰。禾字頌嘉，號峨眉，江蘇江陰人。康熙三年進士。初受知於施閏章，與曹貞吉有「南北曹」之目。十八年，舉博學鴻詞，授編修。二十年，充日講起居注官。典試山東，洊升國子祭酒。二十八年告歸。

卒於三十八年，年六十三。禾父璣，字子玉，明崇禎十年進士，與吳偉業友，入清以遺老終。是集與《文集》二卷合刊，有吳偉業、李霨、計東、高照、戴符升序。禾在京時，與田雯、宋犖等相唱和，稱「詩中十子」。詩由明學唐，又介乎梅村、漁洋之間。《采石晚泊大風浪有述》、《慈仁寺古松歌》、《下相書項王廟》、《黄河歌》、《淮水歎》、《徂徠山歌》、《泰山出雲歌》，情意委曲深厚。佳句如「空餘江水在，尚有亂山横」《金陵酒樓送别》，「湖平雲氣闊，天近石容尊」《虞山》，「笳悲天外酸風急，鬼哭沙邊野燒黄」《秋日病起偶述》，「横當怪石疑無路，透入蒼冥更有天」《入廬山過青駝行》，亦堪玩味。題畫詩如《樊圻雪景》、《何元宗秋景》、《陳卓夏景》、《夏森杏花新柳》、《龔賢山水》、《胡慥二老圖》、《吳宏江船圖》、《高岑江景》、《謝成孤松石澗圖》，多爲清初金陵畫家。沈德潛編《别裁》訪其詩已不能多得。《晚晴簃詩滙》僅從《江上詩鈔》選録。此集較全，亦可寶矣。

有懷堂詩集六卷　康熙四十二年刻本

韓菼撰。菼字元少，號慕廬，江蘇長洲人。康熙十二年一甲一名進士，授修撰。官至禮部尚書。卒於四十三年，年六十八，謚文懿。菼受知於徐乾學，在明珠、徐乾學黨爭中，兩度假歸，均召起用，而立朝樹風概，敢言，與人有始終。初以善爲制藝名於時，後亦知學。嘗奉撰《平定朔漠方畧》，並續修《一統志》，於時事典章，均所熟諳。運以詩文，咸有可觀。《詩集》與《文稿》二十二卷自編合刻，卷一爲《蹢躅集》，詩九十一首。卷二、三爲《歸愚集》，詩百四十九首。卷四爲《病坊集》，詩九十一首。卷五、六爲《擊迷集》，詩百七十二首。

《四庫》列入《存目》。據康熙四十二年自序云：「余自通仕籍，日浮湛館局，無江山之勝，以發其奇壯之氣；無民社之寄，以吐閭閻樂苦吏治勤呰之情狀；又無遷謫之窮征役之勞，以迫其憂愁鬱結沉痒，而寫其所難言。」有言如此，真自知矣。今閱集中諸作，如《贈蒲州吴雯》、《上魏環極先生四十韻》、《贈江南巡撫湯潛菴八首》、《送徐虹亭檢討南還》、《題宋牧仲小影》、《將北征留别諸子》、《送林舍人使琉球》、《送同年覺羅阿圖之黑龍江》、《題乾齋庶子北征扈從圖》、《葉星期招飲二棄草堂》，既見交游，亦可捃采。《長歌贈别飲光先生》、《輓田間先生詩六首》，於錢澄之深致仰慕之情。《禹城行》、《汶河橋》、《詠史六首》、《出都述懷》，格調深穩，内容典博。徐乾學被劾放歸，作《上健菴師八首》，以「既明其哲以保其身」爲韻。其詩以和緩爲上。佳製亦往往警通，是亦有精到處矣。

顧梁汾先生詩集　近代排印本

顧貞觀撰。貞觀字華峯，一字梁汾，江蘇華亭人。諸生。以江南奏銷事詿誤，束裝入京。寓蕭寺，題詩寺壁云：「落葉滿天聲似雨，鄉關何事不成眠。」爲勝流賞之，名遂大起。康熙五年中舉北闈，官國史院典籍。六年，扈從東巡，作絶句數十首，爲時傳頌。早與吴兆騫友善，兆騫久戍寧古塔。作《金縷曲》二首寄之，膾炙人口，兆騫竟因此獲還。二十三年歸里。逾三十年，以七十八終。所著《彈指詞》，聲價與陳維崧、朱彝尊相埒。詩作流傳不多，臨没嘗自選詩一卷，授門人杜詔付梓，卽《纑塘集》。又有《楚頌亭詩》一名《微緯堂詩》，

《扈從集》，《清平遺調》，俱賴抄本以傳。此近代輯校詩詞合集本，夏孫相序。存詩三百七十六首，殆爲較全之本。唯《扈從詩》原作六十一首，今存四十一首，《纑塘集》祇五古二十七首，似猶未盡。其詩才調清麗。《鵝湖行》、《蒙陰山中七歌》、《滸溪行》、《度長城嶺》、《出塞》、《入塞篇》、《桃葉篇》、《採菱婦》、《汲泉行》，可稱佳搆。《六安州明督補史公祠堂》、《讀遜國野史八首》、《弔李長蘅唐叔達婁子堅程孟陽四先生詩》、《寄題博問亭王孫東皋漁父圖》、《題喬無功亂書園小照》，均爲當日典故。酬答多名士，而以寄投徐乾學、納蘭成德，懷吳兆騫諸作，關係藝林較重。晚詠江南風景及題畫詩，峻潔高朗。朱載震《南浦詩鈔》卷三有《題顧梁汾舍人積書巖二首》，記積書巖在無錫九龍山阿，稍可徵事。

抱犢山房集四卷　康熙五十七年刻本

嵇永仁撰。永仁字留山，别號抱犢山農，江蘇無錫人。廩膳生。康熙十三年耿精忠叛亂，入福建總督范承謨幕爲記室。范遇害，遂自經。年四十。是集爲其子曾筠所刊。分《吉吉吟》、《百苦吟》、《和淚譜》、《雜詩》四卷。又以所撰傳奇《續離騷》、《雙報應》、《揚州夢》附之。《雜詩》即《葭秋堂集》舊刻，有金人瑞詩序一篇，《清詩紀事初編》已録，兹不贅。内《初秋雜詠十二首》，記順治十八年鄭成功師入長江，時作者尚爲生員。交往如龔賢、孫枝蔚皆遺民。《吉吉吟》、《百苦吟》爲被繫時所作，《和淚譜》爲禁錮時以炭畫壁所留。《百苦吟》詠幽囚生活，親身聞見，應有盡有。附録會稽王龍光、雲間沈上章和《百苦吟》原韻，未必有此情真矣。永仁少負才慧，戲曲傳奇頗爲後世知。詩亦警摯而有獨絕者。范承謨《和百苦吟》載《范忠貞公集》卷五。《四庫總目》以《忠貞集》與此集並入别集類，皆因人而存。

蒼峴山人詩集五卷　嘉慶二年刻本

秦松齡撰。松齡字漢石，一字留仙，號對巖，又號次淑，江蘇無錫人。順治十二年進士，以奏銷案褫職。康熙十八年復舉博學鴻詞，官左春坊左諭德。二十三年，因事罣誤，歸。五十三年卒，年七十八。嘗與湯斌講性命之學。又治《毛詩》，著有《毛詩日箋》，宋犖爲之序。詩古文與同里嚴繩孫齊名。是集爲其玄孫瀛所刻，凡《詩集》五卷、詞一卷、《文集》一卷。嘉慶二年秦瀛序。卷一曰《碧山集》。《恭紀世祖皇帝遺事》云：「千騎傳呼簇玉鞍，平明西苑朔風寒。合圍親射雙雕落，不許降王仰面看。」「離宫閲武及初冬，清問還聞下九重。閩粤軍輪憂告匱，親將節省命司農。」「封章夕奏早批朱，清晝談經到日晡。講幄新移弘德殿，天人稱絕董江都。」「御筆鍾王嘆逼真，不將戈法借儒臣。親摹文敏書千幅，小璽朱鈐掌内人。」松齡年十九入翰林，賦《白鶴詩》應制句云：「高鳴常向月，善舞不迎人。」順治顧左右曰：「此是有品者。」此詩原作十首，僅存四首，皆爲事實，或後來有所避忌而删也。《砍樹謡》、《送王石谷游白下》、《哭歸元恭》，俱見才力。卷二曰《寄阮集》，以與王士禛交善，而名集。《德州謡》、《德州弔盧德水先生》、《讀阮亭集》，皆可掇采。卷三曰《然竹集》，寄酬曹溶、嚴繩孫、蘇崑生、鄧漢儀諸歌，多通首可觀。《軍中口號十九首》，作於康熙十五六年間，所記當爲討吴三桂、王輔臣事。卷四曰《得樹軒集》、《有長白山封祀禮成恭紀》、《西域貢獅子紀事》，皆由翰苑所作。卷五曰《碧山後集》，已罷官。有《哭一等侍衛成容若詩》十首、《讀晉書絶句五十首》，康熙四十二年南巡至蘇州，諭江南撫臣，有京堂翰林官因公罣誤，在籍年六十以上者疏名進覽。巡撫以秦松齡等四人名進，奉旨給還原品。集中有紀恩詩。時松齡年已六十七歲。此後仍以詩文自娱。蓋終身仕而不遇。是集亦湮没百年，始見人間云。

軍中口號

曉色旗邊戰馬肥，隔江消息近來稀。不鳴鼓角轅門啟，擎出紅綾夜探歸。
諸王授鉞稱兵主，總制尚書立馬前。諭帖飛傳從内院，印文柳葉暗龍箋。
將軍號令本嚴明，父老焚香夾路迎。吹角一聲江上晚，千郵樵采盡歸營。
大砲西洋鑄造新，瑩如緑玉重千鈞。内廷賜出非凡器，吉日臨江祭火神。
椎牛饗士古人爲，妙舞酣歌亦暫時。新得佳人知識字，帳前昨夜進唐詩。
蒙古新軍赴戰場，腰纏紅錦鬬身强。閒騎細馬當街走，笑奪黄柑帶子嘗。
兵家利鈍事由天，密咒防身箇箇傳。寶篆須求雷擊木，二眉山裏問神仙。
沿江帳殿亦崔嵬，甲仗軍門候曉開。白馬朱纓横意氣，雀翎雙眼大人來。

鐵騎從來風雨馳，西陵道路苦崎危。深壕掘作梅花樣，鹿角中間布蒺藜。

渡江戰具久安排，新調沙船泊水涯。軍令未教輕易入，西風浪打虎頭牌。

大漢從軍一丈身，不堪騎馬走黄塵。忍饑日食官倉粟，過市兒童看殺人。

隘口譏防出汛船，巡軍醉酒故高眠。官鹽論載公然渡，市上爭看當十錢。

橘柚江湘未足多，荆州菱藕滿官河。軍中只重京師味，蘋果蒲萄馬上馱。

北使南馳五日餘，八旗親戚附家書。繡囊密寄閨中字，襯甲收藏莫負渠。

中軍燈火夜深明，白月横空坐論兵。策馬試從高處望，帳房如雪不聞聲。

米豆分營費馬蹄，有司支放苦難稽。朝來酌酒爭相賀，索得清書檔子齊。

祭風臺上蕭蕭雨，擂鼓基邊殷殷雷。波撼岳陽聽不得，君山一點送青來。

都城常賽漢將軍，簫鼓迎神自昔聞。今日椒漿陳水上，雲中遮莫下湘君。

白頭從事愧虚名，長晝惟將卷帙横。幕下健兒多竊笑，兵間何用一書生。

《蒼峴山人集》卷三

證山堂集八卷　康熙間刻本

周斯盛撰。斯盛字屺公，號錢畊，一號證山，浙江鄞縣人。順治十八年進士。康熙九年，官山東即墨知縣。甫七月，爲鎮將搆禍論死，出獄後，不用於世，亦不隨人俯仰，奔走燕、趙、吴、楚間。與李澄中相契，此集有康熙二十三年李澄中序、沈嘉植序。《四庫》列入《存目》。據《丙子六十初度》詩推之，爲明崇禎十年生。全祖望撰《傳》，而卒年不明。先著《之溪老生集》有贈和詩《題證山畫像》、《哭周證山》，多可參考。斯盛力主祧宋以宗唐，詩筆放恣，有慷慨任氣之風。《初入獄作三首》、《獄中寄正菴書》、《送范汝受》，不啻爲自立傳，時汝受亦以修州志賈禍，故寄寓頗深。又作《讀吴越春秋十九首》、《讀史偶詠十二首》，多愁牢不平。五古《伏生墓》、《彭城》、《龍門渡》、《汴梁雜詩》六首、《秦中雜詠三首》、七古《登大勞山歌》、《秦皇島登海歌》、《游絳州城南善慶寺》，五七律紀華嶽、太行、匡廬、狼山之遊，簡遠流逸，亦多清響。嘗爲宗誼選訂《愚囊彙稿》，集中亦有贈答詩多首。

心聲一卷　康熙間刻本

顧維禎撰。維禎字幼鐵，江蘇崑山人。景星從子。諸生。康熙二十三年至楚，自去取舊作，綴次新篇，命曰《心聲》。有王澤弘、徐嘉炎、顧景星、唐夢賚序。爲詩不脱明習，清新高潔。《驛騮行》、《桃葉渡》、《游太和山雜詠六首》、《登州觀海》、《黄石磯》、《露筋祠》、《鳳陽》、《晏城懷古》、《孟廟》、《武昌》、《中山廢苑》等篇，詩情畫意，古趣盎然。《弔史道鄰先生》、《送赤方叔還楚》、《華嚴菴記馬湘蘭故居》、《過淄川上唐豹巖先生》自注：先生在翰苑以諫譯《玉匣記》去位、《上葉訒菴先生》等詩，間存故事。《桂林行爲瞿稼軒先生作》，有注，尤有史料可資。觀其詩以浪游終老，其集在傳與不傳之間耳。

芸圃近詩一卷　芸圃詩集十卷　康熙間刻本

張茂稷撰。茂稷字子藝，號芸圃，安徽桐城人。兵部尚書張秉貞幼子。家世中落，不樂仕進。以康熙二十二年客死武昌，年四十七。生前刻《芸圃近詩》一卷，戴逸孝、錢曧、夏鼎序，皆五七律。殁後，其子廷瑋等爲刻《詩集》十卷，方畿、李雅、錢曧、姚文燮、方中履序，兄張英序。錢曧序稱「其初爲詩，在壬辰順治九年之冬，甫十有五齡，凡三十二年」，以是訂生卒年。詩初學温李，轉而冲淡，放情於山水間。《夜泊石鐘山》、《小孤山》、《滕王閣》等篇，不失佳作。與潘江相契，江輯《龍眠風雅》有選詩。方中履稱其才。方畿評云：「初爲清麗平淡，久則涵演深遠，氣完力餘，益老以勁者也。」妻姚宛修，桐城世家，能詩，有《緘秋閣遺稿》，與此集合刻。

黄湄詩集十卷　康熙間刻本

王又旦撰。又旦字幼華，别字黄湄，陝西郃陽人。父早逝，貧不能就傅，從仲父斗南學。順治十五年進士。任潛江知縣，建傳經書院，築説詩臺，迎三原孫枝蔚受詩。官户科給事中。康熙二十三年典試廣東。未數年卒。年五十餘。朱彝尊爲撰《墓誌銘》。是集爲王士禛選，邑人湯復旦刻。分《山中》、《涉江》、《漢渚》、《京華》、《芝陽》、《掖垣》、《嶺海》等集，凡四百餘首。王士禛、顧景星、汪懋麟、陸嘉淑、姜宸英序。其詩出於漢魏樂府，兼及唐、宋，獨不取黄庭堅。少年之作時寄哀思，有易代之感。《游華嶽十九首》、《同蔣莘田屈翁山游羅浮二十五首》、《登東少梁山禹廟眺黄河歌》、《龍門》、《天寧寺浮圖歌》、《郭景純墓》、《米元章墓》、《武昌雜興》，筆力雄健。又旦爲官顧惜民力，有循良之目。《插秧詞》、《一貉行》、《養豕行》、《牽纜詞》、《秋獲詞》、《屯營堤歎五首》、《水車行》、《麋麥行》、《野菜行》、《歎鄭浦》，關繫民間疾苦。在京作《瀛臺打魚歌》、《送汪舟次林石來奉使琉球》、《送周澹園禮部奉使諭祭安南》，亦俱典實。王士禛論又旦詩：「一變而清真古淡，再變爲奇恣雄放。及歸龍門，讀書太史公祠下，而其詩益夤泫澄深，眇乎莫窺涯涘。」此僅就格調而言，仍未得要領云。朱彝尊《曝書亭集》有《題王又旦給事過嶺詩集》。

來青園詩集一卷　康熙五十九年刻本

張三異撰。三異字魯如，號禹木，湖北漢陽人。順治六年進士。九年，官陝西延長知縣，遷宛城，擢南陽同知，累至紹興知府。嘗補注《廿一史彈詞注》。又刊有《雪史》不傳。是集爲其子叔珽刻，詩文各一卷。文集爲宋犖序，詩集爲蔣鑨、詹大衡等序。詩分體，紀年最晚在康熙二十七八年。三異初官延長，歲蝗旱，施粥平糶。民嫁女率論財以多寡爲準，多委曲成之。歷仕秦豫、閩越之邦，晚歸江漢。詩以行役贈題爲多，不蹈公安、竟陵之習。五古《曹秋岳先生寄示宋宋樂府賦此奉謝》附曹溶所作《宋宋當焦仲卿妻》並序。注云：「此詩不足寫先生曲誨邊民扶植倫紀之意，命袁于令譜傳奇，籜老有合浦珠院本。」袁于令所撰《合浦珠傳奇》，姚燮《今樂考證》著録，内容不詳。今據張、曹兩家詩，得考見其本事矣。

浣香閣遺稿一卷　道光二十七年刻本

徐昭華撰。昭華字伊璧，號楓溪女史，浙江上虞人。徐咸清女，駱加采室。善畫，工詩。咸清與毛奇齡友，使昭華師事之，有徐都講之稱。以畫蝶詩「蛺蝶翻飛去，蹁躚綵筆中。雖然圖畫裏，渾似覓花叢」得名。歷來五絶最難，此詩乃出口立成，信天籟也。所存百餘首，《擬劉孝標妹贈夫詩》，毛奇齡深賞之。《塞上曲》尤有唐音。然臨摹之習亦未能洗盡。封建社會婦女壓迫最深，女子不能博觀羣書，廣結益友，無江山之助，無寸階可歷，操觚之難，較男子奚啻十倍過之。成就不到，非關才限，時代使然耳。是集爲毛奇齡點定並序，初附刻《西河集》中，道光間加采族孫駱啟泰重刻之，有陳維崧、吴陳琰序作於康熙二十五年。毛氏有詩贊曰：「吾郡閨房秀，昭華迥出塵。書傳王逸少，畫類管夫人。紫水和泥染，青山帶露皴。蝶衣聯繡褪，花片滴朱唇。閣上煙雲曉，階前草木春。衹愁頻對鏡，圖作洛川神。」《四庫存目》著録《徐都講詩》一卷，卽附刻《西河集》中者也。

水明樓詩六卷　康熙三十七年刻本

顔光猷撰。光猷字秩宗，號澹園，山東曲阜人。伯璟長子。伯璟字士瑩，顔回六十六世孫。伯璟父允紹，明末河間知府。兗州城陷，弟伯玠死於亂兵中。伯璟自城上躍下，行至河間，求父屍歸葬，隱居不出。弟伯珣字季相，有《祇芳園集》。事見孔憲彝《曲阜詩鈔》。光猷於康熙十五年成進士，改庶吉士，授編修，官刑部主事，遷郎中，出黔南，轉山西河東鹽運使。弟光敏字遜甫，康熙六年進士，官吏部，有《舊雨草堂詩集》，亦有詩名。是集衛既齊、江闓序，唐周基跋，顧汧、袁佑、唐孫華、洪昇、李澄中等人題詞。詩爲分體。五古詠京郊石景山、秘魔崖諸勝，《燕山懷古八首》，七古《海市歌》、《娑羅樹歌》、《題韓幹畫馬圖》，氣韻俱高。近體《曲阜詞八首》、《彈琴絶句七首》、《衛輝懷古八首》、《辛酉元夕踏燈詞八首》、《舟行絶句十二首》，清雋有致。詠黔南詩無多，亦非力作。其詩悉本唐人，與光敏塤篪交應，皆有名於時。

水明樓詩評語　洪昇

騁沉思於宇外，摭流景於目前。志適則滔滔大篇，尚裁則寂寂數語。武陵人之不知有晉，夜郎王之漢孰與大。非虚語也。《水明樓詩》卷首

忠裕堂詩集十卷　道光二十七年刻本

申涵盼撰。涵盼字隨叔，號定舫，一號鷗盟，直隸永年人。佳胤子。順治十八年進士，改庶吉士。官國史館檢討。長兄涵光，以遺民終。仲兄涵煜，入清赴舉。涵盼從涵光學詩。集中如《舟行紀事》、《紫車行》、《雜興》等篇，均較樸質。康熙間所作漸趨頌揚，晚年多應制紀恩之詩。座師爲熊賜履、成克鞏，交游

魏象樞、宋琬、朱彝尊、潘耒，亦翰林名士。嘗爲涵光撰《譜》，又自撰譜名《盟己史》，止於康熙四十三年，年已六十七。詩集收於《百名家詩》者一卷，曰《申定舫詩》。此爲六世孫續曾刻，與文集合刊。光緒間又與《聰山詩選》並收入《畿輔叢書》。涵盼工詠史，作《史籟七十首》，仿西涯樂府，宋琬亟推之。乃斯編未收，不悉何故也。

石園詩集二卷 四明叢書本　萬季野先生明樂府 同治八年刻本

萬斯同撰。斯同字季野，浙江鄞縣人。父經，明末遺民，有八子，斯同爲季。少師事黄宗羲，博通經史。康熙十七年，薦博學鴻詞，不就。四十一年卒，年六十五。著《明史稿》爲王鴻緒所攘，乾隆四年修《明史》仍以爲據。徐乾學《讀禮通考》實假其手成之。著有《歷代史表》、《紀元彙考》、《石經考》、《羣書辨疑》等書二十餘種，爲清初史學大家。詩集有抄本，近代張氏輯《四明叢書》刊《石園文集》八卷，内二卷爲詩。《放歌行》、《傳是樓藏書歌》、《題歲寒書屋圖》、《百忍堂松樹歌》、《游剡中四首》、《戲爲絶句四首》、《寄姪貞一問金陵舊事四首》，所存無多，而有深造。述舊懷友諸篇，可證家世及平生交游。《鄮西竹枝詞五十首》，自注：「李杲堂先生作《鄮東竹枝詞》，余易以鄮西。」詳於史載，足備志乘補闕。所撰《明樂府》，乃作者八世孫萬乃鄰據藏本付雕，徐時棟爲之序。凡六十六首，始《沉瓜步韓林兒起兵》，迄《九宫山李自成敗績》。詠明二百七十餘年間大事。内《火燒頭》、《刑囚手》二首，他本無之，蓋作者自删，徐時棟證之甚詳。

半舫齋詩集四卷　康熙間刻本

張錫璜撰。錫璜字漁谿，號半舫，浙江鄞縣人。好學，通醫理、術數，旁及書畫、琴棋。邀萬斯同至書室講輿地官制，必信宿而歸。嘗北上應試，一至粵東。與鄭梁、姜西溟、陳恭尹均有交往，所居半舫，爲陳恭尹八分題額。是集由同學萬承勳序。詠天竺、富春、吼山、太湖諸勝，《登千丈巖下瞰瀑布歌》，寫景清奇。酬詩不多，《送萬季野先生北上四十韻》、《寄懷維揚琴師洪允明二首》、《贈南海陳元孝六首》、《借山上人將之安南國索詩賦贈》，刻意而爲，多載佚聞。生歲以《丁丑六十初度》上推，當爲明崇禎十一年。

寒村詩集二十四卷　康熙間刻本

鄭梁撰。梁字禹門，一字禹梅，號寒村。浙江慈谿人。受學於黄宗羲。康熙二十七年成進士，改庶吉士，年逾五十，官刑部主事。三十六年，出爲廣東高州知府。歸里，以風痺右體竟廢，改名風，號半人，吟詠如故。卒於康熙五十二年。年七十七。築二老閣貯書。其子性世守之。《寒村集》三十六卷，《四庫存目》著録。詩集曰《見黄稿詩删》五卷，曰《五丁詩稿》五卷，曰《安庸集》、《玉堂集》、《歸省偶録》、《還朝詩存》、《玉堂後集》各一卷，曰《寶善堂集》、《白雲軒集》各二卷，曰《南行雜詠》一卷，曰《高州詩集》二卷。康熙三十八年以後復有《半生亭集》一卷、《息尚編》四卷，同里裘璉序，爲詩文合刻。又有《詩選》、《文選》，均有黄宗羲序。

《詩選》序云：「寒村之詩出，人皆笑之。卽知之者，亦謂在江門、定山之間，而不喜之，以其不似唐也。余以爲唯寒村始可以言唐詩矣。似不似之論，王之學華，所以去之更遠。」又云：「上天下地曰宇，古往今來曰宙。自有此宇，便不能不宙。今以其性情，下殉家數，是以宙滅宇也。今人論詩，大概如是。寒村之性情湔汰秋水，表裏霜雪，故其爲詩不必泥唐而自與唐合。」清初言倡宋詩者俱不祧唐，而獨拈出「性情」二字，讀南雷此序，當時已有性情、格調之爭矣。《玉堂集》有《論詩偶述》云：「詩從性情發爲聲，耳目所觸皆材料。必于經史子集求，猶恐古未盡其妙。何況學詩僅於詩，竊取聲音與笑貌。漢魏晉唐人之言，與汝何涉求其肖。此如浩浩彼蒼天，寬窄乃坐井中較。亦有不受俗論瞞，不因時代分拙巧。又舍大清康熙年，劣唐優宋徒尋鬧。」不獨發揚南雷詩旨，已爲乾隆間袁、蔣、趙之濫觴。其詩大抵率爾成章，而言情寫景，頗饒生趣。有關黄宗羲、萬斯同詩篇，多存軼聞。《五丁詩稿》有《告求舉博學鴻儒者二首》云：「博學鴻儒本是名，寄聲詞客莫營營。比周休得尤臺省，門第還須怒父兄。」「補牘因何也動心，紛紛求薦竟如林。總然博學虚名色，袖裏應持廿四金。」注云：「時新任臺省者俱補牘續薦。内多勢要子弟。聞鴻儒一名價值廿四兩。」時梁五上春官，落魄科場，失意之極，故有是作，然不足深信耳。又有《題萬季野文稿二首》云：「斯文仗爾識真傳，轉眼離居忽四年。惠我著書多若此，聽君抵掌快依然。雞壇藥石疑空谷，自注：集中與友人書。俱藥石之言。竹簡權衡欲破天。自注：《讀明史論》多獨見。病子佛頭專着糞，題詩意在序詩篇。自注：余嘗序季野詩。頗言其未工。」「少陵詩律常言細，吏部文章最忌陳。兩字才人將作主，千秋學者定稱臣。甬江博洽誰如子，黄浦風流莫讓人。大海細流應不棄，相逢更欲剖纖塵。」亦俱舊聞。

暸舍採茶雜詠　四十三首録五

手製名茶冠一方，龍潭翠與白巖香。茶産白巖，採茶者攜至永昌潭易米，香色俱佳。故名。猶疑路旁芳鮮減，暸舍山中自採嘗。

雨點初稀路已斑，漸來長命水潺潺。斬新石板羊頭上，推出陰森桑柘間。長命山居民以鑿石爲業。多用水車運至水口。

山市人家不甚稠，逢三亦自語喧啾。大隱以三七日爲市。買將肉筍分途散，去接今朝脚骨頭。是日立夏，慈俗家食肉筍，以接脚骨。

樸陋山民性所甘，衣冠拜揖幾曾諳。客來相迓無他語，兩手微擎不放籃。居民以織籃爲業。客至但知拱手。

求魚江市晨銜虎，無肉家牢夜宰豬。風味深山真太古，書生供給長官如。《五丁詩稿》五

除夕雜詠　八首録二

若將交際一供明，敢道臣門似水清。紅柏燭輝煩鉅鹿，鉅鹿令李玉林以提調秋闈至京。事畢過訪。靴

中出女塲紅柏四條見贈。黄芽韭嫩累臨城。臨城令徐虞門書來，惠芽韭三觔，以助卒歲。瓜投巧夕雖價值，炭送殘年竟領情。山西民王愷之妻，爲旗人賈三所誘奪，訟不得直。余慙溺職，爲之募金贖還。愷于七月七日持西瓜十顆稱謝。余酬其價。愷又於臘月廿八日乘余他出，致炭二簍而去。底事追呼仍絡繹。貧原不係博廉名。

臺中奏議故紛更，御史有參翰林、部郎不可提督學政一疏。部下謡言慣沸羹。相傳京堂謀出督學，故浼臺臣出疏，一時小説流行。有《小京堂密謀翻大局》、《死御史賣本作生涯》、《老郎中掣空籤望梅止渴》、《窮翰林開白日畫餅充饑》四劇。此日風波應暫息，吾家光景只常清。親朋貧劇無來往，歲月除多不送迎。只照平時閑坐卧，布帷長下卷長横。《賓善堂集》下

題僧嵋雪所藏八大山人雪个畫册

作詩必此詩，定知非詩人。學畫不于畫，决非畫工倫。何物雪个晚覷破，嵋雪見之寶如珍。雨雪交映一片雪，長空萬里無纖塵。嗚呼隔世相知有若此，技絶何嘗不入神。《寒村息尚編》二

西田詩集十卷　乾隆十二年刻本

陳學洙撰。學洙字左原，號西田，江蘇長洲人。康熙二十三年舉人。與弟學泗字右原，爲孿生兄弟。子璋，甲戌三十三年進士，官直隸學政。遂以子貴，不就銓選。卒於五十八年，年八十二。是集有尤侗、蔣恭棐

序，刻成時已距學洙之殁二十五年。朱彝尊稱其「古體古樸深秀，近體意致澹蕩」。沈德潛稱其「詩品雅潔，並追唐人」。長篇《呈舅祖葉訒菴先生三十六韻》、《投朱鵠菴先生》多泛常鋪張之詞。樂府《憂旱謡》，五古《毘陵行》，七古《役夫歎》、《黄河歌》、《打麥詞》，得諷刺之旨。《吾鄉》云：「吾鄉此時米一斛，青蚨一貫猶不足。富家閉糴倉廩盈，貧者釜中無脱粟。」亦見警策。三藩邊裔俱靖，詩多歌頌太平。《燕京雜詠五首》、《春日登華不注》、詠西湖諸勝，均較清和。《讀杜詩作》、《題屈遺民》、《讀午夢堂集》、《論詩絶句四十三首》自屈原至宋，皆可取資。《補論詩絶句十三首》，爲近代詩家。

梅莊詩集四卷　乾隆十三年精刻本

陳學泗撰。學泗字右原，江蘇長洲人。諸生。與兄學洙字左原，本孿生兄弟，詩名相齊。唯境遇不同，無雍容之概。《開河歎》、《觀打稻》、《災農歎》、《蠶婦歎》、《新豐行》，大都憫念民生艱苦，足備採摭。於吴地水災、畿輔亢旱，亦有詩紀事。《金陵雜詩》、《秋風歌》，寄興遥深。是集爲其從曾孫陳檀刻，附學洙《西田詩集》後。詩凡一百九十五首，沈彤題詞。沈祖禹跋云：「學泗年六十餘歸。嘗於病榻撰《女當壚樂府》，甫兩日而成。」今此曲已未可踪跡矣。

香草居集七卷　康熙間刻本

李符撰。符原名符遠，字分虎，號耕客，浙江秀水人。布衣。與兄繩遠、良年號「浙西三子」。嘗共同里曹溶、朱彝尊、周篔、徐嘉炎爲詩會。在京與閻若璩、周在浚、萬言、洪昇、吴雯、佟世思、王嗣槐、沈季友唱和。顧炎武有贈詩。精鑒别，與王翬、黄虞稷交善。金陵龔氏玉玲瓏館藏書，皆符與朱彝尊勘定之。康熙二十八年，暴卒於福州，年五十一。事見高層雲所撰《布衣李君墓表》。是集爲其曾姪孫編次，玄姪孫旦華刊，首方光琛序。徐乾學集有《李分虎詩集序》，未載此書，不知爲何撤出。據旦華跋稱，《滇南詩》三卷，爲手定之本，自第四卷至末，歲月無考，有前後失次者，今仍原稿編録，不加易置。其居滇尚在吴三桂之變前，所作《滇南春詞》十二首、《楊升菴先生祠》、《阿礚詩》、《星回詞》、《洱海》、《尋甸州雜詩》十首，以清麗爲尚。長句述沐黔國故宫監遺事，亦作於此時。客金陵，作游牛首山長句。《贈王石谷詩》七首，其一云：「知己香緘幅幅長，畫沙萬字篋中藏。衫痕多少羊曇淚，只爲婁東老奉常。」注云：「王煙客先生爲石谷第一知己，所貽書翰幾及千幅。」贈楊子鶴，亦畫家。嘗北上至都，有《兖州書懷得九言十七韻》、《燕京踏燈詞》等作。其詩才調甚高。附刻《耒邊詞》，汪琬、曹貞吉爲之序。沈濤《匏廬詩話》云：「吾禾三李，秋錦而外，唯分虎足稱二難。詩固抗行，詞則有過之無不及。分虎客閩中某官署，其夫人亦能詩，慕分虎才，因越禮。某官偵知之，召分虎與眷屬共飲。酒半，舁一巨棺，强二人入之，遂葬後園。至今土人猶呼爲鴛鴦冢。凫香師聞之蘭泉少司寇云。」此説殊奇，又不見他書。高層雲傳言暴卒於福州，則亦不盡無因也。

午亭文編詩二十卷二集三卷 康熙間刻本

陳廷敬撰。廷敬字子端，號悦巖，山西澤州人。順治十五年進士，改庶吉士，授檢討。主纂《會典》、《平定三藩方畧》、《平定朔漠方畧》、《古文淵鑒》、《佩文韻府》、《康熙字典》、《淵鑑類函》等書。官至吏部尚書、文淵閣大學士。卒於康熙五十一年，年七十五。撰《午亭文編》五十卷，康熙四十九年門人林佶手寫刻版，内詩二十卷。《二集》一名《歸去詩集》，于振序，自記。廷敬經史詞章，爲山右首推。詩文無窳陋之習。閲所撰《杜律詩話》，可知研習所歸。家居午亭山村在陽城，因《水經注》載沁水逕午壁亭而名，因以名集。是集卷一爲樂府詩，《平滇雅》等篇，俱爲頌詩。以下爲古今體詩。《射虎行》、《澂海樓觀海》、《出塞行》、《醫巫閭山》、《洞陽山》、《東岡獨游》，詠北京西郊諸山寺，《湖風行》、《魚臺東境山水》、《太行》等篇，格調樸厚。屢至江南，游覽之什，亦有明秀之致。廷敬爲文章宿老，人望所歸。康熙間王士禛、汪琬爲正統詩文伯宗，實由廷敬推轂。《詠漢事》六首、《施愚山見寄長歌和答》、《題汪蛟門百尺梧桐閣圖》、《題禹尚基自寫真》、《城南黑龍潭寺西樓對酒歌》、《晚過楊編修爾茂》、《贈韓少室山人》、《題林吉人北阡草廬圖》、《紫毫筆歌》、《異星行》、《論晉中詩人懷天章》、《南旺分水行》、《題龔賢畫四首》、《題竇畹書》，取材既富，議論閎深。善學蘇陸。卷五《題東坡先生集》云：「星宿渺一泉，漭沆歸滄池。黄河天上來，彷彿青蓮詞。杜韓鬱崩騰，迴風激瀧涓。香山放乎海，澹澹天無涯。餘子導其流，遥遥分纖支。蘇公天上人，萬丈銀河垂。舉手捫星辰，足蹋龍與螭。旋斡周四運，浩氣森淋漓。感心生直亮，體道忘艱危。聖删三千篇，劫火燒其遺。真宰固有意，風雅將在兹。斯文配天命，大化需人爲。何不陟輔相，致民如堯時。一聞韶濩音，季葉還春熙。」此詩頗可爲文獻之資。廷敬與宋琬、朱彝尊、田雯、湯右曾、韓菼、馮廷櫆、趙執信、查慎行、顧嗣立等人交往，有關詩篇較多。詠中條、王屋等地山水雜詠，尤爲獨造。是集《四庫總目》别集類著録，於王士禛、汪琬、朱彝尊、陳維崧、宋犖，置於同等，是以大家相許也。

白華莊藏稿鈔六卷　乾隆十五年刻本

沈寓撰。寓號寄廬，江蘇崇明人。未仕進。早歲壯游，吟詠甚富。有《煙波筆嘯》、《詩嘯》各六十編。後俱委諸灰燼。僅《刼存集》三卷，爲順治十六年至康熙四十一年詩三百四十一首，《生集》三卷，爲康熙四十二年至五十六年詩二百八十五首，附詞七首。原稿爲抄本，有汪琬序、自序，乾隆十五年其孫丕源爲之鋟木。詩經程穆衡、沈德潛定，程穆衡爲之序。生年據《戊寅六十吟》斷之，爲明崇禎十二年。書後其曾孫奕蘇跋云辭世在丁酉，是卒於康熙五十六年，享年七十九。集中《火後吟》、《遺民吟》與詠明諸陵等作，多慨傷興廢之作。嘗游湘楚，登臨弔古，時有鬱勃之氣。惜所存祇一鱗半爪，亦不足考其行實耳。

雙溪草堂詩十卷　西山紀遊詩一卷　康熙四十七年刻本

汪晉徵撰。晉徵字符尹，號涵齋，安徽休寧人。康熙十八年進士。官至户部侍郎。卒於四十八年，年七十一。此集收編年詩起康熙十二年至四十七年，凡六百四十二首，釐爲十卷。《四庫提要》稱一卷，當係誤記。其詩隸事典切，亦有韻致。《登采石磯絶頂》、《謁楊椒山先生祠》、《過彭蠡湖》、《舟中望廬山五老峯》、《赤壁》等篇，不愧雅音。典試楚中，所詠尤多。晚在臺閣，日與同僚酬唱，集句祝嘏之類，以充篇幅，此集有王士禛、王項齡、勞之辨、吕履恆序，自序。王士禛謂其詩近王、孟、高、岑，稱許稍溢矣。附《西山紀遊詩》一卷，爲北京風景詩。

静觀堂詩集三十卷　康熙四十年刻本

勞之辨撰。之辨字書升，號介巖，浙江石門人。康熙三年進士，選庶吉士。授户部主事，遷禮部郎中，出爲山東提學道僉事。十九年，滇黔用兵，爲貴州糧驛道參議，月需米數萬石，運自湖南，苦累夫役，之辨主就地採購，供億無匱。二十四年，擢通政使參議，遷兵部督捕理事官。以親喪歸。是集卷一至卷四，卽康熙二十五年以前作。既復官，洊擢左副都御史。詩在卷五至卷十九，止於三十九年，較前殆數倍。四十七年，之辨以保奏廢太子胤礽，革職交刑部笞四十，逐回原籍。五十二年復職，逾年卒，年七十六。此十餘年詩，未見續刻。是集首自序。卷一古樂府，如《鐃歌鼓吹曲》三篇、《俄羅斯》亦詠時事。《丁未淮陽道中》、《紅剥船行並序》、《榆樹皮行》、《桃源竹枝詞十首》、《黔陽雜感十首》、《同満漢榷部巡歷濠鏡墨四首》、《毁冢仆碑行》、《琉璃廠行》、《閲視玉河橋東直門兩館畜駝及馴練馬》，多爲紀實，可擴見聞。《眺玄武湖歌》，今古盛衰之感，借題發出。《論詩東尤悔菴十五首》，自漢至清初，猶論詩絶句也。

俄羅斯　並序

俄羅斯，康熙癸酉十月二十六日遣官入貢，前此所未有者。爰仿白樂天《七德舞》唐樂府章法詠歌功德一篇。

俄羅斯，古莫稽，又名羅刹天極西。五帝三王不能化，後來雄主誇長駕，其策往往得中下。我朝定鼎五十年，聖以繼聖德如天。廟謨不屑爲開邊，羈縻勿絶聽自然。黄竹白狼消戰壘，珠崖銅柱無樓船。彼番者族來上國，紫髯緑眼畫圖出。其髮不辮復不梳，其種非羌亦非僰。生兕之鞾染用紅，氄毛之屬氈多黑。舉動猙獰態各殊，瞻顧睢盱狀非一。豐貂文錦獨雍容，定是此邦王與公。趨蹌手捧蛟龍匣，上表稱臣循禮法。珍奇錯落羅篚筐，萬里緘封達尚方。西旅貢獒肅慎矢，古今盛事相頡頏。漢烏桓，唐突厥，天壤之間一窮髮。我皇有威罔不懾，有德罔不孚，獻琛納款尋常事，不繪區區王會圖。《静觀堂詩集》卷一

北黔山人詩集十卷　康熙間刻本

吴苑撰。苑字楞香，號鱗潭，一號鹿園，安徽歙縣人。康熙二十一年進士，改庶吉士。由檢討官至國子監祭酒。三十三年歸里。三十五年出征厄魯特，隨至鄂爾多斯。四十一年卒，年六十四。是集首潘耒序。各卷以事繫名，復載尤侗、黄六鴻、吴綺、許汝霖、宋犖、汪洪度序。唱和爲王士禛、高士奇、韓菼、汪楫、吴嘉紀、屈大均、梅文鼎，極一時之盛。《題太學新立進士題名碑紀事》、《漠北樂府三十章》、《絨布寄吴野人》，俱可徵實。題畫之什，詠京西山諸勝，亦有可採。《自觀音巖過老人峯至天門》、《望後海諸峯》，記黄山之遊，時造奇語，令人神往。其詩絶無違礙，唯附以屈大均和詩，乾隆間列此集爲禁書，從此擯名矣。

閑存堂詩集八卷　康熙四十八年刻本

張永銓撰。永銓字賓門，號西村，江蘇上海人。康熙三十二年舉人。授中書，改選徐州學正，未任卒。

刻《閑存堂文集》十四卷，有宋犖、袁龢序，自序，毛奇齡等題詞。依《戊子七十自箴》文，當爲崇禎十二年生。詩凡三種，即《蘆浦待删詩》、《薊門游草》、《豫章游草》。目録尚有《西村近稿》一種，原闕。其中《紀游歌》一百韻，《追敍自冬徂春事》，可觀行實踪迹。《水碓歌》、《悲淮民》、《海嘯行》、《防戍》等篇，以所見世事入謳。詩效三唐而平生潦倒，多沉鬱之音。又喜經濟，故言多質樸。至游京華所作太液、瓊華等詩，居魯詠山左民情物産，亦可覘之。永銓與毛奇齡、魏禧有交，與汪繹同舉於鄉。文集《與同年修撰汪東山書》，力論科場之害。七古《贈魏叔子》，亦可徵事。毛奇齡論詩謂潔于詞不若潔于意，詩以言志，志即意也。衡諸此集，信非虚語。

沙拳歌　題李竹逸拳譜後

虞山老叟季藍田，白髮婆娑七十年。蹒跚向作侯門客，口譚拳法如譚禪。苹埜堂中逞妙手，崖石欲裂沙欲走。飛騰疑是隼摩空，踞伏還同贙捕獸。我聞此法本沙家，睥睨江湖任獨誇。拙中藏巧多三昧，曲折鈎連似六花。往來無異擲星梭，夭矯渾如舞綺羅。直教四體都無骨，却把空拳盡作戈。此藝由來傳者稀，吾友李子雅好奇。掄文年少登鄉薦，講武名高絀教師。閒來偶作沙拳譜，洩盡天機絶千古。欲攜此叟走京華，應爲朝廷作禦侮。慚余屢向詞場蹶，廿載空言筆似鐵。學書學劍兩無成，消

磨數斗英雄血。《蘆浦待删詩》

寒木居詩鈔一卷　光緒三十二年刻本

張家珍撰。家珍字璩子，廣東東莞人。兄家玉，南明唐王時官給事中，李成棟陷廣州，毁家紓難，封增城侯，謚文烈，《明史》有傳。家玉起兵時，家珍年十七，常著小金冠披紫鎧，别率所部千人爲奇兵，轉鬬數勝。家玉墜水歿，以兄蔭錦衣使。廣州再破，始折節讀書。自高僧、羈人、劍士無不交往，年及三十而卒。陳恭尹爲撰《傳》。詩集至清末始有刻本。弁言爲康熙四年其叔氏朝紳撰。集中有《憶先文烈兄》、《曲江謁先文獻公祠》，時抒悲憤。《夢馬》詩云：「久失飛黄馬，空餘血戰衣。可憐横草後，不得裹屍歸。力盡猶追敵，功高幾潰圍。年來生髀肉，夢爾淚頻揮。」自注：「昔余軍中得一良馬，汗血權奇陷陣潰圍者屢矣。詩作於起兵失敗後十年。」亦可哀矣。七律《秋懷六首》，蒼涼激壯，似陳卧子。又有《登樓懷陳元孝》、《望羅浮》、《東澹歸和尚》，率皆自放感慨。朱彝尊至粤，尚及交游見《曝書亭集》。未幾，賫志歿矣。

獵微閣詩集六卷　康熙間刻本

許承家撰。承家字師六，號來菴，江蘇江都人。少從王猷定游，習古文辭。康熙二十四年進士，官編修。與兄承宣齊名。方循資遷坊局，以兄老里居以歸。是集爲順治十六年至康熙三十年詩。首吴綺序。附刻其子昌齡撰《碧摩亭集》。承家結納周亮工、蔣易、杜濬、冒襄諸老輩，與王士禛、吴興祚、鄧漢儀、秦松齡亦有唱贈。其舅氏爲朱一是，遺民之能詩者。詩多行役之什。《池陽賽會歌》、《縴夫吟》、《燈市行》，頗供風土之采。承宣有《宿影亭稿》，未見傳本。

清人詩集敍録卷十二

華嶽集二卷　康熙間刻本

許孫荃撰。孫荃字四山，一字友蓀，號生洲，安徽合肥人。康熙九年進士，改庶吉士，官刑部四川司員外郎。十八年，與試鴻博，未中。二十三年，視學秦中，撰《華嶽集》二卷，一名《思硯齋近草》，首李天馥、李振裕、汪錞、王弘撰、洪昇、曹鼎望序，王弘撰、李因篤、洪昇同評閲。詩作於旅途者，《井陘道中》、《壽陽山行》、《介休懷古》、《武功春日謁后稷祠》、《茂陵懷古》、《寶雞三疊泉》諸篇，詠古紀游，無羼弱之音。《碑洞行》所詠卽西安碑林。旣入棧道，尤多質直語。《空山行》云：「驅車九折坂，四顧殊險艱。熊羆隨我後，虎豹當我前。百里幾居民，茫茫鮮炊煙。有時見茅屋，或剩三四椽。瘦妻面復黑，稚子衣不完。觀其所耕地，半在木石間。磽确驅策動，牛力業已殫。自從遭喪亂，雞犬亦罹患。此方爲孔道，誰肯惜凋殘。歎息問窮黎，汝何守空山。」詩作於鳳縣道中，時清兵始收復吴三桂所據漢中，蓋紀實也。孫荃生於崇禎十三年，卒於康熙二十七年，年六十九，見李因篤撰《墓誌銘》。度平生所爲，不止此一篇，惜未窺全貌，是可憾耳。

序

洪　昇

秦地山川雄深，風土龐厚，甲於海内，故郁爲人文，尤爲瑰瑋秀傑之氣。遠不具論，自有明空同、對山兩公，崛起於秦，爲詞章領袖，而一時督學使者，前有大復，後有于鱗，俱負詩名，衡文兹土。三秦之士，被其教澤，漸漬薫陶，蔚然有所成就。始信季札觀樂，以秦爲夏聲，而凡産於秦與宦與秦者，均得夫山川之助，而一吐其胸中磊落之奇，以鳴當代而傳後世，有由來矣。合肥許生洲先生，起家翰苑，以望郎出視三秦學政。自京師抵署，凡道途所經，耳目所接，可喜可愕之事，悉發之於詩，名曰《華嶽集》。郵筒緘寄，屬予評定。予受而讀之，如追隨軒車歷百二之曠也，如陟二華之巔、終南之奥而心目爲曠也，如乘舟溯河渭湍激濤驚而百川委注也，爲惝怳者久之。因歎先生之人之文，與大復、于鱗頡頏千古，而其位同，其地亦同，所作詩歌，秀健蒼凉，陳言務去，固已後先輝映矣。且生古人之後者，必其才力光芒足以相掩，而始足以相並，吾知先生之詩當日益富，所詣必出二子上。而倡興師道以淑此邦之人，户親絃誦，士鮮佻達，亦必有如空同、對山，出而爲先生弟子以彰興，行右文盛，豈非山川靈色，聚於關中。而葭蒹、秋水諸篇，歷數千載，挹其高風，緬焉如在。先生之爲功于秦，豈小補哉。爰書數語，以質先生。若云序先生之詩，予則何敢。錢塘後學洪昇。

樂圃集八卷　康熙間刻本

顔光敏撰。光敏字遜甫，一字修來，號樂圃，山東曲阜人。顔回六十七代孫。伯璟次子。兄光猷，康熙六年進士。官至考功司郎中。弟光斅，爲浙江學使。詩文有聲，與田雯、宋犖、王又旦、丁澎、曹禾、曹貞吉、謝重輝、葉封、汪懋麟稱「十子」。好讀書，尤耽山水。生平不信浮屠性命之説。知交甚廣，與顧炎武、李因篤尤密。康熙二十五年卒，年四十七。是集爲施閏章、陳玉璂、鄧漢儀序。《四庫存目》著録七卷。卷首顧炎武題詞云：「古詩訓辭深厚，往往得古人微旨，可稱大雅遺音。邇來殆無出其右者。近體清新婉約，逼似唐人，所謂不意永嘉之末，復聞正始之音者矣。」集中《戊申六月十七日齊魯地大震歌以紀之》、《昔聞》、《野老》、《驅蝗》諸篇，多涉時事，沉痛指切。登太華山，游伊門，渡易水諸作，格調蒼鬱，詞句練達。游鄒縣嶧山，詩記山如累卵，洞壑不可窮詰。詠孔廟碑，王士禛有和詩。《送宋荔裳觀察之蜀》、《送王考功西樵歸里》、《喜李天生至都賦贈》，俱非泛泛酬應，要非凡手所及。

寶齒堂詩集四卷　康熙三十八年刻本

張榕端撰。榕端字子大，號樸園，一號蘭樵，河南磁州人。明薊遼總督張鏡心子。康熙十五年進士，由翰林官至禮部侍郎。是集爲官内閣學士時所刊，收康熙十八年至三十八年之詩。有龐塏、宋犖序，受業柯煜、方苞校。生年依贈湯玉亭詩自注，爲崇禎十三年。《四庫存目》並著録《河上草》二卷，《蘭樵歸田稿》一卷，爲此集續刻。致仕於甲申四十三年，計年六十五，七十六而卒。榕端之詩，由明七子入唐。詠王屋、太室、鄴城，有關中州名蹟較多。康熙三十五年奉祭泰山，作《登岱詩》。又《古歷亭歌》、《靈巖寺》、《大澤山絶頂》諸篇，亦較可觀。《雷琴歌爲張晴峯作》，所詠卽唐雷威製琴，與徐釚、王翬、閻若璩等文人畫師亦有贈答。龐塏稱其詩「和而不迫，秀而不纖，逸而不肆，宛轉纏綿」。《提要》稱「婉約有餘，遂乏雄渾之氣、深湛之思」。唯賜游内苑、應制賡颺之什甚多。盖張鏡心入清雖未仕，而榕端爲大學士成克鞏女夫，在朝實甚顯要也。

水東草堂詩一卷　乾隆間刻本

田需撰。需字雨來，號鹿關，山東德州人。康熙十八年進士，改庶吉士，授編修。兄雯，官户部侍郎，有《古懽堂集》，名聲甚籍。弟霡，貢生，亦以文學名，有《鬲津草堂絶句詩》。是集爲田同之刻，據康熙六十年田霡跋稱：「先仲兄殫心經史，不以聲詩自能。詩存百餘首，有大曆以還風。」集中《遺詩》二首云：「六十歲翁今又五，人間萬事已分明。便當一笑凌雲去，不作拖泥帶水行。」「機雲入洛不同時，林壑歸來有早遲。今日追隨夜臺路，依然兄弟雁行期。」霡注云：「司農先生二月棄世，先生九月病革，故有雁行之句。」是卒於康熙四十三年，小雯五歲。詩以冲淡爲高，多寫風景田家，與雯殊異趣焉。趙執信撰《墓志》。

後淼園詩不分卷　康熙四十一年刻本

張之澄撰。之澄字淮南，廣東龍門人。官浙江括蒼縣丞。是集有張遠、張建德、王汝楫序。以其父羅南集名《淼園》，因名《後淼園詩》。詩以體分。《寓章安六十初度》詩云「予庚辰生」，是爲崇禎十三年。結集時年六十三。詩多詠括蒼山水名勝。《劉郡伯在園重修通濟堰落成賦詩示屬員因作排律十六韻》、《贈江南大將軍清逆侯張又南》，兼及時事。浙、閩經三藩之亂，死事者多，之澄多爲作詩表彰，故亦稍存史料焉。

黄葉邨莊詩集八卷續集一卷後集一卷　光緒四年刻本

吴之振撰。之振字孟舉，號橙齋，浙江石門人。康熙間貢生。官中書科中書。輯刻《宋詩鈔》一百六卷。好蘇軾詩「家在江南黄葉村」，而名其所居之莊。卒於康熙五十六年，年七十八。《詩集》八卷，爲之振手定，《續集》、《後集》乃其子孫所輯，《四庫》列入《存目》。原刻以有吕留良序，後印者多剜版。此光緒四年六世孫康壽重刻，葉燮序，南陽邨友某序，即吕留良。又施閏章、王士禄、王士禛、朱彝尊、王崇簡、查嗣瑮題詞，乾、嘉間舒位、方薰題詞。復增刻《種菜詩卷》，原本有清初汪琬、黄宗羲、宋實穎、陳廷敬、高珩、田雯、梁清標等十數家題辭，錢泰吉跋。黄葉村莊爲江南名流之會，之振早年頗走於錢謙益之門，與朱長孺、葉燮、汪懋麟、吕留良、查慎行、黄宗炎、徐倬、梁佩蘭、徐乾學、宋至、禹之鼎、湯右曾唱和，詩筒往來，幾無虚日。《讀宋荔裳安雅堂集》、《與友人論書法戲作》、《題曹子清工部楝亭圖五首》、《謁甫里先生祠》、《題如此江山圖》、《讀宋史有感》，有裨於文史者多。至村居、課蠶、詠物、題畫、行船諸作，亦多刻削。詠錦雞云：「飲啄不自飽，文章致殺身。鷃雀莫相誚，皮毛猶世珍。」可見一斑。詠鬬鵪鶉、水車、鞭陀羅、蘆溝橋、鬬紙牌、鐵哨子、報國寺集、土地廟集、鏴鏴、跳鍾馗、煤黑子、金魚池、靈佑宫燈市、盆花、打神鼓、天燈、打花鼓、僦錢、子錢、踢石毬、獅子猫、北酒、紙頂槅、春聯、唱秧歌、走橋、探春花、高麗紙、風鐘、琉璃厰、西河沿、紙旛、冰船，統爲燕京景物詩。之振爲詩，初效竟陵。年十六交吕留良，出入宋詩，而矯明季之弊。録《論詩偶成》十二首，以見其得力之所在焉。

論詩偶成

初學誰知絶句難，瀾翻刊本遍寰間。半山論與誠齋合，未透唐人第一關。

奪胎换骨義難羈，詩到蘇黄語益奇。一鳥不鳴翻舊案，前人定笑後人癡。「鳥鳴山更幽」，語意高妙；「一鳥不鳴山更幽」，便無味矣。

年來詩畫重虚名，買到殘編價倍增。誰識笥藏近蕭索，零丁漆碗總飄零。晏叔原之妻指書籍爲乞兒漆碗。

少陵五字不須删，八表神游意自閒。捫蝨挾書吾輩事，青山黄鳥豈相關。

攫金弗復笑劉叉，友誼紛綸欠等差。偶讀范公雙烏賦，不須更辨碧雲騢。

一寸風波一尺天，瀾翻雙槳渡晴川。若於熟處尋生趣，詩思何妨上水船。

殘花剩葉點清江，稊米紛紛溢太倉。一字換來無骨力，慚將詩格擬蘇黄。

童年曾賦海棠詞，偶遇天隨歎絶奇。誰向西陵尋舊派，小長蘆選得三詩。

長慶集中詩話在，夢餘酬唱得新詩。神交往返尋常事，識面無因更足奇。賓應喬，未嘗識面，夢與余酬唱，賦三詩，刊其集中。

子夜前溪各等差，高歌翻出竹枝詞。篔簹箘簬無關涉，何事重參玉版師。

語能達意欠彎環，一段高情未可攀。自有櫻桃同笑語，强將老嫗伴香山。

屬對無須語太工，逍遥朗月與清風。冷齋解事勤摭拾，未辨酸榴一滴紅。僧覺範薈集前人詩話，前後不倫，至與山谷應酬，皆出傅會，可笑也。《黄葉邨莊詩集後集》

百尺梧桐閣詩集十六卷 康熙十七年刻本 遺稿十卷 康熙五十四年刻本

汪懋麟撰。懋麟字季角，號蛟門，江蘇江都人。康熙六年進士，授秘書院中書舍人，官至刑部主事。受贊於王士禛，與田雯、宋犖、曹禾、丁煒、王又旦、顔光敏、曹貞吉、謝重輝、葉封相唱和，稱「十子」。詩學韓、蘇，才情横溢，視士禛爲别格。康熙十八年舉鴻博，丁憂未試。二十七年卒，年五十。《詩集》初刻於康熙十七年，計東序、自序，收康熙元年至十七年編年詩一千二百九十首。《蔣州曲》、《銅雀臺》、《姑蘇行》、《從軍行》、《無家歎》、《司徒廟》、《玉叔觀察招陪龔大宗伯西樵阮亭諸先生集寓園泛舟觀劇達曙作歌》、《涉江雜詩》、《元夜禁中觀放煙火歌》、《趵突泉》、《登金山絶頂》、《支硎山》、《靈巖寺館娃宮故址》、《進山五首》、《黄河口觀賽神歌》、《河水決》、《補裘歌》、《彰儀門行》、《洗象行》、《秦淮燈船歌》，得意之作，層見疊出。《柳敬亭説書行》、《題黄俞邰千頃齋書册目》二詩見《晚晴簃詩滙》，尤備故實。《齋中讀書六首》、《讀易》、《讀楞嚴經》、《題東坡集後》，可覘所養。自云：「生平往還酬贈，苟非道義素交，縞紵夙契，不敢假借。」集中如《寄櫟園兼送雪客歸金陵》、《題方爾止四壬子圖》、《陶季自南楚歸歌以贈之》、《得舟次二兄琉球使道消息寄懷》、《題惠元龍詩卷和卷中寄茗文兄韻》、《訪徐高士隱居》、《題西樵考功三舟圖》、《贈施匪莪端教》、《題巢民畫像》，均非率爾下筆也。　懋麟早年進士，行輩較高，往還多達官清要兼及遺民宿老。《百尺梧桐閣遺稿》爲其姪荃搜輯，凡未刻詩十卷，有顧圖河、宋犖、費錫璜等序。皆四十以後詩。　蓋康熙十八年開博學鴻詞，懋麟復北上，故酬應詩亦多也。

霽軒詩鈔五卷　康熙五十六年刻本

袁佑撰。　佑字杜少，號霽軒，直隸東明人。　康熙十一年拔貢。　官内閣中書。　十八年召試博學鴻詞，由沈荃薦舉，取一等十六名，授編修。　纂修《明史》。　歷官中允，三十五年典試浙江。　未幾假歸，卒於里。　門下士陸師、楊守知得其遺稿詩五卷，始於順治十七年，迄康熙三十七年，凡五百餘首，各卷復以《園居》、《西清》、《予省》、《補史》、《歸田》名集，康熙五十六年唐孫華序而刊之。佑早年與宋犖、楊思聖往還，閻爾梅自邯鄲入鄴過訪，示近詩依韻賦寄。投贈馮溥、沈荃，與陳維崧唱酬較密。作《六鏡詩和蔣靜山》，爲菱花鏡、火鏡、眼鏡、千里鏡、多目鏡、顯微鏡。又有《贈密山弟致仕詩》，注云：「不受逆封，迎王師破賊，官左通政。」當係其弟懋德。佑舉鴻博而名不顯，其集流傳不廣，鮮有齒及者。

晚樹樓詩稿四卷　康熙四十四年刻本

吴震方撰。震方字青壇，浙江仁和人。康熙十八年進士。未幾，乞假南歸。二十三年，游粤東，與屈大均、陳恭尹、梁佩蘭均有贈詩。三十五年，平厄魯特，作詩稱頌。三十七年，重過福州，謁府學祠，以其祖明季嘗督學八閩也。是集有康熙四十四年吴之振序。之振爲震方從祖，而序云「年齒相若」。其詩强半壯游所得，登覽送別，盛有佳作。與黄裳、鄧漢儀、汪楫、高士奇、徐乾學、湯右曾、查昇均有過往。《題澹臺子祠》、《南安峽中》、《甫里先生祠》、《梅雨詩》、《淮陰風車行》，俱較質實。《諭蝗》詩記康熙三十年七月江北蝗渡江至常州，數郡遭害。附《預滅蝗蟲法》，可見用世之意。

鷗跡集詩　光緒三年重刻本

蔡受撰。受字白采，江西寧都人。好爲堪輿之學。曳裾王門，幕游長沙。撰《鷗跡集》，前十卷爲文，後爲古今體詩。原本約在康熙二十年自訂。此光緒二年周郁文新刻，無序跋。文集中如《陰符經注序》、《左傳評》、《説詩蒂》、《字蒂》、《畫蒂》，其説蕪雜。詩作於康熙十一年至十九年間，間以符詞作注。時西南用兵孔急，王公將軍信覘氣，故爭延禮之。詩集有《送葉桐初東歸》，桐初名藩，太倉人，生於明季，入清客游四方，有《惜樹齋詞》收名甚遠。不似此集祇可作堪輿之書觀耳。

嫛響一卷　康熙間刻本

陶蔚撰。蔚號卷翁，江蘇寶應人。澂子。康熙四十九年，官陝西鄠縣知縣，坐事未得東歸。撰《嫛響》一卷，首五十一年自序云：「余自庚申十九年從先君子遊學四方，始學爲詩，歷今三十二年。有《天問樓集》二十卷，古近體一千四百十首，大率飄轉道路愁辛困坷之音。辛卯五十年秋，將自渭陽東歸，悉檢出焚之。亡子曾武有録存四百六十二首，不忍没其意，更名《嫛響》，蓋傷之也。」其中《擊柝謡》、《苦寒行》、《摘柳謡》、《隄上謡》，俱刺譏世事。《晤周芸齋先生敬觀其刺血上疏》，芸齋名茂蘭，明末名宦周順昌長子。《觀磬陽山石》，自注：「米海岳故物。康熙癸酉三十二年都門顯者以七百金購之，余從借觀。」《題西城别墅十二首》，别墅爲王士禛故居。《張侍御疏請毁平前逆閹魏忠賢墓紀事》，侍御名瑗，字遽若，祁門人。《觀黄童所畫覆載一統圖》，童名千人，饒姚人，年始十三。凡此頗資掌故。蔚少從葉燮游，有《過二棄草堂拜己畦先生主人》。又學畫於石濤，有《贈大滌老人》詩。《贈六合袁素公》，素公爲畫家。官陝西作《關中雜詩三首》，爲《屍满野》、《鬻婦詞》、《賑粟謡》，自注：「壬申三十一年以前西安鳳翔二郡事。」褫職後，有《解組雜詩十首》。其詩關心四民病楚及近代典故。雖未得全稿，亦卓然可傳。

題苦瓜師畫　又號石濤

我師石濤叟，寄想與天洽。揮灑腕有神，筆勁力不乏。異境出人表，心手相與狎。千澗雲中來，一峯霄際插。傍麓茅茨寬，沿逕短松夾。流泉能作聲，側身在苕霅。比之荆與關，此種第作甲。以法法無法，以無法法法。《夔響》

贈大滌老人　即苦瓜也。忽蓄髮爲黄冠，題其堂曰大滌，同人遂以呼之。

城市如山亦可依，逃楊逃墨竟何歸。一庭竹木鑿霜雪，半閣圖書無是非。珍重病軀同鶴瘦，縱横老筆化龍飛。從來怕入時人夥，特著閒雲護版扉。《夔響》

又來館詩集六卷　康熙間刻本

劉中柱撰。中柱字砥瀾，號雨峯，江蘇寶應人。以歲貢官臨淮教諭，遷國子學正，擢兵部郎中。臨京倉，出爲正定知府。孔尚任過正定，訪之，中柱爲演《桃花扇》傳奇。撰《兼隱堂詩鈔》八卷，爲康熙二年至三十四年詩，未見。此《又來館詩集》爲續鈔，止於康熙四十二年，年六十三。以京師友人唱和較多。首陳至言、吴穆序。中柱早年與汪懋麟、陶季、汪楫、喬萊、朱克生、王源、鄧漢儀爲詩友。北居與查慎行、孔尚任、王苹、繆沅、喬萊、王式丹往來。朱彝尊、查慎行、魏坤、朱載震等嘗集齋中，有觀石鼓拓本聯句。是集《觀桃花扇傳奇歌》達二十五韻，小注詳記本事，頗足參考。《詠史四首》、《河水歎》、《先農壇看松歌》，亦較沉實。《清史列傳》稱中柱有《并州百篇詩》，當注重風土之採。《白田風雅》有選詩。子家珍，工詩，有《藕花書屋詩集》。

觀桃花扇傳奇歌

一馬化龍南渡江，兩星夾日重建邦。弘光入南都時。有兩黄星夾日而趨。金陵王氣那曾見，鼎沸中原戈矛撞。闖獻賊鬨大事壞，四鎮犄角同聾聵。蟋蟀相公晨登朝，鷹鸇君子夕出外。馬士英入閣，出姜曰廣、劉宗周。新主不管帷幄計，後宫行樂專恣肆。烏衣巷裏選姣童，桃葉渡口徵名妓。江南錢塞馬家口，監紀如羊職方狗。士英開事例。有謡曰：「監紀多如羊，職方賤似狗。掃盡江南錢，填塞馬家口。」門納賄賂日千般，至寶帶進奸僧手。士英納賄。有僧利根爲次餽獻之。高下總憲李沾進一帶。囑利根稱爲至寶。士英遂以進御。又翻逆案收僉人，陽臺歌舞妙絶倫。士英進用阮大鋮。有詩曰「陽臺歌舞世間無」。蓋指阮也。春燈燕子鬧不已，梨園裝束江上新。大鋮誓師江上。衣幃玉。見者呼爲梨園裝束。太學諸生清議起，阮黨聞者側目視。風鶴遥驚武昌兵，鼓舌柳生走千里。左良玉擁兵南下。柳敬亭毅然往解。寧南檄到指奇貨，幻蜃妖蟇左寧南傳檄誅馬阮，有「幻蜃妖蟇」之句膽氣挫。閣部建牙鎮維揚，酒中密談延僚佐。史可法以閣部出鎮揚州，與推官應廷吉酒中密談，出弘光手詔曰：「左兵南矣。吾將赴難。」香山鷓子誰喚來，壓寨夫人有將才。香山鷓子指高傑，壓寨夫人邢氏。皆揚州歌中語。黃金壩敵滸山敗，帳下鼕鼕戰鼓催。滸山，黃得功號。高傑大敗得功于黃金壩，夫人助戰。桅竿作聲先兆亂，史閣部所乘船，桅竿每船作聲，祭之不止。微垣星昏總堪歎。紫微垣星暗，閣部屏人夜出，召應廷吉仰視，悽然淚下。英雄血灑楊柳堤，衣冠魂葬梅花畔。龍虎失踞石城破，景陽樓上鐘聲墮。君王帶醉夜半奔，宰相資囊猶滿馱。福運告終城門開西長安門有一對「福運告終」云云，東林復社幾人哀。五十餘年一回首，父老遺聞安在哉。雲亭山人能強記，譜成好詞作游戲。登場傀儡局面新，提起秦淮舊時事。聽歌玉笛撥檀槽，悲悲切切傾香醪。紅燈焰冰明月暗，滿庭落葉商風號。《又來館詩集》

石月川遺集詩三卷 康熙間刻本

石洢撰。洢字月川，江蘇如皋人。諸生。父璜號匏菴，入清不仕。康熙八年洢與弟湘刻其父《匏菴先生遺集》行世，未幾，洢亦疾卒。湘又選刻洢詩，凡詩三卷、詞一卷。據庚戌三十述舊五百六十字，知洢生於崇禎十四年，卒年甫逾三十。又據《下第詩》，知未得一官。洢天資超異，學力足以並驅。五古《春江曲》、《烏龍潭》、《冶城山》，七古《張王故宮行》、《劍池歌》、《五人墓》、《海烈婦祠》、《古榆行》、《卞忠貞墓》、《潞王畫蘭歌》，思精筆鋭，文采高麗。《湖民詞》、《田父詞》，亟言民生疾苦，不由直尋。順治十六年，鄭成功、張煌言近迫南京，作《銀杏樹中觀音像歌》，鋪張排比，時於詩發焉。洲受學於陳瑚，與顧夢游、冒辟疆有贈詩。五律《揚州雜詩二十首》、《竹枝詞》記吴中里俗，青新雋妙，明清之交，詩壇極盛。唯易代興衰，磨滅多經。觀此集人實貧羸，而歌體甚高，設生乾、嘉之世，未可限量矣。

湖民詞

揚州古澤國，江淮夾通都。海陵沂安宜，襟帶環修湖。湖水淼無邊，晝夜急奔呼。高堰失隄防，東南盡爲魚。豈獨民爲魚，漕艘梗中塗。所以都水官，夫役不時需。邇歲太皇墩，修築久湮蕪。汝泗及汴滎，横流灌一區。六年湖濱民，漂泊痛艱虞。詎意今年夏，隴麥青且枯。肥蠹戲荒菑，墨蜧起偏隅。沉陰將兩月，潦水壞圖圩。下者爲藪澤，高者爲川渠。那知湖岸崩，崩浪疾如驅。宿昔萬家村，瀰漫盡鷗鳧。禾苗皆已爛，遑論菰與蒲。呑齧及菱芡，又復没桑榆。孤城僅三版，防守嚴須臾。哀哉民奔竄，奔竄空里閭。提携從此去，去去何所如。野老涕泗零，黄口竟呱呱。弱女鬻豪家，新婦辭故夫。牽衣哭不止，行者爲欷歔。天豈絶窮民，窮民遭毒痛。所望適他方，殘喘幸安居。他方無樂土，土俗憎貧愚。不念流離苦，翻疑踪跡孤。防氓甚防盗，擊柝兼援枹。濱河千里中，兩岸皆維艫。敗篷不蔽雨，破釜不供餔。缶中已無粟，身上已無襦。形容瘁黧黑，羸瘦慘肌膚。行行拾樵薪，亂髮垂不梳。我有他鄉役，見此重踟躕。開言謂湖民，爾民復何辜。浮家來此地，此地亦沮洳。清秋饒滯穗，隆冬斷樵芻。水年蜃蛤少，殊方菰稗虚。霜雪競侵凌，風雨或沾濡。饑寒身不保，況復妻與孥。湖民對我哭，痛哭在窮途。且喜新頒詔，詔書免徵租。行臺悲哀鴻，太守憫啼烏。持節來賑濟，賑濟大開帑。糶米西江來，金布亦豐腴。一夫布一疋，一疋三丈餘。脱粟月五斗，白金充所須。童叟胥均給，婦女均賜予。賴此潤涸轍，涸轍鮒重蘇。又如布春風，物物生意舒。一方俱安堵，萬姓免將荼。我聞開容顔，感歎立路衢。上官真父母，鞠民古所無。復聞築墩臺，竹楗絡繹趨。救荒無善策，修荒乃良圖。庶幾下澤民，從此保歡娱。《石月川詩集》卷一

銀杏樹中觀音像歌

己亥秋，海上方棘，命郡國大修戰艦。鳩工葺材，往來如織。皋東馬塘劉氏銀杏樹大十圍，伐送郡城，匠石剖之，得觀音像二，一留蕪城，置廣福寺。慈容天然不施雕繪，予感而爲是歌。

中原戰罷舳艫起，鼓聲殷殷波濤裏。紅龍青雀亂如煙，盧循未老孫思死。昨歲鯨鯢海上來，陣雲黯淡天地哀。連檣千里指京口，掛帆直到鳳凰臺。陸戰非長水戰利，坐用孤城看容易。帳下笙歌舞不休，鐵騎横馳水卒碎。從此江海少烽煙，暴骨如山最可憐。節府安邊嚴守禦，葺船搜穴豈徒然。水車破敗檣竿脆，衝風逐浪無長計，遂命郡國大造船，江南自此還多事。蕪城西阜大興工，監官奔走督

責同。誰問松杉豫章盡，豈憐竹箭會稽窮。東皐地僻人民窄，蒙衝猶派八九隻。役夫鳩丘官捉人，削梓伐檀竟何益。小吏縱横不可當，青鱗翠甍多摧傷。千百年來梁棟器，斬伐一朝委戰場。最是馬塘劉氏樹，翠色參天臨古渡。自從種植不記年，興亡閲盡飽霜露。劉媪無夫又無子，門庭寂寞寒如水。風塵未息人人愁，蕭條樹色無生理。匠石程材十尺身，斧什不入意逡巡。睡裏模糊不知處，彷彿慈雲大士真。曉來執尺起徘徊，就中樹理兩分開。雲髮依稀蓮座湧，玉容碧色真奇哉。我行見此心驚咤，木中豈合祇樹舍。古來剖橘見老翁，此事彷彿乃其亞。法王微妙不可測，凡流豈易瞻咫尺。老樹年深精孽多，錯節盤根易成迹。君不見遼城日暮悲風迴，當年渡海事已灰。安邊終籍止戈力，莫使樓船日夜催。《石月川詩集》卷一

白石山房詩集十卷補二卷　康熙間刻本

李振裕撰。振裕字維饒，號醒齋，江西吉水人。兵部右侍郎李元鼎子。康熙九年進士，改庶吉士，授編修，官至户部尚書。卒於康熙四十六年，年六十七。《詩集》與《文集》十四卷合刻，首熊一瀟、田雯、顧圖河序。《四庫存目》著録《白石山房稿》有三卷本，又二十六卷本稱别本，别本詩文各十三卷，無序跋亦無目録，當卽此刻。唯前後有缺，又以賦一卷爲詩，致卷數有所不同耳。詩學蘇，以東坡有《書李公擇白石山房》詩，因以名集。集中《奉命勘荒畿輔感賦十首》，寫所見災區，滿目瘡痍。《春田行》，又極寫駘蕩之態。《讀放翁

集》、《薊門覽古六首》、《醃菜詩十二首》，自出機杼。《贈別錢飲光》、《和董蒼水》、《祝映碧先生八十》、《送汪蛟門北上》、《贈施愚山》、《送吴漢槎歸吴江》、《寄冒巢民》、《哭田綸霞》、《寄宋牧仲中丞》，均朝野名士。

吴萬子詩集二卷　甓湖草堂近集詩四卷　康熙三十四年刻本。

吴世杰撰。世杰字萬子，號厚軒，江蘇高郵人。康熙十一年舉人。十三年，耿精忠叛亂，江西被俘難民至揚州，出金三百贖之。且釀豪貴大商，親歷行伍中，全活甚衆。里居屢遭大水，設法堙塞，買舟以救。上書當路請賑，條例河漕十數事，皆允行。二十四年，成進士，名列三甲，不獲與館。預修《明史》，撰傳記數篇歸。卒於康熙二十七年，年四十八。三十四年，刻《甓湖草堂文集》六卷，陳琰序，内《周遇春傳》、《黄得功傳》、《秦良玉傳》，當係修史所爲，謂秦良玉卒年六十八，與《明史》不合。《吴萬子詩集》，多登臨懷古之作。《登天闕峯放歌》、《茌平懷古》、《燕子磯感舊》、《攝山懷古》、《千佛嶺》、《登棲霞峯歌》、《淮陰雜詩》，大多唐音。有同學王源等評語。二集名《甓湖草堂近集》。入京遊西山，有《西山紀遊草》一卷，記玉泉山、廢功德寺、碧雲寺、卧佛寺，多引明人史書。謁闕里，有《麟里頌言》一卷，詠孔廟、孟林。《南歸集》一卷中《西江行》，卽記述江西兵變婦女被掠情景，沉鬱悲酸，令人不忍卒讀。《庚申雜詩》一卷，憫桑梓之災患。《流民行七首》，記高郵民就食蕪城，罷賑之後，死者日數百人。世杰惻然哀之，募金給糧，言於州守，具百艘載之歸。又作《郵民謡》，爲《船入市》、《烏啄肉》、《塞水行》、《屋上樓》、《送别離》、《屠牛泣》、《流民集》七題。

西江行

西風吹折潞河柳，驚雁北翔雄狐走。雕弓豹鞬馬上兒，坐擁紅顔載馬首。借問載者誰，云是西江婦。西江女兒貌如花，晝刺鴛鴦夜績麻。機聲軋軋催刀尺，兀坐深閨人不識。一朝金鼓動地起，健兒飲馬西江水。羽書追賊賊不得，良家子女徒充斥。牽爺負子無處無，阿姊覓弟驚招呼。官兵相耳語，慎勿追賊徒。牛車載歸婦與女，肥羊大肉美酒沽。孤兒啼乳聲不歇，鼓聲欲死弦欲折。飢鳶啄肉叫空城，陰燐晝起悲笳咽。大婦慘離别，猿啼腸斷絶。中婦哭號咷，悲風生怒潮。小婦低眉淚沾臆，欲泣吞聲竟何益。行行渡江復渡河，南北分飛奈若何。君不見紫燕驚棲墮羽翼，呢喃欲訴情何極。縱教春社復歸來，雕檐畫棟無消息。《甓湖草堂近集·南歸集》

突星閣詩鈔十五卷　康熙間刻本

王戩撰。戩字孟穀，湖北漢陽人。年二十補博士弟子員。随宦四方。工詩文，久不售。康熙四十七年副貢生。五十二年恩科試，二場擬元，三場忽碎其卷而出，曰：「我肯以一元易吾名耶。」然年逾七十矣。七十五卒。此集有王士禛序、自序。據其姪栩跋，前五卷士禛刊，後九卷朱愷鐫，末卷則許謙刻，乃合前後諸刻彙集成編。《四庫》列入《存目》。乾隆間吴士潮輯《漢陽五家詩選》本附《小傳》。詩編年起康熙三年至五十五年。以生平所歷洞庭、嶽麓、邯鄲、百泉、濟南、宣城、淮揚、秦中、貴陽、昆明等山川都會，悉發於詩。《邢州詠懷次少陵自京赴奉先韻》，尤爲得力之作。其詩詞采清麗，王士禛獨賞之，《漁洋詩話》稱「楚才自胡承諾、顧景星而外，僅及此人」。戩與湯右曾、王岱、姜宸英、吴雯、查慎行、查昇唱酬較密。喜金石碑版。《聞客論書法因爲作歌》、《讀邵青門集感賦四十韻並注》、《壁間畫松歌》、《延熹華嶽廟碑奉和西陂先生》、《讀石湖集放翁集》，有文史藝術資料，堪可掇拾。《送列朝詩集與正山作》發揮錢謙益説，最爲詳盡。

淮南詩鈔二卷　康熙間刻本

張鴻烈撰。鴻烈字毅文，號岸齋，江蘇山陽人。父新標，順治六年進士，官主事。康熙十八年父子同試博學鴻詞，鴻烈列二等，授檢討。歷官大理寺副，纂輯《山陽縣志》、《淮人詠淮詩》。是集爲康熙三十三年至三十八年詩。上卷擬古樂府四十七首，下卷各體詩五十首，同里方舟閲。其間多詠山陽、淮陰古蹟人物，亦所謂淮人詠淮詩者也。詩非全集，本不多見，嘗臠知味而已。康熙鴻博詩集，今所見者爲彭孫遹、李因篤、秦松齡、陳維崧、徐嘉炎、汪楫、袁佑、朱彝尊、湯斌、汪琬、李來泰、潘耒、施閏章、黄與堅、徐釚、尤侗、方象瑛、李澄中、龐塏、毛奇齡、曹禾、高詠、嚴繩孫，已二十三家。鴻烈此集，決非全本，尚有《紅藥軒集》，惜未見耳。

擔峯詩四卷　康熙三十六年刻本

孫洤撰。洤字紫静，一字静柴，號擔峯，直隸容城人。奇逢孫。與遺老多有過從。康熙二十一年進士。

應春官試甫畢，值崔詹事蔚林告祭長白山，從之出關。沿訪前朝舊事，易代軼聞。又欲窮醫巫閭、松花江之勝，途中聞中式而不返。後至京師官内閣中書。與山陰尹爾韜輯訂《微言秘旨》。三十三年假歸，遂不出。刻《擔峯詩》四卷，康熙三十六年魏儒照序。洤嘗聞其大父緒論，無心功名。所謂遺民不傳代，顧恐家世之墜耳。其詩無一投贈。《喜晤黄主一固寄黎洲先生》、《喜晤錢飲光先生》、《淮陽訪費此度》、《都門喜遇卓火傳父子》，大都素士。爲詩沉摯清越。《土壕行》、《木簰》等篇，均屬紀實。《北鎮廟》，追述松山之役，横屍十萬，尤多悲吒之音。陶樑《紅豆樹館詩話》稱洤「詩筆縋幽鑿險，而情至語尤能沁人心脾」。今所刻《擔峯集》，纔十之三四耳。又舉五言如「朽甎凋漢塔，古蘚剥元碑」，「雁睡驚漁火，蘆乾響岸霜」，「遠山先見日，獨樹不藏鶯」。七言如「風摇檜鐸聲穿樹，雨爛牆詩墨長苔」，「僅聞客到烹陳雪，雅愛松孤古夕陽」，「蔬摘茅厨烹棟蘖，茶斟瓦銓點槐膏」，「病裹轉欣敲句穩，老來彌覺著書難」，「隔城木落看山遠，夾檻煙流補屋平」，「破寺瞿曇圍草薦，荒墳翁仲著苔衣」。尚有鍾、譚餘味。楊鍾羲《雪橋詩話續集》載其事並録有詩。

攔車驛道中雜述　十二首録六

鑿窟爲避兵，絶壁似棲桀。窅路人不知，牕牖空中列。

陡澗仄徑邊，萬仞常憂墜。忽湧满間雲，看去成平地。

日傍削壁行，隨處帶新濕。不知下成溪，聲聲宕石急。

入夜射窗明，坐起夢魂駴。烱爍諸天紅，鑪冶爭煽捭。冶鐵者簸通數步外，張兩革挽而鼓之，曰煽捭。
晨發午卽停，結伴共馳逐。不獨山虎多，投眠少村屋。
古俗還淳樸，唐風舊有聞。深山井臼女，各自繫長裙。《擔峰詩》卷一

北鎮廟

北鎮廟倚城西岸，鴛瓦破碎幡竿爛。夾階碑碣列幾行，番書歲久苦蝕斷。補天石卧兔窟深，金仙亭倒雲踪散。獨有峰頭萬丈泉，墮磵年年長波瀾。荆棘叢中遇老僧，容顔枯槁衣慘淡。細訪往事坐荒階，未曾出語先長嘆。鎮邊原有飛將軍，如林戈戟摇日燦。一朝刼運欲相尋，帳前虓虎皆雌懦。奪人魂魄是先聲，鋒鏑未接轍蚤亂。一夫按劍横街衢，千人引頸甘塗炭。立見巫閭十萬家，屍骸山積成京觀。憐我刃下脱餘生，學得經聲送宵旦。身閲海田心成灰，誓死不向東城看。《擔峰詩》卷二

草亭先生詩集四卷補遺一卷 嘉慶五年刻本

周篆撰。篆字籀書，號草亭，江蘇吴江人。父澧，世際國變，遁跡吴淞苕霅間，篆亦不樂仕進。師事顧炎武，具經世之才。亭林集有《致周籀書書》。嘗游齊魯至燕，復客楚，往滇黔，踪跡甚廣。居里後專心著述，有《蜀漢書》、《杜詩集説》，均未行世。卒於康熙四十五年，年六十五。嘉慶初，翁廣平搜集草亭遺文，得《文集》

二卷、《詩集》四卷、《補遺》一卷，爲之鐫版作序，俞鍾岳校字並作序，於是湮没百年，幾可有完書矣。詩凡七百七十三首，仇兆鰲、王士禛舊序。篆覃研天文史地之學，作《月魄》、《日晷》、《天河》、《地輿》、《星文》、《分野》等篇，皆經文緯武，窮今考古之道。《天河》有云：「雲漢果成河，豈不澍爲雨。須知是積星，非萬數可數。高下不同天，此次實相聚。」《星天》有云：「從星視地軸，寧得殊秋螢。勿因不可接，議論如盈莛。星地兩相就，此次從蒼冥。」《地輿》有云：「吾嘗疑大地，亦是天中星。莫言地最下，地下天仍青。假如天附地，日月安從經。置身向星中，地無山河形。區區八表外，君看惟四溟。太陰本洞黑，借日成晶熒。取地準月窟，何殊嫦娥軿。」《星飛》有云：「星宿有定數，躔次無改更。若向彼飛去，此處應不生。遷移已萬古，經緯何分明。既殞不復繁，非如枝上英。零落能再結，而無虚與盈。」明季以降，天文知識已漸發達，然封建士夫終多茫昧。篆習於推步，時以望遠鏡觀測天象，故能有此碻論，形諸詩歌，得未曾有也。《分野》云：「地不止九州，天惟廿八宿。如與宿相準，太倉一區豆。自古占吉祥，某某以某候。銖黍不容殊，似有天地覆。革夷且萬邦，休咎各推究。彼豈别有躔，有躔或貿貿。臺灣今版圖，朝鮮漢封堠。度數豈隨時，伸縮與地輳。儒者必如天，瞽史未盡繆。恐不悉適然，姑以此爲候。」《命術》有云：「前由一甲子，不聞由逃名。後跖一甲子，無復硌横行。甲子有前後，由跖殊姦貞。五辰與二曜，何由求其情。借曰必畫一，立限天資生。若云有運會，命又無章程。」反對占候迷信與歷史循環之説，亦有卓識。《穌東南》、《熟西北》等篇，主張輕賦税，減漕運，足私家，充府藏，以西北之穀熟，解東南之輸困。又有《均土著》、《充緡錢》、《廣搜羅》、《致偏長》等篇，亟言國計利弊得失。惜無人務爲可用耳。集載遊歷滇南、粤中詩，詳於物産，《甕子洞》、《清流船》、《廣州雜詩》，有關土地形勝，亦非率爾放筆。

使粤集一卷　康熙間刻本

喬萊撰。萊字子静，號石林，江蘇寶應人。父可聘，明天啟間進士，掌御史，入清不仕。萊於康熙四年成進士，授内閣中書，後擢禮部主事。十八年，復舉博學鴻詞，授翰林院編修。與修《明史》。二十一年，典試廣西。官至侍讀。與靳輔爭開濬海口新河，爲時所稱，而遭忌罷歸。三十三年卒，年五十三。輯有《寶應縣志》。著《直廬集》二卷，爲文賦，《使粤集》一卷，爲典試廣西鄉試途中往返之詩，附《使粤日記》、《使粤贈言》。工曲，有《若英會傳奇》問世。詩有雄直之氣。《過應山縣弔楊大洪繼盛先生》、《長沙弔賈太傅》、《下灘》、《湘口》、《水車》、《確山道中》、《獨秀峯》等篇，規模弘遠，不以探其奇勝爲能。朱彝尊爲撰《墓表》，又有《送喬舍人還寶應》詩，俱見《曝書亭集》。生平詩文，有《石林集》九卷，包括《應制集》一卷、《南歸集》一卷、《直廬集》二卷、《使粤集》一卷、附《日記》一卷、《歸田集》三卷、《拾遺集》一卷，康熙間刊本，劉寶楠抄補。

榕村詩選八卷　道光九年榕村全集本

李光地撰。光地字晉卿，號厚安，一號榕村，福建安溪人。康熙九年進士，改庶吉士，授編修。官至吏部尚書、文淵閣大學士。卒於康熙五十七年，年七十七，謚文貞。著有《榕村全集》十卷，内詩五卷，《四庫全書》别集類著録。此道光間覆刻本，《詩選》八卷，非其舊標。光地與陳夢雷同歲成進士。康熙十三年，耿精忠反，家居，使人潛詣夢雷探消息，得虛實，約並具密疏。後獨上之，由是大受寵眷。及耿敗，夢雷以附逆逮京師，下獄論斬，後減死戍奉天，刻布《與李光地絶交書》，責其欺君賣友，護短貪功。則光地人品可知矣。全祖望有《答諸生問榕村學術帖子》，亦謂其大節早虧。唯《清史稿》列傳多稱其扶植善類，陳鵬年、方苞坐事得釋，實賴贊之。其學專表彰朱熹，論詩則一味尊古。此集有《編纂朱子全書》、《編朱子年譜》、《承修性理精義》等作。頌聖紀恩之詩，觸目皆是。迎會主意，罔所不用矣。康熙盛飾右文，熊賜履、李光地、高士奇、徐乾學、王鴻緒諸大臣，多以道學文史，標榜成風。此集如《題易稿》、《讀參同契》、《榕村初構》、《自警詩》，亦無非自襮其能，無可稱。光地嘗奉敕纂《周易折中》、《音韻闡微》、《月令輯要》等書。長於曆算，與梅文鼎唱贈多首，較可取資。門人陳萬策著《近道齋集》有《李文貞公傳》及有關詩文甚多。

逃莽詩草十卷　康熙間刻本

徐豫貞撰。豫貞字滄浮，號逃莽，浙江海鹽人。順治間爲國子監生。留京師五六年。中年不得斗禄，托迹山林。習理學，旁通禪悟，無復當世之志。晚居揚州，與鄧漢儀、黄雲、冒襄締交。康熙四十年，以詩稿授弟子吴秉謙，而文稿猶靳弗出。秉謙字蕺山，爲寧夏憲副，遭誣陷，昭雪後奉命永定河工，乃刻是集。今據卷七《六十初度》詩，知豫貞生於明崇禎十五年。爲監生時與學正趙吉士時有寄投。《讀閻古古先生遺稿感賦》、《題吕晚村東莊詩鈔後》等篇，俱關係當世文獻。晚年詩作率熟，多記刈稻、納税、菜蔬、釀酒與村中雜俗。自謂：「近時淺學譾才，動稱楊、陸，淫哇唾敗之詞，囂然滿耳，學宋之弊，劣於明七子十倍。」然觀其所作，亦非精警，且未嘗不染宋習也。

京江相公詩稿　近代景印本

張玉書撰。玉書字素存，江蘇丹徒人。順治十八年進士，改庶吉士，授編修。官至文華殿大學士。卒於康熙五十年，年七十，謚文貞。《四庫》著録《張文貞公集》十二卷，凡賦頌、表箋、奏疏、書考、説序、策問、碑志一百四十五篇。詩獨無傳，乾隆五十七年重刻，增儲大文、曹文埴、馮應榴序，亦無詩。僅見於《别裁》等集，數首而已。此盋山精舍景印手稿，附柳詒徵輯詩，共百五十九首，率多中晚年作。其間贈王時敏、吴之振、王翬、繆沅、梅文鼎詩，《安南卽事》、《送常元常少宰使朝鮮》、《謁項王廟》、《大閲恭紀》等篇非徒賡颺酬唱可比。康熙三十六年，隨駕至寧夏督師，平定噶爾丹，過河套部落，有《又題口外運糧圖》。句如「最憶繞河西套部，控弦千帳簇雲屯」，饒有氣象。蓋亦能手，惜所存無多耳。

王麓臺司農詩集不分卷　北京圖書館藏抄本

王原祁撰。原祁字茂京，號麓臺，江蘇太倉人。時敏孫。康熙九年進士，官至户部侍郎。專於畫學，山水能繼祖法。嘗直南書房，充《佩文齋書畫譜》纂修官。卒於康熙五十四年，年七十四。是抄無序跋，以《東山草堂歌》、《燈市歌》、《三槐行》、《登岱五十韻》，最爲得力。《雲間訪家儼齋總憲觀大癡富春長卷歌》，爲畫史研究所當資。《贈王石谷》、《題五叔傳奇絶句六首》、《贈徐健菴同年》，辭藻斐然，間具舊聞。自題畫册詩，詞氣和易，可稱簡古。

崑崙山房詩集不分卷　中國科學院圖書館藏抄本

張篤慶撰。篤慶字歷友，號厚齋，山東淄川人。明大學士張至發曾孫。康熙間拔貢生。受知於施閏章，就京兆試不遇。乃棄帖括，究博史傳。遨游江淮名勝之區，歸而處崑崙山，不復出，著書以終。其詩古今體兼擅，千言立就，磊落雄奇。唯未刻專集，僅二卷收入《般陽詩萃》，餘以抄本流傳。是集首唐夢賚序。贈施閏章、王士禛詩最多。《歲暮懷人詩六十首》，與勞之辨、曹禾、安致遠、張貞、孫勷、梅庚、王原、陳學洙、蒲松齡，或知遇或相契，可見交游。《懷聊齋蒲柳泉松齡》云：「傳經十載笑齊傖，短髮蕭蕭意氣横。八斗雄才曹子建，三升清酒管公明。談空誤人夷堅志，説鬼時參猛虎行。咫尺聊齋人不見，蹉跎老大負平生。」又有《寄蒲留仙二首》，作於康熙三十一年，計其年爲五十一，少蒲松齡二歲。詩亦多關心時局。康熙征阿魯特噶爾丹，各作頌歌多首。《西州吟》、《平滇行》、《武昌行》、《哀流民》、《括馬行》、《索軍需》、《地震謡》、《勘災吏》，所涉甚遠。《今上却千里馬歌》小序云：「康熙己巳，閩中靖海將軍靖海侯施琅表獻千里馬，曰五明。高大異於凡馬，赤身鐵脚，銀蹄黑尾，額點桃花，領甚少。云得自異域。詔却之，仍賜與將軍乘坐。」頗備掌故。《德州會通河放歌》亦詠時事。詩云：「君不見，咸陽帝里稱上游，浮河達渭歸雍州。轉運由來關大計，貢道豈得無良籌。幽燕自是帝王宅，矢庾飛挽須人謀。會通開自平江伯，江淮之粟輸薊丘。漕艘啣尾數百萬，此地空扼真咽喉。禁兵額設資彈壓，浮梁解纜通行舟。近者雙汶百泉涸，南來如線横芳洲。瀰瀰一水力不任，連舸畫鷁時逗遛。長年牽挽空嘆息，行河使者常含愁。金錢浪擲事挑濬，僅乃不遺庚癸羞。司農往往嗟仰屋，京儲玉粒百不酬。漢家自重減漕策，屯田西北多閑疇。勸墾從教國計足，利在變法人所求。東南民氣應漸復，息肩或可成少休。不爾振策馬力竭，異時翻恐爲國憂。作歌自笑杞人慮，目斷涓涓衛水流。」又有《詠古新樂府》三十七首，瀾翻史籍，截取精華。《明季百一詩》凡神宗朝十一首，光宗朝六首，熹宗朝十五首，思宗朝二十四首，南明四十二首，王士禛稱爲冠古之才。又云：「南渡以後詩，伉慨悽艷，悲笑横集，更爲極致。」亦未板刻行世，僅見《般陽詩萃》。《四庫存目》著録《崑崙山房集》三卷，有文無詩。

寄蒲留仙

老我煙霞上釣舟，嗟君感遇泣高秋。漫言楚國多良朴，依舊桐廬擁敝裘。東郭先生方納履，西園才子亦窮愁。昨來聞道仍多病，把臂何時話舊游。

談鬼談空計尚違，驚人遥念謝元暉。老來更覺文章賤，貧病方知雅道非。同學故人蕭肩甚，一時

遺老姓名稀。牀頭吏部今何在，痛哭西州掩淚歸。《崑崙山房詩集》

書夏奇童遺集後蔣杜陵所手定也。奇童名完淳，字存古，彝仲夏考功之子，相繼就義。奇童亦杜陵之門人。

三十六塞，天地黄巾，雲擾炎劉季。神傷洛社已丘墟，漢臘冬青盡憔悴。卞壺兒，袁粲兒，千秋又見考功兒。子甫髫齔，内顧阿父方殞身，止水已沉江萬里。考工亦沉水而死。義士繼起殷頑民，枕戈莫寫同袍恨。三户徒爲楚國人，尋仇欲附孤兒隊。漢時有羽林孤兒，皆忠臣之後裔。歃血難迴漢運屯，韓亡共説子房憤。萬死金椎多苦辛，空餘□海填精衛，千里胥潮氣尚嗔。有是父乃有是子，人生在三義所敦。遺文猶在表英烈，化作斑斑侍中血。借問當年陸秀夫，遺編誰向厓門揭。《崑崙山房詩集》

枎左堂集六卷續集三卷　乾隆間刻本

孫致彌撰。致彌字愷似，號松坪，江蘇嘉定人。以國子監生膺知遇。康熙十七年奉命朝鮮采詩，撰《朝鮮采風録》，賜二品服。二十七年成進士，改庶吉士，授檢討。三十年，鄉縣以徵漕生事，與趙文饒同罹案獄，幾頻於危，經年始得白，釋歸。康熙南巡，以獻賦復官翰林，至侍讀學士，《佩文韻府》纂修官。四十八年，殁於京邸，年六十八。詩詞稿散佚，雍正間張鵬翀得其抄本，選爲《枎左堂集》六卷、《詞集》四卷，刊於乾隆元年。有張鵬翀、汪霦、朱厚章及弟子樓儼序。後其外孫程宗傳刊《續集》詩三卷，秦倬、王鳴盛爲之序。《四庫》列入《存目》。致彌祖元化，明天啟間舉人。從徐光啟游，得西洋火器法。袁崇焕爲經畧乞以自輔，累遷右僉都御史。崇禎五年孔有德變，元化力主撫。已而登州陷，自刎未成，被執縱還，詔逮棄市。《明史》有傳。今集中有《感懷詩》，自注：「先中丞以崇禎壬申白露節遭變，時年五十歲。」又有《歐羅巴劍子歌》，作於朝鮮，頗得時名。《奉和錢大宗伯八十壽筵紅豆花八首》，間載軼聞。康熙初，恢復厦門之役。致彌適在軍中，詩多涉政事。《獄中詩》有云：「三言誰信市無虎，一笑真成井有人。頌繫不辭尊獄吏，贖鍰終耻丐錢神。」又云：「投匭累他耕鑿老，却金賴有扊扅妻。」自注：「邑中巷哭累日。諸父老列狀，爲余訟寃，株連繫獄者百餘人。先是有以餘金餽者，内子守余命力却之。」「而今却羨從軍樂，夢想臯蘭西復西。」自注：「初擬戍邊，後改重辟。」詩用東坡韻，胸次可見。其詩五言質實，七言婉麗，而意主宋人。馮班題其詩云：「鼉吐五綵，雙雙玉童。樹覆寶蓋，清談梵宮。」謂絶好宋詩也。見張錫爵《吾友于齋詩鈔》卷十《論詩絶句》注。

奉使至朝鮮　四首録二

小聚依然郡國開，停車訪古一登臺。檀君久跨金麟去，箕子重驅玉馬來。漢俗半非猶俎豆，商田雖在只蒿萊。軒轅雅樂從誰問，羯鼓如雷木角催。

鶻塞龍灣叱馭過，採風歷遍古新羅。天邊共沐同文化，海外爭陳慕德歌。甘父漫教從博望，馬周

只恐負常何。象胥笑指歸裝薄，剩有書囊壓橐駝。五六謂噶馬兩侍衛及正公太保。《杕左堂集》卷三

東浦詩鈔三卷　康熙間刻本

朱載震撰。載震字悔人，湖北潛江人。貢生。官山西石泉知縣。工詩，爲王士禛、朱彝尊所稱。受知於王又旦，又旦卒，爲刻《嶺海》諸集。是集殘存一至三卷，首王士禛、陸嘉淑、顧景星、朱彝尊序。金德嘉序其詩曰：「往往如怒猊渴驥，奔騰蹴踏，又如蔪巖斷壑，樹石支撑，更歷冬霜夏日，迅雷烈風，而蒼凝之色自在。」如《晉中紀游》云：「天空靄褧浮，巒壑狀爭妍。斜戾拂殘霞，山城澹朝烟。葺草瘦于髮，眠犢小如拳。采椒提筐婦，捫葛拍厓肩。健步臨滑澀，輕舉一何佡。習險豈有謂，忸狀卽自然。山中婦女采椒實，輒緣壁直據巖巔。」可謂善狀難寫之景矣。《龍門》云：「千山斷石闕，泉水匯龍門。霧隱黄沙捲，風迴潔浪奔。鐘魚佛力大，疏鑿禹功尊。鼓檝中流急，幽懷誰與論。」亦氣象渾淪。《牧仲見貽方竹枝賦謝》、《題顧梁汾積書嶽》二首，及與陳維崧、洪昇、吴之振、宋實穎、宋至、查慎行唱和，皆清初名士。贈王又旦詩尤夥。《水東謡》四首、《屯營隄歎》五首、《武昌雜感》八首，多感念時事。陸嘉淑序稱：「壬戌癸亥，粤詩人梁藥亭佩蘭，楚詩人朱悔人皆在吴。藥亭頎而白皙，纖約若不勝衣，悔人于思繞頤頷，便腹偉要膂。」時在康熙二十一、二年間。後載震留京師五年。之官山西，年僅四十。康熙四十三年又刻《章江集》二卷。今雖只見此殘本，窺其工力，堪與顧景星比肩矣。

葉忠節公遺稿詩四卷　雍正間刻本

葉映榴撰。映榴字炳霞，號蒼巖，江蘇上海人。順治十八年進士，改庶吉士。奏銷案降國子博士。官湖廣參議道，轉禮部主事，擢郎中。視學陝西。署布政使。康熙二十七年，夏逢龍起事武昌，自殺，年四十七，謚忠節。是集爲其子芳輯録，葉鳳毛重刻康熙本。有朱彝尊原序，曹一士所撰《傳》。《四庫》列入《存目》。映榴嘗視學三秦，作游秦詩，詠橋陵、乾陵、六盤山，意氣豪宕。武威至張掖得詩六首，連雲棧道中八首，工鍊道勁。《詠史》五首、《虔州雜詩》、《長安憶别》諸作，亦有别於藻績爲事者。唱酬爲宋犖、佟世思、丁弘誨等人。王士禛《池北偶談》云：「炳霞故刑部侍郎有聲子。在部曹，嘗以虔州圍城中詩二百餘篇，屬予序論，竟未及報。」是集虔州詩無如許多也。

冰玉堂集不分卷　康熙二十八年刻本

秦生鏡撰。生鏡字水心，山東鄒縣人。貢生。官四川安漢知縣、蘇州同知。康熙二十一年爲直隸定州知府。撰《冰玉堂詩》，分體，皆自蜀道、吴中以逮中山官舍游覽酬應之作。有康熙二十八年尤侗、宋實穎、計東序。康熙初，蜀中用兵繁劇，生鏡嘗督餉嘉陽，詩中偶及時事。詠中山名勝，畧能具體。題畫之什，旨趣清遠。《讀楊猶龍方伯遺稿》，與尤侗、宋琬酬答，可與諸家集相互參觀。補遺附詞七首，罕有見及。揚州市圖書館藏本

燕川漁唱詩集二卷　雍正間刻本

傅維澐撰。維澐字培公，一字衞濱，號宵影，直隸靈壽人。明吏部尚書傅永淳季子。兄維麟康熙初官工部尚書，維澐棄舉業，以著書講學爲己任，無異寒素。卒於康熙六十一年，歲八十。馬爾恂爲撰《衞濱先生墓表》。著有《明書》、《植齋文集》、《燕川漁唱詩集》，《四庫存目》著録。此集爲其子燮誠刊，首紀逵宜序、自序。維澐嘗纂《靈壽縣志》，晚年唯與邑教諭紀逵宜唱和，益爲邑人所推。詩多涉鄉土風情。五古《傀儡行》、《獵丁行》、《野老謡》、《秧歌婦》、《憫旱》，七古《哀老民》、《松陽行》、《虎患息》、《採砂行》、《糶麥謡》、《借穀謡》、《捕蝗謡》，均爲廢巧尚直之作。《趙州橋爲水所決過之值重建落成》知其經營區畫咸出尋常人，前此侈談仙迹應屬虚妄，有詩云：「趙橋傳始建，仙迹類多誣。屢墮縱横水，惟艱來往途。逢斯新締搆，勝彼舊規模。人力猶能舉，奚庸神鬼圖。」蓋以識理爲尚，特少委曲也。

刮滷行

卑壤逢春遍生滷，淋暴作鹽厥味苦。官店有示禁私煎，貧家竊用佐飲茹。刮滷之人多老稺，倦來停作方延佇。西商忽至何驚奔，恐爲所繫遭刑楚。君未觀，彼商擁金氣如虎，直如公庭揖縣主。《燕川漁唱詩集》

復園詩鈔八卷　康熙五十六年刻本

龔士薦撰。士薦字彦吉，號復園，江蘇武進人。父策字仲震，負有詩名。士薦爲諸生，年少工詩，随父游京師，見知於龔鼎孳。家貧，不達，籍筆墨自給。卒於康熙五十三年，年七十一。五十六年，門人趙侗斅搜其稿，爲《復園詩鈔》八卷，並龔策所撰《晉之詩鈔》三卷合刻。首陳維崧、陳祚明、韋人龍、錢肅潤、李良年舊序，蔣金式撰《小傳》。詩起於順治十八年，止於康熙五十一年，凡四百餘篇。爲詩精麗，晚年轉趨平實。《燕京上元行》、《彭城曲》、《蕉窗雜詩五十首》，堅蒼古鬱，格調屢變。長安讌集，有長歌紀事。接交如閻爾梅、紀映鍾、周容、汪琬、邵長蘅、朱彝尊、徐倬、陳祚明、曾青藜，俱爲名宿。晚年貧病交加，有《七十詠懷詩》，可見景況。揚州市圖書館藏本

青門詩集五卷　中國科學院圖書館藏抄本

邵陵撰。陵字湘南，號青門，一號雪虬，又號孩叟，江蘇常熟人。與武進邵長蘅俱號青門，同負詩名。長蘅長於陵者六歲。卒於康熙四十六年，年六十五。詩集未刻，是鈔有雍正癸丑十一年天中山人序，稱陵以館穀爲生。晚浮沉里中，貧老以終。詩五卷，曰《疎園集》，曰《樵話菴稿》，曰《釣艇集》，曰《歸來集》，曰《不珠集》，共三百首，止於康熙三十九年。尚有後八年詩，在二三集，未見。陵嘗客泰州，結交黃雲。居如皋，贈詩冒襄。過皖江，作《稻香樓雜題》，其一云：「東山絲竹罷流年，擬結他年香火緣。一片野雲留不住，腰包又上

廣陵船。」注云:「相國招廣陵石濤和尚來住稻香樓,不久别去。」詩約作康熙三十五年,可爲石濤行實增一注脚。居里與錢曾唱和。《次韻贈遵王移居也是園》四首,殆藏書家史料。又作《山居雜興》、《鄧尉看梅》等雜題。汪繹、蔣廷錫未達時,均與陵交游,集中時有唱和,亦可寳也。

歸宫詹詩集二卷　嘉慶間刻本

歸允肅撰。允肅字孝儀,號惺齋,江蘇常熟人。六試春官。康熙十八年以一甲一名進士及第。官至少詹事。卒於二十八年,年四十八。嘉慶間,其曾孫朝煦爲刻集四卷,卷一内制詩文,卷二爲文,卷三、卷四收康熙三年至二十八年古今體詩三百四十八首,附詩餘。詩格與張英相近,質實厚重。賜宴、紀游之什最盛。酬應則王崇簡、徐乾學、沈荃、汪懋麟輩,康熙間名臣,多可考見焉。

浮園詩集不分卷　北京圖書館藏抄本

朱慎撰。慎字其恭,直隸易縣人。族居淮揚,來往金陵一帶。是集分體不分卷,有吴綺序。詩無經籍之腴,而多結交布衣名士。《李笠翁招飲湖上》、《答王西齋》、《和張山來四十自嘲原韻》、《送孔東塘使臣還朝》,了無俗響。與蔣易、查士標、陶季、王岱、黄裳、李沂、梁佩蘭、宋曹、吴肅公亦有贈答。《游石鵝洞》、《魚鷹洞》等詩,雅淡自然。附《菊山詞》一卷,李漁、張潮訂。

金門稿六卷　康熙十年刻本

錢芳標撰。芳標原名鼎瑞，字寶汾，一字葆馚，號蒓𣏌，又號申浦漁郎，江蘇華亭人。侍郎錢士貴子。年十五，補諸生。康熙元年入太學。官内閣中書。十八年舉博學鴻詞，適母艱，不赴，哀毁卒。《松江詩鈔》有小傳。詩與董俞齊名。撰《金門稿》六卷，魏裔介、沈荃、朱彝尊、陳祚明序，自序，爲康熙十年以前詩。龔鼎孳題詞稱其詩「錯采六朝，而神骨清英，超然獨秀」。然生於詩學盛興之時，亦未能獨步。沈德潛《别裁》云：「雲間詩派，陳黄門後，以古淡整飭爲宗。舍人綺麗而不佻，駘宕而有則，詩格又爲一變。」選《擊鮮行》一篇，沈云：「時多市海鮮而破家者，篇中反覆言之，與鈍翁《鯉魚篇》意同，而各自成格。」又選《長椿寺病馬行》，沈云：「此舍人自寫照也，卽此木以不材全其天年意。」餘如《趵突泉》、《珍泉行》、《千佛巖》、《太白樓》、《登岱》、《揚州竹枝詞七首》、《翠微山》、《旃檀寺》、《舟行太湖》等篇，爲行役游覽之什。《寄酬董蒼水》、《飲恆素堂贈胡其章先生》、《送屈翁山由代歸粤兼讀其新詩》、《讀沈京臣采山堂詩》、《白紵曲觀陳史舞作》，爲送别題贈之作。詞采學力，有兼擅之美。《雪夜讀李義山集三首》云：「五柳桃源應有以，三間香草本非真。寶燈錦瑟同惆悵，半託仙靈半美人。」「隴西文采神堯後，嶺表憂危鉤黨餘。爭惜玉谿官未達，修眉作賦更何如。」「薄俗忌才排抑慣，文人積習破除難。誰憐九日題詩魄，猶自登舟咏木蘭。」句亦警通。《内直雜詩三十首》、《扈從詩二十首》、《荷蘭國入貢歌》，堆垛諛詞，有傷詩意矣。

清人詩集敍録卷十三

横山初集十六卷　康熙間刻本

裘璉撰。璉字殷玉，號蔗村，一號廢莪子，浙江慈谿人。順治元年生。生而孤露，才思敏贍。能詩古文及樂府曲詞。康熙二十六年，黄宗羲薦修《清一統志》。五十四年，成二甲一名進士，授翰林院檢討，時年已七十二。乞身歸里。雍正七年，客死京中，年八十六。著述多佚。傳世有雜劇《昆明池》、《集翠裘》、《鑑湖隱》，傳奇《女崑崙》。此《横山初集》十六卷附文一卷，《易皆軒賦》二卷，分《雪耕》、《覽筠》、《桐帆》、《信菊》、《倚江》、《卧南》、《溯川》七稿，各稿復依古近體分類，首胡亦堂、姜宸英序。其詩格近六朝、初唐，不事依傍，創語甚新。五古《西江紀事》、《穿山行》，多諷歎世事。七古《過湯山歌》、《將軍行》、《彭蠡湖口守風作歌》、《金陵歌》，亦足凌跨一時。近體最富，遠韻高標。惜此集刊行較早，意菁華刊落者尚多。尹元煒《谿上遺聞記璉事》，言其：「過當湖訪高編修巽亭。聞明年六旬萬壽，高令先生作《萬壽昇平》樂府。於是填詞一曲，分齣十有二。編修具摺進呈，先生名由是得上達。癸巳聖祖避暑熱河，問編修曰，汝去年所進樂府，此在京否，編修以在浙對。遂令人促先生入都。甲午遂魁北闈鄉榜。榜例進呈，聖祖覽榜喜曰，裘璉中式矣。先生以對策逾寫數行，失檢，奉旨定爲三甲第一。聖祖特賜傳臚，授檢討。」真非常異數也。晚年嘗入獄，或謂因崑山徐氏案株及，尚待深考。此刻不甚罕覯，乃《四庫》未著録。沈德潛《别裁》不收，亦費解矣。

穿山行

哀哉穿山民，患兵重患寇。寇去兵來嬉，寇來兵不鬭。牛羊羣鹵掠，妻孥宿繞霤。茅屋敝風雨，焚之熟蝦鱟。念當徙避之，官兵尾其後。遺豚徵犒軍，棄粟且飯晝。老瓦兩間存，繫馬作官廄。婦女歸山穴，藍縷面黄垢。卒徒聚其家，尋鷹出圭竇。巡司責鄉保，邏卒嚴升堠。三家即成甲，一丁亦持鍭。縣官急練兵，老稚無脱漏。荒村能幾人，夜夜遠戍守。嗚鏑上高臺，擊柝瞭煙岫。還視百夫長，鼾卧拋甲冑。力役身所甘，啼飢苦不救。師行需糧食，責我供芻豆。獻酒胡不醴，賜帛胡不繡。寧可餓爺娘，莫令軍官詬。俄驚寇復來，結鞋先疾走。無寇且鞭笞，訛言何反覆。知汝與賊通，消息暗相授。含淚謝軍官，死耳同鼠鼬。緩急乏親朋，笑言離骨肉。欲往從賊去，奈何清白臭。欲結兵將歡，奈何家不富。黯淡海日沉，蕭條海風吼。痛哭出柴門，川原已非舊。《横山初集》卷十三

石屋詩鈔八卷　康熙四十九年刻本

魏麐徵撰。麐徵字蒼石，江蘇溧陽人。康熙六年進士。二十八年，官杭州知府，調陝西延安。四十七

年，官福建邵武，年已六十五。四十九年，刊《石屋詩鈔》八卷，宋犖鑒定並序。卷一、卷八曰《雜詩》，餘卷以《西湖和蘇詩》、《閩中記》、《閩中吟》、《擬漢樂府》、《漁山詩》、《和白香山樂府》爲名。其詩多載風土人情。有《兖州雜詩》、《福州燈詞》、《長安詞四十首》。《漕艘行》、《杜陵叟》、《官牛》、《運軍謡樂府雜詩》，尤多諷諭。作《六君子詩》，爲史可法、黄道周、左懋第、張春孫、孫奇逢、閻爾梅。和蘇詩爲守杭時作。閩中記游，多山水清音。《漁山詩》則僑居濟寧所爲。詩學白、蘇，老年刻露學杜。有《讀長慶集》，又作《近詩七首》，爲論詩絶句，皆清初詩人。

二十七松堂集詩四卷 近代重刊本

廖燕撰。燕字人也，號柴舟，廣東曲江人。貢生。棄舉業，工古文辭，善草書，築室武水西，額曰二十七松堂，閉户不出，以著述終老。生於順治元年九月，卒於康熙四十四年，年六十二。事具《廣東通志》廖燕傳、王源《廖處士墓誌銘》。是集初刻於乾隆三年，高綱、朱渠序。嘉慶間，日本選刻其文十六卷，有鹽谷世弘序，怪《明史》少傳其人者，不知明亡之年，燕始呱呱墮地也。此一九二八年排印本，凡文十八卷、詩四卷，首載諸本原序，附燕所撰傳奇《醉畫圖》、《鏡花亭》、《訴琵琶》。詩由魏禧閲，凡古今體四百五首。《十八灘歌》、《横溪行》、《石龍池歌》、《梅嶺行》、《滕王閣玩月亭》，摛辭雄麗突兀。《哀北徙者》二首，指刺時事。七律《山居》三十首、《曲江竹枝詞》十三首、《珠江雜詩》三首、《羊城竹枝詞》五首，卽景賦物，於風土習尚，連類記之。《訪劉漢臣兼晤澹歸和尚》、《弔金聖歎先生》，《清詩紀事初編》選，尤增掌故。澹歸和尚即金堡，著《徧行堂集》，爲清中葉禁書，刻書者亦韶州知府高綱，身後獲罪，而未連累此集。此集尚有《哭澹歸和尚文》，記康熙十九年庚申十一月二十八日友某持師絶筆示之，爲他集所未詳。又作《金聖歎先生傳》，附論云：「余讀先生所評者書，領異標新，迥出意表。覺作者千百年，至此始開生面。嗚呼，何其賢哉。雖罹慘禍而非其罪，君子傷之。而説者謂文章妙秘即天地妙秘，一旦發洩無餘，不無犯鬼神所忌，則先生之禍其亦有以致之歟。然畫龍點睛，金針隨度，使天下後學悉悟作文用筆墨法者，先生力也，又烏可少乎哉。其禍雖冤屈一時，而功實開拓萬世，顧不偉耶。余過吳門訪先生故居而莫知其處，因爲詩弔之，併傳其畧如此。」清初草野之士，猶沿明季習尚，重視通俗文學。此論金聖歎之功績，實前所未有，且能見一己之性情也。

半處士詩集二卷 康熙間刻本

馬惟敏撰。惟敏字超驥，山東東皋人。生於順治元年。爲諸生，意非本懷。邑宰過訪，托辭不面。四十後，違世嫉俗。母卒，廬於墓側，教授弟子。朝廷三聘不就。卒於康熙四十四年，年六十二。是集有自識，同里曹文敷序，詩凡一百七十一首。以感遇、遺懷及詠歷下山水名蹟爲多。撰《墓志》者爲郎廷槐，漢軍旗人，康熙四十五年爲東皋知縣，訪採其事並贊刻此集以傳之。廷槐有《江湖夜雨集》傳世。

梅東草堂詩九卷　康熙間澡雪軒刻本

顧永年撰。永年字九恆，號桐村，浙江仁和人。受知於王士禛。康熙二十四年進士。官陝西華亭知縣。居董訥漕運總督幕，坐事發戍奉天五年。康熙三十五年，征噶爾丹，詔戍者運糧軍前贖罪，永年遣其子棟代行，遂得釋。晚奔走燕魯、閩粤，以謀衣食，四十七年，歸里。是集自輯，爲康熙十七年至四十八年詩，有翁嵩年、孫致彌、張英序。張序稱永年四十餘始成進士，生年當在明清之交。《讀漕幕卽事》、《北征》、《紀哀二十首》、《次兒棟代運北征》諸篇，謫戍與釋還經過，已畧可知。爲詩沉鬱頓挫。《題王叔明畫》八首、《題吕紀鶺鴒圖》、《題黄尊古畫》、《題查聲山庶常寫經圖》、《送湯西崖游粤西》，筆端有豪特之氣。詠北京、濟南、廣州諸勝，《登濟寧太白樓》、《羚羊峽》、《七星巖》、《渡瓊州》等篇，亦有高韻。歸里後，老而漸頽。卷九酬俗，無足采。翁序稱其詩「未嘗規橅唐宋，率性而行。是任才使氣，方爲佳耳」。《送洪昉思游大梁》云：「津亭握手共離觴，匹馬長征犯曉霜。衰草連天風颯颯，凍雲垂野日荒荒。頻年作客凋雙鬢，到處題詩掛一囊。歲晚兔園霏雪滿，多才司馬正游梁。」蓋洪昇、翁嵩年均爲永年中表兄弟也。

蓮洋集二十卷　乾隆三十九年荆圃草堂刻本

吴雯撰。雯字天章，本籍遼陽，順治六年其父允升任山西蒲州學正，卒於官，遂寄籍蒲州。爲諸生，讀書奉母，苦貧，數數出遊。工詩。游京師，王士禛見而駭歎，許以仙才。父執劉體仁、汪琬爲之推轂，葉方藹亦激賞之，名大噪。康熙十八年薦舉博學鴻詞，不遇。馮溥以扇索其詩，大書二絶句應之。晚年吟詠益工。卒於四十三年，年六十一。王士禛自謂「門人極多，然得髓者天章也」，獨賞其「門前九派黄河水，萬點桃花尺半魚」一聯。其詩選本非一，而全刻無之。王士禛手定抄本二十卷，詩凡二千六十七首。《四庫》别集類著録《蓮洋詩鈔》十卷，而以二十卷本列入《存目》。此集卽據抄本刻，首王士禛、湯右曾、陳維崧原序，乾隆三十九年張體乾、翁方綱、曹學閔序，附録《年譜》、《詩話》及諸家贈詩。雯與名家角逐詞壇，賦詩唱酬，不以拈題分韻取勝。各人身世逢遇，恆寄諸送别贈答之中，用五七古，刻意而爲，至者往往成爲壓卷。此集如《贈杜蔚門先生》、《讀傅公他詩感書其後》、《贈孫豹人》、《贈洪昉思》、《留别阮亭先生》，俱爲高唱。而與宋犖、朱彝尊、姜宸英、湯右曾、查慎行酬答，皆未造極，轉不如人贈之詩鋪采摛文也。清初詩家多以學相尚，考古題圖，品藻得失，無不鉤沉發微。此集論書題畫諸作，亦不足與之校短長。唯雯詩善寫嶽色河聲。詠太行、晉祠、咸陽、百泉以及京津諸勝，盛有佳篇，雖名家亦當斂手。大抵三晉詩多受元好問影響，此與江南士夫稍異其趣耳。朱彝尊《題吴徵君詩卷》云：「三晉風騷雜僞真，遺山殁後更無人。把君行卷誰堪並，除是番禺屈大均。」大均行雁代留詩最多，故有此云。田同之《題蓮洋集》云：「惟論意表熟梅候，盡得風流登岸時。石氣青蒼自如是，繭絲黄白將何爲。」《硯思集》。趙執信稱雯詩「千頃之波，不可清濁，天姿國色，粗服亂頭亦好」。沈德潛稱「清挺生新」。又序云：「徵君詩不使才，不逞博，不尚聲華，不求媚好，峻潔微遠，自露天真。」謝章鋌評云：

「詩髓誰探第一籌，崔祁相遇亦低頭。桃花依舊河魚上，目斷崑崙九派流。」見《賭棋山莊詩集》。康熙間山右詩人，陳廷敬後，當爲首推。

大樗堂初集十二卷　粤十三家集刻本

王隼撰。隼字蒲衣，廣東番禺人。父邦畿，入清隱居不出。隼亦結廬山中，與屈大均、陳恭尹、梁佩蘭交好，以三子詩選刻爲《嶺南三大家詩鈔》。兼工詞曲，著有《琵琶楔子》，自謂得未曾有。卒於康熙三十九年，年五十七。是集爲道光間伍氏粤雅堂刻本。首隼兄鳴雷序，梁佩蘭序。屈士煌題詞，士煌，大均仲兄也。《西山雜詠》、《游七星巖》、《下九龍灘歌》、《擬杜少陵七歌》，俱稱上乘。梁序言其詩「神明造姿，孤儁表骨，學問醞釀變化以稱之」。趙執信以爲與陳、梁可並稱大家，未免過譽。按其生歲，已在甲申，可稱隱士，非爲遺民矣。

稗畦集不分卷　北京圖書館藏抄本

洪昇撰。昇字昉思，號稗畦，浙江錢塘人。國子監生。受業於王士禛、施閏章。工樂府。著《長生殿》、《天涯淚》、《四嬋娟》傳奇。流寓京師、大梁、江寧，結交當日名輩甚衆。康熙二十八年，在京因演《長生殿》傳奇而遭斥革，與會者趙執信、查慎行等人亦受牽連。案以國恤張樂爲由，實出明珠與高士奇之爭，昇與高士奇、徐乾學等漢族大位接近，故被譴焉。三十年，自京南歸。四十三年，游江寧返，行經烏鎮，酒後登舟，墮水死，年六十。詩集僅賴傳抄行世，諸本内容不一。是抄無序跋，以近體居多。送別贈答如孫枝蔚、高士奇、徐乾學、陳維崧、李天馥、吴雯、姜宸英、惲格、陸次雲、梅庚、王岱、喬萊、吴蕙、沙張白、王晫、汪楫、徐嘉炎，可見交游。其詩主神韻，流瀹成家，沈德潛稱漁洋及門中在吴天章下、餘子之上。又最服膺汪楫，推爲天下第一。一九五七年出版《稗畦集》、《稗畦續集》，别據兩種鈔本排印，視是抄爲優。然尚未見滙抄本，而散見諸選集郡邑藝文集者，尚所在多有也。昇爲清代戲曲大家，片楮隻字，彌足珍貴。今從許孫荃集輯昇序文一篇，其餘題詞評語之屬，亦附録諸家集後，以供採掇。康熙庚午辛未，王士禛作《西城别墅十二詠》，投寄和章九十餘家，壬申以後又得若干家，子啟涑彙而刻之，不見《漁洋全集》，内有昇和詩，以無從歸屬，兹録於此。諸家《題長生殿傳奇》詩，則王霖《弇山詩鈔》、葉觀國《緑筠書屋詩鈔》、舒位《瓶水齋詩集》、周恩綬《享帚齋詩鈔》、孔慶鎔《鐵圍山詩集》，亦可得數十首。

西城别墅十二詠

洪　昇

石帆亭

危石落峭帆，近傍孤亭峙。有時遇風來，不遲亦不駛。溟濛天際看，片影遥相似。

樵唱軒

襄陽澹蕩人，閑情寄篇什。寂寂卧南軒，樵歌何處人。遥見負薪人，斜陽照簑笠。

半偈閣

高閣寂無人，冥心見真境。微言不在多，玅悟君能領。豈待聞晨鐘，瞿然發深省。

大椿軒

大椿萬三千，春秋未云久。壽夭齊蟪蛄，玅義發蒙叟。不見壞劫時，天地亦何有。

小華子岡

明月照輞川，淪漣亂光彩。千載山中書，清景宛然在。芳春許共游，裴生正相待。

小善卷

龍巖隱善卷，幽絶此其亞。樹深渾是雲，泉冷不知夏。六友如或存，應來稅烟駕。

春草池

朝登池上樓，風光已消凍。春色何處來，青青芳草弄。思我同心人，如何不同夢。

三　峯

三峯在太華，天外削不成。五丁忽移來，突兀當檐楹。吾欲坐仙掌，笑看雲霞生。

嘯　臺

蘇門鸞鳳姿，清嘯振林谷。至言誨嵇生，識寡道不足。始信廣陵散，絲更不如肉。

石丈

危石如丈人，庭下拱而立。既見耿介姿，一洗輭媚習。舉世無可言，吾欲向之揖。

竹徑

閑居啓三徑，翠葆森成列。風外流清音，霜中表真節。想像淇水濱，猗猗伴幽絶。

緑蘿書屋

結廬遠塵氛，彈琴追逸調。青蘿宛宛垂，白月來相照。山阿若有人，含睇又宜笑。《西城别墅詩》

西田詩集一卷 王煙客遺集附　一覽集三卷 北京圖書館藏抄本

王掞撰。掞字藻儒，號顓菴，江蘇太倉人。時敏八子。康熙九年進士，授編修。二十三年，以贊善提督浙江學政。清初設提督道，多以部郎任，改用翰林，自掞始。四十三年，擢吏部左侍郎，歷工部、刑部、兵部、禮部尚書，文淵閣大學士。康熙末年，屢疏建儲貳一事，得罪，幾發遠戍，命其子奕清代西陲效力。雍正元年，乞休致，六年卒，年八十四。詩一卷，近代排印本《王煙客遺集》附之。有受業王丹林序，皆爲里居及未顯時作。北京圖書館藏傳鈔本《一覽集》三卷，較印本多出數倍，包括宦京及典試山東、視學浙江之作。行役之詩居多。與徐乾學、魏象樞、許孫、吴兆騫、惲格、吴歷、王翬均有過從，諸畫師皆受時敏親炙，殆通家世好也。又與《古今圖書集成》編者陳夢雷至好。《得陳省齋信》云：「故人幾載悵離羣，海嶠今看息寇氛。蹭蹬一官應念我，飄零五口正憐君。窮途阮籍惟耽酒，遭亂盧諶雅善文。手展雙魚追往事，燕臺回首總紛紛。」此詩作於夢雷被繫之前。《懷陳省齋》云：「屏跡江鄉久索居，故交遼海信全疎。不堪瀕死干戈後，猶幸偷生竄逐餘。報國空憐成一夢，思親何處覓雙魚。遥知今夜狼河月，應伴羈人照讀書。」作於夢雷戍寧古塔後。又有《許不棄招集園亭即事》，不棄名遇，字月谿，侯官人，詩學北宋，爲黄任所師。《閲萬曆泰昌天啟實録偶成》，印本只三首，不及抄本八首，兹全録之。

閲萬曆泰昌天啟實録偶成八首

神皇初政邁中興，柄國羣推元老能。百度修明諸弊革，累朝相業溯江陵。
長幼宸衷自不移，每緣庭論轉遷期。苦心非是先文肅，出閣當年未可知。
臺省交章買直聲，專攻政府勢縱横。由它周召爲元宰，未許休休得令名。
外庭章奏總塵封，萬事頽靡似養癰。四十八年真幸甚，儉勤亡國痛思宗。
紅丸應是誤庸醫，梃擊風顛事可疑。獨有移宫宜早決，楊漣當日繫安危。
封疆功罪豈容誣，局外糾彈未盡符。廷弼九邊傳首後，問誰辭得薊遼無。
黨分洛蜀互升沉，水火糾紛意見深。莫道正人非誤國，恩牛怨李亦何心。
中璫席寵主權多，白馬清流未足奇。不是外庭生黨禍，忠賢爭敢恣誅夷。　《一覽集》下

撫雲集十卷　雍正間刻本

錢良擇撰。良擇字友玉，號木菴，江蘇常熟人。諸生。少與劉廷璣同學。客京師，同游查愼行、喬崇烈、惠周惕等人。康熙間出海赴瓊州。二十三年，從索額圖、張鵬翮等出都，爲兵部督捕官，經蒙古至俄羅斯，勘定中俄邊界。著有《出塞紀畧》，有學津討原本。此集爲雍正間嚴亨喬刻本，有康熙三十四年錢陸燦序。卷一《壽族祖湘靈先生八十》，湘靈卽陸燦字。詩凡十卷，卷十《詠史一百首》佚，僅具於目。據自題小像詩「順治乙酉秋，大刧起刀兵。四郊流戰血，五日我始生」，可知生於順治二年。沈德潛《別裁》小傳，已不詳其仕履，而稱其爲詩「感激豪宕，不主故常」，所選詩，一以音節爲尚。集中《西平道中五十韻》、《西域貢獅歌》、《趵突泉》、《長垣道中》、《鄱陽》、《雷州道中八首》、《颶風》、《渡海四十韻》、《瓊州雜詩》、《再渡海》，均以目見形諸歌詩。《出塞詩一百韻》，紀出都北上萬里之程，亦屬史聞。良籜早年詩時寄故國之思。於清兵南下屠戮，言之甚鑿。詩中每歌頌不屈，揭露殘暴。如《蕭貞婦》詩以「乙酉七月兵屠城，六千三百寃屍横」爲起句，餘可知矣。有《上王阮亭詩》、《題查夏重小像》，交往亦廣。擬古樂府不用古題，又不詠時事，似有韻之史論。《咏懷詩二十七首》用阮籍題，非效其體。別著《唐音審體》，丁福保《清詩話》收之。

瓊州雜詩　五首

地外更有地，瓊州隔九州。波濤圍廣土，阡陌見平疇。全粵地多險仄，至瓊始見平壤。浮粟甘千室，瓊水皆鹹。一郡俱汲浮粟泉，東坡所鑿。沉香價一牛。牛一頭易沉香一塊，大小視之。氣昏開霽少，北客畏窮秋。四州環作鎮，崖儋萬統於瓊。五指矗其中。五指山，高百里。黎女花爲體，黎女將嫁，刺花滿其身。傜丁竹作弓。檳榔供菽粟，海南五穀不生，米麥皆以檳榔易之海北。蛟蜃等魚蟲。南去更千里，崖山大地終。動植皆殊狀，蠻方別有天。柑黄長類枕，蓮碧小如錢。得酒江鰩嫩，經風石蟹堅。羅生饒瑣細，莫考景純箋。

所見雖非妄，傳聞尚可疑。和羹惟汲水，海水即鹽，不待熬煮。種樹盡無枝。木皆直上無枝，本細而堅，撼之不動。鼇日金輪湧，志載前明世宗時，夜半忽光同白晝，居民莫曉其故。後有海賈云，是夕鼇魚現，兩目大於月輪。鯨鬐赤幟馳。坡公謫儋時，有客泛海訪之，遥見紅旗連亘數十百里，其行如飛，疑爲海寇，舟人云，此鯨魚鬣也。居人恬怪事，翻笑此何奇。

海山靈氣積，相繼偉人生。孫子衣冠盡，蒸嘗禮數輕。丘文莊、海忠介祠宇僅存，後人衰微殆盡。姦偷成習俗，誦讀止虚名。若用捐之議，吾應無此行。漢賈捐之議棄珠崖。《撫雲集》卷五

出塞詩一百韻

西北邊陲盡，輿圖隔大荒。堅昆曾達漢，黠戛舊通唐。俄羅斯國，在西北萬里外，不知古之何國。《漢書》，堅昆東至單于庭七千里，南至車師五千里。唐號黠戛斯，又號紇喫斯，在廢庭州西北七千里。乾元中，爲回鶻所

破，自是不通中國，意卽是也。考古多疎畧，傳聞悉渺茫。縱云同覆載，何自畫封疆。旄鉞興東甸，輒衡抵朔方。當年開廣漠，定界築圍牆。遼東極北數千里，有地曰雅克薩城，與俄羅斯極東邊境相接。柔遠風難問，搜珍産必詳。氣寒貂鼠富，土厚藥苗良。地産貂鼠、人參。甌脱爭蕘牧，奸蘭啟敓攘。偶然乖節制，蠢爾肆跳踉。堠吏聞於上，師干赫用張。夾攻兼水陸，並進鋭梯航。北征之師，半浮東海以達北海，薄其城下。鵝鸛紛搏擊，鯨鯢倏潰亡。畏威弛韔服，慕義效壺漿。下詔還俘係，申盟示典常。果其誠納款，奚務猛爲防。詔還所獲人民，定盟各守疆界。擇帥先謀穀，命内大臣率師涖盟。思賢更置璜。選二漢臣佐之。清河官掌政，司馬張公鵬翮。渤海職含香。司諫陳公世安。選吉齊濡轡，臨朝各峙粻。萬夫腰鐵劒，三期各統萬人。一僕裹書囊。司諫邀予同行。戒道榴英燦，五月二日出都。摇空纛影颺。居庸槐鬱鬱，上谷麥穰穰。過此無居室，從來是戰場。田疇迷郡縣，守禦蔑金湯。張家口以北，皆漢唐郡縣地。今一望平沙，千里無片瓦，不耕種。烽燧秦遺址，綏要禹舊章。卻移千里近，横截九關長。秦長城故址，已不可考。蓋徙而南，不下千里矣。今九邊長城，去堯都不及一千里，在禹貢綏服之外，要服之内。言語需重譯，地名皆蒙古語。陂陀陟彼蒼。地勢有上無下。樂郊惟茂草，飽飯止炮牂。不生五穀，畜食草，人食畜，以羊爲常食，牛犬次之。炮牂字見禮疏。晝夜還冬夏，晝暑如夏，早晚如秋，夜寒如冬。斯須變雨暘。東雨西晴，忽遠忽近，少無雲日。琤瑽抛雹彈，雨雹無時，人皆以氊笠自蔽。赤碧亘虹梁。雨後蝃蝀必見。平壤皆沙礫，編氓雜犬羊。但聞殊部落，莫曉戀家鄉。敗革舒爲席，穹廬密作房。縫氊遮四面，植釜爨中央。馴畜環於外，犬馬牛羊駝，環繞氊帳側。

周親卧在旁。父子姑婦兄弟，共居一帳之中。馬通熅熾炭，炊煮純用馬矢。糞溷傍低牀。卧牀高不盈尺，溲溺卽在其旁。夙習等非類，厥心疑不臧。初看吁可怪，漸慣或無防。瀦瀉稽鹽濼，遼志，豐州有大鹽濼九十九泉。殷繁遡定襄。遼置豐州，漢定襄郡盛樂縣地。空城存廢壘，有空城遺址，僅存土岡，並無瓦礫，疑卽豐州也。孤塔聳康莊。有塔七級，高二十餘丈，純甎無木石，額曰萬部華嚴經塔，中署曰豐州在城塔。宛轉痕如玦，崚嶒矗似檣。名傳碑贔屭，塔中有碑，載看經男婦姓名，而無文字記年月。壁灑墨淋浪。塔四壁題字，皆宋元時人墨蹟。遞邐經郛郭，參差作保障。翁阿饒險阻，歸化貯倉箱。過華嚴塔五十里，曰歸化城。塞外貯糧重鎮。居民稠密，屋宇類中國。唐振武軍地，城北翁阿嶺，古黑山也。城中有碑，元仁宗延祐七年建，亦謂此爲豐州。西去受降城百餘里，南去大同三百六十里，東南去張家口千里。著帽雙垂髮，男婦衣帽無别，婦人以黑布卷髮如筒，垂於兩肩。最重其帽，以露頂爲羞，甚於裸體。懸鐶稍辨粧。婦人兩耳墜環長寸餘，男子左耳著鐶虛，其右。癡情笑蘇武，武與胡婦生子。異俗信中行。父死妻後母，子死妻子婦，兄弟死妻其妻，悉如中行説所云。髡首都求儷，僧皆有妻，食肉。紅顔例諱孀。夫死卽嫁，必歸親屬，不論老少。徒嫌贈芍藥，罔禁匹鴛鴦。犯姦者仍有禁。壯麗排琳宇，巍峩闢寶坊。事幾同裸國，號反竊空王。俗奉喇嘛，號庫土克兔，華言活佛也。婦女禮拜者，以薦枕席爲得福，不以姦論。熊豹危峯瞰，臙脂嫩卉昌。陰山懷李廣，陰山去歸化城十里，旁接黑山。青塚揖毛嬙。昭君塚，去陰山四千里，丈百畝，高三十餘丈。飛將銷金戟，佳人瘞翠璫。垣墉餘緑杏，陰山之巔，有關隘如城，頽廢畧盡，傍多杏。宮殿賸垂楊。昭君塚前，琉璃碎瓦布地，意舊有宮殿，無碑碣可考。柳一株，大合抱，塞外所無。數仞愁穿井，陰山以北，罕遇流水，掘井以汲，或三四尺及泉，或三四丈不得。三旬倦放韁。馬行一月，蒙古邊界盡矣，水草不給，軍分爲三。控弦分境畢，堆石外藩當。蒙古四十九旗極北，謂之喀嚕，華言邊界也。壘石纍纍，以別界限，無險可據。過此爲噶爾噶，不知古之何國，或曰卽蒙古別部也。其地西接阿魯忒，古之烏孫也，北接俄羅斯，有地名色楞格，期於此迓我軍。顧盼增悲詫，馳驅倍恐惶。斗杓南壓頂，過明成祖南望北斗處已千里。坤軸洞成瘡。地多軟沙，人馬經之，陷不可出。飆勁斜轟礮，風急碎石亂飛。坡窪厚襯糠。沙色正黃深尺。佛貍應退伏，道濟曷勝量。覆額高皮弁，盤胸曲裲襠。蒙古衣帽，悉類中華。此國全然不同。暑天亦以狐獺作帽，其衣上下兩截，褶疊曲折，類裙而方。蒙茸立狐貉，挺走躍豺狼。歲旱惡知禱，民頑實召殃。久旱水草俱竭。炎歊野全赭，獷悍衆相戕。禽畜頻顛踣，丁男半死喪。骼骸蒸殞達，衣被亂屍僵。人死和衣被棄之，不知埋瘞。嗟彼均生育，那堪覩盡傷。已憐遭魃鬽，旋復掃欃槍。其國主與阿魯忒搆兵，五十萬之師，一戰而崩。倥傯羣鴉散，奔騰駭鹿狂。挽繩疲婦女，皆牽駝馬而馳。左衽泣兒郎。路逢白晳少年二人，且泣且馳，乃其國主子弟。䮃背眠啼穉，鞍間掛缺斨。攀天憂隕墜，穴地憚堅剛。一敗不可收拾，惟有狂奔而已。台吉逃螻蟻，台吉，華言諸王也，其國主之弟，專制一方，遁去不知何往。閼氏拆鳳凰。阿魯忒奇兵，夜掠其眷屬輜重。叫號招伴侶，匍匐索耶孃。白翟摧頭曼，烏孫讋武皇。儘教雄敵燼，敢藐我軍强。鴂舌侏㒧對，蟲文鄭重將。阿魯忒遣使詣我軍，自言兩國相讐，與中朝無預。文書紙墨精好，三譯乃可通。汝讐從憤憤，君命凜煌煌。宣諭聊頒檄，嚴程便趣裝。慰諭使臣訖卽取道進發。龍斿晨掣電，虎帳暮屯霜。戎士離風鶴，吴儂騁驌驦。影流八尺練，響迸四蹄鋼。軍中有馬，不可控馭，予乘之疾馳，頃刻數十里。斥鹵霑焦吻，掘井得水多鹹。枯莖詎餓腸。馬齧枯草苟延。晶瑩瞻峭嶺，有山石白如雪。礌砢遇崇岡。有岡萬石林立，奇怪不可名狀，然本平地而非山也，不知何名，號曰奇石岡。帶繞涓涓溜，茵鋪細細芳。其地稍得水草。弓刀姑暫息，旌旆尚遥望。衆議全師進發，屯此以待三軍。游戲尋鮮食，軍士步獵得兔。耑征蓄庚糧。去色楞格地，止十有六舍。兹行非避暑，鎮日快迎涼。欹枕窺圓月，披裘送夕陽。笳鳴雕奮迅，有皂雕擊黄羊，方抉其目啖之。聞軍聲，捨之去。雷震雁翺翔。六月雨後多雁。鞅掌臣甘勉，勤勞帝不忘。兵符抵朐衍，温旨出明光。上知兩國之亂，遣使傳諭班師。拔寨驚魂定，廻轅喜氣揚。纔欣逢戴笠，錯認到維桑。望見蒙古衣冠，以爲故鄉人也。皓魄團冰鏡，賓筵醉羽觴。入都時值中秋。久能安鎖甲，翻覺怯羅裳。是役真奇絶，吾生乃試嘗。賦詩臚景物，留向故山藏。《撫雲集》卷六

撫松吟集不分卷　雲南叢書本

張端亮撰。端亮字寅揆，號退菴，雲南蒙化人。康熙八年舉人。吴三桂據滇起兵，不仕者十餘年。二十七年入京會試報罷。四十五年，爲石屏教諭。官山東濰縣知縣，年已七十。雍正二年遊江南，歸里。卒於乾隆二年。年九十三。是集爲受業萬咸燕編，附跋。有康熙二十八年宋安全序，乾隆二年管學宣序，近代始刻入《雲南叢書》。爲詩雄直自放。《瓦角村山路見奇石》、《宿陳州謁大昊皇陵》、《游雞足山》、《萬人塚》、《呈貢

道中》，隨筆賦形，均爲佳作。康熙五十五年暢春園引見，有詩紀之。引見新任知縣，自康熙已爲定制，後猶沿其例。道光以後，日漸不聞矣。

南畇詩稿不分卷續稿不分卷　光緒間重刻本

彭定求撰。定求字南止，一字訪濂，號止菴，一號南畇，江蘇長洲人。父瓏，官廣東長寧知縣。定求於康熙二十五年會試，取一甲一名進士，授修撰。遷國子監司業，至翰林侍講。卒於五十八年，年七十五。其學出湯斌，以陸、王爲宗，著有《學易纂録》、《儒門法語》、《陽明釋毀録》等書。《四庫存目》著録《南畇文集》十二卷，無詩。此《南畇詩稿》爲康熙三十四年至四十三年詩，按年遞編，不排卷次。《續稿》爲四十四年至五十四年詩，亦每年一集，唯乙酉、丙戌、庚寅、辛卯、癸巳、乙未各年均分上下，合其兩稿，實已二十七集。《詩稿》有康熙四十八年門人唐孫華序。《續稿》六世孫祖賢跋署云，詩文集皆手自編訂，初刊於雍正四年，咸豐間板毁。重刊本附《紀年》相當《年譜》，爲未刊遺稿。定求詩學放翁，不以山水花月爲娱。《過梅花嶺》、《謁文山先生祠》、《五人墓》、《湯陰謁岳忠武故里廟像》，卽沈德潛所云「遇忠義事必表，以礪人心風俗，故見於詩者，多轆轆嶽嶽之言」。《競渡行》、《宿包山寺》、《登縹渺峯》、《訪毛公壇》、《淮陰行》、《茅山雜題》二十二首，集中可誦者。多讀先儒之書，作《高望吟》七章以慕七賢，七賢爲陳獻章、王守仁、鄒守益、羅洪先、顧憲成、劉宗周、黄道周。又有《讀二程遺書》、《讀文山先生指南録》、《閲朱子武夷吟》、《讀漁樵問答》、《讀道書》、《重讀抱朴子》、《讀離騷》、《題寒山集》、《韋左司詩》、《閲司空表聖詩》、《誦林和靖先生集》、《讀白沙先生詩後》、《題郭鯤溟先生集》，咸可資閲。於近時儒家，所詠亦多。如《過汪鈍翁墓》、《謁潛菴湯先生祠》、《訪朱柏廬先生》、《讀劉念臺先生人譜》、《周忠介公年譜梓成題後》、《懷陶貞白先生》、《邵二泉閒居四戒詩書後》、《讀夏峯孫徵君年譜》、《題魏環溪先生寒松堂》、《讀李中孚先生二曲集》、《午亭文編梓成》、《追録劉念臺先生語録》，諸如此類。康熙間名臣稽古右文，熊賜履、李光地標榜性理，徐乾學、王鴻緒專騖漢學，定求之詩卽理學家言，迂闊自不待言。唯名列大魁，年又老壽，唱酬壽輓，可考交游者尚多，是此集之用，正不必以翰墨爲急也。

梧岡集十二卷　康熙四十三年刻本

楊昌言撰。昌言字大聲，江蘇武進人。父瑀爲遺民。昌言亦不仕進，以教讀爲生。是集爲心遠堂刻，分體，章大士序，爲順治十五年至康熙四十二年詩，結集時年已六十。閲所撰《詩話》及《自訂拙詩竟效杜戲爲六絶句》，以前明學唐爲僞唐。又云：「數十年來天下稱詩者又爭學宋，矯僞唐詩之弊，而填砌故事，自矜博雅，亦不免類書餖飣之弊。」是提倡氣骨風神，其論不爲不正。至集中《節物詠》七十三首，以《門神》、《桃符》、《風箏》、《河燈》、《紅指甲》、《辟兵符》等爲題。《詠古百首》，取漢唐史書傳記雜事入吟。《宫史雜詠》，據《酌中志》敷衍成章。《菊花百詠》，但求品類之盛。皆宋詩之末流，殊無肫摯之情，亦非唐詩也。唯《紀異》、《九日兵行》、《西湖雜感》、《維揚感舊》、《金陵夏日雜興》，多存故實。《寄徐俟齋先生》六十四首，《題姜如農先生小像》、《送關中李二曲》等詩，存傳記資料。又平居所交，多藥卜畫者，不盡知名矣。

横雲山人集十二卷　康熙間刻本

王鴻緒撰。鴻緒初名度心，字季友，號儼齋，又號横雲山人，江蘇華亭人。廣心季子。康熙十二年一甲二名進士，授編修。升侍讀。以劾朱方旦左道煽惑得名，累擢左都御史，轉户部尚書。在位植黨營私，左都御史郭琇劾之，解任歸里。後又奉詔入館，修《詩經傳説彙纂》，任總裁官。卒於雍正元年，年七十九。乾隆惡其爲人，命以郭琇劾疏載入史館，使後人知其罪狀。《四庫》擯斥其書。撰有《横雲山人明史稿》，乃家居時以萬斯同書據爲己有，前人已有論。然鴻緒亦有駿才，觀集中詠古述史之作，詞采粲然，雖大家難言之矣。是集有龔鼎孳、宋琬、周茂源、田茂遇、吴懋謙序。《颺言集》盡歌頌昇平應制之作。餘多歌詠工麗。《碧雲寺》、《戒壇》、《霧中自戒壇度羅睺嶺稍霽至潭柘》、《度嶺至清涼寺》、《高澹人摹董文敏畫煙江疊峯圖》以及《德州詠古》二十首、《臨清詠古》二十首、《東昌詠古》二十首、《燕京弔古》三十首、《燕京雜詠》十二首，因題制宜，不拘一格。《戰船行書收復臺灣事》，紀當日世事。鴻緒與徐乾學、高士奇同爲一時寵臣，集中相互寄贈，可見滿漢朝貴之爭軋者正多。沈德潛《别裁》選詩未見全稿，此集並晦顯之作悉收之。龔鼎孳謂其詩「高言逸思，原本風騷」，當非虚譽。

西林詩鈔五卷　康熙五十六年刻本

陳錬撰。錬字道柔，江蘇武進人。諸生。居里教授生徒，世稱西林先生。卒於康熙五十四年，年七十一。

此集爲《毘陵六逸詩鈔》本。事具卷首其弟子徐永宣所撰《西林陳先生紀畧》。錬學詩於錢陸燦，五古雄傑，律體精嚴。《冬日雜詩》、《毘陵競渡詞》等詩，言淺而意永。錬與同邑胡香昊、唐惲宸、董大倫等人作浣花會，記念杜甫，又祀蘇軾，以詩文紀事。集中有贈錢陸燦詩多首，與邵長蘅、胡香昊亦有酬唱。毘陵六逸，唯香昊與錬，享年最高。此集載古今體詩三百二十八首，所詠不寛，無紀事詩可采。唯能化故爲新，有點染之妙。

高江村詩集六十四卷　康熙三十九年朗潤堂刻本

高士奇撰。士奇字澹人，號江村，浙江錢塘人。幼貧，以監生就順天鄉試，充寫序班。由明珠薦，入内廷供奉，爲康熙寵遇，官内閣中書。復諭吏部優敍，擢補翰林院侍講。充日講起居注官，累至少詹事。與徐乾學、王鴻緒結黨，爲明珠、余國柱政敵。屢遭彈劾。罷歸後，復召京修《明史》。三十六年，授詹事府詹事，尋擢禮部侍郎，以母老未赴。四十三年卒於里，年六十。謚文恪。有《春秋地名考畧》、《左傳紀事本末》、《江村銷夏録》、《金鼇退食筆記》等書。詩集曰《城北集》八卷，朱彝尊、顧圖河序。曰《苑西集》十二卷，王士禎、汪琬、狄億、蔣景祁序。曰《歸田集》十四卷，李良年、沈麟、王原序。曰《獨旦集》八卷，王九齡、尤侗、顧圖河序，自序。曰《隨輦集》

十卷續一卷，徐乾學、徐元文、姜宸英序。曰《清吟堂集》九卷，尤侗序。附《神功聖德詩》、《漠北蕩平凱歌》各一卷。始自康熙四年，近三千首。士奇諂附大臣，聲勢赫奕，而康熙以其好學多文，曲予保全。《城北集》詠金元故城、景帝廢陵，《豐臺行》、《觀洗象歌》、《鶺鴒行》、《燈市竹枝詞》，多記燕京風土。《西苑集》詠宫庭景物，《歸田集》詠西湖名勝，亦有可覘。士奇於二十一年扈從東巡，次年西巡。三十五年，康熙親征噶爾丹，復從北巡，至克魯倫河。所作《流民歎》、《絶塞雜記四首》、《花馬池》、《抵寧夏鎮》、《夜半奏報噶爾丹窮蹙自殺恭賦凱歌》，紀事之詩，皆可與史相表裏，同時詩人無以寓目焉。扈從清涼山雜詩，詞亦清新流麗，王士禛《池北偶談》嘗引之。士奇富收藏，精鑒文物書畫。《題王右丞江干雪意圖》、《懷素自敍卷》、《李龍眠蜀江圖》、《周文矩藍關圖》、《巨然煙浮遠岫圖》、《董北苑江山平遠圖》、《題范文正公與尹師魯二札後》、《宋牟益擣衣圖》、《題宋徽宗書艮嶽記》、《定武蘭亭帖》等篇，可與《江村銷夏録》互相參考。《宋均窰瓶歌》、《成窰雞缸歌》、《賓晉齋研山》，詞采繁茂，考證亦詳。《題盧徵君嵩山草堂圖》、《題南宋江貫道長江圖卷》、《題米襄陽書蜀素帖》、《題元伯顔不花翔龍圖手卷》、《題陸五湖雲山小卷》、《倪雲林墨竹》，多附序跋，可輯宋元佚詩。又有《海航載日本茶花詩以紀事》、《朝鮮牡丹》、《自題南江村草堂圖》、《江村垂釣圖》，多爲一時掌故。

塞外偶述懷南北諸親舊兼寄二子得四十二韻

春夏窮荒外，追趨羽衛前。沙陀艱跋涉，井渫彊烹煎。羸乘霜飈敝，征裘雨霰湔。晝長惟一食，伏後尚重綿。垂橐餱糧竭，依泉旅慢遷。塞外艱於得泉，每就水移帳。賴偕同氣友，共賦異疆篇。哨界留多日，遐陬度若年。雷喧狡虜破，露布捷音宣。五月十二日得噶爾丹敗遁之信，十八日大捷，露布過喀魯。歸騎人咸善，韜戈甲盡懸。二十三日迎鑾喀魯外，時奏凱班師。未隨飛轡入，緩共凱師旋。六月五日，至獨石口外，上以行遠，留漢臣待皇長子，與八旗凱師同入。磧草方生緑，原花亦浧妍。六月望，塞草盡青，各花咸發，芍藥與金蓮花最盛。思家三處夢，時老母與三女在京，大兒居柘上，次兒客袁浦。對月四回圓。纔向嚴關入，羸安邸舍眠。二十九日始回京。忽承瓊苑召，每件玉堂賢。七月一日，即蒙召至暢春園，日同諸公入直。上直循牆柳，每早與諸公坐苑牆柳下，待内監引入韻松軒。濡毫浥渚蓮。郊圻泥淖苦，早暮潦霖連。七八月積雨不休，苑路幾不可行。乍愛秋容潔，俄聞帝命傳。九月六日天雨方霽，再奉扈從之命。客裝還辦舊，塞路又經千。自京至歸化城千二百餘里。屢渡桑乾急，口内所渡洋河、渾河、冰水河，皆與桑乾合。高躋陰嶺巔。出張家口陰山極高。馬薪炊已慣，羊酪味忘羶。槁蔓無涯白，宵燈四望然。月夜望營中燈火甚可觀。合圍旌氣整，縱目錦雲鮮。塞外豢養馬及牛羊不下千羣，望若雲錦。湩酒沾穹帳，羔炰飲飫筵。上每幸各種落穹盧就獻湯羊馬湩乳酥，命從官籍草列坐遍賜焉。降酋來接踵，厄魯特敗殘之衆降者日至，即賜羊裘狐帽，待之不疑。屬部走銜肩。諸蒙古奔走仗前，男婦抃舞。毳幕彝王集，茸衫貢使虔。達賴大喇嘛遣使貢方物，宴于旌門。律移冬候改，十月十二日立冬。塞逼曉冰堅。塞外諸河，未秋皆冰。目送冥冥雁，心同跕跕鳶。鄉書愁裏斷，親袂夢中牽。老驥終難策，孤琴久絶絃。伶仃憐女弱，衰晚憶兒專。鬢髮添新白，衣裳覺暗穿。交知勞佇想，殊俗少周旋。末學重陪輦，從軍媿執鋋。受降存古堞，設郡有遺廛。刹古蕃僧構，碑殘延祐鐫。城中有延祐年修道碑，城外多西僧古寺。草圍青冢峙，泥爛黑河漩。青冢在歸化城南二十里。黑河發源七寶山，泥多黑。鳳吹鳴晴甸，蟾光斂夕烟。黄流凌始下，紫塞路西偏。耳凍欹風帽，拳僵挽雪鞭。去將踰地軸，歸恐易星躔。時更傳將幸寧夏。則歲内不能歸。羈況頻翻曆，離懷但拂箋。萬邦咸仰首，應是盼迴旃。《清吟堂集》卷五

樓村詩集二十五卷 乾隆間刻本

王式丹撰。式丹字方若，號樓村，江蘇寶應人。康熙四十二年一甲一名進士，授修撰，及第時年已五十九，未幾告退。卒於康熙五十七年，年七十四。詩集爲子懋訥、孫敬輿校刻，曰《龍竿集》五卷，曰《罨蘇集》七卷，曰《補過齋集》二卷，曰《忍冬齋集》七卷，曰《鴻柯集》一卷，曰《梅花書屋集》三卷，爲康熙三十年至五十五年詩，共一千九百八十九首，有田雯、陳鵬年、查慎行、吴瞻淇序，附鄭方坤所撰《傳》。《四庫存目》著録。式丹少從葉燮游，又受知於王士禛。爲諸生卽負詩名，宋犖刻其詩《江左十五子詩選》中。詩格在唐宋間，與查慎行相近，而工候差遜之。主要交往，見於呈王士禛、葉燮、宋犖等人長韻中。《題徐昭法先生澗上草堂畫兼貽西照頭陀》、《贈方靈臯南歸七首》、《劉後齋鴻臚挽詩》、《柬曹楝亭》諸篇，亦多掌故。作《四國宫詞》，包括南唐、前蜀、南漢、後蜀，凡四十八首。卷四《蕭尺木凌敲臺圖》、《白田懷古》、《射陽弔藏東郡》，卷八《睢陽

廟》，卷十《玉帶生歌》、《題吳氏卽藪四首》，卷十一《王石谷蘿薜圖》、《藍田叔枯木竹石圖》，卷十二《題喬無功身墜亂書圖小照》、《弔駱賓王墓》，卷十三《題禹慎齋卜居圖》，卷十五《題古夫于亭圖》，卷十七《題李蒼存村居圖》、《題王秋史二十四泉草堂圖》，卷二十一《墓上雜詠十二首》，卷二十二《京口雜興十五首》，卷二十四《楊大瓢振衣千岡圖》。今古雜出，詞旨斐然。又有《躅燈詞》、《揚州樂》、《七闕史》、《觀伎》、《吳山雜詠》等詩，涉及民俗。康熙五十五年科場案完結，有詩及之，唯不言自身所受牽累。式丹早成晚遇，性不諧俗。晚讀書里中，自號其室曰「不如學齋」。綜觀此集，猶是詩家本色。

陽山草堂詩集四卷　雍正間刻本

陳炳撰。炳字虎紋，江蘇長洲人。布衣。無師自力學，工篆，以授徒爲業。世居長洲之陽山，學者稱陽山先生。卒於雍正三年，年八十一。事具蔡家駒所撰《傳》與徐葆光所撰《墓表》。此集詩四卷，作序者楊賓字可師，有《晞髮堂集》，黄中堅字授孫，有《蓄齋集》，皆康熙間高尚士。卷各繫名，曰《青桂巖稿》，曰《潤州草》，曰《風篷吟》，曰《楚游草》，詩學孟浩然。行游之作，不乏清音。交游名士爲吳之振、惠士奇、勞之辨、李果。卷四《麻陽船竹枝詞》三首云：「麻陽艇子兩頭尖，四槳咿啞那用掌。若遇急灘篙在手，篙篙撐去向天眠。」「谿中灘響似鳴鑼，谿面堆堆亂石多。手把竹篙行石隙，彎彎曲曲去如梭。」「曉起操船直到昏，一盂生韭媚盤飧。上身只着汗衫子，下體何須犢鼻褌。」其詩頗自悅懌，無遺民禾黍之悲，《四庫存目》著録十卷本，未見。此集雖無忌礙之語，而每有挖版。欲求初印本，亦未得一見也。

懷香集四卷 康熙三十五年刻本

黄灣撰。灣字覲懷，號萍谷，江蘇無錫人。康熙十一年拔貢。官山西靈丘知縣。三十二年，徵爲部曹。三十五年，出守東牟。此集刻於京師，有許嗣隆、王九齡序，爲官京都四年之詩。酬唱贈别，俱無苟作。詠京師寺觀暨晉中名勝甚多。詩爲王士禛所重。《上新城王少司農》，情詞相稱。又有《别魏一齋》詩，一齋名學誠，象樞子。《題家尊古畫册並送南遊》筆力亦健。尊古爲黄鼎，清初畫家。

題家尊古畫册並送南遊

烟雲濃淡樹蒙密，點染匡廬藏二室。溪山疑爲畫傳神，天工幻出丹青筆。江左傳流老畫師，百年風雅繫人思。華亭尚書太常伯，前輩俱具天人姿。昭代聲華誰間出，薖漁先生罕儔匹。金匱文章翰墨餘，前身合是王摩詰。宗工巨手今瑯琊，黄門封事奏正雅。退朝疋練與尺素，興酣落筆生烟霞。石谷山人蒼髯友，華子子千蔚龍首。並有卷軸供御筵，至尊含笑稱能手。籍甚風流誰與仝，吾家阿咸筆蒼雄。研精入微詎師授，别有經營慘淡中。閒窗臨摹謝煩冗，窗外西山正孤聳。意在似與不似間，彷佛雲蒸更泉湧。到處逢迎好曳裾，五鯖厭飫憶鱸魚。十里楓林吾谷樹，一簾秋水尚湖居。背郭沿溪數間屋，牽蘿未許躭幽獨。春風重泝浙江潮，路入仙霞天外矗。由來此地絶風塵，莫愛丹崖戀緑筠。歸來更得江山助，别寫煙巒妙入神。《懷香集》卷二

一齋舊詩不分卷　康熙四十七年刻本

魏學誠撰。學誠字無僞，號一齋，山西蔚州人。象樞長子。康熙二十一年進士，改庶吉士。四十四年視學江南。所撰《一齋舊詩》不分卷，刊於康熙四十七年，潘耒序。詩以歸養間和象樞之詩較多。詞旨沖淡，意趣蕭閒。交往法若真、郝浴、錢肅潤，皆父執。《石馬歌》題云：「有賣其祖墓及墓前石馬者，遂作斯歌。」《觀趙松雪所撰楊氏墓碑》注云：「蔚城東四十里，松雪真蹟。」康熙頒赦罪蠲租詔，亦有詩紀之。視學江南紀游之什，間有逸致。詠佛手柑、美人蕉、高麗菊、西番蓮、百日紅、金錢花、紫蝴蝶、黑牽牛，或有識名之助。學誠受知於儲方慶，方慶爲循吏，有《遯菴集》行世。

樗巢詩選六卷　嘉慶十四年刻本

李必恆撰。必恆字北嶽，一字百藥，號樗巢，江蘇高郵人。諸生。負詩名，有《三十六湖草堂詩集》、《魚川詩集》，未傳。宋犖得宋槧《施注蘇詩》殘本屬邵長蘅補闕，由必恆續成，刻《江左十五子詩》，與焉。晚年病聾，益窮愁著書。此集爲嘉慶己巳夏味堂據寫本刻，共分體詩四百三十二首，視《十五子詩》本不啻

倍之。康熙三十六年，噶爾丹被擒，宋犖屬賦《大愷鐃歌》，今收入卷一樂府。五七古詠懷高郵古蹟，《閱晉書偶有論列得詩八首》、《閣百詩枉駕草堂》、《濫刻》、《讀陋軒詩》、《光孝院禮唐佛述老僧語作歌》、《民夫篇》、《河上謡》、《讀臨川集跋其後》、《滄浪亭》、《珠湖》、《贈邵子湘》、《玉帶生歌》，涉獵既博，樸老厚重，勝於塗飾者多矣。阮元《淮海英靈集》舉其論詩有曰：「唐詩涵藴深遠，比興居多，宋詩據事直言，敷陳大半，要皆合乎三百篇之旨。」持論甚平。近體詩亦不競效古人。《揚州市上喜晤杜丈茶邨》、《呈朱竹坨先生八首》可見交往。《乙丑秋災詩七首》，爲淮河水患紀實。《詠南北史五首》、《書樊南詩集後三首》、《讀劍南集》、《題初學有學集各二首》、《論詩絶句二十首》詠海内名家，後七首詠歷代詩家。《詠物》六首，雖深淺不同，亦有可觀。必恆一生潦倒，而生前身後，均列藝圃。夏之蓉、賈稻孫集均有題詩稱之，亦可謂嗇於遇而豐於詩者矣。

濫　刻

結繩既已遠，書契日以煩。竹素事鈔謄，厥力亦孔艱。刊本始石晉，九經方流傳。踵事製彌精，屢朝蓋相沿。濫觴遂横流，未若今代然。白頭老講師，横身踞坫壇。餘唾拾朱程，口舌如瀾翻。移時變黑白，其言浩無端。亦有狡獪子，操觚肆譏彈。假此立名譽，捷徑躋清班。翩翩寡學徒，聲韻初能諳。行卷如束筍，贈送多厚顔。紛紜逮百家，媟褻至稗官。奸賈競牟利，各各爭雕鐫。此事江南盛，此風吴會繁。薰蕕誰能判，梨棗亦何冤。真堪刻溪弔，翻思嬴秦燔。我欲血面請，拔本塞其源。六經暨子史，日月懸不刊。其餘悉禁止，一切從焚芟。息邪而放淫，庶爲聖道閑。衆啄一朝靜，正始徐自還。惜權不我有，伊誰砥狂瀾。《樗巢詩選》卷二

春夜觀演長生殿雜劇口占五絶却寄錢塘洪丈昉思

檀槽親搯教歌伶，玉茗新詞擅義仍。不分懷寧阮司馬，烏絲欄格寫吴綾。

氍毹如月踏來遲，散序開頭入拍時。此夜婆羅親按節，不勞曲譜問微之。霓裳羽衣曲即西涼婆羅門曲。白樂天有答元微之霓裳羽衣曲譜歌。

金雞障撤舞黄虬，夜雨零鈴蜀道愁。腸斷佛堂情盡日，何人玉筋不交流。

合樂旗亭正門班，定風波帶念家山。延秋老部頹唐甚，看殺鴉翎最小鬟。

舞衣風動散餘薰，椽燭燒殘坐夜分。拾得江南紅豆子，矮箋凭仗大馮君。謂山公先生。《樗巢詩選》卷五

玉巖詩集二卷　康熙二十三年刻本

林麟焻撰。麟焻字石來，福建莆田人。康熙九年進士，歷官中書舍人、禮部郎中、貴州提學僉事。十七

年開博學鴻詞科，奉諱歸里。二十二年勅命汪楫使琉球，以麟焻爲副使，途中兩人唱酬甚夥。一時文士送行詩篇，亦散見諸家集中。撰《玉巖詩集》七卷，《四庫》列入《存目》。此二卷本，乃前集，皆初年所作。麟焻受業於王士禛，是集有康熙二十三年自序，王士禛批點並序，又陳維崧、林堯英序。生年據《乙卯三十生日》詩推之，爲順治三年。其詩穠麗質實兼得之，如詠歐陽四門書堂、紅泉書院、蔡公宅、夾漈草堂、陳丞相祠等懷古之什，不染佻奇之習。《木蘭雜詩六首》，爲扈從圍場所作。《存殁口號》二十七首，俱詠八閩人士。麟焻使琉球，撰《中山竹枝詞》五十首。自云：「奉命渡海，三晝夜至其國，凡彼中山人物饗禮宴游冠珮之奇，亭臺廟宇物産之勝，土田磽瘠，户口寡少，一一見之於詩。」今此集未收。《晚晴簃詩匯》録十四首，乃轉抄自《池北偶談》。《全閩詩録》僅録六首。必求七卷本，始足饜好奇者所欲知也。

遂初堂詩集十五卷補遺一卷　康熙四十九年刻本

潘耒撰。耒字次耕，一字稼堂，晚號止止居士，江蘇吴江人。曾祖志伊、祖錫祚，明季均任職湖廣布政司。父凱，列名復社，不仕進。兄檉章，博習文史，與吴炎合撰《明史》，未竟，受莊史案牽連，康熙元年被殺。耒小時資稟絶人，工詩，與計東、顧茂倫、吴兆騫，稱「松陵四子」。又得徐枋、顧炎武、王錫闡助，學有宿成。嘗北游聞道於閻爾梅、傅山，無意入仕。康熙十七年徵鴻博，入都，取二等，授翰林院檢討，與修《明史》。與朱彝尊、嚴繩孫、李因篤有「四布衣」之稱。精敏敢言，無稍遜避，爲忌者所中，坐降調。後以母憂歸，遂不復出。陳鵬年欲薦起之，耒賦《老馬行》以謝。晚刊顧氏《日知録》及《亭林遺書》，刻徐枋《居易堂集》，並爲序。卒於康熙四十七年，年六十三。所著《遂初堂文集》二十卷、《别集》四卷、《詩集》十五卷、《補遺》一卷，有受業許汝霖序。《四庫存目》著録。詩集分以《少遊草》、《夢游草》、《近游草》、《江嶺游草》、《海岱游草》、《台蕩游草》、《閩游草》、《黄匡游草》、《楚粤游草》、《粤游草》、《豫游草》、《卧游草》名之。沈德潛稱其詩「筆直達，所見浩然空行，韻詩可作古文讀，而登臨懷古諸作，尤爲完餒騰上」。集中《寫懷》二十首，自述早年經歷，入仕良非初願。《韓蘄王墓碑歌》、《卦山》、《忻州杵嬰廟》、《碧雲寺》、《韶州至清遠道中雜詩》、《登五老峯最高頂》、《華頂峯》、《金陵詠古》八首、《二姜先生祠》、《羊城雜詠》十首、《雁蕩百詠》、《登岃崱峯絶頂》、《萬年橋》、《鄴中懷古》、《泛洞庭湖》，情景胥融，頗有寄托。贈别酬答之什，如《送白耷山人游三關一百五十韻》、《汴河行爲方中丞歐餘作》、《太原雙塔寺雅集詩》、《送同年徐電發假歸》、《贈杜于皇》、《送譚舟石之官榆林》、《畫松歌爲梅瞿山作》、《淮陰抵平原呈亭林先生六十韻》、《太瘦吟贈徐方虎》、《哭周青士先生》三首，及錢澄之、程穆倩、鄧漢儀、吴任臣、曾燦、蘇崑生、惠周惕、曹溶、汪懋麟、宋犖、田雯、邵長蘅、徐釚、湯右曾等人，矜使中有沉切之思，且有事足徵也。此書少作大都因避忌删去，唯《補遺》又收《慟哭七十韻》、《隔谷歌》、《度關曲》三篇，皆述及其兄被難之事。《城渠開》，記臨安城市排污水，頗爲紀實。耒居粤時，與釋大汕交鬨，大汕經營海上貿易，爲耒告發被捕，瘐於獄。《遂初堂文集》有上當事書，詩集未及此事。大汕有《離六堂集》，可參考。《亭林詩集》有《寄潘節士之弟耒》、《寄次耕》等詩。

呈亭林先生

尼父志不達，浩然動歸思。羣材良斐然，裁成將待誰。廻車訂六籍，製作通神祇。三年致祥麟，大道以不隳。海内有先生，人倫之宗師。學惟天人貫，道乃汙隆宜。嚴冬霜雪集，萬木爲之萎。孤根獨巋然，知天未喪斯。周游遍五岳，歷覽環三垂。天地有大文，一一爲搜披。成書藏名山，故里歸何遲。下國寡良材，斧斤諒難施。區區園葵意，朝陽寧見知。何當裹糧去，萬里相追隨。泰岱峯峥嶸，日觀路險巇。一覽小天下，慰此平生期。《遂初堂集補遺》

城渠開

臨安城中十萬户，泉源蓄洩渠一縷。何年梗塞半爲土，深不容刀淺如釜。血脈既以枯咽喉，鬱不吐煩蒸傴側。奈何許火災，數起疾病多，使我民兮苦復苦。車軒軒，中丞來，中丞來，河當開，教令一朝下，動地歡如雷。千夫畚，萬夫鍤，波鱗鱗，泥獵獵。疏渠之淤濬渠狹，雲揮電霍不得睫。二百年來沙礫塲，方舟連筏流湯湯。役徒百萬不費民間一斗粟，中丞經畧誠非常。君不見，白公堤，李公井，一時功績千秋永。嘉名更有趙公渠，誰能補入河渠書。《遂初堂集補遺》

鳳池園詩集八卷　康熙五十一年刻本

顧汧撰。汧字伊在，號芝巖，直隸大興人，原籍長洲。康熙十二年進士，改庶吉士。官至禮部侍郎。降大理寺少卿，調奉天府丞，宗人府府丞。卒於康熙五十一年，年六十七。《詩集》與《文集》八卷合刻，附詩餘。有徐元文、王鴻緒、勞之辨、吴之振、顧湄序，自序，詩共六百四十七首，分體不編年。近代影印本無顧湄序，湄，汧兄也。其詩大半得之宦游。官汴梁作《捕蝗歌》、《河工紀事》，又作《藥欄歌》，以洛陽牡丹爲題。《送韓慕廬學士假歸》、《壽李映碧八十》、《過黄葉村莊》、《輓同年成容若》、《送吴漢槎南旋》、《送田子綸督學江南》，較有實徵。赴任奉天，作《出山海關》、《黑山道中》、《瀋陽署中雜詠》、《謁福陵昭陵》、《松花江石硯歌》、《射獵篇》、《撲交行》、《錦州道中雜詠》、《榆關逢朝鮮使者》，篇什甚多。《塞外雜詩》其一云：「驛路蒼涼蔀屋空，入門投止伴苓通。堪憐負弩供芻者，半在侯門紈絝中。」自注：「關外旗兵多，民户少，民皆藩下充戍者。」又云：「旗民阡陌錯皇莊，比歲豐登有積倉。移粟何分關内外，濟時守法費平章。」自注：「新令禁運粟入關。」《入關》云：「將版登稽恰半年，雨淋車過雪吹還。轍□催老成何濟，鬢鬢如絲未息肩。」自注：「關口版籍查封出入人數。」猶爲清初東北紀實。乾隆以後出關詩，俱頌歌矣。

來鶴菴詩草四卷　康熙間刻本

悳元撰。悳元字訥園，號五峯，江蘇長洲人。撰《來鶴菴詩草》，爲康熙三十二年以前詩，同里汪琬、許虬、錢中諧、宋實穎訂。五古《雜感》，樸茂奇古，爲較著焉者耳。《毀偶謠》、《重經穹窿寺》、《題藍田叔畫》、《登天柱峯》、《洞庭張蒼來館聽虞山單子彈琴》、《題徐俟齋先生潑墨開軒坐自寫梅花書屋圖》、《題王石谷畫山水障子》，有聲實之美，與專作禪林遁世之語不同。惪元廣交宿士。有《過王煙客先生》、《弔徐介白先生》、《寄王南村先生》、《寄陸葢思先生》詩。與余懷、鄧漢儀、錢陸燦、沙張白間有唱和。作《中秋翫月歌》，年止三十七，當爲順治間生人。詩與明遺民，亦有不同。

滄湄類稿詩三十卷補遺三卷 乾隆間刻本

尤珍撰。珍字謹庸，江蘇長洲人。侗子。康熙二十年進士，改庶吉士。官右春坊右贊善，卒於康熙六十年，年七十五。詩學蘇，取恬静一途。沈德潛編《古詩源》，以珍爲參校之首。又稱其詩：「少宗唐，歸田後改弦。嘗有句云：『宗唐祧宋吾何敢，前有東坡後放翁。』晚歲自悔，亦歸于唐。」《别裁》。康熙間詩人出唐入宋，變化劇烈情形可見。初刻《文稿》六卷、《詩鈔》六卷，後刻《類稿》，凡詩三十卷、補遺三卷、詩餘二卷、古文六卷、劄記四卷，畢生著述，已盡於此。首徐乾學舊序，同學彭定求序，金德嘉、唐甄、周金然、鄭昱序。分《静嘯》、《瀛洲》、《陟岵》、《石渠》、《病坊》、《南陔》、《瞻雲》、《寶硯齋》八集，共一千一百餘首，附彭定求、張大受等人和詩多首。集中無結撰之作。《輓船行》、《哭彭瞻庭侍讀六首》、《呈陳滄洲先生》、《題于清端公紀績圖》，稍可徵事。《題浯溪摩崖碑》，亦文物之資。餘則止見冲淡之致耳。

杏村詩集七卷　康熙四十七年刻本

謝重輝撰。重輝字千仞，號方山，一號杏村，山東德州人。以父謝陞爲降清大學士，廕中書舍人，官至刑部郎中。顧炎武至都，嘗主其家。宋犖刻十子詩，與焉。是集盡出晚作，爲康熙四十年至四十七年詩，高珩舊序，王士禛評點。《四庫》列入《存目》。據丁亥《六十一自壽》詩，爲順治四年生。重輝詩學陶，未極自然，以諷諭閒適爲尚，選本多稱其閒適者。而《野田行》、《觀打麥歌》、《打魚歌》、《嫁女》、《葬親》等篇，俱得諷世之致。《觀貢獒船》云：「輕風不動緑船窗，牢載金獒貢上方。側目似因愁脱兔，雄心尚想逐亡羊。名鷹先已來遐域，汗馬行看獻夜郎。顧盼定蒙天一笑，傳呼爲起戲盧房。」此詩作於康熙四十一年。《蘇禄國東王墓》云：「生爲朝貴客，死作郡先賢。萬里家難返，遂埋官道邊。豐碑成祖記，遺事野人傳。太息松楸盡，牛羊上墓阡。」墓在德州，爲中菲關係史事。又有《濟南四首》云：「成弘以後論風雅，許李邊劉派最真。可惜襲生吟獨苦，不逢健筆闘清新。」「萬曆詞人十輩餘，楊邢之外各遺書。矗才遁句峥嶸甚，古調淳風似弗如。」「念東句比樂天真，子底才名李杜倫。更有詞場唐夢賚，時從逸處見嶙峋。」「低頭蠶尾思懷古，放眼山薑喜闘新。耳食紛紛問流派，不知身是濟南人。」論明代以來山左詩人，足徵文獻。重輝與田雯、顏光敏、馮廷櫆同時，各有所就。山左詩人中，亦可名家。

藥圃詩不分卷　康熙四十八年刻本

李柟撰。柟原名棄，字倚江，號木菴，江蘇興化人。遺民李清子。康熙十二年進士。由檢討官至禮部侍郎。四十三年告病歸，旋卒，年五十八。撰《藥圃詩》，首王掞、顧汧序。枏居翰苑二十年，詩多頌聲。康熙南巡，扈從廣陵。《游盤山二十八首》、《西湖雜詩》、《西域遣使獻黄獅子恭紀》、《海市行》、《題元人王振明上巳龍舟圖》，多可徵事。贈答往還者馮溥、徐乾學、韓菼、嚴繩孫、王士禛、潘耒、沈荃、魏象樞、汪懋麟、宋實穎、汪楫、倪燦，俱爲勝流。《送喬石林試士粤西》、《送蔣莘田之任嶺南》、《送林石來奉使琉球》、《哭葉訒菴》、《輓湯潛菴》，亦可考交游。枏父清官明給事中，入清屢徵不起。撰《南北史合注》，繫一時重望。弟楝，亦能詩，有《楚游雜詠》。

雲華閣詩畧六卷　粤東十三家集刻本

易宏撰。宏字渭遠，號秋河，一號雲華子，廣東新會人。少負才名。陳恭尹贈詩有句云：「入羣野鶴能驚羣，出土新松即傲秋。」吴興祚總督兩廣，游海幢寺，見其題壁詩賞之，招入幕。浪游五嶽，登其四。晚居端州，卒於寺。事具本書道光間伍崇曜跋。其詩清麗芊綿，聲色皆備。登羅浮、南嶽、東嶽、中嶽、西嶽，臨蓬萊，均有詩紀游。又至榆林，自寧夏歷興武營望花馬池，登嘉峪關。集中有《懷陳獨漉》、《上吴留村制府》詩。《無題詩二十九首》傚李商隱。才名較遜嶺南三子，亦足自立。

真志堂詩集五卷　乾隆十一年刻本

仝軌撰。軌字車同，河南郟縣人。康熙四十四年解元。邃於詩。晚歲潛心理學，學者稱爲平山先生。

卒於四十五年，年五十五。是集有劉青芝、張學林、王祖晉序，屈啟賢跋。軌與襄城劉宗泗一家淵源頗深。宗泗子青蓮、青芝，從子青藜、青震、青霞，皆績學砥行。集中《贈劉太乙青藜》詩，可見一斑。《望崆峒山》、《楊椒山先生祠》、《滁州歌》、《上新城王公》，氣鬱勃發。《買奴行》、《黨人行》，亦較警切。劉青藜《高陽山人集》有《贈車同》二首，沈德潛選入《別裁》，注云：「車同，仝軌字也。王漁洋稱許之，惜無從覓其詩稿。」是其名在顯晦之間，此集亦不甚爲後世重耳。

廣陽詩集一卷　影印嘉業堂藏抄本

劉獻廷撰。獻廷字君賢，號繼莊，江蘇吴江人，寄籍順天大興，古名廣陽。淹通經史、輿地、農田水利、聲韻之學。嘗由萬斯同、顧祖禹薦修《明史》。館徐乾學所，乾學於蘇州洞庭山延當代學者修《一統志》，亦預焉。著有《廣陽雜記》。康熙三十四年卒，年四十八。全祖望爲撰《傳》。詩集無刻本。近有影印嘉業堂藏精鈔本，收入《清人別集叢刊》。樂府古詩，溯源漢魏六朝。五古《筒車》、《南嶽》、《郴州義帝塚》，七古《游洞庭西山歸湎雲以詩見詢賦此答之》、《葉星期以詩稿見惠步昌黎韻酬贈》、《贈張鐵橋先生》、《採木謡》、《題信上人畫》，各以其人其地言之，辭著其實，風骨遒勁，固應以此爲最矣。近體多逸思，爲喜唐音者所當誦。獻廷之學莫可涘涯。詩特餘事，而成就已卓卓如此。前人所選，大都短章，此集之出，如讀異書矣。

筒車

水利關民生最鉅。行水高原，假器爲利，五方殊制，而湖南之筒車爲獨善矣。以水轉水，不勞他力。癸酉日南至，於郴始見之，未嘗不可施之中土也。作《筒車》詩。

山溪走危灘，奔騰勢如洩。水性本就下，升高隨所挈。轉輪灌原田，筒車器獨絶。絙藤爲兩輪，外巨内少力。輳轂三十幅，幅周齒羅列。編竹以爲矩，一一齒間設。半周没水際，如月下弦缺。流駛岸不遺，軸静輪轉迭。出没無端倪，終古不間歇。輪周三十筒，空中底留節。兩端少低昂，其勢俱斜掣。入水挈水升，出水注水决。輪旁横巨木，刳槽適相接。竹梘承溢流，派衍如車轍。聖學重農田，吾嘗於此切。游目營四海，水器方諸別。轆轤施井牀，揖讓肱欲折。田塍轉桔槔，足力當苦竭。或用風旋篷，風定流亦咽。或爲龍尾車，匠製費歲月。假物以爲利，利用有時乏。惟兹法自然，我自用我法。苟有益民生，不敢辭屑屑。嗤彼漢陰人，混沌術何拙。《廣陽詩集》卷上

採木謡

南山險惡藏妖氛，中有大木穿層雲。肌膩質堅多斜紋，相思鐵力相傳聞。使君驅命如羊羣，上山采木何紛紜。孤兒鮮弟昆，婺女乏子孫。夜半持斧隨人犇，痛哭安得歸舊門，蕭條百里無完村。傴僂

上山岡，持斧來公堂。使君方宴客，擊鼓吹笙簧。或爲鴛鴦牀，流蘇暖麗歡紅粧。或爲兒女箱，綺羅繡縠香衣裳。或爲錦屏畫瀟湘，洞房艷艷生輝光。清晨喚民聚，盛怒常詡詡：前木短小爲爾侮，爾等骨肉當臭腐。吾欲巨木爲堂廡，小者如楹大如柱。小民聽語心呴呴，吾曹何罪罰此土。山木已盡何所取，存者惟此山之塢。山塢有毒蛇，山塢有猛虎。大兒前日已折股，小兒啼泣持弓弩。驅毒蛇，逐猛虎，蛇虎食我身，使君怒及父與母。嗚呼，皇天后土生怪物，其念爾民之疾苦。《廣陽詩集》卷上

清人詩集敍録卷十四

湖海集詩七卷　康熙間介安堂刻本

孔尚任撰。尚任字季重，一字聘之，號東塘，一號雲亭山人，山東曲阜人。康熙二十三年，由監生授國子監博士。遷户部主事至員外郎。作《桃花扇》傳奇行世。卒於康熙五十七年，年七十一。所撰《湖海集》，初印七卷，介安堂刻。此十三卷本，與《文集》六卷合刻，爲康熙二十五年至二十八年四年間詩。時尚任官博士，隨侍郎孫在豐在淮揚疏濬海口，因輯其入淮以後詩，自編此集，以湖海爲名。有鄧漢儀、黄雲、宗元鼎評點。《四庫》列入《存目》。尚任與清初遺民、翰林士夫交往甚廣。《有事淮揚諸開府大僚招讌觀劇》、《鈕燈行》、《曹郎絃索行》、《昭陽袁娘繡册歌》、《銅雀甎研歌》、《鄭谷口隸書歌》，揚扢藝術，斐然有作。詠揚州絶句，亦稱清雋。《銅板船》、《驛亭乞》，諷刺官場較深，唯此類詩不多見耳。佚詩極多，近有輯本，自《詩觀三集》、《輦下和鳴集》、《長留集》、《闕里孔氏詩鈔》得六七百首，其中《平陽竹枝詞五十首》、《燕臺雜興七十首》、《大海潮小吟蟬兩琵琶歌》、《詠小忽雷並序》等篇，足備掌故，且爲研究孔氏及其作品所必需。而李嶟瑞《後圃編年詩》尚有孔氏一序及《題後圃講堂詩》，爲諸本所未收。張潮《友聲集》三集見尺牘數通，同時人詩文集尚有序題可採。尚任嘗從工部侍郎孫祀瞻在豐河下河，得漢建初慮虒銅尺，又得唐開元小忽雷，乾、嘉時兩物俱存，百數十年題詠不絶。至詠《桃花扇傳奇》及觀演《桃花扇》劇詩，散見後人詩集者極多。光緒間蘭雪堂刻本《桃花扇》卷首載諸家題詞，什不一二耳。以歌行言，孔傳鐸、孔傳鋕、劉中柱、吴璜、朱錦琮詩集均有《桃花扇歌》，以近體言，有《桃花扇題辭》而見於諸家詩集者，爲田雯、王革、帥家相、程夢星、商盤、魯曾煜、商嘉言、陳沆、沈初、錢琦、孫士毅、何晫、韓是升、李燧、邵颿、茹綸常、龔禔身、舒位、李賡芸、張問陶、蔣一元、斌良、陳偕燦、陸繼輅、吴焴文、陳鶴、馮鎮巒、王斯年、林楓、何盛斯、方熊、瑞瓆、吴勤邦、恆慶、居瑾、李彦章、方炳奎、賈樹誠、楊季鸞、楊澤闓、劉存仁、陳榮昌，各存數首至十首不等。最多者爲黄體正，一人作四十四首，分詠各齣，羅天閶一人作百十六首，幾成專集。若廣爲甄録所存，則張令儀《蠹窗詩集》十首，黄理《畊南詩鈔》四首，宋之㦤《憶泉書屋詩稿》九首，陳梓《玲瓏山房詩集》四首，孫蓀意《貽硯齋詩稿》四首，柳邁祖《四松堂詩集》三首，李世伸《屈翁詩鈔》五首，劉肇春《嘯笑齋存草》三首，王偁《蓮其勢舫詩吟》一首，梁承誥《獨慎齋詩鈔》二首，何焕綸《棠蔭書屋詩鈔》四首，周實《無盡菴遺集》五首，秦金《燭藜軒詩稿》十四首。見於《海虞詩苑》、《山左詩鈔》、《曲阿詩鈔》等總集者，尚有若干首。較諸詠《長生殿傳奇》不啻數十百倍。清代士夫多趨尚此南明亡國故事。尊洪抑孔，乃近人之見也。

樸村詩集十三卷　康熙五十三年刻本

張雲章撰。雲章字漢瞻，號樸村，江蘇嘉定人。爲諸生，從陸隴其游，究心濂洛之學。康熙初舉孝廉方正，議敍知縣，未補官。嘗爲徐乾學考訂傳是樓藏書，應李柟聘，勘校增注李清《南北史合注》。晚主潞河書院講席，居二年辭歸。雍正四年卒，年七十九。詩集十三卷與文集二十四卷合刊，有陳鵬年序及自序。詩無承受，唯受時近影響，與宋詩相近，不甚摹古。《靖海歌爲施將軍賦》、《臺灣奏凱歌十首》、《待放閘行》、《北行書事》、《海坍謡》，俱切時事。《贈查夏重兼題抱膝圖》、《和姜西溟斷硯歌》、《送惠元龍之任密雲》、《中丞宋公建復蘇子美滄浪亭有詩紀事》、《題王修撰十三本梅花書屋圖》、《贈曹鹺使子青》、《贈江寧織造李公》、《王石谷餉畫》、《輓宋既庭先生》、《顧伊人寓齋啖豔豆口號四首》、《爲萬貞一題像四首》，與查慎行、姜宸英、惠周惕、宋犖、王式丹、曹寅、李煦、王翬、宋實穎、顧湄、萬言有關詩篇，多存軼事。與汪琬、朱彝尊、邵長蘅、潘耒、湯右曾、宋至、趙執信、吴雯、顧嗣立、華希閔，俱有往還。内橘社唱和一卷，繫事尤詳。《晚晴簃詩匯》選其子揆方《米堆山人詩》，而無雲章詩，《詩話》云：「有集未見。」今所見已有兩三本，轉視昔日爲易矣。

北行書事

峩峩者大艦，云有物上貢。力驅數百夫，水勢嫌未縱。前行已邪許，後堰復築壅。檣帆續續來，銜尾無罅縫。誰乎決其防，意亦在利衆。豈知逢彼怒，迴走脱羈鞚。聲伻霹靂下，勢若風雨送。吾舟適當之，無異碎瓶甕。篙師繫其頸，牽去不容慟。餘人各吞聲，竄迸安敢鬨。相顧蒼黄間，不及呼予仲。前投野人居，矮簷結茅棟。低頭誘吾入，問言何倥偬。阿母急爲炊，知我未朝饔。笑指一麥登，水餅出磨礱。我非韓王孫，情比漂母重。再拜謝母行，乃得吾傔從。隔江有高刹，森森鳴鐵鳳。問渡來叩扉，孔釋雜像供。守者乃農人，啟鑰口唄誦。亦學漿家饋，意與比鄰共。豺虎彼縱横，仁義此慕用。可知三代治，不厭斯民惷。幸兹脱艱虞，暮歸衣霧露。敗舟着身安，一夜波不湧。轉疑昨所經，不殊一噩夢。放筆成短歌，嘔噱資嘲弄。《樸村詩集》卷二

馮舍人遺詩六卷　雍正十一年刻本

馮廷櫆撰。廷櫆字大木，山東德州人。康熙二十一年進士。官内閣中書。二十六年，爲湖廣副考官，登黄鶴樓，作《晴川集》，王士禛序而刻之。二十九年，中煤毒卒，年五十二。此集爲趙執信編，廷櫆孫德培梓成，包括《京集》三卷，《晴川集》、《雪林集》、《曹村集》各一卷，共五百零二首。《四庫》列入《存目》。廷櫆師王士禛，平生深契者唯趙執信。此集趙序，稱其詩「標新領異，神韻泠然」，而以王士禛序爲知之未盡。《提要》謂「蓋當日執信方以論詩與士禛相左，故雖同一推奬，亦持異議云」。集中《朗陵行》、《江夏寓中》、《黄鵠磯》、《度九龍山》、《浮邱山》、《陵州詞十首》，風格超峻，於世情多所感喟。《黄山谷歸雲堂大字詩》、《鐵犀行》、《信陽懷何仲默》、《汲冢》、《讀史絶句十首》、《論詩十首》、《汴梁懷古》、《諸葛武侯祠》、《蘇禄王墓》、《題山谷詩後》、《高唐志載鳴石山作詩正之》，間存文史故實。《送田綸霞巡撫江南》、《送徐電發還吴江》、《讀秋谷詩寄洪昉思絶句却寄三首》，亦非泛泛酬應。其古選歌行，尤有可傳。大抵取法李白、蘇軾較多，而豪情邁往，昂

藏奇偉之概，置諸山左名家，亦不讓步。

鹿邨先生詩集一卷　乾隆九年刻本

方士琯撰。士琯字西城，號鹿邨，安徽歙縣人，僑居南昌。布衣。時魏禧於寧都結廬四十年，往來其間，時有唱和，西江名流稱之無異辭。嘗往東淘訪吴嘉紀，與畫師朱耷、羅牧，均有過從。魏禧《贈别方西城序》稱年甫踰三十，序作於康熙十九年，則士琯之生，約在順治六年。此乾隆九年刊本《鹿邨先生詩集》乃士琯殁後三十年，其孫聖述搜集，李果選訂。有方棨如題記，金農署檢。存詩無多，不落時習。

上巳新晴邀同八大山人吴子介臣遊北蘭寺坐秋屏閣口占拗體

泛舟之時修禊節，别汝堂前天漸雯。微風吹開東海日，久雨洗淨西山雲。上人推窗納蕉影，客子登閣認江瀆。今日儘酣得閒適，明朝依舊傾同君。《鹿邨先生詩集》

問亭詩集十二卷　康熙三十五年刻本

博爾都撰。博爾都字問亭，號東皋漁父，满洲人，輔國公拔都海子。封三等輔國將軍。好賓客，交接名流，後坐事削爵。卒於康熙四十六年，年六十。是集爲汪琬、姜宸英序，自序。凡《白燕栖草》八卷，《東皋雜詠》、《茫茫吟》、聯句、集句各一卷，《紅吟》一卷乃詞。《清詩紀事初編》選有《湯季良點星圖歌》。作者爲岳端，爲再從昆弟。與施閏章、李因篤、汪琬、王士禛、毛奇齡、徐林鴻、顧貞觀、張潮、劉獻廷、孔尚任、梅庚等均有過從。又多交畫師。《送苦瓜和尚南還》、《贈王石谷》、《題王麓臺倣倪高士畫》，及與查士標、黄鼎酬往，可謂風雅好事。满族入關三四十年，已有習於漢事之文學士矣。游西郊甕山、東郊慶豐閘、盤山獨樂寺，燕都舊蹟亦足借是以覘之。

東坪詩集八卷　乾隆間刻本

胡慶豫撰。慶豫字雛來，一字東坪，浙江平湖人。歲貢生。作客江西，流寓四川，歸里以明經老。是集爲乾隆間家刻本，有康熙四十三年自序，五十一年錢柏齡序。錢序曰慶豫「年六十四」，當爲順治五年生。詩止於康熙五十七年，計其歲已七十。同邑陸奎勳爲撰《傳》。《兩浙輶軒録》卷十二《小傳》云有《杜詩集注》，未見。卷一曰《南浦吟》，作於江右。卷二曰《昭陽小稿》，客邗江作。卷三曰《北征集》，赴京道中及寓京師時作。卷四五曰《西征草》，流寓成都及川江返棹作。卷六七八曰《桐軒集》，則里居所作也。其詩抒寫性情，無應酬習氣。《白麓洞謁邵康節祠》、《銷江樓》、《臨江道中》、《袁州雜詠》六首、《游金山》、《潤州》十首，詩筆俱健。入棧及西蜀詩，篇什亦富，其中多作於馬背船脣，里居則以旁近游覽居多。《四庫》於乾隆初刻本，往往不加審選，卽行著録。此書亦列《存目》，當非家人始料所及。《提要》謂其詩「以淡雅爲宗，而未能超詣」，尚非篤評也。

蓄齋集詩二卷　康熙五十年刻本

黄中堅撰。中堅字震孫，號蓄齋，江蘇崑山人。貢生。工古文，與魏禧游。詩亦沉實酣暢。所撰《蓄齋集》十六卷，十五六卷爲詩，附詞。有冷士嵋、楊賓、魏世傚序。中堅先世與遺民徐枋有契，《悼徐俟齋先生》長歌奇崛。《賣柴行》、《苦雨行》、《新婚歎》、《讀書歎》，多悲詫之音。《競渡行》，紀風俗之異。《館娃宫懷古》及詠西湖諸勝，造意亦深。生平爲仇所陷。作《五公頌》，爲石文晟、金鎮、湯斌、于成龍、卞永譽，自謂皆有再生之恩。其仇家卽徐乾學兄弟。事見《清史列傳・徐元文傳》。生年爲順治六年，見《文集》八。結集時年六十三。

張文端公全集詩二卷　光緒八年重刻本

張鵬翮撰。鵬翮字運青，四川遂寧人。康熙九年進士，改庶吉士。官至户部尚書、武英殿大學士。雍正三年，七十七歲終。著有《河防志》。其《全集》爲光緒八年重刊，李星根序。凡八卷，内五六兩卷爲詩。其侍游漢陽，有《紀游草》。又有《登岱詩》、《趵突泉詩》、《觀潮詩》。康熙二十七年，俄羅斯察罕擾邊，爲官軍困之於雅克薩城，悔罪乞和。鵬翮奉使同内大臣索額圖、都統佟國綱、給事中陳世安等往定界，訂《尼布楚條約》。

今集中《奉命出使俄羅斯口占》、《駐軍拉拉克帶》、《中秋前一日同陳給諫使還》，所詠皆史事也。三十五年，有《征噶爾丹》詩。三十六年作《祭西嶽》詩，四十二年有《奉和淮黄告成》詩。他如詠三峽、四川大佛、赭山望海、趙城女媧陵、昭君青塚，亦多紀異。唯詩均近體，痼於閣臺之習，不足徵文考典耳。王懋竑《白田草堂存藁》有呈《遂寧張公詩》十二首。

奉命出使俄羅斯口占

閶闔鑾雲捧玉皇，同文盛治肅冠裳。一人有道來荒服，兩曜無私照萬方。威播樓蘭能順命，化行西域自尊王。皇華不暇歌將父，報國丹心日正長。《張文端公全集》卷五

萬里駿　出使俄羅斯名馬

畫圖出使指邊陲，萬里平沙匹馬隨。今日軍回非辱命，金鞍神駿漢宮騎。《張文端公全集》卷六

疏快軒詩二卷　光緒二十一年活字本

陸楣撰。楣字紫宸，一字子任，號鐵莊，江蘇無錫人。康熙朝不事科舉，以布衣至京，王源、劉獻廷咸與訂交。欲留久住，楣賦《雁》詩云：「不受人間握粟呼，横空渺渺下平蕪。影留静渚蹤難繫，書破高雲字欲無。

河朔草深多羽箭，江南水淺足茭蘆。憑君問訊盟鷗侶，卧穩寒塘十里湖。」浩然竟歸。善古文辭，以授徒自給。詩文集向無雕版，光緒二十一年裔孫曹櫆先後搜得數本，爲刊《鐵莊文集》八卷、《疏快軒詩》上下卷。詩集原定目録九卷，爲康熙十八年至四十九年詩，今本殘帙不全。王史鑑序稱「國初邑人工詞翰者嚴繩孫、顧貞觀，工古文者黄瑚、劉齊、陸楣」。又稱楣爲順治六年生，年七十猶無恙。集中詩以《別王崑繩》、《贈北平劉二繼莊》、《得前中丞湯公潛菴訃詩以志感》、《懷徐君俟齋》、《生輓洪丹崖醉死歌》，足以證事。《吴趨曲》、《即事四首》、《射虎行》，時刺時弊。嘗爲杜詔《雲川閣集》作序，亦有名於時矣。

不遮山閣詩鈔前集六卷後集十卷　康熙間刻本

沈朝初撰。朝初字洪生，號東田，江蘇吴縣人。康熙十八年進士，改庶吉士，授編修。官至侍讀學士。卒於四十一年，年五十四。是集毛令鳳、朱彝尊、范必英、韓菼、趙執信序，附李紱爲撰《墓誌銘》，爲其孫曾佑校刊。《前集》六卷，爲應制詩。《後集》曰《林間集》一卷、《南游集》一卷、《四時田園雜興》六十首一卷、《重夢集》七卷，附《洪崖詞》。詠浙閩山水，寫照甚工。《讀史雜詠四首》、《燕京八詠》、《題王麓臺畫富春山圖》，不以摹擬徒工。《收復漢中恭紀》諸詩，亦切時事。其詩清妍，唯不甚樸厚。時流於弱調耳。

禮山園詩集十卷附一卷　康熙四十七年刻本

李來章撰。來章原名灼然，號禮山，河南襄城人。康熙十四年舉人。歷官廣東連山知縣、兵部主事。著作十種。名《禮山園全集》，其子夢麟刻，作序者徐嘉炎、張希良、仇兆鼇、許子尊、竇克勤、耿介。《四庫存目》僅著録文集八卷及《連陽八排風土記》。來章受知於汪琬，嘗和王士禛《西城别墅》原唱詩，與姜宸英論文。集中《穫麥行》、《負販翁》，皆詠民間疾苦。《讀杜詩》爲仇兆鰲作，可供研究《仇注杜詩》參考。《蘆船子畫牛歌》、《喜晤黄俞邰檢討》等篇，亦可資。詠南北山水名蹟，自然工穩。附録《嵩少游草》，記中嶽風物較詳。此集有仝軌、吕履恆、康乃心贈題，三子皆爲來章同學。清初關中作者，大抵以與中原士夫通聲氣者始佳耳。

謹齋詩稿二十卷　康熙間刻本

許志進撰。志進字念中，號謹齋，江蘇山陽人。康熙三十年進士。官鐵嶺知縣，三十九年入爲户部主事，至禮科給事中。工詩。罷歸後十餘年，吟詠如故，張大受、黄任俱出其門。撰《謹齋詩稿》二十卷，爲康熙四十一年至五十八年詩，内中散佚者甚多。首張大受、章藻功、顧嗣立爲之序。志進罷官，由與江南江西總督阿山互訐，集中涉及時事之詩，《清詩紀事初編》證之甚詳。唯其詩指事類情，善摹畫瑣細情狀。如卷一使閩詩，卷二居杭詩，卷三詠黄山絶句百二十首，卷四詠京口詩，卷五過西江觀古蹟，亦極妍致。更有《讀費錫璜説漢詩》、《觀武后石淙紀游碑》、《題八大山人畫蓮》、《讀唐人詩雜詠五十一首》、《漢瓦壺歌》、《郎窰行》、《飼蠶詞》、《角觝兒引》、《印史行贈陳生》、《論詩絶句十二首》、《題吴大樸印譜》、《岸登孔農部造訪》、《戲贈痔醫》、《八種魚》、《贈劉觀察廷璣》、《鹽場》、《讀唐閨詩雜詠三十二首》、《觀長生殿傳奇》、《武丹畫松歌》、《邊秀才蘆雁爲某守》、《邊别駕撾鼓行》、《理安寺雜詠八首》等篇，包孕甚廣，尚不可以一轍測之。姜宸英有《送許謹齋赴鐵嶺任》詩，見《葦間詩集》。

讀洪昉思雜曲感興眎公子漸修四首

蜀鳥啼殘黯斷魂，哀猿號處此聲吞。西河老去舒鳧死，一種傷心未忍論。
當行本色元人劇，伯仲東嘉實父間。解識詩人忠厚意，國風小雅不須删。
歌傳長恨馬嵬殘，曲譜霓裳自廣寒。爲愛焦桐撫流水，被人錯怨董庭蘭。歲在己巳，昉思作《長生殿傳奇》，京師盛傳。以太皇太后國喪未除，觀劇者多，至□免。趙宫詹秋谷詩云：「欲撫焦桐寫流水，哀音獨爲董庭蘭。」
與君風雷坐寒宵，怨曲休歌沈阿翹。惆悵江潭憔悴客，真成痛飲讀離騷。《謹齋詩稿·癸巳年稿》

武丹畫松歌

金陵名園陳朝松，夭嬌何人能畫得。精銅膚坼土花斑，礫蝟毛森螺黛色。此樹荒涼閲人代，煙景迷離饒大塊。三品巋然笑石公，秦封幸不污東岱。朝來紙上看畫松，畫松乃與真松同。一株低偃一株直，爭高作勢蒼烟籠。海内名松亦有數，曾見華山三兩樹。黄山最數軒轅峯，世間衆木皆兒童。武君畫筆爭雄長，翠染雲嵐迷疊嶂。吾家兩幅一通靈，飛去渾如葛陂杖。邇來好手更無人，畢宏韋偃誰

前身。萬松菴畔十丈壁，老幹扶疎一宋臣。《謹齋詩稿·戊戌年稿》

臨野堂詩十三卷　康熙三十八年刻本

鈕琇撰。琇原名珌，字玉樵，一字書城，江蘇吴江人。康熙十一年拔貢。初知河南項城。調陝西白水，轉沈丘。二十八年，爲蒲城知縣，坐逸囚，左遷。越數年，至於廣東高要。好學劬古。著《臨野堂文集》十卷《四庫》列入《存目》。筆記《觚賸》《四庫》著録，多載明清掌故。駢文與詞亦得名。《詩集》凡十三卷，以《笠鈞初吟》、《笠鈞再吟》、《笠鈞三吟》、《前筑音》、《後筑音》、《居項胥鈔》上下、《端暇遊》、《續筑音》、《粟語》、《南縣客筆》、《柳下言》、《荔夢編》名集。李因篤序，姜宸英題詞。琇與潘耒生同里少同學，與潘檉章、吴炎、查昇、湯右曾往還酬答。所作之詩，多關繫民生，並見政績。《農言》、《築塘謡》、《後築塘謡》，述民苦楚。和杜《秋雨歎》，憫時穡不登。《泣柳詞四章》，刺治河無術。《採煤》、《搗紙》、《摶器》三曲，記蒲城工匠。《述雪三十首》、《補述雪十首》，藉司馬相如至林逋，歌尚風節。又有《沙河雜詠》、《秣陵八詠》，寫物抒懷，意味深醇。其詩於矜綽中見情韻，頗爲有功。徐釚《南洲草堂詩集》有贈詩。

採煤曲

雲根斸盡龍山坼，轆轤深綆垂千尺。額燈蒲伏漆爲膚，飢軀貧子齊肩入。朝入還期夕數錢，忽逢

崩石生長捐。千村土銼炊烟出，中有民命如絲懸。《臨野堂詩》卷十《粟語》

搗紙曲

構紅麻白車闐咽，玉聲細擣寒光徹。春潭小水映桃花，片片疎簾捲晴雪。蔡侯古檻今已蕪，賦手空握靈蛇珠。鬻向洛陽曾莫問，半從山市歸屠沽。《臨野堂詩》卷十《粟語》

摶器曲

薰風碧染雷祠柳，西河巧運埏工手。葦火初殘土室開，文瓷五色高於阜。傾銀注玉舊朱門，轉眼雲銷未足論。瓦盆常得隨田父，獨酌寒漿杏雨村。《臨野堂詩》卷十《粟語》

雪巖詩鈔二卷 道光十三年刻本

林夢斗撰。夢斗字子牛，福建龍溪人。康熙間邑諸生。工詩，撰《雪巖詩鈔》，道光十三年同里鄭開禧輯刻，乃自敗簏中得之。臺灣自鄭成功抗清，傳三世，凡三十八年。康熙二十二年，清遣施琅征復之。夢斗蟄居濱海，作《平海鐃歌十四章》以紀其事。題曰：《鄭芝龍舉安平鎮來歸子成功猶崛强島上久之乃誅芝龍》，爲《定安平》第一。《成功入長江寇金陵王師擊敗之》，爲《掃長江》第二。《成功圍漳州久城中食盡死者七十萬人金固山援師至戰於古縣》，爲《戰古縣》第三。《島上諸將慕樂皇仁往往來歸或受茅土》，爲《罷虎𧙗》第四。《我副將王進號老虎與賊將甘輝戰於北溪輝足躄雄健勝負莫決》，爲《鬭兩虎》第五。《王師敗僞帥於龍虎山帥尾所乘馬泅河以遁》，爲《尾馬泅》第六。《總督姚公開第招撫自敵來歸者日衆》，爲《島勢孤》第七。《王師集澎湖掘地泉湧及戰西北風轉爲南》，爲《泉風變》第八。《澎湖之役都督藍公突陣傷砲提督施公疾呼赴援再戰乃捷》，爲《克澎湖》第九。《八罩嶼素惡舟常覆碎及王師集此颶弗作遂破敵》，爲《八罩寧》第十。《兩島既覆鄭氏遁據臺灣》，爲《島無人》第十一。《鹿耳門爲臺灣要害王師至此僞帥道舟以入》，爲《鹿門道》第十二。《鄭氏歸命封爲漢軍公》，爲《歸聖德》第十三。《定臺灣爲郡縣立萬世業》，爲《隸皇圖》第十四。率爲實録，間出史外。唯造句奥澀，意主歌頌，不堪誦覽。鄭開禧序稱「格律或多崛拗，然骨氣清疏樸健，無靡曼佻巧之習」，是矣。

諸將　五首録二

島上干戈尚力爭，邊臣籌畧據孤城。空懷卽墨神師教，未免睢陽愛妾烹。破壘降旛終不舉，射潮强弩已無聲。雲州死後誰堪將，宵旰方愁百萬兵。

三島烽烟困八州，全憑節使凛如秋。澎湖鼓角昏天地，幕府供輸急馬牛。一自黄金離楚卒，便教青盖老吴侯。諸公戮力誰爲甚，須讓班生最上頭。　《雪巖詩鈔》卷下

崇素堂詩稿四卷　乾隆三十九年刻本

張廷樞撰。廷樞字景峯，號息園，陝西韓城人。康熙二十一年進士，改庶吉士，累官刑部尚書。雍正元年，以陳夢雷侍誠郡王得罪，命發黑龍江，廷樞循故事，方冬停遣，又出其子使治裝，爲隆科多所劾，逐回籍。六年，陝西巡撫西琳劾廷樞受贓，詔令所司嚴訊，被逮，道卒。乾隆時，復其官，追謚文端。是集爲其後裔所刻，首吉大泰、淡如水序，金德嘉原序。詩凡四百六十五首，以應制頌聖居多。督江南學政，奉檄河南，多詠途中聞見。詩爲館閣體，雍容和澹，無可徵采。

匡山詩集五卷　雍正間刻本

王沛恂撰。沛恂字汝如，號書巖，山東諸城人。康熙二十六年舉人，官海城知縣。忤上官罷歸，作《還山吟》。後又入京供職。雍正元年，任兵部主事。長兄沛思官左中允，五兄沛憻官吏部右侍郎，俱有名於時。是集爲李紱序，《四庫》列入《存目》。詩凡五卷，各以《閒居草》、《南遊草》、《哀吟草》、《居山草》、《出山草》名之，附文一卷。沛恂罷官後詩，醇而不肆。出山復隨俗浮沉，然亦有體格。《題新城昆季倡和圖》云：「海航信指南，百體尊主腦。大雅無宗盟，楚漢恣征討。新城詩伯興，草竊横欲掃。詞源萬壑分，狂瀾迴既倒。輞川詩兼畫，難弟夏卿好。酬唱不在多，新意發春草。感時念往蹤，丰標不可考。」觀此詩可知其宗仰所在矣。

時用集一卷　康熙間刻本

陳訏撰。訏字言揚，號宋齋，浙江海寧人。貢生。官淳安教諭、温州訓導。嘗游黄宗羲弟子門，研習理學，並傳勾股法。與查慎行、嗣庭兄弟同里友善。結納葉燮、王晫、洪昇、吴之振，俱江南名士。著《句股述》、《句股引蒙》二書，《四庫》著録。又選輯《宋十五家詩》。康熙四十八年，自定《書巢吟稿》一卷，命門人方棨如爲序，刊版名《時用集》。《四庫存目》著録。方序稱「先生今年六十」，是爲順治七年生。卒年未詳。詩集編年。康熙二十八年，作《寄洪昉思都門》四首。二十九年，得宋治平間執法硯作歌，又作《讀黄葉村莊詩集贈吴孟舉》。三十年，作《秦山詩》。三十二年遊吼山，有詩。三十三年，作《遊天台詩》，三十七年作《釣臺歌》。佳作不乏。方棨如序稱：「先生天機駿利，落筆如白雨。」是深於詩者。

釀川集四卷　康熙間刻本

許尚質撰。尚質字又文，號釀川，浙江山陰人。諸生。少而業詩，尤工詞。所撰《釀川集》四卷，乃文賦、詩詞合編，有范時尹、毛奇齡等序。《四庫》列入《存目》。以《庚寅初度》詩推之，爲順治七年生。尚質至京，作《冰牀行》、《琉璃廠登高》、《燕市雜詩》、《燕京絶句》。寓杭，有《詠古十首》。居蘇州，詠五人墓。又有《游蘇門山》、《下華頂復至斷橋覩瀑》、《淮陰雜詩》，不以藻繢見勝，泠然可喜。受知於朱彝尊，畧知金石之學，有

《天發神讖碑歌》。《哭四先生詩》，爲張長么陶菴、葉道士介岺、蔣寓公大鴻、陳五丈介立，俱浙中高士，隱而未彰。其詩未臻老境，清俊不俗。康熙間小家，或由明七子學古，或出入晚唐盛宋，均無浮率之響。雖譽一時而不能傳遠，亦非徒作者也。

友鷗堂集八卷　景印康熙間刻本

黄鶱來撰。鶱來字叔威，福建閩縣人，諸生。旅食四方。北游遼瀋，西至川黔，南游粤中，足跡半天下。詩集名《友鷗堂集》，費錫璜序，康熙刻本流傳絶尠，今有景印本，人盡可讀矣。鶱來與陳夢雷相契，夢雷撰《松鶴山房集》、《閑止書堂集鈔》，均鶱來作序。此集五古《贈陳省齋六首》，五律《陳省齋草堂新成過集漫賦二首》，可見兩家投分。長歌《贈家尊古》，爲畫師黄鼎。《後圃講堂歌爲李蒼岑賦》，蒼岑名嶟瑞。《題朱字緑擘荔圖》，字緑名書。俱爲詩家。與費密父子亦交密。《挽費燕峯先生》、《和費二滋衡》等詩，凡此可考交游。《過海螺拜澹歸大師墓》、《爲黄愧菴題祝枝山草書長卷》，亦可爲究心學術文獻者取資。《丙申元旦和困齋韻》有云：「追思少壯如前日，六十過頭又七年。」是爲順治六年生，至康熙五十五年，年六十七。卒年俟考。

嚴太僕先生詩集三卷　乾隆元年刻本

嚴虞惇撰。虞惇字寶成，號思菴，江蘇常熟人。康熙三十六年一甲二名進士，授編修。官至太僕寺少卿。卒於五十二年，年六十四。著有《讀詩質疑》《四庫全書》著録、《思菴閒筆》。此集有楊繩武、蔣廷錫序，門人陳祖范題詞。凡十二卷，内三卷爲詩。其詩趨古，而不一味摹古。《田家》、《淮陰舟中》、《鍾山懷古》、《井陘口》、《確山道中》、《登黄鶴樓》、《咸陽懷古》，工力悉深。題賦分韻之作，亦瑰麗多姿。《偶題四絶句》、《題惲正叔畫梅》，評論詩畫，俱有見地。吴振棫《養吉齋叢録》卷四載，康熙己丑四十八年順天鄉試，李蟠、姜宸英爲正副主考，虞惇「爲之夤緣納賄，子姪皆得中式。士子爲文揭於市。揭文出於怨口，非盡可憑，然必有以致之」。鄧之誠先生以爲虞惇「殆非端士」，有以也。

絳雪詩鈔二卷　咸豐四年刻本

吴宗愛撰。宗愛字絳雪，浙江永康人。嵊縣教諭吴士騏女，嫁邑諸生徐明英。康熙十三年，耿精忠叛於閩，所部總兵徐尚朝陷處州，將犯金華。六月，游兵至永康，尚朝知宗愛有色，工詩及畫，令人宣言曰：「以獻者免。」時宗愛已寡，聞亂匿母家，至是衆議紓難趨之行。行至三十里坑，乘間投崖死。事具許楣《吴絳雪傳》。龔鼎孶有《題絳雪畫册》詩。咸豐間，吴廷康官永康，爲刻《詩集》二卷，並摭其事，屬黄燮清譜爲《桃谿雪傳奇》，題詞於卷首。集中有《雪意圖》、《和春閨詩》、《同心歌》、《回文詩》。附陳其泰撰《書徐烈婦傳後考》，謂宗愛死年二十四。俞樾撰《吴絳雪年譜》考宗愛爲順治七年生，死年二十五。咸、同間文人題詠其事及院本者甚衆。

含星集四卷 康熙二十五年刻本　崇禎宮詞二卷 昭代叢書本

王譽昌撰。譽昌字露湑，江蘇常熟人。諸生。康熙二十五年，刻《含星集》四卷，陳瑚、錢陸燦、薛熙序，從兄履昌跋。譽昌嘗從錢陸燦學詩，又從陳瑚授經世之學。此集有《侍陳確菴夫子過歸元恭先生齋》詩。《山祠詩一百韻》，自述家世。詩中於尤侗、宋實穎皆稱夫子。與吴歷、黄鴻有交。《送鐵牛道人歸閩中》，鐵牛當係詹賢。《清詩紀事初編》稱是集後增至十二卷，又稱譽昌晚遭縲絏。康熙四十四年，年逾七十，皆未知所據。此集七十七叟王履昌跋云：「譽昌少余四十歲。」則結集時年約三十七。又云：「大半爲奏銷例黜落。」生當清初，或不致有誤。康熙三十年，别撰《崇禎宮詞》二卷，凡一百八十六首，以鈔本行世，有屈大均序，注爲吴理撰，爲《昭代叢書》本。此書與高兆《啟禎宮詞》，俱可爲研究晚明史參考。

敬業堂詩集五十卷 康熙五十七年刻本　續集六卷 乾隆間刻本

查慎行撰。慎行初名嗣璉，字夏重，後改今名，字悔餘，號初白，浙江海寧人。康熙間以舉人召直南書房，四十二年，成進士，改庶吉士，年且六十，官翰林院編修。雍正五年，其弟嗣庭以誹謗成獄，瘐死獄中。弟嗣瑮戍陝西。慎行亦繫西曹，得放歸。未幾病卒，年七十八。著有《周易玩辭集解》、《蘇詩注》。所撰《敬業堂詩集》，爲康熙十八年至五十七年詩，共四千三百餘首，隨生平所歷，各爲一集，以事繫名。首王士禛、黄宗炎原序，鄭梁、許汝霖序，附《餘波詞》二卷。詩學蘇、陸，祧唐祖宋，自言在熟處求生。行役記事之詩，如《渡洞庭四十韻》、《海螺峯歌》、《清浪灘》、《麻陽運船行》、《滇南從軍行》、《烏山戰象歌》、《水西行》、《班師行》，詞如跳丸脱手，閎博雄肆，盡態極妍。《金陵雜詠二十首》、《漢川道中紀所見》、《荆州雜詩》、《偏橋田家行》、《養蠶行》、《昌江竹枝詞八首》、《燕臺雜興十首》、《大風至劉婆磯》、《江州雜詠》、《母豬洞觀瀑》、《金章宗手植松在壽安山西嶺上》、《石鐘山》、《五老峯觀海綿歌》、《鷹坊歌》、《仙游茅筆歌》、《舶趠風歌》、《清遠峽飛來寺》、《雙石》、《鄧尉山看梅》、《歸舟雜詠》、《汴梁雜詩》、《朱仙鎮岳武忠祠》、《吴江田家行》、《養蜂歌》、《福州太守毁淫祠歌》、《海塘行》、《山莊雜詠三十首》、《謁明陵》、《達溪櫂歌詞》、《武陵采茶詞》，以所歷山川浪灘名勝土習，悉寓於篇。扈從出塞，詠避暑山莊諸作，同時詞臣，未能遠過。慎行受學於黄宗羲，得詩法於錢澄之，其外舅爲陸嘉淑，與朱彝尊爲中表兄弟。接受名輩最夥，濡染頗深。《宿黎洲夫子武林寓舍》、《贈黄晦木》、《酬别鄭寒村》、《輓外舅陸射山》，俱可與傳記印證。《送趙秋谷罷官歸益都》，自注：「時秋谷與余同被吏議。」蓋與趙執信均因在京觀洪昇《長生殿》，適逢國忌而被議也。與顧貞觀、葉燮、王士禛、徐倬、魏象樞、田雯、姜宸英、湯右曾、梁佩蘭、王原祁、宋至、惠士奇、顧嗣立，亦有交游。與其弟嗣庭、嗣瑮間亦唱和。慎行嘗奉旨輯《歷代詠物詩》、纂輯《佩文韻府》，熟於文史典籍，所作《王文成紀功碑》、《甘泉漢瓦歌》、《朝會樂器歌》、《瀆山酒海歌》、《壽山石歌》、《讀莊子八首》、《題崔白健翮鏖風圖》、《貫休畫羅漢歌》、《自題淳熙修内官帖後》、《詠史八首》、《閲陳留縣志雜題十首》、《題杜集後》、《洪武御碑歌》、《題王石谷山水》、《高斯億爲余畫竹》，隸事精切，無纖麗奧澀之習。論詩「怕拾西崑餘唾」，而善於抒情，實開袁、蔣之先河。《續集》爲康熙五十七年至雍正五年詩七百零六首，其中《入獄詩》四十首、《禱雨辭》、《罌粟花》、《海災紀事》五首，以無清貴氣，尤覺老辣。《四庫》別集類著録。《提要》云：「明人喜稱唐詩。自國朝康熙初年窠臼漸深，往往厭而學宋。然粗直之病亦生焉。得宋人之長而不染其弊，數十年來固當爲慎行屈一指也。」沈德潛崇尚格調，不甚喜其詩，以爲「學之者勿更揚其波」。《別裁》卷二十。趙翼不喜王士禛詩，《甌北詩話》列唐以來十二詩家，以查慎行爲殿軍。自云：「梅村後欲舉一家，列唐宋諸公之後者，實難其人。惟查初白才氣開展，工力純熟，鄙意欲以繼諸賢之後，人以爲偏見。」唯必於清初諸家後舉一大家，自舍查慎行而莫屬也。

傍溪茅屋遺稿一卷 乾隆間刻本

馬竣撰。竣字上襄，河南信陽人。順治八年生，未仕。乾隆元年，子正午成進士，官兵部主事，爲刻遺稿。由彭延梅作序。詩僅入格。《甲寅春雪》紀吴三桂兵逼近信陽，聲勢甚張。卒年不明。自稱申伯遺民，詩則與所稱不相類也。録五律《登武當山》云：「仰天瞻太嶽，金闕何崔嵬。石磴穿雲出，霄光摩頂來。乍晴千澗落，斷雨半山開。巖下微風動，松濤激若雷。」

與梅堂遺集詩十卷 康熙四十年刻本

佟世思撰。世思字儼若，一字葭沚，又字退菴，世居旅順，正藍旗漢軍人。江西巡撫佟國楨子。蔭生。

康熙二十六年授賀縣知縣，調思恩。三十二年卒於官，年四十二。《詩集》十卷與詩餘一卷、文一卷合刻，有范承勳、范承烈、韓菼、王士禛、范青錡序，其弟世集跋，均作於康熙四十年。《四庫存目》著録。詩歌分體。以所歷皖、贛、粤東西山川聞見，悉入謳詠。時三藩始平，故多關世事。《渡江歌》、《萬安道中》、《軍中四首》、《韶州謡》，俱較雄健。《太湖龍挂歌》、《新柳行》、《大庾嶺》、《徐郎行》、《舞刀歌》、《賣冰謡》、《新柳行》，亦各極其致。世思以世家子多與名貴相從。《哭周櫟園先生》、《呈葉蒼巖夫子》、《羽獵圖歌贈顔修來先生》、《贈程穆倩先生》，稍備掌故。與遺老亦有往還，《半畝園留贈龔半千》、《讀田間集有作》，悉可觀覽。七律《詠史》六首、《十三陵十二首》，尤爲可誦。《桂林雜感》八首、《臨清竹枝詞》三首、《安慶竹枝詞》三首、《南昌竹枝詞》八首、《贛州竹枝詞》八首，小注所以志佚聞，一變宛轉旖旎之音，是亦有蜀庭、越庭之分矣。

南昌竹枝詞　八首録三

畫棟珠簾望不清，滕王高閣倚江城。層層馬櫪堆階下，白板朱書供大兵。

市上相逢都荷戈，水邊楊柳動微波。春時夾岸皆青草，正好東湖放槖駝。

星指欃槍湖以東，可憐人在會城中。眼中血滴望歸去，結伴抽籤萬壽宫。《與梅堂遺集》卷十

芋畹詩集六卷　越游草一卷　池陽吟草一卷　雍正間刻本

許七雲撰。七雲字畊華，一字畫林，安徽桐城人。諸生。工詩文。潛心義理之學。康熙四十六年南巡，

進《迎鑾詩》三十章。五十三年、五十六年兩次薦舉，均未售。越二年，年六十九卒。事具本書卷首門人張元泰所撰《傳》。歌詩分體。詠秦淮、姑蘇、西江、漳州等地山水名區，間謳民風。《越游草》爲康熙四十八年作，長篇短製，亦有不甚愜者。《池陽游草》有《齊山三十詠》，備述山中物産聞見，可供志乘之採。詩有清寒風味，蓋不以詞華取勝也。

松鶴山房詩集八卷 康熙間銅活字本

陳夢雷撰。夢雷字則震，號省齋，福建侯官人。康熙九年進士，改庶吉士，授編修。請假歸。會耿精忠叛，與李光地共商滅敵之計。光地用蠟丸上密疏有功，事平擢爲學士，而夢雷以附逆逮京師，下獄論斬。二十一年寬免，謫戍尚陽堡，三十七年召回京師，侍皇三子誠郡王讀書。繼入纂修館，《古今圖書集成》實出其手。雍正元年，以原係從逆之人，不便留誠郡王處，與家口仍遣黑龍江，時年七十三，當卽没于戍所。所撰《松鶴山房詩文集》，以康熙賜聯「松高枝葉茂，鶴老羽毛新」得名。康熙五十一年以銅活字擺印，能吉圖、楊文言、李煒、黄鷟來、諸葛璐、王掞序。詩歌分體，自成堅響。《題寧海將軍底定全閩圖》、《華巖嶺》、《松樹爲風雨所拔歌》、《題宗室輔國公奉天官民送別圖》、《海門行》、《山海關圖》、《西婦行》、《行路難》，豪情鬱勃。《坐繫西曹》、《東行口占》等作，悲壯高老。同時楊文言《南蘭紀事詩》、黄鷟來《友鷗堂集》有寄贈詩，多可參稽。抄本《鄭冀野詩集》有題陳省齋所藏御書卷子一百韻，敍夢雷身世綦詳。暗刺李光地賣友，亦康熙間一椿公案，近年史家考證甚明。夢雷與安溪相國絶交書，載所著《閑止書堂集鈔》。唯夢雷兼長詞曲。此集附詞一卷、雜曲一卷，向來罕有齒及者。雖未見自抒悲憤，亦不當謂弦外之音也。

高叟詩證一卷附詩案一卷　雍正四年刻本

高旮霄撰。旮霄字漫村，湖北黄陂人。雍正二年，南游一載，歲盡方歸。撰《三游南草》一卷。三年，督院楊某以溺職特參邑令趙某，附參紳矜，旮霄以遠游方歸亦及之，逮繫數月。出獄後復撰《詩案》一卷。雍正四年刻版，名《高叟詩證附詩案》。首自序，云年已七十有六。其南游路程，首經匡廬，游周氏園。過徽州，見山多田少，居民强半業賈。至巖鎮，鎮極雄富，居人萬家，屋廬邸第，甲於海内。祠宇社壇壯麗，累費數千金。蓋明季兵火之禍，獨歙幸免，誠久安之地也。赴嚴州，游桐江釣臺。游杭州、西湖，歷蘇州、無錫、常州、鎮江，訪南京諸勝，歸途過天門山、池州，一路有詩。其詩不能出以慷慨，可見性情之所寄及當日太平景象爾。

之溪老生集八卷　康熙間刻本

先著撰。著字渭求，號躅齋，又號遷夫、染菴、之溪老生、盍旦子，四川瀘州人，流寓金陵。善書畫，尤工詩詞。此集與《勸影堂詞》合刻。卷一、二曰《嚴許集》，以詩爲友人嚴元所許因名，卷三、四曰《藥裹集》，以六七載間未嘗去藥故名，以次爲《藥裹後集》、《續集》。卷首自撰《盍旦子傳》無生年。據卷八《訪梅勿菴詩》自注，小梅文鼎十八歲，當爲順治八年生。詩中紀年晚至丁酉，卽康熙五十六年。程庭《若菴集》卷三詩餘有先著序，亦丁酉作。沈德潛《别裁》稱自云先世瀘州，或云託言蜀地，並託言姓先。今卷一有《鹹魚嘴》詩作於蜀中，似原籍姓氏不當有以疑。集中有關諸遺老名士詩甚多。懷顧炎武云：「亭林有顧生，世變貞其貧。考訂歷代事，廓清千日塵。道喪志則孤，欲以身爲殉。隻字不自欺，著書異等倫。音學獨爲最，儒林此其真。金石記山川，性天根鬼神。避地死關中，歸魂東海濱。」輓王仲儒云：「清酒蕪城細論文，不曾轟飲祇微醺。人間繆種流傳遍，難道淪亡最慟君。」「蔣叟前民吴翁菌次墓草新，崇川一老范汝受動酸辛。何堪斯世觀居者，歲歲逢春哭故人。」《演長生殿傷洪昉思》云：「一曲新聲是禍媒，當時傳寫徧燕臺。陽侯不爲才人惜，竟向錢塘水底埋。」「飛燕昭陽事有無，玉環銜恨不勝汙。借他一尺紅牙拍，洗却唐家稗史誣。自注：洗兒錢事，蓋小説之誣，爲史家誤采。喜其絶不涉此，可云雅奏。」「洪生本色填詞客，出手遥拈若士香。正是斷腸千載事，殘春天氣好排場。」又有《廳盧慧工彈琵琶歌》、《思蘆村歌送王禹圖》、《題漸江西干筏泛圖》、《吴綺園寄龍柱天蜆墨》、《哭周證山》、《挽王山史》，與畫家石濤、黄鼎亦有往來，凡此多可弋獲。《舟中見淮陽飢民口占》、《堰水北》、《堰南土》、《安平誌石歌》、《明聖湖行》、《休園靈壁大理石屏歌》、《雜詩八十二首用阮籍詠懷韻》，詩多矯異，又以冲淡之音寄其憂思，是無異於遺民者矣。

夢月巖詩集二十卷　雍正三年刻本

吕履恒撰。履恒字元素，號月巖，一號坦菴，河南新安人。康熙三十年進士。官青城知縣，升湖廣道御史。出爲雲南、江南鄉試同考官，擢户部侍郎。是集有張希良、沈德潛、周稚廉、張漢等序，詩一千四百餘首。乃共姪纘曾等校刊。《四庫存目》著録。王士禛曰：「夢月巖詩，高渾超詣，正以不甚似杜爲佳。」此集《言詩》小序有云：「詩至唐，菁華竭矣。後人取其糟粕，釃而漉之，知不復醇也。乃更雜以醯醢，氣索味變矣。今之有志者，盍力爲防焉。」沈德潛曰：「當時言詩者多欲尊宋祧唐，司農志趣不但不落唐以下，並蘄追六代以上而從之，可云特立别行。」夫詩至唐而極盛，以後變化，唯從紀實議論求之。清初習宋，乃大勢所趨。履恆求醇，祇可摹擬氣體。至集中《自潕水歷辰沅舟中紀勝》、《祖越寺至羅漢洞》、《石淙歌》、《牛口谷》、《伊闕行》、《後伊闕行》、《寧鄉坤元宫雙松歌》、《石樓行》、《郟縣行》、《居庸關懷古》、《太行行》、《長城行》、《登高邱而望海》，均較傑出。《斫榆謡》、《古城謡》、《函谷謳》、《鄰人别》、《豫民謡》、《哀流亡》，亟言民生疾苦。五七律《洛陽雜詠》八首、《金陵雜感》十首、《棧中》、《早發褒城》、《梁州》、《讀太白集》、《荆州懷古》、《孫大帝廟》等篇，取材較豐。詩歌能合於事而作，庶幾可矣。生卒年不詳。卷五《自敍》有「我生四十不仕宦」句，而詩止于康熙五十八年己亥，計其年且七十。履恆工曲，撰《洛神廟傳奇》，近始見有影印本。其叔琨，官廣西南寧知縣，有《東山草》、《滇游集》、《燕邸草》，刊於康熙四十二年，履恆爲之序。弟謙恆，亦有集。

隱厚堂遺詩二卷　光緒間刻本

張在辛撰。在辛字卯君，號柏庭，山東安丘人。父貞號杞園，拔貢，舉鴻博未試，官翰林院孔目，著有《渠亭山人半部稿》。在辛亦出身拔貢，授觀城教諭不就。工書畫，喜金石篆刻，爲鄭簠弟子。嘗修《青州府志》，撰《安丘鄉賢續傳》。有《篆印心法》、《隸法瑣言》未刻。是集爲曹𣿳、李大本選，首乾隆八年馬長淑序，光緒間其七世孫介禄爲之刊版。詩止於雍正十三年，年八十五矣。選詩僅見於盧見曾《山左詩鈔》。此集有《村居即事》、《彭城覽古》、《題畫竹》諸題。游覽江南，所存無幾。晚與高鳳翰交，爲繪《南村圖》，贈答屢見。雍正五年，作《渠邱九老歌》，亦軼聞也。

藤塢詩集不分卷 康熙間刻本

梁允植撰。允植字承篤，號冶湄，直隸正定人。拔貢生。官錢塘知縣。康熙三年，值閩變，總督李之芳移鎮三衢，巡撫田逢吉督兵，咸以允植爲能，命佐軍興，調兵食，支應滿漢兵餉，無缺乏。由袁州同知，擢福建延平知府。《詩集》分體不分卷，約爲康熙十五年至十九年之間詩。作序者徐釚、汪懋麟、方象瑛、龍光、牛子奐、丁澎、陸進，多有通家之誼。蓋允植爲清標姪也。五古《太原夜行》、《泊舟三衢即事》，七古《晉源行》、《邯鄲行》、《渡河歌》、《烏石灘歌》、《華清宮懷古》、《鳳凰山懷古》，體渾詞整。近體詠井陘、汾水、霍山、趙城、泗州、金陵、杭州，多記載山川之勝、風土俗異。附刻《柳村詞》一卷。康熙十九年，允植官錢塘，曾爲李漁墓題碣。墓在九曜山之陽。嘉慶十二年趙坦重修。後人題詠不絕。

乙未亭詩集六卷　康熙間刻本　畏壘山人詩集四卷　康熙間刻本

徐昂發撰。昂發字大臨，號綗菴，江蘇崑山人。康熙三十九年進士，改庶吉士，授編修。五十三年爲福建考官，五十九年官江西學政。雍正初，以事遣戍新疆，未詳所終。著有《畏壘筆記》。工駢文與詩，宋犖選入《江左十五子詩鈔》。所撰《乙未亭詩集》，首韓菼序，稱「詩宜其極才而盡變」，稱許甚至。《租牛行》、《過高郵作》，狀寫世情，每爲民請命。《述學校五十八韻》，此題亦可參考。詩學漢魏，有六朝、三唐遺意。《競渡詞》、《颶風謡》、《吼山》、《黔中吟》、《泛塊壘湖作》，清矯勁直。《宫詞》八十首，取史事加以藻飾，附汪琬、田雯、韓菼、周斯盛、惠周惕等人題詩。又有《和惠研谿先生紅豆詞二十首》，亦爲世所稱。續刻《畏壘山人詩集》四卷，爲通籍後作。西至黔中，東抵閩嶠，刻畫山水之作特多。《雁門關》、《井陘關》、《鐵關嶺》、《漱玉亭》、《鳳尾岡望海》、《過澱山湖》、《龍寫山》、《翠蛟潭》、《石嶺關》、《桑乾河》、《經廣武城》、《淮陰侯釣臺》、《觀打漁戲爲鸕鷀歌》、《富春道中》、《過七星瀨》、《灘行漫興》、《鼓山》、《彭蠡湖》、《九嶺灘》、《雞鳴山》、《十八灘》、《大庾嶺》、《湞陽峽》、《峽山寺》，令人目不暇給。昂發以文酒自豪，常傾四座。唱和友爲顧嗣立、王式丹，而其詩光彩照人，非顧、王所及。《四庫》僅著録《畏壘山人詩集》於存目，《提要》稱其詩：「下手太快，亦頗乏渟蓄深厚，則思鋭而才狹之故也。」所言亦中肯綮。昂發弟子黄子雲《長吟閣詩集》卷五有《楓江徐師輓歌》，注謂「丁巳乾隆二年旋里」。詩編年庚申乾隆五年，爲考昂發晚年重要材料。

完玉堂詩集十卷 康熙間刻本

元璟撰。元璟字借山，初名通圓，字以中，浙江平湖人。天童寺僧。居杭時結西溪詩社，與黄宗羲、周篔、汪琬、吴騏均有過從。康熙四十二年南巡，至吴門行宫，備問法門淵源出世始末，命隨駕。旋召入京，爲高士奇所扼，洗鉢逾年，結交勝流，聲價益重。是刻爲元璟手定，十卷以《東湖集》、《名山集》、《紅椒集》、《紫柏集》、《太白集》、《緑瓊集》、《京師百詠》、《晚香集》、《黄琮集》、《鶴南集》爲名，共詩一千五十二首。《四庫》列入《存目》。卷首題詞吴騏、朱彝尊、王士禛、汪琬、毛奇齡、沈季友、董俞諸老宿，吴雯、洪昇、查慎行、惠士奇、吕無黨，皆一時勝流。自序云：「束髮讀儒書，立志入空門，歷十六寒暑，蒙詔命入都。」結識朱彝尊在康熙壬午四十一年，而彝尊稱「借公英年好學，才情清俊」，是年齒不高也。汪琬稱：「扣其本分事甚透徹穩當，閒論五家宗旨，一一精明。」今讀其詩，紀游詠懷，兼誌土風，與儒者無異。元璟北歷雁門、五臺，南泛海閩粤，所作《西溪雜詠》、《南磵六詠》、《厦門竹枝詞四首》、《廣州雜詩十二首》，《提要》稱落筆清新，自能遠俗者是矣。又稱可取者盡在近體，引王士禛《居易録》摘句以證。然如《京師百詠》記旃檀佛、觀象臺、金鼇玉蝀、景山、五龍寺、大西天、白塔、柴市、琉璃廠、白雲觀、東嶽廟、盧溝橋、海淀、甕山、裂帛湖、卧佛寺、碧雲寺、秘魔崖、潭柘寺、笑巖寶祖塔、萬壽寺鐘、窑變觀音諸名迹，詠石鼓、自鳴鐘、蟒式、太平鼓、報國寺集、放空鐘、鞭陀羅、打鬼、踢石毬、冰牀，衆體並包。題畫之什，尤多古風，亦足采擇。清初釋氏以詩鳴者，讀徹有《南來堂集》，函昰有《瞎堂詩集》，光鷲有《咸陟堂詩集》，函可有《千山詩集》，今釋有《徧行堂集》，大汕有《離六堂集》，皆由明季儒士逃於僧者。元璟生於全國平定之時，詩亦應時運而作，無超然艱澀語，遂大異其趣矣。

報國寺集

月之朔望廿有五，報國寺集看販古。何異東京上巳時，洛陽橋上人織組。青黄朱紫紺黑白，王公士宦兵優豎。蒿蒿濟濟蜂户然，也有閒人閒步武。山門以内地稍寬，疊亂雲霞舊章甫。零星閣帖殘蠹書，依稀冷攤殿兩廡。漸由東廊布翠幌，銅雀金鴨傍玉虎。珊瑚朝珠翡翠簪，宋爵唐琴供摸撫。其最奪目樓東角，洋盒洋盆頗媚嫵。鬭雞酒缸久已無，何者柴官哥定汝。藕心錢破菱花暗，石黛硃砂剥欲腐。大概瓶爐冒宣德，商彝夏鼎誰能估。西廊迤邐亦可翫，米珠燕石知無數。魚腸羅喉雕鎪帶，牛鐸匕首摩尼杵。倪黄王李跡模糊，米董蘇黄欵錯迕。凡馬皆稱松雪翁，頑山盡識仇實父。眼眵意倦兩足酸，虚費天光悔何補。從來帝京市若蜃，真者難售假易賈。茫茫誰是賞鑒家，大笑出門日卓午。《完玉堂詩集》卷七《京師百詠》

閒的兒

畊田性不耐勞苦，讀書少也失父師。作官那得才與粟，行販又乏囊中資。肚饑無飯衣無襦，老天

養就閒的兒。人人有錢皆可須，不忮不求亦不迂。請君弗笑閒的兒，除了京師天下無。《完玉堂詩集》卷七《京師百詠》

闖將

南京風澆多辣子，北京俗悍有闖將。甘心作孽行狹斜，大膽過人逞伎倆。裼裘乘月喜莫當，被酒攔街怒無狀。嗚呼安得都護丁，還使閭閻皆揖讓。《完玉堂詩集》卷七《京師百詠》

題詞　　洪昇

借山和尚分座天童，鉗錘衲子，手眼精明，名喧叢席。既而欲匡廬嘉遁，歲癸未，天子南巡召對，備問法門淵源。御舟賦詩，書擘窠大字，稱旨。於是千官翹首，萬姓歡呼，無異青蓮在沉香亭以金花牋進清平調也。膺命入都，殊非初志。余送之曰：「心欲東林住，身爲北闕遊。自承清問切，難任白雲留。竹笠銜梅雨，蒲衣換麥秋。定知飛錫到，新院闢紅樓。」公留別有「徘徊碧溪步，澹蕩白雲心。偶爾應明詔，故人知我深」之句。江南北、浙東西傳爲佳話。《完玉堂詩集》題辭

瀹齋詩集十二卷　康熙四十二年刻本

吴士熺撰。士熺字仲初，號瀹齋，福建莆田人。官國子學正。出吴越，歷東齊、燕京、中州、西晉，至粵東

南海，經歷甚廣。以三十餘年採訪所得，悉發於詩，辭采音節，俱臻精妙。是集有林洪烈序。附《文集》二卷，載有《粤風》自序。康熙間征戰之事久息，士熺至廣東，見舟車輻輳，琛貨充盈，作《九龍行》、《南海行》、《觀海》等詩。與澹歸和尚亦有贈詩。歌行《蔡君謨萬安橋石碣歌》、《黄肅國故第歌》、《荔支酒歌》、《荷蘭酒歌》、《貢象行》、《鐵牛歌》，善陳時事，才力足埒。又作《燕京詠古》，俱歷史人物。《韓侯嶺》、《虞坂行》、《燕京燈市行》、《鹾池行》，以刻畫山水、采掇民風見長。康熙間詩家精當者難悉數求，是集亦在傳與不傳之間，乾、嘉以後，不習於此種大手筆矣。

鹾池行

禹承令襲平水土，續哀奉桴告圭珇。地絡分紀巨浸通，潤下作鹹生潟滷。裂陌析甽罔墮躔，夔魍竄舞避蒸煎。崖砠井樹皆可致，崖砠雨滋日暵，積如礬霜。西蜀滇黔鹽皆井出，又有木鹽依樹，蓬鹽依草。厥貢鹽絺海岱先。古者山澤虞衡掌，周禮鹽人供祭享。菹新煮海興萊來，漢制榷征窮九壤。溟溟鹽澤出河東，河東大鹽出解池，一名鹽澤。《水經注》所謂鹽鹽、《山海經》所謂鹽販之澤也。晉中豐殖比穀同。柳子厚謂猗氏鹽爲晉寶之，人賴之，與穀同。不疏不闢后祇寶，化由神造豈人功。幅員廣袤亘百里，仰如盤盂平如砥。前抱中條接太行，度次實沉躔腦觜。《森羅記》觜觿實沉之次，屬益州，晉之分野。畫野塹川繚爲壕，旱理其卑潦營高。臬畦釃畝浮方版，日晒水凝，面成方版，薰風南來時則版上花生。撈採不煩盆鑊勞。蘧廬聯覆如墉積，𥂕阜作料，臺以堆鹽其上，上覆以茅，廻環起伏，望若蘧廬。羡漫區域光相射。斗粒瑩瑩擬鍜圭，場花皚皚渾堆壁。盛夏時水膚凝結如冰，薰飈震蕩，乃成顆粒，謂之斗粒鹽。天潢注水瀦廣淵，沃以湧金與甘泉。東北有湧金泉，水潛入地中注鹽池則生鹽花，故有湧金之號。淡泉一名甘泉，在禁垣内，池水作鹹，惟此獨淡，故名。風谷隆隆盆口出，鹽風洞在風谷洞旁，洞口如盆，仲夏應候風出聲隆隆。然鹽花得此一夕而成，俗謂之鹽南風。凝冰積雪碧浮天。爰濟横汾及河朔，西踰隴坂南汝洛。食鹽之廣，自三晉及秦豫。河艘砥柱望連檣，山輦嶺軨看擊轂。嶺軨即今軨橋是。唐崔敖《鹽池碑》：「其漕砥柱，其關嶺軨。」泉貨之廣斯爲奇，規畫當年隸度支。宣武以來資税利，立官收税利，自魏宣帝始。制置實重東西池。宋分兩池，置官總其事於制置司。定徭防潰竭民力，黑龍雷鳴日不息。俱外堰名。春溜壞堤正築渠，秋霖決堰還引洫。畦夫鍬畚苦蒸炎，場吏輸倉困歲添。禁垣雉列遉譏密，封堠星羅乞運嚴。地上有牆田禁垣，環池藩屏闢三門以通出入。内外各設鋪舍，以供守望，以嚴譏察。重英表稔神所福，崔碑：「粒重英以表稔。」怪蜃饞蛟隨潛伏。累朝命秩視三公，禋祀明禋等四瀆。池神歲以春秋季月之朔致祭。唐錫號爲寶慶公，宋封東池之神爲資寶公，西池神爲惠康公。於皇膺圖歲貢珍，登牲瘞幣集鹽人。赤帝握符光閃閃，箕伯鼓箑涣鱗鱗。大者印纍小珠剖，當南風時，其色紅白，顆大如印。步可盈車尺踰斗。日晶熠煜丹齒芒，銀海蟠花良非偶。我來登眺陟分雲，嶺名，在中條極嶺，矗峙于鹽池之上。千巒窄䆗望絪緼。八駿驍馳懷駐蹕，《穆天子傳》：「戊子，王至自鹽。」卽鹽池也。五絃揮奏憶歌薰。舜彈琴歌南風於此。近池有琴臺歌風樓，以紀其蹟。廥倉一瞬轉千億，封殖直可猗頓匹。《史記》

猗頓用鹽鹽起家，宫埒於天子。和羮績慕傅氏巖，近鹽利愛郇瑕邑。《左傳》：晉人謀去絳，諸大夫皆曰必居郇瑕氏之地，沃饒而近鹽。緬昔苞符洛呈書、河獻圖，載民奮穀八闋歌嗚嗚。唐饑虞壤思帝力，萬壽亭前舞且呼。近建萬壽亭於池之陽，面向琴臺。

閩鄉土地瘠薄俗尚敦朴而秀彦輩出志稱比之鄒魯然終不得列諸風詩者以其僻處遐陬無由表見適雅集偶拈閩風數什雖旨微詞淺頗有所不盡而後之君子欲採而陳之亦得以覽焉　十首録三

採珠年少挾生犀，環島苫茅覆舍齊。秋蚕山城趨鳩過，春深驛路鷓鴣啼。虚舟水碓灘聲急，瘠土火耕野色迷。裹竹編篷奔怪石，篙師巧出萬重溪。上游多架水碓繫舟，急灘夾以雙輪，聲在舟中。山田磽薄，農家多燒茅爲漑。建溪最險，行舟者必裹竹護船，以蔽怒浪。

鄰霄臺畔對斜暉，歷亂榕陰已數圍。猿狖攀藤將子出，鸕鷀背水帶魚歸。晚風野寺黄橙熟，春雨山園紫芥肥。貢獻卽今辭遠物，空留禁石望依微。長樂廣石，産紫菜特美，閩王常採以入貢，禁民私取，因名禁石。

千村麻苧散嵐煙，遍擢瑞蒲過野田。茶製月團推北苑，機裁雲錦勝西川。水晶坪照飛泉瀉，木乳香多複嶺連。家得魚鹽生計給，書聲比户雜絲絃。建陽嘉禾里出紅緑錦，因號小西川。水晶坪在漳浦。蔡希逸詩：「瀑流千丈掛長虹，瀉下銀河數千尺。」《九域志》：「上杭香嶺産木乳膏。」夾漈《通志》載十室九書堂。《瀹齋詩

集》卷七

廣中雜詩　二十首録六

物産炎方最得名，銀場錫冶歲常徵。蚶田魚埠家還給，不羨當年海舶盈。

海近潮高祇苦風，巨流南渡霧濛濛。舟行隨水渾無定，半月西流半月東。海潮皆一日兩信，惟瓊海半月東流，半月西流。

家修奩具嫁蠶姑，盛飾曾如嫁女孥。俚俗親情原自重，聽來姻婭亂相呼。南方祀金蠶，家多居積致富，欲移置他家，必盛飾奩具，畧如嫁女儀。兩家以姻婭相稱，俗謂之嫁蠶姑。

師巫草木信偏真，楓贅賽來怪作人。伏臘村村紛禱祀，叢祠燈火晚常新。楓樹歲久生瘿，每逢雷雨，則樹贅暗長，越巫取以通神，到處廟祀之。

蛋人僮户雜居氓，岐峒黎山少服耕。珠母檀香猶互市，年來酋部息戈兵。

荒祠鷄卜走村翁，更笑祀蛇俗尚同。聞説金錢堪貸客，奚囊何事苦還空。祠廟多祀蛇，商賈每與蛇請貸。

《淪齋詩集》卷十一

查浦詩鈔十二卷　康熙六十一年刻本

查嗣瑮撰。嗣瑮字德尹，號查浦，浙江海寧人。康熙三十九年進士，改庶吉士，授翰林院編修，官侍講。

五十二年，典試廣東。工詩，與兄慎行（原名嗣連）名埒。雍正三年，兄嗣庭典試江南，以「君子不以言舉人」命題，雍正以其心懷怨望，下獄，病死，戮其屍。嗣瑮闔門悉付詔獄。從寬，流陜右，後釋還。卒於雍正十一年，年八十二。著有《南北史識小録》。是集爲其子基所刊，《四庫總目》未收。首有康熙二十七年錢澄之舊序，敍與嗣瑮先世交情，述故國之交游，感河山於疇昔，頗爲沉摯。嗣瑮早年之詩，談西湖遺事，懷屈大均、錢澄之、陳恭尹，《題徐思肖高寒閣詩後》，多有故國黍離麥秀之意。卷五《燕京雜詩一百首》，起燕昭王，歷唐、遼、金、元，而獨詳明事。至於登臨行役之詩，如《淮之北》、《駱馬湖》、《鬧河謡》、《道旁謡》、《黔中近事》、《瘴煙》等篇，多狀寫荒亂凋蔽情景。《自晃州入平溪衛宿紀所歷》有云：「蠻程五里十里長，荒徼千山萬山禿。飢民多已竄流籍，死馬何堪量論谷。尸蟲作蠱時羣游，怪鳥啄骸猶帶肉。」令人慘不可讀。典試廣東，有《重游嶺南》、《廣州竹枝詞》、《桐江雜詠》、《將游武夷自甌寧入建陽途中偶成》，遊肇慶、昭州、陽朔、桂林、灕江等詩。視學畿輔，有《天津》、《豐台王園芍藥歌》等詩。集中交往並題詠之作，有《題小秀野圖爲顧俠君賦》、《孔東塘座上聽關東客彈小忽雷》、《送王石谷南歸》、《全唐詩校竣將游北行留别劉荔軒通政》、《題宋山言學詩圖》、《宋綿津題秀野草堂圖》、《題林吉人長林豐草吾廬圖》、《廉希憲萬柳堂》、《題諸葛嫁娶圖》、《題吴歷畫》、《寄壽梅定九徵君八十》、《哭瞿菴沈太史六十韻》、《題翁蘿軒仗節渡海圖》。與朱彝尊、徐乾學、蔣伊、吴璟、王式丹、朱樟，亦有贈酬。兄弟聯唱，尤見工候。唯其詩氣卓骨堅，與慎行之圓熟達練者，猶有不同耳。末卷有《恭紀神靈瑞應九章》。紀天台山民於雍正七年十一月見神鳥飛鳴，石梯兒溝於八年見鳳凰翔集，四川犍爲見祥雲捧日，皆屬附會。而記雍正四年黄河六省俱清。西邊臣服，貢象輸丁。雍正八年會試廣額。七年，奉天將軍奏小米一斗價三分，豆一斗價一分二釐。各官養廉之費幾千百萬兩，兩年復盡蠲數十載積欠。俱爲事實。雍正一朝，社會安定，亘古少有。此詩雖稱賀之詞，亦未嘗不可以爲史據也。

青笠山房詩鈔五卷　乾隆十三年刻本

許登逢撰。登逢號聽菴，安徽桐城人。貢生。康熙五十年，以《南山集》之獄牽連，雍正元年始解。授江陰學官，不就。卒年約七十。撰《青笠山房詩鈔》五卷、《文鈔》六卷，乾隆十三年始有刻本，首黄瑞鰲序。傳本甚少，在若存若亡間。詩多作於康、雍之際。《望黄將軍墓道歌》、《望岱嶽》諸篇，氣勢渾灝。泌令劉又臺以才能被憲檄，委運軍儲，至察哈爾，出塞四千里，歸過京師，爲縷述所歷，登逢彙次其語，爲詩十餘篇，雖非目驗，亦足廣異聞。題畫詩甚多，亦可采摭。

南蘭紀事詩五卷　毘陵楊氏詩存本

楊文言撰。文言字道聲，號南蘭，江蘇武進人。父瑀，字雪臣，明亡遁迹不出，講學郡中延陵書院，與兄玶及同郡惲日初，負東南時望。顧炎武嘗曰：「讀書爲己，探頤洞微，吾不如楊雪臣。」文言與兄昌言亦同負文譽，又通曉兵農曆算，有經世之志。康熙十二年，受耿精忠聘爲上客，未受委任。十九年，與陳夢雷北至京都，夢雷下獄，文言南歸。依徐乾學最久，終隱於家。卒於康熙五十年，年六十。嘗爲陳夢雷《松鶴山房集》作序。邃於曆算，《古今圖書集成》中《曆象圖説》，李光地《曆象本要》，均出其手。見平步青《霞外攟屑》卷一。妻曹蕚真字緑華，江陰人，亦能詩，有《絡緯吟》一卷。此《紀事詩》二卷，即曹蕚真編。序云：「束髮受書則有《春雨樓草》，弱冠有《容滕軒草》，四方憂患則有《無諸草》、《甌江草》、《倦飛正續草》，與三山太史聯鑣唱和有《北征草》、《金臺草》，著書傳是樓有《玉山草》，聚徒授經有《高松東閣草》，赴隴西學士之招有《東華幻游草》，主于崑山司寇有《碧山草》，移居而後有《南樓草》，赴壽昌相國之招有《秦淮草》、《江行草》。」惜均未梓。唯是編以鈔本流傳，光緒間始收入《毘陵楊氏詩存》。集中《謝當世某公》、《與明州萬子話舊感述》，自敍經歷甚詳。《屋漏苦》、《開河行》，多切世事。《京邸感舊示省齋太史》，爲與陳夢雷聯吟僅存之詩。《月下登崑山》、《莊子四十歌》、《西瓜行》、《唐貢山試茶》、《與明州萬子話舊感述》、《詠懷古蹟》、《題玉蝶釵傳奇》、《戲題絡緯吟畫像》，敍事攄情，多可考徵。《觀元祐黨籍碑》云：「國事隳私鬬，清流入望空。是非終自定，邪正苦相攻。百代成車轍，千秋付石工。近應門户少，諾諾尚和同。」隱而有發。是編有其子祖祥跋、洪亮吉跋。《絡繹吟》亦同時收入《詩存》。

清人詩集敍録卷十五

北廬詩鈔二卷　康熙間刻本

陸毅撰。毅字士迪，江蘇太倉人。康熙二十七年進士。由户曹官景州知縣。四十八年歸里。是集有同里王吉武、青浦王原題詞。王原字令詒，與毅同科進士，官銅仁知縣，著有《學菴詩類》。集中有《哭座主楊覺山先生四首》，覺山名周憲，浙江仁和人，二十三年爲江南鄉試副考。又與唐孫華同里同科進士。孫華《東江詩鈔》有記里中事《哀羣盜》、《徙邊婦》、《開河行》、《官倉》諸篇。毅亦作《徙邊婦行》、《食草行》相和。《紀異次東翁韻四首》有云：「自是風煙多變態，直憂搶攘不須時。」自注：「吾鄉富室被掠，遂有捆載而逃者。」皆與東江詩相近。據《自述》詩「我生之初當甲午」，當爲順治十一年生，結集時年約六十，較孫華小二十歲。他如《詠貢茶》、《義興瓷器》、《劉伶墓》、《陽羨雜題》、《五月十七日紀地震》等詩，亦質實可采焉。

徙邊婦行　里中狂賊三十餘人，以罪見法，妻子皆徙極邊。株送之日，慟哭過市，路人皆哀之，予爲作詩。

宅流倣古制，幸免劓刖傷。詩稱畀有北，猶愈豺虎傍。獨憐襁負者，纍纍婦人行。婦人守雌伏，目不辨四方。良人妄自雄，肯問道於盲。一朝淪禍敗，玉石焚崑岡。長辭太平里，遠入魑魅鄉。萬里始跬步，一步一羊腸。陸行昧車馬，水驛怯舟航。半菽久不飽，何從裹餱糧。膏沐且非時，何暇縫衣裳。沿途遞檻送，相視牛與羊。無疾鬼爲鄰，未死身已僵。白骨半溝壑，終然委沙場。古者坐宮刑，已實胎之殃。囚妻令入獄，相率弛鋃鐺。罪人既不孥，還分日月光。兹獄固無寃，六月仍飛霜。相率出郊郭，舉目皆悽惶。生女不如無，直前謝爹娘。故夫族尚在，含淚辭姑嫜。亦有呱呱兒，懷抱如平常。須臾恨未死，妾忍棄道旁。遲久强登程，聞者涕淋浪。唐衢詩善哭，辭義寒星芒。我欲爲招魂，無力訴穹蒼。哀哉此嫠婦，問途終茫茫。東江先有詩。《北盧詩鈔》卷上

食草行

聖恩有詔停催租，官司下帖征遺逋。四載均輸並一日，遥憐民命畢追呼。鄰縣承宣似較力，夜來堂下鞭笞急。忽聽疲民嘔噦聲，肢體傷殘動肝膈。傾喉而出疑黄粱，誰知非秕復非糠。曾是牛羊豢養具，離離青草充餱糧。自昔食糜教食肉，野餘青草猶需足。縱使皮消骨尚存，對此何堪救鞭朴。幸逢司牧恤羈孤，下堦諦視血模糊。如聽石壕幽咽泣，如親安上流亡圖。太守聞風亟請命，收回前日征輸令。窮邨苟免吏打門，草根一飽仍高枕。吾聞太陽之草可長生，青鳥銜將活死人。今日唾餘醒涸鮒，轉覺玉芝蓂莢非神靈。自古救荒亦多術，忍視蒼黎有菜色。屑榆爲粥解撑腸，竹花舂米還堪食。

一草蒙茸豈療飢，箇中滋味幾人知。范公烏味忠良鑑，文正公任江淮使，以貧民所食烏味草進呈。鄭老凫茈哀怨詩。纔過飢荒疫癘作，庸醫束手思扁鵲。食草應多哽噎人，胸中十日常爲惡。人人那得嘔心肝，清虚五臟足朝餐。須臾緩死堯湯世，留取秋租貢上官。《北盧詩鈔》卷上

峇嵫人集不分卷　康熙間刻本

謝乃實撰。乃實字華函，號峇嵫山人，山東福山人。康熙二十七年進士，官睢陵、興寧等縣知縣，福山有峇嵫山，因以名號而名集。此集列《四庫存目》，無卷數序跋。附《詞名絶句一百三十首》，爲古今所未有。生年以《六十初度》詩推之，爲順治九年，卒年不明。詩以《芝罘懷古》、《蓁山松》、《官湘中行役》諸作，較爲清雅。《看西洋畫圖》云：「歲晚百貨集，畫法多西洋。兒童買數紙，黏諸卧屋牆。重門遠洞達，高棟夾長廊。晴空淨埃垢，炎暑貯清涼。粉壁馳路外，青林杳靄旁。鷹隼排擊空，騏驎騰大荒。誰知環堵内，有此遨遊場。金谷季倫宅，平泉李相莊。富豪人何處，投老瘴癘鄉。何如畫圖裏，卧起足徜徉。」田家詩則千篇一律，殊不耐讀也。

愛日堂詩集二十八卷　乾隆間刻本

陳元龍撰。元龍字廣陵，號乾齋，浙江海寧人。康熙二十四年一甲二名進士，授翰林院編修。累官至廣

西巡撫，在任七年。雍正禮部尚書、文淵閣大學士。乾隆元年卒，年八十五，謚文簡。愛日堂者，康熙賜書，故以名集。是集首康熙二十三年葉映榴序，乾隆元年黄之雋序。六十年間詩，共二十八卷，《四庫》列入《存目》。作者侍從禁庭二十四年，最承寵眷。詩多頌聖之作，無神韻可言。詠嘉興煙雨樓、《贈錢遵王三十六韻》、《農蠶雜詩十首》、《贈惠研溪》，以及題王石谷畫多首，較可觀采。出撫粤西七載，詠桂林獨秀峯、隱山六洞、七星巖、劉仙巖、疊彩巖，可爲一區風景之會。《粤花十六首》亦有識名之助。康熙六十一年，逢千叟宴，詩與小序，畧紀當日盛況。家貲富厚，甲於東南。後乾隆四次南巡，均駐蹕於其園，盛遇亦前所未見也。

拗堂詩集八卷　乾隆七年刻本

景星杓撰。星杓字亭北，浙江仁和人。少好任俠，傾家紓友難，已而折節讀書，自號菊公。生於順治九年，卒於康熙五十九年，年六十九。臨歿以詩文稿付桑調元屬爲付梓。核其目録所著，《山齋客譚》、《蜨史》均有傳本。《菊公詩》五十卷、《醉翁詩》二卷、《菊公詞》八卷、《拗堂詞》一卷、《松風詞》一卷、《拗堂文》十六卷，俱佚。今所見《拗堂詩集》八卷，即乾隆七年桑氏蘭陔堂刻本。詩共三百三十九首。古體幽深，近體亦記風異。桑調元序謂：「絶空依傍，直吐性靈，潛居蝸廬，吟詠自豪，不與人競名，抱知希我貴之意。」當爲知者言。其著者爲《牧牛詞》、《羅官米》、《蒿里曲》、《鄰家婢》、《觀賽神北郊》等篇。《羅官米》云：「雞鳴風凄凄，餓夫悲語妻。侵星糴官米，歸來雞還棲。此去夕不還，應恐魂來歸。不見鄰家老，頭裂緣鞭笞。又聞寡婦兒，踐成足下饔。始貪官米賤可食，何知浥爛攙糠稊。況復臨險難，畏若虎穴躋。還歸相守分餓死，何復就爾官倉爲。」星杓與洪昇交善，昇殁，有輓詩。

哭洪昉思三首

昉思洪君，高才不偶。且以謫仙之狂，幾蹈夜郎之放。歸益潦倒，醉而沉水，時以捉月比之。憶嘗訪余於東城，誦詩啜茗，意甚歡洽，自是踪跡敻遠。没後適遇朱赓唐，言洪君稱道余詩不置。星杓風塵濩落，有同病騎，于君抱孫陽之感，哭以三詩。以其沉于水也，故語兼楚聲焉。

宗室忠宣後，於今有一人。地靈鍾此傑，天寶寫殘春。昉思撰《長生殿傳奇》。美色恒招妬，奇才竟誤身。堪將流俗恨，灑淚訴波臣。

見訪柴荆日，吟詩爲我留。豈煩長説項，翻悔失依劉。知己千秋感，哭君雙涕流。何時把椒醑，一酹大江頭。

津口公無渡，衝風捲夕波。騎鯨寧自意，披髮奈公何。作賦投湘水，登歌賽汨羅。魂乎急歸只，浮浪蝮蛇多。《拗堂詩集》卷五

笛漁小稿十卷 康熙間刻本

朱昆田撰。昆田字文盎，號西畯，浙江秀水人。彝尊子。國子監生。能讀父書，通其家學，嘗佐輯《日下

舊聞》。謝官家居，窮愁著述。卒於康熙三十八年，年四十八。時彝尊刻《曝書亭集》，乃以昆田《笛漁小稿》附其集以行。詩凡四百九十五首，高層雲原序，張雲章序以爲是刻將比之東坡父子而無復遺憾。其詩清雄絶麗，文詞奥博。題圖贈酬長什，工力悉深，不讓同時名輩。《英石硯山歌》、《亳州牡丹》、《五色鸚鵡》、《羅浮蝴蝶歌》，自注詳賅。詠鮞、鯉、鰒魚諸篇，亦有多識之助。交往爲查慎行、宋至、禹之鼎、高不騫、查昇等人。嘗游濟南，一至嶺南，作《大明湖》、《嶺南述懷》。江行有《登石鐘山》、《天門》、《馬當山阻風》等篇，聲情奇越而無炫逞之弊。蓋亦善學韓、蘇者也。

石臣詩鈔四卷　康熙間刻本

錢肇修撰。肇修字石臣，號杏山，浙江錢塘人。順治九年生。父開宗，官翰林檢討，十五年以科場案被誅，籍没家産。肇修年七歲而孤，全家戍往遼左，入籍奉天，後放還。工詩詞。娶林以寧爲妻，夫婦唱酬，爲士林佳話。康熙三十年成進士。再至奉天，始爲久住計。授河南夏縣知縣。後擢監察御史。挺然執法，有直聲。卒年不詳。是集卷一爲《櫟園詩餘》，收詞百餘闋。卷二爲《盛京竹枝百首》，一名《後出塞詩》，時在康熙二十七年，肇修訪婦翁於遼海，記當地時事，雜以風土諧謔。附陳賓崖琰和詩六首。卷三爲《逸莪集》，記康熙二十五年閏四月廿四日蘭溪大水，出於目擊。《雜詩八首》、《送湯西崖》、《題宣城梅定九飲酒讀書圖》、《贈汾上逸人》、《五君詠》、《客中行》諸篇，非一時一地之詩，然吐屬清雅，間備掌故。官夏縣，作《禹都》、《游瑶臺山八首》、《拜商相巫咸墓》、《詠郭璞讀書處》、《過柳子厚故居》，可窺一邦古蹟。卷四爲《杏山近草》。《讀家孟飲光田間集寄贈六十韻》，時錢澄之年已八十。《玉華洞》、《魚龍洞》，記石埭洞壑甚奇。其詩不甚得名，而於當時諸家亦無多讓焉。

盛京竹枝　百首録十七

予於戊辰之夏，入籍遼左，有前後出塞詩，謬爲詞壇稱許。辛未成進士，再至奉天，始葺廬舍，置阪田，買牛播種，爲久住計。攬川原之秀，見都邑之華，山陵鬱起，原廟翼如，慨然有作。欲擬平子《二京》、太冲《三賦》，雖才識不逮古人，然昭代龍興，留都首建，將以潤色鴻業，黼藻前徽，一代典章，不可闕也。間嘗訪禮問官，舊聞荒畧，良由定鼎之初，蕭曹入輔，吴鄧隨遷，南陽豐沛之間，虚亡人矣。獨與流亡新集占籍少久遠者，訪先朝之軼事，述當代之遺聞，間以里談，雜以諧謔，食瓜剥棗，仿豳雅之規，登覽畋漁，存上林之概。隨見隨聞，都成韻語，名曰《盛京竹枝詞》。昔《甘泉》、《羽獵》，子雲尚悔雕蟲，短引曼聲，其流愈下。然而寫繁音于毳帳，流逸響于旗亭，疊奏百篇，聊資一噱，嗜痂之士，或有取焉。覆瓿之譏，知不免矣。

三江分派護雄邊，長白東來勢蜿蜒。西極流沙三萬里，崑崙相望不相連。形家言，東有長白，西則崑崙，宇内之幹龍也。長白東注，實啓皇基。今上嘗遣人跡之，不得上，望祀而已。三江：黑龍、鴨緑、混同也，皆發源長白，細若泉流。

海疆寬廣集流亡，許占原田自墾荒。更沐皇恩重根本，五年飽食不輸糧。

松山東與杏山連，海月空濛萬竈烟。褓負兒童成皓叟，招徠都費内金錢。今上龍飛，亟下招民之令，徙家出關者，户給二十五金。

不煩蠡見測禎祥，自古乘除數有常。忍見白頭垂涕説，居民又滿八關廂。明時精兵聚于遼瀋，關廂皆滿。改革後盡罷兵燹。太宗生聚十年，户口蕃息。已而隨駕遷都，經今四十年，又苦人滿矣。

海邦南畔有田廬，改作天閑舊井墟。雲錦成羣三萬匹，牧人新賜紫金魚。錦州城南舊多村落，近改馬厰，虚亡人矣。

窄袖垂鬟淡約黄，蝤蠐素領映明璫。小家兒女隨時制，只有流人是漢粧。

見説披裘五月中，輕寒猶帶落花風。夭桃才罷荷錢小，满院玫瑰火齊紅。盛京花木甚少，節候亦遲，唯玫瑰最盛，五月始開。

春領行糧秋到家，打參之客，春去秋還。馬馱車載鬬豪奢。只愁辛苦荒山道，不遇豺狼遇喀喇。喀，康雅切。喇，郎牙切。巡哨之兵也。遇販參者輒奪之，噤不敢語。

臘月嚴寒大打圍，卽冬狩之意，歲有常例。八旗齊出壯軍威。到年飲至均頒賞，分得熊羆雉兔歸。

海城南去是牛莊，爲有人傳王彦方。盜劍守牛風最古，至今遺俗尚淳良。海城縣舊名海州，今隸奉天府。

蓋邑荒殘塞草齊，南臨大海跨虹蜺。巨僚請托無他事，媚術先求猖狗臍。蓋平縣去奉天三百六十六里。古蓋州地，濱海。猛狗臍，其土産也。

前年奉詔討强胡，伯也前驅發上都。蓬鬢垂垂渾不覺，空房愁殺夜啼烏。庚午夏，厄魯特近邊。詔奉天出兵爲備，上親征逐出塞，諸軍乃還。

廣寧三衛古營州，廣寧縣舊設三衛，古營州之域，醫巫閭山，實爲北鎮。北鎮巃嵸王氣浮。尚有玉符金檢在，陰陰古殿畫雲斿。廟在城北三里，舊制宏壯，今傾頹矣。國有大事，輒遣官致祭。

聞説遺風似葛天，到門投止即安眠。荒郊馬逸常還主，野汉魚多不取錢。余聞之故老，其言如此。今漸澆漓，不復爾矣。

邊地殊風久亦諳，瑣言聊復佐清談。民間酒税三抽一，關外禁釀火酒，搜捕甚嚴。釀者托名旗下，三抽一焉。市上行錢一當三。

生長邊屯樂有餘，家家買犢駕鹽車。留都每事從寬大，可廢官山府海書。盛京不禁私鹽，與民同利。

燈前鮑老舞蹣跚，百刼難逢倮倮蠻。近説太平真有象，南關新到小蘇班。本地雜戲名倮倮腔，近到小蘇班，乃吴音也。《石臣詩鈔·後出塞》

補亭詩集十卷　乾隆二十七年刻本

王晦撰。晦字服尹，一字樹百，號補亭，江蘇嘉定人。康熙五十一年進士，三甲，選庶吉士，年已五十。

明年其子敬銘登狀元第，決意告歸。五十四年，哀其通籍前後詩十卷，並《齊年堂文集》四卷，付其子。五十八年卒。是集於乾隆二十七年始刻版，有章藻功序，其子輔銘跋。詩凡五百餘首。《游支硎山法螺菴》、《木棉歌》、《曹生琵琶曲》、《白龍洞歌》、《登岱》、《游趵突泉》、《築堤曲五首》、《哭孫松坪學士四十韻》，大抵以清麗爲工。蓋少喜穠詞，學初唐，未染當時宋習也。

鬲津草堂詩五卷 乾隆三年刻本

田雯撰。雯字子益，號樂園，一號香城居士，山東德州人。雯弟。康熙二十五年拔貢。授堂邑教諭，不就。撰《鬲津草堂詩》，初刻於康熙間。此本爲乾隆間家刻，首王士禛舊序，乾隆三年吴培源序。卷一曰《五字古體詩》，王士禛評，以百泉、蘇門、王屋、少室紀游詩居勝。卷二曰《香城居士七十以後詩》，又名《菊隱集》，黄越序。《送盧抱孫之官洪雅》，時盧見曾尚未達也。卷三曰《五字今體詩》，大都爲客燕、居里之作，酬唱者朱彝尊、查慎行諸家。卷四即《鬲津草堂絶句詩》，孫勷序，增雍正五年夏慎樞序。其中《渡伊洛》、《游龍門》、《紀京師天壽山》、《踏燈詞》，以及觀劇、題圖、賞花，風味似元白。卷五曰《乃了集》，記七十八歲南游，時子壻張華年爲金陵守。又有《絶筆詩》五首，作於雍正七年，時年七十有八。雯少從王士禛游，所作不甚習古。《四庫存目》著録本無《乃了集》，《提要》稱其詩「密咏恬吟，成一丘一壑之趣」。又云「生平爲詩，以七言絶句自負，自少至老，亦惟是體特多」。傅仲辰《心孺詩選》存雯序文一篇，作於雍正四年。

式古堂集不分卷　康熙間刻本

張雲翼撰。雲翼字鵬扶，號又南，陜西咸寧人。父勇，明副將，降清後授游擊，以軍功累至甘肅提督，平定東南，封靖逆侯，謚襄壯。雲翼以蔭生襲封一等侯，提督福建。清初閩南用兵最久，至康熙三十年大局底定，雲翼入覲，刻集於京師。爲序者禮部尚書張玉熙，户部尚書王書，吏部尚書李天馥，刑部尚書鄭重，多諛辭，可見當日武臣之重。詩爲臺閣體，兼與文人王弘撰、李因篤偕游。生年不詳，卒於康熙四十八年，謚恪定。袁枚《隨園詩話》録《嚴灘》一首，以爲不似貴人筆墨。《福州》云：「版圖雄嶺海，都會壯東南。山勢圍重闉，人煙鬱曉嵐。釣龍鳳已遠，斬鱷亂初戡。共道滄波晏，桑田慶歲甘。」又有《登華岳》詩，典雅工麗，亦非徒作。

一鶴菴詩不分卷　江左十五子詩選本

郭元釪撰。元釪字于宫，號雙村，江蘇江都人。父士璟，順治間官常州府學教授。元釪爲諸生，亦得文名。康熙三十八年南巡，作頌恩詩，入京，官中書。著有《一鶴菴詩》五卷，未見。此宋犖所刻《江左十五子詩選》本。元釪嘗預修《佩文韻府》，輯《全金詩》。在京與王式丹等名士時相過從。卒於康熙六十一年，未詳生歲。是集所收《昇天行》、《行路難》、《如手音集》三十首，不襲前人，風格泠然。《十番詞》、《觀宋犖所藏明宣宗黑白二鼠圖》、《滄浪亭卽事》、《東坡生日詩》，出手甚高，亦殊凡響。宜乎爲宋犖激賞稱爲異才也。

香祖詩庸六卷　康熙間刻本

謝芳蓮撰。芳蓮字皆人，號香祖，江蘇宜興人。國學生。中年以後，選《香祖詩庸》六卷，爲《嘯莊集》、《罨畫溪山稿》、《吟風録》、《香祖集》、《芳硯村莊唱和詩》、《肆好篇》，王士禛評點並爲序。集曰庸者，用也。又陳鵬年、吴士玉序，受業甥顧巖刊。《雅志篇》爲《漢唐諸儒詠》、《邵子詠》、《程門先生詠》、《三蔡子詠》，間有其子名馥注。詠史諸什，未見精當。餘則詠山莊風景，取境幽深。佳句如「新月泉上出，江華照衣冷」、「宿鳥栖未安，驚飛落山果」、「湖村犬吠人眠盡，商女棹歌煙月中」。王士禛譽爲「王裴之神髓，蕭然高寄在筆畦墨町之外」，蓋喜其類己也。

三餘閣集七卷　康熙三十六年刻本

葛長祚撰。長祚字蒼巖，江蘇高淳人。康熙二十四年進士。三十五年官浙江新城知縣。此集有陳悦旦序，詩分體，僅一百二十三首，附詞十六闋。古體《過八達嶺望古長城》、《許公祠》、《靈隱洞歌》，沉雄蒼秀。《舟婦行》、《燈市歌》，兼記民情。近體多涖新城留贈士民之詩，以勸農，禁止典賣妻女爲主，格調不高。此集只此一刻，後人鮮有齒及者，不當無傳也。

磊園集一卷　康熙間刻本

徐永譽撰。永譽字蘭江，江蘇興化人。諸生。刻《磊園集》，有王仲儒題詞云：「余中表李壺公談詩邑中，爲余言，蘭江每拈一題，結構揮灑，如彈丸脱手。」今集中《冬獵行》，詠金陵、北固山、平山堂諸勝，意興超然，《梅花嶺歌》，多感慨唏噓。康熙四十六年大旱，五十二年大雨，以詩摹繪世故人情。《尊經閣讀書答宋既庭先生》、《訪孔東塘於城北拱極臺》，可見交往。詩僅一卷，亦尺寸所積。終當傳之後來也。

歐舫集二卷　康熙間刻本

錢光夔撰。光夔字歐舫，安徽桐城人。仕履不詳。嘗隨康熙南巡。是集爲叢桂堂刻本，分《客燕詩存》、《歐舫粤吟》二集，詩學六朝，李、杜，辭采璀燦，鬱勃之致。客燕與徐乾學、朱彝尊、查慎行唱酬。《黄沙曲題江且菴出關圖》，且菴名煌，特同譴者有浙江巡撫金鋐，御史鹿廷瑛、馬先等，當爲康熙二十八年事。《題卓大傳先生傳經堂》、《不倒翁》、《游白雲觀》、《已秋憫旱觀喇嘛磤禱五十韻》，多可徵實。《定遠拜岳武穆墓》注云：「地亦有武穆墓，豐碑矗然。」《農獨苦》云：「四民均民農獨苦，朴愚弗士弗工賈。三者率皆仰食農，一農嘗給三人哺。自有仰事與俯蓄，婚喪百需瘁筋骨。可憐暑雨及祁寒，終歲勸動苦不足。勸動首辦官家糧，官廩吏禄此焉出。游手丐食且無算，誰能茹土更嚙木。緇衣黄冠满山谷，假鬼誑農啜農粟。黄金屋，白玉堂，羅綺充牣金璧光。若無農民一顆粟，豪華富貴朝露瀼。」殆爲儒家者言，形諸韻語，揭露頗深。《粵吟》一卷，以行車舟楫所歷爲詩。過湞江兩岸，石壁奔峭，委疊亘數十里，並望蠟燭、壺榼諸峯，諮嗟嘆絶，宿黄泥灣，道旁羣峯拔地矗起，負險鬬奇，均有詩以記。詠羅浮諸勝，氣韻亦勝。官海南島，有《登黎母山》、《五指山》諸篇。《瓊州雜詩七首》，間記黎族風俗。注云：「國初禁海，番海皆萃於瓊，開洋之後，海商競集内地，而瓊市遂墟焉。」

興寧舟行兩岸簇車飛輪激流晝夜自轉灑溉平疇彌望青蔚真嶠外樂土也

萬井長資灌溉功，截流排櫪一重重。車處截流，萬櫪櫛比，閼水勢令出車下，水愈激則輪轉愈疾。舟行百餘里，每過櫪如下灘焉。飛輪夾岸音相和，接筧分畦澤徧通。鳩語爭喧紅葚樹，犬聲時出緑蕉叢。瓜塍芋埒無閒地，樂土天涯羨此中。《歐舫粵吟》

長樂道中

曲折緣蒼萃，山川近古潮。田家多飯芋，田間阡陌皆種芋，芊綿相望，土人冬以爲糧。邑里遍衣蕉。山塝川壖，處處皆蕉田，秋冬穫蕉，漚其絲，績以爲布。細者如葛，麄者如苧，人皆服之。風俗農皆婦，男子少勤農事，田間作苦，皆婦嫗也。官司役半獠。胥役往往多獠蛋人。依稀詢輿卒，禽舌苦難調。《歐舫粵吟》

葛莊詩鈔十四卷 康熙五十三年刻本

劉廷璣撰。廷璣字玉衡，號在園，漢軍鑲紅旗人。蔭生。歷官台州同知、處州知府、江西按察使。康熙三十四年，緣事降江南淮徐道。著有《在園雜志》。是集爲家刻，首王士禛、張惣、高士奇、吴陳琰、宋犖序，《四庫》列入《存目》。詩分體，起康熙十七年止於四十年。《辛巳元旦》詩自注：「時年四十九。」據以推之，爲順治十年生。廷璣早年與沈季友、申涵光寄贈。洪昇、孔尚任、吴陳琰均與唱和。集中近體多於古體，以游天台諸作較勝。《處州雜言》，寫兵燹後荒敝情景，歷歷如見。《彭城紀事》間敍徐州災情。《硪歌》狀寫淮北河工。《過青門有懷劉伯温先生》、《題秦少游監酒税處》、《題高東嘉撰琵琶處》自注：在郡城鹵姜山上，舊有懸藜閣，均引浙東舊事。《題米家燈》自注：米友石勺園，在都城外，以公車不能日涉，因繪圖景爲燈，吕邦耀有「米家燈是米家園」之句，爲北京米萬鍾故實。又有詩紀康熙二十六年五月三日奉詔，向以用兵，旗籍暫停科目，今太平已久，仍一體應試，近應漢軍俱賦詩。亦清初科場典故。《詠史》諸什，未見所長。論學則趨時尚。詩尚淺近，論者以爲出入白、陸間。《讀宋詩有作》云：「最真切處誰能道，極現成中世共知。諸公雅意開生面，不向唐人後補遺。」法式善《梧門詩話》稱其「獨抒性情，有老嫗解頤之趣」。此本挖版處甚多，度唱酬詩中必有違礙。曹寅《楝亭詩鈔》卷四有《讀葛莊詩》。

處州雜言　八首録三

城裏荒山城外溪，可憐今剩幾殘黎。十三年遇兵戈擾，八丈波同石柱齊。南明山石柱高八丈，廿五年水與之平。官舍夜深曾過虎，人家日午不聞雞。招徠半是閩中客，代種春田雨一犁。

不通車馬不通帆，半住風林半住巖。臘月有時衣尚裌，貧家終日食無鹹。謀生沙裏三斤鐵，治産雲中數畝杉。誰信浙東逢此地，儘教淚溼舊青衫。

荒涼滿眼費經營，羞説三年政有成。八九人充童子試，斗升米上訟堂爭。秋常疊石修新堰，夜旋陶磚補破城。最是一番心事苦，栝蒼門外草縱横。時以積荒請蠲，未遂所願。《葛莊詩鈔》卷八

學耨堂詩稿六卷　雍正間刻本

王崇炳撰。崇炳字虎文，浙江東陽人。主麗正書院講席。注重鄉邦文獻，輯有《金華徵獻録》。刻《學耨堂詩稿》六卷，壬寅康熙六十一年七十以後詩録十之五。首雍正九年自序，時年七十九。崇炳與裘璉、鄭梁、鄭性父子交往，有《西湖雅集酬裘庶村》、《鄭寒村先生輓詩》、《題南溪力耕圖》等題。《題沈徵士隱迹録》，徵士爲沈壽民，明亡變姓名入金華山，隱於緇流。《讀明紀》，詠楊一清、張孚敬、楊廷和、李東陽、謝遷、夏言、嚴嵩、高拱、張居正。其詩不屑任情山水，《采蕨行》、《詠耕二十三章》，足以明志。題畫古梅諸什，頗有勁節。

《丁酉春紀事志感》云：「一夜春禽盡變鴞，蠻鄉生性舊輕跳。餓驅妄意剽倉粟，獄急翻令典麥苗。憑社巨憝皆富實，聚廬細户日蕭條。不堪三五元宵節，墟里燈昏見野燒。」又云：「玉輦南巡值屢豐，備荒早已切皇衷。不堪大吏稽查密，遂使常平積貯空。啄粟飢烏看隊隊，投羅急鷁太匆匆。無煩高議唐虞理，且要重論劉晏功。」又云：「寒食東風烟火新，桃花歷亂不成春。榆皮作餅堪供膳，野菜和虀未是貧。東郭乞兒多少婦，若敖舊鬼半飢魂。括田使者無勞設，仰望封侯策富民。」詩寫康熙五十六年浙中餓荒，句句沉實。

青要山房詩選十二卷　乾隆六年重刻本

吕謙恒撰。謙恒字天益，號澗樵，河南新安人。與兄履恒均以詩名。康熙四十八年進士，改庶吉士。官户部給事中。雍正間任河南道御史，至光禄寺卿。六年卒，年七十六。是集與《冶古堂文集》五卷合刻於康熙間。《四庫》收入《存目》。此係門人張人崧重梓。青要山在新安東北隅，作者結廬於此，因以顔室名集。詩歌分體，共七百二十八首。有吕履恒、方苞序。其詩悉本宋人。五古《憶秦棧詩》、《登王屋絶頂》、《宿隴州龍門洞》、《冬夜讀韋詩》，可稱淵雅。七古《龍門行》、《游石淙》、《與傅次棟言詩》、《答黄交三論詩留别》、《婁界山漠北輓運奏凱歌》、《觀稼行》，亦較質實。五七律以紀游詩爲多，造意平淡。他如《讀漁洋山人集書後四首》、《送仇滄柱先生》、《送方靈皋南還》、《康熙五十年朝鮮國王表請頒賜曆日奉旨準給》、《自鳴鐘》等作，多載掌故，有可稽考。

裘杼樓詩稿四卷　康熙間刻本　小方壺存稿十五卷　康熙四十年刻本

汪森撰。森字晉賢，號碧巢，安徽休寧人。康熙十一年恩貢生。工詩詞。官桂林通判，輯《粵西詩載》。至京，歷官户部郎中。與朱彝尊輯《詞綜》，又續成之。家居桐鄉，有華及樓、裘杼樓，藏書萬卷，延周篔、沈進相與講習。交往酬答，多名流遺宿。卒於雍正四年，年七十四。初刻《裘杼樓詩稿》附《桐扣詞》，朱尊彝、汪文楨、程世英序。康熙四十年，又滙刻其詩，名《小方壺存稿》，增朱鶴齡舊序，陸嘉淑、徐之瑞、姜宸英、賀國璘、盛遠、吴綺、錢德震序。曰「小方壺」者，郡城東角里之書屋也。附《旅行日記》，汪琬序，《粵行吟稿》，沈進序。集中《應州銀鑛歌》、《修倉行》、《觀水操》、《武原雜詠》、《高涼雜興》、《香槎歌》、《觀打漁歌》，康熙間社會民情，每每可見。《乍浦觀潮歌》、《游支硎山》、《八境臺歌》、《彈子磯》、《觀音巖》、《七星巖》、《光孝寺》、《清流關》、《天都峯歌》，善狀山水之奇。交游中老輩爲黄宗羲、龔賢、曹溶、黄宗炎、潘耒、魏禧、李確、余懷。《題濮澹軒像》，澹軒爲濮琮。《輓孫無言》注稱孫默賣黄山田，刻《十六家詩餘》，有寓居名「半瓢」，徵詞甚衆。《和吴孟舉》注云：「孟舉善吹簫，家蛟門贈詩有『一童能按曲，吾子亦吹簫』句。」孟舉爲吴之振，「家蛟門」乃汪懋麟也。《紅豆詞寄和惠元龍》注云：「錢謙益有胎仙閣紅豆花詩，一時屬和成帙。」《雨窗雜興注》云：「時篋中携歸，有《秦樓月傳奇》及《二分明月女子集》。」類似皆不乏掌故。《寄屈翁山》，長篇跌宕，尤爲瑰偉。

觀水操　督府親閲水操，率諸營兵騎萬餘，會於江介，分列戰艦，區爲兩部，角勝負於中流，旌旄蔽天，鼓角動地，耳目爲之震眩。

凌晨千舸出沙洲，分列旌旗擁上游。習戰昆明推蚤計，屯營建業倚前籌。潮聲怒作軍聲壯，雲氣低成殺氣秋。爲問今誰班定遠，也能投筆取封侯。《小方壺存稿》卷五

漁山詩草二卷　乾隆四十年刻本

邊汝元撰。汝元字善長，號漁山，直隸任丘人。康熙間諸生。官順天府儒學訓導。與邑中人士結還真社，日相賦詩。雅好曲律，著有《羊裘釣》、《鞭督郵》、《傲妻兒》雜劇三種。卒於康熙五十四年，年六十三。事具錢陳羣所撰《墓誌銘》。子中寶、連寶俱工詩，孫廷掄官至兩淮鹽運使。是集爲廷掄刻，有康熙乙亥四十年馬之驦序，自序，詩四百五十三首。汝元少師於龐塏，集中有寄懷詩。龐塏《叢碧山房詩》亦有《贈漁山詩》多首。其所爲詩，古樸淡泊，雅有淵源。《三松歌》、《留臺尖》、《詠史十首》、《春日讀書恆吉街大士閣雜詠》八首、《題楊煥垣山水歌》、《古意》、《讀田綸霞先生古歡堂詩卽事有歌》，俱能絶俗。田園詩甚多。《種菜行》云：「去年九月秋菜熟，提筐入市紛爭逐。菜價騰湧不肯平，貧家食菜如食肉。老夫謀生治園圃，分土開畦耐辛苦。轆轆聲響柳陰中，搰搰不休日正午。自鋤菜甲拆萌芽，積年逋負期償補。秋風蕭蕭滿市闤，菜堆狼藉高如山。過者囊錢不一顧，朝擔菜出暮擔還。吁嗟乎，四體勞勞徒爾爲，飲啄有定信如斯。妻孥枵腹日聒

聒，衮如充耳甘聾癡。朝來炙背茅簷下，搔首霜天自賦詩。」又有《頌窮詩》、《麥秋歌》、《種瓜詩》，獨標性靈。

問心堂詩一卷　康熙六十年刻本

江鼎金撰。鼎金字惺齋，湖北荆門人。康熙二十四年進士，四十六年視學陝西。六十年自訂《問心堂詩》，由其子曾福、曾培、曾圻等校刻，年已七十歲，時門人李樟、賈兆鳳跋。集中以詠豫陝一帶名區古蹟較勝。《韓城吟》、《石獅吟》、《函谷關》、《靈寶縣》，俱較樸實。康熙五十九年地震，隨欽差散賑，有詩紀之。餘多應制之什，於友朋酬答，多未究心。是集流傳絶尠，摭拾掌故，或在此不在彼，是亦不當擯矣。

芑野詩鈔四卷　康熙五十六年刻本

唐惲宸撰。惲宸原名杜，字靖元，號芑野，江蘇武進人。諸生。從錢陸燦學詩。康熙三十三年同人舉浣花會，以詩相酬唱，十餘年不得志。又十年乃亡，年五十五。著有《季漢書》，未傳。事具本書莊令輿所撰《唐芑野小傳》。《小傳》稱惲宸嘗從楊起文、陳道柔先生游。可見毗陵六子，惲格、楊宗發行輩較長，胡香昊、陳鍊稍次之，惲宸則與董大掄相若。唯胡、陳、唐、董，均爲錢陸燦弟子，與惲、楊師授不同也。惲宸性豪邁，詩質實，不甚逞才。《讀漢書元后傳》、《鐵筆吟》、《詠懷古蹟十六首》，俱可徵事。《催租行》等篇，切近民生疾苦。亦有《記夢》、《悲歌行》諸作，但抒鬱積而已。同邑徐崑《晝溪詩集》有《題唐芑野遺照》。

退谷詩集七卷 雍正間刻本

黄越撰。越字際飛，號退思，晚號退谷，江蘇上元人。受知於田雯。康熙四十八年進士，改庶吉士，授檢討。卒於雍正五年，年七十五。平生精力注於講章時文。所撰《退谷文集》十卷、《退谷詩集》七卷爲其子白麟校刻，附《行述》。《四庫存目》著録。其論詩大旨，重在讀書，見文集《跋鄭虎文詩後》。集中《讀漢留侯唐鄴侯傳》、《題周智菴畫》、《七賢過關圖》，可見學殖。詠蕉桐、蠹簡、殘畫、舊劍、破硯、廢檠、塵鏡、斷碑，各具其致。《秧馬歌》一篇，婉而多諷。篇什不多，質樸有味。

赤嵌集四卷 康熙間刻本

孫元衡撰。元衡字湘南，安徽桐城人。貢生。官至東昌府知府。康熙四十四年爲臺灣同知三年。著《赤嵌集》四卷，以地有赤嵌城，故名。其中《除臺灣郡丞客以海圖見遺漫賦一篇寄諸同學》、《乙酉三月十七日夜渡海遇颶天曉覓澎湖不得回西北帆屢瀕於危作歌以紀其事》、《日入行》、《紅夷劍歌》、《澎湖》諸長篇，《晚晴簃詩匯》已選。《裸人叢笑篇》十五首並注，詳述臺灣少數民族婚葬餉税飲食衣著。《秋日雜詩二十首》並注，多記果木魚産。唯時有污衊之詞，所云風俗詭異，亦不足盡信。此書王士禛評點。《四庫》入《存目》。《提要》稱元衡「頗逞才氣，而未能盡軌於詩律」。今觀其詩，往往傷於粗率，而詞采甚足。此詠臺灣較早之集，及朱一貴起事，藍鼎元有《臺灣近詠》十首，記時事民俗較此和詳。鼎元有《鹿洲集》無詩，《近詠》見《全閩詩話》。

抵臺灣

八幅征帆落遠空，蒼龍銜燭晚波紅。洲前竹樹疑歸後，天外雲山似夢中。鹿耳盪纓分左路，鹿耳門港路紆絗，以纓縛竹竿，别深淺，名曰盪纓。鯤身沙線利南風。七嶼相連，名七鯤身，其尾有沙線，南風可泊。書名紙尾知無補，著得詩筒與釣筒。

浪言矢志在澄清，博得天涯汗漫行。山勢北盤烏魚渡，潮聲南吼赤嵌城。眼明象外三千界，腸轉人間十二更。渡海以更紀程，自厦至臺，計十二更。我與蘇髯同不恨，兹游奇絶冠平生。蘇句。《赤嵌集》卷一

田家

就熯時多稼，移民力本傀。田洋惟待澤，稻耗不須芟。俗稱平田曰洋。凡新集之民，不治水源，惟待雨澤，不治荒穢，聽其自生。然地氣恆暖，時有收獲。香粒大於豆，蒲囊小作函。香米粒大，囊置少許，於中邦艷稱方物。餘糧文蕡好，俗稱地瓜。朱履荷長鑱。臺俗尚奢，有衣羅衣著朱履而耘田者。《赤嵌集》卷四

漁家

結茅荒嶼外，業就水爲田。艘侶分潮路，數舟編甲，名曰同艘。艘旂散海烟。巨網圍十數里。以竹筒插

小旃浮水，識網所在，曰艘旃。歲輪艘餉。鹽將孤艇待，網藉百夫牽。歲晏輸公畢，風波自有仙。《赤嵌集》

卷四

鴻桷堂集詩五卷　梅花四體詩一卷　咸豐間刻本

胡方撰。方字大靈，號金竹，廣東新會人。諸生。受知於學使惠士奇。與何夢瑶、羅天尺、蘇珥，稱「惠門四子」。爲經訓義理之學。著有《周易本義注》六卷，《四子書》十六卷。李文藻撰《金竹先生胡方傳》，稱方「生於順治十一年，卒於雍正五年」。則長惠士奇十七歲。傳引士奇語云：「貌似顧寧人，豐偉端厚。」蓋以學行見稱於世者。《詩集》原刻四卷，板早毁。咸豐六年刻《鴻桷堂集》，凡《古今體詩》五卷、《梅花四體詩》一卷，附《信天翁家訓》及《惠學使告示》。有陳澧序。古體多以理學入詩。五律詠物，旁及地方風土，不乏興象。七古《白沙先生茅筆草書歌》，七律《謁白沙夫子祠》、《讀白沙詩》，爲研究陳獻章一家之學所需資。交游不廣，過從較密者釋跡删與畫家汪後來。有《寄汪白岸詩》多首，可與《鹿岡詩集》互看。

鐵廬集詩二卷　光緒十八年活字本

潘天成撰。天成字錫疇，號鐵廬。江蘇溧陽人，寄籍桐城。康熙五年十三歲，父陷入某官，並移其母弟妹於他郡。天成日夜號泣，入山尋親。作詩云：「只爲尋親離故鄉，迢遥不憚路途長。晝行孤嶺隨飛鳥，夜宿窮山伴虎狼。渴飲寒泉饑嚙雪，足沾泥水髪披霜。幾番回首無張主，獨向西風淚萬行。」六年，行至安慶。梅文鼎收爲弟子。七年遇雙親於徽郡，客游滇南，北游川陝。十九年迎親歸溧陽。教蒙自給。遇黄周星。三十年，始補安慶府學生員。雍正五年卒於金陵，年七十四。是集爲門人許重炎補輯。乾隆十二年吴其濤序，所見活字本爲光緒間覆本。詩在卷二三中。詩文俱不甚工，語録頗雜於禪，而篤行好學，艱苦不渝。辛丑九月，作《哭先師勿菴梅先生》詩，感情沉摯。天成出自寒門，終身貧賤，而人品爲世所重，《四庫》特於别集類著録之，意在教化，故不論文采之優劣也。

通志堂集詩四卷　康熙三十年刻本

納蘭性德撰。性德原名成德，字容若，滿洲正黄旗人，明珠子。康熙十五年進士。授乾清門侍衛。二十四年，年三十一，遽卒。鄉試出徐乾學門，與從覃討學術。嘗裒刻宋元人説經諸書，合爲《通志堂經解》。善詩，尤長倚聲，著《飲水》、《側帽》二集。撰《通志堂集》，《四庫》列入《存目》，卷一爲賦，二至五卷爲詩。分體，凡三百五十四首，有嚴繩孫序。詩多擬古及倣齊梁雜體。《長安行贈葉訒菴方藹》、《送蓀友嚴繩孫》以及寄朱彝尊、姜宸英、顧貞觀等詩，可見交游之一斑。絶句輭美，近於詞者不免弱調。讀七古《填詞》一篇，知其所怡雅不在詩也。秦松齡《蒼峴山人集》卷五《哭一等侍衛成容若》云：「卧病空山暑未闌，奉君書札勸加餐。含情未報聞君死，尺素重開雪涕看。」「家世由來並斗魁，螭頭櫜筆羡多才。春風馬上詩成早，知是甘泉侍宴回。」

「烏絲闌紙薄如羅，破體書成小令多。南國近傳紅豆曲，畫堂誰付雪兒歌。」「奉使龍沙路幾千，歸來身在屬車邊。平堤夜試桃花馬，明日君王幸玉泉。」「爭説新恩寵賚頻，八年宿衛一親臣。朋游聚散尋常事，端爲朝廷惜此人。」「淥水亭幽選地偏，稻香荷氣撲尊前。夜深怕犯金吾禁，幾度同君對榻眠。」「容易秋笳絶塞回，千金不惜爲憐才。可憐季子前時死，墓上今誰掛劍來。謂吳漢槎也。」「去年扈從到吳門，只愛扁舟泊水邨。今日哭君何處是，楓橋秋雨又黄昏。」「顧生老友客平原，梁汾。姜子相知比弟昆。西溟。自憐白髮江湖外，不得同渠哭寢門。」「黄菊還開舊日叢，花開難與故人同。秋燈共下傷心淚，只有桐江一釣翁。」凡十首，朱彝尊輓詩紀事爲詳。楊鍾羲《雪橋詩話續集》卷二云：「納蘭容若密室曰鴛鴦社，葬處曰皁莢屯。杜雲川詔詩：『此照還同此閣存，幾人能唱憶王孫。風流休數鴛鴦社，只是傷心皁莢屯。』登貫華閣觀容若三十小像作也。」

學古堂詩集六卷　乾隆二十九年刻本

沈季友撰。季友字客子，號南疑，一號秋圃，浙江平湖人。康熙二十六年副貢。詩得法毛奇齡。輯有《檇李詩繫》四十卷。初自刻《南旋集》三卷，毛奇齡、陸嘉淑、葉燮序。乾隆二十九年，其孫鑰以未刊稿《秋蓬集》三卷，並今釋序合刻，曰《學古堂詩集》，沈德潛爲序。《四庫》列入《存目》。季友父棻，順治九年進士，早卒。外舅陸棻，康熙間爲内閣學士。故季友多結識當世名流，與施閏章、曹溶、王士禛、汪琬、朱彝尊、湯右曾、洪昇、彭孫遹，均有贈酬。集中詩可詳見世情者，爲《打獵行》、《桔槔行》、《宣窑歌》、《武林行》、《宫盤歌》、

《吴伶篇》、《弋陽謳》、《黄河紀行》等篇。《詠漢樂府》、《南朝宫詞》，詠史亦可觀覽。《十頃堂藏書歌爲黄徵士虞稷賦》，當以書林史料目之。今據辛亥十八歲作《述懷詩》推之，爲順治十一年生。沈鑰跋云「下世今幾七十年」，則年僅中壽耳。順、康兩朝詩，凡已梓行，雖經乾隆禁燬，傳本猶可見。當時未梓而初刻於乾隆初年者，雖非禁書，後世亦不易得。此書甫行世卽採入《四庫》，可云有幸，而傳本猶罕覯也。

强恕堂詩八卷 乾隆三年刻本

高之騱撰。之騱字冲治，山東淄川人。珩子。生於順治十二年。康熙四十四五年間，自訂《强恕堂詩》八卷。首三十四年張篤慶序，篤慶，珩之女夫也。卒年不詳。此本乃乾隆三年之騱子肇悝校梓。之騱與弟之驛詩得家傳，以樸茂見勝。《桑堤行》、《風雨謡》、《埋老牛》，均以民生艱苦爲題。《園夫歎》云：「昨日紛紛羽書下，擒虎邊庭勾戰馬。百萬軍糧必橐駝，徵馬不足更徵驘。大户誰敢違官牘，小户暗割心頭肉。三日點卯一百回，遲來憂樸如椽竹。鄰村梟隼恣攫拏，戒嚴呵禁出里閭。園夫無淚亦欷歔，于今驘馬不如驢。」自注：「時於陵令於周村巨鎮，截掠趁墟驘馬，百里爲之駭然。」《哭唐豹巖先生八首》、《喜小戒弟能工痘科》、《題崑崙山房吟卷後四首》、《載酒園竹枝詞六首》，俱載軼事見聞。《四庫》列入《存目》。《提要》稱其詩「學西崑香奩之體」，乃皮相之見。卽所作小詩，如「薜蘿無恙屋三間，白帝寒深花漸刪。賸有東籬沽酒地，西風紅樹露秋山」。亦得家法。

雄雉齋選集六卷 康熙間刻本

顧圖河撰。圖河字書宣，號花翁，江蘇江都人。康熙三十三年一甲二名進士，授編修。入史館不數月，即乞假歸。十年後，復來京供職，視學湖北。四十五年卒，年五十二。是集《四庫》列入《存目》，《提要》誤科分爲己丑，復以爲「江左十五子之一」，亦誤。詩集原有汪琬序，未見。其詩早年妍秀，中年後變爲恢奇奥衍，氣雄詞備。《題唐寅畫吴彩鸞寫韻圖》、《琉球刀歌》、《村巫賽神圖》、《與覺堂論書一百韻》、《觀健兒相撲得二十韻》、《游林屋洞》、《毛公壇》、《包山離題十首》，斑駁陸離，兼有勁直之氣。《斷硯歌爲姜西溟先輩賦》，硯爲顧貞觀擊碎，後歸姜宸英。與汪懋麟善，《十二硯齋飲日本酒歌》，十二硯齋，懋麟齋名。《答杜茶村見索火米》，附杜濬原詩，茶村晚年炊爨不繼，於斯得見。作《二隱詩》，爲張自怡、徐枋。《又二隱詩》，爲黄宗羲、錢秉鐙。與徐乾學、高士奇、鄧漢儀、孫枝蔚、姜宸英、查慎行均有投贈或唱和。惠周惕有《贈維揚顧書宣》長歌。圖河終生未達，蓋與當時朝廷黨爭有關，然詩不及時政，無從究考。其詩習宋亦無空疏之病，洵一時作手。

觀健兒相撲得二十韻

一夫遍體青花劄，宋時無賴子弟刺紋滿身，謂之劄青。一夫魋顔寬臂胛。褫衣徑露緑裲襠，幧頭但裹紅韎韐。苦將勝負饜人觀，先以死生對神歃。大書鄉貫記誰某，各注生身序丁甲。陷胸摺脅誓無他，絶臏刳腸甘署押。削平如砥牧場開，買來論斗邨醪呷。兩雄側睨正眈眈，多口旁觀先喋喋。賊性相屠鷹脱韝，猛狀難馴虎離柙。蚩尤霧黑衮塵來，不周山倒排空壓。嚼齦閧腦掣騰騰，反手叉腰迎恰恰。通身是膽妙入神，化骨爲筋力非乏。拙處埋機肯受紿，冷中賣巧如相狎。頗疑白猿精變現，復訝黄麞舞交插。五步十步進退間，一縱一横顛倒夾。急驚快若轉盤渦，險脱忙於下夔峽。抽身已得尋丈寬，避死只爭分寸狹。汗流如洗戰多時，肉磔成虀愁一霎。百人膽落蝟毛寒，半晌心癡鬼眼眨。當場嚄唶跳龍蛇，助叫喧鬨亂鵝鴨。有人分外説兵機，我政從中悟書法。《雄雉齋選集》卷四

左山詩鈔不分卷　中國科學院圖書館藏抄本

丁腹松撰。腹松字木公，號挺夫，江蘇通州人。康熙二十三年年三十舉鄉試，四十二年成進士，授内閣中書，改陝西鳳翔府扶風知縣。居官七載，歸里。詩集未見刻本，賴傳鈔行世。《丁未歸左山》有云：「六十辭官志，及此始無違。」紀干支似有誤。詩多漫游之作。《軍山觀日出》、《石鼓峽》、《登嚴先生釣臺》、《游觀音洞》、《游醉翁亭》、《靈巖紀遊》等篇，俱以雅飭爲宗。《桑田歌》、《老農泣》，爲民請命。山居後學陶，襟懷冲淡可見。生前所刻，唯《南游小草》一册，爲康熙四十六年至四十八年遊浙之作，已收入是鈔中。子有煜，工詩

畫，有《雙薇閣集》。

葆璞堂詩集四卷　乾隆三十七年刻本

胡煦撰。煦字滄曉，號紫弦，河南光山人。康熙五十一年進士，改庶吉士，授檢討。雍正間官至禮部侍郎。卒於乾隆元年，年八十二。謚文良。著有《周易函書》、《葆璞堂文集》。本書爲煦子季堂刻，載詩四百七十九首。錢陳羣序，受業彭啟豐序並撰《墓誌》。又畢沅序。煦究心《周易》，喜談性理。集中擬古奉制詩較多。《勵志篇》，自抒懷抱。《讀白樂天詩》，可見論詩風旨。嘗奉命赴盛京祭堯陵，又遣祭曲阜闕里，詩意寡淡。唯《山行》十二首、《湯陰謁岳廟》、《詠渾天儀》、《都門行樂詞》、《趵突泉》、《洹河柳枝詞》八首較佳。餘多理腴於詞，蓋不以詩爲專門耳。

近青堂詩不分卷　康熙間刻本

卓爾堪撰。爾堪字子任，號寶香山人，江蘇江都人。建文時侍郎卓敬之後。幼學擊劍，年未二十，從李之芳南征耿精忠，爲右軍前鋒。摧堅陷陣，身被數創，猶居士卒先。從軍七年，以母病乞歸，喪後不復出。阮元《淮海英靈集》有小傳。爾堪專事搜弆明遺民詩，選刻十六卷，而以自著《近青堂詩》附之。乾隆間並列禁燬。朱彝尊詩所云「忠貞公后族蟬聯，一代遺民借爾傳」也。後來多以爾堪亦列爲遺民之屬，誤矣。沈德潛

《别裁》稱爾堪爲漢軍旗人，後人沿而不改，亦失檢。是集有吴綺序。《駐馬坡懷古》、《戰士骨》、《紅山觀獵》、《源口》等篇，皆詠從軍聞見。《湅湖謡》、《行旅怨雪行》、《潼關道》間記民情艱苦。《昆陽王烈女擬焦仲卿妻古詩體》、《虎丘謁萊陽二姜先生祠》、《寧羌將軍行贈高枚升》、《海市歌》、《螺髻菴並引》，多備今古事實。近體亦清遒雅飭。交游孫枝蔚、孔尚任、查慎行、吴肅公，遺民屈大均、費密、杜濬，另多禪林名宿。《淮海英靈集》所見爲四卷本，李之芳序，與此本有異同。

性影集八卷　康熙五十一年刻本

王時憲撰。時憲字若千，號稧亭，江蘇太倉人。康熙二十三年舉人，官宜興教諭。四十八年成進士，改庶吉士，授檢討。五十六年典試陝西卒，年六十三。此集毛奇齡序作於康熙五十一年，年已九旬，自序爲康熙四十九年，又唐孫華序。集名「性影」，取《詩序》「情爲性影」之説，猶之言爲心聲。各卷復以《水邊林下稿》、《桐溪稿》、《無穩林稿》、《靜寄軒稿》、《莊溇稿》、《荆溪稿》、《楚游稿》、《粤游稿》命名，凡七百三十三首，《四庫》列入《存目》。時憲苦心詩學，於古詩十九首、曹、陶、杜、白、張、孟以至蘇、陸，均有擬作。久官教諭，所作《瘦馬行》、《從軍行》、《讀邸報書事》等篇，猶能自抒志趣。嘗一至粤東，作《廣州竹枝詞》二十四首，詞句新麗。於名輩朱彝尊、王士禛、宋犖，俱有投贈。游鳳陽禪窟寺、石鐘山、匡廬，詠金陵、吴門、皖城之作，庶幾可誦。

雪舫吟一卷　桑乾草一卷　響山樓稿一卷　餐雲書屋稿一卷

盧溝送别詩一卷　中國科學院圖書館藏抄本

周在都撰。在都字燕客，河南開封人。亮工第五子。亮工多子，存者八人，在浚、在揚、在延、在建、在都、在青，在浚、在延、在建詩僅見選輯，在都詩以抄本傳。《賴古堂集》卷六《十月二十六日城陽寄冠五》有云：「阿都同阿建，念叔不離脣。」時在都尚幼。此集《餐雲書屋稿》有康熙四十七年周在延跋云：「年未二十，先君子捐館，七弟燕客從粤西之軍，後薄宦山左、陝右。又有甲寅吴逆之亂，從軍江右詩。」據以檢《周亮工年譜》，考在都從軍，年僅十九耳。又據《桑乾草》顧彩序，辛酉康熙二十年壬戌康熙二十一年已擢西延同知。《響山樓稿》有曹實菴、錢之清序，時已署篆淄川，與高珩、唐夢賚聯吟。督賑豐邑。康熙四十四年春南巡，發朱英灣，有山左饑民數百人遮道乞食。傳旨：「山東饑民乞食淮揚者甚多，著江南總督遴選賢能官員，給散口糧，押回原籍，交與東省巡撫。」有詩以記，載《雪舫吟》。按年編次，當以《響稿》第三，《雪吟》第四，是抄本顛倒錯舛可知矣。《盧溝送别詩》，作於京師，有康熙四十八年張遠序。輯送别詩王士禛、李枏、查昇、史申義、湯右曾、陳禧、王丹林、李棟、朱載震、胡介祉、吴麐、黄叔琳、劉中柱、趙吉士多人。

高雲詩集七卷　康熙五十三年刻本

元弘撰。元弘字石庭，號高雲上人，姓姚，浙江會稽人。儒家子而逃於禪，主會稽山寺。是集有徐述法、馬樸臣序，康熙五十三年同學孟騤序，集當刻於此時。早期有《游廬山》、《虎丘海萊二姜祠》諸作。康熙四十年至京，客靈祐寺，紅蘭主人岳端見過，有詩。又與博爾都唱和。《贈王山眉畫竹歌》、《寄松與陳小蓮易畫》，俱爲畫壇軼聞，小蓮名字，諸暨人，洪綬子。詩注云：「余得老蓮小影，久藏山中，小蓮過我，脱手贈之。」其詩少禪宗習，與儒家詩無二致焉。

潦園集不分卷　康熙間刻本

汪志道撰。志道字覺先，號冷松，浙江錢塘人。諸生。康熙十四、十六兩年鄉試不售，家復中落。株守江干，躭於吟詠，此潦園所由名。集爲陸堦序。詠西湖、惠山、金山、黄山以及《蕪城行》等篇，探討形勝，奇情蔚然。《杜茶村留飲書齋時有故宫人在座》、《玉峯晤黄黎洲先生卽别》、《掃汪蛟門墓》、《答成容若進士》、《訪吕晚村先生不遇》，情意沉摯，志道與龔賢、魏禧、程邃、冒襄、施閏章、曾燦、尤侗、毛奇齡、宋犖、汪琬均有過從。其父亦錢塘文士，湛於理學，故四方之士，爭納交焉。

陳清端公詩集十卷　道光十年刻本

陳瓆撰。瓆字文煥，號眉川，廣東海康人。康熙三十三年進士，出熊文端門，深研性理諸書。歷官福建古田、臺灣知縣，刑部主事遷郎中，四川提學道改臺厦道。擢福建巡撫。五十七年，卒於官。年六十三。追授禮部尚書，謚清端。《四庫存目》著録《清端集》文七卷、詩一卷。此道光十年丁宗洛輯本，詩十卷，首一卷，附刻書札及宗洛編《陳清端公年譜》。《年譜》内載覲見摺子，與康熙答對實録，極有文獻價值。《詩集》有蔣祥墀、葉紹本、張維屏、陳鈞序。張維屏《詩人徵畧》選其詩，沈德潛、王昶俱未見之。以作於古田、臺灣者最勝。卷六《樹皮屋》云：「山谷稀陶瓦，民居半樹皮。一家同偃息，終歲此栖遲。已苦炎威逼，還隨積雪欹。茅檐人未解，寧復問祁虒。」《招逃户》云：「普天皆樂土，何事復逋逃。破屋蒙塵壒，腴田長蓼蒿。耕耘民田少，撫字寸心勞。跋涉川巖徑，哀聲爲疾號。」《勘荒田》云：「不須誇拓土，觸目盡荒田。兵火時方靖，瘡痍病未痊。幾叢皆茂草，數里乏人烟。安得哀鴻集，深耕樂有年。」此三首皆康熙四十年官古田作。卷十《雨夜海鳥云》：「海鳥隨潮起，衝風冒雨飛。霜嚴翎不折，身濕路多違。已没長河曉，可能嘉樹依。一聲嘹嚦過，醒我夢魂歸。」據年譜考證，此詩爲康熙五十年官臺厦道作。

恕堂詩鈔不分卷　北京圖書館藏抄本

宫鴻曆撰。鴻曆字友鹿，號恕堂，直隸静海人。原籍江蘇泰州。康熙四十五年進士，改庶吉士，授編修。五十一年，爲會試考官。卒於五十七年，年六十三。有《恕堂甲乙游草》、《淮壖集》、《棣園集》、《舊雨園集》，均未見，此傳抄件，未分卷次，較《江左十五子詩鈔》本篇什爲多。鴻曆之詩，沉實雄厚，包孕甚富。《削平魏瑺墓爲張蘧若侍御賦》，康熙間詠此題者當爲上乘。《秀野草堂讌集俠君止酒以詩先之》，俠君爲顧嗣立，在京師日聚酒人，分曹較量，無敵手。見阮葵生《茶餘客話》。此詠戒酒，亦屬掌故。嘗游江南閩嶠。《楚巫祠》、《新茶行》、《牧牛祠》、《龍游徐偃王廟》、《水車》、《閩中紀事》、《紅毛船歌》諸篇雜記見聞，詳而質樸。爲張晴峯作《小忽雷歌》，爲徐似蒼作《摹古印譜歌》、《李木菴先生壁上觀李松嵐畫松歌》、《沈石田畫廬山高》，多爲藝術資料。近體密而有法，與周起渭、韓菼、查慎行贈酬較多。至《萬壽寺大鐘歌》諸題，當時多屬應制。《煖炕》諸題，爲京師公卿銷寒分詠，至乾嘉間人猶沿之，蓋亦有年所矣。

閩中紀事四十韻寄姜西溟楊耑木查荆州聲山嚴寶成吴元朗王赤抒宋堅齋團雲蔚湯西崖史蕉飲汪文升安公

百越雄南服，三山近海陲。不知天隔閡，坐覺地支離。石氣千秋黝，波聲萬馬嘶。迢遥過嶺日，仙霞嶺閩之北門，杉關閩之西門。黯淡下灘時。北自浙入閩，西自豫章入閩，灘石險惡，各以百數，而黯淡灘特著名。蠻俗聊供笑，方言可拾遺。地曾無朔雪，人不解流澌。草木誰編譜，禽蟲任缺疑。聊因耳目暇，一廣見聞資。豔日堆園果，垂涎首荔枝。麝臍香易落，荔實時遇麝則落。石背溺先萎。荔樹生蟲，如荔核一生十二粒，遇閏又多一粒，名石背，荔香時卽溺，溺而金枝脱蒂矣。絳葉盈筐瀉，晶丸帶葉垂。水晶丸，荔之美種。還愁歲孕早，或售互人欺。荔園受賈人直，謂之樸荔，有樸花樸青樸孕之别，大抵以樸之遲早，分價之高下。樸時倩鄉老估直，名曰互人，樹主樸主爭賂之。亦可對泥活，無勞置驛馳。荔枝小幹泥對，一二年生根，花時截取，郵政京師，結實無異。湘枝防護密，夜燕所過，則荔子一空，害又甚於石背，故防之甚勤。龍眼唱歌遲。倩人採龍眼，恐其惢啖，故采者相約歌勿輟，謂之唱龍眼。佛手寧非柿，會城外齊坑道者巖有柿一株，結實如佛指柑。長六七寸，皮穰色味皆柿也。鰕頭儼似螭。漳州龍蝦，儼然龍頭，大可三四觔，味美如蟹螯。品茶知太姥，太姥峯茶品極貴。咋舌羡西施。西施舌，會城亦不常有。柱剖江珧美，春隨海扇移。海中甲物於春三月出，名海扇。□珠佐羹臛，小蛤名。石蛈長萎蕤。名龜脚，春而發花。蠢動憐沙噀，無首無目，僅能蠢動，觸之則縮小，徐復臃腫。味極美，四明亦有之，閩人呼爲土筍。蟎跚笑海蠵。海中大龜。飛翔龍蝨出，八月十三至十五，海濱龍蝨飛集，取之。餘月絶無。束縛虎蟳跂。蟹之大者名虎蟳。鱟醬空盈甕，土人重之，味極不堪。蘭湯亦滿匙。閩人以珍珠蘭點茶，不聞有毒人之説。珠娘擔石過，閩中呼婦人爲珠娘，言其貴重也。然地狹民貧，凡負薪駕舟，皆役婦人爲之。颶風踏波嬉。象譯唐朝壤，日本人呼中國人爲唐人。錢刀宋代貲。延建以上，多用宋錢。雕鎸疑鬼物，刻畫見鬚眉。雕漆器及自鳴鐘皆有專家絶技，如鬼工然。抹厲千章樹，有高二三丈者，花亦絶不同。猗蘭九畹姿。龍頭爇燈火，龍蝦空其中作燈，觀者駭目。魚魫絡籐絲。魚魫蘭，吳越亦間有之，莖白，葉劍立者是也。魚魫嬌則莖細如籐絲，力不勝花，開時橫陳密葉中。蜒户泅波出，磳田帶火治。閩地多山，山麓盡治爲田，曰磳田。摶沙珠繖孕，汀西邱口撥土一寸許，有珠大如粟，光稍晦。相傳汪革據歙巡行至此，有珠繖風掣落，至今生珠。告廟土牛爲。魚訝連山大，鰭堪一木支。魚骨可作樓觀。竹森如擲火，曩見畫家寫竹用硃，不意延津間實有之。榕蔭似披帷。俗習干戈便，兵後尚武，人多趫捷，耻一夫之敵。人操硯席隨。又以文事相尚，至於藏獲賤隸，多能文者。蜖苗代錢鎛，壅水爲田，種蟶其中，苗初出蠢蠢如螘子。螺甲透纖穠。螺甲作香，卽古之甲煎香。捲舌侏離語，文身漫浪兒。閩俗多雕青者。稗官留小説，淫鬼踞高祠。所祀鬼神，都不可解，最可怪者，洛陽橋祀夏得海，會城祀齊天大聖。述異資談藪，催詩倩酒巵。荒唐來絶域，懷抱向京師。鐘鼎諸公業，山林我輩期。雖憐趨舍異，未覺性情歧。大海難蠡測，奇聞只管窺。采風誰氏職，聯用播聲詩。《國朝畿輔詩傳》卷二十八

清人詩集敍録卷十六

懷清堂詩集二十卷　乾隆十年刻本

湯右曾撰。右曾字西厓，浙江仁和人。康熙二十七年進士，改庶吉士，授編修。以禮部給事中提督河南學政。官至吏部右侍郎，兼管翰林院掌院學士。卒於康熙六十一年，年六十七。方苞爲撰《墓誌》。是集爲其子學顯刻，有揆敍、張廷玉、蔣廷錫、勵廷儀、陳邦彦、黄叔琳、潘思榘、納蘭常安序，凡二十卷，一千三百六十九首。右曾少工詩，見賞於王士禛，爲入室弟子。入翰林後以《文官果》詩得康熙賜和。典試貴州後，詩格益進。鍛鍊澄汰，神韻泠然。清初浙中詩人，朱彝尊後，咸推右曾。才足肩隨，而根柢深厚，則未免稍遜。齊驅並駕，似未易言。又與查慎行名埒，然淵穎沉實，亦弗能及，蓋終身未出漁洋樊籬，未能獨樹旗幟也。是集《四庫》著録。《莽式歌》，自注：「樂舞之名。歲以季冬隸禮部，畧如古者百戲之屬。甲戌十二月十四日，余得寓目，乃爲作歌。」可爲研究樂舞之資。使黔詩多高作。《磨崖碑》、《漢陽渡》、《陳昇菴招游蘇門百泉》、《臨鳳皇灘望鹿門諸山》、《江浪行》、《湘山寺》、《自百盈泉至黔靈山寺》、《清浪灘》、《楓木塘》、《登梁山絶頂》、《澄海樓》、《放舟至下鍾山》、《醫巫閭山》、《馬廠行》、《龍門行》、《上十八灘》、《大庾嶺》等篇，狀寫山川奇勝，清健遒勁。右曾少與吴雯、王戩布衣至交。通籍後，遍結海内文士。《贈王崑繩》、《寄汪舟次》、《題宋山言授詩圖》、《李映碧先生祠》、《題耕煙老人畫》篇幅甚多，可見康熙時人文之盛。商盤《質園詩集·有懷》詩云：「西崖一逝卅年遥，遺稿零星始付雕。舊苑校書忘不得，合歡花放正回朝。」自注：「曩授館職，僦居少宰舊園，合歡花一本最繁。」此詩有備掌故，亦有異於衆作也。

樂園詩集四卷　近代排印本

吴翊撰。翊字振西，號樂園，江蘇太倉人。吴偉業族孫。諸生。徐乾學致仕，於東洞庭編《一統志》、《宋元通鑑》，嘗任校勘之役。康熙五十一年成進士。入武英殿纂修《子史菁華》。五十四年，需次内閣中書，以疾卒，年六十。《詩集》原刻本不可見，此集爲翊裔孫所刊，首唐孫華、吴璟原序。《七録齋志感》，記明末復社首領張溥軼聞。《鹿樵書屋追記》、《送西齋叔入都》、《述祖事》，誌吴氏家世較詳。《湯中丞歌》、《題徐昭發畫》、《鴻雪堂歌》，自製偉詞，以詳今有。《續吴中古蹟詩》二十首，猶可爲邑志之采。其詩有晉、唐古意。論者謂與吴璟抗行。標寄不及璟，但行身畧同耳。

菀青集十二卷　康熙間芝泉堂刻本

陳至言撰。至言字山堂，一字青厓，浙江蕭山人。康熙三十六年進士。官翰林院編修。預修《一統志》、

《四朝詩》、《佩文韻府》、《朱子全集》、《淵鑑類函》等書。此集與文七卷、詩餘二卷合刊，有毛奇齡三序，韓菼、王士禛、毛際可、黄宗源、趙泰甡、孫勷序。生歲據《丁卯生日感懷》，爲順治十三年。王士禛序云：「康熙間海内日新月盛，詩則競效劍南、石湖，放棄三唐、魏、晉，至言詩以唐爲宗，故多俊語。」五古《感懷》、《觀潮行》，七古《江塘行》、《棄婦詞》，七律《薊門雜詠》、《古北平詞》、《登梅花閣謁祁忠敏公遺像》，七絶《讀周蓉湖續長恨歌》，詞句遒鍊，允稱佳作。毛奇齡亟推之。《四庫提要》云：「蓋所作以藻縟爲主，音繁節壯，頗似西河集中語，宜奇齡之喜其類己也。」唯摹古之處亦多，只可擇善而采耳。北京圖書館藏抄本《越聲》，有集外詩，可補。

大山詩集七卷　寂園叢書本

劉巖撰。巖初名枝桂，號大山，江蘇江浦人。康熙二十五年拔貢，入國子監。次年以太學生爭三年喪大禮，獲譴。四十二年成進士，改庶吉士。官翰林院編修。與方苞均爲戴名世《南山集》作序，五十二年下獄，免死入旗籍。五十五年卒，年六十一。《國朝耆獻類徵》有傳。雍正元年，同被累者均許還本籍，服官有遷至内閣學士者，而巖已前卒矣。著有《匪峨堂文集》、《雲樵詩集》，未見傳本。道光元年，吴楫訪得抄本，復從縣志等書輯成此編，民國時同里陳瀏據以收入《寂園叢書》。詩以冲淡爲尚。詠北京、江南山水雜詩，《金陵懷古》十二首，《讀孟東野詩》、《簇蠶詞》，悉可觀覽。編入旗伍，作《落花吟》，悲辛愁恨，寄身世之感。尚有悼詩，紀耿精忠之變死者。巖嘗主徐乾學家授讀，酬應之作可見交游。道光間，士夫忽爭編順、康間人詩，抄本以傳。不數十年，清社以斬，謀印者遂夥。是集雖非原本，而摭拾尚富，重印古籍之功，不可泯也。

緯簫草堂詩六卷　雍正間刻本

宋至撰。至字山言，晚號方菴，河南商丘人。犖子。康熙四十二年進士，改庶吉士，官翰林院編修。卒於雍正三年，年七十。《詩集》原刻三卷，附宋犖《緜津山人詩集》以行。後主貴州鄉試，選詩若干篇爲《牂牁集》，與湯右曾《使黔集》並爲時所重。此六卷本，乃作者於康熙六十年督學浙江時增輯而成。首康熙二十七年汪琬原序，同里劉榛序。《四庫》列入《存目》。王士禛稱「詩家三昧，山言獨以神會」。過彭蠡，望匡廬，游石鐘山諸篇，詞氣俱勝。《盧師山歌》、《滄州鐵獅子》、《遵化綀泉》，遊京師西郊及盤山詩，《濟南雜詩》八首，《歸舟雜詩》十五首，《登華山蓮子峯頂》，悉屬雅辭。《哥窑蟹書滴》、《宣銅琴鑪》、《永樂席帽盌》、《題邊景昭竹鶴》、《觀王石谷惲南田作畫》、《題羅飯牛畫》、《浯溪磨崖碑》，文物題詠，亦多可採。唯應制、紀恩、集聯，稍嫌濫調耳。其詩悉本家學，兼得王士禛之傳。又廣交作手，汲汲唯恐不及，故能創鑄瑰異，稍開生面也。

圭美堂詩集十卷　乾隆間刻本

徐用錫撰。用錫字壇長，號魯南，一號晝堂，江蘇宿遷人。鄉舉出姜宸英門。交錢名世、王源、梁份，與李紱、蔡世遠、徐元夢、何焯，同爲李光地門客。嘗爲光地賣友醜行僞造案證，編輯《榕村語録》。康熙四十八年成進士，改庶吉士，授編修，歷官侍講。五十五年，以會試徇私，被劾落職。雍正時復起。乾隆元年，與徐元夢同擢爲侍郎。二年卒，年八十二。著有《字學劄記》。是集爲其族子鐸及門人校刊，阿克敦、雷鋐、周毓崙序。《四庫》列入《存目》。用錫研治經學，好藏古器、書畫。其詩醉心南宋，而節孝詩甚多。康、雍後理學詩，格調愈下。《送喬無功南歸》、《得何義門太史凶信》、《贈黄尊古》，稍具舊聞。西湖、江漢、金焦雜詩，畧有清響。酬應多屬同僚。

鶴濞詩選不分卷　康熙間刻本

萬夔輔撰。夔輔字伯安，一字硯濤，江蘇宜興人。貢生。師姜宸英冤獄瘐死，爲經紀其事。從尤侗遊。嘗爲人搆陷繫獄，久而得白，然孤介之性，終不改也。《詩選》自刻，爲康熙三十四年以前詩，尤侗評點。《菜花行》、《疥橐駝》、《瑶瑟怨》諸篇，均與時流異趣。《江南曲》繡錦列錯，極盡鋪張之能。結句云：「客云如是江南好，君獨胡爲滯異鄉。」尤侗云：「予深有慨於江南之人，大半漁名獵利，馳騖長安道上。其視吴宫花草、越絶湖山，僅一夢見而已。」亦頗諷世。交游不廣，僅陸雲士、喬萊數友。《阻風錢塘觀潮》云：「豁盡乾坤眼，奔騰氣勢雄。聲疑從地沸，泛直與天通。別派三江外，長流九折中。數峯成徙倚，煙色雨濛濛。」盖不以奇偉恣肆取勝耳。

河干詩集三卷 康熙三十八年刻本

李永祺撰。永祺字鶴君，浙江嘉善人。父次文，與徐元文同爲順治舉人，當選縣令，不仕。永祺於康熙三十五年鄉試解元。爲元文門客。久主柳州講席。《詩集》有魏少野序，分體，凡二百四十四首。古體長篇如《呈玉峯徐大司寇六十四韻》《呈蓉湖先生一百韻》《贈錢銘日三十初度》、《朱竹垞檢討爲予題祝京兆所書落花詩》《贈冒巢民八十》《贈葉己畦明府二首》，精心結撰，辭藻斐然。《哭沈皆備》達二千四百字。皆備爲吕留良弟子，以詩代傳，知爲康熙三年生，二十六年卒。其中吕氏字號，均未挖版。他如狀寫山河之詩，如《渡薛澱》、《澗邊李花》、《赭山》、《飛來峯歌》、《登馬鞍山》、《渡浙江》、《望嚮山》，大都新奇詭麗。又有《吳道子畫羅漢歌》、《望海》、《謁岳鄂王祠墓》，亦令人擷覽不盡。

錢名世詩選一卷 江左十五子詩選本

錢名世撰。名世字亮功，號絅菴，江蘇武進人。嘗游萬斯同門，助修《明史》。康熙四十二年一甲三名進士，授編修。歷官侍講。與修《佩文韻府》、《駢字類編》等書。雍正四年，以贈年羹堯詩，賜榜書「名教罪人」四字，命歸里，懸之中堂。未幾，驚怖而卒。撰《古香亭詩集》，未刻。宋犖選王式丹、吳廷楨、宫鴻歷、徐昂發、錢名世、張大受、郭元釪、楊棆、吳士玉、顧嗣立、李必恆、蔣廷錫、繆沅、王圖炳、徐永宣江左十五子詩，名世實賴以傳。詩頗雋麗，《題延陵季子廟碑後》、《觀潮》、《聞雁》、《唐貢山試茶》，不失佳構。《贈宋射陵》，射陵爲書家宋曹。《題顧俠君小像》、《題查悔餘蔗塘放鴨圖》，亦不膚泛。十五子詩名顯晦不齊，而名世詩與郭、徐二家最近，詞氣和易，無祧唐禰宋之習。

青湘堂詩集五卷　康熙間刻本

陸淹撰。淹字小范，號菁立，江蘇長洲人。監生。康熙四十四年南巡，迎鑾進詩。北至都。四十七年歸里，至良鄉，以疾卒。是集詩五卷、詞一卷，有施震銓、馮勗、張如錦序，刻版在四十九年。詩以清和爲勝。入京與吴陳琰、杜詔、陳鵬年、莊楷、林佶、顧嗣立諸名流唱和，可見交游。《越行八首》及旅泊詩，寄意蕭遠。《秋懷》詩云：「葉染深秋變早楓，輕雲如黛月如弓。閒情毷氉非關酒，倦骨支離不耐風。魚悔尾頳思溟北，家詩頭白笑遼東。分明袖手看殘弈，一角爭差刼未終。」亦敏妙於詩者矣。

道古堂詩選二卷　道光間刻本

馬思贊撰。思贊字仲安，號寒中，一號南樓，浙江海寧人。父麟翔，爲揚州推官，有道古樓，藏書萬卷，旁及金石書畫。思贊家插花山下，抗志讀書。室查惜字淑英，亦工詩，有《吟香閣集》。是集爲道光間馬錦刊，有祝翼康、馬爾邁序，道光七年查有新序。集中《讀南北史》絶句三十二首，人物史事，大致可見。《題宋元人畫軸》凡十數種，如郭熙《春耕圖》，劉松年《春山雨霽圖》，李伯時《鑾王酣樂圖》，黄公望《亂山古木圖》，王蒙《山村圖》，趙子昂《春流放船圖》，錢舜舉《女仙夜會蓬萊圖》，倪元鎮《江渚蝸牛廬圖》，俱爲名蹟。思贊爲查慎行、嗣庭表弟。與查士標、吴之振、鄭性義、吴焯多有交往。《吴儂曲》、《漁火》、《遊吼山》、《龍山寺社會》，重於民里記聞。其詩不斤斤規仿唐人，亦不染圓融軟媚之習。惜是集爲裒選授梓，未能稱備耳。

叢碧山房詩集四十六卷　康熙間刻本

龐塏撰。塏字霽公，號雪崖，晚號牧翁，直隸任丘人。康熙十四年舉人。十八年試博學鴻詞，授檢討，大考降中書，遷工部主事，出爲建寧知府。浦城令以嚴苛激民變，邑人夜焚册局，殺吏胥，罷市。將興大獄，塏力弭之。後告歸。雍正三年卒。年六十九。所著《叢碧山房集》，凡文八卷，雜著三卷，詩四十六卷。詩以《翰苑》、《舍人》、《工部》、《户部》、《建州》、《和陶》、《歸田》七稿名之，均手自編定。首徐嘉炎序。《四庫存目》無《和陶》、《歸田》二稿。詩無奇警之篇，詠平遥、運城、鹽池、洛陽、汴京諸作，《長安雜興》八首、《歷下雜詠》較可觀采。嘗爲李澄中刻集，《偶成四首》，推重李澄中、毛奇齡、陳維崧、施閏章四家。與田雯、孔尚任、邊汝元交往甚密。陳維崧歿，作詩四首哭之。王士禛贈詩有「切防美人笑跛者，春來不過平原門」句。田雯則許爲香山、劍南之遺珠。《四庫提要》則稱塏詩「主於平正冲澹，不求文飾」，且譏其率易。然觀《文集》中《承夢軒詩序》，自云：「漢魏以來，吾所取者陶、杜兩公耳。蓋兩公之詩皆能達其當前自有之志，而不尚乎靡靡泛濫

《漁山詩草》之詞者也。」是取法乎上，而自視亦高。陶樑《畿輔詩傳》稱其詩與申涵光、楊思聖相埒。邊汝元有《讀叢碧山房詩》。亦清初北方能以詩名家者也。

天潮閣詩集八卷　康熙六十年刻本

劉坊撰。坊原名琅，字鼇石，福建上杭人。長於滇中，一生未仕。雲南爲明永曆帝敗亡之地，又經吴三桂舉兵，坊以所聞見，作詩皆歌慷慨。年五十六以卒。而據此書自跋：「丙辰康熙十五年春會許子榮於滇池，予時年十九，許子年始十五。」當生於順治十五年。詩八卷與文三卷、詩餘一卷合刊，周維慶校。詩文俱有氣骨。《哀龍江》、《雲南曲》、《瀾滄江》、《南嶽雜事十二首》、《衡州紀事》、《烏蒙紀事》，均爲詩史之亞。嘗入蜀，有詠峨嵋詩，入粵，有詠潮州、端州詩，多因時起事，以附諸歌。此集李世熊序云：「但月老人讀劉子《天潮閣文集》，至懷古之詩，老人曰：胸臆樸質之中，備見高雅，幾于柴桑脱胎漢魏矣。又雜感之詩，老人曰：虚實之間，有物運之，似易林風咏也。復讀劉子送馬雲將之騰陽詩，老人曰：竟是滇南國風，不但備地誌而已。可觀可羣，亦騷亦雅。又《薤露》三章，老人曰：奇情高志，仙人諒不到此。至紀事之篇，老人曰：直敍便是諷刺，譃笑便是痛哭，古詩妙處，盡在於此。」世熊，遺民。

衡州紀事　二首

二月已盡三月來，桃花李花爭亂開。未知時令先看雨，欲識天心但問雷。戊午二月衡州震雷雨雹月餘，水浸城堞，民宅多爲洪流漂去，府署譙門三月三日雷擊去一角，卽吴三桂之僞五鳳樓也。豈有斷鼇持巨斧，不妨跨馬上高臺。州治南爲回雁峯，三桂築員丘方澤以祀天地，遂於三月三日，三桂衮冕入車卽位其上，百官衣冠羅拜泥中，山呼聲動于四野。古今勝事難多遇，拭目新塲又一回。

幾年夢裏見衣冠，今日還疑夢裏看。令肅重門圍萬騎，歡呼前仗擁千官。多情野老方吞淚，大度諸公易解鞍。朝罷滿城歌鼓發，大槐樹下小長安。《天潮閣集》卷五

朱杜谿先生詩集三卷 道光三十年刻本

朱書撰。書字字緑，號杜谿，安徽宿松人。康熙四十二年進士，選庶吉士，卽入武英殿奉校《佩文韻府》，官編修。乞假歸。與方苞、戴名世、孔尚任交好，爲《南山集》作序。四十六年，卒於京師，年五十四。方苞爲撰《墓表》。史申義《過江集》有《哭同年朱字緑四首》。五十年，《南山集》案起，戴名世死，方苞下獄，書以去世未究。詩文集舊有刻本，乾隆四年開查禁書，家人恐懼而燬版，僅存鈔本十卷，道光十一年由其族孫付雕，宋潛虚原序，石廣鈞、方東樹序。卷一爲賦，二至四卷爲詩，五卷以下爲文，統名《朱杜谿先生集》。内多殘字，盖仍鈔本之舊。書精於《易》，習於史地。爲梁份撰《西陲三書序》，爲林侗撰《來齋金石刻考略序》，師友中萬斯同、梅文鼎、何焯、方苞，均爲通儒。閻若璩殁，爲撰《徵君百詩先生傳》。爲人作序傳尚多，有未收入集中者。光緒十九年重刻本，以古文七卷及游歷記重梓，詩云「續梓」，未刻。其詩集僅賴道光本以存。唯光

緒本有康熙三十九年戴名世原序，爲道光本所無，此又不得云前刻必善矣。爲詩剛峭跌宕，《塞黄河》、《華山行》、《仙田雜詠》，均無浮詞。《登小孤山》云：「北風正吼江豚舞，白浪拍天勢甚怒。往來舟子盡停艫，坐對小孤飛無羽。爲詢長年得父老，攘臂不受陽侯侮。騰身一葉勇可賈，泝水有如箭離弩。山與長江屹撐柱，渺然卷石無寸土。何年北隅劈鬼斧，一罅丹梯聊布武。摳衣危樓臨洞府，蒼莽一氣收寰宇。江南羣山列獅虎，截如斬斷蹲江滸。山神含笑媚且嫵，靈旗翩翾擊鼉鼓。昔年戰爭連廣拒，至今石骨留鐵柱。江關上游賴門户，風濤盤渦自吞吐，茫茫遺恨終千古。」詠小孤詩，所見以此爲最。《天津詠古六首》，爲《皇駐驛》、《毛公堤》、《興水田》、《妖賊破》、《海運策》、《請航海》，爲明代史聞。《請航海》注云：「崇禎十七年，天津巡撫馮元飈遣子愷章入奏，具海船二百艘，勁卒千人，身抵通郊候駕，旦夕由海道南幸。朝議不決。愷章慟哭返。出國門四日，而京城陷。」可與史事參證。集中《入殿紀事詩三十首》，詳紀編纂《佩文韻府》情形。注云：「上獵南苑，近臣以所編書樣進。問誰寫草，監督郎中以臣書、臣宋至名對，上頷之。」又云：「上南巡，命每三日一進書。渡江後，雖在浙省，亦如期而至。空韻原有有覺無空一條，上以無出處删之。呈第一卷。卷一東韻共爲一部，上甚喜。謂此書卷帙少而載事多，兼經史之腴，成時宜急頒行天下。上命盡出書籍移書局，進呈稿訛誤，許補綴以進。」可見内府修書實情。又云：「上諭，《韻府羣玉》、《五車韻瑞》、《韻學大全》，皆極陋之書。其所以陋有二。或窮生下士，老而不遇，思藉著述以垂名後世。然家乏藏書，交鮮碩彦，故掛漏訛舛，不能自正，一陋也。或薦紳大夫，投老山林，多招賓客，摭拾羣言，取材既踳駁不精，成書又或未經主人之目，草率上板，貽誤後人，二陋也。今務去此二陋，自成一書，名曰《佩文韻府》，傳之久遠。」以上諸語，視御製《佩文韻府序》爲詳。又記編修汪倓，年十九登進士二甲第一。同出殿門，抵家忽暴卒。倓爲吴縣人，康熙三十三年進士。宋至爲商丘人，舉子。《佩文韻府》卷首纂修官均列名，而獨遺朱書。茲特摘抉入殿詩注，表而出之。

希硜齋詩集二卷　雍正間刻本

周之方撰。之方字在卿，浙江衢州人。未仕進。詩集爲吴興嚴鴻逵選定，與騷賦、文集、雜論合刻。有康熙五十八年自序。《戊子九日》詩有「我年五十二」句，逆推爲順治十四年生。雍正元年在世，年當六十七。其詩不事摹古。《康熙丁亥紀旱》、《里巫行》、《嫁女行》，多涉民生疾苦。兩游武林，有詩。《過東河》、《由支硎山至化城觀千尺雪》、《登真定城樓》，亦具體格。又有贈畫家王石谷，《論詩四首》可供參稽。其材力不甚饒健，然無所附麗，當亦可許矣。

玉紅草堂詩集十五卷　康熙間刻本

龍震撰。震字文雷，號東溟，直隸天津人。布衣。集不知刻於何年，凡詩十五卷，散文間見。末卷附《龍氏家譜》。同學陳儀爲撰《龍東溟傳》，亦見《學士集》卷十。傳不詳生卒年，今據《乙亥九月二十四日自壽詩》，推爲順治十四年生。《家譜》附康熙五十二年自識，年當六十七。震性狷介，與當日名士俱無往還。喜漫游，康熙三十九、四十一年兩至江南，有詩多首，而以詠天津、滄州一帶民情所見，爲他集所未及。《自嘲》云：「連環古格縱云稀，只作清朝老布衣。水到秋深多索莫，火流山下少光輝。虛名大抵因文曲，薄命何嘗照紫微。惟有歸途還借問，白雲白首可能歸。」《讀六朝史八首》、《讀陶》、《讀杜》、《讀桃花源記》、《與天津諸少年談詩》、《讀白樂天詩》、《讀楊椒山集》、《讀列子楊朱篇》、《讀佛書》、《觀高唐劇》，著語豪勁，迥不猶人。《讀屈翁山詩集》云：「屈生今已没，詩卷得長留。語比《離騷》淺，悲同楚水秋。飢寒走塞雪，老病弄吴鉤。未遂報韓意，長安不再遊。」《題徐俟齋畫山水》云：「我聞徐高士，隱吴之木瀆。一雙眼尚明，八十髮未秃。餘生託山水，寫圖得十幅。我得讀其一，游神而注目。有泉不出山，有雲常在屋。直梁無行人，亂峯媚幽獨。既疑似靈巖，又疑是光福。高士有心人，心豈在林麓。恐改山川色，存真實所欲。何不畫鍾阜，寒鴉满枯木。」於清初遺民，心嚮往之，其志概可見矣。又有《恨歌排悶三十二首》，自抒鬱結之氣。《對弈絶句三十首》，任筆自如。喜爲俚諺，集中長短歌謡二三百首，諷刺穢詈，多有所發。《覽邸報成詩四首》、《高麗國請賑》、《惡少年》、《吴中口占》，紀事之什，時在史外。

尋樂齋詩集八卷 乾隆間刻本

戴有祺撰。有祺字丙章，號瓏巖，一號白嶽山人，江蘇雲間人。康熙二十七年進士，擢第一，未幾以憂去。三十年服闋，補殿試擢爲一甲第一名。散館試滿、漢書，又擢第一。會春闈分校誤期，越幾日有左遷之命，自顧不能吏職，請歸。從此不出。康熙五十六年卒於家，年六十一。是集有湯右曾及雍正元年黄叔琳序，生平約畧可見。書刻於乾隆初，今所見爲嘉慶十五年補版，傳本亦稀。有祺以大魁未就一官，貧居山中垂三十年，命途蹇厄，歷所少有。歸里後謝絶酬應。與京中故舊不通一字。多消閒之作，晚貧甚不勝，不免孤恨之感。《言懷詩》云：「叵耐山應買，無錢僦小莊。心驚收債客，膽落少年場。守拙乾坤窄，憂貧歲月長。怨尤吾豈敢，活計恐茫茫。」又云：「役役非吾願，悠悠老此身。妻孥漸素飽，親串笑言貧。避跡辭今雨，看書友古人。隔籬堪散步，無那犬多嗔。」又云：「稍稍知懷耻，長貧宜腐儒。未妨身寂寞，不耐鬼揶揄。漏屋聊容膝，荒階任長蕪。相看驚瘦骨，只道作詩癯。」抑鬱不平之氣，隨事可見。詩學林逋、范成大，了無俗韻。

傅天集一卷　康熙間刻本

高不騫撰。不騫字槎客，號小湖，一號蕙鄉釣師，江蘇華亭人。太常寺少卿高層雲子。康熙四十四年南巡，獻賦，賜翰林院待詔。是年北上，撰《傅天集》一卷。首戴名世序，殆經《南山集》獄案流傳至今，洵足珍矣。集中《東吴望幸歌九章》、《駕幸松江閱射恭紀詩》，亦一時典故，又有《北行詩》，鍾錬沉實。是集爲鄧之誠先生藏本，《清詩紀事初編》有考，殊未盡。據楊鍾羲《雪橋詩話續集》稱：「待詔爲謖苑太常子。師事竹垞，與惠紅豆、何義門、張匠門交。詩尚唐賢。聖祖南巡，以提督張雲翼薦，特奏名出身，應奉文字十一年。累朝書籍在皇史宬，奉命入宬檢書，有《檢書行》之作。」又引所見黄之雋跋：「以自居翰林不能一到皇史宬爲恨，而小湖遭逢獨盛，叩扃發秘，又能鏗麗其辭。」可知大凡。不騫生年，向無確説，或作明萬曆四十三年，或作康熙十六年，相差至一甲子。近人輯文學家傳，以爲萬曆年生人，斷非層雲子，尤誤。今據張錫爵《吾友于齋詩鈔》載乾隆六年華亭八十五翁高不騫序，可定爲順治十四年。序有云：「余幼喜倚聲爲小詞，及壯，經臨安遇倦圃曹侍郎於讌序，勗以學詩，由是舍詞而習詩。追後天子知名，召試行在。居禁垣九年，申命釋褐，待詔殿中。又二年，乞假歸葬。窮居無事，郊扉盡闔。有徵詩者第漫與之，不復細論也。於今又二十有七年。」可知不騫始受詩於曹溶，而乞假歸葬在康熙五十五年。《吾友于齋詩鈔》卷九《贈高待詔槎客先生》云：「汴京戚里小湖鶴，自注：先生爲宋宣仁族，自號小湖一鶴。早歲詞華何熠爚。姓名上達九重尊，行在從容舒硯削。記得當年陳與張，自注：謂陳澤州、張丹徒二相國。同飫天厨把龍勺。漫隨豹尾入都城，禁殿深沉對金雀。秘文十載事校讐，國史三朝勞管鑰。自注：充收掌三朝國史官。傳天集裏問書名，自注：先生《傳天集》內載《即事酬胡侍郎會恩詩》一首，有指侍郎書名爲妄者，曾蒙顧問。先生奏云，唐人每書名，宋人多書字。然書字者或失傳其爲某人，所以書名。燕喜筵前蒙賜爵。自注：先生於聖祖六十萬壽時，申命釋褐。翩然不樂住樊籠，長嘆一聲思洞壑。歸來整頓舊霜衣，水滿青田不療飢。郊扉春帖多悲語，漫興詩篇半逸詞。只今年已八十六，白髮朱顏神煜煜。臨池逸興共鷗飛，入夜吟聲動修竹。」其生平俱有考矣。朱彝尊《曝書亭集》有贈高槎客詩。《松江詩鈔》卷三十三存不騫詩《檢書行》、《玉鉢行》詩多首，交游爲吴騏、高士奇、顧嗣立。則其所存又不止於此編矣。

雪堂詩四卷　康熙間刻本

傅作楫撰。作楫字濟菴，號雪堂，四川奉節人。康熙二十六年舉人，官良鄉知縣。行使御史，頗著直聲。三十五年，奉檄征厄魯特製辦軍需。四十一年，典試浙江。至左都御史。四十四年，罷歸。撰《雪堂詩》四卷，爲《燕山集》、《西征集》、《遼海集》、《南行集》，各卷分體，共四百首。有門弟子章藻功跋。據《乙酉四十九生日》詩計之，生當順治十四年。作楫與王士禛、陳廷敬、熊賜履唱酬，詩具唐音。《燕山集》詠《霍源墓》、《弔望諸君墓》、《題張籧若侍御請平魏忠賢墓碑疏後》，有雄亢之氣。《西征集》詠八達嶺、居庸關，李陵臺，昭君塚，《脱脱城懷古》、《陰山》、《氊廬》、《磨笄山》、《青大目阿羅海》，狀寫邊塞風光，皆親身經歷。《烏克勒空克勒絶糧四首》、《西里哈昭觀喇嘛寺遺址》、《觀厄魯特客爾喀爾戰場》、《白達喇河晤李大伊山有贈》、《布朗河朔觀喀爾喀營内鏖鷹》、《烏塔河望丹吉喇部落》，於康熙間用兵情事，可得以聞。《遼海集》中《駿馬行》、《瑶編行》、《奉天學堂告成》、《飲馬長城窟行》、《澄海樓》、《遼都春興八首》、《錦江秋懷八首》，記關外實況，非目覩者莫能津逮矣。《南行集》中《灔預堆》、《子陽城歌》、《黄牛峽》、《焦山望海》諸詩，亦較雅健。清初蜀中詩人，首推費密、錫璜父子。作楫可端其亞，王恕繼之，百餘年罕有名家。乾隆間李調元撰《雨村詩話》，謂其詩：「如老將臨戎，步伐森嚴，不事攻戰，而氣自奪人。近體高朗諧適，尤擅勝場。」推崇備至。

蕩平厄魯特後餘馬發固節驛收養恭紀　十二首録四

鑾輅平沙漠，皇朝偃甲兵。六師歡入塞，萬馬喜還營。苜蓿何須惜，驊騮不記名。微臣親盛事，終古詠昇平。

蹀躞勤王事，穿冰渡大河。走能追掣電，輕自勝明駝。破敵功難並，開疆力亦多。批風雙耳峻，駕鼓寵鼉鼉。

柳綰青絲勒，花飛紫障泥。功成歸太僕，邊靖息金羈。細雨桃花影，輕風碧玉蹄。普天齊洗甲，簇錦御河西。

爲播皇威出，還聞奏凱來。應圖真可貴，買骨不須猜。冰雪秦城窟，風霜李尉臺。孫陽何處是，懷古意徘徊。《雪堂詩·燕山集》

布朗河朔觀喀爾喀營内鏖鷹

東營金鼓連宵起，報道鏖鷹邀予視。猛氣雄姿安在哉，半灰不死心而已。幾回合眼忽驚疑，舊夢無端若有思。秋老平原孤擊處，春和碧漢曉鳴時。健兒韝臂還相向，革帽金緣時一放。餒極明知未敢飛，持肥故故呼教上。百呼百應術誠高，不道靈禽爲羽毛。一日養成雙健翮，扶摇依舊凌青

霄。《雪堂詩·西征集》

象外軒集一卷　乾隆十六年刻本

溥畹撰。溥畹字蘭谷，號顛上人。主雲南昆明龍淙寺。龍淙舊名白龍泉，康熙時總督范承勳易今名。溥畹年五十入京，謁見康熙，爲禪門尊宿。亦參詩家上乘。撰《象外軒集》，有康熙五十六年自序。乾隆十六年舒瞻捐貲刻之。其生平杖履所歷，幾偏西南名區。《龍淙歌》、《登雞足山》、《遊黑龍潭》，揮灑之至。善題畫，作《倪雲林山水歌》。康熙四十五年作《暢春園應制詩》，又作《謝恩行》。出京後嘗游齋魯、吴越，結納禪林高隱。有寄八大山人詩。八大山人爲畫家朱耷，入清隱埋姓名，罕與人接。清人詩集中題其畫作者尚多，交往詩則偶一見之。楊鍾羲《雪橋詩話三集》録熊蔚懷司空贈八大山人詩及程柯坪題其《菌筍圖》。今從方士琯《鹿邨詩集》見同朱耷交游詩，並溥畹贈詩，已有三四家。又《曲阿詩綜》卷十八載康熙時人諸葛義和《八大山人歌》，小序云：「八大山人隱其名並隱其姓，蒼顔鶴髮，飄若神仙。自言身歷兩朝，年已八十有餘。善詩畫，尤不肯作畫。好事者每以數千錢購之，而山人亦不辭。攜錢入市，欣然一飽，餘者即盡周所值之貧乏。興到則吟小詩，字字俱極古朴。與人言絶無怪誕。甲戌春遇於雲陽旅次，後不知所之。壬午秋，予客邗江，見友人扇上七律，乃山人辛巳年所詠。詩思慷慨，莫知所指，因賦之。」詩云：「八大山人品絶奇，傷哉騏驥沉汙泥。蒼髯似鐵眉如雪，問名與姓不肯説。自携小印號神仙，自注：印曰可得神仙。意慕無懷與葛天。興酣落筆有生氣，一草一木含雲煙。得錢貰酒入醉鄉，酒後耳熱歌慨慷。新詩著就多磊落，滿紙時聞翰墨香。倏然塵世何閑雅，堪笑當年守財者。尤憐飄泊東西人，未得黄金偏揮灑。吁嗟乎，淮陰年少一何愚，楚猴漢蛇爭逐鹿，誰識王孫涸鈞徒。」詩云甲戌爲康熙三十三年，辛巳爲康熙四十年。掌故較多，亦有參考價值。

寄八大山人

八大山人迥出羣，不爲崖岸逐風塵。馬牛有字從他唤，鷗鷺無心率我真。萬古滄桑悲國士，一身天地託游民。别來已是三年外，幾度相思獨愴神。《象外軒集》

茨村詠史新樂府二卷附録一卷 雍正二年刻本

胡介祉撰。介祉字存仁，號循齋，一號茨村，浙江山陰人，寄籍順天宛平。父兆龍，爲順治三年進士，官吏部侍郎。介祉由蔭生官至河南按察使，康熙三十四年罷官。撰有《谷園詩集》八卷、《隨園曲譜》，刻本未見。其《過趵突泉》詩，見《毛西河詩話》。是集取明崇禎、弘光時事，作樂府六十篇，篇各有記，而每篇題序所載時事甚詳。清初金史有《射堂詠古樂府》四十篇，尤侗有《明史樂府》，皆不及此集所注史實及金陵傳聞佚事。其間往往有與正史異者，陸以湉予以辨證，見《冷廬雜識》卷二。是集首自序，朱書、王著、趙機序。附録兩篇，一爲《書懿安皇后事》，李驎撰。一爲《賀宿紀聞》，陳雲瞻撰，亦有文獻價值。朱彝尊《曝書亭集》、孔尚任《湖海集》有贈介祉詩。

秋泉居士詩集七卷　乾隆十三年清蔭堂刻本

汪士鋐撰。士鋐字文升，號退谷，一號秋泉，江蘇長洲人。琬子。康熙三十六年一甲一名進士，授修撰。與彭定求、汪繹同進《全唐詩》局。官至右春坊中允。著有《瘞鶴銘考》、《全秦藝文志》、《元和郡縣志補闕》，輯《近光集》。工書，與姜宸英齊名。雍正元年卒，年六十六。撰《秋泉居士集》，爲其孫周校刻。凡《文集》八卷、《詩集》七卷、賦駢體各一卷。有黄叔琳、張燦、沈德潛序。士鋐與兄份、鈞，弟倓，俱能詩。胚胎家學，亦有佳製。五古《新安吏》、《湖口關》，七古《走橋行》、《洮馬行》，多記時事。《洪州民》、《鄂州兵》，誣蔑湖北起義農民，當審辨之。入秦，作《西安碑洞歌》、《岷州竹枝詞》。扈行江南及避暑山莊，有賡制之什。《送潘大恬菴之任天長》、《題朱稼翁秋林讀書圖》、《題王秋史二十四泉草堂圖》、《瘞鶴銘歌爲陳滄洲作》、《蓮花峯頂作畫歌》，亦未流於凡近。

南堂詩鈔十二卷　雍正間刻本

施世綸撰。世綸字文賢，號潯江，一號静齋，漢軍鑲黄旗人。琅子。康熙二十四年，以蔭生官泰州知州。時時循井里，問父老民間諸疾苦。有筆帖式某者，强娶州民已聘之女，事發，世綸持之甚急，奪還諸民，因請嚴加約束，毋溷吾轄。衆雖忌世綸，悉知其清名，怵其吏干，無敢横行者。過州境主兵者不戢，沿途肆侵奪，世綸具粮糗芻茭以應，而令民各持一梃，列而待有犯者，立擒治之，兵過無譁，境内以安。凡所施行，輒中度，奸猾豪右乃大驚，斂手屏氣，無敢越尺寸，州遂大治。康熙南巡召見，顧謂左右曰：「此天下第一清官也。」擢揚州知府。治郡四年，狹邪屏迹，無敢以女婦入廟燒香，俗爲之一變。改江寧府。市之無賴者連駐兵爲民害，世綸痛繩以法。女巫錢氏挾邪術惑人，名籍甚，世綸斃之杖下。後任淮徐道副使、湖南按察使、户部右侍郎、副都御史，出爲漕運總督。卒於康熙六十一年，年六十五。事見林之濬撰《施公傳》及本書鄭纘祖、高裔、阮旻錫序。孫屺瞻序云：「余甫至海陵，其地縉紳暨諸父老咸嘖嘖稱州守施君之賢，謂昔龔黄召杜之流亞也。而已久與之處，果見其敏而裕，廉而不劌，批郤導窾，恢恢乎游刃有餘地，則洵知其良吏矣。」又稱世綸「弱不勝衣，以廉静之才，出入風雅之林，是則尤可異也」。世綸與黄虞稷、鄧漢儀、黄雲、宗元鼎等文士交好，喜提攜生員。此集又有黄虞稷序，受業黄泰來序。其詩高古清逸，間有問農、觀災之詠，淡而無奇。《俠骨行》云：「承恩今拜海東城，民貧地瘠倉廩失。努力辛勤撫字瘦，大官切責在有司。當年意氣今猶在，扶弱鋤强無所疑。行者謳歌坐者忤，狐狸安足問豺虎。也知俠骨未能降，九重上有聖明主。」可證行誼。通俗小説《施公案》，所謂施不全，卽世綸。小説黄三泰子天霸，疑亦有事實可本。此集黄泰來序云：「余父子奉教於公最久，人竊疑公之與父子交爲最奇。不知余父子不濫交一客，其孤拙之性，與公之骨鯁畧相符，故公樂爲交。」泰來，雲子，字交三，取名字各一，卽三泰。子鸞祥、鸞和，三代能詩。《江蘇詩徵》卷六十四各有傳。至以黄三泰爲紹興人，父子俱緑林鏢客，此小説之所以詭奇也。

楝亭詩鈔八卷詩別集四卷　康熙五十年刻本

曹寅撰。寅字子清，號荔軒，一號楝亭，滿洲正白旗包衣。先世漢族，祖籍豐潤，遷居瀋陽。工部尚書曹璽子。累官通政使、江寧織造，兼巡視兩淮鹽政。主持刊刻《全唐詩》、《佩文韻府》。康熙南巡，四次均以織造署爲行宫。又自刻《楝亭十二種》甚精。卒於康熙五十一年，年五十五。殁後，以子顒繼之。著有《楝亭詩鈔》、《詞鈔》、《文鈔》。《詩鈔》八卷、《詩別集》四卷，首顧景星、杜岕、毛際可、朱彝尊、姜宸英序。別有六卷本附詞二十四首，首康熙己丑四十八年王朝瓛序，乃寅自删選，弗及此本遠矣。寅爲《紅樓夢》作者曹霑之祖。近年研究曹氏家世，莫不以楝亭詩文資料爲先。工詩詞曲。其詩才思贍富，清逸有致，出入於白、蘇之間。《北行雜詩》二十二首，《赴淮舟行雜詩十二首》、《南轅雜詩》四十首、《讀梅耦長西山詩》、《讀葛莊詩有感》、《題啟南先生莫斫銅雀硯圖》、《題朱赤霞畫對牛彈琴圖》、《禹尚基卜居圖索題》、《喜三姪頎能畫長幹爲題四絶句》、《諸敏菴彈平調琵琶》，可見平生踪跡交往。與狀元汪繹交密，有《題汪東山修撰秋帆圖》，繹死，哭之以詩。《菜花歌》、《銅鼓歌》、《婆羅樹歌》、《巫峽石歌》、《錢塘觀潮》、《瀛臺泛舟曲》、《冰上打毬詞》、《眼鏡歌》，雋語時出。又與高士奇、宋犖、顧景星、尤侗、陳維崧、韓菼、葉燮、洪昇交往酬接，同時人集中，以朱彝尊、杜岕、施瑮三家，贈寅詩繫事較詳。寅喜書畫戲曲，題畫詩徐渭外，涉及程嘉燧、馬湘蘭、惲向、八大山人、王概、高其佩，多當時高手。有《楝亭夜話圖》徵集題詠不絶。《四庫存目》著録爲五卷本。同時名人集中，吴璟《西齋集》有《題曹子清工部楝亭》詩，張雲章《樸村詩集》有《題曹鹺使子青》二首。

匠門書屋詩集十卷 雍正間刻本

張大受撰。大受字日容，江蘇嘉定人。居吴郡之將門，號匠門。學詩於吴祖修，問業於韓菼、朱彝尊。康熙南巡，召至舟見。以舉人入京，纂修《四朝詩》。四十八年始成進士。取三甲，選庶吉士，授翰林檢討。五十九年，爲四川考官，主貴州學政。卒於康熙六十一年，年六十五。著《匠門書屋詩文詞賦集》三十卷。有其兄雲章序，吴祖修序見於他集而爲是集所不載。大受與朱彝尊、沈宗敬、劉青藜、宫鴻曆、查慎行、王式丹、繆沅、顧嗣立、周起渭、徐昂發、高不騫、沈德潛等人交往唱酬。集中《養蠶詞》、《支硎雜詠》、《閲武林舊事偶題六首》、《讀漢書六首》、《讀晉書四首》、《讀唐書四首》、《讀遼史六首》、《題阮亭先生蠶尾山圖》、《呈竹垞先生四十韻》、《書曹楝亭銀臺詩後六首》、《閲鑑誡録》、《觀劇爲韻語當偈七首》、《題銅鼓帖》、《題鄭芷畦授經圖》，雜綜文史，廣吟百物。典試四川，詠棧道奇險，亦較可觀。張雲章序稱其詩：「或直抒胸臆，或引物連類，或爲舒和高暢之音，或爲慷慨激昂之節，或屈曲排奡以發揮其怪奇。」蓋其詩主性靈，不受漁洋影響，有宋人風味，與汪琬、吴祖修一脈相傳，而下啟袁枚、趙翼。殆亦深於詩者也。

近道齋詩集四卷　乾隆八年刻本

陳萬策撰。萬策字對初，一字謙季，福建晉江人。父遷鶴，康熙間官左春坊左庶子。萬策於康熙三十二年中舉，五十七年成進士，改庶吉士。官詹事府詹事。出李光地門，於濂、洛、關、閩之書，親承指授，旁及詩古文。雍正四年官詹事，典試浙江。十二年卒。是集與文集六卷合刻，乃其子晁世所輯。錢陳羣、彭家屏序，汪由敦撰《傳》。詩起於康熙四十四年。《四庫》列入《存目》。萬策與吴襄、何焯同官編修，赴熱河行在撰擬文字。集中多恭紀唱和詩。《建溪灘歌》、《糧船四首》、《濟寧懷古》、《江郎石》，行旅弔古之詩，詞氣清腴。《自烏石灘早發》云：「七星瀧頭逐曉天，初寒時候水生烟。天公若念歸人意，還乞東風送客船。」《署中觀伶人演韓蘄王本事》云：「金山力戰走金兵，鼓角猶傳破敵聲。和議一時真誤國，江流萬古恨難平。」於宋金交戰，了無忌諱。其詩尚直抒胸臆耳。

楊棆詩選一卷　江左十五子詩選本

楊棆撰。棆字青邨，江蘇武進人。諸生。有《吹萬集》、《天外集》，未見刻。今存者，爲《江左十五子詩選》一卷。棆甚有才。惲格山水秀逸絶才，棆作《題惲南田長幅山水》歌，意到筆隨，形神兼俱，真善於狀寫難名者矣。《哀兩州行》，憶其父在滇南爲官情事，關係吴三桂之變。康熙三十二年，棆官普安，經湘楚黔中，所作《舟行洞庭湖歌》、《上灘行》、《青琅灘》、《白龍巖放歌》、《辰溪縣對江碧水丹山》、《自辰溪南行峭壁夾峙怪詭屢出卽事有紀》，多驚險之句，奇闢之思。《鸕鷀灘紀事》、《觀象歌》、《點夫行》、《夜觀燒山》、《普安燈詞》，得諸咫聞，尤足徵實。掄嘗從同邑邵長蘅游，詩爲長蘅所不及。惜未睹全集，是可憾耳。賈田祖《稻孫集》有長歌《題楊青邨先生詩集》。

題惲南田長幅山水

南田先生老經儒，胸中百萬江山圖。偶然振筆一揮寫，氣象已與人間殊。清溪百尺水渺渺，沙回雲満征帆孤。近村小橋接溪路，春堤草色靡平蕪。忽然巨靈神斧劈，瀉出萬派跳江珠。高嵐夜嘯碧溪墮，烟樹雨密聲疎疎。凝眸熟視獨良久，疑有神鬼與之俱。因知此中大變化，戲幻筆墨於須臾。一草一石有真意，純是神肖非形模。當其展紙時，意象何徐徐。筆所未到氣已到，蠻君鬼伯如驅奴。及其山勢稍窮處，畫雖已盡神有餘。譬如鮮卑策快馬，能得抑縱供馳驅。須知先生實詩老，落筆真可繼王盧。間作書法乃大妙，折釵屋漏言非誣。行年五十不得志，長視富貴如有無。能事散出作筆墨，聯寫大塊爲區區。吾吳昔推石田子，品格彷彿追倪迂。今觀此畫實神駿，高堂素壁烟生裾。奔濤百丈石崖古，如有水勢常相呼。晴窗卧對意殊快，摟身欲入神先徂。何時辨却幾緉屐，爲登絶頂攀高梧。中山忽作鸞鳳響，喚起蘇門長嘯徒。《江左十五子詩選》

績谿雜感詩一卷　同治八年刻本

高孝本撰。孝本字大立，號固哉，浙江秀水人。康熙三十年進士，出張玉書、陳廷敬、李光地、王士禛之門，與張瑗、惠周惕、陳鵬年通榜。官安徽涇縣、績谿兩縣知縣。作詩甚富，由登岱以及台蕩諸山凡十七集。《四庫存目》有《固齋詩鈔》八卷，似已不可踪跡。此《績谿雜感詩》一卷，爲罷官後居績谿作。首有康熙四十三年陳鵬年序，自序。道光六年汪澤得胡氏鈔本爲之注，同治八年余庭訓刻。凡古詩三十首，述民風土物甚詳。嘉慶十五年曾採入《績谿縣志》，尚不及三之一，又多所删改，失厥本真。汪注搜採羣書，考證而疏通之。又撰《建志沿革考》一篇，作爲附録，足補志乘之闕。沈德潛《别裁》云：「固哉作令，鋤强梁，平寃獄，振興文教，以不善事大吏去官。後徧游名山以終。兩邑人春秋祀之。」則是集於瞭解孝本政績，亦當有裨助云。

南湖集鈔十二卷　貴池先哲遺書本

章永祚撰。永祚字錫九，號南湖，安徽貴池人。康熙二十年舉人。受知於朱彝尊。五十年，官陝西青磵知縣。五十七年，西征。雍正二年，官工部水司主事。四年，乞養歸籍。是集與《文鈔》八卷爲劉世珩據鈔本編刊，一九一五年收入《貴池先哲遺書》。詩原八卷，今存四卷，爲西征以前之詩。有關民生詩篇多首，如《採茶謡》、《野油菜歌》、《飢民謡》、《由蕪湖舟行至高淳被水災黎慘難寓目遂成長歌》、《剥樱謡》，寫意俱深。《景德鎮觀甆窰歌》有云：「近者守土少循良，官價取甆例已久。十金便索百金甆，交甆稍緩遭杖棓。去年罷市且三日，窰户十或逃八九。」蓋爲紀實。《長安裘馬行》，於貴族官僚生活多有揭露。《游齊山》、《杉山雲頂吟》、《游東巖》、《漁梁壩》、《蘭溪竹枝詞》、《仙霞嶺》、《化劍閣畫壁歌》、《康郎山》、《石鐘山》、《邛江游》、《太白祠觀蕭尺木壁畫歌》、《血影石》、《汎舟泊江登翥山作》、《水車嶺》等篇，詠江南浙閩山水古蹟，大都刻盡其狀。《讀史雜感》有云：「再興一姓勢難圖，百二秦關掃地無。可詫狐鳴篝火輩，尚稱海上有扶蘇。」亟爲諷婉。青礀屬延安府，爲邊缺瘠苦之區。永祚涖治，有循吏稱。《催糧行》、《延川》、《綏州西川寺》、《鄜州弔杜工部》等詩，均作於陜北。《詠清澗古蹟》爲營田碑、石臺寺、馬翅谷、無定河，均較樸茂。是士大夫中之有行者。

述本堂詩集七卷 乾隆二十五年刻本

方登嶧撰。登嶧字鳧宗，號屏垢，安徽桐城人。康熙三十三年貢生。官至工部主事。五十年，戴名世《南山集》獄案牽及方孝標，登嶧爲兆及子，孝標從子，亦長流黑龍江卜魁城。雍正三年卒，年六十七。詔赦歸已殁於塞外。乾隆間方觀承刻《述本堂詩集》，包括祖登嶧、父世濟三世之詩。登嶧詩凡七卷，爲《依園詩畧》、《星研齋存稿》、《垢硯吟》、《葆素齋集》、《葆素齋古樂府》、《葆素齋今樂府》、《如是齊集》。沈德潛、方椝如序，俱未及《南山集》案，黄叔琳序祇云「坐鄉人累謫遷塞外」。此刻幸在《四庫全書》開館之前梓行，不然亦難免淪滅矣。登嶧早年壯游江夏粤東，作有《紀游百二十韻》、《滏陽雜詩》、《端州采硯行》、《嶺南詠物》、《屈賈祠》、《詠史篇》。嘗聞杜濬緒論，與陳恭尹、田雯、嚴繩孫、湯右曾、趙天吉均有贈答。《垢硯吟》以下皆作於戍所，鬱憤抒懷，多牢愁羈苦之音。《今樂府三十章》，采輯齊齊哈爾風土民俗，爲研究東北地方史資料。《清詩紀事初編》選《燈官曲》、《打貂行》、《賣糧謡》、《將軍獵》、《黍子米》五首，沈德潛《别裁》選《老槍來》一首。今録《打鷹歌》，以見一斑。

打鷹歌

冬鷹復春鷹，多少打鷹手。負網入空山，蒙皮卧林藪。草暖捕鷹雛，草冷捉鷹母。鴻鵠高飛六翮厚，白鶴梳翎入雲阜。矯矯搏擊才，伴結烏龍走。平蕪灑血逞雄姿，絛鞲到死懸人肘。《述本堂詩集》卷六《葆素齋今樂府》

二水樓詩集十七卷　光緒十七年重刻本

李茹旻撰。茹旻字覆如，號鷺洲，江西臨川人。康熙五十二年進士。官内閣中書。族弟李紱官巡撫，延至纂修《廣西通志》。雍正間主宣城書院講席。修《太平府志》。應鴻博試北上，至杭卒。據《世系》：茹旻生於順治十六年己亥，卒於雍正十二年甲寅十二月三十日，年七十四。所撰《二水樓文集》二十卷、《詩集》十七卷，初由族孫安民於乾隆十三年以活字版擺印。此李鳴梧重刻本。其詩俊邁，格調近宋。詠匡廬雲海、桂林疊綵巖、七星巖，每有獨造之境。嘗得漢硯，作長歌紀之，並述其制。近體臨川諸詠、觀遊京郊山寺並佳。茹旻與陳鵬年交摯，多唱和，皆當時以學行名世者。又有《淶水行爲同年甘耕道賦》、《晚晴簃詩滙》已選。耕道名汝來，官直隸淶水知縣，禁莊田無故增租易佃。旗丁例不得行笞，三等侍衛畢克里調鷹至淶水，居民家，僕捶民幾斃，訴於汝淶。畢里克率僕鬨於縣庭，汝來逮畢里克，械其僕於獄。部議褫職。康熙帝命奪畢里克職，汝來無罪。由是負循吏名。此詩紀實，可與史傳相參考。他如粤西詩有關地理與少數民族資料，堪供采掇。又擅集句，亦可玩賞。

㾑硯齋學詩不分卷 乾隆間刻本

戴晟撰。晟字晦夫，號西洮，江蘇淮安人。受學於萬斯同，研習《左》、《史》、兩《漢》。復由黎洲上溯蕺山之學。撰《㾑硯齋學詩》，乾隆初由其孫有光彙成一集刊之，有王城序，鄭梁題詞。詩止於雍正三年，年六十七。交游中可考者，《贈荆名先生》，爲蔣楛。《酬喬無功》，爲喬崇烈。《授一公車過我酬贈》，爲萬經。《偕主一義門北郭登眺》，爲黄百家、鄭性。《讀觀海集呈太原先生》，爲閻若璩。又有《題金山寺圖》、《沈郎行》、《讀玉谿生詩偶記》、《題查梅壑行旅圖》、《觀意中緣傳奇》等篇，大抵不名一家，隨時抑揚，故亦不拘拘耳。乾隆初期，刻順、康兩朝集，傳本最不易得。蓋四庫館開，各處奉旨查禁，以畏禍毁其不當毁者甚多。乾隆中後期，罕有刻其祖先遺集者矣。

恕谷詩集二卷　近代恕谷全書本

李塨撰。塨字恕谷，號剛主，直隸蠡縣人。康熙二十九年舉人。曾游學江南，與萬斯同交往。年六十，選通州學正。尋以病告歸。卒於雍正十一年，年七十五。塨與其師顔元爲康熙時北方大儒。元重於實踐，塨從事著述以傳其道，後人稱之爲「顔李學」。此近人所輯《李恕谷全書》本，詩僅上、下二卷。嘗游浙，經淮安北歸，其登臨行役及沿途所作均較質樸。幼嘗學習射禦，《觀武闈馬射》、《畫輿地圖》等篇，亦有實得。與周筤酬贈甚頻，筤死，有詩哭之。又集孔尚任家，分韻酬唱。小詩若干，可考行實交游。篇什不多，不但以詩論矣。

後圃編年稿十六卷　康熙三十八年刻本　續稿十四卷　乾隆四年刻本

李嶟瑞撰。嶟瑞字蒼存，安徽盱眙人。貢生。康熙五十一年，官直隸定興知縣，卒於官。撰《後圃編年稿》十六卷，爲康熙二十年至三十七年詩，共一千九十一首，萬斯同、姜宸英、朱元英、朱書序。據卷三《乙丑元旦放歌》，自云年二十七，當爲順治十六年生。《續稿》十四卷，詩一千一百四十二首，止于康熙五十一年。有顧嗣立、孔尚任序，原由其孫男編次，刊刻時又延儲大文爲序。嶟瑞早居金陵，有贈杜于皇、龔半千歌。留京五年，上書謁名門。王士禛賞其詩，謂有奇氣。於京都所見，靡不形諸詩，如《廟市歌》、《車中麗人行》、《踏燈曲》，及記演劇之所太平園等篇，俱甚工麗，與洪昇、孔尚任相契，有《觀演長生殿因寄洪昉思陳子厚查夏重顧子胥諸子四首》、《題湖海樓集四十韻》、《漢銅尺歌爲孔東塘國博賦》等篇。歸里課子姪，作《後圃講堂詩》。集中於此詩後附刻孫勷、王源、孔尚任、錢良擇、顧圖河、查慎行、王式丹、朱書、魏坤、俞化鵬、柯煜、殷王嶧、繆沅等三十家贈詩，可輯佚。康熙三十八年復至京教授羽林子弟。五十一年，自里門之定縣任所。此十四年間詩，以題圖酬應、讀書偶詠爲多，趨於樸茂。《賽神曲》、《大水行》、《甕渡行》、《游瑯琊山》、《讀林和靖集》、《揚州女兒行》、《哭萬季野》、《讀史十首》、《題禹之鼎自寫卜居圖》、《題宋山言學詩圖》、《題王秋史二十四泉草堂圖》，俱爲集中精撰。惜不經意之作亦多耳。《四庫存目》著録十六卷，無《續稿》。

後圃講堂歌爲李蒼存賦

孔尚任

李生朝過東華塵，李生暮飲燕市酒。塵中貴游市上家，李生落落不與友。西山夕氣叠芙蓉，迢迢隔城能相誘。買山人多住者稀，李生拂袖擬南走。江南江北兩岸青，都照講堂東西牖。主人開門發興新，漁樵有侶耕有耦。一飲一啄事等閒，千古遺編搜在手。洙泗荆棘久未除，文翁畫壁今何有。生徒擔簦就龍門，五經琅琅授之口。通德空題鄭公鄉，文舉豈能贈升斗。曉起西山多白雲，立馬垂鞭獨翹首。我計已非悔應遲，道旁漸笑白髮叟。白髮尚爲口腹謀，李生三十名成久。

《孔尚任詩文集》卷四

《長留集》

申椒集二卷　康熙四十一年刻本

孔傳鐸撰。傳鐸字牖民，號振路，山東曲阜人。孔毓圻子，襲衍聖公。與弟傳誌，並以詩詞名。是集爲孫致彌、顧彩訂，與《紅萼詞》二卷合刻，爲未襲封時所作。首顧彩、羅筵豫序，自序。詩多優悠之作，淡雅自如。《獨山湖泛舟》、《書白樂天傳後》、《憫旱吟》、《泮水》、《重刊先世北海集有述》、《上元竹枝詞》八首，俱不空泛。間存闕里掌故。嘗接王士禛緒論，與洪昇有交。《懷舊詩》六首《錢塘洪昉思》云：「洪子抱不羈，時稱酒人最。廿載長安中，悲歌氣蓋世。君爲相門賓，我始謝庭贄。廣坐一相逢，與論平生契。管中窺全豹，未得見奇異。快讀郢雪詞，驚才甚闊肆。徐聞遭擯斥，反爲填詞累。李白流夜郎，名始重海内。洋洋長生殿，膾炙伶工肆。此帙必流傳，君亦可自慰。聞君醉登舟，捉月因失墜。如何擅才名，時命止於是。百年一聚首，餘皆離索地。點檢新舊交，誰如爾高致。」古詩《題孔尚任桃花扇歌》，傳誌亦有此題《清詩紀事初編》已選，可相媲美。

題桃花扇歌

廣陵煙月秣陵春，偶買扁舟來問津。永和宫殿久蕪廢，獨聽野老話酸辛。南朝自古傷心地，那堪追數當年事。偏安天子學無愁，泣血老臣徒倡義。殿前狎客何猖狂，廣搜蛾眉媚君王。不管江南與江北，且臨凝碧奏霓裳。清流黨議息復逞，南部烟花場未冷。咄哉光禄巧彌縫，不似紅粧翻骨骾。折鸞破鏡兩離分，二十八字空懷君。閉樓却觸丞相怒，血作桃花扇上紋。乾坤正氣漁樵有，野老悲歌來擊缶。時移事去失中原，夜半將星隕如斗。豈但章臺柳色休，吴宫花草盡含愁。石城一旦降旗出，無復吹簫十二樓。六十年來如轉電，誰將艷曲開生面。新人歡笑故人哀，勸君莫唱桃花扇。《申椒集》卷下

清人詩集敍録卷十七

柯庭餘習十二卷　康熙四十四年刻本

汪文柏撰。文柏字季青，號柯庭，浙江桐鄉人。副貢生，官北城兵馬司正指揮，改行人司行人。康熙三十九年歸里。四十四年，刻《柯庭餘習》十二卷，詩一千二百二十八首，陳維崧、朱彝尊爲之序。《桐鄉縣志》云卒年六十七，無生年。今據《辛巳生日吟》「三載京華度生日，遠隔萱幃離家室」，「年年醉倒碧筒觴，四十三度荷花香」，斷爲順治十六年生。文柏與兄文桂俱有文名。其詩頗爲名輩知賞。黄宗羲曰：「磊落多英，槎枒排奡之致。」魏禧曰：「七言古尤傲兀多風。」朱彝尊曰：「匪僅開宋元窔窴，直造唐人之堂。」古風《讀海叟集弔袁景文》、《桃花菴唐解元墓下作》、《宋漫堂中丞築滄浪亭成和韻紀事》、《刺梅園老松行》、《翠微峯》、《題壽聖寺善繼禪師血書華嚴經》、《漢玉剛卯》、《觀金剛經石刻》，詞豐旨腴，淹雅博聞。《喜黄黎洲過訪》、《贈吴漢槎》，可見交游。官兵馬司所作，關係京師風土城郊名蹟甚多。《白雲觀》、《皇姑寺》、《秘魔崖》、《寶珠洞》、《碧雲寺》、《玉泉寺觀五色魚》，不以藻繪求工，亦無淺俗之病。《觀喇嘛打鬼》，清人詠此，可謂嚆矢。又多以實事爲題。《庚辰秋琉璃廠監造屋宇册籍走筆書懷》有云：「有明户口聚，九門悉居民。皇朝定鼎初，出令徙城闉。圈地分八旗，天兵爲比鄰。外城足官地，架屋許都人。所以琉璃廠，衡宇如魚鱗。生聚六十年，結構非無因。秦魯豫吴越，黔蜀楚粤閩。九州同覆載，率土皆王臣。趨來多僦寓，名利羈其身。土著取租值，微薄堪養親。若論公家地，履畝税始均。遺民費資斧，庀材及陶甄。奈何起間架，此議太不仁。況有雜徭苦，露肘衣懸鶉。皇恩方浩浩，四海蠲租頻。如何輦轂下，翻令人歎呻。」《三冬奉命賑濟書永光寺壁》云：「今皇念饑饉，設廠臨通衢。五城共十廠，每廠一石糈。永光與弘慈，北郭兩僧廬。三冬九十日，里閈無饑夫。予乃司其役，不假干吏胥。可憐鵠面者，日仰飯一盂。」皆康熙間京師舊聞。文柏工書畫，有《寫蘭雜詠二十首》。富收藏，作有《屐硯詩》。姜宸英獨賞其《菊影》詩。汪森《小方壺詩存》有《題屐硯圖爲柯庭弟作》。宋咸熙《桐溪詩鈔》稱其詩「如璞玉渾金，不假雕飾，能使膚庸險怪兩家，望之斂手」，非謬許也。

贈天竺國僧心印

身如柳絮任東風，心似浮雲一片空。滄海渡杯曾未遠，名山飛錫正無窮。山河露相鍼鋒裏，世界空藏粟粒中。最愛江南春色好，落花時節定相逢。《柯庭餘習》卷六

觀喇嘛打鬼十首

友人徐芬若詢諸譯者，云番僧最尊者爲呼必辣吉，能悟前身，人稱之曰胡圖克土，華言再來人也。次朝爾吉，次鞴

敖，次喇木占巴，次葛卜處，次温則忒，次德穆齊，次合楞，次合絲規，次合嗉爾，次班第，次合曲巴，次戮由巴，次骨捻爾，次顛馬。女僧爲尺巴甘赤。有室家者，男爲吴巴什，女爲吴巴三氣，總名之曰喇嘛。打鬼者，梵言部輔。是日佛殿上燃燈千盞，建大旗于殿之東，朝爾吉以下俱列坐。一僧名茶勃勒氣，散淨水于衆僧掌中。無常職，班第爲之。几上陳醍醐，拌麪作人獸形，蓋鬼食也，謂之胡朗叭。令二甲士左右立，以帛束口，恐人氣觸之，鬼不能食也。班第扮二小鬼對舞，一夜叉睨其旁，向内一呼，卽潛入人叢中，撒麪以瞇人目。殿内吹鋼凍，鋼凍者，西番樂器，以人脛骨爲之。諸樂隨之以奏。合嗉爾十二人戴假面扮馬哈喇佛，備極殊怪。雙雙跳舞而出，其一曰厄利汗，文殊化身，二曰作嘛知，文殊之護法神。三曰嘛哈噶喇，四曰喇嘛，皆觀音化身。五曰戚叉叭喇，六曰滋那嗻喳，七曰著基阿拉喳，八曰冬琨著敖，九曰生合冬束，十曰出孫冬束，十一曰煞拉瓦，十二曰摸黑，皆觀音之護法神。惟厄利汗煞拉瓦爲牛鹿扮面，餘皆不可辨。合楞十人，扮十地菩薩錦衣花帽，繼之而出，手執腦骨椀骷髏棒叉杵綵縷等物。旁立番僧數百人，人持鼓與鈸。鼓鈸之徐疾，隨其跳舞之節奏。赤巴甘出，吴巴什夫婦執香環繞，温則忒宣開經偈，衆僧朗誦秘密神呪，吽聲如雷，鈴聲如雨。喇木占巴以胡朗叭令擲于地，于是牛鹿二假面持刀砍地，作殺鬼狀。復有一僧曰乃沖，戎裝執戟，吐火吞刀，云神附于身，觀者皆膜拜。奉界罩于神以問休咎。跳舞畢，合由巴以糖一鉢候于户，抹衆僧之口，而佛事終焉。相傳烏斯藏有碉房，爲邪祟所據，白晝攫人飲食，喇嘛乃扮假鬼，飲食于房中，以誘真鬼。因扮諸佛，排闥以入而打之，故名之曰打鬼。今京師番僧寺上元、除夕皆爲之，或亦《周禮》率百隸以時儺之意也。

高懸巨幟鵬翼，爛點繁燈蟒鱗。彷佛驅儺逐疫，翻成打鬼驚人。

妝魔扮佛成俗，撲鈸鳴鐘聚徒。分灑軍持淨水，何殊灌頂醍醐。

五色袈裟右袒，半肩膚雪胸酥。一雙腕帶絛脱，十八鬟簪曼殊。
牛鬼蛇神逐隊，山魈木魅成羣。摇鈴一片如雨，鑼凍千聲裂雲。
百怪睒睗怒視，一夔踸踔而行。跳梁盡合桴鼓，奔竄齊驚吽聲。
腦骨椀承甘露，枯髏棒打空花。欻忽潛蹤泯迹，天君一正驅邪。
綵串花幢隊隊，真言密呪喃喃。披毛帶角多類，苦海慈航一帆。
眼界花幡異色，耳根鐘鼓殊音。人禽幾希一念，魔佛生滅因心。
莊嚴具足欽仰，青面獠牙可憎。二相都緣妄現，休教流水成冰。
寺寺鳴鉦伐鼓，年年祈祝昇平。四海永無醜類，萬方玉帛心誠。《柯庭餘習》卷九

嘯竹堂詩集十四卷 康熙四十六年刻本

王錫撰。錫字百朋，浙江仁和人。諸生。工詩詞。爲毛奇齡弟子。康熙四十二年嘗應南巡召試。一生未遇而終。是集毛奇齡選，朱彝尊序，姜宸英評。凡分體詩十四卷，附賦、詩餘各一卷。詩多應試之作，又喜集句爲聯。然揜其不善，風骨自遒。五古《哀海賈》，七古《難婦曲》，多諷切時事。七古《長平莊歌》，記思宗長公主始末，爲詠史傑作。《哭姜西溟先生》長歌，沉痛警闢。《武林燈詞》八首，寫事逼真。集中與洪昇有關者，爲《聞吴門演長生殿傳奇一時稱盛不得往邀士觀》三首並小序，又《讀稗畦集》云：「西泠才子客幽燕，短劍

悲歌二十年。烏鳥痛深寒雨夜，脊令音斷白雲天。關山暗灑思鄉淚，花月都成恨别篇。無限聲情幽咽處，燈牕一讀一淒然。」張維屏《聽松廬詩話》摘句多空靈振蕩，其夙養可知矣。生歲以《己巳除夕詩》三十歲上推，當爲順治十七年。沈德潛《别裁》稱其「古今體詩俱有家數，卽入西泠諸子中亦爲上駟」。又以此集在當時已難求，僅於故家偶見之，里人鮮有能道其名字者，因歎名家而湮淪者正有其人也。

放言居詩集五卷　乾隆間刻本

曹炳曾撰。炳曾字爲章，號巢南，江蘇上海人。國學生。順治十七年生，雍正十一年卒。事見從子曹一士所撰《墓誌銘》。是集爲其壻葉承刻。凡詩五卷，《雜著》一卷。炳曾喜故書，築是亦樓貯之。刻書多種。《雜著》跋《姜白石集》、《倪雲林集》、《袁海叟集》、《山中白雲詞》、《顧刻閣帖》，有所考訂。端居多暇，與同里諸子唱詠。《華山寺》、《題畫卷》、《草書歌》，咸俱無蒙腐氣。炳曾外舅爲畫師王原祁。從兄煜曾有《道腴堂詩集》、瑛曾有《長嘯軒詩集》。從子一士，有學行，爲全祖望師。從孫錫寶，後登甲科，官山西學使。壻葉承，雍正五年進士。作序者張雲章，亦當日大手筆也。《四庫存目》著録爲《石倉世纂》本，曹錫寶刻。

樸學齋詩稿十卷　乾隆九年刻本

林佶撰。佶字吉人，號鹿原，福建侯官人。康熙四十四年以舉人爲武英殿供奉。五十一年特賜進士，官内閣中書。與修《圖書集成》。雍正元年，以陳夢雷得罪，牽連下獄，放歸。著有《甘泉宫瓦記》。《文稿》一卷，歸田後所刻，時年六十三。《詩稿》爲其子正青刻，首潘耒序。《四庫》列入《存目》。詩以長句爲勝。《游武夷登一覽亭》、《上新城王阮亭先生詩》、《贈宋山言》、《題梅耦長畫並送其歸宣城》、《甘泉宫瓦歌》、《爲查慎行題宋拓黄庭經後》、《題吴東巖洛迦觀海圖》、《送編修徐橙齋同年使琉球》、《送顧月田歸錢塘》、《贈王石谷》、《輓徐司寇》、《送黄莘田謁選入都》、《曹石倉先生藏墨歌》、《送郭羅洛夫子西征澤旺阿喇蒲坦》，多存舊事，詞亦丰腴考麗。短章題畫詩俱工。佶嘗從陳廷敬、王士禛學詩，從汪琬學古文。工書。《午亭文編》、《漁洋精華録》、《古夫于亭雜録》、《堯峯文鈔》，皆由其手寫鋟木。其兄侗，爲金石學專門，有《昭陵石蹟考》、《來齋金石考》。此集酬應詩甚多，一時知名士，無不預焉。

玉照堂詩鈔二十卷　乾隆四年刻本

陳大章撰。大章字仲夔，號雨山，湖北黄岡人。康熙二十七年進士，改庶吉士。入詞館後即乞假歸里。讀書三十餘年。著《詩經名物集覽》，徵引繁富。是集爲其子師晉輯，一至四卷曰《輷軥集》，五至十五卷曰《敝帚集》，十六至十八卷曰《秋蓬集》，十九至二十卷曰《敝帚續集》，載詩八百二十五首，有乾隆四年王材任序。據《丁未雍正五年偶讀白公詩》云：「七十行欠二，我今適其時。」當爲順治十七年生。其詩音節和緩，無抑鬱不平之氣，爲王士禛、梁佩蘭、吴雯所稱許。沈德潛《别裁》有選詩，評云：「楚風舊沾鍾、譚餘習，後又變爲凌厲，芒角多而性情隱矣。」作者矜平躁釋，一歸恬和，可以覘其所養。居京有游香山、碧雲寺、甕山、玉泉山、翠微山等詩。五十出游匡廬，得詩百餘首。六十游東吴，歷金陵、鎮江、無錫、姑蘇、維揚，登臨弔古，吟興尤豪。他如《紅鸚鵡》、《天寶鹿》、《匡門大忠祠》、《王文成公紀功碑》、《松湖竹枝詞六首》、《讀劍南集》，搜討不淺。康熙二十七年曾燦亡，作《哭曾青藜》詩。又有《觀演劇悼洪昉思作》、《東車雙亭余右弓囑訪杜茶村遺集》，亦有掌故可摭。唱酬交游如錢澄之、宋犖、王士禛、顧貞觀、姜宸英、萬斯同、顧景星、陳恭尹、張仁熙，老輩甚多，蓋早登甲科，聲價自定也。

補閒集二卷　康熙四十八年刻本

孔傳鋕撰。傳鋕字振文，號西銘，山東曲阜人。襲衍聖公孔毓圻子。襲翰林院五經博士。康熙二十一年還闕里，不復出。結詩社日相酬唱。與弟傳鐸俱以詩聞。是集爲顧彩訂，有陳于王、顧彩、羅筮豫、黄鄭琚序四篇。詩作不多，清麗可喜。以《題桃花扇歌》最精妙，《清詩紀事初編》已收。《題魏武觀原圖》、《題林良蘆雁飛鳴圖》、《説劍》諸篇，亦有獨至。詠闕里名勝及詠物雜詩，韻致生動，罔不可觀。

隨村先生遺集六卷　乾隆間刻本

施瑮撰。瑮字質存，號隨村，安徽宣城人。施閏章孫。歲貢生。康熙四十二年官廣東興寧知縣，未幾歸。以子念曾贈文林郎。愿謹擅文譽，綽有祖風。是集原名《剩圃》，其子重輯遺詩，杭世駿訂正，改今名。所收詩止於雍正三年。有劉沛、吴芮舊序。《四庫》列入《存目》。瑮嘗客曹寅署中，作《四君吟》，爲曹通政楝亭寅，謝司馬君章錫袞，王文學筠原可第，金陵釋氏了公。自題小像注云：「圖設楝亭校書，識所重，抑不敢忘所自也。」行役游覽之作，罕有佳什。《呈建州太守龐雪崖塏》、《四破詩》自述景況。病中雜賦，諷詠自適。殆所謂窮而後工者歟。

病中雜賦二十首録七　秋來沉疴伏枕，生意茫然，人烟橘柚，都付藥裹。斷魂庭户闃如，意有所感，漫爾成句。

見説詞場急替人，淫哇箇箇負千春。須知流派誰能定，低首宣城語獨真。王漁洋翁論詩絶句中有「一生低首謝宣城」句，允協論也。

楝子花開满院香，幽魂夜夜楝亭旁。廿年樹倒西堂閉，不待西川淚萬行。曹楝亭公時拈佛語，對坐客云「樹倒猢猻散」。今憶斯言。車輪腹轉，以瑮受公知最深也。楝亭西堂，皆署中齋名。

時樣危裝鴉髻偏，儘成塗澤執真妍。薪傳商剖湖山句，才是天然兜率仙。曹銀臺時拈先大父贈黄州顧黄公召試還山詩「冠蓋看今日，湖山讀此人」句，謂極立言之妙，真得唐賢三昧。

雨濕西隣芳草芽，紛紛竟覓女兒花。心傷大有如雲豔，幽井吟魂恨久賒。謂亡友王筠原。

千古悲風鸚鵡洲，怒濤日夜挾江流。祖奴自鈍瞞寧智，試看詞人彩筆頭。

文武衣冠道盡時，竟陵斫柱信堪悲。而今不貨呆班馬，榆莢飄來可竟兒。

生成誰道忍辜恩，容易昇平報至尊。更痛牛眠迷薄俗，青山無地妥幽魂。三吴競尚形家言，親喪至有百年未歸土者。深足痛心，因及之。《隨村先生遺集》卷六

江湖夜雨集三卷　康熙四十五年刻本

郎廷槐撰。廷槐字梅溪，漢軍鑲黄旗人。諸生。康熙三十五年赴順天鄉試，三十七年官新城知縣，後升達州知州。雍正三年，以年羹堯黨革職治罪。是集爲其赴鄉試後游江南北歸至山左所作，存詩二百餘首。王士禛評點，朱彝尊、張貞、張實居序。據《武林懷古》詩「我生三十秋，方到武林游」，當爲康熙六年生。詩多流連光景之作。《北歸舟次》、《過濟寧太白樓》，稍具品格。廷槐從王士禛游，日侍几杖間。其詩亦學漁洋，而根柢甚弱。不知中年以後，有無精進。攝東皋，訪馬惟敏遺事，爲撰《誌銘》，亦風雅好事者云。

使滇集三卷　過江集四卷　過江二集四卷　康熙間刻本

史申義撰。申義字叔時，號蕉飲，江蘇江都人。康熙二十七年進士，改庶吉士，授編修，歷官禮科給事中。卒於康熙五十一年，年五十二。申義初與同里顧圖河以詩相攻錯，稱「維揚二妙」。及王士禛門，士禛嘗稱申義與湯右曾足傳其衣缽。在詞館陳廷敬以後進詩人舉對，與周起渭齊名。康熙三十八年典試雲

南，撰《使滇集》。自湘南入黔途中諸作，頗得山川異趣，又雜記土風民俗，於當地虐政，鞭辟入裏。後刻《過江集》、《過江二集》，以與田雯、梁佩蘭、繆沅、湯右曾、顧嗣立、查嗣瑮唱酬詩居多。《四庫存目》僅著録《過江集》，未及《使滇集》。尚有少作《蕪城集》四卷，未見傳本。諸編爲序者王原、朱書、顧圖河、陳廷敬、唐紹祖、宋犖、汪士鋐、儲大文。宋犖序有云：「一代各有一代之詩。而今之言詩者，尊唐則斥宋，尊宋則斥明，聚訟紛紜，迄無定論。大抵尊唐斥宋者固屬過執，或者尚講求聲詞格律間。而尊宋斥明者矢口成詩，究其根柢則枵然無有，但掇拾宋人纖巧之句刻意摹仿，自謂發抒性靈，輒嫚駡明人爲癡肥板重。康熙間唐宋門户之見已深，惟尊唐者斥宋，尊宋者則不斥唐，斥明即抑唐也。」此爲論詩者所當知。張應昌《詩鐸》選中義警諷詩多首。

詠　銅

滇中銅山亦無數，開礦置廠官盤踞。可憐役盡萬夫力，斲石鑽沙骸骨露。民是滇民銅滇銅，官移文檄硃票封。搒掠無辜較銖兩，萬爐燒鑄天爲紅。官物官賣敢忤視，牛駝馬負千山中。白米囤裏仰餓死，此語吾昔聞吴儂。更有銀礦不敢説，雜出金沙和鉛鐵。地不愛寶産五金，似爲貪人助饕餮。官家一物有賦税，壓制豪强防盗竊。金錢恣取不計萬，牟利豈無三尺法。君不見前日黄門上封事，各關買銅請停止。滇銅如山蔽空下，足够官罏鑄錢使，滇吏抱頭怖欲死。《使滇集》卷中

詠鹽

滇中食鹽煎井水，滇井隨地珍珠起。若今戽水盡熬鹽，那有人憂淡食理。滇鹽額課十六萬，此事滇人豈難辨。民間賣鹽自納課，何需國帑買新炭。喚作商人乃非商，虐民不啻虎驅羊。虎猛牙爪出官署，往往鞭人背裂瘡。今日煎五斗，明日煎一石，不許多煎鹽半滴。鹽多價賤民得食，價低錢少官何益。官路大縣鹽一觔，定價白金七八分。深山窮谷羌僻縣，何止青錢三百文。天造五味養斯人，亦以馨香達鬼神。調劑百物供賓祭，人無夭扎風俗醇。嗟爾但知甜苦與酸辛，口中無味淡欲死，鹽貴不減金珠銀。大呼欲使天閽聞。《使滇集》卷中

詠檳榔

滇中風景尚檳榔，種樹爲業加農桑。成陰結實豈容易，得錢糴米充飢腸。十串五串街頭賣，聘婦不惜傾筥筐。客來跪送一兩口，如咀靈草斟瓊漿。唇紅眼纈暈醉曆，齒頰或者留清香。方味大抵如兩粵，貪心此地生豺狼。官符鬼隸怒如虎，徑向家家園裏去。猩紅官印字欹斜，盡教封鎖檳榔樹。椎胸頓足哭何益，怒氣前村連後堡。十錢檳榔一錢賣，官價壓排敢出語。搜空掠剩勞心計，巧爲檳榔立名字。名曰官檳榔。抑勒估客惟其意，高明盈滿鬼神意，多取厚亡吁可畏。檳榔檳榔亦瑣細，尚有萬千

茶馬利。《使滇集》卷中

筍莊詩鈔四卷　康熙間刻本

孟騤撰。騤字敏度，號藥山，浙江紹興人。諸生。從毛奇齡游，工詩古文。友僧人姚石庭，康熙五十一年，爲《高雲詩集》撰序。此集四卷，爲門人邵嘉孫刻，首徐雲瑞序。詠浙東古蹟甚多。《華巖寺尋黄琢山觀放翁題碑》、《蕺上改祠歌八首》、《增祀歌八首》、《柯亭椽竹歌》、《青藤書屋懷天池山人》、《天台老藤歌》、《越中十詠》，詞情並茂。《石上人梅花紙帳歌》，爲畫史資料。《沈小霞梅花大幅》有云：「先生鐵肝玉爲骨，孝義回天揭日月。貞肅劾奸陷網羅，身騎箕尾朝金闕。」注云：「貞肅，青霞公孫存德。據椒山例請謚未允，後遂以忠愍稱公。考江陰繆公昌期《表忠録》，崇禎十六年學士管紹寧疏請蔣公欽二十五人謚，公及繆公與焉。準謚繆公文貞，而公謚貞肅。惜當時無釐正者。」又作《弔沈青霞先生》，於沈氏父子事均有稽考。騤以館穀爲生，交游多不知行誼，爲商盤父執，殆浙東能以詩傳者。

北園詩鈔二卷　乾隆三年刻本

陳允恭撰。允恭字六觀，廣西平樂人。康熙三十三年進士。官僉都御史。是集有崔紀序，乾隆三年刊版時，允恭已故。爲詩取材不廣，用力不甚深厚。唯與汪繹、繆沅等人唱和，尤善交周起渭，酬贈甚頻。詠京都萬柳堂、《天寧寺塔鈴歌》，俱較工切。《上兩江阿總督四十韻》，涉及時事較多，可補紀載之闕。間有詠桂林詩，亦具別趣。《送方貞觀歸桐城二十韻》，貞觀以《南山集》案流離十餘年，雍正初釋歸，送詩者甚多，不知與允恭有交也。粤西詩家寥寥，宜有此一篇。乾隆間汪師韓有《重觀康熙間僉都御史陳允恭別業北園圖》，見《上湖詩編》。

二十四泉草堂集十二卷　康熙五十六年刻本

王苹撰。苹字秋史，號蓼谷，山東歷城人，原籍浙江臨山衛。少負異才，嗜古好奇。年十八爲詩，以名遠近者三十餘年，特爲王士禛、田雯、唐夢賚、惠周惕等人所賞。以「亂泉聲裏才通屐，黄葉林間自著書」，「黄葉下時牛背晚，青山缺處酒人行」等句，時稱「王黄葉」。康熙四十五年成進士。授知縣，以母老改官成山衛教授。未幾歸里。居處近千佛山望水泉，元于欽品爲歷下第二十四泉，因以名室。又摹圖，徵諸家題詠。卒於康熙五十九年，年六十二。此集爲康熙二十年至五十五年詩，凡一千二十六首，王士禛、吴雯、田雯、高兆、張芳序。據門人于熙學跋，僅爲刻全集三之一。又工古文。《四庫存目》著録《蓼村集》四卷，爲乾隆間胡德琳刊歷城周氏删訂本。其詩清拔駘宕，佳句絡繹。居北京詠西郊城内寺院，往來浙江詠括蒼等地山水，《登泰山蓬萊閣》、《渡大汶口》、《曲阜雪中》、《客有詢濟南風景者示以四絶句》、《秦橋行》，可見其踪迹所至。《夜讀樊川集》、《臨清懷謝茂秦》、《與學人論自李何以來詩人派別》四首、《讀吴野人集》、《題田雯集》、《濟南先正詠》十首、《題桃花扇樂府》四首、《題石巢樂府》四首、《長歌題禹鴻臚慎齋卜居圖》，尤多文苑故實。集中於政治獄案、海警等事間亦涉及。述康熙四十二年東州沂州饑饉諸狀，有詩云：「流亡里閈空，田廬卒污萊。骨肉鬻中途，大半溝壑棄。米價不肯平，縣官秦越視。擾擾翳桑人，皮骨存睭眙。朝饌屋上茨，晚食道傍胔。榆麪共柳糜，珍重至餽貽。春來復大疫，十室九户閉。獸疾中餓夫，牛醫爭相致。死者爲蟲沙，存者亦魍魅。蕭條湖山間，誰灑北邙淚。埋骨法苾蒭，茫茫鮮封識。紙竟尚指陳，惻愴吾猶記。」盛治之時，人民災難如此，真可垂戒無窮矣。《聞同年張陽朔爾羽卒官因感呂編修無黨朱翰林字緑同學趙河南豐原今年相繼徂謝》四首，作於康熙四十六年。所云：「更有呂編修，江東曾獨秀。讀盡朱門書，講堂待擊扣。餘事爲清吟，亦在坡谷右。科名第二人，榜下尊者舊。胡爲謝蓬山，廣陵不復奏。廣柳出國門，白楊啼白晝。人生如風燈，世情空雜糅。何處是山陽，腹悲燕市又。」爲弔呂無黨。呂留良案發，無人道及無黨矣。又云：「宿松朱翰林，鄉薦乃壬午。聲洪身八尺，奇氣出眉宇。孤行爲古文，堂堂具家數。改官入承明，威鳳占其羽。三年珥筆殿，大手追韓愈。槐序忽飄零，歲寒慘舊雨。蕭條身後名，呰謷轉莽鹵。過時悲平生，泫然獨愴父。」爲詠朱字緑。字緑名書，以學名世。

海　上　七月十七日盜艇抵成山，滕游擊國祥率舟師捕之。盜艇圍攻縱火，游擊力戰死焉。一舟五十人，僅餘被傷數卒，附壞檣隨海潮至鑪襪山下得免。滕，蓬萊人。

海山峯青雁一行，鼓聲未絕黯殘陽。茫茫魚腹歸何處，但對天風哭國殤。　《二十四泉草堂詩集》卷十

義門先生集詩二卷　道光三十年刻本

何焯撰。焯字屺瞻，號茶仙，其先曾以義門旌，學者稱義門先生，江蘇長洲人。康熙四十一年以李光地薦，賜舉人，復賜進士，改庶吉士，授編修。直南書房，侍讀皇八子胤禩，兼武英殿纂修。奪職仍直武英殿，特贈侍讀學士。六十一年卒，年六十二。焯長於校勘之學，評點羣籍，有《義門讀書記》。當時實學正衰，得享大名。陳景雲、徐葆光俱出其門，是亦有啟迪之功也。詩文集向無刻本。道光間吴雲、韓崇、翁大年多方搜羅，爲刊《義門先生集》十二卷，吴雲爲之序。卷十一、十二爲詩。附沈彤所撰《行狀》及《義門弟子姓氏録》。其中《讀孟嘗君傳》、《詠王昭君事》、《薊丘覽古》、《初食芡實戲作》、《賚硯齋歌》、《有感書事》、《岳墳》、《繼楊南蘭江干行》，詠古今事，頗得原委。《哭毛斧季》，即汲古閣毛扆，爲藏書家傳記資料。惜原稿多散佚，所見僅此耳。

東祀草一卷　樟亭集一卷　康熙間刻本

史夔撰。夔字胄司，江蘇溧陽人。康熙二十一年二甲一名進士，授編修。歷官翰林院侍讀學士、詹事府詹事。卒於康熙五十二年，年五十三。著有《佩壺》、《觀濤》、《扶胥》諸集，未見。康熙三十五年，以噶爾丹平定，夔奉命祭告少昊帝堯陵寢、孔子闕里，次年出都，沿途得詩六十七首，名曰《東祀草》，由姜宸英作序刊行。祭謁詩無甚可觀。唯過德州境所作《道傍碑》篇，諷刺較深。詩云：「道傍碑，何纍纍，贔屭突兀蟠蛟螭。停車一一認姓氏，篆書題額多誇詞。皆云服官此邦多異政，伐石紀功書之碑。穹崇赫煥峙官道，欲令觀者相驚奇。一碑甫去一碑過，今何廉吏多如斯。賢愚千載有定論，塗民耳目將誰欺。君不見前漢龔黃後卓魯，隻字何曾留此土。」讀此詩可見碑頌德政，不可信也。夔詩見於沈德潛《別裁》者達十六首。沈云：「宮詹詩當時不必有赫赫名，然迄今讀之，意足韻流，無一閑句閑字，得唐賢之三昧者也。臺閣而不涉應酬，山林而不入寒瘦，足覘詩品。」又《樟亭集》一卷，爲典試浙江紀程詩，有張希良序，作於康熙三十八年。內《飛來峯》、《鳳凰山弔宋故宮》諸篇，卽《別裁》録出者。有此兩刻，亦不孤矣。

列翠軒詩一卷　康熙五十五年刻本

梁穆撰。穆字敬仲，號改亭，直隸正定人。清標孫。康熙間拔貢。官袁州府同知，擢蘇州府知府。是集爲康熙三十一年至五十四年詩。首張大受序。《古體詩題周崑來畫龍》、《鍾山峽觀打魚歌》、《除夕風雨竟夕》、《舒城行弔周公瑾》、《游湖㓕臺》、《化城巖》、《放歌行》，筆力健恣。近體亦清颯。論詩之什，如《讀王孟集》、《讀山谷集》、《讀漁洋集》、《讀綿津集》，多可參考。壬辰元旦作詩，有「悠悠五十年」句，當爲康熙元年生。卒年無考。

出塞集三卷　道光二十六年刻本

高玢撰。玢字芸軒，河南柘城人。康熙三十年進士，改庶吉士。官刑部主事，山東鄉試副考官。六十年，爲御史，以上言建儲被謫，戍忒斯軍營六年。同謫者十二人，李揆山死於餓，邵挹青死於寒，邵璣亭以不習吞氊苦吟死，趙仁安、孫莪匪又以憂以墜馬死。玢投荒萬里，零丁困戹，孤憤抑鬱，發爲詩歌。雍正四年召還，抵歸化城卒，年六十五。參看楊鍾義《雪橋詩話三編》。自編《出塞集》詩三卷、詩餘一卷未授梓，道光二十六年胡希周依鈔本刻之，劉青芝、田叔度原序，自序，道光間胡希周、張元成序。玢究心當世之務，體察民情。《老兵言》云：「老兵欲有言，發聲戰如瘧。周身一皮裘，乃犬羊之鞹。言此禦寒久，饑則换餺飥。白鏹持一餅，易米無升龠。安得飽糜粥，時亦資乳酪。腹或有時果，膚若秋葉籜。黠虜在何許，我師頓山脚。相距萬里餘，何時快一搏。上恤邊士苦，屯田艱力作。崎嶇八千里，飛輓歲繹絡。通計數年中，千萬填沙漠。千萬何足惜，士氣轉蕭索。回頭向伙伴，幾人免溝壑。客亦何爲來，相客非矍鑠。聞語慼心顔，嗟予實孱弱。無以報天家，藉手衛與霍。如何神策軍，亦作紇干雀。誰能長鬱鬱，坐待旄頭落。願一見府主，披膽問方畧。方畧苟莫施，何爲自朘削。老兵誡勿言，請賦《從軍樂》。」又作《蒙古帳歌》、《軍中種菜》、《軍中射牛詞》、《採山木詞》、《聞軍中人述前進兵事》、《橐駝行》、《忒斯雜詠》，均屬紀實。刺忒斯將軍罔上自利，不顧數萬卒屯戍之苦，極爲刻露。是善於言情寫照者矣。

忒斯雜詠　十七首録四

忒斯魚，石無花，澤無菹，天然二寸浪頭居。銀鱗入貢來何處，洛鯉伊魴美不如。君不見，忒斯魚。忒斯無魚。將軍每冬購魚入貢，示土物之美。

忒斯屯，春不耕，夏不耘，耰而生之如蓬根。詧平但上金城畧，嘉穗何曾貢九閽。君不見，忒斯屯。此地燕麥種自四月，初秋遇霜即枯。而歲進嘉穗，示可久屯也。

忒斯船，山之凹，河之干，冰膠石爛重莫牽。安知高岸不爲谷，造舟那惜水衡錢。君不見，忒斯船。此地無用船所，而奏請造以通運，費鉅金成之，置之河干而已。

忒斯戍，典弓刀，質襦袴，三三兩兩河上步。詔留精壯歸老弱，老弱不歸精壯去。君不見，忒斯戍。歸精壯，示無老弱也。《出塞集》卷二

賜硯堂詩十卷　雲南叢書本

許賀來撰。賀來字燕公，號秀山，雲南石屏人。康熙元年生。二十四年成進士，改庶吉士，授編修。歷官侍讀。四十四年，告歸。卒於雍正二年，年六十三。集中《鐵索橋》、《運米謡》、《五塘溝紀事》、《凶年嘆》、《田家詞》、《憂旱謡》、《星回節山亭卽事》、《逃荒行》，《清詩紀事初編》已選録。餘詠湘黔滇南山川奇險，篇什尚多。《紀恩》、《輦下》二集，有《康熙三十三年特恩蠲免川廣雲貴四省錢糧恭記》、《聖武神功詩一百韻》、《西洋貢獅子歌》，雖多頌聖，不盡虚詞，可徵史事者，所在多有也。

學齋詩集四卷　康熙四十九年刻本

喬崇烈撰。崇烈字無功，號學齋，江蘇寶應人。萊子。康熙四十五年進士，改庶吉士，官侍御。著《學齋

詩集》四卷，康熙四十九年儲雄文序。集中自云「甲寅年十三」，則結集時爲四十八歲。卒年俟考。康熙三十五年七月二十四日，湖水大漲，漂没人民廬舍不可數計，作《屠牛》、《伐樹》二篇。又《田家歎十首》，屢記閭閻疾苦。集中多與宿老時流贈答，有《奉贈杜非聞前輩》、《水帶子歌和朱竹垞先生》、《宋山言學詩圖》、《送劉太乙假歸》、《秀野草堂觀燈歌》、《題吴寶崖猥芋圖》等作。投贈則于成龍，陳事亦詳。又賦前輩詩集爲《澤州陳先生北鎮集》、《李艾山鸞嘯堂集》、《計甫草改亭集》、《葉己畦白田唱和集》、《唐實君詩瓢偶存》、《沈客子南疑集》，極一時之選。崇烈工書畫，與楊晉有交。寫生題句，多花草蟲魚之屬，摹狀維肖。兄崇修，以貢生官銅陵教諭，有《樂玩齋集》，未見。

松梧閣詩集一卷二集一卷三集一卷四集一卷　雍正至乾隆初刻本

李暾撰。暾字寅伯，號東門，浙江鄞縣人。方鄴子。監生。不求仕進。工詩，與鄭性、謝緒章、萬承緒號「四明四友」。又多結納方外。卒於雍正十二年，以《丙申生朝五十六》詩證之，享年七十五。全祖望《續甬上耆舊詩》有小傳。撰《松梧閣詩集》，雍正六年等安序，《二集》萬經、董胡駿序，《三集》等安序，《四集》乾隆三年鄭性序。爲其子世法校刊。其詩五古學陶，七古學李白，均能彷彿形似。近體亦不學宋。於當時最近鄭梁。《題泉聲上人觀瀑布圖》、《題屈悔翁硯池瑞草圖》、《贈萬九沙編修》、《送南谿遊嵩華歌》，不失佳詠。長歌《和華秋岳見贈韻》，可爲畫史資料。餘多嘅歎身世，聊以見志。亦善於吟詠性情者焉。全祖望《續甬上耆舊詩集》有佚詩多首。

卧秋草堂詩鈔一卷　道光間重刻本

朱冕撰。冕號老匏，江蘇江都人。布衣。與逸民潘問奇友善。問奇死，作《掃墓詩》，鄭燮讀而哀之，有「不堪還讀老匏詩」之句。雍正間，與汪宏、汪士慎、高翔爲文酒之會。歿葬於沈家山西，不悉年歲。汪宏爲刻詩一卷。阮元《淮海英靈集》、王豫《江蘇詩徵》載選詩。嘉慶間，郡人更新其墓，葉舟以詩弔之云：「莽莽荒原生野煙，橋邊識碣總前緣。披荆尋入亂墳裏，把酒放歌斜照前。七字幾枯殘淚酒，一抔翻仗故人憐。招魂此地餘詩骨，瑟縮寒風吹紙錢。」見《石林草堂詩存》。嚴廷中《説文堂詩集》亦有《朱老匏先生墓碣詩》三首。是集爲道光間重刻本。其詩出於苦吟，兼以窮老，故語多瘦削，寒韻逼人。五言句如「被僵渾似鐵，風勁欲如刀」，「枯僧雙耳重，衰草一腰深」，「年隨雙鬢改，身與一燈孤」，「滑鼠風翻草，飢鷹月掛枝」。七言句如「萬頃荻花飛雪浦，一川楓葉敞秋屏」，「夜月已空携酒酌，歲寒曾記贈金時」，「生如俊鶻盤空蚤，身似殘棋受刼多」，「一笛離亭紅豆曲，五更殘夢白門山」。阮亨《珠湖草堂筆記》深許之。至《冬日偕諸子掃故人潘雪帆墓》詩云：「斗酒僧廬憶往年，黍燈衰草共昏煙。癡人死不干天禄，才子生當饗俸錢。藥物莫治心裏病，形骸能放老來顛。孤背痛哭無家客，爾化莊生我杜鵑。」此詩最傳，猶非老匏上駟。

飴山詩集二十卷　乾隆三十九年刻本

趙執信撰。執信字伸符，號秋谷，一號飴山，山東益都人。康熙十八年進士。由翰林官至右春坊右贊善。以國恤中在友人寓讌飲觀洪昇《長生殿》劇，被劾削籍，同時有查慎行等人。歸居因園，放情詩酒者五十年。乾隆九年卒，年八十三。著《飴山詩集》十二卷、《聲調譜》、《談龍録》等書。清初山左詩人，宋琬、王士禛、田雯三家鼎足，而士禛執海内騷壇牛耳。執信爲士禛甥婿，初相契重，後以細事，釁隙終身。士禛既歿，乃著《談龍録》此書内容有繁簡不同，力排王氏論詩「當作雲中之龍，時露一鱗一爪」之説，指摘其弊，頗中肯綮。然士禛已不能自爲辯護矣。又舉士禛《祭告南海出都》詩「盧溝橋上望，落日風塵昏」句，乃誣罔謂「不知孤臣謫官，更作何語」。斷章取義，令人可畏。自稱其詩得於馮班，攻田雯而祖吴雯，皆門户見，而其詩亦無出漁洋、山薑之樊籬，不能如查慎行自成一家。此集分《並門》、《閑齋》、《還山》、《觀海》、《鼓泄》、《涓流》、《葑溪》、《紅葉山樓》、《浮家》、《金鵝館》、《迴帆》、《懷舊》、《礦菴》諸集，子念編次，詩共一千六十四首。盧見曾序謂：「自初卽奉論詩之旨爲依歸。其詩私淑馮班，根脚於中晚唐間，而思路劖刻，頗見才路。」樂府古詩《甿入城行》、《虎伥行》、《吴民多兩使君》、《後紀蝗》，揭露官府横暴，語意沉摯。《感事詩》、《道傍碑》寄寓不平。《督亢懷古》、《井陘道歌》、《夜渡黄嶺》、《太行絶頂望黄河歌》、《彭蠡湖》、《登蓬萊閣望諸島歌》、《泛海言懷》、《行十八灘中》、《平度州道中望東北諸山》、《之罘海市》、《太白酒樓歌》、《與元孝南村登鎮海樓》、《弔辛稼軒故居》、《微山湖舟中作》等篇，氣勢奔放，沉健有格。《濟南雜詩》、《登州雜詩》清矯可誦。執信多結識耆宿，朱彝尊、陳維崧、毛奇齡俱引爲忘年交。與洪昇、吴修相善，有《寄洪昉思》、《上元觀長生殿劇十絶句》。其罷官甚早，林泉之樂，實爲獨擅。《論詩絶句》有「欲知秋色分明處，只在空山落照中」，殆謂是耳。又有《爲求書者所苦戲爲長句》、《續讀列仙傳排悶二十四絶句》，立意亦新。《四庫》别集類著録《因園集》十三卷，《提要》論王趙兩家詩，利弊互見。然執信欲以刻露救浮響，可稱後勁，終不足凌轢前人也。朱樟《觀樹堂詩集・一半勾留集》有《題談龍録寄汪上舍復園》詩云：「春華秋實兩兼之，俎豆漁洋一代詩。却被時流嘲僞體，草堂人殁有微詞。」「颯颯商飇吹未休，門容大樹撼蚍蜉。孤煙怨句成翻覆，自注：寧當出怨句，慘慘如孤煙，坡詩。不肯輸人出一頭。歐陽公令晁子美與東坡定交，謂子必名世，老夫亦須放他出一頭地。東坡詩：尚欲放予出一頭。」「精華遺録滿人間，偷句江東亦汗顔。只有杭州風俗厚，紙屏爭畫白香山。」「影掠滄溟拾唾餘，用錢牧齋漁洋詩序語。近年詩道已淪胥。名場恰有佳公子，高卧秋園不上書。復園有《辨談龍録》書，反覆論詩，頗得快語。」可見招訾亦深。張符升有《古詩》亦評王、趙論詩，見《蘇門山人詩鈔》。

槐江詩鈔四卷 乾隆二年刻本

程瑞祊撰。瑞祊字姬田，號槐江，安徽休寧人。諸生。年五十，試北闈報罷，老不復有用世之志。康熙五十八年卒，年五十四。事具本書汪由敦所撰《墓誌》。此集首自序，乾隆二年沈德潛序。自云：「初不能詩，客輦下，與龐雪崖塏孔東塘尚任等日相往還，始爲謳吟。」集中如《贈孔東塘博士》、《金鰲玉蝀十首》、《觀象臺儀器歌》、《香山碧雲寺》、《都門元夕踏燈詞十二首》、《雪夜觀劇送王將軍出塞》、《耶律楚材墓》、《柴市》、《白塔》、《東嶽廟像》、《翠微山秘魔崖》，多爲應試京兆前後作。詠金陵、揚州、黄山、西湖名蹟甚多。瑞祊與吴嘉紀、查士標諸老宿有寄贈。聲調高響，轉益得師。附録宋和撰《槐江草堂圖記》，諸家題詠。子世繩，亦能詩，有《尺木樓集》。

七峯草堂詩稿六卷 康熙間刻本

洪鈇撰。鈇字孝儀，安徽歙縣人。諸生。康熙四十三年，自刻《七峯草堂詩稿》，爲《栩莊小草》二卷、《北遊草》、《黄山遊草》、《黄山續遊草》、《梅舫詩草》各一卷，首王士禛、先著、王源序。自云自壬戌康熙二十一年始學爲詩，迄今二十餘年。其中擬古之製較多。康熙三十五年，北上入都，作《天津歌》、《衛河雜詩》。又有《江南大水歌》、《下河歎》，多記社會民情。遊黄山詩，凡玉屏、天都、蓮花之勝，雲海景象變幻，百二十里内名勝物産，無不畢現。《廣志詩》七律三十首，詞亦樸茂奇古。蓋亦潔身自好之士，頗爲時流所推云。揚州市圖書館藏本

陸堂詩集十六卷續集八卷 乾隆五年刻本

陸奎勳撰。奎勳字聚侯，號坡星，又號陸堂，浙江平湖人。客維揚，舌耕三十餘年。康熙六十年成進

士。官翰林院檢討,《明史》纂修官。匄疾歸,主廣西秀峯書院。篤經説,喜談兵,治仙佛及星學家言。著有《陸堂易學》、《詩學》、《今文尚書説》、《戴禮緒言》、《春秋義存録》等書。最後撰《古樂發微》未成而卒,時在乾隆三年,年七十六。王勍爲撰《墓誌銘》。詩文集合刻,《四庫》列入《存目》。《詩集》凡十六卷,爲康熙十五年至雍正四年詩。各卷以《宜樓初稿》、《萬里游草》、《石耕韻語》、《西笑續草》、《格致外編》、《橋西新詠》、《洛如詩鈔》、《五石瓠吟》、《涉江草》、《覺非小稿》、《潛虯草》、《識真游稿》、《細草吟詩》、《金門小稿》、《藜餘草》、《希礀草》名之,共一千三百六十二首。有雍正十三年柯煜序。乾隆四年復裒《續集》八卷,曰《盟松别稿》、《經樓删稿》、《志餘存稿》、《曠真草》、《粤西紀遊稿》、《易外稿》、《自在吟》、《娱老初編》,共六百八十一首,自序。奎勳年過四十,壹意説詩。其詩由漢魏六朝入門,兼取西崑北宋,精麗典質,兼而有之。《海船行》、《閩海雜詠》、《京邸雜詠》、《維揚雜詠》,猶可徵事。《排纂先公行實百韻乞竹垞先生誌墓》,記其父世楷事蹟頗詳。《和竹垞翁東湖曲》八首、《題計菉村攲枕讀莊圖》、《築堤行爲李鹺使作》、《爲諸襄七題母氏千佛幢》、《爲鄭芷畦題手繪毛西河朱竹垞像》、《挽鄭芷畦》、《題李潛夫先生遺像》,多爲當日故實。奎勳與沈德潛有《論詩》篇,又作《論詩口號》八首。《選定十二唐人按詩集各繫以詩》,十二家爲王維、孟浩然、王昌齡、李白、杜甫、韓愈、孟郊、白居易、杜牧、李商隱、陸龜蒙(實爲十一家)。他如《翻唐宋人詩句以遣日》四首、《閲漢書作》、《閲晉書作》、《宫詞》、《閲明書得詩十六首》、《閲宋雙顯續彈詞因題其後》、《閲新城司寇諸説部漫題十絶句》,以及講易、論書、題畫,雜綜文史,亦云博貫。《月華行》一篇,詭奇恢閎,爲選家所重。《十三陵》、《萬壽寺銅鐘歌》、《賽神行》、《董相祠》、《湘江櫂歌》，紀事求實。晚年桂林紀游詩，轉爲清宕。《田園雜詩六十首》、《和陶飲酒三十首》，意自融湛。是集編年達五十餘年，酬應多知名士。雖稍傷冗俗，而去蕪取精，仍不減光彩也。

趙裘萼公剩稿詩二卷　乾隆二年刻本

趙熊詔撰。熊詔字侯赤，號裘萼，江蘇武進人。户部尚書趙申喬子。康熙四十八年一甲一名進士，授修撰，歷官侍讀。六十年卒，年五十九。申喬爲康熙時名臣，以清廉著，人皆畏其直。然五十二年劾戴名世《南山集》案，五十年興順天鄉試獄案，皆其所主，於讀書士子亦云酷虐。申喬存詩四十三首，載《趙恭毅公剩稿》，無可稱述。熊詔存詩二卷、文二卷，其子侗斆編刻，亦云《剩稿》，附申喬《剩稿》後。詩起康熙二十年，至五十九年，附詞二闋。集中有步韻申喬詩。又與李光地投贈，蓋申喬起家，即由光地所薦。《陽羨採茶歌》、《遊青山莊》、《長安除夕感懷》，以及題畫之什，較可觀覽。扈從熱河，塞北詠懷，尚不失雄直之氣云。

蘭扃前集八卷　康熙六十一年刻本

梁以壯撰。以壯字又寀，號芙汀居士，廣東番禺人。祖闔門三百餘口並奴婢俱死國難，父入道，復授室而生以壯。以壯年十一，即有文名。康熙六十一年刻《蘭扃前集》八卷，附文十五篇，年過六十矣。生平家世可考者，僅見於卷首朱相朋序及《省先君子墓》詩。詩依體區分。《舟過張家渡有懷文丞相》、《海幢寺舍利塔歌》，五律《閒居二十首》，足申懷抱。嘗游楚中、吳越，登覽弔古之什，意旨甚高，不逞詞彩。是集爲五石齋舊藏本。封面鄧之誠先生題記云：「此書分詠，一以《嶠雅》爲本，知其瓣香所在矣。手書開雕，同湛若同一精微，且尤雅也。」世間恐無二帙，頗可珍視。

泛梗集八卷 近代排印本

吳之章撰。之章字松若，號槎叟，江西長寧人。年三十七始爲縣學士。興國知縣張尚瑗纂修《贛州府志》，多引賢者助之，與焉。雍正十三年詔舉博學鴻詞，年已老，至省會，顧不果。乾隆五年卒，年七十八。本書分《渠園》、《近游》、《鈐山》、《漚泊》、《粵游》、《藹甕》、《雞談》、《帆影》、《潮陽漁唱》、《行吟》、《出谷》、《詠物》、《隨笻》、《出山》、《蝸廬》、《行藥》諸草，詩共九百十四首。與《文集》合刻。初刻於賴氏霞綺園，詩文各半，僅《粵游》、《潮陽》、《金陵》及《詠物草》。《四庫存目》著録。道光元年重刻本，始釐爲八卷，首劉悳熙序，徐湘潭撰《吳槎叟傳》。此近代重排本，增民國元年章炳麟序、曾有瀾序。之章爲詩，多關係民生利害。《大歉行》、《惡灘行》、《風災行》、《荒災行》，以贛江所見爲多。《去年行》，記惠湖兩郡米價高至每擔六兩。康熙五年作《黄鄉紀事》，記地震前後異狀，俱出目擊。晚築霞綺園作《感賦詩》多首。章炳麟序謂其詩「辭清氣醇，不與塵俗等」。又謂：「生於康、雍之間，非明之遺民，顧當時遺民也。」

黄鄉紀事

頻年地震幾曾休，丙午十月地震至十一月，丁未正月震至三月，六、七、十月再震。十月雷聲尚未收。十月十八日自曉至午無雨。計日已將交大雪，此時猶覺似初秋。咥人虓虎貪如故，時各鄉虎亂，傷人甚多，黄鄉幸免。抱葉鳴蟬樂自由。天氣暖甚，蟬未收聲。古有恒言天道遠，書生癡抱杞人憂。《泛梗集》卷八

攄梧詩集十五卷 康熙六十一年刻本

管掄撰。掄字青村，江蘇武進人。官江西餘干、貴州普安、新昌知縣，雲南姚州、師宗知州，擢工部都水司員外郎，刑部雲南司郎中。《詩集》十五卷，曰《吹萬集》、《柏軒草》、《修琴閣集》、《天外集》、《圃華集》、《鷗馴集》、《寓檗稿》。邵長蘅、張希良、張淵、宋犖、蔣金式各爲之序，編年起康熙二十二年至六十一年，詩共一千一百三十三首。掄輯有《師宗州志》，《四庫》著録，此集亦見《存目》。沈德潛僅見《吹萬》一集，録其詩入《别裁》，誤掄爲掄。此原刊足本甚難得。近年管炳文小書樓有排印本，增《小游仙集》一卷，爲掄官貴州詩，有康熙五十四年同學張雲章、張大受兩序，附録《都門贈行詩》、邑志《宦績傳》與《事畧》。生年不詳，據《壬申除夕》詩推之，當爲康熙二年。其詩吐屬清樸。《富春道中》六首、《西湖竹枝詞》七首、《匡廬歌》、《邗江龍舟詞》六首、《舟行植雨》、《游石虹山》、《江行雜詠》八首、《齊魯間雜詩三十首》，俱有秀采。《天外集》詠雲貴山

川，怪詭屢出。《白龍巖放歌》、《鸕鷀灘卽事》、《南行九百字》、《黔江舟中八首》、《觀象歌》、《華巖洞》、《四十八灣箐二百字》、《黔陽雜詠》六首、《普安燈詞》六首、《夜觀燒山》，詩格變爲蒼勁。非親歷其境，不能爲也。又有《點夫行》、《索夫謡》，狀寫民生艱苦。至於詠史、觀劇、題畫、論詩之作，所在多有。長歌讀梅聖俞詩集、《題惲南田長幅山水》兩篇，洵可稱許。

雪夜讀宛陵梅聖俞先生詩集

宛陵先生當時大哲匠，筆力直可扛千鈞。生平遭遇多不累，都官累歲安清貧。晚年詩體益涵演，二百紀後無其人。同時喜有歐永叔，文得正派全天真。當年羣以比韓孟，詩力勁古兼深醇。昌黎氣壯筆佶屈，赤野已稱北面臣。先生後起非耳食，力振昆體歸先民。今觀澄心堂紙作，自命已與爲等倫。世降文體大孱弱，正派失傳多沉湮。黄口童子吹寸管，鳴球戛擊虞廷賓。終年未讀先生集，猶列壇幟鬬齒唇。棆也素心竊嚮往，學填韻語真效顰。都官全集一再讀，寒窗丹墨忘手皴。有宋詩學邁往代，非僅初盛中晚爲奇珍。蒼蠅吟聲駱駝坐，蝴蜨飄屋雞司晨。《據梧詩集》卷三《柏軒草》上

依園詩集四卷 康熙三十九年刻本

顧嗣協撰。嗣協字迂客，號楞伽山人，江蘇長洲人。官廣東新會知縣。築依園於吴中，行文酒之會。杜

濬、錢澄之、曾傳燦、吴綺、周斯盛、徐昂發等與之唱酬。既蕩其家貲，鐖驅出門，歷幽燕，過居庸，入函谷，或泛海浮江，下瀧入瀨，經歷甚廣。是集爲張大受、顧嗣立序。沈德潛《别裁》云：「迂客詩才不在令弟秀野太史下，未見稿本，不及多收。」據顧嗣立《自訂年譜》見《秀野草堂詩集》，「康熙四年，嗣協年三歲」。是爲康熙二年生。其詩峻潔，格律精妙。《雜興八首》、《游天平山》、《舟中曉過毘陵》、《夜泊京口》、《聽蛙行》、《松陵道中偶成》、《出居庸關》，皆爲高唱。康熙三十二年，經大梁赴秦中作七律《西行雜詩三十首》。其登臨行役之什，較嗣立直欲過之，而題圖覽古不多，交游未廣，是終未能旗鼓相當也。道光二十八年，裔孫溽州郡齋刊《玉臺新刻》七種一名《秀野草堂合編》，爲嗣協、嗣立兄弟合著，内有嗣協所撰《古岡從政録》，其中《玉臺集》又有嗣協詩，多爲此集所無。

西齋集十四卷　西齋自删稿二卷　近代刻本

吴暻撰。暻字元朗，江蘇太倉人。偉業子。康熙二十七年進士，授户部主事，歷官兵科給事中。接待朝、越使臣，每作答詩。四十五年以丁内艱哀毁卒，年四十五。所撰《西齋集》，原有十卷本行世。此近代劉千里據原稿刊，有陳廷敬原序，自序，沈大成後序，王樹枏序。詩凡十四卷，七百七十八首，附《自删稿二卷》，一百五十九首。暻嘗從張玉書編校《皇輿紀程》，熟悉山川風物。又早負詩名，一以典麗爲工。集中《鹿樵感舊六十韻》，備述梅村事蹟。《石鼓歌》、《南朝雜詩十六首》、《揚州雜題》、《金陵絶句》、《蘇文忠公表忠觀真蹟歌》、《元劉正奉塑東嶽廟像》，筆底披紛，多以議論相輔而行。《禮部觀樂歌》記觀百戲及梨園子弟奏伎，《水匱歌》記世傳西洋救火之具，《碧山堂鬭酒詩詠》所見全國酒三十品，俱可取資。《廣陵禹生王會圖歌》，當爲張玉書而作，繪圖者爲禹之鼎。集中尚有《題禹尚基卜居圖》、《題徐太僕遺像》、《題顧亭林遺集》、《贈屈山人大均》、《題曹子清工部楝亭》等篇，每出新意，與恪守家法者，自有別矣。

廣陵禹生王會圖歌　有序

康熙丙寅、丁卯，朝鮮、安南、琉球、荷蘭、西洋、土魯番、暹羅、喇嘛、阿羅斯、喀爾凱凡十國，其國王李倧等，各遣使入貢。故事，大鴻臚引使臣朝見畢，皆賜宴禮部。時東海公方官禮部侍郎，公之客廣陵禹生之鼎善人物，公陪宴日，輒命生囊筆以隨。生從旁端視，疊小方紙粗寫大概，退而圖之絹素。凡其衣冠劍履毛髮神骨之屬，無不畢肖。圖成，公取《汲冢周書·王會篇》之意，命曰《王會圖》。唐貞觀三年，東蠻謝元深入朝，中書侍郎顏師古援周武王事，請圖寫貽後，彰服遠之德，乃命尚書閻立本圖之，即東坡詩所題《職貢圖》是也。禹生天才雋妙，無愧古人，今官鴻臚序班，方充琉球伴使，啣命入閩。他日以翰墨見知，如唐太宗與侍臣學士泛舟春苑池中，召立本寫圖故事，此卷當與石相遺墨並馳譽丹青矣。余爲書長歌附其後。時戊辰之夏五三日。

武王西歸定西土，諸侯八月朝宗周。衣冠玉帛來萬國，石砮白雉歌懷柔。貞觀天子英武姿，珍禽瑰產填神州。故府丹青職貢圖，東蠻奇服鬚眉留。禹生粉本追右相，梯山横海宣嘉猷。折風大袖箕子國，晉唐人物端門遊。玉具金丸西上詠，碧壺春酒雍容醻。佛跡山前銅鼓客，繡面墨齒檳榔投。闞鏤樹下落漈船，賨幏火毳衣裳修。西洋使相繪金碧，賀蘭貴主彈箜篌。火州黑裘蒲類種，葱嶺黄帽浮屠流。緩耳雕脚金葉表，太平織錦工新謳。水草畜牧玉門域，秋風獻樂殘邊愁。南北二庭盡請吏，陸地十圖皆傳郵。天闕千門射白氎，名王萬里衣緑韝。拜跪閒曹效鳳舞，刀匕小宴嘗瓊羞。甲乙帳陳曼衍戲，戊己官屬博望侯。明珠文甲充内庫，山經水志編羣酋。誰遣道子貌面目，如聞鳥語中鉤輈。閻家兄弟舊手蹟，功臣學士毫端遒。凌煙一卷秦府傳，故國灰燼銅駝秋。禹生禹生外國圖，風雨下筆吞瀛洲。録名同上都護府，伴使直押中山舟。尚書載筆紀玉册，導揚盛事前無儔。《西齋集》卷二

陳滄洲集十四卷　康熙間刻本　滄洲詩鈔十卷　雍正四年刻本

陳鵬年撰。鵬年字北溟，號滄洲，湖南湘潭人。祖怡字子良，更名郭金臺，有《石村集》見前。父式穀，亦遺民。鵬年於康熙三十年成進士。官江西西安知縣，擢江寧知府，以清廉著，貪污爲之股栗。總督阿山惡其强項，誣劾之。後守蘇州，政如江寧，又忤總督噶禮。因作《重游虎丘》詩二首云：「雪艇松龕閲歲時，廿年踪蹟鳥魚知。春風再掃生公石，落照仍銜短簿祠。雨後萬松全遝匝，雲中雙塔半迷離。夕佳亭上憑闌處，紅葉空山繞夢思。」「塵鞅公餘半晌閑，青鞋布襪也看山。離宫露出雲霄上，法駕春留紫翠間。代謝已憐金氣盡，

再來偏笑石頭頑。楝花風後遊人歇，一任鷗盟數往還。」噶禮以爲誹謗，句句旁註而劾奏之。康熙詔云：「詩人諷詠，各有寄托，豈可有意羅織，以入人罪。」命復其官。既起，署霸昌道，至河道總督。雍正元年卒，年六十一。謚勤恪。著有《瘞鶴銘考》二卷。此集曰《浮石集》七卷，《淮海集》三卷，《秣陵集》二卷，《朐山集》二卷，詩共八百九首，附《喝月詞》五卷。詩止於康熙四十二年。《感懷六首》小序云：「一官瓠繫，半載雞栖。滿肚皮不合時宜，五斗米不堪罄折。況催科之政拙，值亢旱之爲災。獄訟繁興，怨讟交作。環轅飲泣，盡鵠面與鳩形，動地呼號，將草木而□食。晝則巡行原野，夜乃檢校簿書。急思掛神武之冠，無計作歸來之賦。有句如『凍餒不堪啼道路，瘴痍無計拯凋殘』，少陵遺意也。」又作《蘭溪舟中述懷四十韻》、《丁丑柯山紀事》、《清明行》、《山陽官舍》、《秣陵卽事》、《賑飢山左》等篇，皆清吏憫民之詠。又有《楝亭詩二十五韻》呈贈曹寅。歿後，潘尚仁得其遺稿十卷於袁浦官署而梓之，爲《滄洲詩鈔》，起於康熙四十八年，均生前未刻詩，共一千三百五首，有沈德潛、曹一士、潘尚仁、王孝詠序，周遠翁照跋，其子樹芝記。交往唱酬爲繆沅、李巨來、許志進、李果、張大受、程夢星等人。《京江卽事》、《題王石谷山水》、《月華山歌爲梁道士作》、《晴村草堂雙硯歌》有序、《研山十詠》、《題盧六以檢討抱經圖》、《湘中偶懷十首》，沉實蒼古，格調遒上。《紀事》一首，爲京江地震詩。題惲正叔、羅飯牛、黄尊古畫，亦有可覘。《四庫存目》著録《陳恪勤集》與此兩本有異同。鵬年勁節之名昭揭宇内，不徒以詞場擅美，然列於作者之林，亦不失名家。同時名輩，集中稱頌詩甚多，李茹旻《二水樓詩集》卷八有《奉和陳滄洲先生湘中偶懷二十首》。

充射堂詩集四卷　康熙間刻本

魏周琬撰。周琬字旭棠，江蘇興化人。諸生。是集爲王令樹題。存詩不多，而未嘗以腴詞取世。《孤兒行》、《哀春飢》，多取時事爲題。《記宋公旣庭》並引，旣庭名實潁，官興化教諭，作此詩時實潁年八十，以老病歸吴門。《題長慶集後》，詠揚州天寧寺、露筋祠諸名迹，應試金陵所作《雜詩》均亦可覽。自述平生遭遇多見於《詠哀》二首中。《大毦狗》並引一篇，尤爲集中佳作。《讀史》云：「首夏氣恔台，覽書竟每晝。書中多其詞，檢括理必覆。彼俱陳死人，潛魂聽鞫究。賢愚止兩門，蹈蹠有萬構。肘足韓魏接，肝膽楚越鬥。少忍俟其定，鐘鳴徹盡漏。吾觀古今來，亟亟總爲救。烈火燒坤原，昏波泛天霤。救者苟未止，天地乃考壽。」此詩省淨，不一一加以月旦，亦見大手筆也。

秀濯堂詩不分卷　康熙三十七年刻本

吴啟元撰。啟元字青霞，安徽績溪人。康熙三十六年，隨安和親王子岳端出塞，自涼州還抵西安。是集有《和紅蘭主人塞上紀程詩》。過鞏昌、鎮羌驛、黑松驛、武功等地，有《塞垣詩》。《和徐芝仙四鏡詩》，爲菱花鏡、千里鏡、多目鏡、顯微鏡。芝仙名蘭，亦岳端門客，所作《出塞詩》，聲名遠播，《四鏡詩》未見，而岳端《玉池生稿》有之，爲千里鏡、顯微鏡、火鏡、多寶鏡。是集黄元治序，云啟元少有黄山詩，此爲二集。尚有《程萬祉草書歌》、《紅蘭席上觀五郎演揚州夢新劇》、《聽董開府舊梨園陳禄兒曲》。與費錫璜、孔尚任亦見交往。其詩宗温、李，與徐蘭相近，顧才情不及耳。

饑鳳集十六卷　康熙五十二年刻本

蘇春撰。春字倫伍，江西上饒人。諸生。康熙十八年客湘南。二十二年入楚，客金陵。二十六年入京，有塞外之役。三十九年客皖江，尋入閩甌。五十二年自刻詩集，年約五十。以「鳳非梧桐不棲，非竹實不食，雖然饑何病」，而名「饑鳳」，似耻于浮名者。書前有毛奇齡序，蘇蒼望題詞。春嘗游王士禛門。與孔尚任相契，迭有贈酬。集中有《輓傅青主》詩、《程穆倩篆刻歌》、《題八大山人畫鹿》，又與羅牧、王晫、張潮交往，結交多爲老蒼。《舟山雜興四首》、《信州竹枝詞六首》、《武夷山九曲溪棹歌八首》、《甬東竹枝詞三首》、《過李卓吾墓》、《鵝湖竹枝詞八首》，多記風俗佚事。《讀李詩四絶句》、《讀昌谷集》，益知其好尚所在。《作文詩二十首》，爲論八股絶句，雖大雅所弗爲，然今日視之，轉覺稀爲貴矣。

作文詩二十首

一題到手會通章，虛實相生氣自長。談理貴明勢貴展，自然文陣正堂堂。

無限風光在本題，過求好處隔東西。園中多少甜桃樹，何必沿山摘醋梨。

好意由來在筆先，不粘不脱更嫣然。取材宜富思宜險，轉折須如下峽船。

雅淡無如減艷粧，詞清意靜致飄揚。春風旭日芝蘭意，空谷無媒花自香。

擒縱隨心運筆輕，正鋒側意一齊行。更須布局分先後，纔可揮毫信手成。

嗒然瞑坐養吾心，心靜機通思亦沉。如遇卒然難措手，且將書旨細微吟。

立身題外任長驅，膽壯情豪字字珠。口氣題中知此訣，三隅可返有何殊。

理堅之處要空靈，最忌糾纏氣滯渟。遠溯旁通換手寫，帷燈匣劍放光熒。

膚廓紛紛急汰裁，真機觸動萬機開。犇騰江漢從心出，迅烈風雷赴腕來。

考場得失本由天，就事低昂也枉然。文字相知能有幾，慢將脂粉取人憐。

螺蛤之中有至奇，莫言此味少人知。真文豈得無真賞，蒭豢何須强勸爲。

正意還將旁意通，左瞻右盼自生雄。引經證史消弇鄙，長短由人見化工。

帖如撿括語難明，括多又恐大浮輕。設身處地當年事，頰上三毫宛若生。

引喻之題正意先，後將引喻用言傳。相題字句分輕重，兩意相生不可偏。

小講清空體便高，意宜貼切氣宜豪。須妨摭實爲重複，中幅難工取攘勞。

邊幅由他莫過修，釵横鬢亂亦風流。意高詞瘦真靈敏，最是天然不可求。

意如山立氣如虹，灑灑洋洋結構中。此是謀篇真玅訣，牧之曾見答莊充。

春温之氣近人情，典贍才華又淺明。到眼融和難割捨，卽如花下聽鶯聲。
筋力篇中不可捐，取情取勢斷中連。人貪會墨韓元少，失却英雄祝翼權。
獨來獨往萬軍中，理到精純氣自空。扼要爭奇人莫及，文壇老將擅英風。《饑鳳集》卷十六

清人詩集敍録卷十八

自長吟十二卷　康熙間刻本

張符驤撰。符驤字良御，號海房，江蘇泰州人。康熙六十年進士，改庶吉士。工詩文，古文學歸有光，詩沿明七子，亦染公安、竟陵之習。《泰州志·儒林傳》僅稱年五十，貢入太學。今據文集《依歸草·初入翰苑記》，自稱「辛丑殿試進士，年已五十有八」，是爲康熙三年生。卒於雍正五年，見梁章鉅《退菴筆記》卷十二。《文集》有早年所作《雪鴻先生傳》、《白雲山人傳》、《何鐵傳》、《滄浪水樵傳》、《囂囂和尚傳》，多爲明季義士、清初遁民。詩集名《自長吟》，十二卷，内詞一卷，皆通籍前作，俞楷序。《剪髮吟》云：「貧家雞少唯供母，茅容聲名已出户。同時知有剪髮人，茅母之面色如土。」《賣牛謡》三首云：「草盡蝗始遷，竈沉蛙斯在。無力活妻孥，何心將汝愛。前村現有回回來，淮南牛是江南菜。」「十錢買汝千錢貨，可憐農家家立破。知汝明春價又騰，眼前且得三冬過。」「回笑謂牛，汝賤於豕。牛泣謂農，吾先若死。」語多譏諷。又有《後琵琶行》、《後甲申》、《將赴省試留别山中學者》、《華亭詞》，内容尤不合時宜。《三厄行》云：「兵興以來有三厄，紅顔夏木同書籍。」又云：「明駝背上背不盡，既縱淫威仍取直。此時有女悔如花，如花吏受霜鋒嚇。」時清廷命江南進女子。

此詩盖有所發。《詠紫牡丹》云：「風流人説魏家都，覷盡千紅是小巫。老我酡顔難賜紫，不曾看汝便成朱。」《芍藥》云：「花中若箇得寧馨，佳麗端端本賦形。纔讓牡丹爲漢大，不然也算小朝廷。」此與乾隆四十三年徐述夔《一柱樓詩》詠紫牡丹，其句爲「奪朱非正色，異種也稱王」，並無二致。又《竹西詞》云：「官銜鹽總搭鹽臣，萬壽屏開花樣新。皇本揭來剛百萬，明朝旗子御商人。」《黄翁仙裳輓詞》云：「騷壇满地總胡拏，的的翁成一作家。」詩中「明朝」、「胡拏」，皆屬違礙。倘經告訐，禍將不測矣。符驪與同里李必恒友善。又獨推吴嘉紀之爲人。《陋軒詩》起句云：「湘靈案：錢陸燦字論出揚州嗔，陋軒既死詩無人。」《詠史》二十二首，亦有鋒稜。如云：「誰遣金人勢不猖，江風猶自認蘄王。可憐驢背西湖日，戰氣全家盡渺茫。」又云：「開國規模邁宋唐，平心論汝虐難當。胡藍不了株連案，遺法猶能族練方。」又云：「英主專能殺不辜，荒唐黠鼠仗驅除。老人難作明章夢，活活埋身在後湖。」《虎丘》云：「畫船列肆亂于絲，破碎山光是幾時。算到玆丘清絶處，五人之墓二姜祠。」直是遺黎言語矣。《雜劇詩》小注稱：「近傳上海葉忠節公映榴是王魁後身。」葉映榴死於康熙二十七年夏包子之役。許嗣茅《緒南筆談》載其童時夢塾師授詩，有「君是王魁三世身，桂英仍著石榴裙」之句，後竟應夢中詩讖。事屬無稽，而小注所記較筆談爲先。唯符驪於康熙乙酉四十四年丁亥四十六年兩謁行宫，恭進詩章。成進士後，爲文又多頌聖。綜其行實，仍在功名。窮愁無計之時，諷刺穢詈。一旦冠盖，卽歸平順。由是可見，康熙以還，屢興文字之獄，什九由人羅致。謂士夫有意誹謗，志在恢復，執矣。此集有李虬峯評語。虬峯名驎，乾隆四十四年，著書禁燬，遭戮屍。乾隆時吹疵之甚，逾於康、雍兩朝，乃此集終未受株連。尤云幸矣。

掣鯨堂詩集九卷　光緒九年重刻本

費錫璜撰。錫璜字滋衡，四川新繁人。密次子，錫琮弟。少隨父居揚州。嘗北至京都，東觀滄海。後遵命自揚還蜀。躭於學，工詩，父子爲蜀中第一。著有《説漢詩》。生於康熙三年，卒年未詳。詩集初刻於康熙間，有汪玉璣序，作於康熙二十年。此爲光緒九年四川屏山聶氏重刻本，乾隆間李調元評。樂府《賣兒行》、《苦寒行》、《俚謠》，七古《鹽徒行》、《鬭促織行》，記民間見聞，俱較警策。《穿珠鐙老人歌》，言情備極酸辛。五古《北征篇》，仿密原作，名篇可以並傳。《游山行》、《康山歌》、《太白樓》、《趙忠毅公南星鐵如意歌》、《王文安公陽明草書歌》，格調蒼茫有致。沈德潛《别裁》取其古而近雅者十首，内古體非其至者。截句如「煙光隨地盡，水色到天無」《湖上》，「穀貴難成市，時荒早閉門」《海村雜詩》，「夢華空有遺民記，不是宣和舊帝京」《汴城秋望》，「但過黄河風色冷，更無春酒似江南」《吴姬勸酒》，「雨聲寒入何朝寺，殺氣收爲半夜潮」《黄溢阻雨》，取境深邃。許志進《謹齋詩稿》卷五有《讀費錫璜説漢詩》。

晚笑堂集不分卷　乾隆四年刻本

上官周撰。周字文佐，號竹莊，福建長汀人。布衣。康熙十三、四年間，迭遭兵燹，隱伏不出。走粵東江南，與查慎行、黎士弘友善。善畫山水，人物尤著名。年八十五尚作《臺閣風聲圖》。有《晚笑堂畫傳》。是集爲乾隆四年刊，有楊于位、温序序，鄧彪跋。據《丁巳元旦詩》云：「七十四年肝膽共，更無言語笑余貧。」當爲康熙三、四年生。詩多近體，詠所歷山水較多。《題畫雜詠》、《題龔柴文畫》、《題惲南田畫》、《會瘦瓢山人於綿溪》等作，均爲畫史資料。《過小石樓有懷張穆之》，可知周早年嘗交鐵橋道人張穆。結納釋家亦多，集中有贈答，多不能知名。

野香亭稿十三卷 康熙間刻本 盤隱山樵集八卷 康熙間刻本 道旁散人集五卷附一卷 光緒三十年集虚草堂刻本

李孚青撰。孚青字丹壑，安徽合肥人。大學士李天馥子。康熙十八年進士，官翰林編修。撰《野香亭稿》，起康熙二十五年至三十七年，凡十三年詩，年各一卷，以干支名之。《四庫》列入《存目》。有陳廷敬、王槩、毛奇齡、費錫璜、戴名世、費密、田雯、姜宸英、徐嘉炎、章藻功序。詩頗清雋。《金陵雜詩》五首、《揚州雜詠》五首、《蜀山開唐寺》、《伏羲山》、《萬家山歌》、《浦口竹枝》、《巢湖曲》、《大梁相國寺》、《盤山九詠》、《都門竹枝詞》十首，時以民俗、古蹟入詩，不特狀丘壑之勝。與馮廷櫆、洪昇、查慎行、費滋衡均有贈酬。續刻《盤隱山樵集》不編年，分《篷櫳》、《江東》、《舒州》、《淮豫》、《恕病》、《黄楊館》、《夢影草堂》、《消寒》八集，爲康熙三十八年至四十二年詩。歷汴洛、徐淮、皖江、吴門等地，多作山水紀游。長歌《書紅線傳》、《京口寒食行》、

《賽會行》、《芒會行》、《芒縣二莊歎》、《汴京懷古》，不讓時輩勝流。唯詠後漢、北齊、南唐、南宋史詩，殊草草耳。集有錢舃仍、方嵩年序。名曰《盤隱》，取《送盤谷序》而曰盤爲隱者之居云。兩集刊行後近二百年，集虛草堂得未刊稿五卷刻之，曰《道旁散人集》。包括《南淮集》、《赤玉山房集》、《卧禪榻集》、《西笑回車集》、《負孤集》。爲康熙四十三年至五十四年十二年詩。附録各家原序。內《田綸霞侍郎哀詩》、《修堤謡》、《永城謡》、《小盤谷三十友歌》、《聽瞽者白鴻説北宋野史》、《偶憶洪昉思已巳被斥事卽題其後》，時載舊聞。卷末李國松題記署云：「《四庫全書提要》稱《野香亭集》十三卷，起康熙戊寅訖己亥。又稱其年未四十而殁。編修於康熙己未通籍年十六，若真詩終於己亥，則五十六矣。核其年數，知有疏舛。又當時由浙江巡撫采進，未見《盤隱集》。沈文愨公輯《國朝詩别裁》，亦稱編修早殁，而惜其流傳詩篇絶。蓋編修中歲卽歸隱不出，詠歌自怡，罕與世接。故其存殁，世亦多不詳也。可知孚青生於康熙三年，五十四年猶在世。楊鍾羲《雪橋詩話續集》稱孚青於「康熙丁亥四十六年移居永城卒，年五十二」。亦未碻也。

江干詩集四卷　近代重刻本

余京撰。京字文圻，號江干，江蘇丹徒人。布衣。康熙五十七年，沈德潛遊焦山，見石刻其詩，訪之，遂與定交。晚年從游者日衆，與鮑皋、張曾合稱京口三詩人。詩集有乾隆間王文治寫刻本，流傳絶尟。一九二四年族裔余長春假得原刻重印，卽此本也。作者殁後，沈德潛爲撰《墓誌》，載本書卷首及《歸愚文集》卷十，各《碑傳集》均未收。其生年爲康熙三年，卒於乾隆四年，較沈德潛猶長八歲，與鮑、張相交已年近古稀，而彼等始逾冠耳。此集有沈德潛、賀寬序，《外集》一卷，輯録小傳及王文治、郭堃等人題詠。康熙間詩風尚宋，京不以飣餖爲宋，浮廓爲唐，不專一體，婉而有風。五古《登韜光菴》、《題韓昌黎詩集後》，七古《掛燈行》、《鰣魚行》、《中秋焦山即事》、《題張石帆石泉歌後》、《暮春送鮑步江之皖城》，五律《七夕妙高臺坐月》、《登金山塔》，七律《岳鄂王墓》、《冬夜確士過余草堂》格高古勁，宜乎爲沈氏所賞贊。五古《上水利錢通判》詩有云：「所役皆窮農，被體無完襦。天凍河泥堅，農器鈍莫鋤。赤脛役冰上，手足爲龜膚。伍伯例索錢，質衣賂青蚨。懲婧示鞭朴，强愎同遭誣。乾餱晝充腸，濕稿夜藉鋪。歲卒始釋歸，老幼半已痡。役重農力殫，正供虧莫輸。良牧累催科，册籍屢積逋。沿襲事難更，民命何由蘇。」極言河工之苦、力役之弊。結句「陳言近越俎，絶非干謁書。人謂賤子私，賤子半畝無」，尤見憂民所憂、急民所急。非隱逸詩人，從可知矣。

高陽山人詩集二十卷 康熙五十四年刻本

劉青藜撰。青藜字太乙，號卧廬，别字嘯月，河南襄城人。康熙四十五年進士，改庶吉士。纂修《四朝詩》。未幾，請歸養。四十八年，卒於家，年四十六。與弟青蓮、青芝，皆績學好文。生平爲詩數千首，由其弟青震編訂成集，統名《高陽山人詩》。卷一爲《古樂府》一百十五首，事皆詠史。餘則編年不分體。甲子至己巳曰《汴游草》，庚午至癸酉曰《嵩洛草》，甲戌曰《傳經堂稿》，乙亥、丙子曰《歸愚軒稿》，丁丑曰《燕游草》、《穰游草稿》，戊寅曰《微窗雜詠》，己卯、庚辰亦曰《燕游草》，其庚辰下半年所作曰《四真照稿》，辛巳、壬午曰《住雲軒稿》，癸未、甲申曰《學稼軒稿》，乙酉曰《山安草堂稿》，丙戌曰《夢環集稿》，丁亥曰《躬耕堂稿》，末卷爲《補遺》。七古《茶至從友人索仙翁觀乳泉因憶舊游》學韓，頗有排奡縱橫之勢。《捕蝗紀事》、《乞兒行》、《稗子行》、《納穀行》、《梓人婦》、《塞游篇》，狀寫社會民生疾苦亦頗警通。《顔良廟》、《曹孟德馬場》、《兩廬諸葛草廬歌》、《香山寺》、《白馬寺》、《宋陵行》、《杜少陵墓》、《轘轅關》、《嵩岳》、《箕山》、《昆陽懷古》、《鄧州懷古》、《武當山》、《聞張穉菴先生話大梁遺事》，多記汴洛襄樊古蹟佚聞。《讀南北史九首》、《讀山海經九首》等篇，爲讀書雜詠。其詩受知於王士禛，與宋犖、田雯亦有切磋之誼。

後村詩集六卷附一卷　康熙五十八年刻本

王文治撰。文治改名安修，字後村，原籍歙縣，南京人。布衣。是集有王槩、翁荃、先著、朱元英、劉捷序，詩依體分，共六百九十七首。附《吴越詩草》一卷，爲少作。文治不事舉業，喜讀故書，著有《雜著》三卷。又往往觸發而成詩。集中《效左思詠史十八首》、《梁臺城歌》、《題陶淵明集》、《讀唐書五首》、《讀離騷》、《明故宫曲四首》、《讀宋史二首》、《詠史絶句十五首》、《前明黄將軍歌》、《讀方正學詩集有感》、《讀謝康樂詩有感》、《讀韋蘇州詩》、《題陸放翁集》、《題嵇康幽憤詩後》，中多憤疾之言。《飢民歎》、《打柴詞》、《憫田家》，同情閭閻疾苦。觀其屬意，未必眷戀前明。而以《五十生日》詩計之，約生於康熙五六年間，詩亦止于戊戌康熙五十七年，自非遺民之類矣。又有詠秦淮民間《打碟子歌》、《戲題對牛彈琴圖》、《觀宮戲演劇戲成》、《題王叔明鐵綱珊瑚圖》、《雨花台竹枝詞十首》，詩格雋逸，取材甚寬。《題虞山宗伯柳姬小照》並傳云：「葱嶺東頭女肆譃，沙彌結習未全删。姬貌似小沙彌。凡心誤墮章臺柳，慧業終歸拂水灣。宗伯別墅。名色由來配名士，用唐人韓翃納柳姬語。河東今欲笑河間。宗伯稱姬曰河東君。宗伯死日姬以身殉。西江徐仲光爲作傳。尚書有妾同關盼，不媿蓬萊舊綴班。」可爲文苑談助。《喜晤梅勿菴先生蒙示所著曆數諸書成二十四韻並送歸宛陵》，可探索數學家梅文鼎生平事蹟。《晚晴簃詩滙》以文治改名，作王安修。

桐埜詩集四卷 咸豐二年貴陽刻本

周起渭撰。起渭字漁璜，一字桐埜，貴州貴陽人。康熙三十三年進士，改庶吉士。由翰林檢討累遷詹事府詹事。五十三年歿，年五十。陳廷敬在直廬，康熙帝問今詩人，舉周起渭、史申義對，一時翰林有「兩詩人」之目。詩集由其弟起濂刻於都中者爲北本，友人汪千坡刻於吴門者爲南本。咸豐時兩本已不多覯，此獨山莫氏據未刻稿本編次。莫友芝序，毛奇齡、郭元釪、陳允恭、陳汝楫、汪澐等舊序，存詩三百五十二首，始康熙三十六年出都，凡十八年之詩。由詩肆力於蘇軾、元好問、高啟諸家，於館閣之體枘鑿不相入。莫友之序。論者謂貴州詩人，當以起渭第一。其詩各體皆工，七古尤所擅長。晚奉命至南京祭陵，過江淮，作《譊社湖》諸詩，多爲紀事。《偶鈔李杜韓蘇四家》、《送田山薑先生還德州》、《題宋山言學詩圖》、《武陵爲人寫北窗高卧圖》、《讀有學集秦淮雜詩感賦二首》、《題王紫詮焦山剔銘圖》、《避風赤壁登蘇公亭放歌》、《烏獅豸歌爲宋牧仲作》、《題陳南麓匡山讀書圖》、《寄答襄城劉太乙》、《題查德尹東還圖》、《送德尹南還兼寄朱竹垞先生》、《題王石谷畫午亭山村圖》、《題禹尚基爲宋牧仲繪賈閬仙詩意圖》、《分詠京師明成祖華嚴經大鐘》、《題高其佩指畫菊條》等篇瑰瑋特出，又備故實。郎葆辰《桃花山館吟稿》有《題周漁璜桐埜書屋圖卷子》二首。

秀野草堂詩集六十五卷　道光二十八年潯州官署刻本

顧嗣立撰。嗣立字俠君，號閭丘，江蘇長洲人。予咸子，嗣協弟。康熙三十八年舉人。以進呈自輯《元詩選》一千二百卷，選至京師，任《佩文韻府》宋、金、元、明四朝詩纂修。五十一年特賜進士，改庶吉士，復授四川西充知縣，移疾歸。箋注《韓昌黎集》、《温飛卿集》，皆屬賅洽。卒于六十一年，年五十八。生前詩分集梓行，道光二十年玄孫元凱始刻畫之，凡六十五卷，有張大受舊序。分《小秀埜》、《金焦》、《山陰》、《大小雅堂》、《噉荔》、《梧語軒》、《秋查》、《雙井書屋》、《東下》、《春樹草堂》、《羅浮》、《書館續吟》、《河西》、《殿西》、《秋風櫂歌》、《寒廳》、《長干》、《暢軒》、《話雨軒》、《蕪城》、《學詩樓》、《桂林》、《嵩岱》、《宜靜居》、《病閒吟》諸集，詩共三千五百九十七首，附《寒廳詩話》及《自訂年譜》。《四庫存目》著録《閭丘詩集》六十卷。《金焦集》又有宋犖、朱彝尊序，《大小雅堂集》魏坤、朱彝尊序，《桂林集》徐永宣序，自序，《嵩岱集》王苹序。嗣立於康熙二十七年卜居秀野草堂，鄭簠題額，四方名士觴詠其間。家有酒器三，大者容十觔，其次遞殺。凡入社者，各先盡三器，然後入座。在京師日聚酒人，分曹較量，亦無敵手。見阮葵生《茶餘客話》。宮鴻歷有《秀野堂讌集時俠君止酒以詩先之》，喬崇烈有《秀野草堂觀鐙歌》，可見當日盛況。嗣立嘗從徐乾學、韓菼游。集中唱和爲南北名人。遺老則錢澄之、杜濬、曾燦、費密，翰林名士則王士禛、徐昂發、尤侗、查慎行、查嗣瑮、杜詔、張雲章、蔣廷錫、汪士鋐、陳鵬年、莊鍇、王式丹、周起渭，學者畫師則惠周惕、鄭芷畦、李必恒、禹之鼎、方苞、戴名世、黄鼎。贈酬詩篇甚多。其詩取法韓、蘇，饒有氣韻。《海昌煮鹽行》、《日觀峯》、《十番行》、《祭書行》、《大水行》、《串月歌》、《江郎山》、《度仙霞關》、《彌陀灘》、《黯淡灘》、《望接筍峯》、《謁禹陵》，游吼山、富春、箬簀、鼓山、洞庭、匡廬諸勝，均不乏佳製。晚游桂林、嵩岱，尤得江山之助。題圖之作，亦推能手。《讀元史八首》、《和元人詠物詩》、《題元百家詩集》，言元史者足可參資。嗣立風雅好事，倩王原祁倣董其昌廬鴻草堂圖筆記爲繪《秀野草堂圖》，朱彝尊爲之記，作歌徵和甚衆。

題元百家詩集後二十首

雄深出入少陵間，金宋粗豪一筆刪。恢復中原板蕩後，黄金端合鑄遺山。
劉許高賢出處分，雷溪豪邁氣超羣。北人自有元才子，秋澗陵川各張軍。
大德元貞老逸民，剡源石屋句清新。論詩笑殺方虚谷，還向江西拜後塵。
長庚朗朗照戈矛，窮海孤臣望雁愁。何似萬松傳訣後，雄篇秀句逞風流。

岳王墳上賦招魂，狂李髯蘇伯仲論。禾黍原陵遭客訕，園香零落怨王孫。
會稽蜀郡各詩能，星散天連得未曾。從此東南詩派盛，狂瀾獨障是吴興。
白獸黄羊扈從宜，玉堂連直唱新詞。上京雜詠流傳遍，館閣才華冠一時。
仿佛唐人面目同，虞楊范揭出羣雄。縱然不作涪翁社，難脱風沙氣習中。
温醇峻潔散天葩，黄柳齊名一郡誇。排奡更生吴老子，天教文運屬金華。
雄文大册奏鏗鏘，碑版穹窿翰墨揚。若問當年大手筆，瓣香未散是歐陽。
樂府無題鬭綺羅，宫詞濃豔奈愁何。香生春題無歸著，翻出新聲西北多。
天竺雨淋看點筆，上林花满聽鳴珂。一官落拓詩千首，愛煞燕山薩照磨。
宋室今無我亦無，翠寒齋裏自歌嘑。秋千庭院昏黄月，恰似高人胸次孤。
病鶴揚州偏竦肩，朱簾齊下笑喧闐。誰知雨霽雲開後，依舊横行萬里天。
雕鎸更出唐人巧，刻畫全非宋代粗。才子一時工詠物，蟲魚花鳥費規橅。
至正詩人喪亂頻，崎嶇避難走踆踆。青陽白埜捐軀日，右榜緣知彼有人。
樂府歌謡古意存，蛇神龍鬼語銷魂。竹枝唱到西湖曲，南北傾心拜鐵門。
高士海巢辟地日，老人湖上故宫思。相思只有梧谿老，不奈蛇横天黑時。
玉山佳處客停車，侍宴紅裙韻致誇。楊鐵倪迂尤好事，風流收拾到吾家。

抱病聊憑著述傳，同心三載集遺編。元瑜不合先長逝，淚灑西風空問天。《秀野草堂詩集》卷五

谿翁詩草二卷 康熙四十七年刻本

宋永清撰。永清字澄菴，山東萊陽人。康熙四十一年，官福建汀州府武平知縣，後改臺灣府鳳山知縣。四十七年北歸。此集一名《海外編》，大都爲官臺之詩。上卷爲湯永寬、吴方皋序，下卷作序者施士嶽、孫曰高、陳聖彪，皆臺灣同僚。其中《自大擔門曉發》、《過澎湖》、《夜泊虎井嶼》、《初至東寧》、《重過半屏山》，皆有詩，又作《扶桑海日歌》，寫景新異。《赤嵌城》、《鄭氏别墅》、《鄭氏園林》、《寧靖王墓》、《紅毛樓》、《興建文廟》等什，多載典故。《夜渡淡水溪》、《踏災歌》、《番社》、《打狗山》、《夜渡彌陀港》、《苦風伯》，則於臺境民事多所涉及。官鳳山五年，採風問俗，亦有所得。詠石鐘、溪碓、水簾、松關、竹筏、蘿衣、蕉屏、漁家，下淡水、力力社、茄藤社、放緤社、上淡水、阿猴社、搭樓社、大澤機，頗可摭拾，以補志乘之不具。據甲申四十初度詩，爲康熙四年生。卒年不明。

夜渡淡水溪

淡水悠悠天盡頭，東連傀儡徧荒丘。淡水，溪名。其水寒冽如冰。而黄沙兩岸，衰草寒烟，寓目輒成慘淡。于塞外風景，殆尤過之。渡溪以南，卽八社地，爲人跡罕到之處。蓋陰雲瘴癘，觸之必死。惟土番得而居之。番故自

鄭氏以及效順，聚族岩居，耕田輸課，從無以水土爲病者。極東則爲傀儡山。山野異類，名傀儡生番，其茹毛飲血之尚存古處，特其生性强悍，嗜殺如飴，與民人素不相接。偶一遇必以標鎗中之，漆其頭以爲玩器。以故人多視爲畏途。無和番貿易者每趨焉。嗟乎，名利迫人，不憚驍險，予輩其亦然耶。其堪發一浩嘆。雲迷樹隱猿猴嘯，鬼舞山深虎豹愁。野寺踈鐘烟瘴路，黄沙白露泬寥秋。不知談笑封侯者，冒險衝寒似我不。《谿翁詩草》卷上

埤頭店

觀音山過兩三家，便是埤頭小徑斜。買賣渾沽高價酒，往來常駕野牛車。村鄰傀儡行人少，地接琉球去水賒。小嶼孤縣卽小琉球，向常聚族以居，賀蘭所殺無噍類。因其地産土物，如鸚鵡之類，以故通商者猶航海登之。舟下則爲萬水朝東之所，水窮山盡。薄宦勞人，豈淺鮮哉。茅店荒雞啼夜月，青燈隻影滯天涯。《谿翁詩草》卷上

濤江集四卷　北京圖書館藏抄本

柯煜撰。煜字南陔，號實菴，浙江嘉善人。康熙六十年進士，以磨勘黜名。雍正元年復成進士。官宜都知縣，改衢州府教授。雍正十三年，舉鴻博，未及試卒，年七十一。煜受業於朱彝尊，工詩詞、駢體。以大學

士王頊齡薦，充《明史》纂修官，叔父崇樸、維楨，並舉博學鴻詞，爲嘉善名宿。論者謂煜詩近學錢謙益、汪琬，能兼得兩家之長。《清史列傳》稱有《石菴樵唱》七卷，未見刻本，今所見《輦下和鳴集》、《小丹丘詩》，俱零篇散什。此抄本四卷，亦非足帙。吴越山水游觀之作，多冲淡之音，與錢、汪不類。《武唐竹枝》十首、《琴河竹枝》八首，亦以和雅爲主。《雜題六首》，漫評詩文。贈别酬寄最盛，《寄錢湘靈》、《上堯峯先生四十韻》、《贈沈客子季友》、《贈葉星期》、《和冒辟疆先生》、《哭周簹谷篔》，俱爲老蒼。與吴之振、計默、金志章、王翬亦有交游。唯善修飾，無纖仄之習。是亦足稱壇坫能手。

南谿偶刊三種　乾隆七年刻本

鄭性撰。性字義門，號南谿，浙江慈谿人。梁子。諸生。亦受學於黄宗羲。嘗得宗羲刼餘之書，並家藏二老閣書以貯之。經紀黄氏祀田，刻《明儒學案》、《南雷文約》，表彰黄氏之學。卒於乾隆八年，年七十九。事具全祖望《五嶽游人鄭丈南谿穿中柱文》。乾隆七年，自刻《南谿偶刊》三種。以五十以前詩曰《南谿夢寱》，五十至七十六歲詩爲《南谿寤歌》，文集曰《南谿不文》。自謂稱偶之云者，刊非本意也。三集各爲一卷，《寤歌》分上下卷。詩共一千二百七十二首。有《五嶽紀游詩》，恆嶽最勝，華嶽、岱嶽次之。謁孔林，居京師、杭郡，游雁蕩、金華，均有詩。篇什盛多，筆力健舉。《悼南雷先生》云：「我來不信曾捐館，止哭條嚴末命中。爭奈遺真懸正寢，殘害幾本案頭空。石室無棺不裸身，非楊非趙亦非陳。九泉心事容誰白，譽訕千般總聽人。」往來多禪宗，士林唯裘璉、屈復、金埴、魯曾煜、華希閔。不爲名利所牽，不作昇平之語。杭世駿壯年於西湖主詩會，萬承勳謗之，性作絶句四首以爲不可，是所謂君子弗爲，然亦弗滅也。齊召南《寶綸堂集》有贈詩。又見二老閣刻沙門元尹《博齋集》，卷首存康熙庚子鄭性序一篇。

題八大山人畫贈何芝田明府

哭不得，笑不得，八大山人誰與識。
方以内，方以外，八大山人何有在。
畫畫畫，題題題，八大山人筆墨奇。
浙中來，川中去，八大山人無定處。　《南谿瘖歌》上

西湖大會絶句　主會者杭大宗，人多謗之。吾友萬西郭謂會中人盡假名士，不可與交，至目爲禽獸，故有是作。

一片西湖百爾人，相逢盡是降哀民。爲堯爲舜今朝共，區别徒彰我不倫。
邪正貞淫或未齊，斯人不與欲與歸。莽呼鳥獸心何忍，試問宣尼必謂非。
世降惟憂不好名，假能一反便成真。匹夫匹婦溝中在，是我推之莫倭人。
脱穎囊中客娃杭，登壇遽被俗□狂。雖然鍛鍊還須火，料有精純一段鋼。《南谿瘖歌》下

梅坪詩鈔三卷 康熙五十六年刻本

董大倫撰。大倫字敷五，一字疇叔，號叔魚，江蘇武進人。以寧次子。諸生。受學於錢陸燦。與惲格、楊宗發、胡香昊、陳鍊、唐惲宸，稱「毘陵六逸」。大倫與惲宸，年齒最小，俱應試，與諸子不同。是集爲《毘陵六逸》本。其詩出入於宋元間，幽刻雋永，爲朱彝尊所賞。集中有《舟中陪朱錫鬯先生》詩。又有詩投贈宋犖。孫時宜撰《董叔魚小傳》，稱工於詠物，殆指《隱囊》、《分響》、《籃轝》、《行榻》、《髭囊》、《竹夫人詞》諸篇是也。據《戊寅生日》詩推之，當爲康熙五年生。《賣蔗童子歌》記明天啟間顏佩韋案，王士禛稱「頗具苦心」。見《六逸詩話》。詩作於庚辰康熙三十九年。孫時宜《小傳》謂大倫卒於庚午康熙二十九年，年三十六。庚午乃庚辰之誤矣。

朱止泉先生集詩一卷 乾隆四年刻本

朱澤澐撰。澤澐字湘淘，號止泉，江蘇寶應人。祖克簡，順治四年進士，官雲南道御史。父約，爲晉州知府。澤澐爲諸生多年。與陳厚耀交，專門理學。講學於郡中，門弟子甚衆。雍正六年，直隸總督薦舉，辭。十年卒，年六十七。殁後其子光進編《文集》，有乾隆四年劉師恕序。詩在卷一。其學篤守周、程、張、朱，反對陸、王。《曲阜拜孔子廟》、《顏子廟》、《讀邵子詩》、《讀朱子文集》、《讀朱子語類》、《讀書紀見》等編，可見宗旨。《丙午吟》多首，爲立志、主教、知性、盡倫、威儀、克己、讀書、窮理、力行，殆爲純理學家詩。然參考文集，所得尚在其外。是亦有可資焉。

研堂詩稿十卷續稿二卷晚稿二卷　乾隆十年刻本

楊維坤撰。維坤字地臣，號定安，一號素堂，江蘇陽湖人。諸生，棄舉業。家有池臺園林之勝，日與毘陵名宿觴詠其間。是集有趙東旭、董訥舊序。錢陸燦序作於康熙三十五年。吕廷鵷新序作於乾隆十年，稱定安學長年八十，當知維坤爲康熙五年生。又龔時愷跋，作於雍正十二年，自云與維坤同庚。其詩清峻。《輓錢湘靈》、《贈青門邵先生》、《重過虞山訪王石谷》，有資於藝林考鏡。《吴中雜詠》、《歸田園居》、《讀史》諸篇，亦可取。《晚晴簃詩話》稱「繼坤以三月二十四日爲履道坊舉行尚齒會之期，約同人有年者爲醉吟社。又以正月二十日爲香山生日，率同人壽之。又以香山卒於會昌六年八月不知其日，遂以八月祀之。又以東坡卒於常州爲七月二十八日，亦於其日祀之」可謂好事者矣。

雲川閣詩集十四卷　雍正九年刻本

杜詔撰。詔字紫綸，號雲川，又號蓉湖詞隱，學者稱半樓先生，江蘇無錫人。受學於顧貞觀。康熙間以監生迎鑾進詞被賞，在館最久。五十一年成進士，改庶吉士。後以親養歸里，不出。卒於乾隆四年，年七十四。是集所收爲康熙三十二年至雍正九年詩，有楊繩武、樓儼、門人王會汾序。《四庫存目》著録殘本《雲川閣詩集》九卷。詔嘗選《唐詩叩彈集》，皆中晚唐名作，迭有刻本。與沈辰垣、樓儼同入武英殿輯《歷代詩餘》一百二十卷，與王奕清並修《詞譜》，皆爲集大成之書。平生廣交延譽。與朱彝尊、姜宸英、顧貞觀、宋犖、查慎行、湯右曾、顧嗣立、博爾都、程夢星、沈德潛、黄叔琳有文字交，晚年居里，狎詞壇盟主。集中《陽羡采茶歌》、《九龍山人王孟端故居》、《隋塘曲》、《任城太白樓》、《獅子林歌》、《訪楊子鶴並乞繪九峯三逸圖》、《觀劇八首》、《書王虚舟積書巖帖後》、《試泉行》，率多瀏離頓挫，不失自然之意。詠北京西郊、薊門、居庸關八達嶺、咸陽、大梁、金陵、徐淮、江夏、南昌、吴越諸勝，盛多佳什。詔在館嘗分纂《方輿考畧》，有《廣西方輿考畧稿》詩。由護嘉至武陟尋黄河故道，亦以詩紀之。《龔孝升爲余述謝山人茂秦與琵琶伎賈姬軼事感賦》，稱謝榛居鄴下，康王賓禮之，康王之曾孫穆王雅愛其詩。《明詩綜》誤以穆王爲康王，不知康王以嘉靖三十九年殁，賈姬事乃在萬曆間也。沈德潛稱詔平生得力在大曆以後。今觀其詩，亦法盛唐，趨易實則難工，誠高手也。

小巢壺詩二卷　嘉慶間刻本

鮑善基撰。善基字致高，原字載言，别號東莊，又號悔初居士，晚號知白居士，歙人，寄籍杭郡。諸生。十應省試不售。曾佐徐昂發視學西江，未久留。歷游浙東西、淮南、齊魯、燕趙間。卒於雍正五年，年六十二。康熙六十一年遇友人難，古文集失去，唯詩二卷僅存。有宋照序，生卒年據其子倚雲跋知之。是集爲其曾孫桂星刻。桂星官工部右侍郎，詩宗唐，嘉慶間刻其祖倚雲《壽藤齋詩集》，並《小巢壺詩》。倚雲詩殊傷冗沓，此集則簡而有法，格調宋人，與時習相去未遠。録《嘲寧酒》一篇，可見一端。詩云：「北酒多味辛，南酒多味甜。我飲非大户，何妨南北兼。不聞氣味殊，麴生乃漬醃。要非千里羹，胡爲加豉鹽。初疑有美惡，呼僮認青簾。大索甬江城，海風竟東漸。會稽遥相望，越釀徧閭閻。北達青冀幽，南通高雷廉。遐荒美可市，而獨遺近檐。澮澮曹娥江，隱隱金峨尖。秋江揚輕帆，引領目已瞻。問市胡不沽，探象寧須占。無乃甬江人，好尚不可砭。生長斥鹵地，非但三年淹。譬與惡習久，焉能辨壬儉。嗟我旅游人，烹魚溉釜鬵。有酒姑酌之，適意非屬厭。自來句章境，乍飲口欲箝。繼此因獻酬，交錯脣勉霑。不知我不飲，但云天際炎。他日醉湖頭，壺觴我何嫌。君子遠小人，固不惡而嚴。」

燕堂詩鈔四卷附二卷　兗東集一卷　康熙間刻本

朱經撰。經字恭亭，江蘇寶應人。御史朱克簡子。外舅爲翰林侍讀喬萊。副貢生。撰《燕堂詩鈔》四卷，爲康熙二十五年迄三十五年詩。據《乙亥生日》自注，當生於康熙五年。附《友梅集》二卷、《甲戌康熙三十三年入吴詩》一卷，有與《詩鈔》重出者。後又刻《兗東集》一卷别行，爲康熙四十四年宫鴻歷序。時其兄爲費縣令，省視之暇，故有是作。經詩才情雋逸。游金焦、北固，登大茅頂望太湖，費吟高唱，不於字句求工。《嶧山碑歌》、《題邊景昭雙雁圖》、《唐寅山水圖》、《題無可上人方以智畫册》、《讀五代史至十國世家年譜卽草得十首》，任筆驅使，埏埴較深。《地震行》，記康熙三十四年四月六日平陽府臨汾、洪洞二縣地震。《湖嘯歌》、《堤決歎》、《築堤行》、《繅絲行》，紀實。於蘇北民災，秉筆紀實。《兖東》一集，詠闕里古蹟幾遍，又搜訪蒙山、陪尾山蔡邕墓、嶧山，以詩記之。上舉四集，皆不甚連貫。北京圖書館藏有抄本《燕堂詩鈔》，原名《狎鷗亭詩》，與《兖東集》又有重出。而《四國宮詞南唐、前蜀、南漢、後蜀二十二首》，各本所無。又抄本《百一樓詩》，原名《浮香亭稿》，有《晉州雜詩》。當是康熙四十年以後續有所爲，而未成編也。沈德潛《别裁》選《寡言責己惜日三章》，乃切己箴規，别具一格。

滋蘭堂詩集六卷 乾隆十七年刻本

沈元滄撰。元滄字麟洲，浙江仁和人。康熙四十四年副貢，五十六年，入京闈試，復置副榜。其外舅查昇官少詹事，命入武英殿分職纂修。總裁陳鵬年喜下交寒素士，與元滄互相酬答。雍正十一年，選文昌知縣。忤上官，罷職入都，被逮下獄。作《書懷》有云：「紛紛法令劇牛毛，束濕難施尺寸勞。寧必黄農稱盛世，祇應丘壑置吾曹。政平轉覺人心險，官罷爭憐馬骨高。且戴南冠焚治譜，閉門長日讀離騷。」旋事白，竟謫寧夏，卒於銀川，年六十八。乾隆十七年，其三子廷芳官山左，爲刻詩文集。首周彝、盧軒、查慎行、陳鵬年舊序，宋和、成城、沈德潛、吴廷華序，附《墓表》及沈廷懷等所撰《行述》。元滄少從萬斯大、毛奇齡、朱彝尊、丁澎等游，居京復與翰林名士過從，詩益日進。所作《瘞鶴銘歌》、《石鼓歌》、《緑龜硯歌》、《褚河南臨本蘭亭》，詞奥韻古，情文相生。《西江三絶歌》，記江西畫家羅牧舊事。《題屈子詩外》四首，詠粤東屈大均遺聞。《論文口號》、《讀姜白石集》、《題尊水園詩選》等篇，亦可觀采。不獨以子貴而顯也。是集六卷，曰《康瓠》、曰《灌畦》、曰《今雨》、曰《紫貝》、曰《勞薪》、曰《西征》，皆以事而繫名。《四庫》列入《存目》，《提要》稱其詩似查慎行，殆近之。

沐青樓集七卷　乾隆間刻本

汪天與撰。天與字蒼孚，號畏齋，安徽歙縣人，移居儀徵。官户部山西員外郎，刑部福建司郎中。爲趙申喬所倚重。後以事罷歸。是集爲家刻本，首乾隆六年張廷玉序。詩學明七子，稍涉宋元格調。五古《游黄山》七首、《西海門》、《穿鰲魚洞渡蓮花溝上文殊頂》諸篇，狀寫山光雲海，頗有奇鬱之氣。《讀史絶句》，善使論斷，無冗沓之弊。《題石濤桐江圖》，爲畫史資料。《岣嶁碑》等篇，稍施考證。天與嘗接王士禛緒論。結納往還，如陳鵬年、顧嗣立、張大受、湯右曾、朱樟，均詩家。又作《送方貞觀假歸桐城》。貞觀以《南山集》案被連，釋歸後多有人贈詠，此詩亦備故實，自有異於嚮壁虚造者矣。沈德潛《别裁》有選詩。

出塞詩一卷　道光六年重刻本

徐蘭撰。蘭字芬若，號芝仙，江蘇常熟人。國子監生。出王士禛門。康熙三十五年，随安郡王岳端出塞，由居庸關至歸化。工繪事，過祁連山見花數十種，一一圖之。後入年羹堯幕。雍正初，被編管津門。卒年六十餘。永敬《益齋文稿》有《徐芝仙小傳》。撰《出塞詩》一卷，王士禛、萬斯同、姜宸英序。初刻本未見。此道光六年重刻，有孫原湘序。沿途爲詩，如居庸、大翮山、土木堡、白登山、桑乾河、大同、黑河，筆雄意達。《歸化城雜詠》八首，雜記風俗。《土産六歌》，爲白草、雛鷹、鼴鼠、瑪瑙石、燐火、酪酒。《迤北八珍》，爲醍醐、麆沆、野駝蹄、鹿唇、駝乳糜、天鵝炙、紫玉漿、元玉漿。聞見詭異。非親臨其境，不能措手。王士禛亟稱之，采數首入《居易録》。王應奎《柳南隨筆》云：「其詩已付梓者，有《芝仙書屋集》一卷，計詩二百三十餘首。」未見。又稱其《出關》詩，謂「惜未刻集中，無從見其全」。此詩沈德潛《別裁》已選，人盡可讀矣。

蓼原山房詩集九卷補遺三卷　嘉慶十三年刻本

莊楷撰。楷字書田，江蘇武進人。康熙五十二年成進士，年已及艾，由翰林擢國子司業。雍正元年爲四川鄉試主考。歸田後次第注釋羣經。卒於雍正十三年，年六十九。見《毘陵名人疑年録》。手訂《舲軒草》二卷，《十笏吟》三卷，《蓉鏡集》、《使蜀草》、《行藥鈔》、《知還草》各一卷，統名《蓼原山房詩集》。嘉慶十三年，曾姪孫炘復蒐輯《補遺》三卷並刻之。作序者趙懷玉、楊芳燦，皆炘友也。康熙後期，老輩凋零殆盡，主盟風雅者爲湯右曾、查慎行、王式丹。楷受知於右曾，摛詞婉麗。行役西江，入棧使蜀，多有佳製。至里中人以南田畫、秋田詞、書田詩，目之爲「三田」，實鄉曲之見。惲格、陳維崧與楷生不同時，卽以詩論，楷亦不足步其後塵，况頡頏乎。究其所爲，以論學見長。《注經》、《讀蘇詩》、《讀六家詩》等篇，俱能會析衷備。奉校《宋金元明四朝詩集》、《再游豫章書院書懷五百二十字》、《補纂駢字古音告竣喜賦二十首》亦可採掇。《十笏齋小集聽秀埜朝采小眉三先生度曲席上戲成六首》，可見當時士夫風雅好尚。詩云：「連宵止酒悵離羣，忽漫追歡過夜分。紫玉一聲天半落，有人騎鶴上青雲。自注：謂匠門。」「戛玉敲冰沁齒寒，月光如水燭花殘。風流可似王曇首，越布單衣髻兩丸。自注：謂小眉。」「紅豆拈來節拍嚴，短簫橫笛應洪纖。一時絶技都將出，年少如君太不廉。自注：朝采詩字丹青音律俱擅場。借用沈休文語。」「乍聽前溪歌緩緩，又驚破陣變堂堂。東西擬稍黄皮袴，一味輸卿合是狂。自注：湘芷善謔。」「悽人心脾刮骨鹽，珠抛一串想重簾。虎頭顧盼雄豪甚，頰上三毫好自添。自注：謂俠君。」「笑譚落落神俱王，紕縵些些態總憨。一片虎山橋畔月，殢人魂夢是江南。」詩中秀埜爲顧嗣立，朝采爲汪霦，小眉爲吴廣棻，匠門爲張大受，湘芷爲繆沅，皆一時勝流。

志寧堂稿詩三卷　乾隆間刻本

徐文靖撰。文靖字位山，安徽當塗人。務古學，無所不窺。雍正元年，年五十七始舉江南鄉試，主考爲黄叔琳。乾隆十七年，徵經學入都，賜檢討。卒年九十餘。著《周易拾遺》、《禹貢會箋》、《竹書統箋》、《山河兩戒考》、《管城碩記》等書。詩非專長，惟有《語助七字詩》，以「之乎者也矣焉哉」七字，各爲一律，用典甚多，屬對亦工。乾隆九年，張鵬翀以《管城碩記》、《山河兩戒考》、《七字詩》進呈，文靖又作再續七首。此集凡詩三卷、賦一卷。

卷一郎以《七字詩》居首，其子沓樞爲之注。再續由其孫曮奭注，自序。又雍正十三年盧秉純序，稱「向之所謂句末者此升之巔，向之所謂語已者此弁之首」，詫爲從前所未有。卷二爲《湖居三十詠》，黄之雋序，張鵬翀跋。亦獺祭故事，由其姪徐炳爲之注。卷三《北征》，爲平噶爾丹五言百二十韻，頌聖之作，取材甚宏。

藕花書屋詩集三卷　康熙三十七年刻本

劉家珍撰。家珍字席待，號鹿沙，江蘇寶應人。貢生。父中柱，工詩，有《兼濟堂集》、《又來館集》。家珍省親京師，作《北省集》，田雯爲之序。後又得詩三卷，刻之，名《藕花書屋集》，爲康熙三十五年至三十七年詩，皆家居時所作。首齊國黼序。生歲以「丙子三十生日」計之，爲康熙六年。歌詩清矯不羣。《家藏文文肅公與先貞修公手札十四函》詩，爲明季先世掌故。與當時名士王源、喬崇修、柯煜、殷譽慶、王式丹均有唱酬。游虞山、虎丘詩，亦無苟作。唯未獲一第，《感懷》諸篇，不免鬱紆耳。

紉嘯詩集不分卷二集十卷　康熙六十年刻本

張叔珽撰。叔珽字鵠巘，湖北漢陽人。三異子。康熙間由中秘入選，五十七年，官東流知縣，擢安徽新安知州。詩文集合刻。《詩初集》爲分體集唐。《二集》包括《京華初使集》、《四知軒集》、《京華再使集》、《存吾集》、《行草堂集》、《舟中雜詩》、《鴻雪集》、《庶幾集》，共七百三十三首。有汪叔度、陳鵬年序，顧嗣立跋。

其詩多詠皖贛山川佳勝。五古《見竹筏》云：「雉堞臨大溪，日行見竹筏。如此萬山中，舟楫所不發。高灘潤盈丈，亂石艱澀滑。一筏十餘竹，中空不受突。紅藤編杉秧，外紮而内掘。嚮知浮者木，豈曉此矻矻。一夫牽一筏，冰凍不履襪。山漲奔浪黄，險絶防出没。流斷平地行，且不止六月。滿載十餘名，賴是米不竭。可爲長太息，山民苦至骨。」摹寫頗近民情。康熙五十六年，監漕北上，沿途舟中之作，寫景清異。《輿中論陶詩》、《過陳留爲蔡中郎解嘲四首》、《題漸江山水畫》、《鄭旼刻印》，詠歙硯徽墨，《讀仲兄所注廿一史彈詞續明紀彈詞書後》、《閲雲麓漫鈔偶成三首》，議論能辨得失。詩存不多，得盡所長。

觀樹堂詩集合刻十五卷　乾隆間刻本

朱樟撰。樟字亦純，一字鹿田，號慕樵，晚號灌畦叟，浙江錢塘人。少從毛奇齡游。康熙三十八年舉人。官四川江油、新都等縣知縣，雍正初，爲山西澤州知府。歸里與周京等人唱和，行輩在厲鶚、杭世駿之上，爲西湖詩社年事長者。袁枚《随園詩話》云：「乾隆初，杭州詩酒之會，最盛名士，杭、厲之外，則有朱鹿田、吴甌亭、汪抱璞、金江聲、張鷺洲、施竹田、周穆門。到西湖堤上，採囊聯蘂，若屏風然。有明中、讓山兩詩僧，留宿古寺。詩成傳鈔，紙價爲貴。」《兩浙輶軒録》稱樟年八十卒，而不知何年。所撰《觀樹堂詩集》共七集十五卷。曰《叱馭集》，石爲崧序。曰《問絹集》，余甸序。曰《古廳集》，王照、趙適序。曰《白舫集》，周京序。曰《剡曲集》，無序。曰《冬秀亭集》，田樹滋序。曰《一半勾留集》，方棨如、倪國璉序。《四庫》列入《存目》。嘗謂：「詩自明以來局亦屢變，學王、李者多失於粗豪，爲鍾、譚者又傷於纖細。本朝宗匠，起而振之，而學宋詩者俎豆蘇、黄，爲西崑者撏撦温、李，但步趨古文，而肖其形貌。」故其詩不尚摹仿，而特重於風土俗異、民生艱苦。樟官蜀十載，得力之作儘見於《古廳集》四卷中。《黑丁行》、《蠻賈行》、《催租行》、《市丁行》、《官馬行》、《草船謡》等篇，同治間張應昌已採入《詩鐸》。又有《槖駝行》、《窑屋》、《千佛崖歌》、《採蕨謡》、《地震行》、《食水芹》、《羌部竹枝詞》，亦頗質直。《龍州雜詩二十首》，當補郡志之遺。《晚晴簃詩話》稱，樟「頗取刺諸書有關益都者爲《蜀客餘譚》，蜀江脈縷皆以目驗知之」。今觀集中《黄龍寺寶田歌》，即記涪水之源。《冬秀亭集》詩多載晉中見聞。又嘗偕周京游析城，以詩紀之。樟少受經學於毛奇齡，記問淹博，訪碑題畫論詩，俱不鑿空。《碑林》、《遊禹穴訪太白碑》、《題華秋岳西湖蘆雁圖》、《題趙谷林秋水放鷗圖》、《山丹篇》、《題初學集》、《題阮大鋮詠懷堂詩》、《題談龍録四首》，凡此涉及藝林故實者，當視人而采。晚居杭，爲詩不徒寄情山水。《官街口號》云：「莫道催科政最工，看場人沸哭聲中。只憐寸寸秋莎碧，盡被笞臀血染紅。操鼓齊喧市聲非，探筒頻報客船稀。誰知官米空狼疾，不救人家一月饑。」西湖詩社諸子，無此作也。雍、乾間浙詩最勝，厲鶚琢刻研鍊，所詠未寬，餘子亦去時習未遠。是集獨以樸茂爲勝，取材甚廣，此其所以異於人者也。

碑　林

鴻都鳥篆摹石經，長安街陌闐輜軿。斯文元氣未澌滅，邕也死後誰中興。延熹碑峙嶽蓮下，漢隸欲絶殷雷轟。岐陽獵碣體鈎棘，氊車苞裹逃幽并。西京贔屭尚森列，片石博得千秋名。自來鬼物仗呵護，點畫完好邀神靈。入林髫鬄賓光聚，龍拏鵠跱何崢嶸。明皇孝經壁空立，金錯御璽輝懸楹。永興率更左右侍，上聖衮冕臣簪纓。今文石經十三種，一字三字尤繁稱。（《隋志》有《一字石經》七種。《三字石經》三種。今存者皆唐碑。）唐碑㑳惡苦漫漶，讐較掛漏須鴻生。小閣並藏淳化帖，銀錠紋古留芳型。（《閣帖》用棗木刻，上有銀錠紋，澄心堂紙，李廷珪墨。）上睨周嬴檢法物，茫昧科斗疑潛形。祖禰止尊羲獻派，苗裔下衍顔柳行。時書大都趁嫵媚，姣若美女工娉婷。遍觀廊廡達堂奥，隨珠和璧同晶熒。秩如躬柏綴纚采，大會羣帝朝瑶京。肅如吉禘啟宗祏，合祀祧主齊升馨。令人應接頗不暇，嚵口忽啗通侯鯖。幾回矯首快獨嗜，但願遠目增雙明。適來關中窺秘藏，獲采芹茆趨庠黌。（碑林在西安郡學。）下階黿趺半僵卧，長繩拽倒誰孤撑。雨淋日炙慘無色，剜苔剔蘚難爲情。論真辨贋苦噪吻，撥鐙鈎影攢譏評。往時碑版尚全盛，竇墨焜耀垂繁星。姜遵捨之卓危塔，劉鄩甃以增堅城。（五代時事。）屢遭寇刼亦天意，硎谷不異坑儒坑。十亡八九孑遺耳，剩與豪右來敲鏗。（韓詩「樹啄頭敲鏗」。）搨工煤炲忍離手，出壁石韻疑琴聲。紛紛張賣計銖兩，一鬨市法師秦衡。（秦中碑帖以秤計觔論價。）戈波撇畫不逮古，黑白不損猶醫盲。今皇宸翰出内府，貞珉敬勒浮雕甍。（御書别置一室。）鑪錘獨運有神助，鸞鶴廻顧紛相迎。岣嶁何用搜禹跡，定武豈必追蘭亭。羣工各擅鳳樓手，孰敢珥筆揚昇平。壽諸金石諧雅頌，小臣再拜聞虞賡。願攜硬黄乞樵本，古錦裝褙陳書棚。山牕無人費柹葉，埽避幽蠹宜佳晴。不如坐卧此林一

百日，二十四考書彌精。手胝口沫誦萬遍，敢惜我馬違官程。《叱馭集》

羌部竹枝辭十首

潘州城遠隔松州，路入蠻鴉水盡頭。畫角一聲催號火，護羌校尉夜防秋。

上羊洞穿下羊洞，白馬番連白草番。唱出傖儜本鄉曲，數聲腸斷雪中猿。白馬屬龍州路，白草屬石泉砦。傖儜見劉賓客傳，夷俗歌竹枝，其聲傖儜。

奠酒關西孤月明，甘松嶺外冷雲橫。羌女逢春結火伴，洗花閒上木瓜坪。奠酒關、甘松嶺、木瓜坪，俱羌部地名。火伴出木蘭詩。

周遭戍堡接碉房，春草纔青又殺霜。水尾山腰蠻聚落，羅鍋齊煑露芒香。羌人謂石室曰碉房，謂釜甑曰羅鍋。羌中地寒，不産五穀，惟青稞似大麥而青，煑則吐實，羌人謂之露芒。

礧砢墻遮疊石牢，箐林有路到臨洮。迎神諸葛廟前賽，銅鼓一聲人跳刀。羌人事武侯甚誠，稱諸葛爺。又羌人男女，跳刀爲樂。

小妹同庚雙髻丫，蓬婆城外是兒家。帶刀風俗麤豪甚，自割羊酥對馬茶。羌俗男女帶刀，以粗茶爲馬茶。

萬丈崖懸隘口窮，繩橋不渡往來通。番奴學得猿通臂，攀著藤枝過溜筒。羌中路斷，以藤爲溜索。羌人攀之卽過，捷如飛猱。

松肪解凍春回後，貝母淘珠秋曬時。八月蠻兒齊下砦，戎鹽蜀布換來遲。松脂産松州。貝母出平番。

窯房三級淨狼煙，蜜課初隨入貢年。不是朝天官路遠，雪邊人少熱衣錢。明史，萬曆朝白草番叛，嚴禁需索，陋例有熱衣錢、放狗錢、架梁錢、躧草錢等名色。羌人年例，輸蠟一觔。

西部曾隨射獵圍，築毬羌婦紫毾衣。旄頭入暗占星落，天使何勞問雁飛。羌中産毾子。似氆氌毾而麄。茜之則紫。毾音戎，毛褐也。《古廳集》卷四

珠山集詩十六卷　康熙間刻本

平一貫撰。一貫字薪村，浙江山陰人。諸生。康熙四十二年南巡，作詩迎鑾。流寓皖、楚、山西。撰《珠山集》二十卷，卷一至十六爲詩。其中《武林雜詠》、《越州雜詠》、《梁園雜詠》、《南陽雜詠》、《琴溪雜詠》、《鳩兹雜詠》、《南劍雜詠》、《漫游雜詠》，以生平游跡，繫諸歌詩，各立一集，篇什甚夥。《百花吟集》凡七律一百章，《梅花百詠》爲七絶，《閨怨集》不過偶然戲作，均連篇疊韻，殊覺費詞。康熙間文風尚盛，作手如林，率爾操觚，決難成立。觀此集詩，乃熱衷名利而不可得，意淺格卑，故亦不甚傳也。魯德升序作於康熙四十二年，傅王雯爲之跋。

清人詩集敍録卷十九

弱水集二十二卷　乾隆九年刻本

屈復撰。復字見心，號金粟，晚號悔翁，陝西蒲城人。康熙二十年年十九，試童子第一，忽棄去，走齊、楚、吴、越間。數至京師，以詩學教授弟子。與客講詩文源流，諸史興亡陳迹，愷切詳明。乾隆元年舉博學鴻詞，不就試。年約八十而卒。此集有乾隆七年馬樸序，卷一至十四爲分體詩，卷十五至十九爲詠物詩，卷二十爲一字題詩，後二卷爲樂府雜題，總二千二百十七首。卷三有《乾隆丁巳予年七十》一詩，上推其生年當爲康熙七年。詩止于乾隆九年甲子，當爲七十七，而《自壽詩》稱八十翁，抑舉成數歟。所著書有《南華通》、《楚辭注》、《玉谿生詩意》、《唐詩成法》、《漁洋秋柳詩注》傳世，而此集於修《四庫》時列入禁燬。復受逸民影響，時有殘山賸水之思。七律《戊戌春日雜興十八首》、《秋日雜感二十首》，寄意最深。懷古之什，音節悲涼。五律《詠金陵古蹟二十四首》，有山川如故、千里淒然之感。又有《洛陽古蹟三十首》、《大梁古蹟二十首》、《齊魯古蹟二十二首》，第自抒情，無益於考究也。七古《過流曲川》，詠順治六年蒲城被屠事，得諸父老見聞，人不盡知也。五律《登東城樓感往事十首》又詠蒲城事，有「降將豺狼性，孤城蟣蝨臣。健兒死爭戰，奸逆善荒淫」

等語，皆斥吴三桂。五古《詠古十首》爲夷齊、魯仲連、郭有道、留侯、武侯、謝慶緒、狄梁公姨、邵康節、鄭所南、申屠蟠。《論詩絶句三十四首》，自毛詩迄王士禛。《題柴虎臣高士傳後》、《葛賢墓》、《題杜茶村小照》、《閱邑乘有感十首》，俱有實得。《竹枝詞六十三首》所詠皆燕京風俗。小序云：「人情風俗隨時而變，身遭其變，變不在我，安見七言之不可復五言哉。六朝子夜讀曲歌，五言爲多。唐伊州甘州，有七言亦有五言，即周之所謂漫樂散樂近是。」唯變七言爲五言竹枝，古意盎然，清新之氣失矣。復嘗訪鄉前賢李顒，作《過貞賢里二曲先生》詩。而與公卿相接甚廣。七古《蘭雪堂夜讌卽事》，記口技事，卽作於岳禮府邸。《懷趙侍郎曉亭》、《巢尚書寄齋》、《曹荔軒織造》，俱一時顯貴。袁枚《隨園詩話》云：「屈翁傲岸，出必高杖，四童扶持。在京見客南面坐，公侯學詩者，入拜床下。專改削少陵，訾陵太白，以自誇身分。耳食者抵死奉若神明。」觀卷三《感遇三十首》、《答刑部侍郎楊超曾》，自矜已甚。明代謝榛，無此隆遇。雖未赴鴻博，不過以布衣而弋高名。生時明已久滅，謂有志恢復，實未必然。至集列禁燬，或《屠城》諸篇，爲館臣所懼戒耳。

蔣廷錫詩選一卷　江左十五子詩選本

蔣廷錫撰。廷錫字揚孫，號西谷，一號南沙，江蘇常熟人。康熙四十二年進士，改庶吉士，授編修。官至文華殿大學士。五十七年，纂修《古今圖書集成》。卒於雍正十年，年六十五，謚文肅。以擅寫丹青著名。亦工詩，有《青桐閣詩集》六卷未見。此宋犖《江左十五子詩選》本，僅見一杓。十五子者，王式丹、吴廷楨、宫鴻曆、徐昂發、錢名世、張大受、楊掄、吴士玉、顧嗣立、李必恒、蔣廷錫、繆沅、王圖炳、徐永宣、郭元釪。詩清逸拔俗，紆曲委備。《華山紀游一百韻》，可謂魁壘。《題小顛墨竹》、《題汪慎爲山水册子》、《畫竹》等詩，均爲畫史資料。庚辰康熙三十九年南歸，見淮泗居民漂泊奔波，今故好轉，有詩紀之。又有《龍燈》、《石花魚》、《六荒詩》頗悉閭閻疾苦。猶期取六卷本一讀爲快也。張照《得天居士集》有《題蔣南沙畫雜花》詩多首。

唐堂詩集十八卷補遺二卷續集三卷　乾隆間刻本　香屑集十八卷　乾隆間刻本

黄之雋撰。之雋原名兆森，字若木，一字石牧，號唐堂，安徽休寧人，徙居江蘇華亭。爲諸生四十年。康熙五十九年舉人，六十年成進士，年已五十五。改庶吉士，授編修。與修《明史》。嘗視學閩中。官左中允，坐事罷歸。乾隆十三年卒，年八十一。工曲，有《鬱輪袍》、《忠孝福》等雜劇。撰《唐堂集》五十卷，爲門人王永祺編刻。内卷三十一至卷四十八爲詩。首王昶、曹鴻書序，乾隆六年自序。又續刻《補遺》二卷、《續集》三卷。各集分體不編年。康、雍間實學正衰，詩多主格調。之雋以詞采工麗，取名當時，繼清初雲間詩人後，領袖騷壇，一時推東南老宿。沈德潛稱「别開生面，不失正軌」是也。集中《冬雷行》辛未作、《日食行》壬申作、《蠶女》、《海寧觀潮》、《打穀詞》、《東西八牐歌》、《水碓》、《踏車謡》、《僮女歌》、《風潮嘆》壬子作、《海嘯歌》壬子作、《易水行》、《游横雲山》，俱較新警。詠桂林獨秀、叠綵諸勝，《題吴季子掛劍處》、《新鄭古槐》、《白龍洞》、《海寧聽潮》、《江村雜詩二十首》，亦自清放可觀。《吴宫篇》、《秦淮曲》、《琥珀船艘》、《帥府燈火歌》、《賞移堂觀黑猨孔雀》、《象戲歌》，極費心力，不免徒見工巧耳。之雋有《奉呈趙秋谷》詩。與鄧鍾岳、王恕、程夢星共相唱酬。弟子傳人甚多，沈大成即出其門下。東南爲清代文化薈萃之區，然彼時無通變之材，較清初百家紛呈之象，不無遜色矣。《香屑集》爲少時集唐人黼體，凡古今體九百三十餘首，句無重出，並集唐人文句爲序。《四庫全書・別集類》著録。是集較《唐堂集》流行尤廣，以後迭有翻本注本。集唐於雍、乾間極盛，而以《香屑》所集最夥。研究詩歌歷史，不失參考。

舒嘯閣詩集十二卷補遺一卷　乾隆間刻本

李兆齡撰。兆齡字仁遐，號月巖，直隸高邑人。諸生。康熙四十三年，官福建閩清知縣，擢岳州太守，以事罷。二十年後，官四川嘉定知府。乾隆二年卒於官。事具文安陳儀撰《李月巖傳》。是集有沈起元、傅王露序。傳無生年，據甲戌詩「廿七年來瞬息過」，推爲康熙九年生。往來南北諸省，多行役之什。雍正間就養山左，有齊東詩，詠海濱風景異石。晚入關中棧道，詩益峻峭。《補遺》一卷，皆作於蜀中，可視人遴選。

餘慶堂詩集七卷　雍正間刻本

陳美訓撰。美訓字獻可，浙江四明人。諸生，三試未售。不爲幕賓，作傭書之游，歷燕、趙、西秦等地。雍正元年卜居南湖，年六十餘，自號南湖居士。詩集分體，凡三百十首，首自序。文集多代庖應酬。序、傳、碑記較多。爲陸稼書年譜作序，爲嘉禾郡誌作序，是亦有聲於浙中。《血影禪師傳》，記順治二年清兵南下，邏卒乘間掠村落婦女數十，錮三塔寺，屬僧居守，僧伺卒去，毁門裂扃盡縱之。俄卒至，縛僧石柱射之，血流漬石，儼若人形。事亦見《嘉禾縣志》。唯此條記載，後多不爲人知。清人詠《血影石歌》者，多爲明建文時侍中黄觀妻翁氏碎骨石。傳靖難師至，黄夫人被收，率其子女婢僕投淮死。民撈其屍置於石，血流成暈，隱如人形。石在池州黄公祠内。又有詠楊繼盛血影石歌，尤爲附會。其詩不事雕鏤，漸造自然。録《鄜州道上》云：「山谷人家半穴居，小橋叠石接通衢。鶯聲時共雞聲應，燈影深從樹影餘。紅女携筐循遠陌，耕夫秉耒事新畬。方州猶見皇風古，舊是邠岐習未除。」

白田草堂存稿詩四卷 乾隆十七年刻本

王懋竑撰。懋竑字予中，江蘇寶應人。康熙五十七年進士。授安慶府教授。雍正元年，入直内廷，改翰林院編修。居家十六年，於乾隆六年卒，年七十四。所撰《白田草堂存稿》二十四卷，《四庫》列入《存目》。内卷二十一至二十四爲詩。首乾隆十七年雷鋐序。懋竑爲儒學宗匠，奉程朱學，受李光地、湯斌稱賞。詩多率易，好言慎獨、養性，佳搆無多。《題讀書劄記後九首》、《書輝縣志後六首》、《念堂先生八分書後》、《校禮記注三首》、《題百二圖》、《韓慕盧先生文稿後六首》、《和星渚日炅之離二十四首》以及《書示兒輩》等篇，稍可取閲，《鳴雁行》、《游百泉》、《揚州絶句十六首》亦乏詞采。與其叔式丹時唱和，而不逮遠甚。蓋才分所偏，不足責怪也。

十峯集五卷　嘉慶二十一年刻本

徐基撰。基字宗項，又字十峯，號後坡，江蘇華亭人。貢生。官蕭縣訓導。撰《十峯集》五卷，《四庫》列入《存目》。《提要》云：「是集自詩賦文及填詞皆集前後《赤壁賦》中字，錯綜盡變，極有巧思。若其中《遊小赤壁賦》、《春日遊小赤壁賦》及《道德篇》諸作，皆洋洋數千言，而伸之縮之，不出四百餘字之外。雖才人狡獪，不足以語大雅，而專門之技，别開奥窔，亦詞苑中之奇作，亙古所未有者也。」卷首有康熙四十五年陳元龍序，序集《聖教序》中字，亦如自己出，以弁此集，可云勁敵。此集卽重刻《四庫》著録之本。《題景蘇閣集句》，有康熙四十三年自識，同學吴三省題。壻路徐來舒馭氏注，不悉原本有無。徐賓瑚樵字於嘉慶二十一年，當卽刻書之年也。《山左詩鈔》謂基有《景蘇閣集》五卷，選《己酉康熙八年書寺中》，殆早年作。

結廬詩鈔二卷　康熙間刻本

范允鏋撰。允鏋字用賓，號愚溪，浙江錢塘人。康熙三十九年進士。官安平知府，擢山東道御史。以請建儲，謫戍。終年不明。是集爲通籍之前詩。首黄宗羲題詞云：「去歲十月鄭春薦邀遊石屋，舟中遇范用賓，已出詩稿觀之。清逾蘋末，瑩等寒泉，知其爲後來之秀也。詩之爲道，以空靈爲主，無事於堆積脂粉，故空疎者亦可爲之。然空疎之詩，如啖木炙，如吞土炭，欲從事空靈，非多讀書不可。王禹至言歐公文章，真是含香丸子，空靈之謂也。用賓年少所造已至此，雖讀破萬卷，胸中似無一字，毛嬙西施淨洗却面，與天下美人鬭好，吾知武林清氣，庶不爲西湖所占爾。」殆爲南雷晚年遺文。又閻若璩題詞，唐孫華序作於康熙三十六年，潘從律、查慎行、鄧炎序。《讀香山新樂府七首》，自云：「香山諷諭箴規得三百篇之旨，余觸事書偶得之。」題爲《新栽柳》、《澮城河》、《水茫茫》、《馬頭娘》、《城中火》、《禱雨龍》、《新嫁娘》。又撰《三唐韻事雜詠》，凡七絶二十八首，可抵詩話。《銅蟹歌柬陳安徵》、《臨平石鼓歌》、《曉發錢塘》、《登興隆山》、《煑菜》、《飛來峯》等篇，清秀峭拔，可覘所養。允錫與閻若璩交好。有《太原閻百詩先輩見示尚書文疏證因贈》、《閻百詩先生詩句見及並索和章奉答》。與李雍西、查昇唱贈。三十七年至都，有詩。三十八年，作《看燈詞十首》。以後之詩，未見續刻。

醉耕軒詩鈔一卷　乾隆十四年刻本

雷鐄撰。鐄字劍華，一字子任，號寶香山人，陝西蒲城人。康熙三十八年副貢。受知於學使葉映榴。與商州姚年晉、乾州左喬仰、延安解又揚，有「關中四傑」之號。康熙西巡，獻詩六律，詔以「唯雷鐄詩可觀」，發陝撫傳諭詣行在，已在酒肆中大醉矣。自是無聞，潦倒以終。乾隆十四年，門人孫謂爲刊《醉耕堂詩鈔》。觀《過屈悔菴齋中》、《感葉蒼巖夫子試陝》、《聞王山史李二曲兩先生訃音》等作，可知平日濡染甚深。《過秦始皇焚書峪》云：「肯教黔首識天章，萬古靈文一炬亡。却笑刼灰猶未冷，延燒三月到阿房。」詠始皇絶句，陳恭尹《讀秦紀後》，以此爲最。有此一編，斯人不没矣。

藍户部集詩三卷　乾隆間刻本

藍千秋撰。千秋字長清，一作長青，號石鴖，江西宜黄人。生於康熙八年。諸生。雍正初首薦充明史館纂修，授國子監學正，官至盛京户部員外郎。乾隆九年卒，年七十六。所著《藍户部集》二十八卷，爲其子士奇輯刻，《四庫》列入《存目》。卷一爲賦，二至四卷爲詩。以下各卷爲文，附藍士奇撰《行述》。其詩極爲古調。以近歐陽修、梅堯臣者，氣韻尤高。《三山紀游》爲遊黄山長歌，詞采詭譎，極寫靈奇幽險。官盛京僅存《出關》一篇。千秋與李紱同爲諸生，集中互有酬答。雖平生阨窮困窘，而詩文可傳。宜乎李紱序謂「讀之人人可以自壯」。命之顯晦，不足道矣。

師善堂詩集十卷　雍正十三年刻本

嵇曾筠撰。曾筠字松友，號禮齋，江蘇無錫人。生四歲，父永仁入范承謨幕，爲耿精忠禁錮。七歲，永仁自經死，母楊氏教之成立。康熙四十五年進士，改庶吉士。督江南河道，治河頗能奏績。累至浙江總督，吏部尚書，文華殿大學士。乾隆二年卒，年六十九。謚文敏。纂輯《浙江通志》。曾筠於河道任内爲其父刻《抱櫝山房集》，雍正十三年自刻《詩集》並序。《紀恩詩》以表旌其門者最多。總理海塘，總制兩浙，有詩署記時務，《米鹽述事》一篇，尤爲切實。《五臺山》、《昭陽湖》、《韓蘇祠》、《鎮海塔》、《赭山》、《龕山》諸篇，均較雄邁。隸事既多，詞采亦足，要非荒率者所能放筆。子璜，官至大學士，有《錫慶堂詩集》。

玉禾山人詩集八卷　康熙間刻本

田實發撰。實發字梅嶼，安徽合肥人。少師事李天馥，見賞於陳鵬年。康熙四十四年南巡，迎鑾獻詩。官徐州府教授。刻《玉禾山人詩集》八卷，各以《龍舒集》、《秦淮集》、《黄蘗齋稿》、《鴻影草》、《霞鶩吟》、《金臺游草》、《梅嶼詩鈔》名。附《綠楊亭詞》一卷、賦一卷。是集首兩江學政楊中訥序，同學魯一貞、倪岱序，王槩跋。詩不及三百首，頗有雅音。《龍舒道中紀行一百韻》、《官倉鼠》、《支更枕歌》並序，雕鎪景物，辭情並茂。《山居》、《雪後江行竹枝》五首、《漁家竹枝詞》四首，陶冶性靈。《擬宫怨詩三十首》以及題畫之什，亦較研練。考合肥縣志，實發於雍正八年成進士，此集當刻在前。前人云以諸生老，或云才人自命，潦倒以終，蓋未遑細察其平生也。

陳學士詩集二卷　乾隆十六年刻本

陳儀撰。儀字子翽，號一吾，直隸文安人。康熙五十四年進士。負經濟才，以侍講攝天津同知。著有

《直隸河渠志》。《四庫》著録。乾隆六年自訂《文集》十八卷、詩二卷，喬學尹、于辰向序。據集中《辛酉七十三》詩推之，當爲康熙八年生。《國朝畿輔詩傳》小傳稱乾隆六年卒，年七十三，與此合。而符曾撰《傳》，則稱儀康熙九年生，乾隆七年卒。是又有異説。書刻于乾隆十六年，門人伍起序。儀嘗佐怡賢親王視畿輔水利，經營田莊。《淀行紀事》、《刈菜》諸篇，俱較質實。《恭輓世宗憲皇帝四首》、《夢怡賢親王》，小注載有史事，爲文奇放。《洪尼雅喀傳》、《薩布素傳》，可補八旗史傳。《龍東溟傳》記天津布衣狂士龍震。《閒雲老人傳》記文安儒學紀逵宜。《李月巖傳》記高邑名人李兆齡，事亦詳鑿。詩則意達而止耳。

七一軒稿詩二卷　乾隆間刻本

劉青蓮撰。青蓮字華嶽，河南襄城人。年六十七始成貢生。雍正五年，其弟青芝以館選留都下，踏冰二千里往省。有詩云：「今朝不盡團圞樂，那有來生未了因。」遂同歸。築一室於江村，名七一軒。乾隆初。刻《詩文稿》八卷，首有青芝所撰《傳》。生於康熙九年，結集時已七十五。詩文卽事抒懷，不甚修飾。嘗讀書於大梁書院。集中有懷李顒、吕潛、李仙根、田蘭芳、王心敬、仝軌詩。與方苞、張鵬翀時相酬答。又多載中州人士事蹟，可采擇。

鹿岡詩集四卷　乾隆間刻本

汪後來撰。後來字白岸，號鹿岡，廣東番禺人。康熙十三年生。三十九年武榜舉人，會試落第。提督黄登令參軍，授宣武將軍，巡視海邊。時海疆多警，後來屢立奇功。事定，杜門課子。乾隆元年鄂爾泰以鴻博薦，托病不出。晚年放浪山水。撰《鹿岡詩集》四卷。事具本書卷首曹維城撰《鹿岡先生傳》。據集中《七十一生朝自贈》，卒年當在乾隆九年後。後來爲佛山千總，嘗倡汾江詩社，梁佩蘭爲盟主。《南海神廟銅鼓歌》、《登筆架山謁韓文公祠》、《厓門弔古》諸作，古勁雄厚。《軍行雜詠四首》敍述事實，不見史乘。詩云：「銷萌慚不早，一旅敢辭勞。夾岸碧山靜，中流黄纛高。征途稀雨雪，烟火自蓬蒿。誰道書生懦，詩成擊佩刀。」「往日金雞寨，傳烽尚有臺。水從交趾落，山望桂林開。天險懸邊嶠，軍屯待將才。一宵葵洞月，樓櫓屢沿迴。」「魑魅憑黄岡，旌旗下赤黎。竈烟薰澗鼠，弦響落山雞。靜夜識雲氣，未明聞鳥啼。殘星摇毳幕，鄉夢隔蠻溪。」「九十九岡頭，停橈偶此游。近聞池水捷，已破筆山謀。燒草開巖路，沿涯置戍樓。好尋仙會去，謂邊穆菴，一騎達綏州。」又作《築城行》云：「日長築城多，日短築城少。長城萬里餘，日築苦不了。農夫荷鋤朝出田，官差捉人行向邊。捉人去塹城下土，瘦骨還家十無五。」《寄衣曲》云：「朝廷更徵兵，暮夜聞追呼。便欲將衣寄之去，不知道遠衣到無。人言苦寒最西北，但着棉衣無絺綌，閨中幾許費刀尺。征衣征衣，寄轉欲稀，且留多半待君歸。」後來嘗至澳門，作《卽事詩》。清初詠三巴詩，爲吴歷、吴士熺，雍、乾以後，已不多覯。後來工畫，有《題畫詩》、《賣畫歌》、《白沙先生茅筆草書歌》。石濤歸自匡盧過訪草堂，有詩紀之。日南諸國王，亦踰海致幣索書、畫不輟。所作《答日南國王鄭君見寄》、《日南國主鄭君欲觀予顔狀索寄小影賦答》、《和日南國主鄭君河仙十景》等篇，關係中國與東南亞交往，亦有補於畫史。其詩畧失粗豪，然亦非漫爾放筆也。

澳門卽事同蔡景厚六首

大磨刀接小磨刀地名，岸闊帆輕秋氣高。極目正愁飛鳥墮，罾棚人立浪心牢。

蓮花出水地形奇，爲向何年借島夷。却怪伏波征戍日，不將銅柱立江涯。

南環一派浪聲喧，鎖鑰惟憑十字門。借得西洋千里鏡，直看帆影到天根。

赤烏已映三巴寺，白霧猶涵老漫山。七日一回看禮拜，番姬盈路錦斕斑。

金距雄雞鬭碧陰，華夷分隊立森森。輸贏亦是尋常事，老大難忘左袒心。

衰顔一爲故人開，端木天生屢中才。海錯雜陳嘗未遍，玻瓈光瀉掌中杯。《鹿岡詩集》卷四

答日南國王鄭君見寄

估船揚帆待朔風，年年消息藹前通。瘴鄉蔀屋青山下，水國梅花白雪中。遠爲扶衰貽海味，真知成癖報詩筒。錦袍重疊饒人寺謂陳淮水、施子修，自向東南泣道窮。《鹿岡詩集》卷三

晦村初集詩一卷　康熙三十五年刻本

石龐撰。龐字晦村，一字天外，安徽太湖人。棄舉業。康熙二十五年，年十七，作《因夢緣傳奇》。三十

年，作《後西廂》，已爲填詞第六種，合稱《天外傳奇六種》。三十五年，刻《晦村初集》四卷，一名《天外談》。凡賦騷一卷，文稿一卷，性理四六一卷，卷四爲詩，附詞曲。《文稿》中尚存傳奇二種《自序》。曲爲《辛未廣陵端午》、《秋海棠》兩套。參訂者爲姜西溟、張潮、查士標、張符驤等人。胡任輿序謂「其文絶似聖歎，詩似文長」。然其文羼入佛仙性理，識見甚短。詩僅合腔而已。唯兼擅詞曲，是其所長。康熙中葉以後，詩人每以大雅自命，視詞曲爲小道，不屑爲矣。

楓香集一卷 康熙三十二年刻本　觀稼樓詩二卷 康熙三十九年刻本

朱緗撰。緗字子青，號橡村，山東濟南人。父宏祚，與王士禛少同學。緗生於康熙九年，爲諸生，從士禛游，耽嗜吟詠。年不及四十而卒。詩集凡六種，《嶺南》、《端江》二集未見。《吳船書屋集》、《雲根清壑集》，見《四庫存目》所著録。《楓香集》單行，有田雯、李興祖、張貞、梁佩蘭序。《觀稼集》王士禛評並序，張貞跋。緗家有園林之勝，好賓客，日以稱觴賦詩爲事。嘗踰嶺，旋里後詠歷下名勝。《癸酉春鹺使李公復建古歷下亭走筆紀事二十六韻》、《登禹山歌》，尤爲力作。《題禹鴻臚尚基卜居圖》、《題王秋史二十四泉草堂圖》、《漁洋先生送羅浮大蝴蝶賦謝》筆力矯變。與蒲松齡有交，有詩話舊。弟絳、綱亦能詩，有合集。爲詩體備文質。田雯稱其新且奇，又摘句之最工者，如「三間竹子桐孫屋，一尺荷莖蓼穗泥」，「老木晚風聲瑟瑟，小花秋熖影垂垂」，「晴雲襞絮參差出，新雁迎風次第飛」，「紅透楓香霜後葉，白開蕎麥晚田花」，「夕陽半露煙中塔，黃葉全遮郭外樓」，「蘆筍作抽三寸碧，柳絲繞放二分黄」，「麥浪翠邊風舞燕，花鬚紅外客騎驢」，「斜日靄明秋雁腹，野香花抱晚峯腰」，造語命意，俱有異趣。又謂「求諸唐人皮、陸、劉、許集中，正不可多得」，宜乎稱許不謬矣。

蒲留仙過訪話舊

舊雨情深動雁羣，西風蕭瑟又逢君。詩吟籬下狂猶昔，書著山中老更勤。身外浮名空落落，眼前餘子任紛紛。泉香峯翠勾留處，且共開罇坐夜分。《觀稼樓詩》卷一

大野詩删五卷　雍正十三年刻本

畢榮佐撰。榮佐字襄宸，號大野，安徽歙縣人。諸生。詩由明七子學唐。自云：「宋興，蘇、陸襲元和、長慶之習，矯昌黎，黜昌谷，風氣相沿，遂有不能規一者矣。有明七子唾金、元之浮靡，力返敦厚，南北鼓舞而張大之。格律雖嚴，未免膠固。虞山晚出，而矯其失。於是七子之詩，有茶然而不屑上口者。嘗統四朝論之，爲七子者，不能不持重以矯金、元；爲蘇陸者，不能不高遠以矯二昌。極其流失，必如李、杜上追漢魏、六代不變格律，而變詞意，能自得其旨歸，自知其元起，斯得風雅正變之旨者也。」見本書張素書序引。論詩如此，與錢謙益專詈七子，有不同矣。然人微言輕，亦無人相贊耳。集中詠黄山詩較有可采，《蓮華峯頂作畫歌》，尤爲佳製。餘多往來江表之作，蓋赴試不第，終老於鄉，亦窮阨士耳。榮佐卒於康熙五十八年，《丙戌初度》

詩稱「行年四十」，生年約在康熙六年。

環隅集五卷 乾隆二年刻本

胡宗緒撰。宗緒字襲參，號環隅，安徽桐城人。康熙五十六年舉人。雍正八年主皖江書院講席，同年會試，成進士。是集爲家刻本，凡賦一卷、詩四卷，繆沅、宋至評，乾隆二年門人王善樠題。集中己亥康熙五十八年五月十日《自詠》云：「我降之辰當在庚。」注云：「今五十。」上推生歲，當爲康熙九年。戴名世案，桐城方氏株連最衆，此集有贈方苞等人詩。《江都逢方貞觀》云：「細瘦貞觀子，苦吟真可憐。律身清似鶴，得句好如仙。鑄像應呼佛，看心漸到禪。才江師賈島，已辨聳孤肩。」貞觀放歸後晚景於此可見。《環山十詠》、《襄陽雜詠》、《武陵雜詠》、《洞庭歌》、《武昌雜詠》，多記風土民情。《觀調馬》、《安定門觀八旗出兵歌》，狀寫事實，與嫻於頌揚者，殊異其趣。

安定門觀八旗出兵歌 三首

行行捉搦鐵鍛鞭，頭頭鈺鉡耀日鮮。草好著膔齊放馬，健兒結伴鷂經天。
七尺大刀奮如湍，丈八蛇矛左右盤。十盪十決無當對，如虎如貔氣桓桓。
弟隨兄戌子隨翁，哭殺薩薩刮耳風。上馬齊聲歌企喻，男兒原是可憐蟲。

《環隅集》卷五

玉池生稿五卷　康熙三十四年刻本

岳端撰。岳端初名蘊端，字正子，一字兼山，號紅蘭主人，安和親王第三子。原封固山貝子。工詩，强半學西崑，與從兄博爾都名相埒。王士禛賞其《春郊晚眺》有「東風無力不飛花」句，稱東風居士。嘗自製《揚州夢傳奇》，遍招日下諸名流賞之。又編《南詞定律》，流播於世。康熙間奉命出塞，至漠北。卒於四十三年，年僅三十五。是集首姜宸英、陶之典序。卷一《紅蘭集》八十一首，顧貞觀、蔣景祁、朱襄、沈季友序。卷二、三《蓼汀集》百十四首，戴名世、陶煊、錢名世、柯煜序。卷四《出塞詩》四十三首，博爾都、龐塏、王源序。卷五《無題詩》三十首，林鳳岡、方正瑞、周彝序，程斯莊跋，汪士鋐後序。姜宸英云：「《玉池生稿》中，有體兼濃麗清逸者，義山、致堯之遺，奇情激昂，飈馳湍發而不可遏抑者，鮑明遠之宕逸、高達夫之悲壯也。」殆指集中出塞紀程詩《關山月》、《戰城南》等篇而言。而《讀列子》、《讀陋軒詩》，亦見胸襟清曠。酬寄有查士標、張潮、黄鼎、孔尚任等文學之士。是集爲門客顧卓、朱襄編校，刻印甚精。附顧卓《雲笥詩集》與朱襄《織字軒詩》。吴啟元《秀濯堂詩》有《題紅蘭主人塞上紀程詩》、《觀五郎演揚州夢新劇》、《和四鏡詩》。徐蘭《出塞詩》尤足與此集互相參觀。

秋影樓詩集九卷　光緒二十三年重刻本

汪繹撰。繹字玉輪，號東山，江蘇常熟人。康熙三十九年一甲一名進士，授修撰。臚唱日《馬上口占》

云：「歸計未謀千頃竹，浮生只辦十年官。」後奉母歸里。康熙南巡，命分校《全唐詩》於揚州局。四十五年七月，書局未竣，卒，年三十六。所撰《秋影樓詩集》，康熙原刻，光緒二十三年鐵琴銅劍樓重刻。各卷以事繫名，分《圃田》、《東郊》、《曼聲》、《雪泥》、《横街》、《秋帆》、《春草》、《釋耒》、《邗江》九集，凡三百十首。作序者查慎行，爲癸酉三十二年同科舉人，而癸未四十二年會試，繹爲考官，故慎行自稱門生。其詩蕭散冲淡，藴秀有致，沈德潛多選入《别裁》。與高士邵陵交厚，迭有贈酬。卷九《和忍齋校書述懷疊韻見示》，諸選均無。詩云：「唐賢千八百，分校百之十。勘讎儼對簿，出入多恐失。丹黄紛几席，朗吟真景出。高坐擁百城，泛覽周八極。每恨意中語，古人先我得。閑門閉秋草，零露晝猶濕。忽傳五字詩，銜來青鳥翼。俯視曹劉牆，深入韓杜室。快比麻姑爪，爬搔中散蝨。爭奇劇餘勇，疲兵坐奔匿。病來益頹惰，研匣經時拭。況當涼雨集，蕭爽轉悽惻。秋花可憐生，亦自弄顔色。採之欲貽誰，目斷江南憶。」爲校《全唐詩》有用資料。繹年少巍科，而謙退不矜，詩如其人，不愧作者。

天鑒堂集詩三卷　乾隆四年刻本

沈近思撰。近思字位山，號闇齋，一號倰軒，浙江仁和人。康熙三十九年進士。歷任河南臨潁知縣、廣西南寧同知、臺灣知府、江南鄉試考官，累擢左都御史。卒於雍正五年，年五十七。謚端恪。所撰《天鑒堂集》有朱軾、雷鋐、彭啟豐序。卷六至八爲詩。近思究心性理，官令時立紫陽書院，教士以正學。雍正四年，典試江南。時查嗣庭、汪景祺以誹謗獲罪，因條列整飭風俗，約束士子，凡十事。爲雍正嘉獎，乃驟擢臺首。浙江巡撫朱軾，亦以觀風整俗著稱。近思由朱軾舉薦，宜其沆瀣同氣矣。集中有《感臺灣事十二首》，以臺灣爲沿海諸省保障，施以議論，頗具遠慮。《游厦門港》、《游鼓山湧泉寺》、《游武彝山》諸篇，間可採擇。官粤西詠桂林、陽朔、全州、蒼梧山水，刻畫雋快，多參古跡。近思不以詩名。唯經歷較廣，以所見恆寄於詩，亦宜有此一編也。

環水詩集四卷　康熙間刻本

何芬撰。芬字蘭石，湖北鍾祥人。康熙三十六年進士。官竹溪知縣。《詩集》四卷，爲《五遠堂近詩》、《若谷堂近詩》、《東行詩》、《行笈近詩》，統以環水命之。金德嘉序撰於康熙三十八年。據《祝蔣母鄭節婦》詩「憶昔辛亥年，歲將革我生」，辛亥爲康熙十年，則此集盡三十以前作矣。芬夙習經史，輯《毛鄭箋》、《左傳》、《史》、《漢》，俱未有成。詩富才情，唯無常格。東行以後詩，日趨老成。嘗謁王士禛，作長歌紀之，心之嚮往，概可知矣。

燕臺竹枝詞十二首

八座聞雞候五更，奚奴道左竟呼名。齊臣謾説田單貴，落得燕人笑老傖。賤許呼

十年里井未班荆，一揖天涯道欵忱。若个輸心居後輩，相逢叠唤老先生。貴相謈

籃輿日日走神京，一刺過門省送迎。衆裏無端通姓字，相看仍是昧平生。盲投刺

銓曹一紙出朝堂，是處高門競舉觴。底事從中多撿擇，金臺酒債近難償。熱請客

千載源流孰後先，百年知己自前緣。只今師道何容易，一拜中庭兩帖然。一拜師

長安作客不知年，走馬街頭著錦韉。眼底榮華舌底富，水中月白鏡中天。十年客

齒來更生髮覆眉，雲鬟高聳鬢絲絲。臨粧阿母凝眸看，新樣於今學女兒。孩兒粧

蕭疎白髮覆塵沙，突兀金箍麗彩霞。野艷驚看霜鬢後，紅黄低壓數枝花。老嫗飾

滿市敲冰似斷金，蟲蟲暑氣變陰森。熱衷到此都如炙，些子清涼沁客心。六月冰

冬裘夏葛自尋常，溽暑今誇別樣粧。短袖褐衣如靺鞈，强將隻體變陰陽。三伏褐

一聲摇曳兩三聲，酷似喧呶呌不平。傾耳聽來無半字，西城走遍又東城。菜傭聲

朱門甲第拱皇居，不及髡奴意灑如。佛寺金銀自由賣，飽餐何事待耕漁。菩薩市古刹聽僧自賣。僧俗同居，男女雜遝。《若谷堂近詩》

冰雪集三卷　康熙間刻本

萬承勳撰。承勳字開遠，號西郭，浙江鄞縣人。諸生。父言，官五河縣，康熙三十年，以忤大吏論死罪，

承勳奔走萬里，乞哀當世賢大夫，醵金告贖。三十三年，父母生還。四十年，承勳復以嚴追贖鍰，思自投西安獄。已入關，徐乾學救之。四十二年，父母去世。雍正初，以諸生保舉，授滋州知州。是集爲康熙三十二年至五十二年詩，大體編年，首彭祖訓、謝緒章序，查慎行、查嗣庭題詞。生年據《庚辰感懷》詩，當爲康熙十年。承勳曾祖經，爲黄宗羲故交，入清高蹈不仕。集中《哭黄梨洲先生五首》，感情沉痛，兼載舊聞。與鄭性交篤，《陪鄭義門掃都督施公墓》，施公名翰，明萬曆名臣。《答劉鼇石寄懷次韻》，鼇石名坊。《贈吴階升兼寄陳山學》，階升爲吴紹登。《海喇都爲故少廷尉陳先生作》，陳名汝咸，康熙三十年進士，亦鄞人。《謁昌平十三陵》，分詠七絶，各得一首。承勳世代學人，淵源有自，詩亦踔厲，有抑塞磊落之氣。康熙四十八年，鄭梁選李暾《東門寄軒草》、鄭性《南谿僅真集》、萬承勳《西郭冰雪集》、謝緒章《北溟見山集》，曰《四明四友詩》，附題圖，亦鄞之文獻。

哭黄梨洲先生五首　有序

勳五六歲時，梨洲先生過白雲莊，抱勳置膝上，摩其頂曰：吾友履安先生得曾孫矣，當以女孫予之。自後先生至，勳即迎候於門，呼太公焉。當是時，家大人與里中先輩請先生會講五經，先生詔以窮極諸家注疏，内體身心，非如世之所謂講道學者泛泛作不痛不癢之語也。丙辰、丁巳而後，先生間至山陰暨海昌、吴門，姜定菴、陳簡齋、許西山、許竹隱諸先生嘗請先生主講席，先生辭之不得，然大旨以力行心悟讀書窮經爲主，初未標榜以道學之名也。世運遷徙，風尚日新，不論團瓦圜闠，以空疏穢鄙之胸腸，而人人説朱説陸，先生實心厭而惡之。己巳夏，勷由五河至崑山，先生適在徐健菴先生座上，有突如而問道學異同者，先生曰：爲盗賊有對證，人多不勇爲，若道學任人可講，誰爲的證。吾嘗有詩，「土硃點四書，朱陸急同異」。勷固知先生蓋有爲言之也。時勷以所作文呈，先生甚喜，謂從我讀書三年，可得頭腦。因請學問下手處，曰，但從五經求之，切實做去。勷歸撿向所讀《易》《禮》《詩》《書》悉心尋繹，每有一知半解，未嘗不感憶先生之教。既而患難流離，歷久始脱，念先生年垂風燭，惟恐相見無期，末由成立。去年冬杪，奉大人南還，舟過黄竹浦，先生悲喜交集，徐相謂曰：知交零落，吾又老病不堪，今得汝父子歸來，相商未了之事，死不恨也。今年春，大人携勷往候，先生令第三孫千秋從勷學舉子業。後梅雨連朝，荼蘼亂落，勷載酒相餉，先生引張陽和故事賦詩奬勸。嗟乎，先生之所期於勷者如此。自謂讀書三年之願，從此可畢，豈意别未兩月，忽焉訃至乎。勷于先生，初年幼未能領畧，迨稍有知識，又以風塵湯火，荏苒蹉跎，今幸萬死一生，方欲補亡羊之牢，悔晨雞之瘖，而先生逝矣。歿前五日，猶以四可死之札見寄，勷自惟將何以承此於先生哉。爰是觸境卽哭，哭卽成詩，得若干首，今存五首。

手書來日共秋新，自説全歸樂事真。已信死生無愧怍，還疑老病有精神。龍蛇忽應康成讖，甲子難留靖節身。曳杖早歌茫未覺，相依寢疾是何人。六月二十七日立秋寄書云：痳症時發時愈，猶爲第二義，但飲食不便，將變爲隔症，然亦聽之而已。總之年紀到此，可死；自反生平雖無善狀，亦無惡狀，可死；于先人未了亦稍稍無歉，可死；一生著述未必盡傳，自料亦不下古之名家，可死。如此四可死，死真無苦矣。七月三日歿，此蓋先生絶筆也。

遺獻元來世所稀，肯因物色素心違。書傳北闕留中秘，人在西山賦採薇。自是鐵崖爲老婦，却云萊子戀斑衣。東林復社持清議，潦盡寒潭見是非。康熙庚申，召同興化李公清、嘉興曹公溶、江都汪公懋麟、慈谿姜公宸英、上元黄公虞稷、家大人纂修《明史》，先生却不赴。命地方有司官就本家録所著《明儒學案》、《明文案》、《汰存録》、《雜著》等書，送史館。先生送家大人赴召詩存「且莫一詩比老婦，應憐九袠有萱親」之句。

青氊故物了無存，賸有書巢付後昆。老淚不堪連喪子，謂棄疾、直方兩先生，柔腸獨自爲諸孫。秋江逝水斜陽冷，土阜荒山夜月昏。此後傷心遺澤在，忍忘忠孝玷清門。

憶開講席白雲莊，杖履欣然一葦航。纔解牽衣爲稚子，忽誇坦腹冠諸王。蹉跎北面三年約，潦到西行萬里裝。空欲傳經學鼂錯，女孫倩立伏生旁。

松齋竹浦兩先生曾王父隱寒松齋，東浙人文舊主盟。滄海百年留碩果，金蘭四世訂嚶鳴。病中獨有相貽句，五月三日贈詩云：春秋坐斷一繩牀，喜得君來茶話長。梅雨連朝收燕翼，荼蘼亂落染絲湯。昔年反首方思痛，今日愁窮自不妨。先哲未嘗無榜樣，陽和彷彿爲君詳。難後尤多曲體情。對硯不勝車服痛五月中贈歙硯，千秋付託早分明。《冰雪集》卷一

梨洲先生不棺而葬人以爲裸也特表而出之

恨非伍尚從親日，痛異三忠殉國時。投骨荒山求速朽，此心不與一人知。《冰雪集》卷一

古雪山民詩後八卷　乾隆三年刻本

吴銘道撰。銘道字復古，安徽貴池人。祖應箕，死於乙酉之難。父孟堅，以遺民終。銘道守先世遺訓，

遁迹寒林，自號草衣山人。有《復古詩集》，游滇海詩最多，《晚晴簃詩滙》選詩猶及見之。是集爲高孝本、徐天秩、安世濟、諸錦序，刊於乾隆三年，年已六十八。此集當爲後集。《過先祖樓山公殉難地》、《先公遺迹八首》，自述家世及明清之際死難者事甚詳。《海溢》、《狼喻》、《私鹽》諸篇，於世情均有指摘。《龍潭泊舟》云：「絶脈山餘佛頂青，更無人泣向新亭。北來一夜兵潛渡，野草今猶帶血腥。」《江寧鎮秦檜》云：「枯骨今猶恨未收，金人心腹普天讐。當時亦有中郎將，洩憤曾爲一發丘。」悲辛懣怨，與清朝幾不兩立。何焯、顧嗣立殁，有詩弔之。銘道身歷康、雍盛世，而詩不用清代年號，語言激憤，幾無不實之指。此書未列禁燬，亦僥倖耳。

延緑閣詩集不分卷　光緒二十二年重刻本

華希閔撰。希閔字豫原，號芋園，一號劍光，江蘇無錫人。康熙三十年歲貢生，五十九年舉人，官涇縣訓導。江南督撫互揭案，嘗救張伯行，名節自負。希閔好學博覽，篤於經史，與顧棟高、何焯、浦起龍、鄭性、顧僖有切磋之誼。喜元好問，刻《元遺山詩集》。乾隆十六年年八十一迎駕於惠山，賜知縣銜，尋卒。顧棟高爲撰《墓誌》，無卒年。據文集十卷《從妹壙志》及詩證之，當爲康熙十一年生，乾隆十六年卒，與朱彭壽《舊典備徵》所説相合。撰《延緑閣集》前十一卷爲文，卷十二爲賦、古今體詩及詞。雍正十一年嵇曾筠序，同邑楊度汪校訂，有原刻本及光緒重刻本。存詩不及百首。五律《白下晤林茂之先生》，當是他家詩羼入。林古度殁於康熙五年，希閔尚未出生，焉由致見？王豫輯《江蘇詩徵》亦選其詩，何失檢耶。希閔胸次高曠，借詩喻志，頗爲傳發。五古《戊申新正感懷》、《暮春同何義門游石湖》，七古《觀徐傒齋山水圖歌》，近體《丁字沽》、《金陵紀游》詩，皆清穩可誦。此集不甚罕求，乃諸家選本多遺之，信書囊無底矣。

東浦草堂詩一卷　雍正間刻本

顧成天撰。成天字良哉，號小厓，江蘇上海人。康熙五十六年舉人。著有《離騷解》。其所作詩，凡二千餘首，嘗以質於蔡嵩，嵩爲摘其中表揚忠孝懿行之作八十餘首，爲《金管集》，呈世宗觀覽。又因其恭輓聖祖詩出於忠悃，雍正八年，特賜進士，授館職，至侍講。乾隆十七年卒，年八十二。《江蘇詩徵》卷一百三十二有小傳。是集包括《燕京賦》、《金管集》，張照、嚴民法題詞，蔡嵩、姚弘緒序。集中有《聖祖仁皇帝輓辭》六首及所作表彰節孝詩。《六賢贊》，以孫奇逢配陸隴其、魏象樞、湯斌、邵嗣堯、李光地，未爲愜當。謁聖廟、孔林諸作，詩意索然。唯成天工賦，善爲舖敍，文彩藻繪。故受賜之後，卽鳴世也。

懷蘇堂詩集七卷　乾隆六年刻本

胡潤撰。潤字河九，一字京蒙，號艮園，湖北通山人。康熙三十年進士，改庶吉士，授編修。歷官庶子。受知於李光地，與李來章、冉覲祖交善。來章字禮山，襄城人，官連山知縣，有《禮山園詩文集》、《連陽八排風土記》，《四庫存目》著録。覲祖字永光，中牟人，官翰林檢討，有《寄願堂詩集》。此集爲家刻本，凡詩詞八卷、文二卷，有門人吴日炎跋。《遊黄庭觀小序》云：「戊子康熙四十七年寓衡山，值地方有事，嶽廟山中千年老松，並伐無餘。而奉行墾荒，下吏督責過嚴，民無聊賴，相率逃亡。」殆爲紀實之什。又有《瞽令行》、《俠奴行》，亦存社會史料。《輓陳元孝》詩云：「海内文章海表身，炎荒萬里滯斯人。吟成梁父終潛用，痛在蓼莪已愴神。留滿山陽悲向秀，蘭芳楚畹弔靈均。思君淚隔丘原草，煙雨萋萋五嶺春。」此詩情意沉摯，不讓名家。康熙間，祁門張御史尚瑗上疏，請剗平北京西山碧雲寺魏忠賢墓，一時稱快事。此集有《穢塚歎》、《孝孫哀》二首，卽作於當時。

穢塚歎　同年張蘧若奏毁魏忠賢祠塚，公論稱快。冉永光年兄倡韻於前，因歌續之。

燕京城西西山土，明帝山河半無主。太阿雪色與貂璫，鋒血稜稜兒宰輔。羣僚散秩不爲兒，衆孫懷梲附朝柱。天壽山前羣帝愁，諸陵隆似夫人乳。夫人重乳輕諸陵，結驩爾璫傾皇宇。一朝磔屍快朝堂，珍珠剖盡無遺腸。相傳魏璫死時，吞珠滿腹，其後欲得珠者，手刳其腸。如何穢我西山土，使我草木久無香。丹青爲廡列罪案，春秋祠廟非國殤。璉也斗也何械繫，魏也客也何徜徉。楊、左諸獄，繪圖廡間。西城御史袖威斧，睥睨當時思一語。生前炎焰死後灰，飛章掃除帝嘉予。千夫雷動畚鍤開，剷劚腥臊棄何許。秋風莫教長芝蘭，年年且得糞禾黍。《懷蘇堂詩集》卷三

孝孫哀　魏塚前有碑，列名數者，稱孝孫某某，皆一時貴近云。

魏璫墳頭拉淚碑，誰爲揭者孝孫哀。奸雄割勢人倫假，望夷宫中鹿混馬。父爲義兒子稱孫，不念落

花守其根。粤人種橘根倩枳，枳根橘實亂此彼。不自爲橘勞枳漿，孝孫之哀忘不忘。《懷蘇堂集》卷三

儉重堂詩十二卷　乾隆二十三年刻本

紀邁宜撰。邁宜字偲亭，號蓬山逸叟，直隸文安人。逵宜弟。康熙五十三年舉人。官山東泰安知縣。後以直隸人特命往直省試用，署赤城、高邑、内丘諸縣。以其子黄中官河南知縣就養。八十後取生平詩付刊。未幾卒。是集各卷以《贈灑殘稿》、《餐霞閣集》、《岱麓山房稿》、《岱麓山房續稿》、《赤城集》、《蓬山集》上下、《希阮齋漫稿》、《華遊集》、《古博浪集》、《昆陽集》、《愛吾盧集》爲名，每集有自序。姪昀稱其詩爲「吾宗文安一派，於東坡最近，不爲阮亭步趨」。游北方山川名蹟，悉發於詩，而以岱嶽、華嶽最勝。《讀後漢書》、《詠史樂府》、《博浪沙歌》、《書白樂天集後》、《秋夜讀李清照尋尋覓覓詞感賦傚山谷體》、《讀誠齋集作長句》、《柏林寺殿壁吴道子畫水》、《讀方靈皋文集左忠毅公遺事感賦》、《漫興論詩六絶十首》，多可資於文史考究。《南史雜詠四十八首》，爲諸帝后妃、檀道濟、謝靈運、王融、沈慶之、羊玄保、周顒、沈約、任昉、韋粲、王琳等人，致力尤深。寄贈之什，詳於紀氏一門宦蹟，亦可參考。

緑筠軒詩四卷　乾隆四十二年刻本

張元撰。元字殿傳，號榆村，山東淄川人。詩人張篤慶從姪。少與高鳳翰、朱令昭結柳莊詩社。雍正

四年舉鄉試第一。乾隆間兩淮鹽使盧見曾深相推重，邀主敬勝書院。晚官魚臺教諭。二十一年卒，年八十五。元爲山東名宿，其詩漸於王士禛之傳。盧見曾編《漁洋山人感舊集》，補小傳，由元司其事。詩稿生前未梓，殁後藏周永年所，由門生、小門生及其孫庭寀編校梓行。《四庫存目》著録。詩凡七百二十七首，盧見曾原序，沈廷芳、蔡應彪、田同之、鄧汝功序，宋弼爲撰《墓表》。《登石門》、《白雲山歌》、《華不注道中懷邊華泉先生》，已選入王昶《湖海詩傳》。《鵲華橋弔李滄溟》、《歷下秋懷》，詠泰山、汶水、黄華洞諸篇，感物興懷，沈德潛謂「可參少陵之席」者。論詩頗精，有《讀杜詩十六絶句》、《讀孟襄陽詩七絶句》、《讀楊升菴集》、《讀李約菴所選李杜韓蘇四家詩題後》。《讀黄崑圃新刻五書》，爲《夏小正》、《文心雕龍》、《史通》、《五代詩話》、《漁洋詩話》。集中贈高鳳翰詩甚多。與蒲松齡有交，嘗爲蒲氏撰墓誌，唯不見有酬答。盧見曾成遺出塞，以詩送行。《補感舊集小傳成奉呈詩》二首，已逾八十，而精力未衰。雍、乾間山左詩人中，亦可當一面矣。

全韻詩二卷 乾隆間刻本

金門詔撰。門詔字軼東，號東山，江蘇江都人。鄉試後謁於都門，入閣參預《古今圖書集成》纂輯工作，《經籍典》實成其手。雍正元年，以牽涉陳夢雷案落職，後被薦修《明史》，擯未用。乾隆元年成進士，改庶吉士。官博野知縣，調壽陽。以忤上官被劾。十六年卒，年八十。門詔具有史才，著有《明史經籍志》、《讀史自娱》、《金東山文集》等書。是集二卷，爲門人子姪同校，黄大本、管一清、尹繼善序，金德瑛題詩。内容多爲歌頌聖德、祖德、師恩，蓋身經坎坷，晚年始授一官，惓惓於中，發爲長吟，故多意内言外者也。尚有《華鄂集》，未見。

餘園詩鈔六卷　乾隆十年葆素堂刻本

繆沅撰。沅字湘芷，一字澧南，號餘園，江蘇泰州人。康熙四十八年一甲三名進士，授編修。官至刑部侍郎。卒於雍正七年，年五十八。此集爲沈德潛、金志章輯，其子集琬合校，有張廷玉、史貽直、黄叔琳、阿克敦、孫嘉淦、沈德潛、陳豫朋七序。其詩悉本唐人，爲王士禎所賞，宋犖選沅詩入《江左十五家詩選》。集中《打麥詞》、《采茶詞》、《射鴨行》、《舞燈行》，俱詠民風。游蠡山、曹山、鮑山、峴山，《六境圖》等篇，氣韻高潔。《吴山山後觀亂石》、《由桃花澗歷天開巖觀禹碑望最高峯》、《惠山第二泉試武彝茶歌》、《游萬泉寺》，蔚茂而精麗。《詠史七首》，爲袁術、陳登、肅望之、枚乘、馬宫、孟喜、嚴彭祖。沈德潛《别裁》選《袁術》一首，評云：「綜本傳始終言之，不漏不支，自然中節。」又有《大觀太清樓二王法帖歌》、《小忽雷歌》並序、《觀演天寶遺事》、《書拜鵑詩後絶句》十六首、《與游鍾山聽某常侍話啟禎事》等篇，並爲佳製。沅嘗視學湖北，延四方名流校閲，所得人文極一時之盛。集中唱酬爲宋至、顧嗣立、查慎行、王式丹等人。乾隆三十八年，沅少子檼刻《餘園詩精選》，視此又有增損。

若菴集六卷　雍正間刻本

程庭撰。庭字且碩，一字碩生，號若菴，江蘇儀徵人，原籍新安。少習制舉之文，不得志，尋棄去。家富於貲，康熙六旬壽典，兩淮富民推庭入京進貢，遂得游内苑。所撰《若菴集》卷一爲文，卷二爲詩，卷三詩餘，卷四曰《停車随筆》，卽入都日記，卷五曰《春帆紀程》，爲康熙五十七年回籍詩，卷六曰《石城新草》，後三卷亦附詩詞。文集宋和、李驎、吴瞻泰序，詩集陸奎勳、莊書序，詞集先著序，皆爲名手。唯李驎以《虬峯集》得禍，此集之序，僥倖得存耳。詩文止於雍正元年，自謂癸亥年十二，則系康熙十一年生人。詩多標新創設，然學殖不深，故榛楉未剪，是爲病也。陸奎勳曰：「淡宕者如韋、沈，著者如杜，縱横奇闢者於昌黎、昌谷間自標一格。」皆譽飾之詞。

贈樊玉士　樊有口技

春當婪尾偏寥落，亂雨淋浪翻芍藥。興索澆書苦不豪，腹煩攤飯那能著。欻門忽報樊生來，賓客兒童轟戲謔。咄哉樊生才技優，布衣到處交王侯。冰署筵中曾一識，與余意氣渾相侔。四座無譁悉傾耳，滔滔舌底如奔流。飄來梵樂何凄清，時聞嬌鳥啼春晴。喁喁兒女小窗語，怒蜂觸紙鳴嚶嚶。砉然孤角邊城起，錚鏦四壁弓刀鳴。羣儕拍手爭叫絶，聞得從來所未聞。樊生勸汝一杯酒，汝是吾徒掃

愁帚。百年三萬六千場，日日逢君開笑口。《若菴集》卷二

寄懷孔東塘户部兼致築春山館貲　春山館與秋水亭，皆户部所居石門山中别業。秋水亭取少陵「秋水清無底」詩意命名，春山館卽少陵題張氏隱居故址也。

懷君夢入春山遠，愛我情逾秋水深。千載名題傳勝跡，一椽小構任登臨。非同于頔買山鏹，不用昌黎諛墓金。伐木早成亭舘好，相期泓上聽龍吟。《若菴集》卷二

蓍觴詩集四卷二集三卷　康熙間刻本

成文昭撰。文昭字周卜，號過村，又號鈍農，直隸大名人。諸生，連試京兆不得，入貲爲主事，出爲州守，未及任而卒。

撰《蓍觴集》爲康熙三十六年至四十三年詩，各卷以湘西、之荆、東吴萬里、商聲名集。有朱彝尊、顧圖河、劉巖、朱書、張大受序。二集爲康熙四十四年至四十八年詩，吴陳琰序。據《丁丑生日放言》及吴序，計得年三十五。文昭嘗從田雯學詩，思如風發泉湧，布局宏偉，運句跌宕。嘗隨侍湘楚。五古《山行雜詠》，爲信陽州、柳林、李家寨、浣顔河、會水嶺、武勝關、巴子店、廣水鎮、小河司、楊店、灄口、漢口、金口驛、霞天寺、嘉魚縣、新隄、羅山、楊舲磯、岳陽樓、蘆林潭、湘陰縣、三十六灣水、銅官渚、長沙府，凡二十四首，狀寫山川險峻、人文之盛，讀之儼如親臨其境。長篇《朱仙鎮拜岳忠武祠》、《尉氏阮嗣宗墓下作》、《赤壁謁蘇公

祠》、《武昌吳故都》，意態起伏，雄邁有致。陶樑《紅豆樹館詩話》稱其「開闔變化，自成一家」，非溢美之辭。《論曲答任生》一首，決非集中上乘，録之聊備言戲曲者參考耳。又有《與仝車同》一篇，爲與仝軌論詩之作。文昭嘗謁宋犖、朱彝尊。在吳結納江南名士。唱酬者劉青藜、王式丹、顧嗣立、繆沅、柯煜、王苹、李嶟瑞，而與同學吳陳琰、張大受、龔纓最善。詩有河北沉雄之氣，不染靡麗之習，亦無迂闊之弊，惜早謝世，可謂豐於才而嗇其年矣。

論曲答任生

花朝好風日，盆蕙送幽香。佳客三五集，小坐命一觴。任子美少年，藹藹神清揚。殷勤前致辭，乞論曲之詳。我有顧曲癖，所見或荒唐。聲音小道耳，其義甚微茫。雅俗首當別，所重諧宮商。極盛在元代，有明稱擅場。東籬貫酸齋，漢卿湯菊莊。張宮白喬輩，百種競相强。倔出王實甫，逸才作西廂。東嘉善南詞，已破曲之荒。雙燈飛合蕊，丙夜哭喫糠。荆劉殺拜娍，徐暱軍尤張。玉茗繼四夢，摩壘陣堂堂。天池四聲猿，好付名山藏。少白傳少伯，駢儷果鏗鏘。百子山樵阮，采藻不可量。廣陵朱絲欄，後庭媚君王。梨園乏佳者，柳圈恨霓裳。粲花共五種，適與簰菴行。後來漸絶響，座上空周郎。西湖稗村子，金針繡鴛鴦。天寶遺事在，恨長歌亦長。精英萃衆譜，歌板長安忙。黄河白雲詞，畫壁定少娘。風流趙倚樓，有罪催歸裝。佳話自千古，孰爲歌慨慷。遇既有亨屯，論始王伯良。痛惡狂吠人，驢鳴怪喉吭。問曲亦何罪，罹此俗口殃。安得快匕首，殺之懲不祥。郎君東吴來，五月留三湘。興餘發漫歌，遏雲兼繞梁。嘽緩變柔曼，比度扐陰陽。如雁叫秋月，如鶴唳高岡。如刀之切玉，聆之聲瑲瑲。我愁堆萬斛，過耳旋消亡。傷心半生客，夙願欣初償。東坡不如我，聽曲入醉鄉。《蕃觴詩集》卷二

澄懷園詩選十二卷　乾隆十三年刻本

張廷玉撰。廷玉字衡臣，號硯齋，安徽桐城人。康熙三十九年進士，改庶吉士。歷任檢討、内閣學士，刑、户、吏、禮部侍郎、尚書。雍正時初設軍機處，與鄂爾泰同爲軍機大臣，不相中。門生故舊與朝臣之依附，隱然立門户，相爲排擠。乾隆初，鄂爾泰敗，獨受倚重。官至保和殿大學士。二十年卒，年八十四，謚文和。嘗主修《明史》，以王鴻緒所據萬斯同史稿增删補撰，領銜成書。康熙間以所存詩二千餘首，訂爲二十七卷，名《傳經堂詩集》。後汰去十三，續增雍正間作，曰《澄懷園詩選》。是集古體二卷，今體十卷，詩共一千一百三十二首。《四庫存目》著録《全集》内《詩選》十二卷，當即此本。集中如《充尚方盛典總裁恭紀》等述事之作，較可采覽。《賜園紀事八首》記園林之勝亦詳。餘則罕可述及焉。

赤谷詩鈔十四卷　雍正間刻本

吴之珽撰。之珽字乾玉，甘肅隴西人。貢生。官江蘇寶山知縣。是集分體詩十四卷，起於康熙四十四

年，止於雍正初年。其中《地震詩》作於康熙五十七年，選入《國朝詩的》。《會寧懷古六首》，詳於沿革歷史。《隴西竹枝詞八首》，自謂全從質樸寫出，一變南調嬝娜之習。《聞疆事慨然有作》、《拜昌谷先生墓》、《寧夏七律》、《游西巖寺》，亦以渾厚爲宗。康熙六十年至京師引見，游白雲觀、陶然亭，均有作，《詠白塔寺》注云：「元世祖發視塔内石函銅鉢，水如玉漿，舍利堅圓若金粟。又元初童謡曰：『塔兒紅，北人來作主人翁。塔兒白，南人作主北人客。』世祖時塔色餤赤，及明主起兵，塔白如故。」蓋民間之傳耳。渡江過吴門，存詩無多。是集作序者殷嶧、尤世求，與之斑有歲寒三友之盟。殷嶧序稱其詩「斥去時華妍麗之詞」，固是所長。唯隴西文風未開，亦不免有三家村俗氣，亦不當揜其短也。

根味齋詩集十七卷 乾隆七年刻本

徐志莘撰。志莘字任可，號商農，浙江德清人。祖倬，父元正，康熙間均官至工部尚書。志莘以父蔭官，爲順天府通判。撰《根味齋詩集》，凡《趨庭集》二卷、《壯圖集》三卷、《小草集》三卷、《棄擔集》七卷、《起乾集》二卷。《四庫存目》著録二十卷，有《老傅集》三卷未見。據乾隆七年蔡軾序稱，時已年過古稀。康熙南巡，徐倬嘗進呈《全唐詩録》百卷，此集卷三《敬頌御製全唐詩録》，即倬本也。其詩取法蘇、陸，泛覽諸家，而不甚雕飾。五古《讀班史隨意書所見》、《讀初學有學集題卷後》，七古《與程蔚玉論書》、《周子昂問余學詩書此示之》，七律《題梅村集後》、《題道援堂詩集後》，多涉文史。康熙五十五年，隨父在熱河，作詠山莊諸篇。子以升，時亦以詩鳴。晚游江南，恒以清貴自賞。喜度曲，蓄有家伎。《友人以西廂傳奇寫作繪索題張生像》云：「綵筆妍詞寫會真，風流慧種出凡塵。從來薄倖由才子，幻出情緣賺世人。」命題清新。又作《題日者所談命書後》，荒誕無稽。則是集亦瑕病未除矣。

上巳偶過吴閶舟中無事隨紀所見作竹枝數首

吴風最重是鯗材，水族隨時侑客杯。着甲河魨都過了，凍鱗又見雪鰣來。鱘魚，蘇人呼爲着甲。

花事山塘漸次闌，洋茶剩有火如盤。姚黄留得中丞種，齊向滄浪看牡丹。宋漫堂撫吴時，移洛陽牡丹黄紫數種，種植於滄浪亭，至今尚存。

島索豪商百貨齊，腰纏赤側與朱提。酒船日擁煙花妓，銀燭高燒醉似泥。閶門南自閩粤日本，北自山陜遼陽，貨俱集於一地。市儈媚客，總在酒船。

白舫青簾越樣新，綺羅逐隊鬭腰身。支硎了愿天平轉，兜子無巾不避人。到支硎燒香者，各山一游。行到天平山即返舟矣。

《根味齋詩集》卷十六

錫穀堂詩五卷　乾隆間刻本

劉師恕撰。師恕字秘書，號艾堂，江蘇寶應人。康熙三十九年進士，改庶吉士。官至吏部右侍郎。雍正六年降職。乾隆間官閩學充閩觀風整俗使。十一年罷歸。十六年南巡，復以侍讀學士銜進詩。是集有史貽直、沈德潛序，詩共三百四十首。師恕爲早年進士，與查嗣瑮、許迎年、史貽直、徐永宣同科。酬贈爲方苞、王式丹、胡煦等人。《題程午橋庶常換畫圖》、《正月雜詠》、《早春詠物六首》、《卧龍岡武侯祠》等篇，紀事賦物，多關故實。沈德潛《别裁》有選詩。

穆堂初稿詩十七卷别稿詩八卷 道光十一年阜祺堂重刻本

李紱撰。紱字巨來，一字穆堂，江西臨川人。康熙四十八年進士，改庶吉士。官至工部右侍郎。雍正間爲田文鏡所困，幾死。乾隆初，授户部侍郎，累至内閣學士、户部尚書、直隸總督。著有《穆堂類稿》、《續稿》、《别稿》、《陸子學譜》、《朱子晚年全論》、《陽明學録》等書。十五年卒，年七十八。《初稿》李光墺刻，李紘序，門人儲大文、黄之雋序，以《火餘》、《春風》、《吴征》、《秋山》、《螺川》、《公車》、《瀛洲亭》、《望雲》、《南浮》、《觀潮》、《河上》、《漕行》、《桂林》、《孫桂林》、《紫藤軒》諸草爲名，詩一千一百餘首。《别稿》爲紱告歸後輯刻，亦諸集補編，共五百六十七首。紱爲理學名家，宗主陸、王。詩文有異稟。自云：「余爲詩人，頗稱捷疾，日詩可得百首，文可成數十篇。」其詩詞采丰腴，自見風標。《章門雜詩》、《楚游雜詩》、《鸚鵡洲放歌》、《硯山别墅》、《雨後過白鹿書院》、《趵突泉》、《徐州懷古》、《廣陵行》，及詠匡廬、粤游諸作，沉雄厚樸。康熙五十六年，爲滇正考，所吟麻哈江、相見坡、仙影崖、鐵索橋、楊林海、碧谿等詩，頗盡山水之隩。《白水河瀑布》，卽俗謂黄果樹，尤屬奇觀。餘如《讀離騷》、《讀北史》、《漢世祖雙桐樹歌》、《讀危太僕雲林集》、《謁張文獻祠》、《讀歐陽文忠公集》、《七月朔日蝕記事》、《桃核船》、《橘燈》、《蘆筆》、《吴江竹枝詞》、《象戲三十韻局終篇就》，不加修飾，蒐訪甚博。《聞臺灣收復喜賦》，切詠時事。惜應制詩過多，爲全集之累耳。

清人詩集敍録卷二十

竹嘯軒詩鈔十八卷　乾隆十六年刻本　歸愚詩鈔二十卷餘集十卷　乾隆十八年至三十二年刻本

沈德潛撰。德潛字確士，號歸愚，江蘇長洲人。三代未仕。少從學於葉燮。康熙三十三年爲博士弟子員。作詩獨綜今古，無藉而成。與張錫祚、張景崧、徐夔結社。王士禛云：「横山門下，尚有詩人，已爲宗匠。」所期許如此。雍正十二年舉人。應博學鴻詞。乾隆四年成進士，年已六十七。入詞館，侍上書房，御製詩迭奉敕和。屢典試事，扈從江南。賜句「清時舊寒士，吴下老詩翁」。官至禮部右侍郎。十四年致仕。歸里仍遥爲賡唱，與錢陳羣並稱「二老」。掌教紫陽書院，賜句「天子門生更故人」。爲壇坫耆宿，一時仰如山斗。所選漢魏、六朝、唐、明、清詩，學者奉爲規範。卒於三十四年，年九十八，謚文慤。後以徐述夔《一柱樓編年詩》卷首有德潛序，遂至仆碑奪謚。或謂乾隆命搜遺詩，見其將平時所爲捉刀者咸録焉，惡之，因而得禍。今閲《自訂年譜》：「十四年，上命梁詩正傳旨，沈德潛不必到上書房，許其歸里享林泉之樂。朕與之以詩始，亦以詩終，令其校閲詩稿，校畢起行。梁公捧御製十二本到德潛處，奉旨後逐日恭閲，閲過四本，先繳進。召見云：『汝所改幾處，俱依汝。』」則德潛爲乾隆教詩改詩，均未嘗諱言，所謂惡其捉刀，亦恐未必矣。《詩集》凡二刻，曰《竹嘯軒詩鈔》十八卷，魏世傚序。曰《歸愚詩鈔》二十卷，編次稍異，以《御製序》冠其首，後又續刻《餘集》十卷，乾隆三十一年梁國治序，合《文鈔》二十卷，《歸田集》、《矢音集》、《説詩晬語》、《黄山游草》及《年譜》等編，卽所謂《沈歸愚先生全集》者是也。其詩本源漢魏，效法盛唐，先宗老杜，次及昌黎、義山、東坡、遺山，下至青丘、崆峒、大復、卧子、阮亭，皆能兼綜條貫。王昶《蒲褐山房詩話》。唯摹擬習氣太重，規格有餘，稍乏新意。集中結撰之作，爲《題黄宣畫魚障子》、《游南山石壁》、《錢武肅王鐵券歌》、《閲三朝要典》、《焦山古鼎歌》、《登清涼山》、《邊詩十首》、《謁文信國祠》、《登清涼山》、《玉甕歌》。又《地震行》、《題姚荃汀侍御八分册後》、《張鐵橋畫鷹》、《鑿冰行》、《後鑿冰行》、《黄山松歌》、《錢塘江觀潮》，格高氣稠，無懈可擊。近體嫌於平熟，然有酷似唐人者。至論詩以温柔敦厚得性情之正爲宗，從來説詩者多持此論，固不必苛責之矣。德潛弟子以王鳴盛、王昶、錢大昕最著，皆能傳其學而發抒所長。所倡格調説，亦爲劉大櫆、姚鼐桐城派所奉從。唯袁枚專主性靈，爲論以肆排擠。乾隆後期詩界之盛，與各家紛爭，至有關係。此角逐野戰正不可少也。桑調元《弢甫續集》卷十八《論沈歸愚》云：「生具三長擅史才，可堪垂老隱蒿萊。一頭地放廬陵叟，應爲千秋惜此才。」門人李繩《耘圃詩鈔》卷十二有《長洲沈歸愚先生輓詩》。

雲溪草堂詩三卷　康熙五十八年刻本　茶坪詩鈔十卷　光緒間重刻本

徐永宣撰。永宣字學人，一字辛齋，江蘇武進人。父元珙，官左副都御史。永宣於康熙二十九年成進士，官主事。受詩於同邑陳錬。後入宋犖門，犖刻《江左十五子詩選》，預焉。卒於雍正十三年。其詩初刻曰《雲溪草堂詩》，凡三卷，百十二首，宋犖、張大受、李馥、錢名世序。錢序爲後人避忌删去，是印本已在雍正以後。詩學東坡。《游横山》、《法相寺》、《登南高峯》等篇，詞意俱工。題畫以王鑑、王翬、惲格爲多。投贈則王士禛、宋犖、陳廷敬，而與查慎行、吕無黨酬往較密。永宣居里，亦甚有聲。嘗與莊令輿同選《毘陵六逸詩鈔》。别有《茶坪詩鈔》十卷，爲乾隆八年其子增祥輯刻，較《雲溪草堂詩》增張廷樞、殷元福、蔣汾功序，又錢名世序曰：「乙丑歲，學人年甫十二。」可知永宣爲康熙十三年生，成進士年僅十七，所謂「英年通籍」也。十卷本板毁於咸豐間，光緒中玄孫星銓重刻之，是已有三刻矣。集中《繅絲行》、《采茶行》、《漁父詞》、《賣花詞》、《孤兒行》、《吴中田婦歎》，皆寓諷諭其中。《寄朱竹垞先生求爲先中丞表墓》、《贈王石谷長歌》、《題查初白小像》、《書遺山先生詩集後》、《東山先生奉命校刊全唐詩集》，可爲文苑之資。與錢陸燦、胡香昊、宋至、陳鵬年、查嗣庭、吴之振、董大倫、顧嗣立、蔣廷錫、錢名世，均多唱酬，可考交游。

悦亭詩稿二卷　乾隆二十年刻本

李豫撰。豫字劭彌，江蘇潤州人。貢生。乾隆二十年刻是集，自序年八十二歲，姪李遂園序。詩學白、陸，潔削有法。而踪迹所至，不逾江浙。如《白鶴寺》、《華山寺》、《毘陵寫懷》、《穹窿山》、《北固山》，得力之作有在。蓋生於承平之世，歌詠以閒適爲主，故無事可徵也。是集有程崟序，崟亦能詩，相與唱和。

鄭冀野詩集不分卷　中國科學院圖書館藏抄本

鄭鉽撰。鉽字冀野，號季雅，江蘇長洲人。少游京師。受知於韓菼。南歸後未仕進，游食幕府。卒於康熙六十一年，年四十九。能詩。以《夜光木歌》得名。朱彝尊與王士禛手札薦鉽有云：「吴語軟，生詩堅，吴人浮，生行狷。」張大受獲手札墨跡裝池成卷，題詩於後，有「尚肯憐才彦，凄然憶老成。千秋留墨瀋，二老見交情。館閣無窮業，山林不朽名。寓書珠璽璽，薦士得琤琤」云。見法式善《梧門詩話》。《曝書亭集》亦有與鉽唱和詩。集無刊本，此中國科學院圖書館所藏抄本，首尤侗、朱彝尊、徐柯、劉石齡、錢名世、裘璉、孫致彌諸家評語。《讀亭林先生集》云：「誰於易姓識君臣，縫掖偏傳肝膽真。採蕨西山商義士，畫蘭南田宋遺民。詩如天寶艱難日，文似長沙痛哭辰。讀罷殘編夜將半，燈花寒亦吐輪囷。」此詩甚俗。《懷竹垞先生》、《題小谷口讀書圖》、《夜光木歌》、《游白雲觀》、《集匠門先生寓》、《吴寶崖閉户著書圖》，有實得語，然亦未超逸。《題陳省齋所藏御書卷子一百韻》代，直爲陳夢雷作傳。其中涉及蠟丸案云：「陽爲楚纍囚，陰布反間詞。巧令安史儔，同舟互嫌疑。六師果南征，艨艟塞江湄。」又云：「先生痛定喜，三載節不虧。葉落秋槐句，留題凝碧池。麻鞋走長安，逢人陳險巇。青蠅點白璧，濁泥汙漣漪。乳虎搏噬人，爪鬣雄髤髤。亦有共難者，醜女妬西施。目擊艱難情，不肯相扶持。論功先受封，冠盖擢九逵。孤臣暗顑頷，竟付刑曹摧。」暗刺李光地賣友。此亦康熙間一樁公案。同時詩人，無此作也。沈德潛《别裁》有選詩。鉽子虎文，乾隆間負詩名，有《吞松閣集》。

心孺詩選二十四卷　雍正間刻本

傅仲辰撰。仲辰字蒼野，一字心儒，浙江山陰人。諸生。官主簿。是集二十四卷，有吴詩成、金啟汾、章大來、田霡序。分《東池集》，《薄游集》，《曹江鳴》初、次、後集，《戊己集》，《曉塘》初、次、三、四集，《荏山》初、二、三、四、五集，《觀海》初、次集，《縈蒲》初、二、三、四集，《光岳樓》初、次集，《東池補集》，詩共九百八十四首。生年據《庚戌五十七歲生日》詩推之，爲康熙十三年。詩止於雍正十三年癸丑，年已六十。鄧之誠《清詩紀事初編》謂「卒於雍正四年，年五十三」，所據係十二卷本，自《荏山三集》以下，未之見也。詠錢唐、富春、金陵、揚州、京都山水名跡，大都幽深清峭，直摹韋、柳。《荏山雜詠八首》、《大明湖》、《趵突泉》、《千佛山》、《曉登華不注山》，以及詠齊東海畔之詩，尤有風致。晚作《渡白浪河紀事》、《漁齗紀事》，趨於樸質。七古《讀長慶集》、《讀陶詩》、《聽筑行贈竇岍山人》、《論詩》、《姑蘇善摹西洋畫舟次隨友人選購數種》，關涉文苑藝林，亦可參稽。集中有《懷王阮亭》、《輓繆湘芷先生》詩，是能以詩鳴於當時者。

瓦缶集十二卷　乾隆十六年刻本

李宗渭撰。宗渭字秦川，號稔鄉，浙江嘉興人。明慜孫。康熙五十二年順天舉人。官永昌知府，未仕卒。嘗遨遊燕趙、關中、隴右、湘桂等地，歌吟抒懷。初刻《瓦缶集》三卷、《永懷集》一卷。嗣後篇什增富，未及續刻。乾隆十六年，其壻高衡百爲刊此集，凡十二卷，由陸奎勳點校。《四庫》列入《存目》。朱彝尊舊序稱其詩「麗者不佻，高者不抗，古詩多於近體，五言遒于七言」。又陳鵬年、金介復、查慎行序。張雲章序，撰於開雕同時。集名《瓦缶》，取《淮南子》「窮鄙之社，叩盆拊瓴，相和而歌」，自喻弇陋之意。古樂府均爲摹古，五七古近七百篇，效仿齊梁，大都以綺麗爲工。可徵事者，僅《山中謡》、《簰洲曲》、《流屍行》有序，數篇而已。其詩用力甚厚，惜以多見冗耳。

眺秋樓詩八卷　乾隆二十二年刻本

高岑撰。岑字峴亭，河南商丘人。雍正間官豐城知縣。是集爲乾隆二十二年岑子芋坪刊，首沈德潛、杭檢、顔師仁、張若駒、湯懋綱、張景蒼、張庚序，陳浦跋。分《課餘草》、《寶氣亭集》、《豐城雜詞》、《歸田草》四集，卷八爲《和月泉吟社田園雜興詩》。岑爲宋犖外孫。詩歌學唐，意致深婉。沈德潛賞其《里夫謡》一篇，以爲得白傅《五弦彈》、《折臂翁》遺意。《題王石谷漁浦秋晴卷》、《黄尊古畫卷》、《登恆嶽》、《讀鐵崖樂府六首》、《大理石屏風歌》、《題漁柳圖四十韻》，俱以清矯見長。《豐城雜詞一百首》並注，以境内山川民情寄諸吟詠，亦可謂深於此道者矣。《四庫存目》著録。

小山詩初稿四卷續稿三卷　乾隆十一年刻本

王時翔撰。時翔字皋謨，一字抱翼，號小山，江蘇太倉人。諸生。與顧陳垿等結詩社，東南名士多與唱酬。雍正六年，由興化知府沈起元薦授晉江知縣。後爲漳州同知，改蒲州。累至成都知府。此集爲其子景元梓刊，有唐孫華、宗姪孫吉武舊序。據沈起元序，卒於乾隆九年，生歲以《三十生朝述懷》而推，爲康熙十四年。長陳垿三歲。據顧陳垿跋。得年七十。其詩鎔冶杜、韓，氣骨遒勁。王士禛、朱彝尊亟稱之。《得朱竹坨先生凶問》、《偕葉嘯古游支硎山》、《贈明史館胡大襲參一百三十韻》、《贈家司農麓臺》、《贈孫莪山先生》、《題層嵐曉色圖贈王石谷》，俱備掌故。擬張王樂府作《田家行》、《秋霖歎》、《古釵歎》、《江村行》，深悉民生疾苦。《颶風》一篇，排奡有力。《賣屋詞》，讀之令人酸楚。五律《于忠肅公墓》亦甚工切。《清史稿·循吏傳》稱時翔歷官均有政績。就其工力而言，要非同社諸子可及矣。

春及堂集四卷 乾隆間刻本

方世舉撰。世舉號息翁，安徽桐城人。不求仕進。生平用力於詩，康熙中北游京師，名日起。《南山集》案起，以方苞族人，同被編旗籍。雍正元年遇赦，南歸後居揚州。乾隆二十四年，年八十四卒。殁後並《蘭叢詩話》刻之，方觀承序。篤嗜韓詩，所撰《昌黎詩集箋注》，盧見曾官鹽使爲之刊行。《詩集》分初、二、三、四集，各一卷。五七古《掃晴娘歌》、《元人朱碧山銀槎歌》、《漢銅雁足鐙歌》、《湯婆子歌》、《鞦韆詞》、《江北懷古詩三十首》，長篇蕩譎，方序所謂不復斤斤繩墨者是也。《望溪兄哀詞十二首》，悼從兄方苞。《寄李穆堂四十韻》，可見與李紱切劘之誼。感舊詩甚多。交游爲陳鵬年、林佶、顧嗣立、何焯、湯右曾、查慎行、汪士鋐、王鴻緒、田從典、沈宗敬、徐昆發、王澍、查嗣瑮。中年以後爲趙執信、張大受、郭元釪、汪份、盧見曾、馬曰琯。而與程夢星唱酬最密，《田田行》，紀説書女史事，卽夢星座上作。集中兼及畫士、琴僧、壯士、曲師、賣花翁、琢硯媪，無分貴賤，悉載之。《沈歸愚宗伯方選今詩聞人以余入放言有作寄而止之》云：「一代風騷賴主持，揀金如我合沙披。小來草市呼才子，老大夷門罵惡詩。天下聲名須後定，故人嗜好恐阿私。過情猶記題黄絹，莫遣中郎有媿辭。」清代中業，詩文已流爲招摇攻擊標榜攀援之資，此詩切中其弊，故《别裁》亦無世舉詩也。

田田行

程午橋説書女史也，田其姓，午橋重之，以爲名，意可知，人亦可知。一日出而爲余説雙紅傳，午橋爲之請詩。

石勒不知書，聽人説書史。太史目十行，何至用兩耳。稗官小説偶消閒，軍府曾傳柳麻子。一聲霹靂舌端飛，十萬貔貅静如水。此技豈不豪，吾曹無事此。風月苟當筵，還須求軟美。誰家有婢在泥中，居然風雅如名士。若教我作主人翁，平分緗帙烏皮几。太史口不言，微笑幡然起，命取小胡牀，安之傍花蕊。錦帷高捲出紅兒，翠袖長拖抱黄嬭。花杪朱樓燕子身，金鈎香稻鸚哥嘴。笑問説何書，聲容已可喜。我命説雙紅，雙紅爲卿比。等閒兩俠結宫妝，依約三更掠軍壘。漳河明月冷衣裾，雲表飛星動釵珥。佳麗真揚州，玉兒又玉齒。十里但珠簾，不直樊川死。中間且止説來時，前年纔到朱門裏。挾瑟邯鄲恥不爲，焚香燕寢甘驅使。又復説書終，書終可歸矣。急命取纏頭，跼蹐若非是。六幅湘波白練裙，行行曳曳停還止。主人解意説求詩，香頸重廻拜階戺。我老不堪歌，柔情難靡靡。無那竇兒憨，爲卿聊爾爾。君不見黄四娘同段七娘，浣花老杜青蓮李。《春及堂二集》

益戒堂詩集十二卷後集十二卷　康熙間刻本

揆敍撰。揆敍字愷功，滿洲正黄旗人。明珠子。蔭生。由佐領官至左都御史。康熙五十六年卒，年四十三，謚文端。雍正間追削，並諭於墓壁上改鐫「不忠不孝柔奸陰險揆敍之墓」。撰《益戒堂詩集》自訂，徐倬、孫致彌序，自序。《後集》其子永壽編。其詩學查慎行，自匪淺露，而慎行選庶吉士，揆敍爲館師，故法式善以「一生學初白，初白且師之」贊之。見《存素堂詩集》。與唐孫華時相唱和，孫華詩亦慎行之流亞也。《鷹坊歌和他山夫子》、《讀蘇文忠公詩呈他山》、《讀秋笳集有感即效吴夫子體》、《宋中丞牧仲以宋本施註蘇詩見惠賦此奉謝》、《禾中留别竹垞先生得五百字》、《次韻東江先生論詩》、《題姜西溟洞庭秋望圖》、《客有譏虞山詩感而賦此解嘲》、《寄懷東江一百韻》，大都雄傑工麗，其中品詩議論，多可參稽。《連夕觀放煙火》，分詠冰牀、鐵花、風槍、攢花、鳥槍，頗見新巧。近體稍遜，然無帖括之習。康熙三十三年，扈從出古北口，作《出古北口》、《紀塞外景物雜詩十二首》。三十五年，随征噶爾丹，作《聖駕北巡絶漠凱歌》等詩。《歸化城觀打鬼》、《鄂爾多思月夜》、《登寧夏多寶塔》、《大同石炭》，取材亦博。三十八年扈從南巡，四十一年從皇太后出山海關,恒以見聞寄之於詩。四十二年,奉使朝鮮,有《詠宣川林畔館松棚》、《登平壤大同館後山快哉亭》、《登黄州太虚樓》、《朝鮮烹茶》、《雨中遇葱秀山》、《開城懷古》、《高麗紙》、《謁箕子墓》,酬朝鮮諸君子等作,篇什雖多,而嫌徵事不足耳。清代詠朝鮮作,以雍正間上海陸琳《朝鮮行》最爲瑰瑋。見《松江詩鈔》卷三十一。撰敍爲納蘭性德胞弟。甫壯能詩,激發豪宕,才情高異。殆爲滿洲貴胄詩人中之錚錚者。其性情心力,俱可托此集以傳之。

恪齋詩集四卷　康熙三十三年刻本

楊文鐸撰。文鐸字曉先,江蘇揚州人。康熙三十二年,弱冠中舉。會試未第。撰《恪齋詩集》四卷,曰《玉岑集》、《吴歈草》、《于虹集》、《京峴集》,首宋犖、秦松齡、孫致彌、顧圖河序,共詩三百餘首。詩學初唐,以詠蘇杭、金陵、淮揚名蹟爲多。《登茅山》、《錢塘江》、《登觀象臺》、《山中行》、《霅溪雜詠》,大都委婉妙麗。嘗謁興化李清。與朱彝尊、查慎行亦有詩贈酬,而與顧圖河、繆沅厚交,唱和詩不失書生本色。擇其尤雅者觀之,亦可拔於衆流之中矣。

春及草堂小集一卷　江關集一卷　乾隆間刻本

方扶南撰。扶南字息翁,安徽桐城人。雍正元年,遣戍回里,年已四十九。所刻《春及草堂小集》,第一首詩云:「十年來去鬢全霜,舊法新恩淚兩行。流宥五行思大舜,網開三面戴成湯。鴻毛死喪纍臣分,萱草春秋病母望。夢斷得歸餘歲月，力田報國詠時康。」當爲《南山集》獄案所牽，盖此案方氏一族受累最多也。集中《懷舊詩》如陳鵬年、何焯、湯右曾、汪士鋐、王鴻緒、田從典、沈宗敬、張大受、蔡升元、顧嗣立、徐昂發、趙執信、林佶，多爲達官名宿。伯父嵩年字東來，官定遠教諭，以收藏古泉聞名，有《贈答詩》，考論古錢頗詳。表弟程夢星，維揚文士。集中《江北懷古三十二首》，卽作於揚州。又刻《江關集》，收詩止於乾隆十八年。唱酬如馬曰琯、馬曰璐、陳章、張四科、閔華、陸鍾輝，均揚州勝流。《初至儀徵程南陂郎中讌觀家樂》、《詩會賦客氏拜行》、《聽曹生唱赤壁賦新曲》、《詠宣德墨》、《題環山授西疇青緑山水畫》、《元人朱碧山銀槎行爲嶰谷半查作》、《張胭脂詩》、《胡琳畫松歌》，所繫多當時藝文典故，可采擷。

初至儀徵程南陂郎中讌觀家樂　張獻忠始末補《虎口餘生》

卓犖觀古今，氍毹乃多壘。開泰待興朝，先驅羣盜否。曹公譜刀兵，虎口餘生始。故鹽漕通政使曹楝亭公演。特表邊令功，文體但詳李。黄虎張獻忠，兇殘未遑理。同惡不同科，當筵猶裂眦。洛中福禄酒，江底金交椅。三王不能誅，四鎮無力弭。以致壞金甌，二賊實表里。長矢殪天狼，夫誰能拊髀。我朝如漢高，一洗秦儒耻。皦日麗中天，妖星盡尺箠。人生立本朝，安敢忘豐芑。文武纘緒成，臣子彰厥美。所以武部郎，演劇助編紀。讀史者幾人，觀劇則比比。金鼓一登場，興亡在眼底。盲腐如復生，把臂入林矣。若謂但遊嬉，笑冷識者齒。嗟嗟良史才，小試何至此。通籍鄧禹年，歷官邴原止。

念母終養歸，望子就衰已。抱才無所施，遊戲王高比。西厢、琵琶兩元人。比象指低昂，顧曲辨宮徵。酒闌拍君肩，一笑三嘆起。《春及草堂・江關集》

張胭脂詩 有序

張五喆士，關中大家，今僑居維揚，嘗戲詠胭脂，有「南朝有井君王辱，北地無山婦女愁」句，人推典雅，戲呼爲張胭脂云。其名四科，號漁川，他詩皆工絶。

文章霹靂手，薄媚名胭脂。當時不相識，聞之思而疑。得毋衛叔寶，亦或杜弘治。桃花爲肌玉爲骨，美人名士鎔鑪錘。今年邂逅成大笑，冠纓索絶幾脱頤。名實不相副，世乃有若兹。將軍偉幹腰腹大，邑中之黔差肩随。胭脂只上彼姝頰，何至粧點名虚施。西疇止我笑，爲誦胭脂詩。以此名遂噪，品藻因遊嬉。我雖愛才性倔强，舉首不語聊頷之。亦謂偶然耳，未必他皆奇。及會玲瓏舘，詩戰決雄雌。倉皇競病剩險韻，咄嗟黄絹成高詞。自此一而再，無不驚以嘻。建安大曆十七子，狎侮直欲巾幗遺。方知魏徵事直諫，翻以嫵媚標丰姿。而況其遠祖，留侯有可思。英雄狀貌如女子，子孫婀娜何辭爲。但惜名號小，不足爲君貽。鴛鴦鸕鴣與蝴蝶，大才那屑同纖兒。居盧我且見，一世皆無儀。綿已奇温又豪具，君獨木綿之裘當風吹。文人執禮更如此，譬如冬郎忠義不以香奩嗤，始終號曰胭脂宜。《春及草堂・江關集》

楚蒙山房詩五卷　乾隆七年刻本

晏斯盛撰。斯盛字虞際，號一齋，江西新喻人。康熙五十九年鄉試解元，次年成進士，改庶吉士。官至湖北巡撫。生年未詳，卒於乾隆十七年。撰《易經解》、《學易初津》、《易翼宗》、《易翼説》等書，並詩文集均收入《楚蒙山房集》。詩五卷，凡八百四首，俱壯年筮仕後作，依年月順刻。夏力恕序。力恕爲康熙五十九年湖廣解元，又與斯盛同年成進士。此集有《平臺灣》二首，與力恕作於同時，唯不甚究心耳。其詩自寫其意，敍次簡潔。詠匡廬山水、《過孟廟》、《溢城懷古》、《泰山高》、《渡黄河》等篇，皆可采覽。督學貴州，所作《安順道中》、《黔山行》、《九里箐行》、《飛雲巖》、《石阡河》，攬奇搜勝，間有所得。又有《李臨川公寓中讀歐陽文忠公集》長詩，臨川即李紱，斯盛會試座師也。斯盛爲宦有聲，詩非致意，故佳作不多云。

藥園詩稿一卷　近代刻本

吴焯撰。焯字尺鳬，號繡谷，别號蟫花居士，浙江錢塘人。貢生。官同知。工詩詞，喜聚書，多宋雕元槧，故瓶花齋藏書之名稱於世。康熙四十四年南巡，焯進詩，使隨駕北行，以親老辭。作《上張相國玉書百二十韻》。是善使進退者。著《熏習録》，專記自藏秘册。又有《南宋雜事詩》、《玲瓏簾詞》傳世。卒於雍正十一年，年五十八。事具張熷撰《吴繡谷先生行狀》。詩稿原藏吴昌綬所，裔孫吴用威仿刻。《薫習録》殘稿附《徑山游草》一卷，已由吴昌綬刊入《松陵遺書》。詩分古今體，各爲一卷，爲康熙四十年至四十九年作，朱襄序。毛奇齡序稱：「余僦杭州與時賢往來，共推吴子尺鳧爲藝壇之宗。」作序時年已八十八矣。焯家富于貲，結交朱彝尊、閻若璩、姚際恒、洪昇、朱襄，皆爲老蒼。爲詩平淡。唯藝林題詠，如《青蘿書屋堆假山篇》、《宣和御窰瓶歌》、《姚生二百四十家竹譜歌》、《式園品硯圖》、《書王叔明畫册》、《題查二瞻畫》，精於鑒裁者，斯爲佳耳。《壺山草堂觀先叔父介菴公收藏歷代名畫卷册歌》，尤爲博奥。焯有宋槧許渾《丁卯集》，手自校批，後散佚。乾隆間其子城於京師市上得之，錢塘士林多詠詩紀其事。城字敦復，號甌亭，監生，長於校勘。所居瓶花齋在九曲巷口，與振綺堂南北街宇相望，兩家均富藏書。厲鶚《樊榭山房詩集》卷七有《哭吴尺鳧》詩。

陳司業詩集四卷　乾隆二十九年日華堂刻本

陳祖范撰。祖范字亦韓，號見復，江蘇常熟人。雍正元年以貢士應會試，未及殿試而歸。乾隆十六年薦舉經學，授國子監司業銜。著有《經咫》、《掌録》、《詩文集》。卒於乾隆十九年，年七十九。《詩集》爲四種合刻本，首雍正九年陳景雲序，自序。詩二百六十六首。《四庫》列入《存目》。《提要》稱：「前有自序題乾隆壬申，而第四卷乃題自乙丑至甲戌詩，蓋又有所續入，如古人後集别集例也。其詩不煩繩削，於古人中，去白居易爲近，敖陶孫所謂『事事言言，皆著實者也』。」又引其自序，著論較詳。今觀其詩，無意求工，大抵以冲融爲主。《詠史》、《北山歸途》、《呈北平黄公》、《聞任翼堂亡》、《登雲龍山放歌》、《登大觀亭》、《桐城方貞觀寄書稿書贈》，不染雕章琢句之習。祖范出黄叔琳門，主講紫陽、雲龍、敬敷、安定書院，預修《江寧通志》，莊大中、王峻均出其門。蓋績學之士足以名世者也。

述本堂詩集二卷 乾隆二十五年刻本

方式濟撰。式濟字渥源，一字沃園，安徽桐城人。登嶧子。康熙四十八年進士。官内閣中書。戴名世《南山集》之獄，隨登嶧流於黑龍江卜魁城。五十六年殂於戍所，年四十。著有《龍沙紀畧》。乾隆間其子觀承刻《述本堂詩集》，有式濟詩二卷，曰《陸塘初稿》、《出關詩》，又雍正十一年蔡世遠序。初稿多酬答唱和之作，吳寶崖、查昇、繆沅、劉青藜、朱樟，俱一時文彦。出關多紀程之什，《山海關》、《四通碑》、《威遠堡》、《鎮北堡道中》、《葉赫城》、《柞樹篇》、《虎廟行》、《嶺雲行》、《稽林》、《城上烏》、《玉笛引》、《過新城》、《入卜魁界》等，登嶧入關，無此類作也。又有《布塔哈烏喇》，自注：「珠江也，官歲採珠於此，採蔆於山，採貂於野，並爲鎮寶産。」至卜魁城所作新詩，以和登嶧原韻者爲多。其詩不及登嶧凌厲，而清峻宕逸，亦是高調。

雲在詩鈔八卷 乾隆間刻本

查祥撰。祥字星南，號縠齋，浙江海寧人。康熙五十七年進士，改庶吉士，官編修。乾隆元年又應博學鴻詞，誤期，充律例館纂修。與錢陳羣、杭世駿同時。是集無序跋。爲詩逸情奇境，自見懷抱。海寧查氏世居於天津水西莊者，稱北查。集中《哭心穀弟》詩云：「我小于叔計十年，弟復小我十七歲。」查爲仁生於康熙三十二年，則祥之生歲可知矣。卒年八十二，見《兩浙輶軒録》卷十五小傳。五古《游香山永安洪光卧佛諸寺》一篇，可稱佳構。《四庫存目》著録。

味和堂詩集六卷　乾隆十四年刻本

高其倬撰。其倬字章之，號芙沼，一號種筠，漢軍鑲白旗人。康熙三十三年進士，改庶吉士，累官雲貴、浙閩、兩江總督，工部、户部尚書。乾隆三年卒，年七十三，謚文良。是集爲家刻本，分《白蘋紅杏集》、《懶後憂餘集》、《灤陽消夏集》、《塞上悲秋詩》、《知非集》。以經歷南北，各爲詩詠之，《南天門》、《土木四首》、《古北口》、《熱河》、《察哈爾部》、《喀喇河屯》、《蟠龍山頂望都城》、《望雪山》、《鹽海子》、《歸化城四首》、《瀚海石筆山》、《晉祠》，以及黔中諸作，豪壯雄奇，多有佳篇。《奚兒賣馬歌》、《牧羊詞》、《放鷹詞》，筆力遒勁。《碧雲寺》一篇，詳於明御史請削魏忠賢事，可作魏閹傳讀沈德潛評語。《薊州新城》一篇，記修築新城，殆爲當務之急。《白水河瀑布》，以漁洋、山薑皆作長歌，故爲七律一首。其倬爲其佩弟，集中有《題其佩指畫歌》。又與周起渭時共唱和。詠《大理石十絶句》詞采瑰奇。是集首爲蔡珽、孫嘉淦、沈德潛序。附刻其妻蔡琬《蕴真齋小草》。其詩取材甚廣，氣勢渾灝，筆力堅卓，信爲可傳。袁枚《随園詩話》稱其倬詩爲功業所掩。又謂「不知一代作手，直駕新城而上」，並非過情之論。

察哈爾部

元順帝裔也。崇德中，其君棱丹淫虐，國人携貳，王師滅之。後封其裔孫尚主守藩。吴逆之變，亦以其衆叛，復討平之。處其餘衆于近邊，俾司冏牧，拔其豪入備宿衛。有通顯者，即《明史》所稱插部者也。

恩已存陳杞，頑仍類扈苗。金人終罷祭，白馬不成朝。鮮網疎猶祝，馴鷹飽莫驕。稅侯非種資，忠謹世傳貂。《味和堂詩集》卷五

曉亭詩鈔四卷 乾隆五十年刻本

塞爾赫撰。塞爾赫字慄菴，一字曉亭，號北阡季子。清太祖母弟穆爾哈齊曾孫，輔國將軍泰蔭布子。雍正間官倉場侍郎。乾隆十二年官兵部右侍郎，未到任卒，年七十一。是集有乾隆五十年允祁序，附李鍇所撰《家傳》。《清詩紀事初編》云：「乾隆二十年，胡生（中）藻詩獄，牽涉鄂昌。於鄂昌家中查出塞爾赫《曉亭詩鈔》，……諭戒八旗。」又云：「雍、乾時所最惡者，宗室旗下沾染漢人習氣。」舉集中《西洋鏡》詩，以爲明明刺譏，與題不應。今觀《馬射行》、《天津鹺關》諸篇，及沈德潛《别裁》所引「宋朝南渡君稱姪，周室東遷帝是侯」，婉而多諷。《夏日走筆贈隋海侯》、《竹闌行》、《杏山行》等詩，亦涉及時事，亦含譏刺。而出喜峯口、古北口諸什，詠山水民情，《京都上元竹枝詞》、《天津竹枝詞》摹寫社會風俗，則未嘗借以宣其抑鬱之氣。塞爾赫與屈

復投贈意殷，有《論詩口占》、《壽屈悔翁》等詩。屈復《弱水集》亦有贈詩。又與李鍇唱寄。李鍇《睫巢集》有《題塞曉亭侍郎理漕圖》。是集爲其子鄂洛順校編，沈德潛所謂「身後爲夫已氏所編，不免以中駟爲上駟」者，當卽此本。法式善《存素堂初集録存》卷十四《題曉亭詩集》云：「歸愚沈宗伯，不滿曉亭詩。盡取恢奇語，選樓删削之。此編採沉鬱，當日苦吟思。咫尺匡廬面，晤當秋霽時。」法式善奉校《八旗詩集》，所見甚博。《别裁》以己意選詩，復謂此本不善，不知其所謂上駟者，何可得見耶。

乙丑十月寧王招集東園觀異種秋菊並演新劇敬賦七律二首

小陽天氣茂霜葩，七寶盆連翠幕遮。芍藥牡丹違節序，鏤金團雪燦雲霞。定從海上移來種，那得人間有此花。爲惜羅含與陶令，秋英未覩洞仙家。

修廊窈窕倚巖阿，自幸東園得再過。芝蓋早飛延客館，鶯簧重聽繞梁歌。添籌忽現千尋屋，移海驚看萬頃波。笙歌鼎沸間忽見波濤滚滚而來，仙人乘槎波上，復現空中樓閣作海屋添籌狀，真奇觀也。香爇蘭膏還繼晷，不勞人羡魯陽戈。《曉亭詩鈔》卷三

繭甕集八卷續編一卷　乾隆十二年刻本

紀逵宜撰。逵宜字肖魯，一字可亭，晚號閒雲老人，直隸文安人。康熙四十七年以舉人官靈壽教諭。雍

正元年成進士，授湖北黄陂知縣，調浙江瑞安。又任國子監攝丞，遷宗人府主事，至刑部員外郎。紀氏自明萬曆間迭出人材。逵宜受學於其叔炅。炅字仲霽，號朏菴，諸生，康熙間徵鴻博不出，有《桂山堂集》。逵宜弟邁宜亦工詩，有《儉重堂集》。詩格俱近，以樸茂見長。又遴宜字毅亭，康熙三十三年進士，官吏科給事中。邁宜字碩亭，雍正二年舉人，皆其昆季行，有詩，載《國朝畿輔詩傳》。是集爲其子世安輯，姪黄中刊，首黄叔琳、楊楷、田同之、陳法序。以行役、旅懷居多。《雲中感懷》、《雁門》、《吴門雜詠》、《灘行》、《松陽雜興》、《鄂州雜詩》，格調蒼老，詠盤山松石諸篇，氣韻亦高。唯夜課諸作，時不免傖俗耳。陳儀《學士文集》卷十有《閒雲老人傳》，不詳生年。據《儉重堂詩》「丁巳乾隆二年可亭老人六十」推之，約爲康熙十六年生。官教諭嘗與靈壽傅維澐唱和，維澐殁，爲其《燕川漁唱詩集》作序，自謂「老年髦矣」，可見年齒甚高。

淩雲軒詩集六卷　乾隆九年刻本

徐夔撰。夔字龍友，號西塘，江蘇長洲人。廩膳生。何焯弟子。少與沈德潛結社。詩奉王士禛，爲惠士奇所稱。士奇父周惕本王士禛門下，夔爲士禛近體詩箋注，士奇督學粤東邀夔入幕，歲餘而卒，箋注稿爲士奇子棟酌録於《精華録訓纂》中。是集有康熙四十三年王學琦序，雍正十年彭啟豐序，乾隆九年沈德潛、何堂序，邵泰爲作《小傳》。沈序稱夔「年五十卒，少余三歲」，當爲康熙十五年生，雍正四年卒。古體學漢魏近韓。《伍胥廟》、《古柏行》自注：董潯陽墓下作、《登穹窿八首》、《觀秦丞相李斯鄒嶧山碑》、《宋磁水盂歌》爲顧嗣立賦等篇，刻削中有蕭散之致。《錢武肅王鐵券歌》自注：「唐昭宗乾寧四年賜，元至正間避兵失，後得之黄巖庫水中，今藏裔孫某家。」近體鍊句甚工。《錫山道中》云：「人趁野航月，僧歸古寺煙。」《京口》云：「江流趨石牐，山色壓城樓。」《青溪》云：「内庭政務惟酣酒，敵國軍容有戰船。」《大雲菴訪子美舊址》云：「賓客縱能齊擯斥，文章終不廢江河。」《江東》云：「已見樓船來蜀國，豈容帝座設南方。」《故中山西園》云：「大樹飄零愁暮雨，英姿颯爽憶凌煙。」《登燕子磯》云：「雲開極浦檣帆影，秋老楓林鸛鶴聲。」氣完而意不盡，其佳者在王士禛之上。觀《過二棄草堂悼横山先生》詩，亦出葉燮門，故沈德潛引爲知己，德潛編《古詩源》，燮名列參校云。

無悔齋詩集十五卷　乾隆十六年刻本

周京撰。京字西穆，一字少穆，浙江錢塘人。雍正間貢生。遍歷秦、晉、齊、楚。乾隆元年薦博學鴻詞，應徵至京，未就試。歸與湖社同人雅集，賦詩寫懷，無四方之志。乾隆十四年卒，年七十三。事具全祖望所撰《徵士穆門周先生墓誌銘》。是集爲厲鶚所定，舒瞻捐廉付梓。有舒瞻、施安序。編年詩八百七十四首。《四庫》列入《存目》。江南山水諸題遒媚勁秀，北游之詩雄俊跌宕，然均不作鑱刻艱深之語。其中《七星灘》、《過嚴先生釣臺》、《瞻岱》、《游善卷洞》、《齊雲山》、《武功縣望太白山》、《益門鎮由棧道入漢中》、《雲朔雜感》詩二十首、《大雪入雁門關》、《殺虎行》、《代州》、《游析城山》、《雪中走潞澤十七首》，不失傑搆。時朱樟任澤州知府，京久居署中，故得遍游三晉名蹟。《竹米歎》、《貴米謡》等詩，關切天時農事。《内人走馬歌》、《鐵花行》、《宣卷》、《慶春樓觀虎口餘生劇本》，多爲民間風土與戲曲資料。《詠宋陽宮》《游萬柳堂》《郝伯常先生祠堂》、《訪錢蒙叟拂水山莊遺址》，頗得經籍之腴，與泛泛弔古之作不同。《題吴仲圭墨竹畫卷》、《吴生敦復重得父書許丁卯集於燕市》、《碧山堂椽筆歌》，亦見根柢學問。京晚歲在杭，與朱璋同參加西湖詩社，文人雅集，展禊唱和。與桑調元、張雲錦、厲鶚、丁敬、陳兆崙、全祖望、符曾、顧月田、張湄、汪沆、金志章、汪啟淑時有過從。而齒尊名高，同人多兄事之。以詩名海内五十年，杭之詩人，奉爲幟志，及歿，一若失其憑倚據全祖望撰《墓誌》云。

鐵花行

試燈時節繁新火，簇著冠兒鬧花朵。星流電掣須臾間，閃睒晶毬滿空墮。未聞鼓鑄融紅爐，燒丹煉汞精金鋪。青黄反復視人面，火候一足爭喧呼。近爐火視人面爲候，青者、熟黄者、足紅，過卽不成花。健者袒跣摶丹砂，横飛十丈朱明霞。拂雲高樹觸星點，紛紛亂落薝蔔花。白銀作瓣金作蕊，萬葉千枝半空起。天女乘鸞啟玉齒，盡掃瑶臺絳闕雲，打塊成團作歡喜。我聞下策用火攻，看爾勇健肩胛紅。幻弄奇巧供一笑，捲地倏忽驚兒童。《無悔齋詩集》卷七

宣　卷

澤之伶人演劇以宣卷名，蓋以彈詞入調，歌句歇聲用雙鎖吶爲和，良久乃再出聲，風情諧暢，中更哀嘽，有梁州意

外之音，合尊促席，頗矜異撰。

晉城山館按歌聲，觱篥吹殘午夜清。檀板乍如蛙閣閣，窈娘隄上月三更。

遲回依約轉身來，欲語聲沉急管催。消得酒寒華燭盡，韓娥不下繞梁哀。

直從碧落響雲璈，唱徹中庭月正高。莫謂王門無濫吹，問誰彈得鬱輪袍。《無悔齋詩集》卷十

賜書堂詩稿四卷　乾隆間刻本

翁照撰。照初名玉行，字朗夫，一字霽堂，江蘇江陰人。毛奇齡弟子，國子監生。雍正十三年，客嵇曾筠幕。獻詩云：「此生得遇裴中令，不向香山老一生。」大喜，卽薦鴻博科，以疾未與試。乾隆十四年，以經學薦，不遇。工奏章，往來江淮燕豫間。老於幕府。晚約沈德潛結廬吴之采葑溪，未遂。作《三十三山草堂圖》，徵題甚衆。卒於乾隆二十年，年七十九。《詩稿》四卷，與《文稿》六卷合刻，詩僅及十之二三。少年專工佳句，後漸臻老境，識力俱高。《詠史》諸作，不汲汲於月旦人物，用意深遠。近體多閒適之什，冲雅清和。《英德石歌》一篇，格高氣古。贈酬自沈德潛以下多當時名士。佳句如「一抹夕陽連漢苑，二分春色在蕪城」，「青拂河橋風乍轉，緑昏江店雨初來」，「春寺煙深聞粥鼓，午塘風暖度餳簫」，「夾岸緑陰垂柳渡，滿篷紅雨落花天」，皆爲時傳誦。

王無垢席上送李復堂歸里

男兒七尺生世間，遇與不遇俱等閒。操觚不得致高位，抱卷卽當還故山。安能終歲事趨走，向人

俯仰低心顔。昭陽一老胡爲者，頻年寄跡燕臺下。金張宅第不肯過，落落自甘交分寡。日之夕矣突無烟，秃穎一枝長自把。頃年聞説栖僧廬，研山墨沼供畋漁。三徑紫蘭淡入畫，半庭紅葉閒臨書。公卿見之互招致，一笑已駕南來車。吴陵才子吾好友，一生少可而多否。名場結納多俊流，獨喜稱君不去口。朝來握手殊歡然，賣文適得三百錢。欲令一識天下士，特爲置酒花之前。羈旅相逢倍傾倒，醉中便乞揮鸞牋。知君老大不稱意，聊假翰墨爲游戲。渲染無非一刻功，流傳即是千秋事。金瓶牡丹世所宜，君畫老草無人知。玉堂搨本時所尚，君書瘦削無官樣。吾儕獨具好古癖，片幀分來空叫絶。舍真取贋自古然，物到違時無氣色。君今五十猶飄零，雙髩漸驚辭故青。當筵忽爾動鄉思，金昌亭下將揚舲。吴儂家住楚江側，九畹名葩嘗手植。要博秋來幾度看，及至花時長作客。感君知我遥相憶，寫出數莖當贈别。臨歧展此重徘徊，料得故園花正開。人生勝事不可負，我亦掉頭歸去來。《賜書堂詩稿》卷三

麻山詩集三卷　近代排印本

孫學顔撰。學顔字用克，安徽桐城人。布衣。康熙五十九年爲《晚村先生文集》作序。雍正六年，吕留良案發，恐禍由筆墨，戒不爲詩者七十餘日。七年，由金陵赴訊長沙，株連致死，年五十三。是集爲一九二九年東方印書館排印本，凡遺詩二卷、《破戒吟》一卷。潘田序云所據寫本舊藏蕭穆家。考孫氏譜，學顔之生，當康熙十六

年。揆之恆情，似不必以殷遺自處。而列舉集中詩句，幾無時不以興復爲事。如《迢迢谷》云：「北風當面吹，講席必南向。」《病中》云：「輟耕忘太息，拜鬼炫遭逢。」《看梅》云：「幸有南枝慰岑寂，況無羌笛損精神。」《華農耕舍》云：「曝日南簷背也温，妖槍未掃獻何人。」《放歌》云：「日看皐羽西臺記，莫讀犂眉覆瓿詩。」《感興》云：「無端袖手鍾山下，未免哀號負杜鵑。」《題荆欒圖》云：「武靈裝樣满江南，俗筆傳神最懶看。」《贈野鹿翁》云：「商飈擾鍾阜，王氣失所歸。」又云：「高城吹胡笳，憑渠久與暫。」《贈友》云：「買醉紅樓望明月，旄頭星欲墮胡塵。」《觀芸田》云：「安得朱虚歌一曲，看君笑墮華山驢。」《雁》云：「漢業看何在，音書莫浪郵。」又舉集中《黄河清》詩云：「辨夫射天狼，明年戊申矣。」詩當作於戊申前一年，即曾静遣其徒張熙投書川陝總督岳鍾琪，勸以同謀舉事之雍正五年。按：康、雍之際，文網峻密。吕留良文集且無違碍語，詩集中偶有數句，亦不過「甲申以後山河盡，留得江南幾句詩」，「天上幾家忘主客，此身今日繫存亡」而已，豈有如此集之刺刺不休者耶。至所舉《黄河清》詩，原詩云：「白日冷如冰，妖星大如斗。借問北來人，黄河果清否。河清君莫疑，其名曰福水。辨矢射天狼，明年戊申矣。」尤見爲後人僞作。學顔果與曾静同夥，何能將秘謀形諸詩乎。蕭穆爲晚清江湖學者，習於稗販之學。此集出版最晚，所據經後人竄增，絶非舊本。始舉大畧以言之，兼志疑焉。

竹素園詩八卷　乾隆二十七年刻本

許廷瓅撰。廷瓅字子遜，號竹素，江蘇長洲人。康熙五十九年舉人。官福建武平知縣。晚主韓江、婁東兩書院講席，振興風雅，一時稱詩者皆出其門。詩與沈起元齊名。是集卷首載己丑康熙四十八年王士禛手書，沈懋華、儲大文、沈德潛、沈起元序，附乾隆二十七年沈天中跋云：「漁洋公没，不及作序，又五十年而先生逝。」則刻印手書，益見爲全集增重。又沈起元《敬亭詩草》有乾隆甲戌十九年許廷鑅序云：「敬亭年七十，余年七十八。」其生卒年俱可考矣。其詩宗唐，清詞麗句，罔不可誦。《秦淮雜詩》、《虔州雜詩》、《廣州》、《粵中雜吟》、《張文獻詞》、《灘江謡八首》、《歷下春游絶句》、《萬柳堂即目感舊增懷》、《題少陵戴笠小像》、《湘南竹枝詞》、《夏忠愍祠》、《登獨秀峯》、《廣陵雜詩》，工秀澹遠，皆近體之至者。古體則有《觀潮行》、《大風行亂山中》、《相逢行》、《登君山懷古望大江》、《渡黄河》、《趵突泉》、《題邊頤公寫真》，亦有神采。唯嚴於唐宋之界，題材未寬。沈德潛以倡格調説，引爲同調。王昶《蒲褐山房詩話》云：「竹素先生詩才綺麗，始學杜牧之、王仲初，繼而規模何大復、徐昌穀。官閩海憔悴數年。既歸長洲，居郭外二十里之陳墓河。水雲千頃，花藥數椽，猶作詩以自遣。時時入城，與沈歸愚、蔣蟠漪兩公來往，故予常得接其議論。」唯《别裁》與《湖海詩傳》各選廷鑅詩十餘首，上舉諸篇，無一及之，未免有遺珠之歎。抑時代不同，眼光各别歟。

廣州 四首

天地一萍葉，隨風下廣州。已爲萬里客，更上五層樓。海色明帆影，江雲斷越謳。高城連夜雨，有夢到羅浮。

朝請通蕃國，提封扼重關。嵐廻庾嶺合，水入虎門環。虞苑今何有，仙人去不還。獨餘羈客思，長對白雲山。

曩憶談南海，今成滯粤鄉。樓臺長作雨，風月不知霜。荷氣生香浦，苔衣上蠣牆。雙鬟蕩舟女，猶是唤珠孃。

南越成荒草，高臺自漢時。代隨流水去，人抱長年悲。浮緑傾椰子，含津擘荔枝。歸裝非陸賈，多事百篇詩。《竹素園詩》卷三

硯思集六卷　乾隆七年刻本

田同之撰。同之字彦威，一字硯思，别字西圃，號在田，又號小山薑，山東德州人。祖雯，康熙間著名詩家。父肇麗，有《有懷堂詩集》。其號小山薑者，以雯嘗有句云：「客來須倩小山薑，扶我摳迎似杖長。」時同之方六齡耳。康熙五十九年舉人。官國子監學正。著有《西圃叢辨》等書。卒於乾隆十四年，年七十三。是集以雯授古硯而名硯思。有沈德潛、張元、趙閔、王洪謀序，受業浦起龍序，自序。同之能以詩世其家學，而又心折於王士禛。集中《普洱茶歌》、《沙河謡》、《牧牛詞》、《籠虎行》，爲有力之作。《論詩四首》、《論書十二首》、《題海右陳人集》、《題吴天章蓮洋集》，俱不空蹈。《岱游十首》、《歷下絶句》、《德州竹枝詞》等，短篇亦工。《屈悔翁北來過訪卽送赴吴門》、《送沈椒園之登萊青監司任》、《送盧抱孫出塞守台》，詩人交往，非苟作

也。《與沈歸愚庶常論詩因屬其選本朝風雅以挽頹波》，可知《别裁》之輯，實發端於此。詩中「山薑花謝蠶尾傾，野狐怪鳥齊爭鳴。狺狺衆口嗥新城，黄鐘毁棄瓦缶重」，皆刺趙執信。蓋趙氏《談龍録》糾王士禛神韻説，兼及田雯也。此篇《别裁》録之。沈德潛云：「篤信謹守，乃在新城王公，有攻新城學術者，幾欲拚命與爭。論詩一篇，其宗旨也。不直趙秋谷宫贊，故大聲疾呼論之。」唯此集沈序又云：「前三四十年，無朝野内外，言詩者必以新城、德州爲歸。今猥薄後生詈德州不議，而竟思集矢新城以快其口吻。甚者著爲議論以排之者。而排之者卽囊日心摹手追之人，是世道人心之憂也。」亦暗斥趙執信。田、沈二家，聲氣相通，可見於此。

墨香閣詩集五卷補遺一卷　道光二十一年刻本

彭維新撰。維新字石原，湖南茶陵人。康熙四十五年進士，改庶吉士。授檢討。累官協辦大學士。管理户部，坐事免。乾隆七年，復授左都御史。王峻《艮齋集》劾左都御史彭維新疏畧云：「維新爲山東、浙江學政，不務心課士，唯以虐侮爲能，士子怨聲載道，取其少年劣行，編成醜詞，以洩忿恨。雍正七年，蘇州民被逼，鬻及子女。官左都御史，每晨入前門，必令五城司坊官拘集遠近枷犯排列道左，候其經過，顧盼以示威嚴。」則其人固非循吏矣。十二年，歸里，潛心經傳與性理之學。不知卒於何年。是集爲其子青萊編，道光間始由裔孫録版。凡文八卷、詩五卷、補遺一卷。首道光二十一年唐鑑序。集中多稱述鄉賢李東陽，傳本《李文正年譜》卽維新所編。詩亦不失軌範。生平交游名士爲王苹、繆沅、趙執信、方苞。《狂叟詩》爲吴寶崖作，寶崖名陳琬，自號狂叟，著述甚富，詩中述其「銜仗閧門」，皆紀實也。詠耒陽飛雲洞、樂昌瀧、端州七星巖、羅浮，遊觀蕩諸篇，亦可觀采。《淮北書所見》云：「舉家經蕩析，托命轉輕微。后土乾難得，家園夢當歸。濕雲屯草舍，濁浪打蘆扉。那得如鴻雁，哀鳴尚隊飛。」題下自注：「避水難民，徙家隄阜，緝葦草棲息，名曰舍子，冀免昏墊。詎異漲又及，婦子莫克保。往來查賑，觸目愴懷，吟此。」是亦善於隨物賦情者矣。

步陵詩鈔不分卷　康熙四十二年刻本

沈堡撰。堡字可山，號步陵，浙江蕭山人。諸生。舅氏高士奇招入都，廣爲延譽。康熙四十二年迎鑾西湖獻詩，均未中第。日與賓客游宴，以詩托興。自刻《步陵詩鈔》，分體不分卷。毛奇齡、高士奇、岳峻、孟騤、柴世堂爲之序。詩格不高。《讀六朝史》、《御賜砥石硯歌贈石庭上人》、《觀潮歌》、《蘭亭懷古》、《湘湖竹枝詞三十六首》，多浮麗之詞。乾隆十六年堡爲王霖作《家傳》，載《弇山詩集》。此集有《初度詩》年僅十九，則爲少作無疑矣。《竹枝三首》云：「上湖舟去下湖還，處處花村雞犬喧。二十四塘農事足，至今野老説龜山。」「楊郭祠前觀劇來，青娥紅女满瑶臺。無端演出崔鶯事，香頸低垂頳玉腮。」「郎子板罾湘水濱，白魴王鮪爛如銀。若逢比目須開網，莫使長笓碎錦鱗。」

四焉齋詩集六卷　乾隆十五年刻本

曹一士撰。一士字諤廷，號濟寰，江蘇上海人。雍正五年，官如皋教諭。八年，成進士，改庶吉士，授編修，官兵科給事中。爲諫官慷慨敢言，多切時要。如言：「開墾有名實，十年之後，既已成賦，州縣不敢懸欠，督撫不敢開除，將爲民患。」又疏言：「小人往往挾睚眦之怨，借影響之詞，攻訐詩書，指摘字句，請勅下直省，嗣後凡有舉首文字者，茍無的確踪跡，以所告本人之罪，依律反坐，以爲挾仇誣告者戒。」最爲時所稱。卒於乾隆元年，年五十九。門人全祖望爲撰《墓誌》。撰《四焉齋文集》八卷，顧棟高、焦以敬、嚴源燾序，《詩集》六卷，沈德潛、黄文蓮序，壻葉承、從子錫黼識跋。《四庫》收入《存目》。一士受知於陳鵬年，《詠史》、《感懷》諸篇，氣逸詞高。通籍後投贈應酬不免，然申張懷抱，與徵逐者不同。絶句亦警雋。《詠史》四首有云：「積學當對策，積金當輸邊。卜式牧山澤，董生閉家園。肥羊或千頭，繁露纔數篇。」又有云：「石剖露奇璞，爨餘鳴孤桐。雲龍有會合，天意匪人功。退之固豪傑，敬輿亦宗工。始愧終見妍，修姱詎改容。嗟哉陳伯玉，碎琴都市中。」又有云：「有明盛壇坫，七子互騰驤。牛耳執王李，才高氣愈揚。仰視但秦漢，俯窺藐宋唐。震川老舉子，茅屋荒江旁。言招故生徒，講學稱先王。勢燄固不敵，名聲詎相當。云何百世下，中天吐寒芒。」持論亦精。一士受知於陳鵬年，重名節，不徒以詩傳，而今開卷，如見其人也。

雷溪草堂詩不分卷　乾隆九年刻本

長海撰。長海字滙川，號清癡，一號清癯，姓那蘭氏，满洲鑲白旗人。鎮安將軍瑪奇子。例予廕，不就。檄補户部庫使，又逃。於易水畔築大盋菴，自號雷溪居士。以布衣終。乾隆九年卒，年六十七。殁後，李鍇爲《傳》。五古《長歌行》、《徂徠懷古》、《恆嶽》等篇，意氣自豪。《山中雜詠》、《再贈西山隱者》，亦與隱者之詩自異，蓋有不滿於時，故多穎發耳。登覽牛首、匡廬、五祖山、盤山，《過大同弔古》，亦有寄託。《讀柳河東集》、《效元遺山論詩絶句四十七首》、《紫瓊道人爲作雷溪圖》、《題石濤秋山厭往圖》、《高且園中條雲瀑圖》，爲文學藝術有關資料。長海與李鍇、萬經、塞爾赫以詩歌贈答。此書有塞爾赫跋，作於乾隆九年，刻集當在此時。

思儼齋詩鈔五卷　乾隆間刻本

陳廷採撰。廷採字石泉，號山鶴，浙江嘉興人。未仕進。爲錢陳羣舅氏。據集中《戊寅奉先祖稾葬》詩注，生於康熙十七年，至乾隆二十三年，已八十有一。是集有舒瞻、錢陳羣、曹培亨、金元標等人序。歌詩三百八十三首，諸體皆備。詠史題畫較多。七絶《詠燈詩五十首》，記各種奇製，無所不有。詩近孟郊、賈島，脱手不俗。唯篇什不廣，不足稱譽一時。

留硯堂詩選六卷　雲南叢書本

張漢撰。漢字月槎，號莪思，晚號蟄存，雲南石屏人。康熙五十二年進士。官河南府知府。與當事牴牾罷歸。乾隆元年召試博學鴻詞，列二等，授檢討，遷山東道御史，分校禮闈，江南儲大文、胡宗緒皆出其門。

著詩古文詞六十九卷，家貧未刻。乾隆二十四年卒，年八十。事具《石屏州志》。此集爲《雲南叢書》本，首周彝、儲大文、胡天游舊序，袁嘉穀序。自遺稿七千餘首中選刻一千三百餘首。滇省爲西南奥區，山水衍秀。集中《游鏡湖洞》、《毛口駬》、《乾陽山》、《過侯家箐》，皆人跡罕至之地，特以詩歌表志其風景之異。《望前明宫址》等詩，亦極雄奇。時經吴三桂叛變，遺宿能述舊事，漢特爲之採訪。集中有關明季清初滇中軼聞較多。兩入詞林，經歷黔蜀關洛，所見甚廣。與布衣孫髯公、翰林夏之蓉、畫家張鵬翀、鄒一桂有唱和。道經山左，登泰山，謁曲阜，觀海市，有詩。卷四《嶧山諸石棚仙人棚尤爲奇勝》云：「泰山聚石密，嶧山聚石疎。造物並神力，垛疊成奥都，矗不知其幾萬餘。維石頑且巨，内腸嵌空虚。蹣跚石罅通山頂，時或天漏時模糊，如蟻穿行九曲珠。一竅逼仄循水行，下與聖泉達山厨。山東奇絶仙人棚，不擎巨石成石廬。此石覆爲蓋，下可百人居。其上平寬一畝强，四圍老樹蔭庇十餘株。其餘磊洞谽谺不勝數，時有流水落清渠。我生未見如此巨石者，擬刻驚人句，大作擘窠書。」滇人往往探窮崖絶谷，磊石險峯，乃以嶧山爲奇，足見我國風景特異之多也。

待廬集詩二卷　乾隆間刻本

劉錫勇撰。錫勇字研芬，號待廬，又號蔬叟，浙江平湖人。諸生。受業於陸奎勳。乾隆六年年六十三，手訂稿甫成，卒。是集有門人宋景關序，卷首宋景濂撰《蔬叟傳》。凡詩二卷百十六首雜文一卷。其詩生澀遒峭，多加議論。《七策吟》，言陶朱之道。《登陳山》、《觀倭漆器》、《椶榈》、《詠錢四首》、《三魚堂懷古》、《毁竈行》、《陳同野印譜題詞》，出語迥不猶人。《八詠樓詩》，記嘉禾境内風景名蹟。感舊詩爲林朝珪、張家漢、胡紹安、潘應奎、沈琨、林光輪、吴琳、潘蒼鶴、沈黼、陳圻，多爲邑中文士。

觀倭漆器

觀器知工巧，蘧瑗言自昔。貴用不貴異，鬼工亦奚益。髹者器千枚，史公傳貨殖。時俗有方言，關東號捎漆。胡然倭獨殊，勝此退光黑。繪金亦能手，熨貼了無迹。其理最細膩，其膚發光澤。鑲銅嵌文鏊，彌縫不見隙。形模小車箱，深廣一二尺。間架有層次，殆亦文具質。因斯來殊方，聲價重一鎰。番賈鶩海外，軀命乃不惜。中邦物自佳，奇技聖所黜。白雉與西獒，姬朝誡貢職。作詩示遠人，毋爲淫巧役。《待廬集》卷一

詠歸亭詩鈔八卷　乾隆十六年刻本

李果撰。果字實夫，一字碩夫，號客山，一號在亭，晚號悔廬，江蘇吴縣人。布衣。受學於葉燮，早年與陳鵬年訂交，與惠棟同時知名於里。巡撫雅爾哈善嘗叩以吴中隱君子，對以李果、惠棟，雅往造，避而不見。後陳鵬年下獄，果避禍。李煦爲揚州鹽使，問其名具書幣延之。晚年名益盛。卒於乾隆十六年，年七十三。此鈔有陳鵬年、張大受、先著、方朝、繆嗣寅序，自序，乾隆十六年門人朱昂跋，各卷以室繫名，曰《石間》、《竹亭》、《溪堂》、

《萊圃》、《蒿廬》、《東樓》、《舫齋》，共詩四百餘首。《四庫存目》著録。其詩力守古人矩矱，爲漢唐遺音。《王將軍劍歌》、《舊邊八首》、《題黄山圖》、《夜光木歌》，滭古極深。《過高忠憲水居》有序、《趙忠毅公鐵如意歌》、《翁朗夫曁陽三十三峯草堂圖》、《冷處士江泠閣》諸篇，句字沉實。《感舊詩十三首》、《過趙丈秋谷》、《費滋蘅輓詩》、《陳鐘庭輓詩》、《送方源子》、《寄懷施考功》、《贈沈歸愚》、《懷魏西疇》、《寄全榭山》，皆雍正間名士，並見其師友切磋之宜。王應奎《柳南詩鈔》卷十《挽李客山》二首云：「吴郡惟三士，中丞品曰公。自注：中丞雅雨公嘗曰：歸愚、次山曁君，爲吴郡三士。如何半載内，王没李旋終。從死憐通子，自注：君没未幾，幼子繼之。緘書待所忠。周旋殊不盡，回首恨無窮。」「自死文章在，開緘轉益悲。鄰牆悽玉笛，舊巷暗金獅。自注：君居在金獅巷。不用青蠅弔，偏邀黄絹辭。自注：歸愚許作墓誌。僧窗相訪處，猶記落花時。自注：去歲暮春，君曾訪余於怡賢寺。」

南堂詩鈔六卷 乾隆三年刻本

方貞觀撰。貞觀字履安，號南堂，安徽桐城人。與方苞、方登嶧爲從兄弟。康熙五十二年，受戴名世《南山集》案牽累，隸爲旗籍，雍正元年放歸。乾隆元年舉博學鴻詞，不赴。卒於乾隆十二年，年六十九。《詩鈔》有淮安程氏初刻本，從姪方觀承刻本，未覯，而《桐城方氏詩輯》尚存李可浮一序。此儀徵汪廷璋刻本，所采多流離之作，魚口鐫《方貞觀詩鈔》。汪序稱其詩學中唐，沉浸貞元、大曆間。警句如「水落鑑湖月，鳥啼嶀浦春」《送陸原游會稽》、「因貧常得靜，多病轉能閒」《日暮》、「夕陽歸鳥疾，荒堠客心孤」《南譙道中》、「崛土根盤石，囊風腹穴蛇」《老樹》，俱甚遒峭。及奉詔隸歸旗籍，自云：「官牒夕至，行人朝發，倉促北向，吏役驅逐，轉徙流離。」故其音凄愴。《登舟感懷》，敍得罪於城門之殃。《四庫》列爲禁燬，殆由此歟。歸里後所作《舠子船十六韻》、《讀史》、《磽角山夜行》、《題汪南鳴十七硯圖》、《與龔叔度論詩六首》、《西湖袁四娘竹枝詞》、《南行道中口號》，不避俚俗，而氣格自高。貞觀晚歲罕與人接。胡宗隅《環隅集》有《江都逢方貞觀》詩。邑貢生姚孔鋠《華林莊詩集》有《懷方貞觀詩》。

登舟感懷

山林食人有豺虎，江湖射影多含沙。未聞十年不出户，咄嗟腐蠹成修蛇。吾宗康道十七世，雕蟲奚足矜搜爬。豈知道旁自得罪，城門殃火來無涯。破巢自昔少完卵，焚林豈辨根與芽。舉族驅作北飛鳥，棄捐隴墓如浮苴。日暮登舟别親故，長風颯颯吹蘆花。語音漸異故鄉遠，回頭止見江天霞。嗚呼賦命合漂泊，碧砧變化成虚槎。殺身只在南山豆，伏機頃刻鍘阬瓜。古今禍福匪意料，文網何須説永嘉。君不見烏衣巷裏屠沽宅，原是當時王謝家。《南堂詩鈔》卷三

今有堂集四卷　雍正間刻本　後集六卷　乾隆間刻本

程夢星撰。夢星字伍喬，一字午橋，號香溪，又號洴江，江蘇江都人。康熙五十一年進士。官翰林編修。

以丁内艱歸，不復出。家有篠園，日與賓客詠其中。夢星爲汪懋麟外孫，嘗聞趙執信緒論，與沈德潛聲氣相通。久居江淮，鹽使盧見曾、馬曰琯、曰璐兄弟相邀唱酬，以老宿名動當時。著有《平山堂志》、《李義山詩注》。乾隆二十年卒，年七十七。刻《今有堂集》四卷，爲五十以前作。曰《江峯集》者作於揚州，張燦序。曰《分藜集》者作於北京。曰《香溪集》者詠黄山諸勝，杜詔序。曰《暢餘集》者作於杭州，厲鶚序。《後集》六卷，爲雍正三年後詩，均作於里中，以《蝨餘》、《漪南》、《五覞》、《山心》、《琴語》、《就簡》名集。胡期恆、馬曰琯、陳章、邵泰、姚世鈺、劉師恕各爲序。總一千二百四十七首。《四庫存目》著録六卷，乃《後集》，前集未之見也。《詠里中名蹟八首》、《蒙茶歌》、《雁足鐙歌》、《老人峯歌》、《明晉府鼎歌》、《韓昌黎石刻小像》、《漢柏行》、《萬柳堂》並序、《讀史六首》、《歸畫歌》、《題大滌子畫》等篇，較爲沉實。《四庫存目》稱夢星詩近劍南，間出於玉谿生。是斟酌於唐宋之間。然徒尚格調，乏於鑒裁，尚不足以新人耳目。商盤《質園詩集》卷十七有《題今有堂詩集》，張四科《寶閑堂集》卷二有《哭程丈夢星》詩三首。

觀演桃花扇劇四絶句 並序

康熙己卯、庚辰間，京師盛演《桃花扇》。興化總憲家優金斗，暨高陽相國文孫寄園，每讌集必延云亭山人上座，卽席指點，客有爲之唏嘘泣下者。乾隆辛酉，家載南蓄優童自淮陰授此劇歸，同人歌演，遂無虚日，多賦詩紀之。余謂徵事選詞，雖未必盡皆實録，而北里煙花，奚啻南朝金粉，宜其躭情伎席，擅美歌場。至若秋風離黍，不過剩水殘山，方今四海一家，又何必問蕭蕭蘆荻耶。

顧曲周郎隔世期，殢人猶自寫烏絲。桃根桃葉風流盡，何獨桃花扇底詞。

公子聲華艷一時，秋闈兩度總堪悲。不知壯悔堂中集，可似淵明入宋詩。

爭羨香名是却奩，夷門歸去絶塵緣。青樓夢覺朱絃斷，不遣琶聲到客船。

金斗歌成喚奈何，寄園高會淚偏多。重翻舊譜山陽笛，誰記云亭載酒過。《漪南集》

重訂箋注李義山詩刻成題後

西崑無鄭箋，遺山昔惆悵。況我千載下，敢窺秘密藏。牧齋箋杜後，惟此亦推讓。朱氏本道源，注釋未云創。所惜作詩意，蒙昧若煙障。要非抉其微，何以發高唱。時從獺祭外，一洗優孟樣。楚雨縱含情，其意某竊掠。穿鑿固不免，論説或非妄。但求古人心，寧避世俗謗。想其不羈才，詎肯牛李傍。君臣朋友間，厚意誰與諒。美人怨芳草，遂至比浮浪。豈知寄託深，直追風雅上。荆公是知己，謂與少陵抗。杜箋匪一家，往往共頡頏。梅溪有蘇注，司諫更精當。訛誤藉改定，先後那礙妨。管中窺豹斑，聊用志慕嚮。欲呼義山魂，持此以爲貺。《山心集》

清人詩集敍録卷二十一

弇山詩鈔二十卷　道光五年重刻本

王霖撰。霖字雨楓，一字雨豐，號弇山，江蘇山陽人。康熙四十四年舉人。四十八年考授内閣中書。聘充江南福建同考官，改授直隸南宫知縣。晚居鄉，以筆耕自給。乾隆十九年卒，年七十六。事具《紹興府志·文苑傳》與沈堡所撰《家傳》。殁後其孫蘅編遺集，得全稿六十卷，詩萬首，刻三千首，僅及三之一。其詩上逮漢魏，下及元明諸名家，摹習其長，尤瓣香於少陵、劍南。有《集杜》、《集陸》諸篇。卷二《插秧詞》云：「插秧復插秧，新秧刺水三寸强。大兒田中勤作活，小兒田頭携酒漿。新秧纔插不作穀，堂上翁媪相對哭，催租吏來須剜肉。」卷三《簇蠶詞》注：「時詔免浙省全糧。」詩云：「鍛磨初鳴二麥熟，壠頭聲聲催布穀。蠶絲百箔叫不休，桑葉漸稀蠶上簇。大婦辛勤中婦啼，繅來能得幾莖絲。惟有小婦不更事，計與小姑作嫁衣。小姑聞言心痛酸，嫁衣不作猶可寬。且喜今年蠲租税，新絲免得輸縣官。」狀寫農家生計，情景真切。卷七《過横子二絶》云：「黄河濁浪遠吞天，歲費司空百萬錢。可惜揚塵竟無日，却教潞水變桑田。」「催漕使者似驅牛，鞭朴淋漓不暫休。敢請官身充水手，一宵飛輓到皇州。」時運河水落，率露淺灘，漕艘至此，尺寸難進，名曰「過横子」，水手縴輓呼號，晝夜不息，所司檄催，動加鞭楚，作者目擊而心傷之，乃有此作。卷十六《讀律》云：「聖朝法網似天寬，奉法尤宜惜草菅。清淨何須慕黄老，刻深要自薄申韓。但無淹滯嗟冤獄，勝似逢迎媚上官。若道讀書兼讀律，請君先展吕刑看。」詩編年甲子，爲乾隆九年。王蘅注：「聞諸先君子，此詩亦有爲而作。」錢陳羣亟稱其《九日出游》詩，以爲善學韋應物。詩云：「隱隱聞清梵，遥遥隔翠微。松風欲吹帽，溪雨不霑衣。幽鳥穿林静，黄花倒地稀。日中齋鼓動，樹杪見禪扉。」又有和周櫟園《過仙霞嶺》等作，杭世駿服膺無間。見《榕城詩話》。佳句如「富貴幾人矜早達，文章晓遇始名家」《贈楊澄源》，「兩鬢星霜殘臘盡，六朝人物大江東」《京口阻舟》，「不煩王宰經旬晝，只遣愚公頃刻移」《贈愚公假山》，「千古江山風月我，百年身世去來今」《望金山》，「濫竽無術寧爲我，挾瑟徒工不入時」《下第後留都感懷》，「達官謝客雙扉峻，名士隨人一刺輕」《歲除雜感》，「嬉笑怒駡有時有，跋扈飛揚無日無」《歲暮書懷》，「俗情翻覆交方見，世路崎嶇歷始知」《次韻芝田》，「奴顔婢膝皆名士，鼠目麞頭亦大官」《續今素夢中句》，皆冷雋奇警，作必絶人。論詩之作甚多。讀温庭筠、羅隱、蘇軾、陸游、范成大及永嘉四靈詩，均可采掇。與沈德潛、錢陳羣、厲鶚唱酬較夥。從學者商盤、劉大觀、童鈺、吴璜，都爲詩家。又有《雲門紀游》、《昌平紀游》、《津門紀游》等作，繪景抒情，兼誌軼事。原本成周助序，道光五年刻本陸以莊、朱方增、顧臯、郎葆辰序。其詩微嫌蕪雜，晚年優游里巷，鋭意稍減。然根於性情，成於學力，精於閲歷，顧臯序言之不誣也。

讀唐宋元明人詩十六首

短句長歌翻水成，青蓮才氣九州横。遥思落筆驚風雨，應笑旁人太瘦生。

垂老無家字字酸，開元天寶事艱難。可憐千載無知者，只作詩人杜甫看。

若個賦詩凌鮑謝，襄陽佳句盡堪傳。少陵豈作欺人語，底事明皇不見憐。

好句端須事冥搜，韓公奇奥獨難求。後村自是無憑據，强説昌黎遜柳州。

詩到西崑格最殊，後人未許肖形模。一篇錦瑟爭傳誦，不是東坡解得無。

十年杜牧宦揚州，只解狂歌不解愁。廿四橋邊風月夜，好詩多半在青樓。

惟有詩人酷愛才，昌黎曾把孟郊推。不從象外尋幽好，空喫三餐飽飯來。

詩從苦索自堪傳，費煞推敲賈閬仙。獨怪樹邊潭底句，吟成何事用三年。

七言黄鶴樓中句，五字青峯江上詩。技到神來真好在，苦吟未許問藩籬。

山谷詩文一代師，格高惟有老坡知。勸君少食江瑶柱，正是低頭下拜時。

閉門苦索情何癖，只有詩人陳後山。拚得此生神力盡，長留佳句在人間。

暗香浮動影横斜，好句真堪壓衆葩。却笑晉卿强解事，欲將桃李渾梅花。

讀罷遺山詩可憐，那能石壁自千年。何時始得騷人會，灑淚臨風一慨然。

新體嬉春亦自奇，歌行樂府更淋漓。放懷最在西湖上，山北山南總是詩。
竟陵孤詣妙難參，官樣蘇州與濟南。聚訟紛紛堪一笑，謾推王李抑鍾譚。
誰挽頹風追古雅，羣推何李是功臣。少陵不作青蓮死，糟粕猶能丐後人。《弇山詩鈔》卷一

題長生殿傳奇後

鈿合金釵早定情，全憑牛女證三生。不教今世長相守，辜負憑肩七夕盟。
寵愛誰知伏禍機，却逢山鬼事全非。傷心一樹梨花淚，竟把羅衣换羽衣。
花想容顔柳想眉，月明南内更逢誰。霓裳舊譜歸天上，一曲霖鈴祇自悲。
謾窮碧落與黄泉，海上仙山總浪傳。只有琵琶能解恨，白頭遺事説龜年。《弇山詩鈔》卷四

一瓢詩存六卷　乾隆間刻本

薛雪撰。雪字生白，號一瓢，江蘇吴縣人，原籍河津，諸生。少年以勇力聞。工詩，受學於葉燮。既長，行醫養母。乾隆元年薦博學鴻詞，未應。隱居掃葉莊。是集自訂分體詩六卷，約二百首，自序。首雍正十二年沈德潛題詞。刻成於乾隆初。十六年，又刻《舊雨集》，附著《一瓢詩話》，論詩多與葉氏《原詩》所言相合。約卒於乾隆三十三年，年九十。集中有《輓横山己畦夫子四首》，又《詠秋》多首、《古樂府射魚曲》二首、《織綿

詞》、《歲寒行》、《俠客行》、《傚杜工部同谷七歌》，皆得力之作。而散見於沈德潛《别裁》、袁枚《隨園詩話》、陳毅《所知集》者亦復不少。近體《登富春江樓》、《逢舊》、《華清宫》，格調並高。雪與葉天士、徐靈胎有交，均以醫名著。工書法，解繪事，有《贈黄尊古》詩及自題畫詩。詩宗唐，兼取東坡，以純樸平易爲主，是在修潔自喜之列矣。乾隆十二年，沈德潛歸里，集葉燮門下九人於二棄草堂，雪亦預焉。葉昉升作《横山十老歌》，見《文竹山房詩稿》。

大樸山人詩鈔不分卷　中國科學院圖書館藏抄本

陳以剛撰。以剛字燭門，安徽天長人。康熙四十七年舉人，五十一年成進士。未幾告歸，赴鍾山書院講席。五十六年，以詩稿求正於王式丹、顧嗣立，各爲序。稿未刻，今所見者，爲舊鈔本。其中《金陵紀游》十二首，所詠城郊園亭，多已不可尋。游浙，作《劉文成祠》，遍詠西湖之勝。居揚，有《廣陵二十景》詩，爲運使盧見曾作。觀王澍書「石梁瀑布」四字，與同人咸爲題和。交游多名士，可見者爲方苞、朱稻孫、黄之雋、朱卉、程夢星、杜詔、王箴輿，無慮十數人。其詩多見承平餘暇，頗得聲律典故之細，第無人爲之梓行耳。

容安齋詩集八卷　鐵琴銅劍樓刻本

汪應銓撰。應銓字杜林，江蘇常熟人。康熙五十七年一甲一名進士，授翰林院修撰。六十年，充會試主考，盧見曾出其門。雍正元年以與顯者齟齬罷官，教授湖湘間。楚大吏聘修省志，猶有彈劾之者。時見曾爲兩淮鹽運使，邵基爲江蘇巡撫，馬維翰爲江常鎮道，以書請歸里，不應。邵基卒，乃歸而哭之。傳見《國朝耆獻類徵》卷一百二十四。此集爲盧見曾編，鐵琴銅劍樓據鈔本刊行。序有云：「見曾方出塞，别公於虞山，公曰：『以子之才，必不終廢。子治行在淮南北，他日必復來南。吾年六十而甚健，尚相見也。』詎料見曾蒙賜，而公已歿。」生卒年據此亦畧可知。應銓嘗赴滇中，集中《江行雜詩》、《武昌雜詩》、《過洞庭》、《游中河洞》、《相見坡》、《盤江鐵索橋》、《黔中路》、《游玉泉山》、《臨安府作》等篇，詞采清麗，音調諧暢。官翰林院時與張照、錢陳羣等有詩寄投。《出古北口》、《詠熱河》及《長安大小車行》等作，間可採覽。人尚風節，不特以詩傳也。

繡鋏集一卷　秋吟一卷　玉几山房擬古詩一卷　康熙五十五年刻本

陳撰撰。撰字楞山，號玉几，浙江鄞縣人。家錢塘，與符曾、厲鶚同學。善書畫，客揚州長年不歸。乾隆元年舉鴻博未就試，以布衣終。工畫，品格極高。事具杭世駿《玉几山人小傳》。撰《繡鋏集》一卷、《秋吟》一卷、《玉几山房擬古詩》一卷，符曾點次，《四庫存目》著録《陳玉几詩集》，非舊標也。撰爲毛奇齡弟子，爲詩冲易高簡。《古蕩歸途》云：「日暮東風急，歸途雨正繁。泥深黏履重，雲濕帶林昏。野水喧魚艇，人家搿竹門。遥憐折梅處，回首更西村。」法梧門《詩話》謂「不愧有聲畫矣」。《雨雪謡》云：「風刮地，雪滿塗。蹓者何，黔之驢。嘷者何，赤匪狐。行僬僬，走擔夫。室嗷嗷，攘媍姑。足無屝，身無襦。黄米玉，白米珠。十家哭，九家呼。莫呼又莫哭，雨雪睍睆陽春復，天寧寺裏賑官粥。」自注：「當事擬改歲後於天寧寺設廠，有是作也。」《提要》稱其詩多淒斷怨咽之音，當指《秋吟九十首》與《擬古詩》而言。王昶《蒲褐山房詩話》云：「余定交邗溝時，年已六十餘。」此集當爲中年詩。近代《四明叢書》本《玉几山房吟卷》，爲覆刻本，無續鈔，俱非全帙。佳者或不盡是也。

橘巢小稿四卷 乾隆二十三年刻本

王世琛撰。世琛字賓傳，號艮甫，江蘇長洲人。明大學士王鏊六世孫，副貢銓子。康熙五十一年一甲一名進士，授修撰。官侍讀學士。雍正三年爲山東學政，五年，卒於任。《國朝先正事畧》有傳。乾隆二十三年，其子愷伯搜得詩稿五十餘首梓世，曰《橘巢小稿》，有沈德潛、許廷鑅序。詩學歐、梅，多歌詠功德，然得家法，涵茹腴潤。遍游江南、粵東西佳勝，至蓬萊觀海，覽歷下名泉，俱有佳製。《題中興碑後有感魯公故事》、《過耒陽弔少陵墓》、《題洞庭東西兩山圖》、《英州道中寄大兄》、《靈山峽》，亦爲清響。世琛工書畫，有題畫詩亦佳。康、雍間士夫，多兼能書畫，乾、嘉後間騖考據實學及詞曲，文人命薄，亦劬勞矣。謂爲不讀書狀元，豈不苛哉。

玉屏山人古樂府二卷詩集十二卷 乾隆間刻本

徐櫄撰。櫄字聖功，號醒齋，江蘇華亭人。明大學士徐階玄孫。雍正五年以生員薦，引見，授官星子知縣，年已及五十。服政六十日，以護盜掠死無供，黜職歸。善吟詠，爲黄之雋所知賞。此集有乾隆四年黄之雋序，收詩止乾隆二十一年。《古樂府》二卷，率爲模擬之作。《放馬行》、《捉船行》、《平糶行》、《觀繩伎》，狀寫社會民情。經歷甚廣，北至燕京，南極粤東，遍歷江山之勝。如《赤烏碑》、《黄耳塚》、《小赤壁歌》等篇，或以地僻見遺，猶能詑人耳目。其詩風格與之雋差近，謳歌太平，狎主唱和。《讀李杲堂鄴嗣詩》，可爲觀李集參考。

紫幢軒詩三十二卷　雍正十一年刻本

文昭撰。文昭字子晉，號薌嬰居士，又號北柴山人。饒餘敏親王阿巴泰四世孫。原封固山貝子。嘗及王士禛門，詩以右丞爲宗。雍正十年，刊《紫幢軒全集》三十二卷，各卷以事爲名，曰《古甎》、《松風塵餘》、《蟄吟》、《東屯》、《在告》、《交春》、《古甎續》、《龍鍾》、《飛騰》、《知田》、《雍正》、《松風支》集，曰《檜棲草》、《畫屏齋稿》、《槐次吟》，曰《艾集》、《臺溪》、《石盂》集，曰《盤山記游草》、《瓢居草》，曰《病榻吟》。有王式丹識語。作者以宗室非奉命不得出京，所詠皆眼前光景。《觀劇》、《校獵》、《烟火》、《詠貢賜物品》等紀實之什，亦復清妙。《踏燈竹枝詞八首》、《正月十九日游白雲觀作歌》、《二牐》、《登石經山歷覽七洞》、《過萬柳堂》、《京師竹枝詞十二首》，時載北京掌故軼聞。《輓侍衛大臣舒木魯福善》、《贈宗室塞爾赫》，以及答八旗子弟詩篇甚多。《讀輞川集》、《王右丞集》、《讀寒瘦集》、《玉帶生歌》、《讀精華録》、《題秋塘瀉鵝圖》、《禹之鼎海市圖》，冲淡恬和，亦有識解。據《病榻吟·月明》詩「年登五十三」自注：「余本庚申年十二月二十五日生，已立辛酉早春。」當生於康熙十九年。康、雍之際，滿族貴胄性德、揆敍、岳端、博爾都、文昭、塞爾赫、胤禧俱能詩，唯經歷與襟懷不同，詩境異耳。鮑軫《道腴堂詩》編有《贈紫幢王孫》詩多首。

閒青堂詩集十卷　乾隆間刻本

朱倫瀚撰。倫瀚字涵齋，又字亦軒，先世歷城人，隸漢軍旗。康熙五十年舉人，次年成武進士，授三等侍衛。雍正間官湖北驛鹽道，遷御史，乾隆十二年官至正紅旗都統。工丹青，爲高其佩甥，傳指畫旁及詩歌。卒於乾隆二十五年，年八十一。劉大櫆、程晉芳、姚鼐爲撰《狀》、《誌》、《碑銘》。子孝先、孝升、孝全、孝純。孝純名最著，與姚鼐、王文治相契，亦習武善畫，著有《海愚詩鈔》。父子皆勇於詩而不甚學。是集收康熙三十五年至乾隆二十二年詩千三百餘首，有徐琰、蔣士銓、姚鼐序。遍詠江南塞北、山左楚中山水。詩不盡工，極馳騁。《樓煩道上雜詠九首》其二云：「寒棧荒村拳大雪，斷橋坼岸屋高冰。一聲裂石驚饞虎，幾點穿雲叫餓鷹。」又云：「依天望去雪無涯，似掌團團豈識花。煙裏鴉啼六七箇，穴中人住兩三家。」又云：「盤空鹿徑曉雲西，霧裏逢人聽馬嘶。嶺半幾家巖作屋，客來滿碗供黃虀。」寫空荒景如見。《送蘇副車出使朝鮮二首》云：「天中佳節午風晴，驛路看花倍有情。人向扶桑探日近，旌臨遼海濟時清。聖朝禮重坤維廣，星使槎高島嶼平。舊説三韓文教地，新詩應自滿歸程。」此詩亦關掌故。

受宜堂詩集十三卷　雍正十三年刻本　瀋水三春集五卷　乾隆五年刻本

班餘剪燭集五卷　乾隆五年刻本

常安撰。常安字履坦，姓納蘭氏，滿洲鑲紅旗人。以諸生授筆帖式。康熙三十二年舉人。四十八年，官山西十七年，任太原理事通判最久。雍正間之官黔滇，累擢江西巡撫。乾隆四年，授盛京兵部侍郎。十二年任浙江巡撫。以援古刺今，譏切時事，爲閩浙總督喀爾吉善所劾，下刑部，卒於獄。《清史稿》未究生年，唯常安官西江爲李來泰《蓮龕集》作序，有云：「先生卒之年，正予生之歲。」考來泰卒於康熙二十年，此正常安之生歲也。常安工古文，通經史。著述多收入《受宜堂集》，凡四十卷，内二十四卷爲文賦，二十五至三十七卷爲詩，餘爲詞。詩又以《釣魚臺剩草》、《成章集》、《醉紅亭集》、《三署集》、《獨秀集》、《昆明集》、《玉帶溪稿》、《豫章集》命名。釣魚臺在京西八里莊之南，常安有别墅與之鄰近。詠三晉古蹟詩最多。康熙五十三年巡五臺山，有迎駕之什。游粵西疊綵山風洞、貴州飛雲洞、昆明石虬亭、江西匡廬、石鐘、滕王閣勝景，幽藻秀緻，令人游覽不盡。集名「受宜」，康熙所賜。乾隆五年，刻《瀋水三春集》十二卷，卷八以下爲詩，有乾隆五年自序。因同年五月由盛京兵部侍郎改刑部侍郎，六月回京，一年俱在關外，三春景色得之獨全，又寓居東郭，適臨瀋水之濱，故顔其集曰《瀋水三春》。其中作於乾隆四年者，爲《山海關》、《過寧遠州》、《述雪詩三十二首》。作於乾隆五年者，爲《瀋水》、《三月春柳》、《驛站觀馬》、《實勝寺古松歌》、《射雉行》、《放鷹詞》、《校射》、《游法輪寺觀佛公佛母像及喇嘛法器》、《大凌河魚市行》。其間多山川古蹟歷史典故，尤詳於物産。《關東食物引》、《鱘鰉》、《海青魚》、《蕨菜》、《榛子》、《鹿茸》、《東豬》，頗能剖析微茫。同年歸京，又刻《班餘剪燭集》十四卷，内五卷爲詩。以幼出京師，多無游覽，所詠俱北京西山廟宇洞壑，而以《洗象行》有序、《護國寺廟市行》，組織繁富，可推爲能事。常安少受業於尚書韓菼，與李紱有交。集中唱和詩甚稀，蓋漢員向於滿員多所避匿，有清一代莫不如此也。尚有《受宜堂駐淮集》，其子珉校，無詩。又文集有《翰海集》自序一篇，集有無刻本不詳。

關東食物引少司寇吴昌言席上作

君不見和風時雨好都會，祖德宗功澤汪濊。就中物産最豐饒，水陸充斥甲中外。來町疃，依檐廡，踴躍趨方社，歡呼賽田祖。遼陽黍稷皆宜土，以時刈穫登倉庾。赤粱如丹白飛雪，黄粱青粱並香潔。四麥兩穀臭味殊，草珠桂荏齊羅列。豆分大小黄與褐，若蠶若菜種類别。翠蕹拖弱蔓，貫柔葩結清陰散。薤葱亂發菘芥匀，藕肥深溪芹依岸。莙蓬菠薐味偏濃，馬齒蕓薹色堪玩。蘹香山椒最芬馥，蒿蕨蓼葵非一族。芋藿披藍及薯蕷，鳳尾筆管皆芳藪。榆肉榛蘑世所稀，龍鬚鹿角家家蓄。瓜瓞緜緜牽絲長，瓠紅皮翠各流漿。老松結實榛生子，樝梨桃李裂芬芳。棗栗與榴椹，深黄復淡紫。菱花共芡葉，摇漾隨流水。蓮實纖小亦可人，緑房密綴清波裏。年年出獵臨大野，條解鷹鶻馳駿馬。麅麞鹿兔積重疊，風毛雨雪亂噴灑。亦有羊彘充家畜，燔肝取膋不相假。水族難盡識，波心形影匿。施罛設網空磯側，修麟巨額時有得，饔人作鱠銀絲錦縷各分色。其餘繁夥不可數，陽生陰成何窮極。君今設宴情甚厚，佳餚十已羅八九。或鮮或芼各生馨，方丈之盤列座右。我愛遼陽風樸素，不貴異味長筵具。但資土物有餘甘，荼堇周原雅堪慕。我家世澤原遼左，瓦缶虀鹽腹自果。一行作吏離故鄉，土風不及記細瑣。今日與君同大嚼，香醪盡傾頻斟酌。却想何以贊我皇，敬答天休産珍錯。於戲，眼前珍錯已如此，況復卜年卜世孳生之累累。《瀋水三春集》詩二

知稼軒詩六卷　乾隆間刻本

王泰甡撰。泰甡字鹿賓，號芝圃，江西新淦人。雍正二年進士，官户部主事，復改庶吉士，授編修。乾隆十年、十三年兩次爲順天鄉試副主考。是集無序跋，約刻於乾隆間，凡分體詩六卷，附詩餘一卷。早年隨侍川粵，詠蜀中、鄱陽、韶州、羊城名勝古迹甚多。庚寅詩云「三十鬚眉尚如此」，辛酉詩云「哀齡週甲」，證以生歲，爲康熙二十一年。唱酬名士有顧嗣立等人。其詩所造不深，而寓目所得，亦能撮其要領，各以其時其地言之，可謂得旨矣。

石川詩鈔三卷　乾隆五年刻本

方覲撰。覲字近雯，號石川，一號燕汀，江蘇江都人。康熙四十八年進士，改庶吉士，授編修。官御史，

宣慰南北。督學四川。雍正二年，爲户科給事中。七年，擢浙江按察使。八年，遷陝西布政使，未上道卒，年五十。事具本書乾隆五年姚世鈺序及阮元《淮海英靈集》小傳。《詩鈔》三卷，凡古今體詩二百六十首，乃其子柱山所編。覲受學於查慎行，夙有詩聲。入蜀所作雜題、懷古等詩，沉著工鍊。《甕亭行》、《象嶺》、《題朱竹垞手書詩册》、《陳拾遺讀書臺》、《峩眉》、《綦江道中》，亦屬佳作。《按行遵義書所經歷因示屬僚》、《越嶲感事》，稍涉世事。沈德潛《别裁》選《定興縣謁楊忠愍祠》等四首，當别具賞識焉。喬崇修有五古《挽方石川》一篇，亦見《别裁》。

宫巖詩集四卷　乾隆三十五年刻本

李予望撰。予望字岵瞻，號怡村，直隸蔚州人。康熙五十年舉人，屢試禮部不第。雍正十一年卒，年五十三。事具李厚望所撰《行畧》。本書爲其孫翬刻，乾隆三十五年夏敬渠序，敬渠號二銘，小説《野叟曝言》作者。詩凡三百四十九首，多作於康、雍之際。其中《恆山紀游》詩以長年所居，盡探其勝，矢諸吟詠，有聲有色。《居庸關》、《黑石嶺》、《狄梁公祠》、《河間道中有懷獻王》、《大明湖》、《白雪樓》、《峽中山》、《紫荆關》、《定州》、《虎風口》等篇，氣韻亦佳。行跡不廣，而以登陟之作爲多。卷首張大受題詞云：「『昔聞幽并區，慷慨歌絶好。至今嗣此音，落日攄奇抱。青山萬仞關，孤雁墮沙草。殘碑感廢興，大醉仰穹昊。平生懷此都，誦詩轉傾倒。風流似江南，清波漾蘋藻。吴聲輭以悠，側聽思如擣。低頭元裕之，恨不相從草。』予望作《張匠門先生題贈拙集依韻奉答二首》。」

匏邨詩稿不分卷　乾隆十一年刻本

俞魯瞻撰。魯瞻字岱巖，號匏村，江蘇無錫人。淡於名利，不屑與世爭名。授徒之餘，肆力於詩。乾隆十一年，及門爲刊詩稿一本，乃集中什之一。據《庚申元旦六十漫成》，爲康熙二十年生。卒於乾隆九年，年六十五。有彭啟豐、華希閔、顧棟高、陳倫序，受業王游序。爲詩冲淡，學陶、韋，有《田家詩》、《種竹歌》等作。善畫，爲杜詔《題唐六如前後赤壁圖》，又有《弔高士倪雲林墓》等作。與顧貞觀唱和，同學華希閔、顧棟高，俱里中最著者。

小樹軒詩集八卷　乾隆五十四年今雨堂刻本

金虞撰。虞字長孺，號小樹，浙江錢塘人。康熙五十九年舉人。官湖北孝感知縣，後改廣西。乾隆元年應博學鴻詞，未遇。是集爲身殁四十年後家刻本，首梁同書序，編年詩自康熙四十年至乾隆九年，凡六百二十四首，據《庚寅三十生日感懷》，爲康熙二十年生。虞與丁敬、金志章、厲鶚、鄭江、杭世駿爲詩友。遊天目、禹陵、皖江，均有攬勝之什。《徑山採茶歌》、《秀水竹枝詞》，淡遠有雅音。《讀李長吉集》、《題惲南田畫猿》、《題陳章侯説劍圖》、《題陳南麓先生匡山讀書》、《題鄭俠君流民圖》，尤見深造。《讀楊鐵崖詩》云：「論詩劃詩派，定知非詩翁。」是不主界分唐宋也。《贈華秋岳》二首云：「龍尾清修迴不塵，虎頭煙墨是前身。憑誰寄語王摩詰，畫裏詩中大有人。」「丘壑何妨擬幼輿，生涯如許獨慚余。煩君紙上添毫看，應否頭顱稱讀書。」自注：時囑寫小照。詩作於丁亥、丙申間，俱當壯年。中年以後，歷經燕、晉、豫、楚、粵東西，所作《金臺雜詠》、《晉游賸稿》、《題梧溪中興碑》、《元祐黨籍碑》，格益老蒼。《烏蠻灘》、《游柳州立魚峯》、《羅池柳侯祠》、《游七星山棲霞洞放歌》、《登獨秀峯》、《游疊綵巖觀風洞》，内記桂林勝景，頗涉奇趣。《苗疆雜詠》六首，雜述見聞。《僮家》一首，敍僮女製帨頗工，爲春時男女蹋歌相配偶物，號爲「認同年」云。

遊七星山棲霞洞放歌

大圜縣鷇空所依，谷神不死爲其谿。芒芒桂海别有尾閭穴，與火敦腦同端倪。我行西南萬餘里，稍詡兩屐曾經奇。孱顏到處供點筆，真宰不受諛詞欺。龍湫春暖立魚動，咫尺小具風煙姿。謂柳州立魚祠。相逢遽下米顛拜，絶歎氣母團結能如斯。豈知瑶篸碧筍一一吐靈怪，向者失之覿面真墨癡。彈丸江頭新雨霽，花橋在東江門外偶蹋胭脂泥。東風吹我落天半，捫參歷井瑩滑如餹餅。北斗何年墜地化爲石，寒芒老傍棲霞棲。我聞名山福地五千四百有七十，未覩藕絲一孔幻出恆河沙等之須彌。山外裹山人不到，洞中覓洞仙應迷。危峯倒插靈劍江名小，遠勢直壓屏風巖名低。攀躋分寸始陟碧虛頂，喜出習坎交重離。將入棲霞，先入碧虛洞，洞後通明，有碧虛亭在焉。唐鄭冠卿遇月華君吹笛處也，過此仍窅黑矣。

遥探巖竇轉偪仄，漸入佳境殊委蛇。山氓賈勇導我以先路，列炬三五爭喧豗。自入七星觀元帝殿側小門，皆行幽隧中，惟碧虚巖一段，横絡山腰耳。土人執炬前導，直至曾公巖止，約三里餘。此山從無蟲蛇惡物與瘴癘，惟有陰匡蠘螺拍拍衝人飛。笛聲三弄何處月華館，寒香一炷稽首𤣥元祠。洞口鎸篆曰𤣥元棲霞之洞。唐時祠老子於此，遺像尚存。雙門窈窕鎖金闕，洞中之景，曰一天門、二天門。八柱嵲嶪攢丹梯天柱。毬場戲馬足空曠，繪壁舞鶴工雕幾打毬場，白鶴洞。遥憐夔罔苦徵役，構此萬間廣厦將貽誰。仙翁懸榻如有待，蕊榜姓字猶依稀。仙人榻，仙人榜。棊盤幾閲爛柯刼，藥竈未冷雕胡炊。棋枰石仙龕。羣真楚楚雜坐卧，雲幢羽節紛葳蕤。衣白仙人補陀住，亦復偏袒相追隨。諸仙佛像甚多，大士變相尤數見，皆酷似。禪板聲清粥魚濁，雲板石，木魚石，扣之有聲。魔女側聽顰蛾眉。因思渾沌始開鑿，象教不設交南陲。云何早現種種相，毋乃山鬼能前知。靈蹤幻景置勿論，化工肖物誠匪夷。煙中指點萬蠕動，羽毛角觡兼鱗鬐。赤鱓飛趁雨工雨，鯉魚躍龍門，懸石壁上，鱗鬣飛動如生，爲諸景之冠。青鳳下啄鳳皇倒掛芝房芝靈芝地。弄雛踞踞騶猙逸白獅顧子，攫珠虯怒撐之而龍戲珠。其他脰鳴注息難僕數，辨厥土物尤夥頤。蚺蛇俛首大於斗，鸜鵒曳尾求其雌。蚺蛇出洞鸜哥石。離支側生儼包貢，瓜犀菌耳瑮細復不遺。荔枝、龍眼、香蕈、瓜子等石，皆極纖巧。畫地作餅安可食，且向蝦蟇潭外卽瀨子潭別名觀魚池。魚池一望淼煙海，魚網掛壁久不施。魚網石在魚池上，亦極肖。淋漓卻似初出水，鼻端拂拂腥風吹。仙之人兮田且漁，縱横方罫如新犂。驅龍汲水灌瑤草，千頃化作汪洋陂。僊人田不知幾頃，時有積水不能過。我無雙翼那得渡，以火來照光熹微。明夷入腹理當出，況此深入胡不歸。蟻旋磑轉姑左次，繞遍天心月脅窮尻脽。洞至此有兩歧，左向即達山南，曾公巖路也。其右惜爲水阻，不可知。山靈狡獪更莫測，偃然巨室當中逵。始信神仙未必常不朽，不見玉棺冷貯王喬屍。所謂雪蓋棺也，肖物之奇，此爲最。人間樂事安可極，火傳薪盡將何之。漫漫長夜幾時旦，前途忽告東方晞。東方明亦肖絶，將達曾公巖矣。初疑曶爽差辨色，榑桑喔喔鳴天鷄。少焉石壁盡赧駮，金鎞刮眼大地皆春暉。向來三里似足抵千里，浮生半日可作窮年推。曾公巖畔息微倦，游仙夢醒不識今何時。塵衫不脱底滋味，空許金堂玉室頻覘窺。安得乘回風載雲旗，鞭赤豹兮御文貍。出入不假青篣箯，攬盡八桂連蜷枝。天漿滿向斗柄挹，夅精錯落星光馳，笑唤五雲閣吏謄我棲霞詩。

《小樹軒詩集》卷五

南村詩集八卷　雲南叢書本

孫鵬撰。鵬字圖南，號南村，雲南昆明人。康熙間舉人。雍正初，官山東泗水知縣，著循聲。未幾，掛冠去。乙卯雍正十三年、丙辰乾隆元年，郡縣兩舉博學鴻詞科，皆以母老辭。詩無傳本，止《滇南詩文畧》各得見數首。近代入《雲南叢書》，據抄本刻之。詩止於乾隆九年，年約六十餘。鵬爲明嘉靖間右副都御史孫繼魯六世孫。性岸介，綽有祖風。爲詩沉鬱蒼健，排奡壯麗。滇中風景，周覽遐搜。詠路南《石林歌》，作於康熙六十年，恐無此先矣。《貢象行》亦爲紀事長詩。雲南詩人，獨鍾山水雄傑之勝，肆爲馳騁，其絶詣亦在是。

石林歌　有序

路州東去十五里許，石攢簇如林。昔有人嚴冬入林中深處，仰見崖上李數株，朱實垂垂，羨欲取之。暮不及，明日復至，則仙人幻術也，至今名李子箐。硉矹森屹，莫可名狀。芝牆璇空，似人間屋。千門萬徑，曲直上下，引人入勝，水淙淙從澗出。州牧蔣怡軒，詩人也。辛丑冬，予過之，留數日。攜酒邀同廣文查髦士、明經楊攸敍來遊。路從五棵樹入，窮極幽勝。非居人導，幾不能出。怡軒作歌屬和，因走筆以當小紀云。

路甸多山山多石，高插冥穹低過額。城南十里李子箐，李子李花落何夕。不見李花爛漫垂，空有仙人來往跡。仙人來時鶴飛環，仙人去後雲幄帟。仙人去後石床留，仙人來時此博弈。只今一去不復來，縱橫磊砢尚狼藉。獅子山名之子三台山名孫，一凸一凹亦岩客。何年北斗隕魁杓，滿地七星錯确硝。蓮花一莖上矗天，繽紛花蕊突千百。點蒼十九五華五，何以此山狡獪極。石勢爭攢不相讓，嶙峋總向江村逼。中有五城十二樓，往往不爲人所獲。其旁五科樹蔥蒨，門户由茲開一隙。使君好奇兼好客，不惜觴我於幽僻。登山正及頭未白，要訪林中赤玉舄。到來大石立當門，蹲如猛虎磨牙嚇。世無欿羽飛將軍，乃敢據地怒咫尺。行行數武至飛嵒，横天一壁忽阻阸。徘徊欲入入不得，但見猱昇獲復擲。谷迴峯轉細徑生，裊裊鉤梯容假借。燕壘蜂房嵌足底，以手援藟一蹢躅。天風摇摇幾欲墮，毛髮竪立悚危戹。平生歷險多奇膽，至此不覺竟踧踖。驚定復愁萬仞高，因風吹上輕踮跖。悠忽谽谺敞平台，趺坐久之憩魂魄。憑虚好把洞簫吹，吹之欲裂石林壁。一吹再吹鳳飛來，銜花落在瑗台席。主人向前致詞曰，一生能著幾緉屐。爰得一棧一線窄，巨靈掌上真偪仄。下看澗底豁一洞，洞門不扃但幕羃。洞裏陰寒蛟龍蟠，秋水一泓流濺濺。舉首崩石駭纍縣，欲壓人頂不敢適。自仗忠信坦然過，人間天上一界畫。一竇黚黮迎芒屩，欲投不投心虩虩。足縮目送尻益高，側身南向日光射。石角鉤衣裂片片，諸君匍匐我跼蹐。彳亍衹與鳥爭路，足復踵足相舄奕。漸入窈窱途轉寬，回首厜㕒千層隔。客成丹竈在此間，廠室無人問消息。目營四海手捫天，醉從狂歌恣揮斥。少焉驚風撼南斗，吹落日月掛雙柏。便當從此排空去，向平多累早羈釋。石林之中何所集，虎豹贔屭麒麟躆。披髮山魈舞向人，雙雙翠羽啼格磔。石林之中何所植，人面竹竿長籊籊。巖頭倒垂古樹花，摘來欲照鴻濛赤。石林之中何所滴，處處石髓與金液。一吸容顔如玉女，再吸身輕生羽翮。《南村詩集》卷一

賜錦堂詩集四卷　嘉慶十九年重刻本

王葉滋撰。葉滋字槐青，號我亭，江蘇華亭人。以諸生任職明史館。浙江巡撫朱軾辟爲幕佐。舉順天鄉試。雍正五年，賜二甲進士，授常德知府，累至辰沅靖道副使。乾隆元年卒，年五十五。撰《賜錦堂集》，雍正二年朱軾序，此爲嘉慶十九年重刻本。葉滋有文學之名，官湖南所作，多體察民情。《臨汾少婦》云：「菜色蓬頭苦顑頷，花澀雲羞但長跪。嚴訶少婦何出門，低頭亂落珍珠淚。旁人代答夫姓陳，翁是黌門宮裏人。合

門九口僵餓死，煢煢零落餘一身。我顧旁人汝問之，夫亡何不長相隨。饑死事小失節大，含羞乞食將何爲。人云此婦君莫駡，幾度良媒説不嫁。一家屍骨半未埋，敢乞官錢買棺化。我聞此言淚欲泣，亟付青蚨遺教去。倘若伊還問死生，宜死宜生無是處。」又於當日西南用兵，亦畧有記。

樓山詩集四卷　光緒二十年重刻本

王恕撰。恕字中安，又字瑟齋，四川銅梁人。康熙六十年進士，改庶吉士。雍正元年，由吏部郎中出爲貴州正考官。乾隆五年，累至福建巡撫，降浙江布政使。七年，卒於任，年六十一。子汝璧，嘉慶間官福建巡撫。《清史稿》卷三百八有《合傳》。所著《樓山詩集》爲沈大成藏本，初刻於乾隆間，黄之雋序，光緒二十年重刻。詩學韋、柳，《登采石磯太白樓》、《醉翁亭》、《十八灘》、《游頂湖山寺》、《灔澦石》、《赤壁》、《閩江歸棹雜詠二十四首》，皆得山水之趣。《題盧抱孫同年浚雲載酒圖》、《題姚十五範冶彈琴圖》，爲當日藝苑軼聞。《漁父詞》、《牧牛詞》、《農夫詞》，稍含諷刺，亦不失太平之音。康熙以還，蜀人詩多不佳，若王氏父子均能以詩名重一時。

離垢集五卷　道光十五年刻本　補鈔一卷　近代排印本

華喦撰。喦原字德嵩，改秋岳，號新羅山人，福建臨汀人。僑居杭州，以畫名噪海内。山水人物、花卉禽蟲無不精工。客揚州馬氏小玲瓏山館與王氏淵雅堂多年。不甚酬應，鬻畫自給。交游唯金農、厲鶚、金志章數人而已。卒於乾隆二十一年，年七十五。詩集向無刻本，道光十五年曾孫華世琮官仙源知縣，爲刻《離垢集》五卷。顧師竹序稱：「僕主仙源講席，與大令華榕軒過從談藝。乙未夏，忽以詩卷出示，舊稿五卷，皆山人手自繕寫。」今觀是集，卷五《自題寫生》六首，皆惲格詩誤入。道光間顧翰《拜石山房詩鈔》卷九《題新羅山人詩集後》，僅謂乃榕軒刻，則此集未必俱出自手稿耳。其詩清超拔俗，神致翛遠。自題畫詩最多。《僕性愛山水每逢出處竟日忘歸研聲誌趣幾彌屠壁》、《解弢館卽事》、《題董文敏畫卷》、《題武丹江山圖》、《題惲南田畫册》，俱見神趣，亦有裨於畫史。《寄金江聲》一首，以秋雨壞物，乃有是作，則於民瘼亦未嘗忘情矣。卷首厲鶚贈句云：「我愛秋岳子，蕭寥烟鶴姿。自開方溜室，高詠游仙詩。雲壁可一往，風泉無四時。滄洲畫成趣，儻要故人知。」詩爲《樊榭山房全集》所未收。《補鈔》一卷，乃丁仁輯，均得自畫題。近代排印，況周頤爲之序。

寄金江聲

且説秋收罕有成，菱僵桔癩芋頭秔。稀逢苦菜來登市，七八兩月，秋雨壞物，皆無成實。卽菜亦不得真味。那見新棉賣入城。棉亦遭風所敗。米價漸騰鹽價起，時鹽厂倉竈被潮水捲去過半，故鹽價驟昂。晚潮不退早潮生。七月十八日晚，風潮過候不退，直接十九日早潮。沿海居民湮没甚衆。深可慨也。閒窗檢點家鄉事，鈔上藤箋寄阿兄。《離垢集》卷一

槐墅詩鈔二卷　康熙四十九年刻本

許迎年撰。迎年字荔生，一字毅士，江蘇江都人。父承宗，有《獵微閣詩集》。迎年生於康熙二十一年。三十九年成進士。官内閣中書。妻徐淑，亦工詩，相互唱和。此集有康熙四十九年魏周琬序，稱其詩「於曹、劉、謝、杜、韓、温、李無不學，而融液於己之性情」。唯結集甚早，不免弱調。沈德潛《别裁》以「靈和楊柳，初日芙蓉」擬之。其詩以詠江南勝景爲多，香奩亦工。《和范石湖田園雜興詩》、《萊陽二姜先生祠》，摘採一二，亦有可誦。爲汪宸昭題石濤畫卷云：「大滌丹青文沈間，爲誰放筆寫烟巒。一條雪瀑聲澒洞，千歲虬松勢鬱蟠。濟勝不須筇竹杖，樂幽好脱筍皮冠。卧游空有宗生僻，借我蕭齋偃仰看。」尚可爲畫史取材也。

雙薇園集五卷　乾隆三十七年刻本

丁有煜撰。有煜字麗中，自號个道人，江蘇南通人。父腹松，字木公，康熙四十二年進士，官扶風知縣，乾隆三十一年，年八十五卒。有煜未仕進，工書，善畫竹石。有自傳文《个道人傳》。乾隆三十七年，刻《雙薇園集》五卷，劉藻、徐鉞、王箴輿爲之序。集中有《世系六章》，自敍先世。《山居雜詠》二十四首，自稱：「我以壬戌生，週甲歲增一。」當爲康熙二十一年生。有煜久居里中，落落寡合，唯與顧于觀、王箴輿、李方膺唱和。《題豐對樓集》、《讀變雅堂集》、《陋軒集》、《四照堂集》、《精華録》、《曝書亭集》，評詠明清詩，頗有可取。《井邊女》，記嘉靖丁巳倭亂，有女被殺井邊，寇退殮其屍，見下裳針綫綿密至不可解，表彰前代義民。《勉仁堂》，記王心齋書舍，爲明泰州理學家王艮軼聞。《送李晴江謁選都門十首》，晴江爲揚州畫家李方膺。《海邑坍》，敍及民間疾苦。《遊崇川過白蒲鎮》、遊狼山、劍山、馬鞍山、塔山、軍山，寫海州風景，頗能遠俗。蓋工於野逸者矣。

陶人心語詩五卷 乾隆三年刻本 陶人心語續選詩九卷 乾隆十二年刻本

唐英撰。英字俊公，一字叔子，號蝸寄，漢軍正白旗人，瀋陽籍。官内務府員外郎兼佐領，出爲淮關監督。雍正六年，爲九江關監督。工詩畫，主管陶瓷，製器精美，世稱唐窰，故雍正窰爲世寶愛。善詞曲。著有《轉天心》、《清忠譜正案》、《雙釘案》、《巧換緣》、《三元報》、《蘆花絮》、《梅龍鎮》、《麪缸笑》、《虞兮夢》、《英雄夢》、《女彈詞》、《長生殿補闕》、《十字坡》，合稱《古柏堂傳奇》十三種。王賡言《蠡莊詩話》稱英官九江時，重葺琵琶亭。嘗置筆於關外，令過往行旅船過留題，閲其佳者，免其榷税，亦好事者流矣。詩文集名《陶人心語》，凡詩五卷，附詞雜著一卷，高斌、李紱、顧棟高、趙大鯨序，自序。爲述明《積翠軒詩集敍》，爲高斌《固哉草亭詩序》，《轉天心自序》，《瓷務事宜示諭稿序》，張仲巖《醫學全書序》，均收入此編卷六。生年依壬子《五十一初度》詩推之，爲康熙二十一年，與高斌《序》云「自少與予同侍内廷，長弟一歲」相合。卒於乾隆二十一年，年七十五。《續選詩》九卷，依年月日順序排列，亦有雜著羼入。首顧棟高序，乾隆十二年吴德芝後跋。其詩疏宕，出人畦逕之外。《上元渡揚子江》、《雨窗題吴堯圃畫山水歌》、《茅山夢贈何澹菴》、《景德鎮湖口遊石鐘山有作》、《昌江夜泛過玉笥峯》、《起蛟行》，清峻逋峭，出語不襲前人。《續選》視前集尤勝。《自題黄山卧龍松小照》、《題謝梅莊監司奉母督運圖》、《遊九峯寺獅子峯》、《瓷鹿告成喜成四絶句》、《中秋日觀演邯鄲夢暨自製野慶諸雜劇率成二首》、《丁卯觀土梨園演雜劇》，皆自然流露，罔不可喜。喜交高士，與布衣朱卉、醫士徐靈胎均有往還。乾隆十一年輯刻琵琶亭詩，唱和者施廷翰、蔣士銓、周之恆、易祖栻、陳奉兹、蔣衡、李葂、曹學詩、江昱。首有唐英自記及輯詩小引，亦有傳本。《晚晴簃詩滙》選英詩未見《陶人心語續選》。今兩集均不易覯，《續選》傳本尤稀。

貞一齋集十卷 乾隆間刻本

李重華撰。重華字實君，號玉洲，江蘇吴江人。雍正二年進士。官翰林院編修。受詩於張大受。在京與沈德潛結社唱酬。此集爲家刻本，各卷分體不編年。據劉大櫆所撰《墓誌》，爲康熙二十一年生，乾隆三十九年卒，年九十三。沈德潛謂：「生平游歷入巴蜀，客山左，留秦關，經三楚，登臨憑弔，發而爲詩，嶔嵚歷落，頗得江山之助，宜足繼匠門而興起也。」《别裁》與《晚晴簃詩滙》各選其詩十餘首，然如五古《驪山湯泉》、《碧雲寺》、《瓊華島》、《歷下亭》、《劍閣》，七古《覺生寺大鐘歌》、《孔林》、《海市》、《登泰山》，近體《過居庸》、《南棧十五首》、《黄帝陵》、《扁鵲廟》，亦佳製也。《上茅峯》云：「山容齊倒影，潮勢忽吞天。」《瀑布嶺》云：「鳥意穿雲愜，花情帶日寒。」《長橋》云：「煙深霾鳥背，雲近失山腰。」《河工有感》云：「貫地而來衝濟漬，自天南下併誰流。」《過泰山作》云：「勢與神州排溟涬，氣從東極倒崑崙。」《渡江》云：「初逢鷗鷺疑新識，瞥見金焦似故人。」句亦精工。又有《梅花十首》，句如「香飛曠渺疑無路，枝在高空不覺寒」，「仙影故應飄碧落，佳期多半誤黄昏」；《雁字三十首》，句如「休經楚水徒描恨，好過燕山代勒功」，「詎假銜蘆方畫荻，何勞繫帛始傳書」，亦令人玩味不盡。重華與錢陳羣、沈德潛、胡天游、張鵬翮、杭世駿、齊召南、袁枚均有唱酬。論詩見於本集《唐人詩話十三首》、《與張支百研江話詩隨筆九首》、《背誦古詩偶作》諸篇。又著《貞一齋詩説》百則，一名《玉洲詩話》。謂詩有三要，發竅於音，徵色於象，運神於意，三者缺一不可。是善使議論者。

研莊遺稿二卷 康熙間刻本

吕種玉撰。種玉字藍衍，號煙農，浙江崇德人。居吴郡。幼從伯父留良游，於朱、陸之學，能晰同異。詩宗江西詩派。康熙五十一年未試而卒，年三十一。是集有朱彝尊、汪份、吴瞻泰序，何焯撰《家傳》，李陳常撰《傳》，彭定求撰《墓表》。雍正間吕留良獄，株連最重。此集凡留良及其子公忠名字，皆刓去。而集中如《憶自髫齡大伯以朱子或問語録諸書手授誌感》、《送無黨大兄公車北上》等詩，無礙於讀。其詩矯然自異，《禽言》諸篇，每有寄託。朱彝尊《序》云：「余與聚緱論詩，謂子美勝太白，唐人已能定之。若子瞻之不逮山谷，惟子瞻自知之耳。前明率宗盛唐，江西詩派乃在詆訶之列。實其山谷諸集其筆健，其思苦，其學博。建中元和而後，雖唐人亦罕與匹儔，獨昌黎駕乎其上。後之稱詩者以蘇配韓而不及黄，余未信爲知類也。近且降蘇而學范、陸，於山谷皮閣不觀，毋乃室珉石而棄玉瑛乎。聚緱亟稱藍衍研莊詩，以爲善學山谷。」序作於康熙四十七年，彝尊年已八十，《曝書亭集》未收，此書刊本罕覯。乾隆間雖未入禁燬，亦賴有心者藏諸笥，使不没於天壤間也。

積翠軒詩集一卷　乾隆四年刻本

述明撰。述明字東瞻，滿洲鑲黄旗人。歷仕戎行。康熙五十六年，策妄阿喇布坦兵入拉薩，殺拉薩汗。五十九年，遣滿漢青海兵衛送六世達賴喇嘛入拉薩，殺策妄所委之總督喇嘛。述明均往來軍中。事定，官甘肅平涼鎮總兵。雍正元年卒於江羅山軍次。撰《積翠軒詩集》上下卷，唐英、史流馨、王仁惠、袁枚序。乾隆四年其子晉刊。又有其弟述斌序，述斌卽高斌，號東軒，乾隆間官至大學士。述明詩多作於邊塞。《再至湟中》云：「豈料重來傍戰場，昔年曾此駐騰驤。新桃幾樹攀難得，舊柳十圍撫易傷。漫羨微名垂竹簡，可能長劍倚扶桑。而今且喜酬初志，會向河源日攬繮。」湟中卽今青海。詩有恢閎之象，惜不足證史。《答友中問藏中風景》云：「君問西天極樂方，果然風景不尋常。楓林遍地皆紅葉，番寺懸巖盡白牆。尖帽聖僧身着錦，平頭羌女面塗糖。相傳種是槃瓠類，窶蒂時看堆髻粧。」又云：「峩然白帽是官形，頭戴珠冠誇婣婷。羣婦行謳邌出穴，衆僧坐諷藥飛瓶。乳酥調麪稱佳味，青稞爲酷釀緑醽。最是林園堪異處，鵝聲忽繞水心亭。」此詩出自目驗，唯有歧視藏族之語，當須審辨。

孱守齋遺集詩二卷　乾隆十八年刻本

姚世鈺撰。世鈺字玉裁，號薏田，浙江歸安人。諸生。不就省試。與沈德潛以文字交者四十年。嘗居揚州，館馬氏小玲瓏山館與張四科讓圃。乾隆十四年乞身歸里，病卒。全祖望爲撰《墓誌》。《遺稿》詩集文集合四卷，有乾隆十八年沈德潛序，張四科跋，門人張震校字。沈氏《别裁》選世鈺《吴興太守行》，評云：「寫縣官之草菅民命，如見其形，如聞其聲。」又選姚世鈞《饒州舟次獨酌醉後放歌》。世鈞字炳衡，諸生，早夭，世鈺弟也。尚有世鎰、世錞、世雍，皆其弟，能詩，見《國朝湖州詩録》。其詩傚唐，《題亦諳上人遊黄山圖卷》、《寄懷諸襄七》、《戊午錢塘觀潮懷故人金壽門陳授衣江皋久客》、《題方環山山水》、《送全紹衣歸寧波》、《吴敦復於京師書肆買得宋版丁卯集乃其尊府繡谷文舊藏本》，多載文壇掌故。《文集》有書跋多首，《施竹田詩集序》、《與汪巢林書》，亦當代文獻。張四科《寶閑堂詩集》有《書姚世鈺孱守齋遺稿後》。

授研齋詩不分卷　康熙間刻本

宋韋金撰。韋金字經一，河南商丘人。宋犖第四孫。諸生。是集有康熙四十四年朱彝尊、吴士玉序。吴序稱「韋金方娠，而父文學錦含君没，得自西陂之授，中丞藏其遺硯授之」。可知韋金爲遺腹子。而辛丑進士宋華金宋至子，乃其從兄。詩能拔脱，爲王士禛所賞。支硎、西湖紀游之什，温麗而新。《詠史六首》皆《史》

《漢》故事。《大理石屏風歌》、《題楊補之四梅圖》亦較勁奇。《自題授研圖依大父韻》諸作，可與《西陂類稿》相參。乾隆八年重刻本，易名《隱厚堂遺詩》，内容無所增益。

秋江集六卷 乾隆二十七年刻本

黄任撰。任字莘田，晚號十研老人，福建永福人。康熙四十一年舉人。雍正間，官廣東四會知縣。以縱情詩酒，爲上官所劾。罷官後，獨耽於詩。生平所爲不下數千首，八閩詩人，咸爲首推。乾隆二十七年重赴鹿鳴。三十三年卒，年八十六。是集冠傅王露、許廷鑅、桑調元序，自删訂存一千九十四首，《四庫》列入《存目》。任有硯癖，其集初名《十硯齋》，繼改《秋江》，後又稱《香草齋》。嘉慶間，陳應魁爲《香草齋集》作箋注，流行益廣。其詩源出温、李，往往刻露清新，别深懷抱。《提要》稱其詩「古體不如近體，大篇又不如小詩」。杭世駿《榕城詩話》獨稱其七絶。《西湖雜詩》十四首，秀韻獨出，「珍重游人入畫圖，樓臺繡錯與茵鋪。宋家萬里中原土，博得錢唐十頃湖。」二十八字，尤爲絶唱。悼亡詩，悽惋動人，論者以爲遠勝王士禛。至五七古《漁陽嶺觀積雪歌》、《李陽冰般若臺篆字歌》、《端硯》、《感興》、《題林輪川滁硯歌》、《宿羚羊峽》、《拜石齋先生墓下》、《題山水畫册》、《自清湖鎮乘小舟至三衢城下作》，紀事寫景抒情，不愧能手。官四會，水決茗峯，作《築基行》。歲大饑，作《賑粥行》、《棄婦行》等樂府，惻憫民艱，論者以爲香山之《秦中吟》。任固名士，無齷齪俗吏態，而接交多聞人雅士。既歸田，貧而老，生事益微，詩由綺麗轉爲樸質。晚作《讀楚辭》、《謁謝臯羽墓》，更有餘味。《題磨崖碑後》、《詠任囂趙陀陸賈三君祠》，詠嶺南物産如籐鼓柚燈，亦工。而用典切當，當世尤爲推服，以爲宗尚。《冷廬雜識》卷二十四有摘句，風華韻秀，足見風人之旨。

孺廬詩集六卷　道光間重刻全集本

萬承蒼撰。承蒼字宇兆，號孺廬，江西南昌人。康熙五十二年進士。官至侍講學士，制詔多出其手。卒於乾隆十一年，年六十四。事具本書卷首董思恭所撰《墓誌銘》。全集十四卷，初刻於乾隆間，一至六卷爲詩，共四百五十一首。道光三年重刻本有李宗瀚、鄧顯鶴序。承蒼爲李紱弟子，集中有贈臨川先生詩多首。與李紘、朱軾、張鵬翀、鄒一桂、全祖望亦有酬答。嘗充實録館《八旗志》、《一統志》纂修官、會試考官、福建副考。行輩甚高，錢陳羣即出其門。《題杜雲川蓉湖詞隱圖》、《游東林寺獲觀王文成公題壁次韻二首》、《擬剥啄行》、《再次紹衣論易卦》，以及詠匡廬、閩粤境内山川諸篇，俱有可觀。居揚州與馬曰琯、曰璐兄弟往還。名句爲「花似美人稀識面，鳥如熟客屢聞聲」，與陳兆崙「秋似美人無礙瘦，山如好友不嫌多」，並皆佳妙。讀是集舍短取長可耳。

澹吟樓詩鈔十六卷　乾隆二十一年刻本

張梁撰。梁字大木，一字奕山，號幻花，江蘇華亭人。侍郎張集弟。康熙五十二年進士。補行人司行人。入内廷校書，既竣告歸，以文史自娱四十年。從子夢黴，爲粵鄉正考。子夢鰲爲刻此集，有沈大成序。據《題謝荻灘詩牋》注稱：「康熙丙申，我年三十四。」是爲康熙二十二年生。卒歲有兩説。一説七十一，見《松江詩鈔》卷二十八《小傳》，一説八十三，見王昶《蒲褐山房詩話》。其詩宗法王、孟、韋、柳，間傚山谷、誠齋，以見新異。喜琴曲。沈德潛《別裁》曰：「張氏門風鼎盛，聲華赫奕，而澹吟不樂仕進，户庭蕭寂，如遊方外人。喜鼓琴，興到時弄一二曲。」集中有《琴意詩十章》，頗能度學。《晚晴簃詩滙》全録之。唱酬之什甚多，與張廷璐、杜詔、黄任均有往來，而與王篋輿最契。遣興詩均以閒遠自得爲主。今録《紀異》、《紙硯》二題，以資考事。

紀　異　乾隆十三年四月十五六日

遏糴有明禁，燎如在簡編。鄰封非異域，相恤乃相全。物産況不一，有無貴懋遷。奈何無知民，紛紛踏米船。此風一何盛，遠近爭流傳。小邑苦傚尤，其勢忽掀天。其人非大惡，什九惟游閒。禮法眇不知，造罪至弗原。其徒亦無幾，觀者遂盈千。久雨天邊晴，讙譟聲喧喧。搶米復毁廬，盜賊何異焉。職司一巡檢，藐爾力孔單。戴星奔控縣，官吏偕來前。豈知暋不畏，亡命勢愈顛。擊柝脅罷市，擔糞繼以磚。伍伯各奔迸，流血被體殷。城校責越俎，公然肆老拳。險同介之推，一炬薪中燔。避積薪中，欲燔之乃出。毁廬尚存半，頃刻無一椽。危哉萬明府，熟視何敢言。憂恚計莫施，唯唯翻笑顔。趣令平市價，拍案横判錢。狎侮等兒戲，意已無其官。東西閉水栅，反若防寇然。坐困乃竟日，抵暮方言旋。異聞驚衆聽，飛騎往復還。文武各申報，凌晨來大員。聲言統兵至，栅外艅艎連。初聞執香迎，既忽散如煙。太守召耆老，應以頒白年。出示速開張，民心稍卽安。首惡名已列，急捕如救燃。鼠竄不知處，搜索窮姻聯。究無一脱者，就獲差後先。堂堂中丞公，綱紀森臺端。馳章亟上奏，獄具無少延。三等治罪立斃杖下者二人，杖徙者五人，枷責者十餘人訖，詔旨亦已頒。聖明逾日月，洞徹照隔垣。謂如父母慈，驕子反怙恩。怙恩蔑禮義，三尺惡容奸。積小後將大，防流先塞源。仁非以義裁，姑息實養姦。勅部定新律，一改宿習寬。由來立政本，教養不可偏。刑者禮之佐，禮失刑斯繁。成周垂拱世，不廢象魏縣。子産鑄刑書，春秋稱其賢。至今水火喻，在人口𦚾間。風人尚温厚，載詠大車篇。得情則衷矜，豈謂法可捐。況閲數千年，淳風邈難攀。遂令勳華宇，渾敦偏海堧。煌煌聖人諭，亟合金石鐫。摩搨千萬本，各各縣里門。更假輶人鐸，晝夜爲巡宣。吁嗟聾聵者，懵懵良可憐。

《澹吟樓詩鈔》卷五

紙硯三首

近浙中海寧人爲之。殺墨如風，宛然端歙，入水浮而不漬。方圓大小，各從所好。其體輕，最宜行篋。則所有作，次韻和之。

黝然非復會稽生，作礪依稀笑釋名。釋名：紙，砥也，平滑如砥石也。知白不妨還守黑，緻堅須信卽含貞。直教象管齊開合，只與麋丸等重輕。名士好奇誰弗愛，最宜携入錦囊行。

恰似青溪水際生，此君堪受結鄰名。浙紙多以竹爲之，皆用水碓。結鄰，李衛公硯名。琢磨已訝能光潤，膠膝方知可永貞。一片石田裁出小，幾番紙數雲錦剪來輕。蠐螬蝴蝶皆如幻，未喪斯文用卽行。徂徠昔有石先生，莫是松花箋也敢盗名。緘處只和青粉細，云粉端石爲幂，故能發墨。用時寧辨翠珉貞。泥經埏埴功非淺，瓦費雕礱價不輕。巧思還同蔡侯剏，近聞充貢已偕行。《澹吟樓詩鈔》卷十二

花妥樓詩二十卷　乾隆十七年刻本

葛祖亮撰。祖亮字弢仁，一字超人，號聞橋，江蘇南京人。康熙三十二年拔貢。久躓場屋。雍正間嘗客衡州。乾隆元年成進士，改庶吉士，官户部員外郎。至是始交聞士，與張鵬翀、鄒一桂、程廷祚、張鳳孫、趙青藜、程恂唱酬。十三年，引疾歸里，復遨遊閩粤。十七年刊《花妥樓詩》，年已七旬。自云五十年境界屢易，存詩一千二百餘篇。有趙青藜、程廷祚序。其詩多中晚之作。《武夷詩三十首》，小注采輯山中名蹟沿革。《嶺南羿舟行》、《游觀音巖》、《游衡嶽》、《過蠡湖》，動輒百數十韻。過山左，作《悼荒吟》二首云：「蓐食將完拔帳行，飢人環繞乞餘羹。一千里路傳聞異，死啖殘膚斤鬻生。」「歷城曲阜古名邦，可耐年來潦水荒。賣子百錢寧獨忍，生離猶勝死難傷。」聲音凄楚。唯率易之作亦多，不能盡削繁蕪耳。

南阜山人詩集七卷　乾隆二十七年刻本

高鳳翰撰。鳳翰字西園，號南村，晚號南阜山人、歸雲老人，山東膠州人。諸生。善草書，工畫。以縣丞

署鹽大使。雍正五年，舉孝友端方，官績溪知縣。乾隆元年，兩淮鹽使盧見曾薦爲儀徵令，有搆於當事者。列鳳翰罪，並參其寓泰州詩云：「幾曾連茹茅同拔，卻爲鋤蘭蕙並傷。不妨李固終成黨，到底曾參未殺人。」與見曾同被逮，抗辭不屈。事以得白，及見曾戍杭覊，鳳翰患風痹，罷歸。乾隆十四年一説八年卒於家，年六十七。生平著述多未刊行。《詩集》七卷，爲德州宋弼刻於乾隆二十七年，即《四庫存目》著録之本。《提要》云：「鳳瀚工書畫，風痹後右臂已廢，乃以左臂揮洒。」病罷原因，無一語及之。蓋總纂官紀昀，於乾隆戊子三十三年以盧見曾案坐戍烏魯木齊，不得不有所迴避耳。唯盧見曾爲此書作序，敍鳳翰被逮事甚詳。《揚州畫舫録》、《膠州志・高鳳翰傳》並載之。此集卷首《南阜山人題詞》云：「頽以唐，激以昂，不癡不狂，亦謔亦莊，是爲老阜之行藏。」《提要》但引後序，「南阜不值達人一笑」等語，以爲其志可哀，則暮年鋒鍔，不復見矣。今觀所有《擊林》、《湖海》、《岫雲》、《鴻雪》、《歸雲》諸集，僅存三百餘首，而抱負甚宏。《上徐雨峯方伯》云：「丈夫處世間，龍蛇唯位置。所重操本根，匡時良不易。大用不在能，大德不在智。負荷關重輕，要在持大計。及此太平時，庫藏宜充積。内府及外藩，大小須並議。一旦有徵發，緩急乃足備。民驕長戾心，吏苦少生意。數赦奸易横，數蠲侈易恣。大法勿涉奇，大職勿侵細。曲謹與小廉，大事非所賴。綱領握總機，百司理庶事。譎僻非性情，張皇非經濟。巖巖千仞山，渾淪藏元氣。庶草賴滋生，雲雨表靈異。卓哉川嶽人，古今稱偉器。庶幾讀書心，副此許國志。」頗有古良吏之風。《羅雀行》諷刺文字之獄，含意甚明。《賣薑翁》、《苦灶行》等篇，深悉民間疾苦。卽病廢後詩，如《題玉川公出塞詩》、《憶鄭板橋》，以及題圖之屬，老筆披紛，猶能自鳴其意也。盧見曾哭以詩云：「最風流處却如癡，顛米迂倪未是奇。再散千金因托鉢，已殘右腕更臨池。殷生瀟洒談玄日，戴掾昂藏對簿詞。見説淮南傳故事，遺文爭患少人知。」可見生平。

苦灶行　有引

余家近海門，籍列灶户。荒村窮黎，業鹽爲多。覩徒役之作苦，悼里胥之催訶。怒焉傷心，作詩以造司鹺政者。

南風一夜捲海水，海上晨趨走婦子。荷鍤持帚羣相招，笑指池中雪花起。滷淹赤脚紅鱗斑，灶下蓬頭炊溼烟。饑腸霍霍日向午，尚待城中换米錢。得鹽盡入豪賈手，終年空作牛馬走。人生百役各辛勤，視此一笑真何有。就中老婦尤堪傷，長號向我淚滿眶。白頭半世作亭户，今年不幸阿公亡。阿公一死誰當語，家有丁男解鹰去。每歲冬底，解鹰鹽院若干架。小兒覓米未歸來，府牒勾人虎吏怒。祇今孤苦一身支，爲民爲灶互參差。灶役甚苦，自徭役混更，應民差益不支矣。不惜垂老死徭役，可憐一兔兩三皮。幾回欲去戀鄉井，兒女柔腸空嗚哽。天閽萬里叫不開，直須抱石投東溟。我聞此語首頻摇，口銜石闕心忉忉。老婦老婦且莫號，巡鹽御史按部來，飛章入告救爾曹。《擊林集》

題蒲柳泉先生聊齋誌異

庭梧葉老秋聲乾，庭花月黑秋陰寒。聊齋一卷破岑寂，燈光變緑秋窗前。搜神洞冥常慣見，胡爲對此生辛酸。生抱奇才不見用，雕空鏤影摧心肝。不堪悲憤向人説，呵壁自問靈均天。盧家塚内黄金盌，隣舍桑根白玉環。亦復何與君家事，長篇短札勞千言。憶昔見君正寥落，豐頤雖好多愁顔。彈指響終二十載，亦與異物成周旋。不知相逢九地下，新鬼舊鬼誰煩冤。須臾月墮風生樹，一杯酹君如有悟。投枕滅燭與君别，黑塞青林君何處。《湖海集》

石帆軒詩集詩三卷續集二卷　康熙間刻本

徐駿撰。駿字觀卿，號竪蕉，江蘇崑山人。乾學少子。康熙五十二年進士，改庶吉士，旋歸。撰《石帆軒詩集》、《續集》，徐秉義序。據《先子諱日詩》注云「先子捐館舍余年十二」，是爲康熙二十二年生。詩止於五十五年，皆壯年所爲。歌詩悽麗，五七古尤擅長。《避吏行》、《牧牛詞》、《土城》、《莫釐山人歌》、《題汪中允香山圖》、《櫂歌行》、《逃荒行》、《讀元結舂陵行》、《高麗人》、《官伐木》，多屬精撰之作，研練亦深。七言律體卑，絶少佳什。絶句如《南史雜詠六首》、《讀霍光傳》以及題畫等作，力求清新，與塗飾字句者，又不同矣。

删後詩存十卷　嘉慶二十年刻本

陳梓撰。梓字敷公，一作俯恭，一字古民，或作古銘，號一齋，又號客星山人，浙江餘姚人。布衣。出劉念臺門。寄居吴門，以教塾爲業。雍正元年舉孝廉方正，不就。晚居濮川。乾隆元年舉鴻博，亦不赴。詩與李鍇齊名，稱「南陳北李」。著有《四書質疑》、《經義質疑》、《一齋雜著》、《删後詩存》、《删後文集》。卒於乾隆二十四年，年七十七。是集刊於嘉慶二十年。自題云：「己酉雍正七年悉取篋中愜意者付之火，其他應酬之作不足焚者，稍稍編次，題之曰《删後詩》。」此言不足盡信。集中《今樂府》多首，盡傷時危語。《田家行》、《養蠶詞》、《煮繭行》、《伐木歌》、《兒挽母》、《兒莫啼》、《賣田行》、《築死壙》，皆爲采風。《敲炭兒》注云：「吾鄉子弟十歲外，率馳四方，傭銀冶敲炭，長乃司爐。或起家數萬金，歸置田宅，貧者艷之，以是遂成風俗。」《鴨捕蝗》注云：「上元縣沿江産蝗，或獻策，募捕坊鴨百千，食之殆盡，鴨亦隨死。」《洗筋行》注云：「江西惑堪輿，南贛尤甚。親葬二三年，掘洗骨，紅還故家，黑改新阡，逾年復爾，名曰洗筋。今丙寅夏，憲司張師載奏其事，禁之。」《怒傀師》序云：「維揚近以紫檀花梨爲木偶，能歌，衣裝盛飾，一甲千金。」均可以社會史料目之。爲詩不襲理學套語，是真於此道中獨聞町畦。《自警詩》有云：「客氣未銷詩有血，俗情難化字猶肥。」堪爲自評。張應昌《詩鐸》選詩多首。《晚晴簃詩匯》但録格調遒古者。其《插花人歌》一篇，《姚江詩録》及商盤所輯《越風》，均選之，此集無，是亦有删佚者也。

鐵畫歌

蕪湖冶工梁某，頗能解畫。能于爐錘間，隨意作山水花鳥。精巧無比，創古所未有。昔中散隱於鍛，梁殆非常流歟。詩以纪之。

畫工鑄山水，楮絹有時朽。蕪城良冶獨錚錚，文火鎔來飛與走。胸中丘壑具成竹，遠岫疎林淨如沐。擲地鏗然戛石鳴，無聲之詩今有聲。前身定是龍眠老，亘古所稀心特造。了無姿黛媚時人，稜稜峭骨真精神。蝸涎蠹喙斂而退，雨露無恩雪霜避。吁嗟乎梁君，吾有故園松柏青氤氳，何時磅礴整爐鞴，烈焰光中染蒼翠。不勞淫巧襲迂談，千秋卓立南山南。《删後詩存》卷六

插花人歌　有序

揚俗尚瓶花，有專司名手，爲當家主其役，歲得值十萬錢許。

種花不如插花好，種花人多插花少。插花人巧奪天工，百瓶百樣無雷同。豪家軒亭羅供養，水晶玻瓈罍洗盎。梅花蘭菊松柏荷，風光四季占不多。要令元宋唐人畫，幅幅當空折枝挂。誰誇能事插花仙，歲博青蚨十萬錢。我來借問插花者，眼中興廢誰多寡。去年几上繁葩紅，今年冷落牕攏風。今年堂上百花燦，昨歲罌空塵滿案。人間榮瘁了無憑，高岸爲谷谷爲陵。歲歲開花花不惡，只恐供花瓶折脚。高曾遺業傳兒孫，看來只有插花人。《姚江詩録》卷一

石坊僧　有序

清初兵掠婦女，鑰寺中，屬僧守之，僧盡釋去。兵大怒，縛僧坊柱，交箭射，立斃。至今血淋漓，宛然一僧也。

石上老僧南面坐，百歲冰霜色不挫。日燒雨打血更鮮，行人起拜淚泚然。當時雞犬空里閈，何處生靈不糜爛。一僧捨身全百人，百人何在僧今存。嗚呼佛骨可毁經可焚，唯汝六尺藏精靈，不生不滅千萬齡。《姚江詩録》卷一

欠山詩集六卷　乾隆四年刻本

趙侗斆撰。侗斆字賡西，江蘇武進人。申喬孫，熊詔子。康熙四十四年以諸生召試行在，命入纂修官。雍正間官襄陽知府，浙江分巡寧紹臺道按察司副使。乾隆十六年卒，年六十九。刻《趙恭毅公剩稿》、《趙裘萼公剩稿》，爲兩代詩文。又刻其師龔士薦《復園詩鈔》並士薦子策《晉之詩鈔》。是集刻於杭州，首乾隆四年自序。《文集》中詳其家世。詩六卷，以《紅螺小草》、《癸巳旅吟》、《舲窗雜詠》、《癸卯粤行草》、《雲窩詩初集》、《二集》爲名。侗斆從龔氏學詩古文。有《閨思集明》四十首，蓋由明詩上傚唐人。詩能脱俗，唱和友爲莊嵋生、管掄、楊鳳朔、唐同仁、楊曾志、馬星等人。《羊城竹枝詞十七首》，作於康熙五十二年，記當時土風，覈而可徵。

羊城竹枝詞　十七首録六

嬴得人前喚小娘，殘粧扶起合歡床。催郎早向南村市，那悉花梳間海棠。珠江南岸多種素馨，一名那

悉花，彩絲貫之，以繞雲髻曰花梳。廣女未嫁呼大娘，已嫁反稱小娘。

薰月家家剥芋枚，蓼花潮漲浴珠胎。博山新試鷓哥緑，可是藤橋香仔來。八月蓼花水至，有月則珠多。廣人以酒芋祀月，曰薰月。香以藤橋所出爲上，香仔採香黎也。

生涯端在水雲鄉，半是蠔田半蜆塘。蜆壅蔗根兼飼鴨，蠔堪充飯更苫牆。南海有浮沉之田。沉田者，種蠔種白蜆之所也。浮田者，蕹牌是也。其地婦女俱能打蠔，有打蠔歌。

番船銅鼓震江干，香賈珠商鬱步攢。爭向太平黑鬼問，到來牛舶幾婆蘭。番船多聚太平門外鬱江，步其市中，奔走多西洋黑人，謂之黑鬼。三百斤曰一婆蘭。牛頭舶，番船之大者也。

軋軋鳴機盡葛莖，薄於蟬翼軟於綿。一縑一歲衣夫壻，不似兒家賣客錢。增城女子終歲始成一葛，嫁則止衣其夫，不能市矣，故名女兒葛。

伴郎玉勒夾花驂，歌罷攔門喜氣函。孔雀屏開迎雁客，當頭先挂亞胡籃。廣俗親迎，必擇數人與己年貌相若者爲伴郎。女家索攔門詞，伴郎即代草，至女家不能和，女乃出閣。廣有麻瘋院，凡吉凶事必先賂瘋頭，挂一籃于門，以拒瘋人。亞胡，瘋頭稱號也。《癸巳旅吟》

紅雪軒詩稿四卷　康熙五十八年刻本

高景芳撰。景芳，漢軍正紅旗人。康熙三十八年舉人、内閣中書張宗仁室。弟欽，官侍衛。弟鈺，康熙五十六年舉人。幼侍宦建昌，年二十一與宗仁合卺。康熙四十四年迎駕江南，進詩，兩次朝見三宮。刻《紅雪軒稿》賦一卷、詩四卷、詞一卷，首張宗仁、高欽序，自序。封建女姓作者可以倚聲擅場，詩每不能佳，閨門之限耳。景芳詞頗清妙，詩有《輪租行》、《秦軍歌》、《懷古十首》、《題董文敏畫卷》、《傷李清照》等作，亦與纖弱妩媚者，區以別矣。

積山先生遺集詩二卷 乾隆三十八年重刻本

汪惟憲撰。惟憲字子宜，一字積山，號水園，浙江仁和人。先世歙籍。康熙間庠序第一。受知於宋至，與華嵒、倪濤、吳陳琰友善。雍正七年拔貢，不赴選。卒年六十一。胡兟撰《傳》。初刻《積山》、《小試》、《文水》、《蓮吟》諸稿，鮮有傳本。《遺集》爲胡兟編次，凡詩二卷、文八卷，有雍正八年厲鶚序，同學陳兆崙序。《文集》傳述附諸家尺牘，頗有掌故可捃。詩亦氣清詞腴，不主故常。《讀長慶集》、《虎丘山塘花歌》、《陳章侯月遊天趣圖》、《題姜西溟墨蹟後》，縱筆恣如。《題梅耦長漫興集》云：「仙吏雙鳧竟不還，尚餘詩卷落人間。小長蘆外漁洋配，一代聲名並斗山。」《題查慎行敬業堂集》云：「七言長律古無多，氣猛才豪百韻過。思苦自能窮物象，律精如不費礱磨。」又有《題樂只同番民行樂圖》，爲有關臺灣資料。

清人詩集敍録卷二十二

非水舟遺集二卷　乾隆六年劍虹齋刻本

梁錫珩撰。錫珩字楚白，號深山，山西介休人。世業農賈，曾祖而後始事詩書。爲諸生，捐候選郎中。博覽强記，家富藏書，於白登山下葺非水舟書屋。康熙五十八年南游，卒於杭，年三十六。本書爲其子濬校刻，卷首有顧嗣立、楊繩武序。韓騏序已作於乾隆四年。附陳汝楫《梁府君小傳》暨俞兆晟撰《墓誌銘》。詩多放蕩於山水間。《過雁門》、《登雲岡寺》、《大石佛閣》、《過郭有道阡》、《居庸關》、《彈琴峽》、《黄金臺》、《御馬苑》，詠北京金魚池、白塔、豐臺芍藥，清宕而時露新警。有《呈何義門先生》詩，贈陳鵬年詩，而與吴中名士顧嗣立交善。乾隆初，同邑詩人董柴有《題梁深山非水舟遺集》。子濬《劍虹齋集》載《考深山府君行述》，敍其家世，頗爲詳要。顧嗣立序稱集中放言遺辭，各極其變，而尤長於近體，特有似丁卯、玉谿。内佳句絡繹，不勝枚舉，幾可與古人爭席。

甘莊恪公集詩三卷　乾隆十五年刻本

甘汝來撰。汝來字耕道，號遜齋，江西奉新人。康熙五十二年進士。由教習選淶水知縣。以拘禁畢里克，直聲震京畿。雍正元年，授廣西太平府知府，累至巡撫。乾隆三年，官至吏部尚書。四年，暴卒，年五十六，謚莊恪。刻《全集》十六卷，作序者陳宏謀、沈德潛，均出其門。汝來久歷外任，家計寒素，多關心民苦。詩不多作，所存分體詩三卷，以《古杉詩》、《銅柱》、《伏波銅鼓》，較爲得力。《雜詩》多自申懷抱。與李紱同朝，有唱和。餘多應制，不須贅述。

翰村詩稿五卷補遺一卷　乾隆十九年刻本

仲是保撰。是保字夔梅，一字友夔，號翰村，江蘇常熟人。貢生。雍正初，從趙執信學詩，並同留滯揚州者數月。乾隆八年年六十，歿於博山。撰《雪龕居士集》八卷。《翰村詩稿》五卷自訂，《補遺》一卷爲執信弟子趙念編次，附《跋》畧述作者行誼。又張竹序，竹爲執信女夫，是集卽由竹刊於歷城。是保於詩造詣不深，古律雜歌詩不免優孟衣冠，近體摹擬晚唐，間有神解。趙執信稱其《吴中懷古》、《廣陵懷古》絶似羅昭諫。讀史絶句《昭君怨》云：「一憶君王一黯然，此行誰更惜芳年。儂家自悔驕顔色，若箇丹青不計錢。」《鄧通錢》云：「十萬何曾得一看，銅山無分鑄應難。漢家從此公天下，泉布先生盡在官。」《謝公墅》云：「王氣雖存晉已東，山中歌伎酒顔紅。不知有底圍碁手，却把蒼生問相公。」《入塞冷》云：「無定河邊戰馬肥，受降城外健雕飛。軍門夜半胡笳動，贖得文姬數曲歸。」《明皇》云：「年少伶官衣淡黄，馬蹄旋轉踏層牀。元來四海烽煙息，賸選驛騮入教坊。」多以翻案爲能事。

柳南詩鈔十卷　乾隆間刻本

王應奎撰。應奎字東溆，號柳南，江蘇常熟人。康熙間諸生。八試不售，退而著述。有《海虞詩苑》、《柳南隨筆》等書。生於康熙二十三年，約卒於乾隆二十二年，年七十四。刻《柳南文鈔》五卷，陳祖范序。《詩鈔》十卷，沈德潛序，李客山評。客山名果，與沈德潛、王峻有「吳中三士」之稱。應奎長於典故，詩推錢謙益、馮班，雅健可取。《游支硎》、《虎丘雜詩》、《題白香山畫像》、《讀分甘餘話》、《春盡日寄西疇短歌》、《雨後秦坡觀瀑》、《挽李客山二首》，各盡其致。沈德潛《別裁》選《箬包船》卽此集《有船三十四韻》，詩作於乾隆十年，爲當時社會紀聞。詠史、題畫，則非所能。應奎嘗爲草衣山人朱卉詩集作序，又見爲胡榯《卧山詩鈔》作序。文集中有《戲場記》，頗涉妙趣。

鄧尉山房稿三卷　雍正四年刻本

李鍼撰。鍼字含奇，直隸盧龍人。康熙六十年進士，榜名李咸，改庶吉士。是集爲黄之雋序。卷一《偶憶集》，爲康熙五十四年以前詩。卷二《東屯集》，止於五十六年。卷三《東屯二集》，止於五十八年。而康熙六十一年詩僅得二首，按之雋序，當卒於是年或雍正元年。鍼原籍吳，《登穹窿山》、《林屋洞》，均詠江南名勝。二三兩卷所詠爲盧龍、玉田一帶見聞。登望海樓，觀射虎石，有詩紀之。唱和陳炳、方棨如，當時名輩。

原稿多散佚，此輯本，亦不多見。

强恕齋詩鈔四卷　乾隆年八年刻本

張庚撰。庚原名濤，字浦山，號瓜田，又號彌伽居士，浙江秀水人，監生。雍正十三年應鴻博詔，不遇。嘗浮江至東魯，游赤壁峴山，出函谷關入棧至成都，遨游名區。工書畫，著有《畫徵録》、《通鑑綱目釋地糾繆》等書。乾隆二十五年，年七十六卒。撰《强恕齋文鈔》五卷、《詩鈔》四卷、《古詩十九首解》一卷、《强恕齋圖畫情意識》一卷，《歸田集》一卷，爲乾隆十八年舒瞻捐廉所刻。觀《文鈔》中爲巢鳴盛、李天植、沈蘭先、應撝謙、李顒立傳，頗熟近代掌故。《畫徵録》品鷺清初與當世畫人，見解精到。詩以山水紀遊居多，《游法慶寺》、《三橋峽》、《大樹鋪山家》矜求古調。杭世駿、桑調元皆稱之。題畫詩亦如丹青大手，而議論通達，無不宜矣。張雲錦有《哭浦山叔》詩四首，見《蘭玉堂詩續集》卷三。

王石谷臨董北苑萬木奇峯圖

古人圖畫重丘壑，經營慘澹探天工。今人偏重在筆墨，位置往往多難通。北苑斯圖畧可識，我且作歌開鴻濛。森森萬木清陰濃，主山特立當其中，高雖未極勢頗雄。東崖側起最峻上，西嶺旁銜巔亦崇。巔際突又一峯起，峭如玉笋凌蒼穹。筆迹迴異瘦露骨，標題乃始稱奇峯。其下幽谿與曲徑，橋渡磵石咸相從。茅茨隱見淺谷口，嵐光樹影交重重。腕底造化不可測，尊之爲祖非虛恭。清暉老人早默契，卅年橅法心手融。一展一翫一絶倒，臨摹豈惜精神窮。元氣未識離與合，卽此淋漓已莫同。我聞真本在宋氏，玉題錦贉密以封。宣和昔日譜董跡，七十八軸超凡庸。臆揣於中此爲甲，惜我饞眼無由逢。雖然真本無由逢，得見清暉慶亦豐，已豁我目擊我蒙。《强恕齋詩鈔》卷三

惲壽平折枝芍藥圖歌

百餘年來寫生手，大抵因循困窠臼。曲阿崛起南田翁，筆底生氣回化工。鈎染之習一掃盡，賦色直追熙孫蹤。殺粉輕盈出雋白，調脂清逸非凡紅。初志山水力肩古，及見耕煙稱莫伍。回轅走入萬花叢，管領春風遂爲主。翻階芍藥開正繁，帶露折來彌覺嫵。貌向圖中孰是非，流傳論直早擡估。嗚呼繪事小技耳，有志便接前賢武。《强恕齋詩鈔》卷三

虛白齋詩集七卷 乾隆間刻本

欽璉撰。璉字寶先，號幼畹，浙江長興人。雍正元年進士。官南滙知縣，蜚語落職。起爲知州。撰《虛白齋詩集》初稿二卷、《北上草》一卷、《燕臺草》一卷、《粤游草》一卷、《匏繫集》二卷，爲康熙三十八年至乾隆九年詩。首沈德潛序。據《自序》云：「甲子余六十初度。」當爲康熙二十四年生。卒年不詳。璉於雍

正八年辦石於金焦。十年，奉命築塘。乾隆七年，分賑淮郡。八年，濬京口淮陽諸河。所築塘自奉賢柘林城北起，至寶山吴淞口，民號「欽公塘」。集中有《留别南匯士民》、《重築扦塘紀事》，沈德潛序稱與《春陵行示官吏》如出一轍。末卷《北上詩》有云：「禦災原有術，足食本非難。自昧康功計，能無饑歲嘆。盡起瘡痍色，還成富庶觀。迴思乾溢疊，焉冀室家歡。地利東南盡，田疇齊魯寬。」自注：「江浙地狹人勤，絶無曠土。自江北至東省，地廣數倍，溝洫不講，旱澇頻災，識者憾焉。」頗見用世之志。《燕臺草》有《燕市雜吟》十五首，盡風土之采。其一首云：「濟濟南宫集異才，幾人平步上蓬萊。相逢不語低頭走，盡是前門看榜回。」又云：「拜佛祈神廟院繁，每逢朔望往來煩。道人曉起無他事，百尺竿頭高掛幡。」又云：「小市朝朝羅綺陳，多般顔色勝于新。憑君買得無煩剪，長短原來穩稱身。」又云：「酒館筵開人盡酣，笙歌却自異江南。聽來不事周郎顧，高唱台端是亂談。」又云：「别院珠簾十二開，金鈴犬小吠瑶臺。玉毫潤澤渾如兔，曾卧王侯袖底來。」又云：「利析錙銖術共傳，肯教穢物便輕捐。滿園糞土乾成餅，都是豪家月俸錢。」乾隆九年後亦當有詩，未見續刻。

徵租記事

用一緩二古所勖，良意不存新政酷。犁鋤未出桑未緑，夏税春來徵已足。大僚遣吏賜銀尊，手書褒語榜縣門。縣門雜沓人來往，仰看嘆息發輿論。前年水旱被三吴，天子下詔蠲田租。田租二月輸官府，金錢百萬飽鼠狐。因之此術共珍寶，剥膚吮膏恐不早。君不見，揚道州，政拙催科甘下考。

《虛白齋詩集初稿》下

淮陽卽事十絶句

川因壅潰昔聞之，此事何須今日知。七月初十日，古溝隄潰。洪澤湖水漫溢淮陽。勢迅猛不可制。料得

天工難任咎，秋來風雨未狂癡。

揚州郭外路成渠，新漲横流入舊廬。咫尺長江消未得，上流瀰漫更何如。

淮水湯湯一片平，往來人盡水中行。昔時村落知何處，波面遥浮屋脊横。

邵伯人家衹半存，洪波浩渺勢平吞。長隄席屋連綿去，野泣聲聲欲斷魂。自邵伯至淮安，災民俱搭篷

漕隄以居。

隄防撤盡怒濤奔，百里茫茫不見村。漕隄閘壩盡啟，下湖數百里田廬，皆成巨浸矣。無數飛鴻何處去，

嗷嗷偏是在朱門。高郵、寶應間，倡率索賑者，多城中紳士家。

丹詔傳來天語温，窮簷個個許沾恩。全家八口安排定，還乞鄰兒認作孫。聞有按口給賑之令，民間多

借妻乞子，冒領賑糧。

重城三匝市廛寬，索米紛紛人語讙。淮安三城，居民數萬户，無一户不索賑者。真是君恩身受慣，金錢

百萬等閒看。

處處湖渠水族增，家家門外放漁罾。得魚换米資存活，天意今年倍見矜。

留得官銀買故衣，安東城故衣鋪甚多，俱賣與鄉民領賑者。療饑還採舊山薇。鹽蒿如稻門前積，知是扁舟海上歸。鹽蒿生海濱，莖赤而子粗，居人多採以食。

聞道前宵決石林，寒濤一夜麥田平。九月杪，河決沛縣。石林口安東一帶，所種新麥復淹。明年春計都無着，空自咨嗟怨水衡。《虚白齋詩集·匏繫集》下

南園詩鈔六卷　嘉慶二十五年刻本

李紘撰。紘字巨州，江西臨川人。紱弟。雍正二年進士。官湖北應城知縣。聞紱引退，即日乞假歸。築南園以養母。乾隆元年開博學鴻詞，與試未用。是集爲其曾姪孫李宗瀚刊本，與文鈔六卷合梓。有乾隆九年李紱原序，嘉慶二十五年宋鳴琦、程卓樑序。據《北征》詩自注，小紱十歲，當爲康熙二十四年生。卒於乾隆十五年左右。集中《皖江懷古》、《游廬山白鹿洞》、《滁州醉翁亭》、《桐廬七里瀧》、《金陵懷古》等詩，俱較樸茂。《題八大山人畫册》、《舟次蘭谿寄金華教授諸襄七》，亦有可採。餘多與紱唱和。其詩根柢魏晉，喜言義理而不作道學家語，得力較厚，不可掩也。

題八大山人畫册

白頭公

拚飛籬雀閙，黄口倍啁啾。愛汝山人意，殷勤寫白頭。

藕節蓮蓬

長抱區區節，深藏一點心。待君修篚篋，明信尚能任。

游魚

一片空明鏡，倏然樂有餘。安能吾喪我，並覺子非魚。

山鳥

山鳥泠泠意，寒梅寄一枝。此中真臭味，輸與汝相期。

翠

巧立林塘慣，空文被此身。可憐山澤畔，應有網羅人。

梔子花

大葉影離離，繁花紛漠漠。詩人邀一盼，芳意何曾薄。

菊

桃李競春姿，秋來復何有。鮮鮮一叢菊，且進杯中酒。

蘿蔔

老圃仍難學，園蔬異此荄。連纓纔出土，冰雪滿胸懷。《南園詩鈔》卷五

德蔭堂集詩十卷　嘉慶二十一年刻本

阿克敦撰。阿克敦字沖和，一字恒巖，號立軒，姓章佳氏，滿洲正藍旗人，後隸正白旗。祖雅爾泰，父阿思哈，世代爲將軍。康熙四十八年進士，改庶吉士。五十六年奉使朝鮮，由侍讀學士擢禮部侍郎。六十一年，以册封世弟李昑，再使朝鮮。雍正二年，册封國王李昑，三使朝鮮。四年，官兩廣總督。厄魯特部强盛，駐青海爲撫遠大將軍。十二年，同傅鼐征準噶爾。乾隆間官至刑部尚書，協辦大學士。二十一年卒，年七十二，謚文勤。事具《阿文勤公年譜》。子阿桂，平定大小金川，尤著戰功。是集爲曾孫那彦成校刊，凡十六卷、詩十卷，以《館課》、《水淀》、《北游》、《塞外》、《東游》、《南游》、《隨征》、《扈從》集名卷。《東游集》使朝鮮詩多首，即景攄懷，爲史傳所不具。《南游集》中《觀水師》諸篇，皆閲歷有實得語。《隨征集》歷蒙古戈壁，復出嘉峪關至烏魯木齊及伊犁，沿途爲詩。《過塔爾奇嶺阿爾泰嶺》、《宿巴里坤城東》等作，西域山光，靡不畢見焉。撰《準噶爾歌》，自注：「噶爾丹策凌之部落，名準噶爾。」詩云：「緬惟有元主中夏，版圖日拓朝外夷。西塞四種厄魯特，駝馬牛羊分牧之。種類之中準噶爾，善於牧馬日蕃滋。部落酋長課勤最，屢降丹書晉太師。元祚寖衰帝北狩，一傳再傳不自持。額參强盛收蒙古，土木之變是所爲。自注：額參太師者，噶爾丹策凌之先祖。明正統

之蒙塵，乃額參收蒙古以後事。今蒙古紀載甚詳。《明史》曰也先，蓋漢譯番言額參之誤也。元帝子孫號戴薩，剪伐厥後威更施。嗟彼喀爾喀，實乃有元之本支。叛虜不臣肆侵擾，渙散奔走何慘淒。聖祖納降誅有罪，噶爾丹滅無孑遺。兄子策旺遁西域，自注：策旺阿拉布坦者，噶爾丹之姪。噶爾丹娶其母而殺其弟，故遁走西域，收敗亡之餘卒，取回地以成國。苟安於世飾詐欺。子濟父惡惟恃遠，自注：噶爾丹策凌者，策旺阿拉布坦之子。跳梁小醜亦太迷。我武維揚殲逆寇，年來膽落望風靡。將士鼓勇思奮擊，直搗其巢及此時。帝曰普天之下皆赤子，雖在殊俗忍視歧。按兵不殺俟悔悟，予以自新一介馳。好生之德洽蒼旻，蠢爾悦服中心移。表上謝過遣貢使，臣得遭逢千載奇。天時人事詳審度，臣敢拜手以獻昇平詩。」此詩關係一代文獻，選家時有之，今仍録於此，以診未見者。

途中卽事

一車兩馬踏飛塵，景物朝朝觸目新。怪底殊音來入耳，高張帟幕進茶人。

黄笠可通關尹意，白衣也誦梵王經。東方二氏原非重，文是尼山武壽亭。黄笠白衣，僧道之冠服也。朝鮮好鬼，而不重二氏。春秋祀者，惟孔子、關帝而已。

羽毛插帽步相從，按隊前驅有幾重。蹊轉雙旌無仰視，路人伏地意尤恭。護兵居前，從者皆戴羽毛。路人見使者過，則皆伏地爲敬。

遮道歡呼聽未真，倩人傳譯更情深。祝言天子多仁壽，今日承恩到海濱。沿途白叟黄童，莫不感戴皇恩，望塵環拜。

田畝亦知營水利，人家大半近山居。松枝折得添籬落，蒼翠蕭疎映草廬。

幾番雜戲道前來，蕭鼓聲中響似雷。忽到馬前還暫立，一人舞蹈笑顔開。《德蔭堂集》卷六

敬亭詩草八卷附二卷　乾隆十九年刻本

沈起元撰。起元字子大，號敬亭，江蘇太倉人。康熙六十年進士，改庶吉士。雍正七年官臺灣知府。乾隆初爲直隸布政使，九年擢光禄寺卿，十四年罷歸，十八年主濼源書院講席，山東周永年出其門。二十八年卒，年七十九。精於《易》，著有《周易孔義集説》等書。《詩草》與《文稿》合刊。據王吉武序稱，其父名受宏，歲貢生，年四十一始生起元。此集有《辭家》、《紀行一百韻》等長詩，述家世綦詳。沈德潛序稱：「詩格高者規橅少陵，長篇百韻以下，俱近白傅，即小小詠吟，亦不入宋元纖佻之習。」集中傑作，多在中年未達前，晚歲專心政事，篇帙寥寥，蓋未極其才力所致也。此集乾隆元年後多應制詩，送别酬題祇魯省煜、盧見曾數首，沈序言之未誣也。又許廷鑅序，廷鑅詩亦學唐，與起元齊名，時人目爲「許沈」。附二卷曰《桂軒詩草》，王慮序。起元居揚州與費滋蘅、程夢星交密，有《平山堂雅集詩》。《題元祐進馬圖》，小序記事，爲宋代藝苑掌故。《牧童詞》、《農父詞》狀寫民俗。《勸耕婦》記農民王某畫成，爭幣致之，其妻不樂，因戒止作畫。可見當日社會風尚。《十八灘》、《登鬱孤臺》、《挂角寺》、《渡鄱陽湖》、《信陽山行》、《岳陽樓大風》，不必窮絶險夷，而氣韻格

律，均極佳勝，雍正間詩壇，要能自成一家。

石　屋

牛渚最險絶處，鑿石級，折下數丈，至江面，穴崖構屋，循巖飛宇。客至憑闌直視，則江練平鋪，天門中斷，慈姥青山，羅點楹軒。趺坐諦聽，則松聲吟風於天際，水沫磕石於几下，幾不知爲人世矣。詢之山僧，知開山近纔五十年，古人題詠所未及也。

百尺靈根鬼斧銛，誰來洞底構飛簷。山穿牛渚龍辭窟，江挂天門水作簾。沙鳥紛紛新柳浪，湘帆點點亂峯尖。若教小謝當年到，卜宅還應傍此巖。《敬亭詩草》卷三

己酉冬十一月攝臺灣府掾事竣將回鹿耳門守風

高舸如葉傍安平，安平，城名。鹿耳門前夜色明。天水無邊孤月在，魚龍欲起大風生。島夷星布環臺静，玉嶺雲寒照海清。臺灣有玉山，高入雲表。百戰當年功不易，長教内沼盡東瀛。

空濛烟水月精神，雁陣難來鷗侶親。萬古洪荒開赤縣，片帆容易走王臣。天垂四下渾無地，日到三冬總是春。卻笑珠厓曾議棄，請看東海不生塵。國朝初平臺地，廷議以海外遼遠，有欲棄之者，提臣力爭不可而止。至今海氛靖謐，實得全臺控制之力。《敬亭詩草》卷六

題邊頤公潑墨圖小照

邊子淮陰人，性豪逸，工詩文，落落不遇，遂逃於書畫，以神趣勝，能奪化機。每作畫，凝思注視，忽有所得，濡墨疾灑，淋漓滿幅。倏忽數十紙，禽魚草木之性情意氣，無不踴躍形現。見者爭攫而寶之，君亦不甚惜也。因命工作潑墨圖以自寫。君故貧士，斯圖羅列書史物玩，鼎彝尊罍，古琴寶劍之屬無不具。賓客滿堂，艷姬捧硯，極風流豪勝之致，聊以寄興焉。余與邊子交二十餘年矣，中不相見者數年，今年三月過淮，出圖索題。噫，孰使邊子而以畫自喜哉。梅聖俞之「詩窮而後工」，豈其然歟，其不然歟？

君不見夏雲初起日觀峯，膚寸倏忽彌蒼穹。又不見陽春三月灑春雨，一夕芳原百草怒。咄哉邊生腹便便，中有逸氣如雲蟠。此雲若使捲海立，能雨六合春無邊。卅年落魄漸枯槁，賸化斗墨含蒼烟。窗明几淨得縑素，悲愕歡愉一攄吐。塞雁飛秋燕舞春，長林生風花笑露。畫手無心物有情，森森衆態紛騰赴。當其槃薄墨未落，内結元精外解脱。追攝虛無渺寞中，指間躍躍眸間活。滿堂賓客靜無譁，侍女喻麋旋旋磨。此時畫者已非我，此時畫外寧知他。縱有雷霆不能入，何況蠻觸爭旋蝸。蕭蕭葦間屋，君所居，自題葦間書屋。肅肅溪邊竹。椎髻鴻妻清若仙，蓬頭霸子皎如玉。潑墨其間萬象羅，自信豪華唯我獨。圖成寄意問誰知，我醉爲君歌此曲。曲終墨汁尚敷腴，乞爲淋漓寫寒菊。《敬亭詩草》卷六

葦間老人題畫集一卷 楚州叢書本

邊壽民撰。壽民原名維祺，後以字行，更字頤公，號漸僧，又號葦間居士，晚號綽綽老人，江蘇山陽人。諸生。雍正間自江漢還，居舊城之梁陂橋，以鬻畫爲生。擅長作蘆雁，人稱「邊蘆雁」。詩有舊抄本，近代冒廣生據以刊入《楚州叢書》，均輯自畫頭。《詠蘆雁三十二首》，詠墨梅、瓶菊、荷蓮之屬七十首，多蕭遠有致。附畫跋及詞。壽民嘗繪《葦間書屋圖》，鄭虎文《吞松閣集》有題詩。程晉芳《勉行堂集》有《感懷詩》，又有《淮陰蘆屋記》，亦記邊氏往事，同時及後人詩集題其畫雁者尚多。晚年善作潑墨，王箴輿《孟亭詩集》、程襄龍《漱潭山房詩集》、邱謹《浩觀堂集》、沈啟元《敬亭詩草》，均有《邊壽民潑墨圖歌》。箴輿實應人，王式丹孫，與壽民最契。歌云：「邊老藏身蒲葦窟，邊老贍家畫生活。江南江北會面稀，重逢已是六十八。口道平生甘作苦，劈白塗黄買歡悦。天花不散天容枯，海波不摇海水竭。朝煙暝露風林張，心從眼入手隨筆。我來四月及閏五，鼠姑開罷芰尾發。乍看兔日已成陰，初種篔簹幾抽節。諦觀物態何悠然，氣機聽至焉遮閼。高人懷抱天地寬，點綴能補造化缺。無事澹或躍魚鳶，有情濃欲愁花月。人世哀樂並媸妍，抛擲隃麋香一鉢。三間草堂夏不熱，頭不冠巾足不襪。溪邊看畫溪雲生，兩人坐照知華髮。先生有力猛於虎，酒闌運腕如風疾。前年我題葦間居，今年飽看潑墨帙。今年乞繪雁南飛，去年曾贈芭蕉雪。」詩作於乾隆十七年。次年又作悼壽民詩云：「形骸知分盡，老淚不能無。好在葦間屋，爲題潑墨圖。自注：去年五月事。」「死生驚隔歲，談笑失鴻儒。

一帶蕭湖水，猶餘舊酒壚。」據此二詩，知邊壽民爲康熙二十四年生，乾隆十八年卒，年六十九。

秋水詩鈔十七卷續鈔六卷　乾隆十八年刻本

程鍫撰。鍫字藝農，安徽新安人。久居鄉里，不求仕進。好吟詠，亦被詩人之名。刻《秋水詩鈔》、《續鈔》，爲康熙二十二年至乾隆十七年詩，首顧維、孫夢逵、梁國治、倪承寬序，吴鼎跋。篇什甚多，而失於雜糅。棄其渣滓，如《老牛歎》、《農家歎》、《朝山歌》、《飛蝗歎》、《琵琶行》，摹寫世故人情，較爲質直。嘗居杭州，有湖上詩。康熙六十年作《雜感》十六首，意味泊如。又有《廓然歌》，不拘形跡。是集傳本不多，録之以示不遺焉。揚州市圖書館藏本

霞光集四卷　雍正間刻本

沈鍾撰。鍾字鹿坪，江蘇武進人。康熙五十七年北闈舉人，屢躓春官。康熙末年，謁選福建屏南知縣。撰《霞光集》四卷，首沈樹本序，附《毛西河太史書》。詩頗婉麗。《讀霍小玉傳》四首云：「鸚鵡籠中喚李郎，櫻桃樹下立徬徨。青驪駒子黄金勒，釀盡傷心勝業坊。」「櫻桃執燭寫烏絲，三尺空填皎日詞。悵望東都音信杳，端居八月負秋期。」「西市垂憐老玉工，紫釵猶議霍王宫。賣來公主錢都盡，只博崔生一信通。」「崇敬花媒是牡丹，抱持鄭曲夢黄衫。車門空鏁無情種，恨入芳心到死銜。」此題當日較新。《春日都門雜詠》六首、《吴

門踏燈詞》十首、《田家詞》四首，雜記土風。南游漢川、衡嶽、豫章，北走芮城、太原，登臨攬勝，皆寓於詩。官屏南時嘗輯《閩清志》。而以歸里後之作爲殿焉。生卒年不詳，以戊戌《榜後詩》度之，結集當在雍正初，年五十餘。

點兵行

朝聞點兵行，暮聞滿城哭。哭聲未絶催登程，弓箭腰刀掛戎服。悲哉此行一何遠，遥遥萬里陰山麓。陰山自古不見春，六月冰花滿深谷。前年戍者今年歸，馬革纍纍裹枯髑。縱有十一能生還，非復當年真面目。可憐生離卽死别，頓足牽衣淚盈掬。道旁觀者盡酸心，何況區區親骨肉。我謂征夫且莫哀，天兵到處聲如雷。戈矛遥指狐鼠竄，不久當卽長歌回。《霞光集》卷三

詠花軒詩集六卷 乾隆元年刻本

張廷璐撰。廷璐字寶臣，號藥齋，安徽桐城人。康熙五十七年一甲二名進士。授編修，官至禮部左侍郎。乾隆九年休致，翌年卒，未詳生年。廷璐爲大學士張英子，張廷玉弟。兄廷瓚、弟廷瑑，一門五進士，俱爲顯貴。其詩出自家傳，有異於臺閣、山林之體。撰《詠花軒詩集》爲乾隆元年刻。首沈德潛序及自序。視學江蘇，詩多謳歌太平。《過台兒莊》云：「大漕東南淮水連，台兒莊外早秋天。河灣帆側廻風港，浪急人喧上

牐船。村女拾薪供爨薄，漁家撒網落波圓。揚舲已入青齊境，高黍曾無下潠田。」他如《夏夜寒》、《建寧道中》、《閩中雜詠》，亦不甚雕琢。佳處正在自然耳。

雪村編年詩賸十二卷　金陵叢書本

戴瀚撰。瀚字巨川，一字鎮東，號雪村，江蘇上元人。雍正元年一甲二名進士，授翰林院編修，累遷侍講學士。典試貴州，視學福建。十三年主順天鄉試，坐累下刑部獄，尋褫職歸里。工書畫，貧益放，自號逢源居士。戴震師事之。卒於乾隆二十年，年七十。是集有楊繩武、繆曰藻、繆曰芑序，乾隆十九年自序，光緒間蔣氏《金陵叢書》據原本排印。一至五卷曰《昨非集》，卷六以下《黔行》、《中有》、《垂虹》、《甘泉》、《探梅》、《循陔》集。所收詩始康熙四十八年，訖於乾隆十三年，共一千三百二十八首。早客閩中，有《聞道六首》，詠臺灣朱一貴事。經弋陽北還，作《鷹捕魚行》。《讀張耳陳餘傳》、《讀李青蓮集》、《題龔半千畫》、《贈張匠門五十詩》、《高南阜手書游焦山寺》，氣逸詞高。《青海大鐃歌》、《漏汋泉歌》、《濔溪行》、《中河洞》、《自貴陽至鎮遠雜詠十首》、《棧中雜詩》、《賾山行》、《踏車行》詠川黔等地社會民情，皆出歷見。《白門竹枝》、《湖浦詩》、《淮行雜詩》、《包山寺》、《林屋洞行》、《縹緲峯歌》，格調清遠。《蝸廬行》記六月多雨，京師民居多圮，又作《驅貓行》以諷世。敍靈巖諸峯頗苦採石者殘毁，亦俱見聞。晚居金陵，與程廷祚、朱卉、吴敬梓等交游。其詩有清音，可謂新而不靡者云。

巢林集七卷　道光十三年重印本

汪士慎撰。士慎字近人，安徽休寧人。布衣。居揚州，以鬻畫自給。卒於乾隆二十四年，年七十四。詩集爲馬氏玲瓏山館初刻，有陳撰序，凡四百九十首。原刻爲手書上版，今已不可多得，此道光間金世禄摹刻。士慎性愛梅，又有茶癖。集中有《寫梅》、《訪梅》詩多首，《試茶雜吟》十首、《送金壽門》、《聽孫淑林彈琴》、《焦山》六首、《懷丁敬身先生》、《游鐵佛寺》，格調樸老。《歲暮自嘲詩》，乃自況也。《書褚千峯金石經眼録後》、《吴氏家藏十三銀鑿落歌》、《西唐先生畫山水歌》、《觀走馬伎》等篇，畧加藻飾，然不可繩以章法。又有《書秋林覓句圖》，一時題和者甚衆。此集卷首有陳撰序云：「涉冶羣籍，意行自重，不屑世好……深情孤詣。」又卷首陳章題詞云：「好梅而人清，嗜茶而詩苦。惟清與苦，實漬肺腑。故樸不外飾，儉不苟取。啬用其明，闇然環堵。優哉游哉，庶其近古歟。」可想見其爲人。厲鶚、萬光泰均有《題汪近人煎茶圖》。

岳容齋詩集四卷　道光間刻本

岳鍾琪撰。鍾琪字東美，號容齋，其先甘肅臨洮，入籍四川華陽，初入貲爲同知，改授松潘鎮游擊，遷副將。進西藏、四川，累有功，擢提督。雍正元年，從年羹堯討青海。三年，官甘肅巡撫，尋除川陝總督。六年，湖南靖州生員曾靜，遣其徒張熙投書鍾琪，勸以同謀舉事。鍾琪以聞。雍正命刑部左侍郎杭奕禄、副總統覺羅海蘭赴湖南，鞫得靜與吕留良之徒嚴鴻逵往來，並得留良日記，遂興大獄。九年，討伐噶爾丹策零，爲鄂爾泰、張廣泗參劾，盡奪官爵，交兵部拘禁。乾隆二年，釋歸。十三年師征大金川，復起之，而已閒居十二年。降莎羅奔，加太子少保，封威信公。十九年卒，年六十九，謚襄勤。《詩集》初刻曰《岳威信集》，黄廷桂、王廷松序，此重刻本，經其孫澍重訂。曰《蛩吟集》四十六首，曰《蕫園集》三十三首，曰《復榮集》上下卷六十四首。作於蜀中者最多，如《武侯祠》、《韓信嶺》、《風嶺》、《棧中》、《三峽》諸篇。出征西藏，有《車中雜詠》、《西藏口號》。出征西寧，詠青海、沙州、嘉峪關樓，大都沉雄亢直，然不可以徵一時之事。《雪橋詩話》記其感懷詩「北海未通中節使，南冠不插上公貂」，此得罪削爵被逮時作也。至閒居十二年所詠爲適情之作，殊違本志。乃知功臣之不可爲，信夫。録《嘉峪關樓》云：「酒泉稱重鎮，百二壯鴻猷。牧野無新幕，籌邊有舊樓。風旋沙磧動，天接海雲浮。回首長安道，村煙驛路秋。」《沙州》云：「駐馬眺敦煌，重開古塞疆。沙寒秋草白，風勁暮雲黄。瀚海分南北，天山界漢羌。玉門無内外，遐邇盡田桑。」《天山》云：「偶立崇椒望，天山中外分。玉關千里磧，鹽澤一川雲。蒼石遺唐篆，殘碑紀漢軍。未窮臨眺意，霜雪滿征裙。」《軍中雜興》云：「列竈沙關外，營門淡晚煙。月光先到水，秋氣遠連天。歸雁穿雲生，饑烏帶子還。西征諸將帥，辛苦又經年。」當爲清代邊塞詩上乘。嚴遂成《海珊詩鈔》有《輓岳將軍歌》。

瘦暈山房詩十二卷詩删續編一卷　乾隆二十七年刻本

羅天尺撰。天尺字履先，號石湖，廣東順德人。爲諸生，受知於惠士奇。乾隆元年舉博學鴻詞，以親老不赴。是秋，舉於鄉。工詩文，嶺南推爲名宿者垂四十年。此集爲晚年自定，有惠士奇原序，鄭虎文、彭端淑、張汝霖、蔡時田、何夢瑶序。據夢瑶序推知，爲康熙二十五年生，結集年已七十九。天尺與何夢瑶、蘇珥、陳海六同出惠士奇門。乾隆四年，士奇告病，粤士在京者醵金四百，爲贖紅豆齋。天尺作《贖屋行》紀其事。又作《惠學士半農先生輓詩百韻》，敍其平生。與士奇子棟交善，有贈詩及輓詩。勞孝輿去世，有詩傷之。海内名宿沈德潛、許廷鑅、諸錦、杭世駿均予唱和。清初嶺南詩，以屈大均、梁佩蘭、陳恭尹三家最著，天尺爲之嗣響。濃淡相間，高雅超脱。《十八灘》、《厓門窖梡歌》、《牐吏》、《遊寧都山》、《花衫換帖曹景完歌》、《俺達神弩歌》、《縣總行》、《海幢寺覩大藤峽藤鼓歌》、《洞簫行》、《索汪鹿岡畫瘦暈山房圖歌》、《應元宫歌》、《羊額香柏歌》、《南漢僞公主補鉢歌》、《寸圃英石山歌》、《大庾嶺觀鴈迴人遠四大字碑歌》、《贛州觀鸕鷀打水圍歌》、《靖南王故第白石獅歌》、《題上官竹莊畫葛洪注書圖贈周醫士》、《冬夜珠江舟中觀火燒洋貨十三行因成長歌》、《糶倉穀行》、《丹霞歌題徧行堂集後》、《雲山老人一百三十九歲歌》、《鬬鵪鶉歌》、《自題陳石樵所畫九真圖歌》、《題程舍人湟榛集後》、《饑婦吟》、《珠江竹枝詞》四首、《廣州竹枝詞》六首、《南漢宫詞》十六首、《順德竹枝詞》五首、《焙鴨曲》、《飼蠶詞》，題王士禛、李天生、屈大均、吴偉業、汪琬、尤侗、陳維崧詩集，《續編·鑑江午日觀競渡歌》，取材宏博。蓋本於性情，參以學問，故能聲實相副，一往駿利也。

糶倉穀行

粤東連年遭亢旱，斗米高昂價百錢。海幢寺前坐倉吏，點名平糶爭相先。一丁日許一升糴，飢民羸弱爭無力。携男挈女泣江干，穀滿倉廒不得食。依然枵腹渡江歸，自向齋鐘乞飯糜。聞道官倉糶千石，窮民依舊無朝炊。四月鳩鳴始布穀，粵民休説飯不足。喜見新苗緑漸多，大官飛章報豐熟。

《瘦暈山房詩》七古二

丹霞歌題偏行堂集後　丹霞在韶州仁化縣，國初僧澹歸所闢。

浮山風雨羅山合，天南之秀盡此峯。何意西南千百里，丹霞競秀矗蒼穹。蓬蒿自蔽千百載，名號不列洞天中。漁樵巢居猿猱穴，儼與不求聞達高人同。混沌鑿破山靈泣，開創遂有舵石翁。舵石翁，手持鬼斧，力鬭天工，海螺墩上别傳寺，錦巖伐木開鴻濛。上視翠嶂如屏列，千尋鐵索梯天通。當前萬頃湧雲海，下有蓮花九瓣佛當空，一瓣一尊釋迦容，更有青童合掌朝巖東。千峯萬壑如獅象，環衛拱立參魚鐘。舵石揮斥衆獅象，身充化主募王公。布金分置金輪殿，解帶横築堤長虹。天公不敢匿秘奥，遂與蓬萊左股爭奇蹤。憶我廿年容韶石，猛欲策杖躋芙蓉。緣慳似有移文責，宛如弱水隔斷聲淙淙。今觀偏行集中記，卧遊十日揩雙瞳。忽夢四百仙告我，自稱我是勾漏洪。丹砂萬里曾乞令，不用隻手鬭蠶叢。舵石舵石爾有掀天拔地之奇功，力爲佛子開花宫。千古袈裟有程濟，何不老佛相隨緬甸中。《瘦暈山房詩》七古二

鴉片詩呈錦川高明府

島夷有物名鴉片，例禁遥頒入貢艖。破布葉醒迷客夢，新語云，身無破布葉，莫上夢香船。夢香船即以

鴉片迷人者也。阿芙蓉本斷腸花。一名阿芙蓉。何期舉國如狂日，盡拌長眠促歲華。醉卧氍毹思過引，食者以思時爲起引，食已爲過引。腥煙將欲徧天涯。

甘蔗香橙飣上頭，筠筒三五互相酬。食時三五爲朋，眠卧密室，次第輪啖，口燥則以時果潤之。使君問俗開秦鏡，里正編名入楚囚。醫國自來須辣手，沉冥誰敢號清流。食者自號清流，以不食者爲俗物。幾時蒙藥消除盡，當寧無勞海澨憂。《瘦暈山房詩删續編》

半野居士詩十二卷 乾隆九年刻本

毛振翧撰。振翧字翥蒼，四川成都人，世籍瀘州，業農。康熙四十七年舉人。雍正三年，官雲南羅平知縣，擢阿迷州知州。六年，西藏活佛所隸阿爾布巴與頗拉奈仇殺，鄂爾泰命爲監軍，治糧察木多。十三年，官貴州古州知州。乾隆初留畿輔。六年，知易州，被劾。復任督漕糧。乾隆九年年五十九，刻《半野居士焚餘集》，即文集《西征記》。又刻詩十二卷，分别以《蜀燕》、《滇南》、《西征》、《滇蜀》、《苗疆》、《燕臺》名之。其詩造詣不高，然多經奇險，時紀世事異聞。《蜀山歌》、《瀾滄行》、《過燕子崖歌》、《自成都至三巴浪山水歌》、《長川壩三岔河下營歌》、《苴台流沙山路歌》、《察木多》、《雲龍山》等篇，刻畫川康滇黔境内山川，氣象甚闊。《奉使開上下江歌》，作於乾隆二年，爲有關水利史料。振翧於藏、苗、彝族風土民情，多有採訪，則是集之價值不盡在詩也。

蛇江寨

偶臨極寨一停旃，三省此地乃雲、貴、粵西三省交界處山川辨眼前。河外卽今埋鐵甲，八達河外粵西地，近夷安靜。江邊無復起狼煙。三江黔地，近夷亦安。箐林風靜通商貨，瘴水波澄渡客船。光宵光教住箐中，其地多瘴氣。昔仇殺斷商，今復通。下聽牛埸歡忭滿，牛埸久廢，今夷存復興。市聲騰達上堯天。《半野居士集》卷三

楊大中丞委赴猛丁查地畝水塘塞誌俗

半竿斜日到寒塘，主僕依棲路共商。山客初傳驅瘴藥，本地出真金草。土人云，煎水飲，可去瘴。老人新授避熊方。土人云：熊眉最長，自愛特甚。人若值之，須立于路側，手以枝條作響聲，則熊不敢逼。剪來春韭同瑶草，沽去村醪等玉漿。寂寞蠻家風味別，那能駐馬不悲凉。《半野居士集》卷三

春朝登城

阿迷州四面環夷，且旁甸鄉。初改土歸流，城池關係綦重。余捐修城樓四座，城堞一千三百餘堵，於雍正八年冬告竣。九年辛亥朔三日登眺，賦以誌之。

粉堞周遭四壁連，層樓聳翠欲撐天。補殘有術勞何怨，禦悍無方苦獨先。行看桑麻歌樂土，坐聽絃管慶華年。諸夷安堵寒山外，坐鎮邊城萬户烟。《半野居士集》卷五

與我周旋詩集十二卷 乾隆五十八年刻本

魏元樞撰。元樞字聯輝，號矅菴，直隸豐潤人。雍正元年進士。五年，選河南靈寶知縣，因罣誤去官。後任兵部主事、刑部員外郎，遷郎中。乾隆三年，轉山西寧武知府。攝同關同知，兼雁平道事。乾隆十一年，蒲州屬廣靈安邑萬泉飢民聚衆脅官，將起大獄，元樞曰：「此飢民耳，非叛也。」以單車往，開倉先賑。事息，調汾州府。十四年致仕。二十三年卒，年七十三。是編乃元樞歿後三十餘年所刊，凡文集二卷、四六文一卷、詩十二卷，薛寧廷、魏慶霖序。事具卷首薛寧廷撰《汾州太守魏公傳》。詩卷復以《尺蠖引》、《遠遊草》、《蟋蟀秋吟》、《就日篇》、《歸懷雜詠》、《晉郵草》、《塞鴻吟》、《關山遊草》、《汾水辭》、《麗澤堂稿》、《務滋堂稿》、《暮雨》、《鳴秋》爲名。元樞於雍正間查勘關隘，救荒請賑，往來於三晉、嵩洛間。所作《緱氏嶺》、《浮丘伯廟》、《火山》、《二馬營》、《寧化堡》、《馮異廟》、《許遠墓》、《白馬寺》、《廣武舊城》、《崇善寺》、《千壽寺》、《鑌鐵歌》，摭拾今古見聞，不傷詩意。《應州佛宮寺木塔》序云：志稱高三百六十尺，周半之。直上五層中皆佛像。絶頂攀鐵索而後可登。遼清寧二年田和尚奉勅建。詩云：「契丹事業久沉淹，入望空餘竇塔尖。三晉雲霞依藻井，五原鴻雁下飛廉。正傳闕氏樓臨鏡，已道單于轀載鹽。倘有佛靈真不滅，一回憑弔一掀髯。」《千壽寺》自注：寺在太原西北

數里。詩云：「結夏旅人愁，尋幽訪古寺。晴雲點遠山，雨禾發新致。驅車問仄徑，遥見拓提字。雜木布崇陰，徜徉起清思。樓閣近雲霄，法門詎不二。逶迤步曲廊，薰風空階至。折旋上層臺，千里到俯視。指點晉陽城，眉睫環列肆。日長方丈室，清磬聆幽邃。自注：内懸石磬，厚不盈寸，高尺許，闊尺有五寸。擊之聲清越。逢僧話禪機，過客失沉醉。自注：方丈僧頗諳禪理。茶熟香亦清，頓忘塵壒累。十笏宇宙寬，萬感此焉寄。不了以了之，問答寧游戲。虎溪拱手别，憶此如夢寐。」《贈别朝鮮金中丞歸國》、《和朝鮮貢使尹散官韻》，小注頗載佚聞。是善於稱量情詞者。

火山

山在分水嶺北。乃煤窯自地遺燒，俗稱萬年火。非宋之火山軍，在今河曲縣也。案《宋史》：「募人耕火山以北。」此山之北，正卽武州。州爲今神五二縣地，平曠可耕。武州東爲朔州，正屬於遼。寧武亦朔州境，且遼宋屢爭天池廟下地。池在火山東南。遼宋必以今分水嶺爲界。故宋人列屯，自雁門徑陽、武谷迤西，而北達於岢嵐，以寧化爲軍。州地甚迫隘。於時東拒勁遼，北控悍夏。元昊驍桀之姿，宋以不内侵爲幸。先置火山軍，後亦旋罷，蓋畏夏之逼也。而謂敢耕於夏人巢穴之外，誰則應募耶。故不履其地而盡信書，未敢以爲確也。癸亥初夏因勸農之便，始過此山，歌以紀之。

洪武闢盡澄渣滓，沉灰猶爇鼇極底。大冶陶鑄古頑嚚，絳烟裊裊長空裏。羣山皆緑此山紅，列翠環繞連蒼穹。不辨燒刼自何代，疑從盤古留化工。紫塞之山山巖業，魍魎豺虎張髻鬣。烈焰焚之一炬空，踉蹌奔走踵相接。雲間遥指不周山，蚩尤倔彊逞冥頑。媧皇補天真巨手，五色煉石今斑斕。蓬蓬勃勃烟直上，文成龍虎恢奇狀。紈縵晴空散綺霞，灼炙爲除青草瘴。自東徂西皆一燒，重泉滾滾沸海潮。元氣凝結坎離濟，陰火潛然助沃焦。山巔草木空中盡，嵯岈盤石終不隕。日日層巒浮曙烟，此中真有幻中蜃。聞説薪盡惟火傳，爭道死灰不復然。爲報地底萬年火，閱歷滄桑種火田。（《塞鴻吟》）

睫巢詩集六卷後集二卷　近代嘉業堂刻本

李鍇撰。鍇字鐵君，一字眉山，號廌青，一作豸青，漢軍正黄旗人。娶大學士索額圖女，家世貴盛，其於利泊如也。乾隆元年，薦試博學鴻詞，罷歸，舉經學，以老病辭。隱居盤山廌青峯，自號幽求子，又號焦螟子。閉門吟詠著述，有《原易》、《春秋通義》、《尚史》等書。卒於乾隆二十年，年七十。與陳景元、戴亨爲遼東三老。雷鋐以鍇與陳景元、朱燉、陳廷策、陳梓合稱五布衣，作《懷五布衣》詩。是集爲吴興劉氏嘉業堂重刻本。《前集》爲周京、劉震、祝維誥原序，門人洪肇楙跋，又劉承幹跋。《後集》爲秦蕙田序。《四庫》列入《存目》。《題要》稱鍇詩：「意思蕭散，挺然拔俗，時有古松奇石之態，而刻意求高，務思擺脱，亦往往有劖削骨立，斧鑿留痕。」今閲《出居庸關》、《雲岡寺》、《青塚》、《瀚海》、《次法王寺》、《廢寺》、《塞上詞六首》、《發泰山觀日出作》、《山海關》、《登北極臺》、《歷下亭》有序、《自少林至西静室》、《薊門懷古四首》、《仙霞嶺》，所詠南北山川奇勝，深具高寒幽窅，博奥崛奇之勢，樂府古風尤得漢魏三昧。《詞科掌録》云：「鍇有静癖，喜行無人，其詩文初爲淳郡王所刊，詩非中晚以下格韻。」集中《上慎郡王二十四韻》、《觀象臺》自注：臺列九儀，康熙二十五年製、《瀆山大玉海歌》、《鳳凰臺蟠松歌》、《鯉石行》、《題李衛公待渡圖》、《古籐歌》、《新竹歌》、《題長江萬里圖》、《洋琴歌》、《詠史絶句》、《題王石谷秋巖飛瀑圖》、《焚詩歌爲石東村作》，力趨正音，學力亦肆。又有《三器歌》，爲粤鼓、書言府弩、十二辰鑑，皆漢物。《焦螟巢歌》，乃自況也。沈德潛《别裁》云：「豸青隱於盤山，人罕見其面。詩古奥峭削，自闢門徑。高者胎原杜陵，次亦近孟東野。」所謂遼東三詩人，當以鍇爲冠。

雲岡寺

寺鑿石佛高四丈七尺，環山泐小像及正書魏拓跋氏建，歷百年而後成云。

黄金易銷木易朽，卽山作佛佛乃壽。五丁風斤齊琢剖，一峯破碎萬象有。四十七尺身獨葺，三萬六千日何久。崔浩已死可若何，後之君子揚其波。《睫巢集》卷二

次法王寺

王胡僧服，依山結樓，法堂横厠，王居樓中，挂繡佛西北隅，香罏茗盌，類多古器，王公夫人以時朝會之，向予所謂闕氏殷見者是也。

聞道羌胡化育難，今知日月照臨寬。雲中天使迴高節，道左名王獻白紈。夷禮天使至，獻幅紬，使歸上之。

萬里梯航競重譯，百年旗鼓罷登壇。羣雛屏息牛羊隊，指點威儀識漢官。《睫巢集》卷二

絳跗閣詩稿十一卷 乾隆二十七年刻本

諸錦撰。錦字襄七，號草廬，浙江秀水人。雍正二年進士。選金華府教授。乾隆元年舉博學鴻詞，授編修。嘗典試閩、晉，官至左春坊左贊善。卒於乾隆三十四年，年八十四。著有《毛詩説》、《饗禮補亡》、《夏小正注》等書，經學淵源，與陸奎勳、汪師韓相埒。是集爲錦歿後其門人管樂編，徐士鳳寫刻，首鄭江、陸奎勳、徐元禧、徐天秩序，收康熙四十三年以來詩一千五百餘首。各卷分集三十一，以事繫名。《四庫》列入《存目》。錦爲李紱門人，博洽多聞。古詩學韓，近體主宋，近於石湖、誠齋，標格清新。詠浙、閩、三晉山水古蹟，兼述民情。古風《奉贈惠天宇先生》、《讀毛氏古文尚書寃詞閻氏古文尚書疏證作》、《讀十六國春秋七首》、《讀孟郊詩》、《讀劍南詩集》、《書初學集有學集後》、《讀帶經堂曝書亭兩先生詩》、《讀道腴堂詩》、《書樊榭詩後》、《題柘坡詩稿》、《言詩三十首呈臨川座主》、《後論詩三十首》，評釋詳核，可爲文史之資。題圖雜詠，見於王昶《湖海詩傳》者甚多。尚有《諫字》、《聖教序帖》、《高松對論圖》、《宋故宮梅石歌》、《隆興寺大佛長歌》、《六和塔宋刊四十二章經拓本》、《華嚴經墨本》、《陳洪綬畫鍾馗》、《鄭谷口八分書》、《岳道子草蟲畫册》、《石

門翁山水十二幀》，多爲藝術史料。《題八大山人畫册》三首，《水禽》云：「蒼然不動塵，獨立羽毛整。莫是信天翁，陂塘瀛其境。」《鱖魚》云：「花落鱖魚出，水深鱖魚肥。自得此中趣，倏然我不知。」《芋》云：「對此憐饑歲，吾思貨殖書。何當煨後噉，南嶽夜方初。」錦與沈德潛、張鵬翀、嚴遂成、鄭江、錢載、王太岳、陸奎勳諸家切磋。鄭江序評其詩「掐擢胃腎，抉摘杳微」，陸奎勳序以爲「言近旨遠，根柢深而英華自茂」。唯《隨園詩話》稱其詩「多澀悶，所謂學人之詩，讀之令人不歡」耳。

題元明人傳奇得絶句　八首

急雨摧殘睡海棠，殺風景處太郎當。更堪淅瀝梧桐上，南内孤燈攪斷腸。

碧雲芳草各天涯，邂逅重門也自佳。無限傷心憐士女，替人媒妁出牆花。

覆楚誰知又沼吴，更無麋鹿過姑蘇。苧蘿村裏人何在，一縷溪紗換屬鏤。

楚楚蚍蜉引隊過，緑蔭涼處夢南柯。人間蠻觸都如此，一出槐根唤奈何。

平生叵耐李參軍，輕俊爲文薄倖身。玉燕不來空舊壘，拾釵仍是墮釵人。

熟未黄粱一枕中，盧生夢覺太匆匆。何如睡學希夷叟，不向邯鄲向吕翁。

杯鏡無端互影形，證來掌上佛圖澄。玉魚金盌人間世，過眼雲煙認秣陵。

才奇魄大讓西堂，窠臼掀翻獨擅長。料得北平閒射虎，重來讞獄爲埋香。

《絳跗閣詩稿》卷七

香樹齋詩集十八卷續集三十六卷　乾隆間刻本

錢陳群撰。陳群字立敬，一字集齋，號香樹，又號柘南居士，浙江嘉興人。康熙六十年進士，改庶吉士。雍正、乾隆兩朝，久值南書房，充經筵講官。以文學深被眷睞，禮遇至隆。官至禮部侍郎加尚書銜。乾隆三十四年卒，年八十四，謚文端。詩集刻於乾隆十六年，彭啟豐、陸奎勳、汪由敦序，一千五百十首。《續集》刻於乾隆二十四年，沈德潛序，二千六百七十九首。與《文集》、《文續集》合刊，均手定。陳羣爲太學生錢綸光子，母陳書，工書畫，課子甚嚴，號南樓老人。乾隆間詞臣，以陳羣與沈德潛最受知遇。德潛倡主格調，爲海内詩壇盟主，陳羣不足相勍。然其詩出於蘇、陸，根柢深厚，亦爲士林所尊，並稱「江浙二老」。隨侍瀋陽、木蘭、避暑山莊，三次扈從江南，賡制之什，不無可採。乾隆十九年東巡，撰《蒙古土風雜詠》曰乳篅、荒田、鄂博、革囊、柴車、骨占、馬竿、皃版、灰簡、竹筆、口琴、轉經十二首，乃諮詢土風所作，並加序注。同年，巡至吉林，又得《吉林土風雜詠》十二首，亦拈二字成語爲題，曰威護、呼蘭、法喇、斐闌、塞斐、額林、施函、拉哈、霞綳、豁山、羅丹、周斐，各疏小序。原詩載《御製詩》，陳羣有和詩。他如《讀司馬長卿傳》、《古香書屋觀演劇》、《十錦舞》並序、《小忽雷》有序、《挽馬秋玉四首》、《題馬文毅公彙草辨疑遺集後》、《謁袁了凡先生祠》、《贈金山人農》、《爲沈歸愚九十壽》、《題嵇留山先生抱犢圖》、《海山周少司馬登舟圖》有序、《觀蔣心餘所藏金檜門小像》多備掌故，辭藻亦盛。自謂「當博涉廣覽，盡得古作者之意，而後可以爲詩」，殆亦老生者見耳。《續集·

宋百家詩存題詞》百首，品隲宋人詩格，多爲小家，今全録之，以爲研究宋詩之參考品。

宋百家詩存題詞　一百首

詩學莫盛於唐，自唐以後，宋、元、明代有名人，雲蒸霞蔚各標旨趣者，千門萬户，不可紀極。顧唐詩傳世者稱獨備焉，良由當時已有唐人自選唐詩不下十數種，逮本朝聖祖仁皇帝欽定《全唐詩》出，尤爲詳備，正如十五國風首列二南，不遺曹、鄶，三唐總持，永爲圭臬。元詩則有秀野顧氏選本，明詩則有牧齋錢氏、竹垞朱氏選本，雖中多滲漏，猶得爲操觚家取裁。御選宋詩，卷帙較全唐爲減，而姓氏多至千餘人，蓋四百年中無美不收，洋洋大觀矣。里人曹庭棟取潘訒叔、吴孟舉未成之鈔本，補其闕畧，列爲百家，如廬陵歐陽氏、眉山蘇氏、宛陵梅氏、半山王氏、山谷黄氏、具茨晁氏、紫陽朱氏、放翁陸氏輩，世稱名家及有專集入諸家選本者，均不複載。余購而閲之，又復考其世次，凡諸家本傳及見於稗史者間亦摭入，仿明張溥作《漢魏百三名家題詞》體例，得絶句一百首。

鐵面粗豪度曲才，慶湖湖畔老方回。最憐梅子黄時雨，零落秦淮舊酒杯。　賀鑄《慶湖集》

月中兔影識先幾，著作誰能起白衣。惟有華山韓見素，不將巾幘傲柴扉。　魏野《東觀集》

千金豪士不書名，一命參軍敝屣輕。剛介誰當回末俗，至今人説穆天平。　穆修《穆參軍集》

錦亭藥市苦吟身，一卷人間比片鱗。爵里思賢三十八，史才將畧屬何人。　宋祁《景文詩集》

自輯詩篇署伐檀，十年佐郡累猪肝。簿書笥束投閒去，從事從今不素餐。　黄庶《伐檀集》

一自歐陽折柬來，集賢門下席多迴。撐腸文字三千卷，換得新橙五十枚。劉敞《公是集》

手録遺編重一時，無心得句益多奇。眉山兄弟文章伯，能頌先生借宅詩。陳洎《陳副使集》

元祐碑中第一人，多情蔡相認偏真。石工不肯鐫名字，爭説安民是亂民。司馬光《傳家集》

平生頫首天人業，愛讀燕川渡口詩。九十耆英秋會上，香粳緑蟻膾紅絲。文彦博《文潞公集》

九日蓮花醉幾場，元豐詞客次公狂。容臺風月瞿曇面，璽節袈裟兩不妨。楊傑《無爲集》

鄱陽經義有根原，風裁真堪作狀元。語默不隨流俗轉，治平十事是知言。彭汝礪《鄱陽集》

翻手作雲覆手雨，論交晚近態何窮。聞説元豐老居士，平生十友錦囊中。李昭玘《樂静居士集》

胸中瑩澈比琉璃，書記歸來學種畦。惟有平生風義在，草成遺表泛姑溪。李之儀《姑溪集》

銀漢昭回太白精，詩聲直與政聲清。醉吟菴裏秋時節，壁上琅玕舞月明。郭祥正《青山集》

清商寫怨太分明，其奈君侯未會情。一笑繙身與禪悦，至今襄漢有遺聲。饒節《倚松老人集》

一炷廬陵安在哉，賦成大禮獻蓬萊。後生倘要醫庸腐，抄取龍雲詩卷來。劉弇《龍雲集》

詩篇蘇陸爲年輩，理學游揚作後塵。一自中書重被命，相門清議屬斯人。吕本中《紫薇集》

千年遺籍出丹扉，評隲終歸吕紫薇。躍馬飛猿詩句在，令人猶憶謝元暉。謝邁《竹友集》

宦味經年亦澹如，詩情冷艷比芙蕖。靈泉山下逢寒食，可笑微官也謫居。楊甲《棣華館小集》

軒名蠣殼小於黿，鴻玉龜駒詢美譚。庾信未歸王粲老，江湖落拓一龍潭。洪炎《西渡詩集》

紹興私議孰能攻，鯁直天生與檜逢。二十年中憂國淚，却於身後悟高宗。李彌遜《竹谿集》

兩宮倉卒竟蒙塵，間道馳歸御札真。航海無人曹沫老，開元殿裏説和親。曹勛《松隱集》

亂離到處便爲家，山色勾人是永嘉。砭俗有詩還自喜，略無一語及梅花。王琮《雅林小稿》

兵燹聊存一卷詩，雁門失節擁元師。傳聞州將迎降日，正是州官鼾卧時。姚孝錫《醉軒集》

宰相門楣不可爲，濟源氣節是男兒。惟將一死酬成命，下拜何曾屈斡離。傅察《傅忠肅集》

上舍聲華衆所推，晚年再起拜經師。何曾舉筆忘規諫，進講國風第一詩。張綱《華陽集》

烏臺風月愛清閑，解職還山鬢未頒。方寸一生尋樂地，得來語不自人間。劉一止《苕溪集》

一時太學仰風儀，孝子廬中産異芝。千載莊生譚劍後，栟櫚花下十章詩。鄧肅《栟櫚集》

擯斥歸來墊角巾，廬中結社一詩人。剡溪山色堪娱晚，何必桃源始避秦。王銍《雪溪集》

坐擁年豐海熟時，紅泉繼席衆中師。子孫缾盎何曾守，贏得月魚三卷詩。林亦之《綱山月魚集》

六十平頭點大羅，歸來秩滿寄烟蘿。月明絃索秋江上，試按宣城白苧歌。周少隱《太倉稊米集》

人説長官真長者，富陽豪猾不知名。兒年脱口多奇句，曾向滹沱渡漢兵。程珌《洺水集》

不廢吟詩爲政日，泠然風骨謝癡肥。月明最愛垂虹句，只照漁溪一舸歸。俞桂《漁溪詩稿》

絶似盧仝被賊欺，長鬚求判拙言詞。牙緋縣宰通衢榜，那得風流韓退之。陳藻《樂軒集》

田園已作浮家計，經籍猶傳吏部文。遊倦千金不知老，何須竹帛更書勳。葛立方《歸愚集》

傳得龜山一盞燈，立朝風裁自稜稜。無功鄉裏安居客，詩卷他年屬友朋。陳淵《默堂集》

伏闕陳言亦壯哉，斷腸飛燕似寒灰。無端歌哭空山裏，爲記當年往事來。柴望《秋堂遺稿》

大羅天上親裁定，先友平生種宿嫌。未免被他時相笑，顔書杜句一身兼。張孝祥《于湖集》

游揚張范足師資，誰唱劉郎芳草詩。秋士月明齊下淚，美人千里寄相思。劉翰《小山集》

十年吏隱卧烟蘿，自署鉛刀未可磨。剩有遺文三十卷，由來名士濟南多。周孚《蠹齋鉛刀編》

監佐粗官未療貧，士傳三策見精神。由來古拙遺時好，自喜平生有故人。張良臣《雪窗小稿》

江湖滿地求張儉，士論多君壁上題。晚歲功名薄如紙，議郎潦倒華州西。敖陶孫《臞翁集》

臨漳臺迥橫經日，真率人來入會時。一卷雞林詩話在，却如爬癢得清怡。危稹《巽齋小集》

西江派裏詩中俠，辛相堂前座上豪。可惜平生恢復計，官家瑱耳等鴻毛。劉過《龍洲道人集》

耽隱真同處士逋，梅花深裏著潛夫。青樓秋夜無多句，百鍊精金九曲珠。鄒登龍《梅屋吟稿》

遊倦歸來只掩關，登樓身到斗牛間。平生周伯稱知己，欲問遷除偶出山。劉仙倫《招山小集》

上書未副同朝議，至竟投閒到石城。一卷皇華傳世業，偶從淳祐採詩評。鄧林《皇華曲》

和靖風流是我師，草堂猶傍少陵詩。江湖舊侶如相問，官職新題老住持。葉茵《順適堂吟稿》

結友平生劉與辛，將門忠義有扶輪。千秋燈火誰當續，我亦金陀坊裏人。岳珂《玉楮集》

野谷何曾是武人，古琴名帖自隨身。東坡墨寶子雲畫，筦榷歸囊也不貧。趙汝燧《野谷詩集》

昔遊如夢半蹉跎，新拜頭銜石不磨。雅樂何妨遭繳駁，清詞自倚小紅歌。姜夔《白石道人集》

作令龍尋道不孤，詩篇零落在江湖。不知瘴海桄榔路，喚得涪翁起也無。朱繼芳《静佳詩稿》

休市思歸春杜後，帶沙飯進晚衙時。人間烟火何曾著，不學神仙只學詩。趙崇鉘《鷗渚微吟》

曾禱梅山事竟符，殿前官屬職偏粗。平生脱口多豪縱，氣節真堪厲懦夫。華岳《翠微南征録》

遊倦歸來剩錦囊，苦吟一字費平章。有時得意秋江上，賈佛前身是瓣香。張弋《秋江烟草》

求劍功名遲暮心，閑中歲月感沉吟。荒門采藥拚遺世，人在江湖集裏尋。葛起耕《檜庭吟稿》

推官篤行亦堪師，政事文章況並垂。邑子小胥多解釋，一時能誦百篇詩。吕聲之《沃州雁山吟》

句法冬郎孰後先，寫情段句更纏綿。自從蝕得相思字，脉望何曾許學仙。何應龍《橘潭詩稿》

黄巖餘事作詩人，卽拜當年奉詔新。儉節一生惟自勵，葱根麥飯便留賓。杜範《杜清獻集》

相公橋外柳沉沉，彈事欄遮深復深。嘉定詩人方弛禁，江湖倚作定南鍼。陳起《芸居乙稿》

數椽遁跡寄烟蘿，野士襟懷托短歌。晚得浣花真面目，始知别裁是餘波。陳必復《山居存稿》

宦興吟懷付酒杯，方泉自署亦悠哉。何堪獨立郎當嶺，山鳥山花弔辯才。周文璞《方泉集》

伏闕上書終不報，歸來掃迹攬溪山。惟餘一點憂時念，要濟官家父子間。汪莘《方壺存稿》

峭語清寒字字奇，高僧骨格鶴丰姿。可憐情緒無聊甚，叉手孤吟弔蝶詩。張至龍《雪林删餘》

龕赭潮平江雨暮，庾樓月白楚船春。從來不肯下人處，只合狂歌泣鬼神。周弼《端平集》

著筆從來洗腯肥，晚年娱老辨田衣。幾曾足跡趨城府，更有何人識少微。沈説《庸齋小集》

詩與秋潭堪比潔，人如白璧本無瑕。烏州受學翁州序，伯厚居然子克家。黄大受《露香拾稿》

餘生已分老山阿，瑣屑功勳那足科。始信騎牛還未穩，暄風晴日本無多。姚鏞《雪蓬詩稿》

故人作吏新安去，賓席魚甘久未移。每到溪橋穿竹徑，幾回俛首詠梅詩。陳鑒之《東齋小集》

名士長安尊酒同，蓬瀛有路未曾通。晚來縱守山林分，幽夢何妨踏輭紅。胡仲參《竹莊小稿》

避地梅川隱釣緡，長官閑雅愛留賓。如何文酒絲絃夕，多作流離奔走人。利登《骳稿》

由來不嫁惜娉婷，俛首平生戴石屏。斐亹風情深遠意，動人真可筆丹青。武衍《適安藏拙餘稿》

宦情野水孤舟裏，詩意市橋明月邊。暇日偶然搜故篋，庾臺書記致幽偏。施樞《芸隱詩稿》

閑愛著書多歲月，清卿風度亦佳哉。何須手版還丞相，始得紅泉正講來。林希逸《竹溪詩集》

林逋一鶴雲烟裏，葛老雙姝夢幻間。風骨泠然詩卷在，隱居無處問松關。葛天民《無懷小集》

寶慶詩人汴水多，江湖衍派此餘波。已抄深穩湖中曲，更數瓌妍天屋歌。趙希桾《抱拙小稿》

晚從老杜得神鍼，簪組何曾廢苦吟。誰洗江湖綺膩習，吾於粲也獨傾心。嚴粲《華谷集》

異代詩人庾信宅，同宗高士薛能園。漉醇貼樹臨池外，餘事還看變八門。薛師石《瓜廬集》

寸鱗終入採詩家，韜晦誰能掩物華。讀罷山中吟七首，果然犀璧混泥沙。毛珝《吾竹小稿》

累舉難邀一第恩，晚年談易悟天根。一銖香與千機錦，稱許平生有後村。羅與之《雪坡小稿》

不知世上聲華事，自愛山中草木年。聞説永嘉春漲後，漁村風月尚依然。　薛嵎《雲泉詩集》
一枝紅杏出牆句，婦稚都能脱口吟。似桂當風蘭著露，平生梅屋是知音。　葉紹翁《靖逸小稿》
浮玉山人共酒杯，當時風月屬容臺。清詞百首名相列，猶見元和格調來。　張蘊《斗野支稿》
家居半郭半村裏，興寄詩瓢酒盞邊。魏野林逋雲散後，風流竹所有真傳。　林尚仁《端隱吟稿》
廣平堂裏寄春思，海外閒情散遠襟。相對梅花無愧色，别來庾嶺十年心。　張道洽《寔齋詠梅集》
蘇白餘波孰問津，梅花自領一溪春。四時宫怨標新調，壓倒長門作賦人。　許棐《梅屋集》
紫霞天上叩金鋪，偉遠明期盡可呼。一笑翻身落塵世，高歌白眼歎烏烏。　樂雷發《雪磯叢稿》
門第金華數五高，吾于仲也獨稱豪。少陵爐冶無停籥，四百年來首重搔。　杜旃《癖齋小集》
宦轍中原有治名，能詩而外復知兵。犒師牛酒張清讌，明月笙歌浸百城。　李曾伯《可齋詩稿》
率意忘言致不羈，一官落拓豈辭卑。莫鰲河外垂虹路，正是尋詩得月時。　朱南杰《學吟》
鹿頭船子作浮家，酒債詩逋置齒牙。俸薄官閑聊自遣，瓦壺茅屋插梅花。　徐集孫《竹所吟稿》
無絃琴與有聲畫，白嶽松蘿魏野居。一首宫詞一行墨，幾回吟罷賞瓊琚。　楊公遠《野趣有聲畫》
軍中劫質自全身，晚節林泉號散人。翻笑當年許叔重，一生膽落爲黄巾。　俞德隣《佩韋齋集》
令僕座中推上客，吴淞江畔作閑人。晚年最愛陶彭澤，自養山中木石身。　陳允平《西麓詩稿》
詩情潤適澹於菊，人品蕭疎清若秋。靡先生後無知己，淚落傷春不可收。　吴惟信《菊潭詩集》

紅梨秘閣官書輟，擲筆歸來只閉門。一樹梅花一樓月，破氈獨擁得奇温。　吴龍翰《古梅吟稿》

痛哭不知天地老，狂吟自遣古今愁。問津莫笑漁人悮，水盡桃源無盡頭。　王鎡《月洞吟》

一門孝義傳三代，詩卷飄零亦自豪。避地歸來當日暮，錢塘江上賦胥濤。　羅公升《滄洲集》

格調陳黄稱入室，曾攜雙屐住開元。柳塘詩卷東籬菊，要與淵明作子孫。　僧道燦《柳塘外集》

水竹山居枕上方，詩無禪習得真香。古琴一曲無人識，白面猿來坐石床。　僧斯植《采芝集》

《香樹齋續集》卷二

清人詩集敍録卷二十三

冬心先生集四卷續集一卷拾遺一卷三體詩一卷 同治七年至光緒七年刻本

金農撰。農字壽門，號冬心、司農，别號稽留山民、曲江外史、昔邪居士、百二硯田富翁、心出家菴粥飯僧，浙江錢塘人。書畫家。居揚州幾二十年。乾隆元年薦舉博學鴻詞，不售。性逋峭。書學《天發神讖碑》，畫奇恣自喜，詩亦如之。老且病，揚州市人延之於家，供湯藥。卒於乾隆二十八年，年七十七。既殁，無子，杭世駿鳩金治喪事。自編《冬心先生集》四卷，雍正十一年刊於揚州。《四庫存目》著録。《續集》門人羅聘編，亦有自序。同治七年，丁丙彙刻六種本，内《拾遺》一卷多輯自真蹟及鍾駿聲《養自然齋詩話》，又《三體詩》，乃五六七絶句作一題，唐宋諸家有之。外二種爲《冬心先生自度曲》及《雜著》。農初與鄭江、魯曾煜、丁敬、陳章、金志章、顧之璘、張湄、施安、杭世駿、厲鶚、周京爲杭州詩社友。居揚，與盧見曾、馬曰琯、曰璐兄弟、汪沅、閔崋、陳皋、汪士慎等人寄酬。有《懷人絶句三十首》，可考交游。詩極研練，有雋味。題畫諸作，尤得超詣。《揚州雜詩》、《曲阜展謁孔廟長歌》、《王屋山》、《晉祠》、《上黨道中》、《命陽褚峻飛白歌》、《南屏山中觀米外史琴臺石刻》、《論畫雜詩》二十四首、《畫梅贈汪士慎》、《揚州弟子羅聘云前身花之寺僧寫真者圖其小像予賦長歌》，矯健樸茂，不同流俗。七絶二首云：「出門往往逢麪車，破墨亂畫松叉丫。毁裂不爲豪富奪，黄金無用若泥沙。」「隱居名不掛朝端，物外風情取次看。江路野梅僧壁竹，肯教天子賞酸寒。」《梧門詩話》謂農論詩，傾倒於陳廷敬。《雪橋詩話》謂「論詩於漁洋、初白皆有微詞」，又謂「翁覃谿謂冬心善用短小，詩精悍，不得以初白限之」，此言是矣。

青立軒詩稿八卷　乾隆間刻本

宋華金撰。華金字西玒，號青立，河南商丘人。祖犖，父至，均負詩名。康熙六十年成進士，由吏部考功司主事官襄陽知府。乾隆二年入爲盛京刑部員外郎，晉内刑部督捕司郎中。未幾乞休。乾隆十四年卒於家，年六十三。本書爲方苞、張庚、沈范序，分《初學》、《需次》、《考功》、《襄陽》、《留都》、《盤山倡和》、《近稿》、《歸田》八集。附李惺撰《宋刑部傳》。華金詩承家學，不加鏤琢。方苞不能詩，此集有代作數題，又作《拄杖歌上方望溪先生》，可見師友之誼。《項羽墓》、《南史雜詠十七首》、《登上方寺鐵塔》、《題高其佩鍾馗接福圖》、《北鏡廟》、《山海關》諸篇，尚稱贍富。詠鵪鶉脯、對蝦、關東人參、貂鼠、放鷹等詩，當視人所採。《新修壯悔堂同人相聚演桃花扇以祝落成》，可見乾隆初邑人猶尊侯方域也。

蛟湖詩鈔不分卷　北京圖書館藏抄本

黄慎撰。慎字公懋，又字恭壽，號癭瓢，福建寧化人。布衣。善書工畫。出游豫章，歷吴越。雍正元年，至揚州鬻畫。以母垂老，乃奉居揚州。乾隆三十五年年八十四尚在，卒年不詳。詩學晚唐，雷鋐評如「巉巖絶巘，烟凝靄積，總非凡境」。《水西曲》、《謝疊山祠故址》、《大小姑山歌》、《烏石山》、《謁麻沙鎮張横渠先生祠》，格力高勁。《雜言》多首，亦莊亦諧。《平山堂》、《維揚竹枝詞六首》，及詠金陵雜詩，曲曲寫出，深厚幽婉。《聞劉鰲石先生歸杭》，鰲石名坊，康熙間以詩名於閩。居揚，與盧見曾、王國棟等人贈酬。題畫詩録存不多，崛强有風致，然所作當遠不止此。是鈔有王步青、馬榮祖序，許齊卓撰《小傳》。《全閩詩録》有選詩。

謁麻沙鎮張横渠先生祠

我來麻沙鎮，苦雨越山砠。懸崖斷千尺，泥滑將衣裾。大道巍祠宇，詢聞古先儒。昔年在咸祐，後裔入閩初。殘碑今尚在，宸翰錫横渠。遺像嚴凜凜，四子列徐徐。下拜薦蘋藻，細讀西銘書。文公爲之贊，仲淹品其璵。晚時避佛老，早歲悦孫吴。撤坐遜二程，旁搜攻異途。千古發長嘆，殞歛藉門徒。《蛟湖詩鈔》卷一

卜硯山房詩鈔一卷後集一卷　天津詩人小集刻本

周焯撰。焯字月東，號七峯，直隸天津人。諸生。棄舉業，投契於查氏水西莊。工詩，長於篆刻。查禮論天津詩人稱之。此《天津詩人小集》本，小集收十二種，以此集稍勝。卷首有吴廷華、朱函夏、汪沆舊序。

《詠文節公硯》，硯卽查禮收藏，徵詩甚多，均收入禮所刻《卜硯集》。《傅青主書》、《書馬文毅公彙草辨疑歌》、《鄭康成二首》、《趙千里曳車圖》、《蟲豸詩十六首》、《觀高青疇八分小篆賦贈》、《題高青疇印譜》，大都涉筆新雋，不諧於俗。焯與朱樟有交往，作《題朱鹿田先生小山泉石圖》。又與揚州畫師汪士慎訂交，有《贈汪巢林先生詩》。乾隆十二年，以《自輓詩》屬朱函夏，當卽卒於此年，時僅逾艾耳。此集有李鍇所撰《詩傳》，符曾、陳皋題詞。向無刻本，所據舊鈔係由天津華氏家藏。

綠蘿山莊詩集三十二卷　乾隆四十一年刻本

胡浚撰。浚字希張，號竹巖，浙江會稽人。康熙五十九年舉人。乾隆初舉博學鴻詞，報罷。官河南洧川知縣，以事落職。工古文，尤精駢體。著《綠蘿山莊文集》二十四卷，自爲注，魯曾煜爲之序。《四庫》列入《存目》。《詩集》卷帙亦繁，有齊召南、孫人龍等序，共一千零七首，亦自爲注。生年以《丙子七十自述》推之，爲康熙二十六年。詩學韓，抑揚吞吐，鋪張揚厲。卷一《蜀武侯銅鼓歌》，卷二《端溪紫石硯歌》，卷三《錢王祠》，卷四《登岱》、《謁孟廟》，卷六《燕京雜歌十六首》、《琉璃廠觀放鷹》、《題吴季子祠》，卷七《探宜興張公洞》，卷八《登南湖煙雨樓》，卷九《太學觀石鼓一百二十韻》、《白塔寺》，卷十《關壯繆祠》、《觀姚彬盜馬塑像》、《題李龍眠五十三參畫卷》、《三皇廟銅人歌》，卷十一《宿黑山嘉祐寺》、《扁鵲墓》、《觀比干廟銅盤銘》，卷十二《謁潁考叔廟》、《倉頡造字臺》、《中牟萬勝鎮視南河承築隄工》，卷十三《題卓文君廟》、《游中嶽》六首，卷十四《艮嶽行》，卷十七《濟源謁濟瀆廟》，卷十九《太清宫經老子故宅》、《濠梁觀魚歌》、《游中都大龍興寺》、《荊山題卞和祠》、《游醉翁亭》，卷二十《金陵弔古》、《病檢本草賦藥名八十韻》，卷二十四《游象山》、《游武陵桃花源一百韻》，卷二十五《武陵竹枝詞》六首、《游九疑山》、《德山寺觀茉莉夫人鬼磨》、《湘署聽彈石上流泉操》，卷二十六《送徐徵齋編修奉使册封琉球一百二十韻》、《題王季重採薇子傳》，卷二十七《楚游觀三江閘放潦》、《鵝徑題王右軍祠》，卷三十《劉伶墓》、《登六和寺鐘樓望大江》諸篇，沉雄高麗，節短韻長，探奇尋勝，時令人耳目不暇。又臚列諸子、史籍、《文選》、梵典、醫書、方言以爲注，亦頗詳贍。至於塗飾字句，獺祭故事而難渾涵，則不免有自炫之弊矣。

南溟集五卷　乾隆二十五年刻本

宫爾勸撰。爾勸字九敍，號怡雲，山東高密人。舉人。官至雲南布政使。乾隆十五年罷歸。撰《怡雲山人南溟集》五卷，爲長洲吴農手録，於乾隆二十五年鋟版，有錢陳羣、潘淳序。爾勸與盧見曾稱同年友，與鄭江、錢陳羣、金農唱酬。乾隆十二年入都，有詠郊勝詩。官雲南最久。《游太華寺》、《銅瓦亭登高》、《咸陽王祠》、《烏蒙馬》、《謁楊升菴祠》、《黔寧王祠》、《點蒼山》、《花紅洞》等詩，頗有出人耳目所及者。七古《金沙江歌》，典實麗密，全集壓卷。《梅花詩》達六十首，不免陳陳相因。《王樓山中丞宧蹟十二幅書後》，詳爲王式丹立傳，亦覺費辭。據《壬午自記》時年七十六，當爲康熙二十六年生。朱壽彭《舊典備徵》謂享年七十八，是卒於乾隆二十九年。長子去矜，隨宦滇，後爲嘉興同知，亦能詩，有《守坡居士集》。

虛堅詩集二卷附補遺　嘉慶十三年刻本

莊秉中撰。秉中字啟曾，江蘇武進人。楷子。康熙五十九年舉人。官陝西扶風知縣，著循績。罷官之日，士民遮道走送，至武功界不忍去。歸未幾而卒，年三十餘。嘉慶十三年，其從孫炘刻《蓼原山房詩集》，並刻此集。其詩脱手不俗。《渡渭》云：「東近滔滔水，長榮古雍州。力多宜溉黍，性濁少安流。利盡南山栈，宵移賈客舟。踏舷歌小海，欲渡更夷猶。」自注：「時褒斜諸隘，木税甚嚴。秦地多糧，晉商貿易以通有無。近因社倉買糧，嚴禁囤户，市舶不通，商農交困矣。」皆緣事而發。趙懷玉序稱存詩唯在官及歸塗之作，餘皆佚去云。

匊芳園詩鈔八卷　乾隆十七年刻本

何夢瑶撰。夢瑶字贊調，一字報之，號研農，又號西池，廣東南海人。與同里勞孝輿、順德羅天尺、蘇珥等結南香詩社。康熙六十年，惠士奇爲廣東學政，同補生員，爲惠門八子之一。雍正八年成進士，初官粵西岑溪、思恩、義寧等縣知縣，擢奉天遼陽知州。乾隆十五年棄官歸，爲粵秀書院山長，富於著述，修《肇慶府志》，門弟子甚衆。《詩鈔》爲乾隆十七年刻，分《煤尾》、《鴻雪》、《學製》、《南儀》、《寒坡》、《鶴野》、《懸車》諸集，有杭世駿、羅天尺序。《文集》盛談理學，附詞纖媚，與詩大異。集内《珠江竹枝詞六首》爲惠學使試題。

又有七古《送天牧師還朝歌》。《丁未紀事》，寫雍正五年荒歲情景。官廣西所詠，重於窮荒遺蹟、僮傜土俗。《庚申紀事六首》，記乾隆五年苗族土司叛亂始末。出山海關，作《襄平雜詠二十首》，多敍物産。又有《詠史十二首》、《題鄺徵君畫像》、《江浦竹枝詞四首》、《孔雀開屏歌》，内容贍富。《贈杭世駿太史》、《輓陳磊華副憲》、《哭麥易園師》、《乙卯冬得勞孝輿凶問》、《次答汪白岸後來》，多載佚聞，間可補史傳。張維屏《聽松廬詩話》稱其生平論詩謂「青蓮獨擅千古，子美未應齊名，則近於翻新好奇」，蓋指《讀歷朝詩》。詩有云：「香山直率無餘味，吏部奇横非正聲。獨有青蓮擅千古，未應子美得齊名。」又云：「海涵地負東坡老，玉質金相陸放翁。前輩風流誰繼得，虞山應算後來雄。」「觀於海者難爲水，若問源頭天上來。識得江門爲正派，始知金竹是高才。」自注：「詩至白沙，高出千古。胡金竹繼之，此非予阿好之言，後世自有定論耳。」以陳獻章、胡方爲圭臬，窒礙亦可知矣。羅天尺《癭暈山房詩删》有《寄何報之七十》詩。

澄秋閣集十二卷　乾隆間刻本

閔崋撰。崋字玉井，號廉風，江蘇江都人。監生。爲鹽使盧見曾賓客。與馬曰琯、曰璐兄弟、張四科酬唱甚密。丁敬、金農、厲鶚、杭世駿亦予交往。詩無師承，格近晚唐，於漢魏及元明諸家時亦傚習。集分初、二、三集，各四卷。大抵古體多於近體，七言長於五言。《打麥詞》、《養蠶行》、《水礮歌》、《自鳴鐘》、《血影石歌》、《王㙻子手技歌》、《蹋繩伎》、《登高旻寺塔》、《讀水經注》、《李陽冰仙都篆石歌》、《漢銅雁足燈歌》、《過梁始興王憺墓》、《書僞吴尋陽公主墓碑後》、《題柳柳州遺像石拓》、《京師萬壽寺永樂華巖鐘歌》、《陸宣公墓柏重青歌》、《題明徐中山王遺像》、《徐青藤鳩硯歌》、《陳老蓮畫鍾馗執笏圖》、《題石濤和尚自畫墓門圖》、《晒書行爲王梅沜作》、《南圻合刻姜白石詞感賦》，皆長篇力作，意清詞潔。有時沉雄激壯，而秀色終不可掩。擬諸明初高啟、徐賁，克稱嗣響。七律《讀明史帝紀十六首》，絶句《論詩十七首》、《題漁洋感舊集四首》、《題旗亭畫壁四首》、《題維摩示疾圖爲羅生兩峯畫》、《懷惠定宇》、《贈沈歸愚》、《哭樊榭》、《送雅雨山人出塞》、《訪吴荀叔不值》、《聞榭山凶問》、《輓嶰谷》、《讓圃八詠》，兼備文史故實。作《前後五君詠》爲胡中丞復齋、唐太史南軒、方秀才環山、厲孝廉樊榭、姚徵士薫田、劉艾堂侍郎、程香溪太史、馬嶰谷副使、全謝山庶常、樓于湘上舍。《池北偶談》載：「順治己亥，京師慈仁寺前鬻書者，賣一敝刺，大書客氏拜三字，竇應朱克生得之賦詩。」崋追和其作。同時喬億亦有《客氏拜》詩，見《小獨秀齋詩集》。是集爲乾隆間精刻本，無序跋。有《六十生辰自述》詩，莫由考定生年。乾隆間何琪《小山居稿》有《仲冬十九日爲閔蓮峯先生八十壽詩》，惜無年代。袁枚《隨園詩話》云：「馬氏玲瓏山館一時名士，至今三十年零落殆盡，閔蓮峯年八十三，傫然尚存，聞其饑寒垂斃矣。」仍未得其卒年。費融《紅蕉山館集》有訪閔廉風詩，附載《閔崋題朱竹垞小長蘆釣魚師圖序》。

題石濤和尚自畫墓門圖

君不見梅花道人有遺墨，雪壓寒香三百樹。又不見生前作壙顧玉山，吟朋樂妓娱其間。誰者亦師二子意，不向高原鑿幽隧。寫得平林土一丘，墨瀋淋漓雜清淚。嗚呼，丹青已老曹將軍，國香零落趙王孫。石公之姓不可聞，石公之筆今徒存。北邙纍纍多秋墳，西風何處招孤魂。可憐一石春前酒，剩有詩人過墓門。詩人高西唐獨敦友誼，至今猶爲之掃墓。「誰將一石春前酒，漫灑孤山雪後墳。」石濤句也。並記之。《澄秋閣集》卷二

王墁子手技歌

修竹得風如笑語，一片庭階淨無土。千人注目一人嬉，有物迴旋半空舉。斷竹續竹作長竿，左欹右側青甆盤。失勢一落不到地，故爲險極驚傍觀。徐徐忽弄宜僚手，植立不動亦不走。紛紜五色亂拋空，繚繞珠光滿前後。探囊更取五銖輕，反覆圜文掌上擎。翻身一擲高數丈，巧墮丁東互擊聲。王郎王郎擅斯技，工夫但惜成游戲。不師貫蝨似車輪，不學運斤向人鼻。徒矜十指走天涯，只博賓筵一解頤。且將歌付王墁子，正如傳作郭貓兒。《百尺梧桐集》有口技郭貓兒傳。《澄秋閣二集》卷三

賞雨茆屋小稿不分卷　康熙六十一年刻本　春鳧小稿四卷　乾隆間刻本

符曾撰。曾字幼魯，號藥林，浙江錢塘人。監生。乾隆元年薦博學鴻詞，值父憂未試。後以大理寺汪漋保舉，官至户部郎中。十八年卒，年六十二。先刻《賞雨茆屋小稿》，查慎行、萬經、吴焯、陳撰、厲鶚、張方爽

序。蓋曾爲查慎行弟子，受知於萬經，與厲鶚、陳撰、杭世駿爲同學也。《春夐小稿》爲吴郡寫刻本，收乾隆十三年以後詩。而自雍正元年至乾隆十二年，二十五年間無詩。或有續刻未見，或已散佚。前集《西溪看梅》、《題萬九沙師蘭窗卷尾》、《同太鴻夜宿永興寺》，後集《吴中春游》、《估客樂》、《贈丁敬身》、《金陵雜詩》，風標獨高。嘗旅津門，與海西莊查氏兄弟共唱酬。自潞亭南下沿途有紀行詩，曰《春帆吟稿》。觀《論詩絶句》四首，爲詩意主品格。陳撰評其詩「如春在花，如意在琴」，可見詩境較高。王昶稱其詩「不免窘於邊幅」《蒲褐山房詩話》，是取材未寬。曾與同里沈嘉轍、吴焯、陳芝光、趙昱、厲鶚、趙信同撰《南宋雜事詩》，人各百首，採書浩博，其所造匪淺露者能爲。鄭王臣《蘭陔詩集》有《藥闌唱和詩》一卷，卽符鄭唱和。

南華詩鈔十六卷 乾隆七年刻本

張鵬翀撰。鵬翀字天扉，一字抑齋，號南華，江蘇嘉定人。雍正五年進士。十三年，典試雲南。乾隆間官侍講學士，詹事府詹事。卒於乾隆十年，年五十八。是集爲其子汝霖等校刊，史貽直序。首爲《進呈詩稿》、《賡韻集》、《金蓮榮遇集》等。以下各卷以《海螺》、《楚游》、《紀游》、《北游》、《春歸》、《紀游後》、《使滇》、《鶴天》、《落葉》、《接葉亭》、《清真倡酬》名集，附《奉使紀恩詩》。鵬翀爲童子時卽以詩名噪吴下。及長，湛酣六籍，間以餘力作畫，時人比之「鄭虔三絶」。詩以密勝疎，古歌行排奡有力。《渡海紀游一百韻》、《林總戎見示臺灣紀畧書後》、《彙草辨疑歌》、《題謝梅莊侍御軍中讀易圖》、《西山潭柘紀游百韻》、《覺生寺大鐘歌》、《樹燈行》、《獅子林》、《鑾溪使槎圖爲黄御史玉圃題》、《題杭堇浦松吹書堂圖》、《題徐位山文靖湖居詩後》，皆臻其至者。使滇所作《白水崖》、《斗狼箐》、《螳川温泉行》，尤爲滔莽。又以吴歈越艷自古而傳，榜人之歌尤近騷雅，大率土音，疊以虚字，乃倣其意，作《東吴櫂歌六首》、《湘中雜詠二十四首》，亦記土風。鵬翀久爲詞臣，進呈詩爲一時之選，讀其詩當不爲浮辭所炫也。

亦廬詩稿三十卷　乾隆二十二年刻本

湯斯祚撰。斯祚字衍之，號亦廬，江西南豐人。雍正間貢生。乾隆元年舉博學鴻詞，未赴。從友人之宦三楚。五年，游京師入太學。十年，授新昌訓導，年已近六旬。二十二年刻平生詩，以《超遥書堂草》、《茗柯山房草》、《匡山草》、《沔漢草》、《茗柯山房後草》、《崇真禪院草》、《沅湘草》、《北征草》、《燕山草》、《南轅草》、《宜豐草》、《俸滿草》、《回任草》、《宜豐後草》名之，統稱《亦廬詩稿》。有自序，萬承蒼、鄧牧序，曹秀先題詞。其詩大都旅游之作，詠漢江、沅湘山水居多。北至三晉，記陽城冶鐵打花，畧有新意。游北京西山郊寺，《論詩五絶句》，亦可循覽。其詩筆力爽健，惟工候未深耳。《四庫存目》著録。

沙河逸老小稿六卷　乾隆間刻本

馬曰琯撰。曰琯字秋玉，號嶰谷，安徽祁門人。業鹽。家揚州，所居曰小玲瓏山館。好古博雅，考校文藝,評騭史傳,旁及文物。乾隆元年,舉博學鴻詞,不就。官候補知州。高宗南巡,幸其園,兩賜書。富收藏,工詩詞,與弟曰璐,並以名聞。好刻書,朱彝尊《經義考》卽馬氏所刊。乾隆二十年卒,年六十八。四庫館開,家進書可備採用者七百七十六種,賜《古今圖書集成》一部。詩集與《嶰谷詞》合刊,沈德潛以「峭刻得山之峻,明淨得水之澄」許之。《街南書屋十二詠》、《秋日游吴氏園林》、《過洞庭》、《石公山》、《冬夜宿南莊》、《過澗上草堂徐昭法先生故居》,格韻並高。曰琯藏書好客,江南文士全祖望、符曾、陳撰、厲鶚、陳章、姚世鈺均先後館其家。結邗江詩社,日詠其間。刻《邗江雅集》,可續王士禛《紅橋修禊》。作《五君詠》,爲胡復翁、唐天門、方環山、厲樊榭、姚薫田。又有《題汪蛟門先生少壯三好圖》、《題雅雨先生借書圖》及自題《漢首山宫銅雁足鐙歌》等篇,深得風雅之旨。

種竹山房稿五卷　奉使遼東集一卷　蘭雪堂稿一卷　甘泉集一卷　淨香方丈稿一卷　湟中詩草一卷　漢南詩草一卷

乾隆五十九年刻本

岳禮撰。岳禮字蕉園,姓那木都魯氏,滿洲正白旗人。康熙五十一年舉人。乾隆二年官西寧知府,擢陝西漢興兵備道。卒於三十六年,年八十四。詩稿甚富。其子先福知貴州,家毀於火,乾隆五十九年裒輯詩稿七集,並《蘭雪堂文集》合刻之。内《種竹山房稿》五卷,較爲完帙,餘皆零什,殆殘帙也。康熙間滿族能詩者,爲博爾都、揆敍、岳端。塞爾赫、文昭,已爲雍正間詩人,僅畧早於岳禮。其奉命出京者,必記邊關險隘，頗涉粗豪。是編詠遼東、西北，不乏佳製。據《甘泉草·登嘉峪關籌邊樓晚眺》詩注，嘗之巴里坤。唯是役已無一首可存。又有涉及滿、漢民族關係者，如《客曰天網恢恢疎而不漏如粤東屈大均苟免生前難逃身後豈非自取言頗慷慨賦此示之》詩云：「天與人歸總不知，酉陽窺盡亦愚癡。有詩誚世狂鳴蚓，無計遺兒避戮屍。五嶺鍾靈汙秀色，三山瘴毒致殃基。秋風一陣塵消後，鳥語花香皆可怡。」於大均詆毁備至，蓋雍正八年張熙案牽連大均，原有戮屍之議也。唯與關中詩老屈復交密，迭有贈酬。至《論詩四首》，於少陵、長吉、義山、昭諫，均有微詞。《繪事行》、《詩畫歌》，議論亦肆。屈復《弱水集》卷五有《蘭雪堂夜讌紀事》詩。

果堂集詩一卷　乾隆十年刻本

沈彤撰。彤字冠雲，號果堂，江蘇吴江人。諸生。受業於何焯。乾隆元年薦舉博學鴻詞，未售。與修《三禮》及《一统志》，書成，授九品官，不就。彤資淺學深，通貫羣經，尤長《三禮》。著有《尚書小疏》、《儀禮小疏》、《左傳禄田考》等書。卒於乾隆十七年，年六十五。刻《果堂集》十二卷，内一卷爲詩。彤不欲以詩見長。《金陵懷古》及題圖之作，不尚詞華，而氣甚完。《呈方靈臯先生》、《送别全紹衣吉士》、《贈陳諒直》、《寄何子未》、《贈陳和叔》等篇，沉實典雅，間存故事可擣。彤畢生致力於學，爲沈德潛、惠棟所稱述。迨乾隆考據學興起，推崇者尤多。人亦端士也。

樗亭詩稿二十六卷 乾隆二十四年刻本

薩哈岱撰。薩哈岱字魯望，號樗亭，滿洲正黄旗人。康熙三十八年生。父阿錫鼐，康熙五十九年爲太僕寺少卿，雍正二年，官工部左侍郎。九年，家有禁獄之災。得釋後奉使塞外，卒於十一年。時薩哈岱已由廕生官内務府。乾隆六年，薩哈岱隨駕出古北口，自熱河經科爾沁諸部落至奉天。十三年扈從山左。十四年升主事，作述懷詩，年已五十一。後扈從五臺，巡鹺河東，二十四年刊《樗亭詩稿》二十六卷，爲序者陳世倌、史貽直、任蘭枝、張照、蔣溥、田懋、梁詩正、彭維新、張廷璐、吴應棻、汪由敦、錢陳羣、歸宣光、勵宗萬、嵩壽、蔣漣、張若靄、張鵬翀、裘曰修、薄海、沈德潛，凡二十一家，均雍、乾間名人。詩無續鈔。乾隆四十年官福州將軍召京，計其歲當七十七矣。薩哈岱出身武進士，久爲京官，詩多頌聖。唯自述家世及官内務府所作，關係滿族譜系宫苑所見較多。輓塞爾都，鄂容安，與朱倫瀚酬答，亦見軼聞。身後無傳，今由集中詩鉤稽如此。

菜根精舍詩草十二卷續集四卷 濃農遺書本

夏力恕撰。力恕字觀川，晚號濃農，湖北孝感人。康熙六十年進士，改庶吉士，官翰林院編修。著有《證疑備覽》、《菜根堂札記》等書。事具《國朝耆獻類徵》卷一百二十五。詩集初名《夏觀川詩》，十二卷，乾隆十年刊本。此《濃農遺書》重刊，有晏斯盛等原序及其子扶黄跋記。各卷分體詩一千三百餘首，《續集》四卷爲乾隆十年至十九年編年詩。其詩質樸，不事雕鏤。《湖上行》、《大水行》、《漢上行》、《野蔬行》、《田家詩》、《續田家詩》，俱記鄂中民情。《出廬山作》、《王荆公故址》、《過惶恐灘》、《過梅嶺四首》、《謁張曲江祠》、《望羅浮山》、《自惠州詣羊城》、《望虎門》、《飛來寺》、《彈子磯》，狀寫粤行山水。又掇粤南景物爲《竹枝詞十二首》。《過西湖拜岳墓四首》、《大風登黄鶴樓歌》，氣韻生動。《讀昌黎詩》、《論詩示亘川牧亭》、《同戴雪軒論詩》、《和惲南泉論詩之什》、《書變雅堂集》等作，可見其詩胚胎於韓蘇兩家。王式丹評力恕詩：「多有物之言，情深意遠，氣盛辭潔。」今録《途次偶聞盲史説宋書口占》四首云：「取與休將一介移，好還天道况如斯。道旁有客垂頭問，莫問蒼蒼問小兒。」「汴水江南無限情，唤人平話鼓三更。千秋卧榻成郵傳，漫聽低昂打睡聲。」「撼山難撼岳家軍，空使英雄壯志吞。萬里長城誰壞汝，而今領取帝王尊。」「偏安一例此君臣，少保祠前恨未伸。泥馬渡龍龍在野，停鞭漫打鐵夫人。」此猶其淺也。

官軍收復臺灣

海隅東去路迢遥，四十年來望斗杓。地險再煩人敵愾，天風忽假夜乘潮。軍門遠接魚龍氣，野幕驚聞鳥雀囂。指點滄溟歸樂國，凱歌新譜入簫韶。

澎湖險與厦門通，閩海波濤入望中。萬馬不嘶過鹿耳，千艘無恙渡雞籠。簞壺味薄傳朝膳，襏襫塵消課晚工。從此洗兵靜河漢，要荒草木被春風。　《菜根精舍詩草》

居業集一卷　光緒十年刻本

謝濟世撰。濟世字石霖，號梅莊，廣西全州人。康熙五十一年進士，改庶吉士，授檢討。雍正四年官浙江道御史，以劾河南巡撫田文鏡，遣戍阿爾泰。十三年召還。乾隆元年復官，復進呈所撰《大學注》、《中庸》，謂當遵古本，不遵程、朱，千慮一得，乞舍其瑕而取其瑜。得旨嚴飭。三年，授湖南糧儲道，八年，調驛鹽道。未幾歸，家居十二年卒，年六十八。光緒間始有新刻本，曰《梅莊雜著》，包括《以學集》四卷、《西北域記》一卷、《纂言外篇》二卷、《離騷解》一卷、《史評》一卷、《一蠻集》一卷、《居業集》一卷。詩僅存五十首，有雍正初詠洞庭、泰山詩，下獄詩，戍阿爾泰軍營所作並釋還詩。乾隆修《四庫全書》，濟世著述在禁燬之列，其實無違礙語，固與清室無怨也。

慕陵詩稿一卷補遺一卷　嘉慶八年刻本

陳榮杰撰。榮杰字遂南，一字無波，又字慕陵，浙江會稽人。少隨父官滇南，歸里。時毛奇齡、仇兆鰲以經術重於世，與晨夕講論，遂爲忘年交。與胡天游、魯曾煜、商盤、齊召南、杭世駿亦知契。乾隆元年應鴻博試罷。後爲幕僚。客死於荆州。集爲嘉慶八年其孫松齡所刊，有梁同書、阮元、錢大昕序。孫星衍撰傳稱：「乾隆二十年卒於幕中。」今依乙巳三十七歲詩推之，當爲康熙二十八年生，得年六十七。榮杰嘗游匡廬，涉洞庭，東至仙霞，南踰羅浮，詩亦以紀游爲主，而詞必己出，意味雋永。商盤輯《越風》，卷十三録其《聞道》云：「聞道天堂寨，豺狼性未馴。取苻同鄭盜，盟貫異黄人。烏合雖云衆，狐鳴莫認真。殷勤買牛犢，永作太平民。」爲本集不載。盤云：「此詩指乾隆壬申十七年楚中事。三四引用，確切不移。」又爲集唐名家。平步青《霞外攟屑》卷八下《陳慕陵詩》條引《柳亭詩話》：「春夏秋冬登黄鶴樓集唐三十二首。」又稱：「咸豐間見其全稿，蓋不下數千首，有定本八卷燬於火，而不得與唐堂黄之雋《香屑集》競爽並稱。」此集有《焦山八首》、《揚子江救生船歌》，均爲集唐。《黄鶴樓集唐八首》，每首以崔顥詩爲起句，因倣其體，煞費苦心。此亦我國詩歌所獨有。然無根柢不知措意，亦不能佳。今録數首，以見其運用泊合之妙耳。

黄鶴樓見壁上集唐詩八首每首以崔司勳爲起句因倣其體亦集八首寄越中王弁山同學

昔人已乘白雲去，憑高縱目兩茫然。三湘愁鬢逢秋色，萬里遊人對曉烟。山聳翠微連郡閣，江分島樹入遥天。怪來詩思清人骨，好景娱情滿目前。　崔顥　陳陶　盧綸　譚用之　李紳　韋莊　韋應物　張仲素

此地空餘黄鶴樓，不知經歷幾千秋。烟花已入鸕鷀港，霜月正高鸚鵡洲。緑水青山雖足舊，碧雲紅樹不勝愁。楚天長短黄昏雨，朝夕催人自白頭。　崔顥　王昌齡　魚玄機　崔生　耿湋　韋莊　朱鵬　胡曾

黄鶴一去不復返，更無消息到如今。騎歸紫府三千歲，養就丹砂萬里心。惟有白雲長似昔，依然碧

落總難尋。分明記得曾行處，不見仙禽見水禽。崔顥　李遠　羅鄴　韓偓　羅隱　白居易　方干　范德機

白雲千載空悠悠，盡日無人獨倚樓。感事無言還弔古，傷春未已復悲秋。江間波浪兼天湧，檻外雲霞一望收。董鶴有心多不住，欲尋遺跡已難留。崔顥　孟浩然　劉滄　戴叔倫　杜甫　温庭筠　僧皎然　李郢

晴川歷歷漢陽樹，憑高望遠思悠哉。野人家傍青山住，賈客船從返照來。城礙十洲烟島路，江分兩岸夕陽臺。須知觸目皆成恨，一寸相思一寸灰。崔顥　白居易　崔塗　杜甫　趙嘏　譚用之　李咸用　李商隱

芳草萋萋鸚鵡洲，天光雲影共悠悠。江豘初起浪如屋，山雨欲來風滿樓。故國那堪回首望，長安不見使人愁。楚湘自古多離怨，莫道狂吟苦未休。崔顥　劉禹錫　韓愈　許渾　李頎　李白　張泌　劉滄

日暮鄉關何處是，夜來江上與誰期。天涯人遠徒搔首，潮落月明空所思。關塞年來無羽檄，行藏今日少危疑。寄聲報與山翁道，黄鶴樓前勝舊時。崔顥　雍陶　于武陵　韓偓　司空圖　陸龜蒙　岑參　吴廣

烟波江上使人愁，愁殺烟波隱畫樓。鸚鵡未埋狂客恨，江山不見昔人遊。珠簾繡柱圍黄鵠，秋月春花送白頭。聞道神仙不可接，夕陽西下水東流。崔顥　顧嶠　黄集　譚用之　杜甫　魚玄機　張説　崔塗

懷岳堂詩八卷附二卷　乾隆二十六年刻本

張繼曾撰。繼曾號味道人，安徽霍山人。少失怙，游皖城獲交高鳳翰，並資薰染。在荆溪與友人結爲存雅詩社，日相唱酬。官合肥等縣教官十數年。卒於乾隆二十六年，年七十二。此集爲其子張高矩刻。有自序，及門人王永祺跋。自謂生平所作以七律稍爲愜意，因選刊一千首，分元、亨、利、貞四集，每集各二百五十首，滙爲此篇。其詩平熟膚廓，以寄情山水者較多。間記皖中人士蕃衍，風俗淳茂，亦可採擇。

葵園詩集四卷　乾隆間刻本

陳悳榮撰。悳榮字廷彦，號密山，直隸安州人。康熙五十一年進士。官至安徽布政使。與方苞善，研窮性理，尤服膺於王守仁。乾隆十二年卒於官，年五十九。仲弟悳華，雍正二年狀元，官至禮部侍郎。季弟悳正，雍正八年進士，官至陝西按察使。子筌，乾隆十七年進士，改庶吉士，官貴州學政。此集爲悳榮官枝江知縣時詩，凡四百五十六首，生年以《述哀》詩推之。卒年據本傳。集中紀行諸作，頗涉佳趣。詠雞公巖、白虎隴、卸甲溝、飛魚灘、巴山峽、天山巖、枝柘坪、白益寨，皆人跡罕至之山水窟洞。入黔作《鎮遠橋北諸洞》、《墮城行》、《枝江雜詠二十首》、《恢復烏蒙贈哈將軍五首》，間及當日政事及民情風土。焦山瘞鶴銘淪入江汜七百年，陳鵬年捐貲募工挽出之，得五石，凡七十二字，復還舊觀，建亭山院，悳榮作長歌紀其事。同時人亦有此題，辭情並未及之。惪榮官貴州最久，任按察使，嘗建陽明書院以造士。又多問民疾苦，平反鉤稽，《隨園詩話》稱之。

介石堂集詩十卷　乾隆間刻本

郭起元撰。起元字復齋，福建閩縣人。爲諸生三十二年，以賢良方正薦，乾隆四年引見，始授舒城知縣。後調桐城，改盱眙。九年，署泗州知州。著《介石堂集》，有乾隆十一年自序。儲大文題詞。起元受知於張伯行，嘗入鼇峯書院修性理諸書。古文學方苞，詩亦文質相兼。自謂：「少習錢牧齋、王漁洋、朱竹垞輩詩作，四十以後，不規之於模擬刻畫。但心有所見卽書之，意盡而止。」其詩詠閩中山灘嶺磵，俱爲秀傑。北過吴越，渡京口江，經淮陰，參孔孟廟，至都門游西山諸勝，寓目抒懷，不失高格。官江南始歌民風。《苦雨行》、《紀旱行》、《紀蝗行》，皆爲紀實。惜全詩未稱，轉不逮行役山水之作，有佳篇可採焉。録卷二《發福州抵延平書所見》，以見一斑。詩云：「舟師理篷纜，横木架兩頭。中間划雙槳，汎汎如浮鷗。建谿天下險，乍歷增百憂。連峯青巑岏，衆瀑噴雪流。灘石紛異狀，虎豹獅象牛。顛波自高下，與石相蚴蟉。潎漩碾作渦，千尺成龍湫。潛虬喜饞嚼，劣足不可求。石芒攢矛戟，一罅通行艘。瞻前路疑盡，忽折勢轉悠。灌木紛陰森，野禽叫輈輈。四山銜飈下，客衣蚤驚秋。有時倏開豁，橘柚林塘幽。坻石頗奇秀，嘉卉被四周。鉆潭小石城，往往快迎眸。輥雷忽轟湧，前險又逗遛。余惟卧篷底，誰與更唱酬。夜聞豺虎號，曉見草木稠。今朝冷風便，飄趍如射鏃。

樓臺矗崖巘，松柏森高坵。榜人聲讙噪，云已到鐔州。」

茅亭詩鈔三卷　乾隆二十七年刻本

劉耆定撰。耆定字爾功，山東益都人。諸生。年八十餘歿。工詩，賴古堂嘗選刻數首。盧見曾刻《山左詩鈔》，悉力搜尋，從戚友家得茅亭詩一册，凡百餘首。宋弼選數首入《山左續鈔》，且爲之序。是集爲其曾孫延輔刻，有乾隆二十七年高士强、李文藻序。清初山左詩盛，不讓江南。讀是集殊覺才力苦弱，然亦有不加鏤刻而勻淨者，如《歷下亭》云：「三齊名地迥無塵，蓮子湖邊景色新。大雅不逢杜工部，流風重對李于鱗。千秋皂蓋誰賓主，百頃朱荷自卷伸。何日扁舟長嘯去，月明沽酒作閒人。」大抵亦明七子之餘響，故有清超之致耳。

尺木樓詩四卷　乾隆二十五年刻本

程世繩撰。世繩字準存，號晴湖，安徽休寧人。瑞祊子。瑞祊工詩，有《槐江詩鈔》，見前。據汪由敦所撰程瑞祊墓誌稱：「甲午挾仲子世綏試北闈，世綏魁其經，先生報罷。丁酉，長君世繩亦雋京兆試。」可知世繩爲康熙五十六年北闈舉人。雍正五年，官京山知縣，有廉吏之稱。未幾以公誤罣吏議，去官之日，父老子弟追送數百里外。九年，遂捐館舍。是集爲其子志隆官泰安知州所刻，有李汝榛、成城、程世綏原序，沈廷芳序。其詩詠江淮兩湖山水勝蹟，詞多清婉。《採茶曲》、《焙茶曲》、《戊戌新安水災行》，同情民間疾苦。《上官租》云：「六月雨澤斷，河流成溝渠。千里禾苗渴欲死，縣官日夜勤追呼。上官租，鬻女爲婢男爲奴。豈不憫兒貴賤殊，吏怒難犯無完膚。不見昨日城南禱雨返，生民死杖下，身上無衣襦。上官租，行人側目相嗟吁。」悲從中起，當非矯情。

于邁草一卷于邁續草一卷 乾隆九年刻本

劉紹攽撰。紹攽字繼貢，號九畹，陝西三原人。諸生。工古文，主蘭山書院，爲關中名儒。乾隆元年應博學鴻詞，授官諫垣。出爲四川什邡知縣，調南充。九年，偕川陝總督慶復西行，征鄂羅克。沿途作詩，記郫縣、灌縣、汶川、茂州、疊溪、松潘等地山川景物，關津險隘，得十三首，名《于邁草》。而以《西征記》一文弁其端。又補以二十四首，爲《于邁續草》。有乾隆九年劉慥、鄭方城序，王寯、項樟等人題詞。據《清史稿・慶復傳》，出兵征鄂羅克在乾隆十年，則此集所詠皆前一年事，篇什亦寡，不足證史。紹攽有《九畹古文》十卷及《九畹續集》行世。作序者邱仰文、鄭方城、崔龍見、鄭天錦、張鳳孫、白國棟、錢之青。集中《關中人文傳》、《顧寧人先生傳》、《傅青主先生傳》，均有史料價值。蓋其曾祖菼與顧炎武有交，故紹攽爲之作傳也。雍正間沈青崖官陝，邀紹攽修《通志》。又以理學治行，嘗官陽曲等縣，悉於晉、陝兩省民情。讀其詩當取《文集》合觀，俾有知人論世之助云。

北田詩臆不分卷　乾隆二十七年刻本

江浩然撰。浩然字萬原，號孟亭，浙江嘉興人。諸生。棄舉業，留滯齊魯，客幕府多年。喜讀朱彝尊詩，爲《曝書亭詩》作箋注，有刻本傳世。乾隆十五年卒，年六十一。事具本書卷首周守一撰《墓誌銘》。書刻於乾隆二十七年，合《北田文畧》、《叢殘小語》、《江湖客詞》共六卷，首鄭方坤、李渭、邊繼祖、王令遠序。浩然與楊士凝有交，集中載士凝贈《放歌行》並答詩。《讀樊川集》、《題宋徽宗白鷹圖》、《題吴梅村詩卷》、《登州懷古六首》、《萊陽紀游》等作，多可誦覽。《論詩七首》，於詩理會折衷備。善題畫，有贈畫家張浦詩。贈李方膺詩云：「腰折眉摧豈擅場，祇應報國有剛腸。浮雲至竟難遮日，早見金雞下夜郎。自注：時有赦詔。傳聞憂患多生趣，圖畫長抒傴骨胸。安樂國中無個事，拂天乞取歲寒松。」有《題董曲江小照》，曲江名元度，爲北方學者所尊。據本書其子壎跋，尚有《杜詩集説》二十二卷未刊，是亦篤學而不落人下矣。

賀九山房詩四卷　乾隆四十一年刻本

李其永撰。其永字漫翁，直隸宛平人。出身仕宦。雍正七年南旋，杜門五十年。年八十七卒。著《響雪齋文集》、《雨窗詞》，未刻。詩分《蓬蒿》、《車遥遥》、《鳥鳴》、《刻燭》四集。由其壻陸昶刊，門人王進校，姪萬柯跋。詩無奇肆之才，而於時人俱不入眼。説詩云：「古時有詩人，今時無詩人。」足見自負矣。集中《題金陵劉贅老校《獵圖》、《跋羲之各帖後》、《讀杜少陵詩》、《大堤曲》、《刺妝圖》、《春蠶謡》、《從軍樂》，均較質直。嘗聞陳鵬年、趙執信緒論，下筆知取舍。

讀歷朝詞雜興

風流天寶老詞壇，羯鼓能撾勝管弦。不道淋鈴皆入調，蜀山秋雨李龜年。
元和才子一時豪，愛著蘇州刺史袍。不信解詩皆老嫗，硯邊樊素有櫻桃。
鳳笙冷落舊宫臣，隱隱傷心到晚春。欲問江南知好否，斷花飛絮正撩人。
薄羅衫子縫金泥，夢裏陽臺意亦迷。只有故宫如夢令，夜深殘月唱還低。
説到錢唐蘇小樓，舊遊因憶隔前秋。不須重聽憑闌曲，湖上青山鬱鬱愁。
夫人妙語遺閨情，手洗胭脂和墨成。今日海棠誰寫得，自憐細雨濕流鶯。
可堪時候又黄梅，無數閒愁得得來。直把年華等風絮，斷腸寧獨賀方回。
年年風致上元詞，明月花燈飲散時。不少翠翹人共坐，曉窗梳裏笑儂痴。
停雲老子擅風流，醉便狂歌不慣愁。任是蒲萄高索價，一年渾覓酒交遊。
今春依舊舊春思，春思傷人一舊時。不見年年三月病，桃花柳絮草窗詞。
人生何事只言愁，莫遣悽惶又感秋。看罷柳枝衰颯了，夕陽還到酒家樓。

大江豪氣已都非，芳草天涯未許歸。獨有閒愁偏惹恨，朝雲又作柳綿飛。
豫章老子最詩狂，纖語偏能寫斷腸。醉去燭花紅豆裏，鬢邊忘却有新霜。
淡淡花朝天氣新，風光閒過寂寥人。輸他嬌小東隣女，細嚼桃花有絳脣。
黄鶴磯頭載酒過，昔年舊事問如何。漁舟不少江山色，煙雨空濛剩一蓑。
可喜當時小宋名，清詞一一見風情。銀箏罷後微吟在，先到花間教乳鶯。
不惜貂裘换釣篷，一身來往緑波中。漁竿長在桃花樹，春色山陰陸放翁。
風流八十尚書郎，花月吟多鬢亦香。扶杖歸來忘已老，自穿紅影入茅堂。
飲殘盃酒漬苔衣，感慨春光上鬢稀。又是荼蘼開欲了，小園片片見花飛。
春到花朝忍不酤，也思薄醉去提壺。黄金莫爲親朋散，未必多情勝酒壚。
重翻雙燕曲猶新，到得歌殘又一春。莫管呢喃聲不住，柳昏花暝是何人。
碧簟琉璃稱晚凉，戲調小語促殘粧。可憐幽夢誰還覺，肯逐流螢過短牆。
無限思量去故宫，豈知雙燕意難通。居然小令南唐好，一餉貪歡是夢中。
巷南巷北亦隨緣，狎客生平絶可憐。賸得曉風殘月裏，如今一説柳屯田。
真成名士一壺冰，新得春嬌水不勝。愛殺玉奴眉目句，夫人小字擘紅綾。
滄海塵飛去夢間，梨園舊曲未全删。春光流落何戡老，一聽胡笳淚滿顔。

猶説宣和事可哀，瓊樓玉管夜頻催。南朝宫女皆新選，誰見霓裳法部來。
擊筑高歌比漸離，西風皂帽醉還欹。可堪重到中原望，荒草連村一酒旗。
繁華誰記昔時恩，説與東風有淚痕。如此落花春不管，飄零還過故宫門。
娟娟霜月夜如何，欲比梅花清更多。猶有雪兒能耐冷，近人絃索愛摩挱。

《賀九山房詩・蓬蒿集》

道腴堂詩編二十卷詩續六卷　乾隆間刻本

鮑鉁撰。鉁字冠亭，一字西岡，號辛浦，又號侍翁、夢峰居士，漢軍正紅旗人，奉天籍。秘書院大學士鮑承先曾孫。康熙間貢生。五十四年，官浙江長興知縣。李衛督浙，聞鉁癖賦詩，將列之彈章，乃爲庋筆硯三日。既而謂其客曰：「下官忍不可忍矣，惟大吏罪之。」賦詩如故。然鉁百事條舉，部民頌之。李徐察之，不復怒也。乾隆初署嘉興海防同知。十三年卒，年五十九。全祖望爲撰《墓誌》。所撰《道腴堂集》有《詩編》、《雜録》、《雪泥鴻爪録》、《稗勺》。《詩編》首自序。後刻《詩續》，爲乾隆九年諸錦序。自謂：「詩自三百篇而降，世運轉移，風雅代變。由今泝昔，源流正變，體制具備，評騭詳悉，復能駕出古人之上哉。雖天地之英華，人士之才思，固自日新不窮，而要之在古人範圍之内，則爲合作。出古人之外則爲不合作。合作者代不數人，人不數詩，其不合作者往往是也。惟是詩道雖峻，而其途甚坦，詩法雖嚴，而其用甚寬。以言言志，以言道性情，志之所之，性情之所寄，有不能已於詩，雖不盡合作者可以流傳。」主張借鑒古人，而不爲古人範圍所拘，可謂有識。其中《廣陵絶句》、《游瑯玡山》、《游匡廬》、《惠州西湖》、《廣州竹枝詞》、《徐州絶句》、《游峴山》、《登吴山歌》、《岕茶歌》四首、《游研山》、《吴興絶句》三十首、《瀔漕行》、《捉船行》、《梁溪竹枝詞》、《濟南絶句》、《歲暮北行雜詩》十二首、《仙霞關歌》、《游支硎山》、《鄧尉絶句》、《涿州雜詩》二十二首、《灤州絶句》，詠北京萬柳堂、妙應寺、隆福寺，《琉璃廠春游詞》、《邗江雜詠》、《戚墅堰》、《寄暢園》、《武康絶句》，均以平生游歷，耳目所接，形諸詩歌，未與古人合作也。作者在長興，日與畫師金農泛游，與厲鶚、方貞觀相酬。作《前後懷人詩》四十首、《病起懷人詩》七十二首，其間顯晦異齊，然如湯右曾、鄭芷畦、孔尚任，皆爲名宿。《偶感僞閩事遺事》、《宿圓明園觀音菴》、《木中觀劇作》、《輓高且園》、《得高南阜膠西書》亦有軼聞。《讀書雜述六首》，敍及康熙朝開銅板館纂修《古今圖書集成》事。《詠紫幢軒雜植十二首》，紫幢軒主人爲滿族王孫文昭。俱不可多得。鈔於古書篤嗜不休，《讀南史作二十首》、《題白氏長慶集》、《讀横雲山人明史稿文苑傳》，可見岸畧。又作《論詩絶句四十首》，皆清初詩家。小序稱：「余雖不足與言詩，然以爲古人今人，同由斯道，苟詣其極，皆足傳不朽，烏可以時代優劣耶。」亦通達之見。唯詩句多奥澀，今録其長猶恐掩其短矣。

杭州逢蘇禄國貢使

黄氊諸叔貢，名朥獨喊敏，其國王之叔也。猩服使臣雄。名段椅擺。露頂冠横矗，咸腓襪窄縫。輕柔韋緝履，結束袴裁氄。行住威儀少，猙獰狀貌兇。傍胸刀作佩，握手杖如鋈。刀杖裝飾皆銀。傘蓋鑾奴執，檳榔畫榼供。碧眸鬈髮紫，緑襖帕頭紅。窮島來更歲，滄溟泛幾重。食同回紇教不食豬肉，語藉象胥通。水土中華厚，無嗟井養窮不服井水致疾。《道腴堂詩續》卷二

白雲詩集七卷別集一卷 乾隆間刻本

盧存心撰。存心原名琨，字敬甫，一字玉巖，浙江錢塘人。恩貢生。校勘學家盧文弨之父也。與桑調元爲總角交，調元以兄事之。晚賣文爲活，居吴門。乾隆元年召試鴻博，不遇。卒於乾隆二十三年，年六十九。彭紹升爲撰《墓誌銘》。是集爲數間草堂刻本，子文弨、文韶校，桑調元序。《四庫》列入《存目》。詩共八百三十首，別集一卷，爲《詠梅詩》七律八十五首。集中《文廟從祀弟子贊》依十二哲及東西廡爲敍，作八十首。《哀新安》，記徽州大水，爲康熙五十七年事。存心與王又曾、錢載有交。王穀原考鴻博不薦，作長歌慰之。《述事抒懷柬錢坤一四十韻》，坤一，載字。又有《呈景景杓先生詩》。晚年詩格益進。《五人墓》、《登北固山放歌》、《宛委山》，情辭俱茂。乾隆八年，撰《范陽世典》，有詩自敍先世譜系。《姚江詩録》卷一有傳並録《勵志》詩八首。袁枚《隨園詩話》亦舉稱其詩。

慶芝堂詩集十八卷 道光間刻本

戴亨撰。亨字通乾，號遂堂，原籍浙江仁和。少從父戴梓徙遼陽，遂占籍，隸漢軍旗。康熙六十年進士。

官齊河知縣。罷官後嘗依盧見曾客邗上。乾隆六年入都，甚貧困。後從子秉瑛宰儀徵，依居署中。詩格堅蒼，與李鍇、陳景元齊名，稱「遼東三老」。《詩集》八卷，從子秉瑛乾隆二十三年刻之昭文縣署，任瑗、戴秉瑛、金兆燕題跋，凡詩一千三百十二首。道光十五年其外孫荆道及尹梅伯重雕之，卽此本也。有陳鑾、林則徐、李清傑、朱襄、邵甲名序。考諸傳序跋及詩作，爲康熙二十九年生，乾隆二十五年卒，年七十一。集中《懷李薦青陳石閭》詩及唱和詩，可與李、陳兩家集互相參證。其詩古茂堅蒼，諸體俱工。《題盧抱孫畫屏十二首》，記盧見曾生平際遇甚詳。《張侍御平魏閹墓碑歌》注云：「張瑗，辛未會元，官侍御巡視西城，故有是舉。乾隆丙辰，令嗣全熹任大興令，丐余賦詩。」並及瑗之後人，非泛泛作矣。《哭明惺齋三首》注稱：「名善，庚戌進士，住滄州，五十八卒。」《哭垣居五弟》注謂：「名高，廩膳生，卒於雍正甲辰，年三十一，能得武備之傳。」又有《喜晤李復堂鱓》、《送楊子安鸞任犍爲令》、《聽門人沈周題彈琴》、《題金棕亭兆燕詩册》、《題宫爾勸七柏圖》、《題方竹樓畫竹》、《王蘭泉選詩湖海詩傳來書》等篇。其詩筆如彈丸脱手，蓋未嘗一日廢吟咏，此又非徒博掌故可比者矣。

雅雨堂詩集二卷　道光二十五年刻本　出塞詩一卷　道光間重刻本

盧見曾撰。見曾字抱孫，號雅雨，山東德州人。從曾祖世漼，入清未仕，聲譽極高，有《尊水園集畧》。祖道悦字喜臣，康熙九年進士，官偃師知縣。見曾康熙六十年成進士，雍正三年爲四川洪雅知縣，故以雅雨自號。短小精悍，有吏才，總督那蘇圖特薦，謂其人短而才長，身小而志大。官兩淮鹽運使，接納文人，愛才好士。乾隆元年，以薦高鳳翰署儀徵令，爲總督程元章構陷，被逮遣戍。未二年，召還，授灤州知州，擢永平知府，升永定河道，十九年還任兩淮鹽運使。三十三年，以鹽商提引案逮問入獄，卒年七十九。見曾嘗受學於王士禛、田雯，名聲早著。官鹽使時，惠棟、厲鶚、沈大成、全祖望、杭世駿前後數十百人，皆爲上客。當地名流馬曰璐、曰琯、程夢星、張四科等，咸與扶輪承蓋，文酒極一時之盛。修小秦淮、虹橋二十四景及金焦樓觀，以奉乾隆兩次南游。刻《雅雨堂叢書》、《金石録》、《金石三例》、《漁洋感舊集》，由惠棟、盧文弨、張元等襄其事。輯《山左詩鈔》，屬宋弼、鞠遜行、董元度諸人采輯。又爲汪應銓、馬樸臣、李葂、郭肇鐄諸家刻集，輯《遼東三老詩》。嘗賦虹橋修禊詩，一時和者千餘人一説三千人，編次三百餘卷見《隨園詩話》。其愛古好事，百餘年來所罕見。見曾死後遭籍没，詩集悉燬於火。道光間其孫蔭溥，官至大學士，由蔭溥子樞蒐訪遺編，得詩二卷，文四卷，草草付雕。所見交游，什不及一，不能相副焉。《出塞詩》一卷，爲見曾生前所刊，存詩近百首，乾隆十一年沈起元序。發戍杭靄，又移駐察汗烏蘇。自張家口，歷北二十九台，近起塞垣，遠抵外蒙，沿途有詩。《杭靄竹枝詞》十二首、《遇瀚海》、《生祭蔣羅村》等篇，蒼涼頓挫。《中山狼和司空》，含蓄諷刺，蓋以蜚語被讒，句有所指也。同行者夏之璜有《出塞橐中詩》四卷，記此行見聞最詳。高鳳翰《南阜詩集》卷七題詩，有「百首吟詩小度刼，三年讀易晚知非」句，則赦歸當在乾隆六年也。此集無《紅橋修禊原唱詩》，今由乾隆刊本《如蘭集》輯出，附如次。

紅橋修禊

揚州紅橋，自漁洋先生冶春唱和以後，修禊遂爲故事，然其時平山堂廢，保障湖淤，篇章雖盛，遊覽者不能無遺憾焉。乾隆十六年辛未，聖駕南巡，始修平山堂御苑而濬湖以通於蜀岡。歲次丁丑再舉巡狩之典，又濬迎恩河瀦水以入於湖。兩岸園亭標勝景二十。保障湖曰拳石洞天，曰西園曲水，曰紅橋攬勝，曰冶春詩社，曰長隄春柳，曰荷浦薰風，曰碧玉交流，曰四橋煙雨，曰春臺明月，曰白塔晴雲，曰三過留踪，曰蜀岡晚照，曰萬松疊翠，曰花嶼霞泉，曰雙峯雲棧，曰山亭野眺。迎恩河曰臨水紅霞，曰緑稻香來，曰竹樓小市，曰平岡艷雪。而紅橋之觀止矣。翠華甫過，上巳方新，偶假餘閒，隨邀勝會，率成四律。

緑油春水木蘭舟，步出亭臺邀逗留。十里生香新閬苑，二分明月舊揚州。已憐强酒還斟酌，莫倚能詩漫唱酬。昨日宸遊親侍從，天章捧出殿東頭。

重來修禊四經年，熟識紅橋頓改前。瀦汊暢交靈雨後，浮屠高插綺雲巔。雕闌曲曲迷幽徑，嫩柳紛紛拂畫船。二十景中誰最勝，熙春臺上月初圓。臺高聳入雲，金碧交輝，汪副使令聞建，余爲題額。

溪劃霞峯虹棧通，山亭一眺盡河東。好來鬭茗評泉水，會待團荷受野風。月度重闌香細細，煙籠遠樹雨濛濛。蓮歌漁唱舟横處，儼在明湖碧漲中。漁洋《冶春詞》「邗溝未似明湖好，名士軒頭碧漲天。」彼一時也。

邐迤平岡艷雪明，竹樓小市賣花聲。紅桃水暖春偏好，綠稻香寒秋最清。合有管弦頻入夜，那教士女不空城。冶春舊調歌殘後，格律詩壇試一更。《如蘭集》卷七

八瓊樓詩集九卷　乾隆十五年刻本

金昌世撰。昌世榜名名世，字守谷，浙江山陰人。雍正二年進士。官清河、鹽山等縣知縣。乾隆十五年，自刻《八瓊樓詩集》，以《藤村集》、《日下詠》、《海上謡》、《渥城草》、《津門草》、《槎上吟》、《園居草》、《蔗境集》名前八卷，卷九爲仿楊維楨、李東陽樂府詠史。首傅王露、冷時松、金瑛序。據生日詩，結集時年五十八。康熙間，詩以江南最盛。雍正詩壇寂落，浙省崛起，人材尤薈翠於杭郡一帶。昌世早年進士，與胡天游、查爲仁等人唱和，詩格則與嚴遂成相近。《青藤書屋懷天池山人》、《秦郵雜詩八首》、《採菱歌》、《望海亭放歌》、《西山雪霽》，清麗超俗。官縣令所作《挑河夫》、《霪雨歎》、《狐有羣》、《赴官糶》、《勸民糶》等篇，深悉民間疾苦。《題徐昂霄小照》、《題沈南塘小照》、《柬李槑埜》、《題閣泗山夫子畫松》、《贈童璞巖》、《書沈南屏詩卷後》，多爲當日藝林掌故。其詩名不甚颺，集亦不可多得也。北京師範大學圖書館藏本

挑河夫

陽烏烈烈方作威，河上千夫萬夫汗欲揮。舁畚提鍤急疏瀹，縣官號令不敢違。祖替孫役兒替父，

家留一丁鋤旱土。三日五日遞相換，一夫不換貼錢補。老婦擔水衆夫喫，免得孤兒應役苦。發帑濬黄河，河潔水落多。伏秋平地漲一丈，滔滔入海保田禾。有司奉行非不善，爾民胡爲乎蹉跎。老翁向前泣相告，非吾小民不自好。凡百興作皆民力，況發帑金民所勞。連年灾祲苦備嘗，今年麥秋眼看到。公差前日下鄉去，雞狗徬徨婦子懼。持鐮割得隴頭青，聊爲公差進一箸。餽以三百青銅錢，無奈其人不一顧。挨門點出壯夫名，一夫十錢足其數。此物不求免此差，但緩須臾麥秋務。麥收未了大工急，狂走河干天又雨。一雨三日河溝盈，水中撈泥力不勝。一日不得一方土圍四丈深一尺爲一方。兩日工價一食並。逍遥河上無工程，側聞長官歎息聲。非不念爾百姓苦，但畏雙飛羽檄何縱横。此時遥望秋田裏，維莠驕驕而已矣。官民相視久欷歔，且道急公勿詈余。迄今已是三閲月，不喜陽侯喜旱魃。倘得十日不雨時，策我民力速爲之。河神効靈襄厥續，永無水患元圭錫。不須偶語相指摘，佇看豐年穰穰與爾來歲長休息。《八瓊樓詩集》卷三

碧山堂詩鈔十六卷附一卷 乾隆十八年刻本

田榕撰。榕字端雲，號南村，貴州玉屏人。康熙五十年舉人。雍正五年考取中書。乾隆元年官太平，調長陽、安陸等縣知縣。有《漁洋精華録注》，未傳。十八年，刻《碧山堂詩鈔》十六卷，凡詩一千五百三十一首，附録《黔苗竹枝詞》。首彭端淑、李曾郇序。其詩不事摹古，淺可入深，每每能出新意，爲錢載、張大受所稱。

《沅州雜詩》、《清浪灘五首》、《清江雜詠十二首》、《登五華山》、《雲安坡》、《六里箐》、《望洱海諸山水》、《滇中雜興》、《盤江放歌》、《清溪洞》、《渡瀾滄江》，雄深雅健，可見本色。《乙卯苗變紀事》、《定邊土商謡》，均與形勢有關。餘以楚中、山左、江南紀游之什爲多。《讀邢孟貞集》、《讀杜茶村集》、《詠日本繡毬》、《詠情詩》，亦足以見所長。黔中詩人，可爲後進。楊鍾羲《雪橋詩話續集》云：「詠黔中種人者，以田端雲《佘㒟竹枝詞》爲最。」又舉遵義李丹梧有《苗爾雅》、雲夢安曉珊有《黔南雜詠》四十六首，均可爲貴州少數民族風土之採。

定邊土商謡 戊申四月

國家謹鹽筴，原以利斯民。如何此定邊，食鹽多苦辛。一二老土商，長跪告我云：縣僻人烟稀，十户八九貧。況又雜倮彝，鹽味罕入唇。官鹽綑載來，纍纍十萬觔。商販分安逃，但視多寡分。論觔給脚價，稱貸先紛紜。行鹽各有地，未敢越關津。違者以私論，往往罪及身。蠶崖虎箐中，負戴徒殷勤。計口遠散食，逋負難具論。府帖一朝下，追呼孰忍聞。鬻孥貨田宅，急公敢逡巡。憶從行鹽來，遺害子與孫。新鹽與舊滷，輾轉兩相因。公逋與私負，苦累未有申。公庭事敲扑，回首聲暗吞。此身何所有，僅有皮骨存。轉恨産沙滷，大地胡不仁。既使家貲罄，又與刑獄親。滇南二十郡，處處樂長春。安得十萬鹽，少減樂利均。言罷繼以泣，嗚咽沾衣巾。爾告方泣血，我聞亦含顰。公國義所急，傷此鳩鵠羣。誰將下里曲，以爲上官陳。後二年裁縣，僅設巡檢一員，行鹽額亦減少，民困獲甦矣。乾隆丙辰秋自識。

《碧山堂詩鈔》卷七

黔苗竹枝詞二十四首　同蔣明府樹存作，時康熙辛丑年也。

營窟爲巢上古同，歲時伏臘有秦風。遥遥華胄君應羨，先代冠裳首宋公。克孟牯羊苗懸崖鑿竅而居，高者百仞。花苗屋不加斧鑿，架木如鳥巢。八番苗以十月望爲歲首，至期相餽遺。宋家苗其先春秋宋人，爲楚俘放諸南徼者，後遂成彝俗。

偏架爭持聚緑蘿，椎埋到處摸金多。岑樓回首腆須破，裙幟依稀老聖漊。郭青螺黔記土人嘗拾得聖漊裙，揭以爲幟，與苗戰輒敗去。九股苗善造强弩名偏架，常嘯聚爲大道患。仲家苗多伐人塚墓。

雞卜讙譁一晌間，椎牛撾鼓鬧屍還。葬爺却恐阿爺識，五夜侵星送上山。花苗卜葬地以雞子擲之，不破者爲吉地。克孟牯羊苗親死不哭，集親朋式歌且舞，謂之鬧屍。八番苗候夜靜出葬，謂不忍使親知也。

蘆笙吹徹響鈴催，花簇毬場趁月開。解帶分明如贈芍，水樓高處馬郎來。大頭花苗孟春男女擇平壤爲月場跳月，男吹蘆笙於前，女振鈴於後，情投則挈女歸，越宿而散。仲家苗春月編花毬擊之於場曰相馬郎，有所歡則擲毬相換帶，因遂奔焉。陽洞羅漢苗野外搆水樓，月夕女輒登之，謂之坐月。男子挾被往就私焉。

鬼竿跳處儘綢繆，未嫁嬌娘不解羞。檀口若教雙鑿齒，楮皮無事更纏頭。龍家苗春時植竿，野外男女盤舞擇對，謂之跳鬼竿。打牙犵狫苗女將嫁，去兩門牙，恐防夫也。花苗男子縛楮皮於額，婚乃去之。又女子在室淫奔者，父母不之禁，嫁則絶之，不可犯矣。此則諸苗類然。

馬鐙爲冠竹笠高，陟岡躐棘捷猿猱。架鷹呼犬生來慣，不畏深山虎豹號。馬鐙，龍家一種冠，形若馬鐙。蠻人男子俱戴竹笠。洞人善架鷹呼犬。

遮邀青草氣如虹，天氣陰晴把忌中。别有鬼書紀文字，捋鬚誰似大王雄。九股苗每二月屠牛賽青草大王，時多陰雨，謂之把忌。羅羅别有文字曰鬼書。諸苗喜稱大王。

燈火元宵處處明，忌門不忌整粧行。海巴倒插紅綫好，花樹前頭玩月生。紫薑苗以十一月朔爲節，自元旦起忌門，凡二七，至元宵始相往來。天苗婦女戴海巴，綴以紅綫。小種花苗，每春月立木於野，名花樹，男女羣遶跳躍，聽吹笙換帶次，晚客就私焉。

溪水如脂白雪光，女郎白足炫新粧。黄楊梳插銀簪珥，角髻峩峩一尺量。陽洞羅漢苗女盤髻插梳於上，嫁則去之。蔡家苗婦人髻甚高，若牛角然。

錦袖花裙螺髻青，巨環貫耳足娉婷。踏歌連臂採茶去，腰鼓鼕鼕處處聽。陽洞羅漢苗衣袖悉飾以錦。八番苗、仲家苗雙耳喜帶銀環，極其大。

日上蹁蹮插雞羽，風颺左右着羊裘。奪親莫笑羣毆逐，還勝登場擲綵毬。黑白苗男子插羽於首，婚則去之。僰人寒時出門披羊裘，隨風爲左右。宋家苗婚嫁曰奪親，男遣人陰迎女家，陽率衆毆逐之。

桶裙穩着稱腰身，帕裹藍花髻樣新。坐月私郎還跳月，賭歌未勝輒含嚬。犵狫苗用花裙圍腰，名曰桶裙。紫薑苗婦人用藍花帕裹髻。坐月跳月俱見前。

家親殿上夕陽西，掛掃歸來醉似泥。砍卡漫教雙淚落，春山惟怕杜鵑啼。犵狫苗親死置棺巖穴間，樹木主其側，號家親殿。仲家苗親死，宰牛以祭，孝子衣極華美，張蓋覆牛，環拜哭奠，儼似其親在者。命壻砍牛，與衆分食之，謂如是親始得超生，名曰砍卡。克孟牯羊苗親死不哭，明年聞杜鵑聲乃號泣曰：鳥猶歲至，親不復來矣。

高張藥矢毒侵膚，嘯聚空山捋虎鬚。捉白無端還放黑，金蠶飛蠱笑睢盱。黑羅羅善造勁弩，置毒矢末，沾血即死。仲家苗性陰而詭，與甲仇則綁掠乙以市，或掘乙塚嫁禍，謂之拿白放黑。又多蓄蠱毒，夜飛而飲於溪，有金光一道，謂之金蠶蠱，每用以殺人爲快。如不殺人，即反噬其主，故至戚亦必毒之，以洩蠱怒。

花樹跳花花一簇，月場踏月月三更。濃粧只愛懸珠好，霧縠爭如繪蠟精。狗耳龍家苗衣用五色藥珠爲飾，大頭花苗裳服用蠟，繪花於布，染過去蠟，則花畢現。

髻頂如椎剛不剪，髭根似草却頻芟。貫筒身手誇能好，驟馬持標不暫閒。剪頭犵狫男女俱挽髻，頂心四圍剪之，纔蓄寸許。黑羅羅苗多剃鬚留髯，又喜演標鎗，彼此挾竹筒脅下，驟馬飛鎗，以貫筒爲勝。

酒啐蘆竿疑翠杓，米和牲骨勝侯鯖。行頭要得歡情浹，鏜鞳一聲銅鼓鳴。黑羅羅釀酒於盎，插以蘆竿，啐飲之。仲家以牛馬雞牲骨米糝和之作醋，至酸鼻爲佳。苗人歲時召親戚俱撾銅鼓，爭訟不入官府，推其屬之公正善言語者曰行頭。

層層洞錦闘文繡，片片山茶販月團。家食漫嗟鮮粒少，半供賓客半輸官。陽洞羅漢苗婦人養蠶織錦。白羅羅苗以販茶爲業。花苗食麥稗雜蔬，間有稻，皆儲以待正供，或享賓，少有穀食者。

木生九子盡爲龍，荒怪難詳耳目中。遁水遠浮三節竹，金籠近蓄九香蟲。九香蟲，久服令人輕身，出畢節縣。

石田磽确苦菑畬，採蕨資生八口舒。水滿桔槔穿井後，日温桑箔飼蠶餘。剪頭犵狫業田，善治桔槔爲灌水計。平伐苗善蠶織。

慕魁榮貴更苴尊，羅甸流傳幾葉孫。不拜不名真國老，銀鏤鳩杖拄家門。漢濟火封羅甸王世長其土，勒四十八部，部之長曰頭目，其等有九，曰九杫，最貴者曰更苴，不名不拜賜銀鏤鳩杖，僭擬師保，凡有大事取決焉。更苴之下，則有慕魁及勺魁罵色黑乍等，皆有職守。

唐家供奉遷流後，漢代唐蒙畧定遥。何似蔣侯新樂府，風流乞與百蠻謡。

右竹枝詞所咏悉本舊聞，自入國朝沐浴王化已及百年，苗風丕變，語言服習不至盡如是篇中所云云矣。丙寅冬自識。《碧山堂詩附》

清人詩集敍録卷二十四

東寧雜詠一卷　紀巡百韻一卷　西游小稿一卷　光緒元年重刻本

夏之芳撰。之芳字筠莊，號荔園，江蘇高郵人。雍正元年進士，改庶吉士。授編修。官監察御史。六年，渡海巡臺灣，兼視學之任。七年，任滿復留。八年，巡太平倉。十三年，巡視山西，以漕牘舊誤鐫級歸。乾隆初年起補浙江道御史，掌河南道事。歸里，不復出。十二年卒，年五十八。事具程晙撰《墓誌》及夏之蓉《半舫齋編年詩》中《哭筠莊兄》詩。在臺撰《東寧雜詠》一卷、《紀巡百韻》一卷，巡晉撰《西游小草》一卷，雍正間即有合刻本，乾隆五十九年，夏長源複刻之，嘉慶十年修版。今所見爲光緒元年玄孫夏銘孫第三次刻本，傳本亦稀。臺灣地分南北兩路，秋冬之際，例應南巡。之芳凡遇一邑經一社，必留意山海形勢險隘之處，其人民土風有可紀者，必博爲諮訪。三卷中以《紀巡百韻》最可取。別有《海天玉尺編》，爲臺灣課士文録，亦可參考。

紀巡百韻　一百首録十五

弔古攀今孰請纓，功成襄壯令嚴明。笑他僞鎮稱仁武，竊向潢池學弄兵。施公琅以開臺有功，謚襄壯侯。僞鎮劉國軒屯兵於城北，名曰仁武鎮。

流移到處愁人滿，蜂擁蟻行簇馬蹄。雜沓連炊渾不詑，由來十室九無妻。臺地丁男不下百萬，有眷口者十之一二。故單丁類聚甚夥。

牛車無日不當官，没字郵符顛倒看。踏水衝泥何限苦，忍教横撻更無端。苦車謡。聞兵胥尤多肆虐者，近乃飭令嚴禁。

亟其乘屋畚于茅，剉竹編藤縛作茭。羣力相扶成頃刻，架空結蓋覆堂坳。作室必先結頂。成而後，架以爲屋。一家作室，衆助之，不日可就。

禾間新結貯新禾，廩上垂垂櫛比多。憐取窮年辛苦意，一莖一穗手挼挱。禾熟不用刀刈，皆婦以手摘取。作茅屋一間，連莖懸之屋内，謂之禾間。

鋤田捕鹿洽婚姻，樂事相尋滿社春。嚼得甕頭姑待酒，木瓢椰椀競奇麟。酒皆婦女嚼米爲麯以釀之。越五日即熟，曰姑待酒。每逢宴會，必羣坐地上，用木瓢椰椀，酬飲爲樂，名曰奇麟。

耳畔璫璫項下珠，手環纍纍鬬魁珠。問渠何計多華飾，衹把螺錢論有無。男喜着手釧，不問銅鐵，以多爲勝。其俗自製螺錢，與外人交易。

金梭輕擲夜深聞，獨木虚中杼軸分。織就天衣無殺縫，戾毛五色達戈紋。婦織布以獨木廣五六尺者，虚其中爲機。織毛爲五色，曰達戈紋。

琴簫閒鬬草寮隅，納幣先將搭搭于。牽手十年成好合，彩旗高坐耀通衢。聘女以花草作箍相遺，名曰搭搭于。其婚姻曰牽手。夫婦果多歷年月不離異者，卽高筏結彩，坐婦于上，迎賀社中。

男拔髭鬚女繡頤，乍逢鑑貌盡多疑。雕題鑿齒徒矜尚，未解雙蛾夜畫眉。男女皆必去毛。北路女更有刺嘴如鬚髯者。

西螺十里接東螺，盤屈深溪間小坡。社社層臺高架屋，覆茅穿穴似蜂窠。西螺以上諸社，皆築臺架屋，各留矮户，以便出入，如鵲巢云。

南北行人樂自如，裹糧無事問儲胥。逢村供食羞論值，誇道醇風似古初。臺俗少行。店客至，不問生熟，皆供黍止宿，以爲大方。

閩人輕惰粤人勤，墾置田園内外分。占籍莫嫌多客仔，曾殲朱祖作前軍。臺皆閩粤人錯處。凡粤人莊田指曰客仔莊，又曰内莊，與閩人氣味各别。辛丑之變，兩不相容。朱一貴原名朱祖，其前軍爲粤人所覆。

袤延南北野田寬，臺邑中區止彈丸。料量縱横五十里，一時經界太無端。臺郡轄四縣，凡千餘里。而臺之首邑，周廻不及五十里，廣狹不均。時正議更定。

星軺迴處轉旌霓，人海無聲馬不嘶。敢道霜威堪鎮俗，長思濤靜木城西。臺郡無城，以木爲之。

《紀巡百韻》

得天居士集六卷　道光間刻本

張照撰。照初名默，字得天，又字長卿，號涇南，一號天瓶居士，江蘇婁縣人。刑部郎中張櫆子。康熙四十八年進士，改庶吉士，授檢討。雍正十一年，官至刑部尚書。西南苗民起事，命爲大臣，與德希壽往督其事。到黔發帑賑濟，及倍給調兵餽運夫馬價，爲揚威將軍哈元生所劾。時乾隆登極，召照還。未幾，奪職下獄。以照爲鄂爾泰所惡，特命免死。五年，復授刑部侍郎，擢尚書。九年十二月，父彙卒於家。十年正月，奔喪，至徐州卒，年五十五，謚文敏。工書，乾隆二十二年敕編《天瓶齋法帖》十卷勒石内府。通音律，考訂《律吕正義》。善作曲，撰《勸善金科》、《昇平寶筏》，爲供奉内廷演本。殆爲清中葉重要人物，特爲書名所掩耳。撰《得天居士集》，爲道光時其從孫祥河録而付梓。應制詩居半。《書陶元亮集》、《書香山詩集後》、《小忽雷》、《題藝經圖》、《題鄒晴川小照》、《題姚範冶小像》四首，文史之題，悉能自出新意。《題東坡墨迹》、《論董書絶句》七首、題巨然、李成、董源、郭熙、黄公望、王蒙、吴鎮、倪瓚諸家山水，《題蔣南沙畫雜花》詩、《題李復堂畫册》十二首，品評書畫，高於鑒裁，頗具參考價值。照通佛理，詩中多用禪語，尤具風味。《清史稿》傳稱：及照卒，乾隆見照獄中所題《白雲亭》詩意怨望，又指照集憤疾語，諭諸大臣以照已死，不追罪。此集尚有《獄中畫梅自題》、《對簿口占》，猶可爲考證生平之資也。韓菼《還讀樓詩稿》有《題張得天司寇遺照》詩。

芙航詩襭十二卷　雍正間刻本

楊士凝撰。士凝字笠乘，江蘇武進人。康熙五十六年舉人。雍正元年年三十三，自刻《芙航詩襭》十二卷，卒於乾隆五年，年五十。首查慎行、殷元福、徐永宣、胡香昊、惲鶴生、王汝驤、杜詔序。其詩心鋭思通，才情駿發。《吴中曲》三首爲《賣荒吏》、《良家女》、《捉伶人》，諷切時事，《饑民謡》、《苦熱行》、《田家行》，頗悉民間疾苦，均爲合於時而作。又有《鳳簫曲》、《閱湯義仍邯鄲傳奇戲和元微之夢游春七十韻題其後》、《春江行》、《秣陵懷古雜詩》，以綺麗爲工。士凝爲徐永宣甥，受學於胡香昊。與張大受、何焯、顧嗣立、張尚瑗、高不騫、莊楷、華希閔有交往酬贈。《論文七十韻》、《題義山詩後》、《昌谷集》、《戲傚元遺山論詩絶句三十八首》，亦可擷采。論李攀龍云：「例準東陽律四聲，俚音凡響齒牙輕。應將舌滴杯中血，徧灑東南齟齬生。」自注：「于鱗初作詩操齊音，有竊笑之者。時方飲酒，卽齧舌血滴杯中吞之曰，後再犯當盡割吾舌。」視今之孟浪成句者何如。」論錢謙益云：「大夫亡國千行淚，只欠西山一首歌。」亦婉而有諷。

畫溪詩集一卷　乾隆二十九年刻本

徐崑撰。崑字國山，號遯菴，江蘇武進人。雍正元年舉人。考授中書。五年，發温州同知，擢湖州知州、金華知府。乾隆二年罷官。十五年，復起用山東平原，守曹州。二十六年卒，年七十一。爲宦多平冤獄，民咸稱頌。殁後，其子鈞刻《畫溪存稿》二卷，内詩一卷，文存稿一卷附《家傳》。詩皆康、雍間作，三十以後，未存稿。與同里邵長蘅唱和，觀《次韻邵青門靈隱紀游六首》，可見交情。《題唐芑野遺照》注云：「芑野著《季漢書》，以昭烈爲正統。」芑野名惲宸，亦同邑先輩。《讀昌谷詩集》，可見論詩一斑。《舞叉行》，爲武林史料。崑父颺廷，康熙間亦任州縣。此集附《家傳》紀事頗詳。按其生平政績，不失廉吏，乃終棄山林，未得申志，可憾也。

長吟閣詩集十卷　乾隆十八年刻本

黃子雲撰。子雲字士龍，號野鴻，江蘇崑山人。居吴縣。布衣。少受業於徐昂發、金文淳。康熙五十五年，陳夢雷爲《古今圖書集成》館總裁，聞子雲名，招共纂修。子雲渡揚子江作詩云：「景物時遷變，帆檣日往還。一江波浪裏，百代是非間。風動將崩岸，雲連欲斷山。遥遥撫今昔，搔首髩毛斑。」夢雷覽之，矍然曰：「是當襄陽《洞庭》、杜陵《岳陽樓》並有千古。」五十八年，隨徐葆光正使册封琉球，作《帆海行》、《麻力嘆》海船艙名、《大洋》、《次那壩》、《册封禮隨使臣至中山王第禮成慶讌南宫》、《阮正議大夫宅古松歌》多首。又以風土物候見聞，爲《中山紀事二十首》。雍正間，入贛粤。乾隆間游於江浙山水間。撰有《野鴻詩的》行世。是集詩編年迄乾隆十八年，以康熙戊子四十七年年十八詩計之，年當六十三。次年卒。蕭翀撰弁言，稱子雲未應鴻博，世以高士目之。集中《慈谿行》，記雍正二年大水。《賣兒吟》、《貧居雜詠》，悉於民生艱苦。《哭何焯義門》、《楓江徐師輓歌》、《王翬畫蔣深繡谷圖題贈四百字》、《吕華墨竹歌》，及與沈德潛、張宗蒼、盛錦、黄叔琳、毛曙、王澍、程垕、鄭江、沈景運贈答，生平交游，約畧見之。《蓮花洞雜詠十四首》、《舟行望南韶諸山》、《粤中雜詠》、《望黄山》、《惶恐灘歌》、《金陵懷古》、《華山八詠》，時盡登覽之奇。《寺人劉若愚歌》，於明宦官劉若愚撰《酌中志》極爲表彰。《登南京無量殿》謂費貲十七萬九千金。《唐生印還自日本贈蕉絹投報二十六韻》、《海鶻行》、《蔣子空木刀歌》、《題元阿爾粺畫鷹》諸作，不無掌故可摭。

中山紀事

余來荒徼，凡土風物候，偶有見聞，輒吟一絶。留滯九閱月，檢行笥中得二十首。詞無詮次，句不雅馴，編諸卷内，庶採風者有擇焉。

滄溟萬里限華夷，轉眼安危未可知。一髮青山天外出，滿船人是再生時。

針車東指過雞籠，盡日靈旗五兩風。夜半遥山候火集，海天萬國盡曈曨。土人度封舟將近，夜集諸山，燃火以候。

淵淵鼉鼓引龍軺，使節爭看自九霄。士女口碑沿習久，中華仍説大唐朝。昔唐太宗征琉球，國人畏服，因呼天朝爲唐朝，人爲唐人，至今不改。

真玉橋過守禮村，鸞旂十里入宫門。陪臣隊裏王孫出，九頓亭前謁至尊。

仙樂聲中寶册開，邦君蟒玉拜塵埃。殿前咫尺天威在，手爇爐香問候來。禮成後王跪問聖躬萬福，使臣亦答曰聖躬萬福。

三旬六日餽華筵，敬事天家禮數全。五鼎日烹渾不覺，居民蔬食已三年。請封後，國中無故不殺牲，牧養雞豕以待。

林巒罨畫鏡隄長，沙鳥閒眠曝夕陽。蕉緑滿園秋帶雨，幾家烟火髑顱牆。石似髑顱，家家累石爲牆。

王家邸第枕山頭，百里風烟一望收。島嶼周遭三十六，水程半萬盡琉球。琉球轄有三十六島。

舜天土俗代相承，服制初看卻悮稱。束髮夷童呼作婢，不冠醫士認爲僧。童子十六歲已上，始薙髮。醫士髡頂。

麻衣草屨任愚頑，野老相邀席地攀。太古遺風今已邈，尚留一綫在中山。

翠篠籬垣黃草扉，洹花邨巷轉霏微。山家地僻無貧富，番薯爲糧蕉作衣。

崇元香火一千年，圓覺宗祊十四傳。獨有山南並山北，故宮秋草上青天。崇元寺追祀舜天圓覺寺，即郎中山家廟，始於尚圓，至今十四傳矣。

玉貌檀郎捧玉壺，十三名號薩多奴。春心未解眉尖擲，侍奉深宮一事無。宮中無内豎，官家子十歲上入宮供灑掃，號薩多奴，年十六，令還家。

年少頭銜若秀才，官家子弟遞相推。三年就塾通華語，紫綬黃冠入貢來。官家子居久米村，未薙髮，爲若秀才附學肄業，讀孔孟書，稍知義理。通華音，即擢取爲通事，冠黃冠，令其入貢。

凌波無襪亦生塵，風動羅襦不隔春。雲髻斜梳簪玳瑁，錯教嫁得等閒人。女子皆跣足穿草屐，不著褌，衣服無帶，以手捉襟而行。民家玳瑁簪，宦家用金銀。

兩兩金童舞袖垂，大家爭唱直蘇詞。橫簫聲裏蠻音悮，顧曲周郎亦不知。阿直蘇，夷歌起句，男女多唱此曲，不知所指，大意是頌中華語。土人呼笛爲横簫。

風吹紫陌動芳塵，桂子梅花相映新。白帝青皇俱不管，小山大嶺一時春。

牙旂小隊兩邊開，夾道紅冠盡秀才。一簇黄塵山下至，竹筐盛著大夫來。大夫乘輿，輿形似筐，横穿一木于上，人居其中，若吾之擔物然。

若町東去是唐營，中島長虹取次行。三十六家吟復醉，道逢童稚亦知名。洪武時令中國三十六姓居王城外，教以禮義，通華音，後遂家焉。

居人解讀漢文章，俎豆依然奉素王。千百年前浮海嘆，聖心早已屬東方。孔廟在守禮村，四時致祭。

《長吟閣詩集》卷一

米堆山人詩鈔八卷　乾隆七年刻本

張揆方撰。揆方字道營，一字同夫，江蘇嘉定人。康熙五十六年順天舉人。父雲章，有《樸村詩鈔》。是集首張鵬翀、高不騫、沈德潛序，内《百花小吟》，選刊三十首。又有題畫雜題。而如《韋蘇州祠》、《茅山進香曲》、《濟寧太白酒樓》、《茸城四首》、《太湖石》、《訪鈍翁先生故址》、《丁卯橋懷許渾》、《恭壽杖歌爲虚舟丈賦》、《甓社湖泛舟》、《米海岳露筋祠碑》、《明景帝陵》、《鎮南將軍蟒公祠堂》、《憫忠寺》、《諸葛銅鼓歌》、《魏閹墓》、《謁孔林》、《獅林歌》、《萊陽二姜先生祠堂行》、《題侯朝宗集》、《韓蘄王建牙雙碣石歌》、《秦國公石歌》，内容淵富，亦文亦史，不專以詠物爲工。生歲據《庚申五十》詩，爲康熙三十年。與王澍、杜詔、陳祖范亦有寄贈。餘則與二三同志倡和，而生平未嘗就仕也。

江聲草堂詩集八卷 乾隆十九年刻本

金志章撰。志章初名士奇，字繪卣，號江聲，一號安遇居士，浙江錢塘人。館龔翔麟家，盡讀其藏書，又隨之游粵西。雍正元年順天舉人。由内閣中書遷侍讀，出爲直隸口北道。罷歸，與西湖詩社諸子唱和。所撰詩、文、游記稿皆燬於火。晚年取燼餘稍加銓次，追憶舊作，存詩八卷，卽此本也。是集首自序，卷一曰《敝帚集》，卷二曰《梅東集》，卷三曰《始游集》，卷四曰《鏡中集》，卷五曰《楮窗集》，卷六曰《谷雲集》，卷七、八曰《漁浦歸耕集》，詩共八百二十六首。志章好游山水，《始游集》詠桂林名勝，佳作甚多。《谷雲集》詠塞北朔風秋草，歷在目前。《越游雜詩》三十二首，《蔚州雜詩》六首，《湘中雜詩》六首，詞氣清堅。《四庫存目》稱其詩「五古多近蘇軾，七古多近温庭筠，近體多近陸游、范成大」，亦不盡如所云。如《讀後漢書十首》，爲蔡邕、李固、李燮、王丹、申屠蟠、蘇不韋、范滂、趙壹、胡廣、郭泰，各加月旦，足爲讀史之助。《回樹亭觀唐明皇磨崖碑》、《鈴山行》、《岔道射虎行》七古歌行，豪情盛氣，勃勃紙墨。見沈德潛《别裁》。晚作西湖詩，歸於冲澹，不名一家。所接詩友，爲周京、顧之珽、朱樟、丁敬、鄭江、全祖望、施安、吴城、沈廷芳、翟灝、汪啟淑、吴焯，以及滿洲舒瞻，方外讓山、明中等人。其行輩與厲鶚、杭世駿相亞，厲、杭集均有贈詩。嘗築江聲草堂，作歌紀事，好事者繪圖題詠甚衆。

小蓬亭詩草六卷　道光二十九年刻本

陳學典撰。學典字潛厓，廣東海陽人。康熙五十九年舉人，官甘肅金縣知縣。此《小蓬亭詩草》爲其孫廣澤所刊。據廣澤跋云：「僅得康熙十二年至雍正十年詩六卷，而雍正十一年至乾隆十三年詩皆散失，故出宰金縣，山川、風物、宦蹟皆無可考。」又云：「潛厓爲蓮山曾孫，蓮山詩吴次尾、施閏章皆稱之。潛厓之父硯村，康熙二十年舉於鄉，司鐸曲江連州，教授端州，潛厓雍正八年北上，硯村捐館端州，有《蓮亭偶存》，故潛厓稱小蓬亭。」集中有燕游、杭游詩多首。依戊申詩「我行四十欠三年」句推之，當爲康熙三十一年生。卒於乾隆十三年，年五十一。又本書唐若時舊序，作於乾隆己巳，謂「陳生于讜持其尊人潛厓公詩稿求序」，學典卒年益明。《晚晴簃詩滙》選其詩於卷二百二，小傳稱，「乾隆庚子四十五年舉人」，蓋誤推甲子一周之誤耳。卷首黄釗序，當作於道光間。

樊榭山房詩集八卷續集八卷　光緒十年汪氏振綺堂重刻本

厲鶚撰。鶚字太鴻，號樊榭，浙江錢塘人。少孤，家貧，其兄賣淡巴菰爲業以養之。將寄之僧寮，不可。補生員。康熙五十九年舉人，會試屢報罷。乾隆元年應博學鴻詞，放歸。卒於乾隆十七年，年六十一。杭世駿等人集有悼詩。鶚博洽羣書，尤精兩宋典實。著《遼史拾遺》、《宋詩紀事》、《東城雜記》、《南宋院畫録》，又與同社作《南宋雜事詩》，與查爲仁同撰《絶妙好詞箋》。爲詩用意既超，徵材尤博，别創一格。兼長倚聲。南北壇坫，奉爲盟主。詩文集初爲乾隆間家刻，《四庫全書》著録。此光緒十年重刊本，首全祖望撰《墓碣銘》，吴錫麒撰《墓田碑記》。附汪曾唯所輯《軼事》，及未刊詩詞、迎鑾新曲，並載杭世駿、汪惟憲、吴焯、王昶、陶元藻、袁枚諸家評論，爲最足之本。鶚爲西湖詩社巨子，天津查爲仁水西莊酒朋，揚州馬氏小玲瓏山館上客，交游詩人最夥。五古《曉登韜光絶頂》、《宿水興寺》、《曉至湖上》、《游西山龍泓洞》、《冷泉亭月夜》、《泛舟西溪看梅》、《宿皋亭山下田家》、《雪中西溪歸舟》、《遊艮山》、《行田至荆山嶺下作》、《夜宿松靄山房》諸篇，吐屬嫻雅，幽新雋妙。王昶所云「取法陶、謝及王、孟、韋、柳，而别有自得之趣者」是也。七古《重游洞霄宫探大滌洞天》、《同青渠抱樸游惠山》、《泰安道中望嶽作歌》、《試天目茶歌》、《開平王孫種菜歌》、《揚州清明有感》、《焦山看月》、《月夜謁分水廟作》，清迥絶俗，格調遒上。七律《秦淮懷古》，哀豔蒼涼見張維屏《聽松廬詩話》。《論詞絶句十二首》、《和沈房仲論印十二首》，尤爲卓絶。題圖詠古之什，如《題顔魯公麻姑仙壇記》、《米海嶽顔魯公祠堂碑拓本》、《陳洪綬合樂圖》、《題金檜卣江聲草堂圖》、《觀蘇漢臣歸象圖》、《題唐子畏畫韓熙載夜宴圖》、《厭勝錢拓本》、《游龍興寺觀唐開成陀羅尼石幢》、《題大宗松吹書堂圖》、《宋徽宗鸜鵒圖》、《趙忠毅公鐵如意歌》、《題敬身所藏崔子忠伏生授經圖》、《韓滉五牛圖》、《杭郡庠掘地得蘇文忠公表忠觀碑宋刻二片》、《和吴敦復題宋刻丁卯集後》、《抱雲峯》並序、《觀蜀廣政石經殘本宋廖瑩中世綵堂刻韓集作》、《題沈石田蹇驢覓雪圖》、《漢銅雁鐙歌爲半槎賦》、《唐北嶽廟李克用題名碑拓本》、《浮山禹廟觀山海經塑像》、《洪熙古刺水歌同全榭山作》、《宣德窰青花脂粉箱歌》、《題朱鹿田蘇門灌畦歌》、《李迪秋原放牧圖》、《魏景初帳構銅歌》、《讀五代史》、《羊流店拜羊太傅祠》、《歸雲菴拜孫太初墓》、《吴山詠古詩》、《讀唐摭言》、《碧山草堂椽筆歌》、《南池拜杜少陵祠》、《炭塹二十二韻》，皆窮探原委，曲折盡致。後來談藝家爭相傚之。張維屏云：「總由胸有積書，是以語多雋味。」《聽松廬詩話》故其詩雖招尖新之譏，然以精細之思，運以淹洽之學，亦未嘗流於瑣碎餖飣也。乾隆初，杭世駿詩體備且精，集其大成，厲鶚獨立門户，一時無兩。上承朱、查，下啟袁、蔣，秀水錢載、北平翁方綱等習宋首領無不心折。其間嬗遞變化，必有能辨之者矣。

論詞絶句十二首

美人香草本離騷，俎豆青蓮尚未遥。頗愛花間腸斷句，夜船吹笛雨瀟瀟。

張子野柳耆卿詞名枉並驅，格高韻勝屬西吴。可人風絮墮無影，低唱淺斟能道無。

鬼語分明愛賞多，小山小令擅清歌。世間不少分襟處，月細風尖唤奈何。

賀梅子昔吴中住，一曲横塘自往還。難會寂音尊者意，也將綺障學東山。洪覺範有和賀方回《青玉案》詞，極淺陋。

舊時月色最清妍，香影都從授簡傳。贈與小紅應不惜，賞音只有石湖仙。

頭白遺民涕不禁，補題風物在山陰。殘蟬身世香蓴興，一片冬青冢畔心。《樂府補題》一卷，唐義士玉潛與焉。

玉田秀筆遡清空，淨洗花香意匠中。羡殺時人喚春水，源流故自寄閑翁。鄧牧心云：張叔夏詞本其父寄閑翁。翁名樞，字斗南，有作在周草窗《絶妙好詞》中。

中州樂府鑒裁别，署仿蘇黄硬語爲。若向詞家論風雅，錦袍翻是讓吴兒。

送春苦調劉須溪，吟到壺秋羅志仁句絶奇。不讀鳳林書院體，豈知詞派有江西。元《鳳林書院詞》三卷，多江西人。

寂寞湖山爾許時，近來傳唱六家詞。偶然燕語人無語，心折小長蘆釣師。朱竹垞檢討《靜志居琴趣》中語。

閑情何礙寫雲藍，淡處翻濃我未諳。獨有藕漁工小令，不教賀老占江南。錫山嚴中允蓀友《秋水詞》一卷。

去子雙聲子細論，荆溪萬樹得專門。欲呼南渡諸公起，韻本重雕菉斐軒。近時萬紅友《詞律》嚴去上二聲之辨，本宋沈伯時《樂府指迷》。予曾見紹興二年刊菉斐軒《詞林要韻》一册，分東紅邦陽等十九韻，亦有上去入三聲作平聲者。《樊榭山房集》卷七

泛槎吟不分卷　乾隆十八年刻本

張有瀾撰。有瀾字西清，江蘇武進人。貢生。乾隆九年尹繼善指派經理西陲市易，歷九年事竣，而有此

吟。書有尹繼善、陳宏謀序。尹序云：「庚午予令西清襄贊王筠齋諸務，癸酉事竣，年逾花甲，尚欲入闈應試。索閲時文，音節宏亮，知其成均冠軍，未獲一第。」此集詩自京城而西安，而蘭州，過張掖、酒泉，逾西寧，所遇山川都邑祠墓，靡不摹寫。唯互市情形，轉寥寥耳。

春日佛山寺作戊辰　西寧郡城南四十里。俗名塔兒寺，爲黄衣僧祖庭。

青海孤懸一郡開，尋春古刹漫徘徊。莊嚴法界純金殿，西藏王子範銅爲磚瓦，鎏以黄金，作大殿上下兩層者三楹。擁護菩提雜寶臺。倡黄教之宗喀巴，其胞衣上生菩提樹一株。青海達賴黄臺吉以黄白金三裹之。梵字旗旛文莫識，裸形圖像理難猜。再生幾世無須詰，聊借招懷絶域來。《泛槎吟》

蔗塘未定稿詩九卷　乾隆八年刻本

查爲仁撰。爲仁字心穀，一字成甦，號蓮坡，直隸宛平人。查氏爲海寧望族，爲仁以科試占籍宛平，而居於天津水西莊，遂家焉。康熙五十年年十九爲舉人第一。是年主試者爲趙申喬，以革銅商事，與執金吾陶和氣相水火，欲甘心焉。謂榜首固富人子，且少年名不出里閈，是奇貨可居，遂鉤致以興大獄，爲仁當死罪。《畿輔詩傳》卷二十九小傳。繫獄八年，既釋，復築花影菴，貯書萬卷，南北名士，多延主其家。嘗與厲鶚同箋《絶妙好詞》。卒於乾隆十四年，年五十七。撰《蔗塘未定稿》，厲鶚序。分《花影菴集》、《無題詩》、《是夢集》、《抱甕集》、《竹邨花塢集》、《山遊集》、《賞菊倡和詩》七集。陳鵬年、查慎行、王霖、符曾、萬光泰、汪沆、張照各爲之序。附《押簾詞》、《花影菴雜記》、《蓮坡詩話》及其室金至元《芸香閣賸稿》。爲詩冷雋，意境深遠。查慎行序云：「猶子心穀，從患難中發憤著書，後與名流文字結契，造詣日深。」王霖《弇山詩鈔》卷六有《咏豹》云：「蘭爲香遭爇，膏因明自煎。文章人共忌，毛羽爾何妍。隱跡計非左，留皮誰見憐。所嗟狐鼠輩，亦不保天年。」自注：「爲查蔗塘作。」蓋亦刺趙申喬也。張照有《至花影菴》詩。

直沽種稻詞　八首

連畦接畛水田開，盡是楓宸擘畫來。不惜水衡錢億萬，總期鼓腹到春臺。
極目平疇方罫成，饒田滮滮水泉鳴。杏花蕚破林鳩喚，齊趁東風叱犢耕。
婦饁男耕望歲豐，如墉行見奏三冬。茅簷尚廑深宫慮，又詔江南送老農。
雨餘沙磧淨無泥，一色秧針緑滿畦。閒跨烏犍來柳下，深村忽聽午雞啼。
長夏霏霏雨似烟，不愁旱魃裂畬田。農家況傍河干住，吠蛤聲中自在眠。
穲稏如雲望不窮，泥沽西去葛沽東。築場處處多遺穗，長笛圓鼙賽社公。
西成比户慶倉箱，紫玉炊來滿甑香。共話昇平好時節，五風十雨樂穰穰。
纔看九穗又雙岐，斥鹵從今不阻飢。聽取年年歌帝力，直沽風景似豳詩。

墨麟詩卷十二卷　雍正間刻本

馬維翰撰。維翰字默臨，號侶仙，浙江海鹽人。康熙六十年進士，官工科給事中。雍正間出爲四川建昌道。乾隆初官江南常鎮道。五年卒，年四十八。此集無序跋，莊秉中題詞。各卷以《舟甫浦偶存稿》、《計偕集》、《歸省集》、《跨驢集》、《司勳集》、《柱下集》、《黄門集》、《劍南廉訪集》名之。詩共一千零四十首。集中弘字不避諱，當爲雍正時刻。《四庫存目》著録。沈德潛見有集杜詩，《别裁》選《九折坂瀘定橋》，自注「用杜詩木皮嶺石櫃閣韻」，遂謂其詩學杜，可謂循牆走矣。今觀《戴烈婦詩》、《猓猔小女歌》，均極悽惻，與少陵殊不相類。《讀史偶成三首》、《題宋四家詩》東坡、山谷、放翁、石湖、《海上雜詠十五首》、《登鷹窠頂放歌》、《書漁洋山人精華録》、《湖州雜詩》、《題諸家詩後》、《日本刀歌》均能鎔鑄衆長，各有所得。入蜀後詩，狀寫山川詭變，古蹟民習，尤爲駘蕩。《五丁峽》、《度劍閣》、《蜀中偶成》、《臨邛雜詩》、《益門鎮》、《柴關嶺》、《觀音碥》、《雞頭關》、《中巖五詠》、《大邑書事》、《渡郫水歷邛南諸山》、《鐵索橋行》、《雅州雜詠四首》、《犍爲雜詠十二首》、《三蘇祠》、《自振衣岡循千佛崖次夾江縣》、《大渡河》、《自雅州至打箭鑪》、《峩眉行》、《自河西歷威龍諸蠻砦即事》，其至者往往使人驚心怵目。《别裁》選《大喇嘛寺歌》，尤爲全集魁壘。祧唐祖宋，其詩奇氣鬱勃，且多拗硬之句，蓋傚法昌黎，結習近蘇、黄間，不在同時習宋諸家之後也。

狜猔小女歌

杜上舍房芝西征具記小女事，附長歌焉。沈員外子大集中亦有詩，殊近香山，並誇許孝廉子遜作工甚。邸窗率和，呈杜沈兩君。其間傳會稍異，亦欲覽者了然緣起，知俠客多情，非直嬿婉之私也。異日晤子遜當互易觀。

狜猔六月草不春，中有小女傳天人。上曰輪璣下貝母，明珠瓔珞垂滿身。織成蕃罽光如錦，氎得蠻鞾緻勝銀。阿敦多目盛部落，匝立相看不動塵。定鐘夜打離埃垢，莊嚴相好晨稽首。二十不足十五餘，親繙梵夾伽登咒。是時西藏大黠兵，千乘萬騎雲南行。跋扈將軍正驕恣，虞芮適有閒田爭。元戎小隊橫飛電，一綫紅塵催督戰。公琰名原埒武侯，特借行營揮羽扇。通事傳宣德勝橋，金雞色黯馬蕭蕭。千人匿走一人去，杜郎大膽刀在腰。仄磴延緣逾緬甸，毳障團團插弓箭。黑風亂捲赤豹旗，黃雲直裹銀獅練。朝暾何處詫嫣然，路入仙源不暇憐。羣道落龍牛女宿，長嗟必兔穹廬天。落龍橋土人云即鵲橋，相傳是張騫乘槎見牛女處。必兔地名。大星欲墮無生氣，鼓聲不上空歔欷。悽涼馬革急行裝，一軍掩面皆流涕。杜郎倜儻真不羈，昂藏四顧單騎馳。據鞍獨問來滇路，垂橐還吟出塞詩。蜜塗搖野一千里，插天地脊高無比。怒江依舊撼昆侖，雪山至竟飄臨來。蜜塗譯言花也。自木魯烏蘇而南，綿亘數千里，至緬甸插入南海，高莫可比，乃天地之脊也，自此而西則山勢層疊直下，至拉撒即中藏也。元人有《岡脊黑水辨》怒江以晝夜激盪故名，臨米近小雪山。砂床丹洞已蒿萊，大天竺有丹砂洞，石篆老子煉丹處。何處相思不可灰。闌干十二知誰倚，中甸要道只尺許，連折十二層而上，名十二闌干，上舍有句云：危灘奔一綫，峻嶺恐闌干。亂灑秋霖兩耳來。七林猔狺地一路丁默雨，此是含矑愁絶處。逆旅寧忘陌上羅，閲人正識揚州杜。者迷、葶緑意俱降者迷，葶緑小女二姊名，小女低眉更不雙。木瓜呀步前親問，從此葳蕤懶瑣窗。小女居佛堂，側有窗，夜則扃焉。木瓜呀步譯言郎體佳勝。三生石上原前定，温泉瞰浴偏工病。酪漿跽進與人魂，珊瑚摘獻通人性。珊瑚，狺猔所産果名。性通魂與款殷勤，眼底明駝奈陣雲。憶到關山多有恨，啼來宛轉總難聞。無端雙屩臨風活，颯颯黄沙飛木末。十日須臾竟慘離，千年永遠成睽闊。一百八顆摩尼珠，口脂面藥相沾濡。臨歧脱贈昏如夢，曾挂當胸今在無。茫茫磧地天蕭瑟，萬里歸來事難述。酒醒淚點濕青衫，眠起窗痕照紅日。良宸花月訴羈懷，燕子呢喃簾乍開。仿佛下賢辭壻館，依稀仲晦話瑶臺。司封我友詞妍悦，疇昔結交寸心血。冰寒鳳咮事抽毫，風澹鶴廳恣穿穴。塞外蒲萄架上紅，月中修嫮天邊白。關卿何事直刁騷，動我閒愁致嗚咽。緑葉如今陰那枝，人生容易鬢成絲。沈郎雖瘦多情在，悵爾飄零杜牧之。《墨麟詩卷》卷六

吾友于齋詩鈔十二卷　乾隆十年刻本

張錫爵撰。錫爵字擔伯，號中巖，江蘇嘉定人。寄居吴江。貢生。肄業太學。甚能詩。刻《吾友于齋詩鈔》十二卷，七百六十二首。有乾隆六年八十五翁高不騫序，稱錫爵爲「東吴詩家」，與張雲章在伯仲間。又有朱稻孫、張雲章序。據卷十一《甲子除夜口號》云：「明年半百又加三。」是爲康熙三十二年生。其詩經張大

受指授，而大受學詩於汪琬，殆爲韓、蘇流緒。《四庫提要》稱酷摹王士禛，亦往往得其一體。《擬樂府》五首歌詠民風。《秦郵雜詩》、《玉熙宮遺址行》、《萬峯臺歌》、《支硎山》、《踏車行》、《謁韋公祠》，筆力健舉。《焦山古鼎歌》、《詠明史八首》、《讀元史五首》、《讀高季迪集》、《題吴漢槎秋笳集》、《秋齋客至剪燭論詩偶及近代詞人漫成絶句三十首》，可見淵源有自。題圖之什最勝，若《吴漁山雲壑雙松圖》、《明宣宗子母雞圖》、《王石谷天香高歌圖》、《長江圖》、《程松圓補摩詰詩意畫册》、《明朱白民畫竹》、《夏太常墨竹》、《王叔明天台飛瀑圖》、《倪雲林平岡古木圖》、《徐俟齋先生畫册》、《金孝章父子墨梅》、《題陳喜畫》、《宋高宗瓜疇絡繹圖》，以及《睡足菴點蒼石屏歌》、《陳芷洲古藤齋印譜》、《宋比玉八分書册》、《周晉瞻製山水竹筆斗歌》，殆爲宋元明清美術史料。詩多記事，《過西林菴卽事》，爲黄淳耀殉難處。《碧雲寺魏墓》，追溯康熙辛巳四十年張侍御請毁奉旨剗平事。《紀事》載侍御沈廷芳請除王振香火院。又作《讀練音續集偶感邑中遺事題六絶句》，《讚七君》爲陸元輔、張銘、趙俞、孫致彌、侯榮、王度、張雲章，均屬有關嘉定地方資料。《贈高待詔槎客先生》、《哭朱徵士以載》、《謁林古度故居》、《貽浦方山陳芷洲》、《尋汪氏堯峯山莊》、《輓金昂千》、《哭南華先生》，亦載遺聞。王昶《蒲褐山房詩話》猶見其晚年，見《湖海詩傳》，有選詩。

題陳喜畫　按金陵《顧氏畫譜》：喜北直人，正德間中貴，讀書好文，謙和秀偉，工於繪事，乃中貴内顔孟也。

正德年間閹亂政，御世法王號大慶。中星動摇日氣昏，八黨四家爭竊柄。喜也何人獨退恬，驅使雲烟養情性。古樹參天過雨寒，蒼藤拂面垂條夐。潺潺流水瀉陽岩，濯濯仙芝長陰磴。巡遊四出正騷然，寇盜中原復恣横。人間何處有閑田，籬落寬平雞犬靜。斜陽偶語商山儔，物外逍遥長獨醒。傳聞明代内書堂，史官訓迪勤且莊。明制有内書堂，設史官四員，訓小内侍。喜也質高擅翰墨，寸縑尺紙人弆藏。胸中丘壑奪造化，腕底草木生芳香。詩書教養洵多澤，宗祖法制有大防。君不見同時逆瑾粗識字，一朝肆毒裂紀綱。史載劉瑾畧通文墨，因得窺伺人主。喜能善用以藝著，不樂附瑾寧非藏。掃除同職尚知耻，何爲羶附皆冠裳。紛紛餘子不足惜，子規聲裏悲東陽。《吾友于齋詩鈔》卷十

松桂讀書堂集八卷　乾隆五年刻本

姚培謙撰。培謙字平山，號鱸香，江蘇華亭人。雍正間舉人。生平廣交海内士。好注古書，有《春秋左傳杜注補釋》、《李義山詩箋注》等書行世。殁後黄達爲作《傳》，無生年。今據其表弟王嘉曾《聞音室遺文·姚培謙先生傳》，爲康熙三十二年生，乾隆三十一年卒，享年七十四。此書卷首有康熙五十九年顧嗣立題詞，乾隆五年自序。依體分爲八卷，共六百三十四首，《四庫》列入《存目》。其詩以樂府擅長，時借以攄其不平之鳴。五言《覽古詩》一百零八首，但取二十一史列傳中足以垂世者，飾爲韻語，覽者當自得之。七古《笠澤釣艇歌》、《海舶行》、《陸文畫山水歌》、《唐玉真公主内思帖歌》，亦稱得力之作。近體則唐宋諸大家無不傚之，《海濱雜詠四首》、《獄中雜詩六首》、《詠古八首》、《苦雨》二首、《春窗雜詠三十首》，差可觀覽。餘多

無足輕重焉。

固哉草亭集四卷　乾隆間刻本

高斌撰。斌原名述斌，字右文，號東軒，姓高佳氏，滿洲鑲黄旗人。雍正間由内務府主事領蘇州織造。乾隆十三年官江南河道總督，累至文淵閣大學士。二十年卒，年六十三，謚文定。撰《固哉草堂集》四卷，有蔣振生、唐英、黄施謂、史流馨序，乾隆五年自序。高斌兄述明字東瞻，爲涼州總兵，著有《積翠軒集》，卷首有述斌題詞。高斌喜研《易》理，嘗作《讀易圖》，邀同人題詠。雅好詞章，沈德潛《别裁》稱其詩「多説理而不腐」。詠山水詩頗自放，不甚修飾而以河工詩獨勝，蓋多實測，可以參稽資證也。高斌爲著名河臣，死後與靳輔、齊蘇勒同祀，乾隆《懷舊詩》，列五督臣中。

壬戌之秋奉命兩江察賑兼勘水利九月上浣繫纜維揚聞石林工有奪河之患乃星趨赴工從事三閲月始竣工次漫興卽事口占截句二十首示在事工員呈完顔六弟卓亭　二十首

録十二

流離目擊費經營，繫纜維揚慘澹情。聞説石林河欲奪，不辭飛騎到茶城。

千夫雲集萬夫來，負土扛柴絡繹催。煢獨弱羸羣入募，寓工於賑亦栽培。

河工兵弁一齊呼，遠近聞聲星夜趨。盡道鉅工應効力，爭先恐後奮忘劬。

壩臺橛木釘層層，小緶去聲平鋪間蒜繩。上下測量分寸合，一聲鑼號看先登。將捆埽先築壩臺。次排釘橛木。用攀繩纜以葦柴。用石滚壓匾，編作長辮，曰小緶。平鋪壩上，間列長繩，滚捲成埽，則捆裹緊密。

揪頭結貫埽心間，一捲成圓重似山。十丈長繩連竿木，行條勾纜互相關。先捆埽心，扣結連貫兩頭總繫曰揪頭，最吃重。用蒜繩有至三四十條之多者，以極長大木牽埽上，以憑推拽，曰竿木。以杉槁列埽底，以便滚動，曰行條。長繩勾攀橛上，曰勾纜。

後推前拽集千夫，齊聽鑼師振臂呼。將到沾唇聲更急，臨深涉險盡堪圖。埽師立頂上，以敲鑼爲號。千夫仰聽指揮。大埽推撼動，埽師隨滚移步，奮力疾呼。到邊入水曰沾唇。

紮枕鑲眉帶帽頭，細填埽眼最先籌。一層柴壓一層土，騎馬繩須中路勾。埽方着水，以細捆柴束簽釘前面，以便平壤，日紮枕。兩邊鑲齊曰埽眉。橛木勾繩俱令上扣，曰帶帽。埽縫空隙處以細草填實，曰填埽眼。以十字木勾繩置中間，曰騎馬。

埽臺可奈值浮淤，老弁猶虞陡蟄疎。土箵接長雙壩合，成功匪易獨愁予。兩邊夾築草，壩中間以土接長。合縫曰土箵。

長舟横繫壩臺前，壓土鑲柴勾纜牽。無事滚推方下埽，公輸神巧自通仙。法以大船横繫壩上，勾纜軟鑲，名曰神仙埽。

楊樁五丈樁雲梯，雲裏歌聲舉硪齊。十二河兵隨木下，依山迎水護長堤。迎水靠山，樁師之口訣也。

寒冬曉夜未停工，溧冽嚴霜水面風。獨有椿兵多雅興，依然高唱出雲中。

溝洫陂塘力易爲，先除其患利隨之。安流順軌行無事，愼審湖河蓄洩宜。《固哉草亭集》卷三

松泉詩集二十六卷 乾隆四十三年刻本

汪由敦撰。由敦初名良金，改今名，字師茗，號謹堂，安徽休寧人。鹽莢出身。賈於杭州，別立商籍，遂爲錢塘人。年十九於浙中循例入試，徐元夢撫浙，邀入幕中，薦引充明史館纂修官。雍正二年，舉順天鄉試，同年成二甲一名進士，授翰林院編修。乾隆間以文學受眷睞，累官至刑部尚書，協辦大學士。旋免協辦，改吏部尚書。二十三年卒，年六十六，謚文端。《詩集》與《文集》二十四卷合刊，《四庫全書》著録。爲其子承霈編校，詩共一千八百二十三首，有劉綸、趙翼序。翼爲由敦門人，序謂：「自庚午鄉闈受知於公。陋儒拘墟，得稍識古學衢識，實自公發之。」翼無文集，序亦當以佚文視之。由敦詩學白、蘇，近似查愼行，啟迪趙翼，以精熟穩健見長。《雙溪絶句七十首》，序注詳於鄉里見聞。《萬松嶺》、《題元遺山集四首》、《鱣血邊端石硯歌》、《題徐潛昭所藏米元暉山水》、《校録蝶園詩集作》六首、《夏仲昭墨竹》、《題蘇詩後》、《題樊川集後》、《送編修成先生使安南》康熙五十八年、《家繕部西亭兄案：當爲汪立名以所刻香山詩見贈却寄》、《題王石谷惲南田合作畫卷》、《題王阮亭感舊集十首》、《讀朱彝尊經義考》、《表忠觀》等詩，博見洽聞，運典自如。王昶《湖海詩傳》卷五所選，亦有佳製。應制賡吟之詩，十居六七。奉敕而撰，較乏興象，然如關係平準噶爾大小金川之詩，亦有可取資。滿洲護軍冠裳保於雍正九

年出師，淪準噶爾十餘年，間道脱歸，得賜召見，由敦作《歸卒歌》以紀之。《恭和御製蒙古土風雜詠十二首》、《恭和吉林土風雜詠十二首》，錢陳羣《香樹集》亦有之，同時詞臣，或未逮焉。

孟亭詩集四卷　同治十二年福州刻本

王箴輿撰。箴輿字敬倚，號孟亭，江蘇寶應人。王式丹孫。康熙五十一年進士。官衛輝知府。晚應袁枚邀，寓南京，爲纂《江寧府志》。詩集向未鎸版，同治十二年曾孫凱泰以家藏本校劉寶楠藏鈔本，刊爲四卷。有翁汝驤、查慎行、章藻功、魯曾煜、袁枚舊序。翁序作於康熙己亥五十八年，謂箴輿年二十成進士，今二十七，是爲康熙三十二年生。夏之蓉《半舫齋編年詩》卷十八《哭王孟亭》，作於戊寅乾隆二十三年。此集編年詩自乾隆元年至十七年。元年，有《奉酬魯庶常啟人》，啟人卽魯曾煜，時爲大梁書院山長。四年，有《萬九沙先生坐中述事》，九沙卽萬經。十三年作《輓塞學士曉亭》詩，十四年作《哭固哉先生》，塞爾赫、高斌滿族大員，均宜與史傳參閱。箴輿與畫家鄭燮、邊壽民交善。十年，有贈板橋詩。十七年作《邊壽民潑墨圖》，次年又作悼詩，邊氏生卒年從可知之。又得王苹《二十四泉草堂詩》本，詩以紀之。至於行役之詩，以燕趙魯淮爲勝。《枯荄歎》、《宿白米鎮》、《秦淮觀水歌》、《曉渡黄河》、《農事詩》、《青州道中見諸山》，均爲佳作，切近民生，無率易浮薄之詞。

板橋詩鈔三卷　乾隆間刻本

鄭燮撰。燮字克柔，號板橋，江蘇興化人。乾隆元年進士。七年，出任山東范縣知縣。十一年，調濰縣。

十八年，以歲飢爲民請賑，忤大吏罷歸。工畫蘭竹，書法疏曠灑脱，不衫不履，詩詞俱足名家。乾隆三十年卒於里，年七十三。撰《板橋詩鈔》三卷、《詞鈔》、《小唱》、《題畫》、《家書》各一卷，乾隆十三年手寫上版。後坊間多有翻刻，初刻已罕覯矣。詩歌從陶、柳、白、陸出，師其意而不襲貌似，於明尤近唐寅，以白描見長，自具一格。最可稱者爲《悍吏》、《私刑惡》、《孤兒行》、《後孤兒行》、《姑惡》、《逃荒行》、《還家行》，目擊災民流離，揭發官吏横暴，當時傳誦，足以感人。小詩如「衙齋卧聽蕭蕭竹，疑是民間疾苦聲。些小吾曹州縣吏，一枝一葉總關情。」《題畫竹》「英雄何必讀書史，直攄血性爲文章。不仙不佛不賢聖，筆墨之處有主張。」《偶然作》「小廊茶熟已無煙，折取寒花瘦可憐。寂寂柴門秋水闊，亂鴉揉碎夕陽天。」《小廊》「兩岸青山聚米多，長江窄窄一條梭。千秋征戰誰將去，都入漁家破網羅。」《題畫》「不燒鉛汞不逃禪，不愛烏紗不要錢。但願清秋長夏日，江湖常放米家船。」《燕京雜詩》「國破家亡鬢總皤，一囊詩畫作頭陀。横塗竪抹千千幅，墨點無多淚點多。」《題屈翁山詩札石濤石溪八大山人山水小幅並白丁墨蘭各一卷》意境甚高。詩人陳毅云：「板橋集中句，如『山茗未賒將菊代，學錢無借唤兒回』，是能於口頭語作新句。」見《所知集初編》。此説甚是。至有打油之誚，不知全在荒率處見精神也。《揚州雜詩》七首、《鄴城》、《易水》、《嶧山》、《題程羽宸黄山詩卷》、《飲李復堂宅賦贈》、《淮陽邊壽民葦間書屋》，筆極峭潔。交游可考者，紫瓊道人、胡天游、圖清格、金農、黄慎、高鳳翰、李鱓、傅雯、李鍇、閔崋，多爲藝術宗匠。集非全帙。近代石印本《板橋詩鈔》補《濰縣竹枝詞四十首》，搜輯工作，至今未盡。允禧花間集有唱和詩。沈廷芳集有《鄭板橋進士招納涼金氏園》詩。德保集有《贈鄭大尹板橋集》詩。顧于觀集有

《贈鄭板橋大進士》詩。楊鸞、陶元藻、鄭方坤、宗聖垣集亦有贈詩。金德瑛、邊連寶、朱彭、萬承風、趙懷玉等人集有《題板橋畫竹》。此擇其著者。評板橋詩亦夥。沈景修《論詩絶句》云：「天真爛漫筆縱横，不避人呼怪誕名。最愛衙齋題竹句，民間疾苦總關情。」《蒙廬詩存》所論甚愜。

珊珊軒詩鈔五卷　嘉慶十一年刻本

徐夢元撰。夢元字端木，號徐村，浙江錢塘人。諸生。屢薦不售，名心遂絶。時周京、厲鶚、丁敬、陳兆崙等結詩社於湖上，極一時之盛，因預焉。是編分體，存詩二百零二首。其《登河莊山觀海門形勝》、《市竈行》並序、《上灘行》、《尋貫酸齋棲雲菴舊址》，皆較清警，與泛詠山水者不同。絶句詠司馬相如云：「枉道長門悟明主，白頭哀怨是何人。」詠昭君云：「世間不乏毛延壽，豈獨傷心在美人。」詠唐明皇云：「萬里淋鈴多少淚，不知幾滴爲蒼生。」是善于翻陳出新者矣。《詠植物》詩，亦新雋有味。夢元工曲，有傳奇數種，未見傳本。據卷首屠文焯序，爲康熙三十二年生，乾隆三十五年卒，年七十八歲。

澮園詩刪十卷　乾隆十八年刻本

王緯撰。緯字象文，號澮園，山東陽谷人。左副都御史王之麟子。舉人。雍正八年官奉化知縣，後調錢塘、海昌、崇明。乾隆十八年，自刪詩稿付梓，由沈德潛爲序，又陳兆崙、桑調元舊序。據集中詩，知其父之麟爲順治十三年生，雍正五年降職時年已七十二。而緯僅有《五十初度自嘲》詩，生年不可究矣。詩以詠所宰諸邑山水爲多。《謁鄂王廟觀孝娥銀瓶井》、《讀蘇文忠表忠觀碑》、《遊雲棲寺飲洗心亭》、《遊聖果寺登御教場》、《大小山圩歌》、《題唐六如畫》、《王麓臺畫》，風格老成。雍、乾之際，江南尚稱安樂。而淮北貧瘠，又多天災，觀《安東謡》四首可略知當地民情。

安東謡四截句

徑渡洪河到海東，凋零雉堞爨煙籠。魚鹽不比當時賤，城半茅簷半水中。

田間種稻不相宜，二麥豐收是所期。糚土字，音采子今年磨得少，俗以大麥磨碎名糚子作飯，今歲少收。

能仁塔上望荒村，洗墨池邊訪舊痕。邑乘偶翻憐土瘠，頻年水浸更難言。

廣漠風多欲雪天，寒生朝暮聳雙肩。淮南已在江南北，此在淮南又北邊。《澹園詩删》卷九

蔓蒿苻草俱野菜剛充飢。

西垣詩集八卷次集六卷 乾隆間刻本

保培基撰。培基字西垣，號嵆斉，一作岐菴，又號井公，江蘇南通人。諸生。雍正間居嵆曾筠幕，浙海塘工，於河務多所建白。嘗隨曾筠自錢塘下，經大尖山直抵海門，勘審地勢，得切沙法。隨發兵工數百人，且切

且疏，視潮之漲落爲作息。不二年，工告竣。以稱職誥授嘉興海防同知，調杭州西海防同知。乾隆初歸田，未知所終。自刻《西垣集》二十卷，凡詩八卷詞四卷文四卷，附《羈魂夢語》、《四鄉詞》二種。詩詞亦相羼不分。陳元龍爲總序，李堂序詩，袁枚序詞，陳邦彦序文，皆雍正十三年前作。乾隆十九年，又刻近著詩詞雜文爲《次集》八卷，内詩六卷、詞一卷，沈德潛序。據甲戌自識，署年六十一，可知爲康熙三十三年生。前編大都摹擬古音，次集有《從軍海上》詩，多記長江之險。可以徵事者，殊嫌不足。

艮齋詩集十卷　乾隆十八年刻本

王峻撰。峻字次山，江蘇常熟人。雍正二年進士，改庶吉士，授編修，預修《一統志》。官江西道監察御史，劾左都御史彭維新，頗負直聲。旋去職。晚主安定、雲龍、紫陽書院講席。卒於乾隆十六年，年五十八。此集爲家刻本，首雷鋐、沈德潛、蔣棨、陳祖范序，《四庫存目》著録。峻生平專心蓄意期以自見者，雅不在詩。然所作志氣凛凛，不傚古人。集中可以徵事者，雍正四年十二月黄河澄清二千餘里，逾兩旬，自古未有，有詩稱賀。七年，典試浙江，有詩注云：「前年因查嗣庭獲罪，停浙人會試，今復舉行。」十一年，典試貴州，過磁州北二十里中地微窪，民衆穿渠引滏水溉田，種秔稻數千頃，芰荷瀰望，桑柘成雲，亦以詩紀之。公安道中，記一年兩種，惟公安一帶多湖陂之處有之，稍亢者即不能也。沅陵道中，有賦筒車詩。《舟行雜詠》，記楚産油桐杉林。黄平道中，作觀苗人穫稻。《清平道中》，記縣廨在山下，城中居民僅百家，《舟中望江岸石壁書所見》，云在辰溪瀘溪二縣間。《題謝梅莊侍御軍中學易圖》，侍御名濟世，康、雍間屢次被遣，戍杭靄山下。講學彭城，記山東大荒，流民遍江南。《送陸龍岡户部之任奉天》詩，自注：「嘗奉命修《盛京志》，以未臨其地爲憾。」又有《澧州道中雜見》、《桃源洞》、《白水河觀布》、《斗狼箐》、《彭城古蹟》等詩，不獨以領署奇致見長。其詩宗尚馮舒、馮班，參以趙執信、何焯，不獨前後七子深加擯斥，卽王士禛亦多未愜。王昶《蒲褐山房詩話》。清矯春雅，神采自居。王昶、錢大昕、吉夢熊、邵玘、褚廷璋、張熙純、吴省欽均其門生。褚廷璋《筠心書屋詩鈔》有《哭王艮齋》詩四首。

南陔詩集十二卷 乾隆間刻本

徐以升撰。以升字階五，號恕齋，浙江德清人。曾祖倬，祖元正，父志莘，均顯仕，各有集。以升於雍正元年成進士入翰林，視學粤西，官江西按察使。以經術致用，疏陳水利，議區田法。乾隆十六年罷歸。是集爲其孫天柱、天驥所刊，分年編次，凡十二卷，各卷以《學步》、《雪泥》、《湘灘》、《秋帆》、《夢華》、《忽至》、《黄鶴》、《崛𡾊》、《南還》、《黔游》、《煙山叠嶂》、《閒閒》名集，載詩始康熙六十年，迄乾隆二十年，有齊召南、沈德潛序，《四庫》列入《存目》。生年據《壬寅元旦》詩注，爲康熙三十三年。以升爲王峻弟子，集中有《哭艮齋》詩。其詩亦受其濡染，不僅家門指授。臨山登山之作較多。以晉陽、雁門、徐淮古蹟，發之於詩。詠粤西、匡廬諸篇尤勝。齊召南序稱「盡桂林、荔江、牂牁、銅鼓、巖岫之奇，玉笥、匡廬、洞壑之奥。」《四庫提要》以「警拔秀麗」四字，足以評之。

補瓢存稿六卷　乾隆二十三年刻本

韓騏撰。騏字其武，號補瓢，江蘇元和人。貢生，淡於仕進，嗜《史記》、《漢書》，耽吟詠。偕北郭詩人聯社唱和。乾隆十九年卒，年六十一。事具彭啟豐所撰《韓貢士補瓢君傳》。是集爲乾隆二十三年南薌書屋刻本，子是升校字。是升字東玉，乾隆間貢生，有《聽鐘樓詩稿》。是升子對，拔貢，以七品小京官，累擢至刑部尚書。有《還讀樓詩稿》。祖孫三代皆出身生員，甚弋詩名。是集有顧文炯序，凡詩四卷、文二卷。文集有《先府君墓誌》，知其家世寒素。詩不苟作，游龍渚、包山，《曉渡揚子江》、《登六和塔望羅刹江》、《謁岳墓》、《文天祥祠》、《五人墓》、《趙南星鐵如意歌》、《題馬湘蘭爲王百谷畫蘭》、《杜少陵像》、《題楊子鶴簪花圖》，盛氣豪情，鬱勃紙上。《十八夜石湖觀燈船紀事》，寫眼前景歷歷如繪。詩云：「扁舟晚入空明裏，雲樹連山天接水。蘭橈桂楫沸中流，波底魚龍驚欲起。」「行春橋外煙濛濛，上方落日鳴疎鐘。微茫不辨山近遠，一點佛燈林際紅。」「百千畫鷁排湖岸，萬條銀燭鐙光亂。飛揚絲肉間笙簫，舊曲新聲總柔曼。」「別有樓船遠浦來，珠林火樹結層臺。蜃宫彩霧當空合，鮫室寒芒照夜開。」「玉兔飛來海東穴，時過中秋二分缺。一輪光奪萬燈明，燈和月華光更潔。」「湖心閃閃金蛇睹，湖面絲絲綺霞吐。越來溪畔採菱人，不數吴宫舊歌舞。」「狂夫與客坐船頭，半夜露寒添敝裘。羅綺光中一杯酒，笙歌隊裏十分秋。」「此時此景良不惡，莫嘆秋風易蕭索。醉後欲眠仍未眠，忍教月向西巖落。」又作《補瓢歌》，乃自況也。

海珊詩鈔十二卷補遺二卷　乾隆間刻本　明史雜詠箋注四卷　道光七年刻本

嚴遂成撰。遂成字崧瞻，號海珊，浙江烏程人。雍正二年進士，授知縣。乾隆元年，舉博學鴻詞，未與試。官至雲南嵩明知州。生於康熙三十三年，程晉芳爲撰《小傳》，無卒年。遂成與厲鶚同學友善。作七律《梅花》二首，傳誦京師，聲譽鵲起。爲詩工力深邃，詠史尤所擅長。乾隆間刻《詩鈔》十二卷，補遺二卷，爲足本。以後《小石山房叢書》本、《浙西六家詩鈔》本，均爲選刻。卷一《謁岳忠武墓》、《萬松嶺弔宋故宮》、《重陽菴宋理宗酒甕》、《詠史樂府》，卷二《五人墓》、《尋迷樓遺址》、《弔陳思王墓》、《羊太傅祠》、《董子祠》，卷三《王荆公祠》、《臨川尋玉茗堂遺址》、《南朝宮詞》十二首，卷四《狄武襄祠》、《訪傅山人墓》、《北齊宮詞》十首，卷五《晉宮詞》八首、《書蒼梧王傳》、《書東昏侯傳》，卷九《宋玉廟》、《訪諸葛武侯墓》、《故明潞王妃墳》、《穆天子藏書處》，卷十雜詠五代史事，卷十一《萊海弔沐氏別業》，《補遺》讀《北齊書》、《北史》，以及輓拉布敦、岳鍾琪諸篇，頗存歷史掌故。登臨山水之作，如《遊蘇門山百泉出此山下》、《長城嶺》、《白水巖瀑布》、《砥柱峯》、《飛雲巖》、《渡盤江》、《相見坡》，意深曲而勢盤礴。《易門水城爲黃眷齋題》、《紀石樓令袁梅谷瘞髑髏事》、《題耕巖草堂圖爲沈樗崖山人》、《題怨綺録和商寶意》、《題崔拙圃太守詩集》及《煙花債傳奇》、《題惲壽平畫》、《慎承郡子山水卷子》、《觀弈歌贈吴廣維》，益見識廣才多。遂成受知於李紱，與金農、符曾、盧見曾、胡天游、厲鶚、萬光泰唱酬，詩學蘇，奇氣横溢。又撰《明史雜詠》四卷，凡樂府歌行及五七言古近體共一百八十二首，自開國至於晚明，或一人一篇，或數人一篇，或一人數篇，附議論往往衍其師李紱之説，勝於尤侗《明史樂府》多矣。《四庫》著録《明史雜詠》，於失檢處有所指摘。道光七年，遂成姪兆元又爲箋釋，逐句銓疏，徵引繁博，可作史讀。何太青爲之序。刻本寒齋有之。朱一蜚有《題海珊明史樂府後》四首，見《如蘭集》卷二。光緒間沈景修《蒙廬詩存外集》論詩云：「弔古登臨發浩歌，奇思横溢騁才多。京師偏愛梅花什，嗜好酸鹹異臼科。」吟評亦愜。

芮芳齋歸自日本長歌紀事

都斯麻國晦羅東，邪靡堆踞橿原宫。七十二島如黑子，纍纍著面汙青銅。日寬月窟等荒服，天限弗與華夏通。芮君意氣輕萬里，慷慨破浪乘長風。海水一杯易與耳，不超而越非英雄。紅旗白柁舟穹窿，如鳥斯舉如張弓。前無厓嵰下嵁崿，淵漭潒銹粘虚空。文魮孕璆鱉肺躍，嘘喋騂馬騰鯈鳙。羣妖邁忤助饕虐，蹴翻鰲極馮修聾。同舟聲嘶不得語，君乃大笑詩豪舉。秦王漢武所不到，身輕獨試飛仙羽。睥睨劍掛岑嶔峯，叱叱鞭投黿鼉罟。須臾呀呷天霽顔，華葩踧汩雲錦鮮。瑒玡瓊瑰羅斑斑，烱吹朱爓燔緑煙。淵客構館耕鹽田，望中一髮長崎山。誕登彼岸貨具舉，邪許頳壓倭奴肩。小德大禮《隋書》：小德、大禮，皆倭國官名伊支馬，《陳書》：倭國其官有伊支馬，次曰彌馬獲支，又次曰奴往鞮等名。跏趺露觧爭駢觀。餘生那不唄神力，封羊燖豕紛開筵。萬錢豈數何曾費，一擲寧容劉毅先。況有侍女呈嬋娟，蹙金貼繡如意倭竇珠名懸。燕舞掌上驚鴻翩，傾箱胠橐纏頭捐。惟君熟視若無睹，木雞不動冰蠶寒。血濡縷持利匕首，業緣割斷夫何難。事了拂衣徑歸去，翔陽駭逸搏桑巔。《海珊詩鈔》卷二

烟花債傳奇爲拙圃太守題

宋單飛英字騰實，小字符郎，與邢氏女名春娘同居汴梁孝感坊。本屬中表，早歲定情。值宣和亂，春娘被虜，轉入全州娼家，更姓楊。適符郎司户來州，目成心許，探得實以言挑之，無祭他胙意，遂禮成夫婦焉。宛丘崔拙圃太守客東京時，爲作《烟花債》雜劇。余有感於中，因題其後。

單符郎，邢春娘，同住東京孝感坊。美人脂盝調鸚鵡，公子華衫鬭鳳凰。兩家本是内兄弟，玉鏡一枚盟早締。草短蘼蕪金埒開，花深荳蔻珠房閉。捲地烽煙入汴梁，大河南北作戰場。礮具移來艮嶽石，宫車載出牟駝岡。狐狸竪毛虎擇肉，玉葉金枝泣路旁。掌上雙擒生翡翠，池邊半拆睡鴛鴦。春娘流落秋娘妬，鏤月裁雲等閑度。眉挑綵筆畫啼粧，背剔銀鐙結窮袴。符郎天遣到全州，司户曹閒夜暗遊。問柳依依駄細馬，采蘋宛宛蕩扁舟。誰知目送楊家女，望夫山前風雨語。寶鏡重歸徐德言，繡鞋卒配程鵬舉。風流此段合傳奇，宛丘太守有情癡。蘸將紅粉飄零淚，彈出烏絲絶妙辭。十年我已念華屋，一曲凄凉忍卒讀。任其所之絮盡飛，未能遣此膠難續。琵琶按譜不成聲，空灘孤雁蘆梢宿。

余悼亡後，一妾死，一妾去。《海珊詩鈔》卷四

輓岳將軍

公諱鍾琪，前寧遠副將軍，後督提四川，己巳春入覲京師，還止望都傳舍。余謁見，長身赭面，被服儒素。爲言金川形勢及納降事，蓋虜夙重公，故卧護十年，卒無事。唐以李世勣爲長城，信然。然公雅能詩，即席千言立就，唯食前方丈，行厨之費不貲，此外固無一毫負公也。將星已没，當爲天下惜此人。

萬山插天天無際，江深無底下無地。迫隘碉樓俯射人，圍之數重持久計。將軍素能得虜情，深入招來虜環涕。反唇而惎申申詈，殺降阻我歸降意。達賴喇嘛再世生，香火氛氲銅佛諧。經略傳：公至軍營，圖畫形勢甚悉，攻碉奪卡，戰皆捷。上嘉其功，封爲忠勇公，受降之日，莫嚴兵自衛，惶怖跪迎，獻銅佛一座，謂公即達賴喇嘛也，黄金萬兩却之，即爲建生祠，誓奉香火不絶焉。皇帝曰可赦勿誅，歸視爾師保西鄙。無煩充國營屯田，但傚武侯罷置吏。耆定功成反掌間，一身萬里安危繫。郵亭戾止識公面，褒衣博帶儒者氣。參宴前成衛率詩，贍生豐過賓游費。大星夜隕東西川，可惜生埋文武器。突厥詞刊仁愿銘，鮮卑墓致陳龜祭。《海珊詩鈔》卷八

華林莊詩集四卷　乾隆間刻本

姚孔鈵撰。孔鈵字粱貢，號于巢，安徽桐城人。康熙間貢生。雍正七年保舉，以母老求免。乾隆三年

卒，年四十五。撰《華林莊詩集》四卷。伯兄姚孔鈉序並撰《行實》。爲詩婉厚，而未臻老境。經歷三江粵中，詠山灘寺院之作較多。卷二有《懷方貞觀》詩。貞觀爲方苞從弟。康熙間以《南山集》案被放。雍正初釋歸，罕與人接。詩云：「之子秋風客，偏忘秋可傷。陶情歌興博，故態瘦而狂。毀到青蓮衆，遊兼北里忙。江湖兩蓬鬢。臧穀一亡羊。」當爲貞觀回里後所作。此書《四庫》列入《存目》，《提要》稱其詩工於寫景，又摘句譏其刻畫太甚。然亦無浮靡之習也。

靜遠齋詩集不分卷　春和堂詩集二卷　雍正十二年刻本

允禮撰。允禮，康熙第十七子。由郡王晉封果毅親王。雍正時統理諸藩及宗人府，授都統。工書畫。詩在慎郡親王允禧之上。所撰曰《靜遠齋集》者，爲康熙五十年至五十四年詩，曰《春和堂集》者，爲雍正四五年間詩，與《自得園文鈔》合刻。紀行關中，有《西安》、《碑洞》等篇。入蜀，有《九折坂》等篇，大都格力高勁，無淺顯奥澀之弊。題畫詩不啻百數十首，《自題指畫蜀道十八首》，尤可玩味。《詠熱河三十六景》，亦逸筆也。

石冠堂詩鈔四卷　乾隆十二年刻本

張尹撰。尹字莘農，號無咎，安徽桐城人。雍正七年舉人。乾隆元年成進士，授福建長樂知縣。刻《石冠堂文鈔》一卷、《詩鈔》四卷，徐士林序。尹幼孤，苦心自攻。嗜吟詠，以生平經歷山川勝蹟爲詩。居京師，有《賦觀象臺》、《雍和宫》、《太學石鼓文歌》、《琉璃廠》等作。詠九華、《金陵城西紀勝》、《由南昌至杉關》、《題太白祠壁蕭尺木畫》、《琵琶亭》、《黄鶴樓》、《五臺山參胡圖度》、《石冠山尋梅》、游西湖、虎丘諸篇，不以俗雜事入詩。官閩有《上灘謡》、《度嶺》、《雜感八首》、《觀海》，蒼勁堅實，爲全集之最。與黄之雋有寄贈，或得其指授，詩格亦近之。

栗山詩存十八卷　唱詶紀勝一卷　梅谿韻會一卷　歲寒亭畫句一卷　檀園雅音一卷　乾隆間刻本

方學成撰。學成字履齋，號松臺，安徽宣城人。雍正七年，官夏津知縣。乾隆元年至七年，刻《松華館合集》，爲《梅川文衍》十二卷，《栗山詩存》十八卷，《唱酬紀盛》、《讀黄合志》、《梅谿韻會》、《歲寒亭畫句》、《青玉閣詞》各一卷，《檀園雅音》五卷，《學古齋偶録》、《履齋時文》、《硯堂四六》各一卷。作序者潘偉、郭聘、許起昆、杜士禄等，俱不知名。唯《黄山合志》有吴瞻泰序，作於雍正二年，瞻泰有《箋注杜集》傳世。又沈德潛序，爲全書增重矣。詩文不甚高格。受學於王之績，交友汪育、郭聘、汪連元、張裔、謝履、杜濱、吴開、張叔熊、詹彬，亦莫能詳行實。游黄山詩甚多，可取資。《贈彈詞陳生六首》，爲有關彈詞資料。工寫真，自題畫梅詩不啻百數十首，小注間載佚文。如畫師漸江卽弘仁，牛石慧相傳與八大山人兄弟行，畫格亦相近，或云其姓名暗示草書「生不拜君」。此雖片言隻字，彌足珍貴，殆可遇而不可求者耳。

題畫

幾樹扶疎作遠林，青山突兀石嶙峋。小亭應向雲菴元英先生故居路，認得山圖是富春。

圖向華林許自娛幀首印文曰「華林自娛」，閒來看寫一松孤。石邊大有盤桓處，不識陶公撫也無。

風高木落正蕭蕭，誰踏霜花過板橋。却似漸江深夜裏，閒看秋水寫刁調。是日骨董客持漸江僧畫幅至，余不能買，但記其跋云：古木鳴寒鳥，深山聞夜猿，唐人詩意也。余偶抹此，雖無可狀其意，然而空遠寥廓，老幹刁調，或庶幾似其岑寂耳。庚子臘鐙下復題於澄觀軒中。今得此幅，西風策蹇，樹老盤空，感賦其意。刁調字出《莊子》。漸師名弘仁，歙僧，善畫，已不可多得矣。松台居士又識。《栗山詩存》卷十八

贈彈詞陳生 六首

南徐北陸各爭强，偪剥三絃孰擅場。我愛金元有遺調，董解元有北西廂。瞟城陸曜字君暘，善三絃，與吳中徐生齊名，稱「南徐北陸」。徐工南曲，陸三絃得金元之遺，故音獨刺促偪剥。金董解元著《西廂詞》，俱絃索調。

雲間少艾愛雲生，盲女新詞有異聲。絃所聽君多指授，風雲龍虎獨知名。雲先生上海人，盲女善彈詞，君暘愛其少艾，爲授數曲，有《龍虎風雲會》一曲最工。

瑶泉申文定公相業重華亭徐文靖公，傳注功臣又壁經文定有《尚書會解》。獨怪百年詞曲裏，吳儂愛唱

玉蜻蜓。

南京解元唐伯虎，才子風流作篆章。伯虎有印章曰「南京解元」，又曰「江南第一風流才子」。記我昨來横翠閣，華安喜説配秋香。横翠閣許眉菴書齋。

彈忠説孝事如存，厮養尤能報主恩。贏得閨人齊墮淚，隔簾粉面界雙痕。有張青殺妻救主一曲。

曲中見説數陳九，陳吴門人，見陽羡太史詞。南部風流丁繼之。丁秦淮人，錢牧齋尚書、王阮亭司寇各有詩。今日江南記風土，煙花何處共題詩。《栗山詩存》卷十八

寓梅贈許子留輔　辛丑秋，至許留輔山館，見壁上牛石慧缾梅一枝，題云：「四升三合茅柴酒，換得歪缾隣舍家。莫謂此時無用處，案頭也好插梅花。」今忽忽又五載矣，衡藻世兄，索寫梅枝奉贈，因憶前詩，並題一絶。缾中花得復一見否。

記曾相見歪缾内，屈指春風五歲華。今日欲移紈扇上，换缾沽酒到鄰家。《歲寒亭畫句》

硯林詩集四卷　嘉慶十一年當歸草堂刻本

丁敬撰。敬字敬身，號鈍丁，自號龍泓山人。浙江錢塘人。布衣。乾隆初舉博學鴻詞，不就。工詩。篆隸鐫刻，各臻高妙。卒於乾隆三十年，年七十一。事具杭世駿撰《丁隱君傳》。是集爲敬殁後四十年梁同書

刻，所據爲知不足齋寫本，又以張燕昌、何元錫鈔寄並同書更録數十首，與子梁曜北重加商訂授梓。梁同書序稱：「其時鄉耆宿或致仕歸田，或倦游還里，如顧月田、沈峙公、鄭璣尺、金江聲、吴東壁、周穆門、魯秋塍、厲樊榭、杭堇浦、施竹田諸先生，一時並集；而方外則有烎虚、讓山，高人則先生與金先生兩人，詩社爲最盛焉。」所舉詩社中人，多有專集，其中附録丁敬佚詩尚多。作者山水詩取境甚高。詠金石書畫，尤見卓識。《觀梅蔚十六羅漢畫册》、《題沈石田冷泉亭圖》、《唐玄宗泰山銘歌》、《觀蜀廣政石經毛詩殘本》、《宋廖瑩中世綵堂刻韓集》、《漢銅雁足鐙歌爲馬半槎賦》、《魏景初帳構銅歌》、《謝金冬心見寄畫佛》、《側理紙歌》、《石鼓歌》並序、《祥符寺陀羅尼經石幢歌》並序、《題宋榻蘇文忠公小楷金剛經》、《昭慶寺畫壁詩》、《貝葉經歌》並序、《回回李翰墨蒲桃歌》並序、《普賢寺鐵象歌》自注：南唐刺史邊鎬鑄、《大安寺鐵香爐歌》等篇，純以學力勝之，然已有搜癖矜奇考據之習矣。善治印，爲西泠一派開山祖。《論印絶句》十二首，詳於覈，上下今古。《論茶絶句》六首，清微雋妙。又《淨慈寺志》卷十三山水門有丁敬詩，蔣光煦《東湖叢記》卷六亦有丁敬身逸詩條，則斯編亦未足稱備矣。袁枚《小倉山房詩集》有《羅兩峯畫丁敬身像歌》。

論印絶句十二首

九字鐫鑱法相斯，健蟠精鐵細蟠絲。如何王常顧從德詩淹雅，開卷流傳昧所知。秦人「疢疾除永康休萬壽寧」九字玉印，余曾見於范氏芸閣真譜中，瘦勁如絲髮，真有昆吾切玉之致。舊藏朱伯盛家，雲林嘗贈以詩，詳《名蹟録》。雲間顧氏輯古印譜，王延年爲審定，云此印曾入清秘閣。蓋伊偶見倪集中有此詩，遂誤認倪物耳。

古印天然歷落工，阿誰雙眼辨真龍。徐官周愿成書在，議論何殊夢囈中。徐官隱於醫，魏莊渠門人也，同莊渠著《六書精藴》，官又自著《印史》二卷。周愿《印説》一卷，余昔有之。

三橋製作允儒流，步驟安詳意趣遒。何事陶庵印人傳，不知待詔先箕裘。周減齋云，印之一道，自文國博開之後，人奉爲金科玉律，雲仍徧天下。陶庵亦櫟下别號。

六如居士最清狂，兩字曾傳柏虎章。想見罔良遮白日，疾邪聊示鐵肝腸。罔良畏虎與柏，見唐封演《聞見記》。唐六如嘗刻印曰「柏虎」，《真蹟實録》云亦一奇品。

米公辨印掩倉沮，疑似真能判魯魚。一笑清河矜的嗣，齋徒硬截古時書。南宫有辨漢人薛宣小印，見《志林》。因學齋徒，見《米庵鑒古百一詩》。

衛青玉印本尋常，硯北先生少較量。洞鑒端須胸次闊，合將天眼讓蘇黄。陸友仁得衛青玉印，王順伯定爲漢物。陸因作《印史》，東坡與元章簡云，臥閲四印奇古，失病所在。山谷以謝元暉古印贈小米詩曰：虎兒筆力能扛鼎，教字元暉伴阿章。陳仲醇題蘇黄題跋云：惟蘇黄乃具天眼耳。

道君諸璽真瓌古，可惜曾無一譜留。若把雲臺鐫印級，楊郎應是鄧元侯。楊克一有圖譜，張文潛甥也。張有序，見《宛邱集》。此宋人印譜之先聲。

襄陽六印出親鐫，白字能攻白玉堅。祇恐庸鑱玷名蹟，莫將微技誚前賢。

周家小篆印人存，措語徒多眼自昏。請玩裒然真譜在，那將鄭衛當雲門。

説文篆刻自分馳，嵬瑣紛綸衒所知。解得漢人成印處，當知吾語了非私。

古人篆刻思離羣，舒卷渾同嶺上雲。看到六朝唐宋妙，何曾墨守漢家文。吾竹房議論不足守。

三壐纍纍密竝寘，居然成譜意如何。憎他謬種流傳處，滿眼奸邪佞態多。胡龍川雲來閣大印、孫退谷禹碑字譜諸種。《硯林詩集》卷一

貝葉經歌　並敍

庚寅重陽奉香天竺，入雲林寺，與佛基上人登寺右借秋閣，林容豔爽，茶倚頗久，閣主出貝葉經見示，奇古尊重，開篋肅然，綈几徐繙，恍遊忍土，但媿懵昧梵字，未辨攝自何藏耳。因賦長歌，以俟彥琮、玄奘其人，且幸吾生斯緣之非偶。

蔡侯造紙精思獨，海内方知擣麻穀。敝縑敗網盡入用，未成十寸逾千幅。印掃典籍散天下，倭滋鑾陬皆易畜。篋穿誰謂鼠無牙，廚扃多付蟫充腹。遣一難逢從事賢，在片翻資奸相毒。藤糜竹爛石臼穿，應使嗷嗷鬼騰哭。何如天竺古先生，惟用本來真面目。多羅力義質蠲異，産自建那補羅國。形模簡尺翦刀裁，書寫靈文備恭肅。不涴人間造孽塵，能使蒼生罪還福。雲林禪房頗幽曠，上九風光媚梧竹。借秋閣上一來看，慚愧闍黎爲開櫝。稽首皈依四悉檀，齋心冀代三熏沐。展舒鄭重妙香中，潑眼山光浮几緑。横纔半肘縱三指，顔色渾同截蒲籜。次第流觀卌四番，梵字旁行往而復。緜聯髣髴隊行蟻，匀整依稀布元粟。起左迄右書反覆，載字雖多用材縮。細探筆法轉奇妙，氣勢盤拏森縱伏。

横牽逆拂合頓挫，側點斜飛存感屻。緬想西天尊者閒，林下徐調墨瓶墨。毛錐未合揀鵝翎，松液懸知煉雞足。洗手聊爲謝客繙，彈舌慚工苑咸讀。恍共涪翁觀寶軒，黄山谷年譜，崇甯三年正月，禮衡岳思大禪師遺像，閲三生藏貝多梵字經等物，爲書觀寶軒三大字。失卻人間垢坌黷。中央環束貫弱絡，上下平齊夾輕木。紐以紺文昔代錢，馬奔陰縵銅姿活。横書進歲記咸平，貝葉計四十四番，面背皆有梵字。第八十七面無梵字，小楷横書咸平三年九月十七日進十字。趙宋官家舊曾矚。瑶島香飄供養嚴，鼎湖雲合升遐速。世易還同佛爪飛，物存亦似龍髯脱。霧黄灰黑任塵寰，鬼護神呵自幽谷。榆欓初離白馬馱，或出摩騰法蘭袱。求經昔者聞顯永，玄奘遐蹤實私淑。白羽雖能軫客心，黑獅未畏饕人肉。鱷齒驕河波浪勁，羊腸澀徑峯巒矗。鍵鎔濟餒口頻噤，榔栗支疲手常瘃。林紆野逈萬由延，國異城荒幾重複。開士從來悲願洪，誓將大地迷雲霿。筴啟齊裁詎偶然，書親半滿休恩促。寶光舊秘載南都，顧起元《遯園雜記》：南都寶光寺，有西域貝多婆力經，長六七寸，廣半之，葉如細毛竹筍殼，而柔膩如芭蕉。經字如赤豆大，旁行蠕蠕如蟲豸不可識。外以二木片夾之，其木如杉，細緻可愛。溥山往賜傳西蜀。湯允謨《雲烟過眼續録》：西域貝葉經，經長二尺餘，高止二寸半，葉色如蒲，裹以竹嗛，内有織成字云，大蜀皇帝賜撫州溥山院二片。三葉僧誇開福專，閩人姚旅猶登録。姚旅《露書》：陝西西安城中開福寺，有貝葉經三葉，每葉横書梵字四行，其葉如竹籜，闊竟三指，長四之，短者兩葉，視長之半。主僧云，唐時物也。今天下只有十葉，彼寺得其三云。伊予所覯況圓成，湛湛摩天動盈掬。一卷還聞景德藏，慈光我浙明多燭。佛語真文遭遇難，何啻靈山親付屬。老大貪佛能自信，飽卻平生清淨欲。再觀黏紙字分明，護經木面之腹，黏牋紙一條，上左書貝葉經三字，下右書古佛弟子馮武敬藏。下扣馮武私印字元陵兩雌字印，氣韻妍雅，當是明季人也。彈鋏後人知不俗。芸楥荃囊獲弆藏，信渠古佛因緣宿。捨到香龕定幾時，得無避起龍蛇陸。懷古摩挲意轉長，不覺頹陽閃林麓。日月無端祇促人，難駐景光當眼新。一穿薄葉千年在，誰識禪枝刼外春。《硯林詩集》卷四

回回李翰十紙聯幅墨蒲桃歌 並敍

回人李翰，平生好畫蒲桃。生紙殘煤，遇興即作。山僧野人，見乞無吝。書成例不著款，自娱而已，但扣市刻二印，塞俗人意。滿洲線公開府浙中，亦雅善此藝。時見翰作，延論墨法，翰讜言對之，不阿旨以取容也。予偶從廢紙擔上得此十紙聯幅，尤爲傑作。惜知翰者希，因爲手篆刻章誌之，並作短歌，用薦後之能傳翰者。

李翰蒲桃墨法熟，生紙枯榮隨所欲。興來兔鶻信手追，真有洋州胸次竹。論畫何心阿愛增，讜言曾抗線中丞。澡瓶還我四體潔，瘦骨偏向秋崚嶒。曩時曾識李翰面，回輝寺外尋常見。今之回回堂，舊名回輝寺，有正統年碑立堂内，錢唐鄭厚撰文。翦髭寒映葛衣霜，回首光陰閃睒電。鷗性從來鄙架鷹，肯向華軒受縚鏇。於乎一藝能自重，死後風標始驚衆。髣髴佯狂温相公，脱略擅威楊總統。此畫縱横二丈强，紙聯十幅宣州光。夭藤大葉何蒼茫，颯沓似有風吹裳。想見連駢帖高壁，帖紙于壁，見米公《畫史》。静爇鉢衣諸念息回國呼香爲鉢衣。猛然振筆數回環，宛似老回書黑忒回國呼字曰黑忒。梗健驚看火樹

横，顆繁忽訝摩尼黑。滃壁迷離烟霧生，滿堂惚恍龍蛇入。當年畫成知自惜，款印俱無付真識。老夫使留異代名，磊落石章爲手刻。老夫龍鍾頭雪色，俯仰應成遠行客。他年挂向草堂中，未識何人重太息。《硯林詩集》卷四

清人詩集敍録卷二十五

桑弢甫集詩十四卷　五嶽集二十卷續集二十卷　乾隆間蘭陔草堂重刻本

桑調元撰。調元字伊佐，一字弢甫，浙江錢塘人。雍正四年舉人。十一年召試，特賜進士，授工部屯田司主事。歸主大梁、濼源、敷文書院講席，從學者甚衆。師從勞史，一以程朱爲法。著有《論語説》、《躬行實踐録》。乾隆三十六年卒，年七十七。刻《弢甫集》四十四卷，内十四卷爲詩，有乾隆七年自序。以詠杭、紹者居多，次爲北上入都及通籍後作，共五百七首。自謂應酬文字，例不存片楮。《五嶽集》有乾隆二十一年自序，分五集。《嵩山集》二卷，成於乾隆十三年，詩二百六十四首，附《嵩洛雜詩》一百十六首。《華山集》三卷，成於乾隆十七年，詩一百九十五首。《泰山集》三卷，成於乾隆十九年，詩二百六十二首，附《曲阜詩》。《衡山集》三卷，成於乾隆二十年，詩三百六十九首，附《出湘詩》。《恆山集》七卷，成於乾隆二十一年，詩六百六首。以遍游五嶽，因自號五嶽山人。《續集》二十卷，乾隆三十二年自序。收拾前兩刻之餘，合台雁、洞庭、中州、閩嶠諸游草及恆居所作，都爲一集，詩一千五百十二首。首爲《鎮海樓詩二百韻》。卷一至卷四爲游天台、雁蕩詩，作於乾隆十年。卷五爲游洞庭詩，作於乾隆十一年。合計三集，詩近四千首。《四庫存目》著録。《提要》評其詩云：「縱横排奡，擺落蹊徑，毅然自爲一家。而恃其才學，不主故常，豪而失之怒張，博而失之蔓衍者，亦時有之。作鎮海樓詩至七言長律二百韻，古人無是格也。其所以長卽其所以短乎。」夫詩家身經五嶽者，代不乏人，而每登臨一處，必吟哦成集，則不免費辭。《續集》有《庚申四月十七日贛州登舟紀程》，一題卽達百首，另作《紀程絶句》復得六十首。《關家村觀龍燈》等詩，亦動輒百韻。《哭董定巖榕》多至五十首，《弔陸疎村攀堯》、《弔盧息溟壽朋》，復各以五十首哭之，其情果真乎。至《疲騾行》、《駕牛行》、《騾夫泣》、《僮人歌》、《隷人吟》等篇，摹寫人困馬躓，多痛苦之音，豈非爲五嶽山人游興所累耶。雖然，調元人有學行，爲詩真力彌滿，多詳今有。夢麟《大谷山人詩集》論詩有「軼塵孤往奮仙翮，當今豪傑杭與桑」，其所推崇如此。裘曰修、陳奉兹集各有《題五嶽集》詩，可參看。

柳漁詩鈔十二卷　乾隆間刻本

張湄撰。湄字鷺洲，一字柳漁，號南漪，浙江錢塘人。雍正十一年進士，改庶吉士。官至兵科給事中。是編分《于野》、《雞木》、《甎景》、《滇行》、《癡牀》、《海槎》、《岵懷》、《皖游》、《鷀風》、《罍耻》十集，詩編年自雍正七年至乾隆十五年，共一千三十六首。《四庫存目》著録。首鄭江、杭世駿、厲鶚序。杭序稱兩人「生同庚，學同師，居同官」。是爲康熙三十四年生。丁敬《硯林詩集》有悼詩，莫詳年月。湄在翰林，與張鵬翀、鄒一桂、胡天游、齊召南等朋酒過從。居杭時與厲鶚、杭世駿、方外烎虛等唱和，音節入古，情旨斐然。《滇行》一集，記自京都至昆明歷程，千巖萬壑，筆健足以達之。《打柴婦》云：「打柴婦，打柴向何處。赤脚歷層坡，蓬頭濕冷霧。山花豔幾叢，山葉落幾樹。但見物榮枯，不知節來去。獵獵朔風饕，匡水泉涸沍。摧我及蕭晨，血指那足顧。霜薪壓頳肩，冰磴窘闊步。兒兮啼在襁，夫也出無袴。少遲寒更嚴，積雪將没户。日午漸爨煙，饑鳥待何哺。此時蘭閨人，斗帳濃香護。獸火正通紅，嬌昵怯天曙。」以貧富相比，尤爲警策。《讀晉書後成二十四首》、《題杜少陵集四首》、《書吴梅村詩集後》、《小吏港弔焦仲卿妻》等篇，可供文史參考。乾隆五年，官臺灣道，次年抵任。《海槎》一集，收詩五十餘首，如《泊澎湖》、《臺灣雜感》、《沙連》、《劍潭》、《澄臺》、《五妃墓》、《游海會寺》，多以臺灣史地、名蹟風土入詩，有「三年狎海苦，百怪入吟課」《將至京都書寄同人》語，多可補臺灣郡志之遺。

泊澎湖

大檣門外渡横洋，羣山滅影流湯湯。天水相交上下碧，中間一葉渡波颺。少焉紅溝映霞艴，倏忽黑蛟噴怒墨。陸離斑駁異彩騰，繪畫乾坤須五色。針盤運指天南交，蒼茫四矚心悁勞。直上檣梢索西嶼，亞班趫捷如飛猱。澎湖環島三十六，歷歷人煙出漁屋。未須滄海成桑田，結網臨淵食粗足。我來寄泊媽宫灣，舳艫屹立凝丘山。三夜驚濤春客枕，夢魂跌宕雷霆間。海翁望雨憂如渴，極目園疇斷餘蘖。北風可但濟行舟，唤起癡龍驅旱魃。《柳漁詩鈔》卷七

南齋集六卷　乾隆間刻本

馬曰璐撰。曰璐字佩兮，號半查，安徽祁門人，家居揚州。國子監生，官候選知州。乾隆元年舉鴻博，不赴。與兄曰琯並擅詩才，時稱「二馬」。家藏漢首山宫銅雁足燈，爲著名古器。又藏朱碧山銀槎，僅及其半，遂以自號。與朱稻孫交善，買曝書亭所刻諸書板置於家。編《叢書樓目録》行於世。曰璐少曰琯三歲，沈德潛編《别裁》只收曰琯詩，曰璐猶在世也。詩筆清刻。山水紀游，題圖唱酬，各居其半。《雁足燈歌》尤爲佳搆。交游爲程夢星、盧見曾、厲鶚、陳章，均一時名士。沈德潛稱馬氏昆季：「業鹽逐他氏，而率能名聞九重，交滿天下，則稽古能文之效也。當時擁重貲過於徽君者，奚翅什伯，至今無人能舉其姓氏矣。」昆季既殁，揚州風華漸歇矣。

道古堂詩集二十六卷集外詩一卷　光緒間汪氏振綺堂補刊乾隆四十年刻本

杭世駿撰。世駿字大宗，號堇浦，浙江仁和人。雍正二年舉人。與同里厲鶚、汪大紳、殳聞望、張熷、龔鑑、嚴遂成結讀書社。乾隆元年舉博學鴻詞，官翰林院編修。嘗校勘武英殿《十三經》、《二十四史》，纂修《三禮義疏》。散值之暇，復肆意併力於文。改御史。上策極言宜泯滿漢之見，又上疏抗論時事，謂用兵斂財及巡幸所至，有司一意奉行，其流弊皆及於百姓，罷歸。早年即入西湖詩社，爲壇坫宿老。主揚州安定、廣州粵秀書院講席。著《石經考異》、《史記疏證》、《禮經質疑》、《兩漢疏證》、《三國志補注》、《諸史然疑》、《續方言》、《榕城詩話》等書。又欲補《金史》，自號秦亭老民。卒於乾隆三十七年，年七十八。所選《道古堂集》，爲世駿歿後梁同書延翟灝等校刊，光緒間汪氏振綺堂補刻，凡《文集》四十六卷、《詩集》二十六卷，附《集外詩》一卷。詩集曰《橙花館集》，龔鑑序，曰《過春集》，周天度序，曰《補史亭賸稿》，曰《閩行雜録》，曰《赴召集》，張熷序，曰《翰苑集》，曹芝序，曰《歸耕集》，曰《寄巢集》，曰《脩川集》，全祖望序，曰《桂堂集》，曰《嶺南集》，曰《閒居集》，曰《韓江集》，曰《韓江續集》，曰《送老集》，共一千六百七十四首。以《嶺南集》爲平生極盛之作，詠粵境山巖、寺塔、峽谷之勝，沉博雄麗，可見詩人之豪。《題陳元孝遺像》五首，袁枚以爲悲涼雄壯，非厲鶚、商盤所能，今《嶺南集》未收，而見於集外詩，殆梁同書刻集有所避忌也。詩云：「南村晉處士，汐社宋遺民。湖海歸來客，乾坤定後身。竹堂吟暮雨，山鬼哭蕭晨。莫向厓門去，霜風正撲人。」「秋井苔花漬，荒廬蜃氣蒸。飛潛兩難問，憂患況相仍。拄策非關老，裁衣祇學僧。淒涼懷古意，豈是屈梁能。」「巢覆仍完卵，皇天本至公。蓼莪篇久廢，薇蕨採應空。刼已歸龍漢，家猶祭鬼雄。等身遺著在，泉下告而翁。」「嶺海論風雅，平生一瓣香。嘵音動巖壑，幽意到羲皇。掩卷驚波定，停盃落日黃。清高仰遺像，肅肅涕霑裳。」「袁粲能無傳，嵇康亦有兒。古人誰汝匹，信史豈吾欺。寂寞今看畫，蒼涼祇益詩。懷賢兼論世，淒絶卷還時。」張維屏以爲「浣花翁而後，五律罕此作手。」《聽松廬詩話》世駿不滿於王士禛，評漁洋本索垢求瘢，幾於體無完膚。謂《精華録》再删去六分，身價乃高。見陸元鋐《青芙蓉閣詩話》。其詩深具華實之美。《會稽刻石》、《以高麗圖經易王濤南集漫成》、《遼宫詞》七首、《漢銅雁足鐙歌爲馬曰璐賦》，皆可徵事。《城南紀游》、《東皋雜詩》六首、《濟寧竹枝詞》五首、《福州竹枝詞》十八首、《海城雜句》二十八首、《珠江竹枝詞》六首，多記風俗之盛。《月蝕詩》亦稱獨絶。生平交游至廣，南北名流，禪林畫師，更僕難舉。方其罷歸，沈德潛送之有句云：「王吉上書明聖主，劉蕡對策治平時。鄰翁旣雨談牆築，新婦初婚議竈炊。」蓋深惜之。全祖望以詩訊之，尤敢昌言。以視時輩默然無應者，可割席遜坐矣。世駿爲西湖詩社友，前後與沈德潛、丁敬、厲鶚、汪由敦、顧之珽、馮景、符之恆、趙顯、汪沆、陳撰集唱。身後同人撰輓詩，袁枚云：「横衝一世談天口，生就千秋數典才。」與其被譴無預焉。應澧撰《墓誌銘》，非當日名手。數十年後，洪亮吉爲傳《逸事》，許宗彦爲撰《别傳》。龔自珍《杭大宗逸事狀》稱：「乙酉歲，純皇帝南巡，大宗迎駕，召見，問：『汝何以爲活？』對曰：『臣世駿開舊貨攤。』上曰：『何謂開舊貨攤。』對曰：『買破銅爛鐵，陳於地賣之。』上大笑，手書『買賣破銅爛鐵』六大字賜之。」此條記載最傳而實訛。平步青《霞外攟屑》云：龔初刻文集及手寫續集，皆無書《杭大宗遺事》。而吴刻定菴文《緣起》云：「與江子屏箋、杭大宗逸事二篇，係後續得者。」則非自珍所作已明。孫士毅《百一詩房詩集》有《題道古堂詩集後》云：「垂老疏狂七不堪，靈光一老在東南。生前敗葉空書簏，自注：先生博覽如李善，故有書厨之目。刼後殘碁冷佛龕。自注：歸田後佯狂玩世，時時在貢院前僧廬對弈。罵坐故人多避席，上書嚴譴當抽簪。揭來嶺外經行處，輸與羊城得遍探。」此詩述杭世駿老景，信而可徵。所謂開舊貨攤及驚怖而死，皆齊東野語耳。

賜書堂詩鈔八卷　乾隆間刻本

周長發撰。長發字蘭坡，號石帆，浙江會稽人。雍正二年進士，改庶吉士。官廣昌知縣，尋爲樂清教諭。乾隆元年舉博學鴻詞，授檢討，歷官右春坊右中允，擢侍讀學士。嘗修《皇清文穎》，校刊《遼史》、《續文獻通考》。《詩鈔》，《四庫存目》著録，凡七百九十七首，齊召南、商盤序。《清史列傳》無卒年。孟超然《瓶菴居士詩鈔》有《周蘭坡先生輓詩》注云：「時魯秋塍師下世已八年。」考魯曾煜卒於乾隆十八年，據此可悉長發卒於乾隆二十六年，年六十六。其詩多酬應題圖，唱和友魯曾煜，舉人同年；李重華、諸錦，進士同年；劉綸、杭世駿、陳兆崙、沈廷芳、夏之蓉、齊召南，鴻博同年。張鵬翀同官檢討，商盤則爲中表弟也。《題徐天池詩畫》、《題金江聲漁浦歸耕圖》、《題陳老蓮倚杖挂書圖》、《題鄒小山手畫山水卷》、《題汪西灝花塢卜居圖》、《憫忠寺蘇靈芝書舍利碑》，繫於藝林，多可探討。乾隆十二年，爲江南副考官，有南游詩。十七年，命祭秦蜀兩省名川大山，作游華山詩多首。集中恭和賡制之作甚多，殆晚爲詞臣，了無新意矣。

臥山詩鈔三卷　乾隆九年刻本

胡栩然撰。栩然字夢園，號臥山，江蘇婁江人。幼習舉業，屢不售，遂棄而專力於詩。及冠，鳴於里中。王建初以女馥妻之。家貧無以自存，乃襆硯出游，館江右數年。雍正九年，應杭州聘途至蘇州，病卒，年三十六。是集爲王應奎選訂，有乾隆九年序。事具王馥所撰《行述》。歌詩健勁，主性情。《詠五人墓》、《題虢國夫人早朝圖》、《登虎丘塔雨望》、《玄墓山游春竹枝詞》、《述鄉人語》、《悲歌行》、《渡錢塘江》、《題雪林畫山水長卷》，感懷紀事，清婉自然。雍正間詩人沿清初風氣以奥衍爲宗者，遜其博大。轉師自然者，學問不足副之。栩然未經深造，而詩盡可讀，是亦差强人意耳。刊此集者其弟真靖，虞山東塔僧也。

尹文端集十卷　乾隆間刻本

尹繼善撰。繼善字元長，號望山，章佳氏，滿洲正黄旗人。雍正元年進士。由翰林編修官至文淵閣大學士。卒於乾隆三十六年，年七十六，謚文端。是集爲畢沅、嚴長明選刻，首門人袁枚序，其詩一千七百五十二首，僅什之三四耳。其詩沿溯中唐，兼採南宋陸、范，冲融和易，動中自然。嘗官滇五載，而任江南總督最久。晚居臺閣，與滿漢大臣多有酬贈。其中記江南諸勝，避暑山莊，詠西苑香山，金沙江紀行，不乏佳製。與劉墉、袁枚唱和最多。枚爲騷壇巨匠，實力賴之。王昶《蒲褐山房詩話》稱其「性嗜耽詠，詩等牛腰」，蓋有宿成，非徒附庸風雅可比耳。

陳石閭詩三十卷　近代雪石齋刻本

陳景元撰。景元號石閭，漢軍鑲紅旗人，奉天籍。善書畫，尤工於隸。與李鍇、戴亨以詩名，稱「遼東三子」。《四庫存目》著録《石閭詩》江西采進本一卷，乃其手書擬古詩六十餘首，以貽雷鋐者，前有短札亦其手書，鋐並鉤摹筆迹刻之。此編係楊鍾羲録劉承幹藏鈔本所刊，首李鍇序。生年據五十二歲初度詩計之，約康熙三十五年。景元恥言名利，甘老布衣，交接僅二三子。集中如《蒼鷹行》、《和李眉山三漢器歌》、《題王石谷書》，均較質實。餘則即事攄懷，古貌襲人。大抵本漢魏溯《三百篇》，規模陶、謝，故多古體。而性孤僻，思復刻峭，結習所近，乃在孟郊、賈島之間。見《四庫提要》。楊鍾羲《雪橋詩話》記其事稍詳。戴亨《慶芝堂詩集》載《哭陳石閭》詩云：「北宋南施次第推，百年風雅久頹隤。不從隆古爭雄長，誰信文壇有霸才。紫氣虚瞻函谷尹，大招頻上郭生臺。謾言三老遼東舊，郢技空存質已摧。」

稽古堂詩集不分卷 乾隆間刻本

許全治撰。全治字希舜，號歷畊，安徽歙縣人。未仕進。撰《稽古堂詩集》，爲其弟周和校刊，跋云：「遺稿爲祝融所忌，此僅收拾朋儕散帙之餘而已。」據集中雍正元年癸卯詩，當爲康熙三十五年生，年逾四十而歿。其詩無朋儕聯吟唱和之樂，亦無文物題圖之盛，游江南詩，偶見佳作，不以獺祭字面爲工。雍正三年，作《黄山雜記九十四首》，詠風景名勝，如天都、蓮花、朱砂、老人、丹霞、玉屏、始信等三十六峯，接引、迎客、送客、卧龍、蒲團諸松，又吟木蓮、香杜鵑、珍珠菜、雲霧茶等物産。詳加注釋，頗可參稽。

生香書屋詩集七卷　道光九年刻本

陳浩撰。浩字紫瀾，順天昌平人。雍正二年進士，改庶吉士。嘗典試福建，督學湖廣，官至少詹事。晚主大梁、宛南書院講席。學以程朱爲宗，著有《生香書屋文集》四卷。詩集爲道光間劉蔭堂據遺稿編刊，並爲序。所收詩始雍正七年至乾隆三十七年。以《庚辰元旦》有「六十五冬彈指過」句，計其生歲當爲康熙三十五年。卒年八十餘。浩詩宗唐，與李重華、諸錦齊名。宦轍所至，詠南北山川名蹟，較有性情。乾隆十八年視學湖北，刻《楚帆集》，今已收入卷三。《灘行棹歌詞》，記漢水上游魚梁、石門、亂石、龍渦諸灘，最得險趣。《江郎三片石》、《過賈閬仙墓》、《重修相國寺詩》、《題汪謹堂尚書臨黄庭内景經卷後》、《題玉井蓮圖》，亦集中佳作。懷友寄贈，爲方苞、沈德潛、張鵬翀、沈宗騫、錢陳羣、齊召南、杭世駿、錢載，均名家。嘗録《明詩約存》，作《偶檢前人緒論五言絶句二十首》。文人詄蕩，不失規矩，非徒以詞翰而顯也。

石笥山房詩集十二卷補遺四卷　咸豐二年重刻本

胡天游撰。天游榜姓方，一名騤，字雲持，一字稚威，浙江山陰人。雍正間兩舉副榜貢生。乾隆元年薦試博學鴻詞，報罷。於文工四六偶儷，詩亦雄健有氣，然自喜特甚。桐城方苞爲古文有重名，力詆之。前人如王士禛、朱彝尊詩文，徧摭其疵痏無完者，士大夫皆重其才而忌其口。乾隆二十三年客游蒲州卒，年六十三。事具朱仕琇所撰《傳》。《四庫》著録《石笥山房文集》六卷。詩集久無傳本。嘉慶元年，阮元集《兩浙輶軒録》得之後嗣，由戴殿海、朱文藻校刊，爲四卷本。趙希璜刊有十二卷本。道光二十六年，其四世孫學醇以所藏十二卷本，附輯遺詩爲《補遺》二卷、《續補遺》二卷示楊以增，咸豐二年，五世孫鳴泰謀刻之，即海源閣刻本，殆爲足本。集首楊以增、包世臣、强溱序，齊召南原序，各卷分體，共一千三百八十一首。古體《曉度安東觀海市已驟風雨》、《褚千峯歌》、《秋日游源渦》、《蜀阜寺觀吴大帝戰鼓歌》、《古柏行》、《曲沃行》、《秦松行》、《太學石鼓歌》、《泰安道院銅樓》、《秋尋陽明洞遂登羣峯》、《漢杜陵五鳳銅行燈檠歌》、《昌平行》、《將登華嶽》、《蜀岡瓦暖硯歌》，下筆縱横奇放，辭采瑰麗。《烈女李三行》，諸家選本多及之，取其社會紀實。《長安燈夕篇》、《題杭大宗松吹讀書圖》、《題汪西灝花塢卜居圖》、《蚺蛇俎示鄭生》、《題葦澗草堂寄淮南邊秀才》、《祁山人畫鷹》、《剡中人硯紙歌》，可徵事者尤多。《秦中懷古》、《太原懷古》、《白下懷古》、《燕京懷古》、《風詩六首》、《讀明史六首》，亦有神到見解。雍正間詩人，競以兩漢、魏晉爲宗，摹倣古體，不問世事。高者奥博沉雄，下者浮華滿紙。天游聲名藉甚，恃才傲物，忌者甚衆。觀所作《孤懷詩》，亦多坎壈不平。其工力不讓康熙諸老，而不能以詩史流傳者，時運使然也。

秋水齋詩集十五卷　乾隆間刻本

張映斗撰。映斗字雪子，號蘇潭，浙江烏程人。雍正十一年進士，改庶吉士，授編修。典試四川，乾隆十二年,卒於獲鹿驛館。此集爲其子守約、守愚編,湯右曾、周長發、齊召南序,受業夢麟校,夢麟,蒙古詩人。《四庫》列入《存目》。映斗爲詩清曠,受查慎行、湯右曾之知。《詠史八首》,爲兩周、秦、漢人物。《論文十首》,用七絶論詩之體。古風《瘞鶴銘歌》、《江城》、《沽酒行》、《雜述》、《山霧》、《題方岳金陀别墅圖》、《杭州學圃掘得表忠觀碑爲作五字古詩寄余蘿村博士》,更有才筆,能使議論,乾隆以後,解此者日漸少矣。通籍後與沈廷芳、錢陳羣等唱酬,索率之作不免。入棧諸詩,俱未能高張,詩境稍退矣。

螢照閣集詩六卷　乾隆二十年刻本

車騰芳撰。騰芳字圖南,一字蓼州,廣東番禺人。康熙五十九年舉人。乾隆元年應博學鴻詞,薦至京,後期,不得與試。官海豐教諭。晚主惠陽書院講席,從學者衆。乾隆二十年卒。甫歿,門下士匯刻此集,有門人莊有恭序。集共十六卷,内詩集分體六卷。騰芳生平推服屈大均,嘗刻《廣東新語》,大均書遭禁,版不存。與杭世駿有切磋之誼。五古《讀史十二首》、《村居》、《曉起觀潮》,七古《登靈洲山寺》、《畫梅歌》、《桐廬江行》、《剪波樓歌》並序、《珊瑚歌》、《銅鼓歌》、《車水行》、《下灘歌》、《打鼓行》,詠史賦事,均有所長。雍正元年北途中作《亢村驛題壁》,壁有「芙蓉花作斷腸草,昨日紅顔今日老」句,傳爲一女校書作,好事者續爲長歌,多載入集中,此其一也。七絶《燕臺雜詠》四首、《蘇臺雜詠》四首、《十八灘口號》、《西湖竹枝》、《荔枝詞》,研練清切,是亦善於賦景抒情者矣。

守坡居士集五卷續集二卷 乾隆四十一年刻本

宫去矜撰。去矜字伯申，山東高密人。爾勸子。少好吟詠。雍正三年隨家居至滇，碧雞金馬，無不探歷。初在浙刻《守坡居士集》十二卷，詩八百四十八首，刷印五百部。乾隆三十九年，官永州同知，復節録五卷附近作二卷刻爲此集。沈大成序，又沈德潛序，年已九十六。去矜詩筆凌厲，古體學韓、蘇，近似。《打河歌》、《盤龍江》、《湯山觀海》、《爲諸草廬先生題高松對論圖》、《五人墓》、《筠笑掘地得古甎取供硯材》、《得藏犬曰戞刺爲之作歌》、《呈錢香樹先生》、《余蓄有崔鑴子母猿圖見者索賦長歌》，頗詳今有。近體《滇南絶句》、《昆明初春雜詩》，無殊俗，不足備方乘之需。《題聊齋誌異六十首》，僅存後三十首。冀獲十二卷本，或可弋獲歟。集中附潘淳、沈大成、汪憲、王汝璧唱和原詩。

後雜題聊齋誌異三十首 並序

往歲于役豫章，遲榕軒、問庭於玉山之逆旅主人。適案頭有《聊齋誌異》一部，時非眠食，便用遮眼。燈灺酒闌，意有所觸，輒戲吟數句。積漸成二十四首，而兩君亦至，覽之相與拊掌。比登舟，又成六首，編刻余前集中，蓋四載於兹矣。歸里以來，杜門卻埽，既不耐典籍，而尋所以報劾三餐。驀憶前塵，頗有賸意。於是重自攟摭，再賦後雜題聊齋志異絶句三十首，共前後六十首。風水相遭，偶爾成文，一經開端，便致糜費紙墨。至其辭之爲雅爲鄭，爲莊爲諧，爲寓言爲卮言，了不自點檢也。過邗上，沃田見之書其篇首云：此書近人所作，非《殷芸小説》、《甘澤謠》之比。夜光之珠而彈彫陵之鵲，似可一而不必再也。旨哉言乎。記余去秋客錢塘，魚亭亦作如是語，此可以徵高明所見畧同。而諍友之能攻吾短，糺吾謬，爲大可感也夫。顧以因循，卽未鈔淨本，兹將彙續集鋟版，校閲之頃，始擬删去。因又念今之視昔，後之視今，今與古狐貉同一丘也。況其立説本荒唐也，游戲也，游戲荒唐，又何分今古低昂於其間哉。若云明珠彈鵲，正恐不是珠耳。錯在已成，賅而存之可乎。黄山谷手訂其集，存者裁四百餘首，計余五十以前所作芟棄者十之三四，又以知己之爭，去而又去者復多而不少。乃獨於此詩不自剛決，匪止慙吾直諒，視古人能自割愛之虛懷相徑庭爲何如耶。

廣利王晏梨花島，萬象冰壺滉瀁中。若不洞庭看月色，誰知此老遣辭工。　洞庭白衣人

白榆歷歷桂重重，清寂疑聞下界鐘。盍與吴剛伸勞苦，惟傳把臂到渠儂。　吴青庵

領得頭銜返舊邦，雌雄誰辨木蘭鬟。一從女狀元通籍，妙事無雙今有雙。　顔女

慾海廻瀾一遇之，情長情短意何其。不知繡佛長齋後，可憶横機試病時。　瓊華

浮雲富貴有危機，酒醆棊枰無是非。消受六年閒節序，輕肌細骨五銖衣。　雲蘿主

米岳研山灰刼餘，千年又説石清虛。東坡曾否仇池殉，放手人間卻蔑如。　石清虛

厭厭良夜燭花葶，更迭青絲絜玉壺。正好酒酣雙耳熱，檀槽牙撥泥香奴。　香奴

千花塔聳與雲齊，未似踏肩河漢低。冷眼看來愁纍卵，紛紛指點上天梯。　踏肩戲

煮鶴由來是厲階，遭烹異鴿適相儕。儻言鵓鴿能邀福，雁不能鳴福亦乖。黄山谷詩，鵓鴿之肉不可

食，人生不才果爲福。　鴿異

豈分重燃蠟炬灰，望夫須看石崔嵬。賺伊剜却心頭肉，博得相逢一笑來。　連城

鼓聲催上五文茵，振袖傾鬟便可人。人面如花花解舞，不知元是此花身。　晚霞

車笠纔分冰炭分，酬恩今古見將軍。迺知一飯區區意，他日千金未足云。　吴將軍

仕宦憑教爲令僕，旨哉彼婦乃知言。太平稅足無公事，識字畊田老一邨。　細侯

絶愛傭書陸押官，十年游戲佐清歡。怪他阿鴨無奇出，此意輕將世眼瞞。　陸押官

便耳嘉名亦解顔，校書應許綴新班。瘦羊博士饒清裁，一視雲臺直等閑。用雲臺博士。　博士

紅綃抹額錦腰纏，巴馬桃花不受鞭。射雁歸來較春色，謝家飛絮沈郎錢。　西湖主

翠袖天寒不自聊，夢中綵筆欲誰邀。卽今玉指環何在，香玉重來是玉簫。　香玉

明眸皓齒小垂髫，白打臨場作咲呶。最是紅韡輕蹴踘，阿那便捷一身交。　小翠

百歲相循似桔槔，才看夢覺又酕醄。馬蹄金與佳人面，等是凡夫畫地牢。　聶小倩

對影聞聲可奈何，伐毛洗髓豈同科。青囊零落無衣鉢，新得醫人女華陀。　嬌娜

不爭玉貌少肩差，强記猶當擅一家。何物狂生邀乱目，引來桐鳳上桐花。阮亭和李易安蝶戀花詞，郎似桐花、妾似桐花鳳。　青鳳

家國銷覺恨未央，深情一種付伊涼。琵琶亭外清歌歇，復有青州林四娘。琵琶亭用鄭婉娥事。　林

四娘

一枕遊仙妬曉鶯，因之羽化太憨生。　呢呢曲室要私誓，端讓紅襟燕主盟。　孫子楚

背痒心愁奈許譽，杜詩韓集試無靈。　劇需白木爲搔具，省得仙鞭到蔡經。　蕙芳

擬脱霓裳歲歲仍，黄庭一卷伴青燈。　金仙禮罷重稽首，訴盡春愁恐不勝。　雲棲

優鉢曇花現易休，兒啼夫泣不關愁。　如何瘞竹空山矣，又肯珠還十八秋。　青娥

酥酪醍醐未稱心，一甌鳩好勝蓍蕣。　可因半呷成追憶，病渴文園渴益深。　葛巾

長房何術地能縮，列子憑詩風可驂。　隨分天河招渡艇，打從星海縱奇探。　彭海秋

望中風景故清恬，烏桕西州句好拈。　恰到無著心眼處，紅蕉一綫映香奩。　芸娘

者番榮辱審酸鹹，劉阮何曾更署銜。　料得相遭先一笑，荷衣輪爾繡朝衫。　賈奉雉

《守坡居士續集》卷一

竹巖詩草二卷　乾隆四十年刻本

邊中寶撰。中寶字適畛，號竹巖，直隸任丘人。汝元子。與弟連寶均負詩名。雍正六年舉於鄉，官任順天、涿州、遵化學官。七十歸田。以子廷掄官徐州知州、常鎮通道、兩淮都轉鹽運使，南游就養。是集與汝元《漁山詩草》、連寶《隨園詩草》，均爲廷掄刻，鏤版甚佳。而三家以竹巖詩稍差遜。上卷爲游北京西山及上方

山、盤山詩。下卷爲南游詩，以揚州居多。《雲水洞歌》、《題祁門張侍御瑗劾平魏忠賢墓疏》、《遵化織繭歌》、《謁東平憲王墓》、《平山雜詠十六首》、《題冶春詩社圖八首》，較雅飭。餘則不耐玩味。乾隆三十七年，其弟連寶自南北旋卽歿，作《遥哭十弟十二首》。此集有乾隆四十年王錡序，計中寶已年逾八十矣。

西山詩鈔一卷　淮南學些歌一卷　道光二十七年重刻本

何晫撰。晫字念修，浙江山陰人。諸生。雍正十三年，巡撫趙國麟薦舉博學鴻詞，逾限停格。分發南河，未幾卒，年四十餘。是集爲其子經鶚校。初刻不知何年。道光間玄孫承恩重刊，首二十七年卓承恬序。詩無警特之作，《詠史二十首》僅存其三，殆全稿帙有散佚。《題朱草衣戴笠織屩圖》、《壬子除夕次李嘯村韻》、《全椒喜晤姜四齊園》，均吴敬梓友。詩亦作於秦淮間。附《淮南學些歌》一卷，爲賦《桃花扇》傳奇十首，喜其善引曲文，剖析微芒，録此以饗讀者。附贈詩帥光祖四首，徐煒、帥家相各一首，不俱録。

己巳夏僑寓廬陽郡廨偶檢孔稼部所製桃花扇曲翻閲數過不勝前朝治亂興廢之感因賦十律

莫道清歌非信史，儘留碧血續忠經。史閣部眼血，黄得功頭血，李香君面血，故云。銅駝淚洒秦淮冷，鐵板聲敲楚夢醒。復社衣冠壠草白，孝陵風雨佛燈青。陵左卽寧國寺。開元軼事誰能説，暮雨頹樓隔岸聽。

擁立金陵勢已殊，景陽鐘罷又吹竽。朝端冠履三家狗，《截磯》劇左良玉曲，吠唐堯聽使喚的三家狗。扇底烟花一斛珠。《媚座》劇馬士英曲，難道一斛珠，偏不能換蛾眉。折臂芹宫因黨魏，《閧丁》劇阮大鋮曲，無端折臂腰。斷頭蕪闉不忘朱。黄得功兵駐蕪湖。《刼寶》劇，黄得功拔劍大呼大小三軍來看斷頭將軍。即令惆悵江充客，青胤誰憑帝閽呼。後序云，幽囚太子誰爲世上江充。

夷門公子秣陵秋，金粉城中亂鐵鍪。瑶草亦羞丞相臉，馬士英字瑶草。《駡筵》劇，士英白，分宜相公嚴嵩，《鳴鳳記》中抹了花臉，着實醜看。桃花何惜美人頭。桃花指香君言。《駡筵》劇，阮大鋮白，客羞應斬美人頭。寧南命短孤臣恨，寧南侯左良玉卒於師中。淮北兵虚殘局收。三鎮移兵防，江徐淮營空，北兵乘虚南下。老淚西風吹閣部，《沉江》劇合曲，滿腔憤恨向誰言，老淚風吹面。至今梅嶺著揚州。史可法葬衣冠於梅花嶺。

忠佞從來涇渭分，陪京防亂禍生因。吴次尾有《留都防亂揭》帖，黨禍由此成。鴛鴦早折行行券，《題畫》劇，侯公子曲，一行行寫下鴛鴦券。鹿馬都成滚滚塵。《媚座》劇，馬士英白，人都説養馬成羣，滚滚不定，怎知立君由我，殺人何妨。經濟於今描粉墨，《選優》劇，阮大鋮曲，恨不能腮描粉墨。綱常自古讓釵巾。買香蘭署真堪笑，《拒媒》劇，楊文驄曲，蘭署裏買香熏。蝶使蜂媒到處春。楊文驄始爲香君作伐，繼爲田仰强娶，卒令李貞麗代嫁，故云。

陳隋烟月已迷離，玉樹聲同畫角悲。歌吹南都癡帝子，田雯《桃花扇題辭》，卻怪齊梁癡帝子，莫愁湖上往年年。旌旗東下莽男兒。《撫兵》劇，左良玉曲，莽男兒，走偏天涯。團瓢道士招魂慘，《入道》劇合曲，建極寶殿改作團瓢。細柳夫人斬將奇。總兵許定國妻侯夫人賺殺高傑。鐵練不愁江底斷，片函喝退漢陽師。左良玉東下，侯生寫書阻之。

樞翻軸覆事難諳，滿屋新聲冷客淡。局敗權門錯認十，《鬨丁》劇，阮大鋮曲，十錯認無人辨。議成藩邸罪椿三。《阻奸》劇，史可法曲，這來書謀迎議立，邀功情切。侯生曲，福藩罪案三椿大。英雄末路從軍北，高傑防河，侯生爲參謀。廟社中興定霸南。《阻奸》劇，侯生曲，中興定霸如光武。窩鬧兒曹大業去，《爭位》劇，史可法曲，已早窩裏相爭鬧，笑中興，封了一夥小兒曹。又史可法曲，事業全去了。黄金壩上戰聲酣。高傑因爭位與三鎮戰於黄金壩。

擊筑吹簫不可論，板橋柳抹夕陽痕。南朝雅客風流嘴，《媚座》劇，馬士英曲，南朝雅客半閒堂，且説風流嘴。西廠閹兒線索門。《鬨丁》劇，吴次尾曲，西廠索長線。白髮雲霞歸紫炁，張瑶星後爲道士。青樓羅綺薄朱軒。李香君卻奩。媚香尚鎖春風院，媚香樓，香君居住之所。孟德肯教故劍捫。後序云，轣轢元妃忍作朝中孟德。

咽斷歌喉暮氣熅，漫翻舊案譜新聞。龍姿肯把璽符讓，《設朝》劇，弘光曲，黄袍加體，嵩呼拜舞，百忙難把璽符讓。雞肋應將筆研焚。《鬨丁》劇，阮大鋮曲，難當雞肋拳揎。吴次尾曲，儒冠打扁歸家，應自焚筆研。東海王孫誇皂隸，《餘韻》劇，徐青君白，自家魏國公嫡親公子，今在上元縣當了一名皂隸。漁陽鼓史愧紅裙。《罵筵》劇，香君曲，俺做個女禰衡槌漁陽聲聲罵，看他懂不懂。山温水灔春無價，更羡勾欄住白雲。卞玉京入山修道。

鐘岫宫廷草色荍，新君稗政日紛紜。雌雄隊裏刀鎗軟，《移防》劇，史可法曲，刀槍軟，怎鬬雌雄。朱紫叢中門户分。《娼座》劇，馬士英白，别分門，恩濟威。又白，那朱紫滿朝，不過呼朋引黨。傳檄俠腸寒易水，《草檄》劇，袁繼咸、黄澍白，柳先生竟是荆軻之流，吾輩當以白衣冠送之。誓師血淚濕邗雲。《誓師》劇，史可法一腔血作淚零。北門鎖鑰終無濟，《誓師》劇，史可法白，守住這揚州城，便是北門鎖鑰了。寂寞魚龍泣水濆。《切寶》劇，弘光曲，寂寞魚龍，潛泣江頭。

天子無愁語笑譁，《選優》劇，弘光曲，無愁天子，語笑喧譁。薰風殿裏月光賒。弘光殿額薰風。又對聯有一年幾見月當頭句。蛾眉採自春卿議，禮部錢謙益採選宫娥。燕子書來政府家。大學士王鐸楷書《燕子箋》脚本。蘇柳樵漁還問答，蘇昆生、柳敬亭後一爲樵子，一爲漁父。吴陳文字等泥沙。吴次尾、陳定生。金吾拂袖松風閣，《歸山》劇，張薇曲，蓋了松風草閣，等着俺白雲嘯傲。指點癡蟲短夢差。《入道》劇，張薇曲，再不許癡蟲兒自吐柔絲縛萬遍。又曲，翅楞楞鴛鴦夢醒好開交。《淮南學些歌》

芳茵園詩集不分卷　乾隆十二年刻本

祁琳撰。琳字景純，陝西咸寧人。四十學詩。乾隆十二年殁，其嗣刻《芳茵園詩集》。首胡中藻序。中藻字翰選，江西新建人，鄂爾泰門生，乾隆九年官陝西學政，自刻詩曰《堅磨生詩鈔》，二十年，乾隆指中藻以堅磨生自號，爲有心謀逆，摘其詩中「又降一世夏秋冬」、「一把心腸論濁清」、「天非開清泰」等句，謂爲謗訕詆燬，遂被刑誅。《堅磨生詩鈔》禁燬，多年來隻字未存。是集爲晚晴簃舊藏，《詩匯》選琳詩，不及中藻。今偶得此序，不意其文章猶剩在天壤間也。

序

胡中藻

夫詩雖言志舒情，要皆山川靈秀之氣鍾乎其內，而雄峭幽奇，各不相襲。嚴滄浪著論云，詩有別才，非關於學，蓋以有鑑於斯乎。西安爲三唐文物藪，終南列前，渭水縈後。加以繡嶺曲江與蓬瀛鬬勝，故一時騷人韻士，往往遊覽吟咏，低徊留之不能去。向非性趣宿洽，胡能眷戀如是哉。今風流縱杳，繼起寥寥，然亦非音沉響絶者。予督學關中，於兹三載，校試餘閑，間採其詩。評賞之下，嘆自三唐以來，世遠時隔，遺風猶未墜也。兹值疆圉單閼冬，又將之任粵西。適有涇邑張子搢玉過我，持青門祁子景純《芳茵園集》校閱。余反覆細玩，見渾厚之中，復饒清新，其三唐詩人之伯仲乎。搢玉爲予言景純失恃後，支持家計，未獲沉酣載籍。乃鏤雲琢月，工於聲律，殆所謂天授者與。然亦終南渭水、繡嶺曲江之秀氣所鍾故爾。今人琴抱恨，風雅猶存，布梨棗而刊行，於以鼓吹休明，誰曰不可。乾隆丁卯嘉平學使者吾山胡中藻題。《芳茵園詩集》卷首

秋塍三州詩鈔四卷 乾隆十一年刻本

魯曾煜撰。曾煜字敂人，號秋塍，浙江會稽人。康熙六十年進士，改庶吉士，未授職，乞養親歸。主廣

州、汴州、杭州講席，以教生徒終於家。孟超然《瓶菴居士詩鈔》載《追憶魯秋塍師》云：「壬申歲云暮，公將返江鄉。逾歲得手書，授經居錢唐。誰識道山招，九月零清霜。」可證曾煜卒於乾隆癸酉十八年九月。著有《文鈔》十二卷，乾隆九年刻，納蘭常安、胡浚序。《詩鈔》四卷，自序，一、二卷《杭州稿》，卷三《汴州稿》，卷四《廣州稿》。《四庫存目》著録。曾煜自明以來世家，見《家傳紀畧》七首注。習於史事。《諸生論史因記十首》、《明宫雜詠十二首》、《跋扈行》、《唐京篇》，均爲論史佳作。居杭，與丁敬、桑調元、厲鶚、杭世駿、周京、陳兆崙、施謙等唱贈，過揚，與王箴輿有交往。所作《登五洩山》、《游銅巖歌》、《碧江草堂椽筆歌》、《余文蘿村於杭庠掘得表忠觀殘碑》、《題邊頤公畫蘆雁》，清雅深健，無浮靡之習。居汴有《看演蔡中郎故事》、《桃花扇傳奇訂誤》等作。《催租行》一篇，記汴州農民反抗情景，靡不畢見。居粤，詠仙霞、大庾、銅鼓、孔雀、冰裔諸篇，意境深闊。《南雄女子赤脚行》，亦可以社會史料目之。詩云：「南雄女子多赤脚，前指後趺泥橐橐。生來不解足糾纏，何處應須絇履著。頭遮釋笠布爲簷，腰繫麻裙帶垂索。壓肩機器勢低昂，約背小兒形束縛。前溪打水走如飛，懸磴斫薪步似躍。亦有雙蛾久不修，豈無面首不膏油。暮歸夫壻多恩愛，雞栅牛欄卽並頭。曾窺吴女鳳頭鞋，亦見燕姬金雀釵。芙蓉脂肉桃花面，願嫁蕭郎事不諧。無端充選良家數，盛年轉被君恩誤。零落秋風團扇歌，淒涼夜雨長門賦。豪貴還多買俊姝，葳蕤深鎖曲房居。夫人夜襲摻刀婢，丞相朝乘短犢車。嗚呼薄命是紅顔，青史茫茫事可憐。君不見緑珠樓馬嵬驛，不如南雄女子安穩眠。」又有七古《跋扈行》，托古諷今，張應昌《詩鐸》選之。

桃花扇傳奇訂誤五首

才子聲名魁復社，翰林風月冠吴趨。閒來舊院翻新曲，同聽歌喉小串珠。侯朝宗訪李香君，與張天如偕往，今《桃花扇》誤楊龍友。

奄兒心事費招要，豈有調停仗阿嬌。公子自藏金跳脱，將軍莫進董妖嬈。阮大鋮贈奩，有王將軍爲之緩頰，今《桃花扇》亦誤楊龍友。

顒頏深宫讀曲時，李香不學李師師。無愁天子難消受，京兆田郎枉見疑。田仰買李香爲妾，香不往。仰遺書責朝宗。無李貞麗代嫁事。

尚書甲第已滄桑，屈子離騷四負堂。只有佳人難再得，更無弓劍憶君王。朝宗歸歸德，應順治二年乙酉科鄉試。無《桃花扇》後半事。

春色年年事可哀，煙花南部閉青苔。蚤知續命無長縷，悔不當初入道來。朝宗早夭，無入道事。

《汴州稿》

催租行

陳穀虧，新穀熟，大户催租督田僕。主家之貴新開府，僕之來兮猛如虎。主家之富贏千倉，僕之來兮貪如狼。老農瞥見嚇破膽，鮮衣危帽坐飲噉。諦視畜牧盡刮收，小者鵝鴨大羊牛。忽來調戲機上女，傍有睨者爲大怒。鼕鼕打鼓以號衆，壯夫數十頃刻聚。交捽其髮厭老拳，僕之去兮脱如虎。嗚呼，僕之去兮突如兔，寒鴉啞啞孤村暮。《汴州稿》

唐京篇 序

昇之《長安古意》、賓王《帝京》、《疇昔》諸篇，粵人誦之，凡詩家取爲正鵠，不知鋪列雖麗，而旨未細切。余纂志之暇，成《唐京》一篇，由武德始至天寶止，不令事蹟逸出云。

黑水西河惟雍州，前有周秦後炎劉。更歷開皇兆妖夢，大興城中洪波流。果然勁甲晉陽起，一入關中勢莫亾。此關控扼當潼水，北繞黃河數千里。秦漢函關都在東，秦函谷在陝州，漢函谷在新安。傳是桃林放牛址。春秋時晉侯使詹嘉處瑕守桃林之塞。杜預曰：潼關是也。《元和志》謂卽周武放牛地。其中翼翼起都城，三重內外費經營。唐都城凡三重，一京城，一皇城，一宮城，宮城一曰子城。內拱皇居與帝室，左有眷化右通明。入太極宮□西二門。宮殿最尊是太極，下見終南好山色。永徽復建大名宮，仍連西內稍東北。太極名西內，以大名在東也。南去巍巍名興慶，三內區來總不隔。唐三大內，東內、西內、南內，東內爲大名，西內爲太極，南內爲興慶，三內複道相連。三宮之後三苑開，唐大內有三苑，西內苑、東內苑、禁苑也。渭川灞水繞池臺。灞滻繞東，渭川則貫東北。長橋飛作彩虹勢，大阜突如巨象豗。燕姬隊隊持宮扇，吳女亭亭進壽盃。臂留紅處承恩日，面注丹時入月來。禁苑之西梨園在，梨園在光化門之北，出禁苑西頭第一門。兩處教坊都入内。左右教坊妓常召入宜春院。蚤看搊彈家上場，平人女選入宮教習諸樂器者，曰搊彈家。更許前頭人賜對。妓人入内曰前頭人，每月二十六日得以母對。點來健舞與軟舞，凡出戲，上以墨點者舞，曰進舞，其所舞有分，或曰健舞，或曰軟舞。羞煞阿姑並阿妹。黄幡綽見妓肥大年長者，呼曰屈突干阿姑。貌類外邦者，呼曰康太賓阿妹。宮闕之南朱雀門，九三乾卦大臣尊。朱雀街有六條，象乾卦六爻，九三，在朱雀門立百司府以應君子。已見東西分省出，中書省出東日華門，門下省出西月華門。復看南北兩軍屯。南衙屯宮，南北衙屯禁苑。金鑾坡近晨趨便，東學士院移金鑾殿西，便朝也。玉女香薰晚直温。槐市開時土物至，太學生四方來者各携土物，至槐市賣之。選門閉日大官煩。吏部院選官，日則閉門，否則開。其南坊巷一百一，乃是民廛店舍繁。朱雀門外縱横皆十坊，士庶居之。六典所云一百一十坊也。遊觀地數曲江首，曲江在京城内東南，隋宇文愷以其地高，乃鑿池厭勝之。至唐遂成勝境。占斷東南三百畝。凡占地三十頃。娟娟水面發芰荷，鬱鬱岸頭新蒲柳。翠幕如雲各縱横，油車似霧紛左右。曲江三月三日、九月九日，京城士女欒幕雲布，車馬填塞。好鬬妖姬杜曲花，還開公子新豐酒。春秋佳日最難忘，三月之三九月九。蒼涼陳蹟幾紛更，陳寶雌雄空戰爭。茫茫五時飛蛾出，秦立白青黄赤四帝祠，漢又立黑帝祠。寂寂七陵野鳩鳴。高帝長陵、惠帝安陵、景帝陽陵、武帝茂陵、昭帝平陵，此五陵在渭北。文帝霸陵、宣帝杜陵在渭南。班孟堅《西京賦》云：北眺五陵。後世但曰五陵，語順也。石鼓幾摩周太史，銅人或遇薊先生。百年玉木根何處，甘泉谷北岸有槐爲玉木根。揚雄《甘泉賦》，翠玉木之菁葱。一樹鄭花誰削成。唐昌觀玉蕊花，長安惟有一株。或詠之曰：一樹瓏鬆誰刻成。山谷曰，此名鄭花，江南有之。坑儒谷有愍儒號，唐改坑儒谷曰愍儒鄉。集仙殿易集賢名。玄宗易。窮塵歷刼何煩説，地老天荒總不平。嗚呼形勢重崤函，誰識興亡遞若環。李花河北乘時發，楊柳江南焉復攀。恰同離黍三章後，秦時明月漢時關。須知奕葉蟠根大，不在區區百二間。君看夜半延秋出，第一先來阿犖山。《廣州稿》

矢音集十卷　乾隆間刻本

梁詩正撰。詩正字養仲，號薌林，浙江錢塘人。雍正八年一甲三名進士，授翰林院編修。乾隆間充《續文獻通考》總裁。官至吏部尚書，東閣大學士。二十八年卒，年六十八，謚文莊。此集爲錢陳羣、裘曰修、馮浩序，詩共九百二十首。詩正由詞臣入内廷，屢隨扈車。東至遼東，北出木蘭，南巡江浙，每有賡和奉制之作。其詞工穩雅健，汪由敦以外，無能及者。題畫詩心營目識，所見甚博。自謂：「昔蘇東坡善次韻，每遇艱險處，恆以譬喻出之，是以信手驅駕，毫無窒礙。吾竊得此秘，故能游行自在，天然湊泊耳。」見王昶《蒲褐山房詩話》。是亦有可備采擇者焉。子同書，有《頻羅菴集》。

孤石山房詩集六卷　乾隆三十二年刻本

沈心撰。心字房仲，號東隅，又號松有，浙江仁和人。諸生。與弟廷芳並以才名。爲海寧查氏甥，得查慎行詩法。廷芳入史館，校秘書，官至按察使。心終老不遇，唯以吟詠自解。嘗獲曹倦圃石，齋中殘書數卷外惟此石，因以孤石名齋而名集。是集由沈德潛、桑調元重訂。有查慎行、查嗣瑮舊序，陳浩序。《四庫》列入《存目》。杭世駿爲撰《墓誌》，無生卒年。今以集中《三十初度》詩計之，約生於康熙三十六年。乾隆二十四年爲董柴《綿上四山人詩集》作序，已在六十以後，生平南遊嶺嶠，北走京師，攬勝懷古之詩，時具壯采。《懷人絶句十六首》、《哭初白先生》、《哭查浦先生》、《贈歸愚叔》、《閱本朝諸名人詩題集後八首》、《論印絶句十二首》，善使議論，淵源有自。與廷芳合作《硯林精舍二十詠》。廷芳於濟寧建南池杜祠，以詩紀之，又作《題杜少陵像三首》。與厲鶚、丁敬、金農、鄭燮、邊壽民善交。《贈厲太鴻徵君》、《丁鈍丁屬畫龍泓洞圖因繫以詩》、《金壽門以手寫墨梅見寄》、《留别鄭板橋》、《題邊頤公葦間書屋圖》等篇，關係藝壇者甚多。《唐玄宗泰山銘歌》、《北京白雲觀唐塑老子像歌》、《題南宋陳珂墨竹》，尤見才力富健。姚鼐有《房仲詩選》，甚譽之。蓋鼐世父姚範與沈廷芳同學，廷芳子與鼐同官郎署，故有此選也。周長發《賜書堂詩鈔》有《題沈松有孤石山房圖》。

論印絶句十二首

嬴秦小璽日星垂，手鍥昆吾丞相斯。神物舊題清閟老，祥雲何處護盤螭。秦時小璽，其文曰「疢疾除永康休萬壽寧」，元時爲倪元鎮物。元鎮詩云：「匣藏一紐秦朝印，白玉盤螭小篆文。」後轉入于沈啟南、陸叔平、顧汝由諸家。今不知歸何所矣。

流傳譜録任君參，昔士何曾乏指南。四語陽冰示真訣，此中三昧幾人諳。

破墨神樓枉作圖，封泥署紙儘摩挲。鄴侯偶刻端居室，齋館紛紛結構多。金陵劉元瑞無力建樓，文徵仲爲繪神樓圖。鄴侯端居室印爲齋堂等印之鼻祖。又徵仲嘗云：我之書屋，多于印上起造。

遥想風流白石郎，鳳儀恰好對鷹揚。高情遊戲昭千古，印入丹砂名姓香。姜夔有一印云「鷹揚周室鳳儀虞廷」，以隱其姓名。

鎸雕成句太紛拏，填篋充囊古意誣。回首當時誰作俑，拘文秋壑厚顔無。賈似道有「賢者而後樂此」一印。自後成沿，多刻成語。

鷗波亭子一燈明，籀篆精詳著墨兵。直祖南唐徐氏法，傳衣閲世得文彭。趙子昂有《印史》。

倒好嬉因諧謔傳，樓居跛叟望如仙。一生羲頡窮文字，留取金針學古編。吾丘子行，於管仲姬畫上倒用「好嬉子」印。子昂見云：此老以婦人能畫，直是倒好嬉子耳。子行有《學古編》。

幽居巷裏隱蓬蒿，蟠匾精神凝瑶刀。肇錫嘉名方寸鐵，勒銘固是一時豪。朱伯盛住崑山幽居巷，張伯雨名其刀曰方寸鐵，謝子蘭作銘，楊廉夫作志。

淹博良士識苦心，斷碑泐鼓費搜尋。遥遥身處周秦後，散易居然蕉雪林。朱修能有《蕉雪林印品》。陳仲醇序之云：此同周秦以後一部散易也。

鸞翥蛟蟠見古人，流臚韻格挹天真。埜狐禪踵霅漁派，全失秦朱漢白神。

萬吕陳黄擅遊藝，顧云美徐士白異曲却同工。真詮今落龍泓洞，絶技刀藏坶數公。錢塘丁鈍丁精于篆刻，深得古法。

辛苦雕蟲細討論，平生嗜古性猶存。每憐共賞無迂鐵，海寧馬寒中，晚號迂鐵老人。隻眼只推金壽門。

《孤石山房詩集》卷三

濰縣鄭板橋明府招同朱天門孝廉椒園弟飲郭氏園分韻得之字

頻年斲璞心相思，馬異寄盧仝詩：白玉璞裏斲出相思心。相見各訝添霜髭。小于河畔挽墨綬，風流爲政官維夷。

户静千村絶木皂，琴張百衲調冰絲。衝暑我來苦汗雨，塵途何處招凉颸。

辟疆舊築古堞下，映衣深碧苔痕滋。修篁斜影仿畫手，老檜清氣涵詩脾。

瓊漿乍酌青玉案，綺席旋傍紅鵝池。火雲晚閣光漸淡，酒酣話舊形骸遺。

遠跡秋蓬感海岱，宦情客緒皆天涯。江南鄉樹宛在眼，西湖夢杳明波璃。

異國山川洵多美，浮生合併如夙期。一尊此日足何惜，秘藏共賞神尤怡。時出秦漢碑拓及佳硯名印見示。

庖按憲章除北饌，段文昌有食憲草。座依丘壑超南皮。荒蔓茸茸宅狐兔，洛陽園記增嗟咨。

劇喜尚書綿世澤，花木仍向雲礽貽。今朝雅集極幽暢，爪泥應動人追惟。丹楓寒雁愁旅館，班荆轉憶邗溝時。吟成擲筆發高興，亟寄髯金索和之。庚申歲客揚州，與板橋訂交於金壽門寓樓。《孤石山房詩集》卷四

香雪詩鈔不分卷　乾隆間刻本

曹學詩撰。學詩字以南，一字震亭，又字震亨，安徽歙縣人。乾隆十三年進士。官内閣中書。著有《香雪文鈔》。卒於乾隆二十三年，年六十二。《詩鈔》爲門人金忠濤編。一名《鄂渚宦游集》，爲乾隆十六年簡發湖北崇陽所作詩。有慎郡王序、沈德潛序。以詠皖贛、江漢山水都會爲多。《黄池》、《石鐘山》、《渡江行》、《赤壁》、《黄州快哉亭》、《謁乖厓公祠》、《武昌》、《蒲圻》、《鐵佛寺》、《泊九江府》、《渡鄱陽湖作歌》，流連景物之篇，概可見焉。《出北郊操演民壯》、《崇陽署中》、《兑漕南米後出西門祭江神丁靖公廟》、《隨永制府巡城黄鶴樓》、《修孔塘堰江水塘賦示諸父老》，於當地形勢，官事風俗，亦多以詩存之。其詩運筆靈秀。平生所詠，不盡於此。餘均未可踪跡耳。同郡江權《詩集》數刻，爲學詩評。

半舫齋編年詩二十卷　乾隆三十六年刻本

夏之蓉撰。之蓉字芙裳，號醴谷，又號半舫老人，江蘇高郵人。雍正四年舉人，官鹽城教諭。十一年，與

弟廷芝同登進士。乾隆元年舉博學鴻詞列二等，授檢討。嘗充福建鄉試正考官，廣東湖南學政。歸主鍾山、淮安、麗正書院講席。卒於乾隆四十九年，年八十八。之蓉通經史，善古文。有《眺征集》，包括《使閩草》、《使粵草》、《使楚草》三卷，十五年刊於潭州。又有《半舫齋古文》八卷別刊。此集爲其子曉堂、孫味堂校刊，首周長發、傅爲詝序，門弟子茹敦和、陶易詩序，侯學詩跋。編年詩起自康熙丁酉五十六年，刪存爲一千一百餘首。其詩於唐、宋、元、明諸大家無不傚習，尤尊李、杜、韓、蘇。五古《書太白少陵昌黎東坡詩集後四首》、七律《讀白香山詩集》、《讀查初白先生蘇詩注》等篇，足窺論詩之旨。《讀宋詩》四首云：「自來窮不關詩句，莫笑梅公語帶酸。崖蜜終然輸諫果，好從餘味領都官。」「詩到西崑古法亡，斬荒流薉得歐陽。不從子美求衣鉢，那得昌黎一瓣香。自注：陳后山謂歐公不喜杜詩，前人有辨之者。」「韁鎖獨驚香象脱，丘山筆力壓羣纖。烏臺詩帳何須舉，千古人龍是子瞻。自注：用王介甫語。」「江湖浪跡竟何之，筆底風雲有所思。試讀王師收復句，分明一卷杜陵詩。」《與友人論明詩》云：「前明一代論風雅，誰擅作手開其源。三百年中凡幾變，別裁僞體驅旁門。青田欝崒首佐命，雄才猛氣如獅蹲。喝月倒行呼雨降，濡染大筆殊騰騫。青丘先生神獨王，探勝尋幽得閒放。九首清歌邁今古，國初壇坫推宗匠。獻陵景陵涵濡深，風休中葉稱太平。詞鋒叢起學海沸，欲悉數之難具名。前有賓之後獻吉，二李詞華誠蕩潏。仲默風徽絶倫等，七子壇中邈難匹。弇州家世蘭桂森，于鱗突起誇南金。海内奔馳仰山斗，紫瀾白雪何嶔崟。門户依然宗北地，下視時人高意氣。手摩秦漢追盛唐，譬嚼空盤了無味。清微晚得歸季思，開卷似讀陶公詩。自撫朱弦發高韻，掃除嘈囋無塵緇。吁嗟乎，讀書論世貴得真，文章千古通精神。高吟留留者誰子，莫緣横議迷仙津。少陵野老公且恕，不薄今人愛古人。」集中得力之作，如《觀潮詩》、《過十八灘》、《羊城懷古》六首、《七星巖》、《獨秀山》、《潭州懷古》、《登南嶽祝融峯》、《耒陽杜少陵墓》、《苗俗截句十首》、《崇川雜詠四首》、《題帖雜詩十首》，體制不一，要皆發抒性情，力湔側豔纖靡之習。《饑口行》、《糶廠行》、《粥廠行》，備言民艱。《紀疫詩》有云：「春來波臣漸安渚，眼中井邑何蕭條。江南米價貴如玉，自注：今春斗米值錢三百四十。鴻雁雖集仍嗷嗷。上者簸穅食其屑，下者所食惟黎蒿。腸胃作苦能致疾，況念骨肉心燔焦。時維四月火司正，毒役四起乘炎熇。近逮蘇杭遠陳潁，野烏啼徹哀猿號。連村比屋相枕藉，醫治藥石徒煩勞。城中櫬櫝賣已盡，藁束席卷埋荒郊。就中耕氓癘加甚，政如隕籜遭寒飈。」此乾隆二十一年事，摹繪江南饑饉情景，蓋信史也。至居燕京所作《觀廟市》，則純屬昇平氣象。卷三《謁朱高安相公》，記大學士朱軾寓煤市街，屋僅數椽。詩有云：「私居值養痾，我見於寢室。室中竟何有，卓立但四壁。狐裘毛不温，布被池無飾。寒士所不堪，公意有餘適。自注：時予問疾休側，所見敝簀單籍，門不施箔，架上止一筐貯朝衣冠，他無長物。金質寒更堅，玉德潤以粟。已傳隱之清，猶嫌仲叔激。自注：公以病退休，貧約幾斷炊，筠莊兄奉十金爲壽，公啟封周視，笑曰：吾意已領矣，仍付還。」《清史稿》稱軾「純修清德，負一時重望」。讀此詩知封建時代有大吏廉介如此，亦難能可貴矣。之蓉從兄之芳，官御史，嘗航海巡視臺灣，撰《東寧雜詠》，有《哭筠莊兄》，畧見其行實。與名流黄叔琳、沈德潛、李鍇、胡天游，杭世駿、張湄、齊召南時有唱酬。卷二《讀史得快恨詩各六則繫以詩》，六快謂西門豹投巫於河，汲長孺矯制發倉粟，朱槐里折五鹿爲宗，狄梁公褫裘衣家奴，李太白命高力士脱鞾，張文定一榜盡賜及第。六恨爲申生被讒，項羽困垓下作歌，李北平數奇不封侯，禰正平爲鼓吏，劉去華對策下第，宗忠簡呼過河者三。黄達《一樓集》、賈田祖《稻孫集》均有和詩。卷十八《過袁簡齋隨園》詩，時袁枚年纔三十。卷十七《寄味堂》，味堂爲其孫，年僅十三，而之蓉年六十一。至集中詠物詩，如廣東龍頭蝦、木棉、羊桃酒、翡翠鳥、雪面雞，在湖南作《永順署中觀虎豹》、《兩頭蛇》，偶有發揮，皆得事外。其詩包羅衆有，語多俊爽，傳物達情，不以雕飾之語爲工，不以月露之詞擅美，海内士多風仰焉。

上蓬辣灘

二纜前繫三丈强，百夫纍纍相牽當。短絙八尺束腰股，二十餘夫力如虎。艢邊十人爭下篙，亂流而進凌風濤。一聲欸乃似波沸，船頭移動纔分毫。此灘上游高五尺，建瓴之勢如矢直。横流逆折竄驚鴻，亂石粼粼傍舟側。寒雲掠地風雨收，王將軍廟垂嶺頭。岸側有龜齡先生廟。呼童速撥茶爐火，浹背汗已如水流。《半舫齋編年詩》卷七

大埔道中所見

大浦城南萬山紫，村人卜宅雲巢裏。伐薪聊可備朝爨，赤脚衝寒二十里。男不得暇皆女爲，詰曲懸崖自逶迤。時廻野鈿穿山花，百丈游塵向空起。綦巾縞袂聊可樂，未讓扶行謝家婢。舟中笑語方

喧呶蜑船婦，卯酒初醒整簪珥。《半舫齋編年詩》卷八

澳門

岧岧連葉嶺，遠抱香山境。升高俯斷空，海水發深艷。浪白市已墟，相招就蠔境。番舶舊停浪白，今皆集蠔境，出香山縣百二十里。野屋裊孤煙，島嶼相掩映。鬼奴形模奇，跂踵而交脛。藉此法王寺，陰森設椎柄。朱囊吸微風，金鼓雜璆磬。竇鬟與華襦，擅巧伏機穽。夷情固難料，苛法亦徒病。寄言防禦使，播德作威令。《半舫齋編年詩》卷九

先庚學吟集不分卷　嘉慶七年刻本

徐璣撰。璣字陶村，號愚谷，江西鄱陽人。雍正八年進士。官湖南耒陽、河南嵩縣知縣。是集爲其姪正倫刻。自序云：「吟始庚寅，十年學于家塾鄉里，庚子以後十年，學于郡邑會議。吟之學先自庚，學之更亦庚以先之。先之者，抑後有繼之也。」此集名之所由。作者爲詩，不甚高格。棄其空疏，如《耒陽古迹》、《耒城竹枝詞》、《康節邵夫人墓》、《詠懷古迹五首》、《讀少陵集》、《湘江行》、《奉命相度伏牛山情形移駐員弁分設汛舖並定會巡善後事宜》等篇，均有可資。《嵩縣志》有傳，未詳生卒年代。據《除夕賦得四十明朝過》自注：「開歲爲乾隆元年」，則康熙三十六年，是璣生歲也。

白鶴堂晚年自訂詩稿二卷續稿一卷 乾隆間刻本

彭端淑撰。端淑字儀一，一字樂齋，四川丹稜人。雍正十一年進士。由吏部郎中出爲廣東肇羅道，歸主錦江書院講席。卒於乾隆四十二年，年八十一。與弟肇洙、遵泗俱知名於時，有「三彭」之目。此集乾隆三十六年自序謂，五十始爲詩，前後所作六百篇，檢存一百二十篇，故題《晚年自訂詩稿》。四十一年復增《續稿》一卷。爲詩古體尊漢魏，近體學李、杜、王、韋。五古《由硤石出肴谷》、《大士崑》、《題工部草堂》、《酬沈欽翁見寄》，七古《三峽吟》、《桂嶺道中山水歌》、《題高其佩指畫雙牛鬥水圖》，質實厚重。近體無多。五律《過大佛巖》云：「百丈凌雲上，三江匯足流。波濤長在眼，風雨已經秋。曲徑迷行跡，蒼苔點客舟。舟行悠已遠，回首失嘉州。」亦非至者。蓋作者固以節行文章名世，不以詩聞也。沈廷芳《隱拙齋集》有《讀白鶴堂詩寄彭儀一觀察詩》二首。

小獨秀齋詩二卷 窺園吟稿一卷 江上吟一卷 三晉遊草一卷 夕秀軒遺草一卷 惜餘存稿一卷 劍溪外集一卷 乾隆間刻本

喬億撰。億字慕韓，號劍溪，江蘇寶應人。曾祖可聘，明季侍御史，入清不仕。有《讀書劄記》四卷，《四庫》著録，詩見卓爾堪《遺民詩》。祖萊，號石林，康熙十八年博學鴻詞，官侍讀，伯父崇烈，康熙四十五年進士，均有集，見前。父崇修，雍正間官銅陵教諭。億爲國子監生，從沈德潛游。與王楙竑、方觀承、曹錫寶、王述濬、鮑皋、程夢星、沈廷敬諸家唱酬，爲「白田七子」之一。是集家刻，沈德潛序於乾隆六年。尚有《劍溪説詩》、《杜詩義法》附刻。其詩格近中唐，華實相副，無衒奇標榜之習。晚講學晉中諸書院，歷名城勝蹟，每有吟哦。嘗造訪喬于洞於漪氏，爲詩敍喬氏家世。又有《客氏拜》，敍天啟故事，《晚晴簃詩滙》收之，同時詩人閔崋亦有此題。朱彬《游道堂集》載《劍溪先生墓表》稱億「生於康熙三十年」，無卒年。今據卷後喬光學跋，知卒於乾隆四十八年，年八十七。《晚晴簃詩匯》以億詩置於卷九十七施國祁、石鈞間，相差近一甲子矣。

教忠堂觀燕子箋劇五首

燕子磯頭燕語愁，朱明終始恨悠悠。金川飛入蕭牆變，又見箋成棄國秋。

新歌翻出舊歌停，細寫吴綾進殿廷。自是天生奈何帝，却教人説阮懷寧。

又到南風不競時，燕巢幕上未全知。狀頭判有奸賢跡，一曲詼諧爲阿誰。因觀此劇，見阮元海之肺肝。當日留都無論已，在莊烈朝，周宜興之誤國，錢嘉善之依違，温相文文肅之去位，劉文烈之殉節。陳于泰本宜興私人，國論已定，何嘲之有，直爲己不得狀頭耳。抑廢斥時，乞宜興援引不得，雖許其囑薦貴陽，終有不能釋然者歟。

聚寶門西夜遁年，烽烟衝破艷陽天。沙蟲猿鶴俱黄土，傳徧人間燕子箋。

金陵軼事與誰評，山自逶迤水自清。今日東田尚書宅，郊居賦罷按歌聲。《窺園吟稿》卷下

鸛雀楼　按《蒲郡志》，舊在城西洲渚上，周宇文護造。歷宋至金明昌尚存，不知毁於何代。及寄名西城樓歲月，頃歲亦圮。

鸛雀樓傾壓女牆，風烟不散氣青蒼。北來河水分秦晉，東走條山越解梁。勝概茫茫幾塵刼，名流歷歷感興亡。眼中何物看前代，四鐵牛仍古渡傍。四鐵牛甚壯巨，在西郭外古黄河岸上。志云，唐開元十二年所鑄，以維河橋者。今黄河西徙二十餘里，鐵牛仍故道傍。土漸没腹。《三晉遊草》

看山閣詩二十四卷續集詩八卷　乾隆間刻本

黄圖珌撰。圖珌字容之，號峯卿，别號蕉窗居士、守真子，江蘇松江人。雍正間官杭州同知，乾隆初改衢州同知。宦游三十年，政事之餘，以詩酒自娱。工詩畫詞曲，著有傳奇《雷峯塔》、《棲雲石》、《夢釵緣》、《解金貂》、《梅花箋》、《温柔鄉》六種。詩文雜著均收入《看山閣集》，初刻於乾隆十年，續刻於乾隆二十一年。生卒年不詳，據《六十自壽》詩計，約當生於康熙三十六年。古體詩卷首《自題》云：「看山閣者，在三衢分守官廨中……其爲詩文，得於何手，宗於何家，不自知也。所謂巴里之言，愧非明堂之頌，自歌自樂，聊佐看山之興。爲鶴之餘唳、琴之餘聲可乎。遂以閣名。」其詩今體十六卷、古體八卷、《續集》八卷，率多偶興，爲太平之謳。然淺而能詠，較少封建痼習。《詩餘》四卷、《南曲》四卷，價值尤高。《文集》載《伊小癡一笑回春樂府序》、《張又亭復著亦園詞話序》，《閒筆文學部》論詞曲，俱爲詞曲資料。《題鴛鴦幻傳奇》二首云：「是誦關雎樂不淫，可將蘭蕙比幽襟。漫憑一寸生花管，寫出佳人才子心。」「似乎卓女當壚事，不作求凰一曲琴。是以命名原道幻，欲窮幻處少知音。」傳奇爲申浦布衣戴蓉石作。《今體詩》卷八有《題四才子傳奇》。《鬱輪袍》云：「清絲脆竹又翻新，摩詰風流宛尚存。黄賴吹噓終有命，一枝獨占杏林春。」《揚州夢》云：「傳説當年有二喬，花愁柳恨幾時消。春風十里揚州夢，吹斷秦樓月下簫。」《飲中仙》云：「八士清狂作美傳，詩中博士酒中仙。於今祇合騰騰醉，莫被人間名利牽。」《藍橋驛》云：「此段因緣入傳奇，仙凡一笑便留題。瓊漿能解相如渴，只恐藍橋路欲迷。」清人論曲絶句較少，康熙間田雯、雍正間諸錦集有之，此集亦僅數首，至凌廷堪《校禮堂詩集·論曲三十二首》，始集大成。

緑杉野屋集四卷　乾隆十一年刻本

徐以泰撰。以泰字陶尊，號柳樊，浙江德清人。徐焯曾孫。國子監生。乾隆三十二年官陽曲知縣。是集首有乾隆十一年厲鶚序，稱以泰年僅逮壯。集中有《寄恕齋兄五十》、《次韻穀函問南墅兄病》，是爲徐志巖子，以坤兄，以升、以震從弟。計其年歲，結集時未逾三十。詩凡三百三十五首，古體長於近體。最著者《明醮壇茶字箋歌》、《雪橋詩話續集》已録。《曉渡錢山漾》、《望下菰城》、《天聖寺管夫人畫壁歌》、《舟中望弁山》、《花朝獨遊峴山》、《聖因寺觀貫休畫十六羅漢》、《入龍泓洞轉登飛來峯絶頂》，即厲鶚所云「生平所歷，自吳興至杭不過百里，其懷古攬勝之作，已横騖别驅，清峭奇麗」者也。以泰與杭世駿西湖社子多有交往，有

《寄巢詩爲杭編修作》。近體則《臨溪曲二十四首》、《讀北史雜詠一百首》，亦可自成一組。《四庫》列入《存目》。《提要》稱「骨格未就，而時有雋句」，是亦未嘗細繹其詩也。

水語山房詩二卷　乾隆三十六年刻本

郭束撰。束字元城，號沙鹿，江蘇寶應人。與畫家鄭燮友善。乾隆元年應博學鴻詞試，落選。此集有乾隆三十六年方璲序，朱賽等人題詞。《白門寓中聽談遺事四首》，均記南明掌故。《觀劇行》，爲乾隆二十四年和喬劍溪客吴門所作《和教忠堂觀燕子箋詩》。《晤鮑海門》一首，情詞剴切。詠京郊西山、洞庭君山、濟南名泉及觀海諸篇，得擅山川風物之美。《邗上寓齋聞顧瀨陸之訃哭之》，瀨陸名于觀，板橋至友，則此集爲考鄭燮生平所不可少也。

喜鄭板橋至因憶顧萬封

凌晨驚剥啄，老婢蓬頭出。開門婢無語，來客面熟悉。報我客入户，使我忘盥櫛。執手慰相思，昭陽舊膠漆。昭陽奇士多，君才最超軼。並驅子者誰，里中有顧七。前年維首夏，二子卧余室。北上向長安，别去如有失。去冬君先歸，凍驢馱亂帙。帙中西山稿，雲霞供塗乙。爲我立斯須，客況畧一述。可憐癡虎頭，還摻齊門瑟。送君出東門，薄冰開嫩日。舴艋君還家，羊裘孕蟣虱。歲首復訪余，唁余幽憂疾。東風吹柳條，下上飛乎鳦。剪韭具盤餐，挑燈具紙筆。新詩窮益工，有言必有物。安得勍敵來，一字一相質。《水語山房詩》卷上

邗上寓齋聞顧澥陸之訃哭之

風雨瀟瀟灺燭花，空堂酒闌客不譁。忽聞故人化異物，一聲霹靂轟簷牙。旅館卽是寢門外，竟夜老淚雨滂沱。雲中狺狺吠猛犬，招魂不來可奈何。三載與君不相見，窮愁易隔風塵面。彩筆曾干行在所，菰蘆歸去仍貧賤。廣陵人亦愛君詩，鬼胆每每破芳宴。醉後揮毫落雲烟，枯籐萬丈垂千片。我初識君由費二名軒，字執御，岳王墩下訂交地。厥後因君識板橋鄭克柔名燮，四十年中彈指記。費二無禄亦已久，板橋騰踏博一第。昨忽休官訪敝廬，東吴文學口不置。我齒已脱頭已童，落魄邗江不稱意。窮交又復弱一個，天死子雲誰識字。得年六十二春秋，筆硯孜孜病不休。爬羅剔抉菁華聚，慘澹經營格律遒。君書等身盈笥篋，雄文排奡歸妥帖。三尺衰麻七歲兒，藐孤何日知收拾。費軒死後每夢之，夢中識路聲嗚咽。更思磨鏡百花洲，慟哭荒墳同鄭燮。《水語山房詩》卷下